FOLIO CLASSIQUE

Le Nouveau Testament

Traduction d'Hugues Oltramare

Édition présentée et annotée par
Jean-Robert Armogathe
Directeur d'études
à l'École pratique des hautes études
Olivier Clément
Agrégé de l'Université
Docteur en théologie
et Vincent Schmid
Pasteur de la cathédrale Saint-Pierre de Genève
avec la collaboration de Régis Burnet
Agrégé de l'Université
Docteur en sciences religieuses

Gallimard

Note liminaire

Parole de Dieu dans la langue des hommes, l'Écriture est faite pour être traduite ; de l'hébreu en araméen et en grec ou du grec en latin, puis vers les langues modernes, l'Écriture a pour histoire celles de ses traductions. À leur tour, ces traductions ont marqué les langues utilisées : on parle du grec des Septante pour désigner la langue utilisée par les traducteurs alexandrins du texte hébreu. Le latin de saint Jérôme, l'allemand de Martin Luther, l'anglais des traducteurs du roi Jacques : la Bible attribue à des langues une qualité particulière, densité de style, créations verbales, hardiesses poétiques. Le français fut moins sensible, même si la traduction de Le Maître de Sacy, à Port-Royal, influença Chateaubriand et fut annotée par Rimbaud.

Le XXe siècle a vu plusieurs traductions nouvelles, qui se réclamaient toutes d'une plus grande fidélité à l'original et des exigences scientifiques rendues nécessaires par la critique historique et textuelle. Leurs apports pour la compréhension et la diffusion du message biblique ont été essentiels et irremplaçables. Il restait néanmoins une demande précise à satisfaire : proposer aux lecteurs une traduction qui fût à la fois fidèle aux exigences scientifiques et conforme aux besoins de la rhétorique, bref un texte sûr et lisible tout à la fois. C'est ce qu'avait voulu faire, de manière exemplaire, pour le Nouveau Testament, le pasteur Hugues Oltramare (1813-1891). Sa traduction parut en 1872 : il l'a par la suite améliorée (nous reprenons l'édition de 1879, avec des révisions de 1900). L'équilibre atteint entre la lisibilité et l'exactitude permet de la définir comme la première traduction scientifique, reposant sur l'édition critique de Tischendorf, restée inégalée, et la dernière traduction littéraire, soucieuse de l'auditeur autant que du lecteur, et destinée à transmettre le mouvement et l'esprit d'un message qui dépasse infiniment le seul texte.

Bien commun des chrétiens, le Nouveau Testament est présenté et annoté par des savants et des pasteurs : Olivier Clément, Jean-Robert Armogathe, Vincent Schmid et Régis Burnet. Contribution nouvelle à la qualité de la langue, la version d'Oltramare est ainsi devenue le signe tangible d'un commun souci des Églises : « Tout scribe versé dans ce qui regarde le royaume des cieux ressemble à un père de famille qui tire de son trésor des nouveautés et des antiques » (Mt 13[52]).

Préface

LES ÉVANGILES

Jésus de l'histoire, Christ de la foi

Que peut-on savoir ?

Les Évangiles parlent et ne parlent que de Jésus. Longtemps, ils ont été pris à la lettre. Puis, au XIX*e siècle, on a tenté d'élaborer des « vies de Jésus » qui seraient dépouillées des miracles, des signes et des symboles. Finalement, il ne restait plus grand-chose, de sorte que dans les premières décades de notre siècle, pour respecter les textes en les « démythologisant », on a opposé au « Jésus de l'histoire », dont on ne pouvait presque rien dire, le « Christ de la foi », c'est-à-dire les imaginations des premières communautés, imaginations qui rempliraient les Évangiles.*

Les recherches les plus récentes renoncent à cette dislocation disqualifiante pour rejoindre ce qu'une lecture précritique, dans sa sensibilité simultanément ecclésiale et spirituelle, pressentait d'instinct : les Évangiles racontent le Jésus de l'histoire dans la perspective de la foi. C'est la vie même de Jésus que les premières communautés, chacune selon ses préoccupations, ont tenté d'éclairer à la lumière de Pâques et de Pentecôte.

Il existe quatre Évangiles. Ils ne sont pas sans divergences. Que l'Église ait refusé de les fondre en les rectifiant (il y a eu des tentatives de ce genre, elles ont été rejetées) permet à ces regards croisés de faire surgir une présence, celle de Jésus, présence d'une force et d'une ori ginalité incomparables. Et les spécialistes ont mis au point un certain nombre de critères, discutables certes et toujours à nuancer, mais qui permettent d'atteindre les ipsissima verba, *les paroles mêmes de Jésus.*

Le premier de ces critères est linguistique : Jésus parlait araméen, langue sémitique apparentée à l'hébreu et répandue alors dans tout le Moyen-Orient. Le mot abba, *plein d'enfantine tendresse, par lequel il révèle la paternité de Dieu, et son cri de désespoir sur la croix :* « Éli, Éli, lama sabactani » *(« Mon Dieu, mon Dieu, pourquoi m'as-tu abandonné ? ») sont tous deux araméens, alors que les Évangiles ont été rédigés en grec, langue d'universalité à l'époque dans le bassin oriental de la Méditerranée. Ces mots, les phrases contenant des mots araméens, ou des aramaïsmes évidents, ont donc été sans doute directement prononcés par Jésus.*

Vient ensuite le critère de dissimilitude, ou principe de Käsemann[1]*. Tout propos de Jésus sans analogue dans les textes juifs de l'époque, conservé mais sans être ni compris ni développé dans les documents de la première Église, est sans doute à la fois original et originel.*

À cela s'ajoutent les critères de convergence et de cohérence. Sont très probablement authentiques (toujours au sens des ipsissima verba*) des textes qui, n'ayant pas la même source, relatent le même propos. On peut en dire autant pour certains gestes. D'autre part, si une parole est cohérente avec le sens profond de l'existence et de l'enseignement de Jésus, elle mérite pleine considération. En revanche relèvent plutôt des communautés primitives et*

1. E. Käsemann, *Le Problème du Jésus historique*, trad. fr. in *Essais exégétiques*, Labor et Fides, Genève, 1972, p. 145-173.

des rédacteurs qui les représentent des conceptions alors banales dans la littérature intertestamentaire[1] mais en contradiction avec l'enseignement fondamental et toute l'orientation de l'existence de Jésus (ainsi les malédictions collectives et certaines descriptions relevant du « genre littéraire » apocalyptique...).

Par ailleurs, mieux vaut ne pas appliquer aux Évangiles les critères d'une rationalité close. Bien des recherches contemporaines peuvent rendre la rationalité plus respectueuse d'interventions venues d'ailleurs : je pense à la conception de la corporéité dans les médecines traditionnelles, en Asie surtout, à la médecine psychosomatique, à la « synchronicité » observée par Jung, à la traversée des apparences de la gnose de Princeton[2]... En ce qui concerne songes et visions, comment ne pas renvoyer aux notations d'Henri Corbin concernant le *mundus imaginalis*, l'imaginaire vrai, lieu de bien des rencontres avec l'invisible. Charles-Harold Dodd, dans son livre sur *Le Fondateur du christianisme*[3], écrit : « Bien malin qui peut oser tracer la frontière exacte entre le fait et le symbole. » Eugen Drewermann, dans *La Parole qui guérit*[4], remarque de son côté : « Nous devons réapprendre que les symboles transmettent une réalité qu'on ne saurait traduire dans un autre langage. » Mais alors, pourquoi laisser entendre que le symbolique n'a rien à voir avec l'historique ? Peut-être est-ce la réalité elle-même qui est symbolique, peut-être le cosmos et l'histoire, si une Rai-

1. Textes rédigés surtout entre les derniers livres de l'Ancien Testament et les premiers du Nouveau, et mis souvent sous des patronages illustres : Hénoch, Abraham, Moïse, Salomon, etc. Cf. dans la « Bibliothèque de la Pléiade », *La Bible, Écrits intertestamentaires*, Gallimard, 1987.

2. Pour la « gnose de Princeton », née dans certains milieux scientifiques américains en 1969, l'univers sensible est une tapisserie vue à l'envers, il est fait de domaines de conscience qui participent d'une Source fondamentale. Cf. Raymond Ruyer, *La Gnose de Princeton, des savants à la recherche d'une religion*, Fayard, 1974.

3. Trad. fr., Seuil, 1972, p. 37.

4. Trad. fr., Cerf, p. 217.

son divine, même dénaturée par les forces du néant, s'y inscrit, sont-ils structurés par des symboles ?

Les Évangiles de l'enfance.

Jésus est un Juif, il est nourri de la Bible où, mystérieusement, il se discerne, comme il le fait par exemple dans l'enseignement qu'il donne aux pèlerins d'Emmaüs, un des textes les plus archaïques des Évangiles (Lc 24[13-35]*). Pourtant, tout en accomplissant, dit-il, le sens profond de la Loi, il brise les limites du judaïsme et, plus généralement, du « religieux », pour s'adresser à l'entière humanité dans le concret de la vie, de la mort, de l'amour. Des deux généalogies que présentent les Évangiles, celle de Matthieu place son point de départ en Abraham, père des croyants, mais celle de Luc remonte jusqu'à Adam, « fils de Dieu ». Et Jean désigne un « commencement » éternel : « Au commencement était la Parole » [le Verbe, le* Logos*] ; « la Parole était avec Dieu et la Parole était Dieu » (Jn 1*[1]*). La Parole s'est livrée hors du Livre, elle s'est faite chair (Jn 1*[14]*).*

C'est dans Matthieu et Luc que l'on trouve les « Évangiles de l'enfance » c'est-à-dire concernant l'enfance de Jésus. On y lit que sa mère, Marie, l'a conçu virginalement : « Le Saint-Esprit viendra sur [elle] et la puissance du Très-Haut [la] couvrira de son ombre » (Lc 1[35]*). Il est de mode maintenant, chez certains auteurs pleins de bon sens (mais l'Incarnation relève-t-elle du bon sens ?), d'affirmer que ces récits sont légendaires. Essayons d'être attentifs aux textes.*

Selon Clément de Rome[1]*, les deux Évangiles qui contiennent et la généalogie du Christ et le récit de son enfance sont les plus anciens. Ce sont en effet des textes où l'empreinte judéo-chrétienne est particulièrement sensible. Ils ont répondu à une historicité qui déconcertait*

1. Cité par Eusèbe de Césarée dans son *Histoire ecclésiastique*, trad. Gustave Bardy, Cerf, 1984, 6, 14, 5-7.

beaucoup de chrétiens. On attendait en effet du Sauveur une origine pleine de gloire, ainsi qu'une ferme ascendance davidique. Or, des traditions solides le disaient originaire de la «Galilée des nations», marginale, un peu païenne, où il avait vécu dans la médiocrité jusqu'à l'âge mûr — alors une trentaine d'années. Ces traditions disaient aussi qu'il n'était pas né de Joseph et donc que son ascendance davidique ne l'était que par adoption.

Matthieu et Luc n'embellissent rien, acceptent ce double scandale. Leurs généalogies sont des cascades d'«engendrements» mâles (on pensait alors que seule comptait la semence masculine, la femme n'offrant que le réceptacle où elle pouvait grandir), mais témoignent, comme malgré elles, de la conception virginale: Jésus est «engendré» mais n'a pas d'«engendrant» humain. Il ne naît pas davantage d'une théogamie de type païen, puisque l'Esprit qui «adombre» Marie est un nom du féminin en hébreu et du neutre en grec. L'intervention de la transcendance brise l'enchaînement des naissances et des morts, des naissances pour la mort...

Ainsi apparaît, dans la plus extrême humilité, un Vivant totalement vivant, capable d'apporter la Vie jusque dans la mort, qu'il ne subira pas comme une implacable fatalité, mais qu'il assumera volontairement pour qu'elle ne débouche ni sur un enfer fantomatique, ni sur le néant, ni sur une maléfique «roue des existences»...

Ainsi Jésus grandit en Galilée, dans une bourgade quelconque, Nazareth, où il a vécu jusqu'à l'âge de trente ans. La Galilée «des nations» — Gehil-ha-Goïm — *n'est pas seulement le pays où des «étrangers», Phéniciens, Babyloniens, Grecs, se sont mêlés aux Juifs, c'est une région rurale peuplée de «rustres», les* am-ha-arez, *qui «ne connaissent pas la loi» et dont aucun n'est pieux (*Pirké Aboth II, 5[1]*). Sans doute Jésus, «le fils du charpentier»,*

1. *Pirké Aboth*: «Les Chapitres des Pères». Traité de la Michnah, «enseignement» ou plutôt recueil d'enseignements recueillis au

a-t-il appris le métier de son père adoptif. «Il fabriquait des charrues et des jougs», dit, au siècle suivant, Justin[1]. *De cette longue «vie cachée» nous ne savons rien, sinon une sorte de fugue, à douze ans, où l'enfant s'entretient avec les docteurs de la Loi au Temple de Jérusalem et désigne Dieu comme «mon Père» lorsqu'il répond aux reproches de Marie: «Ne saviez-vous pas que je dois être aux affaires [ou: "dans la maison"] de mon Père?» (Lc 2*[49-50]*).*

«Jésus croissait en sagesse, en stature et en grâce, devant Dieu et devant les hommes» (Lc 2[52]*). Sa conscience humaine s'ouvre peu à peu à la plénitude qui constitue le fond de son être. Et sans doute, simultanément, la divinité prend peu à peu aussi, de l'intérieur, la mesure de la réalité humaine, dans sa misère et sa grandeur.*

Le baptême et le désert.

À l'âge de trente ans, Jésus fut baptisé dans le Jourdain par Jean Baptiste que les chrétiens considèrent comme le dernier prophète d'Israël.

Le judaïsme pratiquait alors ablutions et bains rituels. La communauté de Qumrân avait élaboré tout un système à ce propos. Le baptême de Jean était différent puisqu'il était unique, rite de repentir et de renouvellement existentiel. Il faisait songer au bain rituel que prenaient ceux qui se convertissaient au judaïsme. Seulement ici, c'étaient les Juifs eux-mêmes qui étaient appelés à constituer un peuple renouvelé, à «préparer le chemin du Seigneur» (Lc 3[4]*). Pour les Évangiles, le baptême de Jean prend une configuration pascale: Jésus descend dans les eaux mortifères où se sédimente, pourrait-on dire, toute la*

IIe siècle. Le *Pirké Aboth* est aussi utilisé dans la liturgie synagogale. Il établit la chaîne ininterrompue de la tradition depuis Moïse et comporte une collection de sentences des Pères de cette tradition, du Ier siècle avant notre ère au IIe siècle après.

1. *Dialogue avec Tryphon*, 88.

misère de l'humanité et c'est cette humanité qu'il libère en émergeant des eaux par lui rendues vivifiantes. Alors se manifeste pour la première fois ce Père longtemps invisible et dont le Souffle embrase les eaux et investit Jésus — mystère de ce que l'on nommera plus tard la Trinité: «Comme tout le peuple se faisait baptiser, Jésus se fit aussi baptiser; et au moment où il priait, le ciel s'ouvrit; le Saint-Esprit descendit sur lui sous une forme corporelle, comme une colombe, et une voix sortit du ciel, disant: "Tu es mon Fils bien-aimé; c'est en toi que j'ai mis toute mon affection"» (Lc 3^{22}). La colombe: lumière et croix...

Le judaïsme connaissait alors des mouvements «baptistes» qui étaient de renouveau. Ils annonçaient une voie spirituelle plus directe, plus personnelle que la Loi et les rites traditionnels. Il semble que Jésus ait traversé ces mouvements, ses premiers disciples se sont recrutés parmi ceux du Baptiste, et Jésus a peut-être, un moment, baptisé lui-même (Jn 3^{22}). Très vite cependant, il s'est éloigné pour une libre itinérance, annonçant un Dieu de miséricorde plutôt que le Dieu de colère dont parlait le Baptiste. Mais le thème du baptême comme nouvelle naissance persistera chez lui, comme le prouve son entretien avec Nicodème, un docteur de la Loi qui deviendra comme un disciple secret: «En vérité, en vérité, je te dis que si l'on ne naît d'eau et d'Esprit, on ne peut entrer dans le royaume de Dieu» (Jn 3^{5}).

«Rempli d'Esprit-Saint», Jésus est poussé par celui-ci au désert pour y affronter — est-ce une personne ou une non-personne, nous y reviendrons — le diabolos, *c'est-à-dire, très exactement, «celui qui sépare», alors que Jésus est celui qui réunit le ciel et la terre, Dieu et l'homme. Comme tel, il triomphe des tentations qui mentent et disloquent et auxquelles s'abandonne sans cesse l'humanité: celle, d'abord, du prodige matériel, transformer les pierres en pain, c'est-à-dire bloquer le désir de l'homme dans ses besoins idolâtrer, en l'objectivant, l'économie.*

À quoi il répond: «L'homme ne vit pas seulement de pain mais de toute parole qui sort de la bouche de Dieu» (Dt 8³). Vient ensuite la tentation de la magie qui fascinerait en escamotant la pesanteur, c'est-à-dire la vérité, humble, de l'in-carnation: se jeter du haut du Temple pour être porté par les anges. Et la réponse: «Tu ne tenteras pas le Seigneur ton Dieu» (Dt 6¹⁶). Nostalgie enfin du pouvoir qui permettrait de s'approprier «tous les royaumes de la terre», volonté de possession proprement «séparatrice», exorcisée par le rappel de la transcendance: «C'est le Seigneur ton Dieu que tu adoreras et à lui seul que tu rendras un culte» (Dt 6¹³). Les trois citations, empruntées au Deutéronome, ne sont que des commentaires ou des applications de l'acte de foi fondamental: «Écoute, Israël: le Seigneur est notre Dieu, le Seigneur est unique. Tu aimeras le Seigneur ton Dieu de tout ton cœur, de toute ton âme et de toute ta force» (Dt 6⁴⁻⁵).

Nouvelle figure pascale: après cette traversée de l'enfer, Jésus «était avec les bêtes sauvages, et les anges le servaient» (Mc 1¹³). Nouvel Orphée, dans une paix et une unité paradisiaques.

De la Galilée à Jérusalem.

Désormais Jésus est comme revêtu de l'Esprit: «l'Esprit du Seigneur est sur moi», cite-t-il (És 61¹) lors de sa première prédication dans la synagogue de Nazareth, et le voici, lui que Nietzsche, lecteur trop hâtif des Évangiles, accusera de n'avoir jamais ri, le voici tressaillant de joie dans l'Esprit (Lc 10²¹). Il annonce la «bonne nouvelle», et s'annonce comme «bonne nouvelle» puisqu'en lui Dieu vient parmi les hommes, se faisant homme et assumant l'entière humanité. Les hommes, il les rejoint dans toutes les dimensions de leur existence. Dans la joie d'abord, à laquelle il donne une saveur paradisiaque. Aux noces de Cana, sa première «cène» publique, il change l'eau en vin, comme, à la dernière, il changera le vin en sang.

« Miracle d'ivrognes », a dit Merejkovsky[1], *« festin nuptial », ajoute-t-il, où la Terre-Mère est l'épouse et le Fils de l'Homme l'époux. Pur signe de joie encore lorsqu'il installe, sur l'herbe étrangement fraîche en ce pays de sécheresse, la foule immense, et donne à chacun pain et poisson inépuisablement multipliés. « Multiplication des pains » rapportée par les quatre Évangiles, Matthieu et Marc donnant un double récit qui n'est pas sans signification puisque le premier concerne les Juifs et le second, dans la Décapole*[2]*, surtout des païens. L'événement est présenté comme un mystère : pour Jean c'est la préfiguration du repas sacramentel.*

Jésus rejoint aussi les hommes dans leur souffrance, leurs agonies, leur révolte et leur solitude désespérée. Il pleure son ami Lazare, un cadavre sentant déjà, il s'insurge contre la mort à Gethsémani, au Golgotha il connaît l'absence de Dieu et clame : « Mon Dieu, mon Dieu, pourquoi m'as-tu abandonné ? »

Des disciples s'étaient groupés autour de lui. Parmi eux, il en choisit douze pour en faire des « envoyés », des apôtres. Douze, pour juger les douze tribus d'Israël, et donc germe d'un peuple de Dieu renouvelé, correspondant à une nouvelle alliance. Il semble que Jésus ait d'abord espéré une adhésion de tout Israël : « le salut vient des Juifs » (Jn 4^{22}), « je n'ai été envoyé qu'aux brebis perdues de la maison d'Israël » (Mt 15^{24}). Alors, à partir des plus humbles, des plus confiants, le peuple juif se serait transfiguré en Église, se serait entièrement ouvert à l'universalité. Une crise décisive, qui mit à bas cette perspective, s'ouvrit après la (ou les) multiplication(s) des pains : « Alors Jésus, ayant compris qu'ils allaient venir l'enlever pour le faire roi, se retira de nouveau dans la montagne,

1. *Le Christ qui vient*, Grasset, 1937, p. 11.
2. Du grec *deka* : dix et *polis* : ville. Fédération de dix villes (dont Gadara) situées presque toutes en Transjordanie. Elle s'est constituée en 63 avant notre ère pour donner à ces villes — païennes pour les Juifs — une certaine autonomie et y renforcer l'influence hellénique.

tout seul» (Jn 6[15]). Puis il se réfugia quelque temps à l'étranger, refusant la royauté et l'insurrection, révélant à ses disciples déconcertés, ramenés à un petit reste, le mystère du pain — son corps, du vin — son sang, interprétant «à l'envers» la «messianité» qui, dit-il, doit passer par l'humiliation et la mort. «Secret messianique» constant dans l'Évangile de Marc où Jésus fait taire les malades qu'il guérit et les démons qu'il dépossède. «Mon royaume n'est pas de ce monde», dira-t-il à Pilate (Jn 18[36]).

Désormais il tient un langage d'universalité, désigne soixante-douze disciples selon le nombre de nations qu'on disait exister dans le monde. L'humilité mêlée d'un humour triste et confiant de la femme syro-phénicienne — «les petits chiens mangent sous la table les miettes des petits enfants [c'est-à-dire des Juifs]» (Mc 7[28]) — obtient de lui une guérison en terre étrangère. Le possédé gadarénien dont il expulse un démon est lui aussi un non-Juif (Mt 8[28-34]). Dans la parabole du Jugement dernier (Mt 25[31s.]), toutes les nations sont rassemblées et jugées sur un seul critère: l'amour actif envers le prochain.

*Peu avant sa Passion, Jésus se transfigure devant trois de ses disciples — Pierre, Jacques et Jean — «sur une haute montagne» (Mt 17[2]) où la tradition a voulu voir le Thabor, pourtant arrondi et bas. Il permet à ses compagnons de percevoir la lumière dont il rayonne secrètement — accomplissement indiqué de toute l'évolution du cosmos et de l'humanité. Il s'entretient avec Moïse et Élie, la Loi et les Prophètes, «de son départ [*exodos*] qui devait s'accomplir à Jérusalem» (Lc 9[31]). Et cet exode tragique se fera afin que la Lumière incréée jaillisse, non seulement sur la montagne mais dans l'abîme, et qu'elle vienne désormais aux hommes non du dehors, trop éblouissante, car «nul ne peut voir Dieu sans mourir», mais justement à travers la mort, ce point aveugle de leur nature. Dans la douceur et la paix du pain et du vin partagés.*

Jésus entre à Jérusalem en roi paradoxal — encore la «messianité» «à l'envers» — monté non sur le destrier du *guerrier vainqueur, mais « humble, sur un âne, sur un ânon, le petit d'une ânesse », comme l'avait annoncé le prophète Zacharie (9^{9}). Il chasse du Temple, à coups de fouet, vendeurs et changeurs, pour marquer l'abolition des sacrifices et saper la puissance économique de l'aristocratie sacerdotale, car on ne peut servir à la fois « Dieu et Mammon », c'est-à-dire l'argent (Mt 6^{24}). « Les acheteurs et les marchands n'entrent pas dans la demeure de mon Père », dit Jésus dans le 64ᵉ* logion *de l'*Évangile de Thomas[1]. *Un des commentateurs de cet Évangile note à ce propos que beaucoup ont un rapport de commerce avec Dieu, un « esprit marchand », dit Maître Eckhart. Or Dieu ne s'achète pas, il est la gratuité même*[2]

Du pain partagé au « roi des Juifs » bafoué.

Lors de son dernier repas avec les apôtres, sans doute la veille de la Pâque juive, Jésus va assumer et transformer le rite traditionnel. Chaque famille devait immoler au Temple un agneau sans défaut. On recueillait son sang et, en mémoire de la libération de l'esclavage égyptien, on en marquait le linteau de la porte. L'agneau serait consommé sans qu'on en brisât un seul os, comme ce sera le cas pour Jésus après sa mort en croix (Jn 19^{37}). Selon Jean, Jésus est le véritable agneau pascal. Luc (22^{17}) mentionne la coupe de vin qui inaugurait le repas, et sur laquelle le président disait la louange du Créateur. Parfois il y avait trois coupes, en mémoire des alliances passées. Le président prenait ensuite les pains, les rompait et les distribuait aux convives. C'est alors que Jésus, qui présidait, dit : « Ceci est mon corps, donné pour vous. » La dernière coupe annonçait l'Alliance nouvelle et éternelle, que le Messie inaugurait. C'est la coupe que

1. Cf. *infra*, « Notices », p. 722, et aussi Mt 21^{12-13} — Mc 11^{15-17} — Lc 19^{45-46} — Jn 2^{14-16}

2. Jean-Yves Leloup, *L'Évangile de Thomas*, Albin Michel, 1986, p. 172

Jésus bénit et offre en disant : « Cette coupe est la nouvelle alliance en mon sang » (I Co 11^{25}). Par là, il anticipe sa mort, sa résurrection, la transfiguration ultime inaugurée, anticipée, dans l'instant eucharistique : il ne mangera plus cette Pâque, il ne boira plus « du fruit de la vigne, jusqu'à ce que le Royaume de Dieu soit venu » (Lc 22^{17-18}). Traditionnellement, on ne buvait pas de cette coupe, qui signifiait le destin ultime de l'humanité. Jésus, en l'offrant, montre que toutes les alliances sont accomplies en lui, qui est la Nouvelle Alliance et dont le corps est le véritable temple (Jn 2^{19-22}). Dès lors, avec lui, en lui, on peut boire de la coupe ultime.

Jean ne décrit pas ce dernier repas, il le remplace par l'épisode du lavement des pieds, geste et symbole du service le plus humiliant, donc le plus dépouillé. Mais il a rapporté plus tôt, au sixième chapitre de son Évangile, ce qui fut probablement l'enseignement de Jésus au moment de la Cène : « Celui qui mange ma chair et qui boit mon sang a la vie éternelle [...]. Car ma chair est vraiment une nourriture, et mon sang est vraiment un breuvage. Celui qui mange ma chair et qui boit mon sang demeure en moi, et moi en lui [...]. C'est là le pain qui est descendu du ciel » (Jn 6^{54-58}).

« Celui qui mange » : le verbe employé est *troguein*, qui veut dire « dévorer ». Certes, Jésus a repris une tradition juive, celle du repas d'Alliance. Il n'empêche que ses paroles et ses gestes sortent ici du cadre biblique pour assumer les intuitions des cultes archaïques, le mystère de la théophagie — et s'inscrire aussi dans la simplicité la plus quotidienne et la plus profonde, le pain de la nécessité et le vin de la fête. Expression ultime, et fondement de la sacralité de la terre épousée par l'homme.

Alors s'unissent contre Jésus les pharisiens, les sadducéens, sans doute aussi les zélotes et les esséniens. Les pharisiens — c'est-à-dire les « séparés » — sont ces Juifs pieux qui observent scrupuleusement toutes les prescriptions de la Loi, et, malgré d'incontestables convergences, *ne peuvent qu'être révulsés par les «blasphèmes» de Jésus se disant un avec le Père et donnant sa «chair» à manger, son «sang» à boire. Les sadducéens, aristocratie sacerdotale qui, tout en niant, par archaïsme, la résurrection des morts et l'existence des anges, tient le Temple dont le fonctionnement lui procure puissance économique et influence politique. Les zélotes, peu actifs encore à l'époque de Jésus, et les esséniens, surtout la communauté semi-monastique de Qumrân, sont des gens de haine et de violence : violence physique contre l'occupant romain pour les premiers, violence spirituelle, fantasmatique, contre tous les «Fils des Ténèbres» pour les seconds. Certains exégètes voient en Judas un zélote déçu, et par là expliquent sa trahison. Plus redoutables encore sont les Romains qui défendent un ordre politique sacralisé — l'Empereur n'est-il pas* praesens divus*? — et ne peuvent que s'inquiéter devant cet obscur agitateur dénoncé comme «roi des Juifs». C'est surtout, semble-t-il, l'alliance des sadducéens et des Romains qui décide du sort de Jésus : ceux qui fondent leur puissance sur le sacré et ceux qui sacralisent leur puissance. Jésus est arrêté, raillé, fouetté, revêtu par dérision d'un vêtement d'éclatante blancheur — celui du grand prêtre — puis d'un vêtement pourpre — celui du roi, en même temps qu'il est couronné d'épines.* Ecce Homo, *voici l'homme — synthèse vertigineuse de l'humain. Le procurateur le condamne à mort comme roi des Juifs, donc rebelle à César, à la demande de certains chefs du peuple et de la foule sanguinaire et versatile qui avait d'abord acclamé Jésus, et qui est loin de représenter l'ensemble du peuple juif. N'oublions pas que les apôtres fréquenteront assez longtemps le Temple et que la première communauté, à Jérusalem, se composera entièrement de Juifs. Le peuple juif, disait profondément Péguy, fut alors un «théâtre d'humanité» où les acteurs qui sont juifs — et d'abord la victime, sa mère et ses disciples — jouent un rôle où s'exprime l'attitude de l'humanité entière. S'il y a responsabilité* *collective, ce n'est donc pas celle des Juifs, mais celle de tous les hommes : la mise à mort du Christ est permanente et chacun de nous en est responsable.*

Jésus, durant son procès, ne cache pas son identité : « "Tu es donc le Fils de Dieu ?" Il leur répondit : "Vous le dites, je le suis" » (Lc 22[70]). Ne l'étale pas non plus : son silence devant Pilate. Montre jusqu'au bout une liberté souveraine : « Ma vie, personne ne me l'ôte, mais je la donne » (Jn 10[18]).

Le message.

Jésus enseigne parfois dans les synagogues, discute avec les docteurs de la Loi, sans doute parle-t-il hébreu, mais le plus souvent en plein air, il utilise la langue du peuple, l'araméen, sur les collines de Galilée, sur les rives du lac de Génésareth, montant s'il le faut dans une barque pour se dégager de la foule et lui faire face. Étonnant conteur oriental, il invente des « paraboles », petits récits où, comme l'a dit Paul Ricœur[1], la banalité fait surgir l'extravagance. Il décrit des scènes de la vie quotidienne avec une prédilection d'une part pour les relations financières, prosaïques, profanes, d'autre part pour des rois de légende souverainement cruels et pardonnants.

« Il enseignait avec autorité » (Mc 1[22]), parlant en son propre nom, cherchant à amener son interlocuteur à la décision. Le jeu des parallélismes favorise la mémorisation, comme l'a bien montré Marcel Jousse[2]. Abondent les traits incongrus, presque comiques (je vois la paille qui est dans l'œil du voisin mais non la poutre qui est dans le mien — Mt 7[3-5]), ainsi que l'humour, voire l'ironie (l'homme qui se lève en pleine nuit non par affection pour son ami mais parce que celui-ci l'importune

1. *Herméneutique de l'idée de Révélation*, in *La Révélation*, Louvain, Publications des facultés universitaires Saint-Louis, 1977.
2. *L'Anthropologie du geste*, 3 vol., Gallimard, 1974, 1975 et 1977.

— Lc 11^{5-13}, ou la parabole de l'intendant malhonnête, donné en exemple — Lc 16^{1-13}).

Jésus conscient de sa divinité.

Compassion et retrait, annonce, discussion et prière solitaire sur la montagne, la nuit. Angoisse et colère: « Il y a un baptême dont je dois être baptisé [la passion, la mort], et combien il me tarde qu'il soit accompli! » (Lc 12^{50}). À ses disciples: « Race incrédule, jusques à quand serai-je avec vous, jusques à quand vous supporterai-je? » (Mc 9^{19}). Mais toujours, en même temps, la paix des profondeurs, l'unité totale avec le Père « et nul ne connaît le Fils que le Père, et nul ne connaît le Père que le Fils » (Mt 11^{27}; Lc 10^{22}). « Je ne suis pas seul, parce que le Père est avec moi » (Jn 16^{32}). « Le Père et moi, nous ne faisons qu'un » (Jn 10^{30}; cf. $17^{11, 22}$). Jésus s'affirme maître du sabbat et lance: « Avant qu'Abraham fût, je suis » (Jn 8^{58}). Il s'attribue des noms divins, comme le « Je suis » du Buisson Ardent (Ex 3^{14}): « Si vous ne croyez pas ce que je suis », « lorsque vous aurez élevé le Fils de l'homme, alors vous connaîtrez qui je suis*» (Jn 8^{24} et ^{28}).*

Jésus s'identifie au « Fils de l'homme », à la fois Homme céleste, archétype divin de l'homme dans le livre de Daniel, et « Homme-maximum » comme le dira Nicolas de Cuse[1]*. En lui, cette figure du « Fils de l'homme » se fond avec celle du Serviteur souffrant chez le Deutéro-Ésaïe. Chacune de ces figures désigne une personne qu'on pourrait appeler « inclusive », non séparée, incluant le nouveau peuple de Dieu et l'humanité entière appelée à devenir ce peuple. Jésus remet les péchés, guérit les*

1. Nicolas de Cuse (1401-1464), Allemand de Rhénanie, homme d'Église (il sera fait cardinal en 1448), savant, philosophe, mystique, lié aux grands penseurs byzantins venus en Italie pour le concile de Florence (1438-1439). A plusieurs fois traité du Christ Homme-maximum: cf. *Œuvres choisies*, trad. Maurice de Gandillac, Aubier, 1942, p. 49, 440, 507.

malades, ressuscite les morts, affirme qu'il est lui-même et dès maintenant «la résurrection et la vie». «Je suis la résurrection et la vie: celui qui croit en moi, vivra, quand même il serait mort, et quiconque vit et croit en moi, ne mourra point pour toujours» (Jn 11^{25-26}).

Le Royaume.

Jésus appelle les hommes à «retourner» leur cœur-esprit, pour accéder au Royaume secret mais désormais présent qui rayonne du Verbe fait chair, n'étant autre que sa filialité, à laquelle il veut nous faire participer. Car la révélation fondamentale qu'apporte Jésus, c'est que l'abîme inaccessible de la divinité est en réalité un abîme «paternel», un abîme d'amour qui, à travers le Fils, dans son Esprit, vient à nous pour nous libérer. «Le royaume de Dieu est au-dedans de vous», dit-il (Lc 17^{20-21}), mais on peut traduire aussi: «entre vous». L'intériorité est extériorité, la transcendance fonde la communion. Le Royaume «n'est pas de ce monde» de mensonge et de mort, c'est le creuset où se prépare, par la foi, l'humilité, la créativité humaine, la transfiguration ultime du monde comme création de Dieu, renouvelée en Christ. Les Béatitudes, qui décrivent Jésus, montrent en lui le chemin: où voient Dieu ceux dont le cœur est purifié par les larmes, désencombré par la pauvreté, où peuvent s'avancer les miséricordieux, les artisans de paix, les persécutés pour la justice…

La rupture avec le «religieux».

Jésus brise le «religieux» comme peur, scrupule magique, opposition d'un sacré et d'un profane. Il brise toute physique «surnaturelle» du pur et de l'impur, toute la hiérarchie assortie d'exclusions qui caractérise les sociétés archaïques (et qui subsiste en se transposant, dans les sociétés modernes). Il rejette les règles de pureté concernant les personnes, accepte l'invitation et le voisinage des impurs, pécheurs, publicains (qui prélevaient l'impôt pour l'occupant romain), prostituées... «Comment se fait-il qu'il mange et boive avec les gens de mauvaise vie et les publicains?» demandent les pharisiens (Mc 2[16]*). Il rejette par là même les règles de pureté concernant les aliments. Avec une ironie très moderne, il rappelle les circuits physiologiques les plus prosaïques auxquels la nourriture donne lieu et donc que l'homme est souillé non par tel ou tel aliment mais par ce qui sort de son cœur: meurtres, cupidité, mépris, envies, méchancetés, diffamations... (Mc 7*[14-23]*).*

«Le sabbat est pour l'homme et non l'homme pour le sabbat» — affirmation décisive qui remet les choses à leur place, qu'il s'agisse d'un rite ou de quelque structure que ce soit. Et il annonce à la Samaritaine qu'il n'y a plus de lieu sacré et qu'il faut désormais adorer «le Père en esprit et en vérité» (Jn 4[20-23]*).*

Jésus attaque la vanité sacerdotale, volonté de parade et de puissance, avec des accents que Nietzsche ne pourra que reprendre. La parabole du Bon Samaritain est particulièrement dure à ce propos car le prêtre et le lévite mis en cause «descendaient» de Jérusalem et n'avaient donc pas à se hâter pour accomplir leur service au Temple, ni à redouter, dans le même but, le contact impur d'un cadavre.

Jésus dénonce l'étalage de la vie religieuse, le pharisien sûr de lui, content de soi, méprisant ceux qui n'accomplissent pas la Loi à la perfection: «Gardez-vous d'étaler votre justice devant les hommes, pour en être vus» (Mt 6[1]*). Tous ces «guides aveugles», «scribes et pharisiens hypocrites», scrupuleux sur les détails mais négligeant «la justice, la miséricorde et la bonne foi», ne sont en définitive que des «sépulcres blanchis [...] pleins d'ossements de morts» (Mt 23*[23-27]*).*

L'amour des ennemis.

Jésus dénonce la tentation d'avoir des ennemis et des esclaves : des ennemis, pour projeter sur eux son angoisse ; des esclaves, pour se sentir dieu et oublier un instant la mort. D'où le commandement paradoxal « d'aimer ses ennemis », alors que, par exemple, le Manuel de Discipline *trouvé parmi les manuscrits de la mer Morte enjoint « d'aimer tous les enfants de lumière [...] et de haïr tous les enfants de ténèbres... ». « Père, pardonne-leur, car ils ne savent ce qu'ils font », dit Jésus sur la croix (Lc* 23^{34}*).*

Ici encore, l'Évangile a été écrit dans une lumière pascale : on peut « aimer ses ennemis » quand, au fond de soi, l'angoisse devient confiance, la mort, résurrection. Et rompre ainsi les enchaînements, sinon inéluctables, de la violence : « Tous ceux qui se serviront de l'épée, périront par l'épée » (Mt 26^{52}*).*

« Rendez donc à César ce qui est à César, et à Dieu ce qui est à Dieu » (Mt 22^{21}*), c'est-à-dire l'homme à son image, dans son ultime profondeur, dans la dimension où il se dépasse. Jésus, pour ouvrir l'espace de la liberté de l'esprit, croise le royaume de César, qu'il n'ignore pas mais désacralise, par le Royaume de Dieu, blessure et levain. Il demande aux siens de transformer le pouvoir en service : « Les rois des nations en sont Seigneurs, et les princes qui les gouvernent sont appelés Bienfaiteurs ; qu'il n'en soit point ainsi entre vous, mais que le plus grand parmi vous soit comme le plus petit, et celui qui est à la tête comme celui qui sert [...] et moi [...] je suis au milieu de vous comme celui qui sert » (Lc* $22^{25\text{-}27}$*).*

« Je ne suis pas venu appeler les justes, mais les pécheurs » (Mt 9^{13}*). Publicains et prostituées dont le cœur se retourne vous précèdent dans le Royaume. Les importants, les occupés se récusent quand ils sont invités au festin des noces. Le maître fait alors venir ceux qui traînent dans les quartiers louches, « méchants et bons » (Mt* 22^{10}*). À une seule condition : qu'ils revêtent leur cœur*

d'un habit de fête, signe de la gratitude pour l'immense joie imméritée.

L'hérétique, la femme, l'enfant.

Il est frappant que Jésus donne si souvent en exemple des Samaritains. Car c'étaient des hérétiques! On disait qu'ils avaient corrompu la vérité sous des influences étrangères. On les évitait, on ne devait pas traverser leur territoire. Or c'est un Samaritain qui, dans la parabole, prend soin du blessé, qu'un prêtre et un lévite ont ignoré. C'est à une femme samaritaine, au puits-source de Jacob, que Jésus révèle l'adoration «en esprit et en vérité». Non seulement samaritaine mais femme — or un rabbi *ne parlait pas à une femme — et perdue de mœurs puisqu'elle avait eu cinq maris et vivait avec un homme qui n'était pas son mari.*

Dans les anciennes sociétés, en Israël aussi, la femme était surtout une fonction, l'enfant une ébauche d'adulte, en attendant peu intéressant. Jésus consacre la femme dans sa pleine dignité de personne. Il justifie Marie, la contemplative, refusant de l'enfermer dans son rôle domestique, l'accueillant parmi ses disciples. Il fait échapper à la lapidation une adultère prise en flagrant délit. Point culminant, peut-être, de la nouveauté évangélique, ce face-à-face de l'étrange Messie et d'une femme coupable d'un crime d'autant plus insupportable qu'il symbolisait l'infidélité d'Israël. «Comme ils persistaient à l'interroger, il se releva et leur dit: "Que celui de vous qui est sans péché lui jette le premier la pierre." Et s'étant baissé de nouveau, il se remit à écrire sur la terre. Eux, l'ayant entendu, et se sentant repris par leur conscience, se retirèrent les uns après les autres, depuis les plus âgés jusqu'aux derniers; et Jésus resta seul avec la femme qui était là au milieu de l'assemblée. Alors Jésus s'étant relevé, et ne voyant plus que la femme, lui dit: "Femme, où sont tes accusateurs? Est-ce que personne ne t'a condamnée?" Elle lui répon-

dit: "Personne, Seigneur." Et Jésus lui dit: "Je ne te condamne pas non plus; va, et ne pèche plus"» (Jn 8^{7-13}).

De même Jésus accueille la prostituée qui couvre ses pieds de parfum et de larmes et les essuie avec ses cheveux dénoués, alors suprême impudeur. «Ses nombreux péchés lui ont été pardonnés, car elle a beaucoup aimé» (Lc 7^{36-50}). Jésus fait ici allusion à sa sépulture: l'éros — la scène est évidemment érotique — aboutit à une extase inaccomplie, une sorte de sépulture. Mais l'allusion à la mort le devient à la résurrection, qui métamorphose l'éros.

Jésus rappelle le sens profond de la nuptialité en citant la Genèse: «Les deux deviendront une seule chair», il bénit le mariage à Cana, il refuse à l'homme la possibilité de répudier sa femme, constatant seulement que l'alliance peut être annulée par la porneia *(Mt 5^{31}; 19^{8}), c'est-à-dire par l'objectivation de l'éros hors d'une authentique relation personnelle. Simultanément, il n'a aucune réaction moraliste devant les prostituées et les adultères, qu'il ne tient nullement pour impures mais appelle comme tous les autres à la* métanoïa *(le mot signifie retournement de toute notre saisie du réel).*

On a beaucoup parlé de la sexualité de Jésus. Dès le II*e siècle, les gnostiques font de Marie-Madeleine sa confidente, voire sa compagne, tout en affirmant que les femmes sont enfin disciples de Jésus quand elles transcendent leur nature et «deviennent mâles»* (Évangile de Thomas, logion *XXII). Dans l'*Évangile de Marie, *c'est Marie elle-même qui invite les autres disciples à «louer la grandeur» des femmes initiées, car Jésus «a fait de nous des hommes» (IX, 20). Mais c'est surtout notre époque qui, selon ses découvertes et ses préoccupations, a évoqué les amours humaines de Jésus dans des romans et des films qui, souvent, ont scandalisé. Mieux vaudrait rappeler que, si «le Verbe s'est fait chair», il a assumé toute la réalité humaine, aussi bien féminine que masculine: homme total, il ignore le sexe comme séparation, section (un mot de la même racine) selon l'image de la Genèse* *bellement interprétée par la cabale à la lumière du Banquet platonicien, mais dans une entière positivité. Le symbolisme nuptial, en ce qui concerne Jésus, et comme saint Paul l'a précisé, concerne sa relation avec l'Église, avec l'humanité et la terre appelées à la déification. Hors de quoi, il ne connaît que des personnes, il est libre des fascinations du sexe comme de celles du pouvoir.*

Quant aux enfants, si longtemps dépréciés, il demande qu'on les laisse venir à lui et les propose en modèle (Mc 10[14]*). Sans doute à cause de leur entière et insouciante confiance...*

Abba, Père.

Ni bon mari ni bon père de famille (dans Matthieu, il annonce surtout que la foi en lui disloquera les familles), Jésus n'est pas davantage un moine : certes, il peut jeûner quarante jours au désert, mais il change l'eau en vin à Cana et se fait traiter de « mangeur et buveur » par les disciples du Baptiste (Mt 11[19]*). Il accueille les femmes dans son amitié, il aime la beauté du monde, les lis des champs plus glorieusement vêtus que Salomon, il sent le caractère mystérieux des phénomènes naturels : la semence lève, pourquoi ? On ne sait pas, « le vent souffle où il veut, [...] mais tu ne sais d'où il vient ni où il va » (Jn 3*[8]*) — ce qui ne désigne pas une ignorance dans l'enchevêtrement horizontal des causes et des effets, mais un étonnement selon une vision verticale du monde. « Jésus disait : "Que celui qui cherche soit toujours en quête, [...] et quand il aura trouvé, il s'éveillera et, s'éveillant, il s'émerveillera..."* » (Évangile de Thomas, *logion II).*

Car tout existe dans l'immense paternité de Dieu, dans cette tendresse qu'exprime le mot abba. *Certes, ce Père a des entrailles de miséricorde au sens utérin et Jean parle du « sein du Père », mais ce Dieu père et mère (et au-delà) est Père en définitive parce qu'il appelle à la communion, non à la fusion. Ce Père « fait lever son soleil sur les méchants et sur les bons, et il répand sa pluie sur les justes et sur les injustes » (Mt 5[45]). La parabole de la brebis perdue révèle un amour qui dépasse toute raisonnable justice (Lc 15[4-7]). Celle du fils prodigue (Lc 15[11-32]) montre un Dieu infiniment respectueux de la liberté de l'homme — le père laisse aller son fils et lui donne, lui encore vivant, sa part d'héritage, puis court à sa rencontre et l'accueille dans une immense fête quand il décide de revenir à la maison comme un esclave affamé.*

La parabole des ouvriers de la onzième heure, tard venus au travail et pourtant payés autant que ceux de la première, semble particulièrement significative. Elle nous fait pénétrer dans le monde mystérieux de l'amour, qui dépasse toute justice. Les dix premières heures, c'est le temps tout entier, temps d'une vie ou de l'histoire. Elles ne valent pas plus que l'instant ineffable de la onzième (Mt 20[1-16]).

« Comme un grain de sable ne pèse pas autant que beaucoup d'or, l'exigence, chez Dieu, d'un jugement équitable ne pèse pas autant que sa compassion. Comme une poignée de sable dans la mer immense, ainsi sont les fautes de toute chair en comparaison de la miséricorde de Dieu[1]*… »*

La loi, a dit saint Paul, existe « pour nous être imputée à péché ». Dans l'exercice des vertus, comme le jeune homme riche, nous réalisons notre éloignement de Dieu. Toute la vie chrétienne n'est qu'un cri pour demander la grâce de la onzième heure.

C'est pourquoi, si l'on applique les critères que nous avons mentionnés, on peut se demander si les passages des Évangiles qui ne font que reprendre une vision légaliste séparant les « bons » des « mauvais » rapportent réellement les paroles de Jésus. Il est possible que des avertissements lancés par celui-ci aient été interprétés par les premières communautés dans le langage de la condamnation et de la

1. Saint Isaac le Syrien, VIIe siècle, *Traités ascétiques*, I, VIIIe traité.

vengeance qui répondait à des refus, des rejets, voire des persécutions.

Aimer, créer.

À la question: «Et qui est mon prochain?» Jésus répond par la parabole du Bon Samaritain et inverse la question: «Lequel des trois te semble avoir été le prochain [de l'homme blessé par les brigands]?» (Lc 10[36-37]*). Dieu, en Christ, se fait le prochain de l'homme pour que celui-ci, à son tour, se fasse — sans attendre de réciprocité — le prochain des autres. «Soyez donc miséricordieux, comme votre Père est miséricordieux» (Lc 6*[36]*). La réconciliation est plus importante que le culte et seule le rend possible: «Si donc tu présentes ton offrande à l'autel, et que, là, il te souvienne que ton frère a quelque chose contre toi, laisse là ton offrande, devant l'autel [ce qui était un acte sacrilège]; va d'abord te réconcilier avec ton frère» (Mt 5*[23-24]*). Dans la lumière du Dieu Père, on refuse de réduire l'autre à quelque explication ou condamnation que ce soit: «Ne jugez point, et vous ne serez point jugé» (Lc 6*[37]*). L'homme participe alors à la générosité de Dieu: «Donnez, et l'on vous donnera», «aimez vos ennemis, faites du bien, et prêtez sans rien espérer: votre récompense sera grande; et vous serez fils du Très-Haut, car il est bon envers les ingrats et les méchants» (Lc 6*[35, 38]*).*

Il faut multiplier la vie, inventer, fructifier, créer. Celui qui enterre son «talent» (une énorme somme d'argent, symbolique dans la parabole), c'est-à-dire les dons, les germes, les appels qu'il reçoit, celui-là est condamné à tout perdre. Mieux vaut l'inventivité rusée de l'intendant malhonnête! «Car on donnera à celui qui a [la vie, la croissance, la fécondité], et il sera dans l'abondance»; tandis que celui qui n'a pas perdra son avoir stérile, et le champ offert à sa créativité sera offert à celui qui sait multiplier les «talents» (Mt 25[29]*).*

Mort et résurrection.

Jésus fut condamné par Pilate, le procurateur romain, à la crucifixion, supplice des esclaves révoltés. Toute la tradition chrétienne pense que le Dieu fait homme — celui qui ne devait pas nourir : « Je suis la résurrection et la vie » — est mort volontairement d'une mort qui récapitule les morts de tous les hommes. La Passion de Jésus unit la plus extrême dislocation du corps, la détresse de l'âme — de la trahison de l'ami au sentiment d'être abandonné par le Père — et l'exclusion sociale poussée jusqu'à l'infamie car « maudit est celui qui est pendu au bois » (Dt 21^{23}).

C'est surtout le grand cri — « Éli, Éli, lama sabactani, *Mon Dieu, mon Dieu, pourquoi m'as-tu abandonné ? » (Mt 27^{46}) — qui n'a cessé de retentir, comme si le mur de notre désespoir s'interposait entre Jésus et son Père. Or qu'est-ce que l'absence de Dieu, sinon l'enfer ? L'unité du Père et du Fils semble se briser et devenir la distance entre le ciel et l'enfer. Alors tout s'inverse : « Père, je remets mon esprit entre tes mains » (Lc 23^{46}). La distance entre le Père et le Fils dans sa toute humanité n'est plus le lieu de l'enfer, mais de la confiance, d'autant plus dense qu'elle est désespérée : le lieu de l'amour, le lieu de l'Esprit. La croix n'est pas seulement l'instrument d'un supplice infamant, mais le symbole universel de l'union du ciel et de la terre. La voici devenue en effet l'axe du monde, le nouvel et définitif Arbre de Vie. Et c'est la résurrection.*

La résurrection n'est pas la réanimation d'un cadavre, mais le germe, ou l'accomplissement secret que nous avons à dévoiler, de la transfiguration du monde.

La venue des femmes au tombeau de Jésus est attestée par les quatre Évangiles. Et il semble qu'ils rapportent là de très anciens témoignages. Puis sont arrivés Pierre et Jean, ils ont vu le tombeau vide, les bandelettes enroulées autour du corps restées à terre comme une chrysalide abandonnée. Les Évangiles, avec une grande discrétion, montrent seulement la pierre roulée (qui fermait le sépulcre), la tombe vide et remplie de lumière. Un signe, un symbole aussi car le monde scellé par la mort est maintenant un tombeau vide.

Puis sont mentionnées diverses apparitions du Ressuscité, d'abord durant la première semaine, à Jérusalem puis en Galilée où se sont rendus les disciples. Le Ressuscité ne s'impose pas comme un objet, il n'est pas davantage une hallucination purement subjective. Quelqu'un est là, bien réel, que Marie de Magdala prend pour le jardinier et que les pèlerins d'Emmaüs tiennent pour un voyageur mal informé. Et les apôtres, revenus à leur métier et pêchant sur le lac, lorsqu'ils l'entrevoient sur la rive, « ne savaient pas que c'était Jésus » (Jn 21[4]). C'est qu'il était « sous une autre forme », dit la finale de Marc. Alors la « re-connaissance » se fait par le réveil de la relation personnelle, dans le champ, déjà ecclésial, de la communion. Au bord du lac, à Emmaüs, par la nourriture partagée, déjà eucharistique ; au jardin par l'appel, et l'échange : « "Marie !" Elle se retourna et lui dit en hébreu : "Rabbouni", c'est-à-dire, Maître » (Jn 20[16]).

La résurrection, victoire paradoxale de la Vie. La mort biologique et toutes les morts partielles qui la précèdent ne sont plus désormais que des passages. « Il fallait, écrit saint Grégoire de Nysse (330 env.-395 env.), rappeler de la mort à la vie l'humanité entière. Dieu alors vient à notre cadavre, il nous tend la main, à nous qui gisons là [...] et donne à notre nature l'élan de la résurrection » (Grande Catéchèse, XXII).

L'Évangile nous révèle ainsi un Dieu qui n'est pas « puissant » au sens des typhons et des tyrans. Il agit comme un influx de vie, d'amour, de liberté. Devant la mort, l'enfer et le mal, dont il n'est en rien responsable, il se laisse crucifier et ressuscite pour se communiquer à nous non seulement à travers ce qui le désigne mais aussi à travers ce qui le nie. En lui, l'homme trouve pleinement sa vocation créatrice : devenir témoin de la résurrection.

Note sur le miracle. le diable et l'enfer.

Le miracle est une donnée ferme des Évangiles, même s'il est difficile de préciser ce qui s'est réellement passé. Nos textes emploient ici trois mots bien différents: la dynamis, *c'est-à-dire la force, le* sêmeion, *le signe, et* téras, *le prodige. Celui-ci est formellement rejeté par Jésus, notamment lorsqu'il est tenté au désert. La Passion et la Croix sont la négation même du prodige, ce prodige que sollicitent railleusement les ennemis de Jésus: «Que le Messie, le roi d'Israël descende maintenant de la croix, pour que nous voyions et que nous croyions» (Mc 15^{32}).*

Jésus ne manifeste que des «forces» et des «signes». «Toute la foule cherchait à le toucher, parce qu'il sortait de sa personne une force qui les guérissait tous» (Lc 6^{19}). La scène est parfois d'un extrême réalisme, comme lorsqu'une femme atteinte d'un flux de sang touche, en se cachant, la frange du vêtement de Jésus et que celui-ci sent qu'«une vertu» est sortie de lui (Lc 8^{46}).

Cependant il ne peut aider que ceux qui ont entièrement confiance en lui. C'est pourquoi, à chaque guérison, il précise: «Ta foi t'a sauvé.» Sa présence, son rayonnement chassent les forces obscures qui ravageaient les âmes et les corps et se multipliaient avec l'extrême tension psychologique que provoquaient l'occupation romaine et l'attente messianique.

Jésus fuit ses propres miracles, il fuit les hommes ainsi attirés. Certains de ces miracles, d'ailleurs, relèvent des forces profondes de l'humain et on en trouverait d'analogues dans d'autres traditions religieuses: la marche sur les eaux par exemple est bien connue dans l'Inde... Le miracle unique, dit Jésus (Mt 12^{42}), c'est la résurrection. Forces et signes ne font qu'anticiper l'événement pasca[1].

Forces et signes: avançons deux explications, au reste complémentaires. Pour certains Pères de l'Église, saint Grégoire de Nysse en particulier, l'état de la matérialité, son opacité ou sa transparence, son durcissement ou sa plasticité sont conditionnés par l'état spirituel des hommes. De Jésus, qui rétablit la vérité de l'homme, le feu de la gloire divine rayonne et rend à l'ambiance cosmique sa sacramentalité où le miracle apparaît comme la vérité des êtres et des choses. Pour le grand philosophe russe Nicolas Berdiaev (1874-1948) qui a consacré à ce problème de longs développements dans sa Philosophie de la liberté[1], *la nature, ou ce que nous appelons ainsi, constitue comme une pièce close où agissent, selon certaines lois, des forces immanentes. Mais si les murs sont soudain renversés, si les énergies d'une réalité plus vaste pénètrent dans cette pièce, alors peut intervenir quelque chose d'insolite qui paraîtra miraculeux aux habitants de la maison.*

C'est en Christ que s'effondrent les murailles et que surviennent les énergies divines (et aussi que sont revivifiées les forces profondes de l'homme). Dans la maison du monde, la mort continue de régner, mais la foi ouvre l'homme, dès maintenant et jusque dans l'agonie, à la victoire de la Vie.

Tout aussi légendaire pour la rationalité close, le diable. Nous pressentons pourtant l'existence de forces obscures dans le caractère, si souvent pervers, du mal cosmique et historique. Le monde présente un contraste frappant entre la beauté et l'horreur: comme si le néant, doté d'une existence paradoxale à travers des libertés maléfiques, tentait sans cesse de défigurer, de désintégrer l'œuvre de Dieu.

Faut-il alors parler d'un diabolos, *d'un* séparateur, *car tel, on l'a vu, est le sens de ce mot? Est-ce quelqu'un, une personne, comme les Évangiles, avec toute leur époque semblent le dire? Deux textes nous apportent les éléments d'une réponse*[2]. *Lorsque Jésus libère le (ou les) possédé(s) gadarénien(s) (Mt 8*$^{28\text{-}34}$*; Mc 5*^{9}*; Lc 8*$^{29\text{-}39}$*), il demande son*

1. Éd. Put' (Le Chemin), Moscou, 1911, p. 52 s.
2. On trouvera un beau commentaire de ces textes dans le livre de Dominique Cerbelaud, *Le Diable...*, éd. de l'Atelier, 1997, «Méditation théologique», p. 91 s.

nom à l'«esprit impur». Et celui-ci répond: «Mon nom est Légion, car nous sommes nombreux.» Ainsi le diabolos *apparaît comme une personne éclatée, désintégrée; une non-personne qui, justement, n'a pas de nom. C'est pourquoi le cœur qu'il envahit n'est pas seulement durci, pétrifié, il est dédoublé, décomposé, agitation simiesque dans une cage de miroirs. Le* diabolos, *d'ailleurs, ne disloque pas seulement le cœur de l'homme mais l'humanité tout entière.*

L'autre texte est le terrible diagnostic de Jésus sur l'«adversaire», que nous lisons dans l'Évangile de Jean (8^{44}): «Il a été homicide dès le commencement, et il ne demeure point dans la vérité, parce qu'il n'y a point de vérité en lui; quand il profère le mensonge, il parle de son propre fonds, car il est menteur et le père du mensonge.» Nous retrouvons ici le mystère de la non-personne, car une personne n'est telle que par son lien avec Dieu, c'est-à-dire avec la «vérité». Le diabolos *étant refus de Dieu, «il n'y a pas de vérité en lui», il semble qu'il ait perdu l'image de Dieu. Quand il parle, c'est donc «de son propre fonds», c'est-à-dire du néant. Par là même sa parole est radicalement mensonge et elle communique la mort.*

Au sein de la culture moderne, c'est Dostoïevski qui a su génialement suggérer la réalité du diable, dans le chapitre des Frères Karamazov[1] *où ce «gentleman au visage gouailleur» apparaît à Ivan. «Moi qui comprends le sel de la comédie, j'aspire au néant.» «Je suis l'X d'une équation inconnue. Je suis le spectre de la vie [...] qui a oublié jusqu'à son nom.» Plein de dérision, il pose le mal comme facteur nécessaire de l'évolution! Il rêve vraiment de s'incarner dans une grosse marchande... «La conscience, qu'est-ce que cela? [...] Pourquoi a-t-on des remords — par habitude [...]. Défaisons-nous de l'habitude, et nous serons des dieux.» Et Ivan se demande: l'apparition*

1. IV, XI, 10. Trad. d'Henri Mongault, Gallimard, Pléiade, 1952· Folio classique, 1973.

est-elle réelle, ou n'est-ce que son double : « Lui, c'est moi, moi-même. Tout ce qu'il y a en moi de bas, de vil, de méprisable. »

Le diable, miroir grossissant et déformant, pourtant fidèle.

Au thème du diabolos *se lie étroitement celui de l'enfer. Les Évangiles parlent de la « géhenne », du feu, du soufre, de la fournaise, des « ténèbres extérieures » où sont « pleurs et grincements de dents », ou encore de l'*hadès *(étymologiquement, le lieu où l'on ne peut voir — le visage de l'autre). Jésus invite ses auditeurs à la* métanoïa *afin d'éviter « la Géhenne où le ver ne meurt point, et où le feu ne s'éteint point » (Mc 9^{48}). Très souvent, les paraboles mettent en parallèle la joie des élus et la détresse des rejetés. Ces textes contrastent violemment avec la révélation centrale des Évangiles, celle du Dieu incarné et crucifié pour sauver l'homme de l'enfer et lui ouvrir les voies de la déification. Bien des Pères, en Orient surtout, ont souligné qu'il s'agissait d'avertissements, de valeur essentiellement pédagogique. Nous pouvons ajouter que ces avertissements ont sans doute été orchestrés par les premières communautés selon un « genre littéraire » dont on peut suivre l'élaboration dans l'Ancien Testament et qui fleurissait de la manière la plus terrifiante dans la littérature intertestamentaire, qui était souvent une littérature de vengeance et d'exécration.*

Certes, un mauvais infini de tourments — « le regret éternel de l'amour offensé », disait saint Ambroise d'Optino[1] *— peut se déployer dans une âme orgueilleusement fermée, alors qu'elle est plongée dans la lumière divine — et justement parce qu'elle est plongée dans cette lumière.*

1. Ambroise d'Optino (1812-1891) fut le plus grand des *startsi* russes du XIXe siècle (le *starets*, ou « ancien », est un père spirituel charismatique). À la fois profond mystique et homme de culture, il savait accueillir aussi bien les paysans que les philosophes et les écrivains comme Dostoïevski, Soloviev ou Léontiev.

Mais à travers les «éons des éons[1]*», la prière du Christ et celle des saints continueront d'agir. Dans l'espérance que la «seconde mort» dont parle l'Apocalypse (20$^{6, 14}$) se rapporte en définitive aux éléments démoniaques que chacun porte en soi et que tous les partages qu'évoquent les Évangiles se feront aussi en chacun. «S'il ne m'est pas donné de savoir qu'il n'existera pas d'enfer, il m'est donné de savoir que l'enfer ne doit pas exister et que je dois, sans jamais m'isoler, travailler à l'œuvre du salut universel*[2]*.»*

Christologies des Évangiles.

On peut mettre à la fois en contraste et en convergence les Évangiles de Matthieu et de Luc. Le premier constitue la catéchèse de milieux chrétiens d'origine juive, son interprétation du Christ est typique du judaïsme palestinien. Le second donne au contraire une catéchèse destinée aux milieux d'origine païenne, de langue sinon de culture grecque.

Pourtant, et là se fait la convergence, la préoccupation majeure de Matthieu est universaliste, tandis que Luc a souci de se ressourcer aux traditions originelles, palestiniennes et d'expression araméenne (sans oublier pourtant de rappeler qu'Élie fut envoyé chez une veuve au pays de Sidon et que ce fut un lépreux syrien qui trouva guérison au temps d'Élisée, 4$^{25-27}$).

Matthieu veut montrer dans la destinée du Christ l'accomplissement du Premier Testament: il multiplie les citations bibliques en les appliquant aux actes et aux paroles de Jésus, il décèle dans les moments majeurs de

1. Les éons sont des états spirituels inférieurs ou supérieurs à l'existence terrestre (elle-même liée à l'ensemble du cosmos sensible), états donc infernaux ou angéliques à travers lesquels, selon de nombreux Pères de l'Église, l'âme, après la mort, si elle n'a pas atteint une parfaite sanctification, connaît un exode purificateur.

2. Nicolas Berdiaev, *De la destination de l'homme*, trad. fr. 1935, p. 363; rééd. L'Âge d'homme, 1979.

l'existence de celui-ci la reprise et la réalisation plénière de l'Hexateuque (les cinq livres dits «de Moïse», plus celui de Josué). Ainsi, pour prendre deux exemples, le Sermon sur la montagne correspond à la donation de la Loi au Sinaï et tout l'ensemble où il s'insère forme la reprise transcendante de l'Exode; le récit de la Passion et de la Résurrection signifie, lui, l'entrée dans la Terre promise définitive. Pour Matthieu, Jésus est le Messie, mais ce messianisme apparaît symbolique, il est Roi, mais du Royaume «des cieux». Le Peuple s'universalise, la Loi s'intériorise, le Royaume devient l'horizon ultime où l'histoire est dépassée. En Jésus coïncident les figures du Serviteur souffrant et du céleste «Fils de l'homme», en lui Dieu fait descendre son Royaume du ciel sur la terre, en orientant la terre vers le ciel.

La christologie de Luc, c'est-à-dire, inséparablement, de l'Évangile qui lui est attribué et du Livre des Actes, est «pneumatologique», fondée sur le rôle majeur joué par l'Esprit-Saint, et culmine à la Pentecôte. L'Esprit donne aux hommes le Christ: tout le début de l'Évangile, avec les cantiques d'Élisabeth, Marie, Zacharie, Syméon, témoigne de l'allégresse que provoque l'effusion de l'Esprit. Et c'est l'Esprit qui, descendant sur Marie, permet l'Incarnation. Marie, dans l'Esprit, rouvre au Verbe sa création: nouvelle Ève, comme le dira saint Irénée. Toute l'existence de Jésus est une existence dans l'Esprit, et ce n'est pas pour rien qu'il inaugure sa première prédication en citant Ésaïe: «L'Esprit du Seigneur est sur moi, parce qu'il m'a oint *[...]. Aujourd'hui est accomplie la parole de l'Écriture, comme vous venez de l'entendre de vos oreilles» (4^{18-21}). Toute la vie terrestre de Jésus, ses paroles, ses miracles sont dans la mouvance du Souffle saint dont il prépare l'effusion plénière à la Pentecôte. Le Fils de Dieu devenu homme apparaît comme le principe d'une nouvelle humanité, qu'il baptisera «d'Esprit saint et de feu» (3^{16}).*

L'Évangile de Marc, qui n'est peut-être pas le plus

ancien[1]*, doit être rapproché de celui de Jean, sans doute moins récent qu'on ne l'a cru, tant il contient d'authentiques précisions. Marc a su suggérer simultanément l'humanité et la divinité du Christ. Pour lui, la «bonne nouvelle» n'est pas seulement un enseignement, c'est une personne, Jésus lui-même. Le Royaume vient dans la personne de Jésus, celui-ci est à la fois le Roi et le Royaume. Dans certains manuscrits, dont celui que suit notre version, le début de l'Évangile: «Commencement de l'Évangile de Jésus-Christ», est complété par la formule «Fils de Dieu». Marc voit en Jésus «le Fils» par excellence, sans aucun prédicat; Paul dit le Fils «premier-né»,* prototokos*; Jean, le* Monogenês*, l'Unique Engendré. Jésus, dans l'Évangile de Marc, se nomme lui-même «le Fils», au sens absolu. Et ce titre exprime la pleine présence en lui de la divinité du Père.*

Les études les plus récentes ont démontré le sémitisme foncier de l'Évangile de Jean, contre tant d'hypothèses appelées par le terme essentiel du Prologue, Logos, *et concernant des influences de l'hellénisme mystique, voire gnostique. Le* Logos, *en réalité, c'est surtout le* Davar *biblique, la Parole créatrice de la Genèse, dont le commencement,* Bereschit, *repris par le Prologue, prend un sens absolu: de toute éternité. C'est aussi la Sagesse, source de vie et de lumière pour toute la création, et surtout la* Schekinah, *mot quasi translittéré dans le grec du Prologue. Désormais, la «Tente», le Tabernacle de la Présence, c'est la «chair» — autre sémitisme —, c'est-à-dire l'humanité de Jésus.*

Dans le Verbe, dans sa filialité, se trouve la Vie, la source de la Vie, c'est-à-dire la grâce de l'Esprit, et la Vie est «la lumière des hommes». Le Verbe a tout créé, il porte le monde, il vient donc chez les siens quand il s'incarne, mais se heurte à la séparation, au refus, à la haine, à tout ce «mensonge» dont le «séparateur» est le «père»

1. Voir p. 724.

— par là même «meurtrier» car il retranche de la Vie. «La lumière luit dans les ténèbres» qui ne l'ont ni reçue ni dominée. Tout l'Évangile décrit la lutte de la lumière et des ténèbres, non pas au sens de deux principes ontologiques, mais comme de la vérité et du mensonge. Et quand le Christ, le lumineux, est livré aux ténèbres et que celles-ci se referment sur lui, elles sont métamorphosées, Pâque est la fête de la lumière, de la nuit devenue lumineuse. La résurrection, pour Jean, est inséparable de la croix. La croix est une paradoxale élévation. L'aspect sacrificiel de la Passion exprime simplement la remise totale du Fils à la volonté du Père qui lui fait affronter, pour les vaincre, les puissances du néant. Le Crucifié victorieux entraîne l'entière humanité dans son ascension vers le Père; plus exactement, la «remontée» du Fils avec sa chair (avec toute chair) permet la «descente» de l'Esprit: celui-ci, qui reposait en Jésus, repose désormais sur son Corps ecclésial, sacramentel: l'«eau» baptismale et le «sang» eucharistique jaillissent du côté transpercé sur la première Église représentée par la Mère et le Disciple bien-aimé, remis l'un à l'autre (19^{26-27}). La foi, pour Jean, est accès à la vie éternelle au-delà de tout jugement: «Celui qui écoute ma parole, et qui croit en celui qui m'a envoyé, a la vie éternelle; et il n'est point amené en jugement, mais il est passé de la mort à la vie» (5^{24}). Le jugement est tout intérieur: c'est l'amour accepté ou refusé.

De ce point de vue, et malgré l'apparence, cet admirable Évangile de l'amour est plus dur que les synoptiques: du moins dans sa version définitive écrite dans un contexte de persécution et de violente opposition entre Juifs et chrétiens désormais cruellement séparés. Jean fait dire à Jésus, à propos des «Juifs» (le mot désignant ici uniquement les ennemis de Jésus), «le père dont vous êtes issus, c'est le diable» (8^{44}), tandis que les synoptiques, Luc en particulier, insistent sur «l'amour des ennemis», rappellent que Dieu est miséricordieux «pour les ingrats *et pour les méchants» et rapportent ce mot du Crucifié: «Père, pardonne-leur, car ils ne savent ce qu'ils font» (Lc 23^{34}).*

O. C.

LES ACTES DES APÔTRES

Parmi les livres composant le Nouveau Testament, les Actes des Apôtres présentent un caractère original, que les fidèles connaissent bien dès leurs années de catéchisme: il semble à première écoute qu'il s'agisse d'un livre historique, une chronique de l'Église aux premiers temps. Le titre lui-même pourrait être traduit comme «l'histoire des apôtres» (les Allemands traduisent par Apostelgeschichte*). Ce titre, qui ne correspond pas exactement au contenu, n'est probablement pas primitif, mais il est très ancien, autorisé dès le* IIe *siècle par les témoignages d'Irénée, de Clément d'Alexandrie et de Tertullien. Il s'agit cependant de bien davantage que d'une simple chronique de la première Église, même si l'on peut penser que le rédacteur anonyme disposait de notes et documents pour classer des événements qui s'étaient déroulés une trentaine d'années auparavant.*

Une simple lecture permet de repérer des éléments disparates: si l'agencement général paraît conduire linéairement de Jérusalem à Rome et si le récit est conduit, conformément aux structures antiques, en insérant des discours dans les séquences narratives, on repère aisément des passages à la première personne du pluriel (les «passages en nous»), qui semblent constituer comme un «journal de voyage», une première partie organisée autour de l'apôtre Pierre, qui disparaît vers le milieu du texte pour laisser place aux voyages et prédications de

Paul, qui domine en exclusivité la seconde moitié du livre. En fait d'« actes des apôtres », il s'agit plutôt de l'histoire de deux apôtres, Pierre et Paul : les autres apparaissent fugitivement au début et restent au second plan. Le livre comporte essentiellement le récit des activités et discours de Pierre et de Paul.

L'auteur commun de l'Évangile et des Actes.

Peut-on identifier le compilateur de ces récits ? Des témoins des IIe et IIIe siècles, Irénée, Tertullien, Origène, le nomment « Luc », un nom qui apparaît dans les lettres de Paul pour désigner un de ses collaborateurs. Le rôle effacé que tient Luc dans les lettres me semble un argument important en faveur de cette attribution : s'il s'était agi d'appuyer le livre des Actes par l'autorité de son auteur, on aurait plutôt recouru à d'autres compagnons de Paul, plus prestigieux, mieux identifiés. Il reste que bien des détails ont pu rendre suspecte cette attribution des Actes à un compagnon de Paul. Peut-on attribuer au « milieu paulinien » la rédaction de ce texte ? Des divergences existent, en effet, entre le Paul des Actes et celui des lettres. Par exemple, les Actes lui attribuent deux visites à Jérusalem avant la réunion « conciliaire » des apôtres, tandis que l'épître aux Galates n'en mentionne qu'une. Le portrait de Paul dans les Actes, celui d'un permanent faiseur de miracles, est très différent des autoportraits qu'il donne dans la correspondance. Les thèmes théologiques majeurs de l'apôtre restent très allusifs dans les Actes, quand ils ne sont pas carrément passés sous silence. Quant à la légitimité apostolique dont les lettres de Paul retentissent, elle est mentionnée comme en passant dans le livre de Luc.

À quelle conclusion le constat de ces divergences peut-il conduire ? Pour certains interprètes, il s'agit de la preuve que l'auteur des Actes ne saurait être un compagnon de Paul. Mais on peut objecter que notre connais-

sance de la théologie paulinienne repose sur des textes polémiques, des lettres où il répond à des objecteurs et dénonce des prédicateurs adverses. La question de l'authenticité du corpus paulinien reste ouverte, et la critique interne a depuis longtemps souligné des contradictions majeures (en particulier par rapport à la Loi juive). Il me semble plus exact, en réalité, de souligner à la fois l'évolution de la pensée de Paul (le récit des Actes restitue son enseignement bien après la mort de Paul, dans une sorte de synthèse qui n'est qu'en formation dans les épîtres authentiques) et sa redoutable faculté d'adaptation aux besoins du moment et aux thèses adverses. La plasticité polémique dont les lettres font preuve reste tout à fait étrangère au dessein du rédacteur des Actes. Cela dit, les Actes nous donnent un portrait revu et corrigé, compte tenu de ce que l'entourage de Paul pouvait comprendre et retenir de ses enseignements.

Pendant longtemps, on a considéré que les Actes étaient un récit d'un chrétien non Juif à l'intention des chrétiens non Juifs, l'écrit d'un Gentil pour les Églises de la Gentilité. Cette hypothèse était nourrie d'un préjugé : la conviction que la destruction de Jérusalem en 70 avait entraîné la disparition de la chrétienté juive, au mieux sa survivance de manière marginale. Mais on a bien repéré désormais que cette chrétienté provenant du judaïsme s'est maintenue pendant tout le Ier siècle. La langue des Actes est du grec de synagogue, marqué par la traduction grecque des Écritures, écrit par un Juif (ou un Gentil « craignant Dieu », imprégné par le judaïsme) pour des Juifs. Les Actes décrivent des conversions de Juifs ou de païens craignant Dieu, mais jamais de païens idolâtres. Et la christologie, commune à l'Évangile de Luc et aux Actes, peut être appelée « prépaulinienne », celle d'un Messie juif, portant des titres qui remontent au Temple et sont explicitement réemployés pour Jésus, à commencer par « Messie », Christos, « Fils de David » et surtout « le Seigneur », Kyrios, un titre qui désigne indifféremment Dieu et Jésus. Parler *d'un Messie souffrant, et Luc y insiste, n'est pas une innovation. Il a été annoncé par les prophètes d'Israël. Les Écritures jouent un rôle décisif pour fixer l'enseignement d'une Église nommée par Luc* ecclesia *(et non pas* laos, *le peuple). Ici encore, la communauté chrétienne est clairement désignée comme le seul et unique Israël.*

Le texte et sa date.

Après les persécutions déclenchées par les Juifs, beaucoup de chrétiens juifs apostasièrent: à la fin du Ier siècle, on note des retours au judaïsme. Luc écrit dans ce contexte, pour fortifier la foi au Christ des croyants d'origine juive: «Plusieurs ayant entrepris d'écrire l'histoire des événements qui se sont accomplis parmi nous, d'après ce que nous ont enseigné ceux qui en ont été les témoins oculaires dès le commencement, et qui sont devenus les ministres de la Parole, j'ai cru devoir aussi, après m'être soigneusement enquis de tous les faits, dès leur origine, te les raconter dans leur ordre, excellent Théophile, afin que tu reconnaisses la vérité des récits qui ont fait la matière de ton instruction» (Lc 1$^{1-4}$). Il publie alors deux ouvrages: un «Évangile», le récit de la vie de Jésus, et celui des événements qui ont suivi l'événement pascal. Il s'agit bien de deux volumes distincts et consécutifs, chacun étant doté de son unité propre. L'organisation de ces deux livres «à Théophile» a été rompue lorsque, avant 200, l'organisation «canonique» du Nouveau Testament a regroupé les quatre récits des Évangiles, reléguant les Actes des Apôtres en tête du recueil des lettres pauliniennes, comme une sorte d'introduction chronologique. Mais il faut bien considérer l'unité du corpus lucanien, l'Évangile et les Actes, un ensemble impressionnant (en volume, le quart du Nouveau Testament!) que les exégètes modernes appellent Luc-Actes. Les règles antiques de composition littéraire (enseignées par Lucien de Samosate, au Ier siècle) ont poussé certains auteurs à trouver des parallélismes entre les deux livres, qui sont certainement l'œuvre d'un ingénieux écrivain, qui s'était suffisamment approprié les matériaux utilisés pour faire de la recherche des sources une entreprise désespérée. Peut-être faut-il voir[1] dans l'existence même des deux livres un « paulinisme » de Luc, la mise en œuvre de l'enseignement donné dans la seconde lettre aux Corinthiens (5^{18}) : « Tout vient de Dieu, qui nous a réconciliés avec lui par Jésus-Christ, et qui nous a confié le ministère de la réconciliation. » L'Évangile aurait alors pour but de divulguer l'action rédemptrice accomplie par le Christ, tandis que les Actes rapporteraient la prédication apostolique de l'Évangile au monde.

La datation reste liée au problème général de celle du Nouveau Testament. Si l'on retient comme décisive l'ignorance de l'issue romaine du procès de Paul, l'indication des « deux années entières » (28^{30}) conduit certains exégètes à proposer une datation très haute, vers 62-63 (ce qui conduit à remonter les dates de l'Évangile de Luc et de celui de Marc). C'était le point de vue traditionnel des auteurs catholiques. Mais les exégètes protestants ont souligné combien l'institutionnalisation (la « catholicisation ») de l'Église invitait à repousser la rédaction finale vers la fin du Ier siècle. La critique moderne, qui n'accepte pas les datations élevées, mais qui est revenue des excès de l'hypercritique, situe la rédaction des Actes une vingtaine d'années plus tard, autour de l'an 80.

Le texte communément traduit s'appuie sur trois ou quatre grandes traditions manuscrites : une tradition égyptienne (alexandrine, texte B), une tradition dite « occidentale » (essentiellement le codex de Bèze, texte D) et une tradition byzantine[2]. L'écart entre le texte égyptien et le texte occidental est considérable (le texte occidental est

1. Avec Philippe Menoud, étude de 1970 reprise dans *Jésus-Christ et la foi*, Neuchâtel-Paris, Labor et Fides, 1975, p. 130-149.

2. On dispose aussi d'une version dite « de Césarée », proche de la byzantine, et d'une version copte ancienne.

beaucoup plus long — un dixième — que le texte égyptien). La découverte de fragments sur papyri conduit cependant à considérer le texte B comme un texte déjà révisé, qui ne peut être tracé avant le IIIe *siècle. Les deux textes semblent donc bien, selon les exégètes, deux recensions d'un texte primitif perdu. La traduction d'Oltramare suit le texte B, nous avons signalé en note une dizaine des variantes les plus importantes du texte occidental.*

La loi nouvelle de l'Esprit.

« Tu vois, frère, que les Juifs qui ont cru se comptent par milliers ; et ils sont tous pleins de zèle pour la Loi » (21[20]) : bien souvent, les Actes rapportent des conversions massives de Juifs. Ceux des Gentils qui se convertissent sont liés à la synagogue, ce sont des « craignant Dieu » : leur modèle est le centurion Corneille, « homme juste et craignant Dieu, à qui toute la nation des Juifs rend un bon témoignage » (10[22]). Loin de constater que Dieu s'est détourné d'Israël, et d'accorder à l'Église le titre de « nouvel Israël », Luc insiste : il n'y a qu'un seul Israël de Dieu, qui s'est divisé. Les Actes sont un récit de temps de crise du judaïsme. « Vous êtes, vous, les fils des prophètes et de l'alliance que Dieu a traitée avec nos pères » (3[25]) : Pierre s'adresse à des personnes revêtues de l'Esprit de Dieu, que Luc appelle le plus souvent « l'Esprit saint » et dont l'activité est proche de celle qu'il exerce dans l'Ancien Testament : les chapitres 1 à 15 des Actes décrivent la vie d'une communauté charismatique, l'Église de Jérusalem. Luc est plus restrictif lorsqu'il envisage l'action de l'Esprit dans la Gentilité, chez les non-Juifs. Dans l'épisode du centurion Corneille, « tous les fidèles de la circoncision qui avaient accompagné Pierre furent surpris de ce que le don du Saint-Esprit était aussi répandu sur les Gentils » (10[45]).

Dans la crise que traverse le judaïsme du Ier *siècle, le rôle de l'Esprit était à peu près généralement tenu pour éteint. Sans doute, au temps lointain des Patriarches, tous les personnages justes et pieux avaient l'Esprit de Dieu. Mais cette présence diminua au cours de l'histoire, dans les turpitudes d'Israël, au point qu'à la mort des derniers prophètes écrivains, Aggée, Zacharie, Malachie, l'Esprit s'éteignit. Au temps de Jésus, les rabbins enseignaient que la voix de l'Esprit s'était tue avec les derniers des prophètes. Tout au plus pouvait-on entendre son écho,* bat qol, *«l'écho de la voix» du Seigneur. Lorsque des disciples de Jean Baptiste reçoivent à Éphèse l'enseignement de Paul sur l'Esprit-Saint, ils disent: «nous n'avons pas encore entendu dire qu'il était de nouveau présent» (c'est bien ainsi qu'il faut comprendre leur réponse, Ac 19²).*

L'espérance d'Israël tenait dans le retour de l'Esprit, et c'est pour cela que Jean Baptiste attire les foules qui acclament un prophète et même, comme le dit Jésus, «plus qu'un prophète», «plus que Jonas» (Mt 11⁹ et parallèle: Lc 7²⁶). Ce plus *doit être bien entendu: non seulement l'histoire inaugurée par l'Alliance va être remise en route, mais elle va atteindre son terme. L'Esprit revient de manière définitive, pour la dernière fois. Sa présence inaugure le temps du salut: le récit de Pentecôte ouvre le texte des Actes par une solennelle et spectaculaire effusion de l'Esprit-Saint (chapitre 2). Ce temps du salut s'inscrit dans la continuité de l'histoire d'Israël: commémoration du don de la Loi à Moïse par Dieu sur le mont Sinaï, la fête juive de Pentecôte («la Cinquantaine») est le moment où l'Église reçoit l'Esprit-Saint, principe de sa prédication et de la diffusion du christianisme. Pierre annonce de Jésus qu'«exalté par la droite de Dieu, il a reçu du Père l'Esprit-Saint promis et il l'a répandu» (à rapprocher de Ép 4⁸: «monté en haut [...] il a fait des largesses aux hommes»). On a pu relever dans cette phrase une trace du psaume 118¹⁶ («par la droite de Dieu», et non pas «à la droite») et aussi du psaume 68¹⁹, récité à la fête de la Cinquantaine (Pentecôte) et appliqué à Moïse exalté par Dieu pour donner aux hommes la Torah. L'Esprit-Saint se substitue à la Torah ou plutôt : la Torah devient, pleinement, l'Esprit qui y était comme dissimulé.*

Le salut donné aux païens.

Au terme du récit théologique des Actes, les notables juifs de Rome sont divisés devant les efforts de Paul pour « les persuader, par la Loi de Moïse et par les Prophètes de ce qui regarde Jésus » (28^{23}). Paul répond en citant le prophète Ésaïe (6^{9-10}). Dans l'Évangile (Lc 8^{10}), Luc avait déjà utilisé cette citation, mais de manière partielle : Jésus déclarait aux siens que s'il leur est donné, à eux, de connaître les mystères du Royaume, « pour les autres, ce n'est qu'en paraboles, afin qu'en regardant, ils ne voient point, et qu'en entendant, ils ne comprennent point ». Marc, dans le passage parallèle (Mc 4^{12}), donne le texte prophétique en entier, ajoutant « de peur qu'ils ne se convertissent et que leurs péchés ne soient pardonnés ». Si Luc, dans l'Évangile, omet cette finale de condamnation, il n'a plus la même retenue au terme des Actes. Il met dans la bouche de Paul, en réponse aux notables juifs, tout le message « Va vers ce peuple et dis-lui : vous entendrez de vos oreilles, et vous ne comprendrez pas ; vous regarderez de vos yeux, et vous ne verrez pas. Car le cœur de ce peuple s'est épaissi, il est dur d'oreille et il a fermé les yeux, de peur de voir de ses yeux, entendre de ses oreilles, de comprendre avec son cœur et de se convertir : aussi ne le guérirai-je point. » Même si le choix du texte grec de la Septante atténue la dernière phrase (l'hébreu original porte : « et ne pas être guéris »), le message de Paul est clair : l'endurcissement des Juifs leur retire toute espérance. Désormais, « ce salut de Dieu a été envoyé aux païens : eux l'écouteront ».

Persécutés par les Juifs, les lecteurs de Luc devaient être rassurés : la voie chrétienne ne s'oppose pas au judaïsme, ce n'est pas une apostasie. Les Actes ne contiennent *aucune critique de la Loi, et tout concourt à présenter des chrétiens juifs comme des Juifs pieux. Arrêtés par l'ordre du sanhédrin, du Grand Conseil juif, les apôtres sont violemment battus et reçoivent l'interdiction de parler au nom de Jésus : « Mais ils ne cessèrent chaque jour, dans le Temple et à la maison, d'enseigner et d'annoncer que Jésus est le Messie » (5^{42}).*

Le souci de Luc est de répondre aux rumeurs qui courent sur Paul et sur son abandon de la Loi : le personnage campé dans les récits et discours des Actes affirme avec vigueur sa fidélité à la Loi, celle d'un « pharisien, fils de pharisiens » (23^{6}), « instruit aux pieds de Gamaliel dans l'observance stricte de la Loi de nos pères » (22^{3}). Devant le gouverneur Félix, Paul affirme qu'en suivant la « Voie », en étant chrétien, il accomplit pleinement l'espérance d'Israël (26^{22}). Aussi ce portrait de Paul et le contenu de ses plaidoyers ne sont pas des morceaux de défense adressés à Rome, mais leur contenu est bien plutôt strictement religieux, destiné à faire prévaloir l'image d'un prédicateur attaché au judaïsme. Ce sont des interventions divines, des visions, qui l'ont poussé vers les païens : la mission de la Gentilité accomplit les desseins du Dieu d'Israël et la prédication de ses prophètes. Jésus Messie n'est pas présenté par les Actes dans un rôle très actif : il est surtout l'accomplissement de la promesse faite à Israël. Aussi ses adversaires, qui sont encore appelés des « Juifs », sont déjà retranchés du peuple (c'est la seconde prédication de Pierre, 3^{11-26}, particulièrement par l'usage habile, mis dans la bouche de Moïse, d'une citation du Dt $18^{15, 18}$ greffée sur Lt 23^{29} : « le Seigneur notre Dieu suscitera d'entre vos frères un prophète comme moi »).

Une histoire sainte des origines.

L'histoire qu'écrit Luc est donc une histoire sainte, une histoire théologique. C'est ce qui a causé bien du souci aux exégètes modernes. D'une part, ils soulignent l'aspect lacunaire de cette histoire du christianisme primitif, axée sur les communautés pauliniennes (au détriment de la diffusion johannique, par exemple) et sur l'ouest de la Méditerranée, un récit plus soucieux de décrire des implantations que de raconter leur persistance dans la durée, tandis que d'autre part ils recourent en sous-main aux Actes pour alimenter leur documentation sur la période, car le texte de Luc constitue une mine irremplaçable de données. Le débat sur Luc historien est une question très ancienne, mais pour y répondre, il convient de s'entendre sur ce qu'on attend d'une histoire.

Une distinction de Paul Ricœur est très éclairante : le philosophe distingue entre l'histoire documentaire, l'histoire explicative et l'histoire poétique. Les deux premières épithètes suffisent pour expliquer le sens donné au substantif. L'histoire poétique est « celle des grandes affabulations de l'autocompréhension d'une nation à travers ses récits fondateurs[1] *». Il s'agit bien là de la* fonction *des Actes : une lecture théologique, providentialiste, des premiers âges. Cette lecture propose une histoire exemplaire, poétique, au sens étymologique, c'est-à-dire : créatrice. Les grands historiens de l'Antiquité ont écrit des œuvres comparables : retracer le destin mythique de la Cité (Athènes, pour Thucydide) ou de l'Empereur (Alexandre, pour Polybe). Luc retrace l'histoire providentielle de l'Église. Il s'inscrit dans l'exacte tradition des « livres historiques » d'Israël, qui constituent un commentaire théologique en marge de* chroniques *disparues (les Annales de Salomon, mentionnées I R* 11^{41}*, ou encore les Annales des rois de Juda et d'Israël, respectivement I R* 14^{29} *et* 14^{19}*). Les rabbins réunis à Yavné, vers l'an 100 de notre ère, ont écarté du canon des Écritures les récits les plus « documentaires » de la tradition d'Israël, c'est-à-dire les trois premiers livres des* Martyrs d'Israël *(*Maccabées*), et l'historien juif Flavius Josèphe, qui achevait à la même époque ses* Anti-

1. *La Critique et la Conviction*, Calmann-Lévy, 1995, p. 132

quités juives, *n'a pas eu de postérité. Il faudra attendre le* XVIe *siècle pour qu'un Juif d'Avignon, Joseph Ha-Kohen, se déclare ouvertement historien. Et la tradition rabbinique fait de l'histoire, au pire, du temps perdu pour la prière et l'étude de la Loi, au mieux, un passe-temps pour oisifs ou insomniaques : c'est « quand le sommeil le fuit » que le roi de Babylone, au livre d'Esther, se fait lire les chroniques de son règne.*

La prédication comme mission.

Cette histoire des origines est organisée autour de la prédication des deux apôtres, Pierre et Paul[1] *: une première partie, les chapitres 1 à 12, semble un peu chaotique, mal organisée, avec des traits archaïques dans la langue et dans la doctrine. Elle constitue les « Actes de Pierre », autrement dit : « de Jérusalem à Antioche ». La seconde partie, au contraire, les « Actes de Paul », est un récit plus nerveux, plus serré, nourri de données chronologiques, avec des passages à la première personne du pluriel. On peut admirer l'art du récit, le sens de l'événement, la succession de passages narratifs, de discours, de prières. L'auteur a un sens du récit, pour nous conduire d'Antioche à travers la Méditerranée jusqu'à Rome, capitale de l'Empire. Car les Actes ne sont pas seulement l'arraisonnement chrétien du temps, des années, des générations : ils sont aussi la mainmise sur l'espace habité, la Méditerranée occidentale,* Mare nostrum. *Autrement dit, tout le message des Actes est missionnaire, c'est le récit de la diffusion du christianisme depuis la Palestine jusqu'à l'ensemble des terres habitées. « Ces faits ne se sont point*

1. Cette division, communément admise, reste discutable : une autre, imaginée par l'exégète américain C. C. Torrey (1916), a rallié de nombreux exégètes : une première partie (que Torrey pensait traduite de l'araméen, mais il n'a pas été suivi sur ce point) retrace l'histoire de l'Église primitive jusqu'à la conférence de Jérusalem (chap. 15), tandis que la seconde partie retrace la diffusion de l'Évangile depuis la Palestine jusqu'à Rome.

passés en un coin obscur» (26^{26}): comme Paul l'explique devant le roi Agrippa et le gouverneur Festus, l'histoire de Jésus est une histoire mondiale, à la hauteur de celle des empereurs ; le christianisme s'identifie peu à peu à la réalité du Royaume en place dans ce monde, à l'intérieur de l'Empire romain et du monde habité.

Quatre discours de Pierre scandent les cinq premiers chapitres, accompagnés de la description idéale d'une communauté, celle de Jérusalem, pénétrée par l'Esprit. Ces catéchèses, qui sont conclues par la longue profession de foi et le martyre d'Étienne, sont importantes : elles donnent comme le noyau de l'annonce primitive : accomplissement des prophéties en Jésus, résurrection de Jésus par Dieu, effusion de l'Esprit-Saint. La persécution qui s'abat sur l'Église de Jérusalem (probablement sur les chrétiens d'origine païenne) permet de passer à la Samarie, terre missionnaire de Philippe, puis l'entrée en scène de Paul introduit le récit de sa conversion.

L'événement du chemin de Damas nous a été rapporté de plusieurs façons : à trois reprises dans les Actes (les deux autres sont dans des discours de Paul 22^{4-21} et 26^{9-18}) avec une allusion dans la lettre aux Galates (1^{13-16})[1]. Ces récits, qui ne concordent pas en tous points, renvoient à un événement que Luc tient pour essentiel, la conversion de Paul à l'enseignement de Jésus, qui fait de lui comme « un treizième apôtre ».

Apôtre, Paul l'était déjà au sens juif du terme, « envoyé » par le Grand Conseil de Jérusalem (Paul parle devant Agrippa de « pouvoirs » reçus du Grand Prêtre). Un siècle plus tard, Justin, dans son Dialogue avec Tryphon, rappelle l'existence de tels envoyés : « Vous l'avez d'abord crucifié, le seul irréprochable et juste [...] ; puis, lorsque vous avez su qu'il était ressuscité d'entre les morts et monté au ciel [...], vous avez désigné des émissaires choisis [des

1. Et dans la première lettre aux Corinthiens 9^{1}. Nous nous permettons de renvoyer à notre ouvrage *Paul, ou l'impossible unité*, Fayard-Mame, 1980, p. 52-60.

apôtres par élection] et vous les avez envoyés de Jérusalem sur toute la terre pour dire qu'une hérésie impie, celle des chrétiens, était apparue, et pour nous accuser de toutes ces choses que ceux qui ne nous connaissent pas répètent contre nous» (Dialogue 17).

Du reste, lorsque Paul arrive à Rome, les Juifs de la Ville lui disent n'avoir été prévenus à son sujet par aucun «envoyé» (Ac 28[21]*). C'est comme envoyé du sanhédrin que Paul fait, sur la route qui conduit à Damas, l'expérience d'une rencontre mystérieuse et bouleversante. Cet événement reste mystérieux: Paul parle de* rencontre *plutôt que de* vision *ou d'*apparition. *Luc n'en dit pas davantage dans les Actes. Sur le «chemin de Damas», ce n'est pas une apparition qui arrête et renverse Paul: c'est une* vision lumineuse, *et une voix qui l'interpelle. Le vocabulaire de ces récits, on l'a souvent souligné, relève d'un genre littéraire bien reconnu, celui des apocalypses (dans le Nouveau Testament, celui de la Transfiguration, par exemple). Aussi Paul emploie le verbe «révéler» (*apocalupsai*) dans sa lettre aux Galates: «quand Celui qui m'a choisi dès le sein de ma mère, et qui m'a appelé par sa grâce daigna me révéler son Fils...» (Ga 1*[15-16]*).*

La voix qui accompagne la nuée s'adresse directement à Paul, «en langue hébraïque» (probablement en araméen, et non pas dans l'autre langue de conversation, le grec), d'où l'emploi de Shaoul *(et non pas du grec* Paulos*): «Shaoul, Shaoul, pourquoi me persécutes-tu?» Ce n'était pas Jésus que Paul persécutait, au sens strict, mais seulement ses disciples. L'expression est à retenir: «c'est moi, Jésus, que tu persécutes.» Le sens que Paul gardera de l'Église repose tout entier sur cette phrase: «celui qui s'unit au Seigneur est un seul et même esprit avec lui» (I Co 6*[17]*). Ce moment de lumière est désigné par les exégètes comme «la clef de la théologie de Paul».*

La paix retrouvée ramène le récit sur les activités de Pierre, avec deux miracles qui rappellent ceux de Jésus (guérison d'Énée à Lydda et résurrection de Tabitha à

Joppé) et le long épisode de la vision de Pierre à Joppé, du baptême du centurion Corneille et du rapport que Pierre en donne à la communauté de Jérusalem[1] *(chap. 10 et 11). Le retour du récit aux* dispersés *de Jérusalem et la description d'Antioche permettent le retour en scène de Paul, qui va désormais devenir le protagoniste du récit. Luc nous dit* (12^{17})*: quant à Pierre, « il sortit, et s'en alla dans un autre lieu » (on peut aussi traduire : « pour une autre destinée »). Pierre ne réapparaît que fugitivement* (15^{7-11}) *pour intervenir dans l'Assemblée de Jérusalem afin de rappeler l'épisode de Césarée et le baptême de Corneille. Il n'est désormais plus question que de Paul, de ses voyages et de ses compagnons. Enseignements et miracles, voyages et prisons, le bilan dramatique tracé par Paul dans deux passages de la seconde lettre aux Corinthiens* (6^{4-10} *et* 11^{23-28}) *se déploie dans la seconde partie des Actes. Les discours qui lui sont prêtés scandent la chronologie narrative : celui de la synagogue d'Antioche de Pisidie, à l'intention des Juifs, celui d'Athènes, sur l'Aréopage, pour le monde païen, celui de Milet, testament de l'Apôtre pour ses successeurs à la tête des Églises fondées par lui et trois apologies : devant le peuple de Jérusalem, devant Félix et devant le roi Agrippa.*

Le discours d'Athènes est symbolique : dépourvue d'importance politique, la ville restait une référence académique, et l'Aréopage figure pour Luc l'équivalent païen du Grand Conseil juif de Jérusalem. Il ne siégeait plus sur la colline qui lui avait donné son nom, mais au Portique royal, là même où Socrate avait été accusé d'introduire des divinités étrangères dans la cité (Luc glisse peut-être une allusion au philosophe antique en faisant passer Paul pour « un prédicateur de divinités étrangères », 17^{18}*).*

L'arrestation de Paul à Jérusalem, où le souci de l'Église-mère l'avait conduit à revenir pour déposer la

1. La version occidentale des Actes développe ici la prédication de Pierre en route vers Jérusalem.

collecte, son procès (et sa comparution devant Agrippa et Bérénice), sa venue et son séjour à Rome ne suffisent pas pour conclure le récit. Aux derniers mots du texte courant («enseignant ce qui regarde le Seigneur Jésus-Christ en toute liberté et sans aucun empêchement»), la version occidentale ajoute un ultime trait d'enseignement: «en disant que c'est lui le Christ Jésus, fils de Dieu, par qui le monde entier commencera à être jugé». Le déplacement est sensible par rapport aux paroles finales de l'Évangile (24[46-47]*): il ne s'y agissait que de la prédication pour la conversion et la rémission des péchés. Le thème du jugement des nations est ici introduit, mais il faut convenir qu'il n'est pas central dans les enseignements de Luc-Actes. Il faut retenir comme bien plus important et bien plus présent le résumé que Paul présente au roi Agrippa en conclusion de son long discours: il entend montrer que le Christ devait souffrir, et que, ressuscité des morts, il devait annoncer la lumière au Peuple (juif) et aux nations (païennes). La passion, la résurrection, la prédication universelle: les trois thèmes courent à travers tout le texte. Ce n'est pas seulement la mission de Paul, c'est celle de l'Église tout entière. Le livre des Actes n'est pas une simple chronique des premières années de l'Église.*

*À défaut d'autres sources, il est commode d'en suivre le déroulement historique, qui reste pourtant imprécis. La seconde partie, celle des voyages de Paul, s'inspire du grand modèle littéraire du monde ancien, que la culture hellénistique de Luc ne pouvait pas ne pas avoir assimilé: l'*Odyssée *d'Homère. Ce grand poème, qui s'appelle justement «le retour», est scandé par des captivités, des naufrages et des discours. L'*Odyssée *et les Actes partagent un vocabulaire maritime et des images. Chaque étape rapproche Ulysse de son île natale; Paul est conduit vers Rome. Tel Ulysse aux mille tours, il est appelé à prendre la parole dans des circonstances diverses, et se révèle tout aussi habile orateur que le héros grec pour sauver sa vie et reprendre sa route. D'une certaine manière, le récit de*

Milet, le « testament de Paul », reprend le thème de la rencontre d'Ulysse avec Eumée, le fidèle porcher. Le récit paulinien des Actes est une odyssée chrétienne, qui conduit le héros vers le martyre et la patrie céleste ; les obstacles ne manquent pas, mais les interventions divines, pour l'un comme pour l'autre, leur permettent de les surmonter. Le modèle littéraire ne signifie pas que le récit est une fiction. Cela renvoie seulement à une mise en forme familière aux auditeurs, qui sera du reste également sensible pour les humanistes chrétiens de la Renaissance, eux aussi nourris aux lettres grecques.

Mais l'essentiel se trouve ailleurs : indissociable de l'Évangile de Luc, ce livre présente l'enseignement des apôtres tel que l'Église l'avait recueilli et transmis. C'est la mise en action historique de la catéchèse primitive. Le récit événementiel ne sert que de fond de scène pour des enseignements et des signes prophétiques (les miracles) destinés à conserver et transmettre le message du Seigneur Jésus. Mission de l'Église et prédication, medium et message sont ici confondus. Ce que l'Église doit dire, c'est précisément ce qu'elle vit, et son déploiement temporel ne fait que rendre manifeste au monde le message de son fondateur. À la différence des institutions, des États, des partis, l'Église n'a pas d'autre raison d'être que le message qui la fonde. Réunie par la célébration eucharistique, elle est le corps mystique de son Sauveur. L'hypothèse impossible d'une trahison du message est absurde par nature, car l'Église se détruirait alors elle-même, elle cesserait d'exister si elle cessait d'être missionnaire et fidèle. Hypothèse impossible (au croyant) parce qu'on ne peut pas penser que le Christ de vérité ait pu échouer. Dire que l'Église a cessé d'être une, c'est admettre que l'Église du Nouveau Testament, fondée par Jésus-Christ, a cessé d'exister, et que la mission du Christ a échoué. Il est difficile pour un croyant de l'admettre, car sa foi serait alors vaine. La mission de l'Église s'enracine dans la prière du Christ pour l'unité. Peut-on penser, quand nous disons au

Credo que nous croyons en l'Église une, catholique et apostolique, *que cette prière n'a pas été exaucée ? « S'il en était ainsi, non seulement il n'y aurait plus d'Église chrétienne, d'Église catholique digne de ce nom, mais il faudrait dire qu'il n'y en aura jamais plus, car, fondée par Jésus-Christ, si l'Église échouait, si son existence même venait à cesser, aucun autre que Jésus-Christ revenant dans notre histoire avant son terme (ce qui paraît impensable) ne pourrait la ressusciter*[1]. »

C'est pourquoi les Actes des Apôtres constituent un traité complet sur l'Église, dans ce qui en fonde la réalité d'existence. Nous disions qu'il s'agit de bien plus que d'une chronique des premières décennies. Il s'agit de l'enseignement le plus fondamental sur la nature même de l'Église, sur ce que les chrétiens doivent vivre après l'événement de Pâques.

La liturgie de l'Église le comprend bien ainsi, en proposant, selon une pratique qui remonte au IV*e siècle, une lecture courante de ce texte comme première lecture de la messe quotidienne pendant les sept semaines du temps pascal, pour donner à comprendre aux fidèles le sens actuel d'une vie insérée dans l'Église du Christ.*

J.-R. A.

LES ÉPÎTRES

SAINT PAUL ET LE CORPUS PAULINIEN

Un métis culturel.

Paul, à qui l'on doit la première théologie écrite du christianisme, a vu le jour à Tarse, en Cilicie, correspondant à

1. Louis Bouyer, *L'Église de Dieu*, Paris, 1970, p. 628.

une région de l'actuelle Turquie, dans une famille juive de la diaspora[1]*. Sa ville natale, carrefour commercial entre l'Asie Mineure et la mer Noire, est devenue à partir de la conquête romaine le lieu de résidence des gouverneurs. Son nom hébraïque est Saul. Selon le livre des Actes (22*[3]*), il a séjourné à Jérusalem afin d'y être instruit « aux pieds de Gamaliel dans l'observance stricte de la Loi ».*

Gamaliel est le petit-fils du pharisien Hillel[2]*, fondateur d'une école réputée d'enseignement de la Torah. Maître incontesté de la* halakha, *la jurisprudence religieuse juive, il a enseigné entre l'an 30 et l'an 50 de notre ère. De lui, Saul apprend l'exégèse et les méthodes de raisonnement rabbiniques. Saul appartient au milieu pharisien, très différent des clichés qu'on lui attribue. En effet, la réalité historique des pharisiens ne correspond pas à la présentation polémique qu'en font les Évangiles. Ce ne sont pas des dévots hypocrites et tatillons, bien au contraire. Ils forment un vaste mouvement de culture spirituelle et morale — auquel il est vraisemblable que Jésus lui-même a appartenu — prenant son origine au retour de la captivité de Babylone au* VIe *siècle av. J.-C. Les pharisiens sont habités par la conviction que la Torah est l'expression présente de la volonté de Dieu et ils veulent s'y conformer de la manière la plus concrète et la plus entière. Pour eux, la tradition n'est ni passéiste ni figée, mais vivante et joyeuse. De là cet idéal du juste qu'ils ont développé et qui fournira la substance de la réflexion de Paul dans l'épître aux Romains. Nul doute que le judaïsme, menacé dans son identité à plusieurs reprises déjà au cours de son histoire ancienne, doive aux pharisiens sa capacité de renaissance. Un mot de Hillel les caractérise : « Là où il n'y a pas d'homme, sois-en un ! » (*Aboth *II, 6)*[3].

1. Littéralement « dispersion », terme désignant l'ensemble des communautés juives vivant hors de la terre d'Israël.
2. Mireille Hadas-Lebel, *Hillel, un sage au temps de Jésus*, Albin Michel, 1999.
3. Sur *Aboth*, voir p. 15, n. 1.

Naturellement, cet appel à la fidélité sans faille a pu susciter une intransigeance fanatique, mais ce fut loin d'être la règle. L'attitude de Gamaliel devant le sanhédrin est très modérée: «Écartez-vous de ces gens [les chrétiens] et laissez-les aller» (Ac 5^{38}*). Mais le disciple ne partagera pas la retenue de son maître. Saul déploie un zèle implacable contre les chrétiens. Après le martyre d'Étienne, il prend un rôle prédominant dans la répression contre la communauté naissante de Jérusalem.*

Pourtant, après son passage au christianisme, il n'est pas certain que Paul ait eu conscience de fonder une religion nouvelle à proprement parler. Il restera à beaucoup d'égards fils d'Israël. Après sa conversion, il demeurera fidèle aux grandes affirmations de la théologie juive. C'est d'elle qu'il tient les catégories principales de sa pensée: la sainteté de Dieu, la parole, la justice, l'élection, le messianisme, l'angélologie et la résurrection. On ne comprend rien à Paul si on le coupe de cette source qui jamais ne cessera de l'abreuver[1]*. À partir d'un donné conceptuel et symbolique, celui du judaïsme des pharisiens, il s'efforce d'opérer un changement du centre de gravité: «Je sers le Dieu de mes pères selon la voie qu'ils appellent une secte, croyant toutes les choses qui sont écrites dans la Loi et dans les prophètes» (Ac* 24^{14}*). Paradoxalement, l'une des raisons de l'importance quasi immédiate des lettres pauliniennes pour les communautés primitives réside dans le fait que ces mêmes épîtres les ont aidées à prendre plus clairement conscience de ce qui les séparait de la synagogue. Les questions dont elles débattent et les solutions qu'elles adoptent amèneront des innovations inconciliables avec le judaïsme.*

De par ses origines tarsiotes, Saul parle et écrit, fort convenablement, le grec de la koinè, *la langue commune à tout le bassin méditerranéen d'alors. Par la langue, il*

1. Schalom Ben-Chorin, *Paul, un regard juif sur l'Apôtre des Gentils*, Desclée de Brouwer, 1999. Également André Chouraqui, *Jésus et Paul fils d'Israël*, Aubonne, Éd. du Moulin, 1988.

a accès à la culture hellénistique, aussi bien celle du judaïsme hellénisé de la version des Septante[1] et de Philon d'Alexandrie[2] que celle qui est issue de la sphère proprement grecque et païenne. Tarse passe pour avoir été un foyer de culture assez brillant. Beaucoup de grammairiens et poètes célèbres y ont enseigné. Saul y reçut sans doute un enseignement de lettres et de philosophie qui faisait partie du cursus de formation de tout honnête homme. Cas unique dans la Bible, il cite des poètes païens, tels Ménandre, Épiménide ou Aratos. Il est familier de la rhétorique classique. Le discours d'Athènes (Ac 17^{22-31}), restitué par le talent littéraire de l'historien Luc, porte le témoignage de l'empreinte grecque sur Paul. La philosophie des stoïciens, au moins dans ses formes populaires, ne lui est pas inconnue. Il la combat souvent car elle a des prétentions théologiques (Col 2^{8}) mais lui emprunte aussi des notions pour exprimer sa propre pensée.

Enfin, il est citoyen de l'Empire et porte un nom romain, Paul. Être citoyen romain confère des droits, voire des privilèges, comme en témoigne l'attitude de l'autorité romaine à son égard au moment de ses démêlés judiciaires. En regard de cette qualité, le tribun de Jérusalem renoncera à le faire flageller après son arrestation (Ac $22^{24s.}$). Mais surtout, la citoyenneté romaine est un concept politique. À l'intérieur du limes, les frontières de l'Empire, règne la civilisation. Celle-ci se reconnaît à sa capacité de dépassement des particularismes locaux et nationaux des peuples conquis, et se manifeste par l'état de paix. L'idée même de l'Empire porte en germe une certaine conscience de l'universalité du genre humain. La

1. Première traduction grecque de l'Ancien Testament faite à Alexandrie au IIIe siècle av. J.-C. Destinée aux Juifs hellénisés, elle fut selon une légende composée par 72 rabbins en 72 jours, d'où son nom. Elle était utilisée par les premiers chrétiens.

2. Philosophe et exégète juif hellénisé (40 av. J.-C. — 40 ap. J.-C) utilisant pour son commentaire de la Bible les thèmes philosophiques de son époque.

volonté politique de Rome instaure le modèle d'une humanité à laquelle aucun peuple ne doit plus être étranger. La pensée et l'action de l'apôtre ne cesseront de développer ce modèle, qui prolonge l'intuition monothéiste de l'humanité unique issue d'une même origine.

Au confluent de trois civilisations, Paul est au bénéfice de ce qu'on appellerait aujourd'hui un métissage culturel. Il lui appartiendra d'en résoudre les contradictions et d'en opérer la synthèse. En tant que Juif pharisien, disciple de Gamaliel, il est armé pour mener le débat avec la Loi de l'Alliance, ce cœur de la foi juive, que «l'événement Christ[1] *» a projeté sur une trajectoire imprévue. Son imprégnation hellénistique facilite son insertion dans le monde païen et le prédispose tout naturellement à la conversion des Gentils, c'est-à-dire des non-Juifs. La citoyenneté romaine enfin le met sur la voie de l'universalisme du message chrétien.*

«L'événement Christ»

«Pour la Loi, pharisien; pour le zèle, persécuteur de l'Église» (Ph 3[5s.]*). Ainsi à plusieurs reprises Paul se décrit lui-même avant l'expérience décisive qu'il fit devant Damas. De cette expérience littéralement illuminative («une grande lumière se fit autour de moi»), plusieurs versions existent (Ac 9, 22 et 26) dont une de la plume de l'apôtre, dans la lettre aux Galates. Il en restera marqué pour le restant de ses jours. À Damas vit une importante communauté juive comprenant des chrétiens. La première génération chrétienne n'est pas encore séparée de la synagogue. Saul, investi de sa mission de lutte contre les Juifs apostats, se rend à Damas quand soudain sa vie bascule. Il rencontre le Seigneur, il l'entend de façon sensible. Il est subjugué, terrassé, rendu provisoirement aveugle. Le*

1. Par cette expression nous désignons l'événement spirituel qui est la source de la vocation paulinienne.

Christ s'est mêlé au plus intime de sa vie et désormais la dirige. Une formule résume: «Ce n'est plus moi qui vis, c'est Christ qui vit en moi» (Ga 2[20]). À compter de cet instant se produit un retournement complet, le persécuteur se met corps et âme au service de la cause qu'il combattait.

On ne peut mettre en cause l'authenticité de ce séisme spirituel sans vider l'œuvre paulinienne de son contenu. Beaucoup d'explications, psychanalytiques ou autres, ont été avancées mais aucune n'est satisfaisante. Paul est un mystique et un mystique n'a pas besoin d'explication. Il a son fondement dans le fait qu'il est mystique. Seul parmi les auteurs néo-testamentaires, il se réfère constamment aux mystères de Dieu dont les chrétiens sont les «dispensateurs» (I Co 4[1]). Au détour d'une page il ne craint pas d'évoquer une ascension extatique au «troisième ciel» (II Co 12[1s.]). Il nous reste à accepter chez lui le postulat de l'événement qu'il nomme Christ, que, dit-il, Dieu a jugé bon de susciter «en moi» (Ga 1[16]). La naissance du Christ dans l'âme, qui est le sens profond de Noël soutiendront plus tard les spirituels rhénans, est la part irréductible de l'existence chrétienne. Chercher ailleurs, c'est passer à côté de l'essentiel.

Dans l'ensemble de la Bible, l'expérience du chemin de Damas n'a pas d'équivalent, dans la mesure où il s'agit d'une conversion personnelle subite. Cependant le parallèle s'impose avec les récits d'apparition pascale. À la suite de «plus de cinq cents frères» (I Co 15[6]), Paul a rencontré le Christ sans qu'il soit possible de dire sous quelle forme de présence. À la manière des prophètes aussi, il reçoit sa vocation sans l'avoir demandée ni méritée: «Je suis le moindre des apôtres, moi qui ne suis pas digne d'être appelé apôtre, parce que j'ai persécuté l'Église de Dieu» (I Co 15[9]). Comme Jérémie ou Ésaïe, il a le sentiment d'avoir été «choisi dès le sein de sa mère» (Ga 1[15]). Comme eux enfin, il tient son autorité de Dieu seul et non d'une instance humaine. Car d'emblée le ministère de

Paul est placé sous le signe de l'Esprit. Cela n'ira pas sans tension avec les autres courants apostoliques puisque se pose l'épineuse question de la légitimité entre les disciples historiques de Jésus et les autres. Les épîtres aux Corinthiens et aux Galates en portent les traces : voyez la charge contre les « éminentissimes apôtres ». En contrepartie, dans le réseau des communautés primitives, on a pu accuser Paul d'autoproclamation. Il est certain que sa prédication, en raison de la place prééminente qu'elle accorde à l'Esprit, favorise la tendance à l'autonomie de parole et d'action — encore que Paul déclare respecter la déontologie (littéralement le canon) établie entre les courants apostoliques (II Co 10^{15}), ce qui ne sera peut-être pas toujours le cas des autres.

Paul et Jésus.

Par rapport à Jésus, Paul occupe une place singulière. Il n'a pas été l'un de ses disciples. Sa connaissance du Christ n'est pas de l'ordre de la « chair », c'est-à-dire de l'histoire, mais résulte d'une révélation de nature spirituelle : il a entendu le Seigneur, il lui a parlé et il attend son retour imminent. Logiquement, on ne trouve pas dans les épîtres de dépendance importante aux traditions qui sont à la base des quatre Évangiles. Paul ne commente presque jamais l'enseignement du Galiléen. Ni les paraboles, ni les béatitudes, ni les logia *(paroles et sentences), ni les récits de guérison, ni le baptême de Jésus par Jean Baptiste, ni sa montée à Jérusalem ne font l'objet de sa prédication. Les paroles de Jésus lors de son dernier repas (I Co $11^{23s.}$) lui sont manifestement connues par la liturgie*[1] *du culte primitif.*

1. On relève dans les épîtres plusieurs fragments liturgiques cités par Paul sous la forme d'hymnes ou de confession de foi, que la version de H. Oltramare ne signale pas typographiquement. Mis à part l'institution de l'eucharistie, aucun ne rapporte de paroles attribuables à Jésus.

Plutôt que le message prêché par Jésus auquel les Évangiles synoptiques laissent une place significative, Paul élabore, à partir de son expérience intérieure, un Évangile à propos de Jésus, ayant pour contenu le Christ, dont l'affirmation essentielle est la justification du pécheur par la foi sans les œuvres de la Loi. Pour le désigner il dit pareillement « mon » Évangile (Rm 2^{16}) et « l'Évangile de Dieu ». C'est toujours le Christ spirituellement vivant en Paul qui jette un éclairage rétrospectif sur l'aventure du Jésus historique, pour en permettre une compréhension globale. C'est pourquoi l'apôtre écrit : « L'Évangile que j'ai prêché n'est ni d'origine ni de nature humaine, car ce n'est pas d'un homme que je le tiens ni que je l'ai appris ; je l'ai appris par une révélation de Jésus-Christ » (Ga $1^{11s.}$).

Cela ne veut pas dire qu'il ignore les traditions relatives à Jésus mais il y fait allusion très sporadiquement (Rm 8^{15}, I Co 7^{10}, I Co 15^{37}, Ga 6^{6}). Il en a pourtant rencontré quelques témoins vivants. Il déclare avoir séjourné à Jérusalem une quinzaine de jours en compagnie de Pierre et, à cette occasion, s'être entretenu avec Jacques, « le frère du Seigneur ». Mais aux yeux de Paul, Jésus est d'abord un événement dont Dieu est la source. Ce qui l'intéresse est de savoir en quoi cet événement manifeste à l'humanité ce qu'il nomme « l'être nouveau » ou la « nouvelle création ». Pour lui une réalité transfiguratrice du présent est apparue dans le monde avec la venue, la mort et la résurrection de Jésus.

On peut ainsi remarquer que dès l'origine, le christianisme ne se contente pas de mettre en place une tradition destinée seulement à conserver de la manière la plus fidèle possible les dires, faits et gestes du maître historique. Il élabore une démarche herméneutique[1] qui inter-

1. Cela se traduit par le *kérygme*, proclamation de la résurrection et de la messianité de Jésus. Ce sont le kérygme et l'éclairage qu'il projette sur le message de Jésus qui constituent la lecture spécifiquement chrétienne.

prète la trajectoire personnelle du maître dès lors qu'elle est achevée et qui en interroge le sens. Il fallait répondre aux questions posées par la résurrection de Jésus — quelles qu'en aient été les modalités — et par sa mort.

L'apôtre des nations.

Paul peut être considéré comme le treizième apôtre, atypique non seulement par sa vocation mais encore par le champ de sa mission. Il est par excellence l'apôtre des hellénistes[1] *et des païens. Son ministère se caractérise par une vaste et féconde activité missionnaire au sein de l'Empire romain. Cet état d'esprit typiquement chrétien est une nouveauté par rapport au judaïsme qui n'est pas spontanément convertisseur. En effet, la mission première d'Israël n'est pas de convertir mais de témoigner. On se souvient de l'histoire de Ruth la Moabite, dont le désir de conversion n'est pas facilité, sa belle-mère tenant à la renvoyer dans ses foyers. Les anecdotes sont nombreuses dans lesquelles les prosélytes (c'est-à-dire les non-Juifs attirés par le judaïsme) sont mis à l'épreuve, voire découragés par les maîtres. C'est seulement s'ils persistent, après avoir été éconduits, qu'ils peuvent être accueillis au sein d'Israël. Au contraire le dynamisme missionnaire paulinien naît d'une conversion individuelle et d'une proximité de l'Esprit. Il en tire sa substance et sa logique, attisées par le sentiment d'urgence de la fin des temps, et se traduit par une vigoureuse prédication itinérante adressée aux publics les plus divers, qui va contribuer à l'implantation rapide de noyaux chrétiens dans l'ensemble du bassin méditerranéen. Le livre des Actes relate le détail des trois voyages missionnaires de Paul et du quatrième qui le conduira captif à Rome où selon une tradition il mourra martyr sous le règne de Néron.*

C'est ainsi que le voyage occupe une place prééminente

1. Voir note Ac 6[1].

dans la vie et la spiritualité de Paul. L'itinérance est le cadre naturel de sa pensée. Elle n'est pas anecdotique mais significative de la condition humaine placée sous le regard de Dieu. Le discours d'Athènes (Ac 17[28]) présente Dieu comme Celui par qui nous avons « la vie, le mouvement et l'être ». La possibilité de se mouvoir est une éminente liberté. Par le voyage, j'exerce une liberté qui définit mon humanité. Du reste, le nomadisme est un caractère des Pères fondateurs d'Israël, depuis Abraham, cet Araméen errant, jusqu'à Moïse qui n'atteindra pas la terre promise. Et de la sagesse hébraïque. L'Ecclésiaste trouve des accents quasi bouddhiques pour évoquer l'impermanence des êtres et des choses : tout est buée, évanescence[1]. Paul, homme de la Bible, est pénétré de la conscience du transitoire. Au cours du voyage de l'existence, nous ne faisons que nomadiser sous tente (II Co[4] et [5]). De là vient cette impression qu'il laisse au lecteur d'être un homme qui cherche sa place. Pour lui nous sommes en exil, emportés par le devenir global du monde, à la fine pointe de la flèche du temps, avançant vers la cité future, cette demeure invisible « qui n'a pas été faite de main d'homme ». Dans les premiers écrits, l'apôtre exprime l'attente ardente du retour du Christ. Plus tard, il souhaitera s'en aller, au sens strict « lever l'ancre » (Ph 1[23]), comme un navire quitte son port d'attache, afin de le rejoindre. Sous cette hâte, qui fut jadis celle des aïeux de Paul lors de leur dernière nuit égyptienne et de la première Pâque de l'histoire, brûle une quête passionnée de la permanence.

Paul et le judéo-christianisme.

Pour faciliter l'adhésion des non-Juifs au message évangélique, il faut lever la barrière de la Loi, autrement

1. Malencontreusement rendu par « vanité » dans la traduction latine de saint Jérôme.

dit se mettre d'accord avec ceux qui forment le courant judéo-chrétien. Ce dernier occupe une position qui pourrait être qualifiée d'intermédiaire : d'un côté il se reconnaît dans la révélation du Christ, et de l'autre il conserve le cœur vivant du judaïsme dont il est issu, à savoir l'obéissance à la Loi. Selon les judéo-chrétiens, la Loi est nécessaire pour accéder au Christ. Ils se ressentent comme « le véritable Israël au sein d'Israël[1] », et si un païen souhaite partager pleinement la foi en « Jésus, le Messie de gloire » comme dit la lettre de Jacques, précieux témoin de ce courant, il a l'obligation préalable d'adhérer au peuple saint par l'observance intégrale de la Loi, y compris la circoncision. Les grandes épîtres, en particulier aux Romains et aux Galates, sont remplies d'échos de ce débat et même de ce combat, puisque sur les traces de l'apôtre semble s'être développée une mission concurrente, de type judéo-chrétien, visant à corriger son enseignement dans un sens légaliste et ritualiste. Paul stigmatise avec virulence ces rivaux qui prêchent « un autre Jésus, un autre Esprit et un autre Évangile ». Cette tension fait l'objet du premier « concile », si l'on peut dire, de l'histoire ecclésiastique, le concile de Jérusalem (vers 49). La question de principe posée lors de cette réunion porte précisément sur le préalable de la Loi. De la réponse dépend la légitimité de la mission dont Paul se sent investi et qui est, elle, dirigée vers le monde païen, c'est-à-dire vers des gens qui ignorent absolument tout de la Loi de Moïse. Les deux versions que nous possédons de la conférence de Jérusalem, une longue en Ac 15 et une courte de l'apôtre, montrent qu'on parvint à un accord : « Reconnaissant la grâce qui m'a été accordée, Jacques, Pierre et Jean, qui sont regardés comme des colonnes, nous donnèrent, à Barnabas et à moi, la main d'association, afin que nous allions nous vers les païens, et eux vers les circoncis »

1. Jürgen Becker, *Paul, apôtre des nations*, Paris/Montréal, Médiaspaul/Cerf, 1995.

(Ga 2^{9}). Toute ambiguïté ne sera pas pour autant levée puisque au concile de Jérusalem fait suite l'incident d'Antioche au cours duquel Paul s'oppose publiquement à Pierre qui a cédé aux exigences des judéo-chrétiens les plus radicaux, groupés autour de Jacques (Ga 2^{11}).

Un prédicateur et un pasteur.

Chez Paul l'inspiration commande l'action. Et l'action, c'est d'abord la parole, puisque selon la conception biblique, Dieu par sa Parole a créé le monde et continue de le soutenir. Nous avons oublié depuis longtemps la profondeur de cette conception. La parole est la traduction d'une présence spirituelle, elle est une action à part entière, suivie d'effets. Elle vise à faire naître le Christ dans les auditeurs, si bien que Paul la compare au travail de l'enfantement. C'est donc la prédication communicatrice de vie qui fonde et guide la communauté. Elle est l'acte central de l'Église: «Comment croira-t-on en celui dont on n'a pas entendu parler? Et comment en entendra-t-on parler, si quelqu'un ne le prêche?» (Rm 10^{14}). Paul revient sans cesse sur les différents aspects de l'acte de prêcher, sa nature, sa spécificité, ses effets, son éthique, la manière de l'écouter, etc. Aussi les épîtres appartiennent-elles souvent au genre de la prédication. Elles sont destinées à être lues en public; «que cette lettre soit lue à tous les frères», lit-on en conclusion de la première épître aux Thessaloniciens. L'écriture est vigoureuse et rythmée, les formules ciselées et l'ensemble se prête bien à l'oralité. On peut douter que Paul fut «étranger à l'art de la parole» comme ses détracteurs le prétendent (II Co 11^{6}). Il s'en défend d'ailleurs (II Co 10^{11}). On sent au contraire fréquemment dans ses lettres la recherche de l'action oratoire. L'éloquence sacrée dont Paul jette les bases ne doit pas faire oublier que la prédication est aussi une méthode d'enseignement. Cela explique sa large diffusion et sans doute le réemploi de «notes de cours» par ses disciples.

Selon les auditoires et la finalité de son propos, il utilise trois méthodes distinctes d'exposition. Lorsqu'il s'adresse aux païens, il prend soin de relier son propos à ce qu'il suppose être un dénominateur commun. La démonstration va du connu à l'inconnu, aplanit les difficultés en insistant sur les ressemblances. L'exemple parfait de ce procédé est le discours de Lystres (Ac 14[15]*), qui ne fait même pas mention de Jésus-Christ. Cette méthode, sur laquelle s'est penché le Père Festugière*[1]*, tous les Pères grecs et latins l'emploieront à sa suite. Lorsqu'il s'adresse aux Juifs, il s'appuie sur le corpus scripturaire hébraïque. Il puise alors largement dans l'exégèse et les raisonnements rabbiniques. L'épître aux Romains y recourt très souvent, ce qui n'en facilite pas l'accès au lecteur non prévenu. Enfin il arrive à Paul d'opter pour une méthode qu'il intitule « la prédication de la croix ». On a avancé qu'elle serait le résultat d'une radicalisation de l'apôtre après l'échec relatif du discours d'Athènes, trop confiant dans les notions de la philosophie grecque. Or la crise de Corinthe*[2]* montre plutôt qu'il s'agit d'une prédication de niveau supérieur, destinée à recentrer sur l'Évangile une communauté déjà instruite mais menacée de dénaturation par des courants de pensée autres. Paul, pédagogue, fait grand cas du niveau de connaissance théologique des chrétiens auxquels il écrit. Il n'enseigne pas à des « adultes » de la même façon qu'à des « enfants », comprenons des néophytes.*

Le prédicateur est aussi un pasteur. Il rassemble la communauté, l'ordonne et veille à sa cohésion. Empiriquement, Paul entreprend de structurer ce phénomène inédit qu'est l'Église. D'éphémère communauté spirituelle des derniers temps, elle deviendra corps du Christ (I Co 12, Ép 4). Il se penche sur la place respective des ministères et des charismes, sur les questions d'adminis-

1. A. J. Festugière, « Saint Paul à Athènes », *L'Enfant d'Agrigente*, Plon, 1950.
2. Voir notices p. 728.

*tration, sur le salaire des ministres, sur l'ordre du culte, sur la collecte et l'entraide, etc. Il esquisse, à travers les thèmes du service et de l'humilité (I Co $4^{8s.}$), un travail de maîtrise de l'*ego *psychologique, indispensable à qui est appelé à la fonction de conducteur spirituel (Ga 6^{2}). Paul ne sera jamais cependant un homme d'appareil, laissant à une génération ultérieure, celle des Pastorales, le soin de fixer les détails internes de l'organisation ecclésiastique.*

Thèmes pauliniens.

Par les écrits pauliniens, le christianisme se présente sur la scène de l'histoire comme un mouvement de pensée autant qu'un mouvement de foi. Une élucidation intellectuelle autant qu'une adhésion du cœur. Inutile chez Paul d'opposer la foi à l'intelligence, l'une ne va jamais sans l'autre. Connaître est dans son langage un autre mot pour aimer. Aimer au sens fort : l'apôtre est un passionné, volontiers excessif dans son expression. Bien sûr sa pensée, complexe, n'est pas un système théologique achevé. Plutôt que de doctrine, terme suggérant une organisation méthodique, mieux vaudrait parler de themata, *de lignes thématiques d'importance inégale qui s'entremêlent dans le tourbillon de l'exercice d'un ministère. Les traits de génie fourmillent, mais n'évitent pas toujours les contradictions. Il arrive que le vocabulaire soit flottant. La pensée de l'apôtre est à l'essai, en gestation, et la limpidité laisse parfois à désirer. La seconde épître de Pierre, écrit tardif, se fait l'écho des difficultés d'interprétation soulevées par « les lettres de notre bien-aimé frère Paul, qui, en certains passages, sont difficiles à comprendre » et déplore dans la foulée que « des personnes ignorantes et peu éclairées les tordent pour leur propre ruine » (II P 3^{16})*[1]*. C'est*

1. Claude Tresmontant estime que la difficulté de la pensée de Paul est la conséquence du processus de métamorphose dont il est l'instrument. Par lui, le monothéisme hébreu passe aux païens (*Schaoul qui s'appelle aussi Paulus, la théorie de la métamorphose*, O.E.I.L., 1988).

que Paul est le contraire d'un savant de cabinet. Il nous laisse plutôt l'image d'un intellectuel engagé sans réserve dans une vaste entreprise humaine, que sa pensée vivante accompagne ou précède. Il ne cesse de rechercher une cohérence entre vie concrète et affirmation théologique. Mais si elle reste en chantier par beaucoup d'aspects, l'homogénéité de la pensée paulinienne ne pose pas de grandes difficultés.

a) « Nous, qui touchons à la fin des temps »
(I Co 10^{11}).

Dans son essai classique La Mystique de l'apôtre Paul, *Albert Schweitzer*[1] *a comparé le paulinisme à une toile d'araignée dont le centre est l'attente de l'avènement imminent de l'ère messianique. Il fut le premier à souligner combien cette notion fédère toutes les autres. À l'époque de Jésus, les conditions politiques très difficiles en Palestine, liées à la disparition progressive de l'indépendance nationale d'Israël et au climat de répression instauré par l'occupant romain, alimentent des mouvements millénaristes, à l'image des esséniens ou du cercle formé autour de Jean Baptiste. Des indices nombreux montrent que Jésus lui-même a largement partagé cette espérance. Les milieux chrétiens sont les héritiers directs de cette effervescence. On attend la fin de l'histoire qui doit coïncider avec l'accomplissement ultime de la volonté de Dieu pour la création tout entière et pour l'humanité. Son Envoyé apportera la justice, il récompensera les justes, et manifestera sa colère contre les méchants. La société sera radicalement changée et l'humanité vivra dans la paix, l'harmonie et l'adoration du seul vrai Dieu. Devenu une notion majeure à partir de l'Exil, le « jour de YHWH » est un élément clef de la foi des pharisiens.*

Après le drame du calvaire se répand chez les disciples

1. Albert Schweitzer, *Die Mystik des Apostels Paulus,* Tübingen, Mohr-Siebeck, 1931.

la conviction que Jésus s'est manifesté, qu'il a vaincu la mort et qu'il est monté au ciel. Cette victoire est tout naturellement interprétée comme le signe de la fin des temps. Si bien que la foi des premières communautés se construit autour de l'attente du retour du Messie. La première épître aux Thessaloniciens — la plus ancienne — explique que les croyants sont réunis pour attendre des cieux le retour de Jésus que Dieu a relevé d'entre les morts, et que cela se produira de leur vivant, donc très bientôt. D'ailleurs le simple fait que la prédication apostolique donne à Jésus le titre de Christ est révélateur, puisqu'en grec Christos *signifie Messie*[1]. *Par la venue du Messie s'accomplit la volonté dernière de Dieu et la flèche du temps touche à son terme.*

b) « Ceux qui sont conduits par l'Esprit de Dieu sont fils de Dieu » (Rm 8[14]).

Ce sentiment de l'imminence de l'ère messianique n'empêche pas une primauté évidente de l'Esprit. Ce n'est pas à dire que Paul se montre préoccupé des rapports métaphysiques entre Dieu, le Christ et l'Esprit, même si la forme ternaire apparaît déjà (II Co 13[13]). Les grands conciles œcuméniques sont encore bien loin. Pour lui, l'Esprit n'est pas une personne, mais une énergie efficiente qui signifie la présence créatrice du Christ. L'insistance sur l'Esprit demeure donc au départ l'expérience d'une réalité spécifique à l'œuvre ici et maintenant, non un énoncé théorique. Il semble que de nombreuses manifestations d'ordre mystique — dons spirituels, prophéties, guérisons, glossolalie, extases — aient caractérisé les communautés primitives. Le sentiment de l'imminence de la fin des temps a dû coïncider avec une intense activité de l'Esprit. Si bien que pour Paul comme pour ses contemporains, l'espérance eschatologique n'est pas le ressort unique de la vie spirituelle. Au « pas encore » de

1. Voyez note Ac 3[18].

la parousie s'ajoute le « maintenant » de l'Esprit. L'Esprit est le signe présent de ce qui est à venir, l'acompte, la garantie, la caution de ce qui vient. Il est ce qui permet de soulager l'attente induite par l'espérance pure, « Dieu nous a donné pour arrhes son Esprit dans nos cœurs » (II Co 1^{22}). L'Esprit agit alors comme une force de transformation effective. Depuis la résurrection, le Christ est devenu un « Esprit qui fait vivre », l'expression même de l'élan créateur de Dieu.

Dans un passage fameux, Paul compare le croyant à la tente du Tabernacle autour de laquelle la vie religieuse d'Israël a tourné pendant des siècles. La tente est provisoire, elle doit disparaître pour une autre demeure, définitive celle-là, qui doit lui succéder dans le Royaume. Mais en attendant, l'Esprit habite de manière intime le croyant — c'est pourquoi ce dernier est un temple (naos), étymologiquement le lieu de résidence du divin. Il vit du mystère de l'Esprit, qui devient son véritable moi et littéralement le « métamorphose », verbe peu usité dans le Nouveau Testament (Rm 12^{2}, II Co 3^{18}). De cette façon, la plénitude de la résurrection à venir est amorcée dès maintenant. Le Dieu qui a relevé Jésus d'entre les morts travaille en l'être humain par l'Esprit et son opération secrète se poursuit au-delà de la mort physique. Au cœur de la vie chrétienne s'exerce donc la puissance vivante et vivifiante de l'Esprit. Une part de l'effort pastoral du paulinisme, particulièrement évident dans les deux épîtres aux Corinthiens, aura été d'essayer de subordonner les effets de cette puissance spirituelle à l'édification des communautés, non de les combattre. Paul ne met pas en doute la réalité de l'expérience mystique. Mais pour lui le critère de la mystique véritable consiste dans la clarté du sens. C'est pourquoi l'extase est peu intéressante, elle oblitère la lucidité de la pensée. La crise corinthienne montre que l'Esprit n'est pas l'adversaire de la raison, c'est au contraire l'intelligibilité qui doit en être le fruit (I Co $14^{1s.}$).

Enfin la théologie de l'Esprit va apporter une solution au retard de la parousie. Assez rapidement, les communautés primitives ont été confrontées au recul indéfini de l'échéance eschatologique. Progressivement, elles vont prendre conscience que l'Esprit nourrit la persévérance de la foi en faisant participer déjà maintenant les croyants à la vie nouvelle. Cette évolution est très sensible dans l'épître aux Éphésiens, où l'Esprit habite l'être collectif (ecclésial) formé par l'ensemble des croyants.

c) «Avec Dieu par la croix» (Ép 2[16]).

Le discours d'Étienne (Ac 7) considère l'arrestation de Jésus comme une trahison et la croix comme un assassinat pur et simple. Sous la plume du tout premier Paul, on retrouve la trace de cette accusation originelle (I Th 2[15s]). Elle voisine cependant avec une autre affirmation, promise à un immense développement, «il est mort pour nous» (I Th 5[10]), qui amorce l'interprétation sacrificielle de la croix, au sens où Jésus a été une victime expiatoire. Cette interprétation présente la croix comme le prix à payer pour le rachat de l'humanité (Ga 4[5]). Ni le procès ni la mort de Jésus n'entraient dans le schéma messianique tel qu'il était communément reçu dans le judaïsme L'épilogue tragique de la croix soulevait de ce fait un énorme problème de compréhension. Aussi bien, Paul tente des comparaisons avec les divers types de sacrifice qu'il connaît par sa culture religieuse, dont certains sont liés aux rituels du Temple. Ils se pratiquaient couramment à l'époque, comme le rappelle l'épisode[1] de Jésus chassant les marchands du Temple. Ces marchands sont des changeurs de monnaie — on venait de toute la diaspora en pèlerinage à Jérusalem — et des vendeurs d'animaux exempts de défaut physique destinés aux sacrifices. Ces

1. Il est possible que cet épisode nous livre le véritable motif de l'arrestation de Jésus. En empêchant les marchands d'exercer leur métier, Jésus s'en prend à l'essence même du Temple, à savoir la fonction sacrificielle.

sacrifices, divers et très codifiés, ont pour objet de réparer les manquements à l'Alliance afin de restaurer la relation de l'homme avec Dieu. Ils serviront spontanément de modèles à Paul pour expliquer comment Dieu a réconcilié l'humanité avec lui. Mais on ne peut pas dire que sur ce point la pensée de l'apôtre soit stabilisée, il s'agit plutôt de tentatives successives d'élucidation. La croix, supplice romain réservé aux esclaves, est ainsi présentée tantôt comme une expiation par substitution, « il est mort pour nous » (aussi II Co 5^{21} et Ga 3^{13}), tantôt comme un sacrifice de purification de type lévitique (Rm 3^{25}), ou encore conçue à l'image du sacrifice pascal (I Co 5^{7}).

De telles formules sont déroutantes pour un esprit moderne. Elles doivent être replacées dans la culture de l'Antiquité. La notion de rachat n'apparaissait pas monstrueuse pour un monde — israélite compris — qui pratiquait le commerce des êtres humains. Le Nouveau Testament mentionne souvent les esclaves, que les versions françaises traduisent par serviteurs ou servantes. Paul utilise abondamment ce terme. Le billet à Philémon est une recommandation en faveur d'un esclave fugitif et la première épître de Pierre exhorte les esclaves au respect et à la soumission envers leurs maîtres « même ceux qui sont d'une humeur difficile » (I P 2^{18}). Quant au schéma[1] *de la victime immolée (avec Paul, le johannisme le partage), il est l'expression d'une mentalité pour laquelle sacrifier à une divinité pour obtenir sa bienveillance est un acte ordinaire. On reconnaît au sacrifice une vertu apaisante. Une fois encore Paul prédicateur n'hésite pas à recourir aux images qu'il estime parlantes. « Faire la paix par le sang » (Col 1^{20}) fait partie de ces images. Aussi la morbidité apparente de l'affirmation « nous avons été justifiés par son sang » (Rm 5^{9}) ne doit-elle pas faire perdre de vue l'essentiel, à savoir que la croix ne prend sens*

1. À propos du sacrifice de la croix comme image culturelle, voir André Gounelle, *Le Dynamisme créateur de Dieu*, Van Dieren, 2000.

qu'en vue de la résurrection, « à plus forte raison serons-nous sauvés par sa vie » (5[10]).

La croix met ainsi en évidence une forme de la vie supérieure à celle dont notre incarnation passagère est l'hôtesse. À cette forme supérieure — que l'apôtre nomme « vie nouvelle » ou « être nouveau » — le croyant accède mystiquement par la foi. Tel est le sens du baptême. Le croyant doit traverser le drame de la mort du Christ par une identification personnelle et symbolique, afin de renaître à une forme nouvelle de la vie. Délaissant le vieil être, désormais crucifié et enseveli, il entre dans une relation vivifiante avec Dieu — littéralement il « revêt » le Christ — et se découvre participant d'une énergie secrète, liée à la résurrection qui, déjà maintenant, transfigure le monde de l'ancienne création. Ce qui inspire à Paul une des formules les plus audacieuses du Nouveau Testament : « Vous êtes vivants, de morts que vous étiez » (Rm 6[13]).

d) « Les choses anciennes sont passées,
les nouvelles sont arrivées » (II Co 5[17]).

La pointe du message paulinien se trouve dans ce nouvel état de choses inauguré par le Christ. Encore faut-il ne pas se méprendre. Il ne lui viendrait pas à l'idée de disqualifier ce qu'il appelle l'ancienne Alliance (il est l'inventeur de cette expression qui donnera en français Ancien Testament[1]*) à cause de la réalité nouvelle présente en Christ. Ancien est à entendre d'abord au sens d'aîné. Paul n'est pas Marcion, ce gnostique du* II*e siècle qui opposera l'Évangile à la Loi au point de jeter les bases d'un dualisme entre deux divinités antagonistes sans rapport avec la pensée biblique. Au contraire, le caractère indissoluble du lien entre promesse et accomplissement*

1. Le terme grec *diathèkè* signifie aussi bien alliance que testament (cf. Hé 9[15s]). « L'emploi du terme *testament* est à proscrire vigoureusement, car il introduit l'idée de la mort dans une disposition où la vie doit pleinement s'affirmer », Robert Martin-Achard, *Dieu de toutes les fidélités,* Aubonne, Éd. du Moulin, 1992.

est souligné avec constance par l'apôtre. Ce lien doit être compris de façon dialectique : si l'accomplissement dépasse la promesse, l'accomplissement est inintelligible sans la promesse, à l'image du fruit qui accomplit et dépasse la promesse de la fleur. En la personne du Christ, l'ancienne Alliance trouve sa fin au double sens du mot : sa réalisation et son terme. On pourrait ajouter : son renouvellement. Car ce qui prévaut est bien la continuité de la révélation divine. « La Parole de Dieu dans le présent ne dément pas la Parole de Dieu dans le passé[1]. *» Certes la croix, par son caractère brutal et inattendu, ressemble plus à une pierre d'achoppement qu'à une solution de continuité — c'est pourquoi elle est « scandale pour les Juifs ». Mais dans le plan de Dieu, la continuité subsiste alors même qu'elle paraît être rompue. Du reste sans le témoignage de la Loi, Paul aurait-il pu identifier le Christ sur le chemin de Damas ? Il eût pu en effet s'agir d'un saisissement d'une nature toute différente, les expériences extatiques n'étant pas étrangères à la religiosité hellénistique. Mais non. Aux yeux de Paul, le Dieu d'Abraham, d'Isaac, de Jacob venait de parler à nouveau en Jésus. Les principales étapes de l'histoire biblique convergent en direction de la venue du Christ d'Israël. Aussi l'Écriture sainte sera-t-elle désormais comprise à la lumière de cet avènement, « en Christ », rétrospectivement. Cette grille de lecture fera — et fait toujours — la matière du débat entre Juifs et chrétiens.*

La croix apparaît ainsi comme le pivot de l'histoire humaine qui se déroule selon la souveraine volonté de Dieu. Jusqu'à la croix court la première Alliance, concrétisée par la Loi et les prophètes, et assumée par un peuple particulier, Israël. Elle correspond au monde de l'ancienne création. Depuis la croix, l'Alliance est renouvelée. La résurrection amorce un processus de renouvellement

1. Charles Masson, « Le Christ Jésus et l'Ancien Testament selon saint Paul », *Cahiers de la Faculté de Théologie de l'Université de Lausanne*, IX, 1941.

de l'être qui atteint l'ensemble de la création. Si bien que le Christ échappe à l'Israël empirique et historique pour revêtir une souveraineté universelle.

Cela implique pour les chrétiens un attachement particulier au judaïsme. On lit sous la plume de l'apôtre un enseignement du respect qui doit constituer un axiome de base pour quiconque confesse la foi chrétienne. Bien que rejetant certaines thèses judéo-chrétiennes — nous avons dit pourquoi —, Paul ne renie jamais l'héritage d'Israël qui est le sien et celui de Jésus. Il recourt à une très belle image, celle de l'olivier[1] (Rm 11^{16}). Si la racine, entendons Israël à qui Dieu a confié sa volonté et ses promesses, est sainte, le reste de l'arbre l'est aussi. Ce qui découle d'Israël est sanctifié par le seul fait qu'il en découle. «Sache que ce n'est pas toi qui portes la racine mais que c'est la racine qui te porte.» Sans l'élection d'Israël, nul chrétien ne pourrait prétendre appartenir au peuple de Dieu. Même dans la nouvelle économie, l'apôtre prend soin de conserver à Israël son droit de primogéniture, invariablement exprimé de la même manière: «Au Juif d'abord, au Grec ensuite» (Rm 2^{9s} et systématiquement). Cela ressemble en définitive à un commentaire du cinquième commandement, «honore ton père et ta mère». Mépriser son origine revient à se mépriser soi-même et mépriser Dieu. En dépit des divergences et des conflits éventuels, nous restons liés à nos parents dans l'ordre de la gratitude et de l'amour. Juifs et chrétiens participent d'une même bénédiction originelle.

e) «Tu subsistes à cause de ta foi» (Rm 11^{20}).

À l'aide de cet éclairage, on peut aborder la méditation paulinienne de la Loi. Paul s'efforce là de définir une attitude spirituelle répondant au besoin du temps si parti-

1. Michel Leplay, *La Racine qui te porte, l'histoire mouvementée de la lecture chrétienne de la Bible juive*, Poliez-le-Grand, Éd. du Moulin, 1996. Voyez également Daniel Marguerat, *Le Déchirement, Juifs et chrétiens au Ier siècle*, Genève, Labor et Fides, 1996.

culier qui est le sien. Cela le fait sortir définitivement des cadres normatifs du judaïsme, ce qui ne signifie pas qu'il se débarrasse de la Loi. Mieux vaudrait dire qu'il réévalue son statut dans l'optique du retour imminent du Christ, car « la figure de ce monde va passer » (I Co 7[29]). Ce retour en effet pose avec une acuité accrue le problème du bilan de nos jours éphémères. Dieu pardonnera-t-il nos fautes ? Nous accueillera-t-il malgré nos erreurs et nos imperfections ? Nous pénétrons dans l'intimité du débat existentiel d'un homme, avec son développement tourmenté et sa résolution finale dans l'acte de foi.

La Loi préconise un idéal héroïque de la vie juste. Elle correspond à une vision éthique du monde. Elle répond de fait à la question : que faire de sa vie ? Elle oriente vers les valeurs, résumées par le décalogue, et ces valeurs sont universelles. Elle est une promesse d'harmonie et de bon sens pour la vie individuelle, familiale et la société tout entière. Elle invite à trouver en soi, avec l'aide de Dieu, les germes des vertus afin de les développer. Elle indique les grandes tendances qui sont à la base de l'humanisation de l'être humain. À aucun moment Paul ne conteste cela. La Loi est bonne, juste et sainte, il le répète à l'envi. Par la Loi, Dieu s'adresse à l'être humain et attend de lui sa coopération active à l'amélioration du monde. Car la création n'est pas terminée, elle est en gésine. Il faut des valeurs parce que ces valeurs ne sont pas données au départ. Nous sommes nés dans la barbarie de la civilisation, pour reprendre une expression contemporaine[1] que Paul n'aurait pas reniée. C'est à nous qu'il incombe de dépasser cette barbarie par l'instauration des valeurs. Tel est l'idéal du juste. Ainsi, la Loi est la manière de Dieu de nous faire comprendre qu'il existe des puissances telles que la cruauté, le chaos, l'irrationnel — qui s'opposent à Sa volonté, et que nous devons essayer de faire reculer.

La vision éthique du monde repose, on le voit, sur un

1. Edgar Morin, *Itinérance*, Arléa, 2000.

postulat optimiste, celui de la perfectibilité humaine. La condition humaine est en quelque sorte capable de la Loi. L'élément central de cet optimisme n'est autre que la possibilité du retour (en hébreu teshouva, *le revirement) dont les rabbins enseignent qu'il n'y a ni jour ni heure où il soit inaccessible : « le juste tombe sept fois et il se relève » (Pr 24[16]). Cela aboutit alors à l'affirmation du mérite du juste, qui ajoute à son existence un surcroît de valeur par son perfectionnement (Paul Ricœur[1]). Or Paul se livre à une méditation sur les limites de cette vision éthique du monde à l'aide de trois arguments : les limites de l'obéissance d'abord, la découverte du péché comme structure de l'existence ensuite et pour finir le caractère ambigu de la Loi qui pousse à la transgression.*

L'obéissance humaine a des limites. Nous sommes ceux à qui la Loi est destinée, et qui l'entendent, certes, mais pouvons-nous y satisfaire ? Il importe de ne pas se croire trop fort. Nous ne le sommes en tout cas pas assez pour être à la hauteur de ce que la Loi préconise. Fondamentalement, nous sommes soumis à la faiblesse : « S'il faut se glorifier, je me glorifierai de ma faiblesse ! » (II Co 11[30]). L'apôtre porte sur l'être humain un regard pessimiste et met en doute sa perfectibilité. Il a évalué tout ce que l'héroïsme moral demandé par la Loi pouvait avoir d'écrasant en face de Dieu. Ce qui va le conduire à accroître le rôle de ce qui est donné — la grâce divine — au détriment de ce qui est demandé — l'obéissance à la Loi. La raison essentielle de son pessimisme se trouve dans la découverte du péché comme structure de l'existence. La cruauté, le chaos, l'irrationnel que la Loi m'incite à combattre, je

1. Selon une conférence de Paul Ricœur intitulée « Pharisiens et Chrétiens » in revue *Sens*, 1/2, 1980. Il propose de « porter le débat à un point qui soit digne de nous et qui ne soit plus le plan de la polémique, et surtout pas celui de la polémique meurtrière. Je voudrais donc trouver ce point où il s'agit d'une option entre deux conceptions de la vie, toutes deux honorables [...]. Il y a peut-être dans le débat entre Hillel et saint Paul les deux faces d'un problème moral dont nous sommes tous également porteurs ».

n'en suis pas seulement le spectateur et pour ainsi dire le réparateur, mais surtout le porteur et l'agent. Les énergies négatives de la création me sont coessentielles puisque je suis issu de cette création. « Nous avons porté l'image du terrestre » (I Co 15^{49}), donc de tout ce qui est lié à la corruption et à la mort. Impossible de sortir de là. Ces énergies négatives freinent mes possibilités de me conformer à la Loi. Le péché contre lequel la Loi me demande de lutter m'habite moi-même, réduisant à néant mes efforts.

Comprenons ici que le péché ne désigne pas la faute morale ou le manquement religieux mais ce caractère friable de l'existence qui rend la faute et le manquement possibles. Étymologiquement le mot péché, en grec amartia, signifie la cible qu'on n'atteint pas. La cible est manquée parce qu'on vise mal mais on ne sait pas dire pourquoi on vise mal. Contre ce caractère, je ne puis au fond rien. « Vouloir le bien est en mon pouvoir mais l'accomplir, non, puisque je ne fais pas le bien que je veux, mais que je fais le mal que je ne veux pas » (Rm 7^{18s}). Nous sommes — la psychologie moderne y a suffisamment insisté — des êtres instables, labyrinthiques, parcourus de pulsions contraires. Et « même lorsqu'il fait vraiment clair, aux limites de ce monde distinct, l'appel des démons qui ont été repoussés continue de se faire entendre » (Karl Jaspers[1]). Or de son temps déjà, Paul accomplit une véritable révolution mentale. La conscience chrétienne intègre le principe d'inquiétude sur soi-même. Elle pose que la ligne de partage entre humanité et barbarie passe en chacun d'entre nous. À l'idéal héroïque du juste se substitue la souveraineté de la grâce divine.

Enfin la Loi est source de transgression. Elle apprend et suscite la transgression. Cet argument très subtil prolonge le thème biblique de la connaissance du bien et du mal.

1 Karl Jaspers, *Philosophie*, trad. Jeanne Hersch, Paris-Berlin-Heidelberg, Springer-Verlag, 1989, p. 691.

La Genèse mentionne qu'après avoir mangé du fruit de l'arbre de la connaissance, les yeux d'Adam et Ève s'ouvrirent. Connaître le bien, c'est du même coup connaître le mal et aborder la tentation de transgresser. C'est d'ailleurs ce qui se passe selon le récit de l'Exode avec l'épisode du veau d'or, qui se déroule au moment précis où Moïse vient de recevoir la Loi. Le peuple s'empresse de transgresser la première parole prohibant l'idolâtrie. La Loi est donc ambiguë puisqu'elle est aussi faite pour être transgressée.

Paul en conclut que l'essai d'être juste du point de vue de la Loi, si estimable soit-il, est voué à l'échec. « Il n'y a pas de juste, pas même un seul » (Rm 3^{10}). Si zélées que soient nos bonnes intentions, la route du salut est définitivement barrée de ce côté-là. Mais alors comment mon existence se justifie-t-elle ? Étant admis par hypothèse que Dieu, n'étant pas pervers, ne m'a pas créé pour me soumettre au tourment de l'impossible obéissance. Où trouver un point d'appui solide ? Comment accéder à la paix de l'âme ? Par la foi, et la foi seule. La foi constitue le point d'Archimède de Paul. Tout simplement parce que la foi communique la paix de Dieu. Elle nous ouvre à l'Esprit qui fait vivre.

Non que la foi soit elle-même une œuvre — intellectuelle ou affective — car alors elle retomberait dans une forme dérivée de la Loi, l'idéal du « juste croyant » se substituant à l'autre. Au contraire, la foi correspond chez Paul à une saisie intuitive, lucidement mystique, de la grâce souveraine de Dieu qui nous donne l'assurance du salut. Ce qui nous relie à Dieu n'est donc pas conditionné par notre pourcentage de réussite. Dieu ne nous juge pas sur nos capacités à nous débrouiller dans l'aventure conflictuelle de la vie. Vis-à-vis de Lui, nul besoin de préserver une image positive de nos compétences ou de nos performances. Nul besoin de nous sentir à la hauteur.

Mais sur le plan de l'essence indestructible de la vie, dont je suis une manifestation temporaire, je me sais accepté d'office. Si par expérience, je constate que ma vie est insuffisante à vaincre le chaos, je saisis dans l'intuition de la foi qu'elle s'appuie sur un fond qui la justifie sans tenir compte de son insuffisance foncière. L'humanité a besoin, pour vivre pleinement, de rester au contact de cet inépuisable fond créateur de l'être dont le Christ a ouvert l'accès. Il est la terre promise enfin abordée, ce lieu intérieur où la communion avec Dieu ne sera jamais plus brisée malgré ce qui continuellement tend à nous séparer de Lui.

f) «Vous avez été appelés à la liberté» (Ga 5[13]).

*L'être humain est fait pour la liberté. La primauté de la foi débouche sur l'affirmation catégorique de la liberté. Affirmation qui n'est pas neuve, la Bible tout entière appelle à être libre. Là encore, Paul s'inscrit dans une longue continuité. La confession de foi d'Israël associe étroitement la révélation de l'unicité de Dieu et sa puissance de libération. L'Être qui, selon le livre de l'Exode, révèle son nom à Moïse dans le désert promet de délivrer son peuple de la servitude égyptienne. Il ne s'agit pas d'un enseignement métaphysique mais d'une conception de la vie qui ne peut s'épanouir qu'à la condition d'être libérée de ses entraves. Ainsi les récits de la Pâque juive (*pessah, *le passage en hébreu) «proclament l'irruption de la liberté au sein de l'histoire humaine grâce à l'initiative combien tenace de Celui qui deviendra le Dieu* d'Israël *et de l'Église», écrit Robert Martin-Achard*[1].

À la lumière de «l'événement Christ», Paul pousse jusqu'au bout ce qui se trouve déjà dans le credo d'Israël, à savoir la liberté comme devenir spirituel (Ga 5[13]). Libéré de l'angoisse relative à son salut, l'être humain justifié découvre cette liberté dernière qui lui permet de se consacrer pleinement à son présent et à son avenir. Par son être extérieur, il est soumis à toutes sortes de déterminismes et

1. Robert Martin-Achard. *Dieu de toutes les fidélités, op. cit.*, p. 14.

d'engrenages, conséquences de ce que Paul nomme la loi du péché. Mais par l'Esprit qui habite son être intérieur, il reste uni à Celui qui transcende l'ensemble des êtres et des choses créés. Or ces déterminismes et ces engrenages ne sont que des choses créées — y compris le péché et la mort. Ces choses créées ne peuvent prévaloir contre Celui qui le fait vivre gracieusement de sa vie. La claire conscience de la dépendance à la seule grâce de Dieu entraîne la fin des autres dépendances. Il ne s'agit que de garder l'assurance, procurée par la foi, de notre union à Dieu : « Je suis assuré que ni la mort ni la vie, ni anges ni archanges, ni choses présentes ni choses à venir, ni puissances ni hauteur ni abîmes, ni rien au monde, ne pourra nous séparer de l'amour que Dieu nous a témoigné en Jésus-Christ » (Rm 8^{38s}*). Même la mort n'aura pas le dernier mot : l'ultime servitude trouve une issue (un passage) dans l'élan créateur de Dieu « qui donne la vie aux morts » (Rm* 4^{17}*).*

Ce qui a bouleversé Paul (et tant d'autres à sa suite, comme Luther qui ne s'y trompe pas : « le chrétien est un libre seigneur de toutes choses et il n'est soumis à personne[1] *») fut de comprendre que son existence s'ordonnait à ce qui est infiniment plus que cette existence. Et que cela le rendait libre intérieurement, même si, par les circonstances extérieures, il ne l'était pas. On ne peut négliger que ce voyageur infatigable fit l'expérience d'une assez longue période de captivité. De sa part, cette conviction d'une authentique libération intérieure est à prendre au sérieux. Aussi puis-je me reposer sur la certitude sereine du salut accompli (« une fois pour toutes », ajoutera le continuateur perspicace de Paul dans l'épître aux Hébreux) quand bien même ma condition humaine me soumet à la faiblesse.* Simul peccator, simul justus — *en même temps pécheur et sauvé, la devise de la Réforme viendra en droite*

1. Martin Luther, *De la liberté du chrétien*, trad. fr. A. Greiner, Gallimard, Pléiade, 1999, p. 840.

ligne de Paul. Dans le Christ, l'expérience de l'inconditionné confère à l'être humain sa véritable dignité qui est de dominer la vie tout en y restant inséré. « De même que nous avons porté l'image du terrestre, nous porterons aussi l'image du céleste » (I Co 15^{49}*). Tant il est vrai que nous appartenons à la fois au temps et à l'éternité.*

Dès lors, la vision éthique du monde impliquée par la Loi est remplacée par une éthique de la liberté d'allure très moderne. L'Esprit rend apte à répondre de façon libre et créatrice aux situations rencontrées par l'être humain — aptes à ce que Hannah Arendt[1] *appelle, dans un autre contexte il est vrai, « prendre la responsabilité du monde ». La liberté inaugure la responsabilité. Deux formules résument cette éthique : « Je ne me laisserai dominer par rien » (I Co* 6^{12}*) et « User de ce monde comme n'en usant pas » (I Co* 7^{31}*).*

Il faut pourtant se garder de faire de Paul un antinomiste libertaire. De manière générale, la place de l'exhortation éthique dans les épîtres est importante. On est certes dispensé de l'observance religieuse de la Loi, qui n'est pas solidaire de l'économie du salut telle que Paul l'envisage. Et ce qui, dans la Loi, est plus spécialement destiné à préserver la mise à part d'Israël (la circoncision et les prescriptions alimentaires de la cacherout*) cesse d'avoir cours depuis le Christ. Mais les valeurs visées par la Loi, qui sont les références de la responsabilité, demeurent. Le magistrat, gardien s'il en est de la loi civile, est institué par Dieu, on lui doit obéissance (Rm* 13^{1s}*). L'idéal clair et rationnel de la Loi continue de juger ce monde tel qu'il va.*

« La création attend avec impatience la révélation des fils de Dieu » (Rm 8^{19}*). L'être humain, justifié et libéré par le Christ, va pouvoir reprendre sa mission initiale de collaborateur de Dieu pour faire reculer la barbarie de ce*

1. Hannah Arendt, *Condition de l'homme moderne*, trad. G. Fradier, Calmann-Lévy, 1961.

monde dont l'achèvement, qui semblait proche au début, ne va cesser de s'éloigner. En cette vie désormais assurée et rassurée quant à sa fin ultime, il y a quelque chose à faire. Les œuvres sont rendues à leur champ d'action, le monde. Elles n'engagent pas l'être, un homme ne se réduit ni à ce qu'il fait ni à ce qu'il se fait. Cependant nul n'est dispensé d'essayer de se rendre utile au prochain et à soi-même.

g) « Ni Juif ni Grec » (Ga 3[28]).

Nous l'avons dit, Paul est l'inventeur de l'universalisme chrétien. Du destin particulier d'Israël naît un langage universel[1]*, celui de « l'être nouveau ». Ce langage s'adresse à tous, Juifs et non-Juifs. Il signifie la possibilité pour chacun d'accéder à une vie renouvelée par Dieu, au-delà des appartenances communautaires, voire des religions. L'épître aux Galates insiste sur le dépassement des coutumes liées aux histoires particulières depuis « l'événement-Christ ». Cet événement spirituel unique fonde et alimente la vision paulinienne de l'universalité de l'être humain. L'humanité ne doit plus former qu'une seule entité animée par un seul Esprit. Cet universalisme s'incarne dans l'Église, qui est le corps du Christ et dont le Christ est la tête. Mais c'est la génération des lettres cousines aux Colossiens et aux Éphésiens qui achève la réflexion en décrivant un Christ cosmique dont la seigneurie est déployée aux dimensions de l'Univers, « largeur et longueur, profondeur et hauteur » (Ép 3[18]). Cette vaste perspective d'unification par l'amour — une utopie ? — transcende les différences entre les êtres : « Il n'y a ni Grec ni Juif, ni circoncis ni incirconcis, ni barbare ni Scythe, ni esclave ni homme libre, mais Christ est tout en tous » (Col 3[11]). Plus la perspective eschatologique s'allonge, plus l'Église se présente comme une anticipation de la plénitude à venir.*

1. La prière de Salomon au Temple (I R 8[41-43]) atteste cependant que la tendance universaliste a toujours été présente dans le monothéisme d'Israël.

En fin de compte, le paulinisme débouche sur un universalisme de la liberté humaine, sous le regard de la souveraine liberté de Dieu. Suprême paradoxe qu'aucune théologie n'est parvenue à résoudre de façon satisfaisante. Dieu est libre et l'homme est libre. Paul n'est pas un théoricien de la prédestination[1] *mais un lettré juif habité par l'énergie impalpable de l'Esprit et prêchant le salut universel. Entre liberté humaine et liberté de Dieu, il ne choisit pas. Il maintient la tension dialectique entre ces deux constatations. Cette dialectique est peut-être la clef de son étonnante fécondité.*

L'ÉPÎTRE AUX HÉBREUX

Même si l'épître aux Hébreux a été rédigée bien après la mort de l'apôtre, elle appartient à l'école paulinienne. C'est à partir de ses présupposés qu'elle construit une réflexion originale. On retrouve le rapport dialectique entre la première et la nouvelle Alliance. L'auteur entend démontrer que la première Alliance est « une figure symbolique relative au temps présent » (9[9]*). Les promesses d'autrefois concordent avec la parole prêchée aujourd'hui, mais en même temps la Loi de Moïse est appréhendée comme un essai, possédant « l'ombre des biens à venir et non la réalité même des choses » (10*[1]*). Tout aussi paulinienne est l'affirmation de la primauté de la foi, dont la figure primordiale est Abel. La ligne de la foi, « assurance certaine des choses qu'on espère et une ferme conviction de celles qu'on ne voit point » (11*[1]*), part des ancêtres antédiluviens, se poursuit avec les Patriarches, Moïse et les prophètes, jusqu'à la communauté des derniers temps, celle de notre épître. Le motif de la foi offre une compréhension chrétienne de l'histoire d'Israël, annonciatrice de*

1. Le verbe « prédestiner » n'apparaît que deux fois en tout et pour tout (Rm 8[29-30]) sous la plume de Paul.

l'ère nouvelle, et constitue le véritable trait d'union entre première et nouvelle Alliance.

Au-delà de Paul en revanche, l'épître se préoccupe de définir dans l'économie du salut le rôle du « Fils, reflet de la gloire de Dieu et empreinte de sa personne » (1^{3}). De manière exceptionnelle dans le Nouveau Testament, elle développe une lecture allégorique du judaïsme du Temple, dont elle s'efforce de démontrer que le christianisme est le véritable successeur. Elle présente une christologie sacerdotale désignant le Christ « Grand Prêtre à la manière de Melchisédec » (6^{20}). Nous savons très peu de choses sur ce Melchisédec, qui selon la Genèse bénit Abraham au nom du Dieu Très-Haut, en dehors de sa double qualité de roi et de prêtre[1]*. Aux yeux de l'auteur, cette figure rattache le Christ à un ordre royal et sacerdotal antérieur à Moïse.*

Les rituels sacrificiels, au cours de l'histoire religieuse d'Israël, peuvent être compris non seulement comme des moyens d'assurer la paix avec Dieu mais encore comme des signes prophétiques des temps à venir. Ils ont été répétés par une succession de prêtres à travers le temps, succession qui s'est prolongée jusqu'à l'arrivée du Messie. En offrant sa vie, le Christ a réalisé l'accomplissement parfait auquel tendaient les rites antérieurs. Il a achevé la révélation d'un Dieu non violent et ôté son pouvoir au rite du sacrifice (selon la thèse de René Girard). Avec beaucoup de perspicacité, l'épître aux Hébreux perçoit que cet accomplissement signifie la fin de la succession sacerdotale. Le Christ s'est offert « une fois pour toutes » (7^{27}). Étant lui-même à la fois le prêtre et la victime, il a mené à son terme l'office sacerdotal. Son sacrifice n'est pas réitérable et son sacerdoce n'est pas transmissible. Vivant à jamais, il est établi Grand Prêtre pour l'éternité, intercédant en faveur des croyants. Le Christ devient alors le « médiateur » d'une nouvelle Alliance. Par la foi, il ouvre l'accès à la présence

1. Il existait dans la tradition juive une légende relative à Melchisédec, dont un fragment écrit a été découvert à Qûmran.

de Dieu en ce sanctuaire du cœur dont a parlé le prophète Jérémie. La terre promise aux Patriarches et à Moïse se révèle être non plus un lieu géographique mais une dimension de soi où il est possible de rencontrer Dieu. C'est pourquoi l'auteur exhorte à entrer par l'ouverture du cœur — emblème de la foi — dans le repos de Dieu, qui est l'un des aspects de la manière d'être du Créateur au septième jour, ce jour qui se prolonge encore[1].

V. S.

SAINT JEAN

Les trois épîtres qui ouvrent le corpus *johannique sont évidemment de la même main. Le vocabulaire, le style, la pensée sont identiques, et ne diffèrent pas de ceux qui caractérisent le quatrième Évangile. Toutefois, la polémique contre les Juifs n'est plus le problème majeur mais c'est bien plutôt les dissensions à l'intérieur même des communautés chrétiennes. Les trois épîtres dénoncent violemment — car leur auteur, s'il est le prédicateur de l'amour, est aussi un violent — les « antéchrists », les « prophètes de mensonge » qui sont traités de menteurs et de séducteurs. Il s'agit probablement de gnostiques qui prétendent s'identifier au divin et ne plus pouvoir pécher. Ils sont fils de Dieu et Dieu tout comme Jésus qui n'est donc qu'un homme spirituel comme eux.*

*D'après saint Irénée, un des principaux « hérétiques » ainsi combattus était un certain Cérinthe que l'apôtre Jean dénonçait comme « l'ennemi de la vérité » ; il quittait précipitamment les thermes d'Éphèse quand il l'y apercevait (*Contre les hérésies, *III, 3, 4). Pour Cérinthe, Jésus est né de Joseph et de Marie « par une génération semblable à celle de tous les autres hommes ». C'était un juste. Lors de son baptême dans le Jourdain le Christ*

1. Pour les épîtres de Pierre, Jacques et Jude, voir notices p. 730 et 732.

*céleste est descendu sur lui sous la forme d'une colombe; c'est alors «que ce Christ a annoncé le Père inconnu et accompli des miracles; puis, à la fin, il s'est de nouveau envolé de Jésus: Jésus a souffert et est ressuscité, mais le Christ est demeuré impassible, du fait qu'il était pneumatique» (*Contres les hérésies, *I, 26, 1).*

Toutefois, au-delà de toute polémique, la première épître de Jean livre un enseignement positif où l'on touche la catéchèse baptismale originelle. Il s'agit moins d'enseigner que de faire prendre conscience, car les chrétiens qui ont reçu, avec le baptême, «l'onction de la part du Saint» (2[20]*), c'est-à-dire du Saint-Esprit, «connaissent toutes choses», et n'ont pas besoin qu'on les enseigne (2*[27]*).*

Dieu est amour et l'amour vient de Dieu. Le Père, principe de la divinité, échappe à toute connaissance, à toute vision. Mais il a envoyé son Fils unique dans le monde pour nous communiquer sa vie même, qui est l'amour. Non pas l'amour au sens affectif, éros *ou amitié. Mais l'amour au sens ontologique, la «semence» divine en nous, la vie plus forte que la mort qui nous permet d'exister et de faire exister l'autre au-delà de ce monde de convoitise, d'aveuglement et de mort. Aimer ainsi, c'est passer de la mort à la vie. Quiconque aime est né de Dieu et Dieu demeure en lui. La vie mêlée d'éternité est dans le Fils incarné: tout le début de la première épître est un magnifique témoignage sur l'Incarnation, le témoignage d'un apôtre, et, sans doute, de l'apôtre bien-aimé. L'*agapé *est exigeante, elle présuppose la justice: «si quelqu'un possède les biens de ce monde et que, voyant son frère dans le besoin, il lui ferme ses entrailles, comment l'amour de Dieu peut-il demeurer en lui?» (3*[17]*).*

Avec agapé, *l'autre mot clef de la première épître est «demeurer» (*menein*). L'homme qui aime devient la demeure de Dieu et Dieu devient sa demeure: le verbe semble bien désigner l'Esprit-Saint, celui qui atteste la vérité.*

L'épître rejette tout spiritualisme éthéré: «Comment celui qui n'aime pas son frère, qu'il voit, peut-il aimer

Dieu qu'il n'a pas vu?» (4^{20}). Il faut aimer, non en paroles mais «en action et véritablement» (3^{18}). Le critère de la vie spirituelle est la garde des commandements qui s'unissent et se résument dans celui d'une agapé *virile et engagée.*

Le célèbre comma johanneum *(incise johannique) précise ce thème de la communion (5^{6-8}): «Jésus-Christ est venu en passant par l'eau et par le sang [...]. Il y en a trois qui rendent témoignage, l'Esprit, l'eau et le sang, et ces trois sont unanimes.» On peut lire soit: Jésus est venu par l'eau et par le sang, soit: dans l'eau et dans le sang. Sans doute l'eau de son baptême, le sang de sa Passion, l'eau et le sang qui, selon l'Évangile de Jean, jaillissent de son côté transpercé lors de sa mort en croix (Jn 19^{34}). Et tous ces signes trouvent leur signification dans l'Esprit qui est l'onction messianique de Jésus et dans lequel il vit, meurt et ressuscite. «Ces deux baptêmes écrivait Tertullien, il les a répandus de la plaie de son côté transpercé: ainsi ceux qui croiraient en son sang seraient lavés par l'eau; et ceux qui seraient lavés dans l'eau boiraient aussi le sang» (*De baptismo, *16 —* Patrologie latine *1, 1217). Or, dans la Vulgate, c'est-à-dire la traduction latine traditionnelle, on lit que s'ils sont trois en effet à rendre témoignage sur la terre, l'Esprit, l'eau et le sang, ils sont d'abord trois «à rendre témoignage dans le ciel: le Père, le Verbe et l'Esprit-Saint». Il est probable que cette mention des Trois Personnes de la Trinité est une glose apportée au texte lorsqu'il a été transmis en Occident; elle n'en est pas moins intéressante et significative en soulignant que la communion à laquelle le Christ fait participer les chrétiens n'est autre, originellement, que la communion trinitaire. «Notre communion est une communion avec le Père et avec son Fils Jésus-Christ», dit l'épître dans ses premiers versets (1^{3}).*

Dans l'appendice à l'épître (5^{13-21}) intervient le thème du «péché qui entraîne à la mort», pros thanaton, ad mortem. *Y aurait-il contradiction entre l'insistance de Jean sur l'amour, plus encore celle des synoptiques sur l'amour des ennemis, et cette suggestion d'un péché irrémissible? (Je dis suggestion car l'épître n'interdit pas de prier mais doute de l'efficacité de cette prière.) On peut rappeler ici la parole de Jésus sur le blasphème contre le Saint-Esprit, qui ne sera pas pardonné (Mt* 12^{31} *; Mc* 3^{29}*), et aussi, dans la Prière sacerdotale, le refus de Jésus de prier «pour le monde» (Jn* 17^{9}*). Sans doute parce que pareil blasphème, consciemment prononcé, détruit celui-là même qui le prononce et parce que le «monde», pour saint Jean, est un réseau d'illusions sans consistance...*

Les Pères cependant ont été embarrassés par cette expression de l'épître, ils ont eu tendance à nier que puisse exister un péché qui interdise à l'Église de prier pour le pécheur. Ils ont tenté d'identifier le péché ad mortem *aux péchés qui, dans l'Église ancienne, exigeaient pénitence publique (au reste non réitérable), tels le meurtre, l'idolâtrie, l'apostasie, le blasphème. Origène renonce à rien préciser (*Homélies sur l'Exode *10, 3* — Patrologie grecque *12, 372). Saint Ambroise évoque l'intercession des justes comme Moïse et Jérémie (*De paenitentia *1, 20* — Patrologie latine *16, 480). Saint Jean Chrysostome assimile pareil péché à ceux que l'Ancien Testament punissait de mort, c'est-à-dire l'idolâtrie. Mais il admet que, dans la nouvelle Alliance, ces péchés puissent être pardonnés si le pécheur avoue, se repent, fait pénitence (*Sur le Psaume *49,* 7 — Patrologie grecque *55, 251). Saint Augustin voit dans le péché* ad mortem *celui d'un spirituel qui connaissant la grâce la rejette, «à condition qu'il finisse sa vie dans cette perversité intérieure». «Mais on ne doit jamais désespérer d'un pécheur, si mauvais soit-il, tant qu'il est dans cette vie, et ce n'est pas imprudence de prier pour quelqu'un dont on ne désespère pas» (*De sermone Domini, *1, 22, 73* — Patrologie latine *34, 12, 66). Les saints contemporains (ou presque) comme sainte Thérèse de Lisieux en Occident ou le saint starets Silouane en Orient demandent* *de prier pour ceux qui pèchent* ad mortem, *mais insistent sur le caractère tragique, presque impossible, de cette prière qui exige que l'on s'assoie à la table des pécheurs en partageant leur expérience du néant, et que l'on verse « le sang de son cœur ».*

Les deux petites épîtres de Jean (II Jn et III Jn) sont, plus que la première, de vraies lettres. Leur auteur se présente comme l'« Ancien ». L'une, II Jn, est adressée à « la Dame élue et à ses enfants ». La plupart des exégètes estiment que cette Dame symbolise une Église locale. Mais rien n'interdit de penser qu'il s'agit d'une femme de la haute société — une Kyria *— dans la maison de laquelle se réunit la petite communauté, qu'elle préside sans doute. L'« Ancien » la met en garde contre les « séducteurs » et les « antéchrists » « qui ne confessent pas Jésus-Christ venu en chair ».*

La troisième épître est adressée à une communauté johannique qui risque d'être corrompue par des envoyés de ces faux docteurs. Ces envoyés, il ne faut pas les laisser entrer. Mais cette situation se complique par des tensions intérieures à l'Église. Diotrèphe, un des responsables de cette communauté, a interdit l'entrée de celle-ci à tous les missionnaires itinérants, y compris ceux de l'« Ancien ». C'est pourquoi celui-ci demande l'intervention de Gaïus, sans doute membre influent de la même communauté. On doit mentionner ici l'opinion de Harnack[1] *pour qui il s'agissait de l'opposition de deux courants, le courant johannique d'une Église plus charismatique et le courant d'une Église qui devient plus institutionnelle. Ces deux courants ne cesseront plus tard soit de s'affronter, soit de s'unir…*

O. C.

1. *Über den dritten Johannesbrief*, Leipzig, 1897.

L'APOCALYPSE

Du combat de l'histoire à la Jérusalem nouvelle

Le Nouveau Testament se ferme, ou plutôt s'ouvre sur l'éternité, par l'Apocalypse. Ce mot est un terme grec, apokalypsis, *qui signifie révélation. Certes l'ouvrage appartient à un genre littéraire très pratiqué en milieu juif aux derniers siècles d'avant le Christ et aux premiers siècles d'après, mais son originalité proprement chrétienne est indiscutable. Le sens est très simple : le mal, le malin plutôt, a été secrètement vaincu par le Christ, mais il s'exaspère dans son agonie même. Les forces angéliques et les forces démoniaques s'affrontent dans un conflit méta-historique que les images classiques du genre apocalyptique, déjà présentes dans les Évangiles, à la fois traduisent et trahissent. Certains passages relèvent d'un onirisme inspiré et supposent l'existence d'autres modalités de l'existence que celles qui nous sont familières.*

Aux descriptions cataclysmiques s'entremêlent — et même inaugurent et concluent l'ensemble — des passages proprement prophétiques, des textes de « consolation » et la prodigieuse évocation de la Jérusalem nouvelle.

Il serait vain de voir dans l'Apocalypse la description non du sens mais du déroulement de l'histoire. Norman Cohn, dans Les Fanatiques de l'Apocalypse[1], *a bien montré que ces rapprochements ont justifié les plus sanguinaires folies.*

L'Apocalypse commence justement par sept lettres aux Églises (en réalité l'Église universelle) suivies de l'évoca-

1. Norman Cohn, *Les Fanatiques de l'Apocalypse*, courants millénaristes révolutionnaires du XIe au XVIe siècle avec une postface sur le XXe siècle. Trad. fr. Julliard, 1962.

tion d'une ample liturgie à la fois céleste, terrestre et cosmique. Les lettres mettent les communautés chrétiennes en garde contre les épreuves, dont la persécution n'est pas la pire, mais plutôt les dérives morales et doctrinales ou la plate satisfaction de soi. Seules comptent, en définitive, la fidélité et l'humilité. D'admirables formules désignent le véritable auteur des lettres, le Christ, certes Agneau immolé dès le commencement du monde, mais Lion simultanément. « Il fut mort mais a repris vie », « il est le Premier et le Dernier », « ses yeux sont une flamme ardente », « il tient les sept étoiles dans sa main droite ».

Quant à la liturgie que décrit l'Apocalypse, elle est un immense rugissement, remarque Vassili Rozanov : « Tout n'est que vol, tout n'est que force [...]. Un ciel nouveau, des étoiles nouvelles, l'abondance d'eaux vives, l'arbre de vie[1] *».*

« Voici, je me tiens à la porte et je frappe » (Ap 3^{20}). Dieu est mis à la porte, exclu de sa création par des libertés perverties, celles des hommes et des anges. Mais, en même temps, il frappe à la porte — du cosmos et de l'histoire —, il avertit l'humanité et pour beaucoup de nous, pour chacun de nous en un sens, ce trop grand amour, ressenti « du dehors », devient insupportable, terrible. L'Apocalypse décrit dans un langage symbolique, qu'il faut savoir intérioriser, ce choc entre « ce monde » (comme dit l'Évangile, au sens du « prince de ce monde ») et ce Dieu qui est venu et qui vient — paradoxale justification du temps.

Nous ne pouvons interpréter exhaustivement des symboles, sinon ce ne serait pas des symboles mais des allégories réductibles au discours. L'Apocalypse n'est donc pas une sorte de récit historique qu'il faudrait, épisode par épisode, faire coïncider avec les événements qui nous assaillent. Elle ne saurait davantage s'expliquer par la situation des chrétiens dans l'Empire romain à la fin du

1. V. Rozanov, *L'Apocalypse de notre temps*, trad. fr. Plon, 1930, p. 197.

Ier siècle. Ce serait plutôt une sorte de « grille » qui nous permet de déchiffrer chaque situation de l'histoire et de notre historicité personnelle.

En schématisant à l'extrême, on pourrait dire que l'Apocalypse met en présence deux conceptions de la temporalité. L'une est « céleste », c'est un temps pénétré par l'éternité, un temps liturgique. L'autre est « terrestre », mêlée, agonistique, la louange des anges éveille celle de « toute créature, [...] de l'univers entier » (Ap 5^13), mais est repoussée par les pseudo-miracles de la Bête et de la Grande Prostituée.

L'Incarnation, toujours finalement victorieuse, aggrave les blasphèmes des « idolâtres et de quiconque aime le mensonge » (Ap 22^15) et donc l'intervention divine ressentie comme « colère ». Dieu désormais vient à l'homme de partout, dans le Christ se réalise pleinement le cri du psalmiste :

> Où irai-je loin de ton esprit,
> où fuirai-je loin de ta face ?
> Si j'escalade les cieux, tu es là,
> qu'en enfer je me couche, te voici *(Ps 138^7-8)*.

L'homme ne peut plus se réfugier « loin de Dieu » ; plus il s'enfonce dans son propre néant, plus il découvre toujours plus bas le Crucifié et sa miséricorde. S'il accepte, c'est le pardon, s'il refuse, c'est l'enfer.

De ce refus résultent des cataclysmes historiques, puisque l'homme est un être social, voire cosmiques, puisque l'homme est responsable de la terre. Dieu frappe ainsi à la porte de l'humanité séparée.

Dans le septénaire[1] *des « sceaux », le sens du cavalier montant un cheval blanc reste ambigu ; les uns y voient le symbole de l'orgueil et de la volonté de puissance, d'autres de la victoire, qui, d'emblée, appartient au Christ. En revanche, il n'y a pas d'hésitation pour les trois cava-*

1. L'Apocalypse est rythmée par des groupes de sept (symboles, images, thèmes) apparentés que l'on appelle des « septénaires ».

liers suivants : celui qui monte un cheval rouge désigne la guerre, un cheval noir la spéculation et la famine, un cheval jaune la mort. Tels sont bien les désastres qui, périodiquement, ravagent notre histoire.

Le septénaire des trompettes montre la nature à son tour se révoltant contre l'homme révolté. Le monde moderne, si longtemps aveugle à la responsabilité tellurique de l'homme, en découvre brutalement aujourd'hui les formes élémentaires (mais il y a bien des siècles déjà, les Chinois ont déboisé les collines de leur pays, les invasions mongoles ruiné de vastes réseaux d'irrigation).

Le cosmos terrestre est pénétré par des univers invisibles, angéliques ou démoniaques. L'homme, selon qu'il s'accorde ou s'oppose à la grâce, peut soit exorciser l'univers, l'unir à la louange des anges — qu'on pense au baiser à la terre d'Aliocha Karamazov —, soit le livrer aux forces du néant. Il peut faire de lui-même un « puits de l'abîme » (Ap 9^{2}) par où se répand la fumée du mensonge et de l'illusion.

Crises historiques et catastrophes cosmiques prennent naissance en l'homme lui-même. Il devient la proie de ces maladies qui viennent de l'âme, que les ascètes connaissent bien et que notre médecine commence, maladroitement, à étudier. Alors ce fut « un ulcère malin et douloureux... » (Ap 16^{2}).

Toutes ces images nous renvoient à la réalité, le plus souvent secrète, des vies personnelles, toutes ouvertes sur l'invisible. C'est ainsi qu'il faudrait situer le combat de l'archange Michel contre le dragon (Ap 12^{7-9}). Le mot Michel signifie « Qui est comme Dieu ? ». Le dragon suscite la séduction et les persécutions, Michel triomphe avec les témoins, et surtout ces témoins par excellence que sont les martyrs. Le déroulement apparent de l'histoire semble la matérialisation de cet affrontement. Le Moyen Âge occidental ne pensait-il pas que les grands moines sont les anges qui accompagnent saint Michel et combattent à ses côtés ?

L'histoire multiplie ainsi les appels à la probation. Les deux Témoins rejouent la passion et la résurrection du Christ. Quand tous semblent l'abandonner, l'Église, la Femme vêtue de soleil, est transportée au désert. En elle, les justes déjà revivent et règnent.

La Bête, ou plutôt les Bêtes, de la terre et de la mer, c'est la pseudo-religion du « faux prophète » (il y en a tant) unie à la puissance, à la pression du collectif, qu'il s'agisse de l'État ou de la société. Jésus lui-même l'a annoncé : « Il s'élèvera de faux Messies et de faux prophètes, qui feront de grands miracles et des prodiges, au point de séduire, s'il était possible, les élus eux-mêmes » (Mt 24[24]). La Bête singe le Christ : « Une de ses têtes était comme blessée à mort, mais sa blessure mortelle fut guérie. Tous les habitants de la terre, saisis d'admiration, suivaient la Bête » (Ap 13[3]) : parodie de la résurrection. De même la Bête de la terre « opérait de grands prodiges, jusqu'à faire descendre le feu du ciel sur la terre à la vue des hommes » (Ap 13[13]) : parodie de la Pentecôte. Immense tentative d'organiser la vie non seulement hors de Dieu mais contre lui, dénoncé comme l'ennemi de la vie.

Mais la prière et la fidélité des humbles, le combat des martyrs, la prédication intelligente et fervente des deux Témoins, voilà ce qui compte d'abord dans cette défaite du monde déchu devant le monde qui vient, voilà l'Église chantant avec Michel et ses anges, le « Qui est comme Dieu ? » qui fait voler en éclats les idoles. Au second Avènement, il n'y aura plus de lutte : les deux bêtes sont consumées sans pouvoir résister. Et déjà elles le sont dans la profondeur eschatologique du cœur.

L'Apocalypse rejoint ainsi la « mémoire de la mort » des ascètes. Or la « mémoire de la mort » devient mémoire de la résurrection. Ainsi le livre de la Révélation s'achève sur la vision de la Jérusalem nouvelle.

La Jérusalem nouvelle est une nouveauté absolue, elle advient à travers une crise radicale, par une véritable mort-résurrection où s'universalise, explose la mort-résurrection du Christ. L'homme peut préparer cette métamorphose, les cités charnelles, disait Péguy, sont « l'image et le commencement, et le corps et l'essai de la Maison de Dieu ». Pourtant compte avant tout l'effraction divine. Contrairement à ce qu'on dit souvent, Teilhard de Chardin a magnifié cette discontinuité violente, transfigurante: « Comme un éclair jaillissant d'ùn pôle à l'autre, la présence silencieusement accrue du Christ dans les choses se révélera brusquement [...]; comme la foudre, comme un incendie, comme un déluge, l'attraction du Fils de l'Homme saisira, pour les réunir et les soumettre à son Corps, tous les éléments de l'univers[1]*. » Dans le monde déchu, la présence constante de la mort et de l'angoisse sont le contraire de la nouveauté. « Ce qui fut sera, [...] il n'y a rien de nouveau sous le soleil [...]. Vanité des vanités, tout est vanité » (Qo 1*^{9}*; 12*^{8}*). Face à ce constat, l'Apocalypse proclame que Dieu est la nouveauté même. Chaque fois que surgit dans le monde une authentique nouveauté, c'est que Dieu intervient. Un visage, dépouillé de ses masques, est une effraction divine dans ce monde de mortelle répétition. L'éternité du Dieu vivant est un perpétuel commencement, la grâce suscite des moments ultimes, apocalyptiques; des instants neufs où s'anticipe la nouvelle Jérusalem. L'autre, alors, est vraiment le nouveau, d'autant plus inconnu qu'il est connu. L'amour « apocalyptique » ne s'habitue pas.*

« Je vais faire toutes choses nouvelles » (Ap 21^{5}*): la communion avec le Père que Jésus révèle, cette communion que les saints anticipent, devient, dans la Jérusalem qui descend du ciel, la situation de tous. La vie mêlée d'éternité triomphe, supprime toute forme de mort. Le Christ est l'alpha et l'oméga, le commencement et la fin, mais ce n'est pas un cycle, la fin assume le commence-*

1. P. Teilhard de Chardin, *Le Milieu divin*, Œuvres, Éd. du Seuil, tome IV, p. 196.

ment tout en le dépassant à l'infini. Entre l'alpha et l'oméga, toute notre histoire se déroule. L'humanité renouvelée «descend» d'auprès de Dieu. C'est Dieu qui nous console, essuie toute larme de nos yeux. C'est lui qui donne: «Je donnerai gratuitement de la source d'eau de la vie» (Ap 21⁶). Tout est accompli, dit Jésus. Il l'avait dit sur la croix (Jn 19³⁰). La croix, dans la Jérusalem nouvelle, devient l'Arbre de vie.

Pourtant il y a une participation de l'homme, de chacun et de tous, de l'histoire. Cette part, c'est d'abord d'avoir soif: «Que celui qui a soif, vienne. Que celui qui désire l'eau de la vie en prenne gratuitement» (Ap 22¹⁷). Les autres croient trouver satisfaction dans une réussite tout humaine, ou s'abandonnent au désespoir. Ce n'est pas un problème de morale, c'est le problème de la faim spirituelle qui, parce que nous ne savons pas qui peut la nourrir, hypertrophie jusqu'à l'idolâtrie nos pauvres bonheurs, nos illusions.

Or rien de ce qui est la perversion de l'homme ne peut entrer dans la Jérusalem nouvelle. «Dehors, [...] les magiciens, les impudiques, les meurtriers, les idolâtres, et quiconque aime le mensonge...» (Ap 22¹⁵). Moins condamnation prononcée qu'avertissement, remarque, après un Fédorov[1], un Ellul[2]. Tout reste conditionnel. Et c'est probablement des chrétiens que dépend le salut du monde. L'avertissement est prononcé bien moins sur les actes et les attitudes éthiques que sur tout ce qui fausse, bloque, pervertit la relation avec Dieu, la remplaçant par l'oubli ou l'adoration des idoles. C'est-à-dire l'absence de confiance, l'absence d'espérance, la magie, la perversion du sexe (car celui-ci appartient à la sphère du sacré).

À l'avènement de la nouvelle Jérusalem, Dieu se manifestera tout en tout, le Corps glorieux du Ressuscité ten-

1. Nicolas Fédorov, *Philosophie de l'œuvre commune* (en russe), tome I, p. 408 s., 451 s.
2. Jacques Ellul, *L'Apocalypse, architecture en mouvement*, Desclée de Brouwer, 1975, p. 281 s.

tera de transparaître à travers toute existence. Le jugement sera transparence ou opacité.

Certes, Dieu, qui est amour (I Jn 4⁸), ne peut donner que son amour. Mais l'homme qui se referme sur ses idoles, sur lui-même comme idole, l'amour risque de le brûler intolérablement. «Il n'est pas juste de dire que les pécheurs en enfer soient privés de l'amour de Dieu [...]. Mais l'amour agit de deux manières : il devient joie pour les bienheureux et souffrance pour les réprouvés[1]*.» Mais comment oser parler de l'enfer pour les autres ? N'est-ce point pécher contre l'amour, donc se damner ?*

Seul Dieu a le droit de me parler de l'enfer. Les paroles de l'Apocalypse, c'est moi qu'elles avertissent. Quant aux autres, je puis seulement prier pour qu'ils soient sauvés. Dans le Christ nous sommes tous membres les uns des autres ; les autres sont en nous, nous en eux. L'amour de Dieu, multiplié par la prière des hommes, travaille de l'intérieur l'enfer ultime, la monade individuelle autrement vouée à «l'étang de feu» (Ap 19²⁰). Les images terribles de l'Apocalypse sont les cris de l'amour de Dieu réfractés à travers notre péché.

Sans doute aussi, comme l'ont suggéré, au début du XXᵉ *siècle, la plupart des philosophes religieux russes*[2]*, dans les avertissements de l'Apocalypse s'agit-il de la condamnation des actes, des attitudes, plutôt que de la personne dans sa transcendance et son secret (c'est bien ainsi que procède Jésus dans l'Évangile, quand il dit qu'il n'est pas venu pour les bien-portants mais pour les malades). On pourrait dire que le mauvais de l'homme lui sera arraché — c'est en chacun que se ferait la séparation des boucs et des brebis —, mais la personne elle-même pourrait être sauvée «comme à travers le feu», dit saint Paul. Il est significatif que celui qui montre à*

1. Saint Isaac le Syrien, cité dans O. Clément, *Sources*, Stock, 1982, p. 271.
2. Cf. «Apocalypse et transfiguration chez les philosophes religieux russes», *in* O. Clément, *Les Visionnaires*, Desclée de Brouwer, 1986.

«Jean» l'Épouse de l'Agneau, la Jérusalem qui descend du ciel, soit un des anges qui, dans les septénaires, tiennent les coupes pleines de fléaux. C'est donc le même ange qui déchaîne les fléaux et qui montre la Jérusalem nouvelle. C'est dire que ces fléaux ne sont pas damnation sans recours, mais seulement le «revers» de cette Jérusalem qui est donnée par Dieu à tous les hommes...

Cette Jérusalem est une ville, mais une ville qui vient du ciel, l'inverse de Babel, en quelque sorte. La révélation biblique descend du ciel vers la terre, à l'encontre de tout mouvement gnostique, qui se dresse de la terre vers le ciel. Dans le Christ, ici et maintenant, la Jérusalem nouvelle peut envahir l'instant...

*Que ce soit une ville différencie l'*oméga *de l'*alpha, *le Royaume du Paradis. Au commencement donc, un jardin. La végétation, pour saint Grégoire de Nysse, représente l'élaboration des germes. À la fin, une ville, avec le symbole du minéral transfiguré, celui des pierres précieuses qui sont à la fois l'élément le plus dur et le plus transparent: ainsi cristallisent les acquis de la culture et de l'histoire. Dieu n'annule pas l'histoire et l'œuvre de l'homme mais les assume. Si la Jérusalem ultime est une création absolument nouvelle de Dieu, tout en elle est recueilli, tout ressuscite. Elle présente la cristallisation de toute l'histoire humaine, de ses aventures, de ses créations.*

Certes, tout au long de la Bible, la ville apparaît souvent comme l'expression de la révolte de l'homme contre Dieu, sa «contre-création», pourrait-on dire, le lieu de la richesse, du luxe, de l'inégalité, de la prostitution et de l'esclavage. Un mot résume tout cela: Babylone. Et voici le prodigieux retournement: de Babylone en Jérusalem. Toute ville est ainsi à la fois Babylone et Jérusalem. Rome, au temps où s'élaborait l'Apocalypse, était Babylone, mais les apôtres Pierre et Paul sont venus y jeter les germes de Jérusalem.

Quand Dieu transmue Babylone en Jérusalem, il exauce l'intention profonde de l'homme: il y a enfin communion, rassemblement de toutes les générations, reviviscence de la mémoire dans ces lieux de mémoire que sont aussi les villes avec leurs bibliothèques, leurs musées, leurs monuments, leurs cimetières. Tout est récapitulé : les villes sur les montagnes, villes-axes, et les villes sur les îles, villes-germes ; les villes autour d'un temple qui est une montagne de pierres, les villes en croix comme les cités romaines, et le Temple du ciel, à Pékin, où l'on s'absorbe dans l'immense au fur et à mesure qu'on le gravit, et la leçon de courage et de sagesse du Parthénon, et les Kremlins russes, qui sont d'immenses reliquaires.

La ville était un lieu de rencontre des idées, des valeurs, des races, des catégories sociales. Mais la tendance était alors soit d'unité par dissolution des diversités, soit d'affirmation identitaire de chaque groupe contre les autres. Dans la nouvelle Jérusalem, à la lumière du Dieu trinitaire, l'unité exige la pluralité, elle se fait de la communion des différences. Les hommes y voient Dieu face à face, et donc les autres de même. Nul dans l'Ancien Testament n'a vu Dieu ainsi, seulement, comme Moïse au Sinaï, « de revers ». Puis le Verbe s'est fait chair et Jésus a pu dire : « Celui qui m'a vu a vu le Père » (Jn 14[9]). Tel est le secret de l'Église, l'icône, la sainteté sont autant d'anticipations de la Jérusalem nouvelle. Mais avec l'avènement de celle-ci, tous les hommes voient Dieu. À deux reprises l'Apocalypse affirme : « Les rois de la terre y [dans la Jérusalem nouvelle] apporteront leur gloire » (Ap 21[24]) et : « On y apportera la gloire et l'honneur des nations » (Ap 21[26]). Cela même qui a été jugé, humilié, détruit, l'orgueil des rois et des nations, se trouve repris dans la Jérusalem nouvelle, toute l'œuvre de la culture, de la pensée, et la musique, la peinture, la sculpture, la poésie. Non que la Ville soit un immense musée, mais par intégration dans un dynamisme de célébration, de jeu, de liberté. Il n'y aura pas d'icônes, me disait un disciple de Serge Boulgakof, Léon Zander, car Dieu sera tout en tout, mais on y entendra certainement des cantates de Bach !

La nature, le jardin paradisiaque, n'a pas disparu, mais elle est incluse dans la ville, elle est elle-même transfigurée. L'Arbre de Vie pousse sur les bords du fleuve d'eau vive, et il fructifie douze fois par an, c'est-à-dire chaque mois, symbole de simultanéité quand le temps, symboliquement, se changera en espace.

Le langage de l'Apocalypse, ici, n'est plus, en effet, que symboles. Les remparts de la ville, sa première assise, tout son éclat, sont du jaspe (ou comme du jaspe), une pierre qui, par ses couleurs diverses et fluides, est traditionnellement considérée comme la pierre de Dieu. Parmi ces couleurs domine le vert qui, selon Denys l'Aréopagite, est « l'apogée de la jeunesse[1] ». Cela veut dire que Dieu est le rempart et la fondation de la cité dont l'éclat n'est autre que sa gloire. Les douze portes ont les noms des douze Tribus d'Israël, ce qui renvoie au mystère d'Israël, ici réconcilié avec celui de l'Église, car les autres assises des remparts portent les noms des douze apôtres. Chaque porte est faite d'une seule perle et la perle, qui naît, d'après les légendes, d'un éclair pénétrant un coquillage, symbolise la fécondation et l'illumination de la matière par la transcendance.

La Ville est cubique. Le cube est l'image de la solidité, de la cristallisation achevée et inébranlable. Ses mesures sont douze multiplié par douze, c'est-à-dire l'union parfaite de Dieu et de sa créature. Paul Claudel écrit : « [...] douze est trois multiplié par quatre, le carré multiplié par le triangle. C'est la racine de la sphère, c'est le chiffre de la perfection. Douze fois douze, c'est la perfection multipliée par elle-même, la perfection au cube, la plénitude qui exclut tout autre chose qu'elle-même, le paradis géométrique[2]. »

On peut jalonner les figures successives de la métaphore : le jardin originel, avec l'Arbre et la croix horizon-

1. Denys l'Aréopagite, *Hiérarchie céleste*, 15, 7.
2. Cité in *Dictionnaire des symboles*, Laffont, Bouquins, 1969, p. 297. Voir aussi *Paul Claudel interroge l'Apocalypse*, Gallimard, 1952.

tale des fleuves ; l'arche où le cube s'ébauche, mais dont la coque est courbe et qu'entourent les eaux ; le Temple, mais il est au centre de la ville, il n'est pas la ville ; la croix, c'est-à-dire l'arbre du monde arraché, dépouillé, recréé par le sang du Christ ; enfin la ville cubique où la croix se déploie, devient l'arbre cosmique. Dans une homélie du IIe siècle, nous lisons : « Cet arbre [de la Croix] monte de la terre aux cieux [...]. Il se dresse au centre du ciel et de la terre, ferme soutien de l'univers [...]. Le Christ a rendu vie et force à toutes choses, comme si cette divine extension et ce supplice de la croix avaient pénétré toutes choses[1]*... »*

Les assises de pierres précieuses correspondent aux pierres que l'on trouvait sur le pectoral du grand prêtre. En partant de la rangée du bas, et de droite à gauche, on trouve au premier rang la pénitence, la crainte de Dieu, la contrition ; au second la grâce, la joie, la charité ; au troisième la force, l'Écriture, l'union avec Dieu ; au quatrième la vérité, l'amour de Dieu, l'homme tel que Dieu le veut. Ainsi le « langage des pierres » montre dans les douze fondements de la ville comme un résumé de la révélation.

Il n'y a plus de Temple, il n'y a plus de sacerdoce, de distinction entre le profane et le sacré, car le sacré n'existe que par rapport à un profane et réciproquement. Dieu est tout en tout. Tout est en quelque sorte ensoleillé intérieurement, comme sur les plus belles icônes car il n'y a plus de source extérieure de lumière, Dieu est immédiat à l'homme et par lui, l'homme à tout autre homme.

Le soleil et la lune ont disparu, car la lumière est le rayonnement direct de Dieu. De même le fleuve d'eau vive qui jaillit du trône de Dieu et de l'Agneau désigne le jaillissement inépuisable de la vie même.

Jérusalem, terme d'unité diverse, de diversité une. Tant d'aspects du mystère, ici-bas opposés, ici s'accordent. La ville vient d'en haut, du ciel, elle est donnée : c'est l'intui-

1. *Homélie pascale,* Cerf, « Sources chrétiennes » nº 27, p. 175 s.

tion de la Réforme au XVIe siècle, de son gratia sola. *La ville cristallise les fruits du long combat des hommes dans l'histoire : c'est l'intuition du catholicisme. Tout en elle est transfiguré : c'est la vision de l'orthodoxie. Les douze portes, toujours ouvertes, ont reçu, nous l'avons vu, les noms des douze Tribus d'Israël : c'est donc par Israël que l'on accède à la révélation du Dieu incarné. Et tout à chaque instant vient de Dieu, « l'éternité est le souffle de l'Instant », l'extase mohammadienne, cette montée depuis Jérusalem, Al-Qods la sainte,* quibla *secrète de l'Islam, est un vertige autour de la cité ultime, dont les portes s'ouvrent enfin. Il n'est pas jusqu'au passage de la sphère au cube qui ne se retrouve dans les symbolismes de l'Inde et de l'Extrême-Orient pour qui le monde est baigné par les énergies divines, dont l'origine personnelle, christique, trinitaire, ignorée là-bas, se révèle dans la Jérusalem nouvelle. Et l'on pourrait avancer que la société sécularisée, dans son angoisse et son courage, prophétise la Ville sans culte ni temple, comme si l'ignorance de Dieu, selon une intuition de Christos Yannaras, pouvait devenir son inconnaissance*[1]*...*

Jérusalem, terme d'unité diverse, de diversité une. Mais nullement lointaine, déjà secrètement présente, secrètement advenante : dans l'action sans limites du Saint-Esprit, dans l'extension universelle du Christ « vrai Dieu et vrai homme », par là même « Homme-maximum », dans l'eucharistie et la sainteté où déjà la Parousie s'anticipe, dans le secret des êtres et des choses, dans la vérité du visage. Jérusalem du cœur profond, du cœur de lumière où jaillit le fleuve d'eau vive, selon la parole de Jésus : « Si quelqu'un croit en moi, des fleuves d'eau vive couleront de son sein » (Jn 7[38-39]).

O. C.

1. C. Yannaras, *De l'absence et de l'inconnaissance de Dieu*, Cerf, 1971, p. 69 s.

Hugues Oltramare

Note sur la traduction

Hugues Oltramare (1813-1891) a vécu à Genève où il a fait des études théologiques (avec une thèse sur le sixième chapitre de l'épître aux Romains). Il a approfondi ses connaissances d'exégèse, et notamment des langues du Moyen-Orient ancien, à Berlin et à Tübingen. En 1841, il est devenu pasteur à Genève. De 1854 à sa mort, il a enseigné l'exégèse du Nouveau Testament à la Faculté de théologie. Il a publié plusieurs commentaires des épîtres pauliniennes et reçu un doctorat *honoris causa* à l'Université de Strasbourg. Il est considéré comme l'un des principaux exégètes protestants de langue française au XIXe siècle.

Sa traduction du Nouveau Testament a paru en 1872 et il l'a améliorée plusieurs fois par la suite, notamment en 1879 (c'est le texte que nous présentons ici, avec des révisions de 1900). Nous l'avons choisie parce qu'elle présente un équilibre remarquable du littéraire et du littéral, de la rigueur scientifique et d'une langue simple et fluide capable de transmettre l'esprit du texte au lecteur non spécialisé.

On sait que le texte originel est attesté par trente-cinq papyrus datant du IIe au IVe siècle, situation favorablement exceptionnelle par rapport aux auteurs classiques de l'Antiquité. Les variantes ne remettent pas en cause la substance du message. Un des premiers textes imprimés le fut en 1516 par les soins d'Érasme. Il a été revu un peu plus tard par le réformateur Théodore de Bèze, compagnon de Calvin, reproduit par Robert Étienne et popularisé par les éditions des Elzévir sous le titre de *Texte Reçu (Textus Receptus)*. (Les Elzévir étaient une célèbre famille d'éditeurs hollandais dont les ouvrages furent imprimés de la fin du XVIe siècle à celle du XVIIe.)

Oltramare, sans ignorer le *Textus Receptus*, s'est surtout fondé sur le texte critique établi par Tischendorf et publié à Leipzig en 1869 et 1872. Il indique sous les initiales TR les variantes du *Textus Receptus* par rapport à celui de Tischendorf, qu'il est d'ailleurs loin de suivre d'une manière servile. D'assez longs passages, rares, imprimés non seulement en italiques mais aussi entre crochets, sont aussi empruntés au « Texte Reçu ».

O. C.

ABRÉVIATIONS

Les citations de l'Ancien Testament sont données en italique dans le texte et leurs références sont indiquées en bas de page.

Dans les Évangiles, l'italique dans les sommaires figurant en tête de chaque épisode indique un déplacement de Jésus.

Les parallélismes entre les Évangiles synoptiques (Matthieu, Marc et Luc) sont indiqués sous les sommaires.

Dans l'annotation des Évangiles synoptiques, les commentaires figurent dans les notes sur l'Évangile de saint Matthieu.

Les notes en fin de volume sont appelées par un astérisque. En tête de chaque note est rappelé le numéro du verset auquel elle se rapporte.

Les mots qui apparaissent entre crochets et en italiques sont empruntés au « Texte Reçu » publié par les Elzévir.

Les variantes en fin de volume sont appelées par [a], [b], etc.

Abréviations utilisées pour les titres des livres bibliques

ANCIEN TESTAMENT

Genèse	Gn	II Samuel	II S
Exode	Ex	I Rois	I R
Lévitique	Lv	II Rois	II R
Nombres	Nb	I Chroniques	I Ch
Deutéronome	Dt	II Chroniques	II Ch
Josué	Jos	Esdras	Esd
Juges	Jg	Néhémie	Ne
Ruth	Rt	Tobie	Tb
I Samuel	I S	Judith	Jdt

Esther	Est
I Maccabées	I M
II Maccabées	II M
Job	Jb
Psaumes	Ps
Proverbes	Pr
Ecclésiaste *ou* Qohélet	Qo
Cantique	Ct
Sagesse	Sg
Ecclésiastique *ou* Siracide	Si
Ésaïe	És
Jérémie	Jr
Lamentations	Lm
Baruch	Ba
Ézéchiel	Éz
Daniel	Dn
Osée	Os
Joël	Jl
Amos	Am
Abdias	Ab
Jonas	Jon
Michée	Mi
Nahum	Na
Habaquq	Ha
Sophonie	So
Aggée	Ag
Zacharie	Za
Malachie	Ml

NOUVEAU TESTAMENT

Matthieu	Mt
Marc	Mc
Luc	Lc
Jean	Jn
Actes des Apôtres	Ac
Romains	Rm
I Corinthiens	I Co
II Corinthiens	II Co
Galates	Ga
Éphésiens	Ép
Philippiens	Ph
Colossiens	Col
I Thessaloniciens	I Th
II Thessaloniciens	II Th
I Timothée	I Tm
II Timothée	II Tm
Tite	Tt
Philémon	Phm
Hébreux	Hé
Épître de Jacques	Jc
Ire épître de Pierre	I P
IIe épître de Pierre	II P
Ire épître de Jean	I Jn
IIe épître de Jean	II Jn
IIIe épître de Jean	III Jn
Épître de Jude	Jude
Apocalypse	Ap

Par ordre alphabétique

A	Ab	Abdias.
	Ac	Actes des Apôtres.
	Ag	Aggée.
	Am	Amos.
	Ap	Apocalypse.
B	Ba	Baruch.
C	I Ch	1er livre des Chroniques.
	II Ch	2e livre des Chroniques.
	I Co	1re épître aux Corinthiens.
	II Co	2e épître aux Corinthiens.
	Col	Épître aux Colossiens.
	Ct	Cantique des Cantiques.
D	Dn	Daniel.
	Dt	Deutéronome.
E	Ép	Épître aux Éphésiens.

	És	Ésaïe.
	Esd	Esdras.
	Est	Esther.
	Ex	Exode.
	Éz	Ézéchiel.
G	Ga	Épître aux Galates.
	Gn	Genèse.
H	Ha	Habaquq.
	Hé	Épître aux Hébreux.
J	Jb	Job.
	Jc	Épître de saint Jacques.
	Jdt	Judith.
	Jg	Livre des Juges.
	Jl	Joël.
	Jn	Évangile selon saint Jean.
	I Jn	1re épître de saint Jean.
	II Jn	2e épître de saint Jean.
	III Jn	3e épître de saint Jean.
	Jon	Jonas.
	Jos	Livre de Josué.
	Jr	Jérémie.
	Jude	Épître de saint Jude.
L	Lc	Évangile selon saint Luc.
	Lm	Lamentations.
	Lv	Lévitique.
M	I M	1er livre des Maccabées.
	II M	2e livre des Maccabées.
	Mc	Évangile selon saint Marc.
	Mi	Michée.
	Ml	Malachie.
	Mt	Évangile selon saint Matthieu.
N	Na	Nahum.
	Nb	Nombres.
	Ne	Néhémie.
O	Os	Osée.
P	I P	1re épître de saint Pierre.
	II P	2e épître de saint Pierre.
	Ph	Épître aux Philippiens.
	Phm	Épître à Philémon.
	Pr	Proverbes.
	Ps	Psaumes.
Q	Qo	Ecclésiaste.
R	I R	1er livre des Rois.
	II R	2e livre des Rois.
	Rm	Épître aux Romains.
	Rt	Ruth.
S	I S	1er livre de Samuel.
	II S	2e livre de Samuel.
	Sg	Sagesse.
	Si	Ecclésiastique.
	So	Sophonie.
T	Tb	Tobie.
	I Th	1re épître aux Thessaloniciens.
	II Th	2e épître aux Thessaloniciens.

I Tm	1re épître à Timothée.		Tt	Épître à Tite.
II Tm	2e épître à Timothée.	Z	Za	Zacharie.

Dans les références, le numéro du verset est indiqué en exposant à la suite du numéro du chapitre. Ainsi, Mt 3^1 renvoie à : Évangile selon saint Matthieu, chapitre 3, verset 1.

Les Quatre Évangiles

ÉVANGILE SELON SAINT MATTHIEU

La généalogie de Jésus-Christ. — Sa naissance.
(Lc 3^{23-28} ; 2^{1-7}.)

1 1Généalogie de Jésus-Christ, fils de David, fils
d'Abraham*.
2Abraham engendra Isaac ; Isaac, Jacob ; Jacob, Juda
et ses frères ; 3Juda, Pharès et Zara, qu'il eut de Tha-
mar ; Pharès, Esrom ; Esrom, Aram ; 4Aram, Aminabad ;
Aminabad, Naasson ; Naasson, Salmon ; 5Salmon, Booz,
qu'il eut de Rahab ; Booz, Jobed, qu'il eut de Ruth ;
Jobed, Issaï ; 6Issaï, le roi David.
David engendra Salomon, qu'il eut de la femme
d'Urie ; 7Salomon, Roboam ; Roboam, Abia ; Abia, Asa ;
8Asa, Josaphat ; Josaphat, Joram ; Joram, Ozias ; 9Ozias,
Joatham ; Joatham, Achez ; Achez, Ezéchias ; 10Ezé-
chias, Manassé ; Manassé, Amos ; Amos, Josias ; 11Josias,
Jéchonias et ses frères, lors de l'émigration à Babylone.
12Après la déportation à Babylone, Jéchonias engen-
dra Salathiel ; Salathiel, Zorobabel ; 13Zorobabel, Abioud ;
Abioud, Éliacim ; Éliacim, Azor ; 14Azor, Sadoc ; Sadoc,
Achim ; Achim, Elioud ; 15Elioud, Éléazar ; Éléazar,
Matthan ; Matthan, Jacob ; 16Jacob, Joseph, l'époux de
Marie, de laquelle naquit Jésus, qu'on appelle Christ.
17Il y a donc, en tout, quatorze générations d'Abra-
ham à David* ; quatorze, de David à la déportation à

Babylone, et quatorze, de la déportation jusqu'au
Christ.
[18]Or, voici de quelle manière Jésus-Christ vint au
monde.

Marie, sa mère, ayant été fiancée à Joseph, se trouva
enceinte par l'effet du Saint-Esprit, avant qu'ils eussent
habité ensemble. [19]Joseph, son mari, étant un homme
de bien*, et ne voulant pas l'exposer à la honte, résolut
de la répudier secrètement. [20]Il y pensait, lorsqu'un
ange du Seigneur* lui apparut en songe, et lui dit:
« Joseph, fils de David, ne crains point de prendre chez
toi Marie, ta femme, car l'enfant qu'elle a conçu est du
Saint-Esprit. [21]Elle mettra au monde un fils, et tu lui
donneras le nom de Jésus*, parce que c'est lui qui sau-
vera son peuple* de ses péchés. » [22]Tout cela arriva, afin
que s'accomplît ce qu'avait dit le Seigneur par le pro-
phète: [23]*Voici, la vierge sera enceinte; elle mettra au
monde un fils à qui l'on donnera le nom d'Emmanuel**,
ce qui signifie Dieu avec nous*. [24]À son réveil, Joseph fit
comme l'ange du Seigneur le lui avait commandé: il
prit sa femme chez lui. [25]Et il ne la connut point* jus-
qu'à ce qu'elle eût mis au monde un fils°, et il lui donna
le nom de Jésus.

Les Mages. — La fuite en Égypte. — Le massacre des Innocents. — Retour de la sainte famille. — Son établissement à Nazareth.

2 [1]Jésus étant né à Bethléem* en Judée, au temps du
roi Hérode*, des mages* d'Orient arrivèrent à Jérusa-
lem, [2]et dirent: « Où est le roi des Juifs qui vient de
naître? car nous avons vu son étoile* en Orient, et nous
sommes venus lui rendre hommage. »
[3]Le roi Hérode l'ayant appris, en fut troublé, et tout

1[23] : És 7[14].

Jérusalem avec lui. [4]Il fit assembler tous les grands
prêtres et les scribes* du peuple, et s'informa d'eux où
devait naître le Messie. [5]Ils lui dirent : « C'est à Beth-
léem en Judée ; car voici ce qui a été écrit par le pro-
phète : [6]*Et toi, Bethléem, terre de Juda, tu n'es pas la
moindre entre les principales villes de Juda, car c'est
de toi que sortira un chef qui gouvernera Israël, mon
peuple.* » [7]Alors Hérode ayant fait venir secrètement les
mages sut d'eux la date précise à laquelle l'étoile était
apparue, [8]et leur dit, en les envoyant à Bethléem :
« Allez, recherchez soigneusement cet enfant, et, quand
vous l'aurez trouvé, faites-le-moi savoir, afin que j'aille
aussi lui rendre hommage. »

[9]Après avoir entendu le roi, les mages partirent ; et
voici, l'étoile qu'ils avaient vue en Orient, marchait
devant eux, jusqu'à ce qu'elle s'arrêtât au-dessus du lieu
où était l'enfant. [10]La vue de l'étoile leur causa une grande
joie ; [11]et, étant entrés dans la maison, ils virent l'enfant
avec Marie sa mère. Ils lui rendirent hommage en se pros-
ternant, et ayant ouvert leurs trésors, ils lui offrirent en
présent de l'or, de l'encens et de la myrrhe*. [12]Puis, ayant
été avertis en songe de ne point retourner vers Hérode,
ils se retirèrent dans leur pays par un autre chemin.

[13]Lorsqu'ils furent partis, un ange du Seigneur appa-
rut en songe à Joseph, et lui dit : « Lève-toi, prends l'en-
fant et sa mère, et fuis en Égypte. Restes-y jusqu'à ce que
je te dise de revenir, car Hérode doit chercher l'enfant
pour le faire périr. » [14]Joseph s'étant levé, prit l'enfant et
sa mère pendant la nuit, et se retira en Égypte. [15]Il y resta
jusqu'à la mort d'Hérode, afin que s'accomplît cette
parole que le Seigneur avait prononcée par le prophète :
*J'ai appelé mon Fils d'Égypte**.

[16]Hérode, voyant qu'il avait été joué par les mages,
entra dans une violente colère, et fit tuer tous les enfants
qui étaient à Bethléem et dans tout son territoire depuis

2[6] : Mi 5[1], II S 5[2]. 2[15] : Os 11[1].

l'âge de deux ans et au-dessous, d'après la date qu'il
connaissait exactement par les mages. [17]Alors s'accom-
plit cette parole prononcée par Jérémie, le prophète :
[18]*Un cri a été entendu à Rama, des pleurs et de grandes*
lamentations : Rachel pleure ses enfants, et n'a pas voulu
*être consolée, parce qu'ils ne sont plus**.

[19]Hérode étant mort, un ange du Seigneur apparut en
songe à Joseph en Égypte, [20]et lui dit : « Lève-toi, prends
l'enfant et sa mère, et va dans le pays d'Israël, car ceux
qui en voulaient à la vie de l'enfant sont morts. » [21]Joseph
se leva, prit l'enfant et sa mère, et rentra dans le pays
d'Israël. [22]Mais, ayant appris qu'Archelaüs* régnait sur
la Judée à la place d'Hérode, son père, il craignit de s'y
rendre ; et, ayant été averti en songe, il se retira dans le
territoire de la Galilée*, [23]et alla s'établir dans une ville
appelée Nazareth, afin que s'accomplît ce qu'avaient dit
les prophètes, qu'il sera appelé Nazaréen*.

Jean Baptiste, le précurseur. — *Jésus se rend au Jourdain.* — Son baptême.

(Mc 1[1-11]. — Lc 3[1-22]. — Jn 1[19-34].)

3 [1]En ces temps-là, parut Jean Baptiste*, prêchant
dans le désert de Judée, [2]et disant : « Repentez-vous, car
le royaume des cieux est proche*. » [3]C'est de lui que
parle Ésaïe, le prophète, quand il dit : *C'est une voix qui*
crie au désert : Préparez le chemin du Seigneur, faites-lui
des sentiers droits.

[4]Jean avait un vêtement de poil de chameau, et une
ceinture de cuir autour des reins ; il se nourrissait de
sauterelles et de miel sauvage.

[5]Les habitants de Jérusalem, de toute la Judée et de
tout le pays qui avoisine le Jourdain, se rendaient vers
lui, [6]et se faisaient baptiser* par lui dans le Jourdain,

2[18] : Jr 31[15]. 3[3] : És 40[3].

confessant leurs péchés. 7Or Jean, voyant un grand
nombre de pharisiens et de sadducéens*, qui venaient
se faire baptiser, leur dit : « Race de vipères, qui vous a
appris à fuir la colère à venir* ? 8Produisez donc du fruit
digne de la repentance*, 9et ne croyez pas dire en vous-
mêmes : “Nous avons pour père Abraham” ; car je vous
dis que de ces pierres, Dieu peut susciter des enfants* à
Abraham. 10Déjà la cognée est mise à la racine des
arbres ; tout arbre donc qui ne produit pas de bon fruit,
va être coupé et jeté au feu. 11Pour moi, je vous baptise
d'eau en vue de la repentance ; mais celui qui vient après
moi, est plus puissant que moi, et je ne suis pas digne
de lui porter ses sandales* : c'est lui qui vous baptisera
d'Esprit saint et de feu. 12Il a son van à la main, et il net-
toiera son aire ; il amassera son blé dans le grenier, mais
il brûlera la paille dans un feu qui ne s'éteint point. »
13Alors Jésus arriva de Galilée au Jourdain vers Jean,
pour se faire baptiser par lui. 14Mais Jean s'y opposait en
disant : « C'est moi qui ai besoin d'être baptisé par toi, et
tu viens à moi ! » 15Jésus lui répondit : « Laisse-moi faire
seulement, car il convient que nous accomplissions ainsi
tout ce qui est juste*. » Alors Jean le laissa faire. 16Jésus,
ayant été baptisé, sortit immédiatement de l'eau ; et
voici, les cieux s'ouvrirent à lui, et il vit l'Esprit de Dieu
descendre comme une colombe et venir sur lui. 17Et une
voix sortit des cieux, disant : « Celui-ci est mon Fils bien-
aimé*, en qui j'ai mis toute mon affection. »

La Tentation. — *Jésus retourne en Galilée et se fixe à Capharnaüm.* — Première prédication. — Vocation de Simon Pierre et d'André, de Jacques et de Jean. — Coup d'œil général sur l'activité de Jésus.

(Mc $1^{12\text{-}15}$. — Lc $4^{1\text{-}15}$. — Mc $1^{16\text{-}20}$. — Lc $5^{1\text{-}11}$.)

4 1Alors Jésus fut emmené par l'Esprit au désert,
pour être tenté par le diable*.

[2]Il jeûna quarante jours et quarante nuits, après quoi il eut faim. [3]Et le tentateur l'ayant abordé, lui dit : « Si tu es Fils de Dieu, ordonne que ces pierres se changent en pains. » [4]Mais Jésus répondit : « Il est écrit : *L'homme ne vivra pas de pain seulement, mais de toute parole qui sort de la bouche de Dieu.* »

[5]Alors le diable le transporta dans la ville sainte, le posa à l'extrémité de l'aile du temple, [6]et lui dit : « Si tu es Fils de Dieu, jette-toi en bas ; car il est écrit : *Il donnera des ordres à ses anges, à ton sujet ; et ils te porteront sur leurs bras, de peur que ton pied ne heurte contre une pierre.* » [7]Jésus lui dit : « Il est écrit aussi : *Tu ne tenteras point le Seigneur ton Dieu.* »

[8]Le diable le transporta encore sur une montagne très haute*, lui montra tous les royaumes du monde et leur gloire, [9]et lui dit : « Je te donnerai tout cela, si, te jetant à mes pieds, tu m'adores. » [10]Jésus lui dit : « Retire-toi, Satan* ; car il est écrit : *Tu adoreras le Seigneur ton Dieu, et tu le serviras lui seul.* »

[11]Alors le diable le quitta, et des anges approchèrent et le servirent.

[12]Jésus ayant appris que Jean avait été mis en prison, se retira en Galilée. [13]Il quitta Nazareth et alla s'établir à Capharnaüm, ville située au bord de la mer, dans le territoire de Zabulon et de Nephthali, [14]afin que s'accomplît ce qui a été dit par Ésaïe, le prophète : [15]*La terre de Zabulon et la terre de Nephthali, ce pays qui s'étend vers la mer jusqu'au-delà du Jourdain, la Galilée des Nations,* [16]*ce pays, qui était plongé dans les ténèbres, a vu une grande lumière, et la lumière s'est levée sur ceux qui étaient dans la région et dans l'ombre de la mort.*

[17]Dès lors Jésus se mit à prêcher, disant : « Repentez-vous, car le royaume des cieux est proche. »

[18]Comme il cheminait le long de la mer de Galilée, il

4[4] : Dt 8[3]. 4[6] : Ps 91[11-12]. 4[7] : Dt 6[16]. 4[10] : Dt 6[13]. 4[15-16] : És 8[23]-9[1].

vit deux frères, Simon, appelé Pierre, et André, son frère, qui jetaient leurs filets dans la mer, car ils étaient pêcheurs. [19]Et il leur dit : « Venez, suivez-moi, et je vous ferai pêcheurs d'hommes. » [20]Ils quittèrent aussitôt leurs filets, et le suivirent.

[21]Puis, un peu plus loin, il vit deux autres frères, Jacques, fils de Zébédée, et Jean, son frère, qui raccommodaient leurs filets dans leur barque avec Zébédée leur père, et il les appela. [22]Ils quittèrent aussitôt leur barque et leur père, et le suivirent*.

[23]Jésus allait par toute la Galilée, enseignant dans les synagogues, prêchant la bonne nouvelle du royaume et guérissant toute maladie et toute infirmité parmi le peuple. [24]Sa renommée se répandit dans toute la Syrie, et on lui amena tous ceux qui se portaient mal, qui étaient affligés de maladies et de douleurs diverses, des démoniaques, des lunatiques*, des paralytiques, et il les guérit.

Le Sermon sur la montagne : Les béatitudes. — Le sel de la terre. — « Je suis venu, non abolir, mais accomplir. » — La justice des pharisiens et la justice du royaume de Dieu : Sainteté. — Charité.

(Lc 6[20-23]. — Mc 9[50]. — Lc 14[34-35]. — Mc 4[21]. — Lc 16[17]. — Mc 11[25]. — Lc 12[58-59]. — Mc 9[43-47]. — Lc 16[18] ; 6[27-36].)

[25]Une grande foule le suivit de la Galilée, de la Décapole, de Jérusalem, de la Judée et d'au-delà du Jourdain.

5 [1]Jésus voyant cette multitude, monta sur la montagne, et quand il se fut assis, ses disciples s'approchèrent de lui. [2]Alors, ouvrant la bouche, il se mit à les enseigner, disant :

[3]« Heureux* les pauvres en esprit, car le royaume des cieux est à eux.

[4]» Heureux les affligés, car ils seront consolés.

5 »Heureux ceux qui sont doux, car ils posséderont la
terre.

6 »Heureux ceux qui ont faim et soif de la justice, car
ils seront rassasiés.

7 »Heureux les miséricordieux, car ils obtiendront
miséricorde.

8 »Heureux ceux qui ont le cœur pur, car ils verront
Dieu.

9 »Heureux les pacificateurs, car ils seront appelés fils
de Dieu.

10 »Heureux ceux qui sont persécutés pour la justice,
car le royaume des cieux est à eux.

11 »Vous serez heureux lorsqu'on vous insultera,
qu'on vous persécutera et qu'on dira[a] de vous toute
sorte de mal à cause de moi. 12 Réjouissez-vous alors et
tressaillez de joie, car votre récompense est grande
dans les cieux : c'est ainsi qu'on a persécuté les pro-
phètes qui ont été avant vous.

13 »Vous êtes le sel de la terre* ; mais si le sel perd sa
saveur, avec quoi la lui rendra-t-on ? Il n'est plus bon
qu'à être jeté dehors et foulé aux pieds par les hommes.
14 Vous êtes la lumière du monde. Une ville située au
sommet d'une montagne, ne peut être cachée. 15 On
n'allume pas non plus une lampe pour la mettre sous
le boisseau, mais on la met sur son pied, et elle brille
pour tous ceux qui sont dans la maison. 16 Qu'ainsi votre
lumière brille devant les hommes, afin qu'ils voient vos
bonnes œuvres, et qu'ils glorifient votre Père qui est
dans les cieux.

17 »Ne pensez pas que je sois venu abolir la Loi et les
Prophètes ; je ne suis pas venu abolir, mais accomplir,
18 car je vous dis, en vérité, que, jusqu'à ce que le ciel et
la terre passent, pas un iota, pas un trait de lettre de la
Loi ne passera, que tout ne soit exécuté. 19 Celui donc
qui aura violé un des moindres de ces commandements,
et aura, par son exemple, appris aux hommes à les vio-
ler, sera appelé le plus petit dans le royaume des cieux ;

mais celui qui les aura observés, et aura appris aux
hommes à les observer*, celui-là sera appelé grand dans
le royaume des cieux. 20 Car je vous dis que si votre jus-
tice ne l'emporte de beaucoup sur celle des scribes et
des pharisiens, vous n'entrerez pas dans le royaume des
cieux.

21 »Vous avez entendu qu'il a été dit aux anciens : *Tu
ne tueras point* ; celui qui aura tué sera condamné.
22 Mais moi je vous dis que quiconque se met en colère[a]
contre son frère, mérite la condamnation. Celui qui dira
à son frère "raca*" mérite d'être condamné par le san-
hédrin*, celui qui lui dira "scélérat" mérite d'être jeté
dans la Géhenne ardente.

23 »Si donc tu présentes ton offrande à l'autel, et que,
là, il te souvienne que ton frère a quelque chose contre
toi, 24 laisse là ton offrande, devant l'autel ; va d'abord
te réconcilier avec ton frère, puis viens présenter ton
offrande. 25 Accorde-toi promptement avec ta partie
adverse, même pendant que tu es en chemin avec elle, de
peur qu'elle ne te livre au juge, le juge au sergent, et que
tu ne sois jeté en prison. 26 En vérité, je te dis que tu n'en
sortiras pas que tu n'aies payé jusqu'au dernier sou.

27 »Vous avez entendu qu'il a été dit : *Tu ne commet-
tras point l'adultère*. 28 Mais moi, je vous dis que qui-
conque regarde une femme pour la convoiter, a déjà
commis l'adultère avec elle dans son cœur.

29 »Si ton œil droit est pour toi une occasion de
chute*, arrache-le et le jette loin de toi, car il vaut mieux
pour toi qu'un seul de tes membres périsse, que si ton
corps tout entier était jeté dans la Géhenne. 30 Si ta main
droite est pour toi une occasion de chute, coupe-la et la
jette loin de toi, car il vaut mieux pour toi qu'un seul de
tes membres périsse, que si ton corps tout entier allait
dans la Géhenne*.

31 »Il a été dit : *Que celui qui répudie sa femme, lui*

5[21] : Ex 20[13] ; Dt 5[17]. 5[27] : Ex 20[14].

donne un acte de divorce. [32]Mais moi, je vous dis que quiconque répudie sa femme, si ce n'est pour raison d'infidélité, la pousse à devenir adultère, et que celui qui épouse une femme répudiée, commet un adultère*.

[33]»Vous avez encore entendu qu'il a été dit aux anciens : *Tu ne te parjureras point, mais tu t'acquitteras envers le Seigneur des serments que tu auras faits.* [34]Mais moi, je vous dis de ne point jurer du tout, ni par le ciel, car c'est le trône de Dieu, — [35]ni par la terre, car c'est son marchepied, — ni par Jérusalem, car c'est la ville du grand roi. [36]Ne jure pas non plus par ta tête, car tu ne peux rendre blanc ou noir un seul de tes cheveux. [37]Que votre parole soit : Oui ! oui ! Non ! non ! Ce qui se dit de plus vient du malin.

[38]»Vous avez entendu qu'il a été dit : *Œil pour œil et dent pour dent.* [39]Mais moi, je vous dis de ne point tenir tête au méchant. Si quelqu'un te frappe sur la joue droite, présente-lui l'autre. [40]Si quelqu'un veut t'intenter un procès pour prendre ta tunique, abandonne-lui aussi le manteau. [41]Si quelqu'un te met en réquisition pour faire un mille, fais-en deux avec lui. [42]Donne à qui te demande, et n'évite pas celui qui veut t'emprunter.

[43]»Vous avez entendu qu'il a été dit : *Tu aimeras ton prochain*, et tu haïras ton ennemi*. [44]Mais moi, je vous dis : Aimez vos ennemis[a] et priez pour ceux qui vous persécutent, [45]afin que vous soyez fils de votre Père qui est dans les cieux ; car il fait lever son soleil sur les méchants et sur les bons, et il répand sa pluie sur les justes et sur les injustes. [46]Si vous aimez ceux qui vous aiment, quelle récompense méritez-vous ? Les publicains mêmes n'en font-ils pas autant ? [47]Et si vous ne saluez que vos frères, que faites-vous d'extraordinaire ? Les païens mêmes n'en font-ils pas autant ? [48]Soyez donc parfaits comme votre Père céleste est parfait.»

5[31] : Dt 24[1]. 5[33] : Nb 30[3]. 5[38] : Ex 21[24] · Lv 24[20]. 5[43] : Lv 19[18]

Suite du Sermon sur la montagne : Piété (Aumône. — Prière et Oraison dominicale. — Jeûne). — Le trésor dans le ciel. — « On ne peut servir deux maîtres. » — Confiance en Dieu. (Lc 11^{2-4}. — Mc 11^{25-26}. — Lc 12^{33-34} ; 11^{34-36} ; 16^{13} ; 12^{22-31}.)

6 1« Gardez-vous d'étaler votre justice[a] devant les
hommes, pour en être vus ; autrement, il n'y a pas pour
vous de récompense auprès de votre Père qui est dans
les cieux.
2 » Lors donc que vous faites l'aumône, ne faites pas
sonner la trompette devant vous, comme font les hypo
crites dans les synagogues et dans les rues, pour être
glorifiés des hommes. En vérité, je vous dis qu'ils ont
leur récompense. 3Pour toi, quand tu fais l'aumône, que
ta main gauche ne sache pas ce que fait ta main droite,
4afin que ton aumône se fasse en secret ; et ton Père, qui
voit ce qui est secret, te récompensera.
5 » Lorsque vous priez, ne soyez pas comme les hypo-
crites, qui aiment à prier debout dans les synagogues et
au coin des places. En vérité, je vous dis qu'ils ont leur
récompense. 6Mais toi, quand tu pries, entre dans ta
chambre, ferme ta porte à clef, et prie ton Père qui est
en ce lieu secret* ; et ton Père, qui voit ce qui est secret,
te récompensera.
7 » Quand vous priez, ne bredouillez pas, comme font
les païens, qui s'imaginent que par leur flux de paroles
ils seront exaucés. 8Ne leur ressemblez point : votre Père
sait ce dont vous avez besoin, avant que vous le lui
demandiez.
9 » Vous donc priez ainsi : Notre Père qui es aux
cieux*, que ton nom soit sanctifié ; 10que ton règne
vienne ; que ta volonté soit faite sur la terre comme au
ciel. 11Donne-nous aujourd'hui notre pain quotidien*.
12Remets-nous nos dettes, comme nous avons remis
leurs dettes à ceux qui nous doivent ; 13et ne nous induis
point en tentation*, mais délivre-nous du mal[b]*. [Car

c'est à toi qu'appartiennent le règne, la puissance et la
gloire, éternellement. Amen.] [14]Si vous pardonnez aux
hommes leurs offenses, votre Père céleste vous pardon-
nera aussi les vôtres ; [15]mais si vous ne pardonnez pas
aux hommes, votre Père ne vous pardonnera pas non
plus vos offenses.

[16] » Lorsque vous jeûnez, ne prenez pas un air sombre,
comme font les hypocrites, qui se rendent le visage
méconnaissable, pour qu'on connaisse qu'ils jeûnent.
En vérité, je vous dis qu'ils ont leur récompense. [17]Mais
toi, quand tu jeûnes*, parfume-toi la tête et te lave le
visage, [18]afin qu'il ne paraisse pas aux hommes que tu
jeûnes, mais à ton Père, qui est avec toi dans le secret ;
et ton Père, qui voit ce qui est secret, te récompensera.

[19] » Ne vous amassez pas des trésors sur la terre, où la
gerce* et tout ce qui ronge détruit, et où les voleurs font
effraction et dérobent. [20]Amassez-vous des trésors dans
le ciel, où la gerce ni rien de ce qui ronge ne détruit, et
où les voleurs ne font point effraction ni ne dérobent,
[21]car là où est ton trésor, là aussi sera ton cœur. [22]La
lampe du corps, c'est l'œil*. Si ton œil est bon, tout ton
corps sera éclairé ; [23]mais, si ton œil est mauvais, tout
ton corps sera dans les ténèbres. Si donc la lumière qui
est en toi est déjà ténèbres, quelles ténèbres !

[24] » Nul ne peut servir deux maîtres, car, ou il haïra
l'un et aimera l'autre, ou il s'attachera à l'un et mépri-
sera l'autre : vous ne pouvez servir Dieu et Mammon*.

[25] » C'est pourquoi je vous dis : Ne vous mettez point
en souci, ni pour votre vie, de ce que vous mangerez et
de ce que vous boirez, ni pour votre corps, de quoi vous
vous vêtirez. La vie n'est-elle pas plus que la nourriture,
et le corps plus que le vêtement ? [26]Regardez les oiseaux
du ciel : ils ne sèment ni ne moissonnent, ils n'amassent
rien dans des greniers, et votre Père céleste les nourrit.
Ne valez-vous pas bien plus qu'eux ? [27]D'ailleurs, qui de
vous peut, par ses soucis, ajouter une coudée à sa taille ?
[28]Et pourquoi vous mettre en souci du vêtement ? Consi-

dérez comment croissent les lis des champs : ils ne tra-
vaillent ni ne filent ; [29]cependant je vous dis que Salo-
mon même, dans toute sa magnificence, n'était point
vêtu comme l'un de ces lis. [30]Si Dieu revêt de la sorte
l'herbe des champs, qui est aujourd'hui et qui demain
sera jetée au four, combien plutôt ne vous vêtira-t-il pas,
vous, ô gens de peu de foi ? [31]Ne vous mettez donc point
en souci, et ne dites pas : Que mangerons-nous, ou que
boirons-nous, ou de quoi nous vêtirons-nous ? [32]comme
font les païens, qui recherchent toutes ces choses, car
votre Père céleste sait que vous en avez besoin*. [33]Cher-
chez premièrement le royaume et sa justice, et toutes
ces choses vous seront données par-dessus. [34]Ne vous
mettez pas en souci du lendemain, car le lendemain
aura souci de lui-même : à chaque jour suffit sa peine. »

Suite et fin du discours sur la montagne : « Ne jugez point. » — La poutre dans l'œil. — Les perles devant les pourceaux. — « Demandez, et vous recevrez. » — Faire aux autres ce que nous voudrions qu'on nous fît. — La porte étroite. — « Gardez-vous des faux prophètes. » — Ceux qui disent : « Seigneur ! Seigneur ! » — La maison bâtie sur le roc.

(Lc 6^{37}. — Mc 4^{24}. — Lc 6^{41-42}. — Mc 11^{24}. — Lc 11^{5-13} ; 13^{24} ; 6^{43-45} ; 13^{25-27} ; 6^{46-49}.)

7 [1]« Ne jugez point, afin de n'être pas jugés, [2]car on
vous jugera comme vous aurez jugé, et l'on se servira
pour vous de la mesure avec laquelle vous aurez
mesuré. [3]D'où vient que tu vois la paille qui est dans
l'œil de ton frère, tandis que tu ne remarques pas la
poutre qui est dans ton œil ? [4]Ou comment peux-tu dire
à ton frère : "Laisse-moi ôter cette paille qui est dans ton
œil", quand il y a une poutre dans le tien ? [5]Hypocrite,
ôte premièrement la poutre qui est dans ton œil, et alors
tu verras à ôter la paille de l'œil de ton frère.
[6]» Ne donnez point les choses saintes aux chiens* ; ne

jetez pas non plus vos perles devant les pourceaux, de
peur qu'ils ne les foulent aux pieds, et que, se tournant
contre vous, ils ne vous déchirent.
7»Demandez, et l'on vous donnera; cherchez, et vous
trouverez; heurtez, et l'on vous ouvrira; 8car quiconque
demande, reçoit; qui cherche, trouve; et l'on ouvre à
celui qui heurte. 9Ou bien, quel est l'homme parmi vous
qui donne une pierre à son fils, quand il lui demande du
pain? 10ou, s'il lui demande du poisson, lui donnera-t-il
un serpent? 11Si donc vous, tout méchants que vous
êtes, vous savez donner de bonnes choses à vos enfants,
combien plus votre Père qui est dans les cieux, donnera-
t-il de bonnes choses à ceux qui les lui demandent.
12»Ainsi, tout ce que vous voudriez que les hommes
fissent pour vous, faites-le de même pour eux*: c'est la
Loi et les Prophètes.
13»Entrez par la porte étroite, car la porte large et le
chemin spacieux mènent à la perdition, et bien des gens
y passent. 14Que la porte est petite et le sentier étroit, qui
mènent à la vie, et qu'il y a peu de gens qui les trouvent!
15»Gardez-vous des faux prophètes: ils viennent à
vous sous la peau de brebis, mais au-dedans, ce sont des
loups ravisseurs. 16Vous les connaîtrez à leurs fruits.
Cueille-t-on du raisin sur des épines, ou des figues sur
des chardons? 17De même, tout bon arbre donne de
bons fruits, mais le mauvais arbre donne de mauvais
fruits. 18Un bon arbre ne peut donner de mauvais fruits,
ni un mauvais arbre, de bons fruits. 19On coupe tout
arbre qui ne donne pas de bons fruits, et on le jette au
feu. 20C'est donc à leurs fruits que vous les connaîtrez*.
21»Ceux qui me disent: "Seigneur! Seigneur!" n'en-
treront pas tous dans le royaume des cieux, mais ceux-
là seulement qui font la volonté de mon Père qui est
dans les cieux. 22Plusieurs me diront en ce jour-là: "Sei-
gneur, Seigneur, n'est-ce pas en ton nom que nous
avons prophétisé? n'est-ce pas en ton nom que nous
avons chassé les démons? n'est-ce pas en ton nom que

nous avons fait bien des miracles ?” 23 Alors je leur dirai
ouvertement : Je ne vous ai jamais connus. Retirez-vous
de moi, ouvriers d'iniquité*.
24 »Tout homme donc qui entend ce que je viens de
dire et le met en pratique, je le comparerai à un homme
sensé, qui a bâti sa maison sur le roc. 25 La pluie est
tombée, les torrents sont venus, les vents ont soufflé et
se sont déchaînés contre cette maison ; elle n'est point
tombée, parce qu'elle était fondée sur le roc. 26 Et qui-
conque entend ce que je viens de dire et ne le met pas
en pratique, sera comparé à un insensé qui a bâti sa
maison sur le sable. 27 La pluie est tombée, les torrents
sont venus, les vents ont soufflé et ont battu cette mai-
son ; elle est tombée, et la ruine en a été grande. »
28 Quand Jésus eut fini de parler, la foule fut frappée
de son enseignement, 29 car il l'enseignait avec autorité,
et non comme les scribes.

Jésus à Capharnaüm. — Guérison d'un lépreux, — du serviteur d'un centurion, — de la belle-mère de Pierre et de plusieurs démoniaques. — *Jésus traverse la mer.* — Le scribe renvoyé ; le disciple retenu. — La tempête apaisée. — Guérison des deux démoniaques de Gadare.
(Mc 1^{40-45}. — Lc 5^{12-14} ; 7^{1-10}. — Mc 1^{29-34}. — Lc 4^{38-41} ; 9^{57-60}. — Mc 4^{36} ; 5^{17}. — Lc 8^{23-39}. — Mc 2^{1-12}. — Lc 5^{17-26}.)

8 1 Quand Jésus descendit de la montagne, une
grande foule le suivit ; 2 et voici, un lépreux* s'étant
approché, se prosterna devant lui, et lui dit : « Seigneur,
si tu le veux, tu peux me rendre net. » 3 Jésus avançant la
main, le toucha, disant : « Je le veux, sois net. » Aussitôt
il fut purifié de sa lèpre. 4 Et Jésus lui dit : « Garde-toi
d'en parler à personne* : mais va, montre-toi au prêtre,
et présente l'offrande que Moïse a prescrite pour attes-
ter au peuple la guérison. »
5 Comme Jésus entrait à Capharnaüm, un centurion

l'aborda, et lui adressa cette prière : 6« Seigneur, mon
serviteur est au lit, chez moi, paralysé et souffrant cruel-
lement. » 7Jésus lui dit : « J'irai le guérir. » 8Le centurion
répondit : « Je ne suis pas digne que tu entres sous mon
toit, mais dis seulement un mot, et mon serviteur sera
guéri. 9Car, moi qui suis sous le commandement d'au-
trui, j'ai des soldats sous mes ordres, et je dis à celui-ci :
"Va" et il va ; et à un autre : "Viens" et il vient ; et à mon
esclave : "Fais cela" et il le fait. » 10Jésus, étonné de ce
qu'il entendait, dit à ceux qui le suivaient : « Je vous
assure que je n'ai pas trouvé une aussi grande foi même
en Israël. 11Je vous dis que bien des gens viendront de
l'orient et l'occident, et seront à table avec Abraham,
Isaac et Jacob dans le royaume des cieux, 12tandis que
les fils du royaume seront jetés dans les ténèbres du
dehors, où il y aura des pleurs et des grincements de
dents. » 13Puis Jésus dit au centurion : « Va, et qu'il te
soit fait selon ta foi. » Et à cette heure même son servi-
teur fut guéri.

14Jésus entra ensuite dans la maison de Pierre, et vit
sa belle-mère qui était au lit, ayant la fièvre. 15Il lui tou-
cha la main, et la fièvre la quitta : elle se leva et le ser-
vit.

16Quand le soir fut venu, on amena à Jésus plusieurs
démoniaques : d'un mot, il chassa les esprits et guérit
tous les malades, 17afin que s'accomplît ce qui a été dit
par Ésaïe, le prophète : *Il a pris nos infirmités et a
emporté nos maladies.*

18Jésus se voyant entouré d'une grande foule, donna
l'ordre de passer à l'autre bord. 19Un scribe s'approcha
et lui dit : « Maître, je te suivrai partout où tu iras. » 20Et
Jésus lui dit : « Les renards ont des tanières et les
oiseaux du ciel, des abris ; mais le Fils de l'homme* n'a
pas un lieu pour reposer sa tête. »

21Un de ses disciples lui dit : « Seigneur, permets-moi

8[17] : És 53[4].

d'aller auparavant ensevelir mon père.» 22Mais Jésus lui dit: «Suis-moi, et laisse les morts ensevelir leurs morts*.»

23Il entra dans la barque et ses disciples l'accompagnèrent.

24Tout à coup une grande tourmente s'éleva sur la mer, au point que la barque était couverte par les vagues. Cependant Jésus dormait. 25Les disciples s'approchèrent de lui, et le réveillèrent en disant: «Seigneur, sauve-nous, nous périssons.» 26Jésus leur dit: «Pourquoi avez-vous peur, gens de peu de foi?» Alors, il se leva, tança les vents et la mer; et il se fit un grand calme. 27L'équipage étonné dit: «Quel est cet homme, que les vents et la mer lui obéissent!»

28Quand Jésus eut abordé à l'autre rive, dans le pays des Gadaréniens, deux démoniaques vinrent à sa rencontre: ils sortaient des sépulcres, et ils étaient si méchants que personne n'osait passer par ce chemin. 29Ils se mirent à crier: «Qu'y a-t-il entre toi et nous, Fils de Dieu? Es-tu venu ici nous tourmenter avant le temps?» 30Or il y avait loin d'eux un grand troupeau de pourceaux qui paissaient. 31Et les démons lui adressèrent cette prière: «Si tu nous chasses, envoie-nous dans ce troupeau de pourceaux.» 32Jésus dit: «Allez.» Les démons étant sortis, allèrent dans le troupeau de pourceaux, et aussitôt le troupeau tout entier se rua du haut du précipice dans la mer et périt dans les eaux. 33Ceux qui le gardaient s'enfuirent, et, s'étant rendus dans la ville, ils rapportèrent tout ce qui venait de se passer, ainsi que ce qui concernait les démoniaques. 34Aussitôt tous les habitants de la ville allèrent au-devant de Jésus, et, dès qu'ils le virent, ils le supplièrent de quitter leur territoire*.

Retour de Jésus à Capharnaüm. — Un paralytique guéri. — Vocation de Matthieu. — Ceux qui ont besoin de médecin. — « Pourquoi tes disciples ne jeûnent-ils pas ? » — Guérison d'une hémorroïsse. — Résurrection d'une jeune fille. — Guérison de deux aveugles et d'un muet. — Coup d'œil général sur l'activité de Jésus.

(Mc 2[13-22]. — Lc 5[27-39]. — Mc 5[22-43]. — Lc 8[41-56].)

9 [1]Jésus, étant entré dans la barque, traversa la
mer et vint en sa ville. [2]On lui présenta un paralytique couché sur un lit ; et Jésus voyant la foi de ces gens-là, dit au paralytique : « Prends courage, mon enfant, tes péchés te sont pardonnés. » [3]Là-dessus,
quelques scribes dirent en eux-mêmes : « Cet homme blasphème. » [4]Et Jésus, voyant leurs pensées, dit :
« Pourquoi avez-vous de mauvaises pensées dans votre cœur ? [5]Car lequel est le plus aisé de dire : Tes péchés
sont pardonnés, ou de dire : Lève-toi et marche ? [6]Or,
afin que vous sachiez que le Fils de l'homme a sur la terre le pouvoir de pardonner les péchés : Lève-toi, dit-il alors au paralytique, prends ton lit, et va-t'en dans ta maison. » [7]Le paralytique se leva, et s'en alla dans sa
maison. [8]La foule, voyant cela, fut remplie de crainte[a],
et elle glorifia Dieu qui a donné un tel pouvoir aux hommes.

[9]Jésus, quittant ce lieu, vit, en passant, un homme appelé Matthieu, qui était assis au bureau des péages, et il lui dit : « Suis-moi. » Celui-ci se leva, et le suivit.

[10]Et comme Jésus était à table, à la maison, beaucoup de publicains* et de gens de mauvaise vie vinrent se
mettre à table avec lui et avec ses disciples. [11]Les pharisiens, ayant vu cela, dirent à ses disciples : « Pourquoi votre Maître mange-t-il avec les publicains et les gens de
mauvaise vie ? » [12]Jésus les ayant entendus, leur dit : « Ce ne sont pas les bien-portants qui ont besoin de médecin,
mais ceux qui se portent mal. [13]Allez apprendre ce que
signifie cette parole : *Je veux la miséricorde, et non le*

sacrifice ; car je ne suis pas venu appeler[a] les justes, mais
les pécheurs*. »
14Alors les disciples de Jean vinrent vers Jésus, et lui
dirent : « Pourquoi les pharisiens et nous, jeûnons-nous
souvent, tandis que tes disciples ne jeûnent point ? »
15Jésus leur dit : « Les amis de l'époux peuvent-ils s'at-
trister aussi longtemps que l'époux est avec eux ? Le
temps viendra où l'époux leur sera ôté, alors ils jeûne-
ront*. 16Personne ne met une pièce de drap neuf à un
vieil habit, car la pièce emporte un morceau de l'habit,
et il se fait une déchirure pire. 17On ne met pas non plus
du vin nouveau dans de vieilles outres ; autrement, les
outres se rompent, le vin se répand, et les outres sont
perdues ; mais on met le vin nouveau dans des outres
neuves, de sorte que le vin et les outres se conservent*. »
18Il leur parlait ainsi, lorsqu'un des chefs de la syna-
gogue entra, se prosterna devant lui, et lui dit : « Ma fille
vient de mourir ; mais viens lui imposer les mains, et
elle vivra. » 19Jésus se leva, et le suivit avec ses disciples.
20Alors une femme, atteinte d'une hémorragie depuis
douze ans, s'approcha de lui par-derrière, et toucha la
houppe de son manteau ; 21car elle disait en elle-même :
« Si seulement je touche son manteau, je serai guérie. »
22Jésus, s'étant retourné, la vit, et lui dit : « Rassure-toi,
ma fille, ta foi t'a guérie. » Et cette femme fut guérie à
l'heure même.
23Quand Jésus fut arrivé à la maison du chef de la
synagogue, et qu'il vit les joueurs de flûte, et une foule
de gens qui faisaient un grand bruit, 24il leur dit : « Reti-
rez-vous, car cette jeune fille n'est pas morte, mais elle
dort. » Et ils se moquèrent de lui. 25Lorsqu'on eut fait
sortir tout le monde, il entra dans la chambre, saisit la
main de la jeune fille, et elle se leva. 26Et la nouvelle s'en
répandit dans toute la contrée.
27Jésus s'en alla*.

9[13] : És 15[22] ; Os 6[6].

Comme il passait, deux aveugles le suivirent en
criant : « Aie pitié de nous, Fils de David*. » [28]Lorsqu'il
fut rentré dans sa maison, ces aveugles s'approchèrent
de lui, et Jésus leur dit : « Croyez-vous que je puisse faire
ce que vous demandez ? » Ils lui dirent : « Oui, Sei-
gneur. » [29]Alors il leur toucha les yeux, et leur dit : « Qu'il
vous soit fait selon votre foi. » [30]Et ils recouvrèrent la
vue. Jésus ajouta d'un ton sévère : « Prenez garde que
personne ne le sache. » [31]Mais, dès qu'ils furent dehors,
ils publièrent ses louanges dans toute la contrée.

[32]Quand ils furent partis, on présenta à Jésus un
démoniaque sourd-muet. [33]Le démon ayant été chassé,
le muet parla, et la foule, pleine d'admiration, disait :
« Jamais pareille chose ne s'est vue en Israël. » [34]Mais les
pharisiens disaient : « C'est par le prince des démons
qu'il chasse les démons. »

[35]Jésus allait par toutes les villes et les villages, ensei-
gnant dans les synagogues, prêchant la bonne nouvelle
du royaume et guérissant toute maladie et toute infir-
mité.

Compassion de Jésus pour le peuple. — Mission des Douze. — Leurs noms. — Les instructions de Jésus. — *Tournée missionnaire de Jésus dans les villes de la Galilée.*

(Mc 6^{34}. — Lc 10^{2}. — Mc 6^{7-13}. — Lc 9^{1-6}. — Mc 3^{13-19}. — Lc 6^{12-16} ; 10^{3-12}. — Mc 13^{9-13}. — Lc 21^{12-17} ; 6^{40} ; 12^{2-12} ; 12^{51-53} ; 14^{26-27} ; 17^{23}. — Mc 9^{41}.)

[36]À la vue des foules qui le suivaient, Jésus se sentit
ému de compassion pour elles, car elles étaient dans un
état de lassitude et de prostration, comme le seraient
des brebis qui n'ont point de berger. [37]Alors il dit à ses
disciples : « La moisson est grande, mais il y a peu d'ou-
vriers* ; priez donc le maître de la moisson d'envoyer
des ouvriers dans sa moisson. »

10 [1]Puis, ayant appelé ses douze disciples, il leur

donna le pouvoir de chasser les esprits impurs, et de
guérir toute maladie et toute infirmité.
2Or, voici les noms des douze Apôtres* : le premier est
Simon, appelé Pierre, puis André, son frère ; Jacques
fils de Zébédée, et Jean, son frère ; 3Philippe et Barthé-
lemi ; Thomas* et Matthieu le publicain ; Jacques fils
d'Alphée et Lebbée* ; 4Simon le zélateur*, et Judas Isca-
riote*, celui qui livra Jésus.
5Ce sont là les douze que Jésus envoya en mission,
après leur avoir donné ses instructions, en disant :
« N'allez pas vers les païens, et n'entrez pas dans les
villes des Samaritains ; 6allez plutôt vers les brebis per-
dues de la maison d'Israël*. 7Partout, sur votre chemin,
prêchez, et dites : Le royaume des cieux est proche.
8Guérissez les malades, rendez nets les lépreux[a], chas-
sez les démons.
» Vous avez reçu gratuitement, donnez gratuitement.
9Ne prenez ni or, ni argent, ni monnaie dans vos cein-
tures, 10ni sac de voyage, ni deux tuniques, ni sandales,
ni bâton, car l'ouvrier mérite sa nourriture.
11 » En quelque ville ou village que vous entriez, infor-
mez-vous de quelque personne honorable, et demeurez
chez elle jusqu'à ce que vous partiez. 12En entrant,
saluez ceux de la maison ; 13et, si cette maison est hono-
rable, que votre paix vienne sur elle ; mais si elle ne l'est
pas, que votre paix revienne à vous. 14Si l'on ne vous
reçoit pas, et même si l'on n'écoute pas vos paroles, sor-
tez de cette maison ou de cette ville en secouant la pous-
sière de vos pieds. 15En vérité, je vous dis qu'au jour du
jugement, le sort du pays de Sodome et de Gomorrhe
sera plus supportable que celui de cette ville-là.
16 » Je vous envoie comme des brebis au milieu des
loups ; soyez donc prudents comme les serpents et
simples comme les colombes. 17Tenez-vous en garde
contre les hommes, car ils vous livreront aux tribunaux,
et ils vous fouetteront dans leurs synagogues. 18On vous
mènera devant les gouverneurs et devant les rois, à

cause de moi, et vous rendrez témoignage devant eux et
devant les païens. 19Quand on vous livrera entre leurs
mains, ne vous mettez pas en souci de la manière dont
vous parlerez, ni de ce que vous direz : ce que vous
devez dire vous sera inspiré à l'heure même. 20Ce n'est
pas vous qui parlez, c'est l'Esprit de votre Père, qui
parle en vous.

21 » Le frère livrera son frère à la mort, et le père, son
enfant ; les enfants s'élèveront contre leurs pères et
leurs mères, et les mettront à mort, 22et vous serez haïs
de tous à cause de mon nom ; mais celui qui persévérera
jusqu'à la fin, sera sauvé.

23 » Quand on vous persécutera dans une ville, fuyez
dans une autre. En vérité, je vous dis que vous n'aurez
pas achevé de parcourir les villes d'Israël, que le Fils de
l'homme sera venu. 24Le disciple n'est pas au-dessus du
maître, ni l'esclave au-dessus de son seigneur ; 25il suffit
au disciple d'être traité comme son maître, et à l'esclave
d'être traité comme son seigneur. S'ils ont appelé le
maître de la maison Belzébuth*, à combien plus forte rai-
son appelleront-ils ainsi ses gens. 26Ne les craignez donc
point, car il n'y a rien de caché qui ne se découvre, ni rien
de secret qui ne finisse par être connu. 27Ce que je vous
dis dans les ténèbres, dites-le au grand jour ; et ce que je
vous dis à l'oreille, publiez-le sur les toits. 28Ne craignez
pas ceux qui tuent le corps, et qui ne peuvent tuer l'âme ;
craignez plutôt celui qui peut faire périr l'âme et le corps
dans la Géhenne. 29Ne donne-t-on pas deux passereaux
pour un sou ? et pourtant il n'en tombe pas un à terre
sans la volonté de votre Père* ; 30les cheveux même de
votre tête sont tous comptés. 31Ne craignez donc point ;
vous valez plus qu'un grand nombre de passereaux.

32 » Ainsi, quiconque me confessera devant les hommes,
je le confesserai aussi devant mon Père qui est dans les
cieux ; 33mais quiconque me reniera devant les hommes,
je le renierai aussi devant mon Père qui est dans les
cieux*.

34 » Ne pensez pas que je sois venu apporter la paix sur
la terre ; je suis venu apporter, non la paix, mais l'épée :
35 je suis venu mettre le fils contre son père, la fille
contre sa mère, et la belle-fille contre sa belle-mère :
36 on aura pour ennemis, les gens de sa propre maison*.
37 Celui qui aime son père ou sa mère plus que moi, n'est
pas digne de moi ; celui qui aime son fils ou sa fille plus
que moi, n'est pas digne de moi*, 38 et celui qui ne prend
pas sa croix et ne me suit pas, n'est pas digne de moi.
39 Celui qui sauvera sa vie, la perdra, et celui qui perdra
sa vie* à cause de moi, la retrouvera.

40 » Qui vous reçoit, me reçoit, et qui me reçoit, reçoit
celui qui m'a envoyé. 41 Celui qui reçoit un prophète en
qualité de prophète recevra une récompense de pro-
phète ; celui qui reçoit un juste, en qualité de juste rece-
vra une récompense de juste ; 42 et n'eût-on donné qu'un
verre d'eau froide à l'un de ces petits, parce qu'il est
mon disciple, je vous dis en vérité, qu'on ne perdra
point sa récompense. »

11 1 Quand Jésus eut achevé de donner ses instruc-
tions à ses douze disciples, il quitta ces lieux pour aller
enseigner et prêcher dans les villes du pays.

Députation de Jean Baptiste à Jésus. — Témoignage de Jésus sur Jean Baptiste. — Indifférence de cette génération. — Menaces aux villes impénitentes. — Jésus bénit Dieu de ce qu'il a révélé ces choses aux enfants. — « Venez à moi. »
(Lc 7^18-35 ; 10^12-15 ; 10^21-22.)

2 Jean ayant entendu parler dans sa prison des œuvres
que le Christ faisait lui envoya dire par ses disciples[a] :
3 « Es-tu celui qui doit venir, ou devons-nous en attendre
un autre ? » 4 Jésus leur répondit : « Allez rapporter à Jean
ce que vous entendez et ce que vous voyez : 5 les aveugles
voient, les boiteux marchent, les lépreux sont rendus
nets, les sourds entendent, les morts ressuscitent, et la

bonne nouvelle est annoncée aux pauvres. [6]Heureux
celui pour qui je ne serai pas une occasion de chute ! »
[7]Comme les disciples s'en allaient, Jésus se mit à par-
ler de Jean au peuple : « Qu'êtes-vous allés contempler
au désert ? un roseau agité par le vent ? [8]Mais encore
qu'êtes-vous allés voir ? un homme vêtu d'habits somp-
tueux ? Ceux qui portent des habits somptueux se trou-
vent dans les maisons des rois. [9]Mais pourquoi êtes-vous
allés au désert ? pour voir un prophète ? — Oui, vous
dis-je, et plus qu'un prophète ; [10]car c'est celui dont il est
écrit : *Voici, j'envoie mon messager devant ta face, pour
préparer le chemin devant toi.* [11]En vérité, je vous dis que
parmi ceux qui sont nés de femme, il n'en est point paru
de plus grand que Jean Baptiste ; toutefois, le plus petit
dans le royaume des cieux est plus grand que lui.
[12]Depuis le temps de Jean Baptiste jusqu'à présent, le
royaume des cieux est forcé, et ce sont les violents qui
s'en emparent. [13]Car tous les Prophètes et la Loi ont
prophétisé jusqu'à Jean, [14]et, si vous voulez le savoir,
c'est lui qui est l'Élie* qui devait venir. [15]Que celui qui a
des oreilles pour entendre, entende.
[16]»Mais à qui comparerai-je cette génération ? Elle
ressemble à des enfants qui sont assis dans les places
publiques, et qui apostrophent les autres enfants, et leur
disent : [17]"Nous vous avons joué de la flûte, et vous
n'avez pas dansé ; nous avons chanté des complaintes,
et vous ne vous êtes pas frappé la poitrine." [18]En effet,
Jean est venu, ne mangeant ni ne buvant, et ils disent :
"C'est un possédé." [19]Le Fils de l'homme est venu man-
geant et buvant, et ils disent : "C'est un mangeur et un
buveur, un ami des publicains et des pécheurs" : et
pourtant la Sagesse a été justifiée par ses enfants. »
[20]Alors Jésus se mit à adresser des reproches aux villes
où il avait fait la plupart de ses miracles, de ce qu'elles
ne s'étaient pas repenties. [21]« Malheur à toi, Chorazin !

11[10] : Ml 3[1]

malheur à toi, Bethsaïde ! car si les miracles qui ont été
faits au milieu de vous avaient été faits dans Tyr et dans
Sidon, il y a longtemps qu'elles se seraient repenties sous
le sac et la cendre. [22]Mais, je vous dis qu'au jour du juge-
ment, Tyr et Sidon seront traitées moins rigoureusement
que vous. [23]Et toi, Capharnaüm, seras-tu élevée jusqu'au
ciel ? — Non, tu descendras jusqu'aux enfers[a] ; car si
les miracles qui ont eu lieu au milieu de toi avaient été
faits dans Sodome, elle subsisterait encore aujourd'hui.
[24]Aussi, je te dis qu'au jour du jugement Sodome sera
traitée moins rigoureusement que toi*. »

[25]En ce temps-là, Jésus prit la parole, et dit : « Je te
loue, Père, Seigneur du ciel et de la terre, de ce que tu
as caché ces choses aux sages et aux intelligents, et de
ce que tu les as révélées aux enfants* : [26]oui, Père, je te
loue de ce que tel a été ton bon plaisir. [27]Toutes choses
m'ont été enseignées par mon Père ; et nul ne connaît le
Fils que le Père, et nul ne connaît le Père que le Fils et
que celui à qui le Fils le veut bien révéler.

[28] »Venez à moi, vous tous qui êtes fatigués et chargés,
et je vous donnerai du repos. [29]Chargez-vous de mon
joug et apprenez de moi que je suis doux et humble de
cœur ; et vous trouverez du repos pour vos âmes, [30]car
mon joug est doux, et mon fardeau léger. »

Épis arrachés un jour de sabbat. — Guérison de l'homme à la main sèche, dans la synagogue de Capharnaüm. — Hostilité des pharisiens. — Guérison d'un démoniaque aveugle et muet. — « Il chasse les démons par Belzébuth. » — Le blasphème contre le Saint-Esprit. — Le signe de Jonas. — Venue de la mère et des frères de Jésus.

(Mc 2^{23} ; 3^{6}. — Lc 6^{1-11}. — Mc 3^{22-30}. — Lc 11^{14-26} ; 11^{29-32}. — Mc 3^{31-35}. — Lc 8^{19-21}.)

12 [1]En ce temps-là, Jésus passait par les blés, le jour
du sabbat, et ses disciples, qui avaient faim, se mirent à

arracher des épis et à les manger. [2]Les pharisiens,
voyant cela, lui dirent : « Tes disciples font une chose
qu'il n'est pas permis de faire un jour de sabbat. » [3]Mais
Jésus leur dit : « N'avez-vous pas lu ce que fit David,
lorsqu'il eut faim, lui et ceux qui étaient avec lui* ; [4]com-
ment il entra dans la maison de Dieu, et mangea les
pains de proposition*, ce qu'il ne lui était pas permis
de manger, non plus qu'à ceux qui l'accompagnaient,
mais aux seuls prêtres ? [5]Ou bien n'avez-vous pas lu dans
la Loi que, le jour du sabbat, les prêtres profanent le sab-
bat dans le temple, sans être coupables pour cela. [6]Or, je
vous dis qu'il y a ici plus que le temple. [7]Si vous saviez
ce que signifie cette parole : *Je veux la miséricorde et non*
le sacrifice, vous n'auriez pas condamné des innocents ;
[8]car le Fils de l'homme est maître du sabbat. »

[9]Jésus, ayant quitté ce lieu, entra dans la synagogue.
[10]Il s'y trouvait un homme qui avait la main sèche, et l'on
demanda à Jésus s'il était permis de guérir, le jour du
sabbat : c'était afin de l'accuser. [11]Jésus leur dit : « Quel
est celui d'entre vous, qui, n'ayant qu'une brebis, si elle
vient à tomber, un jour de sabbat, dans une fosse, ne la
prend et ne l'en retire ? [12]Combien un homme ne vaut-il
pas mieux qu'une brebis ! Ainsi, il est permis de bien faire
le jour du sabbat*. » [13]Alors il dit à l'homme : « Étends ta
main. » Il l'étendit, et elle redevint saine comme l'autre.

[14]Les pharisiens sortirent et tinrent conseil contre lui,
sur les moyens de le faire périr ; [15]mais Jésus, en ayant
eu connaissance, s'éloigna de ces lieux. Une grande
foule le suivit, et il guérit tous leurs malades ; [16]et il leur
commanda sévèrement de ne pas le faire connaître,
[17]afin que s'accomplît ce qui a été dit par Ésaïe, le pro-
phète : [18]*Voici le serviteur que je me suis choisi, le bien-*
aimé en qui j'ai mis toute mon affection. Je lui donnerai
mon Esprit, et il annoncera la justice aux nations. [19]*Il ne*
contestera point, il ne criera point, on n'entendra pas sa

12[7] : I S 15[22] ; Os 6[6].

voix dans les places publiques ; [20]*il n'achèvera point de briser le roseau froissé, et il n'éteindra point le lumignon qui fume encore, jusqu'à ce qu'il ait fait triompher la justice.* [21]*Et les nations mettront leur espérance en son nom.*

[22]Alors on lui amena un démoniaque aveugle et sourd-muet, et il le guérit ; de sorte que le muet parlait et voyait. [23]Toute la foule était ravie en admiration, et disait : « N'est-ce point là le Fils de David ? » [24]Les pharisiens entendant cette parole, dirent : « Il ne chasse les démons que par Belzébuth, prince des démons. » [25]Jésus connaissant leurs pensées, leur dit : « Tout royaume en proie aux divisions se détruit, et toute ville ou maison en proie aux divisions ne subsistera point. [26]Si Satan chasse Satan, il est divisé ; comment donc son royaume subsistera-t-il ? [27]Et si moi je chasse les démons par Belzébuth, par qui vos fils les chassent-ils ? C'est pourquoi ils seront eux-mêmes vos juges. [28]Mais, si je chasse les démons par l'Esprit de Dieu, le royaume de Dieu est donc venu vers vous. [29]Comment peut-on entrer dans la maison de l'homme fort et piller ses biens, si l'on n'a auparavant lié cet homme fort, après quoi on pillera sa maison. [30]Qui n'est pas avec moi, est contre moi ; et qui n'assemble pas avec moi, disperse.

[31]» C'est pourquoi je vous dis que tout péché et tout blasphème seront pardonnés aux hommes ; mais le blasphème contre l'Esprit ne leur sera point pardonné. [32]À celui qui aura parlé contre le Fils de l'homme, on le lui pardonnera ; mais à celui qui aura parlé contre le Saint-Esprit, on ne le lui pardonnera ni dans ce temps-ci, ni dans le siècle à venir*. [33]Ou dites que l'arbre est bon et que son fruit est bon, ou dites que l'arbre est mauvais et que son fruit est mauvais, car c'est au fruit qu'on connaît l'arbre. [34]Race de vipères, comment pouvez-vous dire de bonnes choses, méchants comme vous l'êtes ? car de l'abondance du cœur la bouche parle. [35]L'homme de

12[18-21] : És 42[1-4].

bien tire de bonnes choses de son bon trésor[a], et le
méchant tire de mauvaises choses de son mauvais tré-
sor. [36]Je vous déclare qu'au jour du jugement les
hommes rendront compte de toute parole mauvaise
qu'ils auront dite, [37]car par vos paroles vous serez justi-
fiés, et par vos paroles vous serez condamnés. »

[38]Alors des scribes et des pharisiens prirent la parole,
et lui dirent : « Maître, nous voudrions te voir faire un
miracle. » [39]Mais Jésus leur répondit : « Cette génération
méchante et adultère réclame un miracle... eh bien ! il
ne lui en sera point accordé d'autre que celui de Jonas
le prophète : [40]de même que Jonas passa trois jours et
trois nuits dans le ventre de la baleine, ainsi le Fils de
l'homme passera trois jours et trois nuits dans le sein de
la terre*. [41]Les Ninivites se lèveront au jour du jugement
avec cette génération, et la condamneront ; car ils se
repentirent à la prédication de Jonas, et il y a ici plus
que Jonas. [42]La reine du Midi* se lèvera au jour du juge-
ment avec cette génération, et la condamnera ; car elle
vint du bout du monde pour entendre la sagesse de
Salomon, et il y a ici plus que Salomon.

[43]»Quand l'esprit impur est sorti d'un homme, il va
par les lieux arides, cherchant du repos, et il n'en trouve
point. [44]Alors il se dit : "Je vais retourner dans la maison
d'où je suis sorti" ; il revient et la trouve vacante, balayée
et mise en ordre. [45]Alors il va prendre avec lui sept
autres esprits plus méchants que lui, puis ils y entrent et
s'y établissent, et la dernière condition de cet homme
est pire que la première. Il en sera de même de cette
méchante génération*. »

[46]Pendant qu'il parlait encore à la foule, sa mère et
ses frères* étaient dehors, qui cherchaient à lui parler.
[47]On lui dit : « Ta mère et tes frères sont là dehors, et ils
cherchent à te parler. » [48]Mais Jésus répondit à celui qui
le lui disait : « Qui est ma mère, et qui sont mes frères ? »
[49]Puis, étendant la main sur ses disciples, il dit : « Voici
ma mère et mes frères, [50]car celui qui fait la volonté de

mon Père qui est dans les cieux, celui-là est mon frère, et ma sœur, et ma mère. »

Jésus *sort de chez lui* et enseigne au bord de la mer. — Parabole du semeur et son explication. — Paraboles de l'ivraie et du bon grain, — du grain de moutarde, — du levain. — *Jésus rentre chez lui.* — Explication de la parabole de l'ivraie et du bon grain. — Paraboles du trésor dans le champ, — de la perle, — du filet. — « Avez-vous compris tout cela ? » — *Jésus à Nazareth :* Incrédulité.

(Mc 4^{1-20}. — Lc 8^{4-15}. — Mc 4^{30-32}. — Lc 13^{18-19} ; 13^{20-21}. — Mc 6^{1-6}. — Lc 4^{15-30}.)

13 1Ce même jour, Jésus étant sorti de la maison,
s'assit au bord de la mer. 2Il s'assembla près de lui une
si grande foule, qu'il entra dans une barque et s'y assit,
et toute la foule se tenait sur le rivage.
3Il lui dit beaucoup de choses en paraboles.
« Un semeur, dit-il, sortit pour semer, 4et, comme il
semait, une partie de la semence tomba le long du che-
min : les oiseaux vinrent, et la mangèrent. 5Une autre
partie tomba sur les endroits pierreux où elle n'avait
pas beaucoup de terre : elle leva aussitôt, parce que le
sol n'avait pas de profondeur ; 6mais le soleil s'étant
levé, elle fut brûlée et sécha, faute de racines. 7Une
autre partie tomba parmi les épines : les épines crurent
et l'étouffèrent. 8Une autre partie tomba dans la bonne
terre et donna du fruit : un grain en donna cent, un
autre soixante, un autre trente. 9Que celui qui a des
oreilles pour entendre, entende*. »
10Les disciples s'approchèrent de Jésus, et lui dirent :
« Pourquoi leur parles-tu, à eux, en paraboles ? » 11Il leur
répondit : « C'est que pour vous, il vous a été donné de
connaître les mystères du royaume des cieux ; mais
pour eux, cela ne leur a point été donné ; 12car on don-
nera à celui qui a, et il sera dans l'abondance ; quant à

celui qui n'a pas, on lui ôtera même ce qu'il a*. 13En
conséquence je leur parle en paraboles, parce qu'en
regardant, ils ne voient pas, et qu'en écoutant, ils n'en-
tendent ni ne comprennent, 14et que pour eux s'accom-
plit cette prophétie d'Ésaïe : *Vous entendrez de vos oreilles,*
et vous ne comprendrez pas ; vous regarderez de vos yeux,
et vous ne verrez pas. 15*Car ce peuple s'est épaissi l'intelli-*
gence, il est dur d'oreille, et il a fermé les yeux de peur de
voir de ses yeux, d'entendre de ses oreilles, de comprendre
avec son intelligence et de se convertir : aussi ne le guéri-
rai-je point. 16Mais heureux vos yeux, parce qu'ils voient ;
heureuses vos oreilles, parce qu'elles entendent. 17En
vérité, je vous le dis, beaucoup de prophètes et de justes
ont souhaité de voir ce que vous voyez, et ne l'ont pas
vu ; et d'entendre ce que vous entendez, et ne l'ont
pas entendu.

18 » Vous donc, écoutez ce que signifie la parabole
du semeur. 19Quand un homme entend la parole du
royaume, et ne la comprend pas, le malin vient et enlève
ce qui a été semé dans son cœur : cet homme est celui
qui a reçu la semence le long du chemin. 20Celui qui a
reçu la semence dans les endroits pierreux, c'est celui
qui entend la parole et la reçoit aussitôt avec joie ;
21mais il n'y a point en lui de racines, et il est sans
consistance : que l'affliction ou la persécution survienne
à cause de la parole, elle est aussitôt pour lui une occa-
sion de chute. 22Celui qui a reçu la semence parmi les
épines, c'est celui qui entend la parole et en qui les sou-
cis du temps présent et la séduction des richesses étouf-
fent cette parole et la rendent infructueuse. 23Celui qui a
reçu la semence dans la bonne terre, c'est celui qui
entend la parole et la comprend, qui porte du fruit et
donne, qui cent, qui soixante, qui trente. »

24Jésus leur proposa une autre parabole. « Le royaume
des cieux, dit-il, est semblable à un homme qui a semé

13[14-15] : És 6[9-10].

de bonne semence dans son champ. [25]Pendant que les
gens dormaient, son ennemi vint, sema de l'ivraie parmi
le froment, et s'en alla. [26]Quand le blé eut poussé et
donné des épis, alors l'ivraie parut aussi. [27]Les servi-
teurs du père de famille vinrent le trouver, et lui dirent:
"Seigneur n'as-tu pas semé de la bonne semence dans
ton champ? D'où vient donc qu'il y a de l'ivraie?" [28]Il
leur dit: "C'est un ennemi qui a fait cela." Les serviteurs
reprirent: "Veux-tu donc que nous allions l'arracher?
— [29]Non, leur dit-il, de peur qu'en arrachant l'ivraie,
vous n'arrachiez le froment en même temps. [30]Laissez-
les croître tous deux ensemble jusqu'à la moisson, et, au
moment de la moisson, je dirai aux moissonneurs:
Ramassez d'abord l'ivraie et la liez en bottes pour la brû-
ler; quant au froment, serrez-le dans mon grenier*."»

[31]Il leur proposa une autre parabole. «Le royaume
des cieux, dit-il, est semblable à un grain de moutarde
qu'un homme a pris et a semé dans son champ. [32]C'est
la plus petite des graines, mais quand elle a crû, elle
est plus grande que les plantes potagères et donne un
arbre, de sorte que les oiseaux du ciel viennent s'abriter
dans ses branches.»

[33]Jésus leur dit une autre parabole: «Le royaume des
cieux est semblable à du levain qu'une femme a pris et
mis dans trois mesures de farine, jusqu'à ce que tout ait
levé.»

[34]Jésus dit toutes ces choses à la foule en paraboles, et
il ne lui parlait point autrement, [35]afin que s'accomplît
ce qui a été dit par le prophète: *J'ouvrirai la bouche
pour parler en paraboles, je publierai des choses cachées
depuis la création du monde.*

[36]Alors laissant la foule, il rentra à la maison, et ses
disciples s'approchèrent de lui, et lui dirent: «Explique-
nous la parabole de l'ivraie du champ.» [37]Il répon-
dit: «Celui qui sème la bonne semence, c'est le Fils de

13[35]: Ps 78[2].

l'homme; [38]le champ, c'est le monde; la bonne semence,
ce sont les fils du royaume; l'ivraie, ce sont les fils du
malin; [39]l'ennemi qui l'a semée, c'est le diable; la mois-
son, c'est la fin du monde; les moissonneurs, ce sont les
anges. [40]Comme donc on arrache l'ivraie et qu'on la
brûle au feu, ainsi en sera-t-il à la fin du monde. [41]Le
Fils de l'homme enverra ses anges arracher de son
royaume tous les scandales et ceux qui commettent
l'iniquité, [42]et ils les jetteront dans la fournaise ardente:
c'est là qu'il y aura des pleurs et des grincements de
dents. [43]Alors les justes resplendiront comme le soleil
dans le royaume de leur Père. Que celui qui a des
oreilles pour entendre, entende.

[44]»Le royaume des cieux est encore semblable à un
trésor caché dans un champ: un homme l'ayant décou-
vert, l'y cache de nouveau, et, dans sa joie, il s'en va,
vend tout ce qu'il a, et il achète le champ.

[45]»Le royaume des cieux est encore semblable à un
marchand qui cherche de belles perles. [46]En ayant
trouvé une de grand prix, il alla vendre tout ce qu'il
avait, et il l'acheta*.

[47]»Le royaume des cieux est encore semblable à un
filet qu'on a jeté dans la mer et qui ramasse toutes
sortes de poissons. [48]Quand il est plein, les pêcheurs le
tirent sur la grève, puis ils s'asseyent, mettent ce qu'il y
a de bon dans leurs vaisseaux, et jettent le mauvais. [49]Il
en sera de même à la fin du monde: les anges viendront
séparer les méchants d'avec les justes, [50]et les jetteront
dans la fournaise ardente. C'est là qu'il y aura des
pleurs et des grincements de dents.

[51]»Avez-vous compris toutes ces choses? — Oui», lui
dirent-ils. [52]Et Jésus ajouta: «Voilà pourquoi tout scribe
versé dans ce qui regarde le royaume des cieux res-
semble à un père de famille qui tire de son trésor des
nouveautés et des antiques.»

[53]Quand Jésus eut achevé ces paraboles, il quitta ces
lieux, [54]et s'étant rendu dans sa patrie, il enseignait ses

concitoyens dans leur synagogue, de sorte qu'ils étaient
frappés d'étonnement, et disaient : « D'où lui viennent
cette sagesse et ces miracles ? [55]N'est-ce pas le fils du
charpentier* ? Sa mère ne s'appelle-t-elle pas Marie, et
ses frères, Jacques, Joseph, Simon et Jude ? [56]Et ses
sœurs ne sont-elles pas toutes avec nous ? D'où lui vien-
nent donc cette sagesse et cette puissance ? » [57]Et il était
pour eux une pierre d'achoppement. Mais Jésus leur
dit : « Ce n'est que dans son pays et dans sa maison
qu'un prophète n'est pas honoré. » [58]Et il ne fit pas beau-
coup de miracles dans ce lieu à cause de leur incré-
dulité.

Propos d'Hérode sur Jésus. — Mort de Jean Baptiste. — *Jésus se retire de l'autre côté de la mer :* la foule le suit. — La première multiplication des pains. — Retour et traversée des disciples. — Jésus marche sur les eaux. — *Il arrive au pays de Génésareth.*

(Mc 6[14-29]. — Lc 9[7-9] ; 3[19-20]. — Mc 6[31-56]. — Lc 9[10-17]. — Jn 6[1-21].)

14 [1]En ce temps-là, Hérode le Tétrarque entendit le
bruit qui se faisait autour de Jésus, et [2]il dit à ses servi-
teurs : « C'est Jean Baptiste ; il est ressuscité des morts,
et c'est pour cela que la puissance miraculeuse se
déploie en lui. »

[3]Hérode, en effet, avait fait arrêter Jean, l'avait
chargé de chaînes et mis en prison à cause d'Hérodiade,
femme de[a] son frère, [4]parce que Jean lui disait : « Il ne
t'est pas permis d'en faire ta femme*. » [5]Il voulait le
faire mourir, mais il craignait le peuple, parce qu'on
tenait Jean pour un prophète. [6]Or, à l'anniversaire de la
naissance d'Hérode, la fille d'Hérodiade* dansa devant
les convives et charma Hérode, [7]si bien qu'il lui promit
avec serment de lui donner ce qu'elle demanderait.
[8]Poussée par sa mère, elle lui dit : « Donne-moi, ici, dans

un bassin, la tête de Jean Baptiste. » 9Le roi en fut fâché ;
mais à cause de ses serments et de ceux qui étaient à
table avec lui, il commanda qu'on la lui donnât, et 10il
envoya décapiter Jean* dans la prison. 11On apporta la
tête dans un bassin, et on la donna à la jeune fille, qui
la porta à sa mère. 12Les disciples de Jean vinrent
prendre le corps et l'ensevelirent, puis ils allèrent infor-
mer Jésus de ce qui s'était passé.

13Jésus ayant appris ce que disait Hérode, entra dans
une barque et se retira à l'écart, en un lieu solitaire ; la
foule, l'ayant su, l'y suivit à pied, des différentes villes.
14Lorsqu'il sortit de la barque, il vit une grande foule, il
en eut pitié, et il guérit leurs malades.

15Quand le soir fut venu, les disciples s'approchèrent
de Jésus, et lui dirent : « Ce lieu est désert et l'heure est
déjà avancée ; renvoie cette foule de gens, afin qu'ils
aillent dans les villages s'acheter des vivres. » 16Mais
Jésus leur dit : « Il n'est pas nécessaire qu'ils y aillent ;
donnez-leur vous-mêmes à manger. » 17Ils lui répondi-
rent : « Nous n'avons ici que cinq pains et deux poissons.
— 18Apportez-les-moi ici », leur dit Jésus. 19Après avoir
fait asseoir cette multitude sur l'herbe, il prit les cinq
pains et les deux poissons, et, levant les yeux au ciel, il
prononça la bénédiction ; puis, ayant rompu les pains,
il les donna à ses disciples, et les disciples les donnèrent
à la foule. 20Tous mangèrent et furent rassasiés ; et l'on
emporta douze corbeilles pleines des morceaux qui res-
taient. 21Le nombre de ceux qui mangèrent se montait à
cinq mille hommes environ, sans compter les femmes et
les enfants*.

22Aussitôt après, Jésus pressa ses disciples d'entrer
dans la barque et de le précéder vers l'autre rive, pen-
dant qu'il renverrait la foule. 23Quand il l'eut renvoyée,
il monta sur la montagne, pour prier à l'écart ; et, la nuit
venue, il était là seul.

24Cependant la barque, qui se trouvait déjà au milieu
de la mer, était tourmentée par les vagues, car le vent

était contraire. [25]À la quatrième veille de la nuit, Jésus
alla vers ses disciples, en marchant sur la mer. [26]Eux,
le voyant marcher sur la mer, furent bouleversés, et
dirent : « C'est un fantôme » ; et ils poussèrent un cri de
frayeur. [27]Mais aussitôt Jésus leur parla, et leur dit :
« Rassurez-vous, c'est moi* ; n'ayez point de peur. »
[28]Pierre ayant pris la parole lui dit : « Seigneur, si c'est
toi, ordonne que j'aille vers toi en marchant sur les
eaux. » [29]Jésus lui dit : « Viens. » Et Pierre, étant sorti de
la barque, marcha sur les eaux et s'avança vers Jésus.
[30]Mais, voyant que le vent était fort, il eut peur, et,
comme il commençait à enfoncer, il s'écria : « Seigneur,
sauve-moi ! » [31]Aussitôt Jésus étendit la main, le saisit, et
lui dit : « Homme de peu de foi, pourquoi as-tu douté ? »
[32]Ils entrèrent ensuite dans la barque, et le vent cessa*.
[33]Ceux qui étaient dans la barque vinrent se prosterner
devant Jésus, disant : « Tu es vraiment Fils de Dieu. »

[34]Lorsqu'ils eurent achevé leur traversée, ils arri-
vèrent au pays de Génésareth. [35]Les gens de l'endroit,
ayant reconnu Jésus, envoyèrent annoncer sa présence
dans tous les environs, de sorte qu'on lui amena tous les
malades. [36]On le pria de leur laisser seulement tou-
cher la houppe de son manteau ; et tous ceux qui la
touchèrent furent guéris.

La Tradition. — « Ce qui souille l'homme. » — *Jésus aux confins de Tyr et de Sidon.* — La Cananéenne. — *Jésus revient près de la mer :* la foule le suit. — La seconde multiplication des pains.

(Mc 7[1-23] ; 7[24-30] ; 8[1-10].)

15 [1]Alors des scribes et des pharisiens venus de Jéru-
salem s'approchèrent de Jésus, et lui dirent : [2]« Pourquoi
tes disciples transgressent-ils la tradition des anciens ?
car ils ne se lavent pas les mains, quand ils prennent leur
repas. » [3]Il leur répondit : « Et vous, pourquoi transgres-

sez-vous le commandement de Dieu par votre tradition ?
[4]Par exemple, Dieu a donné ce commandement : *Honore
ton père et ta mère,* et : *Que celui qui maudit son père ou sa
mère, soit mis à mort* ; [5]mais vous, vous dites : “Celui qui
dira à son père ou à sa mère : ‘Ce dont j'aurais pu vous
assister, j'en ai fait offrande à Dieu' ; [6]eh bien ! qu'il n'ho-
nore pas son père et sa mère !” Ainsi vous mettez à néant
le commandement de Dieu par votre tradition*. [7]Hypo-
crites, Ésaïe a bien prophétisé sur votre compte, quand il
a dit : [8]*Ce peuple*[a] *m'honore des lèvres, mais son cœur est
fort éloigné de moi.* [9]*C'est vainement qu'il m'honore, en
donnant des préceptes qui ne sont que des commande-
ments d'hommes.* »

[10]Puis, ayant appelé la foule, il lui dit : « Écoutez et
comprenez : [11]Ce n'est pas ce qui entre dans la bouche
qui souille l'homme ; c'est ce qui sort de la bouche :
voilà ce qui le souille. »

[12]Alors les disciples s'approchèrent de lui, et lui
dirent : « Sais-tu que les pharisiens ont été scandalisés de
la parole qu'ils viennent d'entendre ? » [13]Jésus répondit :
« Toute plante que mon Père céleste n'a pas plantée, sera
arrachée. [14]Laissez-les ; ce sont des aveugles qui condui-
sent des aveugles. Si un aveugle en conduit un autre, ils
tomberont tous deux dans un fossé. »

[15]Pierre, prenant la parole, lui dit : « Explique-nous cette
sentence. — [16]Vous aussi, dit Jésus, vous êtes encore sans
intelligence ? [17]Vous ne comprenez pas que tout ce qui
entre dans la bouche, va dans le ventre et se rejette aux
lieux ; [18]tandis que ce qui sort de la bouche vient du
cœur : voilà ce qui souille l'homme. [19]Car c'est du cœur
que sortent les mauvaises pensées, les meurtres, le liber-
tinage, les vols, les faux témoignages, les calomnies.
[20]C'est là ce qui souille l'homme ; mais de manger sans
s'être lavé les mains, cela ne souille pas l'homme*. »

[21]Jésus étant parti de là, se retira dans le territoire de

15^{4} : Ex 20^{12} ; 21^{17} 15^{8-9} : És 29^{13}.

Tyr et de Sidon. 22 Et une Cananéenne qui venait de ces
confins, lui dit à haute voix : « Seigneur, Fils de David,
aie pitié de moi : ma fille est cruellement tourmentée
par un démon. » 23 Jésus ne lui répondit pas un mot. Ses
disciples s'approchèrent de lui et le prièrent de la ren-
voyer : « Car, disaient-ils, elle nous poursuit de ses cris. »
24 Jésus répondit : « Je n'ai été envoyé qu'aux brebis per-
dues de la maison d'Israël. » 25 Mais cette femme vint se
prosterner devant lui en disant : « Seigneur, secours-
moi. » 26 Il lui répondit : « Il n'est pas bien de prendre
le pain des enfants pour le jeter aux petits chiens. »
27 Elle repartit : « Sans doute, Seigneur, puisque les petits
chiens mangent les miettes qui tombent de la table de
leurs maîtres. » 28 Alors Jésus lui dit : « Femme ta foi est
grande ; qu'il te soit fait comme tu le désires. » Dès cette
heure sa fille fut guérie*.

29 Jésus, ayant quitté ces lieux, se rendit près de la mer
de Galilée. Il monta sur la montagne et s'assit. 30 Une
grande foule s'approcha de lui, ayant avec elle des boi-
teux, des aveugles, des sourds-muets, des estropiés et
beaucoup d'autres malades. Elle les mit aux pieds de
Jésus, et il les guérit, 31 de sorte que la foule était dans
l'admiration en voyant des muets parler, des estropiés
être guéris, des boiteux marcher, des aveugles voir ; et
elle glorifia le Dieu d'Israël.

32 Jésus ayant appelé ses disciples, leur dit : « J'ai com-
passion de cette foule, car voilà déjà trois jours que ces
gens restent près de moi, et ils n'ont pas de quoi man-
ger. Je ne veux pas les renvoyer à jeun, de peur qu'ils ne
défaillent en route. » 33 Sur quoi ses disciples lui dirent :
« Où trouver en un désert assez de pains, pour nourrir
tant de monde. » 34 Et Jésus leur dit : « Combien de pains
avez-vous ? — Sept, dirent-ils, et quelques petits pois-
sons. » 35 Alors il fit asseoir la foule par terre, 36 puis il prit
les sept pains et les poissons, et, ayant rendu grâces, il
les rompit et les donna à ses disciples, et les disciples les
donnèrent à la foule. 37 Tous mangèrent et furent rassa-

siés, et l'on emporta sept corbeilles pleines des mor-
ceaux qui restaient. [38]Le nombre de ceux qui mangèrent
s'élevait à quatre mille hommes, sans compter les
femmes et les enfants*.
[39]Après avoir renvoyé la foule, Jésus entra aans la
barque et gagna le territoire de Magadan.

Refus d'un signe venant du ciel. — *Jésus passe la mer et va du côté de Césarée de Philippe.* — Le levain des pharisiens — « Qui dites-vous que je suis ? » — Jésus annonce ses souffrances. — « Porter sa croix. »
(Mc 8^{11-21}. — Lc 12^{54-56}. — Mc 8^{27} ; 9^{1}. — Lc 9^{18-27}.)

16 [1]Les pharisiens et les sadducéens l'abordèrent,
et, pour le mettre à l'épreuve, lui demandèrent de leur
faire voir un signe qui vînt du ciel. [2]Jésus leur répondit :
« Quand le soir est venu, vous dites : “Beau temps ! car le
ciel est rouge” ; [3]et le matin : “Mauvais temps aujour-
d'hui ! car le ciel est d'un rouge sombre.” Vous savez
bien discerner l'aspect du ciel, et vous ne pouvez discer-
ner les signes des temps ! [4]Cette génération méchante et
adultère réclame un signe, eh bien ! il ne lui en sera point
accordé d'autre que celui de Jonas le prophète. »
Là-dessus, il les quitta et s'en alla.
[5]Les disciples, en passant à l'autre bord, avaient
oublié de prendre des pains. [6]Jésus leur dit : « Gardez-
vous du levain des pharisiens et des sadducéens, et
faites-y attention. » [7]Les disciples raisonnaient entre
eux, et disaient : « C'est que nous n'avons pas pris des
pains. » [8]Jésus s'en étant aperçu, leur dit : « Quelle idée
avez-vous, gens de peu de foi ? C'est que vous n'avez pas
pris des pains ! [9]Vous ne comprenez pas encore, et vous
ne vous rappelez pas les cinq pains des cinq mille
hommes, et combien de corbeilles vous en avez eues ;
[10]non plus que les sept pains des quatre mille hommes,
et combien de corbeilles vous en avez emportées.

[11]Comment ne voyez-vous pas que ce n'est pas de pains
que je vous ai parlé? Oui, gardez-vous du levain des
pharisiens et des sadducéens.» [12]Ils comprirent alors
que ce n'était pas du levain du pain qu'il avait dit de se
garder, mais de l'enseignement des pharisiens et des
sadducéens.

[13]Jésus, étant arrivé dans le territoire de Césarée de
Philippe, adressa cette question à ses disciples: «Qui
dit-on que je suis, moi, le Fils de l'homme?» [14]Ils lui
répondirent: «Les uns disent que tu es Jean Baptiste;
les autres, que tu es Élie; d'autres, Jérémie ou quel-
qu'un des prophètes. — [15]Et vous, leur dit-il, qui dites-
vous que je suis?» [16]Simon Pierre répondit: «Toi, tu es
le Messie, le Fils du Dieu vivant.» [17]Jésus reprit, et lui
dit: «Tu es heureux, Simon, fils de Jonas, car ce n'est
pas la chair et le sang qui t'ont révélé cela, mais mon
Père qui est dans les cieux. [18]Et moi, je te dis que tu es
Pierre, et que sur cette pierre je bâtirai mon église*, et
que les portes des enfers ne prévaudront point contre
elle. [19]Je te donnerai les clefs du royaume des cieux: ce
que tu lieras sur la terre, sera lié dans les cieux, et
ce que tu délieras sur la terre, sera délié dans les cieux.»
[20]Alors il enjoignit à ses disciples de ne dire à personne
qu'il était le Messie.

[21]Dès lors Jésus commença à leur faire connaître qu'il
fallait qu'il allât à Jérusalem, qu'il souffrît beaucoup de
la part des anciens, des grands prêtres et des scribes,
qu'il fût mis à mort, et qu'il ressuscitât le troisième jour.
[22]Pierre le prenant à part, se mit à le reprendre, disant:
«À Dieu ne plaise, Seigneur! Cela ne t'arrivera pas.»
[23]Mais Jésus s'étant retourné, dit à Pierre: «Arrière de
moi, Satan, tu m'es en scandale, car tes sentiments ne
sont pas ceux de Dieu, mais ceux des hommes.»

[24]Là-dessus, Jésus dit à ses disciples: «Si quelqu'un
veut venir après moi, qu'il renonce à lui-même, qu'il se
charge de sa croix, et qu'il me suive. [25]Car celui qui veut
sauver sa vie, la perdra; mais celui qui perdra sa vie à

cause de moi, la retrouvera. [26]Que sert-il à un homme
de gagner le monde entier, s'il perd son âme ? Ou, que
donnera un homme pour recouvrer son âme ? [27]En effet,
le Fils de l'homme doit venir dans la gloire de son Père,
avec ses anges, et alors il rendra à chacun selon ses
œuvres. [28]En vérité, je vous le dis, quelques-uns de ceux
qui sont ici présents ne goûteront point la mort, qu'ils
n'aient vu le Fils de l'homme venir dans sa royauté*. »

La Transfiguration. — « Élie est déjà venu. » — Guérison d'un lunatique. — La puissance de la foi. — *Tournée en Galilée:* Jésus annonce ses souffrances. — *Retour à Capharnaüm:* Le statère dans le poisson.
(Mc 9^{2-13}. — Lc 9^{28-36}. — Mc 9^{14-32}. — Lc 9^{37-45}.)

17 [1]Six jours après, Jésus, ayant pris avec lui Pierre,
Jacques et Jean, son frère, les mena à l'écart sur une
haute montagne, [2]et il fut transfiguré devant eux : son
visage resplendit comme le soleil, et ses vêtements
devinrent blancs comme la lumière*. [3]Tout à coup
Moïse et Élie* leur apparurent, s'entretenant avec lui.
[4]Pierre, prenant la parole, dit à Jésus : « Seigneur, il est
bon que nous soyons ici ; si tu le veux, je dresserai ici
trois tentes, une pour toi, une pour Moïse, et une pour
Élie. » [5]Comme il parlait encore, une nuée lumineuse les
enveloppa, et il en sortit une voix qui dit : « Celui-ci est
mon Fils bien-aimé, en qui j'ai mis toute mon affection :
écoutez-le. » [6]Les disciples, entendant cette voix, tombè-
rent la face contre terre, et furent saisis d'une vive
frayeur. [7]Jésus s'approcha d'eux, les toucha, et leur dit :
« Relevez-vous, et n'ayez point de peur. » [8]Et eux, levant
les yeux, ne virent que Jésus seul.

[9]En descendant de la montagne, Jésus leur défendit
de parler à personne de cette vision, jusqu'à ce que le
Fils de l'homme fût ressuscité des morts. [10]Et les dis-
ciples lui adressèrent cette question : « Pourquoi donc

les scribes disent-ils qu'Élie doit venir premièrement ? »
11Il répondit : « Élie doit venir, en effet, et rétablir toutes
choses ; 12mais je vous dis qu'Élie est déjà venu. Ils ne
l'ont pas reconnu, mais ils lui ont fait tout ce qu'ils ont
voulu. Ils feront souffrir de même le Fils de l'homme. »
13Alors les disciples comprirent qu'il leur parlait de Jean
Baptiste.

14Quand ils arrivèrent vers la foule, un homme s'ap-
procha de Jésus, se jeta à ses genoux, 15et lui dit : « Sei-
gneur, aie pitié de mon fils qui est lunatique et très
malade, car souvent il tombe dans le feu, souvent aussi
dans l'eau. 16Je l'ai amené à tes disciples, et ils n'ont
pu le guérir. » 17Jésus répondit : « Race incrédule et
perverse, jusques à quand serai-je avec vous ? Jusques
à quand vous supporterai-je ?... Amenez-le-moi ici. »
18Jésus tança le démon : le démon sortit, et l'enfant fut
guéri sur l'heure.

19Alors les disciples s'approchèrent de Jésus, et lui
dirent en particulier : « Pourquoi n'avons-nous pu chas-
ser ce démon ? » 20Jésus leur dit : « C'est à cause de votre
manque de foi. En vérité, je vous dis que si vous aviez
de la foi gros comme un grain de moutarde, vous diriez
à cette montagne : Transporte-toi d'ici là ; et elle s'y
transporterait, et rien ne vous serait impossible. 21Cette
sorte de démon ne sort que par la prière et par le
jeûne. »

22Pendant qu'ils parcouraient la Galilée, Jésus leur
dit : « Le Fils de l'homme doit être livré entre les mains
des hommes ; 23ils le mettront à mort, mais, le troisième
jour, il ressuscitera. » Et ils en furent vivement affligés.

24Lorsqu'ils furent de retour à Capharnaüm, les per-
cepteurs de la double drachme s'approchèrent de Pierre,
et lui dirent : « Votre maître ne paie-t-il pas la double
drachme ? — 25Oui », dit-il. Quand Pierre entra dans la
maison, Jésus le prévint, et lui dit : « Que t'en semble,
Simon ? Sur qui les rois de la terre lèvent-ils des impôts
ou des contributions ? sur leurs fils ou sur les étrangers ?

— [26]Sur les étrangers, lui dit-il. — Ainsi donc, dit Jésus,
les fils en sont exempts. [27]Néanmoins, pour ne pas les
scandaliser, va-t'en à la mer, jette l'hameçon, prends le
premier poisson que tu tireras, ouvre-lui la bouche, et tu
trouveras un statère. Prends-le, et donne-le-leur pour
moi et pour toi*. »

« Qui est le plus grand dans le royaume des cieux ? » — Respect pour les petits. — Les scandales. — Parabole de la brebis perdue. — Le pardon des offenses. — Parabole du serviteur impitoyable.

(Mc 9^{33-47}. — Lc 9^{46-48} ; 17^{1-2} ; 15^{4-7} ; 17^{3-4}.)

18 [1]En ce même moment, les disciples s'adressèrent
à Jésus, et lui dirent : « Qui donc est le plus grand dans
le royaume des cieux ? » [2]Jésus, ayant appelé un petit
enfant, le plaça au milieu d'eux, [3]et dit : « En vérité, je
vous dis que si vous ne changez et ne devenez comme
les petits enfants, vous n'entrerez pas dans le royaume
des cieux. [4]Celui donc qui se rendra humble comme ce
petit enfant sera le plus grand dans le royaume des
cieux.

[5] » Celui qui reçoit un tel enfant en mon nom, me
reçoit. [6]Mais, si quelqu'un devait être une occasion de
chute pour un seul de ces petits qui croient en moi, il
vaudrait mieux pour lui qu'on lui suspendît au cou une
grosse meule de moulin et qu'on le précipitât au plus
profond de la mer.

[7] » Malheur au monde à cause des scandales ! Il est
impossible qu'il n'y ait pas de scandales ; néanmoins,
malheur à l'homme par qui le scandale arrive ! [8]Si ta
main ou ton pied est pour toi une occasion de chute,
coupe-les et les jette loin de toi ; il te vaut mieux entrer
dans la vie, boiteux ou manchot, que d'avoir deux mains
ou deux pieds, et d'être jeté dans le feu éternel. [9]Et si
ton œil est pour toi une occasion de chute, arrache-le et

le jette loin de toi ; il te vaut mieux entrer borgne dans
la vie, que d'avoir deux yeux, et d'être jeté dans la
Géhenne ardente*.
10 » Prenez garde de mépriser un seul de ces petits, car je
vous déclare que leurs anges, dans les cieux, voient conti-
nuellement la face de mon Père qui est dans les cieux[a].
12 » Que vous en semble ? Si un homme a cent brebis, et
que l'une d'elles s'égare, ne laisse-t-il pas les quatre-vingt-
dix-neuf autres sur les montagnes, pour aller chercher
celle qui est égarée ? 13 Et, s'il a le bonheur de la trouver,
il en a plus de joie, je vous assure, que des quatre-vingt-
dix-neuf autres qui ne se sont point égarées*. 14 De même,
c'est la volonté de votre Père qui est dans les cieux, qu'il
ne se perde pas un seul de ces petits.
15 » Si ton frère t'a offensé, va, fais-le-lui sentir seul à
seul : s'il t'écoute, tu auras gagné ton frère. 16 S'il ne
t'écoute pas, prends encore une ou deux personnes avec
toi, afin que *toute l'affaire soit décidée sur la déclaration
de deux ou trois témoins*. 17 S'il refuse de les écouter, dis-
le à l'église ; et s'il refuse aussi d'écouter l'église, qu'il
soit pour toi comme un païen et un publicain. 18 En
vérité, je vous dis que tout ce que vous lierez sur la
terre, sera lié dans le ciel, et que tout ce que vous délie-
rez sur la terre, sera délié dans le ciel*.
19 » En vérité, je vous dis encore que si deux d'entre
vous s'accordent sur la terre, pour demander quoi que
ce soit, ils obtiendront de mon Père qui est dans les
cieux, tout ce qu'ils auront demandé ; 20 car, où il y a
deux ou trois personnes assemblées en mon nom, je suis
là au milieu d'elles. »
21 Alors Pierre s'approcha, et lui dit : « Seigneur, com-
bien de fois pardonnerai-je à mon frère, s'il m'offense ?
Sera-ce jusqu'à sept fois ? » 22 Jésus lui dit : « Je ne dis pas
jusqu'à sept fois, mais jusqu'à soixante-dix fois sept fois.
23 » C'est pourquoi le royaume des cieux ressemble à

18 16 : Dt 19 15.

un roi qui voulut régler ses comptes avec ses serviteurs.
[24]On lui amena, pour commencer, un homme qui lui
devait dix mille talents. [25]Comme il ne pouvait payer,
le maître ordonna de le vendre en paiement, lui, sa
femme, ses enfants et tout ce qu'il avait. [26]Ce serviteur
se jetant à ses pieds, se tenait prosterné, et lui disait:
“Use de patience envers moi, et je te paierai tout.” [27]Le
maître de ce serviteur, ému de pitié, le laissa aller, et
le tint quitte de sa dette. [28]Mais, en sortant, ce servi-
teur trouva un de ses compagnons, qui lui devait cent
deniers, et le saisissant à la gorge jusqu'à l'étrangler, il
lui dit: “Paie, puisque tu dois.” [29]Son compagnon se jeta
à ses pieds, et lui dit en le suppliant: “Use de patience
envers moi, et je te paierai.” [30]Mais l'autre ne le voulut
point, et il le fit jeter en prison, jusqu'à ce qu'il eût payé
ce qu'il devait. [31]Ses compagnons, témoins de ce qui
s'était passé, en ressentirent un profond chagrin, et allè-
rent raconter à leur maître tout ce qui s'était passé.
[32]Alors le maître, ayant fait venir ce serviteur, lui dit:
“Méchant serviteur, je t'avais remis en entier ta dette
parce que tu m'en avais supplié; [33]ne devais-tu pas aussi
avoir pitié de ton compagnon, comme j'ai eu pitié de
toi?” [34]Et le maître irrité le livra aux geôliers, jusqu'à
ce qu'il eût payé tout ce qu'il lui devait. [35]C'est ainsi que
mon Père céleste vous traitera, si chacun de vous ne
pardonne pas à son frère de tout son cœur*.»

Jésus se rend en Judée: la foule le suit. — «Est-il permis de répudier sa femme?» — «Laissez venir vers moi les petits enfants.» — Le jeune homme riche. — «Quitter tout.»
(Mc 10[1-12]. — Lc 16[18]. — Mc 10[13-30]. — Lc 18[15-30].)

19 [1]Quand Jésus eut achevé ces discours, il quitta la
Galilée, et se rendit aux confins de la Judée, de l'autre
côté du Jourdain. [2]Une grande foule le suivit, et il guérit
ceux qui étaient malades.

3Des pharisiens vinrent vers lui, et lui dirent, pour le
mettre à l'épreuve : « Est-il permis à un homme de répu-
dier sa femme pour quelque motif que ce soit ? » 4Jésus
répondit : « N'avez-vous pas lu que celui qui les créa à
l'origine *les fit, l'un homme, l'autre femme,* 5et dit : *Pour
cette raison, l'homme quittera son père et sa mère pour
s'attacher à sa femme, et les deux ne feront qu'une seule
chair* ? 6Ainsi ils ne sont plus deux, mais ils sont une
seule chair. Que l'homme donc ne sépare pas ce que
Dieu a uni. » 7Ils lui dirent : « Pourquoi donc Moïse a-t-il
prescrit de donner à une femme un acte de divorce, et
de la répudier ? » 8Jésus leur dit : « C'est à cause de la
dureté de votre cœur que Moïse vous a autorisés à répu-
dier vos femmes ; mais à l'origine, il n'en a pas été ainsi.
9Moi, je vous dis que celui qui répudie sa femme, si ce
n'est pour cause d'infidélité, et en épouse une autre,
commet un adultère, et que celui qui épouse une femme
répudiée commet un adultère. » 10Ses disciples lui dirent :
« Si tel est le rapport de l'homme avec la femme, il vaut
mieux ne pas se marier. » 11Il leur dit : « Les hommes ne
sont pas tous capables de tenir ce langage, mais seu-
lement ceux à qui cela a été donné ; 12car il y a des
eunuques qui sont tels dès le sein de leur mère ; il y a
aussi des eunuques qui le sont devenus par la main des
hommes, et il y en a qui se sont faits eunuques eux-
mêmes à cause du royaume des cieux*. Que celui qui est
capable de cette résolution, la prenne. »

13Alors on lui amena de petits enfants, afin qu'il leur
imposât les mains, et qu'il priât pour eux. Les disciples
reprenaient ces gens ; 14mais Jésus dit : « Laissez ces
petits enfants, et ne les empêchez pas de venir vers moi,
car le royaume des cieux est à ceux qui leur ressem-
blent. » 15Puis, après leur avoir imposé les mains, il conti-
nua sa route.

16Un homme aborda Jésus, et lui dit : « [a]Maître, quel

19^{4} : Gn 1^{27}. 19^{5} : Gn 2^{24}. 19^{7} : Dt 24^{1}.

bien dois-je faire pour avoir la vie éternelle ? » 17Jésus lui dit : « Pourquoi me demandes-tu, à moi, le bien que tu dois faire ? Un seul est le Bon[a]. Si tu veux entrer dans la vie, garde les commandements. — 18Lesquels ? lui dit cet homme — C'est, répondit Jésus, *tu ne tueras point ; tu ne commettras point l'adultère ; tu ne déroberas point ; tu ne porteras point de faux témoignage ;* 19*honore ton père et ta mère,* et *tu aimeras ton prochain comme toi-même.* » 20Le jeune homme répondit : « J'ai gardé tous ces commandements[b] ; que me manque-t-il encore ? » 21Jésus lui dit : « Si tu veux être parfait, va, vends ce que tu as et le donne aux pauvres, et tu auras un trésor dans le ciel ; puis viens, et suis-moi. » 22Le jeune homme, ayant entendu cette parole, s'en alla tout triste, car il avait de grands biens. 23Jésus dit à ses disciples : « En vérité, je vous dis qu'il est difficile à un riche d'entrer dans le royaume des cieux. 24Je vous le dis encore, il est plus aisé qu'un chameau passe par le trou d'une aiguille, qu'il ne l'est à un riche d'entrer dans le royaume de Dieu. » 25Les disciples vivement frappés de cette parole, disaient : « Qui peut donc être sauvé ? » 26Jésus arrêtant son regard sur eux, dit : « Cela est impossible aux hommes, mais toutes choses sont possibles à Dieu*. »

27Alors Pierre prenant la parole, dit : « Pour nous, tu le vois, nous avons tout quitté pour te suivre ; qu'avons-nous donc à attendre ? » 28Jésus leur dit : « En vérité, je vous le dis, lors de la Renaissance*, quand le Fils de l'homme sera assis sur son trône glorieux, vous qui m'avez suivi, vous serez aussi assis sur douze trônes, pour juger les douze tribus d'Israël. 29Celui qui aura quitté pour mon nom ses maisons, ou ses frères, ou ses sœurs, ou son père, ou sa mère, ou ses enfants, ou ses terres, en recevra beaucoup plus, et il héritera la vie éternelle. 30Bien des derniers seront les premiers, et bien des premiers seront les derniers. »

19[18-19] : Ex 20[12-16] ; Lv 19[18]. 19[26] : Jb 42[2].

Parabole des ouvriers. — *Jésus monte à Jérusalem.* — Il annonce ses souffrances. — Demande des fils de Zébédée. — *Jésus à Jéricho :* il guérit deux aveugles.
(Mc 10^{32-45}. — Lc 18^{31-33}. — Mc 10^{46-52}. — Lc 18^{35-43}.)

20 1« En effet, le royaume des cieux est semblable à
un chef de famille, qui sortit dès le matin, afin de louer
des ouvriers pour sa vigne. 2Il fit accord avec eux à rai-
son d'un denier par jour, et les envoya à sa vigne. 3Il
sortit vers la troisième heure, et ayant vu d'autres
ouvriers qui étaient sur la place, sans rien faire, 4il leur
dit : "Allez, vous aussi, à ma vigne, et je vous donnerai
ce qui sera raisonnable" ; 5et ils y allèrent. Il sortit
encore vers la sixième heure et vers la neuvième, et fit
de même. 6Étant sorti vers la onzième heure, il en
trouva d'autres qui se tenaient sur la place, et leur dit :
"Pourquoi vous tenez-vous ici toute la journée, sans rien
faire ? — 7C'est que personne, lui dirent-ils, ne nous a
loués." Et il leur dit : "Allez, vous aussi, à ma vigne."
8Quand le soir fut venu, le maître de la vigne dit à son
intendant : "Appelle les ouvriers, et leur donne leur
salaire, en allant des derniers aux premiers." 9Les
ouvriers loués à la onzième heure vinrent, et reçurent
chacun un denier. 10Puis vinrent les premiers, qui
croyaient recevoir davantage, et ils reçurent, eux aussi,
un denier chacun. 11En le touchant, ils murmuraient
contre le maître, et disaient : 12"Ces derniers n'ont fait
qu'une heure, et tu les mets sur le même pied que nous,
qui avons supporté la fatigue et l'ardeur brûlante du
jour." 13Mais le maître, prenant la parole, dit à l'un
d'eux : "Mon ami, je ne te fais point de tort : n'es-tu pas
convenu d'un denier avec moi ? 14Prends ce qui te
revient, et t'en va. Pour moi, je veux donner à ce dernier
autant qu'à toi. 15Ne suis-je pas libre de faire ce que je
veux de mon bien ? ou vois-tu de mauvais œil que je sois

bon?" — [16]Ainsi les derniers seront les premiers, et les
premiers seront les derniers[a]*.»

[17]Comme Jésus montait à Jérusalem, il prit à part les
douze disciples, en chemin, et leur dit: [18]«Voici que
nous montons à Jérusalem, et le Fils de l'homme sera
livré aux grands prêtres et aux scribes: ils le condam-
neront à mort et [19]le livreront aux païens, pour le
bafouer, le flageller et le crucifier; mais, le troisième
jour, il ressuscitera.»

[20]Alors la mère des fils de Zébédée s'approcha de lui
avec ses fils, et se prosterna pour lui faire une demande.
[21]Jésus lui dit: «Que veux-tu? — Ordonne, dit-elle, que
mes deux fils que voici, soient assis, l'un à ta droite,
l'autre à ta gauche, dans ton royaume.» [22]Jésus répon-
dit: «Vous ne savez ce que vous demandez. Pouvez-vous
boire le calice que je dois boire[b]? — Nous le pouvons»,
dirent-ils. [23]Et Jésus répondit: «Oui, vous boirez mon
calice[c]; quant à être assis à ma droite et à ma gauche, il
ne m'appartient pas de l'accorder: cette distinction sera
pour ceux à qui mon Père l'a réservée.» [24]Les dix autres
disciples, ayant entendu cette demande, furent irrités
contre les deux frères. [25]Jésus les appela, et leur dit:
«Vous savez que les princes des nations les maîtrisent,
et que les grands les dominent. [26]Il n'en sera point ainsi
parmi vous; [27]mais que celui qui aspire à être grand
parmi vous, soit votre serviteur, et que celui qui veut
être le premier parmi vous, soit votre esclave. [28]C'est
ainsi que le Fils de l'homme est venu, non pour être
servi, mais pour servir et donner sa vie pour la rançon
de beaucoup.»

[29]Comme ils sortaient de Jéricho, une grande foule
suivit Jésus. [30]Deux aveugles assis au bord de la route,
entendant dire que Jésus passait, se mirent à crier: «Aie
pitié de nous, Seigneur, Fils de David.» [31]La foule les
reprenait pour les faire taire; mais ils criaient plus fort:
«Aie pitié de nous, Seigneur, Fils de David.» [32]Jésus
s'arrêta, les appela, et leur dit: «Que voulez-vous que je

vous fasse ? » 33 Ils lui dirent : « Seigneur que nous recou-
vrions la vue. » 34 Jésus, ému de compassion, leur tou-
cha les yeux ; et aussitôt ils recouvrèrent la vue, et le
suivirent.

Entrée de Jésus à Jérusalem. — Ovation populaire. — Les vendeurs chassés du temple. — Indignation des prêtres. — *Jésus passe la nuit à Béthanie. — Il revient le lendemain dans le temple.* — Le figuier maudit. — La puissance de la foi. — « De quel droit fais-tu ces choses ? » — Parabole des vignerons. — Hostilité des prêtres et des pharisiens.
(Mc 11[1-24]. — Lc 19[29-38] ; 19[45-48]. — Jn 12[12-19] ; 2[14-16].
— Mc 11[27] ; 12[12]. — Lc 20[1-19] ; 14[16-24].)

21 1 Lorsqu'ils approchèrent de Jérusalem et qu'ils
eurent atteint Bethphagé, vers la montagne des Oliviers,
Jésus envoya deux disciples, 2 en leur disant : « Allez à ce
village qui est en face de vous, et, en entrant, vous trou-
verez une ânesse attachée et un ânon avec elle ; déta-
chez-les, et amenez-les-moi. 3 Si l'on vous dit quelque
chose, vous direz que le Seigneur en a besoin, et on les
enverra tout de suite*. » 4 Cela arriva, afin que s'accom-
plît la parole du prophète : 5 *Dites à la fille de Sion : Voici
ton roi qui vient à toi ; il est clément, et monté sur une
ânesse et sur un ânon, le petit d'une bête de somme**. 6 Les
disciples partirent et firent comme Jésus le leur avait
commandé. 7 Ils amenèrent l'ânesse et l'ânon, mirent
leurs manteaux sur ces animaux, et Jésus s'assit dessus.
8 La plupart des gens étendaient leurs manteaux sur la
route, tandis que d'autres coupaient des rameaux aux
arbres, et en jonchaient le chemin. 9 La foule qui allait
devant, et celle qui suivait, criaient :
« Hosanna au Fils de David* !
» *Béni soit celui qui vient au nom du Seigneur !*
» Hosanna dans les lieux très hauts ! »

21[5] : És 62[11] ; Za 9[9]. 21[9] : Ps 118[25].

10Et quand il entra dans Jérusalem, toute la ville fut
en émoi. On disait: «Qui est-ce?» 11Et la foule répon-
dait: «C'est Jésus le prophète de Nazareth en Galilée.»
12Jésus entra dans le temple de Dieu; il chassa tous
ceux qui vendaient et qui achetaient dans le temple; il
renversa les tables des changeurs et les bancs des ven-
deurs de pigeons, 13et leur dit: «Il est écrit: *Ma maison
sera appelée une maison de prière,* mais vous, vous en
faites *une caverne de voleurs**.»
14Des aveugles et des boiteux vinrent le trouver dans
le temple et il les guérit.
15Les grands prêtres et les scribes voyant les merveilles
qu'il avait faites, et les enfants qui criaient dans le
temple: «Hosanna au Fils de David!» s'en indignèrent,
16et lui dirent: «Tu entends ce qu'ils disent? — Oui, leur
dit Jésus; n'avez-vous jamais lu cette parole: *Tu as tiré
des louanges de la bouche des petits enfants et de ceux qui
sont à la mamelle*?» 17Et il les laissa là, et sortit de la ville
pour se rendre à Béthanie, où il passa la nuit.
18Le matin, en revenant à la ville, il eut faim, 19et ayant
vu un figuier sur la route, il y monta; et n'y trouvant que
des feuilles, il lui dit: «Que jamais fruit ne naisse de toi!»
À l'instant le figuier sécha. 20À cette vue, les disciples
étonnés, dirent: «Comment ce figuier a-t-il séché tout à
coup*?» 21Jésus leur répondit: «En vérité, je vous dis
que si vous aviez de la foi et que vous ne doutiez point,
non seulement vous feriez ce qui a été fait à ce figuier,
mais encore quand vous diriez à cette montagne: Va te
jeter à la mer, cela se ferait. 22Tout ce que vous demande-
rez avec foi, dans votre prière, vous l'obtiendrez.»
23Lorsque Jésus fut entré dans le temple, les grands
prêtres et les anciens du peuple le vinrent trouver pen-
dant qu'il enseignait, et lui dirent: «De quel droit fais-tu
ces choses, et qui t'a donné ce droit?» 24Jésus leur
répondit: «Je vous ferai aussi une question, et, si vous y

21[13]· És 56[7]; Jr 7[11]. 21[16]: Ps 8[3].

répondez, je vous dirai de quel droit je fais ces choses.
25Le baptême de Jean, d'où venait-il? du ciel ou des
hommes?» Mais ils firent entre eux cette réflexion: «Si
nous disons "du ciel", il nous dira: "Pourquoi donc n'y
avez-vous pas cru?" 26et si nous disons "des hommes",
nous avons lieu de craindre le peuple, car tout le monde
tient Jean pour un prophète. 27Ils répondirent à Jésus:
"Nous ne savons." Jésus leur dit aussi: "Moi non plus, je
ne vous dirai pas de quel droit je fais ces choses."

28»Mais, que vous semble-t-il de ceci? Un homme
avait deux fils, et, s'adressant au premier, il lui dit: "Mon
enfant, va aujourd'hui travailler à la vigne." 29Celui-ci
répondit: "Non, je ne veux pas." Mais ensuite il se repen-
tit, et y alla. 30Le père s'adressa à l'autre, et lui parla de la
même manière. Celui-ci répondit: "J'y vais, seigneur";
et il n'y alla point. 31Lequel des deux a fait la volonté de
son père? — C'est le premier», dirent-ils. Jésus ajouta:
«En vérité, je vous dis que les publicains et les femmes
de mauvaise vie vous devancent dans le royaume de
Dieu; 32car Jean est venu à vous en toute droiture, et
vous ne l'avez pas cru, tandis que les publicains et les
femmes de mauvaise vie ont ajouté foi à sa parole; et
ensuite, quand bien même vous en avez été témoins,
vous ne vous êtes pas repentis et vous n'avez point cru.

33»Écoutez une autre parabole: Il y avait un chef de
famille qui avait planté une vigne; il l'avait entourée
d'une haie, y avait creusé un pressoir, bâti une tour;
puis, il la donna à cultiver à des vignerons, et quitta le
pays. 34Quand vint le temps des vendanges, il envoya ses
serviteurs vers les vignerons pour recevoir sa récolte;
35mais les vignerons, ayant pris ses serviteurs, battirent
l'un, tuèrent l'autre, et en lapidèrent un troisième. 36Le
maître en envoya d'autres en plus grand nombre que les
premiers, et ils les traitèrent de même. 37Enfin il leur
envoya son fils, se disant: "Ils respecteront mon fils."
38Mais quand les vignerons virent le fils, ils se dirent
entre eux: "C'est l'héritier; venez, tuons-le, et gardons

son héritage." [39]Là-dessus, ils le prirent, le jetèrent hors
de la vigne et le tuèrent. [40]Eh bien ! quand le maître de
la vigne viendra, que fera-t-il à ces vignerons ? » [41]Ils
dirent à Jésus : « Il fera périr misérablement ces misé-
rables, et remettra la vigne à d'autres vignerons, qui lui
donneront le produit en la saison. » [42]Jésus leur dit :
« N'avez-vous jamais lu dans les Écritures cette parole :
*La pierre que les constructeurs avaient mise au rebut, est
devenue la pierre angulaire. C'est par la volonté du Sei-
gneur qu'elle l'est devenue, et elle est une merveille à nos
yeux**. [43]C'est pourquoi je vous dis que le royaume de
Dieu vous sera ôté, et qu'il sera donné à une nation qui
en produira les fruits[a]. » [45]En entendant les paraboles de
Jésus, les grands prêtres et les pharisiens comprirent
que c'était d'eux qu'il parlait, [46]et, quoiqu'ils eussent le
désir de se saisir de lui, la crainte du peuple les retint,
parce qu'on tenait Jésus pour un prophète.

Parabole des noces. — « Est-il permis de payer le tribut à César ? » — Y a-t-il une résurrection des morts ? — « Quel est le plus grand commandement ? » — « De qui le Messie est-il fils ? »

(Mc 12[13-37]. — Lc 20[20-44] ; 10[25-28].)

22 [1]Jésus, prenant la parole, leur parla de nouveau en
paraboles. [2]« Le royaume des cieux, dit-il, est semblable
à un roi qui célébrait les noces de son fils. [3]Il envoya ses
serviteurs appeler ceux qui avaient été invités aux noces,
mais ils ne voulurent point venir. [4]Il envoya d'autres ser-
viteurs avec ordre de dire aux conviés : "J'ai préparé mon
festin : mes bœufs et mes bêtes grasses sont tués, et tout
est prêt : venez aux noces." [5]Mais ils ne s'en soucièrent
point, et s'en allèrent, celui-ci à son champ, celui-là à son
commerce ; [6]et les autres se saisirent de ses serviteurs,

21[42] : Ps 118[22-23].

les insultèrent et les tuèrent. 7Le roi irrité envoya ses
armées, fit périr ces meurtriers, et brûla leur ville. 8Alors
il dit à ses serviteurs : “Le festin des noces est prêt, mais
les conviés n'en étaient pas dignes. 9Allez donc dans les
carrefours, et invitez aux noces tous ceux que vous trou-
verez.” 10Et ces serviteurs se répandirent dans les che-
mins, amenèrent tous ceux qu'ils trouvèrent, méchants
et bons, et la salle des noces fut remplie de convives.

11 » Le roi, étant entré pour voir les convives, aperçut à
table un homme qui n'avait pas mis d'habit de noces, et
12il lui dit : “Mon ami, comment es-tu venu ici, sans
avoir un habit de noces* ?” Et cet homme resta bouche
close. 13Alors le roi dit à ceux qui servaient : “Liez-lui les
pieds et les mains, emportez-le, et le jetez dans les
ténèbres du dehors.” C'est là qu'il y aura des pleurs et
des grincements de dents ; 14car il y a beaucoup d'appe-
lés, mais peu d'élus*. »

15Alors les pharisiens, s'étant retirés, tinrent conseil
pour amener Jésus à se compromettre par quelque
parole, 16et ils envoyèrent leurs disciples avec les héro-
diens, pour lui dire : « Maître, nous savons que tu es vrai,
et que tu enseignes en toute vérité la voie de Dieu, sans te
soucier de qui que ce soit, car tu ne fais pas acception de
personnes. 17Donne-nous donc ton avis. Est-il permis, ou
non, de payer le tribut à César ? » 18Mais Jésus connais-
sant leur perfidie, leur dit : « Hypocrites, pourquoi essayez-
vous de me surprendre ? 19Montrez-moi la monnaie avec
laquelle on paie le tribut. » Ils lui présentèrent un denier ;
20et Jésus leur dit : « De qui sont cette effigie et cette
légende ? — 21De César », répondirent-ils. Alors il leur
dit : « Rendez donc à César ce qui est à César, et à Dieu ce
qui est à Dieu. » 22Surpris de cette réponse, ils le quittè-
rent, et s'en allèrent.

23Le même jour, des sadducéens, gens qui prétendent
qu'il n'y a point de résurrection, vinrent vers Jésus, et
lui posèrent cette question : 24« Maître, Moïse a dit que si
un homme meurt sans enfants, son frère, en sa qualité

de beau-frère, épousera sa veuve, et suscitera lignée à
son frère*. 25 Or, il y avait chez nous sept frères : le pre-
mier se maria, et mourut ; et, comme il n'avait pas d'en-
fants, il laissa sa femme à son frère. 26 Il en fut de même
du second, du troisième et des autres, jusqu'au sep-
tième. 27 Après eux tous, la femme mourut aussi.
28 Duquel des sept frères sera-t-elle donc la femme dans
la résurrection, car tous l'ont eue pour femme ? » 29 Jésus
leur répondit : « Vous êtes dans l'erreur, parce que vous
ne connaissez ni les Écritures, ni même la puissance de
Dieu ; 30 car dans la résurrection on ne se marie point,
hommes et femmes sont comme les anges de Dieu dans
le ciel*. 31 Quant à la résurrection des morts, n'avez-vous
pas lu ce que Dieu vous a dit : 32 *Je suis le Dieu d'Abra-*
ham, le Dieu d'Isaac et le Dieu de Jacob ? Dieu n'est pas
Dieu des morts, mais Dieu des vivants. » 33 Et la foule qui
l'entendait, était frappée de son enseignement.

34 Les pharisiens ayant appris que Jésus avait fermé la
bouche aux sadducéens, 35 se rassemblèrent, et l'un
d'eux, qui était docteur de la Loi, posa à Jésus cette
question, pour voir ce qu'il répondrait : 36 « Maître, quel
est, dans la Loi, le plus grand commandement ? » 37 Jésus
lui dit : « *Tu aimeras le Seigneur ton Dieu de tout ton*
cœur, de toute ton âme et de toute ta pensée ; 38 voilà le
premier et le plus grand commandement ; 39 et en voici
un second qui lui est semblable : *Tu aimeras ton pro-*
chain comme toi-même. 40 De ces deux commandements
dépendent toute la Loi et les Prophètes. »

41 Comme les pharisiens se trouvaient réunis, Jésus
leur adressa cette question : 42 « Que pensez-vous du Mes-
sie ? de qui est-il fils ? — De David », répondirent-ils.
43 Jésus leur dit : « Comment donc David, animé de l'Es-
prit, l'appelle-t-il "Seigneur", quand il dit : 44 *Le Sei-*
gneur a dit à mon Seigneur : "Assieds-toi à ma droite,
jusqu'à ce que j'aie mis tes ennemis sous tes pieds" ? 45 Si

22^{32} : Ex 3^{6}. 22^{37} : Dt 6^{5}. 22^{39} : Lv 19^{18}. 22^{44}. Ps 110^{1}.

donc David l'appelle "Seigneur", comment est-il son
fils ? » 46Personne ne put lui répondre un mot, et même,
depuis ce jour, personne n'osa plus lui poser de ques-
tions.

Orgueil des scribes et des pharisiens. — « Malheur à vous, scribes et pharisiens hypocrites ! » — Regrets sur Jérusalem.
(Mc 12^{38-40}. — Lc 20^{45-47} ; 11^{39-52} ; 13^{34-35}.)

23 1Alors Jésus s'adressant à la foule et à ses disciples,
2parla ainsi : « Les scribes et les pharisiens sont assis
dans la chaire de Moïse. 3Faites donc, et observez tout ce
qu'ils vous disent, mais ne faites pas comme ils font, car
ils disent et ne font pas. 4Ils lient de lourds et accablants
fardeaux, dont ils chargent les épaules des hommes,
mais, pour eux, ils ne veulent pas les remuer du doigt.
5 » Tout ce qu'ils font, ils le font pour être remarqués
des hommes : ils portent de larges phylactères et de
grosses houppes ; 6ils aiment la première place dans
les repas, les premiers sièges dans les synagogues, 7et
les salutations dans les places publiques ; ils se complai-
sent à être appelés par les hommes, Rabbi, Rabbi. 8Pour
vous, ne vous faites pas appeler Rabbi, car vous n'avez
qu'un seul Maître[a], et vous, vous êtes tous frères. 9N'ap-
pelez personne sur la terre votre Père, car vous n'avez
qu'un seul Père, celui qui est dans les cieux. 10Ne vous
faites pas appeler Docteurs, car vous n'avez qu'un seul
Docteur, le Messie. 11Le plus grand parmi vous sera
votre serviteur. 12Quiconque s'élève, sera abaissé, et qui-
conque s'abaisse, sera élevé.
13 » Malheur à vous, scribes et pharisiens hypocrites,
parce que vous fermez aux hommes le royaume des
cieux ! Vous n'y entrez point vous-mêmes, et vous ne
laissez point entrer ceux qui veulent y entrer[b].
15 » Malheur à vous, scribes et pharisiens hypocrites !
parce que vous courez la mer et la terre pour faire

un prosélyte, et, quand il l'est devenu, vous en faites un
homme digne de la Géhenne deux fois plus que vous.
16»Malheur à vous, conducteurs aveugles, qui dites:
"Si l'on jure par le sanctuaire, ce n'est rien; mais si l'on
jure par l'or du sanctuaire, cela oblige!" 17Insensés et
aveugles! lequel est le plus grand, de l'or ou du sanc-
tuaire, qui a rendu l'or sacré? 18Vous dites encore: "Si
l'on jure par l'autel, ce n'est rien; mais si l'on jure par
l'offrande qui est dessus, cela oblige." 19Aveugles! lequel
est le plus grand de l'offrande ou de l'autel qui rend l'of-
frande sacrée? 20Celui qui jure par l'autel, jure par l'au-
tel et par tout ce qui est dessus. 21Celui qui jure par le
sanctuaire, jure par le sanctuaire et par celui qui en a
fait sa demeure; 22et celui qui jure par le ciel, jure par le
trône de Dieu et par celui qui y est assis.
23»Malheur à vous, scribes et pharisiens hypocrites!
parce que vous payez la dîme de la menthe, de l'aneth et
du cumin, et que vous laissez les devoirs plus impor-
tants que commande la Loi, savoir, la justice, la miséri-
corde et la bonne foi. Il fallait remplir ceux-ci, sans
toutefois négliger ceux-là. 24Conducteurs aveugles qui
coulez le moucheron et qui avalez le chameau.
25»Malheur à vous, scribes et pharisiens hypocrites!
parce que vous nettoyez le dehors de la coupe et du plat,
tandis qu'au-dedans ils sont pleins de rapine et d'intem-
pérance. 26Pharisien aveugle, nettoie d'abord le dedans
de la coupe, afin que le dehors aussi soit net.
27»Malheur à vous, scribes et pharisiens hypocrites!
parce que vous ressemblez à des sépulcres blanchis, qui
paraissent beaux au-dehors, mais qui, au-dedans, sont
pleins d'ossements de morts et de toute sorte de pour-
riture. 28Vous, de même, à l'extérieur vous paraissez
justes aux hommes, mais, à l'intérieur, vous êtes rem-
plis d'hypocrisie et de corruption.
29»Malheur à vous, scribes et pharisiens hypocrites!
parce que vous bâtissez les tombeaux des prophètes et
que vous ornez les sépulcres des justes, 30et que vous

dites : “Si nous avions vécu du temps de nos pères, nous
n'aurions pas pris part avec eux au meurtre des pro-
phètes” ; 31de sorte que vous vous rendez le témoignage
que vous êtes bien les fils de ces tueurs de prophètes.
32Comblez donc la mesure de vos pères ! 33Serpents, race
de vipères, comment échapperez-vous au châtiment de
la Géhenne ? 34C'est pourquoi, je vais vous envoyer des
prophètes, des sages et des scribes : vous tuerez et vous
crucifierez les uns, vous en flagellerez d'autres dans
vos synagogues, et vous les poursuivrez de ville en ville,
35afin que tout le sang innocent versé sur la terre
retombe sur vous, depuis le sang d'Abel le juste jusqu'au
sang de Zacharie, fils de Barachie*, que vous avez tué
entre le sanctuaire et l'autel : 36en vérité, je vous le dis,
tous ces châtiments fondront sur cette génération.
37Jérusalem, Jérusalem, toi qui tues les prophètes et qui
lapides ceux qui te sont envoyés, que de fois j'ai voulu
rassembler tes enfants, comme une poule rassemble ses
poussins sous ses ailes, et vous ne l'avez pas voulu !
38Voici, votre maison* vous est laissée solitaire ; 39car je
vous dis que vous ne me verrez plus désormais, jusqu'à
ce que vous disiez : *Béni soit celui qui vient au nom du
Seigneur !* »

Jésus quitte le temple. — Assis sur la montagne des Oliviers, il annonce la ruine de Jérusalem et son avènement final.
— Exhortation à la vigilance.
(Mc 13. — Lc 21$^{5\text{-}36}$; 17$^{20\text{-}37}$; 12$^{39\text{-}46}$.)

24 1Jésus sortit du temple et s'éloigna.
Ses disciples s'approchèrent de lui, pour lui en faire
remarquer les constructions ; 2mais il leur répondit :
« Vous voyez tous ces bâtiments ? En vérité, je vous dis
qu'il n'y restera pierre sur pierre qui ne soit renversée. »

23^{39} : Ps 118^{26}.

[3]Comme il était assis sur la montagne des Oliviers,
ses disciples vinrent lui dire en particulier : « Dis-nous
quand cela doit avoir lieu, et quel sera le signe de ton
avènement et de la fin du monde* ? » [4]Jésus leur répon-
dit : « Prenez garde qu'on ne vous séduise, [5]car plusieurs
viendront sous mon nom, disant : "C'est moi qui suis le
Messie" ; et ils séduiront beaucoup de monde. [6]Vous
entendrez parler de guerres et de bruits de guerre ; gar-
dez-vous de vous en alarmer, car il faut que toutes ces
choses arrivent ; mais ce ne sera pas encore la fin. [7]Une
nation s'élèvera, en effet, contre une nation*, et un
royaume contre un royaume, et il y aura des famines[a] et
des tremblements de terre en divers lieux. [8]Toutes ces
calamités sont le commencement des douleurs*.

[9] » Alors on cherchera à vous écraser, on vous mettra à
mort, et vous serez haïs de toutes les nations à cause de
mon nom. [10]Dans ces circonstances, beaucoup trébuche-
ront ; ils se trahiront et se haïront les uns les autres. [11]Plu-
sieurs faux prophètes s'élèveront et séduiront bien des
gens ; [12]et la charité du plus grand nombre se refroidira à
cause des progrès croissants de l'iniquité ; [13]mais celui qui
persévérera jusqu'à la fin, sera sauvé. [14]Et cette bonne
nouvelle du royaume sera publiée dans le monde entier
en témoignage à toutes les nations. Alors viendra la fin.

[15] » Quand donc vous verrez établie dans le lieu saint,
l'abomination cause de la désolation*, dont parle le pro-
phète Daniel (que celui qui lit y réfléchisse), [16]alors que
ceux qui sont en Judée s'enfuient dans les montagnes ;
[17]que celui qui est sur le toit, ne descende pas prendre
ce qu'il a dans sa maison, [18]et que celui qui est dans
son champ, ne revienne pas en arrière pour prendre son
manteau. [19]Malheur aux femmes qui seront enceintes et
à celles qui allaiteront en ce temps-là ! [20]Priez pour que
votre fuite n'arrive pas en hiver, ni un jour de sabbat,
[21]car il y aura alors une grande détresse, une détresse
telle qu'il n'y en a point eu depuis le commencement du
monde jusqu'à nos jours, et qu'il n'y en aura jamais ; [22]et

si ce temps n'était abrégé, nul n'échapperait; mais il
sera abrégé à cause des élus.
23»Si l'on vous dit alors: "le Messie est ici" ou bien:
"le Messie est là", ne le croyez point; 24car il s'élèvera de
faux Messies et de faux prophètes, qui feront de grands
miracles et des prodiges, au point de séduire, s'il était
possible, les élus eux-mêmes: 25vous voilà prévenus. 26Si
donc l'on vous dit: "il est dans tel désert", n'y allez
point; "il est dans tel et tel appartement", n'en croyez
rien: 27de même que l'éclair part de l'orient et brille jus-
qu'en occident, ainsi sera l'avènement du Fils de
l'homme. 28Partout où sera le corps mort, les vautours
s'y rassembleront.
29»Aussitôt après ces temps de détresse, le soleil
pâlira, la lune refusera sa lumière, les étoiles tomberont
du ciel et les puissances des cieux seront ébranlées.
30Alors paraîtra dans le ciel le signe du Fils de l'homme,
et tous les peuples de la terre se frapperont la poitrine,
et ils verront le Fils de l'homme qui viendra sur les
nuées du ciel, revêtu d'une grande puissance et d'une
grande gloire. 31Il enverra ses anges, qui, au son écla-
tant de la trompette, rassembleront ses élus des quatre
vents, d'un bout du monde à l'autre.
32»Tirez instruction de la comparaison avec le figuier.
Quand sa branche devient tendre et que les feuilles
poussent, vous connaissez que l'été est proche; 33de
même, quand vous verrez tous ces événements, sachez
que le Fils de l'homme est proche: il est à vos portes.
34En vérité, je vous dis que cette génération ne passera
point que tous ces événements n'arrivent. 35Le ciel et la
terre passeront, mais mes paroles ne passeront point.
36Quant au jour et à l'heure, nul ne les sait, pas même
les anges du ciel, mais mon Père seul*.
37»Ce qui se passa au temps de Noé se passera éga-
lement à l'avènement du Fils de l'homme. 38Dans les
temps qui précédèrent le déluge, on mangeait et l'on
buvait, on se mariait et l'on donnait en mariage, jus-

qu'au jour où Noé entra dans l'arche, 39et l'on ne se
douta de rien, jusqu'à ce que vînt le déluge, qui emporta
tous les hommes : il en sera de même à l'avènement du
Fils de l'homme*. 40Alors, de deux hommes qui seront
dans un champ, l'un sera pris, l'autre laissé ; 41de deux
femmes qui moudront à la meule, l'une sera prise,
l'autre laissée*. 42Veillez* donc, puisque vous ne savez
quel jour votre Seigneur doit venir.

43» Apprenez que si le maître de la maison savait à
quelle heure de la nuit les voleurs doivent venir, il veille-
rait et ne laisserait pas forcer sa maison. 44Vous donc
aussi, tenez-vous prêts, car le Fils de l'homme viendra à
l'heure où vous n'y penserez pas.

45» Quel est le serviteur fidèle et sensé que son maître
a mis à la tête de ses gens, pour leur distribuer la nour-
riture quand il est temps ? 46Heureux ce serviteur que le
maître, à son arrivée, trouvera agissant de la sorte ! 47En
vérité, je vous dis qu'il lui donnera l'administration de
tous ses biens. 48Mais, si c'est un méchant serviteur, qui
dise en lui-même, "mon maître tarde à venir", 49qui se
mette à battre ses camarades, et qui mange et boive
avec les ivrognes, 50son maître viendra le jour où il ne
s'y attend pas et à l'heure qu'il ne sait pas, 51il le cou-
pera en deux, et lui assignera son lot avec les hypo-
crites : c'est là qu'il y aura des pleurs et des grincements
de dents. »

Parabole des Vierges. — Parabole des talents. — Jugement dernier.

(Lc 19:11-27.)

25 1« Alors le royaume des cieux sera semblable à
dix vierges, qui prirent leurs lampes et allèrent au-
devant de l'époux. 2Il y en avait cinq qui étaient folles, et
cinq qui étaient sages. 3Celles qui étaient folles ne pri-
rent point d'huile avec elles en prenant leurs lampes,

4 tandis que les sages prirent de l'huile dans des vases
avec leurs lampes. 5 Comme l'époux tardait à venir, elles
s'assoupirent toutes et s'endormirent. 6 Au milieu de la
nuit, un cri se fit entendre: "Voici l'époux! Allez au-
devant de lui." 7 Alors toutes ces vierges s'éveillèrent et
arrangèrent leurs lampes. 8 Les folles dirent aux sages:
"Donnez-nous de votre huile, car nos lampes s'étei-
gnent." 9 Mais les sages leur répondirent: "Non pas; il
n'y en aurait point assez pour nous et pour vous. Allez
plutôt vers ceux qui en vendent, et achetez-en pour
vous." 10 Pendant qu'elles étaient allées en acheter,
l'époux vint; celles qui étaient prêtes entrèrent avec lui
dans la salle des noces, et la porte fut fermée. 11 Plus
tard, les autres vierges vinrent, et dirent: "Seigneur,
Seigneur, ouvre-nous." 12 Mais il répondit: "Je vous dis
en vérité que je ne vous connais pas." 13 Veillez donc, car
vous ne savez ni le jour, ni l'heure[a].

14 » En effet, le royaume des cieux est semblable à un
homme, qui, partant pour un voyage, appela ses ser-
viteurs et leur remit ses biens. 15 Il donna à l'un cinq
talents, à l'autre deux, et un au troisième, à chacun
selon sa capacité, et il partit aussitôt. 16 Le maître parti,
celui qui avait cinq talents trafiqua avec cette somme, et
gagna cinq autres talents. 17 De même, celui qui en avait
reçu deux en gagna aussi deux autres. 18 Mais celui qui
n'en avait reçu qu'un alla faire un creux en terre et y
cacha l'argent de son maître. 19 Longtemps après, le
maître de ces serviteurs vint, et compta avec eux. 20 Celui
qui avait reçu cinq talents, s'étant approché, présenta
les cinq autres talents, et dit: "Seigneur, tu m'avais
remis cinq talents, en voici cinq autres que j'ai gagnés."
21 Son maître lui dit: "C'est bien, bon et fidèle serviteur,
tu as été fidèle en peu, je te mettrai à la tête d'affaires
plus considérables: entre dans la joie de ton maître."
22 Celui qui avait reçu deux talents, s'étant aussi appro-
ché, dit: "Seigneur, tu m'avais remis deux talents, en
voici deux autres que j'ai gagnés." 23 Son maître lui dit:

"C'est bien, bon et fidèle serviteur, tu as été fidèle en
peu, je te mettrai à la tête d'affaires plus considérables :
entre dans la joie de ton maître." 24Celui qui n'avait reçu
qu'un talent, s'approcha à son tour, et dit : "Seigneur, je
savais que tu es un homme dur, que tu moissonnes
là où tu n'as pas semé, et que tu recueilles là où tu n'as
pas jeté de semence, 25et, dans ma crainte, je suis allé
cacher ton talent dans la terre. Tiens, le voici." 26Mais
son maître lui répondit : "Méchant et paresseux servi-
teur, tu savais que je moissonne là où je n'ai point semé,
et que je recueille là où je n'ai point jeté de semence ! 27il
te fallait donc porter mon argent aux banquiers, et, à
mon retour, j'aurais retiré ce qui m'appartient avec l'in-
térêt. 28Ôtez-lui donc ce talent, et donnez-le à celui qui
en a dix. 29Car on donnera à celui qui a, et il sera dans
l'abondance ; quant à celui qui n'a pas, on lui ôtera
même ce qu'il a*. 30Jetez ce serviteur, qui n'est bon à
rien, dans les ténèbres de dehors : c'est là qu'il y aura
des pleurs et des grincements de dents.

31 » Quand le Fils de l'homme viendra dans sa gloire,
et tous les anges avec lui, il s'assiéra sur son trône glo-
rieux, 32et toutes les nations seront assemblées devant
lui. Il séparera les uns d'avec les autres, comme le ber-
ger sépare les brebis d'avec les boucs, 33et il mettra les
brebis à sa droite et les boucs à sa gauche. 34Alors le roi
dira à ceux qui sont à sa droite : "Venez, vous les bénis
de mon Père, prenez possession du royaume qui vous a
été préparé dès la fondation du monde ; 35car j'ai eu
faim, et vous m'avez donné à manger ; j'ai eu soif, et
vous m'avez donné à boire ; j'étais étranger, et vous
m'avez recueilli ; 36j'étais nu, et vous m'avez vêtu ; j'étais
malade, et vous m'avez visité ; j'étais en prison, et vous
m'êtes venus voir." 37Alors les justes lui répondront :
"Seigneur, quand est-ce que nous t'avons vu avoir faim,
et que nous t'avons donné à manger ; ou avoir soif, et
que nous t'avons donné à boire ? 38Quand t'avons-nous
vu étranger, et t'avons-nous recueilli ; ou nu, et t'avons-

nous vêtu? [39]Quand t'avons-nous vu malade ou en pri-
son, et sommes-nous allés te voir?" [40]Et le roi leur
répondra, et leur dira: "En vérité, je vous le dis, toutes
les fois que vous l'avez fait à l'un de ces plus petits de
mes frères, vous me l'avez fait à moi-même*." [41]Ensuite
il dira à ceux qui sont à sa gauche: "Retirez-vous de
moi, maudits, allez dans le feu éternel qui a été préparé
pour le diable et pour ses anges; [42]car j'ai eu faim, et
vous ne m'avez pas donné à manger; j'ai eu soif, et vous
ne m'avez pas donné à boire; [43]j'étais étranger, et vous
ne m'avez pas logé; j'étais nu, et vous ne m'avez pas
vêtu; j'étais malade et en prison, et vous ne m'avez
pas visité." [44]Alors ils répondront, eux aussi: "Seigneur,
quand est-ce que nous t'avons vu avoir faim ou soif, ou
être étranger, ou nu, ou malade, ou en prison, et que
nous ne t'avons pas assisté?" [45]Il leur répondra: "En
vérité, je vous le dis, toutes les fois que vous ne l'avez
pas fait à l'un de ces plus petits, c'est à moi-même que
vous ne l'avez pas fait." [46]Et ceux-ci s'en iront aux
peines éternelles, et les justes à la vie éternelle.»

La Pâque dans deux jours. — Jésus annonce ses souffrances. — Complot des prêtres. — *Jésus à Béthanie:* une femme l'oint de parfum. — Judas et les prêtres. — *Jésus à Jérusalem.* — La Sainte Cène. — Prédiction du reniement de Pierre. — *Gethsémani.* — Le baiser de Judas. — Pierre tire l'épée. — Arrestation de Jésus. — Il est conduit chez Caïphe. — Interrogatoire et condamnation. — Triple reniement de Pierre.
(Mc 14^{1-11}. — Lc 22^{1-6}; 7^{36-50}. — Jn 12^{1-8}. — Mc 14^{12-31}. — Lc 22^{7-39} — Jn 13^{21-30}. — Mc 14^{32-50}. — Lc 22^{40-53}. — Jn 18^{3-12}. — Mc 14^{53-72}. — Lc 22^{54-71}. — Jn 18^{13-27}.)

26 [1]Lorsque Jésus eut achevé tous ces discours, il
dit à ses disciples: [2]«Vous savez que la Pâque se fait
dans deux jours, et que le Fils de l'homme sera livré
pour être crucifié.»

3 Alors les grands prêtres[a] et les anciens du peuple
s'assemblèrent dans le palais du souverain prêtre appelé
Caïphe ; 4 et ils tinrent conseil pour arrêter Jésus par ruse
et le mettre à mort. 5 « Mais, disaient-ils, il ne faut pas que
ce soit pendant la fête, de peur qu'il n'y ait du tumulte
parmi le peuple. »

6 Comme Jésus était à Béthanie, dans la maison de
Simon le lépreux, 7 une femme s'approcha de lui, avec
un flacon d'albâtre contenant un parfum de grand prix,
et elle le lui versa sur la tête, pendant qu'il était à table.
8 Les disciples, voyant cela, en témoignèrent leur mécon-
tentement, et dirent : « À quoi bon cette perte ? 9 On
aurait pu vendre ce parfum très cher, et en donner le
prix aux pauvres. » 10 Jésus, s'en étant aperçu, leur dit :
« Pourquoi faites-vous de la peine à cette femme ? car
elle a fait une bonne action à mon égard. 11 Vous aurez
toujours des pauvres avec vous, mais vous ne m'aurez
pas toujours. 12 En répandant ce parfum sur mon corps,
elle l'a fait pour ma sépulture. 13 En vérité, je vous dis
que partout où cet évangile sera prêché, dans le monde
entier, ce qu'elle a fait sera aussi raconté en mémoire
d'elle. »

14 Alors l'un des Douze, qui s'appelait Judas Iscariote,
alla trouver les grands prêtres, 15 et leur dit : « Que vou-
lez-vous me donner, et je vous le livrerai ? » Ils lui comp-
tèrent trente pièces d'argent. 16 Depuis ce moment,
Judas cherchait une occasion favorable pour livrer
Jésus.

17 Le premier jour des pains sans levain*, les disciples
dirent à Jésus : « Où veux-tu que nous te préparions le
repas de la Pâque ? » 18 Il leur dit : « Allez à la ville chez
un tel, et dites-lui : "Le maître te fait dire, mon temps est
proche ; c'est chez toi que je veux faire la Pâque avec
mes disciples." » 19 Les disciples firent ce que Jésus leur
avait commandé, et ils préparèrent la Pâque.

20 Le soir étant venu, Jésus se mit à table avec ses
douze disciples, 21 et pendant le repas, il dit : « En vérité,

je vous dis que l'un de vous me livrera. » 22 Ils en furent
extrêmement affligés, et chacun se mit à lui dire : « Est-
ce moi, Seigneur ? » 23 Il répondit : « Celui qui a mangé
au même plat que moi, oui, cet homme-là me livrera.
24 Le Fils de l'homme s'en va selon ce qui est écrit de lui ;
mais malheur à l'homme par qui le Fils de l'homme est
livré ! Mieux vaudrait pour cet homme-là n'être point
né. » 25 Judas, qui le livrait, prit la parole et dit : « Rabbi,
est-ce moi ? — C'est toi-même », lui repartit Jésus.

26 Pendant le repas, Jésus prit le pain, et, après avoir
prononcé la bénédiction, il le rompit, et le donna à ses
disciples en disant : « Prenez, mangez, ceci est mon
corps. » 27 Puis, il prit une coupe, et, ayant rendu grâces,
il la leur donna en disant : « Buvez-en tous ; 28 car ceci est
mon sang[a], le sang de l'alliance, qui sera répandu pour
beaucoup de gens, en vue du pardon des péchés. 29 Je
vous dis que désormais je ne boirai plus de ce fruit de la
vigne, jusqu'au jour où j'en boirai du nouveau avec vous
dans le royaume de mon Père*. » 30 Puis ils chantèrent
les psaumes, et s'en allèrent à la montagne des Oliviers.

31 Alors Jésus leur dit : « Je serai pour vous tous, cette
nuit, une occasion de chute, car il est écrit : *Je frapperai
le berger, et les brebis du troupeau seront dispersées.*
32 Mais, après que je serai ressuscité, je vous précéderai
en Galilée. » 33 Pierre prit la parole, et lui dit : « Quand tu
serais pour tous une occasion de chute, tu ne le seras
jamais pour moi. » 34 Jésus lui répondit : « En vérité, je te
dis que, cette nuit même, avant que le coq chante, tu me
renieras trois fois. » 35 Pierre lui dit : « Quand je devrais
mourir avec toi, non, je ne te renierai point. » Et tous les
disciples protestèrent de même.

36 Jésus arriva avec eux dans un lieu appelé Gethsé-
mani, et leur dit : « Asseyez-vous ici, pendant que j'irai là
pour prier. 37 Il prit avec lui Pierre et les deux fils de
Zébédée, et commença à être fort triste et fort angoissé.

26[31] : Za 13[7].

38Il leur dit alors: «Mon âme est saisie d'une tristesse
mortelle; restez ici et veillez avec moi.» 39Puis, ayant
fait quelques pas en avant, il tomba la face contre terre,
et pria, disant: «Mon Père, s'il est possible, que ce
calice passe loin de moi!... toutefois que ta volonté soit
faite, et non pas la mienne*.» 40Ensuite il vint vers ses
disciples, et les trouvant endormis, il dit à Pierre:
«Ainsi, vous n'avez pu veiller une heure avec moi!
41Veillez et priez, de peur que vous ne tombiez en tenta-
tion: l'esprit est plein d'ardeur, mais la chair est faible.»
42Il s'éloigna de nouveau, pour la seconde fois, et pria,
disant: «Mon Père, si ce calice ne peut passer sans que
je le boive, que ta volonté soit faite!» 43Puis il revint et
les trouva endormis; car leurs yeux étaient appesantis.
44Il les laissa, et, s'en étant allé, il pria de nouveau, pour
la troisième fois, en répétant la même parole. 45Alors il
vint vers ses disciples, et leur dit: «C'est trop dormir et
vous reposer. L'heure approche; le Fils de l'homme va
être livré entre les mains des pécheurs. 46Levez-vous,
allons! voici, celui qui me livre est proche.»

47Il parlait encore, quand Judas, l'un des Douze,
arriva, et avec lui une troupe nombreuse, armée d'épées
et de bâtons, qui avait été envoyée par les grands prêtres
et par les anciens du peuple. 48Le traître leur donna ce
signe: «Celui que je baiserai, leur dit-il, c'est lui; saisis-
sez-le.» 49Et aussitôt, s'approchant de Jésus, il lui dit:
«Salut, Rabbi», et il le baisa. 50Jésus lui dit: «Mon ami,
pourquoi es-tu ici?» Alors ces gens s'avancèrent, mirent
la main sur Jésus et l'arrêtèrent.

51Tout à coup un de ceux qui étaient avec Jésus, mettant
l'épée à la main, frappa le serviteur du souverain prêtre
et lui emporta l'oreille. 52Jésus lui dit alors: «Remets ton
épée à sa place: tous ceux qui se serviront de l'épée, péri-
ront par l'épée. 53Crois-tu que je ne puisse pas sur l'heure
prier mon Père, qui me donnerait plus de douze légions
d'anges? 54Comment donc s'accompliraient les Écri-
tures, d'après lesquelles il en doit être ainsi?»

55 En même temps Jésus dit à cette troupe : « Vous êtes
venus me prendre avec des épées et des bâtons, comme
si vous poursuiviez un brigand. Tous les jours j'étais
assis dans le temple, y enseignant, et vous ne m'avez pas
arrêté ; 56 mais tout cela est arrivé, afin que les écrits des
prophètes s'accomplissent. » Alors tous ses disciples
l'abandonnèrent et s'enfuirent.

57 Ceux qui avaient arrêté Jésus, l'emmenèrent chez le
souverain prêtre Caïphe, où les scribes et les anciens
s'étaient réunis. 58 Pierre le suivit de loin, jusqu'au palais
du souverain prêtre ; il y entra, et s'assit avec les agents,
pour voir comment cela finirait.

59 Les grands prêtres[a] et tout le sanhédrin cherchaient
quelque fausse déposition contre Jésus, afin de le mettre
à mort, et, quoique plusieurs faux témoins se fussent
présentés, 60 ils n'en trouvèrent point qui fût suffisante.
Enfin, il vint deux faux témoins 61 qui dirent : « Il a dit : "Je
puis détruire le temple de Dieu, et le rebâtir en trois
jours." » 62 Alors le souverain prêtre se leva, et dit à Jésus :
« Ne réponds-tu rien ? Qu'est-ce que ces gens déposent
contre toi ? » 63 Mais Jésus garda le silence. Le souverain
prêtre reprit : « Je t'adjure, par le Dieu vivant, de nous
dire si tu es le Messie, le Fils de Dieu ? » 64 Jésus lui répon-
dit : « Tu l'as dit ; et même je vous déclare que désor-
mais vous verrez le Fils de l'homme siéger à la droite du
Tout-Puissant, et venir sur les nuées du ciel. » 65 Alors le
souverain prêtre déchira ses vêtements, disant : « Il a
blasphémé : qu'avons-nous encore besoin de témoins ?
Vous venez d'entendre son blasphème : 66 que vous en
semble ? » Ils répondirent : « Il mérite la mort. »

67 Alors ils lui crachèrent au visage et lui donnèrent des
coups de poing ; quelques-uns le souffletèrent, 68 disant :
« Messie, devine qui t'a frappé. »

69 Cependant Pierre était assis dehors, dans la cour, et
une servante l'aborda, et lui dit : « Toi aussi, tu étais avec
Jésus, le Galiléen. » 70 Mais il le nia devant tout le monde,
disant : « Je ne sais ce que tu veux dire. » 71 Comme il se

dirigeait vers le porche, pour s'en aller, une autre servante le vit, et dit aux gens qui étaient là : « Celui-là aussi était avec Jésus de Nazareth. » [72]Et Pierre le nia encore une fois, jurant qu'il ne connaissait pas cet homme. [73]Un instant après, ceux qui étaient là, s'étant approchés, dirent à Pierre : « Certainement, toi aussi, tu es des leurs ; on le reconnaît bien à ton langage. » [74]Alors il se mit à faire des imprécations et à jurer qu'il ne connaissait point cet homme. Aussitôt un coq chanta ; [75]et Pierre se souvint de la parole que Jésus lui avait dite : « Avant que le coq chante, tu me renieras trois fois. » Et étant sorti du palais, il pleura amèrement.

Jésus conduit à Pilate. — Suicide de Judas. — Jésus devant Pilate. — Barrabas. — Pilate livre Jésus. — Outrages des soldats. — *Jésus conduit au Golgotha.* — Simon de Cyrène. — Le crucifiement. — Les vêtements tirés au sort. — Insultes. — « Mon Dieu, pourquoi m'as-tu abandonné ? » — La mort. — Phénomènes extraordinaires. — Le centurion. — Les femmes autour de la croix. — La sépulture. — La garde au tombeau.

(Mc 15$^{1-15}$. — Lc 23$^{1-3}$; 23$^{13-25}$. — Jn 18^{28} ; 19^{16}. — Mc 15$^{16-47}$. — Lc 23$^{26-55}$. — Jn 19$^{2-3}$; 19$^{16-42}$.)

27 [1]De grand matin, tous les grands prêtres et les anciens du peuple tinrent conseil pour faire exécuter Jésus. [2]Après l'avoir lié, ils l'emmenèrent et le livrèrent à Ponce Pilate, qui était gouverneur*.

[3]Alors Judas, qui l'avait livré, voyant que Jésus était condamné, se repentit, et alla rendre les trente pièces d'argent aux grands prêtres et aux anciens, [4]disant : « J'ai péché en livrant le sang innocent. » Mais ils lui dirent : « Que nous importe ? cela te regarde. » [5]Là-dessus, Judas jeta les pièces d'argent dans le temple, se retira, et alla se pendre. [6]Les grands prêtres, ayant ramassé l'argent, dirent : « Il n'est pas permis de le mettre dans le trésor,

puisque c'est le prix du sang» ; [7]et, après en avoir déli-
béré, ils achetèrent avec cet argent le champ du Potier
pour la sépulture des étrangers. [8]C'est pourquoi ce
champ est appelé encore aujourd'hui le Champ du Sang.
[9]Alors s'accomplit ce qui avait été dit par le prophète
Jérémie : *Et ils ont reçu les trente pièces d'argent, prix de
celui qui avait été mis à prix et qu'ils avaient taxé de la
part des enfants d'Israël,* [10]*et ils les ont données pour le
champ du Potier comme le Seigneur me l'avait com-
mandé.*

[11]Cependant Jésus comparut devant le gouverneur,
qui l'interrogea, disant : « C'est toi qui es le roi des Juifs ?
— Tu le dis », lui répondit Jésus. [12]Quand les grands
prêtres et les anciens l'accusaient, il ne répondait rien*.
[13]Alors Pilate lui dit : « N'entends-tu pas de combien de
crimes ils te chargent ? » [14]Et Jésus ne répondit pas
même sur un seul point, ce qui étonna fort le gouver-
neur.

[15]C'était la coutume, à chaque fête, que le gouverneur
relâchât un prisonnier, celui que le peuple voulait. [16]Or,
on détenait alors un prisonnier fameux, nommé Barra-
bas. [17]Pilate, ayant fait assembler la multitude, lui dit :
« Lequel voulez-vous que je vous relâche ? Barrabas*, ou
Jésus qu'on appelle Christ ? » [18]Car il savait que c'était
par envie que les sénateurs l'avaient livré. [19]D'ailleurs,
pendant qu'il siégeait sur son tribunal, sa femme* lui
avait fait dire : « Ne te mêle pas de l'affaire de ce juste,
car j'ai eu aujourd'hui des rêves affreux à cause de lui. »
[20]Mais les grands prêtres et les anciens persuadèrent au
peuple de demander Barrabas, et de faire périr Jésus.
[21]Le gouverneur, prenant la parole, leur dit : « Lequel
des deux voulez-vous que je vous relâche ? — Barra-
bas », dirent-ils. [22]Pilate reprit : « Que ferai-je donc de
Jésus, qu'on appelle Christ ? » Ils dirent tous : « Qu'il soit
crucifié ! — [23]Quel mal a-t-il donc fait ? » dit le gouver-

27^{9-10} : amalgame de Za 11^{12-13} et de Jr 32^{7-9} ; 19^{1-2}.

neur. Mais ils crièrent encore plus fort : « Qu'il soit cru-
cifié ! » [24]Pilate voyant que son insistance ne servait à
rien, mais que le tumulte allait croissant, prit de l'eau, se
lava les mains à la vue du peuple, et dit : « Je suis inno-
cent du sang de ce juste : cela vous regarde. » [25]Et tout le
peuple répondit : « Que son sang soit sur nous et sur nos
enfants* ! » [26]Alors il leur relâcha Barrabas ; et, après
avoir fait flageller Jésus, il le livra pour être crucifié.

[27]Alors les soldats du gouverneur emmenèrent Jésus
dans le prétoire et assemblèrent autour de lui toute la
cohorte. [28]Ils le dépouillèrent de ses vêtements et l'affu-
blèrent d'un manteau écarlate ; [29]puis, ils tressèrent une
couronne d'épines, qu'ils lui mirent sur la tête ; ils lui
mirent aussi un roseau dans la main droite. Ils se pros-
ternaient devant lui, et lui disaient par dérision : « Salut,
roi des Juifs. » [30]Puis, ils crachaient sur lui, et, prenant
le roseau, ils le frappaient sur la tête. [31]Quand ils l'eu-
rent ainsi bafoué, ils lui ôtèrent le manteau, lui remirent
ses vêtements, et l'emmenèrent pour le crucifier.

[32]En sortant de la ville, ils trouvèrent un homme de
Cyrène, nommé Simon, qu'ils mirent en réquisition pour
porter la croix de Jésus. [33]Quand ils furent arrivés à la
place appelée Golgotha, c'est-à-dire, la place du Crâne,
ils lui présentèrent du vin mêlé de fiel*, [34]et Jésus, l'ayant
goûté, ne le voulut point boire. [35]Après qu'ils l'eurent
crucifié, *ils se partagèrent ses vêtements* en les tirant au
sort[a], [36]puis ils s'assirent pour le garder. [37]Ils placèrent
au-dessus de sa tête cet écriteau indiquant le sujet de sa
condamnation : « Jésus, roi des Juifs. »

[38]On crucifia avec lui deux brigands, l'un à sa droite,
l'autre à sa gauche.

[39]Et les passants l'insultaient en branlant la tête, [40]et
en disant : « Toi, qui détruis le temple, et qui le rebâtis
en trois jours, sauve-toi toi-même. Si tu es Fils de Dieu,
descends de ta croix. » [41]Les grands prêtres aussi le

27[35] : Ps 22[19].

poursuivaient de leurs sarcasmes, ainsi que les scribes
et les anciens, et disaient : 42« Il en a sauvé d'autres, et il
ne peut se sauver lui-même ! Il est le roi d'Israël ! Qu'il
descende maintenant de la croix, et nous croirons en
lui. 43Il s'est confié en Dieu ; que Dieu le délivre mainte-
nant, s'il l'aime ; car il a dit : "Je suis Fils de Dieu." » 44Et
les brigands qui étaient crucifiés avec lui, l'insultaient
de la même manière*.

45Depuis la sixième heure jusqu'à la neuvième, des
ténèbres se répandirent sur tout le pays. 46Vers la neu-
vième heure, Jésus cria d'une voix forte : *Éli, Éli, lama
sabactani,* c'est-à-dire « mon Dieu, mon Dieu, pourquoi
m'as-tu abandonné ? ». 47Quelques-uns des assistants,
l'ayant entendu, dirent : « Voilà qu'il appelle Élie » ; 48et
aussitôt l'un d'eux courut prendre une éponge, qu'il
trempa dans du vinaigre, et, l'ayant ajustée à une tige, il
lui donna à boire. 49Mais les autres disaient : « Laisse,
voyons si Élie viendra le sauver. » 50Mais Jésus poussa
de nouveau un grand cri et rendit l'esprit.

51À ce moment le voile du temple se déchira en deux*,
depuis le haut jusqu'en bas ; la terre trembla ; les
rochers se fendirent ; 52les sépulcres s'ouvrirent, et plu-
sieurs saints, dont les corps y étaient couchés, ressusci-
tèrent, 53et, étant sortis de leurs sépulcres, ils vinrent
après la résurrection de Jésus, dans la ville sainte, et
apparurent à un grand nombre de personnes*.

54Le centurion et ceux qui étaient avec lui pour garder
Jésus, voyant le tremblement de terre et ce qui venait de
se passer, furent saisis d'une grande terreur, et dirent :
« Assurément cet homme était Fils de Dieu. »

55Il y avait là plusieurs femmes qui regardaient de loin ;
elles avaient accompagné Jésus depuis la Galilée, pour le
servir ; 56c'étaient entre autres Marie Madeleine, Marie,
mère de Jacques et de Joses, et la mère des fils de Zébédée
57Sur le soir, il vint un homme riche d'Arimathée

27[46] : Ps 22[2].

nommé Joseph, qui était lui-même disciple de Jésus.
58Cet homme s'était rendu auprès de Pilate, pour lui
demander le corps de Jésus, et Pilate avait ordonné
qu'on le lui remît. 59Joseph prit le corps, l'enveloppa
d'un linceul blanc, 60et le déposa dans un sépulcre neuf,
qu'il avait fait tailler dans le roc pour lui-même ; puis il
roula une grosse pierre à l'entrée du sépulcre, et s'en
alla. 61Marie Madeleine et l'autre Marie étaient là,
assises en face du tombeau.

62Le lendemain, c'est-à-dire, le jour qui suivait la pré-
paration*, les grands prêtres et les pharisiens se ren-
dirent ensemble auprès de Pilate, 63et lui dirent :
« Seigneur, nous nous sommes rappelés que, lorsqu'il
vivait encore, cet imposteur a dit : "Après trois jours je
ressusciterai", 64donne donc l'ordre qu'on s'assure du
tombeau jusqu'au troisième jour, de peur que ses dis-
ciples ne viennent[a] dérober le corps*, et ne disent au
peuple : "Il est ressuscité des morts" ; cette dernière
imposture serait pire que la première. » 65Pilate leur dit :
« Une garde est à vos ordres ; allez, assurez-vous du
tombeau comme vous l'entendrez. » 66Ils allèrent s'assu-
rer du tombeau à l'aide de la garde, après avoir scellé la
pierre.

La Résurrection. — Les gardes et les femmes au tombeau.
— Retour des femmes ; apparition de Jésus. — Les gardes et
les prêtres. — Apparition de Jésus en Galilée.
(Mc 16. — Lc 24. — Jn 20 ; 21.)

28 1Après le sabbat, à l'aube du premier jour de la
semaine, Marie Madeleine et l'autre Marie allèrent visi-
ter le tombeau. 2Tout à coup un tremblement de terre
se fit sentir, car un ange du Seigneur descendit du ciel,
s'approcha, roula la pierre et s'assit dessus. 3Son visage
était brillant comme l'éclair, et son vêtement, blanc
comme la neige. 4Ceux qui faisaient la garde, furent bou-

leversés et comme morts de la peur qu'il leur causa.
[5]Mais l'ange, prenant la parole, dit aux femmes : « Pour
vous, n'ayez point de peur ; je sais que vous cherchez
Jésus qui a été crucifié. [6]Il n'est point ici ; il est ressus-
cité, comme il l'avait dit. Venez, voyez le lieu où il gisait,
[7]et hâtez-vous d'aller dire à ses disciples qu'il est ressus-
cité des morts. Il vous précède en Galilée, c'est là que
vous le verrez : vous voilà prévenues. » [8]Elles se hâtèrent
de sortir du sépulcre, et coururent, pleines de crainte et
de joie, porter la nouvelle aux disciples de Jésus.

[9][a]Tout à coup Jésus vint au-devant d'elles, et leur dit :
« Salut. » Les femmes s'approchèrent pour embrasser
ses pieds, et se prosternèrent devant lui. [10]Alors Jésus
leur dit : « N'ayez point de peur, allez dire à mes frères
de se rendre en Galilée : c'est là qu'ils me verront. »

[11]Pendant qu'elles étaient en chemin, quelques hommes
de la garde vinrent à la ville rapporter aux grands prêtres
tout ce qui s'était passé. [12]Ceux-ci, réunis aux anciens,
tinrent conseil, et dirent aux soldats, en leur donnant
une forte somme d'argent : [13]« Dites que ses disciples
sont venus de nuit, et qu'ils l'ont enlevé pendant que
vous dormiez. [14]Et si cela vient à la connaissance du gou-
verneur, nous lui parlerons, et nous vous tirerons de
peine. » [15]Les soldats prirent l'argent et firent ce qu'on
leur avait suggéré ; et ce bruit a couru chez les Juifs jus-
qu'à ce jour.

[16]Les onze disciples se rendirent en Galilée, sur la
montagne où Jésus leur avait ordonné de se rendre.
[17]Quand ils le virent, ils se prosternèrent ; mais quelques-
uns eurent des doutes. [18]Jésus s'approcha d'eux, leur
adressa la parole, et leur dit : « Tout pouvoir m'a été
donné au ciel et sur la terre. [19]Allez, instruisez toutes les
nations, baptisez-les au nom du Père, du Fils et du Saint-
Esprit, [20]leur enseignant à garder tout ce que je vous ai
commandé ; pour moi, je suis tous les jours avec vous
jusqu'à la fin du monde. »

ÉVANGILE SELON SAINT MARC

Titre. — Jean Baptiste, le précurseur. — *Jésus se rend au Jourdain.* — Le Baptême. — La Tentation. — *Il retourne en Galilée.* — Première prédication. — Vocation de Simon Pierre et d'André, de Jacques et de Jean. — *Jésus se rend à Capharnaüm.* — Il enseigne dans la synagogue. — Guérison d'un démoniaque, — de la belle-mère de Pierre, — de plusieurs démoniaques. — *Tournée missionnaire dans les villages de la Galilée.* — Guérison d'un lépreux.

(Mt 3^{1-4} ; 11. — Lc 3^{1-22} ; 4^{1-13}. — Jn 1^{19-34}. — Mt 4^{12-22}. — Lc 4^{14-15} ; 5^{1-11} ; 4^{31-41}. — Mt 8^{14-17}. — Lc 4^{42-44}. — Mt 8^{2-4}. — Lc 5^{12-16}. — Mt 9^{1-8}. — Lc 5^{17-28}.)

1 1Commencement de l'Évangile de Jésus-Christ,
Fils de Dieu.
2Selon ce qui est écrit dans Ésaïe, le prophète[a], *voici,
j'envoie devant toi mon messager pour te préparer le chemin ;*
3*c'est une voix qui crie au désert : Préparez le chemin
du Seigneur, faites-lui des sentiers droits,* 4Jean parut,
baptisant au désert, et prêchant le baptême de repentance pour le pardon des péchés.
5Toutes les campagnes
de la Judée et tous les habitants de Jérusalem se rendaient vers lui, et se faisaient baptiser par lui dans le
fleuve du Jourdain, confessant leurs péchés.
6Jean avait un vêtement de poil de chameau et une

1^2 : Ml 3^1. 1^3 : És 40^3.

ceinture de cuir autour des reins ; il mangeait des saute-
relles et du miel sauvage. [7]Il prêchait, disant : « Il vient
après moi, celui qui est plus puissant que moi, et je ne
suis pas digne de délier, en me baissant, la courroie de
ses sandales. [8]Pour moi, je vous ai baptisés d'eau, mais
il vous baptisera d'Esprit-Saint*. »

[9]En ce temps-là, Jésus vint de Nazareth ville de Gali-
lée, et il fut baptisé par Jean dans le Jourdain. [10]Au
moment où il sortait de l'eau, il vit les cieux s'entrou-
vrir, et l'Esprit, comme une colombe, descendre sur lui.
[11]Et une voix sortit des cieux, disant : « Tu es mon Fils
bien-aimé, c'est en toi que j'ai mis toute mon affection. »

[12]Aussitôt après, Jésus fut poussé par l'Esprit au désert,
[13]et il y passa quarante jours, tenté par Satan. Il était
avec les bêtes sauvages, et les anges le servaient.

[14]Après que Jean eut été mis en prison, Jésus se rendit
en Galilée, prêchant l'évangile[a] de Dieu, [15]et disant : « Le
temps est venu, et le royaume de Dieu est proche. Repen-
tez-vous, et croyez à la bonne nouvelle. »

[16]Comme il passait le long de la mer de Galilée, il vit
Simon et André, frère de Simon, qui pêchaient au filet
dans la mer, car ils étaient pêcheurs, [17]et Jésus leur dit :
« Venez, suivez-moi, et je vous ferai pêcheurs d'hommes. »
[18]Aussitôt ils quittèrent leurs filets, et le suivirent. [19]Étant
allé un peu plus loin, il vit Jacques, fils de Zébédée, et
Jean, son frère, qui raccommodaient leurs filets dans leur
barque. [20]Il les appela aussitôt ; et eux, laissant Zébédée,
leur père, dans la barque avec les ouvriers, le suivirent.

[21]Ils se rendirent à Capharnaüm.

Dès le sabbat, Jésus entra dans la synagogue, et y
enseigna. [22]Et l'on était frappé de son enseignement, car
il enseignait avec autorité et non comme les scribes.

[23]Dès que Jésus eut parlé, un homme qui avait un
esprit impur, et qui se trouvait dans la synagogue,
s'écria : [24]« Qu'y a-t-il entre nous et toi, Jésus de Naza-
reth ? Tu es venu nous faire périr. Je te connais, tu es le
Saint de Dieu*. » [25]Jésus le tança. « Tais-toi, lui dit-il, et

sors de cet homme.» 26Et l'esprit impur, ayant jeté cet
homme dans des convulsions, sortit en poussant un
grand cri. 27Tous les assistants furent dans la stupéfac-
tion, de sorte qu'ils discutaient entre eux, et disaient:
«Qu'est-ce donc? Un enseignement nouveau[a]! Il com-
mande avec autorité même aux esprits impurs, et ils lui
obéissent!» 28Et sa renommée se répandit aussitôt de
tous côtés, dans tous les lieux qui avoisinent la Galilée.

29En sortant de la synagogue, ils allèrent avec Jacques
et Jean dans la maison de Simon et d'André. 30La belle-
mère de Simon était couchée, ayant la fièvre. Aussitôt
on parla d'elle à Jésus: 31il s'approcha, et la saisissant
par la main, il la fit lever. À l'instant la fièvre la quitta,
et elle les servit.

32Le soir, quand le soleil fut couché, on amena à Jésus
tous ceux qui étaient malades, ainsi que les démo-
niaques; 33et toute la ville se pressait à sa porte. 34Il gué-
rit un grand nombre de malades atteints de divers maux,
et il chassa beaucoup de démons. Il imposait silence aux
démons, parce qu'ils le connaissaient.

35Le lendemain matin, s'étant levé bien avant le jour, il
sortit, alla dans un lieu solitaire, et il y pria. 36Simon et
ceux qui étaient ordinairement avec lui, se mirent à sa
recherche, 37et l'ayant trouvé, ils lui dirent: «Tout le
monde te cherche.» 38Il leur répondit: «Allons ailleurs,
dans les bourgades qui sont plus loin, afin que j'y prêche
aussi, car c'est dans ce but que je suis sorti.» 39Et il allait
par toute la Galilée, prêchant dans les synagogues et
chassant les démons.

40Un lépreux vint vers lui, pour lui adresser une prière;
il se jeta à ses pieds, et lui dit: «Si tu le veux, tu peux
me rendre net.» 41Jésus, ému de compassion, avança la
main, le toucha et lui dit: «Je le veux, sois net.» 42À peine
eut-il parlé, que la lèpre quitta cet homme, et il devint
net. 43Jésus le renvoya sur-le-champ, en lui disant d'un
ton sévère: 44«Garde-toi d'en rien dire à personne; mais,
va, montre-toi au prêtre, et offre pour ta guérison, ce

que Moïse a ordonné pour l'attester au peuple. » [45]Cet
homme s'en étant allé se mit à publier et à répandre par-
tout la nouvelle, de sorte que Jésus ne pouvait plus entrer
publiquement dans une ville, mais il se tenait en dehors,
dans des lieux solitaires ; et l'on venait vers lui de toutes
parts.

Retour de Jésus à Capharnaüm. — Un paralytique guéri. — Jésus enseigne au bord de la mer. — Vocation de Lévi. — Ceux qui ont besoin de médecin. — « Pourquoi tes disciples ne jeûnent-ils pas ? » — Épis arrachés un jour de sabbat.
(Mt 9^{9-17}. — Lc 5^{27-38}. — Mt 12^{1-14}. — Lc 6^{1-11}.)

2 [1]Après une absence de quelques jours, Jésus rentra
à Capharnaüm. [2]Aussitôt qu'on sut qu'il était de retour
chez lui, il se fit un tel attroupement que la place même
qui est devant sa porte ne suffisait plus

Jésus leur annonça la Parole.

[3]Il vint des gens qui lui amenèrent un paralytique
porté par quatre hommes. [4]Comme ils ne pouvaient arri-
ver jusqu'à lui, à cause de la foule, ils découvrirent le toit
à l'endroit où était Jésus, et par cette ouverture, ils des-
cendirent le lit sur lequel le paralytique était couché.
[5]Jésus, voyant leur foi, dit au paralytique : « Mon enfant,
tes péchés sont pardonnés. » [6]Or il y avait là, assis, des
scribes qui se disaient en eux-mêmes : [7]« Pourquoi cet
homme profère-t-il ainsi des blasphèmes ? Qui peut par-
donner les péchés, que Dieu seul ? » [8]Jésus ayant immé-
diatement connu, par son esprit, quelles étaient leurs
pensées, leur dit : « Pourquoi avez-vous ces pensées dans
vos cœurs ? [9]Lequel est le plus aisé, de dire au para-
lytique : "Tes péchés sont pardonnés", ou de dire : "Lève-
toi, prends ton lit et marche ?" [10]Or, afin que vous sachiez
que le Fils de l'homme a sur la terre le pouvoir de par-
donner les péchés : [11]Je te le commande, dit-il au paraly-
tique, lève-toi, prends ton lit, et t'en va dans ta maison. »

[12]À l'instant, le paralytique se leva, prit son lit, et sortit en
présence de tout le monde, de sorte qu'ils étaient tous
stupéfaits, et glorifiaient Dieu, disant : « Nous n'avons
jamais rien vu de pareil. »

[13]Jésus sortit de nouveau pour aller au bord de la
mer : tout le peuple venait vers lui, et il l'enseignait.

[14]En passant, il vit Lévi*, fils d'Alphée, qui était assis
au bureau des péages, et il lui dit : « Suis-moi. » Celui-ci
se leva et le suivit.

[15]Jésus était à table dans sa maison, et plusieurs publi-
cains et gens de mauvaise vie — car il y en avait beaucoup
à Capharnaüm, et ils suivaient Jésus — se trouvaient à
table avec lui et avec ses disciples. [16]•Les scribes et les
pharisiens le voyant manger avec des publicains et des
gens de mauvaise vie, dirent à ses disciples : « Comment
se fait-il qu'il mange et boive avec les gens de mauvaise
vie et les publicains ? » [17]Jésus, les ayant entendus, leur
dit : « Ce ne sont pas les bien-portants qui ont besoin de
médecin, mais ceux qui se portent mal : je ne suis pas
venu appeler• les justes, mais les pécheurs. »

[18]Les disciples de Jean et les pharisiens qui jeûnaient,
vinrent vers Jésus, et lui dirent : « Pourquoi les disciples
de Jean et ceux des pharisiens jeûnent-ils, tandis que tes
disciples ne jeûnent point ? » [19]Et Jésus leur dit : « Les
amis de l'époux peuvent-ils jeûner pendant que l'époux
est avec eux ? Tant qu'ils ont l'époux avec eux, ils ne
peuvent jeûner. [20]Le temps viendra où l'époux leur sera
ôté ; et ils jeûneront en ce jour-là. [21]On ne coud pas une
pièce de drap neuf à un vieil habit ; autrement, la pièce
de drap neuf mise au vieil habit en emporte un mor-
ceau, et il se fait une déchirure pire. [22]Et l'on ne met pas
du vin nouveau dans de vieilles outres ; autrement, le
vin fait rompre les outres, et le vin• est perdu, ainsi que
les outres. »

[23]Un jour de sabbat, Jésus passait par les blés, et, che-
min faisant, ses disciples se mirent à arracher des épis.
[24]Les pharisiens lui dirent : « Vois donc ! pourquoi font-

ils ce qui n'est pas permis le jour du sabbat ? » [25]Et Jésus leur dit : « N'avez-vous jamais lu ce que fit David dans le besoin où il se trouva, lorsqu'il eut faim, lui et ceux qui étaient avec lui ; [26]comment il entra dans la maison de Dieu, du temps du souverain prêtre Abiathar, et mangea les pains de proposition, que les prêtres seuls ont le droit de manger, et en donna même à ceux qui l'accompagnaient ? » — [27]« Le sabbat, ajouta Jésus, a été fait pour l'homme, non l'homme pour le sabbat, de sorte que le Fils de l'homme est maître même du sabbat. »

Guérison de l'homme à la main sèche dans la synagogue de Capharnaüm. — Hostilité des pharisiens. — Jésus enseigne au bord de la mer ; une foule immense l'entoure. — *Il monte sur la montagne:* choix des Douze. — *Il rentre chez lui.* — « Il chasse les démons par Belzébuth. » — Le blasphème contre le Saint-Esprit. — La mère et les frères de Jésus viennent l'arrêter.

(Mt 12[15-16]. — Lc 6[17-19]. — Mt 10[1-4]. — Lc 6[12-16]. — Mt 12[22-32]. — Lc 11[14-22]. — Mt 12[46-50]. — Lc 8[19-22].)

3 [1]Il entra de nouveau dans la synagogue de Capharnaüm. Il s'y trouvait un homme qui avait la main sèche,
[2]et l'on observait Jésus, pour voir s'il le guérirait le jour du sabbat, afin de l'accuser. [3]Jésus dit à l'homme qui avait la main sèche : « Lève-toi, et mets-toi là au milieu. »
[4]Puis il leur dit : « Est-il permis, le jour du sabbat, de faire bien ou de faire mal, de sauver la vie ou de l'ôter ? » Mais ils gardèrent le silence. [5]Alors, promenant ses regards sur eux avec indignation, affligé qu'il était de l'aveuglement de leurs cœurs, il dit à cet homme : « Étends ta main. » Il l'étendit, et sa main fut guérie. [6]Aussitôt les pharisiens sortirent et tinrent conseil contre lui avec les hérodiens, sur les moyens de le faire périr.

[7]Jésus se retira avec ses disciples vers la mer, et il fut suivi d'une grande foule venue de la Galilée, ainsi que

de la Judée, [8]de Jérusalem, de l'Idumée et de delà le Jourdain. Les gens des environs de Tyr et de Sidon, ayant entendu parler de tout ce qu'il faisait, vinrent aussi vers lui en grand nombre. [9]Il ordonna à ses disciples de tenir toujours un bateau à sa disposition, pour que la foule ne l'accablât pas ; [10]car, par suite des nombreuses guérisons qu'il avait faites, tous ceux qui avaient des infirmités se jetaient sur lui pour le toucher ; [11]et, quand les esprits impurs le voyaient, ils se précipitaient à ses pieds, et s'écriaient : « Tu es le Fils de Dieu. » [12]Jésus leur recommandait fort sévèrement de ne pas le faire connaître*.

[13]Ensuite, étant monté sur la montagne, il appela ceux qu'il lui plut ; et ils vinrent vers lui. [14]Il en désigna douze pour être avec lui, et pour les envoyer prêcher [15]avec le pouvoir[a] de chasser les démons : [16]ce furent Simon, à qui il donna le nom de Pierre, [17]Jacques fils de Zébédée, et Jean, frère de Jacques, auxquels il donna le nom de Boanerges, c'est-à-dire, fils du tonnerre, [18]André, Philippe, Barthélemy, Matthieu, Thomas, Jacques fils d'Alphée, Thaddée, Simon le zélateur et [19]Judas Iscariote, qui le livra.

[20]Ils rentrèrent à la maison, et il s'assembla de nouveau une si grande foule, qu'ils ne pouvaient pas même prendre leur repas.

[21]Les parents de Jésus, ayant appris ce qui se passait, partirent pour se saisir de lui ; car ils disaient : « Il a perdu l'esprit. »

[22]Les scribes qui étaient venus de Jérusalem, disaient : « Il est possédé de Belzébuth », et : « C'est par le prince des démons, qu'il chasse les démons. » [23]Jésus les appela, et leur dit en se servant de comparaisons : « Comment Satan peut-il chasser Satan ? [24]Si un royaume est en proie aux divisions, ce royaume ne peut subsister ; [25]et si une maison est en proie aux divisions, cette maison ne peut subsister. [26]S'il est vrai que Satan s'est soulevé contre lui-même, et qu'il est en proie aux divisions, il ne

peut subsister, mais c'en est fait de lui. 27D'ailleurs, per-
sonne ne peut entrer dans la maison de l'homme fort,
pour piller ses biens, s'il n'a auparavant lié cet homme
fort, après quoi il pillera sa maison. 28En vérité, je vous
dis que tous les péchés seront pardonnés aux fils des
hommes, et tous les blasphèmes qu'ils auront pu profé-
rer ; 29mais celui qui aura blasphémé contre le Saint-
Esprit, n'obtiendra jamais de pardon ; il est coupable
d'un péché[a] éternel. » 30Jésus leur parla ainsi, parce
qu'ils disaient : « Il est possédé d'un esprit impur. »
31Ses frères et sa mère arrivèrent donc, et se tenant
dehors, ils le firent appeler. La foule était assise autour
de lui, 32lorsqu'on lui dit : « Ta mère, tes frères et tes
sœurs sont là dehors, qui te cherchent. » 33Et Jésus
répondit : « Qui est ma mère, et qui sont mes frères ? »
34Puis, promenant ses regards sur ceux qui étaient assis
tout autour de lui : « Voici, dit-il, ma mère et mes frères ;
35car celui qui fait la volonté de Dieu, celui-là est mon
frère, et ma sœur, et ma mère. »

Jésus enseigne au bord de la mer, sur une barque. — Parabole du semeur et son explication. — Paraboles de la semence qui pousse jour et nuit, — et du grain de moutarde. — *Jésus traverse la mer.* — La tempête apaisée.
(Mt 13 1-23. — Lc 8 4-15 : 8 16-18. — Mt 13 31-34. — Lc 13 18-19. — Mt 8 23-24. — Lc 8 22-40.)

4 1Jésus se mit de nouveau à enseigner au bord de la
mer ; et il s'assembla près de lui une si grande foule,
qu'il entra et s'assit dans une barque, sur l'eau, et toute
la foule était près de la mer, sur le rivage.
2Il leur enseignait beaucoup de choses en paraboles,
et leur disait dans son enseignement : 3« Écoutez : un
semeur sortit pour semer ; 4et, comme il semait, il arriva
qu'une partie de la semence tomba le long du chemin :
les oiseaux vinrent et la mangèrent. 5Une autre partie

tomba sur un sol pierreux, où elle n'avait pas beaucoup
de terre ; elle leva aussitôt, parce que le sol n'avait pas
de profondeur, 6et, lorsque le soleil fut levé, elle fut brû-
lée, et sécha, faute de racines. 7Une autre partie tomba
parmi les épines : les épines crûrent et l'étouffèrent ; et
elle ne donna point de fruit. 8Une autre partie tomba
dans la bonne terre : elle donna un blé grand et bien
développé, et rapporta jusqu'à trente, soixante et cent
pour un. » — 9Et il ajouta : « Que celui qui a des oreilles
pour entendre, entende. »
10Quand la foule se fut retirée, ceux qui entouraient
Jésus avec les Douze le questionnèrent sur les parabo-
les[a] ; 11et il leur dit : « C'est à vous qu'a été donné[b] le
mystère du royaume de Dieu, mais pour eux, qui sont
en dehors, tout se dit en paraboles, 12*afin qu'en regar-
dant, ils regardent et ne voient point, et qu'en entendant,
ils entendent et ne comprennent point ; de peur qu'ils ne se
convertissent, et que leurs péchés ne soient pardonnés.* »
13Et il ajouta : « Vous n'entendez pas cette parabole !
comment donc comprendrez-vous toutes les autres ?
14Celui qui sème, sème la Parole. 15Ceux qui reçoivent la
semence le long du chemin, quand la Parole est semée,
ce sont ceux qui l'ont à peine entendue, que Satan vient
et enlève la Parole qui a été semée en eux. 16De même,
ceux qui reçoivent la semence dans les endroits pier-
reux, ce sont ceux qui, dès qu'ils entendent la Parole, la
reçoivent avec joie ; 17mais il n'y a point en eux de
racines ; ils sont sans consistance : qu'ensuite l'affliction
ou la persécution survienne à cause de la Parole, elle
est aussitôt pour eux une occasion de chute. 18Autres
sont ceux qui reçoivent la semence parmi les épines :
ce sont ceux qui entendent la Parole, 19et en qui les sou-
cis du temps présent, la séduction des richesses et
toutes les autres passions qui les envahissent, étouffent
la Parole et la rendent infructueuse. 20Enfin ceux qui ont

4[12] : És 6[9-10].

reçu la semence dans la bonne terre, ce sont ceux qui
entendent la Parole, la reçoivent et portent du fruit à
raison de trente, de soixante et de cent pour un. » [21]Et il
ajouta : « Apporte-t-on la lampe, pour la mettre sous le
boisseau ou sous le lit ? N'est-ce pas pour la mettre sur
son pied ? [22]Car rien n'est caché, qui ne doive[a] être
révélé, rien même n'a été tenu secret, que pour venir au
grand jour. [23]Si quelqu'un a des oreilles pour entendre,
qu'il entende. » [24]Et il ajouta : « Prenez garde à ce que
vous entendez. On se servira pour vous de la mesure
avec laquelle vous aurez mesuré, en y ajoutant encore
pour vous[b] ; [25]car on donnera à celui qui a, mais pour
celui qui n'a pas, on lui ôtera même ce qu'il a. »

[26]Il dit encore : « Il en est du royaume de Dieu comme
de la semence qu'un homme a jetée en terre : [27]qu'il
dorme ou qu'il veille, nuit et jour, la semence pousse et
grandit sans qu'il sache comment. [28]La terre produit
d'elle-même du fruit : d'abord de l'herbe, puis un épi,
puis voilà un grain bien nourri dans l'épi. [29]Aussitôt que
le fruit le permet, on y met la faucille, parce que c'est la
moisson*. »

[30]Il dit encore : « À quoi devons-nous comparer le
royaume de Dieu, ou par quelle parabole faut-il le repré-
senter ? — [31]Nous le comparerons à un grain de mou-
tarde, qui, lorsqu'on le sème, est la plus petite des
graines de la terre, [32]puis, quand il a été semé, il croît et
devient la plus grande des plantes potagères ; il pousse
des branches assez grandes pour que les oiseaux du ciel
puissent s'abriter à son ombre. »

[33]C'était par beaucoup de paraboles de ce genre, qu'il
leur annonçait la Parole, selon qu'ils étaient capables de
l'entendre. [34]Il ne leur parlait qu'en paraboles, mais, en
particulier, il expliquait tout à ses disciples.

[35]Ce même jour vers le soir, il leur dit : « Passons à
l'autre bord. » [36]Après avoir renvoyé la foule, ses dis-
ciples l'emmenèrent dans la barque, sans le déranger :
d'autres petites embarcations l'accompagnaient. [37]Il

s'éleva un violent orage, et les vagues déferlaient sur la
barque, de sorte qu'elles menaçaient de la remplir : 38et
Jésus était à la poupe, dormant sur l'oreiller. Les dis-
ciples le réveillèrent et lui dirent : « Maître, tu ne t'in-
quiètes pas de ce que nous périssons. » 39Jésus étant
réveillé, tança le vent, et dit à la mer : « Tais-toi ! Silence ! »
et le vent cessa, et il se fit un grand calme. 40Alors il dit
à ses disciples : « Pourquoi avez-vous peur ? Comment ?
n'avez-vous point de foi ? » 41Et ils furent saisis d'une
grande terreur, et ils se dirent les uns aux autres : « Quel
est donc cet homme, que le vent et la mer lui obéis-
sent ? »

Guérison du démoniaque de Gadare. — *Jésus repasse la mer et revient à Capharnaüm.* — Guérison d'une hémorroïsse. — Résurrection de la fille de Jaïre.

(Mt 9^{18-26}. — Lc 8^{40-56}.)

5 1Ils abordèrent à l'autre rive de la mer, dans le
pays des Gadaréniens.
2À peine Jésus fut-il sorti de la barque, qu'un homme
possédé d'un esprit impur vint au-devant de lui. 3Il sor-
tait des sépulcres, dont il avait fait sa demeure. Per-
sonne ne pouvait plus le tenir attaché, même avec une
chaîne ; 4car on l'avait souvent chargé de liens aux
pieds, et de chaînes, et il avait brisé les chaînes, rompu
les liens, de sorte que personne ne pouvait en être
maître. 5Il ne cessait, nuit et jour, dans les sépulcres et
sur les montagnes, de pousser des cris et de se meurtrir
avec des pierres. 6Il courut vers Jésus, d'aussi loin qu'il
l'aperçut, se prosterna devant lui, et, 7ayant poussé un
cri, il dit d'une voix forte : « Qu'y a-t-il entre toi et moi,
Jésus, Fils du Dieu Très-Haut ? Je t'en conjure, au nom
de Dieu, ne me tourmente pas. » 8Jésus, en effet, lui avait
dit : « Esprit impur, sors de cet homme. » 9« Quel est ton
nom ? » lui demanda Jésus. Le démoniaque lui dit :

«Mon nom est Légion, car nous sommes nombreux»;
[10]et il le priait instamment de ne pas les envoyer hors du
pays. [11]Or il y avait là, vers la montagne, un grand trou-
peau de pourceaux qui paissaient, [12]et les démons lui
adressèrent cette prière: «Envoie-nous dans ces pour-
ceaux, afin que nous y entrions.» [13]Jésus le leur permit
aussitôt. Et les esprits impurs étant sortis, entrèrent
dans les pourceaux; et le troupeau, au nombre d'envi-
ron deux mille pourceaux, se rua du haut du précipice
dans la mer, et s'y noya. [14]Ceux qui les gardaient s'en-
fuirent et répandirent la nouvelle dans la ville et dans la
campagne. Beaucoup de gens allèrent voir ce qui était
arrivé; [15]ils vinrent vers Jésus, et virent le démoniaque,
le même qui avait eu la légion, assis, vêtu et dans son
bon sens; ce qui les remplit de frayeur. [16]Lorsque les
témoins de ce fait leur eurent raconté comment les choses
s'étaient passées pour le démoniaque, et ce qui concer-
nait les pourceaux, [17]ils se mirent à supplier Jésus de
s'éloigner de leur pays.

[18]Comme Jésus entrait dans la barque, le démoniaque
lui demanda la permission de rester avec lui. [19]Et Jésus
ne le lui permit pas, mais il lui dit: «Va-t'en chez toi,
vers les tiens, et rapporte-leur tout ce que le Seigneur a
fait pour toi, et comme il a eu compassion de toi.» [20]Il
s'en alla et se mit à publier dans la Décapole tout ce que
Jésus avait fait pour lui; et tout le monde en était
étonné*.

[21]Quand Jésus eut regagné l'autre rive, dans la
barque, une grande foule s'assembla près de lui. Il était
au bord de la mer.

[22]Alors vint un des chefs de la synagogue, nommé
Jaïre*, qui, en le voyant, se jeta à ses pieds [23]et lui
adressa cette instante prière: «Ma fille est à toute extré-
mité; viens lui imposer les mains, afin qu'elle soit gué-
rie et qu'elle vive.» [24]Jésus partit avec lui, et une grande
foule le suivait et le pressait. [25]Une femme malade d'une
hémorragie depuis douze ans, [26]qui avait beaucoup

souffert entre les mains de plusieurs médecins, et qui,
après avoir dépensé tout son bien, n'avait point été sou-
lagée, mais avait vu plutôt son mal empirer, [27]ayant
entendu parler de Jésus, vint se mêler à la foule et tou-
cha par-derrière son manteau ; [28]car elle se disait : « Si je
puis seulement toucher ses vêtements, je serai guérie. »
[29]Au même instant sa perte s'arrêta, et elle sentit dans
son corps qu'elle était guérie de son infirmité. [30]À l'ins-
tant aussi Jésus sentit intérieurement qu'une vertu était
sortie de lui*, et, se retournant au milieu de la foule, il
dit : « Qui est-ce qui a touché mes vêtements ? » [31]Ses dis-
ciples lui dirent : « Tu vois que la foule te presse, et tu
demandes qui t'a touché ! » [32]Et Jésus regardait tout
autour de lui, pour voir celle qui l'avait touché. [33]La
femme effrayée et tremblante, sachant ce qui s'était
passé en elle, vint se jeter à ses pieds, et lui dit toute la
vérité. [34]Jésus lui dit : « Ma fille, ta foi t'a guérie ; va en
paix, et sois délivrée de ton infirmité. »

[35]Il parlait encore, lorsqu'on vint dire au chef de la
synagogue : « Ta fille est morte ; pourquoi fatiguer
encore le maître ? » [36]Mais Jésus, sans s'arrêter à cette
parole, dit tout de suite au chef de la synagogue : « Ne
crains point, crois seulement. » [37]Et il ne permit à per-
sonne de l'accompagner, si ce n'est à Pierre, à Jacques
et à Jean, frère de Jacques. [38]Quand ils furent arrivés à
la maison du chef de la synagogue, Jésus entendit un
grand bruit, des gens qui pleuraient et criaient beau-
coup ; [39]et, étant entré, il leur dit : « Pourquoi faites-vous
ce bruit et pleurez-vous ? L'enfant n'est pas morte, mais
elle dort. » [40]Et ils se moquèrent de lui. Mais ayant fait
sortir tout le monde, il prit avec lui le père de l'enfant,
la mère et les disciples qui l'accompagnaient, et entra
dans la chambre où était l'enfant ; [41]puis, la saisissant
par la main, il lui dit : « Talitha Koumi » ; ce qui signifie :
« Jeune fille, je te le commande, lève-toi. » [42]À l'instant la
jeune fille se leva, et se mit à marcher, car elle avait
douze ans ; et les assistants furent dans un ravissement

extrême. [43]Jésus leur enjoignit expressément de n'en
parler à personne; et il dit qu'on donnât à manger à
l'enfant.

Visite à Nazareth: incrédulité. — *Tournée missionnaire dans les villages.* — Mission des Douze: instructions de Jésus. — Propos d'Hérode sur Jésus. — Mort de Jean Baptiste. — Retour des Douze. — *Jésus les emmène et traverse la mer:* la foule le rejoint. — La première multiplication des pains. — Retour et traversée des disciples. — Jésus marche sur les eaux. — *Il arrive au pays de Génésareth:* malades guéris.
(Mt 13[53-58]. — Lc 4[16-30]. — Mt 14[1-12]. — Lc 9[7-9]; 3[19-20]; 9[10]. — Mt 14[13-36]. — Lc 9[11-17]. — Jn 6[1-21].)

6 [1]Jésus partit de là et se rendit dans sa patrie. Ses
disciples l'accompagnaient.
[2]Quand le sabbat fut venu, il se mit à enseigner dans
la synagogue; et plusieurs étaient étonnés en l'entendant, et disaient: « D'où cela lui vient-il? Quelle est cette
sagesse qui lui a été donnée? De pareils miracles se
font par ses mains! [3]N'est-ce pas le charpentier, le fils
de Marie, un frère de Jacques, de Joses, de Jude et de
Simon? Ses sœurs ne sont-elles pas ici avec nous? » Et
il était pour eux une pierre d'achoppement. [4]Mais Jésus
leur dit: « Ce n'est que dans son pays, chez ses parents
et dans sa maison, qu'un prophète n'est pas honoré. »
[5]Et, sauf un petit nombre de malades qu'il guérit en leur
imposant les mains, il ne put faire là aucun miracle: [6]il
était surpris de leur incrédulité.

Ensuite il fit une tournée dans les villages en enseignant.

[7]Il appela près de lui les Douze et se mit à les envoyer
deux à deux, en leur donnant pouvoir sur les esprits
impurs. [8]Il leur recommanda de ne rien prendre pour la
route, si ce n'est un bâton, de n'emporter ni pain, ni sac,
ni monnaie dans leur ceinture; [9]mais d'être chaussés de

sandales et de ne pas mettre deux tuniques. [10]Puis il
ajouta : « Dans quelque maison que vous entriez, restez-
y, jusqu'à ce que vous partiez de cet endroit, [11]et, quel
que soit le lieu où l'on ne vous reçoive pas et où l'on ne
vous écoute pas, sortez-en, et secouez la poussière de
vos pieds pour que cela serve de témoignage aux habi-
tants[a]. » [12]Et les Douze étant partis, prêchèrent qu'on
se repentît ; [13]ils chassaient beaucoup de démons ; ils
oignaient d'huile beaucoup de malades et les guéris-
saient.

[14]Le roi Hérode, ayant entendu parler de Jésus, dont
le nom était devenu célèbre, dit : « Jean Baptiste est res-
suscité, c'est pour cela que la puissance miraculeuse se
déploie en lui. » [15]D'autres disaient : « C'est Élie » ;
d'autres : « C'est un prophète[b] comme l'un des anciens
prophètes » ; [16]mais Hérode, entendant ces bruits, disait :
« C'est ce Jean que j'ai fait décapiter, qui est ressuscité. »

[17]En effet, c'était lui, Hérode, qui avait fait arrêter
Jean et l'avait fait charger de chaînes dans la prison, à
cause d'Hérodiade, femme de Philippe, son frère, parce
qu'il l'avait épousée, [18]et que Jean lui avait dit : « Il ne
t'est pas permis d'avoir pour femme la femme de ton
frère. » [19]Hérodiade, qui en voulait à Jean, désirait le
faire mettre à mort ; mais elle ne pouvait y parvenir,
[20]parce qu'Hérode craignait Jean, le connaissant pour
un homme juste et saint ; il le protégeait même, et faisait
beaucoup de choses, après avoir pris ses conseils, et il les
prenait volontiers. [21]Enfin il se présenta une occasion
favorable. Le jour anniversaire de sa naissance, Hérode
donna un festin aux grands de sa cour, à ses officiers et
aux principaux de la Galilée ; [22]et la fille d'Hérodiade
étant entrée dans la salle, dansa et charma Hérode ainsi
que les convives. Le roi dit à la jeune fille : « Demande-
moi ce que tu voudras, et je te le donnerai. » [23]Et il ajouta
avec serment : « Quoi que tu me demandes, je te le don-
nerai, fût-ce même la moitié de mon royaume. » [24]Elle
sortit, et dit à sa mère : « Que dois-je demander ? » Sa

mère lui dit : « La tête de Jean Baptiste. » 25 La jeune fille
rentrant aussitôt, s'empressa d'adresser au roi sa
demande : « Je veux, dit-elle, que tu me donnes, à l'heure
même, dans un bassin, la tête de Jean Baptiste. » 26 Le roi
devint tout triste ; mais, à cause de ses serments et à
cause des convives, il ne voulut pas la refuser, 27 et il
envoya immédiatement un de ses gardes, avec l'ordre
d'apporter la tête de Jean. 28 Le garde alla décapiter Jean
dans la prison et apporta sa tête dans un bassin ; il la
donna à la jeune fille, qui la donna à sa mère. 29 Les dis-
ciples de Jean, ayant appris ce meurtre, vinrent prendre
le corps de leur maître et le déposèrent dans un sépulcre.

30 Les Apôtres s'étant réunis auprès de Jésus, et lui
ayant rapporté tout ce qu'ils avaient fait et tout ce qu'ils
avaient enseigné, 31 Jésus leur dit : « Venez, vous seuls, à
l'écart, dans un lieu solitaire, et prenez un peu de repos. »
Il y avait, en effet, beaucoup d'allants et de venants, de
sorte que les disciples n'avaient pas même le temps
de manger. 32 Ils s'en allèrent donc, dans une barque, en
un lieu solitaire à l'écart.

33 On[a] les vit partir, et bon nombre de gens devinèrent
où ils allaient ; ils y accoururent à pied de toutes les
villes, et arrivèrent avant eux. 34 Lorsque Jésus sortit de
la barque, il vit une grande foule, et fut ému de com-
passion envers eux, parce qu'ils étaient comme des bre-
bis qui n'ont point de berger ; et il se mit à les enseigner
longuement.

35 Comme l'heure était déjà fort avancée, ses disciples
s'approchèrent de lui, et lui dirent : « Ce lieu est désert, et
l'heure est déjà fort avancée ; 36 renvoie-les, afin qu'ils
aillent dans les campagnes et dans les villages d'alentour
s'acheter de quoi manger. » 37 Il leur répondit : « Donnez-
leur, vous-mêmes, à manger. » Et ils lui dirent : « Que nous
allions acheter pour deux cents deniers de pain, et que
nous leur donnions à manger ! » 38 Jésus reprit : « Com-
bien de pains avez-vous ? Allez, voyez. » Et eux, s'en étant
assurés, dirent : « Cinq pains et deux poissons. » 39 Alors il

leur commanda de faire asseoir tout le monde, par
groupes, sur l'herbe verte ; 40et ils s'assirent par troupes
de cent et de cinquante. 41Jésus prit les cinq pains et les
deux poissons, et, levant les yeux au ciel, il prononça la
bénédiction ; puis il rompit les pains et les donna à ses
disciples, pour qu'ils les distribuassent. Il partagea aussi
les deux poissons entre tous. 42Tous mangèrent et furent
rassasiés ; 43et l'on emporta douze corbeilles pleines de
morceaux de pain et de ce qui restait des poissons. 44Le
nombre de ceux qui mangèrent des pains, s'élevait à cinq
mille hommes.

45Aussitôt après, Jésus pressa ses disciples d'entrer
dans la barque et de le précéder vers l'autre rive, du
côté de Bethsaïde, pendant que lui-même renverrait la
foule. 46Après avoir pris congé d'elle, il s'en alla sur
la montagne pour prier.

47Quand la nuit fut venue, la barque était au milieu de
la mer, et Jésus était seul à terre. 48Ayant aperçu ses dis-
ciples qui avaient une traversée pénible, car le vent leur
était contraire, il vint vers eux, à la quatrième veille de
la nuit environ, en marchant sur la mer, il voulait les
dépasser. 49Mais eux, le voyant marcher sur la mer, cru-
rent que c'était un fantôme, et poussèrent des cris, 50car
ils le voyaient tous et ils étaient bouleversés. Alors il
leur parla et leur dit : « Rassurez-vous, c'est moi, n'ayez
point de peur. » 51Puis il entra auprès d'eux dans la
barque, et le vent cessa. Et les disciples en furent stupé-
faits et surpris au-delà de toute idée ; 52car ils n'avaient
rien compris à l'affaire des pains, parce que leur cœur
était aveuglé.

53Lorsqu'ils eurent achevé leur traversée, ils arrivè-
rent au pays de Génésareth, et abordèrent.

54À peine eurent-ils débarqué, que les gens reconnais-
sant Jésus, 55coururent çà et là, dans tous les environs,
et l'on se mit à transporter les malades sur leurs lits
partout où l'on entendait dire qu'il était. 56En quelque
lieu qu'il entrât, dans les villages, dans les villes ou dans

les campagnes, on déposait les malades sur les places publiques, et on le priait de les laisser seulement toucher la houppe de son manteau; et tous ceux qui pouvaient toucher Jésus étaient guéris.

La Tradition. — «Ce qui souille l'homme.» — *Jésus aux confins de Tyr.* — La Cananéenne. — *Jésus revient vers la mer de Galilée en passant par la Décapole.* — Guérison d'un sourd-muet.
(Mt 15[1-20]; 15[21-28]; 15[29-39].)

7 [1]Les pharisiens et quelques scribes venus de Jérusalem s'assemblèrent près de Jésus: [2]ils avaient vu quelques-uns de ses disciples prendre leurs repas avec des mains souillées, c'est-à-dire qui n'avaient pas été lavées[a]. [3]En effet, les pharisiens et tous les Juifs* ne mangent pas, sans s'être soigneusement lavé les mains, observant strictement en cela la tradition des anciens. [4]Ils ne mangent point au retour du marché, sans s'être plongés dans l'eau; et ils pratiquent encore beaucoup d'autres observances traditionnelles, le lavage des coupes, des brocs, des ustensiles d'airain et des lits. [5]Les pharisiens donc et les scribes firent à Jésus cette question: «Pourquoi tes disciples ne se conforment-ils pas à la tradition des anciens, mais prennent-ils leurs repas avec des mains souillées?» [6]Il leur répondit: «Ésaïe a bien prophétisé sur votre compte, hypocrites que vous êtes, ainsi qu'il est écrit: *Ce peuple m'honore des lèvres, mais son cœur est fort éloigné de moi.* [7]*C'est vainement qu'il m'honore en donnant des préceptes qui ne sont que des commandements d'hommes.* [8]Vous abandonnez le commandement de Dieu, pour vous attacher à la tradition des hommes, au lavage des brocs et des coupes, et vous faites beaucoup d'autres choses semblables et

7[6]: És 29[13].

toutes pareilles. » [9]Et il ajouta : « Vous vous entendez
merveilleusement à mettre à néant le commandement
de Dieu pour garder votre tradition. [10]Par exemple,
Moïse a dit : *Honore ton père et ta mère*, et : *Que celui qui
maudit père ou mère soit mis à mort* ; [11]mais vous, vous
dites : "Si un homme dit à son père ou à sa mère, 'ce
dont je pourrais vous assister est Corban'" (c'est-à-dire,
un don consacré), [12]eh bien ! vous ne le laissez plus rien
faire pour son père ni pour sa mère, [13]annulant ainsi le
commandement de Dieu par la tradition que vous ensei-
gnez. Et vous faites beaucoup de choses semblables et
toutes pareilles. »

[14]Puis, ayant rappelé le peuple, il lui dit : « Écoutez-
moi tous, et comprenez : [15]Rien de ce qui est hors de
l'homme et qui entre dans l'homme ne peut le souiller ;
mais ce qui sort de l'homme, voilà ce qui le souille[a]. »

[17]Lorsqu'il fut rentré chez lui, et qu'il se trouva loin de
la foule, ses disciples lui demandèrent le sens de cette
sentence, [18]et il leur dit : « Vous aussi, vous êtes donc sans
intelligence ? Vous ne comprenez pas que tout ce qui de
dehors entre dans l'homme ne peut le souiller, [19]parce que
cela n'entre pas dans son cœur, mais dans son ventre, et
s'en va aux lieux qui purifient tous les aliments. » [20]Et il
ajouta : « Ce qui sort de l'homme, voilà ce qui souille
l'homme ; [21]car c'est du dedans, du cœur des hommes,
que sortent les mauvaises pensées, le libertinage, les
vols, les meurtres, [22]les adultères, la rapacité, la malhon-
nêteté, la fourberie, le dérèglement, le regard envieux, la
calomnie, l'orgueil, la déraison : [23]toutes ces mauvaises
choses-là sortent de dedans, et souillent l'homme. »

[24]Jésus, étant parti de là, se rendit aux confins de Tyr[b].

Il entra dans une maison et aurait voulu qu'on ne le
sût point, mais il ne put rester ignoré. [25]Une femme,
dont la fille était possédée d'un esprit impur, eut à peine
entendu parler de lui, qu'elle vint se jeter à ses pieds.

7[10] : Ex 20[12] ; 21[17].

[26]Cette femme était grecque, syro-phénicienne d'ori-
gine, et elle le pria de délivrer sa fille du démon. [27]Jésus
lui dit : « Laisse d'abord les enfants se rassasier, car il
n'est pas bien de prendre le pain des enfants pour le
jeter aux petits chiens. » [28]Elle lui repartit : « Sans doute,
Seigneur, puisque les petits chiens mangent sous la
table les miettes des petits enfants. — [29]À cause de cette
parole, lui dit Jésus, va, le démon est sorti de ta fille. »
[30]À son retour chez elle, cette femme trouva l'enfant
couchée sur le lit, et le démon parti.

[31]Ayant quitté les confins de Tyr[a], il revint par Sidon vers
la mer de Galilée, en traversant le pays de la Décapole.

[32]On lui amena un sourd-muet, et on le pria de lui
imposer les mains. [33]Jésus l'ayant emmené loin de la
foule, à l'écart, lui mit les doigts dans les oreilles et de
la salive sur la langue, [34]puis levant les yeux au ciel, il
soupira, et lui dit : « Ephphata* », c'est-à-dire, ouvre-toi
[35]Et les oreilles de cet homme s'ouvrirent, sa langue se
délia, et il parla distinctement. [36]Jésus recommanda à
ceux qui avaient vu cette guérison de n'en parler à per-
sonne, mais plus il le leur recommandait, plus ils la
publiaient. [37]Ils étaient frappés d'étonnement au-delà de
toute idée, et disaient : « C'est merveilleux, tout ce qu'il
a fait ! Il fait entendre les sourds et parler les muets. »

La seconde multiplication des pains. — *Jésus passe la mer et arrive dans le territoire de Dalmanutha.* — Refus d'un signe venant du ciel. — *Jésus passe de nouveau la mer.* — Le levain des pharisiens. — *Il arrive à Bethsaïde-Julias.* — Guérison d'un aveugle. — *Jésus va dans les villages de Césarée de Philippe.* — « Qui dites-vous que je suis ? » — Il annonce ses souffrances. — « Porter sa croix. »

(Mt 16[1-12] ; 16[13-28]. — Lc 9[18-27].)

8 [1]En ces jours-là, Jésus se trouvant avec une foule
immense qui n'avait pas de quoi manger, appela ses dis-

ciples et leur dit: 2« J'ai compassion de cette foule, car
voilà déjà trois jours que ces gens restent près de moi,
et ils n'ont pas de quoi manger. 3Si je les renvoie chez
eux à jeun, ils défailleront en route, car quelques-uns
d'entre eux viennent de loin. » 4Ses disciples lui répon-
dirent: « Où pourrait-on trouver, ici, dans un désert, des
pains pour nourrir ces gens? » 5Jésus leur demanda:
« Combien de pains avez-vous? — Sept », dirent-ils.
6Alors il fit asseoir la foule par terre, puis il prit les sept
pains, et, ayant rendu grâces, il les rompit, et les donna
à ses disciples pour les distribuer, et les disciples les dis-
tribuèrent à la foule. 7Ils avaient encore quelques petits
poissons, et Jésus, ayant prononcé la bénédiction, les
fit aussi distribuer. 8Ils mangèrent et furent rassasiés, et
l'on emporta sept corbeilles pleines des morceaux qui
restaient. 9Il y avait environ quatre mille personnes.
Ensuite Jésus les renvoya.

10Aussitôt après, il entra dans la barque avec ses dis-
ciples et s'en alla dans le territoire de Dalmanutha.

11Les pharisiens vinrent et se mirent à discuter avec
Jésus, lui demandant, pour le mettre à l'épreuve, un
signe qui vînt du ciel. 12Et Jésus, ayant poussé un pro-
fond soupir en son cœur, dit: « Pourquoi cette généra-
tion réclame-t-elle un signe? En vérité, je vous le dis,
non, il ne sera point accordé de signe à cette généra-
tion. » 13Là-dessus, il les quitta et se rembarqua pour
passer à l'autre bord.

14Les disciples avaient oublié de prendre des pains; ils
n'en avaient qu'un seul avec eux dans la barque. 15Et
comme Jésus leur faisait des recommandations, disant:
« Faites attention, gardez-vous du levain des pharisiens,
ainsi que du levain d'Hérode », 16ils raisonnaient ainsi
entre eux: « C'est que nous n'avons pas de pain. » 17Jésus
s'en étant aperçu, leur dit: « Quelle idée avez-vous?
"C'est que vous n'avez pas de pain!" Vous ne saisissez
pas encore, vous ne comprenez pas? Avez-vous l'intelli-
gence obtuse? 18Puisque vous avez des yeux, ne voyez-

vous pas ? et, puisque vous avez des oreilles, n'entendez-
vous pas ? [19]N'avez-vous point de mémoire ? Quand j'ai
rompu les cinq pains pour les cinq mille hommes, com-
bien avez-vous emporté de corbeilles pleines de mor-
ceaux ? — Douze, lui dirent-ils. — [20]Et quand j'ai rompu
les sept pains pour les quatre mille hommes, combien
avez-vous emporté de corbeilles pleines de morceaux ?
— Sept, lui répondirent-ils. — [21]Eh bien ! leur dit-il,
vous ne comprenez pas encore ? »

[22]Et ils arrivèrent à Bethsaïde.

On lui amena un aveugle, et on le pria de le toucher.
[23]Jésus, prenant l'aveugle par la main, l'emmena hors du
village ; et, après lui avoir mis de la salive sur les yeux, il
lui imposa les mains, et lui demanda s'il voyait quelque
chose. [24]L'aveugle, ayant ouvert les yeux, dit : « Je vois[a]
des hommes, car je les aperçois marcher comme si
c'étaient des arbres. » [25]Jésus lui mit une seconde fois les
mains sur les yeux, et l'aveugle, ayant regardé fixement,
fut complètement guéri : il voyait tous les objets avec net-
teté. [26]Jésus le renvoya dans sa maison, en lui disant :
« Ne rentre pas dans le village, et n'y parle à personne de
ce qui t'est arrivé*. »

[27]Jésus s'en alla avec ses disciples dans les villages de
Césarée de Philippe, et chemin faisant, il leur adressa
cette question : « Qui dit-on que je suis ? » [28]Ils lui répon-
dirent : « On dit que tu es Jean Baptiste ; d'autres disent
que tu es Élie, mais d'autres prétendent que tu es quel-
qu'un des prophètes. — [29]Et vous, leur demanda-t-il, qui
dites-vous que je suis ? » Pierre lui répondit : « Tu es le
Messie. »

[30]Jésus leur recommanda sévèrement de ne parler de
lui à personne, [31]et il commença à leur apprendre qu'il
fallait que le Fils de l'homme souffrît beaucoup, qu'il fût
rejeté par les anciens, par les grands prêtres et par les
scribes, qu'il fût mis à mort, et qu'il ressuscitât trois
jours après : [32]il s'exprimait ouvertement. Pierre le pre-
nant à part, se mit à le reprendre. [33]Mais Jésus, s'étant

retourné, et ayant regardé ses disciples, réprimanda Pierre et lui dit : « Arrière de moi, Satan, car tes sentiments ne sont pas ceux de Dieu, mais ceux des hommes. » [34]Puis, ayant appelé la foule, ainsi que ses disciples, il leur dit : « Si quelqu'un veut venir après moi, qu'il renonce à lui-même, qu'il se charge de sa croix, et qu'il me suive. [35]Car celui qui veut sauver sa vie, la perdra ; mais celui qui perdra sa vie à cause de moi et de l'évangile, la sauvera. [36]Que servira-t-il à l'homme de gagner le monde entier, s'il perd son âme ? [37]Car que donnera un homme pour recouvrer son âme ? [38]En effet, si quelqu'un a honte de moi et de mes paroles, au milieu de cette génération adultère et pécheresse, le Fils de l'homme aura aussi honte de lui, quand il viendra dans la gloire de son Père avec les saints anges. »

9 [1]Et il ajouta : « En vérité, je vous le dis, quelques-uns de ceux qui sont ici présents, ne goûteront point la mort, qu'ils n'aient vu le royaume de Dieu inauguré avec puissance. »

La Transfiguration. — « Élie est déjà venu. » — Guérison d'un épileptique. — *Jésus rentre chez lui à Capharnaüm. — Tournée missionnaire dans la Galilée.* — Jésus annonce ses souffrances. — *Retour à Capharnaüm.* — « Qui est le plus grand ? » — Amour pour les petits. — « Qui n'est pas contre nous est pour nous. » — Les scandales.

(Mt 17^{1-13}. — Lc 9^{28-36}. — Mt 17^{14-23}. — Lc 9^{37-45}. — Mt 18^{1-9}. — Lc 9^{46-50}.)

[2]Six jours après, Jésus ayant pris avec lui Pierre, Jacques et Jean, les mena sur une haute montagne, seuls, à l'écart, et il fut transfiguré devant eux : [3]ses vêtements devinrent[a] éblouissants d'une blancheur telle, qu'il n'est pas un foulon sur la terre qui puisse blanchir ainsi. [4]Puis Élie leur apparut avec Moïse ; ils s'entretenaient avec Jésus. [5]Pierre, prenant la parole, dit à

Jésus : « Rabbi, il est bon que nous soyons ici ; dressons
trois tentes, une pour toi, une pour Moïse, et une pour
Élie. » [6]Il ne savait ce qu'il disait : l'effroi les avait saisis
tous trois. [7]Une nuée survint qui les enveloppa, et il sor-
tit de la nuée une voix : « Celui-ci est mon fils bien-aimé ;
écoutez-le. » [8]Soudain, ayant jeté les regards autour
d'eux, ils ne virent plus personne que Jésus, seul avec
eux.

[9]Comme ils descendaient de la montagne, Jésus leur
recommanda de ne raconter à personne ce qu'ils avaient
vu, avant que le Fils de l'homme fût ressuscité des morts.
[10]Les disciples retinrent cette recommandation, tout en
discutant entre eux pour savoir ce que signifiait ce mot
« être ressuscité des morts » ; [11]et ils adressèrent à Jésus
cette question : « Pourquoi les scribes disent-ils qu'Élie
doit venir premièrement ? » [12]Il leur répondit : « Élie doit
venir premièrement, et rétablir toutes choses !... et d'où
vient qu'il est écrit, que c'est afin que le fils de l'homme
souffre beaucoup, et qu'il soit rejeté avec mépris ? [13]Mais
je vous dis qu'Élie est venu, et qu'ils lui ont fait tout ce
qu'ils ont voulu, selon qu'il est écrit à son sujet. »

[14]Quand il arriva vers ses disciples, il vit une grande
foule autour d'eux, et des scribes qui disputaient avec
eux. [15]Toute la foule fut surprise de le voir, et elle accou-
rut pour le saluer. [16]Il leur[a] demanda : « De quoi dispu-
tez-vous avec eux ? » [17]Et un homme de la foule lui
répondit : « Maître, je t'ai amené mon fils qui est pos-
sédé d'un esprit muet : [18]en quelque lieu que cet esprit
s'empare de lui, il le jette par terre ; l'enfant écume,
grince des dents, et dépérit. J'ai prié tes disciples de
chasser l'esprit, et ils ne l'ont pu. » [19]Jésus répondit, et
leur dit : « Race incrédule, jusques à quand serai-je avec
vous, jusques à quand vous supporterai-je ?... Amenez-
le-moi. » [20]Et on le lui amena. Aussitôt que l'enfant vit
Jésus, il fut jeté par l'esprit dans des convulsions, il tomba
par terre et se roulait en écumant. [21]Jésus demanda
au père : « Combien y a-t-il de temps que cela lui arrive ?

— Depuis son enfance, dit-il; 22et souvent l'esprit l'a jeté
soit dans le feu, soit dans l'eau, afin de le faire périr;
mais si tu le peux, viens à notre secours par pitié pour
nous. » 23Jésus lui répliqua : « Si je le peux[a] ! Tout est pos-
sible envers celui qui croit. » 24Aussitôt le père de l'en-
fant s'écria[b]: « Je crois: viens au secours de mon
incrédulité* ! » 25Jésus, voyant la foule accourir, tança
l'esprit impur, et lui dit : « Esprit muet et sourd, je te le
commande, moi, sors de cet enfant, et n'y rentre plus. »
26Alors, ayant poussé un cri et causé de violentes convul-
sions, l'esprit sortit, et l'enfant devint comme un
cadavre, au point que la plupart disaient : « Il est mort. »
27Mais Jésus, le saisissant par la main, le releva, et il se
tint debout.

28Jésus étant rentré chez lui, ses disciples lui deman-
dèrent en particulier : « Pourquoi n'avons-nous pu chas-
ser cet esprit ? » 29Il leur dit : « Rien, excepté la prière[c],
ne peut faire sortir cette espèce de démons. »

30Étant partis de là, ils cheminèrent à travers la Galilée,
et Jésus ne voulait pas qu'on le sût, 31parce qu'il ensei-
gnait ses disciples. Il leur disait : « Le fils de l'homme va
être livré entre les mains des hommes, et ils le mettront à
mort; mais, lorsqu'il aura été mis à mort, trois jours
après, il ressuscitera. » 32Mais eux ne comprenaient point
cette parole, et ils craignaient de l'interroger.

33Jésus rentra à Capharnaüm.

Quand il fut chez lui, il leur demanda : « De quoi vous
entreteniez-vous en chemin ? » 34Mais ils gardèrent le
silence, parce qu'en chemin ils avaient débattu entre eux
cette question : « Qui est le plus grand ? » 35Jésus s'étant
assis, appela les Douze, et leur dit : « Si quelqu'un veut
être le premier, il sera le dernier de tous et le serviteur de
tous. » 36Puis, il prit un petit enfant, le plaça au milieu
d'eux, et, l'ayant embrassé, il leur dit : 37« Celui qui reçoit
un de ces enfants-là en mon nom, me reçoit; et celui
qui me reçoit, reçoit, non pas moi, mais celui qui m'a
envoyé. »

38 Jean, prenant la parole, lui dit : « Maître, nous avons
vu un homme qui ne va pas avec nous, chasser le
démon en ton nom, et nous l'en avons empêché, parce
qu'il ne va pas avec nous. » 39 Mais Jésus dit : « Ne l'en
empêchez pas, car il n'est personne qui, après avoir fait
un miracle en mon nom, puisse, aussitôt après, dire du
mal de moi. 40 Qui n'est pas contre nous est pour nous.
41 Car celui qui vous donnera un verre d'eau pour le nom
du Christ à qui vous êtes, je vous dis en vérité qu'il ne
perdra point sa récompense. 42 Si quelqu'un devait être
une occasion de chute pour un seul des petits qui ont la
foi, il vaudrait mieux pour lui qu'on lui mît une pierre
de moulin autour du cou, et qu'on le jetât dans la mer.
43 Si ta main est pour toi une occasion de chute, coupe-
la ; il te vaut mieux entrer manchot dans la vie, que
d'avoir deux mains, et d'aller dans la Géhenne, dans le
feu qui ne s'éteint point[a]. 45 Si ton pied est pour toi une
occasion de chute, coupe-le ; il te vaut mieux entrer boi-
teux dans la vie, que d'avoir deux pieds, et d'être jeté
dans la Géhenne[b]. 47 Si ton œil est pour toi une occasion
de chute, arrache-le ; il te vaut mieux entrer borgne
dans le royaume de Dieu, que d'avoir deux yeux, et
d'être jeté dans la Géhenne[c], *où le ver ne meurt point,
et où le feu ne s'éteint point**. 49 Car tout homme sera
salé par le feu, et tout sacrifice sera salé avec du sel.
50 C'est une bonne chose que le sel ; mais s'il devient insi-
pide, avec quoi lui donnerez-vous de la saveur ? Gardez
bien le sel en vous, et soyez en paix les uns avec les
autres. »

9[48] : És 66[24].

Jésus se rend en Judée: la foule le suit. — « Est-il permis de répudier sa femme ? » — « Laissez venir vers moi les petits enfants. » — Le jeune homme riche. — « Quitter tout. » — *Jésus monte à Jérusalem.* — Il annonce ses souffrances. — Demande des fils de Zébédée. — *Jésus à Jéricho.* — Guérison de l'aveugle Bar-Timée.

(Mt 19^{1-9}. — Lc 16^{18}. — Mt 19^{13-30}. — Lc 18^{15-30}.
— Mt 20^{17-28}. — Lc 18^{31-34}. — Mt 20^{29-34}. — Lc 18^{35-43}.)

10 [1]Jésus étant parti de là, se rendit aux confins de
la Judée, de l'autre côté du Jourdain. Des foules se joi-
gnirent de nouveau à lui, et Jésus, suivant sa coutume,
se mit de nouveau à les enseigner.
[2]Des pharisiens vinrent vers lui, et lui demandèrent
s'il était permis à un mari de répudier sa femme : c'était
pour le mettre à l'épreuve. [3]Jésus leur répondit : « Qu'est-
ce que Moïse vous a prescrit ? — [4]Moïse, dirent-ils, nous
a autorisés à dresser un acte de divorce et à répudier. »
[5]Jésus reprit : « C'est à cause de la dureté de votre cœur
que Moïse vous a donné ce commandement, [6]mais au
commencement de la création, Dieu *les fit, l'un homme,*
l'autre femme ; [7]*pour cette raison, l'homme quittera son*
père et sa mère pour s'attacher à sa femme, [8]*et les deux ne*
feront qu'une seule chair. Ainsi ils ne sont plus deux, mais
ils sont une seule chair. [9]Que l'homme donc ne sépare
pas ce que Dieu a uni. »
[10]Rentrés au logis, les disciples l'interrogèrent encore
sur ce sujet ; [11]et il leur dit : « Si un homme répudie sa
femme et en épouse une autre, il se rend coupable
d'adultère à l'égard de la première ; [12]et si une femme se
divorce d'avec son mari et en épouse un autre, elle com-
met un adultère. »
[13]On lui amena de petits enfants, pour qu'il les tou-
chât. Les disciples reprenaient ceux qui les amenaient,
[14]mais Jésus, s'en étant aperçu, en fut fâché, et leur dit :

10^{6} : Gn 1^{27}. 10^{7-8} : Gn 2^{24}.

« Laissez venir vers moi ces petits enfants ; ne les en
empêchez pas, car le royaume de Dieu est à ceux qui
leur ressemblent. [15]En vérité, je vous dis que si l'on ne
reçoit pas le royaume de Dieu avec les dispositions d'un
petit enfant, l'on n'y entre point. » [16]Puis il embrassa ces
enfants, leur imposa les mains, et les bénit.

[17]Au moment où il sortait pour se mettre en route, un
homme accourut, et, se jetant à ses genoux, lui adressa
cette question : « Bon Maître, que dois-je faire pour hériter
la vie éternelle ? » [18]Jésus lui dit : « Pourquoi m'appelles-
tu bon ? Dieu seul est bon. [19]Tu connais les comman-
dements : *Ne commets point l'adultère ; ne tue point ;
ne dérobe point ; ne porte point de faux témoignage ;* ne
fais tort à personne ; *honore ton père et ta mère.* » [20]Cet
homme répondit : « Maître, j'ai gardé tous ces comman-
dements dès ma jeunesse. » [21]Jésus, l'ayant regardé,
l'aima, et lui dit : « Il te manque une chose : va, vends tout
ce que tu as et le donne aux pauvres, et tu auras un trésor
dans le ciel ; puis viens, suis-moi en portant ta croix. »
[22]Mais lui, assombri par cette parole, s'en alla tout triste,
car il avait de grands biens.

[23]Alors Jésus, jetant ses regards autour de lui, dit à ses
disciples : « Qu'il est difficile à ceux qui possèdent les
richesses d'entrer dans le royaume de Dieu ! » [24]Ils furent
stupéfaits de ces paroles. Alors Jésus reprit : « Mes enfants,
qu'il est difficile à ceux qui mettent leur confiance dans
les richesses d'entrer dans le royaume de Dieu ! [25]Il est
plus aisé qu'un chameau passe par le trou d'une aiguille,
qu'il ne l'est à un riche d'entrer dans le royaume de
Dieu. » [26]Les disciples encore plus étonnés, se disaient les
uns aux autres : « Et qui peut être sauvé ? » [27]Jésus, arrê-
tant son regard sur eux, dit : « Cela est impossible aux
hommes, mais non à Dieu ; car toutes choses sont pos-
sibles à Dieu. »

[28]Pierre se mit à lui dire : « Pour nous, tu le vois, nous

10[19] : Ex 20[12-17] ; Dt 5[16-20].

avons tout quitté pour te suivre. » 29Jésus répondit : « En
vérité je vous le dis, personne ne quittera, pour moi et
pour l'évangile, maison, ou frères, ou sœurs, ou mère,
ou père, ou enfants, ou terres, 30qu'il ne reçoive au cen-
tuple, dans le temps présent, des maisons, des frères,
des sœurs, des mères, des enfants et des terres, au
milieu même des persécutions, et, dans le siècle à venir,
la vie éternelle. 31Bien des derniers seront les premiers,
et bien des premiers seront les derniers. »

32Ils étaient en route pour monter à Jérusalem : Jésus
allait devant, et les disciples suivaient pleins de stupeur,
quelques-uns même pleins d'effroi.

Jésus, prenant de nouveau les Douze près de lui, se
mit à leur dire ce qui devait lui arriver : 33« Voici que
nous montons à Jérusalem, et le Fils de l'homme sera
livré aux grands prêtres et aux scribes : ils le condam-
neront à mort et le livreront aux Gentils, 34qui le bafoue-
ront, le flagelleront, cracheront sur lui et le mettront à
mort ; mais, trois jours après, il ressuscitera. »

35Jacques et Jean, fils de Zébédée, s'avancèrent vers lui,
et lui dirent : « Maître, nous voudrions que tu fisses pour
nous ce que nous allons te demander. » 36Jésus leur dit :
« Que voulez-vous que je fasse pour vous ? — 37Accorde-
nous, lui dirent-ils, d'être assis, l'un à ta droite, l'autre à
ta gauche, quand tu seras dans ta gloire. » 38Jésus leur
répondit : « Vous ne savez ce que vous demandez. Pou-
vez-vous boire le calice que je vais boire, et être baptisé
du baptême dont je vais être baptisé ? — 39Nous le pou-
vons », dirent-ils. Jésus leur répondit : « Oui, vous boirez
le calice que je vais boire, et vous serez baptisés du bap-
tême dont je vais être baptisé ; 40mais quant à être assis
à ma droite ou à ma gauche, il ne m'appartient pas de
l'accorder ; cette distinction sera pour ceux à qui elle est
réservée. » 41Les dix autres disciples, qui avaient entendu
cette demande, commencèrent à se fâcher contre Jacques
et Jean. 42Jésus les appela et leur dit : « Vous savez que les
princes reconnus par les nations les maîtrisent, et que

les grands les dominent; 43il n'en est point ainsi parmi
vous : au contraire, celui qui veut être grand parmi vous
sera votre serviteur, 44et celui qui veut être le premier,
sera l'esclave de tous. 45Car le Fils de l'homme est venu,
non pour être servi, mais pour servir et donner sa vie
pour la rançon de beaucoup. »
46Ils arrivèrent à Jéricho.

Comme Jésus sortait de Jéricho, lui, ses disciples et
une assez grande foule, le fils de Timée, Bar-Timée, mendiant aveugle, se trouvait assis sur le bord de la route.
47Ayant entendu dire que c'était Jésus de Nazareth qui
passait, il se mit à crier : « Fils de David, Jésus, aie pitié
de moi. » 48Plusieurs le reprenaient pour le faire taire ;
mais il criait encore plus fort : « Fils de David, aie pitié de
moi*. » 49Jésus s'arrêta, et dit : « Appelez-le. » On appela
l'aveugle, et on lui dit : « Courage ! lève-toi, il t'appelle. »
50Et lui, jetant son manteau, se leva d'un bond, et vint
vers Jésus. 51Jésus, prenant la parole, lui dit : « Que veux-
tu que je fasse pour toi ? » L'aveugle lui dit : « Rabboni,
que je recouvre la vue. — 52Va, lui dit Jésus, ta foi t'a
guéri. » Aussitôt il recouvra la vue, et il suivit Jésus dans
le chemin.

Entrée de Jésus à Jérusalem. — Ovation populaire. — *Il passe la nuit à Béthanie.* — *Il revient le lendemain à Jérusalem.* — Le figuier maudit. — Les vendeurs chassés du temple. — *Jésus sort de Jérusalem et y revient le lendemain matin.* — Le figuier desséché. — La puissance de la foi. — « De quel droit fais-tu ces choses ? »

(Mt 21$^{1-22}$. — Lc 19$^{29-38}$; 19$^{45-48}$. — Jn 12$^{12-16}$, $^{13-17}$
— Mt 21$^{23-27}$; 21$^{33-46}$. — Lc 20$^{1-19}$)

11 1Comme ils approchaient de Jérusalem et qu'ils
avaient atteint Bethphagé et Béthanie, vers la montagne
des Oliviers, Jésus envoya deux de ses disciples, 2en leur
disant : « Allez à ce village qui est en face de vous, et

vous trouverez en y entrant un ânon attaché, sur lequel
jamais homme ne s'est assis: détachez-le et amenez-
le-moi. 3Si l'on vous dit: "Pourquoi faites-vous cela?"
dites: "Parce que le Seigneur en a besoin", et aussitôt
on l'enverra ici.» 4Ils allèrent et trouvèrent un ânon
attaché à une porte, dehors, au contour du chemin, et
ils le détachèrent. 5Quelques-uns de ceux qui étaient là,
leur dirent: «Que faites-vous? vous détachez cet ânon?»
6Ils répondirent comme Jésus le leur avait dit, et on les
laissa faire.

7Ils amenèrent l'ânon à Jésus, jetèrent leurs manteaux
sur l'animal, et Jésus monta dessus.

8Une foule de gens étendirent leurs manteaux sur la
route, d'autres des rameaux qu'ils avaient coupés dans
les champs. 9Ceux qui allaient devant, et ceux qui sui-
vaient, criaient:

«Hosanna!

»*Béni soit celui qui vient au nom du Seigneur!*

10»Béni soit le règne qui vient, le règne de David notre
père!

»Hosanna dans les lieux très hauts!»

11Jésus entra à Jérusalem, dans le temple, et, après
avoir tout considéré, comme il était déjà tard, il s'en alla
à Béthanie avec les Douze.

12Le lendemain, quand ils eurent quitté Béthanie, Jésus
eut faim; 13et, apercevant de loin un figuier couvert de
feuilles, il alla voir s'il y trouverait quelque fruit. Il y
monta et n'y trouva que des feuilles, car ce n'était pas la
saison des figues. 14Alors, prenant la parole, il dit au
figuier: «Que jamais personne ne mange de ton fruit!»
Et ses disciples l'entendirent.

15Ils arrivèrent à Jérusalem.

Jésus, étant entré dans le temple, se mit à chasser ceux
qui y vendaient et qui y achetaient; il renversa les tables
des changeurs et les bancs des vendeurs de pigeons; 16et

11[9]: Ps 118[26].

il ne souffrait pas qu'on transportât aucun objet en tra-
versant le temple. 17Il ajoutait cet enseignement : « N'est-
il pas écrit : *Ma maison sera appelée une maison de prière*
pour toutes les nations ? Mais vous, vous en avez fait une
caverne de voleurs. » 18Les grands prêtres et les scribes
l'ayant entendu, cherchaient le moyen de le faire périr,
car ils le craignaient, parce que tout le peuple était
frappé de son enseignement.

19Quand le soir fut venu, Jésus sortit de la ville.

20Le lendemain matin, en passant, les disciples virent
le figuier qui avait séché jusqu'à la racine. 21Pierre se
rappelant ce qui s'était passé, dit à Jésus : « Rabbi, vois
donc, le figuier que tu as maudit a séché. » 22Et Jésus
leur répondit : « Ayez foi en Dieu. 23En vérité, je vous le
dis, si quelqu'un dit à cette montagne, “va te jeter à la
mer”, et s'il ne doute point en son cœur, mais qu'il ait
foi à l'accomplissement de sa parole, cela se fera. 24C'est
pourquoi je vous dis : Tout ce que vous demandez dans
vos prières, ayez foi que vous l'avez reçu[a], et vous le ver-
rez s'accomplir. 25Quand vous êtes debout, en prière, si
vous avez quelque chose contre quelqu'un, pardonnez,
afin que votre Père qui est dans les cieux vous pardonne
aussi vos offenses : 26si vous ne pardonnez pas, votre
Père qui est dans les cieux, ne vous pardonnera pas non
plus vos offenses*. »

27Ils arrivèrent de nouveau à Jérusalem.

Pendant que Jésus allait et venait dans le temple, les
grands prêtres, les scribes et les anciens se rendirent
vers lui, 28et lui dirent : « De quel droit fais-tu ces choses,
et qui t'a donné le droit de les faire ? » 29Jésus leur répon-
dit : « Je vous ferai aussi une question ; répondez-moi, et
je vous dirai de quel droit je fais ces choses. 30Le baptême
de Jean venait-il du ciel ou des hommes ? Répondez-
moi. » 31Mais ils firent entre eux cette réflexion : « Si nous
disons : “du ciel” il dira : “Pourquoi n'y avez-vous pas

11[17] : És 56[7].

cru ?” 32Faut-il dire “des hommes ?” — Ils craignaient le
peuple, car tous croyaient réellement que Jean était un
prophète. 33Ils répondirent à Jésus : « Nous ne savons. »
Et Jésus leur dit : « Moi non plus, je ne vous dirai pas de
quel droit je fais ces choses. »

Parabole des vignerons. — Hostilité. — « Est-il permis de payer le tribut à César ? » — Y a-t-il une résurrection des morts ? — « Quel est le premier de tous les commandements ? » — « Comment le Messie est-il fils de David ? » — Orgueil des scribes. — La pite de la veuve.
(Mt 22^{15-46}. — Lc 20^{20-44}. — Mt 23^{6-7}. — Lc 20^{45} ; 21^{4}.)

12 1Il se mit alors à leur parler en paraboles.
« Un homme planta une vigne, il l'entoura d'une haie,
creusa un pressoir, bâtit une tour, puis il l'afferma à des
vignerons et quitta le pays. 2Au temps des vendanges, il
envoya un serviteur vers les vignerons pour recevoir
d'eux une part de la récolte ; 3mais les vignerons l'ayant
pris, le battirent et le renvoyèrent les mains vides. 4Le
maître leur envoya encore un autre serviteur : ils le frap-
pèrent à la tête et le maltraitèrent indignement. 5Il en
envoya un troisième, qu'ils tuèrent ; et ils en maltraitè-
rent beaucoup d'autres, battant les uns, tuant les autres.
6Le maître avait encore un fils unique, un fils bien-aimé,
il le leur envoya le dernier, se disant : “Ils respecteront
mon fils.” 7Mais ces vignerons se dirent entre eux : “C'est
l'héritier ; venez, tuons-le, et l'héritage sera à nous.”
8Là-dessus, ils le prirent, le tuèrent et le jetèrent hors de
la vigne. 9Que fera donc le maître de la vigne ? — Il
viendra, fera périr ces vignerons, et donnera la vigne à
d'autres*. 10Vous n'avez pas lu non plus ce passage de
l'Écriture : *La pierre, que les constructeurs avaient mise
au rebut, est devenue la pierre angulaire.* 11*C'est par la
volonté du Seigneur qu'elle l'est devenue, et elle est une
merveille à nos yeux.* » 12Ils cherchaient à l'arrêter, mais

la crainte du peuple les retint : ils avaient compris que
c'était à eux que s'adressait cette parabole. Ils le quittè-
rent et s'en allèrent.
13Ils envoyèrent vers lui des pharisiens et des héro-
diens, pour lui faire une question insidieuse. 14Ceux-ci
vinrent lui dire : « Maître, nous savons que tu es vrai, et
que tu ne te soucies de qui que ce soit, car tu ne fais pas
acception des personnes, mais tu enseignes en toute
vérité la voie de Dieu. Est-il permis, ou non, de payer
le tribut à César ? Devons-nous payer, oui ou non ? »
15Mais Jésus connaissant leur hypocrisie, leur dit :
« Pourquoi essayez-vous de me surprendre ? Apportez-
moi un denier, que je le voie. » 16Ils en apportèrent un ; et
Jésus leur dit : « De qui sont cette effigie et cette légende ?
— De César », lui dirent-ils. 17Jésus reprit : « Rendez à
César ce qui est à César, et à Dieu ce qui est à Dieu. » Et
il les étonna par sa réponse.
18Des sadducéens, gens qui prétendent qu'il n'y a
point de résurrection, vinrent vers Jésus, et lui posèrent
cette question : 19« Maître, Moïse nous a donné cette loi :
*Si un frère meurt et qu'il laisse une femme sans laisser
d'enfants, que son frère épouse la veuve et suscite lignée à
son frère.* 20Il y avait sept frères : le premier se maria, et
mourut sans laisser de postérité. 21Le second épousa
la veuve, et mourut aussi sans postérité. Le troisième
pareillement. 22Enfin aucun des sept frères ne laissa de
postérité. Après eux tous, la femme mourut aussi.
23Duquel d'entre eux sera-t-elle la femme dans la résur-
rection, lorsqu'ils seront ressuscités, car tous les sept
l'ont épousée ? » 24Jésus leur répondit : « N'est-ce pas,
parce que vous ne connaissez ni les Écritures, ni même
la puissance de Dieu, que vous êtes dans l'erreur ?
25Quand on ressuscitera, ni hommes ni femmes ne se
marieront, mais ils seront comme les anges qui sont
dans les cieux. 26Quant aux morts, nul doute qu'ils ne

12[10-11] : Ps 118[22-23].

ressuscitent. N'avez-vous pas lu dans le livre de Moïse,
dans le passage où il est parlé du buisson*, comment
Dieu s'exprima, quand il dit à Moïse: *Je suis le Dieu
d'Abraham, le Dieu d'Isaac et le Dieu de Jacob*? 27Il n'est
pas Dieu des morts, mais Dieu des vivants. Vous êtes
donc dans une grande erreur.»

28Un scribe témoin de cette discussion, trouvant
que Jésus leur avait bien répondu, s'approcha, et lui
demanda: «Quel est le premier de tous les commande-
ments?» 29Jésus répondit: «Le premier commande-
ment, c'est: *Écoute Israël: le Seigneur notre Dieu est le
seul Seigneur,* 30et *tu aimeras le Seigneur ton Dieu de tout
ton cœur, de toute ton âme, de toute ta pensée et de
toute ta force*[a]. 31 Voici le second: *Tu aimeras ton pro-
chain comme toi-même.* Il n'y a pas d'autre commande-
ment plus grand que ceux-là.» 32Le scribe lui dit:
«Maître, tu as vraiment bien parlé, quand tu as dit qu'il
est le "seul[b] Seigneur", et qu'il n'y en a point d'autre que
lui, et que 33"l'aimer de tout son cœur, de toute sa pen-
sée, de toute son âme et de toute sa force, et aimer son
prochain comme soi-même", c'est plus que tous les
holocaustes et tous les sacrifices.» 34Jésus, voyant qu'il
avait sagement répondu, lui dit: «Tu n'es pas loin du
royaume de Dieu*.» Et personne n'osait plus lui poser
de questions.

35Jésus, continuant à enseigner dans le temple, ajouta:
«Comment se fait-il que les scribes disent que le Messie
est fils de David? 36David lui-même, animé du Saint-
Esprit, a dit: *Le Seigneur dit à mon Seigneur: Assieds-toi
à ma droite jusqu'à ce que j'aie fait de tes ennemis ton
marchepied.* 37David lui-même l'appelle "Seigneur", et
d'où vient qu'il est son fils?» Et la masse du peuple pre-
nait plaisir à l'entendre.

38Il leur disait encore dans son enseignement: «Gar-
dez-vous des scribes, qui aiment à se promener en

12[26]: Ex 3[6]. 12[29-30]: Dt 6[4-5]. 12[31]: Lv 19[18]. 12[36]: Ps 110[1].

robes, qui recherchent les salutations dans les places
publiques, 39les premiers sièges dans les synagogues et
les premières places dans les repas : 40ces gens qui dévo-
rent les maisons des veuves, sous prétexte de longues
prières, seront jugés d'autant plus sévèrement. »
41Jésus, s'étant assis en face du trésor, observait la
foule qui mettait de l'argent dans le tronc*. Plusieurs
riches y mettaient beaucoup. 42Il vint une pauvre veuve
qui y mit deux pites*, ce qui vaut un quart de sol. 43Alors
Jésus, ayant appelé ses disciples, leur dit : « Je vous
assure que cette pauvre veuve a donné plus que tous
ceux qui ont mis dans le tronc, 44car tous ont mis de leur
superflu, tandis qu'elle a donné de son nécessaire, tout
ce qu'elle possédait, tout ce qu'elle avait pour vivre. »

Jésus quitte le temple. — Assis sur la montagne des Oliviers, il annonce la ruine de Jérusalem et son avènement final. — « Veillez. »

(Mt 24. — Lc 21$^{5-36}$.)

13 1Comme il sortait du temple, un de ses disciples
lui dit : « Maître, vois donc, quelles pierres et quelles
constructions ! » 2Et Jésus lui dit : « Tu vois ces grandes
constructions ? Eh bien ! il n'y restera pierre sur pierre
qui ne soit renversée. »
3Comme il était assis sur la montagne des Oliviers,
en face du temple, Pierre, Jacques, Jean et André lui
demandèrent en particulier : 4« Dis-nous quand ces évé-
nements doivent avoir lieu, et quel sera le signe précur-
seur de leur accomplissement. » 5Jésus se mit à leur dire :
« Prenez garde qu'on ne vous séduise, 6car plusieurs
viendront sous mon nom, disant : "C'est moi qui suis le
Messie" ; et ils séduiront beaucoup de monde. 7Quand
vous entendrez parler de guerres, et de bruits de guerre,
ne vous alarmez pas, car il faut que cela arrive ; mais ce
ne sera pas encore la fin. 8Une nation s'élèvera, en effet,

contre une nation, et un royaume contre un royaume ; il
y aura des tremblements de terre en divers lieux, il y
aura des famines et des troubles. Ces calamités sont le
commencement des douleurs.

9 » Prenez garde à vous-mêmes : on vous livrera aux
tribunaux et aux synagogues, vous serez battus, et l'on
vous traduira devant les gouverneurs et devant les rois,
à cause de mon nom, pour rendre témoignage devant
eux : 10 il faut premièrement que l'évangile soit prêché à
toutes les nations. 11 Quand on vous conduira pour vous
livrer, ne vous inquiétez pas de ce que vous direz, ne
vous préparez même pas, mais dites ce qui vous sera
donné au moment même : ce n'est pas vous qui parlez,
c'est le Saint-Esprit. 12 Le frère livrera son frère à la
mort, et le père, son enfant ; les enfants s'élèveront
contre leurs pères et leurs mères, et les mettront à
mort ; 13 et vous serez haïs de tous à cause de mon nom ;
mais celui qui persévérera jusqu'à la fin sera sauvé.

14 » Or, quand vous verrez l'abomination cause de la
désolation[a] établie là où elle ne doit pas être (que celui
qui lit y réfléchisse), alors, que ceux qui sont en Judée
s'enfuient dans les montagnes ; 15 que celui qui est sur
le toit, ne descende pas dans la maison, qu'il n'entre
pas même prendre quoi que ce soit chez lui, 16 et que
celui qui est allé dans son champ, ne revienne pas en
arrière pour prendre son manteau. 17 Malheur aux
femmes qui seront enceintes et à celles qui allaiteront
en ces jours-là ! 18 Priez pour que cela n'arrive pas en
hiver, 19 car il y aura dans ce temps une détresse telle,
qu'il n'y en a point eu depuis le commencement du
monde que Dieu a créé, jusqu'à nos jours, et qu'il n'y en
aura jamais. 20 Et si le Seigneur n'avait abrégé ce temps,
nul n'échapperait : mais il l'a abrégé à cause des élus
qu'il a choisis.

21 » Si l'on vous dit alors : “Le Messie est ici”, ou bien
“le Messie est là”, ne le croyez point, 22 car il s'élèvera de[b]
faux prophètes, qui feront des miracles et des prodiges

pour séduire, s'il était possible, les élus mêmes. [23]Pour
vous, prenez garde ; vous êtes prévenus de tout*.
[24] » Mais en ce temps-là et après cette détresse, le soleil
pâlira, la lune refusera sa lumière, [25]les étoiles tombe-
ront du ciel et les puissances qui sont dans les cieux
seront ébranlées. [26]Alors on verra le Fils de l'homme
venir dans les nuées, revêtu d'une grande puissance et
de gloire. [27]Alors il enverra les anges pour rassembler les
élus, des quatre vents, d'un bout du monde à l'autre.
[28] » Tirez instruction de la comparaison avec le figuier.
Dès que sa branche devient tendre et que les feuilles
poussent, on connaît que l'été est proche ; [29]de même,
quand vous verrez ces événements se produire, sachez
que le Fils de l'homme est proche : il est à vos portes.
[30]En vérité, je vous dis que cette génération ne passera
point que tous ces événements n'arrivent. [31]Le ciel et la
terre passeront, mais mes paroles ne passeront point.
[32]Quant au jour ou à l'heure, nul ne le sait, pas même les
anges qui sont dans le ciel, ni même le Fils, mais le
Père.
[33] » Prenez garde, veillez[a], car vous ne savez quand ce
sera le moment. [34]Il en est du Fils de l'homme comme
d'un homme, qui, en quittant sa maison pour aller en
voyage, a laissé ses serviteurs maîtres, et qui, en assi-
gnant à chacun sa tâche, a enjoint au portier de veiller.
[35]Veillez donc, car vous ne savez quand le maître de la
maison doit arriver, si ce sera le soir, ou à minuit, ou au
chant du coq, ou le matin ; [36]craignez qu'en arrivant
tout à coup, il ne vous trouve endormis. [37]Ce que je vous
dis, je le dis à tous : veillez. »

La Pâque dans deux jours. — Complot des prêtres. — *Jésus à Béthanie :* une femme l'oint de parfum. — Judas et les prêtres. — *Jésus à Jérusalem.* — La Sainte Cène. — Prédiction du reniement de Pierre. — *Gethsémani.* — Le baiser de Judas. — Pierre tire l'épée. — Arrestation de Jésus. — Il est conduit chez le souverain prêtre. — Interrogatoire et condamnation. — Jésus est bafoué. — Triple reniement de Pierre.

(Mt 26[1-16]. — Lc 22[1-6]. — Jn 12[1-8]. — Mt 26[17-35]. — Lc 22[17-34]. — Jn 13[21-30] ; 13[37-38]. — Mt 26[36-56]. — Lc 22[40-52]. — Jn 18[1-11]. — Mt 26[57-75]. — Lc 22[54-72]. — Jn 18[12-27].)

14 [1]La Pâque et la fête des Pains sans levain
devaient avoir lieu deux jours après. Les grands prêtres
cherchaient le moyen d'arrêter Jésus par ruse, pour le
mettre à mort ; [2]car ils disaient : « Il ne faut pas que ce
soit pendant la fête de peur qu'il n'y ait du tumulte
parmi le peuple. »

[3]Comme Jésus était à Béthanie, dans la maison de
Simon le lépreux, et qu'il était à table, une femme entra
avec un flacon d'albâtre contenant une essence de nard
pur de grand prix. Elle ouvrit le flacon, et lui versa le
parfum sur la tête. [4]Or il y avait là des gens qui en
témoignaient entre eux leur mécontentement : « Pour-
quoi perdre ainsi ce parfum ? [5]On aurait pu le vendre
plus de trois cents deniers, et les donner aux pauvres » ;
et ils se fâchaient contre elle. [6]Mais Jésus dit : « Laissez-
la ; pourquoi lui faites-vous de la peine ? Elle a fait une
bonne action à mon égard. [7]Vous aurez toujours des
pauvres avec vous, et, quand vous voudrez, vous pour-
rez leur faire du bien ; mais vous ne m'aurez pas tou-
jours. [8]Elle a fait ce qu'elle a pu ; elle a embaumé
d'avance mon corps pour la sépulture. [9]En vérité, je
vous dis que partout où l'évangile sera prêché, dans le
monde entier, ce qu'elle a fait sera aussi raconté en
mémoire d'elle. »

[10]Judas l'Iscariote, l'un des Douze, alla trouver les
grands prêtres pour leur livrer Jésus. [11]Cette ouverture

les remplit de joie, et ils promirent de lui donner de l'ar-
gent. Judas cherchait donc une occasion favorable pour
le livrer.

12 Le premier jour des Pains sans levain, où l'on immo-
lait la pâque, les disciples de Jésus lui dirent : « Où veux-
tu que nous allions te préparer le repas de la Pâque ? »
13 Alors il envoya deux de ses disciples, et leur dit : « Allez
à la ville ; vous rencontrerez un homme portant une
cruche d'eau, suivez-le. 14 Et, en quelque lieu qu'il entre,
dites au maître de la maison : “Le maître te fait dire :
‘Où est la salle qui m'est réservée pour manger la pâque
avec mes disciples ?” 15 Et lui-même vous montrera une
grande salle haute, meublée et toute prête. Préparez-y-
nous la pâque. » 16 Ses disciples partirent ; ils vinrent à la
ville, trouvèrent les choses comme il le leur avait dit, et
ils préparèrent la pâque.

17 Jésus vint le soir avec les Douze.

18 Pendant qu'ils étaient à table et qu'ils mangeaient,
Jésus dit : « En vérité, je vous dis que l'un de vous me
livrera, oui, celui qui mange avec moi ! » 19 La tristesse
les saisit, et ils se mirent à lui dire l'un après l'autre :
« Est-ce moi ? Est-ce moi ? » 20 Il leur dit : « C'est l'un des
Douze ; oui, celui qui mange au même plat que moi !
21 Le Fils de l'homme s'en va selon ce qui est écrit de lui,
mais malheur à l'homme par qui le Fils de l'homme
est livré ! Mieux vaudrait pour cet homme-là n'être
point né. »

22 Pendant le repas, Jésus prit du pain, et, après avoir
prononcé la bénédiction, il le rompit, et le leur donna
en disant : « Prenez[a], ceci est mon corps. » 23 Puis il prit
une coupe, et, ayant rendu grâces, il la leur donna ; et ils
en burent tous. 24 Et il leur dit : « Ceci est mon sang, le
sang[b] de l'alliance, qui sera répandu pour beaucoup de
gens. 25 En vérité, je vous dis que je ne boirai plus du
fruit de la vigne, jusqu'au jour où j'en boirai du nouveau
dans le royaume de Dieu. » 26 Puis ils chantèrent les
psaumes, et s'en allèrent à la montagne des Oliviers.

27Jésus leur dit : « Je serai pour tous une occasion de
chute, car il est écrit : *Je frapperai le berger, et les brebis
seront dispersées.* 28Mais, après que je serai ressuscité, je
vous précéderai en Galilée. » 29Pierre lui dit : « Quand tu
serais pour tous une occasion de chute, tu ne le seras
point pour moi. » 30Jésus lui repartit : « En vérité, je te dis
que toi, aujourd'hui, cette nuit même, avant que le coq
ait chanté deux fois, tu m'auras renié trois fois. » 31Mais
Pierre renchérissant, lui dit : « Quand je devrais mourir
avec toi, non, je ne te renierai point. » Et tous protes-
tèrent de même.

32Ils arrivèrent en un lieu nommé Gethsémani, et Jésus
dit à ses disciples : « Asseyez-vous ici, jusqu'à ce que j'aie
prié. » 33Il prit avec lui Pierre, Jacques et Jean, et com-
mença à être rempli d'effroi et d'angoisse, 34et il leur dit :
« Mon âme est saisie d'une tristesse mortelle ; restez ici
et veillez. » 35Puis, ayant fait quelques pas, il se jeta à
genoux sur la terre, et il priait que, s'il était possible,
cette heure passât loin de lui ; 36et il disait : « Abba, Père,
toutes choses te sont possibles, éloigne de moi ce calice ;
toutefois que ta volonté soit faite, et non la mienne. » 37Il
vint vers ses disciples, et, les trouvant endormis, il dit à
Pierre : « Simon, tu dors ! Tu n'as pu veiller une heure.
38Veillez et priez, de peur que vous ne tombiez en tenta-
tion : l'esprit est plein d'ardeur, mais la chair est faible. »
39Il s'éloigna de nouveau, et pria en répétant la même
parole. 40Puis il revint et les trouva de nouveau endor-
mis, car leurs yeux étaient appesantis, et ils ne savaient
que lui répondre. 41Il vint pour la troisième fois vers eux,
et leur dit : « C'est trop dormir et vous reposer ; assez !
L'heure est venue ; le Fils de l'homme va être livré entre
les mains des pécheurs. 42Levez-vous, allons ! voici, celui
qui me livre est proche. »

43Au même moment, comme il parlait encore, arriva
Judas Iscariote, qui était l'un des Douze, et avec lui une

14[27] : Za 13[7].

troupe armée d'épées et de bâtons, qui avait été envoyée
par les grands prêtres, par les scribes et par les anciens.
44Le traître était convenu avec eux d'un signe; il leur
avait dit: «Celui que je baiserai, c'est lui; saisissez-le et
l'emmenez sûrement.» 45Dès qu'il fut arrivé, il s'appro-
cha de Jésus et lui dit: «Rabbi, Rabbi», et il le baisa
46Les autres mirent la main sur Jésus, et l'arrêtèrent.

47Un de ceux qui étaient présents, ayant tiré l'épée,
frappa le serviteur du souverain prêtre et lui emporta
l'oreille.

48Jésus prenant la parole, leur dit: «Vous êtes venus
me prendre avec des épées et des bâtons, comme si vous
poursuiviez un brigand. 49Tous les jours j'étais assis au
milieu de vous dans le temple, y enseignant, et vous ne
m'avez pas arrêté; mais il faut que les Écritures s'ac-
complissent.» 50Alors ses disciples l'abandonnèrent et
s'enfuirent tous. 51Un jeune homme le suivait, n'ayant
qu'un drap sur le corps. Les jeunes gens le saisirent,
52mais lui, ayant lâché le drap, leur échappa tout nu*.

53Ils emmenèrent Jésus vers le souverain prêtre, chez
qui tous les grands prêtres, les anciens et les scribes
s'assemblèrent.

54Pierre suivit Jésus de loin, jusque dans l'intérieur de
la cour du souverain prêtre, et, s'étant assis avec les
agents, il se chauffait vers le feu.

55Les grands prêtres et tout le sanhédrin cherchaient
quelques dépositions contre Jésus, pour le mettre à
mort, et ils n'en trouvaient point; 56car plusieurs dépo-
saient faussement contre lui, mais les dépositions ne
s'accordaient pas. 57Alors des gens se présentèrent
qui portèrent contre lui un faux témoignage, disant:
58«Nous l'avons, nous-mêmes, entendu dire: "Je détrui-
rai ce temple élevé par la main des hommes, et en trois
jours j'en bâtirai un autre, qui ne sera pas fait de main
d'homme"»; 59et même sur ce point, leurs témoignages
ne concordaient pas. 60Alors le souverain prêtre se leva,
et, s'étant avancé au milieu de l'assemblée, il interrogea

Jésus, disant : « Ne réponds-tu rien ? Qu'est-ce que ces
gens déposent contre toi ? » [61]Mais Jésus garda le silence,
et ne répondit rien. Le souverain prêtre l'interrogea de
nouveau, et lui dit : « Es-tu le Messie, le Fils du Dieu
béni ? — [62]Je le suis, répondit Jésus ; et vous verrez le
Fils de l'homme siéger à la droite du Tout-Puissant, et
venir sur les nuées du ciel. » [63]Le souverain prêtre
déchira ses tuniques, et dit : « Qu'avons-nous encore
besoin de témoins ? [64]Vous avez entendu le blasphème :
que vous en semble ? » Tous prononcèrent qu'il méritait
la mort.

[65]Quelques-uns se mirent à cracher sur lui, et, lui ayant
bandé les yeux, ils lui donnaient des coups de poing, et
lui disaient : « Devine. » Et les gardes le reçurent en le
souffletant.

[66]Pendant que Pierre était en bas, dans la cour, il vint
une des servantes du souverain prêtre, [67]qui, voyant
Pierre se chauffer, dit en l'envisageant : « Toi aussi, tu
étais avec le Nazaréen, ce Jésus[a]. » [68]Il le nia, disant : « Je
ne sais pas, je ne comprends pas ce que tu veux dire » ;
là-dessus, il s'en alla, gagnant la cour extérieure, et un
coq chanta. [69]La servante, le voyant qui s'en allait, se
mit de nouveau à dire à ceux qui étaient là : « Voilà un
de ces gens-là. » [70]Pierre le nia une seconde fois. Un ins-
tant après, encore, ceux qui étaient là dirent à Pierre :
« Certainement tu es des leurs, car tu es Galiléen[b]. »
[71]Mais il se mit à faire des imprécations et à dire avec
serment : « Je ne connais pas l'homme dont vous me
parlez. » [72]Alors, pour la seconde fois, un coq chanta, et
Pierre se ressouvint de la parole que Jésus lui avait dite :
« Avant que le coq ait chanté deux fois, tu m'auras renié
trois fois » : à cette pensée, il pleura.

Jésus devant Pilate. — Barrabas. — Pilate livre Jésus. — Outrages des soldats. — *Jésus conduit au Golgotha.* — Simon de Cyrène. — Le crucifiement. — Les vêtements tirés au sort. — Insultes. — Ténèbres. — « Mon Dieu, pourquoi m'as-tu abandonné ? » — La mort. — Le voile du temple. — Le centurion. — Les femmes autour de la croix. — La sépulture.

(Mt 27^{1-2} ; 27^{11-26}. — Lc 23^{1-7} ; 23^{13-25}. — Jn 18^{28} ; 19^{16}. — Mt 27^{27-61}. — Lc 23^{26-56}. — Jn 19^{16-42}.)

15 1Dès le matin, les grands prêtres, après avoir
tenu conseil avec les anciens, les scribes et tout le san-
hédrin, firent lier Jésus, l'emmenèrent et le livrèrent à
Pilate.
2Pilate l'interrogea : « C'est toi qui es le roi des Juifs ?
— Tu le dis », lui répondit Jésus. 3Comme les grands
prêtres le chargeaient de plusieurs crimes, 4Pilate l'in-
terrogea de nouveau, disant : « Tu ne réponds rien ? Vois
donc, de combien de crimes ils te chargent. » 5Mais
Jésus ne fit plus aucune réponse, ce qui étonna Pilate.
6À chaque fête, il relâchait un prisonnier, celui que le
peuple demandait. 7Or, on tenait en prison le nommé
Barrabas, avec ses complices, pour un meurtre commis
dans une émeute. 8La foule[a], étant montée au prétoire, se
mit à demander l'élargissement d'un prisonnier, ainsi
qu'il le leur accordait toujours. 9Pilate leur répondit :
« Voulez-vous que je vous relâche le roi des Juifs ? » 10car
il comprenait que c'était par envie que les grands prêtres
l'avaient livré. 11Mais les grands prêtres agitèrent le
peuple, afin que Pilate leur relâchât plutôt Barrabas.
12Pilate reprenant la parole leur dit : « Que voulez-vous
donc que je fasse de celui que vous appelez le roi des
Juifs ? » 13Ils crièrent de nouveau : « Crucifie-le. — 14Quel
mal a-t-il fait ? » leur dit Pilate. Ils crièrent encore plus
fort : « Crucifie-le. » 15Pilate voulant satisfaire le peuple,
lui relâcha Barrabas, et, après avoir fait flageller Jésus, il
le livra pour être crucifié.
16Les soldats l'emmènent dans l'intérieur de la cour,

c'est-à-dire dans le prétoire, et appellent toute la
cohorte. [17]Ils l'affublent d'un manteau de pourpre*, et
tressent une couronne d'épines, dont ils ceignent sa
tête. [18]Puis ils se mettent à le saluer : « Salut, roi des
Juifs. » [19]Et ils le frappent sur la tête avec un roseau,
crachent sur lui, et fléchissent les genoux par manière
d'hommage. [20]Quand ils l'eurent bafoué, ils lui ôtèrent
la pourpre et le revêtirent de ses propres vêtements.

Après cela, ils l'emmenèrent pour le crucifier.

[21]Ils mettent en réquisition, pour porter sa croix, un
passant qui venait des champs, Simon de Cyrène, le
père d'Alexandre et de Rufus ; [22]et ils entraînent Jésus à
la place de Golgotha, ce qui signifie : la place du Crâne.
[23]Ils lui présentent du vin aromatisé avec de la myrrhe,
mais il n'en prit pas*. [24]Ils le crucifient, et se partagent
ses vêtements en tirant au sort pour savoir qui aurait
telle ou telle pièce : [25]c'était la troisième heure du jour
quand on le crucifia. [26]L'inscription indiquant le sujet
de sa condamnation, portait : « Le Roi des Juifs. »

[27]Ils crucifient avec lui deux brigands, l'un à sa droite,
l'autre à sa gauche[a].

[29]Les passants l'insultaient en branlant la tête, et en
disant : « Hé ! toi qui détruis le temple, et qui le rebâtis
en trois jours, [30]sauve-toi toi-même en descendant de ta
croix. » [31]Les grands prêtres aussi, avec les scribes, le
raillaient entre eux, et disaient : « Il en a sauvé d'autres,
et il ne peut se sauver lui-même ! [32]Que le Messie, le roi
d'Israël descende maintenant de la croix, pour que nous
voyions et que nous croyions. » Les brigands qui étaient
crucifiés avec lui, l'insultaient également.

[33]À la sixième heure, des ténèbres se répandirent sur
tout le pays jusqu'à la neuvième.

[34]À la neuvième heure, Jésus cria d'une voix forte :
« Éloï, Éloï, lema sabachtani », ce qui signifie : « mon Dieu,
mon Dieu, pourquoi m'as-tu abandonné ? » [35]Quelques-
uns des assistants l'ayant entendu, dirent : « Tenez, il
appelle Élie. » [36]Il y en eut un qui courut tremper une

éponge dans du vinaigre, et l'ayant ajustée à une tige, il
lui donna à boire, disant : « Laissez, voyons si Élie vien-
dra l'ôter de la croix. » 37 Mais Jésus, ayant poussé un
grand cri, expira.
38 Le voile du temple se déchira en deux, depuis le
haut jusqu'en bas.
39 Le centurion, qui était en face de Jésus, voyant qu'il
avait expiré en jetant un tel cri, dit : « Assurément, cet
homme était Fils de Dieu. »
40 Il y avait aussi des femmes qui regardaient de loin,
entre autres Marie Madeleine, Marie, mère de Jacques
le mineur et de Joses, et Salomé, 41 qui suivaient Jésus
et l'assistaient, lorsqu'il était en Galilée, et plusieurs
autres qui étaient montées avec lui à Jérusalem.
42 Comme c'était le jour de la préparation, c'est-à-dire,
la veille du sabbat, 43 Joseph d'Arimathée arriva sur le
soir : c'était un membre éminent du Conseil ; il atten-
dait, lui aussi, le royaume de Dieu. Il avait osé se rendre
auprès de Pilate, pour lui demander le corps de Jésus.
44 Pilate surpris de ce que Jésus était déjà mort, fit venir le
centurion et lui demanda s'il y avait longtemps que Jésus
était mort ; 45 et, sur le rapport du centurion, il accorda
gratuitement le cadavre à Joseph. 46 Alors Joseph, ayant
acheté un linceul, descendit Jésus de la croix, l'enve-
loppa dans le linceul, le déposa dans un sépulcre taillé
dans le roc, et roula une pierre à l'entrée du sépulcre.
47 Marie Madeleine et Marie, mère de Joses, obser-
vaient le lieu où l'on mettait le corps.

Les femmes au sépulcre. — La Résurrection. — [*Apparition de Jésus à Marie Madeleine, — à deux disciples, — aux Onze. — L'Ascension*.]

(Mt 28. — Lc 24. — Jn 20-21.)

16 1 Quand le sabbat fut passé, Marie Madeleine,
Marie, mère de Jacques, et Salomé achetèrent des aro-

mates, afin d'aller embaumer Jésus ; 2et, le premier jour
de la semaine, de très grand matin, elles arrivèrent
au sépulcre au moment où le soleil venait de se lever.
3Elles se disaient entre elles : « Qui nous ôtera la pierre
de l'entrée du sépulcre ? » 4Et, ayant levé les yeux, elles
aperçurent que la pierre était ôtée, car elle était extrê-
mement grosse. 5Étant entrées dans le sépulcre, elles
virent un jeune homme assis à droite, vêtu d'une robe
blanche ; et elles furent bouleversées. 6Il leur dit : « Ne
vous bouleversez pas. Vous cherchez Jésus de Nazareth,
qui a été crucifié ; il est ressuscité ; il n'est point ici :
voilà la place où on l'avait mis. 7Mais allez dire à ses
disciples et à Pierre, qu'il vous précède en Galilée : c'est
là que vous le verrez, comme il vous l'a dit. » 8Elles sor-
tirent et s'enfuirent du sépulcre. Le tremblement et
l'émotion les avaient saisies ; et elles ne dirent rien à
personne, parce qu'elles étaient effrayées.

[a]9[_Or Jésus_*, _étant ressuscité le matin du premier jour_
de la semaine, apparut d'abord à Marie Madeleine, de
laquelle il avait chassé sept démons. 10_Elle alla en porter_
la nouvelle à ceux qui avaient été avec lui, et qui étaient
dans le deuil et dans les larmes. 11_Quand ils entendirent_
que Jésus était vivant, et qu'elle l'avait vu, ils ne la cru-
rent point.

12_Ensuite Jésus se montra en chemin sous une autre_
forme que la sienne, à deux d'entre eux, qui allaient à la
campagne. 13_Eux aussi vinrent l'annoncer aux autres dis-_
ciples, mais ils ne les crurent pas davantage.

14_Plus tard, il se montra aux Onze eux-mêmes, pendant_
qu'ils étaient à table. Il leur reprocha leur incrédulité et
leur obstination à ne pas croire ceux qui l'avaient vu res-
suscité, 15_et il ajouta : « Allez par tout le monde, et prêchez_
l'évangile à toute créature. 16_Celui qui croira et qui sera_
baptisé, sera sauvé ; mais celui qui ne croira pas, sera
condamné. 17_Voici les miracles qui accompagneront ceux_
qui auront cru : en mon nom, ils chasseront les démons ;
ils parleront de nouvelles langues ; 18_ils prendront les ser-_

pents ; s'ils boivent quelque breuvage mortel, ils n'en ressentiront aucun mal ; ils guériront les malades en leur imposant les mains.»
19*Après leur avoir ainsi parlé, le Seigneur fut enlevé au ciel et il s'assit à la droite de Dieu.*
20*Pour eux, ils allèrent prêcher en tous lieux. Le Seigneur les assistait dans leur œuvre, et confirmait la Parole par les miracles qui l'accompagnaient.*]

ÉVANGILE SELON SAINT LUC

Dédicace. — L'ange Gabriel envoyé à Zacharie. — L'Annonciation. — La Visitation : cantique de Marie. — Naissance de Jean : cantique de Zacharie.

1 [1]Plusieurs ayant entrepris d'écrire l'histoire des
événements qui se sont accomplis parmi nous, [2]d'après
ce que nous ont enseigné ceux qui en ont été les témoins
oculaires dès le commencement, et qui sont devenus les
ministres de la Parole, [3]j'ai cru devoir aussi, après
m'être soigneusement enquis de tous les faits, dès leur
origine, te les raconter dans leur ordre, excellent Théo-
phile*, [4]afin que tu reconnaisses la vérité des récits qui
ont fait la matière de ton instruction.

[5]Il y avait du temps d'Hérode*, roi de Judée, un prêtre
nommé Zacharie ; il appartenait à la classe d'Abia, et sa
femme, qui était une descendante d'Aaron, se nommait
Élisabeth. [6]Ils étaient tous deux justes devant Dieu, et
observaient tous les commandements et ordonnances
du Seigneur, de manière à être sans reproches. [7]Ils
n'avaient point d'enfants, parce qu'Élisabeth était sté-
rile ; et ils étaient l'un et l'autre avancés en âge.

[8]Quand vint le tour de sa classe, et qu'il dut officier
devant Dieu, [9]il fut désigné par le sort, selon les usages
du sacerdoce, pour aller offrir les parfums dans le sanc-
tuaire du Seigneur*. [10]Pendant que tout le peuple était

dehors en prières, à l'heure qu'on offre les parfums,
[11]un ange* du Seigneur lui apparut, debout, à droite de
l'autel des parfums. [12]Zacharie fut troublé à sa vue,
et la frayeur s'empara de lui ; [13]mais l'ange lui dit : « Ne
crains point, Zacharie, car ta prière a été exaucée : Éli-
sabeth, ta femme, te donnera un fils, et tu le nommeras
Jean ; [14]il sera pour toi un sujet de joie et d'allégresse,
et beaucoup de gens se réjouiront de sa naissance*.
[15]Car il sera grand devant le Seigneur ; il ne boira ni
vin, ni liqueur enivrante, et il sera rempli du Saint-
Esprit dès le sein de sa mère ; [16]il convertira bien des
fils d'Israël au Seigneur leur Dieu, [17]et lui-même mar-
chera devant Dieu dans l'esprit et avec la puissance
d'Élie, pour *ramener les cœurs des pères vers les enfants,*
et les rebelles aux sentiments des justes, afin de pré-
parer au Seigneur un peuple bien disposé. » [18]Zacha-
rie dit à l'ange : « À quoi reconnaîtrai-je la vérité de ce
que tu m'annonces ? car je suis vieux, et ma femme est
déjà avancée en âge. » [19]L'ange lui répondit : « Je suis
Gabriel, je me tiens devant Dieu, j'ai été envoyé pour te
parler, et pour t'annoncer ces heureuses nouvelles.
[20]Voici, tu seras muet, et tu ne pourras plus parler jus-
qu'au jour où se réalisera cette promesse, parce que tu
n'as pas ajouté foi à mes paroles, qui s'accompliront en
leur temps. » [21]Cependant le peuple attendait Zacharie,
et s'étonnait qu'il demeurât si longtemps dans le sanc-
tuaire. [22]Quand Zacharie sortit, il ne pouvait leur par-
ler ; et ils comprirent qu'il avait eu une vision dans le
sanctuaire, ce que lui-même confirmait par signes : et il
resta muet.

[23]Lorsque les jours de son office furent accomplis, il
s'en retourna chez lui. [24]Quelque temps après, Élisa-
beth, sa femme, devint enceinte, et elle se tint cachée
durant cinq mois, [25]« parce que, disait-elle, c'est une
grâce cachée que le Seigneur m'a faite, quand il a dai-

1[17] : Ml 3[24] ; Si 48[10].

gné ôter l'opprobre qui pesait sur moi aux yeux des
hommes*».

26 Au sixième mois, Dieu envoya l'ange Gabriel dans
une ville de Galilée, appelée Nazareth, 27 vers une vierge
fiancée à un homme de la famille de David, nommé
Joseph. Cette vierge se nommait Marie. 28 L'ange lui dit
en entrant: «Je te salue*, toi qui es l'objet d'une grande
grâce; le Seigneur est avec toi[a].» 29 Cette parole la trou-
bla; et elle se demandait ce que pouvait bien être cette
salutation. 30 L'ange lui dit: «Ne crains point, Marie, car
tu as trouvé grâce devant Dieu. 31 Tu concevras en ton
sein, et tu enfanteras un fils; et tu lui donneras le nom
de Jésus. 32 Il sera grand; on l'appellera Fils du Très-
Haut; le Seigneur Dieu lui donnera le trône de David,
son Père; 33 il régnera éternellement sur la maison de
Jacob, et son règne n'aura point de fin.» 34 Mais Marie
dit à l'ange: «Comment cela se fera-t-il, puisque je ne
connais point d'homme*?» 35 L'ange lui répondit: «Le
Saint-Esprit viendra sur toi, et la puissance du Très-
Haut te couvrira de son ombre; aussi l'être saint qui
naîtra de toi, sera-t-il appelé Fils de Dieu. 36 Déjà Élisa-
beth, ta parente, a, elle aussi, conçu un fils dans sa
vieillesse, et celle qu'on appelait stérile est dans son
sixième mois: 37 rien ne saurait être impossible à Dieu.»
38 Marie lui dit: «Je suis la servante du Seigneur; qu'il
me soit fait selon ta parole.» Et l'ange la quitta.

39 Dans ce même temps Marie partit et s'en alla en
hâte au pays des montagnes, dans une ville de Juda.
40 Étant entrée dans la maison de Zacharie, elle salua
Élisabeth. 41 Dès qu'Élisabeth eut entendu la salutation
de Marie, son enfant tressaillit dans son sein, et elle fut
remplie du Saint-Esprit*. 42 Elle s'écria à haute voix:
«Tu es bénie entre les femmes, et le fruit que tu portes
est béni. 43 Et d'où me vient cet honneur, que la mère de
mon Seigneur vienne me visiter? 44 Car, sitôt que la voix
de ta salutation a frappé mon oreille, mon enfant a tres-
sailli de joie dans mon sein. 45 Heureuse celle qui a cru à

l'accomplissement de ce que le Seigneur lui a fait
annoncer ! » 46Et Marie dit :
« Mon âme glorifie le Seigneur, 47et mon esprit est ravi
de joie en Dieu, mon Sauveur, 48parce qu'il a jeté les
yeux sur la bassesse de sa servante.

» Car désormais toutes les générations me diront
bienheureuse, 49parce que le Tout-Puissant a fait en moi
de grandes choses : son nom est saint, 50et sa miséri-
corde s'étend d'âge en âge sur ceux qui le craignent.

51 » Il a déployé la force de son bras ; il a dissipé ceux
qui s'enorgueillissaient dans les pensées de leur cœur ;
52il a renversé les puissants de leurs trônes, et il a élevé
les petits ; 53il a comblé de biens les affamés, et a ren-
voyé les riches les mains vides.

54 » Il s'est intéressé à Israël son serviteur, et, 55comme
il l'avait dit à nos pères, il s'est souvenu de sa miséri-
corde* envers Abraham et sa postérité, pour toujours. »

56Marie demeura avec Élisabeth, environ trois mois,
puis elle s'en retourna dans sa maison.

57Cependant Élisabeth, étant arrivée à son terme, mit
au monde un fils. 58Ses voisins et ses parents, ayant
appris la grâce signalée que le Seigneur lui avait faite,
l'en félicitèrent. 59Le huitième jour, on vint circoncire
l'enfant, et on lui donnait le nom de Zacharie, qui était
le nom de son père, 60lorsque sa mère prit la parole, et
dit : « Non ; il s'appellera Jean. » 61Ils lui dirent : « Il n'y a
personne dans ta famille qui porte ce nom-là » ; 62et ils
demandèrent par signes au père de l'enfant, comment il
voulait qu'on le nommât. 63Zacharie ayant demandé des
tablettes, écrivit ces mots : « Son nom est Jean* », et ils
en furent tous étonnés. 64Au même instant sa bouche
s'ouvrit, sa langue se délia, il parlait, bénissant Dieu.
65La crainte saisit tous les habitants des alentours, et,
dans tout le pays des montagnes de la Judée, on parla
de ces événements. 66Tous ceux qui les apprirent les ser-
raient dans leur cœur en disant : « Que sera donc cet
enfant ? » En effet, la main du Seigneur était avec lui.

[67]Zacharie, son père, fut rempli du Saint-Esprit, et il
prophétisa en ces termes*:
[68]« Béni soit le Seigneur, le Dieu d'Israël, de ce qu'il a
visité et racheté son peuple. [69]Il nous a suscité une Puis-
sance libératrice dans la maison de David, son servi-
teur, [70]selon qu'il en avait parlé par la bouche de ses
saints prophètes des temps anciens, [71]une Puissance qui
nous délivrera de nos ennemis et des mains de tous
ceux qui nous haïssent. [72]Il a voulu faire miséricorde à
nos pères, et il s'est souvenu de sa sainte alliance,
[73]selon la promesse qu'il avait faite par serment à Abra-
ham, notre père, de nous donner, [74]lorsque nous serions
délivrés des mains de nos ennemis, de le servir sans
crainte, [75]en pratiquant sous son regard la sainteté et la
justice tous les jours de notre vie.
[76]» Et toi, petit enfant, tu seras appelé prophète du
Très-Haut ; car tu marcheras devant la face du Seigneur,
pour préparer ses voies, [77]afin qu'il donne à son peuple
la connaissance du salut* par le pardon de ses péchés.
[78]Car notre Dieu, dans ses tendres compassions*, a fait
lever d'en haut, sur nous, [79]un soleil qui doit éclairer
ceux qui sont dans les ténèbres et dans l'ombre de la
mort, afin de diriger nos pas dans le chemin de la paix. »
[80]Or, le petit enfant croissait, il se fortifiait en esprit ;
et il se tenait dans les déserts, jusqu'au jour où il se fit
connaître à Israël.

La naissance de Jésus. — Les bergers de Bethléem. — La circoncision. — La présentation dans le temple. — Le vieillard Syméon. — Anne la prophétesse. — Jésus dans le temple à l'âge de douze ans.

2 [1]En ce temps-là parut un édit de César-Auguste,
portant l'ordre de faire le recensement des habitants de
toute la terre. [2]Ce recensement, le premier qui eut lieu,
se fit pendant que Quirinius était gouverneur de Syrie.

[3]Tous allaient se faire enregistrer, chacun dans sa
ville. [4]Joseph aussi, qui était de la maison et de la famille
de David, partit de la ville de Nazareth en Galilée, pour
se rendre en Judée, dans la ville de David, appelée Beth-
léem, [5]afin de se faire enregistrer avec Marie, qui lui était
fiancée, et qui était enceinte. [6]Pendant qu'ils étaient à
Bethléem, le moment de la délivrance de Marie arriva :
[7]elle mit au monde son fils premier-né, l'emmaillota et le
coucha dans la crèche*, parce qu'il ne se trouvait pas de
place pour eux dans l'hôtellerie.

[8]Il y avait, dans cette contrée, des bergers qui pas-
saient la nuit en plein air, pour garder leurs troupeaux.
[9]Tout à coup un ange du Seigneur leur apparut, et, la
gloire du Seigneur les enveloppant de son éclat, ils
furent saisis d'une grande frayeur. [10]L'ange leur dit : « Ne
craignez point, car je viens vous donner une heureuse
nouvelle, qui causera une grande joie à tout le peuple :
[11]c'est qu'aujourd'hui, dans la ville de David, il vous est
né un Sauveur, qui est Messie, Seigneur ; [12]et voici à quel
signe vous le reconnaîtrez : vous trouverez un enfant
emmailloté, couché dans une crèche. » [13]Soudain, il
se joignit à l'ange une troupe nombreuse de l'armée
céleste, qui louait Dieu et disait :

[14]« Gloire à Dieu, dans les lieux très hauts !

» Et paix sur la terre[a] parmi les hommes de bonne
volonté* ! »

[15]Lorsque les anges les eurent quittés pour remonter
au ciel, les bergers se dirent les uns aux autres : « Allons
jusqu'à Bethléem voir ce qui est arrivé et que le Sei-
gneur nous a fait savoir. » [16]Ils s'y rendirent en toute
hâte, et trouvèrent Marie, Joseph, et le nouveau-né cou-
ché dans la crèche. [17]Après l'avoir vu, ils divulguèrent
ce qui leur avait été dit touchant ce petit enfant, [18]et
tous ceux qui les entendirent furent étonnés de ce que
les bergers disaient. [19]Pour Marie, elle gardait toutes ces
paroles et les repassait dans son cœur*. [20]Les bergers
s'en retournèrent, glorifiant et louant Dieu de tout ce

qu'ils avaient entendu et vu, conformément à ce qui leur
avait été annoncé.

[21]Le huitième jour, on circoncit l'enfant, et on le
nomma Jésus, nom que l'ange lui avait donné, avant
qu'il eût été conçu dans le sein de sa mère. [22]Et quand,
selon la loi de Moïse, le jour de leur purification* fut
arrivé, ses parents le portèrent à Jérusalem, pour le pré-
senter au Seigneur, [23]selon qu'il est écrit dans la Loi :
Tout mâle premier-né sera consacré au Seigneur, [24]ainsi
que pour offrir en sacrifice *une paire de tourterelles ou
deux jeunes pigeons*, comme le porte la loi du Seigneur.

[25]Or, il y avait à Jérusalem un homme juste et pieux,
nommé Syméon, qui vivait dans l'attente de la consola-
tion d'Israël ; et le Saint-Esprit reposait sur lui. [26]Il avait
été averti par l'Esprit-Saint qu'il ne mourrait point
avant d'avoir vu l'Oint du Seigneur. [27]Syméon vint au
temple par un mouvement de l'Esprit, et quand les
parents y apportèrent l'enfant Jésus, pour accomplir à
son égard les cérémonies d'usage selon la Loi, [28]il reçut
l'enfant dans ses bras, bénit Dieu, et dit* :

[29]« C'est maintenant, Maître, que, selon ta parole, tu
laisses ton serviteur s'en aller en paix, [30]car mes yeux
ont vu ton salut, [31]ce salut qui est prêt à paraître devant
tous les peuples, [32]comme une lumière destinée à éclai-
rer les nations, et comme la gloire de ton peuple
Israël. »

[33]Le père[a] et la mère de l'enfant étaient dans l'admi-
ration des choses qu'on disait de lui. [34]Syméon les bénit,
et il dit à Marie, sa mère : « Cet enfant sera cause de la
chute et du relèvement de bien des gens en Israël, et il
sera un prodige qui rencontrera de la contradiction,
[35]afin que les pensées de bien des cœurs soient dévoi-
lées ; pour toi, un glaive te traversera l'âme. »

[36]Il y avait aussi une prophétesse nommée Anne, fille
de Phanuel, de la tribu d'Asser, qui était fort avancée en

2[23] : Ex 13[2]. 2[24] : Lv 12[8].

âge. Après avoir vécu sept ans mariée depuis sa virgi-
nité, 37elle était demeurée veuve, et avait atteint l'âge de
quatre-vingt-quatre ans, ne quittant pas le temple, où
elle servait Dieu, jour et nuit, dans le jeûne et dans la
prière. 38Étant survenue, elle aussi, en ce même instant,
elle se mit à louer le Seigneur, et elle parlait de l'enfant
à tous ceux qui, à Jérusalem, attendaient la délivrance.

39Quand Joseph et Marie eurent achevé d'accomplir
toutes les prescriptions de la loi du Seigneur, ils s'en
retournèrent en Galilée, dans leur ville de Nazareth.

40Cependant l'enfant croissait et se fortifiait[a], étant rem-
pli de sagesse ; et la grâce de Dieu se répandait sur lui.

41Son père et sa mère allaient tous les ans à Jérusalem,
à la fête de Pâque. 42Quand il eut douze ans*, ils y montè-
rent selon la coutume ; 43et lorsqu'ils s'en retournèrent
après les jours de fête, l'enfant Jésus resta à Jérusalem,
sans que Joseph ni sa mère s'en fussent aperçus. 44Ils
firent une journée de chemin, le croyant dans la cara-
vane, et le cherchèrent parmi leurs parents et leurs
connaissances ; 45mais ne l'ayant point trouvé, ils retour-
nèrent à Jérusalem pour le chercher. 46Au bout de trois
jours, ils le trouvèrent dans le temple, assis au milieu des
docteurs, les écoutant et leur adressant des questions ;
47et tous ceux qui l'entendaient étaient ravis de son intel-
ligence et de ses réponses. 48Quand Joseph et Marie le
virent, ils furent frappés d'étonnement, et sa mère lui
dit : « Mon enfant, pourquoi te conduire ainsi avec nous ?
Nous te cherchions, ton père et moi, étant fort en peine. »
49Il leur dit : « Pourquoi me cherchiez-vous ? Ne saviez-
vous pas que je dois être dans la maison de mon Père ? »
50Et ils ne comprirent point ce qu'il leur disait.

51Il descendit avec eux, allant à Nazareth. Il leur était
soumis. Sa mère gardait soigneusement toutes ces
choses dans son cœur ; 52et Jésus croissait en sagesse, en
stature et en grâce, devant Dieu et devant les hommes.

Jean Baptiste, le précurseur. — Sa prédication et son emprisonnement. — Baptême de Jésus dans le Jourdain. — Sa généalogie.
(Mt 3^{1-17}. — Mc 1^{1-11}. — Jn 1^{19-34}. — Mt 1^{1-17}.)

3 1La quinzième année du règne de Tibère César,
lorsque Ponce Pilate était gouverneur de la Judée,
qu'Hérode était tétrarque de la Galilée, et Philippe, son
frère, tétrarque de l'Iturée et de la Trachonite, et que
Lysanias était tétrarque de l'Abilène, 2du temps du sou-
verain prêtre Anne et de Caïphe, la parole de Dieu fut
adressée dans le désert à Jean, fils de Zacharie. 3Il vint
dans toute la contrée qui avoisine le Jourdain, prêchant
le baptême de la repentance pour le pardon des péchés,
4ainsi qu'il est écrit dans le livre des discours d'Ésaïe, le
prophète : *C'est une voix qui crie au désert : Préparez le*
chemin du Seigneur, faites-lui des sentiers droits : 5*toute*
vallée sera comblée, toute montagne et toute colline
seront abaissées ; ce qui est tortu sera redressé, et les che-
mins raboteux seront aplanis : 6*et toute chair verra le*
salut de Dieu.
7Jean disait donc à la foule qui venait se faire bapti-
ser par lui : « Race de vipères, qui vous a appris à fuir
la colère à venir ? 8Produisez donc des fruits dignes de
la repentance, et ne vous mettez pas à dire en vous-
mêmes : “Nous avons pour père Abraham” ; car je vous
dis que de ces pierres, Dieu peut susciter des enfants à
Abraham. 9Déjà même la cognée est mise à la racine des
arbres ; tout arbre donc qui ne produit pas de bon fruit,
va être coupé et jeté au feu. »
10Et le peuple lui demanda : « Que faut-il donc faire ? »
11Il leur répondit : « Que celui qui a deux tuniques par-
tage avec celui qui n'en a point, et que celui qui a de
quoi manger fasse de même. »
12Des publicains vinrent aussi se faire baptiser, et lui

3^{4-6} : És 40^{3-5}.

dirent : « Maître, que devons-nous faire ? » 13Il leur dit :
« N'exigez rien au-delà de ce qui vous est commandé. »
14Des soldats l'interrogèrent aussi : « Et nous, que
devons-nous faire ? » Il leur dit : « Ne commettez point
d'extorsions, et ne faites de chicanes à personne ;
contentez-vous de votre paie. »

15Comme le peuple était dans l'attente et que chacun
se demandait au-dedans de soi, si Jean ne serait point le
Messie, 16Jean, s'adressant à tous, leur dit : « Pour moi,
je vous baptise d'eau ; mais il vient, celui qui est plus
puissant que moi, et je ne suis pas digne de délier la
courroie de ses sandales : c'est lui qui vous baptisera
d'Esprit saint et de feu. 17Il a son van à la main, et il net-
toiera son aire ; il amassera le blé dans son grenier,
mais il brûlera la paille dans un feu qui ne s'éteint
point. » 18Il annonçait donc la bonne nouvelle au peuple,
tout en lui adressant beaucoup d'autres exhortations.
19Mais Hérode, le tétrarque, qu'il reprit au sujet d'Héro-
diade, femme de son frère[a], et de toutes les mauvaises
actions que lui, Hérode, avait commises, 20ajouta à tous
ses crimes celui de faire jeter Jean en prison.

21Comme tout le peuple se faisait baptiser, Jésus se fit
aussi baptiser ; et au moment où il priait, le ciel s'ou-
vrit ; 22le Saint-Esprit descendit sur lui sous une forme
corporelle, comme une colombe, et une voix sortit du
ciel, disant : « Tu es mon Fils bien-aimé ; c'est en toi que
j'ai mis toute mon affection. »

23Jésus avait environ trente ans, quand il commença
son ministère. Il était, à ce que l'on croyait, fils de
Joseph, fils d'Héli, 24fils de Matthat, fils de Lévi, fils
de Melchi, fils de Janné, fils de Joseph, 25fils de Matta-
thias, fils d'Amos, fils de Nahum, fils d'Hesli, fils de
Naggé, 26fils de Maath, fils de Mattathias, fils de Semeï,
fils de Joseph, fils de Juda, 27fils de Johanna, fils de
Rhésa, fils de Zorobabel, fils de Salathiel, fils de Néri,
28fils de Melchi, fils d'Addi, fils de Cosam, fils d'Elmo-
dam, fils de Her, 29fils de José, fils d'Eliézer, fils de

Jorim, fils de Matthat, fils de Lévi, 30 fils de Syméon, fils
de Juda, fils de Joseph, fils de Jônan, fils d'Éliakim,
31 fils de Méléa, fils de Marnan, fils de Mattatha, fils de
Nathan, fils de David, 32 fils d'Issaï, fils de Jobed, fils
de Booz, fils de Salmon, fils de Naasson, 33 fils d'Ami-
nadab, fils d'Admin, fils d'Arni[a], fils d'Esron, fils de
Pharès, fils de Juda, 34 fils de Jacob, fils d'Isaac, fils
d'Abraham, fils de Tharé, fils de Nachor, 35 fils de
Seruch, fils de Ragan, fils de Phalez, fils d'Héber, fils
de Sala, 36 fils de Caïnan, fils d'Arpaxad, fils de Sem,
fils de Noé, fils de Lamech, 37 fils de Mathusalem, fils
d'Hénoch, fils de Jared, fils de Maleèl, fils de Caïnan,
38 fils d'Énos, fils de Seth, fils d'Adam, fils de Dieu*.

La Tentation. — *Jésus retourne en Galilée.* — Il enseigne. — *Visite à Nazareth:* persécution. — *Retour à Capharnaüm.* — Il enseigne avec autorité. — Guérison d'un démoniaque — de la belle-mère de Pierre — de plusieurs démoniaques. — *Jésus se retire au désert:* la foule le suit. — *Tournée missionnaire en Galilée.*

(Mt 4[1-14]. — Mc 1[12-13]. — Mt 13[53-58]. — Mc 6[1-6]; 1[21-28]. — Mt 8[14-17]. — Mc 1[29-34].)

4 1 Jésus, rempli du Saint-Esprit, revint du Jourdain,
et fut poussé par un mouvement de l'Esprit au désert:
2 il y fut tenté par le diable pendant quarante jours.
Il ne mangea rien dans ces jours-là, et, quand ils
furent passés, il eut faim. 3 Le diable lui dit: « Si tu es
Fils de Dieu, commande à cette pierre de se changer en
pain. » 4 Jésus lui répondit: « Il est écrit que *l'homme ne
vivra pas de pain seulement*[b]. » 5 Le diable l'ayant emme-
né[c], lui fit voir en un instant tous les royaumes de la
terre, 6 et lui dit: « Je te donnerai toute cette puissance et
la gloire de ces royaumes, car elles m'ont été données,

4[4]: Dt 8[3].

et je les donne à qui je veux. 7Si donc tu te prosternes devant moi, elles t'appartiendront tout entières.» 8Jésus lui répondit: «[a]Il est écrit: *Tu adoreras le Seigneur ton Dieu, et tu le serviras lui seul.*» 9Le diable le mena à Jérusalem, le posa à l'extrémité de l'aile du temple, et lui dit: «Si tu es[b] Fils de Dieu, jette-toi d'ici en bas, 10car il est écrit qu'*il ordonnera à ses anges de te garder,* 11et qu'*ils te porteront sur leurs bras, de peur que ton pied ne heurte contre une pierre.*» 12Jésus lui répliqua qu'il est dit: «*Tu ne tenteras point le Seigneur ton Dieu.*» 13Et le diable ayant épuisé toute espèce de tentation, s'éloigna de lui jusqu'à nouvelle occasion.

14Jésus, animé de la puissance de l'Esprit, s'en retourna en Galilée, et sa renommée se répandit dans tout le pays d'alentour. 15Il enseignait dans les synagogues, et tout le monde le glorifiait.

16Il vint à Nazareth, où il avait été élevé, et, suivant sa coutume, il entra le jour du sabbat dans la synagogue, et se leva pour faire la lecture. 17On lui remit le livre du prophète Ésaïe; 18et l'ayant ouvert, il trouva l'endroit où il est écrit: *L'Esprit du Seigneur est sur moi**, *parce qu'il m'a oint pour annoncer l'évangile aux pauvres:* 19*il m'a envoyé*[c] *pour annoncer la délivrance aux captifs, et aux aveugles le recouvrement de la vue; pour renvoyer en liberté les opprimés, et pour publier une année favorable du Seigneur.* 20Puis, il ferma le livre, le rendit au desservant, et s'assit; et tout le monde dans la synagogue avait les yeux fixés sur lui. 21Il se mit à leur dire: «Aujourd'hui est accomplie la parole de l'Écriture, comme vous venez de l'entendre de vos oreilles.» 22Et tous témoignaient en sa faveur; ils étaient étonnés des paroles pleines de grâce qui sortaient de sa bouche, et ils disaient: «N'est-ce pas là le fils de Joseph?» 23Alors il leur dit: «Sans doute, vous m'alléguerez le proverbe, "médecin, guéris-toi toi-même", et vous me direz, fais

4[8] : Dt 6[13]. 4[10-11] : Ps 91[11-12]. 4[12] : Dt 6[16]. 4[18-19] : És 61[1-2].

également ici, dans ta patrie, tout ce que nous avons
appris que tu as fait pour Capharnaüm. » [24]Mais il
ajouta : « En vérité, je vous dis qu'aucun prophète n'est
bien venu dans son pays. [25]Vraiment, je vous le dis, il y
avait beaucoup de veuves en Israël au temps d'Élie,
quand le ciel fut fermé durant trois ans et demi, et qu'il
y eut une grande famine sur toute la terre, [26]et pourtant
Élie ne fut envoyé à aucune d'elles, mais à une veuve de
Sarepta, dans le pays de Sidon*. [27]Il y avait de même
beaucoup de lépreux en Israël au temps du prophète
Élisée, et pourtant aucun d'eux ne fut guéri, mais Naa-
man le Syrien fut seul guéri*. » [28]Ces paroles remplirent
de colère tous ceux qui étaient dans la synagogue ; [29]ils
se levèrent, entraînèrent Jésus hors de la ville, et l'em-
menèrent jusqu'à un escarpement de la montagne sur
laquelle leur ville était bâtie, pour le précipiter en bas ;
[30]mais il passa au milieu d'eux, et s'en alla.

[31]Il descendit à Capharnaüm, ville de Galilée, et il y
enseignait les habitants les jours de sabbat ; [32]et l'on
était frappé de son enseignement, parce que sa parole
était pleine d'autorité.

[33]Il y avait dans la synagogue un homme possédé d'un
esprit, d'un démon impur ; il poussa un grand cri, et dit :
[34]« Ah ! Qu'y a-t-il entre nous et toi, Jésus de Nazareth ?
Tu es venu nous faire périr ; je te connais, tu es le Saint
de Dieu. » [35]Jésus le tança : « Tais-toi, lui dit-il, et sors de
cet homme. » Et le démon ayant jeté cet homme par
terre, au milieu de la synagogue, sortit de lui sans lui
avoir fait aucun mal. [36]Tous les assistants étaient dans
la stupéfaction, et ils se disaient les uns aux autres :
« Quelle parole est la sienne ? Il commande avec auto-
rité et puissance aux esprits impurs, et ils sortent ! » [37]Et
il n'était bruit que de Jésus dans tous les lieux d'alen-
tour.

[38]Étant sorti de la synagogue, il entra dans la maison
de Simon. Or la belle-mère de Simon avait une grosse
fièvre, et l'on pria Jésus de la guérir. [39]Il se pencha sur

elle, tança la fièvre, et la fièvre la quitta. À l'instant cette
femme se leva et se mit à les servir.
40 Quand le soleil fut couché, tous ceux qui avaient des
malades atteints de divers maux, les lui amenèrent ; et
il les guérit en imposant les mains à chacun d'eux.
41 Des démons aussi sortaient de plusieurs malades en
criant : « Tu es[a] le Fils de Dieu », et Jésus les tançait pour
leur imposer silence, parce qu'ils savaient qu'il était le
Messie.
42 Quand le jour parut, il sortit et s'en alla dans un lieu
désert. Une foule de gens vinrent le chercher jusqu'au
lieu où il était, et ils le retenaient pour qu'il ne s'éloignât
pas d'eux. 43 Mais il leur dit : « Il faut que je porte aussi à
d'autres villes la bonne nouvelle du royaume de Dieu,
car c'est dans ce but que j'ai été envoyé. » 44 Et il prêchait
dans les synagogues de la Galilée.

Jésus enseigne au bord de la mer, sur une barque. — La Pêche miraculeuse. — Vocation de Simon Pierre, de Jacques et de Jean. — Jésus guérit un lépreux — et un paralytique. — Vocation de Lévi. — Ceux qui ont besoin de médecin. — « Pourquoi tes disciples ne jeûnent-ils pas ? »
(Mc 1^{35-39}. — Mt 4^{18-22}. — Mc 1^{16-20}. — Mt 8^{1-4} ; 9^{1-8}. — Mc 1^{40} ; 2^{12}. — Mt 9^{9-17}. — Mc 2^{13-22}.)

5 1 Un jour que Jésus, pressé par la foule qui voulait
entendre la parole de Dieu, était acculé vers le lac de
Génésareth, 2 il vit deux barques qui stationnaient près
du rivage. Les pêcheurs, après en être descendus,
avaient nettoyé leurs filets. 3 Il entra dans l'une de ces
barques, qui appartenait à Simon, et le pria de s'éloigner un peu de terre ; puis, s'étant assis, il enseigna la
foule de dessus la barque.
4 Quand il eut cessé de parler, il dit à Simon : « Avance
en pleine eau, et vous jetterez vos filets pour pêcher. »
5 Simon lui répondit : « Maître, nous avons travaillé toute

la nuit sans rien prendre, mais, sur ta parole, nous jetterons le filet. » 6Et l'ayant jeté, ils prirent une si grande quantité de poissons, que leur filet se rompait. 7Ils firent donc signe à leurs compagnons, qui étaient dans l'autre barque, de venir les aider. Ils vinrent et ils remplirent les deux barques au point qu'elles enfonçaient. 8À cette vue, Simon Pierre tomba aux genoux de Jésus, et lui dit : « Éloigne-toi de moi, Seigneur, car je suis un homme pécheur. » 9Il était, en effet, stupéfiait, aussi bien que tous ceux qui étaient avec lui, de la quantité de poissons qu'ils avaient prise. 10Il en était de même de Jacques et de Jean, fils de Zébédée, qui étaient associés de Simon. Alors Jésus dit à Simon : « Ne crains point, désormais tu seras pêcheur d'hommes. » 11Et eux, ayant ramené leurs barques à terre, quittèrent tout, et le suivirent.

12Comme il était dans une des villes de la Galilée, un homme couvert de lèpre le vit, et, se prosternant la face contre terre, lui adressa cette prière : « Seigneur, si tu le veux, tu peux me rendre net. » 13Jésus, avançant la main, le toucha, après lui avoir dit : « Je le veux, sois net. » Aussitôt la lèpre le quitta. 14Il lui recommanda de n'en parler à personne : « Mais va, lui dit-il, montre-toi au prêtre, et présente pour ta guérison l'offrande que Moïse a prescrite pour l'attester au peuple. »

15Sa renommée se répandait de plus en plus ; et le peuple venait en foule pour l'entendre et pour se faire guérir de ses maladies. 16Pour lui, il se retirait dans les déserts, et priait.

17Un jour qu'il enseignait en présence de pharisiens et de docteurs de la Loi, venus de tous les villages de la Galilée, ainsi que de la Judée et de Jérusalem, et que la puissance du Seigneur se déployait dans la guérison des malades, 18arrivèrent des gens qui portaient sur un lit un homme paralysé ; ils cherchaient à le faire entrer et à le placer sous les yeux de Jésus. 19Ne sachant par où pénétrer, à cause de la foule, ils montèrent sur le toit, et, en ayant enlevé les briques, ils descendirent le malade,

avec son lit, au milieu de l'assemblée, devant Jésus.
20Celui-ci voyant leur foi, dit : « Ô homme, tes péchés te
sont pardonnés. » 21Les scribes et les pharisiens com-
mencèrent à dire en eux-mêmes : « Qui est cet homme
qui profère des blasphèmes ? Qui peut pardonner les
péchés, que Dieu seul ? » 22Mais Jésus connaissant leurs
pensées, prit la parole, et leur dit : « Quelles pensées
avez-vous dans vos cœurs ? 23Lequel est le plus aisé de
dire : "Tes péchés te sont pardonnés", ou de dire : "Lève-
toi et marche" ? 24Or, afin que vous sachiez que le Fils
de l'homme a sur la terre le pouvoir de pardonner les
péchés : "Je te le commande, dit-il au paralytique, lève-
toi, prends ton lit et va-t'en dans ta maison." » 25À l'ins-
tant, le paralytique se leva en leur présence, prit ce
qui lui servait de lit, et s'en alla dans sa maison en glo-
rifiant Dieu. 26Tous les assistants étaient dans la stupé-
faction ; ils glorifiaient Dieu, et, tout remplis de crainte,
ils disaient : « Nous avons vu aujourd'hui des choses
étranges. »

27Après cela, Jésus étant sorti, remarqua un publi-
cain nommé Lévi, qui était assis au bureau des péages,
et lui dit : « Suis-moi. » 28Et lui, quittant tout, se leva et le
suivit.

29Lévi lui donna un grand repas dans sa maison, et il
y avait une troupe nombreuse de publicains et d'autres
gens, qui étaient à table avec eux. 30Les pharisiens et les
scribes du lieu s'en plaignaient à ses disciples, disant :
« Pourquoi mangez-vous et buvez-vous avec les publi-
cains et les gens de mauvaise vie ? » 31Jésus prit la
parole, et leur dit : « Ce ne sont pas les bien-portants qui
ont besoin de médecin, mais ceux qui se portent mal :
32je ne suis pas venu appeler les justes à la repentance,
mais les pécheurs. »

33Ils lui dirent : « Les disciples de Jean jeûnent fré-
quemment et font des prières, et ceux des pharisiens
également, tandis que les tiens mangent et boivent. » 34Il
leur répondit : « Pouvez-vous faire jeûner les amis de

l'époux, pendant que l'époux est avec eux ? [35]Le temps
de jeûner viendra : quand l'époux leur sera ôté, alors ce
sera le temps de jeûner. » [36]Il ajouta une comparaison :
« On ne prend pas une pièce à une étoffe neuve, pour la
mettre à un vieil habit ; autrement, non seulement on
déchire l'étoffe neuve, mais encore le neuf n'ira pas
bien avec le vieux. [37]On ne met pas non plus du vin nou-
veau dans de vieilles outres ; autrement, le vin nouveau
fait rompre les outres, et le vin se répand, et les outres
sont perdues ; [38]mais il faut mettre le vin nouveau dans
des outres neuves[a]. [39]D'ailleurs, quand on vient de boire
du vin vieux, on ne veut pas[b] du nouveau, car on dit :
« Le vieux est bon. »

Épis arrachés un jour de sabbat. — Guérison de l'homme à la main sèche dans la synagogue de Capharnaüm. — *Jésus se retire sur la montagne :* choix des Douze. — Sermon sur la montagne : Les béatitudes. — « Malheur à... » — Amour pour les ennemis. — « Ne jugez point. » — La paille dans l'œil. — « Pourquoi m'appelez-vous, Seigneur, Seigneur ? » — La maison bâtie sur le roc.

(Mt 12^{1-14}. — Mc 2^{23} ; 3^{6}. — Mt 10^{1-4}. — Mc 3^{13-19}. — Mt 4^{23} ; 5^{12} ; 5^{39-48} ; 7.)

6 [1]Un jour de sabbat, Jésus passant par des blés, ses
disciples arrachaient des épis et les mangeaient, après
les avoir froissés dans leurs mains. [2]Des pharisiens
dirent : « Pourquoi faites-vous ce qui n'est pas permis le
jour du sabbat ? » [3]Et Jésus prenant la parole, leur dit :
« N'avez-vous pas lu ce que fit David, lorsqu'il eut faim,
lui et ceux qui étaient avec lui ; [4]comment il entra dans
la maison de Dieu, prit les pains de proposition, en
mangea, et en donna même à ceux qui l'accompa-
gnaient, quoiqu'il ne soit permis qu'aux prêtres d'en
manger ? » [5]Et il ajouta : « Le Fils de l'homme est maître
même du sabbat. »

6Il lui arriva, un autre jour de sabbat, d'entrer dans la
synagogue, et d'y enseigner. Il y avait là un homme dont
la main droite était sèche. 7Les scribes et les pharisiens
observaient Jésus, pour voir s'il faisait des guérisons le
jour du sabbat, afin d'avoir sujet de l'accuser. 8Jésus
pénétrant leurs pensées, dit à l'homme qui avait la main
sèche : « Lève-toi, et tiens-toi là au milieu » ; et lui, s'étant
levé, se tint debout. 9Jésus leur dit : « Je vous demande[a]
s'il est permis, le jour du sabbat, de faire bien ou de faire
mal, de sauver la vie ou de l'ôter ? » 10Puis, ayant promené
ses regards sur eux tous, il dit à cet homme : « Étends ta
main. » Il le fit, et sa main fut guérie[b]. 11Les scribes et les
pharisiens furent remplis de fureur ; et ils conféraient
ensemble pour savoir ce qu'ils feraient à Jésus.

12En ce temps-là, Jésus se rendit à la montagne pour
prier Dieu, et il passa toute la nuit en prière. 13Quand il
fit jour, il appela ses disciples, et en choisit douze, aux-
quels il donna le nom d'apôtres, 14savoir, Simon, qu'il
appela Pierre, et André, son frère, Jacques, Jean, Phi-
lippe, Barthélemi, 15Matthieu, Thomas, Jacques fils d'Al-
phée, Simon appelé le zélateur, 16Jude fils de Jacques,
et Judas Iscariote, qui fut un traître. 17Il descendit avec
eux et s'arrêta sur un plateau, où se trouvaient une foule
de ses disciples et une multitude de gens qui étaient
venus de toute la Judée, de Jérusalem et du littoral de
Tyr et de Sidon, pour l'entendre et pour être guéris
de leurs maladies. 18Ceux qui étaient tourmentés par des
esprits impurs étaient guéris ; 19et toute la foule cher-
chait à le toucher, parce qu'il sortait de sa personne une
force qui les guérissait tous.

20Alors, levant les yeux sur ses disciples, il dit.

« Vous êtes bienheureux, vous qui êtes pauvres, parce
que le royaume de Dieu est à vous.

21 » Vous êtes bienheureux, vous qui avez faim mainte-
nant, parce que vous serez rassasiés.

» Vous êtes bienheureux, vous qui pleurez mainte-
nant, parce que vous rirez.

22»Bienheureux serez-vous, quand on vous haïra,
quand on vous chassera, qu'on vous insultera et qu'on
rejettera votre nom comme un nom infâme, à cause du
Fils de l'homme. 23Réjouissez-vous en ce jour-là et bon-
dissez de joie, car votre récompense est grande dans le
ciel : c'est ainsi que leurs pères traitaient les prophètes.
24»Mais, malheur à vous, riches, parce que vous avez
déjà votre consolation !

»Malheur à vous, rassasiés, parce que vous aurez faim !
25»Malheur à vous, qui riez maintenant, parce que
vous serez dans l'affliction et que vous pleurerez !
26»Malheur à vous, lorsque tous les hommes diront
du bien de vous, car c'est ce que leurs pères faisaient à
l'égard des faux prophètes* !
27»Mais je vous dis, à vous qui m'écoutez : Aimez vos
ennemis ; faites du bien à ceux qui vous haïssent ;
28bénissez ceux qui vous maudissent ; priez pour ceux
qui vous maltraitent. 29Si quelqu'un te frappe sur une
joue, présente-lui l'autre, et si quelqu'un t'enlève ton
manteau, laisse-lui prendre aussi ta tunique. 30Donne à
tout homme qui te demande, et ne réclame pas ton bien
à celui qui te le prend*. 31Comme vous voulez que les
hommes fassent pour vous, faites de même pour eux.
32Si vous aimez ceux qui vous aiment, quel gré vous en
doit-on avoir ? Les pécheurs aussi aiment ceux qui les
aiment. 33Si vous faites du bien à ceux qui vous en font,
quel gré vous en doit-on avoir ? Les pécheurs aussi en
font autant. 34Si vous prêtez à ceux de qui vous espérez
être remboursés, quel gré vous en doit-on avoir ? Des
pécheurs aussi prêtent à des pécheurs, afin qu'on leur
rende la pareille. 35Mais aimez vos ennemis, faites du
bien, et prêtez sans rien espérer : votre récompense sera
grande ; et vous serez fils du Très-Haut, car il est bon
envers les ingrats et les méchants. 36Soyez donc miséri-
cordieux, comme votre Père est miséricordieux. 37Ne
jugez point, et vous ne serez point jugés ; ne condamnez
point. et vous ne serez point condamnés· absolvez, et

l'on vous absoudra ; donnez, et l'on vous donnera : 38on
vous donnera dans votre robe une bonne mesure, ser-
rée, secouée et débordante, car on se servira pour vous
de la même mesure avec laquelle vous aurez mesuré. »
39Il ajouta cette comparaison : « Un aveugle peut-il
conduire un aveugle ? Ne tomberont-ils pas tous deux
dans un fossé ? — 40Le disciple n'est pas au-dessus de son
maître : tout disciple sera traité comme son maître.
41Pourquoi vois-tu la paille qui est dans l'œil de ton frère,
tandis que tu ne remarques pas la poutre qui est dans ton
œil ? 42Ou comment peux-tu dire à ton frère : “Frère,
laisse-moi ôter la paille qui est dans ton œil”, toi qui ne
vois pas la poutre qui est dans le tien ? Hypocrite, ôte
premièrement la poutre de ton œil, alors tu verras à ôter
la paille qui est dans l'œil de ton frère ; 43car il n'y a pas
de bon arbre qui produise de mauvais fruits, comme il
n'y a pas de mauvais arbre qui produise de bons fruits ;
44chaque arbre se reconnaît à son fruit. On ne cueille pas
des figues sur des épines et l'on ne vendange pas le raisin
sur la ronce. 45L'homme de bien tire le bien du bon trésor
de son cœur, et le méchant tire le mal de son mauvais
trésor, car de l'abondance du cœur la bouche parle.
46Pourquoi m'appelez-vous, Seigneur, Seigneur, et ne
faites-vous pas ce que je dis ? 47Je vous montrerai à qui
ressemble tout homme qui vient à moi, qui écoute mes
paroles et les met en pratique : 48il est semblable à un
homme qui bâtit une maison, et qui, ayant creusé pro-
fondément, en a posé les fondements sur le roc : une
inondation étant survenue, le fleuve est venu donner
contre cette maison, et n'a pu l'ébranler, parce qu'elle
était bien bâtie[a]. 49Mais celui qui écoute et ne pratique
pas est semblable à un homme qui a bâti une maison sur
la terre, sans creuser de fondements : le fleuve est venu
donner contre cette maison, et aussitôt elle s'est écrou-
lée ; et la ruine de cette maison a été grande. »

Jésus rentre à Capharnaüm. — Guérison du serviteur d'un centurion. — *Jésus à Naïm:* résurrection du fils d'une veuve. — Députation de Jean Baptiste. — Indifférence de cette génération. — Jésus chez le pharisien Simon: la pécheresse pardonnée.

(Mt 8[5-13]; 11[2-19]; 26[6-13]. — Jn 12[3-8].)

7 [1]Lorsqu'il eut achevé de parler au peuple qui
l'écoutait, il entra dans Capharnaüm.
[2]Or un centurion avait un serviteur, auquel il tenait
beaucoup, qui était malade et sur le point de mourir.
[3]Ayant entendu parler de Jésus, il lui députa quelques
anciens des Juifs, pour le prier de venir guérir son ser-
viteur. [4]Ceux-ci, étant arrivés vers Jésus, le sollicitaient
instamment, disant: « Il mérite bien que tu lui accordes
sa demande, [5]car il aime notre nation, et c'est lui qui
nous a bâti la synagogue. » [6]Jésus s'achemina donc avec
eux. Il n'était plus qu'à une petite distance de la maison,
lorsque le centurion lui envoya dire par des amis: « Sei-
gneur, ne te donne pas tant de peine, [7]car je ne suis pas
digne que tu entres sous mon toit. C'est pour cela que je
n'ai pas jugé devoir me rendre moi-même auprès de toi;
mais dis un mot, et que mon serviteur soit guéri. [8]En
effet, moi qui suis placé sous le commandement d'au-
trui, j'ai des soldats sous mes ordres, et je dis à celui-ci:
"Va", et il va; et à un autre: "Viens", et il vient; et à mon
esclave: "Fais cela", et il le fait. » [9]En entendant ces
paroles, Jésus admira cet homme, et, se retournant, il
dit à la foule qui le suivait: « Je vous déclare que je n'ai
pas trouvé une aussi grande foi même en Israël. » [10]À
leur retour dans la maison du centurion, les envoyés
trouvèrent en santé le serviteur qui était malade.
[11]Le lendemain, Jésus se rendit dans une ville appelée
Naïm; ses disciples, en assez grand nombre, et une
grande foule cheminaient avec lui. [12]Au moment où il
arrivait près de la porte de la ville, on portait en terre
un mort, fils unique d'une veuve, et une foule considé-

rable de gens de la ville accompagnaient cette femme.
13Le Seigneur, en la voyant, fut ému de compassion
pour elle, et lui dit : « Ne pleure pas » ; 14puis, s'étant
approché, il toucha le cercueil, et les porteurs s'arrêtè-
rent ; alors il dit : « Jeune homme, je te le commande,
lève-toi. » 15Et le mort se leva sur son séant, et se mit à
parler ; et Jésus le rendit à sa mère. 16Un sentiment de
crainte s'empara d'eux tous, et ils glorifiaient Dieu,
disant : « Un grand prophète s'est élevé parmi nous »,
— et « Dieu a visité son peuple ». 17Ce propos sur Jésus
courut dans la Judée tout entière et dans tout le pays
d'alentour.

18Jean ayant été informé de toutes ces choses par
ses disciples, 19en fit venir deux, et les envoya vers le
Seigneur, pour lui dire : « Es-tu celui qui doit venir, ou
devons-nous en attendre un autre ? » 20Quand ces hommes
furent arrivés vers Jésus, ils dirent : « Jean Baptiste nous
a envoyés vers toi, pour te dire : "Es-tu celui qui doit
venir, ou devons-nous en attendre un autre ?" » 21À ce
moment même, Jésus venait de guérir plusieurs per-
sonnes de maladies, d'infirmités et de mauvais esprits, et
de rendre la vue à plusieurs aveugles. 22Il répondit aux
envoyés : « Allez rapporter à Jean ce que vous avez vu
et entendu : les aveugles voient, les boiteux marchent,
les lépreux sont rendus nets, les sourds entendent, les
morts ressuscitent, la bonne nouvelle est annoncée aux
pauvres. 23Heureux celui pour qui je ne serai pas une
occasion de chute ! »

24Quand les messagers de Jean furent partis, Jésus se
mit à parler de Jean au peuple : « Qu'êtes-vous allés
contempler au désert ? un roseau agité par le vent ?
25Mais encore, qu'êtes-vous allés voir ? un homme vêtu
d'habits somptueux ? Vous savez que ceux qui portent
des habits magnifiques et qui vivent dans le luxe, sont
dans les palais des rois. 26Mais, qu'êtes-vous allés voir ?
un prophète ? — Oui, vous dis-je, et plus qu'un pro-
phète. 27C'est celui dont il est écrit : *Voici, j'envoie mon*

messager devant ta face, pour préparer le chemin devant
toi. [28]Car je vous dis, que parmi ceux qui sont nés de
femme, il n'y a point de plus grand prophète que Jean;
toutefois le plus petit dans le royaume de Dieu est plus
grand que lui. [29]Tout le peuple qui l'a écouté, ainsi que
les publicains, ont rendu justice à Dieu, en se faisant
baptiser du baptême de Jean, [30]au lieu que les phari-
siens et les docteurs de la Loi ont fait échouer pour eux-
mêmes le plan de Dieu, en ne se faisant pas baptiser
par lui.

[31]»À qui donc comparerai-je les hommes de cette
génération, et à qui ressemblent-ils? [32]Ils ressemblent
aux enfants qui sont assis dans la place publique, et qui
disent, en s'apostrophant les uns les autres: "Nous
avons joué de la flûte, et vous n'avez pas dansé; nous
avons chanté des complaintes, et vous n'avez pas
pleuré." [33]En effet, Jean Baptiste est venu, ne mangeant
point de pain et ne buvant point de vin, et vous dites:
"C'est un possédé." [34]Le Fils de l'homme est venu man-
geant et buvant, et vous dites: "C'est un mangeur et un
buveur, un ami des publicains et des pécheurs": [35]et
pourtant la Sagesse a été justifiée par tous ses enfants.»

[36]Un pharisien invita Jésus à manger avec lui, et Jésus
étant entré dans la maison du pharisien, prit place à
table. [37]Alors une femme qui menait une vie déréglée
dans la ville*, apprenant que Jésus était à table dans la
maison de ce pharisien, apporta un flacon d'albâtre
plein de parfum; [38]et se tenant derrière lui, à ses pieds,
tout en pleurs, elle se mit à mouiller ses pieds de ses
larmes et à les essuyer avec les cheveux de sa tête; elle
couvrait ses pieds de baisers et les oignait de parfum. [39]À
cette vue, le pharisien qui l'avait invité, se dit en lui-
même: « Si cet homme était prophète, il saurait qui est la
personne qui le touche, et quelle sorte de femme c'est:
une femme de mauvaise vie! » [40]Jésus prit la parole et lui

7[27]: Ml 3[1].

dit : « Simon, j'ai quelque chose à te dire. — Maître,
parle, dit-il. — [41]Un créancier avait deux débiteurs, l'un
lui devait cinq cents deniers, l'autre cinquante. [42]Comme
ils ne pouvaient payer, il les tint quittes tous les deux.
Dis-moi lequel des deux l'aimera le plus ? » [43]Simon
répondit : « Je pense que c'est celui auquel il a le plus
remis. » Jésus lui dit : « Tu as bien jugé. » [44]Puis, se tour-
nant vers la femme, il dit à Simon : « Tu vois cette
femme ? Je suis entré dans ta maison ; tu ne m'as point
versé d'eau sur les pieds, mais elle a mouillé mes pieds
de ses larmes et les a essuyés avec ses cheveux. [45]Tu ne
m'as point donné de baiser, mais elle, depuis que je suis
entré, n'a cessé de me baiser les pieds. [46]Tu n'as pas oint
ma tête d'huile, mais elle a oint mes pieds de parfum.
[47]Aussi je te dis que ses nombreux péchés lui ont été par-
donnés, car elle a beaucoup aimé ; tandis que celui à qui
l'on pardonne peu, aime peu. » [48]Il dit à la femme : « Tes
péchés te sont pardonnés. » [49]Et les convives commen-
cèrent à dire en eux-mêmes : « Qui est cet homme qui ose
pardonner les péchés ? » [50]Mais Jésus dit à la femme : « Ta
foi t'a sauvée ; va en paix. »

Tournée missionnaire de Jésus. — Parabole du Semeur et son explication. — Venue de la mère et des frères de Jésus. — *Jésus traverse la mer.* — La tempête apaisée. — Guérison du démoniaque de Gadare. — *Retour à Capharnaüm.* — Guérison d'une hémorroïsse. — Résurrection de la fille de Jaïre.
(Mc 15[40-41]. — Mt 13[1-23]. — Mc 4[1-25]. — Mt 12[46-50]. — Mc 3[31-35]. — Mt 8[23-34]. — Mc 4[35] ; 5[20]. — Mt 9[18-26]. — Mc 5[21-43].)

8 [1]Ensuite Jésus alla de ville en ville et de village en
village, prêchant et annonçant la bonne nouvelle du
royaume de Dieu. Il était accompagné des Douze [2]et de
quelques femmes qu'il avait guéries des mauvais esprits
et de leurs maladies ; c'était Marie appelée Madeleine,

de laquelle étaient sortis sept démons, [3]Jeanne, femme
de Chouza, intendant d'Hérode, Suzanne et plusieurs
autres qui l'assistaient de leurs biens, lui et ses dis-
ciples.

[4]Un jour que s'était amassée une foule nombreuse,
grossie de ceux qui de ville en ville venaient vers lui, il
leur dit en parabole : [5]« Un semeur sortit pour faire ses
semailles, et, comme il semait, une partie de la semence
tomba le long du chemin ; elle fut foulée aux pieds, et les
oiseaux du ciel la mangèrent. [6]Une autre partie tomba
sur le roc ; elle poussa et sécha, parce qu'elle manquait
d'humidité. [7]Une autre partie tomba au milieu des
épines, et les épines poussant avec la semence, l'étouf-
fèrent. [8]Enfin une autre partie tomba dans la bonne
terre, elle poussa et produisit du fruit au centuple. » Puis
il ajouta à haute voix : « Que celui qui a des oreilles pour
entendre, entende. »

[9]Ses disciples lui ayant demandé ce que signifiait
cette parabole, [10]il répondit : « Pour vous, il vous a été
donné de connaître les mystères du royaume de Dieu ;
mais pour les autres, ce n'est qu'en paraboles, *afin
qu'en regardant, ils ne voient point, et qu'en entendant,
ils ne comprennent point.* [11]Voici donc le sens de cette
parabole : la semence, c'est la parole de Dieu. [12]Ceux
qui reçoivent la semence le long du chemin sont ceux
qui entendent la Parole ; ensuite le diable vient, et il
l'enlève de leur cœur, de peur qu'ils ne croient et ne
soient sauvés. [13]Ceux qui reçoivent la semence sur le
roc, sont ceux qui reçoivent la Parole avec joie, dès
qu'ils l'entendent, mais qui, n'ayant pas de racines, ne
croient que pour un temps, et font défection au moment
de l'épreuve. [14]Quant à la partie qui est tombée parmi
les épines, ce sont ceux qui ont entendu la Parole, et
qui, en cheminant, la laissent étouffer par les soucis,
par les richesses et par les plaisirs de la vie, et ne don-

8[10] : És 6[9].

nent que des fruits avortés. 15Quant à la partie qui est
tombée dans la bonne terre, ce sont ceux qui entendent
la Parole avec un cœur honnête et bon, la conservent, et
portent du fruit avec persévérance.
16»Il n'est personne, qui, après avoir allumé une
lampe, la couvre d'un vase, ou la mette sous un lit; mais
on la met sur un pied, afin que ceux qui entrent voient
clair. 17Car il n'y a rien de caché qui ne se découvre, ni
rien de secret qui ne finisse par être connu, et ne vienne
au grand jour. 18Prenez donc garde à la manière dont
vous écoutez; car on donnera à celui qui a, mais pour
celui qui n'a pas, on lui ôtera même ce qu'il croit avoir.»
19Cependant la mère et les frères de Jésus étaient
venus le trouver, et ne pouvaient arriver jusqu'à lui, à
cause de la foule. 20On l'en informa en lui disant: «Ta
mère et tes frères sont là dehors, qui désirent te voir.»
21Il répondit: «Ma mère et mes frères sont ceux qui
écoutent la parole de Dieu, et qui la mettent en pra-
tique.»
22Un jour il entra dans une barque avec ses disciples,
et leur dit: «Passons de l'autre côté du lac»; et ils parti-
rent. 23Pendant qu'ils naviguaient, Jésus s'endormit, et
un ouragan ayant fondu sur le lac, la barque se remplis-
sait d'eau; et ils étaient en péril. 24Les disciples s'appro-
chèrent de Jésus et le réveillèrent en disant: «Maître,
maître, nous périssons!» Jésus se leva, tança le vent et
les flots: ils s'apaisèrent, et le calme se fit. 25Puis il dit
à ses disciples: «Où est votre foi?» Pour eux, saisis
de frayeur et d'étonnement, ils se disaient les uns aux
autres: «Quel est donc cet homme, qu'il commande
aux vents et à l'eau, et qu'ils lui obéissent?»
26Puis ils abordèrent au pays des Gadaréniens, qui est
vis-à-vis de la Galilée.
27Quand Jésus fut descendu à terre, il rencontra un
homme de la ville, qui depuis longtemps était possédé
des démons: il ne portait point de vêtement, et demeu-
rait, non dans une maison, mais dans les sépulcres.

28Dès qu'il vit Jésus, il poussa un cri, se jeta à ses pieds,
et dit d'une voix forte: «Qu'y a-t-il entre toi et moi,
Jésus, Fils du Dieu Très-Haut? Je t'en prie, ne me tour-
mente pas.» 29Jésus, en effet, commandait à l'esprit
impur de sortir de cet homme, car depuis longtemps
l'esprit l'emportait avec lui: on avait beau le garder
enchaîné et les fers aux pieds, il brisait ses liens et était
entraîné par le démon dans les déserts. 30Jésus lui
demanda: «Quel est ton nom? — Légion», répondit-il;
en effet, plusieurs démons étaient entrés en cet homme;
31et il se mit à supplier Jésus de ne point commander à
ces démons d'aller dans l'abîme. 32Or, il y avait là un
grand troupeau de pourceaux qui paissaient sur la mon-
tagne, et les démons le supplièrent de leur permettre
d'aller dans ces pourceaux; et il le leur permit. 33Étant
donc sortis de cet homme, ils entrèrent dans les pour-
ceaux, et le troupeau se rua du haut du précipice dans
le lac, et se noya. 34À cette vue, les gardeurs s'enfuirent,
et répandirent la nouvelle dans la ville et dans la cam-
pagne. 35Les gens sortirent pour voir ce qui était arrivé;
ils vinrent vers Jésus et trouvèrent l'homme de qui les
démons étaient sortis, assis à ses pieds, vêtu et dans son
bon sens; ce qui les remplit de frayeur. 36Les témoins de
ce fait leur rapportèrent aussi comment le démoniaque
avait été guéri. 37Toute la population de la contrée voi-
sine des Gadaréniens le pria de s'éloigner de chez eux,
parce qu'ils étaient en proie à une grande frayeur. Jésus
étant entré dans la barque, s'en retourna. 38L'homme de
qui les démons étaient sortis, lui demanda de rester
avec lui, Jésus le renvoya en lui disant: 39«Retourne
dans ta maison, et raconte tout ce que Dieu a fait pour
toi.» Il s'en alla, et publia par toute la ville tout ce que
Jésus avait fait pour lui.

40À son retour, Jésus fut accueilli par la foule, car ils
étaient tous à l'attendre.

41Alors il vint un homme nommé Jaïre, chef de la
synagogue, qui, se jetant aux pieds de Jésus, le supplia

de venir dans sa maison, 42parce qu'il avait une fille
unique*, d'environ douze ans, qui se mourait.
Pendant que Jésus s'y acheminait, la foule le serrait à
l'étouffer. 43Et une femme qui était atteinte d'une hémor-
ragie depuis douze ans, et qui avait dépensé tout son
bien en médecins, sans qu'aucun d'eux eût pu la guérir,
44s'approcha par-derrière, toucha la houppe de son man-
teau, et au même instant son hémorragie s'arrêta. 45Et
Jésus dit: «Qui est-ce qui m'a touché?» Comme tous
s'en défendaient, Pierre et ceux qui étaient avec lui,
dirent: «Maître, la foule t'entoure et te presse, et tu
demandes qui t'a touché!» 46Mais Jésus répondit: «Quel-
qu'un m'a touché, car j'ai senti une vertu* sortir de
moi.» 47La femme voyant qu'elle n'était pas restée
inaperçue, vint toute tremblante se jeter aux pieds de
Jésus, et déclara devant tout le monde, pour quelle cause
elle l'avait touché, et comment elle avait été guérie à
l'instant. 48Jésus lui dit: «[a]Ma fille, ta foi t'a guérie: va en
paix.»
49Il parlait encore, lorsqu'on vint de chez Jaïre dire à
ce chef de la synagogue: «Ta fille est morte, ne fatigue
pas le Maître.» 50Mais Jésus, qui avait entendu cette
parole, lui dit: «Ne crains point, crois seulement, et elle
sera guérie.» 51Lorsqu'il fut arrivé à la maison, il ne
laissa entrer personne avec lui, si ce n'est Pierre, Jean,
Jacques, avec le père et la mère de l'enfant. 52Comme
tous pleuraient et se lamentaient, Jésus leur dit: «Ne
pleurez pas; elle n'est pas morte, mais elle dort.» 53Et ils
se moquèrent de lui, sachant qu'elle était morte. 54Mais
lui[b], la saisissant par la main, dit en élevant la voix:
«Enfant, lève-toi.» 55La respiration lui revint, et elle se
leva à l'instant; et Jésus commanda qu'on lui donnât à
manger. 56Les parents de la jeune fille furent dans le
ravissement, et Jésus leur recommanda de ne dire à
personne ce qui venait de se passer.

Mission des Douze : instructions de Jésus. — Perplexité d'Hérode. — Retour des Douze : *Jésus les emmène vers Bethsaïde-Julias.* — Multiplication des pains. — « Qui dites-vous que je suis ? » — Jésus annonce ses souffrances. — « Porter sa croix. » — La Transfiguration. — Guérison d'un épileptique. — « Qui est le plus grand ? » — « Qui n'est pas contre vous est pour vous. »

(Mt 10 ; 14^{1-2}. — Mc 6^{7-16}. — Mt 14^{13-21}. — Mc 6^{30-44}. — Jn 6^{1-13}. — Mt 16^{13-28}. — Mc $8^{27} \cdot 9^{1}$. — Mt 17^{1-13}. — Mc 9^{2-13}. — Mt 17^{1-13}. — Mc 9^{2-13}. — Mt 17^{14-23} ; 18^{1-5}. — Mc 9^{14-40}.)

9 [1]Jésus ayant assemblé les Douze, leur donna puis-
sance et autorité pour chasser tous les démons et pour
guérir toutes les maladies, [2]puis il les envoya prêcher le
royaume de Dieu et guérir les malades. [3]Il leur dit : « Ne
prenez rien pour la route, ni bâton, ni sac, ni pain, ni
argent, ni deux tuniques. [4]Dans quelque maison que
vous entriez, restez-y, et que ce soit de là que vous par-
tiez. [5]Quant à tous ceux qui ne vous recevront pas, sor-
tez de leur ville, et secouez la poussière de vos pieds en
témoignage contre eux. » [6]Les disciples étant partis,
allèrent de village en village, annonçant la bonne nou-
velle et faisant partout des guérisons.

[7]Cependant Hérode, le tétrarque, entendit parler de
tout ce qui se passait, et il ne savait que penser, parce
que les uns disaient que Jean était ressuscité des morts ;
[8]les autres, qu'Élie était apparu ; d'autres enfin, qu'un
des anciens prophètes était ressuscité. [9]Mais Hérode dit :
« Quant à Jean, moi, je l'ai fait décapiter ; qui est donc cet
homme, dont j'entends dire des choses si extraordi-
naires ? » Et il désirait le voir.

[10]Les apôtres, étant de retour, racontèrent à Jésus tout
ce qu'ils avaient fait ; et Jésus les prenant avec lui, se
retira à l'écart, vers une ville nommée Bethsaïde. [11]Mais
la foule, en ayant eu connaissance, l'y suivit : Jésus l'ac-
cueillit, lui parla du royaume de Dieu, et guérit tous ceux
qui avaient besoin d'être guéris.

12 Comme le jour commençait à baisser, les Douze vin-
rent lui dire : « Renvoie cette foule de gens, afin qu'ils
aillent loger dans les villages d'alentour et dans les cam-
pagnes, et qu'ils trouvent de quoi manger, car ici nous
sommes dans un lieu désert. » 13 Mais Jésus leur dit :
« Donnez-leur, vous-mêmes, à manger. » Ils répondirent :
« Nous n'avons que cinq pains et deux poissons... à
moins que nous n'allions nous-mêmes acheter des vivres
pour ce peuple. » 14 En effet, il y avait environ cinq mille
hommes. Jésus dit à ses disciples : « Faites-les asseoir par
groupes de cinquante. » 15 Ils exécutèrent cet ordre ; ils les
firent tous asseoir. 16 Alors Jésus prit les cinq pains et
les deux poissons, et, levant les yeux au ciel, il les bénit,
les rompit, et les donna aux disciples pour les distribuer
à la foule. 17 Tous mangèrent et furent rassasiés ; et l'on
emporta ce qu'il y avait eu de trop, douze corbeilles de
morceaux.

18 Un jour que Jésus s'était retiré dans un lieu solitaire,
pour prier, ses disciples vinrent le rejoindre, et il leur
adressa cette question : « Qui dit-on, dans le peuple, que
je suis ? » 19 Ils lui répondirent : « On dit que tu es Jean
Baptiste ; d'autres disent que tu es Élie ; d'autres, qu'un
des anciens prophètes est ressuscité. — 20 Et vous, leur
dit-il, qui dites-vous que je suis ? » Pierre répondit : « Tu
es l'Oint de Dieu. » 21 Jésus leur recommanda sévère-
ment de ne le dire à personne, 22 et il ajouta : « Il faut que
le Fils de l'homme souffre beaucoup, qu'il soit rejeté par
les anciens, les grands prêtres et les scribes, qu'il soit
mis à mort, et qu'il ressuscite le troisième jour. »

23 Puis s'adressant à tout le monde, il dit : « Si quel-
qu'un veut venir après moi, qu'il renonce à lui-même,
qu'il se charge chaque jour de sa croix et qu'il me suive.
24 Car celui qui voudra sauver sa vie, la perdra ; mais
celui qui aura perdu sa vie à cause de moi, la sauvera. 25 À
quoi sert-il à un homme de gagner le monde entier, s'il se
perd ou se ruine lui-même ? 26 En effet, si quelqu'un a
honte de moi et de mes paroles, le Fils de l'homme aura

honte de lui, quand il viendra dans sa gloire, dans celle
de son Père et dans celle des saints anges. 27Je vous le dis,
certainement quelques-uns de ceux qui sont ici présents,
ne goûteront point la mort, qu'ils n'aient vu le royaume
de Dieu. »

28Environ huit jours après ce discours, Jésus prit avec
lui Pierre, Jean et Jacques, et monta sur la montagne
pour prier. 29Pendant qu'il priait, son visage parut tout
autre et ses vêtements devinrent éblouissants de blan-
cheur. 30Tout à coup parurent, entourés de gloire, deux
hommes qui s'entretenaient avec lui : c'était Moïse et
Élie ; 31ils parlaient de son départ* qui devait s'accomplir
à Jérusalem. 32Pierre et ses compagnons étaient accablés
de sommeil ; mais s'étant tenus éveillés, ils virent sa
gloire et les deux hommes qui étaient avec lui ; 33et, au
moment où Moïse et Élie se séparaient de lui, Pierre dit à
Jésus : « Maître, il est bon que nous soyons ici ; dressons
trois tentes, une pour toi, une pour Moïse et une pour
Élie » : il ne savait pas ce qu'il disait. 34Comme il parlait
ainsi, une nuée vint, qui les enveloppa, et en les voyant
entrer dans la nuée, les disciples furent saisis de frayeur.
35Il sortit de la nuée une voix qui dit : « Celui-ci est mon
Fils élu[a] ; écoutez-le » ; 36et après que la voix se fut fait
entendre, Jésus se trouva seul. Les disciples gardèrent le
silence sur ce qui s'était passé, et ne rapportèrent pour
lors à personne rien de ce qu'ils avaient vu.

37Le lendemain, lorsqu'ils furent descendus de la mon-
tagne, une foule considérable se porta à la rencontre de
Jésus, 38et un homme s'écria du milieu de la foule :
« Maître, je t'en prie, jette un regard sur mon fils, car je
n'ai que cet enfant : 39un esprit le saisit, et soudain lui
arrache des cris ; puis, il le jette dans des convulsions
où il écume, et il le quitte à grand-peine en le brisant
encore. 40J'ai prié tes disciples de le chasser, et ils ne
l'ont pu. » 41Jésus répondit : « Race incrédule et perverse,
jusqu'à quand serai-je avec vous, et vous supporterai-
je ?... Amène ici ton fils. » 42Au moment où l'enfant s'ap-

prochait, le démon le jeta par terre, dans des convulsions ; mais Jésus tança l'esprit impur, guérit l'enfant, et le rendit à son père. [43]Tous les assistants étaient frappés de la grandeur de Dieu.

Tandis que tout le monde était dans l'admiration de tout ce que Jésus faisait, il dit à ses disciples : [44]« Pour vous, mettez-vous bien dans l'esprit ce que je vais vous dire : c'est que le Fils de l'homme doit être livré entre les mains des hommes*. » [45]Mais les disciples ne comprenaient pas cette parole ; elle était voilée pour eux, afin qu'ils n'en sentissent point la portée ; et ils craignaient de l'interroger là-dessus.

[46]Une pensée s'éleva dans leur esprit : ils se demandaient lequel d'entre eux serait le plus grand. [47]Jésus voyant la pensée de leur cœur, prit un petit enfant, le plaça auprès de lui, [48]et leur dit : « Celui qui reçoit ce petit enfant en mon nom, me reçoit ; et celui qui me reçoit, reçoit celui qui m'a envoyé ; car celui d'entre vous tous qui est le plus petit, c'est celui-là qui est grand. » [49]Jean, prenant la parole, lui dit : « Maître, nous avons vu un homme qui chassait des démons en ton nom, et nous l'en avons empêché, parce qu'il ne va pas avec nous. » [50]Jésus lui dit : « Ne l'en empêchez point : celui qui n'est pas contre vous[a] est pour vous. »

Tournée missionnaire de Jésus se rendant à Jérusalem. — Le bourg des Samaritains. — Le scribe renvoyé ; le disciple retenu. — Mission des LXXII disciples : instructions de Jésus. — Menaces aux villes impénitentes. — Retour des LXXII. — Jésus bénit Dieu de ce qu'il a révélé ces choses aux enfants. — Le Docteur de la Loi, ou « Que dois-je faire pour obtenir la vie éternelle ? ». — Le bon Samaritain. — Marthe et Marie.

(Mt 8^{19-22} ; 10^{7-16} ; 11^{20-27} ; 13^{16-17} ; 22^{35-40}. — Mc 12^{28-34}.)

[51]Quand le temps où Jésus devait être enlevé de ce monde fut venu, il prit la résolution de s'acheminer à

Jérusalem. [52]Il se fit précéder par des messagers. Ceux-
ci s'en étant allés, entrèrent dans une ville des Samari-
tains pour lui préparer un logement; [53]mais on ne le
reçut point, parce qu'il se rendait à Jérusalem*. [54]Ses
disciples, Jacques et Jean, témoins de ce refus, dirent:
«Seigneur, veux-tu qu'à l'exemple d'Élie, nous com-
mandions que le feu descende du ciel et consume ces
gens-là?» [55]Mais Jésus s'étant retourné, les réprimanda,
et leur dit: «Vous ne savez de quel esprit vous êtes ani-
més[a].» [56]Et ils gagnèrent un autre village.
[57]Comme ils s'y rendaient, un homme lui dit en che-
min: «Seigneur, je te suivrai partout où tu iras.» [58]Et
Jésus lui dit: «Les renards ont des terriers, et les oiseaux
du ciel, des abris; mais le Fils de l'homme n'a pas un
lieu où reposer sa tête.» [59]Il dit à un autre: «Suis-moi.»
Celui-ci lui dit: «Seigneur, permets-moi d'aller aupara-
vant ensevelir mon père.» [60]Mais il lui repartit: «Laisse
les morts ensevelir leurs morts; pour toi, va annoncer
le royaume de Dieu.» [61]Un autre lui dit aussi: «Je te
suivrai, Seigneur, mais permets-moi d'aller auparavant
faire mes adieux à ma famille.» [62]Jésus lui dit: «Qui-
conque met la main à la charrue et regarde en arrière,
n'est pas propre au royaume de Dieu.»

10 [1]Après cela, le Seigneur désigna encore soixante-
douze autres disciples*, et les envoya devant lui, deux
à deux, dans toutes les villes et dans tous les lieux où
lui-même devait aller. [2]Et il leur dit: «La moisson est
grande, mais il y a peu d'ouvriers; priez donc le maître
de la moisson d'envoyer des ouvriers dans sa moisson.
[3]Allez, je vous envoie comme des agneaux au milieu des
loups. [4]Ne prenez ni bourse, ni sac, ni sandales, et ne
saluez personne en chemin*. [5]Dans quelque maison que
vous entriez, dites d'abord: "Que la paix soit sur cette
maison!" [6]et s'il se trouve là quelque enfant de paix, la
paix que vous aurez souhaitée reposera sur lui; sinon,
elle reviendra à vous. [7]Demeurez dans cette même mai-

son, mangez et buvez ce qu'on vous donnera, car l'ouvrier mérite son salaire. Ne passez point d'une maison dans une autre. [8]Dans quelque ville que vous entriez, si l'on vous reçoit, mangez ce qu'on vous servira ; [9]guérissez les malades qui s'y trouveront, et dites aux habitants : "Le royaume de Dieu est proche de vous." [10]Dans quelque ville que vous entriez, si l'on ne vous reçoit pas, allez dans les rues, et dites : [11]"Nous secouons de nos pieds, pour vous la rendre, même la poussière qui s'y est attachée dans votre ville ; pourtant, sachez-le bien, le royaume de Dieu est proche[a]." [12]Je vous déclare qu'au dernier jour, Sodome sera traitée moins rigoureusement que cette ville-là. [13]Malheur à toi, Chorazin ! Malheur à toi Bethsaïde ! car si les miracles qui ont été faits au milieu de vous, avaient été faits dans Tyr et dans Sidon, il y a longtemps qu'elles se seraient repenties sous le sac et la cendre ; [14]mais au jour du jugement Tyr et Sidon seront traitées moins rigoureusement que vous. [15]Et toi, Capharnaüm, qui a été élevée jusqu'au ciel, tu seras abaissée jusqu'aux enfers. [16]Qui vous écoute, m'écoute ; qui vous rejette, me rejette ; et qui me rejette, rejette celui qui m'a envoyé. »

[17]Les soixante et douze disciples revinrent pleins de joie, disant : « Seigneur, les démons mêmes se soumettent à nous en ton nom ! » [18]Il leur dit : « Je voyais Satan tomber du ciel comme un éclair. [19]Je vous ai donné le pouvoir de fouler aux pieds les serpents et les scorpions, et toutes les forces de l'ennemi, sans qu'elles puissent aucunement vous nuire ; [20]seulement, ne vous réjouissez pas de ce que les esprits se soumettent à vous, mais réjouissez-vous de ce que vos noms sont écrits dans les cieux*. »

[21]En ce moment même, Jésus tressaillit de joie en son esprit et dit : « Je te loue, Père, Seigneur du ciel et de la terre, de ce que tu as caché ces choses aux sages et aux intelligents, et de ce que tu les as révélées aux enfants ; oui, Père, je te loue de ce que tel a été ton bon plaisir. »

[22]Et se tournant vers ses disciples, il dit : « Toutes choses
m'ont été enseignées par mon Père ; et personne ne
connaît ce qu'est le Fils, que le Père, ni ce qu'est le Père,
que le Fils, et que celui à qui le Fils le veut bien révé-
ler. » [23]Puis se tournant vers ses disciples, il leur dit en
particulier : « Heureux les yeux qui voient ce que vous
voyez ! [24]Car je vous dis que beaucoup de prophètes et
de rois ont désiré de voir ce que vous voyez, et ne l'ont
pas vu ; d'entendre ce que vous entendez, et ne l'ont pas
entendu. »

[25]Un docteur de la Loi, qui voulait mettre Jésus à
l'épreuve, se leva et lui dit : « Maître, que faut-il que je
fasse pour obtenir la vie éternelle ? » [26]Jésus lui répon-
dit : « Que dit la Loi ? Qu'y lis-tu ? » [27]Il repartit : *Tu aime-
ras le Seigneur ton Dieu de tout ton cœur, de toute ton
âme, de toute ta force et de toute ta pensée, et ton pro-
chain comme toi-même.* [28]Jésus lui dit : « Tu as bien
répondu : fais cela et tu vivras. » [29]Cet homme voulant se
justifier lui-même, dit à Jésus : « Et qui est mon pro-
chain ? » [30]Jésus reprit : « Un homme, qui descendait de
Jérusalem à Jéricho, tomba au milieu des voleurs : ils
le dépouillèrent, le chargèrent de coups, et s'en allèrent,
le laissant à demi mort. [31]Un prêtre, qui, par hasard,
descendait par ce chemin, vit le malheureux et passa
outre. [32]De même aussi, un lévite, étant arrivé dans cet
endroit, s'avança, et l'ayant vu, passa outre. [33]Mais un
Samaritain qui voyageait, étant venu dans ce lieu et
ayant vu cet homme, fut touché de compassion. [34]Il s'en
approcha, banda ses blessures, après y avoir versé de
l'huile et du vin ; puis, l'ayant mis sur sa propre mon-
ture, il le mena dans une hôtellerie et prit soin de lui.
[35]Le lendemain matin, en partant, il tira de sa bourse
deux deniers, les donna à l'hôte, et dit : "Aie soin de lui,
et, ce que tu dépenseras de plus, je te le rendrai à mon
retour." [36]Lequel des trois te semble avoir été le pro-

10[27] : Dt 6[5] ; Lv 19[18].

chain de celui qui était tombé au milieu des voleurs ? »
37 Il dit : « C'est celui qui a exercé la miséricorde envers
lui. » Jésus lui dit : « Va, et fais de même*. »
38 Pendant qu'il était en route avec ses disciples, il
entra dans un village ; une femme, nommée Marthe, le
reçut dans sa maison. 39 Elle avait une sœur, nommée
Marie, qui, s'étant assise aux pieds de Jésus, écoutait sa
parole, 40 tandis qu'elle-même était distraite par les soins
nombreux du ménage. Marthe s'étant approchée, dit à
Jésus : « Seigneur, ne vois-tu pas que ma sœur me laisse
toute la tâche ? Dis-lui donc de m'aider. » 41 Mais il lui
répondit : « Marthe, Marthe, tu t'inquiètes et tu t'agites
pour beaucoup de choses ; 42 une seule chose est néces-
saire Marie a choisi la bonne part, qui ne lui sera point
ôtée*. »

Suite du Voyage à Jérusalem. — L'Oraison dominicale. — L'ami importun. — Guérison d'un démoniaque sourd-muet. — « Il chasse les démons par Belzébuth. » — Le blasphème contre le Saint-Esprit. — « Heureux le sein qui t'a porté ! » — Le signe de Jonas. — La lampe sous le boisseau. — « Malheur à vous, pharisiens ! » — Hostilité des pharisiens.
(Mt 6[9-13] ; 7[7-11] ; 12[22-30] ; 12[43-45]. — Mc 3[22-27]. — Mt 12[38-42] ; 6[22-23] ; 23[1-36]. — Mc 12[38-40].)

11 1 Un jour, Jésus était en prière en un lieu. Lors-
qu'il eut fini de prier, un de ses disciples lui dit : « Sei-
gneur, enseigne-nous à prier, comme Jean l'a enseigné
à ses disciples. » 2 Il leur dit : « Quand vous priez, dites :
"Père[a], que ton nom soit sanctifié ; que ton règne
vienne. 3 Donne-nous chaque jour notre pain quotidien.
4 Remets-nous nos péchés, car nous remettons aussi
leurs dettes à ceux qui nous doivent, et ne nous induis
point en tentation[b]." »
5 Et il ajouta : « Si quelqu'un de vous avait un ami et
qu'il l'allât trouver au milieu de la nuit pour lui dire :

"Mon ami, prête-moi trois pains, [6]car un de mes amis
qui voyage est arrivé chez moi, et je n'ai rien à lui
offrir" ; [7]et que cet ami lui répondît de l'intérieur : "Ne
m'importune pas ; ma porte est déjà fermée, et mes
petits enfants sont au lit avec moi ; je ne puis me lever
pour te donner ces pains" ; [8]eh bien ! je vous dis qu'alors
même qu'il ne se lèverait pas pour les lui donner, parce
qu'il est son ami, il se lèvera à cause de son importunité,
et lui en donnera autant qu'il en désire. [9]Je vous dis
aussi : Demandez, et l'on vous donnera ; cherchez et
vous trouverez ; heurtez, et l'on vous ouvrira ; [10]car qui-
conque demande, reçoit ; qui cherche, trouve ; et l'on
ouvre à qui heurte. [11]Quel est le père, parmi vous qui
donne une pierre à son fils, quand il lui demande du
pain ? [12]ou, s'il demande du poisson, lui donnera-t-il un
serpent au lieu d'un poisson ? ou, s'il lui demande
un œuf, lui donnera-t-il un scorpion* ? [13]Si donc, tout
méchants que vous êtes, vous savez donner de bonnes
choses à vos enfants, combien plus le Père céleste don-
nera-t-il le Saint-Esprit à ceux qui le lui demandent. »

[14]Une autre fois, Jésus chassa un démon : c'était un
démon sourd-muet. Lorsque le démon fut sorti, le
sourd-muet parla ; et la foule était dans l'admiration.

[15]Toutefois il y eut des gens qui dirent : « C'est par Bel-
zébuth, prince des démons, qu'il chasse les démons » ;
[16]tandis que d'autres, pour le mettre à l'épreuve, lui
demandaient un signe qui vînt du ciel. [17]Mais Jésus,
connaissant leurs pensées, leur dit : « Tout royaume en
proie aux divisions se détruit, et il tombe, maison après
maison. [18]S'il est vrai que Satan soit en proie aux divi-
sions, comment son royaume subsistera-t-il, puisque
vous dites que c'est par Belzébuth que je chasse les
démons ? [19]Et si, moi, je chasse les démons par Belzé-
buth, par qui vos fils les chassent-ils ? C'est pourquoi ils
seront eux-mêmes vos juges. [20]Mais si je chasse les
démons par le doigt de Dieu*, le royaume de Dieu est
donc venu vers vous. [21]Quand l'homme fort et bien

armé garde l'entrée de sa maison, ses biens sont en
sûreté, 22mais qu'un plus fort que lui vienne et le
vainque, il lui enlève l'armure qui faisait sa sécurité, et
il partage ses dépouilles. 23Qui n'est pas avec moi est
contre moi, et qui n'assemble pas avec moi, disperse.
24Quand l'esprit impur est sorti d'un homme, il va par
des lieux arides, pour chercher du repos ; et, n'en trou-
vant point, il se dit : "Je retournerai dans la maison d'où
je suis sorti." 25Il vient et la trouve balayée et mise en
ordre. 26Alors il s'en va prendre sept autres esprits plus
méchants que lui, puis ils y rentrent et s'y établissent ; et
la dernière condition de cet homme est pire que la pre-
mière. »

27Pendant qu'il parlait ainsi, une femme, élevant la
voix du milieu de la foule, lui dit : « Heureux le sein
qui t'a porté ! Heureuses les mamelles qui t'ont allaité !
— 28Ah ! heureux plutôt, reprit Jésus, ceux qui entendent
la parole de Dieu et qui la gardent ! »

29Comme la foule s'amassait, il se mit à dire : « Cette
génération est une génération mauvaise ; elle réclame
un signe... eh bien ! il ne lui en sera point accordé
d'autre que le signe de Jonas : 30de même que Jonas fut
un signe pour les Ninivites, ainsi le Fils de l'homme
sera un signe pour cette génération. 31La reine du Midi
se lèvera au jour du jugement avec les hommes de cette
génération, et les condamnera ; car elle vint du bout
du monde pour entendre la sagesse de Salomon, et il y
a ici plus que Salomon. 32Les hommes de Ninive se lève-
ront au jour du jugement avec cette génération, et la
condamneront ; car ils se convertirent à la prédication
de Jonas, et il y a ici plus que Jonas. 33On n'allume pas
une lampe pour la mettre dans une cave ou sous le bois-
seau ; mais on la met sur son pied, afin que ceux qui
entrent voient clair. 34La lampe de ton corps, c'est ton
œil. Quand ton œil est bon, tout ton corps est éclairé ;
mais quand ton œil est mauvais, ton corps est dans les
ténèbres ; 35prends donc garde que la lumière qui est en

toi ne soit ténèbres. [36]Si donc ton corps tout entier est
éclairé, sans qu'il y ait en toi aucune partie ténébreuse,
il sera complètement éclairé, comme lorsque la lampe
t'éclaire de sa lumière. »

[37]Quand il eut parlé, un pharisien le pria de dîner
chez lui. Jésus entra et se mit à table. [38]Le pharisien
voyant qu'il ne s'était point lavé avant le repas, en fut
surpris. [39]Mais le Seigneur lui dit : « Vous autres, phari-
siens, vous nettoyez le dehors de la coupe et du plat,
mais au-dedans, vous êtes pleins de rapacité et de mal-
honnêteté. [40]Insensés, celui qui a fait le dehors, n'a-t-il
pas fait aussi le dedans ? [41]Donnez-en plutôt le contenu
en aumône, et alors toutes choses seront pures pour
vous. [42]Mais malheur à vous, pharisiens ! parce que vous
payez la dîme de la menthe, de la rue et de toute espèce
de plantes potagères, et que vous négligez la justice et
l'amour de Dieu : il fallait faire ces choses-ci, sans tou-
tefois omettre celles-là. [43]Malheur à vous, pharisiens !
parce que vous aimez la première place dans les syna-
gogues, et les salutations dans les places publiques.
[44]Malheur à vous[a] ! parce que vous êtes comme ces
sépulcres qu'on ne voit pas : on marche dessus sans le
savoir[*]. »

[45]Un des docteurs de la Loi prit la parole et lui dit :
« Maître, tu nous outrages aussi en parlant de la sorte. »
[46]Jésus lui dit : « Malheur à vous aussi, docteurs de la
Loi ! parce que vous chargez les hommes de fardeaux
insupportables, et vous-mêmes vous n'y touchez pas du
bout du doigt. [47]Malheur à vous ! parce que vous bâtis-
sez les tombeaux des prophètes que vos pères ont tués.
[48]Vous servez donc de témoins, et vous applaudissez aux
œuvres de vos pères : eux, les ont tués, vous, vous bâtis-
sez[b] ! [49]C'est pourquoi la sagesse de Dieu a dit : Je leur
enverrai des prophètes et des apôtres ; ils tueront les
uns et chasseront les autres, [50]afin qu'on redemande à
cette génération le sang de tous les prophètes, qui a été
versé depuis la création du monde, [51]depuis le sang

d'Abel jusqu'au sang de Zacharie, égorgé entre l'autel et
le sanctuaire ; oui, je vous le dis, ce sang sera rede-
mandé à cette génération. 52Malheur à vous, docteurs de
la Loi ! parce que vous avez enlevé la clef de la science :
vous n'êtes pas entrés, et vous avez arrêté ceux qui
entraient*. »
53Quand Jésus fut sorti de cette maison[a], les scribes et
les pharisiens commencèrent à lui en vouloir violem-
ment 54et à le faire parler sur plusieurs points en lui
adressant des questions insidieuses, pour surprendre
quelque parole compromettante sortie de sa bouche[b].

Suite du Voyage à Jérusalem. — Le levain des pharisiens. — « Ne craignez pas ceux qui ôtent la vie du corps. » — Confesser Jésus devant les hommes — L'assistance du Saint-Esprit. — L'héritage à partager. — L'homme riche qui ne pense qu'à amasser des biens. — Confiance en Dieu. — L'aumône. — La vigilance. — Le serviteur fidèle et le serviteur infidèle. — « Je suis venu pour apporter le feu sur la terre. » — Les signes des temps. — S'accommoder avec son adversaire.

(Mt 10²⁶⁻³³ ; 12³². — Mc 3²⁸⁻²⁹. — Mt 10¹⁹⁻²⁰ ; 6²⁵⁻³³ ; 6²⁰⁻²¹ ; 24⁴²⁻⁵¹ ; 10³⁴⁻³⁶ ; 16²⁻³ ; 5²⁵⁻²⁶.)

12 1Cependant les gens s'étant amassés par milliers,
au point qu'ils s'écrasaient les uns les autres, Jésus se
mit à dire à ses disciples : « Avant tout, gardez-vous du
levain des pharisiens, qui est l'hypocrisie. 2Il n'y a rien
de caché qui ne se découvre, ni rien de secret qui ne
finisse par être connu ; 3aussi tout ce que vous aurez dit
dans les ténèbres sera redit en plein jour, et ce que vous
aurez murmuré à l'oreille dans les chambres sera
publié sur les toits. 4Je vous dis à vous qui êtes mes
amis : Ne craignez point ceux qui tuent le corps, et qui,
après cela, ne peuvent rien faire de plus. 5Je vais vous
dire qui vous devez craindre : Craignez celui qui, après
avoir ôté la vie, a le pouvoir de jeter dans la Géhenne ;

oui, je vous le dis, c'est celui que vous devez craindre.
6Ne vend-on pas cinq passereaux pour deux sous ? et
pourtant pas un seul n'est oublié de Dieu ; 7les cheveux
même de votre tête sont tous comptés. Ne craignez point ;
vous valez mieux que beaucoup de passereaux. 8Je vous
le dis, quiconque me confessera devant les hommes, le
Fils de l'homme aussi le confessera devant les anges de
Dieu ; 9mais celui qui m'aura renié devant les hommes,
sera renié devant les anges de Dieu. 10Et quiconque
aura parlé contre le Fils de l'homme, en obtiendra le
pardon ; mais il n'y aura point de pardon pour celui qui
aura blasphémé contre le Saint-Esprit. 11Quand on vous
mènera dans les synagogues et devant les magistrats et
les autorités, ne vous inquiétez pas de savoir comment
vous vous défendrez, ni ce que vous répondrez ou direz,
12car le Saint-Esprit vous enseignera à l'heure même ce
qu'il faudra dire. »

13Quelqu'un de la foule lui dit : « Maître, dis à mon
frère de partager avec moi notre héritage. » 14Mais Jésus
lui dit : « Ô homme, qui m'a établi pour être votre juge et
pour faire vos partages* ? »

15Il dit à la foule : « Gardez-vous avec soin de toute ava-
rice, car un homme a beau être dans l'abondance, sa vie
ne dépend pas de ses biens. » 16Il leur ajouta cette com-
paraison : « Il y avait un homme riche dont les terres
avaient beaucoup rapporté, 17et il réfléchissait en lui-
même, disant : "Que ferai-je ? car je n'ai pas de place
pour serrer ma récolte." 18Et il se dit : "Voici ce que je
ferai : j'abattrai mes greniers, j'en bâtirai de plus grands,
et j'y serrerai tous mes produits et tous mes biens ; 19et je
dirai à mon âme : Mon âme, tu as de grands biens en
réserve pour plusieurs années ; repose-toi, mange, bois
et jouis." 20Mais Dieu lui dit : "Insensé, cette nuit même
ton âme te sera redemandée ; et ce que tu as mis en
réserve, pour qui sera-t-il ?" 21Il en est ainsi de l'homme
qui thésaurise pour lui-même, et qui n'est pas riche pour
Dieu. »

22Et il dit à ses disciples: «C'est pourquoi je vous dis:
Ne vous mettez point en souci, ni pour votre vie, de ce
que vous mangerez, ni pour votre corps, de quoi vous
vous vêtirez: 23la vie est plus que la nourriture, et le
corps plus que le vêtement. 24Considérez les corbeaux:
ils ne sèment ni ne moissonnent, ils n'ont ni cellier ni
grenier, et Dieu les nourrit. Combien ne valez-vous pas
mieux que ces oiseaux! 25D'ailleurs, qui de vous peut,
par ses soucis, ajouter une coudée à sa taille? 26Si donc
les moindres choses sont au-dessus de votre pouvoir,
pourquoi vous mettez-vous en souci des autres? 27Consi-
dérez que les lis ne filent ni ne tissent, cependant je vous
dis que Salomon même, dans toute sa magnificence,
n'était point vêtu comme l'un de ces lis. 28Si Dieu revêt
de la sorte, dans les champs, l'herbe qui est aujourd'hui
et qui demain sera jetée au four, combien plus vous
revêtira-t-il, ô gens de peu de foi. 29Vous aussi, ne cher-
chez point ce que vous mangerez et ce que vous boirez,
et ne soyez point inquiets; 30car ce sont les nations du
monde qui cherchent toutes ces choses: votre Père sait
que vous en avez besoin. 31Mais cherchez son royaume,
et toutes ces choses vous seront données par-dessus.

32»Ne craignez point, petit troupeau, car il a plu à
votre Père de vous donner le royaume. 33Vendez vos
biens et les donnez en aumônes. Faites-vous des bourses
qui ne s'usent point, un trésor inépuisable, dans les
cieux, là où le voleur ne pénètre pas, où la gerce ne gâte
pas; 34car là où est votre trésor, là aussi sera votre cœur.

35»Que vos reins soient ceints et vos lampes allumées.
36Vous-mêmes, soyez semblables à des gens qui atten-
dent le moment où leur maître doit revenir des noces,
afin de lui ouvrir dès qu'il arrivera et qu'il heurtera.
37Heureux les serviteurs que le maître, à son arrivée,
trouvera veillant! En vérité, je vous dis qu'il se ceindra,
qu'il les fera mettre à table et viendra les servir. 38Qu'il
vienne à la seconde veille ou qu'il vienne à la troisième,
s'il les trouve en cet état, heureux ces serviteurs-là!

39Soyez certains que si le maître de la maison savait à
quel moment le voleur doit venir, il veillerait et ne lais-
serait pas forcer sa maison. 40Vous aussi, soyez prêts,
parce que le Fils de l'homme viendra à l'heure que vous
ne pensez pas. »

41Pierre dit : « Seigneur, est-ce à nous que tu adresses
cette comparaison, ou l'adresses-tu aussi à tout le
monde ? » 42Le Seigneur dit : « Quel est donc l'économe
fidèle et sensé que le maître placera à la tête de ses
gens, pour donner à chacun sa portion au moment fixé ?
43Heureux le serviteur que son maître, à son arrivée,
trouvera agissant de la sorte ! 44En vérité, je vous dis
qu'il lui donnera l'intendance de tous ses biens. 45Mais
si ce serviteur dit en lui-même : "Mon maître tarde à
venir", et qu'il se mette à battre les serviteurs et les ser-
vantes, à manger, à boire et à s'enivrer, 46son maître
viendra au jour où il ne s'y attend pas, et à l'heure qu'il
ne sait pas ; il le coupera en deux, et lui assignera sa
part avec les infidèles. 47Le serviteur qui aura connu la
volonté de son maître et qui n'aura pas préparé et fait
toutes choses, selon sa volonté, recevra un grand
nombre de coups ; 48tandis que celui qui ne l'aura pas
connue et qui aura fait des choses dignes de châtiment,
recevra peu de coups. On exigera beaucoup de celui à
qui l'on aura beaucoup donné, et plus on aura confié
à quelqu'un, plus on lui redemandera*.

49» Je suis venu apporter le feu sur la terre, et que
désiré-je, sinon qu'il soit déjà allumé ? 50D'autre part, il y
a un baptême dont je dois être baptisé, et combien il me
tarde qu'il soit accompli* ! 51Croyez-vous que je sois venu
mettre la paix sur la terre ? — Non, vous dis-je, mais plu-
tôt la division ; 52car désormais, s'il y a cinq personnes
dans une maison, elles seront divisées, trois contre deux
et deux contre trois : 53on sera divisé, père contre fils et
fils contre père, mère contre fille et fille contre mère, la
belle-mère sera contre sa belle-fille et la belle-fille contre
sa belle-mère. »

54 Jésus disait aussi à la foule : « Quand vous voyez la
nuée s'élever du couchant, vous dites aussitôt : "Il va
pleuvoir" ; et cela arrive ainsi. 55 Et quand vous voyez
souffler le vent du midi, vous dites : "Il fera chaud" ; et
cela arrive. 56 Hypocrites, vous savez bien juger de l'as-
pect du ciel et de la terre, pourquoi ne jugez-vous pas du
temps actuel ? 57 Pourquoi ne discernez-vous pas de vous-
mêmes ce qui est juste ? 58 Lorsque tu te rends avec ta
partie adverse devant le magistrat, mets tout en œuvre
pour te libérer avec elle en chemin, de peur qu'elle ne te
traîne devant le juge, que le juge ne te livre au sergent, et
que le sergent ne te jette en prison. 59 Je te le dis, tu n'en
sortiras pas que tu n'aies payé jusqu'à la dernière pite. »

Suite du Voyage à Jérusalem. — Galiléens massacrés par Pilate. — La tour de Siloé. — Parabole du Figuier stérile. — La femme guérie le jour du sabbat. — Paraboles du Grain de moutarde — et du Levain. — « N'y a-t-il que peu de sauvés ? » — Hostilité d'Hérode. — Regrets sur Jérusalem.
(Mt 13[31-33]. — Mc 4[30-32]. — Mt 7[13-14] ; 25[11-12] ; 7[23] ; 8[11-12] ; 19[30] ; 23[37-39].)

13 1 En ce moment même, il se trouva là quelques
personnes qui apprirent à Jésus la nouvelle de ces Gali-
léens, dont Pilate avait mêlé le sang à celui de leurs sacri-
fices. 2 Et lui, prenant la parole, leur dit : « Croyez-vous
que ces Galiléens fussent de plus grands pécheurs que
les autres Galiléens, parce qu'ils ont souffert de la sorte ?
— 3 Non, vous dis-je ; mais si vous ne vous repentez, vous
périrez tous semblablement. 4 Ou bien, croyez-vous que
ces dix-huit personnes sur qui la tour est tombée, à Siloé,
et qu'elle a tuées, fussent plus coupables que toutes celles
qui habitent Jérusalem ? — 5 Non, vous dis-je ; mais si vous
ne vous repentez, vous périrez tous semblablement*. »

6 Il ajouta cette comparaison : « Un homme avait un
figuier planté dans sa vigne ; il alla y chercher du fruit et

n'en trouva point. 7Il dit au vigneron: "Voici trois ans
que je viens chercher du fruit à ce figuier et que je n'en
trouve point: coupe-le. Pourquoi occupe-t-il la terre
inutilement?" 8Le vigneron répondit: "Seigneur, laisse-
le encore cette année. Je creuserai tout autour et j'y
mettrai du fumier; 9peut-être portera-t-il du fruit;
sinon, tu le couperas l'an prochain*." »

10Un jour de sabbat, Jésus enseignait dans une syna-
gogue, 11et il vint une femme, qui était possédée, depuis
dix-huit ans, d'un esprit qui la rendait faible; elle était
toute voûtée, et ne pouvait absolument pas se redresser.
12Jésus la voyant, l'appela, et lui dit: « Femme, tu es déli-
vrée de ta faiblesse »; 13et il lui imposa les mains: à l'ins-
tant elle se redressa, et glorifia Dieu. 14Mais le président
de la synagogue, fâché de ce que Jésus avait fait cette
guérison le jour du sabbat, prit la parole, et dit à la
foule: « Il y a six jours pour travailler; venez donc vous
faire guérir ces jours-là, et non pas le jour du sabbat. »
15Mais le Seigneur lui répondit: « Hypocrites, est-ce que
chacun de vous, le jour du sabbat, ne délie pas de la
crèche son bœuf ou son âne pour le mener boire? 16Et
cette fille d'Abraham que Satan tient liée depuis dix-
huit ans, il ne fallait pas la délivrer de cette chaîne le
jour du sabbat! » 17Cette réponse couvrit de confusion
tous ses adversaires, et le peuple se réjouissait de toutes
les merveilles que Jésus faisait.

18Il ajouta donc: « À quoi ressemble le royaume de
Dieu et à quoi le comparerai-je? 19Il est semblable à un
grain de moutarde qu'un homme a pris et a jeté dans
son jardin: le grain a poussé, il est devenu un[a] arbre, et
les oiseaux du ciel se sont abrités dans ses branches. »

20Il dit encore: « À quoi comparerai-je le royaume de
Dieu? 21Il est semblable à du levain qu'une femme a
pris et a mis dans trois mesures de farine, jusqu'à ce
que tout ait levé. »

22Et Jésus traversait les villes et les villages, ensei-
gnant et faisant route vers Jérusalem.

[23]Quelqu'un lui dit : « Seigneur, n'y a-t-il que peu de
personnes de sauvées ? » [24]Il répondit : « Efforcez-vous*
d'entrer par la porte étroite, car beaucoup, je vous le dis,
chercheront à entrer, et ne le pourront pas. [25]Une fois que
le maître de la maison se sera levé et aura fermé la porte,
si vous êtes dehors et que vous commenciez à heurter, en
disant : "Seigneur, Seigneur, ouvre-nous" ; il vous dira :
"Je ne sais d'où vous êtes." [26]Alors vous vous mettrez à
dire : "Nous avons mangé et bu avec toi ; c'est dans nos
places publiques que tu as enseigné" ; [27]et il répondra :
"Je vous le dis, je ne sais d'où vous êtes ; éloignez-vous de
moi, vous tous, ouvriers d'iniquité." [28]C'est alors qu'il y
aura des pleurs et des grincements de dents, quand vous
verrez Abraham, Isaac, Jacob et tous les prophètes dans
le royaume de Dieu, tandis que vous serez jetés dehors.
[29]Il viendra de l'orient et de l'occident, du nord et du
midi, des gens qui seront à table dans le royaume de
Dieu ; [30]et voici, il y en a des derniers qui seront les pre-
miers, et des premiers qui seront les derniers. »

[31]Ce même jour, quelques pharisiens vinrent dire à
Jésus : « Pars, éloigne-toi d'ici, car Hérode veut te faire
mourir. » Il leur dit : [32]« Allez dire à ce renard : Voici, je
chasse des démons et je fais des guérisons aujourd'hui
et demain, et après-demain j'ai fini ; [33]seulement, il faut
qu'aujourd'hui et demain, et après-demain, je poursuive
ma route, car il ne convient pas qu'un prophète périsse
hors de Jérusalem. [34]Jérusalem, Jérusalem*, toi qui tues
les prophètes et qui lapides ceux qui te sont envoyés,
combien de fois j'ai voulu rassembler tes enfants,
comme une poule rassemble sa couvée sous ses ailes, et
vous ne l'avez pas voulu ! [35]Voici, votre maison va vous
être laissée[a], et je vous dis que vous ne me verrez plus
jusqu'à ce que le temps vienne, où vous direz : *Béni soit
celui qui vient au nom du Seigneur !* »

13[35] : Ps 69[26] ; 118[26].

Suite du Voyage à Jérusalem. — Guérison d'un hydropique, le jour du sabbat. — La première place dans les festins. — Invitez les pauvres. — Parabole des Conviés qui s'excusent. — « Porter sa croix. » — La tour inachevée. — Le roi demandant la paix.

(Mt 22[2-10]; 10[37-38]; 5[13].)

14 1 Un jour de sabbat, Jésus entra dans la maison
d'un des principaux pharisiens pour y manger, et on
l'observait. 2 Comme il se trouvait avoir devant lui un
homme hydropique, 3 il prit la parole, et s'adressant aux
docteurs de la Loi et aux pharisiens, il leur dit : « Est-il
permis, oui ou non, de guérir le jour du sabbat ? » Ils
gardèrent le silence. 4 Alors Jésus saisissant l'hydro-
pique, le guérit, et le renvoya. 5 Puis, prenant la parole,
il dit : « Qui de vous, si son fils[a] ou son bœuf vient à tom-
ber dans un puits, ne l'en retire aussitôt, le jour du sab-
bat ? » 6 Et ils ne surent que lui répondre.

7 Ayant remarqué que les conviés choisissaient les
premières places, il leur adressa cette comparaison :
8 « Quand on t'invitera à des noces, ne prends pas la pre-
mière place, de peur qu'il ne se trouve parmi les invités
un homme plus considéré que toi, 9 et que celui qui vous
aura invités l'un et l'autre, ne te dise : “Cède-lui la
place”, car alors tu auras la confusion d'aller occuper
la dernière place. 10 Mais, lorsqu'on t'invite, va te mettre
à la dernière place, et, quand celui qui t'a invité vien-
dra, il te dira : “Cher ami, monte plus haut” ; alors ce
sera pour toi un honneur aux yeux des autres convives.
11 Car quiconque s'élève, sera abaissé ; et quiconque
s'abaisse, sera élevé. »

12 Il disait aussi à celui qui l'avait invité : « Quand tu
donnes à dîner ou à souper, n'invite ni tes amis, ni tes
frères, ni tes parents, ni tes voisins riches, de peur qu'ils
ne t'invitent aussi à leur tour et ne te rendent la pareille.
13 Mais, quand tu donnes un repas, invite les pauvres, les

estropiés, les boiteux, les aveugles, 14et tu seras heureux
de ce qu'ils ne peuvent te le rendre : cela te sera rendu à
la résurrection des justes. »
15Un des convives, qui avait entendu ces recomman-
dations, lui dit : « Heureux celui qui sera à table dans le
royaume de Dieu ! » 16Jésus lui dit : « Un homme donna
un grand souper et y convia beaucoup de monde.
17À l'heure du souper, il envoya son serviteur dire aux
invités : "Venez, car tout est prêt." 18Et ils se mirent à
s'excuser tout d'une voix. Le premier lui dit : "J'ai acheté
un champ, et je suis forcé de sortir pour le voir ; je te
prie de m'excuser." 19Un autre dit : "J'ai acheté cinq
paires de bœufs, et je vais les essayer ; je te prie de m'ex-
cuser." 20Un autre dit : "Je viens de me marier, ainsi je
n'y puis aller." 21Le serviteur étant de retour, rapporta
ces refus à son maître. Alors le maître de la maison,
irrité, dit à son serviteur : "Va vite dans les places et
dans les rues de la ville, et amène ici les pauvres, les
estropiés, les aveugles, les boiteux*." 22Le serviteur de
retour, dit : "Maître, tes ordres ont été exécutés, et il y a
encore de la place." 23Et le maître dit à son serviteur :
"Va dans les chemins et le long des haies, et presse les
gens d'entrer*, afin que ma maison soit pleine ; 24car je
vous déclare qu'aucun de ceux qui avaient été conviés,
ne goûtera de mon souper." »
25Comme une foule considérable cheminait avec
Jésus, il se retourna, et lui dit : 26« Si quelqu'un vient à
moi et ne hait pas son père, sa mère, sa femme, ses
enfants, ses frères et ses sœurs, bien plus, s'il ne hait
pas sa propre vie, il ne peut être mon disciple ; 27et qui-
conque ne porte pas sa croix et ne me suit pas, ne peut
être mon disciple. 28Car quel est celui d'entre vous, qui,
voulant bâtir une tour, ne s'assied premièrement pour
calculer la dépense et pour voir s'il a de quoi en venir à
bout ? 29de peur qu'après avoir posé les fondements de
l'édifice, il ne puisse l'achever, et que tous ceux qui le
verront ne se mettent à se moquer de lui 30et à dire : "Cet

homme a commencé à bâtir et il n'a pu achever." 31Ou
bien quel est le roi, qui, étant sur le point d'aller livrer
bataille à un autre roi, ne s'assied premièrement pour
délibérer et pour voir s'il peut, avec dix mille hommes,
marcher à la rencontre d'un ennemi qui s'avance contre
lui avec vingt mille? 32Autrement, pendant que celui-ci
est encore éloigné, il lui envoie une ambassade pour
négocier la paix. 33De même, quiconque d'entre vous ne
renonce pas à tout ce qu'il possède ne peut être mon
disciple. 34C'est donc une bonne chose que le sel; mais
si le sel aussi devient insipide, avec quoi lui donnera-
t-on de la saveur? 35Il n'est bon ni pour la terre ni pour
le fumier: on le jette dehors. Que celui qui a des oreilles
pour entendre, entende.»

Suite du Voyage à Jérusalem. — Murmures des pharisiens. — Parabole de la Brebis perdue — de la Drachme perdue — et de l'Enfant prodigue.
(Mt 18[12-14].)

15 1Tous les publicains et les gens de mauvaise vie
se tenaient auprès de Jésus pour l'entendre. 2Les phari-
siens et les scribes en murmuraient, disant: «Cet homme
accueille les pécheurs et mange avec eux.» 3Mais il leur
adressa cette parabole: 4«Quel est l'homme parmi vous
qui, ayant cent brebis, s'il en perd une, ne laisse les
quatre-vingt-dix-neuf autres au désert, et n'aille après
celle qui est perdue, jusqu'à ce qu'il l'ait retrouvée?
5Puis, quand il l'a retrouvée, il la met tout joyeux sur ses
épaules, 6et, en rentrant chez lui, il appelle ses amis et
ses voisins et leur dit: "Félicitez-moi de ce que j'ai
retrouvé ma brebis qui était perdue." 7Je vous dis qu'il y
aura de même plus de joie dans le ciel pour un seul
pécheur qui se repent, que pour quatre-vingt-dix-neuf
justes qui n'ont pas besoin de se repentir. 8Ou bien
quelle est la femme qui, ayant dix drachmes, si elle vient

à en perdre une, n'allume une lampe, ne balaie sa mai-
son, et ne cherche avec soin jusqu'à ce qu'elle l'ait
retrouvée ? 9Puis, quand elle l'a retrouvée, elle appelle
ses amies et ses voisines, et leur dit : “Félicitez-moi de ce
que j'ai retrouvé la drachme que j'avais perdue.” 10De
même, je vous le dis, il y a de la joie devant les anges de
Dieu pour un seul pécheur qui se repent. »

11Il ajouta : « Un homme avait deux fils. 12Le plus
jeune dit à son père : “Mon père, donne-moi la part de
patrimoine qui me revient” ; et le père leur partagea son
bien. 13Peu de jours après, le plus jeune ayant tout
ramassé, partit pour un lointain pays et y dissipa son
avoir en vivant dans la débauche. 14Quand il eut tout
dépensé, une grande famine survint dans le pays, et il
commença d'être dans le besoin. 15Il alla se mettre au
service d'un citoyen du pays, qui l'envoya dans ses
terres garder les pourceaux ; 16et il aurait bien voulu se
rassasier des caroubes que mangeaient les pourceaux,
mais personne ne lui en donnait. 17Alors, rentrant en
lui-même, il se dit : “Combien d'ouvriers de mon père
ont plus de pain qu'il ne leur en faut, et moi, je meurs
ici de faim. 18Je me lèverai, j'irai vers mon père, et je lui
dirai : Mon père, j'ai péché contre le ciel et contre toi ;
19et je ne mérite plus d'être appelé ton fils, traite-moi
comme l'un de tes ouvriers.” 20Et il se leva et alla vers
son père. Lorsqu'il était encore bien loin, son père le vit,
et tout ému, il courut à lui, se jeta à son cou et le baisa
tendrement. 21Son fils lui dit : “Mon père, j'ai péché
contre le ciel et contre toi, je ne mérite plus d'être
appelé ton fils.” 22Mais le père dit à ses serviteurs :
“Apportez vite une robe, la plus belle, et l'en revêtez ;
mettez-lui un anneau au doigt et des sandales aux pieds.
23Amenez le veau gras, qu'on le tue, et faisons un festin
de réjouissance, 24parce que mon fils que voici était
mort, et qu'il est revenu à la vie ; il était perdu, et il est
retrouvé.” Et ils se mirent à se réjouir. 25Cependant le
fils aîné, qui était aux champs, revint, et en approchant

de la maison, il entendit de la musique et des danses.
[26]Il appela un des serviteurs et lui demanda ce que
c'était. [27]Le serviteur lui dit: "Ton frère est arrivé, et ton
père a fait tuer le veau gras, parce qu'il a retrouvé son
fils en bonne santé." [28]Il en fut irrité et ne voulut point
entrer. Son père sortit donc et le pria instamment de
venir. [29]Il répondit à son père: "Il y a tant d'années que
je te sers, sans avoir contrevenu à tes ordres, et tu ne
m'as jamais donné, à moi, un chevreau pour me réjouir
avec mes amis; [30]et quand ton fils, qui a dévoré ton bien
avec des femmes débauchées arrive, tu tues pour lui le
veau gras! — [31]Mon enfant, lui dit le père, tu es toujours
avec moi, et tout ce que j'ai, est à toi; [32]mais il fallait
bien s'égayer et se réjouir, parce que ton frère était
mort, et qu'il est revenu à la vie; il était perdu, et il est
retrouvé*. »

Suite du Voyage à Jérusalem. — L'Économe infidèle. — Reproches aux pharisiens. — Le mauvais riche. (Mt 6[24]; 11[12-13]; 5[18]; 5[32].)

16 [1]Jésus dit aussi à ses disciples: « Un homme riche
avait un économe qu'on lui dénonça comme dilapidant
ses biens. [2]Il le fit venir, et lui dit: "Qu'est-ce que j'en-
tends dire de toi? Rends-moi compte de ta gestion, car
tu ne pourras plus gérer mes biens." [3]L'économe dit en
lui-même: "Que ferai-je puisque mon maître m'ôte la
gestion de ses biens? — Bêcher? je n'en ai pas la force.
— Mendier? j'en ai honte... [4]je sais ce que je ferai, afin
que, lorsque j'aurai été renvoyé de mon emploi, il y ait
des gens qui me reçoivent dans leur maison." [5]Et ayant
fait venir les uns après les autres tous les débiteurs
de son maître, il dit au premier: "Combien dois-tu à
mon maître?" [6]Celui-ci répondit: "Cent barils d'huile.
— Prends ton billet, lui dit-il, assieds-toi et dépêche-toi
d'en faire un de cinquante." [7]Il dit ensuite à un autre:

“Et toi, combien dois-tu?” Celui-ci répondit: “Cent
mesures de blé. — Prends ton billet, lui dit-il, et fais-en
un de quatre-vingts.” 8Et le maître loua le savoir-faire de
cet économe infidèle; car les enfants de ce siècle sont
bien plus habiles entre eux que les enfants de lumière.
9Moi aussi je vous dis: Faites-vous des amis avec les
richesses, source de malversations, afin que, lorsqu'elles
vous manqueront[a], ils vous reçoivent dans les taber-
nacles éternels*.

10 » Celui qui est fidèle en peu, l'est aussi en beaucoup,
et celui qui malverse dans peu, malverse aussi dans
beaucoup. 11Si donc vous n'avez pas été fidèles dans les
richesses, source de malversations, qui vous confiera les
véritables richesses? 12Et si vous n'avez pas été fidèles
dans ce qui est à autrui, qui vous donnera ce qui est à
vous? 13Nul serviteur ne peut servir deux maîtres; car,
ou il haïra l'un et aimera l'autre, ou il s'attachera à
l'un et méprisera l'autre: vous ne pouvez servir Dieu et
Mammon. »

14Les pharisiens aussi, qui étaient avares, écoutaient
toutes ces choses et se moquaient de lui. 15Il leur dit:
« Vous êtes de ces gens qui veulent se faire passer pour
justes aux yeux des hommes, mais Dieu connaît vos
cœurs; car ce qui est grand pour les hommes, est une
abomination devant Dieu.

16 » La Loi et les Prophètes vont jusqu'à Jean; dès lors,
le royaume de Dieu est annoncé et l'on y entre de vive
force. 17Il est plus aisé que le ciel et la terre passent, qu'il
ne l'est qu'une seule lettre de la Loi reste inexécutée.
18Quiconque répudie sa femme et en épouse une autre,
commet un adultère, et celui qui épouse une femme
répudiée commet un adultère.

19 » Il y avait un homme riche, qui était vêtu de pourpre
et de fin lin, et qui faisait brillante chère tous les jours.
20Un pauvre, nommé Lazare, avait été posé à sa porte: il
était couvert d'ulcères, 21et aurait bien voulu se nourrir
de ce qui tombait de la table du riche. Non seulement on

ne lui donnait rien, mais encore les chiens venaient
lécher ses ulcères. 22Le pauvre vint à mourir, et il fut
porté par les anges dans le sein d'Abraham. Le riche
mourut aussi, et fut enseveli. 23Et, dans le séjour des
morts, étant en proie aux tourments, il leva les yeux et vit
de loin Abraham, et Lazare dans son sein; 24et il s'écria:
"Père Abraham, aie pitié de moi, et envoie Lazare, afin
qu'il trempe le bout de son doigt dans l'eau pour me
rafraîchir la langue, car je souffre cruellement dans ces
flammes." 25Mais Abraham lui dit: "Mon enfant, sou-
viens-toi que tu as reçu tes biens pendant ta vie, et que
Lazare, au contraire, a eu ses maux; maintenant ici, il
est consolé, et toi tu souffres. 26D'ailleurs, entre vous et
nous, s'ouvre un grand abîme, afin que ceux qui veulent
passer d'ici vers vous ne le puissent point, et qu'on ne
traverse pas non plus de là vers nous." 27Le riche dit:
"Père, envoie-le donc, je t'en prie, dans la maison de
mon père, 28où j'ai cinq frères, afin qu'il les avertisse, de
peur qu'ils ne viennent aussi dans ce lieu de tourments."
29Abraham lui dit: "Ils ont Moïse et les Prophètes; qu'ils
les écoutent. — 30Non, Père Abraham, dit-il, mais si quel-
qu'un se rend de chez les morts vers eux, ils se repen-
tiront." 31Mais Abraham lui dit: "S'ils n'écoutent pas
Moïse et les Prophètes, ils ne se laisseront pas persuader
quand même quelqu'un des morts ressusciterait*." »

Suite du Voyage à Jérusalem. — Les scandales. — Le pardon des offenses. — Puissance de la foi. — « Nous sommes des serviteurs inutiles. » — *Jésus sur les confins de la Samarie et de la Galilée.* — Guérison de dix lépreux. — « Le royaume de Dieu ne vient point avec éclat. » — Exhortation à la vigilance.

(Mt 18^{6-7}; 21; 22; 17^{20}; 21^{21}; 24^{17-41}.)

17 1Il dit à ses disciples: « Il est impossible qu'il n'y
ait pas de scandales, mais malheur à celui par qui ils
arrivent! 2Il vaudrait mieux pour lui, qu'on lui mît au

cou une pierre de moulin, et qu'on le jetât dans la mer,
que d'être une occasion de chute pour un seul de ces
petits. [3]Prenez donc garde à vous-mêmes. Si ton frère
t'a offensé, reprends-le, et s'il se repent, pardonne-lui,
[4]et quand il t'offenserait sept fois en un jour, s'il revient
sept fois te dire "je me repens", tu lui pardonneras. »

[5]Les apôtres dirent au Seigneur: « Augmente-nous la
foi. » [6]Mais le Seigneur leur dit: « Si vous aviez de la foi
gros comme un grain de moutarde, vous diriez à ce syco-
more: "Déracine-toi, et va te planter dans la mer"; et il
vous obéirait.

[7]» Qui de vous, ayant un serviteur occupé à labourer
ou à paître ses troupeaux, lui dira, à son retour des
champs: "Viens vite te mettre à table"? [8]Ne lui dira-t-il
pas au contraire: "Prépare-moi à souper, et ceins-toi
pour me servir, jusqu'à ce que j'aie mangé et bu; après
quoi, tu mangeras et boiras"? [9]A-t-il de l'obligation à
son serviteur parce qu'il a fait ce qui lui était com-
mandé? Je ne le pense pas. [10]Vous, de même, quand
vous aurez fait tout ce qui vous est commandé, dites:
"Nous sommes des serviteurs inutiles*; nous n'avons
fait que ce que nous devions faire." »

[11]En se rendant à Jérusalem, il lui arriva de passer sur
les confins de la Samarie et de la Galilée; [12]et, comme il
entrait dans un village, il rencontra dix lépreux qui se
tenaient à distance [13]et qui lui crièrent: « Jésus, Maître,
aie pitié de nous. » [14]Jésus les ayant vus, leur dit: « Allez
vous montrer aux prêtres »; et en y allant, ils furent net-
toyés de leur lèpre. [15]L'un deux, se voyant guéri, revint
sur ses pas, glorifiant Dieu à haute voix; [16]il se jeta aux
pieds de Jésus, la face contre terre, et lui rendit grâces:
c'était un Samaritain. [17]Alors Jésus dit: « Tous les dix
n'ont-ils pas été rendus nets? Où sont les neuf autres?
[18]Il ne s'est trouvé que cet étranger qui soit revenu don-
ner gloire à Dieu? » [19]Et il lui dit: « Lève-toi, va; ta foi
t'a guéri. »

[20]Les pharisiens lui ayant demandé quand le royaume

de Dieu devait venir, il leur répondit : « Le royaume de
Dieu ne vient point avec éclat, 21et l'on ne dira pas : "Il
est ici", ou "il est là" ; car voici, le royaume de Dieu est
au-dedans de vous*. »

22Il dit à ses disciples : « Le temps viendra où vous sou-
haiterez de voir un jour, un seul des jours du Fils de
l'homme, et vous ne le verrez pas. 23On vous dira : "Il est
là ; il est ici" ; n'y allez pas, n'y courez pas, 24car, comme
l'éclair qui luit, brille d'un bout du ciel à l'autre, ainsi
en sera-t-il du Fils de l'homme en son jour. 25Mais il faut
auparavant qu'il souffre beaucoup, et qu'il soit rejeté
par cette génération.

26»Et ce qui se passa au temps de Noé, se passera de
même au temps du Fils de l'homme : 27on mangeait, on
buvait, on prenait et l'on donnait en mariage, jusqu'au
jour où Noé entra dans l'arche ; et le déluge vint, qui les
fit tous périr. 28Et comme au temps de Loth, on man-
geait, on buvait, on achetait, on vendait, on plantait, on
bâtissait, 29mais le jour où Loth quitta Sodome, il tomba
du ciel une pluie de feu et de soufre qui les fit tous périr,
30de même en sera-t-il le jour où le Fils de l'homme
paraîtra.

31»En ce jour-là, que celui qui sera sur le toit ne des-
cende pas prendre ses effets qui sont dans la maison ; de
même, que celui qui est aux champs, ne revienne pas en
arrière : 32souvenez-vous de la femme de Loth*. 33Celui
qui cherchera à conserver sa vie, la perdra, et celui qui
l'aura perdue, la retrouvera. 34Je vous le dis, en cette
nuit-là de deux personnes qui seront dans un même lit,
l'une sera prise, l'autre, laissée ; 35de deux femmes qui
moudront ensemble, l'une sera prise, l'autre, laissée[a]. »
37Alors ses disciples prenant la parole, lui dirent : « Où
sera-ce Seigneur ? » Il leur répondit : « Là où sera le
cadavre, là aussi s'assembleront les vautours*. »

Suite du voyage à Jérusalem. — Le juge inique. — Le pharisien et le publicain. — « Laissez venir vers moi les petits enfants. » — Le jeune homme riche. — « Quitter tout. » — Jésus annonce ses souffrances. — *Jésus à Jéricho.* — Guérison d'un aveugle.
(Mt 19^{16-29}. — Mc 10^{17-20}. — Mt 20^{17-19}. — Mc 10^{32-34}.
— Mt 20^{29-34}. — Mc 10^{46-52}.)

18 1Il leur montra encore par une parabole, qu'il
faut toujours prier, sans se lasser jamais. Il leur dit : 2« Il
y avait dans une ville un juge qui ne craignait point
Dieu et qui ne respectait personne. 3Il y avait aussi dans
cette ville une veuve, qui venait lui dire : "Fais-moi jus-
tice de ma partie adverse." 4Pendant longtemps il s'y
refusa ; mais ensuite il dit en lui-même : "Encore que je
ne craigne point Dieu et que je ne respecte personne,
5toutefois, parce que cette veuve m'importune, je lui
rendrai justice, afin qu'elle ne vienne pas éternellement
me rompre la tête." » 6Le Seigneur dit : « Entendez-vous
ce que dit ce juge inique ?... 7Et Dieu ne rendrait pas
justice à ses élus, qui crient à lui jour et nuit !... [a]et il
tarde à le faire ! 8Je vous dis qu'il leur rendra prompte
justice ; seulement, quand le Fils de l'homme viendra
trouvera-t-il la foi sur la terre* ? »
9Il ajouta cette parabole, en vue de certaines per-
sonnes qui se persuadent d'être justes, et qui méprisent
les autres : 10« Deux hommes montèrent au temple pour
prier ; l'un était pharisien, l'autre publicain. 11Le phari-
sien, la tête haute, priait ainsi en lui-même : "Ô Dieu, je
te rends grâces* de ce que je ne suis pas comme le reste
des hommes, qui sont ravisseurs, injustes, adultères,
ni même comme ce publicain ; 12je jeûne deux fois la
semaine ; je donne la dîme de tous mes revenus." 13Et le
publicain se tenant à distance ne se permettait pas
même de lever les yeux au ciel ; mais il se frappait la
poitrine en disant : "Ô Dieu, sois apaisé envers moi, qui
suis un pécheur." 14Je vous déclare que celui-ci s'en alla
justifié dans sa maison, plutôt que celui-là ; car qui-

conque s'élève sera abaissé, et celui qui s'abaisse sera
élevé. »
15Quelques personnes lui amenèrent aussi leurs petits
enfants, afin qu'il les touchât. Ses disciples l'ayant vu,
reprenaient ces gens ; 16mais Jésus appela les enfants, et
dit : « Laissez venir vers moi les petits enfants, et ne les
en empêchez pas, car le royaume de Dieu est à ceux qui
leur ressemblent. 17En vérité, je vous dis que si l'on ne
reçoit pas le royaume de Dieu avec les dispositions d'un
petit enfant, l'on n'y entre point. »
18Alors un président de synagogue lui adressa cette
question : « Bon Maître, que dois-je faire pour hériter la
vie éternelle ? » 19Jésus lui dit : « Pourquoi m'appelles-tu
bon ? Dieu seul est bon. 20Tu connais les commande-
ments : *Ne commets point adultère ; ne tue point ; ne
dérobe point ; ne porte point de faux témoignage ; honore
ton père et ta mère.* » 21Cet homme répondit : « J'ai gardé
tous ces commandements dès ma jeunesse. » 22Jésus,
entendant cette déclaration, lui dit : « Il te manque
encore une chose : vends tout ce que tu as, distribue-le
aux pauvres, et tu auras un trésor dans les cieux ; puis
viens, suis-moi. » 23Cet homme ayant entendu ces
paroles, devint tout triste, car il était très riche.
24Jésus, voyant qu'il était devenu fort triste se mit
à dire : « Qu'il est difficile à ceux qui possèdent les
richesses d'entrer dans le royaume de Dieu ! 25Il est plus
aisé qu'un chameau passe par un trou d'aiguille, qu'il
ne l'est à un riche d'entrer dans le royaume de Dieu. »
26Ceux qui l'écoutaient, dirent : « Et qui peut être
sauvé ? » 27Jésus repartit : « Ce qui est impossible aux
hommes est possible à Dieu. — 28Pour nous, dit Pierre,
tu le vois, nous avons quitté nos propres affaires pour te
suivre. » 29Jésus leur dit : « En vérité, je vous le dis, per-
sonne ne quittera maison, ou femme, ou frères, ou
parents, ou enfants pour le royaume de Dieu, 30qu'il ne

18[20] : Ex 20[12-16] ; Dt 5[16-20].

reçoive beaucoup plus dans le temps présent, et dans le
siècle à venir, la vie éternelle. »
31Jésus prit les Douze près de lui et leur dit : « Voici
que nous montons à Jérusalem, et tout ce que les Pro-
phètes ont dit du Fils de l'homme va s'accomplir : 32on
le livrera aux Gentils, on le bafouera, ou l'outragera,
on crachera sur lui, et, après l'avoir battu de verges, on
le mettra à mort ; 33et, le troisième jour, il ressuscitera. »
34Mais ils n'entendirent rien à tout cela : cette parole
était complètement obscure pour eux, et ils ne compre-
naient pas ce qu'il leur disait.
35Comme il approchait de Jéricho, un aveugle qui
était assis au bord de la route, pour mendier, 36entendit
la foule passer et demanda ce que c'était. 37On lui dit :
« C'est Jésus de Nazareth qui passe » ; 38et il cria : « Jésus,
fils de David, aie pitié de moi. » 39Ceux qui marchaient
en tête le reprenaient pour le faire taire ; mais il criait
encore plus fort : « Fils de David, aie pitié de moi. »
40Jésus s'étant arrêté, ordonna qu'on le lui amenât, et
quand l'aveugle se fut approché, il lui demanda : 41« Que
veux-tu que je fasse pour toi ? — Seigneur, dit-il, que je
recouvre la vue. » 42Et Jésus lui dit : « Recouvre la vue ; ta
foi t'a guéri. » 43À l'instant il recouvra la vue ; et il suivit
Jésus en glorifiant Dieu. Tout le peuple témoin de cette
guérison, se mit à louer Dieu.

Suite et fin du Voyage à Jérusalem. — Zachée, le publicain. — Parabole des dix mines. — *Jésus à Bethphagé et à Béthanie.* — Ovation populaire. — Pleurs sur Jérusalem. — *Entrée à Jérusalem.* — Les vendeurs chassés du temple.
(Mt 25^{14-30} ; 21^{1-16}. — Mc 11^{1-10} ; 11^{15-17}. — Jn 12^{12-16} ; 2^{13-16}.)

19 1Jésus étant entré à Jéricho. traversa la ville. 2Et
un homme riche, nommé Zachée*, chef des publicains,
3cherchait à voir qui était Jésus, et il ne le pouvait à

cause de la foule, car il était de petite taille. 4Il courut
donc en avant et monta sur un sycomore pour le voir,
parce qu'il devait passer par là. 5Lorsque Jésus fut
arrivé à cet endroit, il leva les yeux et, l'ayant aperçu,
lui dit: «Zachée, hâte-toi de descendre, car il faut que je
loge aujourd'hui chez toi.» 6Zachée se hâta de des-
cendre et le reçut avec joie. 7Voyant cela, tous murmu-
raient et disaient: «Il est allé loger chez un homme
pécheur.» 8Cependant Zachée se présentant devant le
Seigneur, lui dit: «Voici, Seigneur, je donne la moitié
de mes biens aux pauvres, et si j'ai fait tort à quelqu'un
en quoi que ce soit, je lui rends le quadruple.» 9Jésus lui
dit: «Le salut est venu aujourd'hui sur cette maison,
parce que celui-ci est aussi un fils d'Abraham; 10car le
Fils de l'homme est venu chercher et sauver ce qui était
perdu.»

11Comme on écoutait sa parole, il ajouta une parabole,
parce qu'il était près de Jérusalem, et qu'on s'imaginait
que le royaume de Dieu allait paraître immédiatement.
12Il dit donc: «Un homme de haute naissance s'en alla
dans un pays lointain, pour être investi de la royauté* et
revenir ensuite. 13Il appela dix de ses serviteurs, leur
donna dix mines*, et leur dit: "Faites-les valoir, jusqu'à
ce que je revienne." 14Mais ses concitoyens qui le haïs-
saient, envoyèrent une ambassade après lui, pour dire:
"Nous ne voulons pas qu'il règne sur nous." 15Quand il
fut de retour, après avoir été investi de la royauté, il fit
appeler ses serviteurs à qui il avait remis son argent, afin
de connaître ceux qui l'avaient fait valoir et ce qu'ils
avaient gagné. 16Le premier serviteur vint, et dit: "Sei-
gneur, ta mine en a rapporté dix autres." 17Et le roi lui
dit: "C'est bien, bon serviteur, puisque tu as été fidèle
dans une chose de minime valeur, reçois le gouverne-
ment de dix villes." 18Le second vint, et dit: "Seigneur, ta
mine en a produit cinq autres." 19Le roi lui dit de même:
"Toi aussi, gouverne cinq villes." 20Le troisième vint et
dit: "Seigneur, voici ta mine que j'ai gardée soigneuse-

ment dans un linge, 21car je te craignais, parce que tu es
un homme rigide : tu retires l'argent que tu n'as pas
placé et tu moissonnes ce que tu n'as pas semé." 22Le roi
lui dit : "Mauvais serviteur, je te jugerai sur tes propres
paroles. Tu savais que je suis un homme rigide, qui retire
l'argent qu'il n'a pas placé et qui moissonne ce qu'il n'a
pas semé ! 23pourquoi donc n'as-tu pas mis mon argent
dans une banque ? et à mon retour, je l'aurais retiré avec
intérêt." 24Puis, il dit à ses gardes : "Ôtez-lui cette mine,
et la donnez à celui qui en a dix." 25Ils lui dirent : "Sei-
gneur, il en a déjà dix. — 26Je vous dis que l'on donnera à
tout homme qui a ; quant à celui qui n'a pas, on lui ôtera
même ce qu'il a... 27Seulement, amenez ici mes ennemis,
ces gens qui n'ont pas voulu que je règne sur eux, et les
égorgez en ma présence." »

28Ayant ainsi parlé, Jésus se mit en marche, en tête de
la foule, pour monter à Jérusalem.

29Lorsqu'il approcha de Bethphagé et de Béthanie,
vers la montagne appelée Bois d'Oliviers, il envoya
deux de ses disciples, 30en disant : « Allez à ce village qui
est en face ; en y entrant vous trouverez un ânon atta-
ché, sur lequel jamais homme ne s'est assis : détachez-
le, et amenez-le-moi. 31Si quelqu'un vous demande
pourquoi vous le détachez, vous lui direz : Parce que le
Seigneur en a besoin. » 32Ceux qui étaient envoyés parti-
rent, et trouvèrent les choses comme Jésus le leur avait
dit. 33Comme ils détachaient l'ânon, les maîtres de l'ani-
mal leur dirent : « Pourquoi détachez-vous cet ânon ? »
34Ils dirent : « Le Seigneur en a besoin », 35et ils l'amenè-
rent à Jésus. Puis ayant jeté leurs manteaux sur l'ânon,
ils y firent monter Jésus.

36Pendant que Jésus cheminait, les gens étendaient
leurs manteaux sur la route ; 37mais lorsqu'il approcha
de Jérusalem, déjà à la descente de la montagne des Oli-
viers, toute la foule des disciples, transportée d'allé-
gresse, se mit à louer Dieu à haute voix de tous les
miracles qu'elle avait vus. 38Elle disait :

«*Béni soit* le roi *qui vient au nom du Seigneur!*
»Paix dans le ciel, et gloire dans les lieux très hauts.»
[39]Quelques pharisiens mêlés à la foule, dirent à Jésus: «Maître, reprends tes disciples.» [40]Il répondit: «Je vous dis que s'ils se taisent, les pierres crieront*.»

[41]Quand il fut proche de Jérusalem, à la vue de cette ville, il pleura sur elle, et dit: [42]«Ah! si tu connaissais, toi aussi, du moins en ce jour qui t'est donné, les choses qui appartiennent à ta paix!... Hélas! elles sont cachées à tes yeux. [43]Des jours de malheur fondront sur toi: tes ennemis t'environneront de tranchées, ils t'investiront, ils te serreront de toutes parts, [44]ils te détruiront, toi et tes enfants qui sont dans ton sein, et ils ne te laisseront pierre sur pierre, parce que tu n'as pas connu le temps où tu as été visitée.»

[45]Ensuite, étant entré dans le temple, il se mit à chasser les vendeurs[a], [46]en leur disant: «Il est écrit: *Ma maison sera une maison de prière*, mais vous, vous en avez fait *une caverne de voleurs.*»

«De quel droit fais-tu ces choses?» — Parabole des Vignerons. — Hostilité des prêtres et des scribes. — «Est-il permis de payer le tribut à César?» — Y a-t-il une résurrection des morts? — «Comment le Messie est-il fils de David? — Orgueil des scribes. — La pite de la veuve.
(Mt 21[23-27]; 21[33-46]. — Mc 11[27]; 12[12]. — Mt 22[15-33]; 22[41-46]. — Mc 12[13-27]; 12[35-37]. — Mt 23[5-7]. — Mc 12[38-44].)

[47]Jésus passait toutes ses journées à enseigner dans le temple. Les grands prêtres, les scribes, ainsi que les grands, cherchaient à le faire périr; [48]mais ils ne savaient comment s'y prendre, car tout le peuple s'attachait à lui pour l'entendre.

20 [1]Un de ces jours-là, comme Jésus enseignait le

19[38]: Ps 118[26]. 19[46]: És 56[7] · Jr 7[11].

peuple dans le temple et lui annonçait la bonne nou-
velle, les prêtres et les scribes accompagnés des anciens
survinrent, [2]et s'adressèrent à lui, disant : « Dis-nous de
quel droit tu fais ces choses, et qui t'a donné ce droit ? »
[3]Jésus leur répondit : « Je vous ferai aussi une question ;
dites-moi : [4]Le baptême de Jean venait-il du ciel ou des
hommes ? » [5]Mais ils firent entre eux cette réflexion : « Si
nous disons "du ciel", il dira : "Pourquoi n'y avez-vous
pas cru ?" [6]et si nous disons "des hommes", tout le
peuple nous lapidera, car il est persuadé que Jean était
un prophète. » [7]Ils répondirent qu'ils ne savaient d'où il
venait. [8]« Ni moi non plus, leur dit Jésus, je ne vous dirai
pas de quel droit je fais ces choses. »

[9]Il se mit à adresser au peuple cette parabole : « Un
homme avait planté une vigne ; il l'afferma à des vigne-
rons, et quitta le pays pour un temps assez long. [10]À
l'époque des vendanges, il envoya un serviteur vers les
vignerons, pour qu'ils lui donnent une part de la récolte ;
mais les vignerons le battirent et le renvoyèrent les mains
vides. [11]Il envoya un second serviteur ; ils le battirent aussi,
le maltraitèrent indignement et le renvoyèrent les mains
vides. [12]Il en envoya encore un troisième ; ils le blessèrent
aussi, et le chassèrent. [13]Le maître de la vigne se dit : "Que
faire ? Je vais envoyer mon fils bien-aimé ; peut-être qu'en
le voyant, ils le respecteront." [14]Mais, quand les vignerons
le virent, ils se dirent entre eux : "C'est l'héritier[a] ; tuons-le,
pour que l'héritage soit à nous." [15]Là-dessus, ils le jetèrent
hors de la vigne et le tuèrent. Que leur fera donc le maître
de la vigne ? [16]Il viendra, fera périr ces vignerons, et don-
nera la vigne à d'autres. » À ces mots, le peuple dit : « À
Dieu ne plaise ! » [17]Mais Jésus jetant les yeux sur eux, dit :
« Que signifie donc cette parole de l'Écriture : *La pierre
que les constructeurs avaient mise au rebut est devenue la
pierre angulaire ?* [18]Quiconque tombera sur cette pierre,
s'y brisera, et elle écrasera celui sur qui elle tombera. »

20[17] : Ps 118[22].

[19]Les scribes et les grands prêtres désiraient se saisir
de lui sur l'heure, mais la crainte du peuple les retint : ils
avaient compris que c'était à eux que s'adressait cette
parabole. [20]Ils ne perdirent pas Jésus de vue, et envoyè-
rent des personnes insidieuses, qui contrefaisaient les
justes, afin de le surprendre dans ses paroles et de le
livrer aux magistrats et au pouvoir du gouverneur.
[21]Elles lui posèrent cette question : « Maître, nous savons
que tu parles et enseignes comme il faut, et que tu ne fais
pas acception des personnes, mais que tu enseignes en
toute vérité la voie de Dieu. [22]Nous est-il permis, ou non,
de payer le tribut à César ? » [23]Mais Jésus ayant démêlé
leur fourberie, leur dit : [24]« [a]Montrez-moi un denier ?...
De qui porte-t-il l'effigie et la légende ? » Ils répondirent :
« De César. — [25]Eh bien ! leur dit-il, rendez à César ce qui
est à César, et à Dieu ce qui est à Dieu. » [26]Ils ne purent
lui arracher aucune parole compromettante devant le
peuple, et, surpris de sa réponse, ils gardèrent le silence.

[27]Quelques sadducéens, gens qui prétendent qu'il n'y a
point de résurrection, vinrent vers Jésus, et lui posèrent
cette question : [28]« Maître, Moïse nous a donné cette loi :
*Si un frère marié meurt, et meurt sans enfants, que son
frère épouse sa femme et suscite lignée à son frère.* [29]Il y
avait donc sept frères : le premier s'étant marié, mourut
sans enfants. [30]Le second[b], [31]puis le troisième épousèrent
la veuve. Il en fut de même des sept ; ils moururent tous,
sans laisser d'enfants. [32]Ensuite la femme mourut aussi.
[33]Duquel d'entre eux sera-t-elle donc la femme dans la
résurrection, car les sept frères l'ont eue pour femme ? »
[34]Jésus leur dit : « Les enfants de ce siècle, hommes et
femmes, se marient, [35]mais ceux qui seront jugés dignes
d'avoir part au siècle à venir et à la résurrection d'entre
les morts, ne se marieront point ; [36]car ils ne peuvent
même pas mourir, puisqu'ils sont comme les anges, et
qu'ils sont fils de Dieu, étant fils de la résurrection. [37]Que

20[28] : Gn 38[8] ; Dt 25[5-6].

les morts ressuscitent, c'est ce que Moïse même a indi-
qué dans le passage où il parle du buisson, lorsqu'il
appelle le Seigneur *le Dieu d'Abraham, le Dieu d'Isaac et*
le Dieu de Jacob; [38]Dieu n'est pas Dieu des morts, mais
Dieu des vivants, car ils sont tous vivants pour lui. »

[39]Quelques scribes, ayant pris la parole, dirent:
« Maître, tu as bien parlé. » [40]En effet on n'osait plus lui
poser une seule question.

[41]Jésus leur dit: « Comment dit-on que le Messie est
fils de David, [42]quand David dit, lui-même, dans le livre
des Psaumes: *Le Seigneur a dit à mon Seigneur: Assieds-*
toi à ma droite, [43]*jusqu'à ce que j'aie fait de tes ennemis*
ton marchepied? [44]Puis donc que David l'appelle "Sei-
gneur", comment est-il son fils ? »

[45]Il dit à ses disciples en présence de tout le peuple,
qui l'écoutait: [46]« Gardez-vous des scribes, qui aiment à
se promener en robes, qui recherchent les salutations
dans les places publiques, les premiers sièges dans les
synagogues et les premières places dans les repas: [47]ces
gens qui dévorent les maisons des veuves, sous prétexte
de longues prières, seront jugés d'autant plus sévère-
ment. »

21 [1]Jésus, ayant levé les yeux, vit les riches qui met-
taient leurs offrandes dans le tronc. [2]Il vit aussi une
femme, une veuve très pauvre, qui y mettait deux pites,
[3]et il dit: « Je vous assure que cette pauvre veuve a mis
plus que personne, [4]car tous les autres ont fait offrande
à Dieu de leur superflu, tandis qu'elle a donné de son
nécessaire, tout ce qu'elle avait pour vivre. »

20[37]: Ex 3[6]. 20[42-43]: Ps 110[1].

Jésus annonce la ruine de Jérusalem et son avènement final.
— « Veillez. »
(Mt 24. — Mc 13.)

5Comme quelques personnes parlaient du temple, des
pierres magnifiques et des offrandes qui l'ornent, Jésus
dit : 6« Le temps viendra où, de tout ce que vous regardez
là, il ne restera pierre sur pierre qui ne soit renversée. »
7Ses disciples lui demandèrent : « Maître, quand sera-ce
donc, et quel sera le signe précurseur de cet événe-
ment ? » 8Il dit : « Prenez garde de vous laisser séduire,
car plusieurs viendront sous mon nom, disant : "C'est
moi qui suis le Messie, et le temps est proche." Ne vous
attachez pas à eux. 9Quand vous entendrez parler de
guerres et de troubles, ne vous alarmez pas, car il faut
que cela arrive premièrement ; mais la fin ne viendra pas
de sitôt. » 10Alors il ajouta : « Une nation, s'élèvera contre
une nation et un royaume contre un royaume ; 11il y aura
de grands tremblements de terre, et çà et là des pestes et
des famines ; et il paraîtra dans le ciel d'effrayants phé-
nomènes et de grands signes.

12 » Mais auparavant on se saisira de vous et l'on vous
persécutera ; on vous traînera dans les synagogues et
dans les prisons ; on vous traduira devant les rois et les
gouverneurs à cause de mon nom. 13Cela vous arrivera
pour que vous me rendiez témoignage. 14Mettez-vous
donc bien dans l'esprit de ne point préparer de défense,
15car je vous donnerai une parole et une sagesse, à
laquelle tous vos adversaires ne pourront ni répondre,
ni résister. 16Vous serez livrés même par vos pères et
par vos mères, par vos frères, par vos parents et par vos
amis ; plusieurs d'entre vous seront mis à mort, 17et vous
serez haïs de tout le monde à cause de mon nom ; 18mais
il ne se perdra pas un cheveu de votre tête : 19par votre
persévérance vous conquerrez vos âmes.

20 » Lorsque vous verrez que Jérusalem va être investie
par les armées, sachez que sa désolation est proche.

21 Alors, que ceux qui sont en Judée s'enfuient aux mon-
tagnes ; que ceux qui demeurent dans la ville en sortent ;
que ceux qui demeurent dans les campagnes n'entrent
point dans la ville ; 22 parce que ce sont les temps où la
justice va accomplir tout ce qui est écrit. 23 Malheur aux
femmes qui seront enceintes et à celles qui allaiteront
en ce temps-là ! car une grande calamité fondra sur le
pays, et un grand châtiment sera infligé à ce peuple :
24 les uns tomberont sous le tranchant de l'épée, les autres
seront emmenés en esclavage parmi toutes les nations,
et Jérusalem sera foulée par les Gentils, jusqu'à ce que
les temps des Gentils soient accomplis.

25 » Et il y aura des signes extraordinaires dans le
soleil, dans la lune et dans les étoiles, et, sur la terre, on
verra l'angoisse des nations troublées par le fracas
de la mer et des flots, 26 et celle des hommes mourant de
frayeur dans l'attente des événements qui menacent la
terre, car les puissances des cieux seront ébranlées.
27 Alors on verra le Fils de l'homme venir dans une nuée,
revêtu d'une grande puissance et d'une grande gloire.

28 » Quand ces phénomènes commenceront à arriver,
redressez-vous et relevez la tête, parce que votre déli-
vrance approche. » 29 Et il ajouta une parabole : « Voyez
le figuier et tous les arbres : 30 dès qu'ils ont commencé à
pousser, vous connaissez de vous-mêmes, en les voyant,
que déjà l'été est proche ; 31 de même, quand vous verrez
ces événements se produire, sachez que le royaume de
Dieu est proche. 32 En vérité, je vous dis que cette géné-
ration ne passera point, que tous ces événements n'arri-
vent. 33 Le ciel et la terre passeront, mais mes paroles ne
passeront point.

34 » Prenez garde à vous-mêmes ; craignez que vos
cœurs ne viennent à s'appesantir par les excès, par
l'ivresse, par les soucis de la vie, et que ce jour ne fonde
sur vous à l'improviste ; 35 car il viendra s'abattre, comme
un filet, sur tous ceux qui habitent sur la face de la terre.
36 Mais veillez, priant en tout temps, afin d'être jugés

dignes d'échapper à tous ces malheurs à venir, et de
trouver place devant le Fils de l'homme*. »
[37]Jésus passait ses journées dans le temple, à ensei-
gner, et il s'en allait passer les nuits à la montagne
appelée Bois d'Oliviers ; [38]et tout le peuple venait dès le
matin vers lui, dans le temple, pour l'entendre.

La Pâque est proche. — Judas et les prêtres. — La Sainte Cène. — « Lequel est le plus grand ? » — Annonce du reniement de Pierre. — *Gethsémani*. — Le baiser de Judas. — Pierre tire l'épée. — Arrestation de Jésus. — Il est conduit chez le souverain prêtre. — Reniement de Pierre. — Outrages des soldats. — Interrogatoire et condamnation.

(Mt 26[1-5] ; 26[14-16]. — Mc 14[1-2] ; 14[10-11]. — Mt 26[17-29]. — Mc 14[12-25]. — Mt 20[25-27]. — Mc 10[42-44]. — Mt 26[31-35]. — Mc 14[27-31]. — Jn 13[36-38]. — Mt 26[36-58] ; 26[69-75]. — Mc 14[32-54] ; 14[66-72] ; 14[65]. — Jn 18[1-18] ; 18[25-27]. — Mt 26[59-66] ; 27[2] ; 27[11-31]. — Mc 14[55-64] ; 15[1-20]. — Jn 18[28] ; 19[16].)

22 [1]La fête des pains sans levain, appelée la Pâque,
était proche.
[2]Les grands prêtres et les scribes cherchaient com-
ment ils pourraient se défaire de Jésus, car ils craignaient
le peuple. [3]Or Satan entra dans Judas, surnommé Isca-
riote : cet homme, l'un des Douze, [4]alla trouver les
grands prêtres et les officiers des gardes du temple pour
conférer avec eux sur la manière de leur livrer Jésus.
[5]Ceux-ci en furent remplis de joie ; ils convinrent de lui
donner de l'argent ; [6]et Judas s'étant engagé, cherchait
une occasion favorable pour le leur livrer, sans provo-
quer d'attroupement.
[7]Cependant le jour des pains sans levain, où l'on devait
immoler la pâque, étant arrivé, [8]Jésus envoya Pierre et
Jean, en disant : « Allez nous préparer la pâque, afin que
nous la mangions. » [9]Ils lui dirent : « Où veux-tu que nous

la préparions ? » [10]Il leur répondit : « En entrant dans la
ville, vous rencontrerez un homme portant une cruche
d'eau ; suivez-le dans la maison où il entrera, [11]et vous
direz au maître de la maison : Le maître te fait dire : Où
est la salle où je dois manger la pâque avec mes dis-
ciples ? [12]Et cet homme vous montrera une grande salle
haute, meublée : préparez-y tout ce qu'il faut. » [13]Ils s'en
allèrent, trouvèrent les choses comme il le leur avait dit,
et ils préparèrent la pâque.

[14]Quand l'heure fut venue, Jésus se mit à table, et les
apôtres avec lui. [15]Et il leur dit : « J'ai vivement désiré de
manger cette pâque avec vous, avant de souffrir, [16]car je
vous dis que je n'y prendrai plus part, jusqu'à ce que le
moment soit venu dans le royaume de Dieu. » [17]Et, ayant
pris une coupe*, il rendit grâces, et dit : « Prenez cette
coupe et la distribuez entre vous, car je vous dis que
je ne boirai pas du fruit de la vigne, [18]jusqu'à ce que le
royaume de Dieu soit venu. » [19]Puis il prit du pain, et
ayant rendu grâces, il le rompit et le leur donna en
disant : « Ceci est mon corps qui va être donné pour
vous : faites ceci en mémoire de moi. » [20]Après avoir
soupé, il leur donna de même la coupe, en disant : « Cette
coupe est la nouvelle alliance en mon sang, qui va être
versé pour vous… [21]Seulement voici que la main de celui
qui me livre est avec moi à cette table ! [22]Car le Fils de
l'homme s'en va selon ce qui a été arrêté ; mais malheur
à l'homme par qui il est livré ! » [23]Et les disciples se
mirent à se demander les uns aux autres quel était bien
celui d'entre eux qui devait commettre ce crime.

[24]Il s'éleva aussi une querelle entre eux, pour savoir
lequel paraissait être le plus grand. [25]Jésus leur dit :
« Les rois des nations en sont Seigneurs, et les princes
qui les gouvernent sont appelés Bienfaiteurs ; [26]qu'il
n'en soit point ainsi entre vous, mais que le plus grand
parmi vous soit comme le plus petit, et celui qui est à la
tête comme celui qui sert. [27]Car quel est le plus grand,
de celui qui est à table ou de celui qui sert ? N'est-ce pas

celui qui est à table?... et moi, cependant, je suis au
milieu de vous comme celui qui sert*. [28]Vous êtes
demeurés avec moi dans mes épreuves, [29]c'est pourquoi
je dispose du royaume en votre faveur, comme mon
Père en a disposé en ma faveur, [30]afin que vous mangiez
et buviez à ma table dans mon royaume, et que vous
soyez assis sur des trônes pour juger les douze tribus
d'Israël.

[31]» Simon, Simon, Satan vous a réclamés, pour vous
cribler comme on crible le froment; [32]mais j'ai prié
pour toi, afin que ta foi ne défaille point; et toi, quand
tu seras venu à résipiscence, affermis tes frères. — [33]Sei-
gneur, lui dit Pierre, je suis prêt à aller avec toi, et en
prison et à la mort.» [34]Jésus lui répondit: «Je te dis,
Pierre, que le coq ne chantera pas aujourd'hui, que tu
n'aies nié trois fois de me connaître.»

[35]Ensuite il dit à ses disciples: «Lorsque je vous ai
envoyés sans bourse, ni sac, ni sandales, avez-vous man-
qué de quelque chose? — Non, de rien», répondirent-ils.
[36]Il leur dit donc: «Eh bien! maintenant, que celui qui a
une bourse, la prenne, et un sac également; et que celui
qui n'a point d'épée, vende son manteau pour en acheter
une, [37]car je vous dis que cette parole des Écritures *et il a
été mis au nombre des criminels,* doit encore s'accomplir
en ma personne: ce qui me concerne touche à sa fin.»
[38]Ils lui dirent: «Seigneur, il y a ici deux épées.» Il leur
répondit: «Cela suffit*.»

[39]Puis il sortit, et s'achemina, selon sa coutume, vers
la montagne des Oliviers. Ses disciples aussi l'accompa-
gnèrent.

[40]Quand il fut arrivé au lieu où il se rendait, il leur dit:
«Priez, de peur que vous ne tombiez en tentation»; [41]et
il s'éloigna d'eux, à la distance d'environ un jet de
pierre, et s'étant mis à genoux, il pria, [42]disant: «Père, si
tu voulais faire passer ce calice loin de moi!... toutefois,

22[37] : És 53[12].

que ta volonté soit faite et non la mienne.» 43Un ange
venu du ciel, lui apparut pour le fortifier, et, 44étant
dans l'agonie, Jésus priait avec plus d'ardeur. Sa sueur
était pareille à des caillots de sang, qui tombaient à
terre. 45Après avoir prié, il se leva, vint vers ses dis-
ciples, qu'il trouva endormis de tristesse, 46et leur dit:
«Pourquoi dormez-vous? Levez-vous et priez, de peur
que vous ne tombiez en tentation.»

47Il parlait encore lorsqu'une troupe parut. Celui
qu'on appelait Judas, l'un des Douze, marchait en tête;
et il s'approcha de Jésus pour le baiser. 48Jésus lui dit:
«Judas, c'est par un baiser que tu livres le Fils de
l'homme!» 49Ceux qui accompagnaient Jésus, voyant ce
qui allait arriver, dirent: «Seigneur, si nous frappions de
l'épée?» 50et l'un d'eux frappa le serviteur du souverain
prêtre et lui emporta l'oreille droite. 51Mais Jésus pre-
nant la parole, dit: «Arrêtez! attendez!...» et, ayant tou-
ché l'oreille de cet homme, 52il le guérit. Il dit aux grands
prêtres, aux officiers des gardes du temple et aux
anciens qui étaient venus pour le saisir: «Vous êtes
venus avec des épées et des bâtons, comme si vous pour-
suiviez un brigand. 53J'étais pourtant tous les jours avec
vous dans le temple, et vous ne m'avez pas arrêté; mais
c'est ici votre heure et la puissance des ténèbres.» 54Alors
ils se saisirent de lui, l'emmenèrent, et le conduisirent
dans le palais du souverain prêtre. Pierre suivait de loin.

55Les soldats allumèrent du feu au milieu de la cour, et
s'assirent. Pierre prit place parmi eux. 56Une servante
l'apercevant assis près du feu, le regarda fixement, et
dit: «Celui-ci était aussi avec lui», 57mais Pierre renia
Jésus, en disant: «Femme, je ne le connais pas.» 58Un
instant après, une autre personne le voyant, dit: «Toi
aussi, tu es de ces gens-là.» Pierre dit: «Non, je n'en suis
point.» 59Il s'était à peine écoulé une heure, qu'une autre
personne insista, disant: «Certainement cet homme
était aussi avec lui, car il est Galiléen.» 60Pierre répondit:
«Je ne sais ce que tu veux dire.» Au même instant,

comme il parlait encore, un coq chanta: [61]le Seigneur,
s'étant retourné, regarda Pierre. Alors Pierre se souvint
de la parole que le Seigneur lui avait dite: «Avant que le
coq chante aujourd'hui, tu me renieras trois fois»; [62]et
étant sorti du palais, il pleura amèrement.
[63]Ceux qui tenaient Jésus, le bafouaient et le frap-
paient; [64]ils lui avaient bandé les yeux et lui deman-
daient: «Devine qui t'a frappé.» [65]Et ils lui disaient
beaucoup d'autres injures.
[66]Dès qu'il fit jour, le corps des anciens du peuple s'as-
sembla avec les grands prêtres et les scribes, et ayant fait
introduire Jésus dans leur sanhédrin, ils lui dirent: «Si
tu es le Messie dis-le-nous. — [67]Si je vous le dis, leur
répondit-il, vous ne le croirez pas, [68]et si[a] je vous inter-
roge, vous ne répondrez pas; [69]mais désormais le Fils de
l'homme sera assis à la droite du Dieu tout-puissant.»
[70]Ils s'écrièrent tous: «Tu es donc le Fils de Dieu?» Il
leur répondit: «Vous le dites, je le suis.» [71]Alors ils
dirent: «Qu'avons-nous encore besoin de témoignage?
nous l'avons entendu nous-mêmes de sa bouche.»

Jésus devant Pilate. — Jésus devant Hérode. — Il est renvoyé à Pilate. — Barrabas. — Pilate livre Jésus. — *Jésus conduit au Golgotha.* — Simon de Cyrène. — Les filles de Jérusalem. — Le crucifiement. — «Mon Père, pardonne-leur.» — Moqueries. — Le bon larron. — Ténèbres et mort. — Le centurion. — Les femmes autour de la croix. — La sépulture.
(Mt 27[32-61] — Mc 15[21-47]. — Jn 19[17-42].)

23 [1]Ils se levèrent en masse et conduisirent Jésus
devant Pilate.
[2]Ils se mirent à l'accuser, disant: «Nous avons trouvé
cet homme qui poussait notre nation à la révolte, et qui
défendait de payer le tribut à César, se prétendant lui-
même Messie, Roi.» [3]Pilate l'interrogea, disant: «Tu es
le roi des Juifs? — Tu le dis», lui répondit Jésus.

4Pilate dit aux grands prêtres et à la foule: «Je ne
trouve rien de criminel en cet homme.» 5Mais ils insistè-
rent, disant: «Il agite le peuple, en enseignant par toute
la Judée, après avoir commencé par la Galilée, et être
venu jusqu'ici.» 6Pilate, entendant nommer la Galilée,
demanda si cet homme était Galiléen; 7et ayant appris
qu'il était de la juridiction d'Hérode, il le renvoya à
Hérode, qui était aussi à Jérusalem en ces jours-là.

8Hérode eut une grande joie de voir Jésus, car depuis
longtemps il en avait le désir, parce qu'il avait entendu
parler de lui et qu'il espérait lui voir faire quelque
miracle. 9Il lui adressa un grand nombre de questions,
mais Jésus ne lui répondit rien. 10Or les grands prêtres et
les scribes étaient là, qui l'accusaient avec véhémence;
11mais Hérode avec sa garde le traita avec mépris; il le fit
revêtir par dérision d'un magnifique manteau et le ren-
voya à Pilate. 12Le jour même, Pilate et Hérode devinrent
amis, d'ennemis qu'ils étaient auparavant.

13Pilate, ayant assemblé les grands prêtres, les séna-
teurs et le peuple, 14leur dit: «Vous avez traduit devant
moi cet homme, comme excitant le peuple à la révolte,
et, après l'avoir interrogé en votre présence, je ne l'ai
trouvé coupable d'aucun des crimes dont vous l'accu-
sez. 15Hérode non plus, car je vous ai renvoyés à lui, et,
vous le voyez, cet homme n'a rien fait qui mérite la
mort. 16Je le relâcherai donc, après l'avoir fait châtier[a].»
18Mais ils crièrent tous à la fois: «Fais-le mourir!
Relâche-nous Barrabas.» 19Ce Barrabas avait été mis en
prison pour une sédition, qui avait eu lieu dans la ville,
et pour un meurtre. 20Pilate, qui désirait relâcher Jésus,
les harangua donc de nouveau; 21mais ils répondirent
par les cris de «crucifie-le! crucifie-le!». 22Il leur dit
pour la troisième fois: «Quel mal a-t-il donc fait? Je n'ai
rien trouvé en lui qui mérite la mort; je le relâcherai
donc, après l'avoir fait châtier.» 23Mais ils insistèrent,
demandant à grands cris qu'il fût crucifié, et leurs cla-
meurs et celles des grands prêtres prévalurent, 24et

Pilate prononça que ce qu'ils demandaient serait exécuté. [25]Il leur relâcha celui qui avait été mis en prison pour sédition et pour meurtre, et qu'ils réclamaient ; et il leur abandonna Jésus.

[26]Comme ils l'emmenaient au supplice, ils prirent un nommé Simon, de Cyrène, qui venait des champs, et ils le chargèrent de la croix, pour qu'il la portât derrière Jésus.

[27]Jésus était suivi d'une grande foule de peuple, et particulièrement de femmes, qui se frappaient la poitrine et pleuraient sur lui. [28]Il se tourna vers elles, et leur dit : « Filles de Jérusalem, ne pleurez pas sur moi, mais pleurez sur vous-mêmes et sur vos enfants ; [29]car les temps viennent où l'on dira : Heureuses les stériles ! Heureux le sein qui n'a point enfanté ! Heureuses les mamelles qui n'ont point nourri ! [30]Alors *on se mettra à dire aux montagnes : Tombez sur nous ; et aux collines : Couvrez-nous,* [31]car si l'on fait ces choses au bois vert, que fera-t-on au bois sec ? »

[32]Les soldats conduisaient en même temps deux malfaiteurs pour être mis à mort avec lui.

[33]Quand ils furent arrivés au lieu appelé Calvaire, ils y crucifièrent Jésus, ainsi que les malfaiteurs, l'un à sa droite, l'autre à sa gauche ; [34]et Jésus dit : « Père, pardonne-leur, car ils ne savent ce qu'ils font*. » Ils se partagèrent ses vêtements en les tirant au sort.

[35]Le peuple était là, qui regardait. Les sénateurs se moquaient et disaient : « Il en a sauvé d'autres, qu'il se sauve lui-même, s'il est le Messie, l'élu de Dieu. » [36]Les soldats aussi, s'approchant pour lui présenter du vinaigre, le raillaient, [37]et disaient : « Si tu es le roi des Juifs, sauve-toi toi-même. » [38]Il y avait même une inscription[a] au-dessus de sa tête, portant : « Le roi des Juifs. » [39]L'un des malfaiteurs pendus à la croix, l'injuriait, disant : « N'es-tu pas le Messie ? Sauve-toi toi-même, et

23[30] : Os 10[8].

nous avec toi.» [40]Mais l'autre le reprenait: «N'as-tu
point de crainte de Dieu, toi qui subis le même juge-
ment? [41]Pour nous, c'est justice, car nous recevons la
peine que nos crimes ont méritée; mais lui, il n'a rien
fait de mal.» [42]Et il dit à Jésus: «Souviens-toi de moi[a],
quand tu seras dans ton règne.» [43]Et Jésus répondit: «Je
te dis en vérité, qu'aujourd'hui même tu seras avec moi
dans le paradis*.»

[44]Il était déjà environ la sixième heure, quand des
ténèbres se répandirent sur tout le pays jusqu'à la neu-
vième heure. [45]Le soleil pâlit; le voile du temple se
déchira par le milieu, [46]et Jésus s'écria d'une voix forte:
«Père, je remets mon esprit entre tes mains*.» En pro-
nonçant ces mots, il expira.

[47]Le centurion, témoin de ces événements, donna gloire
à Dieu, disant: «Assurément cet homme était juste»; [48]et
les foules que ce spectacle avait attirées, voyant ce qui
s'était passé, s'en retournaient toutes en se frappant la
poitrine. [49]Mais tous ceux qui connaissaient Jésus, et les
femmes qui l'avaient suivi de Galilée, se tenaient là, à
distance, regardant ce qui se passait.

[50]Il y avait un membre du Conseil, nommé Joseph,
homme droit et juste, [51]qui ne s'était associé ni au des-
sein ni aux actes des autres membres du Conseil; il était
originaire d'Arimathée, ville des Juifs, et il attendait le
royaume de Dieu. [52]Il se rendit auprès de Pilate et lui
demanda le corps de Jésus. [53]Il le descendit de la croix,
l'enveloppa d'un linceul et le déposa dans un sépulcre
taillé dans le roc, où personne n'avait encore été mis.
[54]C'était le jour de la préparation, et le sabbat allait
commencer.

[55]Les femmes qui étaient venues de la Galilée avec
Jésus, ayant accompagné Joseph, virent le sépulcre et la
manière dont le corps de Jésus y fut placé; [56]puis, s'en
étant retournées, elles préparèrent des aromates et des
parfums.

Les femmes au tombeau. — La Résurrection. — [*Pierre au tombeau.*] — Apparition de Jésus sur le chemin d'Emmaüs.
— Apparition aux disciples. — L'Ascension.
(Mt 28. — Mc 16. — Jn 20 ; 21.)

24 1Le jour du sabbat, elles se reposèrent selon le
commandement ; mais, le premier jour de la semaine, à
l'aube, elles[a] se rendirent au tombeau, portant les aro-
mates qu'elles avaient préparés. 2Elles trouvèrent qu'on
avait roulé la pierre loin du sépulcre, et, 3étant entrées,
elles ne trouvèrent point le corps du Seigneur Jésus.
4Elles ne savaient qu'en penser, lorsque leur apparurent
deux hommes vêtus d'habits d'une éclatante blancheur.
5Comme elles étaient saisies de frayeur, et qu'elles bais-
saient la tête vers la terre, ils leur dirent : « Pourquoi
cherchez-vous parmi les morts celui qui est vivant ? 6Il
n'est point ici, mais il est ressuscité. Rappelez-vous la
manière dont il vous a parlé, quand, étant encore en
Galilée, 7il vous disait qu'il fallait que le Fils de l'homme
fût livré entre les mains des pécheurs, qu'il fût crucifié,
et qu'il ressuscitât le troisième jour. » 8Alors, elles se res
souvinrent des paroles de Jésus, et, 9à leur retour du
sépulcre, elles rapportèrent toutes ces choses aux Onze
et à tous les autres disciples. 10Celles qui leur firent ce
rapport, étaient Marie Madeleine, Jeanne, Marie, mère
de Jacques, et les autres femmes qui étaient avec elles ;
11mais les apôtres ne virent dans ce rapport que des
rêveries et ne crurent point ces femmes[b]*.

13Ce même jour, deux disciples allaient à un village
nommé Emmaüs, éloigné de Jérusalem de soixante
stades, 14et ils s'entretenaient de tous ces événements.
15Pendant qu'ils parlaient et discutaient, Jésus lui-même
s'approcha et fit route avec eux. 16Mais ils avaient comme
un bandeau sur les yeux, de sorte qu'ils ne le reconnu-
rent point. 17Il leur dit : « De quoi vous entretenez-vous
chemin faisant ?... et vous êtes tout tristes. » 18L'un d'eux,

qui s'appelait Cléopas, lui répondit : « Tu es bien le seul
dans Jérusalem, qui ne sache pas ce qui s'est passé ces
derniers jours. — [19]Eh quoi ? » leur dit-il. Ils lui répondi-
rent : « Ce qui est arrivé à Jésus de Nazareth, qui était un
prophète puissant en œuvres et en paroles, devant Dieu
et devant tout le peuple : [20]comment nos grands prêtres
et nos sénateurs l'ont livré pour être condamné à mort,
et l'ont crucifié. [21]Pour nous, nous espérions que ce
serait lui qui délivrerait Israël ; mais, avec tout cela, voici
le troisième jour, aujourd'hui, que ces événements se
sont passés. [22]Il est vrai que des femmes, qui sont avec
nous, nous ont extraordinairement surpris : elles s'étaient
rendues au point du jour au sépulcre, [23]et, n'ayant point
trouvé son corps, elles sont venues dire que des anges
leur sont apparus, et qu'ils le disent vivant. [24]Quelques-
uns des nôtres sont allés au sépulcre, ils ont trouvé toutes
choses comme les femmes l'avaient annoncé ; mais lui,
ils ne l'ont pas vu. » [25]Alors il leur dit : « Hommes dépour-
vus de sens, esprits lents à croire tout ce qu'ont dit les
prophètes ! [26]Ne fallait-il pas que le Messie passât par ces
souffrances pour entrer dans sa gloire ? » [27]Puis, com-
mençant par Moïse, et poursuivant par tous les pro-
phètes, il leur expliqua, dans toutes les Écritures, ce qui
le concernait.

[28]Cependant ils approchèrent du village où ils se ren-
daient, et comme l'étranger paraissait vouloir aller plus
loin, [29]ils le pressèrent de s'arrêter, disant : « Reste avec
nous, car voici le soir, et le jour a déjà baissé » ; et il entra
dans le village, pour rester avec eux. [30]Quand il se mit à
table avec eux, il prit le pain, et, ayant prononcé la béné-
diction, il le rompit et le leur donna ; [31]alors leurs yeux
se dessillèrent ; ils le reconnurent ; mais il disparut de
devant leurs yeux. [32]Ils se dirent l'un à l'autre : « Notre
cœur n'était-il pas tout brûlant au-dedans de nous, lors-
qu'il nous parlait en chemin, et qu'il nous expliquait les
Écritures ? » [33]Et, se levant à l'heure même, ils retour-
nèrent à Jérusalem*.

Ils trouvèrent réunis les Onze et leurs compagnons, [34]qui leur dirent : « Le Seigneur est réellement ressuscité, et il est apparu à Simon. » [35]Ils racontèrent à leur tour, ce qui leur était arrivé en chemin, et comment ils l'avaient reconnu au moment où il avait rompu le pain.

[36]Pendant qu'ils s'entretenaient ainsi, lui-même parut au milieu d'eux[a]. [37]Frappés de stupeur et d'effroi, ils crurent voir un esprit ; [38]et Jésus leur dit : « Pourquoi êtes-vous troublés ? Pourquoi vous faites-vous des idées folles ? [39]Voyez mes mains et mes pieds : c'est bien moi. Palpez-moi, et considérez qu'un esprit n'a ni chair ni os, comme vous voyez que j'en ai[b]. » [41]Comme la joie les rendait encore incrédules, et qu'ils ne revenaient pas de leur surprise, il leur dit : « Avez-vous ici quelque chose à manger ? » [42]Ils lui présentèrent un morceau de poisson rôti et un rayon de miel. [43]Il les prit et les mangea devant eux.

[44]Puis il leur dit : « C'est là ce que je vous annonçais quand j'étais encore avec vous ; je vous disais qu'il fallait que s'accomplît tout ce qui est écrit de moi dans la Loi de Moïse, dans les Prophètes et dans les Psaumes. » [45]Alors il leur ouvrit l'esprit, afin qu'ils entendissent les Écritures. [46]Et il leur dit : « C'est ainsi qu'il est écrit[c] que le Messie souffrirait et qu'il ressusciterait des morts le troisième jour, [47]et qu'on prêcherait en son nom la repentance et le pardon des péchés à toutes les nations, en commençant par Jérusalem. [48]Vous êtes témoins de ces faits. [49]Maintenant, je vais vous envoyer ce que mon Père a promis ; pour vous, demeurez tranquillement dans la ville, jusqu'à ce que vous soyez revêtus d'une puissance qui vient d'en haut*. »

[50]Il les emmena hors de la ville, jusqu'à Béthanie ; et, élevant ses mains, il les bénit. [51]Pendant qu'il les bénissait, il se sépara d'eux[d]*. [52]Pour eux, ils s'en retournèrent à Jérusalem, pleins d'une grande joie ; [53]et ils étaient continuellement dans le temple, louant et bénissant Dieu[e].

ÉVANGILE SELON SAINT JEAN

La Parole avec Dieu. — La Parole créatrice. — La Parole faite chair. — Témoignage de Jean Baptiste. — *Jean Baptiste et Jésus au Jourdain.* — Jésus et ses premiers disciples. — *Retour de Jésus en Galilée.*

(Mt 3^{1-17}. — Mc 1^{1-11}. — Lc 3^{1-22}. — Mt 4^{18-22}. — Mc 1^{16-22}. — Lc 5^{1-11}.)

1 1Au commencement était la Parole*; la Parole était
avec Dieu et la Parole était Dieu. 2Elle était au com-
mencement avec Dieu*. 3Toutes choses ont été faites par
elle, et rien de ce qui a été fait n'a été fait sans elle. 4En
elle était la vie, et cette vie était la lumière des hommes :
5la lumière brille dans les ténèbres, mais les ténèbres ne
l'ont point reçue*.
6Un homme parut ; il était envoyé de Dieu, son nom
était Jean. 7Il vint pour un témoignage, pour rendre
témoignage à la Lumière, afin que tous crussent par lui :
8il n'était pas la Lumière, mais il devait rendre témoi-
gnage à la Lumière. 9La véritable Lumière, qui éclaire
tout homme, était entrée dans le monde ; 10elle était dans
le monde, et le monde a été fait par elle, mais le monde
ne l'a point connue. 11Elle est venue chez les siens, et les
siens ne l'ont point reçue ; 12mais à tous ceux qui l'ont
reçue, à tous ceux qui croient en son nom, elle a donné la
prérogative d'être enfants de Dieu : 13enfants, qui ne sont

pas nés du sang, ni de la volonté de la chair, ni de la
volonté de l'homme, mais qui sont nés de Dieu. 14Et la
Parole a été faite chair*; elle a habité* au milieu de nous,
pleine de grâce et de vérité, et nous avons contemplé sa
gloire, une gloire comme celle d'un fils unique envoyé
par son père. 15Jean lui rendit témoignage, quand il dit à
haute voix: «Voici celui dont je disais: Celui qui vient
après moi, a pris le pas devant moi, parce qu'il est plus
grand que moi.» 16C'est de sa plénitude que nous avons
tous reçu grâce sur grâce, 17car la Loi a été donnée par
Moïse; mais la Grâce et la Vérité sont venues par Jésus-
Christ. 18Personne n'a jamais vu Dieu; le Fils unique, qui
est dans le sein du Père*, est celui qui l'a révélé.

19Voici le témoignage que rendit Jean, lorsque les
Juifs envoyèrent de Jérusalem des prêtres et des lévites
pour lui adresser cette question: «Qui es-tu?» 20Il le
déclara et ne le nia point; il déclara qu'il n'était pas
le Messie. 21«Quoi donc! Es-tu Élie?» lui demandèrent-
ils; et il dit: «Je ne le suis point. — Es-tu le Prophète*?»
et il répondit: «Non.» 22Ils lui dirent donc: «Qui es-tu?
afin que nous rendions réponse à ceux qui nous ont
envoyés. Que dis-tu que tu es? — 23Moi, dit-il, je suis *une
voix qui crie au désert: Redressez le chemin du Seigneur,*
comme a dit le Prophète Ésaïe.» 24Ceux qu'on avait
envoyés étaient des pharisiens. — 25Ils insistèrent, et lui
dirent: «Pourquoi donc baptises-tu, si tu n'es pas le
Messie, ni même Élie ou le Prophète?» 26Jean leur
répondit: «Pour moi, je baptise d'eau, mais il y a au
milieu de vous quelqu'un que vous ne connaissez pas,
27c'est celui qui vient après moi[a]; je ne suis pas digne de
délier la courroie de ses sandales.»

28Ces choses se passèrent à Béthanie[b], au-delà du
Jourdain, où Jean baptisait.

29Le lendemain, Jean vit Jésus qui venait vers lui, et il
dit: «Voici l'Agneau de Dieu* qui ôte le péché du monde.
30C'est de lui que j'ai dit: Il vient après moi un homme
qui a pris le pas devant moi, parce qu'il est plus grand

que moi. [31]Je ne le connaissais pas; mais je suis venu
baptiser d'eau, afin qu'il fût manifesté à Israël (et [32]Jean
avait rendu ce témoignage: "J'ai vu l'Esprit descendre
du ciel comme une colombe, et demeurer sur lui").
[33]Je ne le connaissais pas; mais celui-là même qui m'a
envoyé baptiser d'eau m'a dit: "Celui sur qui tu verras
l'Esprit descendre et demeurer, c'est lui qui baptise d'es-
prit saint." [34]Je l'ai vu, et j'ai rendu témoignage que c'est
lui qui est le Fils de Dieu.»

[35]Le lendemain, Jean se trouvait là de nouveau, avec
deux de ses disciples; [36]et, ayant considéré Jésus qui
passait, il dit: «Voici l'agneau de Dieu.» [37]Ces deux dis-
ciples l'ayant entendu parler de la sorte, suivirent Jésus.

[38]Jésus s'étant retourné et voyant qu'ils le suivaient,
leur dit: «Que cherchez-vous?» Ils lui dirent: «Rabbi
(ce qui signifie maître), où demeures-tu? — [39]Venez, leur
dit-il, et vous verrez.» Ils allèrent, et ils virent où il
demeurait, et ils restèrent auprès de lui ce jour-là. C'était
environ la dixième heure du jour.

[40]André, frère de Simon Pierre, était l'un des deux
disciples qui avaient entendu la parole de Jean et qui
avaient suivi Jésus. [41]Il rencontra, le premier, son frère
Simon, et lui dit: «Nous avons trouvé le Messie» (ce qui
signifie le Christ); [42]et il le mena vers Jésus. Celui-ci,
l'ayant considéré, lui dit: «Tu es Simon, fils de Jonas,
on t'appellera Céphas» (ce qui signifie Pierre).

[43]Le lendemain, Jésus résolut de partir pour la Gali-
lée. Il rencontra Philippe, et lui dit: «Suis-moi.» [44]Phi-
lippe était de la ville de Bethsaïde, d'où étaient aussi
André et Pierre.

[45]Philippe rencontra Nathanaël, et lui dit: «Nous
avons trouvé celui dont Moïse a parlé dans la Loi, et que
les prophètes ont annoncé; c'est Jésus, fils de Joseph, de
Nazareth.» [46]Nathanaël lui dit: «Peut-il sortir de Naza-
reth quelque chose de bon?» Philippe lui répondit:
«Viens et vois.» [47]Jésus voyant venir Nathanaël, dit en
parlant de lui: «Voici un vrai Israélite, un homme sans

détour. — 48D'où me connais-tu ? » lui dit Nathanaël.
Jésus lui répondit : « Avant que Philippe t'appelât, je t'ai
vu sous le figuier. — 49Maître, lui repartit Nathanaël, tu
es le Fils de Dieu, tu es le roi d'Israël. » 50Jésus répondit et
lui dit : « Parce que je t'ai dit que je t'ai vu sous le figuier,
tu crois ! Tu verras de plus grandes choses que celles-là. »
51Et il ajouta : « En vérité, en vérité, je vous le dis, vous
verrez désormais le ciel ouvert, et les anges de Dieu
monter et descendre sur le Fils de l'homme*. »

Jésus à Cana. — Premier miracle. — (Fête de Pâque) *Jésus monte à Jérusalem.* — Les vendeurs chassés du temple. — Le temple relevé en trois jours. — Foi et défiance.
(Mt 21[12-13]. — Mc 11[15-17]. — Lc 19[45-46].)

2 1Trois jours après, il se fit des noces à Cana en Gali-
lée*, et la mère de Jésus y était. 2Jésus fut aussi convié
aux noces avec ses disciples. 3Le vin ayant manqué, la
mère de Jésus lui dit : « Ils n'ont point de vin. » 4Jésus lui
dit : « Femme, qu'y a-t-il entre toi et moi ? Mon heure
n'est pas encore venue. » 5Sa mère dit aux serviteurs :
« Faites ce qu'il vous dira. » 6Or, il y avait là six vases de
pierre servant aux ablutions des Juifs, de la contenance
de deux ou trois métrètes chacun. 7Jésus leur dit : « Rem-
plissez d'eau ces vases » ; et ils les remplirent jusqu'au
bord. 8« Puisez maintenant, leur dit-il, et portez-en au
chef de table » ; et ils en portèrent. 9Dès que le chef de
table eut goûté de cette eau changée en vin (il ne savait
pas d'où venait ce vin, mais les serviteurs le savaient
bien, ceux qui avaient puisé l'eau), il interpella l'époux,
10et lui dit : « Tout le monde sert d'abord le bon vin, et,
quand on a beaucoup bu, le moins bon ; mais toi, tu as
gardé le bon vin jusqu'à cette heure. »

11Ce fut là le premier des miracles de Jésus, et il le fit
à Cana en Galilée : il manifesta sa gloire, et ses disciples
crurent en lui.

12Ensuite, il descendit à Capharnaüm avec sa mère,
ses frères et ses disciples, et ils n'y demeurèrent que peu
de jours.
13La Pâque des Juifs étant proche, Jésus monta à Jéru-
salem. 14Il trouva dans le temple les marchands de
bœufs, de moutons et de pigeons, et les changeurs tout
établis ; 15et, ayant fait un petit fouet de cordes, il les
chassa tous du temple, avec les moutons et les bœufs ; il
jeta par terre la monnaie des changeurs, renversa leurs
banques, 16et il dit aux marchands de pigeons : « Ôtez cela
d'ici ; ne faites pas de la maison de mon Père une maison
de trafic ». 17Ses disciples se souvinrent qu'il est écrit :
*Le zèle de ta maison me dévore**. 18Les Juifs prenant la
parole, lui dirent : « Par quel miracle nous prouves-tu
que tu as le droit d'agir de la sorte ? » 19Jésus leur répon-
dit : « Détruisez ce temple, et, en trois jours, je le relève-
rai. » 20Les Juifs repartirent : « On a mis quarante-six ans
à bâtir ce temple, et toi, en trois jours tu le relèveras ! »
21Mais lui parlait du temple de son corps*. 22Quand donc
il fut ressuscité des morts, ses disciples se souvinrent
qu'il avait dit cela, et ils ajoutèrent foi à l'Écriture et à la
parole que Jésus avait prononcée.
23Pendant qu'il était à Jérusalem, à la fête de Pâque,
plusieurs crurent en son nom, en voyant les miracles
qu'il faisait ; 24mais Jésus ne se fiait point à eux, parce
qu'il les connaissait tous, 25et qu'il n'avait pas besoin
qu'on lui rendît témoignage d'aucun homme : il connais-
sait lui-même ce qu'il y a dans l'homme.

2[17] : Ps 69[10].

Jésus et Nicodème. — La nouvelle naissance. — « Dieu a tant
aimé le monde. » — *Séjour de Jésus dans les campagnes de la
Judée.* — Dispute des disciples de Jean. — Nouveau témoi-
gnage de Jean Baptiste. — « Celui qui vient d'en haut. »

3 [1]Il y avait, parmi les pharisiens, un homme qui
s'appelait Nicodème : c'était un notable juif. [2]Il vint de
nuit trouver Jésus, et lui dit : « Maître, nous savons que
tu es un docteur venu de Dieu, car nul ne peut faire les
miracles que tu fais, si Dieu n'est avec lui... » [3]Jésus
répondit et lui dit : « En vérité, en vérité, je te le dis, si
l'on ne naît à nouveau, on ne peut voir le royaume de
Dieu. » [4]Nicodème lui dit : « Comment un homme qui est
vieux peut-il naître ? Peut-il rentrer dans le sein de sa
mère et naître ? » [5]Jésus répondit : « En vérité, en vérité,
je te dis que si l'on ne naît d'eau et d'Esprit, on ne peut
entrer dans le royaume de Dieu* : [6]ce qui est né de la
chair est chair, et ce qui est né de l'Esprit est esprit...
[7]Ne t'étonne point de ce que je t'ai dit qu'il vous faut
naître à nouveau*. [8]Le vent souffle où il veut, et tu en
entends le bruit ; mais tu ne sais d'où il vient ni où il va ;
ainsi en est-il de tout homme qui est né de l'esprit*. »
[9]Nicodème lui dit : « Comment cela peut-il se faire ? »
[10]Jésus lui répondit : « Tu es le docteur d'Israël, et tu ne
sais pas ces choses ! [11]En vérité, en vérité, je te dis que
nous disons ce que nous savons, et que nous rendons
témoignage de ce que nous avons vu ; mais vous ne
recevez pas notre témoignage. [12]Si, quand je vous parle
des choses terrestres, vous ne croyez pas, comment
croirez-vous quand je vous parlerai des choses célestes ?
[13]Nul n'est monté au ciel, que celui qui est descendu du
ciel, le Fils de l'homme qui était dans le ciel ; [14]et,
comme Moïse éleva le serpent dans le désert*, il faut de
même que le Fils de l'homme soit élevé, [15]afin que qui-
conque croit en lui« ait la vie éternelle. »

[16]En effet, Dieu a tant aimé le monde, qu'il a donné son
Fils unique, afin que quiconque croit en lui ne périsse

point, mais qu'il ait la vie éternelle. 17Dieu n'a pas envoyé
son Fils dans le monde pour juger le monde, mais afin
que le monde soit sauvé par lui. 18Celui qui croit en lui
n'est point jugé, mais celui qui ne croit pas en lui est déjà
jugé, parce qu'il n'a pas cru au nom du Fils unique de
Dieu. 19Et voici ce jugement : la lumière est venue dans le
monde, mais les hommes ont mieux aimé les ténèbres
que la lumière, parce que leurs œuvres étaient mau-
vaises ; 20car tout homme qui fait le mal, hait la lumière,
et il ne s'approche point de la lumière, de peur que la
méchanceté de ses œuvres ne soit mise en évidence ;
21mais celui qui pratique la vérité, s'approche de la
lumière, afin que ses œuvres soient manifestées, parce
qu'elles sont faites en Dieu*.

22Après cela, Jésus se rendit dans les campagnes de la
Judée avec ses disciples ; il y séjourna avec eux, et il
baptisait. 23Jean baptisait aussi à Énon, près de Salim,
parce qu'il y avait là beaucoup d'eau ; et l'on venait s'y
faire baptiser, 24car Jean n'avait pas encore été mis en
prison.

25Il s'éleva donc une dispute entre les disciples de
Jean et un Juif[a] au sujet du baptême. 26Les disciples vin-
rent vers Jean, et lui dirent : « Maître, celui qui était avec
toi au-delà du Jourdain, et à qui tu as rendu témoi-
gnage, le voilà qui baptise, et tout le monde va vers lui. »
27Jean répondit et dit : « Un homme ne peut rien rece-
voir, s'il ne lui a été donné du ciel. 28Vous m'êtes vous-
mêmes témoins que j'ai dit : "Je ne suis pas le Messie,
mais j'ai été envoyé devant lui." 29Celui qui a l'épouse
est l'époux ; mais l'ami de l'époux, qui se tient là et qui
l'écoute, est ravi de joie d'entendre la voix de l'époux :
cette joie donc est la mienne, et elle est parfaite. 30Il faut
qu'il croisse et que je diminue.

31 »Celui qui vient d'en haut est au-dessus de tous.
Celui qui vient de la terre est de la terre, et il parle
comme étant de la terre ; celui qui vient du ciel est au-
dessus de tous, 32et il rend témoignage de ce qu'il a vu et

entendu ; mais nul ne reçoit son témoignage. 33Celui qui reçoit son témoignage certifie que Dieu est vrai ; 34car celui que Dieu a envoyé profère les paroles de Dieu, parce que Dieu ne lui donne pas son Esprit par mesure. 35Le Père aime le Fils et a remis toutes choses entre ses mains. 36Celui qui croit au Fils a la vie éternelle ; celui qui ne croit point au Fils ne verra point la vie, mais la colère de Dieu demeure sur lui*. »

Jésus traverse la Samarie. — Jésus et la femme samaritaine. — « Les vrais adorateurs. » — Foi des Samaritains. — *Jésus à Cana.* — Il guérit le fils d'un officier du roi.

4 1Lorsque le Seigneur sut que les pharisiens avaient appris qu'il faisait et baptisait plus de disciples que Jean 2(toutefois ce n'était pas Jésus lui-même qui baptisait, mais c'étaient ses disciples), 3il quitta la Judée et retourna en Galilée.

4Or, il fallait qu'il passât par la Samarie.

5Il arriva donc à une ville de Samarie, nommée Sychar, située près du fonds de terre que Jacob avait donné à son fils Joseph. 6Là, se trouvait la fontaine de Jacob. Jésus, fatigué de la route, s'assit tout simplement au bord de la fontaine. C'était environ la sixième heure du jour.

7Une femme samaritaine* étant venue pour puiser de l'eau, Jésus lui dit : « Donne-moi à boire » ; 8car ses disciples étaient allés à la ville pour acheter des vivres. 9Cette femme samaritaine lui dit donc : « Comment, toi qui es Juif, me demandes-tu à boire, à moi qui suis une femme samaritaine ? » Les Juifs, en effet, ne fraient pas avec les Samaritains. 10Jésus lui répondit : « Si tu connaissais la grâce que Dieu te fait, et qui est celui qui te dit "donne-moi à boire", tu lui aurais toi-même demandé à boire, et il t'aurait donné de l'eau vive. — 11Seigneur, lui dit cette femme, tu n'as point de seau, et le puits est pro-

fond. D'où aurais-tu donc cette eau vive? 12Es-tu plus
grand que notre père Jacob, qui nous a donné ce puits,
et qui en a bu lui-même, aussi bien que ses fils et ses
troupeaux?» 13Jésus lui répondit: «Quiconque boit de
cette eau aura encore soif; 14celui qui boira de l'eau que
je lui donnerai, n'aura plus jamais soif; mais l'eau
que je lui donnerai, deviendra en lui une source d'eau
jaillissant en vie éternelle.» 15Cette femme lui dit: «Sei-
gneur, donne-moi de cette eau, afin que je n'aie pas soif
et que je ne vienne pas ici pour puiser. — 16Va, lui dit
Jésus, appelle ton mari, et viens ici. — 17Je n'ai point de
mari», repartit cette femme. Jésus lui dit: «Tu as raison
de dire "je n'ai point de mari", 18car tu as eu cinq maris,
et celui que tu as maintenant, n'est pas ton mari. Tu
as dit vrai en cela. — 19Seigneur, lui dit cette femme,
je vois que tu es prophète. 20Nos pères ont adoré sur
cette montagne*, et vous dites, vous, que c'est à Jérusa-
lem qu'est le lieu où l'on doit adorer.» 21Jésus lui dit:
«Femme, crois-moi; l'heure vient où vous n'adorerez le
Père ni sur cette montagne, ni à Jérusalem. 22Vous ado-
rez ce que vous ne connaissez pas; pour nous, nous
adorons ce que nous connaissons, car le salut vient des
Juifs. 23Mais l'heure vient, et elle est déjà venue, où les
vrais adorateurs adoreront le Père en esprit et en vérité:
ce sont là les adorateurs que le Père demande. 24Dieu
est esprit, et il faut que ceux qui l'adorent, l'adorent en
esprit et en vérité.» 25Cette femme lui dit: «Je sais que le
Messie va venir (celui qu'on appelle Christ); quand il
sera venu, il nous enseignera toutes choses.» 26Jésus lui
dit: «Je le suis, moi qui te parle.» 27Là-dessus, ses dis-
ciples arrivèrent, et ils s'étonnèrent de ce qu'il parlait
avec une femme; cependant aucun d'eux ne lui dit:
«Que demandes-tu?» ou «Pourquoi parles-tu avec
elle?».

28Alors la femme laissant là sa cruche, s'en alla à la
ville et dit aux gens de l'endroit: 29«Venez voir un
homme qui m'a dit tout ce que j'ai fait; ne serait-ce point

le Messie ? » 30Les gens sortirent de la ville et vinrent vers
Jésus.

31Cependant ses disciples le priaient de prendre quelque
nourriture, disant : « Maître, mange. » 32Il leur dit : « J'ai à
prendre une nourriture que vous ne connaissez pas. »
33Ses disciples se disaient donc les uns aux autres : « Lui
aurait-on apporté à manger ? » 34Jésus leur dit : « Ma
nourriture à moi, c'est de faire la volonté de celui qui
m'a envoyé et d'accomplir son œuvre. 35Ne dites-vous
pas qu'il y a encore quatre mois jusqu'à la moisson ?
Voici, je vous dis : Levez les yeux et regardez les cam-
pagnes, elles sont blanches pour la moisson. 36Déjà le
moissonneur reçoit sa récompense, et serre la récolte
pour la vie éternelle, afin que le semeur et le moisson-
neur se réjouissent ensemble ; 37car c'est bien ici que l'on
peut dire : L'un sème, un autre moissonne. 38Je vous ai
envoyés moissonner là où vous n'avez pas travaillé ;
d'autres ont travaillé, et vous êtes entrés dans leurs tra-
vaux. »

39Plusieurs des Samaritains de cette ville crurent en
Jésus, pour avoir entendu cette femme les assurer qu'il
lui avait dit tout ce qu'elle avait fait. 40Lors donc que les
Samaritains furent venus vers lui, ils le prièrent de
demeurer chez eux ; et il y demeura deux jours. 41Un
bien plus grand nombre crurent, pour l'avoir entendu
lui-même, 42et ils disaient à la femme : « Ce n'est plus sur
ton rapport que nous croyons, car nous l'avons entendu
nous-mêmes, et nous savons que c'est lui qui est vrai-
ment le Sauveur du monde[a]. »

43Après ces deux jours, Jésus partit de là, et s'en alla en
Galilée ; 44car il avait déclaré lui-même qu'un prophète
n'est point honoré dans sa patrie. 45Quand il arriva en
Galilée, les Galiléens l'accueillirent, parce qu'ils avaient
vu tout ce qu'il avait fait à Jérusalem, lors de la fête, car
ils étaient aussi allés à la fête. 46Il vint donc de nouveau à
Cana en Galilée, où il avait changé l'eau en vin.

Il y avait à Capharnaüm un officier du roi, dont le fils

était malade. 47Cet homme, ayant appris que Jésus était
revenu de Judée en Galilée, se rendit auprès de lui, et le
pria de descendre pour guérir son fils qui était mourant.
48Jésus lui dit: «Si vous ne voyez des miracles et des
prodiges, vous ne croyez point.» 49L'officier du roi lui
dit: «Seigneur, viens avant que mon enfant meure.
— 50Va, lui dit Jésus, ton fils vit.» Cet homme crut à la
parole que Jésus lui avait dite, et partit. 51Il était déjà en
route, lorsqu'il rencontra ses serviteurs, qui lui don-
nèrent cette nouvelle: «Ton enfant vit.» 52Il s'informa de
l'heure à laquelle l'enfant s'était trouvé mieux, et ils lui
dirent: «Hier, à la septième heure, la fièvre l'a quitté.»
53Le père reconnut que c'était à cette heure-là que
Jésus lui avait dit «ton fils vit», et il crut, lui et toute sa
maison.

54Ce fut là un second miracle que Jésus fit encore à
son retour de Judée en Galilée.

Jésus monte à Jérusalem (fête des Purim). — La piscine de Beth-hesda: guérison d'un paralytique. — Jésus accusé de violer le sabbat et de se faire égal à Dieu. — Réponse de Jésus: ses rapports avec Dieu.

5 1Après cela, il y eut une fête des Juifs, et Jésus
monta à Jérusalem.

2Or il y a à Jérusalem, près de la porte des Brebis, une
piscine appelée en hébreu Beth-hesda*, qui a cinq por-
tiques. 3Là étaient couchés par terre un grand nombre
de malades, des aveugles, des boiteux, des gens ayant
quelque membre sec[a]. 5Il y avait là un homme qui était
malade depuis trente-huit ans. 6Jésus le voyant couché,
et reconnaissant qu'il était malade depuis longtemps,
lui dit: «Tu veux être guéri?» 7Le malade lui répondit:
«Seigneur, je n'ai personne pour me jeter dans la pis-
cine quand l'eau est agitée, et, pendant que j'y vais, un
autre descend avant moi.» 8Jésus lui dit: «Lève-toi,

prends ton lit, et marche.» 9Aussitôt cet homme fut guéri: il prit son lit et se mit à marcher. C'était un jour de sabbat. 10Les Juifs dirent donc à celui qui avait été guéri: «C'est le sabbat, il ne t'est pas permis de porter ton lit.» 11Il leur répondit: «Celui qui m'a guéri m'a dit: "Prends ton lit, et marche."» 12Ils lui demandèrent: «Qui est cet homme qui t'a dit: "Prends[a] et marche"?» 13Mais le malade l'ignorait, car Jésus s'était esquivé, grâce à la foule qui était en cet endroit. 14Plus tard, le trouvant dans le temple, Jésus lui dit: «Te voilà guéri, ne pèche plus, de peur qu'il ne t'arrive quelque chose de pis.» 15Cet homme alla rapporter aux Juifs que c'était Jésus qui l'avait guéri. 16Aussi les Juifs persécutaient-ils Jésus[b], parce qu'il faisait ces choses le jour du sabbat. 17Mais Jésus leur répondit: «Mon Père agit continuellement, et moi aussi, j'agis*.» 18C'est pourquoi les Juifs cherchaient encore plus à le faire mourir, non seulement parce qu'il violait le sabbat, mais encore parce qu'il disait que Dieu était son propre Père, se faisant égal à Dieu. 19Jésus prenant la parole, leur dit: «En vérité, en vérité, je vous dis que le Fils ne peut rien faire de lui-même, s'il ne le voit faire au Père; car ce que le Père fait, le Fils aussi le fait pareillement. 20Le Père aime le Fils et lui montre tout ce qu'il fait; et il lui montrera des œuvres plus grandes que celles-là, afin que vous soyez dans l'étonnement. 21Car, de même que le Père ressuscite les morts et donne la vie, de même le Fils donne la vie à qui il veut. 22Le Père même ne juge personne, mais il a remis au Fils le jugement tout entier, 23afin que tous honorent le Fils comme ils honorent le Père. Celui qui n'honore point le Fils, n'honore point le Père, qui l'a envoyé.

24»En vérité, en vérité, je vous le dis, celui qui écoute ma parole, et qui croit en celui qui m'a envoyé, a la vie éternelle; et il n'est point amené en jugement, mais il est passé de la mort à la vie*.

25»En vérité, en vérité, je vous le dis, l'heure vient, et

elle est déjà venue, où les morts* entendront la voix du
Fils de Dieu, et ceux qui l'auront entendue vivront;
[26]car, de même que le Père a la vie en lui-même, de
même il a donné au Fils d'avoir la vie en lui-même. [27]Il
lui a même donné le pouvoir d'exercer le jugement,
parce qu'il est un fils d'homme. [28]Ne vous en étonnez
point, car l'heure vient, où tous ceux qui sont dans les
sépulcres entendront sa voix, [29]et en sortiront: ceux qui
auront fait le bien ressusciteront pour la vie, ceux
qui auront fait le mal ressusciteront pour la condamna-
tion*. [30]Je ne puis rien faire de moi-même; je juge selon
que j'entends; et mon jugement est juste, parce que je
ne cherche pas ma volonté, mais la volonté de celui[a] qui
m'a envoyé.

[31]»Si c'est moi qui rends témoignage de moi-même,
mon témoignage n'est pas vrai. [32]Il y en a un autre qui
rend témoignage de moi, et je sais que le témoignage
qu'il me rend est vrai. [33]Vous avez envoyé vers Jean, et
il a rendu témoignage à la vérité. [34]Pour moi, je n'em-
prunte pas le témoignage d'un homme, mais ce que je
vous en dis, c'est afin que vous soyez sauvés. [35]Jean était
la lampe qui brûle et luit, mais vous n'avez voulu vous
réjouir qu'un moment à sa lumière. [36]Pour moi, j'ai un
témoignage qui est supérieur à celui de Jean, ce sont
les œuvres que mon Père m'a donné d'accomplir; ces
œuvres mêmes rendent témoignage de moi, elles attes-
tent que mon Père m'a envoyé.

[37]»Et le Père, qui m'a envoyé, a rendu lui-même
témoignage de moi: sa voix, vous ne l'avez jamais enten-
due; sa face, vous ne l'avez jamais vue; [38]et sa parole...
vous ne la gardez pas en vous, puisque vous ne croyez
pas en celui qu'il a envoyé. [39]Vous sondez les Écritures,
parce que vous pensez y trouver la vie éternelle... et ce
sont elles qui rendent témoignage de moi. [40]Mais vous ne
voulez pas venir à moi pour avoir la vie.

[41]»Je ne demande pas ma gloire aux hommes; [42]mais
je vous connais, je sais que vous n'avez pas en vous

l'amour de Dieu. [43]Je suis venu au nom de mon Père, et vous ne me recevez pas ; si un autre vient en son propre nom, vous le recevrez. [44]Comment pouvez-vous croire, vous qui tirez votre gloire les uns des autres et qui ne recherchez pas la gloire qui vient de Dieu seul ? [45]Ne pensez pas que ce soit moi qui doive vous accuser devant le Père ; votre accusateur, c'est Moïse, en qui vous avez mis votre espérance, [46]car si vous croyiez Moïse, vous me croiriez, parce qu'il a parlé de moi ; [47]mais si vous n'ajoutez pas foi à ses écrits, comment ajouteriez-vous foi à mes paroles ? »

Jésus se rend au-delà de la mer de Tibériade en Galilée. — La fête de Pâque est proche. — La multiplication des pains. — *Retour à Capharnaüm.* — Jésus marche sur les eaux. — Discours : Jésus le pain de vie. — Manger sa chair et boire son sang. — Les Disciples scandalisés. — La confession de Pierre.

(Mt 14^{13-33}. — Mc 6^{32-52}. — Lc 9^{10-17}. — Mt 16^{13-20}. — Mc 8^{27-29}. — Lc 9^{18-21}.)

6 [1]Jésus s'en alla ensuite de l'autre côté de la mer de Tibériade en Galilée ; [2]et une foule nombreuse le suivait, parce qu'elle voyait les miracles qu'il opérait sur les malades.

[3]Jésus monta sur la montagne et s'y assit avec ses disciples. [4]Or la Pâque, la grande fête des Juifs, était proche. [5]Jésus donc ayant levé les yeux, et voyant qu'une grande foule se dirigeait de son côté, dit à Philippe : « Où nous faut-il acheter du pain, pour que ces gens aient à manger ? » [6]Il disait cela pour l'éprouver, car, pour lui, il savait bien ce qu'il voulait faire. [7]Philippe lui répondit : « Deux cents deniers de pain ne suffiraient pas pour en donner un peu à chacun. » [8]Un de ses disciples, André, frère de Simon Pierre, lui dit : [9]« Il y a ici un petit garçon qui a cinq pains d'orge et deux poissons ; mais qu'est-ce

que cela pour tant de monde ? » [10]Jésus dit : « Faites asseoir ces gens. » Or il y avait une grande étendue d'herbe en ce lieu. Les hommes s'assirent donc : ils étaient au nombre d'environ cinq mille. [11]Jésus prit les pains, et, ayant rendu grâces, il les distribua[a] à ceux qui étaient assis ; il leur donna de même des poissons, autant qu'ils en voulurent. [12]Lorsqu'ils furent rassasiés, il dit à ses disciples : « Ramassez les morceaux qui restent, afin que rien ne se perde. » [13]Ils les ramassèrent, et remplirent douze corbeilles des morceaux qui restèrent des cinq pains d'orge, après que l'on eut mangé.

[14]Ces gens ayant vu le miracle que Jésus avait fait, disaient : « C'est vraiment le prophète qui doit venir dans le monde. » [15]Alors Jésus, ayant compris qu'ils allaient venir l'enlever pour le faire roi, se retira de nouveau dans la montagne, tout seul*.

[16]Quand le soir fut venu, ses disciples descendirent au bord de la mer ; [17]et, étant entrés dans la barque, ils traversèrent la mer dans la direction de Capharnaüm. Il faisait déjà nuit, et Jésus ne les avait pas rejoints, [18]et un gros vent s'étant levé, la mer était agitée. [19]Quand ils eurent fait de vingt-cinq à trente stades, ils virent Jésus marchant sur la mer, près de la barque, et ils eurent peur. [20]Mais Jésus leur dit : « C'est moi, n'ayez point de peur. » [21]Ils se disposèrent donc à le prendre dans la barque, et aussitôt la barque aborda au lieu où ils se rendaient.

[22]La foule qui était restée de l'autre côté de la mer, avait vu qu'il n'y avait là qu'une seule barque[b], et que Jésus n'y était point entré avec ses disciples, mais que ceux-ci étaient partis seuls. [23]Cependant il était arrivé de Tibériade d'autres barques, près du lieu où ils avaient mangé le pain, après que le Seigneur eut rendu grâces. [24]Le lendemain donc, lorsqu'ils virent que Jésus n'était pas là, non plus que ses disciples, ils entrèrent dans ces barques et se rendirent à Capharnaüm pour chercher Jésus. [25]Et l'ayant trouvé de l'autre côté de la

mer, ils lui dirent: «Maître, quand es-tu venu ici?»
26Jésus leur répondit: «En vérité, en vérité, je vous le
dis, vous me cherchez, non parce que vous avez vu des
miracles, mais parce que vous avez mangé des pains et
que vous avez été rassasiés. 27Travaillez pour avoir, non
l'aliment qui périt, mais l'aliment qui subsiste en vie
éternelle, et que le Fils de l'homme vous donnera, car
c'est lui que le Père, qui est Dieu, a marqué de son
sceau.» 28Ils lui dirent donc: «Que devons-nous faire,
pour faire les œuvres de Dieu?» 29Jésus leur répondit:
«L'œuvre que Dieu demande, c'est que vous croyiez en
celui qu'il a envoyé. — 30Quel miracle fais-tu donc, lui
dirent-ils, que nous le voyions, et que nous croyions en
toi? Que fais-tu? 31Nos pères ont mangé la manne au
désert, ainsi qu'il est écrit: *Il leur donna à manger du
pain du ciel*.*» 32Jésus leur répondit: «En vérité, en
vérité, je vous le dis, Moïse ne vous a point donné "*le
pain du ciel*"; c'est mon Père qui vous donne le vrai
pain du ciel, 33car le pain de Dieu, c'est le pain qui des-
cend du ciel et qui donne la vie au monde.» 34Ils lui
dirent donc: «Seigneur, donne-nous toujours de ce
pain-là.» 35Jésus leur dit: «Je suis le pain de vie: celui
qui vient à moi n'aura jamais faim, et celui qui croit en
moi n'aura jamais soif; 36mais, je vous l'ai dit, vous
m'avez vu, et vous ne croyez point. 37Tout ce que le Père
me donne viendra à moi, et je ne repousserai point celui
qui vient à moi; 38car je suis descendu du ciel pour
faire, non ma volonté, mais la volonté de celui qui m'a
envoyé. 39Or la volonté de celui qui m'a envoyé, c'est
que je ne perde aucun de ceux qu'il m'a donnés, mais
que je les ressuscite au dernier jour. 40Car c'est ici la
volonté de mon Père, que quiconque voit le Fils et croit
en lui, ait la vie éternelle; et moi, je le ressusciterai au
dernier jour.»
41Les Juifs se mirent donc à murmurer contre lui,

6[31] : Ps 78[24].

parce qu'il avait dit : « Je suis le pain qui est descendu
du ciel », [42]et ils disaient : « N'est-ce pas là Jésus, le fils
de Joseph, dont nous connaissons le père et la mère ?
comment donc dit-il : “Je suis descendu du ciel” ? »
[43]Jésus répondit et leur dit : « Ne murmurez point entre
vous. [44]Nul ne peut venir à moi, si le Père, qui m'a
envoyé, ne l'attire ; et moi, je le ressusciterai au dernier
jour. [45]Il est écrit dans les Prophètes : *Et ils seront tous
enseignés de Dieu* ; quiconque a entendu le Père et a pro-
fité, vient à moi ; [46]ce n'est pas que personne ait vu le
Père, si ce n'est celui qui vient de Dieu ; celui-là a vu
le Père. [47]En vérité, en vérité, je vous le dis, celui qui
croit en moi a la vie éternelle. [48]Je suis le pain de vie.
[49]Vos pères ont mangé la manne au désert, et ils sont
morts ; [50]quant au pain qui descend du ciel, on en
mange et l'on ne meurt point. [51]Je suis le pain vivifiant
qui est descendu du ciel : si quelqu'un mange de ce
pain, il vivra éternellement ; et le pain que je donnerai
c'est ma chair, que je donnerai pour la vie du monde. »
[52]Là-dessus, les Juifs disputaient entre eux, disant :
« Comment cet homme peut-il nous donner sa chair à
manger ? » [53]Jésus leur dit donc : « En vérité, en vérité, je
vous le dis, si vous ne mangez la chair du Fils de
l'homme, et si vous ne buvez son sang, vous n'avez
point la vie en vous-mêmes : [54]celui qui mange ma chair
et qui boit mon sang a la vie éternelle ; et moi, je le res-
susciterai au dernier jour. [55]Car ma chair est vraiment
une nourriture, et mon sang est vraiment un breuvage.
[56]Celui qui mange ma chair et qui boit mon sang
demeure en moi, et moi en lui. [57]Comme le Père, qui a
la vie, m'a envoyé, et que je vis par le Père, de même,
celui qui me mange, vivra par moi. [58]C'est là le pain qui
est descendu du ciel : il n'en est point comme de vos
pères, qui ont mangé et sont morts ; celui qui mange de
ce pain vivra éternellement. »

6[45] : És 54[13].

[59]Jésus dit ces choses, enseignant en pleine synagogue à Capharnaüm.

[60]Plusieurs de ses disciples, l'ayant entendu, dirent : « Cette parole est dure, qui peut l'écouter ? » [61]Mais Jésus, sachant en lui-même que ses disciples murmuraient, leur dit : « Cela vous scandalise ?... [62]que sera-ce donc, si vous voyez le Fils de l'homme monter là où il était auparavant ? [63]C'est l'esprit qui vivifie ; la chair ne sert de rien. Les paroles que je vous ai adressées sont esprit et vie ; [64]mais il y en a parmi vous qui ne croient point. » En effet, Jésus savait dès l'abord qui étaient ceux qui ne croyaient pas, et qui était celui qui le livrerait. [65]Et il ajouta : « C'est pour cela que je vous ai dit que nul ne peut venir à moi, si cela ne lui a été donné par le Père. »

[66]Dès lors, plusieurs de ses disciples se retirèrent d'auprès de lui et cessèrent de le suivre. [67]Jésus dit donc aux Douze : « Et vous, ne voulez-vous pas aussi vous en aller ? » [68]Simon Pierre lui répondit : « Seigneur, à qui irions-nous ? Tu as les paroles de la vie éternelle ; [69]pour nous, nous avons cru et nous avons connu que tu es le Saint de Dieu[a]. » [70]Jésus leur répondit : « N'est-ce pas moi qui vous ai choisis, vous Douze ?... et l'un de vous est un démon* ! » Il parlait de Judas, fils de Simon Iscariote, car c'était lui, l'un des Douze, qui devait le livrer.

Tournée en Galilée. — La fête des Tabernacles est proche. — Incrédulité des frères de Jésus. — *Jésus monte à Jérusalem.* — Il enseigne dans le temple. — Les Juifs veulent l'arrêter. — Le dernier jour de fête : discours de Jésus — Hostilité des prêtres et des pharisiens.

7 [1]Après cela, Jésus se mit à parcourir la Galilée : il ne voulait pas séjourner en Judée, parce que les Juifs cherchaient à le faire mourir.

[2]Cependant la fête des Juifs, appelée fête des Tabernacles*, était proche. [3]Ses frères lui dirent donc : « Quitte

ce pays, et t'en va en Judée, afin que tes disciples aussi
voient les œuvres que tu fais ; 4on n'agit pas secrète-
ment, quand on veut être connu du public. Si réelle-
ment tu fais ces choses, montre-toi au monde. » 5Car ses
frères mêmes ne croyaient pas en lui. 6Jésus leur dit :
« Le moment n'est pas encore venu pour moi, tandis que
pour vous tous les moments sont bons. 7Le monde ne
peut vous haïr ; mais, moi, il me hait, parce que je rends
de lui ce témoignage que ses œuvres sont mauvaises.
8Allez, vous, à la fête ; pour moi, je n'y vais pas[a], parce
que le moment n'est pas encore venu pour moi. » 9Leur
ayant ainsi parlé, il resta en Galilée ; 10mais, lorsque ses
frères furent partis, il alla aussi lui-même à la fête, non
pas publiquement, mais comme en cachette.

11Les Juifs donc le cherchaient à la fête, et disaient :
« Où est-il ? » 12Et l'on parlait beaucoup de lui dans la
foule. Les uns disaient : « C'est un homme de bien. »
D'autres disaient : « Non ; il égare le peuple. » 13Toute-
fois, personne ne s'exprimait librement sur son compte,
par crainte des Juifs.

14On était déjà au milieu de la fête, quand Jésus monta
au temple ; et il se mit à enseigner. 15Les Juifs, étonnés,
disaient : « Comment cet homme connaît-il les saintes
lettres, puisqu'il n'a point étudié ? » 16Jésus leur répon-
dit : « Ma doctrine n'est pas de moi ; elle est de celui qui
m'a envoyé. 17Si quelqu'un veut faire la volonté de Dieu,
il connaîtra si ma doctrine vient de Dieu ou si je parle de
mon chef. 18Celui qui parle de son chef, cherche sa
propre gloire ; mais celui qui cherche la gloire de celui
qui l'a envoyé, est véridique et il n'y a rien de malhon-
nête en lui. 19Moïse ne vous a-t-il pas donné la Loi ?... et
pourtant nul de vous n'observe la Loi. Pourquoi cher-
chez-vous à me faire mourir ? » 20Le peuple répondit :
« Tu es possédé d'un démon ; qui est-ce qui cherche à te
faire mourir ? » 21Jésus répondit et leur dit : « J'ai fait une
seule œuvre, et vous en êtes tous dans l'étonnement.
22Moïse vous a donné la circoncision (non qu'elle vienne

de Moïse ; elle vient des patriarches) et vous circoncisez
le jour du sabbat. 23Si l'on circoncit un homme le jour du
sabbat, pour que la loi de Moïse ne soit pas violée, pour-
quoi vous irritez-vous contre moi, de ce que j'ai guéri un
homme, dans tout son corps, un jour de sabbat ? 24Ne
jugez pas sur l'apparence, mais jugez avec justice. »

25Alors quelques personnes de Jérusalem dirent :
« N'est-ce pas celui qu'on cherche à faire mourir ?... 26et
le voilà qui parle librement, sans qu'on lui dise rien !
Les notables auraient-ils reconnu qu'il est le Messie ?...
27Mais nous savons d'où est celui-ci, tandis que, quand
le Messie viendra, personne ne saura d'où il est*. »
28Jésus, qui enseignait dans le temple, dit donc à haute
voix : « Vous me connaissez, et vous savez d'où je suis !...
et pourtant ce n'est pas de moi-même que je suis venu,
mais il y en a bien réellement un qui m'a envoyé : vous
ne le connaissez pas ; 29moi, je le connais, car je viens de
lui, et c'est lui-même qui m'a envoyé. »

30Ils cherchèrent donc à le saisir ; toutefois personne
ne mit la main sur lui, parce que son heure n'était pas
encore venue. 31Mais plusieurs hommes du peuple cru-
rent en lui, et ils disaient : « Quand le Messie viendra,
fera-t-il plus de miracles que n'en a fait celui-ci ? » 32Les
pharisiens entendirent ce que le peuple disait tout bas de
Jésus, et de concert avec les grands prêtres, ils envoyè-
rent des gardes pour l'arrêter. 33Jésus dit donc : « Je suis
encore avec vous pour un peu de temps, puis je m'en vais
vers celui qui m'a envoyé. 34Vous me chercherez et vous
ne me trouverez pas ; et, là où je serai, vous ne pouvez
venir. » 35Sur quoi, les Juifs se dirent entre eux : « Où doit-
il aller, que nous ne le trouverons pas ? Est-ce qu'il doit
aller chez ceux qui sont disséminés parmi les Grecs, et
enseigner les Grecs ? 36Que signifie ce qu'il vient de dire :
"Vous me chercherez, et vous ne me trouverez pas ; et, là
où je serai, vous ne pouvez venir" ? »

37Le dernier et le plus grand jour de la fête*, Jésus
était là, debout, et il dit à haute voix : « Si quelqu'un a

soif, qu'il vienne à moi et qu'il boive. [38]Si quelqu'un croit en moi, *des fleuves d'eau vive*, comme dit l'Écriture, *couleront de son sein**. » [39]Il disait cela de l'Esprit que devaient recevoir ceux qui croiraient en lui ; car l'Esprit[a] n'était pas encore, parce que Jésus n'avait pas encore été glorifié. [40]Là-dessus, des gens du peuple, qui avaient entendu ces paroles, disaient : « Assurément, c'est le Prophète. » [41]D'autres disaient : « C'est le Messie. — Non, disaient d'autres, car le Messie doit-il venir de Galilée ? [42]L'Écriture ne dit-elle pas que c'est de la race de David et du village de Bethléem, où était David, que le Messie doit venir ? » [43]Le peuple était donc divisé à cause de lui. [44]Quelques-uns voulaient l'arrêter, cependant personne ne mit la main sur lui. [45]Les gardes vinrent donc vers les grands prêtres et les pharisiens, et ceux-ci leur dirent : « Pourquoi ne l'avez-vous pas amené ? » [46]Les gardes répondirent : « Jamais homme n'a parlé comme cet homme. » [47]Les pharisiens leur répliquèrent : « Vous aussi, vous êtes-vous laissé séduire ? [48]Y a-t-il quelqu'un des chefs ou des pharisiens qui ait cru en lui ? [49]mais cette populace, qui ne connaît point la Loi, est exécrable. » [50]Nicodème, l'un d'eux, le même qui était venu[b] trouver Jésus, leur dit : [51]« Est-ce que notre Loi condamne un homme avant de l'avoir entendu et d'avoir pris connaissance de ce qu'il a fait ? » [52]Ils lui répondirent : « Toi aussi, es-tu Galiléen ? Examine, et tu verras qu'il n'est point sorti de prophète de la Galilée. »
[53][c][Et chacun s'en alla dans sa maison.

[La femme adultère.] — Discours de Jésus dans la trésorerie. — Les Juifs veulent le lapider.

8 [1]Pour Jésus, il se rendit à la montagne des Oliviers. [2]Au point du jour, il revint dans le temple, et tout le

7[38] : Za 14[8].

peuple vint vers lui. Alors Jésus s'assit et se mit à les enseigner.

3Les scribes et les pharisiens lui amenèrent une femme qui avait été surprise en adultère*, et l'ayant placée au milieu de l'assemblée, 4ils dirent à Jésus : « Maître, cette femme a été prise en flagrant délit d'adultère ; 5or Moïse nous a commandé, dans la Loi, de lapider ces sortes de femmes ; toi donc, qu'en dis-tu ? » 6Ils parlaient ainsi pour l'éprouver, afin de pouvoir l'accuser ; mais Jésus s'étant baissé, écrivait avec le doigt sur la terre. 7Comme ils persistaient à l'interroger, il se releva et leur dit : « Que celui de vous qui est sans péché lui jette le premier la pierre. » 8Et s'étant baissé de nouveau, il se remit à écrire sur la terre. 9Eux, l'ayant entendu, et se sentant repris par leur conscience, se retirèrent les uns après les autres, depuis les plus âgés jusqu'aux derniers ; et Jésus resta seul avec la femme qui était là au milieu de l'assemblée. 10Alors Jésus s'étant relevé, et ne voyant plus que la femme, lui dit : « Femme, où sont tes accusateurs ? Est-ce que personne ne t'a condamnée ? » 11Elle lui répondit : « Personne, Seigneur. » Et Jésus lui dit : « Je ne te condamne pas non plus ; va, et ne pèche plus. »]

12Jésus prenant de nouveau la parole leur dit : « Je suis la lumière du monde ; celui qui me suit ne marchera pas dans les ténèbres, mais il aura la lumière de la vie. » 13Les pharisiens lui dirent donc : « C'est toi qui rends témoignage de toi-même, ton témoignage n'est pas digne de foi. » 14Jésus leur répondit : « Quoique ce soit moi qui rende témoignage de moi-même, mon témoignage est digne de foi, parce que je sais d'où je suis venu et où je vais ; mais vous, vous ne savez ni d'où je viens ni où je vais. 15Vous jugez selon la chair ; pour moi, je ne juge personne ; 16et pourtant quand il m'arrive de juger, mon jugement est digne de foi, parce que je ne suis pas seul, mais que le Père, qui m'a envoyé, est avec moi. 17D'ailleurs, il est écrit dans votre Loi que *le témoignage*

de deux personnes est digne de foi ; 18eh bien ! il y a moi,
qui témoigne de moi-même, et le Père, qui m'a envoyé,
rend aussi témoignage de moi. » 19Ils lui disaient donc :
« Où est ton Père ? » Jésus répondit : « Vous ne connaissez
ni moi, ni mon Père ; si vous me connaissiez, vous
connaîtriez aussi mon Père. »

20Il prononça ces paroles dans la trésorerie, ensei-
gnant dans le temple ; et personne ne mit la main sur
lui ; parce que son heure n'était pas encore venue.

21Jésus leur dit encore : « Je m'en vais ; et vous me
chercherez, et vous mourrez dans votre péché : vous ne
pouvez venir où je vais. » 22Là-dessus, les Juifs disaient :
« Est-ce qu'il veut se tuer qu'il dit "vous ne pouvez venir
où je vais" ? » 23Jésus leur dit : « Vous êtes d'ici-bas ; pour
moi, je suis d'en haut ; vous êtes de ce monde ; moi, je
ne suis pas de ce monde : 24c'est pourquoi je vous ai
dit que vous mourrez dans vos péchés, car si vous ne
croyez pas ce que je suis*, vous mourrez dans vos
péchés. » 25Ils lui disaient donc : « Qui es-tu, toi ? » Jésus
leur dit : « Je suis toujours ce que je vous dis. 26J'ai beau-
coup de choses à dire de vous et à reprendre en vous ;
mais celui qui m'a envoyé est la vérité même, et je ne
dis au monde que ce que j'ai appris de lui. » 27Ils ne
comprirent pas qu'il leur parlait du Père. 28Jésus ajouta
donc : « Lorsque vous aurez élevé le Fils de l'homme,
alors vous connaîtrez qui je suis*, vous saurez que je ne
fais rien de moi-même, mais que je parle comme le Père
m'a enseigné, 29et que celui qui m'a envoyé, est avec
moi : il ne m'a point laissé seul, parce que je fais tou-
jours ce qui lui est agréable. »

30Comme il disait ces choses, plusieurs crurent en lui.

31Jésus dit donc à ces Juifs qui avaient cru en lui : « Si
vous gardez ma parole, vous serez véritablement mes
disciples ; 32vous connaîtrez la vérité, et la vérité vous
affranchira. » 33Ils lui répondirent : « Nous sommes la

8[17] : Dt 19[15].

postérité d'Abraham, et nous n'avons jamais été esclaves
de personne ; pourquoi dis-tu : "Vous serez affranchis" ? »
[34]Jésus leur repartit : « En vérité, en vérité, je vous le dis,
quiconque s'adonne au péché est esclave du péché. [35]Or
l'esclave ne demeure pas toujours dans la maison, c'est
le fils qui y demeure toujours ; [36]si donc le Fils vous
affranchit, vous serez réellement libres. [37]Je sais bien que
vous êtes la postérité d'Abraham ; mais vous cherchez à
me faire mourir, parce que ma parole ne pénètre point
en vous. [38]Pour moi, je dis ce que j'ai vu chez mon Père,
et vous, vous faites ce que vous avez appris[a] de votre
père. » [39]Ils lui répondirent : « Notre père, c'est Abra-
ham. » Jésus leur dit : « Si vous étiez enfants d'Abraham,
vous feriez les œuvres d'Abraham ; [40]mais voici, vous
cherchez à me faire mourir, moi qui vous ai dit la vérité
que j'ai apprise de Dieu : Abraham n'a point fait ainsi.
[41]Vous faites, vous, les œuvres de votre père. » Ils lui
dirent : « Nous ne sommes pas des enfants illégitimes.
Nous n'avons qu'un père, c'est Dieu. » [42]Jésus leur dit :
« Si Dieu était votre père, vous m'aimeriez, car je suis
issu de Dieu, et je viens à vous ; je ne suis pas même venu
de mon chef, mais c'est lui qui m'a envoyé. [43]Pourquoi ne
reconnaissez-vous pas mon langage ? C'est qu'il vous est
impossible d'entendre ma parole. [44]Le père dont vous
êtes issus, c'est le diable*, et vous avez la volonté d'ac-
complir les désirs de votre père. Il a été homicide dès le
commencement, et il ne demeure point dans la vérité,
parce qu'il n'y a point de vérité en lui ; quand il profère le
mensonge, il parle de son propre fonds, car il est men-
teur et le père du mensonge* : [45]et moi, parce que je vous
dis la vérité, vous ne me croyez pas. [46]Qui de vous peut
me convaincre de péché ? Si je dis la vérité, pourquoi ne
me croyez-vous pas ? [47]Celui qui est issu de Dieu, entend
les paroles de Dieu ; aussi ne les entendez-vous point,
parce que vous n'êtes point issus de Dieu. »

[48]Les Juifs repartirent : « N'avons-nous pas raison de
dire que tu es un Samaritain, et que tu es possédé d'un

démon ? » 49Jésus répondit : « Je ne suis point possédé
d'un démon, mais je rends honneur à mon Père, et vous,
vous me déshonorez. 50Pour moi, je ne cherche point ma
gloire : il y en a un qui la cherche et qui juge. 51En
vérité, en vérité, je vous le dis, si quelqu'un garde ma
parole, il ne verra jamais la mort. » 52Les Juifs lui dirent :
« Nous voyons bien maintenant que tu es possédé d'un
démon : Abraham est mort, les prophètes sont morts
aussi, et tu dis : "Si quelqu'un garde ma parole, il ne
goûtera jamais la mort !" 53Es-tu plus grand que notre
père Abraham, qui est mort ? Les prophètes aussi sont
morts : qui donc prétends-tu être ? » 54Jésus répondit :
« Si je me glorifie moi-même, ma gloire n'est rien ; c'est
mon Père qui me glorifie, lui, dont vous dites qu'il est
votre Dieu, 55et pourtant vous ne le connaissez pas. Moi,
je le connais, et si je disais que je ne le connais pas, je
serais comme vous, un menteur ; mais je le connais, et
je garde sa parole. 56Abraham, votre père, s'est réjoui de
voir mon jour* : il l'a vu, et il en a eu de la joie. » 57Les
Juifs lui dirent donc : « Tu n'as pas encore cinquante
ans, et tu as vu Abraham ! » 58Jésus leur dit : « En vérité,
en vérité, je vous le dis, avant qu'Abraham fût, je suis*. »
59Là-dessus, ils prirent des pierres pour les lui jeter ;
mais Jésus se cacha, et sortit du temple[a].

Guérison d'un aveugle-né. — Enquête et incrédulité des pharisiens. — Foi de l'aveugle-né. — Aveuglement des clairvoyants

9 1Comme il passait, il vit un homme aveugle de
naissance, 2et ses disciples lui demandèrent : « Maître,
qui est-ce qui a péché, de cet homme ou de ses parents,
pour qu'il soit né aveugle ? » 3Jésus répondit : « Ce n'est
pas qu'il ait péché, ni lui, ni ses parents, mais c'est afin
que les œuvres de Dieu éclatent en lui*. 4Il nous[b] faut
faire les œuvres de celui qui m'a envoyé, pendant qu'il
est jour ; la nuit vient, où l'on ne peut travailler. 5Pen-

dant que je suis dans le monde, je suis la lumière du monde. » [6]Ayant ainsi parlé, il cracha à terre, fit de la boue avec sa salive, enduisit de cette boue les yeux de l'aveugle, [7]et lui dit : « Va, lave-toi au réservoir de Siloé* » (nom qui signifie Envoyé). Il s'en alla donc, se lava, et revint clairvoyant.

[8]Ses voisins et ceux qui auparavant l'avaient vu mendier, disaient : « N'est-ce pas là celui qui était assis et qui mendiait ? » [9]Les uns disaient : « C'est lui. — Non, disaient d'autres, mais il lui ressemble. » Lui disait : « C'est moi. » [10]Sur quoi ils lui dirent : « Comment tes yeux ont-ils été ouverts ? » [11]Il répondit : « Un homme appelé Jésus a fait de la boue, il m'en a enduit les yeux, et m'a dit : "Va à Siloé, et te lave." J'y suis allé, et, m'étant lavé, j'ai recouvré la vue. » [12]Ils lui dirent : « Où est cet homme ? — Je ne sais pas », répondit-il.

[13]Ils menèrent vers les pharisiens celui qui naguère était aveugle. [14]Or c'était un jour de sabbat que Jésus avait fait de la boue, et lui avait ouvert les yeux. [15]Les pharisiens, à leur tour, lui demandèrent aussi comment il avait recouvré la vue ; et il leur dit : « Il m'a mis de la boue sur les yeux ; je me suis lavé et je vois. » [16]Là-dessus, quelques-uns des pharisiens dirent : « Cet homme n'est pas envoyé de Dieu, puisqu'il n'observe pas le sabbat*. » Mais d'autres disaient : « Comment un méchant pourrait-il faire de tels miracles ? » Et ils étaient divisés entre eux. [17]Ils dirent donc de nouveau à l'aveugle : « Et toi, que dis-tu de cet homme qui t'a ouvert les yeux ? — C'est un prophète », dit-il. [18]Les Juifs ne voulurent point croire que cet homme eût été aveugle et qu'il eût recouvré la vue, jusqu'à ce qu'ils eussent fait venir son père et sa mère. [19]Et ils les interrogèrent : « Est-ce là, demandèrent-ils, votre fils, que vous dites être né aveugle ? Comment donc voit-il à cette heure ? » [20]Les parents répondirent : « Nous savons que c'est bien là notre fils, et qu'il est né aveugle ; [21]mais comment il se fait qu'il voie maintenant, nous l'ignorons ; qui lui a

ouvert les yeux, nous ne le savons pas. Interrogez-le, il
a de l'âge, il s'expliquera lui-même. » [22]Ses parents
dirent cela, parce qu'ils craignaient les Juifs : ceux-ci
s'étaient déjà concertés pour faire chasser de la syna-
gogue quiconque reconnaîtrait Jésus pour le Messie.
[23]C'est pour cela que ses parents dirent : « Il a de l'âge,
interrogez-le. »

[24]Les pharisiens firent venir une seconde fois l'homme
qui avait été aveugle, et lui dirent : « Donne gloire à Dieu :
nous savons que cet homme est un méchant. » [25]Il répon-
dit : « Si c'est un méchant, je l'ignore ; je ne sais qu'une
chose, c'est que j'étais aveugle et qu'à cette heure je
vois. » [26]Ils lui dirent : « Que t'a-t-il fait ? Comment t'a-t-il
ouvert les yeux ? — [27]Je vous l'ai déjà dit, leur répliqua-
t-il, et vous n'avez pas écouté ; pourquoi voulez-vous
l'entendre encore une fois ? Est-ce que vous voulez deve-
nir aussi ses disciples ? » [28]Ils l'injurièrent et lui dirent :
« C'est toi qui es disciple de cet homme ; pour nous, nous
sommes disciples de Moïse. [29]Nous savons que Dieu a
parlé à Moïse, mais pour celui-ci, nous ne savons d'où il
est. » [30]Cet homme répondit et leur dit : « C'est une chose
étrange que vous ne sachiez d'où il est... et pourtant il
m'a ouvert les yeux ! [31]Nous savons que Dieu n'exauce
point les méchants ; mais si quelqu'un est pieux et fait
sa volonté, c'est celui-là qu'il exauce. [32]Jamais on n'a
entendu dire que quelqu'un ait ouvert les yeux d'un
aveugle-né ; [33]si cet homme ne venait pas de Dieu, il ne
pourrait rien faire de pareil. » [34]Ils lui dirent : « Tu es né
tout entier dans le péché, et tu te mêles de nous faire des
leçons ! » Et ils le chassèrent.

[35]Jésus apprit qu'on l'avait chassé, et, l'ayant ren-
contré, il lui dit : « Tu crois, toi, au Fils de Dieu ? » [36]Cet
homme répondit : « Et qui est-il, Seigneur, afin que je
croie en lui ? — [37]Tu le vois, lui dit Jésus, et c'est lui-
même qui te parle. — [38]Je crois, Seigneur », dit-il alors,
et il se prosterna devant lui. [39]Jésus ajouta : « Je suis
venu dans ce monde pour un jugement, pour que ceux

qui ne voient pas, voient, et que ceux qui voient devien-
nent aveugles*.» [40]Les pharisiens qui étaient auprès de
lui, entendirent cette parole, et lui dirent: «Et nous,
sommes-nous aussi aveugles?» [41]Jésus leur dit: «Si vous
étiez aveugles, vous seriez sans péché; mais puisque
vous dites "nous voyons", votre péché subsiste*.»

Discours: Jésus, le bon berger. — Foi et incrédulité. — Fête de la Dédicace. — Discours: Unité de Jésus et de Dieu. — Les Juifs veulent le lapider. — *Jésus se retire au-delà du Jourdain.*

10 [1]«En vérité, en vérité, je vous le dis, celui qui
n'entre pas par la porte dans la bergerie, mais qui l'es-
calade par un autre endroit, est un voleur et un bri-
gand; [2]mais celui qui entre par la porte, est un berger
des brebis. [3]Le portier lui ouvre, et les brebis entendent
sa voix; il appelle ses brebis par leur nom, et il les
conduit dehors: [4]dès qu'il a fait sortir toutes les siennes,
il va devant elles, et les brebis le suivent, parce qu'elles
connaissent sa voix. [5]Elles ne suivront point un étran-
ger, mais elles le fuiront, parce qu'elles ne connaissent
point la voix des étrangers.»

[6]Jésus leur fit cette comparaison, mais ils ne compri-
rent pas de quoi il leur parlait.

[7]Jésus reprit et leur dit: «En vérité, en vérité, je vous
le dis, je suis la porte des brebis*: tous ceux qui sont
venus avant moi sont des voleurs et des brigands; [8]mais
les brebis ne les ont point écoutés. [9]Je suis la porte: si
quelqu'un entre par moi, il sera sauvé; il entrera et il
sortira, et il trouvera de la pâture. [10]Le voleur ne vient
que pour voler, pour égorger et pour détruire; moi, je
suis venu pour que les brebis aient la vie, et qu'elles
l'aient abondamment. [11]Je suis le bon berger: le bon
berger donne sa vie pour ses brebis; [12]mais le merce-
naire, qui n'est pas berger, à qui les brebis n'appartien-
nent pas en propre, ne voit pas plutôt venir le loup, qu'il

abandonne les brebis, et s'enfuit : le loup les ravit, et dis-
perse le troupeau. [13]Le mercenaire s'enfuit, parce qu'il
est mercenaire, et qu'il n'a nul souci des brebis. [14]Je suis
le bon berger : je connais mes brebis et mes brebis me
connaissent, [15]comme le Père me connaît et que je
connais le Père ; et je donne ma vie pour mes brebis.
[16]J'ai encore d'autres brebis, qui ne sont pas de cette
bergerie ; il faut aussi que je les conduise : elles enten-
dront ma voix ; et il y aura un seul troupeau, un seul
berger*. [17]Mon Père m'aime, parce que je donne ma vie,
afin de la reprendre ; [18]personne ne me l'ôte, mais je la
donne de moi-même ; j'ai le pouvoir de la donner, et j'ai
le pouvoir de la reprendre : tel est l'ordre que j'ai reçu
de mon Père. »

[19]Ces paroles provoquèrent une nouvelle division
parmi les Juifs. [20]Un grand nombre d'entre eux disaient :
« Il est possédé d'un démon, il déraisonne : pourquoi
l'écoutez-vous ? » [21]D'autres disaient : « Ces paroles ne
sont point celles d'un possédé. Est-ce qu'un démon peut
ouvrir les yeux des aveugles ? »

[22]Or, on célébrait à Jérusalem la fête de la Dédicace* :
c'était l'hiver ; [23]et Jésus se promenait dans le temple,
sous le portique de Salomon. [24]Les Juifs l'entourèrent
donc, et lui dirent : « Jusques à quand nous tiendras-tu
l'esprit en suspens ? Si tu es le Messie, dis-le-nous fran-
chement. » [25]Jésus leur répondit : « Je vous l'ai dit, et
vous ne le croyez pas : les œuvres que je fais au nom de
mon Père, rendent témoignage de moi, [26]mais vous ne
croyez point, parce que vous n'êtes pas de mes brebis,
comme je vous l'ai dit. [27]Mes brebis entendent ma voix ;
je les connais, et elles me suivent ; [28]je leur donne la vie
éternelle et elles ne périront jamais ; et nul ne les ravira
de ma main : [29]mon Père qui me les a données est plus
grand que tous, et personne ne peut les ravir de la main
de mon Père. [30]Le Père et moi, nous ne faisons qu'un*. »

[31]Là-dessus, les Juifs ramassèrent de nouveau des
pierres pour le lapider. [32]Jésus leur dit : « J'ai fait sous

vos yeux plusieurs bonnes œuvres, par la puissance de
mon Père ; pour laquelle me lapidez-vous ? » [33]Les Juifs
lui répondirent : « Ce n'est point pour une bonne œuvre
que nous te lapidons, mais pour un blasphème, et parce
qu'étant homme, tu te fais dieu. » [34]Jésus leur repartit :
« N'est-il pas écrit dans votre Loi : *J'ai dit : "Vous êtes des
dieux**" ? [35]Si donc la Loi appelle "dieux", ceux à qui la
parole de Dieu a été adressée, et si l'Écriture ne peut
être rejetée, [36]comment pouvez-vous dire à celui que
le Père a consacré et qu'il a envoyé dans le monde, "tu
blasphèmes", parce que j'ai dit : "Je suis le Fils de Dieu" ?
[37]Si je ne fais pas les œuvres de mon Père, ne me croyez
pas ; [38]mais si je les fais, quand même vous ne me croi-
riez pas, croyez en mes œuvres ; reconnaissez et sachez
que le Père est en moi et que je suis dans le Père*. »

[39]Alors les Juifs cherchèrent de nouveau à se saisir de
lui, mais il s'échappa de leurs mains [40]et s'en retourna
au-delà du Jourdain, dans le lieu où Jean avait baptisé
tout d'abord, et il y demeura. [41]Bien des gens venaient
vers lui, et disaient : « Jean n'a point fait de miracles,
mais tout ce qu'il a dit de celui-ci est vrai. » [42]Et il y en
eut là beaucoup qui crurent en lui.

Jésus à Béthanie. — Résurrection de Lazare. — Complots des Sénateurs. — *Jésus se retire à Éphraïm.* — La fête de Pâque est proche. — Ordre d'arrêter Jésus.

11 [1]Il y avait un homme malade, nommé Lazare,
qui était de Béthanie, village de Marie et de Marthe, sa
sœur. [2]Marie est celle qui oignit de parfum le Seigneur
et lui essuya les pieds avec ses cheveux, et c'était son
frère Lazare qui était malade. [3]Les sœurs donc envoyè-
rent dire à Jésus : « Seigneur, celui que tu aimes est
malade. » [4]Jésus, ayant entendu ces paroles, dit : « Cette

10[34] : Ps 82[6].

maladie ne va point à la mort, mais elle est pour la gloire de Dieu, afin que le Fils de Dieu soit glorifié par elle. » 5Or Jésus aimait Marthe, et sa sœur, et Lazare. 6Lorsqu'il eut appris que Lazare était malade, il resta encore deux jours dans le lieu où il était ; 7puis, ce temps écoulé, il dit à ses disciples : « Retournons en Judée. » 8Les disciples lui dirent : « Maître, il n'y a que peu de temps que les Juifs cherchaient à te lapider, et tu retournes en Judée ! » 9Jésus répondit : « N'y a-t-il pas douze heures au jour ? Si l'on marche pendant le jour, on ne se heurte point, parce qu'on voit la lumière de ce monde ; 10mais si l'on marche pendant la nuit, on se heurte, parce qu'on manque de lumière. » 11Il parla ainsi, et ajouta : « Lazare, notre ami, dort ; mais je vais l'éveiller. » 12Les disciples lui dirent : « Seigneur, s'il dort, il sera guéri » ; 13mais Jésus avait parlé de sa mort, et eux avaient cru qu'il parlait du repos du sommeil. 14Alors Jésus leur dit ouvertement : « Lazare est mort ; 15et je me réjouis à cause de vous de ce que je n'étais pas là, afin que vous croyiez ; mais allons vers lui. » 16Sur quoi Thomas, qui est appelé Didyme, dit aux autres disciples : « Allons-y aussi, afin de mourir avec lui. »

17Jésus étant arrivé, trouva qu'il y avait déjà quatre jours* que Lazare était dans le sépulcre ; 18et, comme Béthanie n'était éloigné de Jérusalem que de quinze stades environ, 19beaucoup de Juifs étaient venus voir Marthe et Marie pour les consoler de la mort de leur frère. 20Dès que Marthe eut appris que Jésus venait, elle alla au-devant de lui ; pour Marie, elle était assise à la maison. 21Marthe dit donc à Jésus : « Seigneur, si tu eusses été ici, mon frère ne serait pas mort ; 22mais, maintenant même, je sais que tout ce que tu demanderas à Dieu, Dieu te l'accordera. » 23Jésus lui dit : « Ton frère ressuscitera. — 24Je sais, reprit Marthe, qu'il ressuscitera, lors de la résurrection, au dernier jour. » 25Jésus lui repartit : « Je suis la résurrection et la vie : celui qui croit en moi, vivra, quand même il serait mort,

26et quiconque vit et croit en moi, ne mourra point pour
toujours. Crois-tu cela ? » 27Elle lui dit : « Oui, Seigneur,
je crois que tu es le Messie, le Fils de Dieu, celui qui
devait venir dans le monde*. »

28Ayant ainsi parlé, elle s'en alla et appela en secret
Marie, sa sœur, disant : « Le maître est là, et il te
demande. » 29Dès que Marie l'eut entendu, elle se leva
promptement et alla vers lui. 30Or Jésus n'était pas
encore entré dans le village, mais il était à l'endroit où
Marthe l'avait rencontré. 31Les Juifs qui étaient avec
Marie, dans la maison, et qui la consolaient, la voyant se
lever promptement et sortir, la suivirent, disant : « Elle
va au sépulcre pour y pleurer. »

32Dès que Marie fut arrivée à l'endroit où était Jésus,
et qu'elle le vit, elle tomba à ses pieds, et lui dit : « Sei-
gneur, si tu eusses été ici, mon frère ne serait pas
mort. » 33Lorsque Jésus la vit pleurer, elle et les Juifs qui
l'accompagnaient, il frémit intérieurement, et, se lais-
sant aller à son émotion, 34il dit : « Où l'avez-vous mis ? »
Ils lui dirent : « Seigneur, viens et vois. » 35Jésus pleura*.
36Les Juifs disaient donc : « Voyez comme il l'aimait. »
37Toutefois quelques-uns d'entre eux dirent : « Lui qui a
ouvert les yeux de l'aveugle, ne pouvait-il pas faire aussi
que celui-ci ne mourût pas ? »

38Jésus, frémissant de nouveau en lui-même, se rend
au sépulcre : c'était un caveau, et une pierre était posée
dessus. 39Jésus dit : « Ôtez la pierre. » La sœur du mort,
Marthe, lui dit : « Seigneur, il a déjà de l'odeur, car il y a
quatre jours qu'il est là. » 40Jésus lui repartit : « Ne t'ai-je
pas dit que si tu crois, tu verras la gloire de Dieu ? » 41Ils
ôtèrent donc la pierre[a] ; alors Jésus, levant les yeux en
haut, dit : « Père, je te rends grâce, de ce que tu m'as
exaucé. 42Pour moi, je savais bien que tu m'exauces tou-
jours, mais je dis cela à cause de cette foule qui m'en-
toure, afin qu'elle croie que c'est toi qui m'as envoyé. »
43Ayant ainsi parlé, il cria d'une voix forte : « Lazare,
sors » ; 44et le mort sortit, les mains et les pieds liés de

bandelettes, et le visage enveloppé d'un suaire. Jésus
leur dit : « Déliez-le, et le laissez aller*. » 45Un grand
nombre de Juifs, la plupart de ceux qui étaient venus
visiter Marie et avaient vu ce miracle de Jésus, crurent
en lui ; 46quelques-uns d'entre eux, cependant, allèrent
trouver les pharisiens et leur rapportèrent ce que Jésus
avait fait.

47Alors les grands prêtres et les pharisiens assemblè-
rent le sanhédrin et dirent : « Que ferons-nous ? car cet
homme opère beaucoup de miracles ; 48si nous le lais-
sons faire, tout le monde croira en lui, et les Romains
viendront, et ils détruiront notre temple et notre
nation. » 49L'un d'eux, nommé Caïphe, souverain prêtre
cette année-là, leur dit : 50« Vous n'y entendez rien ; vous
ne réfléchissez pas qu'il nous est avantageux qu'un seul
homme meure pour le peuple, et que toute la nation ne
périsse pas. » 51Il ne dit pas cela de son propre mouve-
ment, mais comme il était souverain prêtre cette année-
là, il prophétisa que Jésus devait mourir pour la nation ;
— 52non pas pour la nation seulement, c'était aussi afin
de réunir en un seul corps les enfants de Dieu qui sont
dispersés.

53Dès ce jour, ils délibérèrent de le faire mourir ; 54c'est
pourquoi Jésus ne se montra plus en public parmi les
Juifs, et s'en alla dans les campagnes de la Judée, près du
désert, à Éphraïm-la-Ville, où il séjourna avec ses dis-
ciples.

55Cependant la Pâque des Juifs était proche, et beau-
coup de gens montèrent des campagnes de la Judée à
Jérusalem, avant la Pâque, pour se purifier. 56Ils cher-
chaient Jésus, et, étant dans le temple, ils se disaient
entre eux : « Qu'en pensez-vous ? Ne viendra-t-il pas à la
fête ? » 57Or les grands prêtres et les pharisiens avaient
donné l'ordre que si l'on savait où il était, on eût à le
déclarer, afin qu'ils le fissent prendre.

Jésus à Béthanie. — Marie oint Jésus de parfum. — Ovation populaire. — *Entrée à Jérusalem.* — Discours : pressentiments de mort ; une voix du ciel. — Sommaire du ministère de Jésus. (Mt 26^{6-13}. — Mc 14^{3-9}. — Lc 7^{36-50}.)

12 [1]Six jours avant la Pâque, Jésus se rendit à
Béthanie, où était Lazare, le mort qu'il avait ressuscité.
[2]Là, on lui donna à souper : Marthe servait, et Lazare
était un de ceux qui étaient à table avec lui. [3]Marie
ayant pris une livre d'un parfum de nard pur très précieux, en oignit les pieds de Jésus et les essuya avec ses
cheveux. Toute la maison fut remplie de l'odeur de ce
parfum. [4]Alors l'un de ses disciples, Judas Iscariote[a],
celui qui devait le livrer, dit : « Pourquoi n'avoir pas
vendu ce parfum trois cents deniers, et n'en avoir
pas donné l'argent aux pauvres ? » [6]Il disait cela, non
qu'il se souciât des pauvres, mais parce qu'il était
voleur, et qu'il tenait la bourse et prenait ce qu'on y
mettait. [7]Jésus lui dit donc : « Laisse-la en paix ; elle a
voulu garder ce parfum pour le jour de ma sépulture*.
Vous aurez toujours des pauvres avec vous, mais, moi,
vous ne m'aurez pas toujours. »

[9]Une foule de Juifs surent donc que Jésus était à
Béthanie, et ils y vinrent, non seulement à cause de
Jésus, mais aussi pour voir Lazare, qu'il avait ressuscité
des morts. [10]Les grands prêtres délibérèrent de faire
mourir aussi Lazare*, [11]parce qu'à son occasion beaucoup de Juifs les quittaient et croyaient en Jésus.

[12]Le lendemain, une multitude de gens qui étaient
venus pour la fête, ayant appris que Jésus venait à Jérusalem, [13]prirent des branches de palmier et allèrent
au-devant de lui, en criant : « Hosanna ! *Béni soit celui
qui vient au nom du Seigneur*, le Roi d'Israël ! » [14]Jésus,
ayant trouvé un ânon, monta dessus, selon qu'il est
écrit : [15]*Ne crains point, fille de Sion, voici ton roi qui*

*12^{13} : Ps 118^{25-26}.

vient, monté sur le petit d'une ânesse. [16]Ses disciples ne
comprirent pas ces choses tout d'abord, mais quand
Jésus eut été glorifié, ils se souvinrent qu'elles étaient
écrites pour lui, et qu'ils les avaient accomplies à son
égard.

[17]La foule donc qui était avec Jésus rendait témoi-
gnage qu'il avait fait sortir Lazare du sépulcre et l'avait
ressuscité des morts ; [18]et c'est aussi parce qu'elle avait
appris qu'il avait fait ce miracle, que la multitude s'était
portée à sa rencontre. [19]Sur quoi les pharisiens se dirent
les uns aux autres : « Vous voyez bien que vous ne
gagnez rien ; voilà que tout le monde court après lui. »

[20]Or, dans le nombre des Grecs qui montent à Jérusa-
lem, pour adorer, lors de la fête, [21]il s'en trouva là
quelques-uns qui abordèrent Philippe de Bethsaïde en
Galilée, et lui firent cette demande : « Seigneur, nous
voudrions bien voir Jésus. » [22]Philippe alla le dire à
André, puis André et Philippe le dirent à Jésus. [23]Jésus
leur répondit : « L'heure est venue où le Fils de l'homme
doit être glorifié. [24]En vérité, en vérité, je vous le dis, si
le grain de blé ne meurt, après qu'il est tombé en terre,
il demeure seul ; mais s'il meurt, il porte beaucoup de
fruit*. [25]Celui qui aime sa vie, la perdra, mais celui qui
hait sa vie en ce monde, la conservera pour la vie éter-
nelle. [26]Si quelqu'un me sert, qu'il me suive ; et là où je
suis, là aussi sera mon serviteur : si quelqu'un me sert,
mon Père l'honorera. [27]Maintenant mon âme est trou-
blée*... et que dirai-je ?... Père, délivre-moi de cette
heure... mais c'est pour cette heure même que je suis
venu. [28]Père, glorifie ton nom. » Alors il vint une voix du
ciel : « Je l'ai glorifié, et je le glorifierai encore. »

[29]La foule qui était là, et qui avait entendu, disait :
« C'est un tonnerre » ; d'autres disaient : « Un ange lui a
parlé. » [30]Jésus dit : « Ce n'est pas pour moi que cette
voix s'est fait entendre, c'est pour vous. [31]C'est mainte-

12[15] : Za 9[9].

nant que le jugement de ce monde a lieu ; c'est mainte-
nant que le prince de ce monde va être expulsé ; [32]quant
à moi, dès que j'aurai été élevé de la terre, j'attirerai
tous les hommes à moi*. » [33](Il indiquait par là de quelle
mort il devait mourir.) [34]La foule lui répondit : « Nous
avons appris par la Loi que le Messie doit demeurer
éternellement, comment donc dis-tu que le Fils de
l'homme doit être élevé ? Qui est ce Fils de l'homme ? »
[35]Jésus leur dit donc : « La lumière n'est plus au milieu
de vous que pour un peu de temps ; marchez, puisque[a]
vous avez la lumière, de peur que les ténèbres ne vous
surprennent ; celui qui marche dans les ténèbres ne sait
où il va. [36]Puisque vous avez la lumière, croyez en la
lumière, afin que vous soyez des enfants de lumière. »
Ainsi parla Jésus, et, s'en étant allé, il ne se montra
plus à eux.

[37]Quoiqu'il eût fait tant de miracles en leur présence,
ils ne croyaient point en lui, [38]afin que s'accomplît la
parole qu'Ésaïe le prophète a prononcée : *Seigneur, qui a
cru à notre prédication, et à qui le bras du Seigneur a-t-il
été révélé** ? [39]Et ils ne pouvaient croire, parce qu'Ésaïe a
dit encore : [40]*Il a aveuglé leurs yeux et endurci leur cœur,
afin qu'ils ne voient pas de leurs yeux, ne comprennent pas
de leur cœur, et qu'ils ne se convertissent pas : aussi ne les
guérirai-je point**. [41]C'est là ce que dit Ésaïe, lorsqu'il vit
la gloire du Seigneur et qu'il parla de lui.

[42]Plusieurs, toutefois, même parmi les sénateurs, cru-
rent en lui ; mais, à cause des pharisiens, ils ne le
confessaient point, de peur d'être chassés de la syna-
gogue. [43]Ils aimèrent mieux la gloire des hommes que la
gloire de Dieu.

[44]Cependant Jésus avait dit à haute voix : « Quiconque
croit en moi, croit, non pas en moi, mais en celui qui m'a
envoyé, [45]et quiconque me voit, voit celui qui m'a envoyé.
[46]Je suis venu dans le monde comme une lumière, afin

12[38] : És 53[1]. 12[40] : És 6[9-10].

qu'aucun de ceux qui croient en moi, ne demeure dans les ténèbres. [47]Si quelqu'un entend mes paroles et ne les garde pas[a], je ne le juge point, car je suis venu, non pour juger le monde, mais pour le sauver. [48]Celui qui me rejette et repousse mes paroles a son juge : c'est la parole que j'ai prêchée, c'est elle qui le jugera au dernier jour. [49]Car je n'ai point parlé de mon chef, mais le Père, qui m'a envoyé, m'a lui-même commandé ce que je dois dire et ce dont je dois parler ; [50]et je sais que son commandement, c'est la vie éternelle. En conséquence, les choses que j'annonce, je les annonce comme le Père me les a dites. »

Le Cénacle. — Le souper et le lavement des pieds. — Annonce d'un traître. — Judas sort. — Discours de Jésus à ses disciples : « Aimez-vous les uns les autres. » — Annonce du reniement de Pierre.

(Mt 26^{20-25}. — Mc 14^{18-21}. — Lc 22^{21-23}. — Mt 26^{31-35}. — Mc 14^{27-31}. — Lc 22^{31-34}.)

13 [1]Avant la fête de Pâque, Jésus, sachant que son heure était venue de quitter ce monde pour aller vers le Père, témoigna souverainement aux siens, qui sont dans le monde, l'amour dont il les avait aimés. [2]Dans un repas, le diable ayant déjà mis dans le cœur de Judas Iscariote, fils de Simon, le dessein de livrer son Maître, [3]Jésus, qui savait que le Père avait remis toutes choses entre ses mains, qu'il était venu de Dieu et qu'il s'en allait vers Dieu, [4]se leva de table, posa son manteau, et, ayant pris un linge, il s'en ceignit ; [5]puis, ayant versé de l'eau dans le bassin, il se mit à laver les pieds de ses disciples et à les essuyer avec le linge dont il était ceint*. [6]Il vint donc à Simon Pierre, qui lui dit : « Toi, Seigneur, me laver les pieds ! » [7]Jésus lui répondit : « Ce que je fais, tu ne le sais pas en ce moment, mais tu le sauras tout à l'heure. » [8]Pierre lui dit : « Non, jamais tu ne me laveras

les pieds. » Jésus lui répondit : « Si je ne te lave, tu n'au-
ras point de part avec moi. » 9Simon Pierre lui dit : « Sei-
gneur, non seulement les pieds, mais encore les mains
et la tête. » 10Jésus lui dit : « Celui qui s'est baigné, n'a
besoin que de se laver les pieds, il est net dans toute sa
personne ; et vous êtes nets*... mais non pas tous. » 11Il
savait, en effet, qui était celui qui allait le livrer, c'est
pourquoi il dit : « Vous n'êtes pas tous nets. »

12Après qu'il leur eut lavé les pieds, il reprit son man-
teau, et, s'étant remis à table, il leur dit : « Comprenez-
vous ce que je vous ai fait ? 13Vous m'appelez Maître et
Seigneur ; et vous avez raison, car je le suis. 14Si donc
moi, le Seigneur et le Maître, je vous ai lavé les pieds,
vous devez aussi vous laver les pieds les uns aux autres,
car je vous ai donné un exemple*, 15afin que, comme je
vous ai fait, vous fassiez aussi vous-mêmes : 16en vérité,
en vérité, je vous le dis, le serviteur n'est pas plus grand
que son maître, ni l'envoyé plus grand que celui qui
l'envoie. 17Si vous savez ces choses, vous êtes bienheu-
reux, pourvu que vous les pratiquiez. 18Je ne dis pas cela
de vous tous ; je connais ceux que j'ai choisis, mais il
faut que cette parole de l'Écriture soit accomplie : *Celui*
qui mange le pain avec moi, a levé le pied contre moi.
19Je vous le dis dès à présent, avant que la chose arrive,
afin que, lorsqu'elle sera arrivée, vous reconnaissiez qui
je suis. 20En vérité, en vérité, je vous le dis, quiconque
reçoit celui que j'envoie, me reçoit, et quiconque me
reçoit, reçoit celui qui m'a envoyé. »

21Ayant ainsi parlé, Jésus, profondément ému, dit
ouvertement : « En vérité, en vérité, je vous dis que l'un
de vous me livrera. » 22Ses disciples se regardaient les
uns les autres, ne sachant de qui il voulait parler. 23Or
l'un d'eux était couché sur le sein de Jésus : c'était celui
que Jésus aimait. 24Simon Pierre lui fit donc signe, pour
lui dire : « De qui parle-t-il ? » 25Le disciple se penchant

13[18] : Ps 41[10].

sur le sein de Jésus, lui dit: «Seigneur, qui est-ce?»
[26]Jésus lui répondit: «C'est celui à qui je donnerai le
morceau de pain que je vais tremper.» Alors ayant
trempé le morceau, il le donna à Judas Iscariote, fils de
Simon; [27]et aussitôt que Judas l'eut pris, Satan entra en
lui. Jésus lui dit: «Fais au plus tôt ce que tu as à faire»,
[28]mais aucun de ceux qui étaient à table ne comprit
pourquoi il lui disait cela: [29]quelques-uns pensaient que,
comme Judas avait la bourse, Jésus voulait lui dire:
«Achète ce qu'il nous faut pour la fête», ou qu'il lui
commandait de donner quelque chose aux pauvres.
[30]Judas, ayant pris le morceau de pain, sortit aussitôt. Il
était nuit*.

[31]Lorsqu'il fut sorti, Jésus dit: «Maintenant le Fils de
l'homme a été glorifié, et Dieu a été glorifié en lui.
[32]Puisque Dieu a été glorifié en lui, Dieu aussi le glori-
fiera en lui-même, et il le glorifiera bientôt. [33]Mes chers
enfants, je ne suis plus avec vous que pour un peu de
temps; vous me chercherez; et comme j'ai dit aux Juifs
qu'ils ne pouvaient venir où je vais, je vous le dis aussi à
cette heure. [34]Je vous donne un commandement nou-
veau, c'est de vous aimer les uns les autres comme je
vous ai aimés; vous aussi, aimez-vous les uns les autres.
[35]C'est à ceci que tous connaîtront que vous êtes mes
disciples, si vous avez de l'amour les uns pour les
autres. [36]Simon Pierre lui dit: «Seigneur, où vas-tu?»
Jésus lui répondit: «Là où je vais, tu ne peux me suivre
maintenant; plus tard, tu me suivras. — [37]Seigneur, lui
dit Pierre, pourquoi ne puis-je te suivre à cette heure?
Je donnerai ma vie pour toi.» [38]Jésus lui répondit: «Tu
donneras ta vie pour moi! En vérité, en vérité, je te le
dis, le coq ne chantera pas, que tu ne m'aies renié trois
fois.»

Suite du Discours de Jésus dans le Cénacle. — Consolations et
exhortations. — Promesse d'un autre Paraclet. — «Je vous
donne ma paix.»

14 1«Que votre cœur ne se trouble point. Confiez-
vous en Dieu; confiez-vous aussi en moi.
2»Il y a beaucoup de demeures dans la maison de
mon Père; si cela n'était pas, je vous l'aurais dit: je vais
vous y préparer une place. 3Dès que je serai allé et que
je vous aurai préparé une place, je reviendrai, et je vous
prendrai auprès de moi, afin que là où je suis, vous y
soyez aussi; 4et là où je vais, vous en savez le chemin.»
5Thomas lui dit: «Seigneur, nous ne savons où tu vas,
comment donc en saurions-nous le chemin?» 6Jésus lui
dit: «Je suis le chemin, la vérité et la vie; nul ne vient
au Père que par moi*. 7Si vous me connaissiez, vous
connaîtriez aussi mon Père... et dès à présent vous le
connaissez, et vous l'avez vu.» 8Philippe lui dit: «Sei-
gneur, montre-nous le Père, et cela nous suffit.» 9Jésus
lui dit: «Il y a si longtemps que je suis avec vous, et tu
ne m'as pas connu, Philippe! Celui qui m'a vu, a vu
le Père*; comment donc peux-tu dire "montre-nous le
Père"? 10Ne crois-tu pas que je suis dans le Père et que
le Père est en moi? Les paroles que je vous dis, je ne les
dis pas de mon chef: le Père qui demeure en moi fait
lui-même les œuvres que je fais. 11Croyez-moi, croyez
que je suis dans le Père et que le Père est en moi; sinon,
croyez-le à cause de ces œuvres mêmes.
12»En vérité, en vérité, je vous le dis, celui qui croit en
moi fera aussi les œuvres que je fais; et il en fera de plus
grandes encore*, parce que je m'en vais vers le Père, 13et
que tout ce que vous demanderez en mon nom, je le
ferai, afin que le Père soit glorifié dans le Fils: 14si vous
demandez quelque chose en mon nom, je le ferai. 15Si
vous m'aimez, gardez mes commandements; 16quant à
moi, je prierai le Père, et il vous donnera un autre Para-
clet*, afin qu'il soit éternellement avec vous: 17c'est

l'Esprit de vérité, que le monde* ne peut recevoir, parce
qu'il ne le voit point et qu'il ne le connaît point; mais
vous, vous le connaissez, parce qu'il demeure auprès de
vous; et il sera en vous.
18 »Je ne vous laisserai point orphelins; je viendrai
vers vous. 19 Encore un peu de temps, et le monde ne me
verra plus; mais vous, vous me verrez; parce que je vis,
vous aussi vous vivrez. 20 En ce jour-là, vous connaîtrez
que je suis en mon Père, et que vous êtes en moi, et que
je suis en vous*.
21 »Celui qui retient mes commandements et qui les
garde, c'est celui-là qui m'aime: celui qui m'aime sera
aimé de mon Père, et moi, je l'aimerai et je me ferai
connaître à lui.» 22 Judas, non pas Iscariote, lui dit:
«Seigneur, et d'où vient que tu te feras connaître à
nous, mais non pas au monde?» 23 Jésus répondit et lui
dit: «Si quelqu'un m'aime, il gardera ma parole: mon
Père l'aimera, et nous viendrons vers lui, et nous ferons
notre demeure chez lui. 24 Celui qui ne m'aime pas, ne
garde pas mes paroles; et la parole que vous entendez
n'est pas de moi, mais elle est de mon Père, qui m'a
envoyé.
25 »Je vous dis ces choses, pendant que je demeure
auprès de vous, 26 mais le Paraclet, le Saint-Esprit, que
mon Père enverra en mon nom*, vous enseignera toutes
choses et vous fera ressouvenir de tout ce que je vous ai
dit. 27 Je vous laisse la paix; je vous donne ma paix; je ne
la donne pas comme le monde la donne. Que votre
cœur ne se trouble point, qu'il ne s'intimide point.
28 Vous avez entendu que je vous ai dit "je m'en vais, et
je reviens vers vous"; si vous m'aimiez, vous vous
réjouiriez de ce que je vais vers le Père, car mon Père
est plus grand que moi*. 29 Je vous dis maintenant ces
choses, avant qu'elles arrivent, afin que, lorsqu'elles
seront arrivées, vous croyiez. 30 Je ne m'entretiendrai
plus guère avec vous, car le prince du monde vient; et il
n'a rien en moi. 31 Mais afin que le monde sache que

j'aime le Père, et que j'agis selon que le Père m'a com-
mandé, levez-vous, partons d'ici*. »

Suite du Discours de Jésus dans le Cénacle. — Le cep et les sar-
ments. — Amour de Jésus ; haine du monde. — Promesse d'un
autre Paraclet.

15 1« Je suis le vrai cep et mon Père est le vigne-
ron : 2tout sarment qui est en moi et qui ne porte pas de
fruit, il le retranche ; et tout sarment qui porte du fruit,
il le nettoie, afin qu'il en porte davantage. 3Pour vous,
vous êtes déjà nets, à cause de la parole que je vous ai
annoncée.
4» Demeurez en moi, et je demeurerai en vous.
Comme le sarment ne peut de lui-même porter du fruit,
s'il ne demeure attaché au cep, ainsi vous ne le pouvez
non plus, si vous ne demeurez en moi. 5Je suis le cep
et vous êtes les sarments* : celui qui demeure en moi et
en qui je demeure, porte beaucoup de fruit, car hors
de moi, vous ne pouvez rien faire. 6Si quelqu'un ne
demeure pas en moi, on le jette dehors, comme le sar-
ment, et il sèche ; puis on ramasse ces sarments, on les
jette au feu, et ils brûlent. 7Si vous demeurez en moi et
que mes paroles demeurent en vous, demandez ce que
vous voudrez, et cela vous sera accordé. 8C'est en ceci
que mon Père sera glorifié ; si vous portez beaucoup de
fruit ; et vous serez mes disciples*.
9» Comme le Père m'a aimé, je vous ai aussi aimés :
demeurez dans mon amour. 10Si vous gardez mes com-
mandements, vous demeurerez dans mon amour, comme
j'ai gardé moi-même les commandements de mon Père,
et je demeure dans son amour.
11» Je vous dis ces choses, afin que ma joie soit en
vous et que votre joie soit parfaite.
12» C'est ici mon commandement, que vous vous
aimiez les uns les autres, comme je vous ai aimés. 13Il

n'y a pas de plus grand amour que de donner sa vie
pour ses amis; [14]vous êtes mes amis, si vous faites ce
que je vous commande. [15]Je ne vous appelle plus servi-
teurs, parce que le serviteur ne sait pas ce que fait son
maître; mais je vous appelle "amis", parce que je vous
ai fait connaître tout ce que j'ai appris de mon Père.
[16]Ce n'est pas vous qui m'avez choisi; c'est moi qui vous
ai choisis, et qui vous ai établis, afin que vous alliez
dans le monde, que vous portiez du fruit, un fruit qui
demeure, et que le Père vous accorde ce que vous lui
demanderez en mon nom. [17]Je vous donne ces instruc-
tions, afin que vous vous aimiez les uns les autres.

[18]»Si le monde vous hait, sachez qu'il m'a haï avant
vous. [19]Si vous étiez du monde, le monde aimerait ce
qui serait à lui; parce que vous n'êtes pas du monde et
que je vous ai choisis du milieu du monde, c'est pour
cela que le monde vous hait. [20]Rappelez-vous la parole
que je vous ai dite: "Le serviteur n'est pas plus grand
que son maître"; s'ils m'ont persécuté, ils vous persécu-
teront aussi; s'ils ont gardé ma parole, ils garderont
aussi la vôtre; [21]mais ils vous feront toutes ces choses à
cause de mon nom, parce qu'ils ne connaissent point
celui qui m'a envoyé. [22]Si je n'étais pas venu et que je
ne leur eusse point parlé, ils seraient sans péché, mais
maintenant leur péché est sans excuse. [23]Celui qui me
hait, hait aussi mon Père. [24]Si je n'avais pas fait au
milieu d'eux des œuvres qu'aucun autre n'a faites, ils
seraient sans péché; mais maintenant ils les ont vues, et
ils ont haï et moi et mon Père. [25]Mais il fallait que s'ac-
complît la parole qui est écrite dans leur Loi: *Ils m'ont
haï sans sujet.* [26]Quand le Paraclet que je vous enverrai
de la part du Père, l'Esprit de vérité qui provient du
Père*, sera venu, c'est lui qui rendra témoignage de
moi; [27]vous aussi, vous me rendrez témoignage, parce
que vous avez été dès le commencement avec moi.

15[25]: Ps 35[19]; Ps 69[5].

Suite du Discours de Jésus dans le Cénacle. — Persécutions.
— Promesse d'un autre Paraclet. — Annonce de la séparation.
— Tristesse et consolation.

16 1«Je vous ai parlé de ces choses, afin que vous ne
vous laissiez point scandaliser. 2Ils vous excluront de
leurs synagogues; l'heure même vient, où quiconque
vous fera mourir croira servir Dieu; 3et ils agiront de la
sorte, parce qu'ils n'auront connu ni le Père ni moi. 4Je
vous le dis, afin que, lorsque l'heure sera venue, il vous
souvienne que je vous en ai parlé. Je ne vous en ai pas
parlé dès le commencement, parce que j'étais avec
vous.
5»Maintenant que je m'en vais vers celui qui m'a
envoyé, aucun de vous ne me demande "où vas-tu?"
6mais, parce que je vous ai dit ces choses, la tristesse a
rempli votre cœur. 7Cependant moi, je vous dis la
vérité : il vous est bon que je m'en aille, car si je ne m'en
vais pas, le Paraclet ne viendra point vers vous, tandis
que, si je m'en vais, je vous l'enverrai*. 8Et quand il sera
venu, il convaincra le monde au sujet du péché, de la
justice et du jugement : 9au sujet du péché, parce que le
monde ne croit pas en moi; 10de la justice, parce que
je m'en vais vers le Père, et que vous ne me verrez plus;
11du jugement, parce que le prince de ce monde est
jugé*.
12»J'ai encore beaucoup de choses à vous dire, mais
elles sont présentement au-dessus de votre portée.
13Quand l'Esprit de vérité sera venu, il vous guidera
dans toute la vérité, car il ne parlera pas de son chef,
mais il dira tout ce qu'il aura entendu, et il vous annon-
cera ce qui doit arriver. 14Il me glorifiera, parce qu'il
prendra de ce qui est à moi, et il vous l'annoncera.
15Tout ce que le Père a est à moi; c'est pourquoi je dis
qu'il prendra de ce qui est à moi, et qu'il vous l'annon-

cera. [16]Encore un peu de temps, et vous ne me verrez
plus ; puis, un peu de temps encore, et vous me verrez*
parce que je m'en vais vers le Père. »
[17]Alors quelques-uns de ses disciples se dirent les uns
aux autres : « Qu'est-ce qu'il nous dit : "Encore un peu
de temps, et vous ne me verrez plus ; puis, un peu de
temps encore, et vous me verrez" ; et "parce que je m'en
vais vers le Père" ? » [18]Ils disaient donc : « Que veut-il
dire avec ce "un peu de temps" ? Nous ne savons ce qu'il
veut dire. »
[19]Jésus comprit qu'ils voulaient l'interroger, et il leur
dit : « Vous discutez entre vous sur ce que j'ai dit,
"encore un peu de temps, et vous ne me verrez plus ;
puis, un peu de temps encore et vous me verrez". [20]En
vérité, en vérité, je vous dis que vous pleurerez et que
vous vous lamenterez, tandis que le monde se réjouira ;
vous serez affligés, mais votre affliction se changera en
joie. [21]Quand la femme enfante, elle est dans la douleur,
parce que son heure est venue ; mais quand elle a donné
le jour à l'enfant, elle ne se souvient plus de sa souf-
france, dans la joie qu'elle éprouve de ce qu'un homme
est venu au monde*. [22]Vous donc aussi, vous êtes main-
tenant dans l'affliction, mais je vous reverrai, et votre
cœur sera réjoui ; et nul ne vous ravira votre joie. [23]En
ce jour-là, vous ne m'interrogerez plus sur rien : en
vérité, en vérité, je vous dis que ce que vous demande-
rez au Père en mon nom, il vous le donnera. [24]Jusqu'à
présent vous n'avez rien demandé en mon nom ;
demandez et vous recevrez, afin que votre joie soit par-
faite*.
[25] » Je vous ai dit ces choses en me servant de figures ;
l'heure vient où je ne vous parlerai plus par figures,
mais où je vous parlerai ouvertement du Père. [26]En ce
jour-là, vous demanderez en mon nom, et je ne vous dis
pas que je prierai le Père pour vous, [27]car le Père lui-
même vous aime, parce que vous m'avez aimé, et que
vous avez cru que je suis venu de Dieu. [28]Je suis venu du

Père, et je suis venu dans le monde ; maintenant je
quitte le monde, et je vais vers le Père. »
29 Ses disciples lui dirent : « Voici, c'est maintenant
que tu parles ouvertement et sans figures. 30 Maintenant
nous voyons bien que tu sais toutes choses et que tu n'as
pas besoin que l'on t'interroge ; c'est pourquoi nous
croyons que tu es venu de Dieu. » 31 Jésus leur répondit :
« Vous croyez à présent... 32 Voici, l'heure vient, et elle
est déjà venue, où vous allez être dispersés ; chacun de
vous s'enfuira chez soi et vous me laisserez seul ; pour-
tant je ne suis pas seul, parce que le Père est avec moi.
33 Je vous ai dit ces choses, afin que vous ayez la paix en
moi : vous aurez des tribulations dans le monde, mais
prenez courage, j'ai vaincu le monde. »

Fin du Discours de Jésus dans le Cénacle. — La prière sacerdotale.

17 1 Ainsi parla Jésus, puis il leva les yeux au ciel, et
dit : « Père, l'heure est venue*, glorifie ton Fils, afin que
ton Fils te glorifie, 2 selon que tu lui as donné autorité
sur toute chair, afin qu'à tous ceux que tu lui as donnés,
il donne la vie éternelle. 3 Or c'est ici la vie éternelle,
qu'ils te connaissent, toi, pour le seul vrai Dieu, et pour
Messie, Jésus que tu as envoyé.
4 » Pour moi, je t'ai glorifié sur la terre, j'ai achevé
l'œuvre que tu m'as donnée à faire : 5 maintenant, toi,
Père, glorifie-moi auprès de ta personne, en me rendant
la gloire que je possédais auprès de toi, avant que le
monde fût.
6 » J'ai fait connaître ton nom aux hommes que tu as
tirés du monde, pour me les donner ; ils étaient à toi, tu
me les as donnés ; et ils ont gardé ta parole. 7 Ils ont
reconnu maintenant que tout ce que tu m'as donné,
vient de toi, 8 car les paroles que tu m'as données, je les
leur ai données, et ils les ont reçues : ils ont vraiment

connu que je viens de ta part, et ils ont cru que c'est toi
qui m'as envoyé.
9»Moi, je prie pour eux : je ne prie pas pour le monde,
mais je prie pour ceux que tu m'as donnés, parce qu'ils
sont à toi 10(tout ce qui est à moi est à toi, et tout ce qui
est à toi est à moi) et que je suis glorifié en eux. 11Je ne
suis plus dans le monde ; pour eux, ils sont dans le
monde, mais moi, je vais vers toi. Père saint, garde-les
fidèles à ton nom[a], que tu m'as chargé de manifester,
afin qu'ils ne fassent qu'un, comme nous. 12Lorsque
j'étais avec eux[b], je les gardais fidèles à ton nom : j'ai
gardé ceux que tu m'as donnés, et aucun d'eux ne s'est
perdu, hormis le fils de perdition, afin que l'Écriture fût
accomplie. 13Maintenant je vais vers toi, et je t'adresse
cette prière, pendant que je suis dans le monde, afin
qu'ils possèdent complètement ma joie au-dedans d'eux.
14»Je leur ai donné ta parole, et le monde les a haïs,
parce qu'ils ne sont pas du monde, comme moi-même je
ne suis pas du monde. 15Je ne te demande pas de les ôter
du monde, mais de les préserver du mal. 16Ils ne sont
pas du monde, comme moi-même je ne suis pas du
monde. 17Sanctifie-les par ta vérité : ta parole est vérité.
18»Comme tu m'as envoyé dans le monde, je les ai
aussi envoyés dans le monde, 19et je me sanctifie moi-
même pour eux, afin qu'eux aussi soient vraiment sanc-
tifiés. 20Ce n'est pas pour eux seulement que je prie,
mais je prie encore pour ceux qui, par leur parole, vont
croire en moi, 21pour que tous ne fassent qu'un, comme
toi, mon Père, tu es en moi et moi en toi — pour qu'eux
aussi ne fassent qu'un en nous, afin que le monde croie
que c'est toi qui m'as envoyé. 22Et je leur ai donné la
gloire que tu m'as donnée, afin qu'ils ne fassent qu'un,
comme nous ne faisons qu'un, 23moi en eux et toi en
moi — afin qu'ils soient parfaits dans l'unité, et que le
monde connaisse que c'est toi qui m'as envoyé, et que tu
les as aimés comme tu m'as aimé. 24Père, ma volonté est
que là où je suis, ceux que tu m'as donnés y soient aussi

avec moi, afin qu'ils voient ma gloire, la gloire que tu
m'as donnée, parce que tu m'as aimé avant la création
du monde. 25Père juste, le monde ne t'a point connu ;
mais moi, je t'ai connu, et ceux-ci ont connu que c'est
toi qui m'as envoyé. 26Je leur ai fait connaître ton nom,
et je le leur ferai connaître, afin que l'amour dont tu
m'as aimé soit en eux, et que je sois moi-même en eux. »

Gethsémani. — L'arrestation. — Pierre tire l'épée. — Jésus est conduit chez Anne, puis chez Caïphe. — Pierre renie Jésus. — Interrogatoire. — Second et troisième reniement de Pierre. — Jésus devant Pilate. — Barrabas.
(Mt 26^{36} ; 26^{47-56}. — Mc 14^{32} ; 14^{43-52}. — Lc 22^{39} ; 22^{47-53}. — Mt 26^{57-75}. — Mc 14^{53-72}. — Lc 22^{54-71}. — Mt 27^{2} ; 27^{11-30}. — Mc 15^{1-19}. — Lc 23^{1-25}.)

18 1Ayant ainsi parlé, Jésus, accompagné de ses dis-
ciples, passa au-delà du torrent du Cédron[a], où se trou-
vait un jardin dans lequel il entra avec eux. 2Judas, qui
le livrait, connaissait aussi ce lieu-là, parce que Jésus y
était souvent allé avec ses disciples.
3Judas donc, à la tête de la cohorte et des gardes des
grands prêtres et des pharisiens, y vint avec des lan-
ternes, des flambeaux et des armes. 4Alors Jésus, qui
savait tout ce qui devait lui arriver, sortit et leur dit :
« Qui cherchez-vous ? » 5Ils lui répondirent : « Jésus de
Nazareth ! * » Jésus leur dit : « C'est moi. » Or Judas, qui
le livrait, était là avec eux. 6Lorsque Jésus leur eut dit
« c'est moi », ils reculèrent et tombèrent par terre. 7Il
leur demanda une seconde fois : « Qui cherchez-vous ? »
Ils répondirent : « Jésus de Nazareth. » 8Jésus reprit : « Je
vous ai dit que c'est moi. Si donc c'est moi que vous
cherchez, laissez aller ceux-ci. » Il parla ainsi, 9afin que
s'accomplît cette parole qu'il avait dite : « Je n'ai perdu
aucun de ceux que tu m'as donnés. »
10Simon Pierre, qui avait une épée, la tira, en frappa

le serviteur du souverain prêtre, et lui coupa l'oreille
droite : ce serviteur s'appelait Malchus. [11]Jésus dit à
Pierre : « Remets ton épée dans le fourreau : ne boirai-je
pas le calice que mon Père m'a donné à boire ? »

[12]Alors la cohorte, le tribun et les agents des Juifs se
saisirent de Jésus, le lièrent [13]et l'emmenèrent d'abord
chez Anne : c'était le beau-père de Caïphe qui était sou-
verain prêtre cette année-là, [14]et Caïphe était celui qui
avait donné aux Juifs ce conseil : « Il est avantageux
qu'un seul homme périsse pour le peuple. »

[15]Cependant Simon Pierre et l'autre disciple suivaient
Jésus. Ce disciple était connu du souverain prêtre, et il
entra en même temps que Jésus dans la cour du souve-
rain prêtre, [16]tandis que Pierre était resté à la porte, en
dehors. L'autre disciple, qui était connu du souverain
prêtre, sortit donc, parla à la portière et fit entrer
Pierre. [17]Alors cette servante dit à Pierre : « N'es-tu pas,
toi aussi, des disciples de cet homme ? » Il dit : « Je n'en
suis point. » [18]Les serviteurs et les gardes se tenaient
autour d'un brasier qu'ils avaient allumé, parce qu'il
faisait froid, et ils se chauffaient. Pierre était aussi là, et
se chauffait avec eux.

[19]Le souverain prêtre interrogea Jésus sur ses dis-
ciples et sur sa doctrine. [20]Jésus lui répondit : « J'ai parlé
ouvertement à tout le monde ; j'ai toujours enseigné en
pleine synagogue et dans le temple, où tous les Juifs
s'assemblent, et je n'ai rien dit en secret. [21]Pourquoi
m'interroges-tu ? Demande à ceux qui m'ont entendu ce
que je leur ai dit : ils savent ce que j'ai dit. » [22]Comme il
prononçait ces mots, un des gardes, qui se trouvait là,
donna un soufflet à Jésus, en disant : « C'est ainsi que tu
réponds au souverain prêtre ? » [23]Jésus lui répondit : « Si
j'ai mal parlé, fais voir ce que j'ai dit de mal ; mais si j'ai
bien parlé, pourquoi me frappes-tu ? » [24]Anne l'avait
envoyé lié à Caïphe, le souverain prêtre.

[25]Cependant Simon Pierre était debout qui se chauf-
fait. On lui dit donc : « N'es-tu pas, toi aussi, de ses dis-

ciples ? » Il le nia, et dit : « Je n'en suis point. » [26]Un des
serviteurs du souverain prêtre, parent de celui à qui
Pierre avait coupé l'oreille, lui dit : « Ne t'ai-je pas vu
avec lui dans le jardin ? » [27]Pierre le nia encore une fois,
et aussitôt un coq chanta.

[28]On mena donc Jésus de chez Caïphe au prétoire.
C'était de grand matin. Ils n'entrèrent point dans le pré-
toire de peur de se souiller et de ne pouvoir manger la
pâque. [29]Pilate se rendit donc vers eux, et leur dit : « De
quoi accusez-vous cet homme ? » [30]Ils lui répondirent :
« Si ce n'était pas un malfaiteur, nous ne te l'aurions pas
livré. » [31]Alors Pilate leur dit : « Prenez-le vous-mêmes, et
le jugez selon votre loi. » Mais les Juifs lui répondirent :
« Nous n'avons pas le droit de mettre à mort personne. »
[32]Cela arriva, afin que s'accomplît la parole que Jésus
avait prononcée, quand il avait indiqué de quelle mort il
devait mourir.

[33]Pilate étant rentré dans le prétoire, fit venir Jésus et
lui dit : « C'est toi qui es le roi des Juifs ? » [34]Jésus répon-
dit : « Dis-tu cela de toi-même, ou d'autres te l'ont-ils dit
de moi ? — [35]Suis-je Juif, moi ? lui répliqua Pilate. Ta
nation et les principaux prêtres t'ont livré à moi : qu'as-
tu fait ? » Jésus répondit : « Mon royaume n'est pas de ce
monde*. [36]Si mon royaume était de ce monde, mes gens
auraient combattu pour que je ne fusse pas livré aux
Juifs, mais mon royaume n'est pas d'ici-bas. » [37]Pilate lui
dit : « Ainsi tu es roi ? — Tu le dis, répondit Jésus, je suis
roi : je suis né et je suis venu dans le monde pour rendre
témoignage à la vérité. Quiconque est pour la vérité,
écoute ma voix. » [38]Pilate lui dit : « Qu'est-ce que la vérité ? »
En disant ces mots, il se rendit de nouveau vers les Juifs,
et leur dit : « Pour moi, je ne trouve aucun crime en lui ;
[39]mais il est d'usage que je vous relâche un prisonnier à
Pâque, voulez-vous donc que je vous relâche le roi des
Juifs ? » [40]Alors tous crièrent de nouveau : « Non pas lui,
mais Barrabas. » Or Barrabas était un brigand.

La flagellation. — La couronne d'épines. — « Voici l'homme. » — Pilate livre Jésus. — *Jésus conduit au Golgotha.* — Le crucifiement. — Les vêtements tirés au sort. — « Femme, voilà ton fils. » — « J'ai soif. » — « Tout est consommé. » — La mort. — Le côté percé. — La sépulture.
(Mt 27^{31-61}. — Mc 15^{20-47}. — Lc 23^{26-55}.)

19 1Alors Pilate fit prendre Jésus et le fit battre
de verges. 2Et les soldats, ayant tressé une couronne
d'épines, la lui mirent sur la tête ; ils le revêtirent aussi
d'un manteau de pourpre, 3puis, s'approchant de lui, ils
lui disaient :
« Salut, roi des Juifs ! » et ils lui donnaient des soufflets.
4Pilate sortit encore une fois du prétoire, et dit aux
Juifs : « Voici, je vous l'amène, afin que vous sachiez que
je ne trouve aucun crime en lui. » 5Jésus sortit donc, portant la couronne d'épines et le manteau de pourpre, et
Pilate leur dit : « Voici l'homme*. » 6Dès que les grands
prêtres et leurs agents le virent, ils se mirent à crier :
« Crucifie ! crucifie-le ! » Pilate leur dit : « Prenez-le vous-mêmes et le crucifiez, car, pour moi, je ne trouve aucun
crime en lui. » 7Les Juifs lui répondirent : « Nous avons
une loi, et, d'après notre loi, il doit mourir, parce qu'il
s'est fait Fils de Dieu. »
8Quand Pilate eut entendu cette parole, il fut encore
plus effrayé*, et, étant rentré dans le prétoire, il dit à
Jésus : « D'où es-tu ? » Mais Jésus ne lui fit aucune
réponse. 10Alors Pilate lui dit : « Tu ne me parles pas ? Ne
sais-tu pas que j'ai le pouvoir de te crucifier, et que j'ai
le pouvoir de te relâcher ? » 11Jésus lui répondit : « Tu
n'aurais aucun pouvoir sur moi, s'il ne t'était donné
d'en haut ; c'est pourquoi celui qui me livre entre tes
mains est plus coupable que toi. »
12Dès ce moment Pilate cherchait à le délivrer ; mais
les Juifs criaient : « Si tu le relâches, tu n'es pas ami de

César. Quiconque se fait roi se déclare contre César.»
[13]Pilate ayant entendu ces paroles, fit conduire Jésus
hors du prétoire, et s'assit sur son tribunal, au lieu
appelé Le Pavé, en hébreu Gabbatha. [14]C'était la prépa-
ration de la Pâque et environ la sixième heure du jour.
Et Pilate dit aux Juifs: «Voilà votre roi.» [15]Mais ils se
mirent à crier: «À mort! à mort! crucifie-le!» Pilate
leur dit: «Crucifierai-je votre roi?» Les grands prêtres
répondirent: «Nous n'avons d'autre roi que César*.»
[16]Alors il le leur livra pour être crucifié.

Ils prirent donc Jésus et l'emmenèrent.

[17]Jésus portant sa croix s'achemina hors de la ville, au
lieu nommé la place du Crâne, en hébreu Golgotha: [18]là
ils le crucifièrent, et deux autres avec lui, l'un d'un côté,
l'autre de l'autre, et Jésus au milieu.

[19]Pilate fit faire aussi, et placer au haut de la croix, un
écriteau portant ces mots: Jésus de Nazareth, Roi des
Juifs. [20]Un grand nombre de Juifs lurent cet écriteau,
parce que le lieu où Jésus avait été crucifié était près de
la ville, et que l'inscription était en hébreu, en latin et en
grec. [21]Les grands prêtres des Juifs dirent à Pilate: «Ne
mets pas: Roi des Juifs; mets qu'il a dit: "Je suis roi des
Juifs."» [22]Pilate répondit: «Ce qui est écrit, est écrit.»

[23]Après avoir crucifié Jésus, les soldats prirent ses
vêtements et en firent quatre parts, une pour chaque
soldat. Ils prirent aussi la tunique, et, comme elle était
sans couture, d'un seul tissu depuis le haut jusqu'en
bas, [24]ils se dirent entre eux: «Ne la déchirons pas, mais
tirons au sort à qui l'aura.» Ainsi firent les soldats; afin
que s'accomplît l'Écriture, qui dit: *Ils se sont partagé
mes habits, et ils ont tiré au sort mon vêtement.*

[25]Près de la croix, se tenaient la mère de Jésus et la
sœur de sa mère, Marie, femme de Clopas, et Marie
Madeleine. [26]Jésus, ayant vu sa mère, et à côté d'elle le
disciple qu'il aimait, dit à sa mère: «Femme, voilà ton

19[24]: Ps 22[19].

fils» ; [27]puis il dit au disciple : «Voilà ta mère» ; et, dès ce moment, ce disciple la prit chez lui*.

[28]Après cela, Jésus, sachant que tout était déjà consommé, dit, afin que l'Écriture fût accomplie : *J'ai soif.* [29]Or il y avait là un vase plein de vinaigre, et les soldats, ayant mis au bout d'une tige d'hysope une éponge imbibée de vinaigre, l'approchèrent de sa bouche. [30]Quand Jésus eut pris ce vinaigre, il dit : «Tout est consommé» ; et, ayant penché la tête*, il rendit l'esprit.

[31]Comme les Juifs craignaient que les corps ne restassent sur la croix pendant le sabbat, car c'était la préparation, et ce jour de sabbat était très solennel, ils demandèrent à Pilate qu'on leur rompît les jambes, et qu'on les ôtât. [32]Les soldats vinrent donc et rompirent les jambes au premier brigand, puis à l'autre qui avait été crucifié avec lui ; [33]ensuite étant venus à Jésus, et le voyant déjà mort, ils ne lui rompirent pas les jambes, [34]mais l'un des soldats lui perça le côté avec sa lance, et aussitôt il en sortit du sang et de l'eau*. [35]Celui qui l'a vu, en rend témoignage, et son témoignage est digne de foi ; et il sait qu'il dit vrai, afin que vous aussi vous croyiez. [36]En effet, ces choses arrivèrent, afin que l'Écriture fût accomplie : *Aucun de ses os ne sera brisé**. [37]Et un autre passage de l'Écriture dit encore : *Ils regarderont celui qu'ils ont percé.*

[38]Après cela, Joseph d'Arimathée, qui était disciple de Jésus, mais en secret, par crainte des Juifs, demanda à Pilate l'autorisation de prendre le corps de Jésus, et Pilate la lui accorda. Il vint donc et prit le corps de Jésus. [39]Nicodème, le même qui, la première fois, était venu de nuit vers Jésus, vint aussi, apportant environ cent livres d'un mélange de myrrhe et d'aloès. [40]Ils prirent donc le corps de Jésus et le lièrent de bandes en le couvrant d'aromates, selon la manière d'ensevelir usitée chez les Juifs. [41]Or il y avait là, au lieu où Jésus avait

19[28] : Ps 69[22]. 19[36] : Ex 12[46] ; Ps 34[21]. 19[37] : Za 12[10].

été crucifié, un jardin, et dans ce jardin, un sépulcre
tout neuf, où personne n'avait encore été mis : 42c'est là
qu'ils déposèrent le corps de Jésus, parce que la prépa-
ration des Juifs arrivait et que ce sépulcre était proche.

La Résurrection. — Marie Madeleine au sépulcre. — Pierre et Jean. — Apparition de Jésus à Marie Madeleine. — Apparition aux disciples. — Incrédulité de Thomas. — Nouvelle apparition de Jésus aux disciples. — Fin.
(Mt 28[1-10]. — Mc 16[1-11] ; 16[14-18]. — Lc 24[1-2] ; 24[36-49].)

20 1Le premier jour de la semaine, Marie Madeleine
se rendit au sépulcre, de grand matin, lorsqu'il faisait
encore obscur : elle vit que la pierre en était ôtée. 2Elle
courut donc trouver Simon Pierre, ainsi que l'autre dis-
ciple que Jésus aimait, et leur dit : « On a enlevé du
sépulcre le Seigneur, et nous ne savons où on l'a mis. »
3Pierre sortit donc, ainsi que l'autre disciple, et ils se
rendirent au sépulcre. 4Ils couraient tous deux ; mais
l'autre disciple courut plus vite que Pierre et arriva le
premier au sépulcre ; 5et, s'étant baissé, il vit les bandes
qui étaient à terre ; cependant il n'entra point. 6Simon
Pierre, qui le suivait, arriva à son tour ; il entra dans le
sépulcre et vit les bandes qui étaient à terre, 7et le suaire
dont on avait couvert la tête de Jésus, non point avec les
bandes, mais roulé à part dans un coin. 8Alors cet autre
disciple qui était arrivé le premier au sépulcre, y entra
aussi : il vit, et il crut ; 9car ces disciples ne savaient pas
encore que, d'après l'Écriture, le Messie devait ressus-
citer des morts*. 10Là-dessus, ils s'en retournèrent chez
eux.

11Cependant Marie se tenait près du sépulcre, en
dehors, et pleurait. Tout en pleurant, elle se baissa pour
regarder dans le sépulcre, 12et elle vit deux anges, vêtus
de blanc, assis au lieu où avait reposé le corps de Jésus,
l'un à la tête, l'autre aux pieds. 13Et ces anges lui dirent :

«Femme, pourquoi pleures-tu?» Elle leur répondit:
«C'est qu'on a enlevé mon Seigneur, et je ne sais où on
l'a mis.» [14]En disant ces mots, elle se retourna et vit
Jésus qui était là; mais elle ne savait pas que c'était
Jésus. [15]Jésus lui dit: «Femme, pourquoi pleures-tu? Qui
cherches-tu?» Marie, croyant que c'était le jardinier, lui
dit: «Seigneur, si c'est toi qui l'as emporté, dis-moi où tu
l'as mis, et j'irai le prendre.» [16]Jésus lui dit: «Marie!»
Elle se retourna et lui dit en hébreu: «Rabbouni*!» c'est-
à-dire, Maître. [17]Jésus lui dit: «Ne me touche pas, car je
ne suis pas encore monté vers le Père; mais va trouver
mes frères, et dis-leur que je monte vers mon Père et
votre Père, vers mon Dieu et votre Dieu*.» [18]Marie
Madeleine alla annoncer aux disciples qu'elle avait vu le
Seigneur et qu'il lui avait dit ces choses.

[19]Dans la soirée de ce même jour, qui était le premier
de la semaine, les portes du lieu où étaient les disciples
étant fermées par crainte des Juifs, Jésus vint*, et, se pré-
sentant au milieu d'eux, il leur dit: «La paix soit avec
vous!» [20]Ayant ainsi parlé, il leur montra ses mains et
son côté. Les disciples furent remplis de joie en voyant le
Seigneur. [21]Jésus leur dit une seconde fois: «La paix soit
avec vous! Comme le Père m'a envoyé, moi aussi je vous
envoie.» [22]Après ces paroles, il souffla sur eux, et leur
dit: «Recevez le Saint-Esprit. [23]Ceux à qui vous pardon-
nerez leurs péchés, ces péchés leur seront pardonnés;
ceux à qui vous retiendrez leurs péchés, ses péchés leur
seront retenus*.»

[24]Thomas, l'un des Douze, celui qu'on appelle Didyme,
n'était pas avec eux, lorsque Jésus vint. [25]Les autres dis-
ciples lui dirent donc: «Nous avons vu le Seigneur.»
Mais Thomas leur dit: «Si je ne vois dans ses mains la
marque des clous, si je ne mets mon doigt à la place où
étaient les clous et si je ne mets ma main dans son côté,
je ne le croirai point.»

[26]Huit jours après, les disciples se trouvaient de nou-
veau dans la maison, et Thomas était avec eux. Jésus

vint, quoique les portes fussent fermées, et, se présen-
tant au milieu d'eux, leur dit: « La paix soit avec vous! »
27Il dit ensuite à Thomas: « Approche ici ton doigt et
regarde mes mains; approche aussi ta main et la mets
dans mon côté, et ne sois pas incrédule, mais crois. »
28Thomas répondit et lui dit: « Mon Seigneur et mon
Dieu! » 29Jésus lui dit: « Parce que tu m'as vu, tu as cru:
heureux ceux qui auront cru sans avoir vu! »

30Jésus a fait, en présence de ses disciples, beaucoup
d'autres miracles qui ne sont pas consignés dans ce
livre; 31mais ceux-ci ont été rapportés, afin que vous
croyiez que Jésus est le Messie, le Fils de Dieu, et qu'en
croyant vous ayez la vie en son nom.

Appendice. — Apparition de Jésus sur les bords du lac de Tibériade. — Pierre rétabli dans l'Apostolat. — Prédiction de sa mort. — Le disciple bien-aimé. — Attestation.

21 1Après cela, Jésus se montra encore à ses dis-
ciples, au bord de la mer de Tibériade, et voici comment
il se montra: 2Simon Pierre, Thomas appelé Didyme,
Nathanaël de Cana en Galilée, les fils de Zébédée et
deux autres de ses disciples se trouvaient ensemble.
3Simon Pierre leur dit: « Je vais pêcher. » Ils lui dirent:
« Nous y allons aussi avec toi. » Ils sortirent donc et
entrèrent dans une barque; mais ils ne prirent rien cette
nuit-là.

4Le matin étant venu, Jésus se trouva sur le rivage;
cependant les disciples ne savaient pas que c'était Jésus.
5Jésus leur dit: « Enfants, n'avez-vous rien à manger? »
Ils lui répondirent: « Non. » 6Il leur dit: « Jetez le filet à
droite de la barque et vous trouverez du poisson. » Ils
le jetèrent, et ils ne pouvaient plus le tirer à cause de la
grande quantité de poissons qu'il contenait. 7Alors le
disciple que Jésus aimait, dit à Pierre: « C'est le Sei-
gneur. » Dès que Simon Pierre eut entendu que c'était le

Seigneur, il mit son sarrau et se ceignit, car il était nu,
et il se jeta dans l'eau. 8Les autres disciples vinrent avec
la barque, traînant le filet plein de poissons, car ils
n'étaient éloignés de la terre que d'environ deux cents
coudées*. 9Lorsqu'ils furent descendus à terre, ils virent
sur le sol des braises allumées, du poisson dessus et du
pain. 10Jésus leur dit: « Apportez de ces poissons que
vous venez de prendre. » 11Simon Pierre entra dans la
barque et tira sur la grève le filet qui était plein de cent
cinquante-trois gros poissons*, et quoiqu'il y en eût
tant, le filet ne se rompit point. 12Jésus leur dit: « Venez
et déjeunez. » Mais aucun des disciples n'osa lui deman-
der: Qui es-tu? parce qu'ils savaient bien que c'était
le Seigneur. 13Jésus s'approcha, prit du pain, leur en
donna, et du poisson également*. 14C'était la troisième
fois déjà que Jésus se montrait à ses disciples depuis
qu'il était ressuscité des morts.

15Après qu'ils eurent déjeuné, Jésus dit à Simon Pierre:
« Simon, fils de Jonas, m'aimes-tu plus que ne font ceux-
ci? » Pierre lui répondit: « Oui, Seigneur, tu sais que
je t'aime. » Jésus lui dit: « Pais mes agneaux. » 16Il lui
demanda pour la seconde fois: « Simon, fils de Jonas,
m'aimes-tu? » Pierre lui répondit: « Oui, Seigneur, tu
sais que je t'aime. » Jésus lui dit: « Pais mes brebis. » 17Il
lui demanda pour la troisième fois: « Simon, fils de
Jonas, m'aimes-tu? » Pierre fut affligé de ce qu'il lui
demandait pour la troisième fois « m'aimes-tu? » et il
lui répondit: « Seigneur, tu sais toutes choses, tu sais
bien que je t'aime. » Jésus lui dit: « Pais mes chères bre-
bis*[a]. 18En vérité, en vérité, je te le dis, quand tu étais
jeune, tu te ceignais toi-même et tu allais où tu voulais;
quand tu seras vieux, tu étendras les bras, et un autre te
ceindra et t'entraînera là où tu ne voudras pas. » 19Il dit
cela pour indiquer de quelle mort Pierre devait glorifier
Dieu. Puis il ajouta: « Suis-moi. »

20Pierre s'étant retourné, vit venir derrière eux le dis-
ciple que Jésus aimait, celui qui, pendant le souper,

s'était penché sur le sein de Jésus, et lui avait dit : « Seigneur, qui est celui qui te livre ? »
21Pierre, le voyant, dit à Jésus : « Et celui-ci, Seigneur, que deviendra-t-il ? »
22Jésus lui dit : « Si je veux qu'il demeure jusqu'à ce que je vienne, que t'importe ? Pour toi, suis-moi. »
23Le bruit se répandit donc parmi les frères, que ce disciple ne mourrait pas. Pourtant Jésus ne lui avait pas dit qu'il ne mourrait pas, mais il avait dit : « Si je veux qu'il demeure jusqu'à ce que je vienne, que t'importe* ? »

24C'est ce même disciple qui atteste ces faits et qui les a écrits ; et nous savons que son témoignage est véritable.
25Jésus a fait encore beaucoup d'autres choses : si on les rapportait en détail, je ne pense pas que le monde même pût contenir les livres qu'on en écrirait[a].

Les Actes des Apôtres

Introduction.

L'ascension de Jésus-Christ.

1 [1]Théophile*, j'ai raconté dans mon premier livre
tout ce que Jésus a fait et enseigné [2]depuis le commen-
cement jusqu'au jour où, après avoir donné ses ordres,
par l'Esprit saint, aux apôtres qu'il avait choisis, il fut
enlevé*.

[3]Après avoir souffert, il se montra à eux, et leur donna
plusieurs preuves de sa résurrection, leur apparaissant
pendant quarante jours, et les entretenant de ce qui a
trait au royaume de Dieu.

[4]Au cours d'un repas avec eux, il leur recommanda de
ne pas s'éloigner de Jérusalem, mais d'y attendre l'ac-
complissement de la promesse du Père, « dont je vous ai
parlé, leur dit-il, [5]car Jean a baptisé d'eau, mais vous,
vous serez baptisés d'Esprit saint dans peu de jours ».
[6]Eux donc, marchant avec lui, lui demandèrent : « Sei-
gneur, est-ce en ce temps que tu dois rétablir le
royaume pour Israël* ? » [7]Il leur dit : « Il ne vous appar-
tient pas de connaître les temps ni les moments que le
Père a déterminés de sa propre autorité, [8]mais quand
le Saint-Esprit sera venu sur vous, vous serez revêtus de
force, et vous serez mes témoins* à Jérusalem, dans

toute la Judée, dans la Samarie et jusqu'à l'extrémité de
la terre. » 9En disant ces mots, il fut enlevé en leur pré-
sence, et une nuée le déroba à leurs yeux. 10Comme
leurs regards restaient fixés vers le ciel, pendant qu'il
s'en allait, deux hommes vêtus de blanc* se présen-
tèrent à eux, 11et leur dirent : « Galiléens, pourquoi vous
arrêtez-vous à regarder au ciel ? Ce Jésus qui a été
enlevé d'avec vous au ciel, en viendra de la même
manière que vous l'y avez vu monter. »

12Alors ils revinrent de la montagne appelée montagne
des Oliviers, à Jérusalem, qui n'en est éloignée que du
chemin d'un sabbat*. 13De retour à la ville, ils montè-
rent dans la chambre haute* où habitaient Pierre, Jean,
Jacques, André, Philippe et Thomas, Barthélemy et Mat-
thieu, Jacques, fils d'Alphée ; et Simon le zélote, et Jude,
fils de Jacques*. 14Ils persévéraient dans la prière, tous
ensemble, avec quelques femmes, notamment Marie, la
mère de Jésus, et avec les frères de Jésus.

Prédication des apôtres et des évangélistes de Jérusalem.

L'Évangile prêché à Jérusalem.

Élection de Matthias à la place de Judas.

15En ces jours-là, Pierre se leva au milieu des frères*
(la réunion était nombreuse, d'environ cent vingt per-
sonnes) et il leur dit : 16« Frères, il fallait que s'accomplît
la parole prophétique que l'Esprit saint a prononcée par
la bouche de David, au sujet de Judas, le guide de ceux
qui ont arrêté Jésus, 17car il était compté parmi nous et il
avait part à notre ministère. 18(Cet homme, après avoir
acheté un champ avec le salaire de son crime, se préci-
pita la tête la première ; il s'ouvrit le ventre, et toutes ses

entrailles se répandirent*. [19]Ce fait est si connu de tous
les habitants de Jérusalem, que ce terrain a été appelé
dans leur langue Akeldama, c'est-à-dire le champ du
Sang.) [20]En effet, il est écrit dans le livre des Psaumes:
»*Que sa demeure devienne déserte,*
»*Qu'il n'y ait personne pour l'habiter;*
et:
»*Qu'un autre prenne sa charge.*
[21]»Il faut donc que l'un de ceux qui nous ont accom-
pagnés pendant tout le temps que le Seigneur Jésus a
vécu avec nous, [22]depuis le baptême de Jean jusqu'au
jour où il nous a été enlevé, se joigne à nous comme
témoin de sa résurrection.» [23]Deux se levèrent: Joseph
appelé Barsabas, surnommé Juste, et Matthias*. [24]Alors
les disciples firent cette prière: «Seigneur, toi qui
connais les cœurs de tous, montre-nous lequel de ces
deux tu as choisi [25]pour occuper, dans ce ministère de
l'apostolat, la place que Judas a laissée pour aller en
son lieu.» [26]Puis on tira au sort: le sort tomba sur Mat-
thias, qui fut associé aux onze apôtres.

La Pentecôte.

2 [1]Le jour de la Pentecôte*, ils étaient tous ensemble
en un même lieu, [2]lorsque tout à coup arriva du ciel un
bruit semblable à celui d'un violent coup de vent, qui
remplit toute la maison où ils étaient. [3]En même temps
ils virent comme des langues de feu, qui se divisèrent et
se posèrent sur chacun d'eux*: [4]ils furent tous remplis
d'Esprit saint, et se mirent à parler en langues étran-
gères, selon que l'Esprit leur donnait de s'exprimer. [5]Or
il y avait en séjour à Jérusalem, des Juifs, hommes pieux
venus de toutes les nations qui sont sous le ciel. [6]Quand
la nouvelle s'en fut répandue, ils accoururent en foule,

1[20]: Ps 69[26]; Ps 109[8].

et chacun fut confondu de les entendre parler sa propre
langue. 7Ils étaient tous hors d'eux-mêmes, et dans leur
étonnement, ils disaient : « Ces gens qui parlent ne sont-
ils pas tous Galiléens ? 8Comment se fait-il que chacun
de nous les entende parler la langue de son pays ? 9Nous
tous, Parthes, Mèdes, Élamites, habitants de la Méso-
potamie, de la Judée et de la Cappadoce, du Pont et de
l'Asie, 10de la Phrygie et de la Pamphylie, de l'Égypte et
des districts de la Libye voisine de Cyrène, et Romains
ici présents, tant Juifs que prosélytes*, 11Crétois et
Arabes*, nous les entendons célébrer en nos langues les
merveilles que Dieu a faites. » 12Ils étaient tous hors
d'eux-mêmes, et ne sachant que penser, ils se disaient
les uns aux autres : « Qu'est-ce que cela pourrait bien
être ? » 13Toutefois d'autres se moquaient, et disaient :
« Ils sont pleins de vin doux.

Première prédication de Pierre.

14Pierre se présentant avec les Onze, éleva la voix et
leur dit : « Juifs, et vous tous qui êtes en séjour à Jérusa-
lem, retenez bien ceci, et prêtez l'oreille à mes paroles.
15Ces gens ne sont point ivres, comme vous le supposez,
car c'est la troisième heure du jour* ; 16mais vous voyez
l'accomplissement de ce qui a été dit par le prophète
Joël : 17*Dans les derniers temps, dit Dieu,*
»*Je répandrai mon Esprit sur toute chair :*
»*Vos fils et vos filles prophétiseront ;*
»*Vos jeunes gens auront des visions,*
»*Et vos vieillards auront des songes.*
18 »*Oui, sur mes serviteurs et sur mes servantes,*
»*En ces jours-là je répandrai mon Esprit ;*
»*Et ils prophétiseront.*
19 »*Je ferai paraître des prodiges en haut dans le ciel,*
»*Et des miracles en bas sur la terre,*
»*Du sang, du feu et une épaisse fumée.*

20»*Le soleil sera changé en ténèbres,*
»*Et la lune, en sang,*
»*Avant que vienne la grande et éclatante journée du*
Seigneur.
21»*Alors quiconque invoquera le nom du Seigneur, sera*
sauvé.
22»Israélites, écoutez ces paroles : Un homme a été
marqué de Dieu, pour vous, par les miracles, les pro-
diges et les signes que Dieu a opérés par lui, au milieu
de vous, comme vous le savez vous-mêmes : 23c'est Jésus
de Nazareth, livré selon le plan déterminé et la pres-
cience de Dieu, et que vous avez mis à mort, en le
clouant au bois par la main des impies. 24Dieu l'a res-
suscité en le délivrant des étreintes de la mort, parce
qu'il n'était pas possible qu'elle le tînt en sa puissance.
25En effet, David dit de lui :
»*J'avais continuellement le Seigneur devant les yeux,*
»*Car il est à ma droite pour que je ne sois pas ébranlé.*
26»*Aussi mon cœur a-t-il été dans la joie et ma langue*
dans l'allégresse ;
»*Bien plus, ma chair reposera avec espérance,*
27»*Parce que tu n'abandonneras pas mon âme dans le*
séjour des morts,
»*Et tu ne permettras pas que ton Saint voie la corruption.*
28»*Tu m'as fait connaître les sentiers de la vie ;*
»*Tu me rempliras de joie par ta présence.*
29»Frères, qu'il me soit permis de vous dire en toute
franchise que, pour le patriarche David, il est mort, il a
été enseveli, et son tombeau existe encore aujourd'hui
chez nous. 30Comme il était prophète et qu'il savait que
Dieu *lui avait promis avec serment d'asseoir sur son trône*
quelqu'un de ses descendants, 31il prévit la résurrection du
Messie, et dit *qu'il ne serait point abandonné dans le séjour*
des morts, et que sa chair ne verrait pas la corruption. 32Eh

2[17-21] : Jl 2[28-31]. 2[25-28] : Ps 16[8-11]. 2[30] : II S 7[12-13] ; Ps 89[4-5]. 2[31] : Ps 16[10].

bien ! ce descendant de David, Jésus, Dieu l'a ressuscité,
et nous en sommes tous témoins : 33il a été élevé à la
droite de Dieu, et ayant reçu du Père l'Esprit saint qu'il
avait promis, il l'a répandu. C'est là ce que vous voyez et
entendez ; 34car David n'est point monté au ciel, mais il
dit lui-même :

»*Le Seigneur a dit à mon Seigneur :*
»*Assieds-toi à ma droite,*
35 »*Jusqu'à ce que j'aie fait de tes ennemis ton marche-*
pied.

36 » Que toute la maison d'Israël tienne donc pour cer-
tain que Dieu a fait Seigneur et Messie ce Jésus que
vous avez crucifié. »

37Le cœur brisé par ce discours, ils dirent à Pierre et
aux autres apôtres : « Frères, que ferons-nous ? » 38Pierre
leur dit : « Repentez-vous, et que chacun de vous soit
baptisé au nom de Jésus-Christ, pour obtenir le pardon
de ses péchés ; et vous recevrez le don du Saint-Esprit,
39car la promesse est pour vous, pour vos enfants et
pour tous ceux qui sont au loin, en aussi grand nombre
que le Seigneur notre Dieu les appellera. » 40Il les pressa
encore par beaucoup d'autres paroles, et les exhorta
en disant : « Sauvez-vous du milieu de cette génération
perverse. » 41Ceux qui reçurent sa parole furent bapti-
sés, et environ trois mille personnes furent admises ce
jour-là.

Les premiers chrétiens.

42Ils étaient assidus à l'instruction des apôtres et
aux réunions communes, à la fraction du pain et aux
prières. 43La crainte était dans toutes les âmes ; et il se
faisait un grand nombre de prodiges et de miracles par
les apôtres. 44Tous les croyants se tenaient dans un

2[34-35] : Ps 110[1].

même lieu et avaient tout en commun : 45ils vendaient
leurs propriétés et leurs biens, et en partageaient le pro-
duit entre tous, selon le besoin que chacun en avait.
46Chaque jour, ils étaient assidus au temple, d'un même
cœur, et, rompant le pain à la maison, ils prenaient leur
nourriture avec joie et simplicité d'âme, 47louant Dieu et
se faisant aimer de tout le peuple. Le Seigneur ajoutait
chaque jour à l'église ceux qui étaient sauvés.

Guérison d'un impotent. — Seconde prédication de Pierre.

3 1Pierre et Jean montaient au temple, à l'heure de la
prière, la neuvième heure*. 2Il y avait à la porte du
temple, appelée la Belle Porte*, un homme impotent de
naissance qui s'y faisait transporter et déposer chaque
jour, pour demander l'aumône à ceux qui entraient.
3Voyant Pierre et Jean qui allaient entrer dans le temple,
il leur demanda l'aumône. 4Pierre ayant fixé les yeux sur
lui, ainsi que Jean, dit : « Regarde-nous. » 5Il les regarda
attentivement, s'attendant à recevoir d'eux quelque
chose. 6Mais Pierre lui dit : « Je n'ai ni argent ni or, mais
ce que j'ai, je te le donne : au nom de Jésus-Christ de
Nazareth, lève-toi et marche. » 7Et l'ayant pris par la
main droite, il le fit lever. À l'instant, ses pieds et ses che-
villes furent affermis ; 8d'un saut, il fut debout et mar-
cha ; puis il entra avec eux dans le temple, marchant,
sautant, et louant Dieu. 9Tout le peuple le vit marcher
et louer Dieu. 10Ils le reconnaissaient : c'était lui qui
était assis à la Belle Porte du temple pour demander
l'aumône ; et ils furent remplis de surprise et d'étonne-
ment de ce qui lui était arrivé.

11Comme il ne quittait pas Pierre et Jean, tout le
peuple accourut vers eux au portique appelé Portique
de Salomon* ; la foule était dans la stupéfaction. 12À
cette vue, Pierre dit au peuple : « Israélites, pourquoi cet

homme est-il pour vous un sujet d'étonnement ? Pour-
quoi tenez-vous les yeux fixés sur nous, comme si c'était
par notre propre puissance ou par notre piété que nous
l'avons fait marcher ? [13]*Le Dieu d'Abraham, d'Isaac et de
Jacob, le Dieu de nos pères* a glorifié son serviteur Jésus,
que vous avez livré et renié devant Pilate. Il était décidé
à le relâcher ; [14]mais vous, vous avez renié le Saint et le
Juste, et vous avez sollicité la grâce d'un meurtrier*.
[15]Vous avez fait mourir le prince de la vie, que Dieu a res-
suscité des morts, comme nous en sommes témoins.
[16]C'est par la foi en son nom, que ce nom* a affermi
l'homme que vous voyez et que vous connaissez, et la foi
qui agit par lui a donné à cet impotent cette complète
guérison, en présence de vous tous.

[17]»Je sais bien, frères, que vous avez agi par igno-
rance, aussi bien que vos magistrats ; [18]mais Dieu a
accompli de la sorte ce qu'il avait annoncé par la
bouche de tous ses prophètes, que son Oint* devait souf-
frir. [19]Repentez-vous donc et vous convertissez, pour
que vos péchés soient effacés, [20]afin que les temps du
répit* viennent de la part du Seigneur, et qu'il envoie
celui dont il a disposé pour vous, le Messie Jésus, [21]que
le ciel doit recevoir jusqu'à l'époque de la restauration
universelle, dont Dieu a parlé de toute ancienneté par la
bouche de ses saints prophètes. [22]Moïse a dit : *Le Sei-
gneur notre dieu vous suscitera d'entre vos frères un pro-
phète comme moi ; vous l'écouterez dans tout ce qu'il
vous dira.* [23]*Quiconque n'écoutera pas ce prophète sera
retranché du milieu du peuple.* [24]Et tous les prophètes,
qui depuis Samuel et ses successeurs ont parlé, ont
aussi annoncé ces jours-ci. [25]Vous êtes, vous, les fils des
prophètes et de l'alliance que Dieu a traitée avec nos
pères, en disant à Abraham : *Toutes les familles de la
terre seront bénies en ta postérité.* [26]C'est à vous, tout
d'abord, que Dieu, après avoir suscité son Serviteur, l'a

3[13] : Ex 3[6]. 3[22-23] : Dt 18[15, 18-19]. 3[25] : Gn 12[3].

envoyé pour vous bénir, et détourner chacun de vous de
ses iniquités. »

Arrestation de Pierre et de Jean, et leur comparution devant le sanhédrin.

4 [1]Comme Pierre et Jean parlaient à la foule, survin-
rent les prêtres, le commandant du temple et les saddu-
céens*, [2]fort irrités de ce qu'ils enseignaient le peuple et
annonçaient, par Jésus, la résurrection des morts: [3]ils
les arrêtèrent et les mirent en prison jusqu'au len-
demain, car c'était déjà le soir. [4]Cependant beaucoup
de ceux qui avaient entendu la parole, crurent, et leur
nombre s'éleva à environ cinq mille hommes.
[5]Le lendemain, les chefs des Juifs, les Anciens et les
scribes, [6]Anne*, Grand Prêtre, Caïphe, Jean, Alexandre
et tous ceux qui étaient de famille sacerdotale, s'assem-
blèrent à Jérusalem, [7]et ayant fait comparaître les
apôtres devant eux, ils leur demandèrent: « Par quel
pouvoir, ou au nom de qui avez-vous fait cela ? » [8]Alors
Pierre, rempli d'Esprit saint, leur dit: « Chefs du peuple,
et Anciens, [9]puisqu'on nous interroge aujourd'hui à pro-
pos du bien fait à un infirme, et qu'on nous demande
comment cet homme a été guéri, [10]sachez-le bien, vous
tous, et que tout le peuple d'Israël le sache aussi: c'est
par le nom de Jésus-Christ de Nazareth, que vous avez
crucifié, mais que Dieu a ressuscité des morts, c'est par
lui que cet homme se présente guéri devant vous.
[11]Jésus est *la pierre mise au rebut par vous qui bâtissez,
mais devenue la pierre angulaire;* [12]et il n'y a de salut en
aucun autre, car sous le ciel, parmi les hommes, aucun
autre nom n'a été donné, par lequel nous devions être
sauvés. »
[13]Voyant la hardiesse de Pierre et de Jean, et sachant

4[11] : Ps 118[22].

que c'étaient des illettrés, des gens du peuple, ils furent dans l'étonnement. Ils les reconnurent pour avoir été avec Jésus, [14]et, comme ils voyaient là, avec eux, l'homme qui avait été guéri, ils n'avaient rien à répondre. [15]Après les avoir fait sortir du sanhédrin*, ils discutèrent entre eux, [16]disant : « Que ferons-nous à ces hommes ? Qu'ils aient fait un miracle insigne, c'est ce que tous les habitants de Jérusalem peuvent voir, et nous ne pouvons le nier ; [17]mais afin que cela ne se divulgue pas davantage, défendons-leur avec menaces de parler désormais à personne en ce nom-là. » [18]Et les ayant rappelés, ils leur interdirent absolument de parler et d'enseigner au nom de Jésus. [19]Mais Pierre et Jean leur répondirent : « Jugez s'il est juste, devant Dieu, de vous écouter, plutôt que Dieu. [20]Pour nous, nous ne pouvons pas ne pas dire ce que nous avons vu et entendu. » [21]Ils les renvoyèrent avec de nouvelles menaces, ne sachant comment les punir, à cause du peuple, parce que tout le monde glorifiait Dieu de ce qui était arrivé. [22]En effet, l'homme qui avait été miraculeusement guéri, avait plus de quarante ans.

Prière des chrétiens. — Leur charité.

[23]Dès qu'on les eut relâchés, ils se rendirent auprès des leurs, et rapportèrent tout ce que les chefs des prêtres et les Anciens leur avaient dit. [24]Après les avoir entendus, les frères élevèrent tous ensemble la voix vers Dieu, et dirent : « Souverain Maître, *c'est toi qui as fait le ciel, la terre, la mer et tout ce qu'ils renferment,* [25]c'est toi qui as dit par la bouche de notre père David, ton serviteur :

»*Pourquoi les nations ont-elles frémi,*
»*Et les peuples ont-ils formé de vains projets ?*

4[24] : Ex 20[11].

[26] »*Les rois de la terre se sont insurgés,*
»*Et les magistrats se sont ligués*
»*Contre le Seigneur et contre son Oint.*
[27] »En vérité, dans cette ville-ci, se sont ligués contre
ton saint serviteur Jésus que tu as oint, et Hérode et
Pilate, et les païens et les peuples d'Israël, [28]pour faire
tout ce que ta main et ta volonté avaient arrêté d'avance.
[29]Eh bien ! Seigneur, vois leurs menaces, et donne à tes
serviteurs d'annoncer ta parole en toute hardiesse, [30]en
étendant ta main, pour qu'il s'opère des guérisons, des
miracles et des prodiges, par le nom de ton saint servi-
teur Jésus. » [31]Quand ils eurent prié, le lieu où ils étaient
réunis trembla : ils furent tous remplis du Saint-Esprit,
et ils annoncèrent la parole de Dieu avec hardiesse.

[32]La multitude des croyants n'était qu'un cœur et
qu'une âme. Personne ne disait que ce qu'il possédait
était à lui en propre, mais tout était commun entre eux.
[33]Les apôtres rendaient témoignage avec beaucoup de
force de la résurrection du Seigneur Jésus, et une
grande grâce était sur eux tous. [34]Nul parmi eux n'était
dans le besoin : Tous ceux qui se trouvaient possesseurs
de terres ou de maisons, les vendaient, en apportaient le
prix [35]et le déposaient aux pieds des apôtres. Et l'on
donnait à chacun selon le besoin qu'il en avait*.
[36]Joseph, surnommé par les apôtres Barnabas, c'est-
à-dire le fils du réconfort, lévite* originaire de Chypre,
[37]possédait un champ ; il le vendit, en apporta l'argent et
le déposa aux pieds des apôtres.

Ananias et Saphira — Progrès de l'Évangile.

5 [1]Un homme nommé Ananias, avec Saphira, sa
femme, vendit une propriété, [2]et ayant, de concert avec

4[25-26] : Ps 2[1-2].

elle, détourné une part du prix, il apporta le reste et le déposa aux pieds des apôtres. 3Mais Pierre lui dit : « Ananias, pourquoi Satan a-t-il rempli ton cœur, que tu mentes à l'Esprit saint et que tu aies détourné une partie du prix du champ ? 4Si tu l'avais gardé, ne restait-il pas ta propriété ? Et, après l'avoir vendu, n'étais-tu pas le maître de disposer du prix ? Comment as-tu pu former dans ton cœur un pareil dessein ? Tu as menti, non aux hommes, mais à Dieu. » 5En entendant ces paroles, Ananias tomba et expira. Tous les auditeurs furent saisis d'une grande crainte. 6Les plus jeunes s'étant levés l'arrangèrent et l'emportèrent pour l'enterrer.

7Environ trois heures après, sa femme entra, sans rien savoir de ce qui s'était passé. 8Pierre lui adressa la parole : « Dis-moi si c'est à ce prix que vous avez vendu la terre ? » Elle dit : « Oui, c'est à ce prix. » 9Pierre lui dit : « Pourquoi vous êtes-vous entendus pour tenter l'Esprit du Seigneur ? Voici, les pieds de ceux qui ont enterré ton mari, sont à la porte... et ils t'emporteront. » 10Au même instant, elle tomba à ses pieds, et expira. Les jeunes gens, en entrant, la trouvèrent morte, ils l'emportèrent et l'enterrèrent auprès de son mari. 11Et une grande crainte se répandit sur toute l'assemblée, et sur tous ceux qui en entendirent parler.

12Les apôtres faisaient beaucoup de miracles et de prodiges parmi le peuple, et les disciples étaient tous ensemble sous le Portique de Salomon ; 13personne n'osait plus se joindre à eux, mais le peuple les exaltait. 14Et cependant, une multitude de croyants, des hommes et des femmes, s'attachaient au Seigneur, 15en sorte qu'on apportait les malades dans les rues et qu'on les plaçait sur de petits lits et sur des grabats, afin que, lorsque Pierre passerait, son ombre au moins couvrît quelqu'un d'eux. 16On venait aussi en foule des villes d'alentour à Jérusalem ; on y apportait des malades et des gens tourmentés par des esprits impurs, et tous étaient guéris.

Emprisonnement des apôtres.
— Leur comparution devant le sanhédrin.
— Gamaliel.

17 Le Grand Prêtre et ceux qui étaient avec lui, qui for-
ment le parti des sadducéens, se levèrent, pleins de haine
contre les apôtres. 18 Ils les firent arrêter et les jetèrent
dans une prison publique; 19 mais un ange du Seigneur
ouvrit pendant la nuit les portes de la prison, les fit
sortir, et leur dit: 20 « Allez, tenez-vous dans le temple, et
enseignez au peuple toutes ces paroles de vie »: 21 ce
qu'ayant entendu, ils entrèrent au point du jour dans le
temple, et se mirent à enseigner.

Cependant le Grand Prêtre et ceux qui étaient avec lui
s'étant réunis, convoquèrent le sanhédrin et tout le
sénat des fils d'Israël*, et ils envoyèrent à la prison pour
qu'on amenât les apôtres. 22 Les agents s'y étant rendus,
ne les y trouvèrent point, et revinrent faire leur rapport,
23 disant: « Nous avons trouvé la prison très bien fermée
et les sentinelles aux portes, mais, après avoir ouvert,
nous n'avons trouvé personne dedans. » 24 Cette nouvelle
jeta le Grand Prêtre, le commandant du temple et les
chefs des prêtres dans la perplexité au sujet des prison-
niers: ils se demandaient ce qui allait arriver. 25 Cepen-
dant quelqu'un vint leur dire: « Voici, les hommes que
vous aviez mis en prison, sont dans le temple, et ils
enseignent le peuple. » 26 Alors le commandant partit avec
ses agents, et ils les emmenèrent, mais sans employer la
force, pour ne pas être lapidés, car ils craignaient le
peuple. 27 Après les avoir amenés, ils les introduisirent
dans le sanhédrin, et le Grand Prêtre les interrogea,
disant: 28 « Nous vous avons formellement défendu d'en-
seigner en ce nom-là, et voici, vous avez rempli Jéru-
salem de votre enseignement, et vous voulez faire
retomber sur nous le sang de cet homme. » 29 Pierre et
les autres apôtres répondirent: « Il vaut mieux obéir à

Dieu qu'aux hommes. 30Le Dieu de nos pères a ressus-
cité Jésus, que vous avez tué en le pendant au bois ; 31il
l'a élevé à sa droite, en qualité de Chef et de Sauveur,
pour donner à Israël la repentance et le pardon des
péchés. 32Nous sommes témoins de ces choses, et l'Es-
prit saint que Dieu a donné à ceux qui lui obéissent, en
est témoin avec nous. »

33Exaspérés de ce qu'ils venaient d'entendre, ils
étaient d'avis de les faire mourir, 34quand un pharisien
nommé Gamaliel*, docteur de la Loi fort considéré de
tout le peuple, se levant dans le sanhédrin, ordonna
de faire sortir un instant ces hommes, 35puis il dit : « Israé-
lites, prenez bien garde à ce que vous allez faire à ces
hommes. 36Il n'y a pas longtemps que parut Theudas* ; il
se donnait pour un grand personnage, et environ quatre
cents hommes se rallièrent à lui : il a été mis à mort, et
tous ceux qui l'avaient suivi ont été défaits et réduits à
rien. 37Plus tard, à l'époque du dénombrement, s'éleva
Judas le Galiléen*, qui entraîna du monde après lui : il a
péri aussi, et tous ceux qui l'avaient suivi ont été disper-
sés. 38Maintenant, je vous le dis, écartez-vous de ces gens
et laissez-les aller. Si leur dessein ou leur œuvre vient
des hommes, elle se détruira ; 39mais si elle vient de Dieu,
vous ne pouvez la détruire. Prenez garde que vous ne
vous trouviez aussi avoir fait la guerre à Dieu. »

40Ils se rangèrent à son avis. Ayant rappelé les apôtres,
ils leur défendirent, après les avoir fait battre de verges,
de parler au nom de Jésus, et ils les relâchèrent. 41Pour
eux, ils se retirèrent joyeux de devant le sanhédrin, parce
qu'ils avaient été jugés dignes de souffrir des opprobres
pour le Nom* ; 42et ils ne cessèrent chaque jour, dans
le Temple et à la maison, d'enseigner et d'annoncer que
Jésus est le Messie.

Institution des Diacres.

6 1En ce temps-là, le nombre des disciples s'étant
accru, les Hellénistes* élevèrent des plaintes contre les
Hébreux, parce que leurs veuves étaient négligées dans
l'assistance journalière. 2Les Douze ayant convoqué
l'assemblée des disciples dirent : « Il ne convient pas que
nous abandonnions la prédication de la parole de Dieu
pour servir aux tables* ; 3cherchez donc parmi vous,
frères, sept hommes de bon renom, pleins d'Esprit et de
sagesse, que nous préposerons à cet emploi, 4tandis que
nous continuerons de vaquer à la prière et au ministère
de la parole. »
5Cette proposition plut à toute l'assemblée, et ils élu-
rent Étienne*, homme plein de foi et d'Esprit saint, Phi-
lippe, Prochore, Nicanor, Timon, Parménas et Nicolas,
prosélyte d'Antioche ; 6ils les présentèrent aux apôtres,
et après avoir prié, ils leur imposèrent les mains.
7La parole de Dieu se répandait de plus en plus, et le
nombre des disciples augmentait considérablement à
Jérusalem : une multitude de prêtres embrassaient la foi.

Le diacre Étienne. — Son discours. — Son martyre.

8Étienne, plein de grâce et de force, faisait des pro-
diges et de grands miracles parmi le peuple. 9Quelques-
uns de la synagogue dite des Affranchis*, des Cyrénéens
et des Alexandrins, ainsi que des Juifs venus de Cilicie et
d'Asie étant entrés en dispute avec lui, 10ne purent résis-
ter à sa sagesse et à l'Esprit avec lequel il parlait. 11Alors
ils subornèrent des gens qui dirent : « Nous l'avons
entendu tenir des propos blasphématoires contre Moïse
et contre Dieu. » 12Ils ameutèrent le peuple, ainsi que les
Anciens et les scribes, puis, se jetant sur lui, ils l'entraî-
nèrent et l'emmenèrent au sanhédrin. 13Ils produisirent

de faux témoins qui dirent: «Cet homme ne cesse de
tenir des propos contre le lieu saint et contre la Loi:
[14]nous l'avons entendu dire que Jésus, ce Nazaréen,
détruira ce Lieu et changera les institutions que Moïse
nous a données*.» [15]Et comme tous les membres du san-
hédrin avaient les yeux fixés sur lui, son visage leur parut
comme celui d'un ange.

7 [1]Le Grand Prêtre lui demanda si les choses dont
on l'accusait étaient vraies. [2]Étienne répondit*: «Mes
frères et mes pères, écoutez: Le Dieu de gloire apparut
à notre père Abraham, lorsqu'il était en Mésopotamie,
avant qu'il s'établît à Charran, [3]et lui dit: *Quitte ton*
pays et ta famille, et rends-toi dans le pays que je t'indi-
querai. [4]Alors Abraham sortit du pays des Chaldéens, et
s'établit à Charran. De là, après la mort de son père,
Dieu le fit émigrer dans le pays que vous habitez main-
tenant; [5]il ne lui donna point de propriété dans ce pays,
pas même un pouce de terre, mais il lui promit de lui en
donner la possession, à lui, et à sa postérité après lui,
alors qu'il n'avait pas d'enfants. [6]Dieu parla ainsi: *Sa*
postérité habitera en terre étrangère; on la réduira en ser-
vitude et on la maltraitera pendant quatre cents ans.
[7]*Mais moi, dit Dieu, je jugerai la nation à laquelle ses*
descendants auront été assujettis; après cela, ils quitte-
ront ce pays, et me rendront leur culte dans ce lieu-ci:
[8]puis il donna à Abraham l'alliance de la circoncision.
C'est ainsi qu'Abraham engendra Isaac, qu'il circoncit
le huitième jour. Isaac engendra Jacob; Jacob, les
douze patriarches. [9]Les patriarches, jaloux de Joseph, le
vendirent pour être emmené en Égypte; mais Dieu était
avec lui; [10]il le délivra de toutes ses épreuves, et lui
donna de plaire par sa sagesse à Pharaon, roi d'Égypte,
qui le mit à la tête du royaume et de toute sa maison.

[11]»Il survint une famine dans tout le pays d'Égypte et
dans celui de Canaan: la détresse était grande, et nos

7[3]: Gn 12[1]. 7[6-7]: Gn 15[13-14].

pères ne trouvaient pas de quoi se nourrir. [12]Jacob, ayant appris qu'il y avait des vivres en Égypte, y envoya nos pères une première fois ; [13]au second voyage, Joseph fut reconnu par ses frères, et Pharaon sut quelle était l'origine de Joseph. [14]Joseph envoya chercher Jacob son père et toute sa famille, soixante et quinze personnes. [15]Jacob descendit en Égypte, où il mourut, ainsi que nos pères ; [16]et ils furent transportés à Sichem et déposés dans le sépulcre qu'Abraham avait acheté à prix d'argent des fils d'Hémor à Sichem*.

[17]» À mesure que s'approchait le temps où devait s'accomplir la promesse que Dieu avait faite à Abraham, le peuple s'accroissait et se multipliait en Égypte, [18]jusqu'à ce que s'élevât un autre roi, qui n'avait pas connu Joseph. [19]Ce prince, usant d'artifice contre notre race, maltraita nos pères et les contraignit d'exposer leurs nouveau-nés, pour les empêcher de vivre.

[20]» C'est en ce temps que naquit Moïse, qui était beau aux yeux de Dieu. Il fut nourri trois mois dans la maison de son père, [21]mais, ayant été exposé, la fille de Pharaon le recueillit, et l'éleva pour en faire son fils. [22]Moïse fut instruit de toute la science des Égyptiens ; il était puissant en paroles et en œuvres. [23]Quand il eut atteint l'âge de quarante ans, il lui vint au cœur le désir de visiter ses frères, les fils d'Israël, [24]et, en voyant un maltraité, il prit sa défense, et vengea l'opprimé en frappant l'Égyptien : [25]il pensait faire comprendre à ses frères que Dieu voulait, par ses mains, leur donner le salut, mais ils ne le comprirent pas. [26]Le lendemain, il se montra à eux pendant qu'ils se battaient, et les exhorta à la paix, en disant : Hommes, vous êtes frères, pourquoi vous maltraitez-vous l'un l'autre ? [27]Mais celui qui maltraitait son prochain le repoussa, en disant : *Qui t'a établi chef et juge sur nous ?* [28]*Veux-tu me tuer, comme tu as tué hier l'Égyptien ?* [29]À cette parole, Moïse s'enfuit

7[27-28] : Ex 2[14].

et alla vivre en étranger dans le pays de Madian, où il
eut deux fils.
30 »Quarante ans s'étaient écoulés, lorsqu'un ange lui
apparut, au désert du mont Sinaï, dans la flamme d'un
buisson ardent. 31 Comme Moïse s'étonnait de cette
vision et s'approchait pour la considérer, la voix du Sei-
gneur se fit entendre : 32 *Je suis le Dieu de tes pères, le
Dieu d'Abraham, d'Isaac et de Jacob.* Et Moïse tremblant
n'osait regarder. 33 Le Seigneur lui dit : *Ôte tes sandales
de tes pieds, car le lieu que tu foules est une terre sainte.*
34 *J'ai vu de mes yeux les souffrances de mon peuple en
Égypte ; j'ai entendu ses gémissements et je suis descendu
pour le délivrer. Viens donc, que je t'envoie en Égypte.*
35 »Ce Moïse qu'ils avaient renié en disant : *Qui t'a éta-
bli chef et juge ?* c'est lui que Dieu a envoyé comme chef
et rédempteur, par la main de l'ange qui lui apparut
dans le buisson ; 36 c'est lui qui les a délivrés, en faisant
des prodiges et des miracles sur la terre d'Égypte, sur la
mer Rouge et au désert, pendant quarante ans. 37 C'est
ce Moïse qui a dit aux fils d'Israël : *Dieu vous suscitera
d'entre vos frères un prophète comme moi ;* 38 c'est lui qui,
lors de l'assemblée au désert*, servit d'intermédiaire
entre l'ange qui lui parlait sur le mont Sinaï, et nos
pères, en recevant les vivants oracles, pour nous les
transmettre. 39 Nos pères ne voulurent pas lui obéir, ils
le repoussèrent et tournèrent leur cœur vers l'Égypte,
40 en disant à Aaron : *Fais-nous des dieux qui marchent
devant nous ; quant à ce Moïse qui nous a fait sortir du
pays d'Égypte, nous ne savons ce qui lui est arrivé.* 41 Ils
fabriquèrent alors un veau*, puis ils offrirent un sacri-
fice à l'idole, et ils se réjouissaient de l'œuvre de leurs
mains. 42 Dieu se détourna d'eux, et les livra au culte de
l'armée du ciel, ainsi qu'il est écrit au livre des pro-
phètes :

7[32] : Ex 3[6]. 7[33-34] : Ex 3[5, 7, 8 10]. 7[35] : Ex 2[14]. 7[37] : Dt 18[15]. 7[40] : Ex 32[23].

»*M'avez-vous offert des victimes et des sacrifices*
»*Pendant quarante ans au désert, ô maison d'Israël?* —
[43]»*Vous avez porté le tabernacle de Moloch*
»*Et l'astre du Dieu Romphan,*
»*Ces idoles que vous avez fabriquées pour les adorer:*
»*Aussi vous transporterai-je au-delà de Babylone.*
[44]»Nos pères avaient, dans le désert, le tabernacle du
témoignage*, car celui qui parlait à Moïse lui avait pres-
crit de le construire sur le modèle qu'il avait vu. [45]Nos
pères, l'ayant reçu, l'introduisirent, sous la conduite de
Josué, dans le pays conquis sur les nations que Dieu
chassa de devant eux, et il subsista jusqu'au temps de
David. [46]Celui-ci trouva grâce devant Dieu, et demanda
d'élever une demeure au Dieu de Jacob; [47]ce fut Salo-
mon qui lui bâtit un temple*. [48]Mais le Très-Haut n'habite
point dans des édifices faits par la main des hommes,
comme le prophète le dit:
[49]»*Le ciel est mon trône,*
»*La terre, mon marchepied.*
»*Quelle maison me bâtirez-vous, dit le Seigneur,*
»*Et quel sera le lieu de mon repos?*
[50]»*N'est-ce pas ma main qui a fait toutes ces choses?*
[51]»*Hommes de col roide* et *incirconcis de cœur* et
d'oreilles, vous vous opposez toujours à l'Esprit saint;
vous êtes tels que vos pères. [52]Lequel des prophètes vos
pères n'ont-ils pas persécuté? Ils ont tué ceux qui ont
annoncé la venue du Juste*, et vous, aujourd'hui, vous
l'avez trahi et vous avez été ses meurtriers, [53]vous qui
avez reçu la Loi sur les ordres des anges, et qui ne l'avez
pas gardée... »
[54]Ces paroles leur mirent la rage au cœur, et ils grin-
çaient des dents contre lui. [55]Mais Étienne, rempli d'Es-
prit saint, tourna les yeux au ciel; il vit la gloire de Dieu,
et Jésus debout à la droite de Dieu, [56]et il dit: « Voici, je

7[42-43] : Am 5[25-27]. 7[49-50] : És 66[1-2]. 7[51] : Ex 32[9] ; Lv 26[41] ; Jr 6[10] ; És 63[10].

vois les cieux ouverts, et le Fils de l'homme* debout à la
droite de Dieu. » [57]Alors, poussant de grands cris, et se
bouchant les oreilles, ils se jetèrent tous ensemble sur
lui, [58]l'entraînèrent hors de la ville et le lapidèrent.
Les témoins déposèrent leurs manteaux aux pieds
d'un jeune homme nommé Saul.* [59]Pendant qu'ils lapi-
daient Étienne, celui-ci priait, et disait : « Seigneur Jésus,
reçois mon esprit. » [60]Et s'étant mis à genoux, il s'écria à
haute voix : « Seigneur, ne leur impute point ce péché » ;
et, en disant ces mots, il s'endormit*.

8 [1]Saul applaudissait à ce meurtre.

L'Évangile prêché en Samarie, en Judée et à Antioche

Persécution et dispersion des chrétiens. — Le diacre Philippe en Samarie. — Simon le magicien. Pierre et Jean en Samarie.

Le même jour, une violente persécution* éclata sur
l'église de Jérusalem ; tous les fidèles, excepté les
apôtres, se dispersèrent dans les campagnes de la Judée
et de la Samarie. [2]Toutefois, des hommes pieux enterrè-
rent Étienne, en faisant de grandes lamentations. [3]Saul
désolait l'Église ; il pénétrait dans les maisons, en arra-
chait les hommes et les femmes, et les faisait jeter en
prison.

[4]Ceux qui avaient été dispersés, s'en allèrent de lieu en
lieu, annonçant la parole. [5]Ainsi, Philippe, s'étant rendu
dans une ville de Samarie, y prêcha le Messie, [6]et la foule
fut unanime à s'attacher à sa parole, en apprenant et en
voyant les miracles qu'il faisait : [7]les esprits impurs sor-
taient de plusieurs possédés, en poussant de grands cris ;
beaucoup de paralytiques et de boiteux furent guéris, [8]et
ce fut une grande joie dans cette ville-là.

9 Il s'y trouvait déjà un homme nommé Simon, qui
exerçait la magie et qui émerveillait le peuple de Sama-
rie. Il se donnait pour un grand personnage, 10 et tous,
petits et grands, s'étaient attachés à lui, et disaient:
C'est la Puissance de Dieu*, celle qu'on appelle la
grande. 11 Ils s'étaient attachés à lui, parce que, pendant
assez longtemps, il les avait charmés par sa magie.
12 Mais, quand ils eurent cru Philippe, qui leur annonçait
l'Évangile du royaume de Dieu et la personne de Jésus-
Christ, hommes et femmes se firent baptiser. 13 Simon
crut lui aussi, et, après s'être fait baptiser, il ne quittait
plus Philippe, et il s'extasiait à la vue des miracles et des
grands prodiges qui s'opéraient.

14 Les apôtres qui étaient à Jérusalem, ayant appris
que la Samarie avait accueilli la parole de Dieu, y
envoyèrent Pierre et Jean. 15 Ceux-ci, s'y étant rendus,
prièrent pour que les Samaritains reçussent l'Esprit
saint, 16 car il n'était encore descendu sur aucun d'eux;
ils avaient été seulement baptisés au nom du Seigneur
Jésus*. 17 Alors les deux apôtres leur imposèrent les
mains, et ils reçurent l'Esprit saint.

18 Lorsque Simon vit que l'Esprit saint était donné par
l'imposition des mains des apôtres, il leur offrit de l'ar-
gent, 19 en disant: «Donnez-moi aussi ce pouvoir, que
celui à qui j'imposerai les mains reçoive l'Esprit saint.»
20 Pierre lui dit: «Que ton argent périsse avec toi,
puisque tu as cru acquérir le don de Dieu avec de l'ar-
gent! 21 Tu n'as ni part, ni lot en tout ceci, car ton cœur
n'est pas droit devant Dieu. 22 Repens-toi donc de ta
méchanceté, et prie le Seigneur de vouloir bien te par-
donner la pensée de ton cœur; 23 car je vois que tu es
dans un fiel bien amer et dans les liens de la méchan-
ceté.» 24 Simon répondit: «Priez vous-mêmes le Sei-
gneur pour moi, afin qu'il ne m'arrive rien de ce que
vous dites*.»

25 Pour eux, après avoir rendu témoignage et prêché la
parole du Seigneur, ils reprenaient la route de Jérusa-

lem et annonçaient l'Évangile dans plusieurs villages
des Samaritains.

Philippe et l'eunuque éthiopien.

26Un ange du Seigneur adressa la parole à Philippe et
lui dit : « Lève-toi et rends-toi, à midi, sur la route qui
descend de Jérusalem à Gaza. (Cette route est déserte.) »
27Il se leva et se mit en marche. Et voici, un Éthiopien*,
un eunuque, dignitaire de la cour de Candace, reine
d'Éthiopie, surintendant de tous ses trésors, venu à
Jérusalem pour adorer, 28s'en retournait, assis sur son
char, lisant le prophète Ésaïe. 29L'Esprit dit à Philippe :
« Avance et rejoins ce char. » 30Philippe étant accouru,
entendit l'Éthiopien qui lisait le prophète Ésaïe, et il lui
dit : « Comprends-tu ce que tu lis ? » 31Il lui répondit :
« Comment le pourrais-je, si quelqu'un ne me guide ? »
Et il invita Philippe à monter et à s'asseoir avec lui. 32Le
passage de l'Écriture qu'il lisait était celui-ci :

Il a été mené comme une brebis à la boucherie,
Et, comme un agneau muet devant celui qui le tond,
Il n'ouvre pas la bouche.
33*C'est dans l'humiliation que son jugement s'est consommé.*
Quant aux hommes de sa génération, qui les dépeindra ?
Car on lui a ôté la vie de dessus la terre.

34L'eunuque ayant pris la parole, dit à Philippe : Je
t'en prie, de qui le prophète parle-t-il ainsi ? Est-ce de
lui-même ou de quelque autre ? 35Philippe ouvrant la
bouche, lui annonça Jésus en commençant par ce passage*.

36En poursuivant leur route, ils rencontrèrent de l'eau ;
l'eunuque dit : « Voici de l'eau ; qu'est-ce qui empêche que
je sois baptisé ?[a] » 38Et il fit arrêter le char ; puis, Philippe

8[32-33] : És 53[7-8].

et l'eunuque descendirent tous deux dans l'eau et Phi-
lippe le baptisa. 39Quand ils furent sortis de l'eau, l'Es-
prit du Seigneur enleva Philippe : l'eunuque ne le vit
plus, et il continua sa route, plein de joie. 40Philippe se
trouva à Azot*, d'où il alla jusqu'à Césarée, en évangéli-
sant toutes les villes par où il passait.

Conversion de Saul.

9 1Cependant Saul, respirant encore la menace et le
meurtre contre les disciples du Seigneur, alla trouver
le Grand Prêtre 2et lui demanda des lettres pour les
synagogues de Damas*, afin que, s'il y trouvait des gens
de cette croyance, il les amenât, hommes et femmes,
enchaînés à Jérusalem.

3Comme il était en chemin et qu'il approchait de
Damas, tout à coup une lumière, qui venait du ciel, l'en-
veloppa de sa clarté. 4Et, étant tombé par terre, il enten-
dit une voix qui lui dit : « Saul, Saul, pourquoi me
persécutes-tu ? » 5Il dit : « Qui es-tu, Seigneur ? » Le Sei-
gneur répondit : « Je suis Jésus, que tu persécutes[a] :
6mais lève-toi, entre dans la ville, et l'on te dira ce que
tu dois faire. » 7Les hommes qui faisaient route avec lui
s'étaient arrêtés, stupéfaits ; ils entendaient la voix, mais
ils ne voyaient personne. 8Cependant Saul se releva, et
quoiqu'il eût les yeux ouverts, il ne voyait rien : c'est en
le conduisant par la main qu'on le mena à Damas. 9Il
resta trois jours sans voir, et il ne mangeait ni ne buvait.

10Or il y avait à Damas un disciple nommé Ananias, et
le Seigneur lui dit dans une vision : « Ananias ! » Il répon-
dit : « Me voici, Seigneur. » 11Le Seigneur lui dit : « Lève-
toi, va dans la rue qu'on appelle la Rue Droite*, et
demande, dans la maison de Judas, après un nommé
Saul de Tarse ; car voici, il est en prière, 12et il a vu un
homme nommé Ananias, qui entrait et lui imposait les
mains pour lui rendre la vue. » 13Ananias répondit : « Sei-

gneur, j'ai entendu dire à plusieurs tout le mal que cet
homme a fait à tes saints* dans Jérusalem ; 14 et, ici, il est
muni de pouvoirs de la part des chefs des prêtres, pour
emprisonner tous ceux qui invoquent ton nom. » 15 Mais
le Seigneur lui dit : « Va, car cet homme est un instru-
ment que j'ai choisi pour porter mon nom devant les
païens, devant les rois et devant les fils d'Israël. 16 Je lui
montrerai tout ce qu'il faut qu'il souffre pour mon nom. »
17 Ananias donc s'en alla et vint dans cette maison ; puis,
ayant imposé les mains à Saul, il dit : « Saul, mon frère,
le Seigneur Jésus qui t'est apparu sur la route par
laquelle tu venais, m'a envoyé, afin que tu recouvres la
vue, et que tu sois rempli d'Esprit saint*. » 18 Aussitôt, il
tomba des yeux de Saul comme des écailles, et il recou-
vra la vue. Il se leva et fut baptisé ; 19 puis, ayant pris de la
nourriture, il retrouva des forces.

Dès qu'il eut passé quelques jours avec les disciples
de Damas, 20 il prêcha, dans les synagogues, que Jésus
est le Fils de Dieu. 21 Tous ceux qui l'entendaient étaient
surpris, et disaient : « N'est-ce pas lui qui, à Jérusalem,
persécutait ceux qui invoquent ce nom, et n'était-il pas
venu ici dans le dessein de les emmener, prisonniers,
aux chefs des prêtres ? » 22 Cependant Saul prenait tou-
jours plus d'assurance, et il confondait les Juifs qui
demeuraient à Damas, leur démontrant que Jésus est le
Messie.

23 Après un temps assez long, les Juifs complotèrent de
le faire périr ; 24 mais Saul eut connaissance de leur des-
sein. Ils gardaient aussi les portes, jour et nuit, pour le
tuer ; 25 mais les disciples le prirent et le firent évader de
nuit par le rempart, en le descendant dans une cor-
beille.

26 Arrivé à Jérusalem, il tâchait de se lier avec les dis-
ciples, mais tous le craignaient, ne croyant pas qu'il fût
un disciple. 27 Barnabas, l'ayant pris avec lui, le condui-
sit auprès des apôtres, et leur raconta comment Saul
avait vu le Seigneur sur la route, lui avait parlé, et com-

ment, à Damas, il avait prêché hardiment au nom de
Jésus. 28 Dès lors, Saul allait et venait avec eux à Jérusa-
lem, et il ne craignait pas de parler au nom du Sei-
gneur. 29 Il abordait les Hellénistes et disputait avec eux ;
mais ceux-ci cherchaient à lui ôter la vie*. 30 Les frères,
en ayant eu connaissance, l'emmenèrent à Césarée et le
firent partir pour Tarse.

Pierre à Lydda et à Joppé.

31 L'Église jouissait donc de la paix dans toute la Judée,
la Galilée et la Samarie, s'édifiant et marchant dans la
crainte du Seigneur, et elle s'accroissait par les exhorta-
tions qu'inspirait le Saint-Esprit. 32 Pierre, qui allait par
tout le pays, vint aussi chez les saints qui demeuraient à
Lydda*. 33 Il y trouva un homme nommé Énée, qui gar-
dait le lit depuis huit ans : il était paralysé. 34 « Énée, lui
dit Pierre, Jésus, le Messie, te guérit. Lève-toi, et range
ton lit toi-même » ; et aussitôt il se leva. 35 Tous les habi-
tants de Lydda et du Saron le virent, et ils se convertirent
au Seigneur.
36 Il y avait à Joppé*, parmi les disciples, une femme
nommée Tabitha, en grec Dorcas : elle était riche en
bonnes œuvres, et en aumônes. 37 Elle tomba malade
en ce temps-là et mourut. Après l'avoir lavée, on la
déposa dans une chambre haute. 38 Comme Joppé est
près de Lydda, les disciples, ayant appris que Pierre s'y
trouvait, lui dépêchèrent deux hommes, pour le prier de
venir jusqu'à eux, sans tarder. 39 Pierre se leva et partit
avec les messagers. Dès qu'il fut arrivé, on le fit monter
à la chambre haute. Toutes les veuves* vinrent à lui en
pleurant et en lui montrant toutes les tuniques et tous
les vêtements que faisait Dorcas pendant qu'elle était
avec elles. 40 Pierre fit sortir tout le monde, se mit à
genoux et pria ; puis, s'étant tourné vers le corps, il dit :
« Tabitha, lève-toi. » Elle ouvrit les yeux, et, ayant vu

Pierre, elle se mit sur son séant. 41Il lui donna la main et
la fit lever; puis, ayant appelé les saints et les veuves, il
la leur présenta vivante.
42Ce miracle fut connu dans toute la ville de Joppé, et
beaucoup crurent au Seigneur.
43Pierre demeura quelque temps à Joppé, chez un corroyeur* nommé Simon.

Corneille. — Vision de Pierre. — Conversion de Corneille.

10 1Il y avait à Césarée un homme du nom de Corneille, centurion de la cohorte* appelée « cohorte italique ». 2Pieux et craignant Dieu, lui et toute sa maison,
il faisait beaucoup d'aumônes au peuple et priait Dieu
sans cesse.
3Un jour, vers la neuvième heure*, il vit clairement
dans une vision, un ange de Dieu, qui entra chez lui, et
lui dit : « Corneille ! » 4Il le regarda fixement, et, plein
d'effroi, répondit : « Qu'y a-t-il, Seigneur ? » Et l'ange lui
dit : « Tes aumônes et tes prières sont montées devant
Dieu, et il s'en est souvenu. 5Et maintenant envoie chercher à Joppé un certain Simon, surnommé Pierre, 6il
loge chez un corroyeur nommé Simon, qui a sa maison
près de la mer. »
7Dès que l'ange qui lui parlait fut parti, Corneille
appela deux de ses domestiques et un soldat pieux,
d'entre ceux qui étaient attachés à sa personne, 8et, après
leur avoir tout raconté, il les envoya à Joppé.
9Le lendemain, comme les messagers étaient en route
et qu'ils approchaient de la ville, Pierre monta sur le
toit*, vers la sixième heure, pour prier. 10Il eut faim, et il
voulait manger; et, pendant qu'on préparait son repas,
il tomba en extase : 11il vit le ciel ouvert et un objet semblable à une grande nappe, qui descendait, attaché par
les quatre coins, et s'abaissait sur la terre. 12Il s'y trouvait

tous les quadrupèdes et les reptiles de la terre, et les oiseaux du ciel. [13]En même temps, une voix lui dit. « Lève-toi, Pierre, tue et mange. » [14]Mais Pierre dit : « Je n'ai garde, Seigneur, car je n'ai jamais rien mangé de souillé ni d'impur*. » [15]Et une voix lui parla pour la seconde fois : « Ce que Dieu a déclaré pur, toi, ne le tiens pas pour souillé. » [16]Cela arriva par trois fois, et aussitôt l'objet fut retiré dans le ciel.

[17]Pierre se demandait, fort en peine, quel était le sens de la vision qu'il avait eue, quand les hommes envoyés par Corneille, s'étant informés de la maison de Simon, se présentèrent à la porte ; [18]et, après avoir appelé, ils demandèrent si c'était là que logeait Simon surnommé Pierre.

[19]Comme Pierre était plongé dans ses réflexions sur la vision, l'Esprit lui dit : « Voici des gens qui te demandent ; [20]lève-toi donc, descends et va avec eux, sans hésiter, car c'est moi qui te les ai envoyés. » [21]Il descendit, et dit à ces hommes : « Voici, je suis celui que vous demandez : quel motif vous amène ? » [22]Ils lui dirent : « Le centurion Corneille, homme juste et craignant Dieu, à qui toute la nation des Juifs rend un bon témoignage, a été averti par un saint ange de te faire venir chez lui et d'écouter tes instructions. » [23]Pierre, alors, les pria d'entrer et leur donna l'hospitalité.

Le lendemain, s'étant levé, il partit avec eux, accompagné de quelques frères de Joppé, [24]et le jour suivant ils entrèrent à Césarée.

Corneille les attendait ; il avait convoqué ses parents et ses amis intimes. [25]Quand Pierre entra, Corneille alla au-devant de lui, et se jeta à ses pieds pour l'adorer. [26]Mais Pierre le releva en disant : « Lève-toi, je ne suis moi-même qu'un homme » ; [27]et tout en causant avec lui, il entra, et trouva une nombreuse réunion. [28]Il leur dit : « Vous savez à quel point il est interdit à un Juif de se lier avec un étranger ou de lui rendre visite. Quant à moi, Dieu m'a appris à ne traiter aucun homme de

souillé ni d'impur*; [29]aussi n'ai-je fait aucune difficulté
de venir, dès que vous m'avez envoyé chercher. Je vous
prie donc de me dire pour quelle raison vous m'avez fait
venir. »

[30]Et Corneille dit: « Il y a, à cette heure même, quatre
jours, je priais dans ma maison, à la neuvième heure,
quand un homme vêtu d'une robe éclatante m'apparut
[31]et me dit: "Corneille, ta prière a été exaucée, et Dieu
s'est souvenu de tes aumônes. [32]Envoie donc à Joppé, et
fais appeler Simon surnommé Pierre; il loge dans la
maison du corroyeur Simon, près de la mer." [33]J'ai donc
envoyé immédiatement vers toi, et tu as bien fait de
venir. Maintenant nous voici tous en présence de Dieu,
pour entendre tout ce que le Seigneur t'a commandé de
nous dire. »

[34]Pierre ouvrit la bouche, et dit: « En vérité, je com-
prends que *Dieu ne fait acception de personne,* [35]mais
qu'en toute nation, celui qui le craint et pratique la jus-
tice lui est agréable. [36]Telle est la parole qu'il a adressée
aux fils d'Israël, en annonçant la bonne nouvelle de la
paix par Jésus-Christ, qui est le Seigneur de tous.

[37] »Vous savez ce qui s'est passé dans toute la Judée,
après avoir commencé en Galilée, à la suite du baptême
que Jean a prêché: [38]comment Dieu a oint d'Esprit saint
et de force Jésus de Nazareth, qui allait de lieu en lieu
faisant du bien et guérissant tous ceux qui étaient sous
le pouvoir du diable, parce que Dieu était avec lui.
[39]Pour nous, nous sommes témoins de tout ce qu'il a fait
dans le pays des Juifs et à Jérusalem. Celui qu'ils ont
fait périr en le pendant au bois, [40]Dieu l'a ressuscité le
troisième jour, et lui a donné de se faire voir, [41]non à
tout le peuple, mais à des témoins, à ceux que Dieu
avait précédemment choisis, à nous, qui avons mangé et
bu avec lui après qu'il a été ressuscité des morts[a]*. [42]Et
Jésus nous a commandé de prêcher au peuple, et d'at-

10[34]. Dt 10[17].

tester que c'est lui que Dieu a désigné comme juge des vivants et des morts. 43C'est de lui que tous les prophètes rendent ce témoignage : "Quiconque croit en lui, reçoit par son nom le pardon de ses péchés..." »

44Pierre parlait encore, lorsque l'Esprit saint descendit sur tous ceux qui écoutaient sa parole. 45Tous les fidèles de la circoncision* qui avaient accompagné Pierre, furent surpris de ce que le don du Saint-Esprit était aussi répandu sur les païens, 46car ils les entendaient parler en langues et glorifier Dieu. Alors Pierre dit : 47« Peut-on refuser l'eau du baptême à ceux qui ont reçu l'Esprit saint aussi bien que nous ? » 48Et il ordonna de les baptiser au nom du Seigneur*.

Alors ils le prièrent de rester quelques jours avec eux.

Pierre se justifie devant les chrétiens de Jérusalem.

11 1Cependant les apôtres et les frères qui étaient en Judée, apprirent que les païens avaient aussi reçu la parole de Dieu, 2et lorsque Pierre monta à Jérusalem, les fidèles de la circoncision[a] eurent une contestation avec lui, 3disant : « Tu es entré chez des incirconcis et tu as mangé avec eux ! » 4Pierre se mit à leur exposer de point en point ce qui s'était passé. 5« J'étais, dit-il, en prière dans la ville de Joppé, et, en extase, j'eus une vision : je vis descendre du ciel et venir jusqu'à moi, un objet semblable à une grande nappe, tenu par les quatre coins. 6Ayant arrêté mes regards sur cette nappe, je la considérai, et j'y vis les quadrupèdes de la terre, les bêtes sauvages, les reptiles et les oiseaux du ciel. 7J'entendis aussi une voix qui me dit : "Lève-toi, Pierre, tue, et mange." 8Et je dis : "Je n'ai garde, Seigneur, car jamais quelque chose de souillé ni d'impur n'est entré dans ma bouche." 9Mais une voix parlant une seconde fois du ciel, répondit : "Ce que Dieu a déclaré pur, toi,

ne le tiens pas pour souillé." 10Cela arriva par trois fois.
puis le tout fut retiré dans le ciel.
11 »Au même instant, trois hommes se présentèrent à la
maison où nous étions : on les avait envoyés de Césarée
vers moi. 12L'Esprit me dit d'aller avec eux sans hésiter.
Les six frères que voici, vinrent avec moi, et nous
entrâmes dans la maison de Corneille. 13Il nous raconta
comment il avait vu dans sa maison un ange apparaître,
et lui dire : "Envoie à Joppé, et fais venir Simon sur-
nommé Pierre, 14qui te dira des paroles par lesquelles tu
seras sauvé, toi et toute ta maison." 15Lorsque j'eus com-
mencé à parler, l'Esprit saint descendit sur eux, ainsi
qu'il est descendu sur nous au commencement, 16et je me
ressouvins de ce mot du Seigneur : "Jean a baptisé d'eau,
mais vous, vous serez baptisés d'Esprit saint." 17Si donc
Dieu leur a fait le même don qu'à nous, lorsque nous
avons cru au Seigneur Jésus-Christ, qui étais-je, moi,
pour m'opposer à Dieu ? Le pouvais-je ? »
18Quand ils eurent entendu ce récit, ils s'apaisèrent et
glorifièrent Dieu en disant : « Ainsi donc, Dieu a donné
aux païens aussi la repentance pour avoir la vie. »

L'Église d'Antioche. — Le prophète Agabus.

19Ceux qui avaient été dispersés par la persécution
survenue à l'occasion d'Étienne*, allèrent jusqu'en Phé-
nicie, dans l'île de Chypre et à Antioche, n'annonçant la
parole à personne, sinon aux Juifs. 20Toutefois il y eut
parmi eux quelques Cypriotes et quelques Cyrénéens,
qui, étant venus à Antioche, s'adressèrent aux Grecs, et
leur annoncèrent le Seigneur Jésus. 21Et la main du Sei-
gneur était avec eux, de sorte qu'un grand nombre de
personnes crurent et se convertirent au Seigneur.
22La nouvelle en étant venue aux oreilles de l'église de
Jérusalem, on chargea Barnabas de se rendre jusqu'à
Antioche*.

23Lorsqu'il fut arrivé, et qu'il eut vu la grâce de Dieu,
il se réjouit et les exhorta tous à demeurer, d'un cœur
résolu, attachés au Seigneur ; 24car c'était un homme de
bien, plein d'Esprit saint et de foi. Et une foule assez
considérable se joignit au Seigneur.
25Barnabas alla ensuite à Tarse pour chercher Saul,
et, l'ayant trouvé, il l'amena à Antioche. 26Ils passèrent
ensemble une année entière dans cette église, et instrui-
sirent beaucoup de monde. Ce fut à Antioche que, pour
la première fois, les disciples furent appelés chrétiens*.
27À la même époque, des prophètes* descendirent de
Jérusalem à Antioche. 28L'un d'eux, nommé Agabus,
s'étant levé, présagea par l'Esprit, qu'il y aurait une
grande famine sur toute la terre ; elle eut effectivement
lieu sous Claude*. 29Les disciples décidèrent d'envoyer,
chacun selon ses moyens, un secours aux frères qui habi-
taient la Judée. 30Ils le firent et envoyèrent leurs dons aux
Anciens* par l'entremise de Barnabas et de Saul.

Martyre de Jacques. — Emprisonnement et délivrance de Pierre. — Mort d'Hérode.

12 1Vers ce temps-là, le roi Hérode* fit arrêter
quelques-uns des membres de l'église, pour les maltrai-
ter. 2Il fit mourir par le glaive Jacques*, le frère de Jean,
3et voyant que cela était agréable aux Juifs, il fit encore
arrêter Pierre. On était aux jours des pains sans levain*.
4L'ayant saisi, il le fit mettre en prison, et le confia à la
garde de quatre escouades de quatre soldats chacune,
dans l'intention de le faire exécuter devant le peuple,
après Pâque.
5Pierre était donc gardé dans la prison, et l'église ne
cessait de prier Dieu pour lui. 6La nuit même qui pré-
céda le jour où Hérode devait le faire conduire au sup-
plice, Pierre, lié de deux chaînes, dormait entre deux
soldats, pendant que des sentinelles faisaient la garde

devant les portes de la prison. 7Tout à coup un ange du
Seigneur apparut, et une lumière resplendit dans le
cachot. L'ange poussant Pierre par le côté, l'éveilla et
lui dit : « Lève-toi promptement » ; et les chaînes tombè-
rent de ses mains. 8L'ange lui dit : « Ceins-toi, et chausse
tes sandales. » Pierre obéit. L'ange ajouta : « Mets ton
manteau, et suis-moi » ; 9Pierre sortit et le suivit, sans
savoir que tout ce que faisait l'ange fût réel : il croyait
avoir une vision. 10Lorsqu'ils eurent passé la première
garde et la seconde, ils arrivèrent à la porte de fer qui
donne sur la ville ; elle s'ouvrit d'elle-même devant eux,
et, étant sortis, ils s'engagèrent dans une rue. Aussitôt
l'ange le quitta.

11Pierre étant revenu à lui-même, se dit : « Je vois
maintenant que le Seigneur a réellement envoyé son
ange, et m'a délivré de la main d'Hérode et de tout ce
qu'attendait le peuple juif » ; 12puis, après un moment
de réflexion, il se rendit à la maison de Marie, mère de
Jean surnommé Marc*, où un assez grand nombre
de personnes s'étaient réunies et priaient. 13Il frappa à
la porte d'entrée ; une servante, nommée Rhode, vint
répondre, 14et, ayant reconnu la voix de Pierre, dans sa
joie, elle ne lui ouvrit point, mais courut annoncer que
Pierre était à la porte. 15Ils lui dirent : « Tu es folle. »
Mais elle soutenait que c'était vrai ; et eux disaient :
« c'est son ange. » 16Cependant Pierre continuait à heur-
ter. Ils ouvrirent, et, en le voyant, ils furent tout surpris.
17Alors, ayant d'un geste demandé le silence, il leur
raconta comment le Seigneur l'avait tiré de la prison, et
ajouta : « Faites-le savoir à Jacques* et aux frères » ; puis
il sortit, et s'en alla dans un autre lieu.

18Quand il fit jour, les soldats furent dans une grande
agitation, pour savoir ce que Pierre était devenu.
19Hérode, ayant fait des perquisitions et n'ayant pu le
trouver, procéda à l'interrogatoire des gardes, et les
fit conduire au supplice*. Puis il descendit de Judée à
Césarée, où il s'arrêta.

[20]Il était en hostilité avec les Tyriens et les Sidoniens*.
Ceux-ci se rendirent ensemble auprès de lui, et, ayant
gagné Blaste, chambellan du roi, ils lui demandèrent la
paix, parce que leur pays tirait sa subsistance de celui
du roi. [21]Le jour même de l'audience, Hérode, revêtu de
ses habits royaux et assis sur son trône, les haranguait,
[22]et le peuple s'écria: «Voix d'un dieu, et non d'un
homme!» [23]Soudain, un ange du Seigneur le frappa,
parce qu'il n'avait pas donné gloire à Dieu, et il expira
rongé des vers*.

[24]Cependant la parole de Dieu faisait des progrès, et
le nombre des croyants se multipliait.

[25]Après avoir rempli leur mission, Barnabas et Saul
quittèrent Jérusalem et s'en retournèrent, emmenant
avec eux Jean surnommé Marc.

Apostolat de Paul.

Premier voyage missionnaire de Paul.

Paul et Barnabas en Chypre. — Sergius Paulus et le mage Élymas.

13 [1]Il y avait dans l'église d'Antioche des prophètes
et des docteurs*, Barnabas, Syméon dit Niger, Lucius
de Cyrène, Manahem, qui avait été élevé avec Hérode le
Tétrarque, et Saul. [2]Pendant qu'ils rendaient leur culte
au Seigneur et qu'ils jeûnaient, l'Esprit saint dit: «Met-
tez-moi à part Barnabas et Saul pour l'œuvre à laquelle
je les ai appelés.» [3]Alors, après qu'ils eurent jeûné et
prié, ils leur imposèrent les mains et les laissèrent aller.

[4]Pour eux, envoyés par l'Esprit saint, ils descendirent
à Séleucie*, et de là ils firent voile pour l'île de Chypre.
[5]Arrivés à Salamine, ils annoncèrent la parole de Dieu
dans les synagogues des Juifs: Jean* les accompagnait

en qualité d'aide. [6]Après avoir parcouru toute l'île jus-
qu'à Paphos, ils trouvèrent un certain personnage, magi-
cien, faux prophète juif, nommé Bar-Jésus, [7]vivant
auprès du proconsul Sergius Paulus, qui était un homme
intelligent. Le proconsul, ayant fait appeler Barnabas et
Saul, témoigna le désir d'entendre la parole de Dieu;
[8]mais Élymas*, le mage (car c'est ce que signifie son
nom), leur faisait opposition et cherchait à détourner de
la foi le proconsul. [9]Saul, qui s'appelle aussi Paul*, rem-
pli d'Esprit saint, l'ayant regardé fixement, lui dit:
[10]« Homme plein de toute sorte de ruse et de toute sorte
de fourberie, fils du diable, ennemi de toute justice, ne
cesseras-tu pas de pervertir *les voies du Seigneur, qui
sont droites* ? [11]Mais voici, la main du Seigneur va s'appe-
santir sur toi, et tu seras aveugle, privé pour un temps de
la vue du soleil. » Soudain l'obscurité et les ténèbres tom-
bèrent sur lui, et, allant de droite et de gauche, il cher-
chait quelqu'un pour le conduire. [12]Alors le proconsul,
témoin de cet événement, embrassa la foi: il était frappé
de la doctrine du Seigneur.

Discours de Paul à Antioche de Pisidie.

[13]Paul et ses compagnons s'embarquèrent à Paphos et
vinrent à Pergé en Pamphylie. Jean les quitta et s'en
retourna à Jérusalem. [14]Pour eux, étant partis de Pergé,
ils se rendirent à Antioche en Pisidie, et étant entrés
dans la synagogue le jour du sabbat, ils y prirent place.
[15]Après la lecture de la Loi et des Prophètes, les chefs
de la synagogue leur firent dire: « Frères, si vous avez
quelques paroles d'exhortation à adresser au peuple,
parlez*. » [16]Paul se leva, et, ayant fait signe de la main, il
dit* : « Israélites, et vous qui craignez Dieu, écoutez: [17]Le
Dieu de ce peuple d'Israël choisit autrefois nos pères et

13[10]: Os 14[10].

éleva bien haut ce peuple pendant son séjour au pays
d'Égypte ; puis, il l'en tira par la puissance de son bras,
18et durant quarante ans environ, il en prit soin au
désert. 19Après avoir détruit sept nations* dans le pays
de Canaan, il le mit en possession de leur territoire.
20Ensuite, durant quatre cent cinquante ans environ, il
leur donna des juges jusqu'à Samuel, le prophète. 21Ils
demandèrent alors un roi, et Dieu leur donna Saül, fils
de Kis, de la tribu de Benjamin, qui régna quarante ans ;
22puis, l'ayant retiré, il leur suscita pour roi David, à qui
il a rendu témoignage, disant : *J'ai trouvé David, fils de
Jessé, homme selon mon cœur, qui exécutera toutes mes
volontés.*

23 »C'est de la postérité de ce prince que Dieu, selon sa
promesse, a donné à Israël un Sauveur, Jésus. 24Immé-
diatement avant sa venue, Jean* avait prêché le baptême
de repentance à tout le peuple d'Israël, 25et, accomplis-
sant sa carrière, il disait : "Qui pensez-vous que je sois ?
Je ne suis pas le Messie. Mais voici, il vient après moi,
celui dont je ne suis pas digne de délier les sandales."

26 »Mes frères, descendants d'Abraham, et vous tous
qui craignez Dieu, c'est à vous que cette parole de salut
est envoyée. 27Les habitants de Jérusalem et leurs magis-
trats, ayant méconnu Jésus, ont accompli, en le jugeant,
les paroles des prophètes lues tous les sabbats. 28Quoi-
qu'ils n'aient trouvé en lui aucun crime qui méritât la
mort, ils ont demandé à Pilate de le faire mourir, 29et
après avoir accompli tout ce qui est écrit à son sujet, ils
l'ont descendu de la croix et placé dans un sépulcre.
30Mais Dieu l'a ressuscité des morts. 31Il est apparu, pen-
dant plusieurs jours, à ceux qui étaient montés avec lui
de Galilée à Jérusalem, et qui sont maintenant ses
témoins auprès du peuple. 32Et nous, nous vous annon-
çons cette bonne nouvelle : la promesse faite à nos pères,
Dieu l'a accomplie pour nos enfants, en ressuscitant

13[22] : Ps 89[21] ; I S 13[14].

Jésus, 33suivant ce qui est écrit au Psaume premier : *Tu es
mon Fils, c'est moi qui t'ai engendré aujourd'hui.* 34Que
Dieu l'ait ressuscité des morts, pour qu'il ne retournât
plus à la corruption, c'est ce qu'il a dit en ces termes : *Je
vous donnerai les choses saintes promises à David, les-
quelles sont certaines.* 35C'est pourquoi il dit encore dans
un autre Psaume : *Tu ne laisseras pas ton Saint voir la
corruption* ; 36en effet, David, après avoir servi sa géné-
ration et fait la volonté de Dieu, s'est endormi, a été
recueilli avec ses pères et a vu la corruption ; 37mais celui
que Dieu a ressuscité, n'a pas vu la corruption.

38 »Sachez-le donc, mes frères, c'est par lui que le par-
don des péchés vous est annoncé, 39et tout homme qui
croit, trouve en lui la justification de tout ce dont vous
ne pouviez être justifiés par la loi de Moïse. 40Prenez
donc garde qu'il ne vous arrive ce qui est dit dans les
Prophètes :

41 »*Contempteurs, voyez !... soyez étonnés et disparaissez ;*
»*Car je vais faire une œuvre en votre temps,*
»*Une œuvre que vous ne croiriez point, si quelqu'un
vous la racontait.*»

42Comme ils sortaient, on les pria de parler sur le
même sujet le sabbat suivant. 43Quand l'assemblée se
sépara, plusieurs Juifs et plusieurs prosélytes* pieux
accompagnèrent Paul et Barnabas, qui, en s'entretenant
avec eux, leur persuadèrent de demeurer attachés à la
grâce de Dieu.

Les Juifs d'Antioche de Pisidie persécutent Paul et Barnabas.

44Le sabbat suivant, presque toute la ville se rassembla
pour entendre la parole du Seigneur. 45La vue de cette
foule remplit les Juifs de jalousie ; ils contredisaient les

13[33] : Ps 2[7]. 13[34] : Es 55[3]. 13[35] : Ps 16[10]. 13[41] : Ha 1[5].

paroles de Paul, ajoutant aux contradictions les injures.
46Paul et Barnabas leur dirent tout ouvertement : « C'est
à vous que la parole de Dieu devait être annoncée tout
d'abord ; mais, puisque vous la repoussez et que, vous-
mêmes, vous ne vous jugez pas dignes de la vie éternelle,
eh bien ! nous nous tournons vers les païens ; 47car voici
ce que le Seigneur nous a ordonné :

» *Je t'ai établi pour servir de lumière aux païens,*
» *Pour porter le salut jusqu'aux extrémités de la terre.* »

48Les païens qui les entendaient, étaient dans la joie et
glorifiaient la parole du Seigneur. Et ils crurent, tous
ceux qui étaient destinés à la vie éternelle.

49La parole du Seigneur se propageait par tout le
pays. 50Mais les Juifs, ayant excité les grandes dames
dévotes et les principaux de la ville, provoquèrent une
persécution contre Paul et Barnabas, et les firent chas-
ser de leur territoire. 51Les apôtres, ayant secoué contre
eux la poussière de leurs pieds, se rendirent à Iconium*.
52Les disciples étaient remplis de joie et d'Esprit saint.

Paul et Barnabas à Iconium, — et à Lystres où ils sont pris pour des dieux.

14 1À Iconium, ils entrèrent également dans la syna-
gogue des Juifs, et ils parlèrent si bien qu'ils amenèrent
à la foi une grande multitude de Juifs et de Grecs ; 2mais
les Juifs incrédules excitèrent et aigrirent l'esprit des
païens contre les frères.

3Après un assez long séjour, pendant lequel ils parlè-
rent hardiment, en s'appuyant sur le Seigneur, qui ren-
dait témoignage à la prédication de sa grâce par les
prodiges et les miracles qu'il leur donnait de faire, 4la
population de la ville se divisa : les uns étaient pour les
Juifs, les autres pour les apôtres. 5Et comme, dans leur

13[47] : És 49[6].

excitation, les païens et les Juifs, ainsi que leurs chefs,
allaient les maltraiter et les lapider, 6alors, tout bien
considéré, ils se réfugièrent dans les villes de Lycaonie,
à Lystres, à Derbé et dans les environs, 7et ils y annon-
cèrent l'Évangile.

8Il y avait à Lystres un homme impotent, paralytique
de naissance, qui n'avait jamais marché : il était assis, 9et
il écoutait parler Paul. L'apôtre, ayant fixé ses regards
sur lui, et voyant qu'il avait la foi pour être guéri, 10lui dit
à voix haute : « Lève-toi droit sur tes pieds. » Il se leva
d'un saut, et il marcha. 11Voyant ce que Paul venait de
faire, le peuple éleva la voix, disant en lycaonien : « Les
dieux, ayant pris une forme humaine, sont descendus
vers nous. » 12Et ils appelaient Barnabas, Jupiter, et Paul,
Mercure, parce que c'était lui qui portait la parole*. 13Le
prêtre de Jupiter dont le temple est à l'entrée de la ville,
amena devant leur porte des taureaux, apporta des ban-
delettes, et se disposait, ainsi que la foule, à leur offrir un
sacrifice. 14Les apôtres Barnabas et Paul, l'ayant appris,
déchirèrent leurs vêtements, et se précipitèrent vers la
foule, 15en s'écriant : « Ô hommes, pourquoi faites-vous
cela ? Nous sommes comme vous des hommes, sujets à
toutes vos misères ; nous vous annonçons qu'il faut quit-
ter ces vaines divinités, pour vous tourner vers le Dieu
vivant, *qui a fait le ciel, la terre, la mer et tout ce qu'ils
renferment*. 16C'est lui qui, dans les âges passés, a laissé
toutes les nations suivre leurs propres voies ; 17néan-
moins il ne s'est point laissé sans témoignage, faisant du
bien, vous dispensant du ciel les pluies et les saisons fer-
tiles, vous donnant la nourriture en abondance et rem-
plissant vos cœurs de joie. » 18Malgré ces paroles, ils ne
parvinrent qu'avec peine à empêcher le peuple de leur
offrir un sacrifice.

19Cependant il survint d'Antioche et d'Iconium des
Juifs, qui gagnèrent le peuple ; ils lapidèrent Paul, et, le

14[15] : Ex 20[11].

croyant mort, ils le traînèrent hors de la ville. [20]Mais les
disciples l'ayant entouré, il se releva et rentra dans la
ville.

Paul et Barnabas à Derbé. Leur retour à Antioche en Syrie.

Le lendemain, il s'en alla à Derbé avec Barnabas.
[21]Après avoir évangélisé cette ville et y avoir fait un
assez grand nombre de disciples, ils retournèrent à
Lystres, à Iconium et à Antioche. [22]Ils relevaient le cou-
rage des disciples, les exhortaient à demeurer dans la
foi, ajoutant que c'est par beaucoup d'afflictions que
nous devons entrer dans le royaume de Dieu. [23]Ils élu-
rent des Anciens* dans chaque église, et par des jeûnes
et des prières, ils les recommandèrent au Seigneur en
qui ils avaient cru. [24]Puis ils traversèrent la Pisidie et
vinrent en Pamphylie. [25]Après avoir annoncé la Parole à
Pergé, ils descendirent à Attalie; [26]de là, ils firent voile
pour Antioche, d'où ils étaient partis, après avoir été
remis à la grâce de Dieu, pour l'œuvre qu'ils venaient
d'accomplir.

[27]Ayant convoqué l'église à leur retour, ils racontèrent
tout ce que Dieu avait fait avec eux, et comment il avait
ouvert aux païens la porte de la foi. [28]Ils séjournèrent
longtemps avec les disciples.

Discussions religieuses à Antioche. — La conférence de Jérusalem.

15 [1]Quelques disciples, venus de Judée, enseignaient
les frères, disant: « Si vous ne vous faites circoncire sui-
vant l'institution de Moïse, vous ne pouvez être sauvés*. »
[2]Mais un dissentiment et une violente dispute s'étant
élevés entre Paul et Barnabas d'un côté, et ces gens de

l'autre, on décida que Paul, Barnabas et quelques-uns
des frères monteraient à Jérusalem pour conférer avec
les apôtres et les Anciens sur cette question*.
3Les délégués de l'église traversèrent la Phénicie et la
Samarie, où ils causèrent une grande joie à tous les
frères en leur racontant la conversion des païens. 4Arri-
vés à Jérusalem, ils furent reçus par l'église, les apôtres
et les Anciens, et ils rapportèrent tout ce que Dieu avait
fait par leur moyen. 5Mais quelques-uns du parti des
pharisiens*, qui avaient embrassé la foi, se levèrent en
disant : « Il faut les circoncire et leur enjoindre d'obser-
ver la loi de Moïse. »
6Les apôtres et les Anciens s'assemblèrent pour exa-
miner la question. 7Une longue discussion s'étant enga-
gée, Pierre se leva et leur dit : « Frères, vous savez que,
dès longtemps déjà, Dieu m'a choisi parmi vous pour
faire entendre aux païens, par ma bouche, la parole de
l'Évangile, afin qu'ils croient : 8or Dieu, qui connaît les
cœurs, a témoigné en leur faveur, en leur donnant l'Es-
prit saint aussi bien qu'à nous ; 9il n'a point fait de diffé-
rence entre eux et nous, ayant purifié leurs cœurs par la
foi. 10Pourquoi donc tentez-vous Dieu* maintenant, en
mettant sur le cou des disciples un joug, que ni nos
pères ni nous n'avons pu porter ? 11Nous croyons, au
contraire, que c'est par la grâce du Seigneur Jésus que
nous sommes sauvés, comme eux le croient aussi. »
12Toute l'assemblée garda le silence, et elle écouta
Barnabas et Paul, qui racontèrent tous les miracles et
les prodiges que Dieu avait faits par leur ministère au
milieu des païens.
13Quand ils eurent cessé de parler, Jacques prit la
parole, et dit : « Frères, écoutez-moi : 14Syméon* a raconté
comment Dieu, pour la première fois, a pris soin de tirer
du milieu des païens un peuple qui portât son nom. 15Les
déclarations des prophètes concordent avec ce fait, selon
qu'il est écrit :
16 »*Après cela je reviendrai*

»Et je relèverai la maison de David, qui est tombée;
»Je relèverai ses ruines
»Et je la redresserai,
[17]*»Afin que le reste des hommes cherche le Seigneur,*
»Ainsi que tous les peuples sur lesquels mon nom est invoqué,
»Dit le Seigneur qui exécute ces choses, [18]connues de
toute antiquité.

[19]» En conséquence, j'estime qu'il ne faut point inquié-
ter les païens qui se convertissent à Dieu, [20]mais leur
écrire de s'abstenir des souillures des idoles*, de l'im-
pudicité, des animaux étouffés et du sang. [21]Car, pour
Moïse, depuis nombre de générations, il a dans chaque ville ses prédicateurs, et on le lit chaque sabbat dans les synagogues*.»

[22]Alors les apôtres et les Anciens avec toute l'église résolurent de choisir et d'envoyer à Antioche avec Paul et Barnabas quelques-uns d'entre eux: Jude, dit Barsa-
bas*, et Silas, hommes éminents parmi les frères; [23]et ils
les chargèrent de la lettre que voici:

«Les apôtres, et les frères les plus anciens, aux frères d'entre les païens qui sont à Antioche, en Syrie et en
Cilicie, salut! — [24]Ayant appris que quelques-uns des
nôtres sont venus, sans notre aveu, vous troubler par
des discours qui ont bouleversé vos âmes, [25]notre avis
unanime a été de vous envoyer des délégués avec nos
bien-aimés Barnabas et Paul, [26]ces hommes qui ont
exposé leur vie pour le nom de notre Seigneur Jésus-
Christ. [27]Nous vous avons donc envoyé Jude et Silas, qui
vous répéteront de vive voix ce que nous vous écrivons:
[28]il a semblé bon à l'Esprit saint et à nous, de ne pas
vous imposer d'autres charges que celles-ci, qui sont
indispensables: [29]vous abstenir de ce qui est sacrifié aux
idoles, du sang, des animaux étouffés et de l'impudicité;
vous ferez bien de vous en garder. Adieu.»

15[16-17]: Am 9[11-12].

Jude et Silas à Antioche. — Séparation de Paul et de Barnabas.

30Les délégués, ayant pris congé de l'église, allèrent à
Antioche et remirent la lettre à la multitude assemblée.
31On en donna lecture, et tous furent heureux des exhor-
tations qu'elle renfermait. 32Jude et Silas, qui étaient
eux-mêmes prophètes, exhortèrent les frères et les affer-
mirent par un long discours.
33Après avoir passé quelque temps avec eux, ils revin-
rent, avec les vœux des frères, vers ceux qui les avaient
envoyés[a].
35Paul et Barnabas séjournèrent à Antioche, ensei-
gnant et annonçant, avec plusieurs autres, la parole du
Seigneur. 36Mais, au bout de quelque temps, Paul dit
à Barnabas: « Retournons visiter les frères dans les
différentes villes où nous avons annoncé la parole du
Seigneur, pour voir dans quel état ils se trouvent. »
37Barnabas fut d'avis de prendre aussi Jean surnommé
Marc; 38mais Paul estimait qu'il n'était pas juste de
prendre avec eux un homme qui les avait abandonnés
en Pamphylie, et qui ne les avait pas accompagnés dans
leur œuvre. 39Il en résulta de l'irritation*, au point qu'ils
se séparèrent l'un de l'autre, et Barnabas, prenant Marc
avec lui, fit voile pour l'île de Chypre.

Deuxième voyage missionnaire de Paul.

Paul, Silas et Timothée parcourent l'Asie Mineure.

40Paul, ayant fait choix de Silas, partit, après avoir été
remis à la grâce du Seigneur par les frères. 41Il parcou-
rut la Syrie et la Cilicie, affermissant les églises.

16 1 Il arriva à Derbé, puis à Lystres où il rencontra
un disciple, nommé Timothée*, fils d'une Juive fidèle, et
d'un père grec; 2 il jouissait d'un bon renom parmi les
frères de Lystres et d'Iconium. 3 Paul voulut l'emmener
avec lui; il le prit et le circoncit à cause des Juifs qui
étaient en ces lieux-là, car tous savaient que son père
était Grec*

4 Dans les villes où ils passaient, ils faisaient connaître
aux frères et leur recommandaient les décisions prises
par les apôtres et par les Anciens de Jérusalem. 5 Les
églises s'affermissaient donc dans la foi et croissaient en
nombre de jour en jour.

6 Ils parcoururent la Phrygie et le pays de Galatie,
après avoir été empêchés par le Saint-Esprit d'annoncer
la parole en Asie*. 7 Arrivés près de la Mysie, ils essayè-
rent d'entrer en Bithynie, mais l'Esprit de Jésus ne le
leur permit pas. 8 Alors, ayant traversé rapidement la
Mysie, ils descendirent à Troas. 9 Là, Paul eut une vision
dans la nuit: il vit un Macédonien debout, qui l'appelait,
et lui disait: « Passe en Macédoine pour nous secourir. »
10 Aussitôt après cette vision, nous* cherchâmes à passer
en Macédoine, persuadés que le Seigneur nous appelait
à y porter l'Évangile.

Paul en Macédoine. — Emprisonnement de Paul et de Silas.

11 Partis de Troas, nous fîmes voile droit sur Samo-
thrace; le lendemain, nous débarquâmes à Néapolis;
12 et de là, nous allâmes à Philippes*, colonie romaine,
qui est la principale ville de cette partie de la Macédoine.

Nous nous arrêtâmes quelques jours dans cette ville
13 Le jour du sabbat, franchissant la porte, nous nous
rendîmes près d'une rivière, où nous pensions qu'était
le lieu de prière*, et, nous étant assis, nous nous entre-

tînmes avec les femmes qui s'y étaient assemblées.
14 L'une d'elles écouta : c'était une marchande de pourpre,
nommée Lydie*, de la ville de Thyatire, femme crai-
gnant Dieu. Le Seigneur lui ouvrit le cœur pour qu'elle
fût attentive aux choses que Paul disait. 15 Lorsqu'elle eut
été baptisée, ainsi que sa famille, elle nous adressa cette
invitation : « Si vous jugez que j'ai foi au Seigneur, venez
demeurer chez moi. » Et elle nous y contraignit.

16 Un jour que nous nous acheminions vers le lieu de
prière, nous rencontrâmes une servante qui avait un
esprit python*, et qui, par ses divinations, procurait
un grand profit à ses maîtres. 17 Elle se mit à nous suivre,
Paul et nous, en criant : « Ces hommes-là sont des servi-
teurs du Dieu Très-Haut, ils nous annoncent la voie du
salut. » 18 Elle fit cela plusieurs jours, et Paul impatienté,
se retourna, et dit à l'esprit : « Je te commande, au nom
de Jésus-Christ, de sortir de cette femme » ; et il sortit à
l'heure même. 19 Les maîtres de la servante, voyant que
leur espérance de gain s'était évanouie, se saisirent de
Paul et de Silas, et les traînèrent à la place publique vers
les magistrats. 20 Ils les amenèrent devant les préteurs, et
dirent : « Ces hommes troublent notre ville. Ce sont des
Juifs ; 21 ils prêchent des pratiques qu'il ne nous est pas
permis à nous, Romains, d'adopter ni de suivre*. » 22 La
foule se souleva aussi contre eux, et les préteurs, leur
ayant arraché leurs vêtements, ordonnèrent qu'ils fus-
sent battus de verges. 23 Lorsqu'on les eut chargés de
coups, ils les firent jeter en prison, en commandant au
geôlier de les garder sûrement. 24 Pour obéir à cet ordre,
le geôlier les mit dans le cachot le plus reculé et fixa
leurs pieds dans les ceps.

25 Vers le milieu de la nuit, Paul et Silas, en prière,
chantaient des hymnes à Dieu ; et les prisonniers les
entendaient. 26 Tout à coup, il se fit un si grand tremble-
ment de terre, que les fondements de la prison en furent
ébranlés ; au même instant, toutes les portes s'ouvrirent,
et les liens de tous se relâchèrent.

[27]Le geôlier, s'étant réveillé, et voyant les portes de la prison ouvertes, crut que les prisonniers s'étaient enfuis; il tira une épée et allait se tuer*, [28]lorsque Paul lui cria d'une voix forte: «Ne te fais point de mal: nous sommes tous ici.» [29]Alors, ayant demandé de la lumière, il s'élança dans le cachot, et, tout tremblant, se jeta aux pieds de Paul et de Silas; [30]puis, les ayant fait sortir, il leur dit: «Seigneurs, que faut-il que je fasse pour être sauvé?» [31]Ils lui répondirent: «Crois au Seigneur Jésus, et tu seras sauvé, toi et ta famille», [32]et ils lui annoncèrent la parole du Seigneur, ainsi qu'à tous ceux qui étaient dans sa maison. [33]À cette même heure de la nuit, le geôlier les prit avec lui, lava leurs plaies, et, immédiatement après, il fut baptisé, lui et tous les siens. [34]Après les avoir fait monter dans son logement, il leur servit à manger; il était transporté de joie d'avoir cru en Dieu avec toute sa famille.

[35]Quand le jour fut venu, les préteurs envoyèrent dire par les licteurs: «Relâche ces gens-là[a].» [36]Et le geôlier annonça cette nouvelle à Paul: «Les préteurs, dit-il, ont envoyé l'ordre de vous relâcher; maintenant donc sortez, et allez en paix.» [37]Mais Paul dit aux licteurs: «Quoi! après nous avoir publiquement battus de verges, sans jugement, nous qui sommes Romains*, ils nous ont jetés en prison, et maintenant ils nous font sortir secrètement! Non pas; mais qu'ils viennent eux-mêmes nous mettre en liberté.» [38]Les licteurs rapportèrent ces paroles aux préteurs, qui furent effrayés en apprenant que ces hommes étaient Romains. [39]Ils vinrent leur parler, et, en les élargissant, ils les prièrent de quitter la ville[b]. [40]Au sortir de la prison, les apôtres entrèrent chez Lydie, et, après avoir vu et encouragé les frères, ils partirent.

Paul à Thessalonique et à Bérée.

17 [1]Ils firent route par Amphipolis, par Apollonie, et
arrivèrent à Thessalonique, où se trouvait une syna-
gogue des Juifs. [2]Paul y entra selon sa coutume, et dis-
cuta avec eux pendant trois sabbats. [3]Il expliquait et
enseignait par les Écritures, que le Messie avait dû souf-
frir et ressusciter des morts. « Ce Messie, ajoutait-il,
c'est Jésus, que je vous annonce. » [4]Quelques Juifs furent
persuadés, et se joignirent à Paul et à Silas, ainsi qu'une
grande multitude de Grecs craignant Dieu, et un assez
grand nombre des premières dames de la ville. [5]Mais les
Juifs, pleins de jalousie, ayant recruté quelques mauvais
sujets des rues, firent un attroupement et du tumulte
dans la ville ; puis, s'étant portés vers la maison de
Jason, ils cherchèrent les apôtres pour les mener devant
le peuple : [6]ne les ayant pas trouvés, ils traînèrent Jason
et quelques frères devant les autorités de la ville, criant :
« Ces gens qui ont bouleversé le monde, les voilà main-
tenant ici. [7]Jason les a reçus, et tous, ils agissent contre
les édits de César*, disant qu'il y a un autre roi, Jésus. »
[8]Ils jetèrent le trouble dans la population et chez les
magistrats qui entendirent ces accusations. [9]Ce ne fut
qu'après avoir reçu caution de Jason et des autres qu'ils
les laissèrent aller.

[10]Les frères se hâtèrent de faire partir, dans la nuit,
Paul et Silas pour Bérée. Quand ils y furent arrivés, ils se
rendirent à la synagogue des Juifs. [11]Ceux-ci montrèrent
des sentiments plus élevés que ceux de Thessalonique ;
ils accueillirent la parole avec beaucoup d'empres-
sement, examinant chaque jour les Écritures, pour voir
si ce qu'on leur enseignait était exact. [12]Un grand
nombre d'entre eux crurent, et spécialement beaucoup
de femmes grecques de qualité, et un assez grand
nombre d'hommes. [13]Mais aussitôt que les Juifs de Thes-
salonique surent que Paul annonçait également la parole
de Dieu à Bérée. ils vinrent y agiter aussi la population.

14 Alors les frères firent immédiatement partir Paul, pour
qu'il gagnât la mer, mais Silas et Timothée restèrent à
Bérée.
15 Ceux qui s'étaient chargés de Paul, le conduisirent
jusqu'à Athènes; ils en partirent avec ordre de dire à
Silas et à Timothée de le rejoindre au plus tôt.

Paul à Athènes. Son discours à l'Aréopage.

16 Pendant que Paul les attendait à Athènes, il avait le
cœur outré de voir cette ville toute pleine d'idoles. 17 Il
discutait donc dans la synagogue avec les Juifs et avec
les prosélytes, et tous les jours sur l'agora avec les pre-
miers venus. 18 Quelques philosophes épicuriens et des
stoïciens conférèrent avec lui; quelques-uns disaient:
« Que veut bien dire ce discoureur*? » et d'autres: « Il
paraît que c'est un prédicateur de divinités étrangères »;
parce que Paul leur annonçait Jésus et la résurrection.
19 Alors ils le prirent et le menèrent à l'Aréopage*,
disant: « Pourrions-nous savoir quelle est cette nouvelle
doctrine que tu prêches? 20 car tu nous fais entendre des
choses étranges; nous aimerions bien savoir ce que cela
peut être. » 21 Or tous les Athéniens et les étrangers qui
demeuraient à Athènes, ne passaient leur temps qu'à
dire ou à écouter des nouvelles.
22 Paul, debout au milieu de l'Aréopage, leur dit:
« Athéniens, je me suis aperçu que vous êtes, à tous
égards, bien dévots, 23 car, ayant examiné en passant les
monuments sacrés, j'ai trouvé même un autel sur lequel
il est écrit: "À un Dieu inconnu*." Eh bien! ce que vous
révérez sans le connaître, c'est ce que je vous annonce,
24 le Dieu qui a fait le monde et tout ce qu'il renferme.
Lui, qui est le maître du ciel et de la terre, n'habite pas
dans des sanctuaires faits de main d'homme; 25 il n'est
point servi non plus par des mains humaines, comme
s'il avait besoin de quelque chose, lui qui donne à tous

la vie, la respiration et toutes choses. 26 Il a fait habiter
tout le genre humain, qui est issu d'un seul et même
sang, sur toute la surface de la terre, ayant déterminé la
durée précise des nations, ainsi que les limites de leur
habitation, 27 afin qu'elles le cherchent et le trouvent en
le touchant. Et certes, il n'est pas loin de chacun de
nous, 28 car c'est en lui que nous avons la vie, le mouve-
ment et l'être ; et, comme l'ont dit quelques-uns de vos
poètes,
» "Nous sommes aussi de sa race*."
29 » Puisque nous sommes de la race de Dieu, nous ne
devons pas croire que la Divinité soit semblable à de
l'or, de l'argent ou de la pierre sculptés par l'art et l'in-
telligence de l'homme. 30 Mais maintenant, oubliant ces
temps d'ignorance, Dieu invite, en tous lieux, tous les
hommes à se repentir, 31 parce qu'il a fixé un jour, où il
doit *juger la terre avec justice*, par l'homme qu'il a dési-
gné, et qu'il a ressuscité des morts pour l'accréditer
auprès de tous. » 32 Lorsqu'ils entendirent parler de résur-
rection des morts*, les uns se moquèrent, les autres
dirent : « Nous t'entendrons là-dessus une autre fois. »
33 C'est ainsi que Paul se retira du milieu d'eux. 34 Toute-
fois quelques hommes s'étant attachés à lui, embrassè-
rent la foi ; parmi eux était Denis l'Aréopagite* ; il y avait
aussi une femme nommée Damaris, et d'autres avec eux.

Paul à Corinthe. — Sa visite à Jérusalem. — Son retour à Antioche en Syrie.

18 1 Ensuite Paul partit d'Athènes et se rendit à
Corinthe.
2 Il y trouva un Juif nommé Aquilas, originaire du
Pont, récemment arrivé d'Italie avec Prisca*, sa femme,
parce que Claude avait ordonné à tous les Juifs de quit-

17[31] : Ps 9[9].

ter Rome. Paul alla les voir, 3et, comme leur métier était
le sien, il demeura chez eux et y travailla : ils étaient
fabricants de tentes.

4Chaque sabbat, il discourait dans la synagogue et
persuadait Juifs et Grecs. 5Quand Silas et Timothée arri-
vèrent de Macédoine, Paul était tout entier à la parole,
ne cessant d'enseigner aux Juifs que Jésus était le Mes-
sie. 6Mais comme ils s'opposaient à lui et l'insultaient,
il secoua ses vêtements, et leur dit : « Que votre sang
retombe sur votre tête ! pour moi, j'en suis innocent ;
désormais j'irai vers les païens*. » 7Puis il sortit de là* et
se retira chez un nommé Titius Justus, homme crai-
gnant Dieu, dont la maison était contiguë à la syna-
gogue. 8Crispus, chef de la synagogue, crut au Seigneur
avec toute sa famille ; et un grand nombre de Corin-
thiens embrassaient la foi en entendant Paul, et se fai-
saient baptiser.

9Le Seigneur dit à Paul, la nuit, dans une vision : « Ne
crains point, mais parle et ne te tais point, 10car je suis
avec toi, et personne ne portera la main sur toi pour te
faire du mal. J'ai un grand peuple dans cette ville. » 11Et
Paul résida un an et demi à Corinthe, enseignant la
parole de Dieu.

12Un jour, les Juifs se jetèrent tous ensemble sur lui et
le menèrent devant le tribunal de Gallion*, proconsul
d'Achaïe. 13« Cet homme, dirent-ils, persuade aux gens
d'adorer Dieu d'une manière contraire à la Loi. »
14Comme Paul se disposait à parler, Gallion dit aux
Juifs : « S'il s'agissait de quelque délit ou de quelque acte
frauduleux, je vous entendrais patiemment, comme
de raison ; 15mais puisqu'il s'agit de disputes sur une
parole*, sur des noms et sur votre Loi, vous y aviserez
vous-mêmes : je ne veux pas être juge de ces choses-là. »
16Et il les fit sortir du tribunal. 17Alors tous ayant saisi
Sosthène, chef de la synagogue, le battirent devant le
tribunal, sans que Gallion s'en mît en peine*.

18Après être demeuré assez longtemps encore à

Corinthe, Paul fit ses adieux aux frères, et s'embarqua
pour la Syrie avec Prisca et Aquilas; il s'était fait raser
la tête à Cenchrées à cause d'un vœu qu'il avait fait*.
19Ils arrivèrent à Éphèse, et Paul laissant là ses compa-
gnons, entra dans la synagogue, et s'entretint avec les
Juifs. 20Ceux-ci le prièrent de prolonger son séjour
parmi eux, mais il n'y consentit point 21et leur fit ses
adieux en disant: «Je reviendrai chez vous, s'il plaît à
Dieu»; et il partit d'Éphèse. 22Débarqué à Césarée, il
monta à Jérusalem*, et, après avoir salué l'église, il se
rendit à Antioche.

Troisième voyage missionnaire de Paul.

Paul parcourt la Galatie et la Phrygie. — Apollos.

23Lorsqu'il y eut passé quelque temps, il partit et par-
courut successivement la Galatie et la Phrygie, affer-
missant tous les disciples.
24Or un Juif nommé Apollos*, originaire d'Alexandrie,
homme éloquent et très versé dans les Écritures, était
venu à Éphèse. 25Il était instruit de la voie du Seigneur*,
et, dans la ferveur de son âme, il expliquait et enseignait
avec soin ce qui se rapporte à Jésus, quoiqu'il n'eût
connaissance que du baptême de Jean. 26Il se mit à par-
ler hardiment dans la synagogue. Aquilas et Prisca
l'ayant entendu, le prirent avec eux, et lui exposèrent
plus exactement la voie de Dieu. 27Comme il voulait
aller en Achaïe, les frères écrivirent aux disciples pour
les engager à le recevoir. Quand il y fut arrivé, il fut
d'un grand secours, par la grâce de Dieu, à ceux qui
avaient embrassé la foi, 28car il réfutait vigoureusement
les Juifs, en public, démontrant par les Écritures que
Jésus est le Messie.

Paul à Éphèse. — Émeute provoquée par Démétrius.

19 [1]Pendant qu'Apollos était à Corinthe, Paul, après
avoir parcouru le haut pays, descendit à Éphèse[a]. Il y
trouva quelques disciples, [2]et leur dit : « Avez-vous reçu
l'Esprit saint, après avoir cru ? » Ils lui répondirent :
« Mais nous n'avons pas même entendu dire qu'il y ait
un Esprit saint. » [3]« Quel baptême, leur dit-il, avez-vous
donc reçu ? » Ils répondirent : « Le baptême de Jean*. »
[4]Alors Paul dit : « Jean a baptisé du baptême de la repen-
tance, en disant au peuple de croire en celui qui venait
après lui, c'est-à-dire en Jésus. » [5]Là-dessus, ils se firent
baptiser au nom du Seigneur Jésus, [6]et Paul leur ayant
imposé les mains, l'Esprit saint vint sur eux : ils par-
laient en langues* et prophétisaient. [7]Ils étaient environ
douze en tout.

[8]Paul entra dans la synagogue ; il y parla hardiment,
et, pendant trois mois, il s'efforça par ses discours de
convaincre les Juifs de ce qui concerne le royaume
de Dieu. [9]Mais, comme quelques-uns s'endurcissaient et
se refusaient à croire, décriant devant la multitude la
voie du Seigneur, il se sépara d'eux, prit à part les dis-
ciples et se mit à enseigner chaque jour dans l'école de
Tyrannus*. [10]Cela dura deux ans, de sorte que tous ceux
qui habitaient l'Asie, tant Juifs que Grecs, entendirent la
parole du Seigneur. [11]Et Dieu faisait des miracles extra-
ordinaires par les mains de Paul, [12]au point que l'on
appliquait sur les malades les linges ou les vêtements
qui avaient touché son corps, et les maladies étaient
guéries et les malins esprits chassés.

[13]Quelques exorcistes* juifs ambulants essayèrent aussi
d'invoquer le nom du Seigneur Jésus sur ceux qui avaient
de malins esprits, en disant : « Je vous conjure par ce Jésus
que Paul prêche. » [14](C'étaient sept fils de Scévas*, grand
prêtre juif, qui faisaient cela.) [15]Mais l'esprit malin leur

répondit : « Je connais Jésus et je sais qui est Paul ; mais vous, qui êtes-vous ? » 16 Et l'homme en qui se trouvait l'esprit malin, sauta sur eux, les terrassa les uns et les autres, et les maltraita si fort qu'ils s'enfuirent de cette maison, nus et blessés.

17 Ce fait étant venu à la connaissance de tous les Juifs et de tous les Grecs qui habitaient Éphèse, ils furent tous saisis de crainte, et le nom du Seigneur Jésus fut glorifié. 18 Plusieurs de ceux qui avaient cru, venaient confesser et raconter ce qu'ils avaient fait. 19 Un bon nombre de ceux qui avaient pratiqué les sciences occultes, apportèrent leurs livres et les brûlèrent devant tout le monde ; on en calcula le prix, et on trouva qu'il s'élevait à cinquante mille pièces d'argent*. 20 Ainsi, par la puissance du Seigneur, la parole croissait en force et en autorité.

21 Après cela, Paul résolut d'aller à Jérusalem en passant par la Macédoine et par l'Achaïe, et il disait : « Lorsque j'aurai été là, il faut aussi que je voie Rome. » 22 Il envoya en Macédoine deux de ses collaborateurs, Timothée et Éraste ; lui-même resta encore quelque temps en Asie.

23 Il s'éleva, à cette époque, un grand tumulte au sujet de la voie du Seigneur. 24 Un orfèvre nommé Démétrius, qui faisait des reproductions du temple de Diane en argent*, et qui donnait beaucoup de profit aux artistes, 25 les rassembla, ainsi que les ouvriers qui travaillaient à ce genre d'objets, et leur dit : « Ô hommes, vous savez que cette industrie fait notre aisance, 26 et vous voyez et vous entendez dire que, non seulement à Éphèse, mais encore dans presque toute l'Asie, ce Paul a gagné beaucoup de monde, leur persuadant par ses discours, que les dieux faits de main d'homme ne sont pas des dieux ; 27 ainsi, nous courons le risque, non seulement que notre industrie ne soit ruinée, mais encore que le temple de la grande déesse Diane ne soit complètement discrédité, et qu'on ne dépouille de sa majesté celle que toute l'Asie, que le monde entier adore. »

28Ces paroles les ayant enflammés de colère, ils se
mirent à crier : « Grande est la Diane des Éphésiens ! »
29Et la ville fut remplie de confusion. Ils se précipitèrent
tous ensemble au théâtre, entraînant avec eux les Macé-
doniens Caïus et Aristarque, compagnons de voyage de
Paul. 30Celui-ci voulait se présenter au peuple, mais les
disciples ne le lui permirent pas, 31et même quelques-
uns des asiarques*, qui étaient ses amis, le firent prier
de ne pas se présenter au théâtre.
32Les uns donc criaient d'une manière, les autres d'une
autre, car l'assemblée était tumultueuse et la plupart ne
savaient pas pourquoi ils s'étaient réunis. 33Enfin on vit
sortir de la foule Alexandre, qui était poussé en avant par
les Juifs. Il fit signe de la main qu'il voulait parler au
peuple ; 34mais, lorsqu'ils eurent reconnu qu'il était Juif,
ils se mirent à crier d'une seule voix, disant pendant près
de deux heures : « Grande est la Diane des Éphésiens ! »
35Le chancelier* ayant apaisé la foule, dit : « Éphésiens,
quel homme au monde ignore que la ville d'Éphèse est la
gardienne du temple de la grande Diane et de sa statue
tombée du ciel ? 36Puisque cela est incontestable, vous
devez donc vous calmer et ne rien faire inconsidéré-
ment, 37car ces hommes que vous avez amenés ici, ne
sont ni sacrilèges, ni blasphémateurs de notre déesse.
38Si Démétrius et les artistes qui l'accompagnent, ont
quelque plainte à faire contre quelqu'un, il y a des tribu-
naux et des proconsuls, qu'on se fasse assigner ; 39et si
vous avez à débattre d'autres affaires, cela se videra dans
l'assemblée légale, 40car nous risquons d'être accusés
de sédition* pour le rassemblement d'aujourd'hui, parce
qu'il n'y a pas de motif qui puisse le justifier. » 41Là-
dessus, il congédia l'assemblée.

Paul en Macédoine et en Grèce — Son départ pour Jérusalem. — Troas.

20 [1]Lorsque le tumulte eut cessé, Paul réunit les dis-
ciples et après les avoir exhortés, il les salua et partit
pour aller en Macédoine. [2]Il parcourut cette province
en adressant aux disciples de nombreuses exhortations,
et se rendit en Grèce. [3]Après un séjour de trois mois, il
se disposait à s'embarquer pour la Syrie ; mais les Juifs
lui ayant dressé des embûches, il prit le parti[a] de s'en
retourner par la Macédoine.

[4]Sopater, fils de Pyrrhus, de Bérée, l'accompagna jus-
qu'en Asie, avec Aristarque et Secundus de Thessalo-
nique, Caïus de Derbé et Timothée, Tychique et Trophime
d'Asie ; [5]ceux-ci ayant pris les devants, nous attendirent à
Troas. [6]Pour nous, nous nous embarquâmes à Philippes
après les jours des pains sans levain* ; et au bout de cinq
jours de navigation, nous les rejoignîmes à Troas, et
nous y demeurâmes sept jours.

[7]Le premier jour de la semaine*, comme nous étions
assemblés pour rompre le pain, Paul, qui devait partir
le lendemain, s'entretint avec les disciples et prolongea
son discours jusqu'à minuit. [8]Il y avait beaucoup de
lampes dans la chambre haute où nous étions assem-
blés. [9]Un jeune homme nommé Eutyche*, qui était assis
sur la fenêtre, succomba à un profond sommeil, parce
que Paul parlait fort longtemps, et, entraîné par le som-
meil, il tomba du troisième étage en bas : on le releva
mort. [10]Mais Paul, étant descendu, se pencha sur lui, et,
après l'avoir pris dans ses bras, il dit : « Ne vous troublez
pas, car la vie est en lui. » [11]Puis, étant remonté, il rom-
pit le pain, mangea et parla assez longtemps, jusqu'à
l'aube ; ensuite il partit. [12]Quant au jeune homme, on
l'amena vivant, ce qui fut une grande consolation.

Les adieux de Milet.

13Pour nous, ayant pris les devants par mer, nous
fîmes voile vers Assos, où nous devions reprendre Paul ;
c'est ainsi qu'il l'avait ordonné, devant, lui, faire la
route à pied. 14Lorsqu'il nous eut rejoints à Assos, nous
le prîmes à bord, et nous gagnâmes Mytilène. 15Nous
partîmes de là, et nous arrivâmes le lendemain en face
de Chio ; le troisième jour nous touchâmes Samos, et
nous abordâmes le jour suivant à Milet. 16Paul avait
décidé de dépasser Éphèse sans s'y arrêter, pour ne pas
perdre de temps en Asie, car il se hâtait, afin d'arriver,
s'il était possible, le jour de la Pentecôte à Jérusalem.
17Cependant il envoya de Milet à Éphèse, pour faire
venir les Anciens de l'église. 18Lorsqu'ils furent arrivés
auprès de lui, il leur dit : « Vous savez comment, depuis
le premier jour que j'ai mis le pied en Asie, je me suis
toujours comporté avec vous, 19servant le Seigneur en
toute humilité, au milieu des larmes et des épreuves,
auxquelles m'ont exposé les embûches des Juifs. 20Vous
savez que je vous ai annoncé l'Évangile et que je vous ai
instruits en public et en particulier, sans vous rien
cacher de ce qui pouvait vous être utile : 21je n'ai pas
cessé d'enseigner aux Juifs et aux Grecs la repentance
qui mène à Dieu et la foi en notre Seigneur Jésus-Christ.
22 » Maintenant, je m'en vais à Jérusalem, lié par
l'Esprit, sans que je sache ce qui doit m'y arriver ; 23seu-
lement, de ville en ville, l'Esprit saint ne cesse de m'as-
surer que des chaînes et des malheurs m'attendent.
24Mais je n'attache, pour moi-même, aucun prix à la vie,
pourvu que je fournisse ma carrière et que j'accom-
plisse le ministère que j'ai reçu du Seigneur Jésus :
rendre témoignage à la grâce de Dieu. 25Et voici, je sais
que vous ne verrez plus mon visage, vous tous parmi
lesquels je suis venu prêcher le royaume ; 26en consé-
quence, je proteste aujourd'hui devant vous que je suis
innocent du sang de tous, 27car je vous ai annoncé tout

le conseil de Dieu, sans vous en rien cacher. 28Prenez
donc garde à vous-mêmes, et à tout le troupeau sur
lequel l'Esprit saint vous a établis épiscope*, pour paître
l'église que le Seigneur s'est acquise par son propre
sang. 29Je sais qu'après mon départ, il s'introduira parmi
vous des loups redoutables, qui n'épargneront point le
troupeau, 30et qu'il s'élèvera parmi vous des hommes
prononçant des discours pervers pour entraîner les dis-
ciples à leur suite. 31Veillez donc, vous souvenant que
durant trois années, je n'ai cessé, ni jour ni nuit, d'aver-
tir avec larmes chacun de vous. 32Et maintenant, je vous
recommande à Dieu et à la parole de sa grâce, à celui
qui peut édifier et vous donner une part avec tous les
sanctifiés.

33 »Je n'ai désiré ni l'argent, ni l'or, ni les vêtements de
personne. 34Vous savez vous-mêmes que ces mains* ont
pourvu à mes besoins et à ceux de mes compagnons;
35je vous ai montré de toutes manières que c'est en tra-
vaillant ainsi, que l'on doit secourir les faibles, et se sou-
venir des paroles du Seigneur Jésus, qui a dit lui-même:
"Il y a plus de bonheur à donner qu'à recevoir*."»

36Après avoir ainsi parlé, il se mit à genoux et pria
avec eux tous. 37Ils fondirent tous en larmes, et, se jetant
au cou de Paul, ils l'embrassaient, 38affligés surtout de
ce qu'il leur avait dit qu'ils ne verraient plus son visage.
Puis ils l'accompagnèrent jusqu'au navire.

Paul à Tyr et à Césarée. — Il arrive à Jérusalem.

21 1Après nous être séparés d'eux avec beaucoup de
peine, nous levâmes l'ancre et nous vînmes droit à Cos,
le lendemain à Rhodes, et de là à Patara. 2Ayant trouvé
un navire qui mettait à la voile pour la Phénicie, nous
montâmes à bord et nous partîmes.

3Quand nous fûmes en vue de Chypre, nous laissâmes
l'île à gauche, et nous dirigeant vers la Syrie, nous abor-

dâmes à Tyr; c'est là que le navire devait laisser sa car-
gaison. [4]Ayant trouvé les disciples, nous demeurâmes
sept jours avec eux; mus par l'Esprit, ils disaient à Paul
de ne pas monter à Jérusalem. [5]Quand ce temps fut
écoulé, nous nous remîmes en route, et tous nous
accompagnèrent jusqu'en dehors de la ville, avec leurs
femmes et leurs enfants. Nous nous mîmes à genoux sur
le rivage pour prier, [6]et nous nous dîmes adieu: nous
montâmes sur le navire, et ils retournèrent chez eux.

[7]Pour nous, achevant notre navigation, nous allâmes
de Tyr à Ptolémaïs; nous y saluâmes les frères et pas-
sâmes un jour avec eux. [8]Le lendemain nous partîmes et
nous vînmes à Césarée, et étant entrés dans la maison
de Philippe* l'évangéliste, qui était l'un des sept diacres,
nous demeurâmes chez lui. [9]Il avait quatre filles vierges
qui étaient prophétesses. [10]Nous étions là depuis plusieurs
jours, lorsque arriva un prophète de Judée, nommé Aga-
bus*. [11]Étant venu nous voir, il prit la ceinture de Paul,
s'en lia les mains et les pieds*, et dit: « Voici ce que dit
l'Esprit saint: "C'est ainsi que les Juifs de Jérusalem lie-
ront l'homme à qui appartient cette ceinture, et ils le
livreront entre les mains des païens." » [12]À ces paroles,
les gens de l'endroit et nous, nous priâmes Paul de ne
point monter à Jérusalem. [13]Mais Paul répondit: « Que
faites-vous en pleurant ainsi, et en me brisant le cœur?
Je suis tout prêt, quant à moi, non seulement à être
enchaîné, mais encore à mourir à Jérusalem pour le
nom du Seigneur Jésus. » [14]N'ayant pu le dissuader, nous
ne le pressâmes pas davantage, et nous dîmes: « Que la
volonté du Seigneur se fasse! »

[15]Ces quelques jours passés, et nos préparatifs ache-
vés, nous montâmes à Jérusalem. [16]Quelques disciples
de Césarée vinrent aussi avec nous et nous menèrent
chez un disciple des premiers temps nommé Mnason,
de Chypre, chez qui nous devions loger.

La captivité de Paul

Paul à Jérusalem. — Son arrestation.

17Arrivés à Jérusalem, nous fûmes reçus avec joie par
les frères. 18Le lendemain, Paul se rendit avec nous chez
Jacques : tous les Anciens s'y assemblèrent.

19Après les avoir salués, Paul leur raconta en détail ce
que Dieu avait fait, par son ministère, au milieu des
païens ; 20et eux glorifiaient Dieu en l'entendant. Ensuite
ils dirent à Paul : « Tu vois, frère, que les Juifs qui ont
cru se comptent par milliers ; et ils sont tous pleins de
zèle pour la Loi. 21Or on leur a raconté que tu enseignes
à tous les Juifs qui sont parmi les païens, d'abandonner
Moïse, leur disant de ne pas circoncire leurs enfants et
même de ne pas vivre selon nos institutions. 22Que faire
donc ? Ils vont certainement se rassembler, car ils sau-
ront que tu es venu. 23Fais donc ce que nous allons te
dire. Nous avons quatre hommes qui ont fait un vœu :
24prends-les avec toi, purifie-toi avec eux, et fais les frais
des sacrifices pour eux, afin qu'ils se rasent la tête* ; de
cette manière, tous connaîtront que les rapports qu'on a
faits sur ton compte sont sans valeur, et que tu vis toi-
même en observateur de la Loi. 25Quant aux païens
devenus croyants, après en avoir délibéré, nous leur
avons fait dire de s'abstenir de ce qui est sacrifié aux
idoles, du sang, des animaux étouffés et de l'impudi-
cité*. »

26Alors Paul prit ces hommes, et, s'étant purifié, il
entra le lendemain avec eux dans le temple, pour décla-
rer le jour où le temps de la purification serait achevé et
où le sacrifice serait présenté pour chacun d'eux.

27Au bout de sept jours, les Juifs d'Asie l'ayant vu dans
le temple, ameutèrent toute la foule et se saisirent de
lui, 28en criant : « Israélites, au secours ! Voilà l'homme
qui s'en va prêchant partout et à tous contre le peuple,
contre la Loi et contre ce lieu. Bien plus, il a introduit

des Grecs dans le temple et a profané ce saint lieu. » 29Ils
avaient vu auparavant Trophime d'Éphèse avec Paul
dans la ville, et ils croyaient qu'il l'avait fait entrer dans
le temple.

30Toute la ville fut en émoi et le peuple accourut en
foule. S'étant saisis de Paul, ils le traînèrent hors du
temple, et les portes en furent fermées aussitôt. 31Pendant
qu'ils cherchaient à le tuer, la nouvelle que tout Jérusa-
lem était en confusion, arriva au tribun de la cohorte. 32Il
prit au même instant des soldats et des centurions, et
courut à eux. Voyant le tribun et les soldats, ils cessèrent
de frapper Paul. 33Alors le tribun s'étant approché, se sai-
sit de lui et le fit lier de deux chaînes; puis il demanda
qui il était et ce qu'il avait fait. 34Mais, dans cette foule,
les uns criaient une chose, les autres, une autre, de sorte
que, ne pouvant rien savoir de certain, à cause du
tumulte, il commanda qu'on emmenât Paul dans la cita-
delle*. 35Lorsque Paul fut sur les degrés, les soldats
durent le porter, à cause de la violence de la multitude,
36car le peuple les suivait en foule en criant: « À mort! »

Discours de Paul au peuple. — Il est mis à la question.

37Au moment d'entrer dans la citadelle, Paul dit au
tribun: « Me serait-il permis de te dire quelque chose? »
Le tribun lui dit: « Tu sais le grec? 38Tu n'es donc pas
l'Égyptien qui s'est révolté, il y a quelques jours, et qui
a emmené au désert quatre mille brigands*? — 39Moi,
lui dit Paul, je suis Juif, de Tarse, en Cilicie, citoyen
d'une ville bien connue. Je te prie, permets-moi de par-
ler au peuple. »

40Le tribun l'y ayant autorisé, Paul, debout sur les
degrés, fit signe de la main au peuple. Un profond silence
s'étant établi, il leur adressa la parole en langue
hébraïque, et dit:

22 1«Mes frères et mes pères, écoutez ce que j'ai à
vous dire maintenant pour ma défense.» 2Quand ils
entendirent qu'il s'adressait à eux en hébreu, ils redou-
blèrent de tranquillité, et Paul dit: 3«Je suis Juif, né à
Tarse en Cilicie, mais j'ai été élevé ici, dans cette ville,
et j'y ai été instruit aux pieds de Gamaliel* dans l'obser-
vance stricte de la Loi de nos pères, ayant pour Dieu le
même zèle que vous avez tous aujourd'hui. 4C'est moi
qui ai persécuté jusqu'à la mort cette secte, enchaînant
et mettant en prison hommes et femmes, 5le Grand
Prêtre m'en est témoin ainsi que tout le collège des
Anciens. Ayant reçu d'eux des lettres pour les frères, je
partis pour Damas, afin d'amener enchaînés à Jérusa-
lem ceux qui s'y trouvaient, et de les faire punir. 6Mais,
comme j'étais en chemin* et que j'approchais de
Damas, tout à coup, vers midi, une vive lumière, qui
venait du ciel, m'enveloppa de sa clarté. 7Je tombai par
terre, et j'entendis une voix qui me disait: "Saul, Saul,
pourquoi me persécutes-tu?" 8Je répondis: "Qui es-tu,
Seigneur?" Et il me dit: "Je suis Jésus de Nazareth que
tu persécutes." 9Ceux qui étaient avec moi virent bien la
lumière, mais ils n'entendirent point la voix de celui qui
me parlait. 10Alors je dis: "Que dois-je faire, Seigneur?"
Le Seigneur me répondit: "Lève-toi, va à Damas, et là
on t'instruira de tout ce que tu dois faire." 11Comme je
n'y voyais pas, par l'effet de l'éclat de cette lumière,
ceux qui étaient avec moi me conduisirent par la main
à Damas.

12»Cependant un homme pieux selon la Loi, nommé
Ananias, de qui tous les Juifs domiciliés à Damas ren-
daient un bon témoignage, vint me trouver, 13et debout
devant moi, il me dit: "Saul, mon frère, recouvre la
vue." À l'instant même je le vis. 14Il ajouta: "Le Dieu de
nos pères t'a prédestiné à connaître sa volonté, à voir le
Juste* et à entendre les paroles de sa bouche, 15car tu lui
serviras de témoin, devant tous les hommes, des choses

que tu as vues et entendues. [16]Que tardes-tu ? Lève-toi,
fais-toi baptiser et purifier de tes péchés en invoquant
son nom."

[17]»J'étais revenu à Jérusalem, et je priais dans le
temple, lorsque je tombai en extase, [18]et je vis Jésus qui
me dit : "Hâte-toi, sors promptement de Jérusalem,
parce qu'on n'y recevra pas le témoignage que tu rendras de moi*." [19]Et je dis : "Seigneur, ils savent bien que
c'est moi qui faisais emprisonner et battre dans les
synagogues ceux qui croyaient en toi, [20]et que, lorsqu'on
répandait le sang d'Étienne, ton témoin, j'étais là, en
personne, approuvant ses meurtriers et gardant leurs
manteaux." [21]Et il me dit : "Va, car je t'enverrai au loin
chez les païens..." »

[22]Ils l'écoutèrent jusqu'à ce mot, mais alors ils élevèrent la voix, disant : « À mort cet homme ! Il n'est pas
digne de vivre. » [23]Ils vociféraient, ils ôtaient leurs vêtements et faisaient voler la poussière en l'air*. [24]Le tribun
donna l'ordre d'emmener Paul dans la citadelle et de le
mettre à la question, afin de savoir pour quelle cause on
poussait de tels cris contre lui. [25]Quand on l'eut attaché
pour le flageller, Paul dit au centurion qui se trouvait
là : « Vous est-il permis de battre du fouet un citoyen
romain*, et sans jugement encore ? » [26]À ces mots, le centurion alla faire son rapport au tribun, disant : « Que vas-tu faire ? Cet homme est citoyen romain. » [27]Le tribun
vint, et dit à Paul : « Réponds-moi, es-tu citoyen romain ?
— Oui », dit-il. [28]Le tribun reprit : « Moi, j'ai donné une
forte somme d'argent pour ce droit de cité. — Et moi, dit
Paul, je l'ai par ma naissance. » [29]Là-dessus, ceux qui
devaient lui donner la question s'éloignèrent de lui, et le
tribun eut peur, quand il sut que Paul était citoyen
romain, parce qu'il l'avait fait attacher.

Paul devant le sanhédrin. — Complot des Juifs.
— Paul transféré à Césarée.

30 Le lendemain, voulant savoir positivement de quoi
les Juifs l'accusaient, il lui ôta ses chaînes, et, ayant fait
assembler les chefs des prêtres et tout le sanhédrin, il
amena Paul et le fit comparaître devant eux.

23 1 Paul, les regards fixés sur le sanhédrin, dit :
« Frères, c'est en toute bonne conscience que je me suis
conduit devant Dieu jusqu'à ce jour... » 2 Le Grand
Prêtre Ananias* ordonna à ceux qui se tenaient près de
Paul, de le frapper sur la bouche. 3 Alors Paul lui dit :
« Dieu te frappera, muraille blanchie ! Tu sièges pour me
juger selon la loi, et, au mépris de la loi, tu ordonnes
qu'on me frappe ! » 4 Mais ils lui dirent : « Tu insultes le
Grand Prêtre de Dieu ! » 5 Paul dit : « Je ne savais pas,
frères, qu'il était Grand Prêtre, car il est écrit : *Tu ne
proféreras point d'injure contre un chef de ton peuple.* »
6 Paul, sachant que l'assemblée se composait en partie
de sadducéens et en partie de pharisiens, s'écria en
plein sanhédrin : « Mes frères, je suis pharisien, fils de
pharisiens, c'est à cause de l'espérance et de la résur-
rection des morts que je suis mis en jugement. » 7 Dès
qu'il eut prononcé ces paroles, une discussion éclata
entre les pharisiens et les sadducéens, et l'assemblée se
divisa ; 8 car les sadducéens prétendent qu'il n'y a ni
résurrection, ni ange, ni esprit, tandis que les pharisiens
croient à tout cela. 9 Une grande clameur se fit entendre ;
des scribes du parti des pharisiens s'étant levés, dirent
dans l'ardeur de la lutte : « Nous ne trouvons aucun mal
en cet homme ; si un esprit ou un ange lui avait parlé ?... »
10 Comme le tumulte grandissait, le tribun, craignant que
Paul ne fût mis en pièces par eux, ordonna à sa troupe
de descendre pour l'enlever du milieu d'eux et le rame-
ner dans la citadelle.

23^{5} : Ex 22^{27}.

11La nuit suivante, le Seigneur se présenta à Paul, et
lui dit : « Prends courage ; comme tu m'as rendu témoi-
gnage à Jérusalem, il faut de même que tu me rendes
témoignage à Rome. »

12Quand le jour fut venu, les Juifs ourdirent un com-
plot et jurèrent, avec des imprécations contre eux-
mêmes*, de ne manger ni boire qu'ils n'eussent tué
Paul. 13Ils étaient plus de quarante qui avaient fait cette
conjuration. 14Ils allèrent trouver les chefs des prêtres et
les Anciens, et leur dirent : « Nous avons juré, avec des
imprécations contre nous-mêmes, de ne rien manger
que nous n'ayons tué Paul. 15Vous donc, maintenant,
adressez-vous avec le sanhédrin au tribun, pour qu'il
vous l'amène, comme si vous vouliez examiner plus soi-
gneusement son affaire, et nous, nous sommes prêts à le
tuer avant qu'il arrive. »

16Le fils de la sœur de Paul, ayant entendu parler de
ce guet-apens*, se rendit à la citadelle, y entra et en
informa Paul. 17Celui-ci appela un des centurions et lui
dit : « Mène ce jeune homme au tribun, car il a quelque
chose à lui communiquer. » 18Le centurion prit donc le
jeune homme avec lui, le mena auprès du tribun, et lui
dit : « Le prisonnier Paul m'ayant appelé, m'a prié de
t'amener ce jeune homme, parce qu'il a quelque chose à
te dire. » 19Le tribun ayant pris le jeune homme par la
main et l'ayant tiré à l'écart, lui demanda : « Qu'as-tu à
me communiquer ? — 20Les Juifs, dit-il, sont convenus
de te prier d'amener demain Paul au sanhédrin, sous
prétexte de s'informer plus exactement de son affaire.
21Garde-toi d'y consentir, car c'est un guet-apens ; plus
de quarante d'entre eux ont juré, avec des imprécations
contre eux-mêmes, de ne manger ni boire qu'ils ne
l'aient tué ; maintenant ils sont prêts et n'attendent que
ton consentement. »

22Le tribun renvoya le jeune homme en lui recomman-
dant de ne dire à personne qu'il lui eût fait ce rapport ;
23et, ayant appelé deux centurions, il leur dit : « Tenez

prêts, dès la troisième heure de la nuit*, deux cents sol-
dats avec soixante-dix cavaliers et deux cents lanciers
pour aller jusqu'à Césarée. 24Il leur dit aussi de se pour-
voir de montures pour Paul, afin de le conduire sain et
sauf au gouverneur Félix*; 25il écrivit une lettre, dont
voici la teneur :

« 26Claude Lysias au très excellent gouverneur Félix,
salut ! — 27Voici un homme que les Juifs avaient saisi et
qu'ils allaient tuer, quand j'arrivai avec de la troupe et le
leur arrachai, ayant appris qu'il était citoyen romain.
28Comme je désirais savoir de quoi ils l'accusaient, je le
menai dans leur sanhédrin, 29et je trouvai qu'il s'agissait
de controverses relatives à leur loi, mais d'aucun grief
qui pût entraîner la mort ou la prison. 30Ayant reçu l'avis
qu'on devait lui dresser des embûches, je te l'ai immé-
diatement envoyé, et j'ai ordonné à ses accusateurs de
porter leur plainte devant toi. »

31Conformément à l'ordre qu'ils avaient reçu, les sol-
dats prirent Paul et le conduisirent pendant la nuit à
Antipatris*. 32Le lendemain, ils laissèrent les cavaliers
cheminer avec Paul, et revinrent à la citadelle. 33Les
cavaliers, entrés à Césarée*, remirent la lettre au gou-
verneur, et lui présentèrent Paul. 34Après avoir lu la
lettre, le gouverneur demanda de quelle province était
Paul, et, ayant appris qu'il était de Cilicie, 35il lui dit : « Je
t'entendrai quand tes accusateurs seront venus » ; et il
commanda qu'on le gardât dans le prétoire d'Hérode*.

Paul comparaît devant Félix.

24 1Cinq jours après, arriva le Grand Prêtre Ana-
nias, avec quelques Anciens et un avocat nommé Ter-
tulle*. Ils portèrent plainte au gouverneur contre Paul.
2Celui-ci ayant été appelé, Tertulle se mit à l'accuser
en ces termes : 3« Très excellent Félix, nous le reconnais-
sons en toute rencontre et en tout lieu, avec une entière

gratitude, c'est à toi et aux sages mesures que ta sollici-
tude t'a inspirées pour cette nation, que nous devons la
paix profonde* dont nous jouissons. 4Mais pour ne pas
t'arrêter plus longtemps, je te prie de nous prêter, dans
ta clémence, quelques moments d'attention. 5Nous avons
trouvé cet homme, qui est une peste, qui va semant la
discorde parmi tous les Juifs, dans le monde entier, et
qui est un chef de la secte des Nazaréens, 6nous l'avons
trouvé qui essayait de profaner le temple, et nous
l'avons arrêté[a]. 8Tu pourras toi-même, en l'interrogeant,
t'assurer par ses propres aveux, de tout ce que nous
avançons à sa charge. » 9Les Juifs confirmèrent ces
paroles, assurant que c'était l'exacte vérité.

10Paul, à qui le gouverneur fit signe de parler, répon-
dit : « C'est avec confiance que je prends la parole pour
me justifier, car je sais que depuis plusieurs années, tu
gouvernes cette nation. 11Tu peux t'assurer qu'il n'y a
pas plus de douze jours que je suis monté à Jérusalem
pour adorer ; 12et l'on ne m'a vu parler à personne dans
le temple, ni ameuter la foule, soit dans les synagogues,
soit dans la ville. 13Ils ne peuvent pas prouver ce dont ils
m'accusent maintenant. 14Je te confesse que je sers le
Dieu de mes pères selon la voie* qu'ils appellent une
secte, croyant toutes les choses qui sont écrites dans la
Loi et dans les Prophètes, 15ayant cette espérance en
Dieu, comme ils l'ont eux-mêmes, qu'il y aura une résur-
rection tant des justes que des injustes : 16dans cette
conviction, je m'efforce aussi moi-même d'avoir cons-
tamment une conscience irréprochable devant Dieu et
devant les hommes.

17 » Après plusieurs années d'absence, je suis venu faire
des aumônes à ma nation et présenter des offrandes.
18C'est dans ces circonstances que des Juifs venus d'Asie
m'ont trouvé, purifié, dans le temple, sans attroupement
et sans tumulte. 19C'était à eux de paraître en ta présence
et de m'accuser, s'ils ont quelque plainte à porter contre
moi ; 20ou bien, que ceux-ci disent de quel crime ils m'ont

trouvé coupable, lorsque j'ai comparu devant le sanhé-
drin, [21]à moins qu'ils ne me fassent un crime de cette
seule parole, que j'ai prononcée lors de ma comparution
devant eux : "C'est à cause de la résurrection des morts
que vous me mettez aujourd'hui en jugement." »
[22]Mais Félix, qui connaissait assez bien la voie dont il
s'agissait, les remit à un autre jour, disant : « Quand le
tribun Lysias sera venu, j'examinerai à fond votre
affaire. » [23]Puis il commanda au centurion de tenir Paul
en prison, d'avoir des égards pour lui, et de n'empêcher
aucun des siens de lui rendre des services.
[24]Quelques jours après, Félix étant venu avec Dru-
sille* sa femme, qui était Juive, fit chercher Paul et l'en-
tendit parler de la foi en Jésus-Christ. [25]Mais, comme
Paul parlait de justice, de tempérance et de jugement à
venir, Félix, effrayé*, lui dit : « Pour le moment va-t'en ;
à la première occasion, je te rappellerai. » [26]Il espérait
en même temps que Paul lui donnerait de l'argent :
aussi le faisait-il venir assez fréquemment pour s'entre-
tenir avec lui.
[27]Deux ans s'étant écoulés, Félix eut pour successeur
Porcius Festus*, et, dans son désir de se rendre agréable
aux Juifs, il laissa Paul en prison.

Paul comparaît devant Festus. — Il en appelle à César.

25 [1]Trois jours après son arrivée dans son gouverne-
ment, Festus monta de Césarée à Jérusalem. [2]Les chefs
des prêtres et les notables lui portèrent plainte contre
Paul [3]et sollicitèrent de lui la faveur qu'il le fît transférer
à Jérusalem : ils avaient l'intention de le faire périr en
route dans un guet-apens. [4]Festus répondit que Paul était
gardé à Césarée et que lui-même devait bientôt repartir*.
[5]Que vos représentants, dit-il, descendent avec moi, et si
cet homme a commis quelque crime, qu'ils l'accusent.

6Après s'être arrêté chez eux huit ou dix jours au plus,
il descendit à Césarée, et le lendemain, ayant pris place
sur son tribunal, il fit amener Paul.
7Quand celui-ci fut présent, les Juifs venus de Jérusa-
lem l'entourèrent, en portant contre lui plusieurs accu-
sations graves qu'ils ne pouvaient prouver. 8Paul se
défendait en disant qu'il n'avait rien fait, ni contre la loi
des Juifs, ni contre le temple, ni contre César. 9Festus,
qui voulait se rendre agréable aux Juifs, répondit à
Paul : « Veux-tu monter à Jérusalem et y être jugé sur
tout cela en ma présence ? » 10Mais Paul dit : « Je suis
devant le tribunal de César ; c'est là que je dois être
jugé. Je n'ai fait aucun tort aux Juifs, comme tu le vois
bien toi-même. 11Si je suis coupable et que j'aie commis
quelque action qui mérite la mort, je ne refuse pas de
mourir ; mais si leurs accusations sont sans fondement,
personne n'a le droit de me livrer à eux : j'en appelle à
César*. » 12Alors Festus, après en avoir conféré avec son
conseil, répondit : « Tu en as appelé à César, tu iras à
César. »

Paul devant Agrippa et Bérénice. Son discours à Agrippa.

13Quelques jours après, le roi Agrippa et Bérénice*
arrivèrent à Césarée pour saluer Festus. 14Comme ils y
passaient plusieurs jours, Festus exposa au roi l'affaire
de Paul, en disant : « Il y a ici un homme que Félix a
laissé prisonnier 15et contre lequel les chefs des prêtres et
les Anciens des Juifs m'ont porté plainte, lorsque j'étais
à Jérusalem, demandant sa condamnation. 16Je leur ai
répondu que ce n'est pas la coutume des Romains de
livrer un homme avant de l'avoir confronté avec ses
accusateurs, et de lui avoir donné les moyens de se justi-
fier du crime dont on l'accuse. 17Ils sont donc venus ici,
et sans différer, dès le lendemain, j'ai pris place sur mon

tribunal, et j'ai fait amener cet homme. 18Ses accusa-
teurs, ayant comparu, ne lui reprochèrent aucun des
crimes auxquels je m'attendais ; 19ils lui cherchaient que-
relle au sujet de leur propre religion et d'un certain
Jésus, mort, que Paul affirme être vivant. 20Comme
j'étais fort embarrassé pour faire une enquête sur ces
matières, je lui demandai s'il voulait aller à Jérusalem et
y être jugé sur tout cela ; 21mais Paul en ayant appelé,
pour que sa cause fût réservée au jugement de sa
Majesté*, j'ai commandé de le garder jusqu'à ce que je
l'envoie à César. » 22Agrippa dit à Festus : « Je voudrais
bien aussi entendre cet homme. — Demain, répondit
Festus, tu l'entendras. »

23Le lendemain donc, Agrippa et Bérénice vinrent en
grande pompe, et, quand ils furent entrés dans la salle
d'audience, accompagnés des tribuns et des principaux
de la ville, Paul fut amené par ordre de Festus.

24Alors Festus dit : « Roi Agrippa, et vous tous qui êtes
ici présents avec nous, voici l'homme au sujet duquel
les Juifs sont venus en foule me parler, soit à Jérusalem,
soit ici, me demandant à grands cris de ne plus le lais-
ser vivre. 25Pour moi, ayant compris qu'il n'avait rien
fait qui méritât la mort, et lui-même en ayant appelé à
Sa Majesté, j'ai résolu de l'y envoyer. 26Comme je ne
sais trop qu'écrire de positif à l'empereur sur le compte
de cet homme, je l'ai fait comparaître devant vous, et
principalement devant toi, roi Agrippa, afin qu'à la suite
de ton interrogatoire, j'aie quelque chose à écrire ; 27car
il me semble déraisonnable d'envoyer un prisonnier,
sans indiquer en même temps les charges qui pèsent
sur lui. »

26 1Agrippa dit à Paul : « Tu as la parole pour ta
défense. » Alors Paul, étendant la main*, se justifia en
ces termes : 2« Roi Agrippa, je m'estime heureux d'avoir
aujourd'hui à me disculper devant toi de toutes les choses
dont les Juifs m'accusent, 3parce que tu connais parfaite-

ment toutes leurs institutions et toutes leurs contro-
verses. Je te prie donc de m'écouter avec patience.

4 »Ce qu'a été ma conduite, dès l'origine, au milieu de
mon peuple, à Jérusalem, tous les Juifs le savent. 5 Ils me
connaissent de longue date ; ils savent, s'ils veulent en
témoigner, que j'ai vécu en pharisien, selon les prin-
cipes de la secte la plus rigide de notre religion : 6 main-
tenant, me voici mis en jugement, pour avoir espéré en
la promesse que Dieu a faite à nos pères, 7 cette pro-
messe dont nos douze tribus espèrent voir l'accomplis-
sement, en servant Dieu sans relâche, jour et nuit ; c'est
pour cette espérance, ô roi ! que des Juifs m'accusent !
8 Que trouvez-vous d'incroyable à ce que Dieu ressuscite
des morts ?

9 »Pour en revenir à moi, j'avais cru qu'il fallait s'op-
poser formellement au nom de Jésus de Nazareth, 10 et
c'est ce que j'ai fait à Jérusalem : j'ai fait enfermer dans
les prisons bien des saints, après en avoir reçu l'autori-
sation des chefs des prêtres ; et, lorsqu'on les mettait à
mort, j'y donnais mon suffrage. 11 J'allais dans toutes
les synagogues et je sévissais souvent contre eux pour les
forcer à blasphémer ; dans mon extrême fureur, je
les poursuivais jusque dans les villes étrangères.

12 »Dans ces dispositions, je me rendais à Damas, avec
les pleins pouvoirs et la procuration des chefs des
prêtres, 13 lorsque je vis, ô roi, en plein midi, sur la route,
une lumière venant des cieux, plus éclatante que le
soleil, qui m'enveloppa de sa clarté, moi et ceux qui
m'accompagnaient. 14 Nous tombâmes tous par terre, et
j'entendis une voix qui s'adressait à moi, et me disait en
hébreu : “Saul, Saul, pourquoi me persécutes-tu ? Il t'est
dur de regimber contre l'aiguillon.” 15 Je dis : “Qui es-tu,
Seigneur ?” Le Seigneur répondit : “Je suis Jésus que tu
persécutes : 16 mais relève-toi et tiens-toi sur tes pieds,
car je t'ai apparu pour t'élire serviteur et témoin des
choses que tu as vues et de celles pour lesquelles je t'ap-
paraîtrai. 17 Je t'ai choisi du milieu du peuple et des

païens, chez lesquels *je t'envoie,* [18]*pour leur ouvrir les yeux, pour qu'ils passent des ténèbres à la lumière* et de la puissance de Satan à Dieu, et qu'ils reçoivent, par la foi en moi, le pardon des péchés et une part avec ceux qui ont été sanctifiés." [19]En conséquence, ô roi Agrippa, je ne résistai point à la vision céleste, [20]mais m'adressant d'abord à ceux qui étaient à Damas et à Jérusalem, puis à ceux qui étaient dans tout le pays de Judée et aux païens, je leur prêchai de se repentir et de se convertir à Dieu, en faisant des œuvres dignes de la repentance.

[21] »Voilà pourquoi les Juifs se sont saisis de moi dans le temple, et ont tâché de me tuer. [22]Mais grâce au secours de Dieu, j'ai subsisté jusqu'à ce jour, rendant mon témoignage aux petits et aux grands, ne disant autre chose que ce que les prophètes et Moïse même ont prédit, [23]à savoir que le Messie devait souffrir, et qu'étant les prémices de la résurrection des morts, il devait annoncer la lumière au peuple et aux païens. »

[24]Comme il parlait ainsi pour sa défense, Festus dit à haute voix : « Tu es fou, Paul, ton grand savoir tourne à la folie. — [25]Très excellent Festus, dit Paul, je ne suis point fou, et les paroles que je prononce sont les paroles de la vérité et du bon sens ; [26]le roi, à qui je parle en toute liberté, est instruit de ces faits ; je suis persuadé qu'il n'en ignore aucun, car ils ne se sont point passés en un coin obscur. [27]Roi Agrippa, crois-tu aux prophètes ?... Je sais que tu y crois. » [28]Agrippa dit à Paul : « C'est bien vite me persuader d'être chrétien. » [29]Paul repartit : « Ah ! plût à Dieu que, vite ou lentement, non seulement toi, mais encore tous ceux qui m'écoutent aujourd'hui, vous devinssiez tels que je suis... à la réserve de ces chaînes ! »

[30]Le roi et le gouverneur, puis Bérénice et tous ceux qui étaient assis avec eux se levèrent, [31]et, s'étant retirés, ils se disaient entre eux : « Il n'y a rien dans la conduite de cet homme qui mérite la mort ou la prison. » [32]Et

26[18] : És 42[6, 7, 16].

Agrippa dit à Festus : « Cet homme aurait pu être relâché, s'il n'en eût appelé à César. »

Paul transféré à Rome.

27 [1]Quand il eut été décidé que nous* irions par mer
en Italie, on remit Paul et d'autres prisonniers à un cen-
turion nommé Julius, de la cohorte Augusta. [2]Nous
montâmes sur un navire d'Adramytte* qui devait longer
les côtes de l'Asie, et nous levâmes l'ancre, ayant avec
nous Aristarque, Macédonien de Thessalonique.
[3]Le lendemain, nous touchâmes à Sidon. Julius traita
Paul avec beaucoup de bonté, et lui permit d'aller vers
ses amis jouir de leurs bons soins. [4]Partis de là, nous
longeâmes la côte de Chypre, parce que les vents étaient
contraires ; [5]et, après avoir traversé la mer qui baigne la
Cilicie et la Pamphylie, nous abordâmes à Myrra, ville
de Lycie. [6]Ayant trouvé là un navire d'Alexandrie qui
faisait voile pour l'Italie, le centurion nous y fit monter.
[7]Après plusieurs jours d'une lente navigation, nous
arrivâmes à grand-peine à la hauteur de Cnide. Le vent
ne nous ayant pas permis d'en approcher, nous lon-
geâmes la côte de Crète, vers Salmoné, [8]et en côtoyant
l'île avec peine, nous arrivâmes à un endroit nommé
Beaux-Ports ; près de là se trouvait la ville de Lasée.
[9]Comme il s'était écoulé bien du temps et que la navi-
gation commençait à être dangereuse, car l'époque du
Jeûne* était déjà passée, Paul fit des représentations à
l'équipage, [10]disant : « Hommes, je vois que la naviga-
tion ne peut se faire sans exposer au danger et à de
graves dommages, non seulement la cargaison et le
bâtiment, mais encore nos personnes. » [11]Mais le centu-
rion ajouta plus de foi à l'avis du capitaine et de l'arma-
teur qu'aux paroles de Paul. [12]D'ailleurs, comme le port
n'était pas bon pour un hivernage, la plupart furent
d'avis de quitter ces lieux pour tâcher de gagner Phé-

nice, port de Crète qui regarde le sud-ouest et le nord-ouest, afin d'y passer l'hiver.

Tempête et naufrage.

13Un léger vent du sud s'étant levé, ils se crurent à
même de réaliser leur projet, levèrent l'ancre et serrè-
rent de près la côte de Crète. 14Mais bientôt un vent
impétueux, qu'on appelle Euraquilon*, se déchaîna sur
l'île : 15comme le navire était entraîné, et ne pouvait
tenir contre le vent, nous voguâmes en nous y abandon-
nant. 16Ayant passé rapidement au-dessous d'une petite
île nommée Cauda*, nous parvînmes, non sans peine, à
nous rendre maîtres de la chaloupe. 17Après l'avoir his-
sée, on se servit des engins de secours ; on ceintura le
navire, et, dans la crainte d'aller échouer dans la Syrte,
on jeta à la mer l'ancre flottante : ainsi nous allions à la
dérive*.
18Comme nous étions violemment battus par la tem-
pête, nous jetâmes, le lendemain, la cargaison à la mer,
19et le troisième jour, de nos propres mains, les agrès du
navire. 20Pendant plusieurs jours, ni le soleil ni les
étoiles ne se montrèrent, et la tempête se déchaînant
toujours plus violente, nous perdîmes toute espérance
de salut.
21Comme il y avait longtemps que personne n'avait
mangé, Paul se leva au milieu de l'équipage, et dit :
« Vous auriez dû m'écouter, ne point partir de Crète, et
vous vous seriez épargné ce désastre et cette perte.
22Maintenant je vous exhorte à prendre courage ; aucun
de vous ne perdra la vie, le navire seul périra ; 23car un
ange du Dieu à qui j'appartiens et que je sers, m'est
apparu cette nuit même, 24et m'a dit : "Sois sans crainte,
Paul ; il faut que tu comparaisses devant César, et voici,
Dieu t'a donné tous ceux qui naviguent avec toi." 25Ayez
donc bon courage, car j'ai cette foi en Dieu, que les

choses se passeront comme elles m'ont été dites : 26nous
devons échouer sur quelque île. » 27Quand vint la quator-
zième nuit, nous étions ballottés sur la mer d'Adrias*,
lorsque, vers le milieu de la nuit, les matelots soupçon-
nèrent qu'on approchait de quelque terre. 28Ayant jeté la
sonde, ils trouvèrent vingt brasses ; à quelque distance
de là, ils la jetèrent de nouveau et trouvèrent quinze
brasses. 29Craignant alors de donner contre des récifs, ils
jetèrent quatre ancres de la poupe et appelèrent de leurs
vœux la venue du jour.

30Comme les matelots cherchaient à s'enfuir du
navire et mettaient la chaloupe à la mer, sous prétexte
d'aller élonger des ancres du côté de la proue, 31Paul dit
au centurion et aux soldats : « Si ces hommes ne restent
pas sur le bateau, c'en est fait de vous. » 32Alors les sol-
dats coupèrent les cordes de la chaloupe et la laissèrent
s'échouer.

33En attendant le jour, Paul invita tout le monde à
prendre de la nourriture, disant : « C'est aujourd'hui le
quatorzième jour que vous passez dans l'attente et que
vous n'avez rien pris. 34Je vous engage donc à manger ;
c'est nécessaire à votre salut, car aucun de vous ne per-
dra un cheveu de sa tête. » 35Ayant ainsi parlé, il prit du
pain, et après avoir rendu grâces à Dieu en présence de
tous, il le rompit, et se mit à manger. 36Tous les autres
reprenant courage, mangèrent aussi : 37nous étions en
tout, sur le bâtiment, deux cent soixante-seize personnes.
38Lorsqu'on eut mangé suffisamment, on allégea le navire
en jetant le blé à la mer.

39Quand le jour fut venu, ils ne reconnurent pas quelle
terre c'était, mais ils aperçurent une baie ayant une
plage, et ils résolurent d'y pousser le navire, s'ils le pou-
vaient. 40Ils filèrent les ancres ; en même temps, ils relâ-
chèrent les cordes qui attachaient les gouvernails, et
mettant au vent la voile d'artimon, ils se dirigèrent vers
la plage ; 41mais ayant touché un haut-fond qui avait la
mer des deux côtés, ils y firent échouer le navire, et, tan-

dis que la proue, ensablée, restait immobile, la poupe
était disjointe par la violence des vagues.
[42]Les soldats formèrent le projet de tuer les prison-
niers, de peur que quelqu'un d'eux ne s'échappât à la
nage; [43]mais le centurion, qui voulait sauver Paul, les
empêcha d'exécuter leur dessein; il ordonna que ceux
qui savaient nager se jetassent les premiers à l'eau, pour
gagner le rivage, [44]et que le reste, les uns sur des
planches, les autres sur quelque fragment du navire, en
fît autant: c'est ainsi qu'ils réussirent tous à se sauver à
terre.

Paul à Malte. — Il arrive à Rome.

28 [1]Une fois arrivés sains et saufs, nous reconnûmes
que l'île s'appelait Malte.
[2]Les barbares* nous traitèrent avec une bonté peu
commune, car ils nous accueillirent tous auprès d'un
grand feu, qu'ils avaient allumé à cause de la pluie qui
était survenue et du froid. [3]Paul ayant ramassé une
brassée de menu bois, la mit au feu; la chaleur en fit
sortir une vipère, qui s'attacha à sa main. [4]Quand les
barbares virent cette bête qui pendait à sa main, ils se
dirent entre eux: « Bien certainement cet homme est un
meurtrier: à peine réchappé de la mer, il est saisi par la
Justice divine, qui ne veut pas le laisser vivre. » [5]Mais
Paul, ayant secoué la bête dans le feu, ne ressentit
aucun mal. [6]Eux s'attendaient à ce qu'il enflât ou tom-
bât mort subitement; mais après avoir longtemps
attendu, voyant qu'il ne lui arrivait rien de fâcheux, ils
changèrent de sentiment et dirent que c'était un dieu.
[7]Il y avait près de cet endroit-là, des terres apparte-
nant au premier personnage de l'île, nommé Publius: il
nous recueillit et nous donna une cordiale hospitalité
durant trois jours. [8]Le père de Publius étant retenu au
lit par des accès de fièvre et par la dysenterie, Paul alla

le voir, et, après avoir prié en lui imposant les mains, il le guérit. 9Là-dessus, tous les autres habitants de l'île qui étaient malades, vinrent et furent guéris. 10Ils nous rendirent toute sorte d'honneurs, et lorsque nous nous remîmes en mer, ils nous fournirent ce dont nous avions besoin.

11Au bout de trois mois, nous partîmes sur un navire d'Alexandrie, qui avait passé l'hiver dans l'île et qui portait pour enseigne les Dioscures*. 12Nous touchâmes à Syracuse, et nous y restâmes trois jours. 13De là, en suivant la côte, nous vînmes à Reggio, et le vent du sud s'étant levé le lendemain, nous arrivâmes en deux jours à Pouzzoles : 14nous y trouvâmes des frères, qui nous invitèrent à passer sept jours avec eux ; ensuite nous partîmes pour Rome. 15Les frères de cette ville ayant entendu parler de nous, vinrent à notre rencontre jusqu'au Forum d'Appius et aux Trois-Tavernes. Paul, en les voyant, bénit Dieu et prit courage. 16Quand nous fûmes arrivés à Rome, on autorisa Paul à demeurer chez lui avec un soldat pour le garder.

Paul à Rome.

17Trois jours après, Paul convoqua les principaux d'entre les Juifs. Quand ils furent réunis, il leur dit : « Mes frères, quoique je n'aie rien fait contre le peuple ni contre les institutions de nos pères, j'arrive prisonnier de Jérusalem : j'ai été livré aux Romains. 18Ceux-ci, après m'avoir interrogé, voulaient me relâcher, parce qu'ils ne trouvaient en moi rien qui méritât la mort, 19mais les Juifs s'y étant opposés, j'ai été forcé d'en appeler à César, sans avoir aucunement le dessein d'accuser ma nation. 20Tel est le motif qui m'a fait désirer vous voir et vous parler, car c'est à cause de l'espérance d'Israël que je porte cette chaîne. » 21Ils lui dirent : « Pour nous, nous n'avons reçu de Judée aucune lettre à

ton sujet, et aucun des frères n'est venu faire un rapport
ou dire quoi que ce soit de défavorable sur ton compte.
22Mais nous voudrions bien entendre de ta bouche ce
que tu penses, car, pour ce qui est de cette secte, nous
savons qu'on s'y oppose partout. » 23Ayant pris jour avec
lui, ils vinrent en plus grand nombre le trouver dans son
logis : Paul, depuis le matin jusqu'au soir, rendant son
témoignage, leur prêcha le royaume de Dieu, cherchant
à les persuader, par la Loi de Moïse et par les Prophètes,
de ce qui regarde Jésus. 24Les uns furent convaincus
par ce qu'il disait, mais les autres ne crurent point.
25Comme ils étaient en désaccord entre eux et qu'ils se
retiraient, Paul ajouta un seul mot : « L'Esprit saint a
bien parlé, quand il a dit à nos pères par le prophète
Ésaïe :

26 » *Va vers ce peuple, et dis-lui :*
» *Vous entendrez de vos oreilles, et vous ne comprendrez pas ;*
» *Vous regarderez de vos yeux, et vous ne verrez pas.*
27 » *Car le cœur de ce peuple s'est épaissi,*
» *Il est dur d'oreille*
» *Et il a fermé les yeux,*
» *De peur de voir de ses yeux,*
» *D'entendre de ses oreilles,*
» *De comprendre avec son cœur et de se convertir :*
» *Aussi ne le guérirai-je point.*

28Sachez donc que ce salut de Dieu a été envoyé aux
païens ; eux l'écouteront[a]. »

30Paul demeura deux ans entiers dans un appartement
qu'il avait loué, et il recevait tous ceux qui venaient le
voir. 31Il prêchait le royaume de Dieu, et enseignait ce
qui regarde le Seigneur Jésus-Christ en toute liberté et
sans aucun empêchement.

28[26-27] : És 6[9-10].

Les Épîtres

ÉPÎTRES DE SAINT PAUL

ÉPÎTRE AUX ROMAINS

Adresse et salutation.

1 [1]Paul, serviteur de Jésus-Christ, élu apôtre*, choisi
pour annoncer l'Évangile de Dieu — [2]Évangile que Dieu
avait jadis promis par ses prophètes, dans les saintes
Écritures, [3]et qui concerne son Fils (celui qui est issu de
la postérité de David, pour la chair, [4]et qui, pour l'esprit
de sainteté, a été déclaré d'une manière puissante Fils
de Dieu, par sa résurrection d'entre les morts) Jésus-
Christ, notre Seigneur, [5]par qui nous avons reçu la
grâce* de l'apostolat, pour amener en son nom à
l'obéissance de la foi tous les païens, [6]dont vous êtes
aussi, vous, élus de Jésus-Christ — [7]à tous les bien-
aimés de Dieu, les élus saints qui sont à Rome* : que la
grâce et la paix vous soient données par Dieu notre Père
et par notre Seigneur Jésus-Christ !

I. L'Évangile.

Introduction et thèse fondamentale de l'épître : l'Évangile est la puissance de Dieu pour le salut.

[8]Tout d'abord, je rends grâces pour vous tous à mon
Dieu, par Jésus-Christ, de ce que votre foi est citée dans
le monde entier. [9]Dieu, que je sers de toute mon âme en
annonçant l'Évangile de son Fils, m'est témoin que je ne
cesse de faire mention de vous dans mes prières, [10]et que
je lui demande toujours de vouloir bien m'accorder enfin
le bonheur de me rendre auprès de vous. [11]J'ai un grand
désir de vous voir, afin de vous faire part de quelque don
spirituel, pour vous affermir, [12]je veux dire afin de me
fortifier avec vous par la foi qui nous est commune*.
[13]Je ne veux pas vous laisser ignorer, frères, que j'ai
souvent formé le projet d'aller vers vous — mais j'en ai
été empêché jusqu'ici — afin de récolter aussi quelque
fruit parmi vous, comme chez les autres nations. [14]Je me
dois aux Grecs et aux barbares, aux savants et aux igno-
rants : [15]de là mon empressement à vous annoncer aussi
l'Évangile, à vous qui êtes à Rome. [16]Car je n'ai point
honte de l'Évangile* ; c'est la puissance de Dieu pour le
salut de tout homme qui croit, du Juif d'abord, puis du
Grec ; [17]parce que la justice* qui vient de Dieu par la foi,
y est révélée, pour amener à la foi, selon qu'il est écrit :
Le juste vivra par la foi.

Les païens ont mérité la condamnation de Dieu.

[18]En effet, la colère* de Dieu se révèle du ciel contre
toute impiété et toute méchanceté des hommes, qui
dans leur méchanceté étouffent la vérité, [19]attendu que

1[17] : Ha 2[4].

ce qu'on peut connaître de Dieu est manifeste en eux;
Dieu le leur a manifesté : 20les perfections invisibles* de
Dieu, sa puissance éternelle et sa divinité, se voient
comme à l'œil, depuis la création du monde, quand on
considère ses ouvrages. Ils sont donc inexcusables,
21parce que, connaissant Dieu, ils ne l'ont ni glorifié,
ni béni comme Dieu, mais ont déraisonné dans leurs
raisonnements, et leur cœur dépourvu d'intelligence
s'est enveloppé de ténèbres. 22Se disant sages, ils sont
devenus fous, 23et ils ont changé la gloire du Dieu
immortel en une image* semblable à celle de l'homme
mortel, des oiseaux, des quadrupèdes et des reptiles.
24Aussi Dieu les a-t-il livrés*, par les convoitises de leur
cœur, à l'impureté, de sorte qu'eux-mêmes, ils déshono-
rent leurs propres corps, 25après avoir changé la vérité
de Dieu en mensonge, et adoré et servi la créature au
lieu du Créateur, qui est béni éternellement. Amen!
26Aussi Dieu les a-t-il livrés à des passions honteuses :
leurs femmes ont substitué aux relations naturelles des
pratiques contre nature; 27de même aussi les hommes,
laissant l'usage naturel de la femme, ont, dans leurs
désirs, brûlé les uns pour les autres, commettant hommes
avec hommes des choses infâmes; et ils ont reçu en
leurs personnes le juste salaire de leur égarement.

28Comme ils n'ont pas eu la sagesse de retenir la vraie
connaissance de Dieu[a], Dieu les a livrés à leur esprit
pervers, de sorte qu'ils font des choses immorales : 29Ils
sont remplis de toute espèce de vices, de malhonnêteté,
de cupidité, de méchanceté; ils sont pleins d'envie, de
meurtre, de dispute, de tromperie, de malignité; 30ils sont
calomniateurs, détracteurs, impies, insolents, arrogants,
vantards, fourbes, enfants rebelles, 31sans intelligence,
déloyaux, durs, sans pitié; 32et, quoiqu'ils sachent bien
que Dieu a porté une sentence de mort contre ceux qui
font de telles choses, non seulement ils les commettent,
mais encore ils applaudissent ceux qui les font.

Les Juifs ont mérité la condamnation de Dieu.

2 [1]Ainsi, qui que tu sois, ô homme, toi qui juges, tu
es inexcusable, car en jugeant autrui, tu te condamnes
toi-même, puisque tu fais les mêmes choses, toi qui
juges. [2]Nous savons que le jugement de Dieu contre
ceux qui commettent de telles choses est conforme à la
vérité ; [3]or penses-tu, ô homme, toi qui juges ceux qui
commettent de telles choses et qui les fais toi-même,
que tu échapperas au jugement de Dieu ? [4]Méprises-tu
les richesses de sa bonté, de sa patience et de sa longa-
nimité, ne reconnaissant pas que la bonté de Dieu t'in-
vite à la repentance ? [5]Par ton endurcissement et par
l'impénitence de ton cœur, tu t'amasses un trésor de
colère pour le jour* de la colère et de la manifestation
du juste jugement de Dieu, [6]*qui rendra à chacun selon
ses œuvres* : [7]à ceux qui, par leur persévérance dans les
bonnes œuvres, recherchent la gloire, l'honneur et l'im-
mortalité, il donnera la vie éternelle ; [8]mais les que-
relleurs, qui sont rebelles à la vérité et obéissent à
l'injustice, éprouveront sa colère et son courroux. [9]La
détresse et le désespoir tomberont sur toute âme
d'homme qui fait le mal, sur le Juif d'abord, puis sur le
Grec ; [10]mais la gloire, l'honneur, la paix seront pour
quiconque fait le bien, pour le Juif d'abord, puis pour le
Grec, [11]car Dieu ne fait pas acception de personnes.

[12]Tous ceux qui auront péché sans loi, périront aussi
sans loi, et tous ceux qui auront péché avec une loi,
seront jugés avec cette loi ; [13]car ce ne sont pas ceux qui
écoutent une loi, qui sont justes devant Dieu ; mais
ceux-là seuls qui la mettent en pratique seront tenus
pour justes. ([14]Lorsque les païens, qui n'ont pas de loi,
font naturellement ce que la Loi* commande, n'ayant
pas de loi, ils s'en tiennent lieu à eux-mêmes ; [15]ils mon-

2[6] : Ps 62[13].

trent que l'œuvre commandée par la Loi est écrite dans
leur cœur : leur conscience le témoigne, et aussi les rai-
sonnements par lesquels ils s'accusent ou se disculpent
les uns les autres.) [16]Cela paraîtra au jour où, selon mon
Évangile, Dieu jugera par Jésus-Christ les actions
secrètes des hommes.

[17]Or toi, qui te donnes le nom de Juif, qui te reposes sur
la Loi, qui es fier de ton Dieu, [18]qui connais sa volonté et
qui juges de la valeur des actes, instruit que tu es par la
Loi, [19]et qui te crois le guide des aveugles, la lumière de
ceux qui sont dans les ténèbres, [20]le docteur des igno-
rants, le Maître des enfants, toi qui possèdes, dans la Loi,
la forme de la science et de la vérité, — [21]toi donc, qui
enseignes les autres, tu ne t'enseignes pas toi-même ! Tu
prêches de ne pas dérober, et tu dérobes ! [22]Tu dis de ne
pas commettre d'adultère, et tu commets l'adultère ! tu
as en abomination les idoles, et tu t'en appropries les
dépouilles ! [23]Toi qui te vantes* d'avoir une Loi, tu désho-
nores Dieu en la transgressant, [24]car *le nom de Dieu
est blasphémé à cause de toi parmi les païens*, comme dit
l'Écriture.

[25]La circoncision est utile assurément, si tu pratiques
la Loi ; mais si tu transgresses la Loi, ta circoncision
n'est plus qu'incirconcision. [26]Si donc l'incirconcis
garde les ordonnances de la Loi, son incirconcision ne
sera-t-elle pas tenue pour circoncision ? [27]Et celui qui,
demeuré dans son incirconcision naturelle, accomplit la
Loi, ne te condamne-t-il pas, toi qui transgresses la Loi,
quoique en possédant la lettre, et étant circoncis ? [28]On
n'est pas Juif par l'extérieur, et la vraie circoncision
n'est pas celle qui est extérieure, en la chair ; [29]mais on
est Juif par l'intérieur, et la vraie circoncision est celle
du cœur*, qui est selon l'esprit et non selon la lettre : ce
Juif-là tire sa louange, non des hommes, mais de Dieu.

3 [1]Quel est donc le privilège du Juif, ou quelle est

2[24] : Éz 36[20-21].

l'utilité de la circoncision? — 2Ce privilège est grand à
tous égards: d'abord, parce que les oracles* de Dieu
leur ont été confiés. 3Qu'est-ce à dire? Si quelques-uns
n'ont pas cru, leur incrédulité annulera-t-elle* la fidélité
de Dieu? — 4Loin de nous cette pensée! mais plutôt que
Dieu soit reconnu véridique, et tout homme menteur,
comme il est écrit:

Afin que tu sois reconnu juste dans tes paroles,
Et que tu triomphes quand on te juge.

5Mais si notre incrédulité fait éclater la justice de Dieu,
que dirons-nous? Dieu n'est-il pas injuste en donnant
cours à sa colère? (Je parle comme font les hommes.)
— 6Non, certes; autrement, comment Dieu jugerait-il le
monde? — 7Mais si la véracité de Dieu a été rehaussée,
à sa gloire, par mon mensonge, pourquoi, moi, suis-je
encore jugé comme pécheur? 8et même (comme quelques
personnes, qui nous calomnient, nous accusent de le
dire) ne ferons-nous pas le mal, pour qu'il en arrive du
bien? — La condamnation de ces gens est juste.

Tous les hommes, Juifs et païens, sont tombés
sous le coup de la justice de Dieu.

9Quoi donc? Avons-nous quelque supériorité? — Non,
aucune; car nous avons prouvé que tous, tant Juifs
que Grecs, sont sous l'empire* du péché, 10comme il est
écrit:

Il n'y a point de juste, pas même un seul;
11*Il n'y a point d'homme qui ait de l'intelligence;*
Il n'y en a point qui cherche Dieu.
12*Tous se sont dévoyés,*
Ils se sont tous ensemble corrompus;
Il n'y en a point qui fasse le bien,
Pas même un seul.

3^{4}: Ps 51^{6}. 3^{10-12}: Ps 14^{1-3}; Ps 53^{2-4}.

[13]*Leur gosier est un sépulcre béant :*
Leur langue est astucieuse,
Le venin de la vipère est sur leurs lèvres,
[14]*Leur bouche est pleine de malédiction et d'amertume.*
[15]*Ils ont les pieds légers pour répandre le sang :*
[16]*La désolation et la misère sont dans leurs voies,*
[17]*Et ils n'ont point connu le chemin de la paix.*
[18]*Ils n'ont point la crainte de Dieu* devant les yeux.*
[19]Or nous savons que tout ce que la Loi* dit, elle
l'adresse à ceux qui sont sous la Loi, afin que toute
bouche soit fermée, et que le monde entier soit sous le
coup de la justice de Dieu ; [20]attendu que nul ne sera jus-
tifié devant lui par les œuvres de la Loi, car la Loi ne
fait que donner la connaissance* du péché.

L'Évangile offre à tous les hommes, circoncis
ou incirconcis, la justification gratuite par la foi
en Jésus-Christ.

[21]Mais voici, en dehors de la Loi, s'est manifestée la
justice qui vient de Dieu, à laquelle la Loi et les pro-
phètes rendent témoignage, [22]la justice qui vient de Dieu
par la foi en Jésus-Christ pour tous ceux qui croient.
Car il n'y a pas de distinction, [23]tous ont péché et sont
privés de la gloire* de Dieu ; [24]ils sont justifiés gratuite-
ment, par sa grâce, au moyen de la Rédemption accom-
plie en Jésus-Christ, [25]que Dieu avait prédestiné à être
une victime propitiatoire* pour la foi, par son sang, afin
de montrer sa justice. [26]Dieu la montre, aujourd'hui, sa
justice, en ne tenant pas compte, dans sa patience, des
péchés commis précédemment, en sorte qu'il est juste et
justifiant celui qui a la foi par Jésus. [27]Où est donc le
sujet de se glorifier ? Il est exclu. Par quel principe ?
celui des œuvres ? — Non, mais par le principe de la

3[13] : Ps 5[10] ; Ps 140[4]. 3[14] : Ps 10[7]. 3[15-17] : És 59[7-8]. 3[18] : Ps 36[2].

foi ; 28car nous estimons que l'homme est justifié* par
la foi, indépendamment des œuvres de la Loi. 29Dieu
est-il seulement le Dieu des Juifs ? N'est-il pas aussi le
Dieu des païens* ? — Oui, il est aussi le Dieu des païens,
30puisqu'il y a un seul Dieu, qui justifiera par la foi le
circoncis et l'incirconcis.

31Annulons-nous donc la Loi par la foi ? — Loin de là,
nous la confirmons* au contraire.

4 1Que dirons-nous donc qu'Abraham, notre père, a
obtenu selon la chair ? 2car si Abraham a été justifié par
les œuvres, il a sujet de se glorifier. Eh bien ! il n'en a
pas sujet devant Dieu -car que dit l'Écriture* ? *Abra-
ham eut foi en Dieu, et cela lui fut imputé à justice.* 4Or
on ne considère pas comme une grâce la récompense
gagnée par le travail, on la tient pour un dû ; 5tandis que
pour l'homme qui ne la gagne pas par son travail, mais
qui a foi en celui qui justifie l'impie, sa foi lui est impu-
tée* à justice. 6C'est ainsi que David célèbre le bonheur
de l'homme à qui Dieu impute la justice indépendam-
ment des œuvres :

7*Heureux ceux dont les fautes ont été pardonnées,*
Et dont les péchés ont été couverts !
8*Heureux l'homme à qui le Seigneur n'impute pas son*
péché !

9Ce bonheur est-il pour le circoncis seulement, ou
s'applique-t-il aussi à l'incirconcis ? Nous disons : *La foi*
fut imputée à justice à Abraham. 10Comment* donc lui
fut-elle imputée ? Était-ce en l'état de circoncision, ou
en l'état d'incirconcision ? — Ce n'était pas en l'état de
circoncision, mais en celui d'incirconcision ; 11puis, il
reçut le signe de la circoncision, comme sceau de la jus-
tice que lui avait obtenue sa foi lorsqu'il était incircon-
cis. Il est ainsi le père de tous ceux qui ont la foi dans
l'incirconcision, pour que la justice leur soit aussi impu-
tée, — 12et le père des circoncis, de ceux du moins qui

4^{3} : Gn 15^{6}. 4^{7-8} : Ps 32^{1-2}. 4^{9} : Gn 15^{6}.

ne s'en tiennent pas à la circoncision seulement, mais
qui marchent aussi sur les traces de la foi qu'avait notre
père Abraham, lorsqu'il était incirconcis.
[13]En effet, ce n'est point par une loi que la promesse
d'hériter le monde a été faite à Abraham et à sa posté-
rité, mais c'est par la justice que procure la foi. [14]Car, si
ceux qui relèvent de la Loi, sont héritiers, la foi devient
inutile, et la promesse, sans effet, [15]parce que la Loi pro-
duit la colère. Mais où il n'y a pas de Loi, il n'y a pas
non plus de transgression ; [16]aussi est-ce par la foi qu'on
est héritier, afin que ce soit par grâce ; de sorte que la
promesse est assurée à toute la postérité d'Abraham,
non seulement à celle qui relève de la Loi, mais encore
à celle qui relève de la foi d'Abraham (il est notre père à
tous, [17]ainsi qu'il est écrit : *Je t'ai fait père d'un grand
nombre de nations*), et cela devant Dieu, en qui il eut foi,
Dieu, qui donne la vie aux morts*, et qui nomme les
choses qui ne sont pas, comme si elles étaient.
[18]Espérant contre toute espérance, il eut foi : c'est ainsi
qu'il devint *le père de beaucoup de nations,* selon cette
parole : *Telle sera ta postérité.* [19]Comme il n'était point
faible en la foi, il ne considéra point que son corps était
déjà éteint (il était presque centenaire), ni que Sarah
était trop âgée. [20]Il n'eut ni hésitation ni défiance à l'égard
de la promesse de Dieu ; mais, puisant sa force dans sa
foi, il donna gloire à Dieu, [21]pleinement convaincu que, ce
qu'il a promis, il est puissant aussi pour l'exécuter : [22]c'est
pour cette raison que *sa foi lui fut imputée à justice.*
[23]Or ce n'est pas pour lui seul qu'il a été écrit qu'*elle lui
fut imputée,* [24]mais c'est aussi pour nous, à qui elle doit
être imputée, pour nous qui avons foi en Celui qui a res-
suscité des morts Jésus, notre Seigneur, [25]lequel a été livré
pour nos fautes, et est ressuscité pour notre justification.

4[17] : Gn 17[5]. 4[18] : Gn 15[5]. 4[22-23] : Gn 15[6].

La foi nous donne l'espérance du bonheur éternel.

5 1Étant donc justifiés par la foi, ayons la paix* avec
Dieu par notre Seigneur Jésus-Christ, 2à qui nous
devons, soit d'avoir eu accès par la foi à cette grâce que
nous possédons, soit de nous glorifier dans l'espérance
de la gloire de Dieu. 3Bien plus, nous nous glorifions
même des afflictions, sachant que l'affliction produit la
constance, — 4la constance, une vertu éprouvée, —
la vertu éprouvée, l'espérance. 5Et cette espérance n'est
pas trompeuse, parce que l'amour de Dieu est répandu
dans nos cœurs* par l'Esprit saint qui nous a été donné.
6En effet, lorsque nous étions encore faibles*, Christ est
mort, au temps voulu, pour des pécheurs. 7Il est rare
que l'on meure pour un juste ; — Il se peut cependant
qu'on ait le courage de mourir pour un homme de
bien ; — 8mais Dieu a fait éclater son amour pour nous,
en ce que, lorsque nous étions encore pécheurs, Christ
est mort pour nous.

9Maintenant donc que nous avons été justifiés par son
sang, à plus forte raison serons-nous sauvés par lui de la
colère. 10Car si, d'ennemis que nous étions, nous nous
sommes réconciliés avec Dieu par la mort de son Fils,
à combien plus forte raison, étant réconciliés, serons-
nous sauvés* par sa vie ! 11Bien plus, nous nous glori-
fions en Dieu, par notre Seigneur Jésus-Christ, par qui
maintenant nous avons obtenu la réconciliation.

Parallèle entre Adam et le Christ, le péché
et la grâce.

12En conséquence*, de même que par un seul homme
le péché est entré dans le monde, et par le péché, la mort,
et qu'ainsi la mort a passé sur tous les hommes, parce
que tous ont péché... 13(Jusqu'à la Loi, le péché était
dans le monde ; il est vrai que le péché n'est pas porté en

compte, s'il n'y a pas de loi, [14]néanmoins la mort a régné d'Adam à Moïse, même sur ceux qui n'avaient pas péché par une transgression semblable à celle d'Adam, qui est une figure de ce qui devait arriver.)

[15]Mais il n'en est pas de la faute comme du bienfait, car si, par la faute d'un seul, la plupart sont morts, à bien plus forte raison la grâce de Dieu et le don que nous devons au seul homme Jésus-Christ, se sont-ils répandus sur un plus grand nombre de personnes. [16]Il y a encore cette différence entre ce qui arrive par un seul homme qui a péché, et le bienfait, c'est que le jugement entraîne condamnation pour une seule faute commise, tandis que la sentence de grâce amène l'absolution de beaucoup de fautes. [17]En effet, si, par la faute d'un seul[a], la mort a régné par ce seul homme, à bien plus forte raison ceux qui reçoivent la grâce, le don supérieur de la justice, régneront-ils en la vie, par le seul Jésus-Christ.

[18]Ainsi donc, comme par la faute d'un seul, la condamnation s'est étendue sur tous les hommes, ainsi le bienfait d'un seul s'étendra sur tous les hommes en sentence de vie; [19]car comme par la désobéissance d'un seul homme, la plupart ont été rendus pécheurs, ainsi par l'obéissance d'un seul homme la plupart seront rendus justes. [20]Or la Loi est venue faire abonder la faute, mais là où le péché a abondé, la grâce a surabondé*, [21]afin que, de la même manière que le péché a régné en donnant la mort, ainsi la grâce règne, par la justice, en amenant à la vie éternelle par Jésus-Christ, notre Seigneur.

II. La vie nouvelle.

Le chrétien, par son baptême, est mort
au péché, pour ressusciter à une vie nouvelle.

6 1Que dirons-nous donc? — Persistons dans le
péché, afin que la grâce abonde*? — 2Dieu nous en
garde! Nous qui sommes morts au péché, comment
vivrions-nous encore dans le péché? 3Ignorez-vous* que
nous tous, qui avons été baptisés en Jésus-Christ, c'est
en sa mort que nous avons été baptisés?
4Nous avons donc été ensevelis avec lui par notre bap-
tême en sa mort, afin que, de même que Jésus-Christ est
ressuscité des morts par la gloire du Père, nous aussi,
de même, nous marchions en nouveauté de vie. 5S'il est
vrai, en effet, qu'unis à lui nous ayons reproduit l'image
de sa mort, nous reproduirons aussi l'image de sa résur-
rection, 6sachant que notre vieil homme a été crucifié
avec lui, afin que ce corps de péché soit anéanti, et que
nous ne soyons plus les esclaves du péché, 7car celui qui
est mort est soustrait à la juridiction du péché. 8Or, si
nous sommes morts avec Christ, nous croyons que nous
vivrons aussi avec lui, 9sachant que Christ ressuscité des
morts ne meurt plus; la mort n'a plus d'empire sur lui.
10Celui qui est mort est mort au péché une fois pour
toutes; et celui qui vit vit pour Dieu. 11Vous de même,
considérez-vous comme morts au péché, et comme
vivants* pour Dieu, en Jésus-Christ.
12Que le péché ne règne donc point dans votre corps
mortel, de sorte que vous obéissiez à ses passions, 13et
n'abandonnez pas vos membres au péché, comme des
instruments d'injustice. Mais donnez-vous, vous-mêmes,
à Dieu, comme étant vivants, de morts que vous étiez*, et
consacrez-lui vos membres comme des instruments de
justice: 14le péché n'aura point d'empire sur vous, car
vous n'êtes pas sous la Loi, mais sous la grâce.

Le péché ne domine plus sur le chrétien,
parce que le chrétien n'est plus sous la Loi,
mais sous la grâce.

[15]Quoi donc ! pécherons-nous, parce que nous sommes,
non sous la Loi, mais sous la grâce* ? — Dieu nous en
garde ! [16]Ne savez-vous pas que quand vous vous êtes
donnés à quelqu'un comme esclaves pour lui obéir, vous
êtes les esclaves de celui auquel vous obéissez, soit du
péché, qui conduit à la mort, soit de l'obéissance à Dieu,
qui conduit à la justice ? [17]Mais, grâces soient rendues à
Dieu de ce que, après avoir été les esclaves du péché,
vous vous êtes soumis de cœur au modèle de doctrine
qui vous a été enseigné, [18]et qu'affranchis du péché, vous
êtes devenus les esclaves de la justice — [19]humainement
parlant, à cause de la faiblesse de votre chair. De même
que vous avez donné vos membres comme esclaves à
l'impureté et au dérèglement, pour le désordre, donnez-
les maintenant comme esclaves à la justice, pour la sanc-
tification*. [20]Car, lorsque vous étiez les esclaves du
péché, vous étiez libres à l'égard de la justice : [21]aussi,
quels fruits portiez-vous alors ? — Des fruits dont vous
avez honte maintenant, car la fin de ces choses, c'est la
mort. [22]Mais aujourd'hui que vous êtes affranchis du
péché et que vous êtes devenus les esclaves de Dieu, vous
portez votre fruit de manière à être saints, et vous avez
pour fin la vie éternelle. [23]Car le salaire du péché, c'est la
mort* ; mais le don de Dieu, c'est la vie éternelle en
Jésus-Christ, notre Seigneur.

7 [1]Vous n'ignorez pas, frères (car je m'adresse à des
gens qui connaissent la Loi), que l'homme est sous l'em-
pire de la Loi aussi longtemps qu'il vit. [2]La femme
mariée*, par exemple, est liée par la loi à son mari, tant
qu'il est vivant ; mais si son mari meurt, elle est dégagée

de la loi qui la liait à son mari. [3]Ainsi donc, on l'appel-
lera adultère, si, du vivant de son mari, elle se donne à
un autre homme; mais, si son mari meurt, elle est
affranchie de la loi, en sorte qu'elle n'est point adultère,
si elle se donne à un autre mari. [4]Vous, de même, mes
frères, vous êtes morts à la Loi par le corps du Christ,
pour que vous vous donniez à un autre, à celui qui est
ressuscité des morts afin que nous portions des fruits
pour Dieu.

[5]Quand nous étions assujettis à la chair, les pas-
sions, qui engendrent les péchés, excitées* par la Loi,
déployaient leur puissance dans nos membres, de sorte
que nous portions des fruits qui produisent la mort; [6]mais
maintenant, nous avons été dégagés, en mourant, de la
Loi qui nous tenait, pour servir sous le régime nouveau
de l'esprit et non plus sous l'ancien régime de la lettre.

La loi et le péché dans l'homme.

[7]Que dirons-nous donc? La Loi est-elle péché? — Non,
sans doute; mais je n'aurais pas connu le péché, si la Loi
ne me l'avait fait connaître: par exemple, je ne connaî-
trais pas la convoitise, si la Loi n'avait dit: *Tu ne convoi-
teras point*; [8]alors, le péché en ayant pris occasion, a fait
naître en moi, par le commandement, toutes sortes de
convoitises; car, sans loi, le péché est mort. [9]Autrefois,
quand j'étais sans loi, je vivais; mais le commandement
étant venu, le péché a pris vie, [10]et moi, je suis mort; et il
s'est trouvé que le commandement même qui devait me
donner la vie, m'a donné la mort, [11]car le péché, ayant
saisi l'occasion, m'a séduit par le commandement, et
m'a donné la mort par ce commandement même.
— [12]Ainsi la Loi est sainte, et le commandement saint,
juste et bon*.

7 : Ex 20[17].

13Une chose bonne m'aurait donc donné la mort?
— Non, sans doute; mais c'est le péché qui, pour se
manifester comme péché, m'a donné la mort par une
chose bonne; et ainsi le péché a été révélé infiniment
coupable au moyen du commandement. 14Nous savons
que la loi est spirituelle, mais moi, je suis charnel,
vendu au péché; 15car je ne sais ce que je fais* : je ne fais
pas ce que je veux, et je fais ce que je hais; 16or, si je fais
ce que je ne veux pas, je reconnais que la loi est bonne,
17et ce n'est pas moi qui le fais, mais le péché qui habite
en moi. 18Ainsi, je sais que le bien n'habite pas en moi,
c'est-à-dire en ma chair, car vouloir le bien est en mon
pouvoir, mais l'accomplir, non, 19puisque je ne fais pas
le bien que je veux, mais que je fais le mal que je ne
veux pas. 20Or, si je fais ce que je ne veux pas, ce n'est
plus moi qui le fais, mais c'est le péché qui habite en
moi. 21Je trouve donc cette loi en moi: lorsque je veux
faire le bien, le mal est là. 22En effet, je prends plaisir à
la loi de Dieu, selon l'homme intérieur, 23mais je vois
dans mes membres une autre loi* qui lutte contre la loi
de ma raison, et fait de moi le captif de la loi du péché,
qui est dans mes membres. 24Malheureux que je suis!
qui me délivrera du corps qui cause cette mort?
— 25Ah! grâces soient rendues à Dieu, par Jésus-Christ,
notre Seigneur!

Ainsi donc, tandis que, par la raison, je suis esclave de la loi de Dieu, par la chair, je suis esclave de la loi du péché.

Il n'y a point de condamnation pour le chrétien, parce qu'il est sous la loi de l'esprit, qui donne la vie.

8 1Il n'y a maintenant* point de condamnation pour
ceux qui sont en Jésus-Christ*. 2En effet, la loi de l'es-
prit, qui donne la vie en Jésus-Christ, m'a affranchi de

la loi du péché et de la mort ; 3car ce qui était impossible
à la Loi, parce que la chair la rendait impuissante, Dieu
l'a fait* : en envoyant, à cause du péché, son propre Fils
dans une chair semblable à la chair du péché, il a pro-
noncé la sentence de mort du péché dans la chair
même, 4afin que la justice ordonnée par la Loi soit réa-
lisée en nous, qui marchons, non selon la chair, mais
selon l'esprit.
5En effet, ceux qui sont charnels, s'affectionnent aux
choses de la chair, tandis que ceux qui sont spirituels,
s'affectionnent aux choses de l'esprit ; — 6et les affec-
tions de la chair*, c'est la mort, tandis que les affections
de l'esprit, c'est la vie et la paix ; 7en effet les affections
de la chair sont inimitié contre Dieu, car elles ne se sou-
mettent pas à la loi de Dieu, elles ne peuvent même pas
s'y soumettre : 8ceux qui sont dans la chair ne peuvent
plaire à Dieu. 9Pour vous, vous n'êtes pas dans la chair,
mais dans l'esprit, si toutefois l'Esprit de Dieu habite*
en vous. Si quelqu'un n'a pas l'Esprit de Christ, il ne lui
appartient pas ; 10mais si Christ est en vous, le corps est
mort à cause du péché, et l'esprit est vie à cause de la
justice. 11Et si l'Esprit de Celui qui a ressuscité Jésus
d'entre les morts habite en vous, Celui qui a ressuscité
Christ d'entre les morts donnera aussi la vie à vos corps
mortels, parce que son Esprit habite en vous.
12Ainsi donc, frères, nous ne sommes point redevables
à la chair, pour vivre selon la chair, 13car si vous vivez
selon la chair, vous mourrez ; mais si, par l'esprit, vous
étouffez les instincts du corps, vous vivrez ; 14car tous
ceux qui sont conduits par l'Esprit de Dieu, sont fils de
Dieu. 15En effet, vous n'avez pas reçu un Esprit d'escla-
vage, pour être encore dans la crainte, mais vous avez
reçu un Esprit d'adoption filiale*, par lequel nous
crions : Abba* ! Père ! 16Cet Esprit même témoigne à
notre esprit que nous sommes enfants de Dieu. — 17Et,
si nous sommes enfants, nous sommes aussi héri-
tiers, héritiers de Dieu et cohéritiers de Christ, si toute-

fois nous souffrons avec lui, afin d'être aussi glorifiés avec lui.

L'espérance du chrétien.

18J'estime que les souffrances du temps présent ne sont
rien au prix de la gloire qui doit être révélée pour nous.
19Car la création attend avec impatience la révélation
des fils de Dieu* : 20en effet, la création a été assujettie à
la vanité — non de son gré, mais par la volonté de Celui
qui l'y a soumise — 21avec l'espérance qu'elle aussi, la
création, sera affranchie de l'esclavage de la corruption,
pour avoir part à la liberté glorieuse des enfants de Dieu.
22Nous savons que toute la création, jusqu'à ce jour,
gémit, et souffre les douleurs de l'enfantement, 23et non
seulement elle, mais nous-mêmes qui possédons les pré-
mices de l'Esprit, nous gémissons aussi intérieurement,
en attendant l'adoption divine, et la rédemption de notre
corps. 24En effet, c'est en espérance* que nous sommes
sauvés ; or quand on voit ce qu'on espère, ce n'est plus
une espérance, car espère-t-on encore ce qu'on voit ?
25mais, si nous espérons ce que nous ne voyons pas, nous
l'attendons avec patience.

26De même aussi l'Esprit vient en aide à notre faiblesse :
nous ne savons que demander, ni comment demander,
mais l'Esprit intercède par de muets soupirs, 27et Celui
qui sonde les cœurs, connaît quels sont les désirs de l'Es-
prit, — il sait qu'il intercède, selon Dieu, pour les saints.
28Nous savons que toutes choses concourent au bien de
ceux qui aiment Dieu, de ceux qu'il a appelés conformé-
ment à son plan. 29Il les a connus d'avance, et il les a pré-
destinés à reproduire l'image de son Fils, pour que
celui-ci soit l'aîné entre plusieurs frères ; 30et ceux qu'il a
prédestinés, il les a aussi appelés, — ceux qu'il a appelés,
il les a aussi justifiés, — ceux qu'il a justifiés, il les a aussi
glorifiés.

[31]Que conclure de tout cela ? si Dieu est pour nous,
qui sera contre nous ? [32]Lui qui n'a pas épargné son
propre Fils, mais qui l'a livré pour nous tous, comment
ne nous accordera-t-il pas aussi toutes choses avec lui ?
— [33]Qui accusera les élus de Dieu ? Dieu les justifie ! —
[34]Qui les condamnera ? Christ est mort ! Bien mieux, il
est ressuscité, il est à la droite de Dieu, il intercède pour
nous ! — [35]Qui nous arrachera à l'amour du Christ ?
sera-ce l'affliction, la détresse, la persécution, la faim, la
nudité, le péril ou le glaive ? [36]Il est écrit, en effet :
À cause de toi, on nous met à mort tout le long du jour,
On nous a tenus pour des brebis destinées à la boucherie.
[37]Mais en tout cela, nous sommes plus que vain-
queurs* par celui qui nous a aimés ; [38]car je suis assuré
que ni la mort ni la vie, ni anges ni archanges, ni choses
présentes ni choses à venir, ni puissances, [39]ni hauteur
ni abîme, ni rien au monde, ne pourra nous séparer de
l'amour que Dieu nous a témoigné en Jésus-Christ,
notre Seigneur !

III. Position d'Israël en face de l'Évangile.

La disgrâce d'Israël. Elle ne contredit pas les promesses de Dieu.

9 [1]Je dis la vérité en Christ, je ne mens point, ma
conscience que l'Esprit saint anime m'en rend le témoi-
gnage : [2]j'ai un grand chagrin et une douleur incessante
au cœur*, [3]car je souhaiterais d'être moi-même ana-
thème, loin du Christ, pour mes frères, mes parents
selon la chair, [4]les Israélites, à qui appartiennent l'adop-
tion, la gloire, les alliances*. la Loi, le culte et les pro-

8[36] : Ps 44[23].

messes ; [5]à qui appartiennent les patriarches, et de qui est issu le Messie, du moins pour la chair. — Que celui qui est au-dessus de tous, Dieu, soit béni éternellement ! Amen !

[6]Ce n'est pas que la parole de Dieu soit annulée*. En effet, tous ceux qui sont issus d'Israël ne sont pas pour cela Israël ; [7]et même, pour être la postérité d'Abraham, ils ne sont pas tous enfants d'Abraham ; mais il est écrit : *C'est la postérité d'Isaac qui sera dite ta postérité* ; [8]c'est-à-dire que ce ne sont pas les enfants de la chair qui sont enfants de Dieu, mais que ce sont les enfants de la promesse* qui sont considérés comme la postérité d'Abraham. [9]Car ce sont bien ici les termes d'une promesse : *Je viendrai à cette même époque, et Sarah aura un fils.* [10]Ce n'est pas tout : il en fut de même pour Rebecca, qui conçut d'un seul homme, Isaac notre père ; [11]car — quoique les enfants ne fussent pas encore nés, et qu'ils n'eussent fait ni bien ni mal, — afin que le plan de Dieu, lequel procède par choix*, subsistât, non en vertu des œuvres, mais par la volonté de Celui qui appelle, — [12]il fut dit à Rebecca : *L'aîné sera assujetti au plus jeune,* [13]selon qu'il est écrit : *J'ai aimé Jacob et j'ai haï Ésaü.*

[14]Que dirons-nous donc ? Y a-t-il de l'injustice en Dieu ? — Loin de nous cette pensée ! [15]Il dit à Moïse : *Je ferai miséricorde à qui il me plaira de faire miséricorde, et j'aurai compassion de qui il me plaira d'avoir compassion.* [16]Ainsi donc, cela ne dépend ni de celui qui veut, ni même de celui qui court*, mais de Dieu qui fait miséricorde ; [17]car l'Écriture dit à Pharaon : *Je t'ai suscité tout exprès, pour faire voir en toi ma puissance, et pour que mon nom soit publié dans toute la terre.* [18]Ainsi donc, il fait miséricorde à qui il veut, et il endurcit qui il veut.

[19]Tu me diras : De quoi donc se plaint-il encore ? car

9[7] : Gn 21[12]. 9[9] : Gn 18[10]. 9[12] : Gn 25[23]. 9[13] : Ml 1[2]. 9[15] : Ex 33[19]. 9[17] : Ex 9[16].

qui peut faire obstacle à sa volonté ? — [20]Ah ! bien plu-
tôt, ô homme, qui es-tu, toi qui contestes avec Dieu ? Le
vase d'argile* dira-t-il à celui qui l'a fabriqué : Pourquoi
m'as-tu fait ainsi ? [21]Le potier n'a-t-il pas le droit de faire
de la même masse d'argile des vases pour des usages
honorables*, et d'autres pour des usages vils ? [22]Et si
Dieu, voulant montrer sa colère et faire connaître sa
puissance, a supporté avec une grande longanimité des
vases de colère, faits pour la destruction ! [23]Si, pour
faire connaître la richesse de sa gloire sur des vases de
miséricorde, qu'il a préparés pour la gloire, [24]il nous a
appelés nous, non seulement d'entre les Juifs, mais
aussi d'entre les païens ! [25]N'a-t-il pas dit dans Osée :
Celui qui n'est pas mon peuple, je l'appellerai mon
peuple, et celle qui n'est pas bien-aimée, je l'appellerai
bien-aimée ; [26]*et il arrivera que, dans le lieu où on leur*
aura dit : Vous n'êtes point mon peuple, là même on les
appellera fils du Dieu vivant ? [27]D'autre part, Ésaïe
s'écrie au sujet d'Israël : *Quand le nombre des fils*
*d'Israël serait comme le sable de la mer, un faible reste**
seulement sera sauvé. [28]*En effet, ce qu'a dit le Seigneur, il*
le réalisera pleinement et rapidement sur la terre. [29]Ésaïe
l'avait déjà dit :

Si le Seigneur des armées ne nous avait laissé une semence,
Nous aurions été comme Sodome
Et nous aurions ressemblé à Gomorrhe.

Cause de la disgrâce d'Israël : Il a cherché
le salut non par la foi, mais par les œuvres
de la Loi.

[30]Que dirons-nous donc ? — Que les païens, qui ne
cherchaient pas la justice, ont obtenu la justice, la jus-

9[25] : Os 2[25]. 9[26] : Os 2[1]. 9[27-28] : És 10[22-23]. 9[29] : És 1[9].

tice qui vient de la foi ; [31]tandis qu'Israël, qui cherchait
un principe de justice, n'est point parvenu à le trouver*.
[32]Et pourquoi ? — Parce qu'il l'a cherché, non par la foi,
mais par les œuvres. Ils se sont heurtés contre la pierre
d'achoppement, [33]selon qu'il est écrit :

*Voici, je pose en Sion une pierre d'achoppement**
Et un rocher qui fait trébucher...
Mais celui qui met en lui sa confiance, ne sera point confus.

10 [1]Frères, le vœu de mon cœur et ma prière à Dieu
pour eux, c'est qu'ils soient sauvés, [2]car je leur rends le
témoignage qu'ils ont du zèle pour Dieu, mais un zèle
mal éclairé. [3]Méconnaissant la justice qui vient de Dieu,
et cherchant à établir leur propre justice, ils ne se sont
pas soumis à la justice qui vient de Dieu ; [4]car la fin* de
la Loi, c'est Christ ; il donne la justice à tout homme qui
a la foi.

[5]Moïse caractérise comme suit la justice qui vient de la
Loi : *Celui qui observera ces commandements, obtiendra
la vie ;* [6]tandis que la justice qui vient de la foi s'exprime
ainsi : Ne dis pas en ton cœur* : *qui montera au ciel ?*
(c'est en faire descendre Christ) [7]ni : *qui descendra dans
l'abîme ?* (c'est faire monter Christ de chez les morts).
— [8]Mais que dit-elle ? — *La parole est près de toi, dans ta
bouche, dans ton cœur.* Il s'agit de la parole de la foi que
nous prêchons, et cela veut dire : [9]si ta bouche confesse
Jésus pour Seigneur, et si tu crois en ton cœur que Dieu
l'a ressuscité des morts, tu seras sauvé*. [10]En effet, la
foi du cœur* conduit à la justice, et la confession de la
bouche au salut, [11]car l'Écriture dit :

Quiconque croit en lui, ne sera point confus.

[12]Il n'y a pas de distinction entre Juifs et Grecs, car le
même est le Seigneur de tous, et il est riche pour tous
ceux qui l'invoquent ; en effet,

9[33] : És 8[14] ; 28[16]. 10[5] : Lv 18[5]. 10[6-7] : Dt 30[12-13]. 10[8] : Dt 30[14].
10[11] : És 28[16].

[13]*Quiconque invoquera le nom du Seigneur sera sauvé.*
[14]Comment donc pourra-t-on invoquer celui en qui
l'on n'a pas encore cru ? Et comment croira-t-on en
celui dont on n'a pas entendu parler ? Et comment en
entendra-t-on parler, si quelqu'un ne le prêche ? [15]Et
comment le prêchera-t-on, si quelqu'un n'est envoyé,
selon qu'il est écrit :
Qu'ils sont beaux...
Les pieds de ceux qui annoncent de bonnes nouvelles[a] ?
— [16]Malheureusement tous ne l'ont pas écoutée, la
bonne nouvelle : Ésaïe dit :
Seigneur, qui a ajouté foi à notre prédication ?
[17]Ainsi donc, la foi vient de ce qu'on entend*, et ce
qu'on entend, c'est la parole du Christ. [18]Mais je
demande : Ne l'auraient-ils pas entendue ? — Ah ! bien
au contraire :
Leur voix a retenti par toute la terre,
Et leurs paroles sont parvenues jusqu'aux extrémités du monde.
[19]Je demande encore : Israël l'aurait-il ignorée ! —
Moïse, le premier, a dit :
Je vous rendrai jaloux d'un peuple de rien ;
Je provoquerai votre colère contre une nation sans intelligence.
[20]Et Ésaïe va même jusqu'à dire :
Je me suis laissé trouver par ceux qui ne me cherchaient point ;
Je me suis fait connaître à ceux qui ne me demandaient point.
[21]Mais il dit en parlant d'Israël :
J'ai tout le jour tendu les bras à un peuple rebelle
Et récalcitrant.

10^{13} : Jl 2^{32}. 10^{15} : És 52^{7}. 10^{16} : És 53^{1}. 10^{18} : Ps 19^{5}. 10^{19} : Dt 32^{21}. 10^{20} : És 65^{1}. 10^{21} : És 65^{2}.

La disgrâce n'atteint pas tout Israël.

11 1Je dis donc : Dieu a-t-il rejeté son peuple ? — Non,
sans doute : moi, par exemple, je suis Israélite, de la pos-
térité d'Abraham, de la tribu de Benjamin. 2Non, Dieu
n'a point rejeté son peuple, le peuple qu'il avait prédes-
tiné*. Ne savez-vous pas ce que dit l'Écriture à propos
d'Élie ? comment il porta plainte à Dieu contre Israël :
3*Seigneur, ils ont tué tes prophètes, ils ont renversé tes
autels ; je suis resté seul, et ils en veulent à ma vie* ? 4Mais
que lui répond la voix divine ? — *Je me suis réservé sept
mille hommes, qui n'ont pas fléchi le genou devant Bahal.*
5De même en ce moment, un reste subsiste par un choix
de sa grâce. 6Or, si c'est par grâce, ce n'est plus par les
œuvres ; autrement, la grâce n'est plus grâce[a]. 7Qu'est-il
donc arrivé ? — Ce qu'Israël recherche, il ne l'a point
obtenu ; toutefois les élus d'Israël l'ont obtenu, tandis
que tous les autres se sont endurcis, 8ainsi qu'il est écrit :
*Dieu leur a donné jusqu'à ce jour un esprit d'étourdis-
sement,*
Des yeux pour ne point voir,
Et des oreilles pour ne point entendre.
9David dit aussi :
Que leur table leur soit un piège, un lacs,
Un trébuchet, et une juste punition ;
10*Que leurs yeux s'obscurcissent de sorte qu'ils ne
voient point :*
Tiens leur dos constamment courbé.

La disgrâce d'Israël a eu pour effet l'entrée en
grâce des païens ; — et elle n'est pas définitive.

11Je dis donc : Ont-ils bronché afin de tomber ? — Non,
sans doute : mais, par leur chute, le salut a été pour les

11[3] : I R 19[10]. 11[4] : I R 19[18]. 11[8] : És 29[10]. 11[9-10] : P 69[23-24].

païens, afin d'exciter la jalousie d'Israël. [12]Or, si leur
chute a fait la richesse du monde, et leur appauvrissement
la richesse des païens, que ne sera pas leur conversion en
masse ? [13]En effet, je vous le dis, à vous païens : moi-même,
qui suis l'apôtre des païens, je m'efforce de rendre mon
ministère glorieux, [14]afin, s'il est possible, d'exciter la
jalousie de ceux de mon sang, et d'en sauver quelques-
uns ; [15]car si leur rejet a été la réconciliation du monde,
que sera leur réhabilitation*, sinon la vie surgissant du
sein des morts ! [16]Or, si les prémices sont saintes, la masse
l'est aussi ; si la racine* est sainte, les branches le sont
également. [17]Toutefois, si quelques-unes des branches
ont été retranchées, tandis que toi, olivier sauvage, tu as
été enté à leur place, pour participer à la racine et à la
sève de l'olivier, [18]garde-toi de dédaigner ces branches ;
si tu le fais, sache que ce n'est pas toi qui portes la racine,
mais que c'est la racine qui te porte. [19]Tu diras donc : Ces
branches ont été retranchées, afin que je fusse enté.
— [20]D'accord : c'est à cause de leur incrédulité qu'elles ont
été retranchées, et toi, tu subsistes à cause de ta foi. Ne
t'enorgueillis pas, crains plutôt : [21]si Dieu n'a pas épar-
gné les branches naturelles, crains qu'il ne t'épargne pas
non plus. [22]Considère donc la bonté et la sévérité de
Dieu, sa sévérité envers ceux qui sont tombés, et sa bonté
envers toi, pourvu que tu te maintiennes dans sa bonté ;
autrement, tu seras aussi retranché. [23]Eux aussi, s'ils
ne persistent pas dans leur incrédulité, seront entés, car
Dieu est puissant pour les enter de nouveau ; [24]si toi, qui
as été coupé sur un olivier sauvage, tu as été enté, malgré
ta nature, sur un olivier franc, combien plus eux, qui
sont francs, seront-ils entés sur leur propre olivier !

[25]En effet, je ne veux pas, frères, que vous ignoriez ce
mystère-ci*, afin que vous n'ayez pas une haute opi-
nion de vous-mêmes : c'est que l'aveuglement qui s'est
emparé d'une partie d'Israël, durera jusqu'à ce que l'en-
semble des païens soit entré dans la grâce ; [26]et alors
tout Israël sera sauvé, selon qu'il est écrit :

Le libérateur viendra de Sion,
Il éloignera de Jacob ses impiétés...
27 *Et voici l'alliance que je leur octroierai:*
J'ôterai leurs péchés.
28 En ce qui concerne l'Évangile, ils sont ennemis de
Dieu à cause de vous; mais en ce qui concerne leur élec-
tion, ils sont aimés, à cause de leurs pères, 29 car de ses
faveurs et de son appel, Dieu ne se repent jamais. 30 De
même que vous avez jadis désobéi à Dieu, et que mainte-
nant vous avez obtenu miséricorde par leur désobéis-
sance, 31 de même, ils ont maintenant désobéi, afin que,
par la miséricorde dont vous êtes les objets, ils obtien-
nent aussi miséricorde: 32 Dieu a enveloppé tous les
hommes dans la désobéissance, afin de faire à tous misé-
ricorde. 33 Ô profondeur de la richesse, de la sagesse et de
la science de Dieu! Que ses jugements sont mystérieux et
ses voies impénétrables!
34 *Qui a connu la pensée du Seigneur,* *
Ou qui l'a éclairé de ses conseils?
35 Et encore:
Qui lui a jamais fait une avance, qu'elle doive lui être rendue?
36 Toutes choses viennent de lui, sont par lui et pour
lui: à lui soit la gloire aux siècles des siècles! Amen!

IV. Exhortations.

Le chrétien doit se consacrer à Dieu,
remplir fidèlement ses devoirs, pratiquer
l'amour fraternel.

12 1 Je vous invite donc, frères, par les compassions
de Dieu, à offrir vos corps* en sacrifice vivant, saint,

11^{26}: És 59^{20}. 11^{27}: Jr 31^{33-34}. 11^{34}: És 40^{13}. 11^{35}: Jb 41^{2}.

agréable à Dieu : c'est là le culte raisonnable* que vous
lui devez. 2Ne vous modelez pas sur le siècle présent,
mais qu'il se fasse en vous une métamorphose* par le
renouvellement de l'esprit, afin que vous reconnaissiez
ce qu'est la volonté de Dieu : bonne, agréable et par-
faite.

3Je dis à chacun de vous, en vertu de la grâce qui m'a
été donnée, de ne pas avoir une opinion trop avanta-
geuse de soi-même, mais de s'appliquer à avoir des sen-
timents modestes, chacun selon la mesure de foi que
Dieu lui a départie. 4Car, de même que dans un seul
corps nous avons plusieurs membres, et que tous les
membres n'ont pas la même fonction, 5de même, tous
ensemble, nous ne faisons qu'un seul corps* en Christ,
et nous sommes tous membres les uns des autres. 6Mais
nous avons des dons différents suivant la grâce qui nous
a été donnée : le prophète prophétise suivant la mesure
de sa foi, 7le diacre sert dans le diaconat, le docteur
dans l'enseignement, 8le prédicateur dans ses exhorta-
tions, celui qui distribue les aumônes, dans la droiture
de sa conduite, celui qui préside, dans son zèle à prési-
der, celui qui exerce les œuvres de miséricorde, dans la
joie avec laquelle il les accomplit.

9Que votre charité soit sans hypocrisie. Haïssez le
mal ; attachez-vous fortement au bien. 10Quant à l'amour
fraternel, soyez pleins d'affection les uns pour les autres ;
quant à l'honneur, soyez pleins de prévenances les uns
à l'égard des autres ; 11quant au zèle, ne soyez pas non-
chalants. Soyez fervents d'esprit ; servez le Seigneur.
12Soyez joyeux dans l'espérance, patients dans l'afflic-
tion, persévérants dans la prière. 13Subvenez aux besoins
des saints* ; exercez l'hospitalité avec empressement.
14Bénissez ceux qui vous persécutent : bénissez, et ne
maudissez pas. 15Réjouissez-vous avec ceux qui sont
dans la joie ; pleurez avec ceux qui pleurent.

16Soyez en bonne intelligence les uns avec les autres.
N'aspirez pas aux grandeurs, mais laissez-vous gagner

par ce qui est humble. *N'ayez pas une haute opinion de*
vous-mêmes.
17 Ne rendez à personne le mal pour le mal. Appliquez-
vous au bien devant tous les hommes. 18 S'il est possible,
et autant qu'il dépend de vous, vivez en paix avec tout le
monde. 19 Ne vous vengez point vous-mêmes, mes bien-
aimés, mais laissez agir la colère de Dieu ; car il est
écrit :
À moi la vengeance ; à moi de rétribuer,
dit le Seigneur.
20 *Si ton ennemi a faim, donne-lui à manger ;*
S'il a soif, donne-lui à boire ;
Car en agissant ainsi tu lui amasseras des charbons de
feu sur la tête.
21 Ne te laisse point vaincre par le mal, mais surmonte
le mal par le bien.

Soumission due aux autorités civiles.

13 1 Que toute personne soit soumise aux puissances
établies, car il n'y a point de puissance qui ne vienne
de Dieu, et celles qui existent sont instituées par lui :
2 ainsi celui qui s'oppose à l'autorité, s'élève contre
l'ordre que Dieu a établi. Ceux qui s'opposent à l'auto-
rité, s'élève contre l'ordre que Dieu a établi. Ceux qui
s'opposent à l'autorité, s'attireront une peine, 3 parce
que les magistrats sont redoutables non à ceux qui font
le bien, mais à ceux qui font le mal. Veux-tu ne pas
craindre l'autorité, fais le bien, et tu auras son approba-
tion, 4 car le magistrat est le ministre de Dieu pour te
conduire au bien. Mais si tu fais le mal, crains, car il ne
porte pas l'épée en vain ; il est le ministre de Dieu pour
tirer vengeance de celui qui fait le mal, et le punir*.
5 En conséquence il faut être soumis, non seulement

12^{16} : Pr 3^{7}. 12^{19} : Dt 32^{35}. 12^{20} : Pr 25^{21-22}.

dans la crainte de la punition, mais encore par motif
de conscience. 6C'est aussi pour cette raison que vous
payez les impôts, car les magistrats sont les fonction-
naires de Dieu, lorsqu'ils s'acquittent fidèlement de leur
office. 7Rendez à tous ce que vous leur devez, l'impôt, à
qui vous devez l'impôt, — le cens, à qui vous devez le
cens, — le respect, à qui vous devez le respect, — l'hon-
neur, à qui vous devez l'honneur.

L'amour mutuel résume tous les commandements.

8N'ayez de dettes envers personne, excepté la dette de
l'amour mutuel, car celui qui aime le prochain a accom-
pli la Loi. 9En effet, les commandements : *Tu ne com-
mettras point d'adultère, tu ne tueras point, tu ne
déroberas point, tu ne convoiteras point*[a], et tout autre
commandement qu'on pourrait citer, se résument dans
cette parole : *Tu aimeras ton prochain comme toi-même.*
10L'amour ne fait point de mal au prochain ; l'amour est
donc l'accomplissement* de la Loi.

11D'ailleurs vous connaissez l'époque où nous sommes :
vous savez que l'heure est venue de nous réveiller enfin
du sommeil, car le salut est maintenant plus proche de
nous que lorsque nous avons embrassé la foi : 12la nuit est
avancée, le jour approche*. Dépouillons-nous donc des
œuvres des ténèbres, et revêtons les armes de la lumière.
13Marchons en toute honnêteté, comme on marche en
plein jour. Plus d'excès de table et de vin, de débauche et
de désordres, de querelles et de haines ; 14mais revêtez-
vous du Seigneur Jésus-Christ, et ne prenez pas soin de
la chair de manière à en éveiller les désirs.

13[9] : Ex 20[13-15-17] ; Lv 19[18].

La tolérance. Sacrifices d'opinions commandés par la charité.

14 1 Soyez accueillants pour qui est faible en la foi,
sans juger ses pensées.
2 L'un croit qu'on peut manger de tout, tandis que le
faible se nourrit de légumes. 3 Que celui qui mange de
tout ne méprise pas celui qui ne mange pas de tout ; et
que celui qui ne mange pas de tout ne juge pas celui qui
mange de tout, car Dieu l'a accueilli. 4 Qui es-tu, toi
qui juges le serviteur d'autrui ? S'il se tient debout, ou
s'il tombe, c'est l'affaire de son maître ; mais il se tien-
dra debout, car le Seigneur a la puissance de le sou-
tenir.
5 Celui-ci juge tel jour plus saint qu'un autre, celui-là
les juge tous pareils ; que chacun se fasse une conviction
entière et personnelle. 6 Celui qui s'attache à tel ou tel
jour, le fait pour le Seigneur, et celui qui mange de tout,
le fait pour le Seigneur[a], car il rend à Dieu des actions
de grâces ; celui qui ne mange pas de tout s'abstient
pour le Seigneur, et il rend aussi à Dieu des actions de
grâces. 7 En effet, nul de nous ne vit pour soi-même, et
nul ne meurt pour soi-même ; 8 car, si nous vivons, nous
vivons pour le Seigneur, si nous mourons, nous mou-
rons pour le Seigneur ; soit donc que nous vivions, soit
que nous mourions, nous appartenons au Seigneur.
9 Voici pourquoi Christ est mort[b] et a repris vie : c'est
pour être le Seigneur des morts et des vivants. 10 Toi
donc, pourquoi juges-tu ton frère ? Et toi, pourquoi
méprises-tu ton frère ? puisque nous comparaîtrons
tous devant le tribunal de Dieu[c], 11 car il est écrit :

Aussi vrai que je vis, dit le Seigneur,
Tout genou fléchira devant moi,
Et toute langue célébrera les louanges de Dieu.

12 Ainsi chacun de nous rendra compte à Dieu pour

14[11] : És 45[23].

soi-même. 13 Cessons donc de nous juger les uns les
autres, et prenons plutôt la résolution de ne placer
devant notre frère ni pierre d'achoppement, ni piège.
14 Je sais, et j'ai, dans le Seigneur Jésus, la ferme convic-
tion que rien n'est impur en soi : néanmoins, si quel-
qu'un estime qu'une chose est impure, elle est impure
pour lui*. 15 Si, pour un aliment, tu fais de la peine à ton
frère, tu ne te conduis plus selon la loi d'amour : n'en-
traîne pas à la perdition, pour une question de nourri-
ture, un homme pour lequel Christ est mort. 16 Ne faites
donc pas calomnier votre privilège, 17 car le royaume de
Dieu ne consiste ni dans le manger, ni dans le boire,
mais dans la justice, dans la paix et dans la joie par l'Es-
prit saint : 18 celui qui sert Christ de cette manière est
agréable à Dieu et estimé des hommes. 19 Recherchons
donc ce qui contribue à la paix et à l'édification
mutuelle. 20 Pour une question de nourriture, ne détrui-
sez pas l'œuvre de Dieu. Toutes choses sont pures, il est
vrai, mais il est mal qu'un homme devienne, par sa
nourriture, une cause d'achoppement : 21 il est bon de ne
point manger de viande, de ne point boire de vin, de ne
rien faire qui puisse être, pour son frère, une cause de
chute. 22 Toi, tu as une conviction ; garde ta conviction
pour toi, devant Dieu : heureux celui qui ne se
condamne point lui-même en maintenant son droit à
suivre sa conviction ! 23 Quant à celui qui a des doutes,
s'il mange, il est condamné, parce qu'il n'a pas agi par
conviction. Tout ce qu'on ne fait pas par conviction, est
péché.

15 1 Nous devons, nous les forts, supporter les infir-
mités des faibles, et ne pas nous complaire à nous-
mêmes. 2 Que chacun de nous cherche à complaire au
prochain, en vue du bien et de l'édification : 3 Christ n'a
point cherché sa propre satisfaction, mais il est écrit :
Les outrages de ceux qui t'outragent sont tombés sur moi.

15[3] : Ps 69[10]

4Car tout ce qui a été précédemment écrit, l'a été pour
notre instruction, afin que par la patience, ainsi que par
la consolation que donnent les Écritures, nous possé-
dions l'espérance.
5Que le Dieu de persévérance et de consolation vous
donne d'être en bonne intelligence entre vous, comme
Jésus-Christ le veut, 6afin que tous ensemble, d'une même
voix, vous glorifiiez Dieu, le Père de notre Seigneur
Jésus-Christ. 7En conséquence, accueillez-vous les uns
les autres, comme Christ vous[a] a accueillis pour la gloire
de Dieu : 8j'affirme en effet, que Christ a été ministre des
circoncis, pour montrer la véracité de Dieu en réalisant
les promesses faites à leurs pères ; 9quant aux païens, ils
glorifient Dieu pour sa miséricorde, ainsi qu'il est écrit :
C'est pourquoi je te louerai parmi les païens,
Et je célébrerai ton nom.
10L'Écriture dit encore :
Païens, réjouissez-vous avec son peuple ;
11Et ailleurs :
Païens, louez tous le Seigneur ;
Que tous les peuples célèbrent ses louanges.
12Ésaïe dit aussi :
Il paraîtra, le rejeton de Jessé,
Celui qui s'élèvera pour gouverner les païens :
Ils mettront leur espoir en lui.
13Que le Dieu de l'espérance vous fasse trouver dans
votre foi toute sorte de joie et de paix, pour que vous
soyez pleins d'espérance, par la puissance de l'Esprit
saint !

15[9] : II S 22[50]. 15[10] : Dt 32[43]. 15[11] : Ps 117[1]. 15[12] : És 11[10].

Fin de l'épître.

Considérations et détails personnels.

[14]Moi aussi, mes frères, je suis persuadé, en ce qui vous
concerne, que vous êtes pleins de bonté, remplis d'une
parfaite connaissance, en état de vous avertir les uns les
autres. [15]Si je vous ai écrit avec un peu trop d'audace,
c'était pour raviver vos souvenirs. Vous connaissez la
grâce que Dieu m'a faite [16]d'être ministre de Jésus-Christ
pour les païens, et je dois m'acquitter du divin service de
l'Évangile de Dieu, afin que les païens soient une obla-
tion agréable, étant sanctifiée par l'Esprit saint.

[17]Je puis donc me glorifier en Jésus-Christ dans tout
ce qui regarde la cause de Dieu, [18]car je n'oserais dire
chose au monde, que Christ n'ait faite par mon minis-
tère pour la conversion des païens, en parole et en
action, [19]par la puissance des miracles et des prodiges
et par celle de l'Esprit[a]; si bien que depuis Jérusalem et
les environs, jusqu'en Illyrie*, j'ai porté partout l'Évan-
gile de Christ, [20]me faisant toutefois un point d'honneur
de prêcher l'Évangile, non pas là où le nom de Christ a
été annoncé, pour ne pas bâtir sur le fondement d'au-
trui*, mais dans d'autres pays, [21]selon qu'il est écrit :

Ceux à qui on ne l'avait pas annoncé, le verront,
Et ceux qui n'en avaient pas entendu parler, le connaî-
tront.

[22]C'est ce qui m'a toujours empêché de me rendre chez
vous ; [23]mais à présent, n'ayant plus rien à faire dans ces
contrées-ci, et désirant depuis plusieurs années aller
vers vous, [24]j'espère vous voir en passant[b], quand je me
rendrai en Espagne*, et y être accompagné par vous,
après que j'aurai d'abord satisfait, en partie du moins, le
désir que j'ai de vous voir.

15[21] : És 52[15].

[25]Pour le moment, je vais à Jérusalem porter des secours aux saints; [26]car la Macédoine et l'Achaïe ont bien voulu s'imposer quelque contribution pour les saints de Jérusalem qui sont dans la pauvreté. [27]Elles l'ont bien voulu; du reste, elles le leur devaient, car si les païens ont eu part à leurs biens spirituels, ils doivent aussi les assister de leurs biens matériels. [28]Après m'être acquitté de cette mission, et leur avoir fidèlement remis le fruit de la reconnaissance des païens, j'irai en Espagne en passant chez vous, [29]et je sais qu'en me rendant auprès de vous, j'y viendrai avec une pleine bénédiction de Christ[a].

[30]Je vous prie, frères, par notre Seigneur Jésus-Christ, et par l'amour que mon âme ressent, de me soutenir dans mes luttes en priant Dieu pour moi; [31]afin que j'échappe aux incrédules de Judée, et que les secours que je porte à Jérusalem soient agréables aux saints, [32]en sorte que, s'il plaît à Dieu, je me rende chez vous dans la joie et que je goûte quelque repos avec vous.

[33]Que le Dieu de paix soit avec vous tous! Amen!

Recommandations et salutations.

16 [1]Je vous recommande Phébé, notre sœur, qui est diaconesse de l'église de Cenchrées, [2]afin que vous la receviez, en notre Seigneur, d'une manière digne des saints, et que vous l'assistiez dans toutes les occasions où elle pourrait avoir besoin de vous; car elle a été elle-même la protectrice de plusieurs, et la mienne en particulier.

[3]Saluez Prisca et Aquilas, mes compagnons d'œuvre en Jésus-Christ, [4]qui ont exposé leur tête pour me sauver la vie: ce n'est pas moi seul qui leur rends grâces, ce sont aussi toutes les églises des païens. [5]Saluez aussi l'assemblée qui se réunit dans leur maison.

Saluez mon cher Épénète, qui a été les prémices de l'Asie[b] pour Christ.

6Saluez Marie, qui a beaucoup travaillé pour vous.
7Saluez Andronicus et Junias, mes parents et mes
compagnons de captivité, qui sont distingués entre les
apôtres, et qui se sont attachés à Christ, même avant
moi.
8Saluez Amplias qui m'est cher dans le Seigneur.
9Saluez Urbain, notre compagnon d'œuvre en Christ,
ainsi que mon cher Stachys.
10Saluez Apelle qui a fait ses preuves, en Christ.
Saluez les gens de la maison d'Aristobule.
11Saluez Hérodion, mon parent.
Saluez ceux de la maison de Narcisse qui sont au Seigneur.
12Saluez Tryphène et Tryphose, qui ont travaillé pour
le Seigneur.
Saluez notre chère Perside ; elle a beaucoup travaillé
pour le Seigneur.
13Saluez Rufus, l'élu dans le Seigneur, et sa mère, qui
est aussi une mère pour moi.
14Saluez Asyncritus, Phlégon, Hermès, Patrobas, Hermas et les frères qui sont avec eux.
15Saluez Philologue et Julie, Nérée et sa sœur, ainsi
qu'Olympas et tous les saints qui sont avec eux.
16Saluez-vous les uns les autres par un saint baiser.
Toutes les églises de Christ vous saluent.
17Je vous invite, frères, à surveiller ceux qui causent
les dissensions* et les chutes par leur opposition à l'enseignement que vous avez reçu. Éloignez-vous d'eux,
18car de telles gens ne servent point Christ, notre Seigneur, mais leur ventre, et avec leurs belles paroles et
leur langage flatteur, ils trompent les cœurs des innocents. 19Votre docilité est connue de tous ; je me réjouis
donc à votre sujet, mais je désire que vous soyez sages
pour le bien, et innocents quant au mal. 20Le Dieu de
paix écrasera promptement Satan sous vos pieds. Que
la grâce de notre Seigneur Jésus-Christ soit avec vous !
21Timothée, le compagnon de mes travaux, vous

salue; Lucius, Jason et Sosipatros, mes parents, vous
saluent aussi.
[22]Je vous salue en notre Seigneur, moi Tertius*, qui
écris cette lettre.
[23]Caïus, mon hôte et celui de toute l'église, vous salue.
Éraste, le trésorier de la ville, et notre frère Quartus,
vous saluent.
[24]Que la grâce de notre Seigneur Jésus-Christ soit
avec vous tous ! Amen !
[25]À Celui qui peut vous affermir selon mon évangile et
selon la prédication de Jésus-Christ* — conformément
à la révélation du mystère celé durant de longs siècles,
[26]mais révélé maintenant, et manifesté, sur l'ordre du
Dieu éternel, par les écrits des prophètes, pour amener
à l'obéissance de la foi toutes les nations — [27]à Dieu,
seul sage, soit la gloire aux siècles des siècles, par Jésus-
Christ ! Amen !

PREMIÈRE ÉPÎTRE AUX CORINTHIENS

Adresse et salutation. — Actions de grâces.

1 [1]Paul, élu apôtre de Jésus-Christ par la volonté de
Dieu, et Sosthène notre frère, [2]à l'église de Dieu qui est
à Corinthe*, à ceux qui ont été sanctifiés en Jésus-
Christ, aux saints élus et à tous ceux qui, en tout lieu,
invoquent le nom de Jésus-Christ, leur Seigneur et le
nôtre : [3]que la grâce et la paix vous soient données par
Dieu notre Père, et par notre Seigneur Jésus-Christ.

[4]Je ne cesse de bénir mon Dieu de la grâce qu'il vous
a faite en Jésus-Christ, [5]car vous avez été comblés en lui
de toutes les richesses de la parole et de la science,
[6]dans la mesure où le témoignage du Christ a été soli-

dement établi parmi vous. 7Aussi vous n'êtes privés
d'aucun don, en attendant la venue* de notre Seigneur
Jésus-Christ. 8Il vous affermira jusqu'à la fin, pour que
vous soyez sans reproche au jour de notre Seigneur
Jésus-Christ: 9Dieu, qui vous a appelés à la communion
de son Fils Jésus-Christ, notre Seigneur, est fidèle.

I. Paul blâme les divisions et les désordres des Corinthiens.

Les partis religieux à Corinthe.

10Je vous conjure, mes frères, au nom de notre Sei-
gneur Jésus-Christ, d'avoir tous un même langage. Qu'il
n'y ait point de divisions parmi vous, mais soyez bien
unis dans un même esprit et dans une même pensée;
11car, mes frères, j'ai appris par les gens de Chloé, qu'il
y a des disputes parmi vous. 12Je veux dire que chacun
parle ainsi: Moi, je suis pour Paul; — moi, pour Apol-
los*; — moi, pour Céphas*; — moi, pour Christ. 13Est-
ce que Christ est divisé? Est-ce que Paul a été crucifié
pour vous? Est-ce au nom de Paul que vous avez été
baptisés? 14Je bénis Dieu de ce que je n'ai baptisé aucun
d'entre vous, si ce n'est Crispus et Caïus, 15pour que l'on
ne puisse pas dire que vous avez été baptisés[a] en mon
nom. 16J'ai encore baptisé la famille de Stephanas; du
reste, personne autre que je sache.

La sagesse du monde et la sagesse de Dieu.

17Christ ne m'a pas envoyé pour baptiser, mais pour
prêcher l'Évangile, sans la sagesse du rhéteur, afin de ne
pas rendre inutile la croix du Christ. 18La prédication de
la croix* est, en effet, une folie pour ceux qui périssent;

mais pour nous qui sommes sauvés, elle est la puissance
de Dieu, [19]car il est écrit : *Je perdrai la sagesse des sages,
et j'anéantirai la science des savants.* [20]Où est le sage ? où
est le scribe ? où est le raisonneur de ce siècle ? Dieu
n'a-t-il pas fait voir que la sagesse du monde est folie ?
[21]Puisque, dans sa sagesse, Dieu n'a pas voulu que le
monde arrivât, par sa propre sagesse, à le connaître, il
lui a plu de sauver les croyants par la folie de la prédication.

[22]Les Juifs demandent des miracles* ; les Grecs recherchent la sagesse ; [23]pour nous, nous prêchons Christ
crucifié, qui est scandale aux Juifs, folie aux païens[a],
[24]mais qui, pour les élus, soit juifs, soit grecs, est Christ,
puissance de Dieu et sagesse* de Dieu, [25]car la folie
de Dieu est plus sage que les hommes, et la faiblesse de
Dieu plus forte que les hommes. [26]Vous voyez bien, mes
frères, que parmi vous, élus, il n'y a pas beaucoup de
sages selon la chair, pas beaucoup de puissants, pas
beaucoup de nobles. [27]Dieu a choisi les choses folles du
monde, pour confondre les sages ; il a choisi les choses
faibles du monde, pour confondre les fortes ; [28]il a choisi
les choses viles de ce monde, les méprisées, celles qui ne
sont rien, pour anéantir celles qui sont, [29]afin que personne ne se glorifie en sa présence. [30]C'est à lui que
vous devez d'être en Jésus-Christ, qui a été fait sagesse
pour nous par la volonté de Dieu, c'est-à-dire justice,
sanctification et rédemption, [31]afin que, comme il est
écrit, *celui qui se glorifie, se glorifie dans le Seigneur.*

2 [1]Moi-même, mes frères, quand je suis venu chez
vous, je ne suis pas venu vous annoncer le témoignage
de Dieu avec le prestige de l'éloquence et de la sagesse.
[2]Je n'ai pas jugé que je dusse savoir autre chose[b] parmi
vous que Jésus-Christ, et Jésus-Christ crucifié ; [3]et, personnellement, j'ai été, dans mes rapports avec vous,
faible, craintif et tout tremblant. [4]Ma parole et ma pré-

1[19] : És 29[14]. 1[31] : Jr 9[23-24].

dication n'ont pas consisté en discours persuasifs* par
leur sagesse[a], mais en une démonstration d'esprit et de
puissance, 5afin que votre foi reposât, non sur la sagesse
des hommes, mais sur la puissance de Dieu.
6Il y a pourtant une sagesse que nous enseignons en
nous adressant aux adultes*, mais c'est une sagesse qui
n'est pas celle de ce monde, ni des princes de ce monde,
dont le règne va finir: 7c'est la sagesse mystérieuse de
Dieu, les plans cachés que Dieu, de toute éternité, avait
arrêtés pour notre gloire. 8Nul des princes de ce monde
ne l'a connue, car s'ils l'avaient connue, ils n'auraient
pas crucifié le Seigneur de gloire; 9mais ce sont, comme
il est écrit, « des choses que l'œil n'a point vues, que
l'oreille n'a point entendues, et qui ne sont pas montées
au cœur de l'homme, — mais que Dieu a préparées
pour ceux qui l'aiment* ». 10Dieu nous les a révélées par
l'Esprit, car l'Esprit sonde tout*, même les profondeurs
de Dieu. 11Qui est-ce qui connaît ce qui est en l'homme,
si ce n'est son esprit qui est en lui? De même, nul n'a
connu ce qui est en Dieu, que l'Esprit de Dieu. 12Pour
nous, nous avons reçu, non l'esprit du monde, mais
l'Esprit qui vient de Dieu, afin que nous connaissions
les grâces que Dieu nous a faites; 13et nous en parlons,
non avec les paroles qu'enseigne la sagesse humaine,
mais avec celles que l'Esprit[b] suggère, exprimant les
choses spirituelles dans un langage spirituel.
14L'homme qui ne vit que de la vie animale*, n'ac-
cueille pas ce qui vient de l'Esprit de Dieu: c'est pour
lui une folie, — et il ne peut le comprendre, parce que
ces choses demandent à être jugées spirituellement.
15L'homme spirituel, au contraire, juge de tout, et n'est
jugé lui-même par personne, 16car *qui a connu la pensée
du Seigneur*, pour pouvoir l'instruire?* Pour nous, nous
possédons la pensée de Christ.

2[16]: És 40[13].

«Paul plante, Apollos arrose ; mais c'est Dieu
qui donne la croissance.»

3 1Moi-même, mes frères, je n'ai pu vous parler
comme à des hommes spirituels, mais j'ai dû vous par-
ler comme à des hommes charnels, comme à de petits
enfants en Christ. 2Je vous ai donné du lait, non de la
nourriture solide : vous n'étiez pas assez forts ; et vous ne
l'êtes pas* même à présent, 3car vous êtes encore char-
nels. Quand il y a parmi vous de la jalousie et des dispu-
tes[a], n'êtes-vous pas charnels, et ne vous conduisez-vous
pas d'une manière tout humaine ? 4Quand l'un dit : «Moi
je suis pour Paul», — l'autre : «Moi, je suis pour Apol-
los», — n'êtes-vous pas des hommes charnels ? 5Qu'est
donc Apollos, et qu'est Paul[b] ? Des ministres qui vous ont
amenés à la foi, chacun selon la grâce que le Seigneur lui
a donnée : 6j'ai planté, Apollos a arrosé, mais c'est Dieu
qui a donné la croissance. 7Ainsi celui qui plante n'est
rien, non plus que celui qui arrose ; Dieu, qui donne la
croissance, est tout. 8Celui qui plante et celui qui arrose
sont sur la même ligne, et ils recevront leur récompense,
chacun selon son travail.

9Nous sommes ouvriers* avec Dieu : vous êtes le champ
que Dieu cultive, la maison qu'il édifie. 10Par la grâce de
Dieu, qui m'a été donnée, j'ai posé le fondement comme
un sage architecte ; un autre bâtit dessus : seulement,
que chacun prenne bien garde comment il bâtit. 11Per-
sonne, en effet, ne peut poser un autre fondement que
celui qui a été déjà posé, Jésus-Christ. 12Que chacun
bâtisse sur ce fondement avec de l'or, de l'argent, des
pierres précieuses, du bois, du foin, de la paille, 13son
œuvre* sera mise en lumière : au jour du Seigneur, on la
connaîtra, elle se révélera à l'épreuve du feu ; le feu mon-
trera ce qui subsiste de l'œuvre de chacun. 14Si l'œuvre
de quelqu'un reste debout, il en recevra la récompense.
15Celui dont l'ouvrage aura été consumé, perdra sa

récompense ; pour lui, toutefois, il sera sauvé, mais ce
sera comme au travers du feu.
[16]Ne savez-vous pas que vous êtes le temple* de Dieu,
et que l'Esprit de Dieu habite en vous ? [17]Si quelqu'un
détruit le temple de Dieu, Dieu le détruira, car le temple
de Dieu est saint, ce que vous êtes vous-mêmes. [18]Que
personne ne s'abuse : si quelqu'un parmi vous pense être
sage, parce qu'il a la sagesse de ce monde, qu'il devienne
fou, afin d'être sage, [19]car la sagesse de ce monde est folie
aux yeux de Dieu. N'est-il pas écrit : *Il prend les sages dans*
leurs finesses, [20]et encore : *Le Seigneur connaît les pensées*
des sages ; il sait qu'elles sont vaines ? [21]Que personne donc
ne mette sa gloire dans les hommes, car tout est à vous,
[22]soit Paul, soit Apollos, soit Céphas, soit le monde, soit
la vie, soit la mort, soit le présent, soit l'avenir : tout est à
vous ; mais vous, vous êtes à Christ, et Christ est à Dieu.
4 [1]Qu'ainsi l'on nous tienne pour des ministres de
Christ et des dispensateurs des mystères* de Dieu. [2]En
cette matière, du reste, ce qu'on demande à des dispen-
sateurs, c'est d'être trouvés fidèles. [3]Pour moi, il m'im-
porte fort peu d'être jugé par vous ou par un tribunal
humain ; je ne me juge pas moi-même, [4]car, quoique ma
conscience ne me reproche rien, je n'en suis pas pour
cela tenu pour juste : mon juge, c'est le Seigneur. [5]En
conséquence, ne portez pas de jugement prématuré ;
attendez que le Seigneur vienne : il illuminera même ce
qui est caché dans les ténèbres, et mettra en plein jour
les desseins des cœurs. Alors chacun recevra de Dieu la
louange qu'il mérite.

Exhortation à l'humilité.

[6]Ce que je viens de dire d'Apollos et de moi, n'est
qu'une forme de langage que j'ai prise à cause de vous,

3[19] : Jb 5[12-13]. 3[20] : Ps 94[11].

pour que vous appreniez par notre exemple[a], la maxime
« rien au-delà de ce qui est écrit* », afin que nul de vous
ne mette son orgueil en l'un, pour s'élever contre l'autre.
7Car, qui est-ce qui te distingue, toi ? Qu'as-tu que tu ne
l'aies reçu ? et si tu l'as reçu, pourquoi te glorifies-tu,
comme si tu ne l'avais pas reçu ?

8Déjà vous êtes rassasiés*, déjà vous êtes riches, vous
régnez sans nous ! Eh ! que n'êtes-vous en effet déjà deve-
nus rois, afin que nous aussi, nous puissions l'être avec
vous ! 9Car Dieu, ce me semble, a fait de nous apôtres les
derniers des hommes, comme des condamnés à mort,
nous donnant en spectacle au monde, aux anges et aux
hommes. 10Nous sommes fous à cause de Christ ; mais
vous, vous êtes sages en Christ ; nous sommes faibles,
vous êtes forts ; vous êtes honorés, nous sommes mépri-
sés. 11À cette heure encore, nous avons faim, nous avons
soif, nous sommes nus, nous sommes battus de coups,
nous n'avons ni feu ni lieu, 12et nous nous fatiguons à tra-
vailler de nos propres mains. On nous insulte, nous
bénissons ; on nous persécute, nous supportons ; 13on
nous dit des injures, nous donnons de bonnes paroles ;
nous sommes jusqu'à présent comme les balayures du
monde, le rebut des hommes.

14Je n'écris pas cela pour vous faire honte ; mais je
vous avertis comme mes enfants bien-aimés. 15Quand
vous auriez dix mille Maîtres en Christ, néanmoins vous
n'avez pas plusieurs pères : c'est moi* qui vous ai engen-
drés en Jésus-Christ par l'Évangile. 16Je vous en conjure
donc, soyez mes imitateurs. 17C'est pour cela que je vous
ai envoyé Timothée, qui est mon enfant chéri et fidèle
dans le Seigneur ; il vous rappellera comment je me
conduis en Christ, et comment j'enseigne partout, dans
toutes les églises.

18Quelques-uns se sont enflés d'orgueil, comme si
je ne devais pas aller chez vous ; 19mais j'irai bientôt
chez vous, s'il plaît au Seigneur, et je connaîtrai non
ce que disent ces orgueilleux, mais ce qu'ils font : 20le

royaume de Dieu consiste non en paroles, mais en
œuvres*.
21 Que voulez-vous ? que j'aille chez vous avec la verge,
ou bien avec amour et dans un esprit de douceur ?

Les scandales dans l'église.

5 1 On dit partout qu'il y a chez vous de l'impudicité,
et une impudicité telle qu'on n'en rencontre pas même[a]
chez les païens : ainsi, l'un de vous vit avec la femme*
de son père. 2 Et vous êtes enflés d'orgueil ! et vous
n'avez pas plutôt pleuré, vous n'avez pas chassé du
milieu de vous celui qui a commis cette action ! 3 Pour
moi, absent de corps, mais présent d'esprit, j'ai déjà
jugé, comme si j'étais là, celui qui a agi de la sorte. 4 Au
nom du Seigneur Jésus, vous et mon esprit étant assem-
blés, avec la puissance de notre Seigneur Jésus, j'ai
décidé 5 de livrer un tel homme à Satan* pour la des-
truction de la chair, afin que l'esprit soit sauvé au jour
du Seigneur Jésus. 6 Il ne vous sied point de vous glori-
fier. Ne savez-vous pas qu'un peu de levain fait lever
toute la pâte ? 7 Purifiez-vous du vieux levain, afin que
vous soyez une pâte nouvelle. D'ailleurs vous êtes sans
levain, car notre Pâque, le Christ, a été immolé[b]. 8 Ainsi,
célébrons la fête, non avec le vieux levain, ni avec le
levain de la méchanceté et de la perversité, mais avec
les pains sans levain de la pureté et de la vérité.
9 Je vous ai écrit dans ma lettre*, de n'avoir aucune
relation avec les impudiques ; 10 non pas absolument
avec tous les impudiques de ce monde, et avec les
hommes cupides et rapaces, et avec les idolâtres ; autre-
ment, il faudrait sortir de ce monde. 11 J'ai simplement
voulu vous dire de n'avoir aucune relation avec un
homme qui porte le nom de frère, si c'est un impudique,
ou un avare, ou un idolâtre, ou un calomniateur, ou un
ivrogne, ou un homme rapace ; vous ne devez pas même

manger avec un tel homme. [12]Est-ce à moi de juger les gens du dehors ? Ceux du dedans, n'est-ce pas vous qui les jugez ? [13]Ceux du dehors, c'est Dieu qui les juge. *Ôtez le coupable du milieu de vous.*

Les différends portés devant les tribunaux païens.

6 [1]Quand l'un de vous a un différend avec son frère, ose-t-il bien l'appeler en jugement devant les injustes*, et non devant les saints ? [2]Ne savez-vous pas que les saints jugeront le monde ? Et, si vous devez juger le monde, êtes-vous indignes de prononcer des jugements bien moins importants ? [3]Ne savez-vous pas que nous jugerons les anges ? et nous ne jugerions pas des affaires d'intérêt ? [4]Quand donc vous avez des procès pour affaire d'intérêt, vous prenez pour juges des gens qui sont méprisés de l'Église ! [5]Je le dis à votre honte. Ainsi, il n'y a pas parmi vous un seul homme sage qui puisse servir d'arbitre entre ses frères ; [6]mais un frère est en procès avec un frère, et cela devant des non-croyants ! [7]C'est déjà certes un grand défaut que d'avoir des procès les uns avec les autres. Pourquoi ne souffrez-vous pas plutôt l'injustice ? Pourquoi ne vous laissez-vous pas plutôt spolier ? [8]Mais c'est vous-mêmes, qui êtes injustes, spoliateurs, et cela envers des frères ! [9]Ne savez-vous pas que les injustes n'hériteront point le royaume de Dieu ? Ne vous y trompez pas : ni les impudiques, ni les idolâtres, ni les adultères, ni les efféminés, ni les infâmes, [10]ni les voleurs, ni les avares, ni les ivrognes, ni les calomniateurs, ni les rapaces n'hériteront le royaume de Dieu. [11]Et cela, vous l'étiez, quelques-uns ; mais vous avez été lavés, — mais vous avez été sanctifiés, — mais vous avez été justifiés au nom du Seigneur Jésus, et par l'Esprit de notre Dieu.

5[13] : Dt 13[5].

Contre l'impureté.

12 Tout m'est permis, mais tout n'est pas utile*; tout
m'est permis, mais je ne me laisserai dominer par rien.
13 Les aliments sont pour l'estomac, et l'estomac est pour
les aliments ; et Dieu détruira et ceux-ci et celui-là. Mais le
corps n'est pas pour l'impudicité ; il est pour le Seigneur,
et le Seigneur, pour le corps ; 14 et Dieu, qui a ressuscité le
Seigneur, nous ressuscitera aussi par sa puissance. 15 Ne
savez-vous pas que vos corps sont les membres de Christ ?
Je prendrai donc les membres du Christ pour en faire les
membres d'une prostituée ? Loin de moi une telle pen-
sée ! 16 Ne savez-vous pas que celui qui s'unit à une prosti-
tuée, fait un seul et même corps avec elle ? car il est dit :
les deux ne feront qu'une seule chair. 17 Celui qui s'unit au
Seigneur, est un seul et même esprit avec lui. 18 Fuyez
l'impudicité. Quelque autre péché qu'un homme com-
mette, ce péché est en dehors de son corps, tandis que
l'impudique pèche* contre son propre corps. 19 Ne savez-
vous pas que votre corps est le temple du Saint-Esprit,
qui est en vous et qui vous vient de Dieu ? que vous ne
vous appartenez point à vous-mêmes, 20 car vous avez été
achetés à un grand prix ? Glorifiez Dieu dans votre corps[a].

II. Réponses à diverses questions des Corinthiens.

Le mariage.

7 1 Quant aux points sur lesquels vous m'avez écrit,
je vous dirai qu'il est bon pour l'homme de ne point

6[16] : Gn 2[24]

approcher d'une femme ; 2néanmoins, pour éviter l'im-
pudicité, que chaque homme ait sa femme, que chaque
femme ait son mari. 3Que le mari remplisse ses devoirs
envers sa femme[a], et la femme ses devoirs envers son
mari. 4La femme n'est point la maîtresse de son corps,
c'est le mari qui en est le maître ; de même, le mari n'est
point le maître du sien, c'est la femme qui en est la maî-
tresse. 5Ne vous refusez pas l'un à l'autre, à moins que
ce ne soit d'un commun accord et pour un temps, afin
de vous appliquer[b] à la prière ; puis retournez ensemble,
de peur que Satan ne vous tente, à cause de votre incon-
tinence naturelle* : 6c'est un conseil*, non un ordre que
je vous donne. 7Je voudrais que tous les hommes fussent
comme moi ; mais chacun reçoit de Dieu son don parti-
culier, l'un d'une manière, l'autre d'une autre.

8Je dis à ceux qui ne sont pas mariés et aux veuves,
qu'il leur est bon de demeurer en cet état, comme j'y
demeure moi-même. 9Toutefois, s'ils ne peuvent garder
la continence, qu'ils se marient : il vaut mieux se marier
que de brûler.

10Quant aux personnes mariées, j'ordonne, non pas
moi, mais le Seigneur*, que la femme ne se sépare pas de
son mari 11(dans le cas où elle s'en trouverait séparée,
qu'elle reste sans se remarier, ou qu'elle se réconcilie
avec son mari), et que le mari ne répudie point sa
femme. 12Aux autres, je dis, moi, non le Seigneur* : Si un
frère a une femme, non croyante et que cette femme
consente à habiter avec lui, qu'il ne la répudie pas ; 13si
une femme a un mari non croyant, et que ce mari
consente à habiter avec elle, qu'elle ne répudie pas son
mari. 14Le mari non croyant, est sanctifié par sa femme,
et la femme non croyante, est sanctifiée par son mari*
croyant ; autrement, vos enfants seraient impurs, au lieu
qu'ils sont saints. 15Si le conjoint non croyant se sépare,
eh bien ! qu'il se sépare ; en pareil cas, le frère ou la sœur
ne sont pas liés : Dieu nous a appelés à vivre en paix.
16Sais-tu, femme, si tu sauveras ton mari ? Sais-tu, mari,

si tu sauveras ta femme? 17En tout cas, que chacun
conforme sa conduite à la position que le Seigneur lui
a assignée et dans laquelle il se trouvait quand Dieu
l'a appelé*. C'est la règle que j'établis dans toutes les
églises.

18Quelqu'un a-t-il été appelé étant circoncis, qu'il
demeure circoncis. Quelqu'un a-t-il été appelé étant
incirconcis, qu'il ne se fasse pas circoncire. 19La cir-
concision n'est rien; l'incirconcision n'est rien: ce qui
est tout, c'est de garder les commandements de Dieu.
20Que chacun reste dans l'état où il était quand il a été
appelé. 21Tu as été appelé étant esclave, ne t'en mets
point en peine; mais alors même que tu peux recouvrer
ta liberté, mets plutôt à profit ton état de servitude; 22car
celui qui a été appelé au Seigneur étant esclave, est un
affranchi du Seigneur; de même, l'homme libre qui a été
appelé, est un esclave de Christ. 23Vous avez été ache-
tés à un grand prix: ne vous rendez pas esclaves des
hommes. 24Frères, que chacun demeure devant Dieu
dans l'état où il était, quand il a été appelé.

25Quant aux vierges, je n'ai pas d'ordre du Seigneur à
leur donner, mais je leur donne un conseil, moi qui ai
reçu du Seigneur la grâce d'être fidèle. 26Je crois que cet
état est bon à cause de la crise* qui est imminente, oui,
je crois qu'il est bon à l'homme d'être ainsi. 27T'es-tu
engagé à une femme, ne cherche point à te dégager; es-
tu libre, ne cherche point de femme. 28Si pourtant tu te
maries, tu ne pèches point; si une vierge se marie, elle
ne pèche point; mais ces personnes auront des afflic-
tions dans la chair, et je voudrais vous les épargner.

29Je vous assure, frères, que le temps est court[c]*; ainsi,
qu'à l'avenir, ceux qui ont des femmes soient comme
s'ils n'en avaient pas; 30ceux qui pleurent, comme s'ils ne
pleuraient pas; ceux qui se réjouissent, comme s'ils ne se
réjouissaient pas; ceux qui achètent, comme s'ils ne pos-
sédaient pas; 31et ceux qui usent du monde, comme s'ils
n'en usaient point du tout, car la figure de ce monde va

passer. [32]Je voudrais que vous fussiez libres de soucis
mondains : l'homme non marié se soucie des affaires du
Seigneur, pour plaire au Seigneur ; [33]l'homme marié se
soucie des affaires du monde, pour plaire à sa femme.
[34]La femme mariée et la vierge ont aussi des intérêts dif-
férents : celle qui n'est pas mariée se soucie des affaires
du Seigneur, pour être sainte de corps et d'esprit ; tandis
que celle qui est mariée se soucie des affaires du monde,
pour plaire à son mari.

[35]C'est dans votre intérêt que je parle ainsi, non dans
l'intention de vous prendre comme dans un filet ; je vou-
drais vous retenir honnêtement et sans tiraillements
auprès du Seigneur. [36]Si quelqu'un estime qu'il man-
querait aux convenances envers sa fille, si elle passait la
fleur de l'âge sans se marier, et qu'il est de son devoir
de la marier, qu'il fasse comme il l'entend, il ne pèche
point ; qu'il la marie. [37]Mais celui qui, sans y être forcé,
étant maître de faire ce qu'il veut, prend en son cœur la
ferme résolution de garder sa fille, celui-là fait bien :
[38]ainsi celui qui marie sa fille fait bien, mais celui qui ne
la marie pas, fait mieux.

[39]La femme est liée[a] à son mari aussi longtemps qu'il
est vivant ; si son mari meurt, elle est libre d'épouser qui
elle voudra ; seulement, que ce soit dans le Seigneur.
[40]Cependant elle sera plus heureuse si elle reste comme
elle est : c'est mon avis, et je crois avoir, moi aussi, l'Es-
prit de Dieu.

La question des viandes immolées aux idoles. — Condescendance due aux faibles.

8 [1]Quant aux viandes immolées aux idoles*, nous
savons que nous avons tous des notions sur ce sujet ;
mais la connaissance rend orgueilleux, tandis que la cha-
rité édifie. [2]Si quelqu'un croit connaître quelque chose,
il n'a encore rien connu comme on le doit connaître ;

3mais si quelqu'un aime Dieu, cet homme-là est connu
de lui.

4S'il s'agit de manger des viandes immolées aux idoles,
nous savons bien qu'il n'existe pas réellement d'idole
dans le monde*, qu'il n'y a qu'un seul Dieu et qu'il n'y en
a point d'autre. 5On prétend sans doute qu'il y a des
dieux, soit au ciel, soit sur la terre, et on adore en effet
plusieurs dieux et plusieurs seigneurs ; 6mais pour nous,
il n'y a qu'un seul Dieu, le Père, de qui viennent toutes
choses, et nous sommes pour lui, — et qu'un seul Sei-
gneur, Jésus-Christ, par qui sont toutes choses, et nous
sommes par lui*.

7Malheureusement, tous n'ont pas cette connaissance.
Quelques-uns, encore sous l'influence de leurs anciennes
idées sur l'idole, croient manger[a] de la viande sacrifiée à
une idole réelle, et leur conscience, qui est faible, en est
souillée*. 8Un aliment ne saurait nous rapprocher ni
nous éloigner de Dieu : nous ne pouvons rien gagner en
en mangeant, ni rien perdre en n'en mangeant pas.
9Mais prenez garde que cette liberté dont vous jouissez,
ne soit une pierre d'achoppement pour les faibles. 10Si
quelqu'un te voit, toi qui es un homme éclairé, assis à
table dans le temple d'une idole*, sa conscience, quoi-
qu'il soit faible, ne sera-t-elle pas rassurée, au point de
lui faire manger des viandes immolées aux idoles ? 11Oui,
il est perdu parce que toi, tu as la connaissance, le faible,
ce frère[b] pour lequel Christ est mort ! 12C'est ainsi que,
vous rendant coupables envers des frères, et violentant
leur conscience, qui est faible, vous vous rendez cou-
pables envers Christ. 13C'est pourquoi, si un aliment est
une occasion de chute pour mon frère, je me passerai
éternellement de viande, plutôt que d'être pour lui une
occasion de chute.

La condescendance de Paul.

9 [1]Ne suis-je pas libre? Ne suis-je pas apôtre? N'ai-je pas vu* Jésus, notre Seigneur? N'êtes-vous pas mon œuvre dans le Seigneur? [2]Si, pour d'autres, je ne suis pas apôtre, au moins le suis-je pour vous, car vous êtes le sceau de mon apostolat dans le Seigneur: [3]voilà ma réponse à mes détracteurs*. [4]N'avons-nous pas le droit de manger et de boire à vos frais? [5]N'avons-nous pas le droit de mener avec nous une femme d'entre nos sœurs*, comme font les autres apôtres, et les frères du Seigneur, et Céphas? [6]Barnabas et moi, sommes-nous les seuls qui n'ayons pas le droit de ne point travailler? [7]Qui a jamais porté les armes à ses propres frais? Plante-t-on une vigne pour n'en pas manger le fruit? Fait-on paître un troupeau, sans se nourrir de son lait? [8]Ce que je dis là, n'est-il que dans les usages humains? La Loi ne le dit-elle pas aussi? [9]N'est-il pas écrit dans la loi de Moïse: *Tu n'emmuselleras pas le bœuf qui foule le grain*? Est-ce que Dieu se met en peine des bœufs? [10]Ne le dit-il pas bien certainement à cause de nous? Certainement, c'est pour nous que cela a été écrit, car le laboureur doit labourer avec espérance, et celui qui bat le blé, le battre avec l'espérance d'y avoir part. [11]Si nous avons semé pour vous les biens spirituels, est-ce beaucoup de recueillir vos biens temporels? [12]Si d'autres jouissent de ce droit sur vous, ne l'avons-nous pas à plus forte raison? Eh bien! nous n'avons point usé de ce droit: nous nous résignons à tout pour ne créer aucun obstacle à l'Évangile du Christ.

[13]Ne savez-vous pas que ceux qui font le service sacré vivent du temple? que ceux qui sont occupés à l'autel, ont leur part de ce qui est offert sur l'autel? [14]De même, le Seigneur a prescrit à ceux qui annoncent l'Évangile,

9[9]: Dt 25[4].

de vivre de l'Évangile*. [15]Pour moi, je n'ai profité d'aucun de ces avantages. Je n'écris pas ainsi afin de les obtenir désormais : j'aimerais mieux mourir que de me laisser enlever ce sujet de gloire. [16]Car si j'annonce l'Évangile, je n'ai point là de sujet de gloire, c'est une nécessité qui m'est imposée : malheur à moi si je n'annonce pas l'Évangile ! [17]Si je le faisais de ma propre volonté, je mériterais une récompense ; mais si je le fais contre mon gré, c'est une charge qui m'est confiée. [18]Quel est donc mon mérite ? C'est, en annonçant l'Évangile, de l'annoncer gratuitement, sans user aucunement du droit que l'Évangile me confère. [19]Ne dépendant de personne, je me suis fait esclave de tous, pour gagner un plus grand nombre de personnes : [20]j'ai été avec les Juifs, comme un Juif, afin de gagner les Juifs ; avec ceux qui sont sous la Loi, comme étant sous la Loi, quoique, personnellement, je ne sois pas sous la Loi[a], afin de gagner ceux qui sont sous la Loi ; [21]avec ceux qui sont sans loi, comme sans loi moi-même, — quoique je ne sois point sans la loi de Dieu, étant sous la loi de Christ[b]*, — pour gagner ceux qui sont sans loi. [22]J'ai été faible avec les faibles, afin de gagner les faibles ; je me suis fait tout à tous, afin, de toutes les manières, d'en sauver quelques-uns. [23]Je fais tout à cause de l'Évangile, afin d'y avoir part moi-même.

[24]Ne savez-vous pas que dans les courses du stade*, tous courent, mais qu'un seul remporte le prix ? Courez de même, afin de remporter le prix. [25]Tous ceux qui concourent dans les jeux, s'imposent une abstinence parfaite : eux, pour remporter une couronne périssable ; nous, pour une couronne impérissable. [26]Eh bien ! moi, je cours de même, et ce n'est pas à l'aventure ; je frappe de même, et ce n'est pas en l'air ; [27]mais je frappe mon corps, et je le traite en esclave, de peur qu'après avoir prêché aux autres, je ne sois moi-même rejeté.

«Fuyez l'idolâtrie.» — Conclusion pratique
sur la question des viandes immolées aux idoles.

10 [1]Frères, je ne veux pas que vous ignoriez que nos
pères* ont tous été sous la nuée, qu'ils ont tous passé à
travers la mer, [2]qu'ils ont tous été baptisés en Moïse*
dans la nuée et dans la mer, [3]qu'ils ont tous mangé le
même aliment spirituel*, [4]et qu'ils ont tous bu le même
breuvage spirituel*, car ils buvaient à un rocher spiri-
tuel qui les suivait, et ce rocher était le Christ. [5]Néan-
moins, la plupart d'entre eux ne furent point agréables
à Dieu, puisque *leurs corps jonchèrent le sol au désert.*
[6]Ces faits se sont passés pour nous servir d'exemple,
afin que nous ne désirions pas le mal, comme eux le
désirèrent. [7]Ne soyons donc pas idolâtres, comme
quelques-uns d'entre eux, ainsi qu'il est écrit : *Le peuple
s'assit pour manger et pour boire, puis il se leva pour se
divertir.* [8]Ne nous livrons pas à l'impudicité, comme
quelques-uns d'entre eux s'y livrèrent, et vingt-trois
mille* tombèrent morts en un seul jour. [9]Ne tentons
point le Seigneur, comme quelques-uns d'entre eux, et
ils périrent victimes des serpents*. [10]Ne murmurez pas
non plus, comme quelques-uns d'entre eux, et ils péri-
rent sous les coups de l'exterminateur*.
[11]Ces châtiments leur arrivèrent pour servir d'exem-
ple, et ils ont été consignés par écrit pour notre instruc-
tion, à nous, qui touchons à la fin des temps. [12]Ainsi, que
celui qui croit être debout, prenne garde de tomber.
[13]Vous n'avez pas été exposés à des tentations surhu-
maines, et Dieu, qui est fidèle, ne permettra pas que
vous soyez tentés au-delà de vos forces ; mais, avec la
tentation, il vous donnera le moyen d'en sortir et le pou-
voir de la supporter.
[14]C'est pourquoi, mes bien-aimés, fuyez l'idolâtrie.
[15]Je vous parle comme à des personnes raisonnables ;

10[5] : Nb 14[16]. 10[7] : Ex 32[6].

jugez vous-mêmes de ce que je dis. [16]La coupe de béné-
diction* que nous bénissons, n'est-elle pas une commu-
nion avec le sang du Christ ? Le pain que nous rompons,
n'est-il pas une communion avec le corps du Christ ?
[17]Puisqu'il y a un seul pain, nous formons, tout nom-
breux que nous sommes, un seul corps*, car nous parti-
cipons tous à un seul et même pain. [18]Considérez Israël
selon la chair : ceux qui mangent des victimes ne sont-
ils pas en communion avec l'autel ? [19]Qu'est-ce donc que
je veux dire ? Que le sacrifice immolé à l'idole ait quelque
valeur ? Que l'idole soit quelque chose ? — Non : [20]mais
je dis que ce qu'ils immolent, ils le sacrifient à des
démons, non à Dieu ; et je ne veux pas que vous entriez
en communion avec les démons. [21]Vous ne pouvez boire
à la coupe du Seigneur et à la coupe des démons ; vous
ne pouvez prendre part à la table du Seigneur et à la
table des démons. [22]Voulons-nous *provoquer la jalousie
du Seigneur* ? Sommes-nous plus forts que lui ? [23]Tout
est permis, mais tout n'est pas utile ; tout est permis,
mais tout n'édifie pas. [24]Que personne ne cherche son
propre avantage, mais qu'il cherche celui d'autrui.

[25]Mangez de tout ce qui se vend à la boucherie, sans
vous enquérir de rien par motif de conscience, [26]car *la
terre est au Seigneur avec tout ce qu'elle contient*. [27]Si un
non-croyant vous invite, et que vous vouliez vous rendre
à son invitation, mangez de tout ce qu'on vous servira,
sans vous enquérir de rien par motif de conscience.
[28]Mais si quelqu'un vous dit : Ceci a été offert en sacri-
fice, n'en mangez pas à cause de celui qui vous avertit,
et à cause de la conscience[a], [29]je ne dis pas de la vôtre,
mais de celle d'autrui ; car pourquoi ma liberté serait-
elle jugée par la conscience d'un autre ? [30]Si je mange
d'un aliment avec actions de grâces, pourquoi serais-je
blâmé pour une chose dont je rends grâce ?

[31]Soit donc que vous mangiez, soit que vous buviez,

10[22] : Dt 32[21]. 10[26] : Ps 24[1].

quoi que vous fassiez, faites tout pour la gloire de Dieu.
[32]Ne soyez en scandale ni aux Juifs, ni aux Grecs, ni à
l'église de Dieu. [33]C'est ainsi que moi-même je m'efforce
de plaire à tous, sous tous les rapports, cherchant, non
mon avantage, mais celui des autres, afin qu'ils soient
sauvés.

11 [1]Soyez mes imitateurs, comme je le suis moi-
même de Christ.

III. Directions relatives au culte.

La tenue des femmes dans l'église.

[2]Je vous loue[a] de ce que vous vous souvenez de moi à
tous égards, et de ce que vous retenez mes instructions
telles que je vous les ai données. [3]Je désire que vous
sachiez que le chef* de tout homme, c'est le Christ,
— que le chef de la femme, c'est l'homme, — et que le
chef du Christ, c'est Dieu. [4]Tout homme qui prie ou qui
prophétise, la tête couverte, déshonore son chef. [5]Toute
femme qui prie ou qui prophétise, la tête découverte,
déshonore son chef, c'est exactement comme si elle
était rasée. [6]Si une femme ne met pas de voile, qu'elle se
fasse donc couper les cheveux ; mais si c'est une honte
pour la femme de se couper les cheveux ou de se raser
la tête, qu'elle porte donc un voile !

[7]L'homme ne doit pas avoir la tête couverte, parce
qu'il est l'image et la gloire de Dieu ; mais la femme est
la gloire de l'homme. [8]En effet, l'homme n'a pas été tiré
de la femme, mais la femme de l'homme ; [9]et l'homme
n'a pas été créé pour la femme, mais la femme pour
l'homme, [10]voilà pourquoi la femme doit avoir sur la
tête une marque de dépendance, à cause des anges.
[11]Néanmoins la femme ne va point sans l'homme, ni

l'homme sans la femme, dans le Seigneur; [12]car, si la
femme a été tirée de l'homme, l'homme aussi naît de
la femme, et tout vient de Dieu.

[13]Je vous en fais juges vous-mêmes: est-il convenable
qu'une femme prie Dieu sans être voilée? [14]La nature
même ne vous enseigne-t-elle pas que c'est une honte à
un homme de porter de longs cheveux, [15]tandis que c'est
une gloire pour la femme qu'une longue chevelure,
parce que la chevelure lui a été donnée en guise de
voile? [16]Si quelqu'un se plaît à contester qu'il sache que
telle n'est pas notre habitude, non plus que celle des
églises de Dieu.

La célébration de la Sainte-Cène.

[17]En vous donnant cet avertissement, je ne saurais
vous louer de ce que vos réunions vous rendent non
meilleurs, mais pires. [18]D'abord, j'apprends que, lorsque
vous vous réunissez en assemblée, il y a des divisions
parmi vous, et je le crois en partie: [19]il faut bien qu'il y
ait parmi vous des dissensions*, pour qu'on voie net-
tement quels sont les bons parmi vous. [20]Quand vous
vous réunissez, ce n'est pas le repas du Seigneur que
vous mangez; [21]car, à table*, chacun se réserve la nour-
riture qui lui appartient, en sorte que l'un a faim, tandis
que l'autre est ivre. [22]N'avez-vous pas vos maisons pour y
manger et pour y boire? Méprisez-vous l'église de Dieu,
et voulez-vous faire un affront aux indigents? Que vous
dirai-je? Vous louerai-je? — Non, je ne vous loue point
en cela. [23]Car, pour moi, j'ai appris du Seigneur ce que je
vous ai enseigné: c'est que le Seigneur Jésus, dans la
nuit où il fut livré, prit du pain, [24]et, après avoir rendu
grâces, il le rompit, et dit: « Ceci est mon corps qui est
pour vous[a]; faites ceci en mémoire de moi. » [25]De même,
après le repas, il prit la coupe, et dit: « Cette coupe est la
nouvelle alliance en mon sang; faites ceci en mémoire

de moi, toutes les fois que vous boirez. » — 26En effet,
toutes les fois que vous mangez de ce pain, et que vous
buvez de cette coupe, vous annoncez la mort du Sei-
gneur, jusqu'à ce qu'il vienne.
27Ainsi, celui qui mangera le pain ou boira la coupe du
Seigneur indignement*, sera coupable envers le corps et
le sang du Seigneur. 28Que chacun s'examine soi-même,
et qu'ensuite il mange du pain et boive de la coupe :
29celui qui mange et boit[a], sans discerner le corps du Sei-
gneur, mange et boit sa propre condamnation. 30Voilà
pourquoi il y a chez vous beaucoup de malades et d'in-
firmes*, et bon nombre de personnes meurent. 31Si nous
nous jugions bien nous-mêmes, nous ne serions pas
jugés ; 32mais le Seigneur nous juge pour nous châtier,
afin que nous ne soyons pas condamnés avec le monde.
33En conséquence, mes frères, quand vous vous réunis-
sez pour prendre le repas, accueillez-vous les uns les
autres. 34Si quelqu'un a faim, qu'il mange chez lui, afin
que vous ne vous réunissiez pas pour votre condamna-
tion. Pour le reste, je le réglerai à mon arrivée.

Les dons spirituels.

12 1En ce qui concerne les dons spirituels, je ne
veux pas, frères, que vous soyez dans l'ignorance.
2Vous savez que, lorsque vous étiez païens, vous vous
laissiez entraîner vers les idoles muettes*, comme vous y
étiez poussés. 3Apprenez donc qu'aucun homme qui
parle par l'Esprit de Dieu, ne dit : Jésus anathème ! et
que nul ne peut dire : Jésus Seigneur ! que par l'Esprit
saint.
4Il y a diversité de dons, mais un seul et même Esprit ;
5il y a aussi diversité de ministères, mais un seul et
même Seigneur ; 6il y a aussi diversité de pouvoirs, mais
c'est le même Dieu qui produit tout en tous*. 7Mais une
manifestation spéciale de l'Esprit est donnée à chacun

en vue de l'utilité commune. [8]En effet, l'Esprit donne
à l'un la parole de sagesse; à un autre, le même Esprit
donne la parole de science; [9]à un autre, le même Esprit
donne la foi; à un autre, ce seul et même Esprit accorde
le don des guérisons, [10]à un autre, la puissance de faire
des miracles, à un autre, la prophétie, à un autre, le
discernement des esprits*, à un autre, le don de parler
les diverses espèces de langues*, à un autre, l'interpré-
tation des langues; [11]mais c'est le seul et même Esprit
qui produit tous ces dons, les distribuant à chacun en
particulier comme il lui plaît.

[12]De même que le corps forme un seul tout*, et a plu-
sieurs membres, et que tous les membres du corps, mal-
gré leur pluralité, ne forment qu'un seul corps, ainsi en
est-il du Christ. [13]C'est, en effet, dans un seul et même
Esprit, que nous avons tous été baptisés, pour former un
seul corps, soit Juifs, soit Grecs, soit esclaves, soit libres,
et nous avons tous été abreuvés d'un seul et même
Esprit[a]. [14]Le corps se compose, non d'un seul membre,
mais de plusieurs. [15]Si le pied disait: Parce que je ne suis
pas main, je ne suis pas du corps, en serait-il moins du
corps pour cela? [16]Si l'oreille disait: Parce que je ne suis
pas œil, je ne suis pas du corps, en serait-elle moins du
corps pour cela? [17]Si tout le corps était œil, où serait
l'ouïe? S'il était tout entier ouïe, où serait l'odorat?
[18]Mais voici, Dieu a placé chacun des membres dans le
corps, comme il a voulu. [19]Si tous les membres étaient un
seul et même membre, où serait le corps? [20]Il y a donc
plusieurs membres, mais il n'y a qu'un corps.

[21]L'œil ne peut pas dire à la main: je n'ai pas besoin
de toi; ni la tête, à son tour, dire aux pieds: je n'ai pas
besoin de vous. [22]Bien au contraire, les membres du
corps qui sont les plus faibles sont nécessaires, [23]et ceux
que nous tenons pour les moins honorables du corps,
sont ceux que nous entourons de plus d'honneur, de
sorte que les moins décents sont le plus décemment trai-
tés; [24]mais ceux qui sont décents n'en ont pas besoin.

Dieu a disposé le corps de telle sorte qu'il a assuré plus de respect à ce qui en est naturellement privé, [25]afin qu'il n'y ait pas de division dans le corps, mais que les membres soient également soucieux les uns des autres. [26]Si un membre souffre, tous les autres souffrent avec lui ; si un membre est honoré, tous les membres s'en réjouissent avec lui.

[27]Vous êtes le corps de Christ, et chacun, pour sa part, est un de ses membres. [28]Et voici ceux que Dieu a établis dans l'Église : premièrement des apôtres, deuxièmement des prophètes, troisièmement des docteurs ; ensuite ceux qui ont le don des miracles, puis ceux qui ont le don de guérir, de secourir, de diriger, de parler en diverses sortes de langues. [29]Tous sont-ils apôtres ? tous sont-ils prophètes ? tous sont-ils docteurs ? tous ont-ils le don des miracles ? [30]tous ont-ils le don de guérir ? tous parlent-ils en langues ? tous interprètent-ils ? [31]Aspirez aux dons supérieurs.

Au surplus, je vais vous indiquer une voie infiniment excellente.

La charité.

13 [1]Quand je parlerais les langues des hommes et des anges, si je n'ai pas la charité*, je ne suis qu'un airain qui résonne ou une cymbale qui retentit. [2]Quand j'aurais le don de prophétie, quand je connaîtrais tous les mystères et que je posséderais toute science, quand j'aurais toute la foi, jusqu'à transporter les montagnes*, si je n'ai pas la charité, je ne suis rien. [3]Quand je distribuerais tous mes biens en aumônes, quand je livrerais mon corps pour être brûlé, si je n'ai pas la charité, cela ne me sert de rien.

[4]La charité est patiente, elle est bienveillante ; la charité n'est point envieuse ; la charité ne se vante point ; elle ne s'enorgueillit pas ; [5]elle ne fait rien d'inconve-

nant, elle n'est point égoïste, elle ne s'irrite point, elle
ne soupçonne pas le mal, [6]elle ne se réjouit pas de l'in-
justice, elle se réjouit, au contraire, de la vérité. [7]Elle se
résigne à tout, elle croit tout, elle espère tout, elle sup-
porte tout.

[8]La charité ne passera jamais. Les prophéties pren-
dront fin, les langues cesseront, la science aura son
terme ; [9]car notre connaissance est imparfaite et notre
prophétie également ; [10]mais à l'avènement de la perfec-
tion*, ce qui est imparfait disparaîtra. [11]Quand j'étais
enfant, je parlais comme un enfant, je pensais comme un
enfant, je raisonnais comme un enfant ; mais, quand j'ai
été homme, je me suis défait de ce qui tenait de l'en-
fant. [12]Maintenant, nous voyons comme dans un miroir*,
confusément ; alors, nous verrons face à face. Mainte-
nant, je connais d'une manière partielle ; alors je connaî-
trai comme j'ai été connu. [13]Mais voici, ces trois* choses
demeurent, la foi, l'espérance, la charité ; mais la plus
grande d'entre elles, c'est la charité.

Le don des langues.

14 [1]Recherchez la charité, tout en aspirant aux dons
spirituels et surtout au don de prophétie*.

[2]Celui qui parle en langues ne parle pas aux hommes,
mais à Dieu, car personne ne le comprend. Sous l'in-
fluence de l'Esprit, il dit des choses inintelligibles, [3]mais
celui qui prophétise parle aux hommes : il édifie, il
exhorte, il console. [4]Celui qui parle en langues, s'édifie
lui-même ; celui qui prophétise, édifie une assemblée.
[5]Je veux bien que vous parliez tous en langues, mais
encore plus que vous prophétisiez. Celui qui prophétise
est supérieur à celui qui parle en langues, à moins que
ce dernier n'interprète ce qu'il dit, pour que l'assemblée
en reçoive de l'édification.

[6]À quoi donc vous serais-je utile, frères, si je venais

vous parler en langues, et si je ne vous communiquais*
ni révélation, ni science, ni prophétie, ni enseignement ?
7Bien que les instruments inanimés, tels que la flûte ou
la lyre, rendent un son, cependant, s'ils ne rendent pas
des sons distincts, comment reconnaîtra-t-on ce qui est
joué avec la flûte ou sur la lyre ? 8Si la trompette rend
un son confus, qui est-ce qui se préparera au combat ?
9Vous, de même, si vous ne faites pas entendre avec la
langue une parole distincte, comment saura-t-on ce que
vous dites ? Vous ne ferez que parler en l'air.

10Il y a, sans doute, beaucoup de langues différentes
dans le monde, mais aucune n'est sans signification ; 11et
si je ne connais pas le sens des mots, je serai un barbare*
pour celui qui parle, et celui qui parle sera, à mon sens,
un barbare. 12Vous, de même, puisque vous êtes si ambi-
tieux de dons spirituels, cherchez à y exceller, en vue de
l'édification de l'assemblée. 13En conséquence, que celui
qui parle en langues, demande à Dieu le don d'interpré-
ter. 14Car si je prie en langues, mon esprit est en prière,
mais mon intelligence reste oisive. 15Que faire donc ? Je
prierai en esprit, mais je prierai aussi avec l'intelligence ;
je psalmodierai en esprit, mais je psalmodierai aussi avec
l'intelligence ; 16autrement, si tu ne rends des actions de
grâces qu'en esprit, comment le simple fidèle répondra-
t-il Amen ! à ton action de grâces, puisqu'il ne sait pas ce
que tu dis ? 17Pour toi, il est vrai, tu rends d'excellentes
actions de grâces, mais les autres n'en sont pas édi-
fiés. 18Je bénis Dieu[a] de ce que je parle en langues plus
que vous tous ; 19mais j'aimerais mieux prononcer dans
une assemblée cinq paroles intelligibles, afin d'instruire
aussi les autres, que dix mille en langues.

20Frères, ne soyez pas des enfants pour la raison* ;
mais pour la malice, restez en bas âge, et pour la raison,
soyez des hommes faits. 21Il est écrit dans la Loi :

C'est par des hommes de langue étrangère
Et par des lèvres d'étrangers[b]
Que je parlerai à ce peuple ;

Et, même alors, ils ne m'écouteront pas,
Dit le Seigneur.
[22]Ainsi, les langues sont un signe non pour les
croyants, mais pour les non-croyants ; la prophétie, au
contraire, n'est pas pour les non-croyants, mais pour les
croyants. [23]Lorsque l'église entière est réunie, si tous
parlent en langues, les hommes du peuple ou les incré-
dules qui surviennent ne diront-ils pas que vous êtes
fous ? [24]Si au contraire tous prophétisent, l'incrédule ou
l'homme du peuple qui entre, se trouve repris par tous,
jugé par tous ; [25]les secrets de son cœur sont dévoilés ; et
alors, frappé de ce qu'il entend, il tombe la face contre
terre et adore Dieu, reconnaissant que Dieu est vérita-
blement au milieu de vous.

L'ordre dans le culte.

[26]Que faire donc, frères ? Toutes les fois que vous vous
assemblez, vous avez l'un, un cantique, l'autre, un ensei-
gnement, l'autre, une révélation, l'autre, une langue,
l'autre, une interprétation : que tout se fasse pour l'édifi-
cation. [27]Parle-t-on en langues, que deux ou trois tout au
plus parlent, à tour de rôle, et qu'un seul interprète ;
[28]mais, s'il n'y a point d'interprète, qu'ils se taisent dans
l'assemblée ; qu'ils parlent pour eux seuls et pour Dieu.
[29]Qu'il n'y ait que deux ou trois prophètes qui parlent,
et que les autres jugent. [30]Si, pendant que l'un parle, un
autre, assis, a une révélation, que le premier se taise.
[31]En effet, vous pouvez tous prophétiser, les uns après les
autres, afin que tous soient instruits et que tous soient
exhortés : [32]les esprits des prophètes sont soumis aux
prophètes. [33]Dieu n'est pas un Dieu de désordre, mais un
Dieu de paix*.
[34]Que vos femmes se taisent dans les assemblées,

14[21] : És 28[11-12].

comme cela a lieu* dans toutes les églises des saints : il ne leur est pas permis d'y prendre la parole ; elles doivent être soumises, comme la Loi le dit. 35Si elles veulent s'instruire sur quelque point, qu'elles interrogent leurs maris à la maison : il est malséant à la femme de parler dans une assemblée. 36Est-ce de chez vous que la parole de Dieu est partie ? N'est-elle parvenue qu'à vous seuls ?

37Si quelqu'un croit être prophète ou inspiré, qu'il reconnaisse que ce que je vous écris est bien du Seigneur[a] ; 38s'il le veut ignorer, qu'il l'ignore. 39En résumé, mes frères, aspirez à prophétiser, n'empêchez pas qu'on parle en langues ; 40mais que tout se fasse avec bienséance et avec ordre.

IV. La résurrection des morts.

Importance et preuve de la résurrection.

15 1Je vous rappelle, frères, l'évangile que je vous ai annoncé, que vous avez reçu, auquel vous êtes fermement attachés, 2et par lequel vous êtes sauvés, si vous le retenez dans les termes où je vous l'ai annoncé ; autrement, vous auriez cru en vain.

3Je vous ai rapporté avant tout, comme je l'ai appris moi-même, que Christ est mort pour nos péchés, conformément aux Écritures ; 4qu'il a été enseveli, et qu'il est ressuscité le troisième jour, conformément aux Écritures* ; 5il est apparu à Céphas, puis aux Douze ; 6après cela, il est apparu à la fois à plus de cinq cents frères, dont la plupart sont encore vivants aujourd'hui, et quelques-uns sont morts ; 7ensuite il est apparu à Jacques, puis à tous les apôtres ; 8enfin, après eux tous, il m'est apparu à moi, comme à l'avorton*, 9car je suis le moindre des apôtres, moi qui ne suis pas digne d'être

appelé apôtre, parce que j'ai persécuté l'Église de Dieu*.
10 Mais par la grâce de Dieu, je suis ce que je suis, et la
grâce qu'il m'a faite n'a pas été vaine : j'ai travaillé plus
qu'eux tous, non pas moi certes, mais la grâce de Dieu
qui est avec moi. 11 Ainsi donc, eux et moi, voilà ce que
nous prêchons, et c'est ce que vous avez cru.

12 Si l'on prêche que Christ est ressuscité des morts,
comment quelques-uns parmi vous disent-ils qu'il n'y a
pas de résurrection des morts*? 13 S'il n'y a point de
résurrection des morts, Christ non plus n'est pas res-
suscité ; 14 et si Christ n'est pas ressuscité, notre prédica-
tion est vaine ; votre foi aussi est vaine. 15 Il se trouve
même que nous sommes de faux témoins à l'égard de
Dieu, puisque nous avons témoigné contre lui, qu'il a
ressuscité le Christ, alors qu'il ne l'a pas ressuscité, s'il
est vrai que les morts ne ressuscitent pas. 16 Si les morts
ne ressuscitent pas, Christ non plus n'est pas ressuscité,
17 et si Christ n'est pas ressuscité, votre foi est vaine ;
vous êtes encore dans vos péchés ; 18 même ceux qui sont
morts en Christ, sont perdus.

19 Si nous n'avons d'espérance en Christ que pour
cette vie seulement*, nous sommes les plus malheureux
de tous les hommes. 20 Mais voici Christ est ressuscité
des morts, il est les prémices de ceux qui sont morts*.
21 En effet, puisque la mort est venue par un homme,
c'est par un homme aussi qu'est venue la résurrection
des morts ; 22 car de même que tous meurent en Adam,
de même, tous revivront en Christ ; 23 mais chacun en
son rang : les prémices, c'est Christ, ensuite ceux qui
appartiennent au Christ, lors de son avènement ; 24 puis
ce sera la fin, quand il remettra la royauté à Dieu, son
Père, après avoir renversé toute domination, toute auto-
rité et puissance ; 25 car il doit exercer la royauté *jusqu'à
ce qu'il ait mis tous ses ennemis sous ses pieds*. 26 Le der-
nier ennemi qui sera détruit*, c'est la mort, 27 car *Dieu a*

15[25] : Ps 110[1].

tout mis sous ses pieds; toutefois, quand l'Écriture dit
que *tout* lui a été soumis, il est évident qu'il faut excep-
ter celui qui lui a soumis toutes choses. 28Lorsque toutes
choses lui auront été soumises, alors le Fils lui-même
sera soumis à celui qui lui a soumis toutes choses, afin
que Dieu soit tout en tous.

29Autrement, que feraient ceux qui se font baptiser
pour les morts*? S'il est certain que les morts ne ressus-
citent pas, pourquoi donc se font-ils baptiser pour eux?
30Et nous-même, pourquoi sommes-nous à toute heure
en péril? 31Je suis tous les jours exposé à la mort, aussi
vrai, frères, que vous êtes ma gloire en Jésus-Christ,
notre Seigneur. 32Si c'est dans des vues humaines que
j'ai combattu contre les bêtes à Éphèse*, quel avantage
m'en revient-il? Si les morts ne ressuscitent pas, *man-
geons et buvons, car demain nous mourrons*. 33Ne vous
abusez point:

« Les mauvaises compagnies corrompent les bonnes mœurs*. »

34Revenez à la raison, comme il convient, et ne péchez
point, car il y a parmi vous des gens qui ne connaissent
pas Dieu, je le dis à votre honte.

Comment les morts ressusciteront.

35Mais, dira quelqu'un, comment les morts ressusci-
tent-ils? avec quel corps viennent-ils*? — 36Insensé, ce
que tu sèmes ne reprend pas vie, s'il ne meurt. 37Ce que
tu sèmes, ce n'est pas le corps qui sera un jour, mais un
simple grain, de blé* ou d'une autre plante, 38puis Dieu
lui donne un corps, comme il lui plaît, et à chaque
semence le corps qui lui est propre.

39Toute chair n'est pas la même chair: autre est
la chair des hommes, autre la chair des bêtes, autre la

15^{27}: Ps 8^{7}. 15^{32}: És 22^{13}.

chair des oiseaux, autre la chair des poissons. 40Il y a
aussi des corps célestes et des corps terrestres ; mais
l'éclat* des corps célestes est autre que celui des corps
terrestres : 41autre est l'éclat du soleil, autre l'éclat de la
lune, autre l'éclat des étoiles ; une étoile même diffère
en éclat d'une autre étoile. 42Il en est de même pour la
résurrection des morts : le corps est semé corruptible, il
ressuscite incorruptible ; 43il est semé méprisable, il res-
suscite glorieux ; il est semé infirme, il ressuscite plein
de force ; 44il est semé corps animal*, il ressuscite corps
spirituel*. S'il y a un corps animal, il y a aussi un corps
spirituel ; 45c'est en ce sens qu'il est écrit : *Le premier
homme, Adam, a été doué d'une âme vivante* ; le dernier
Adam l'a été d'un esprit vivifiant. 46Mais ce qui est spiri-
tuel n'est pas le premier, c'est ce qui est animal ; ensuite
vient ce qui est spirituel. 47Le premier homme étant tiré
de la terre, est terrestre ; le second homme[a] vient du
ciel. 48Tel est le terrestre, tels sont aussi les terrestres ;
tel est le céleste, tels sont aussi les célestes. 49Et, de
même que nous avons porté l'image du terrestre, nous
porterons aussi l'image du céleste. 50Ce que j'affirme,
frères, c'est que la chair et le sang ne peuvent hériter le
royaume de Dieu, et que la corruption n'héritera pas
non plus l'incorruptibilité.

51Voici un mystère* que je vous révèle : nous ne mour-
rons pas tous, mais nous serons tous changés, 52en un
instant, en un clin d'œil, au son de la dernière trom-
pette ; car la trompette sonnera, et les morts ressuscite-
ront incorruptibles, et nous, nous serons changés : 53il
faut en effet que ce corps corruptible revête l'incorrup-
tibilité, et que ce corps mortel revête l'immortalité.
54Lorsque ce corps corruptible aura revêtu l'incorrupti-
bilité, et ce corps mortel l'immortalité, alors se réalisera
la parole qui est écrite :

La mort a été engloutie pour la victoire...

15[45] : Gn 2[7].

55*Ô mort, où est ta victoire*[a]*?*
Ô mort, où est ton aiguillon?
56L'aiguillon de la mort, c'est le péché, et la puissance
du péché, c'est la loi. 57Mais grâces soient rendues à Dieu,
qui nous donne la victoire par notre Seigneur Jésus-
Christ! 58Ainsi, mes frères bien-aimés, soyez fermes,
inébranlables, progressant toujours dans l'œuvre du Seigneur, sachant que votre travail n'est pas vain dans le Seigneur.

V.

Collecte pour les pauvres de Jérusalem — Recommandations et salutations.

16 1Quant à la collecte pour les saints, suivez, vous
aussi, les prescriptions que j'ai données aux églises de
Galatie. 2Que, le premier jour de la semaine*, chacun
de vous mette à part chez soi et amasse ce qu'il peut
épargner, afin qu'on n'attende pas que je sois venu,
pour recueillir les dons. 3Quand je serai arrivé, j'enver-
rai avec des lettres ceux que vous aurez choisis, porter
votre offrande à Jérusalem; 4et s'il convient que j'y aille
moi-même, ils feront le voyage avec moi.
5J'irai vous voir quand j'aurai passé par la Macédoine.
Je ne veux que la traverser, 6mais je m'arrêterai peut-
être chez vous, ou même j'y passerai l'hiver, afin que
vous facilitiez mon départ pour ma destination. 7Je ne
veux pas, cette fois, vous voir seulement en passant;
j'espère séjourner quelque temps chez vous, si le Sei-
gneur le permet. 8Je resterai cependant à Éphèse jusqu'à
la Pentecôte*, 9car une porte s'y est ouverte, toute grande,
à mon activité, et les adversaires sont nombreux.

15[54-55]: És 25[8]: Os 13[14]

10Dans le cas où Timothée viendrait chez vous, veillez
à ce qu'il n'ait rien à craindre au milieu de vous, car il
travaille à l'œuvre du Seigneur, tout comme moi. 11Que
personne ne le méprise, mais reconduisez-le en paix,
afin qu'il vienne me trouver, car je l'attends avec nos
frères.

12Quant à notre frère Apollos, je l'ai fortement engage
a aller chez vous avec nos frères. Il ne veut absolument
pas s'y rendre maintenant, il ira dès qu'il pourra.

13Veillez, soyez fermes dans la foi, soyez virils, soyez
forts. 14Faites tout avec charité.

15Une recommandation encore, frères. Vous savez
que la famille de Stéphanas est les prémices de l'Achaïe,
et qu'elle s'est dévouée au service des saints; 16eh bien!
ayez, vous aussi, de la déférence pour des personnes de
ce caractère, ainsi que pour tous ceux qui partagent
leurs travaux et leur peine.

17Je suis heureux de la visite de Stéphanas, de Fortu-
natus et d'Achaïcus: ils ont suppléé à votre absence,
18car ils ont tranquillisé mon esprit et le vôtre. Appré-
ciez de tels hommes.

19Les églises d'Asie vous saluent.

Aquilas et Prisca vous envoient mille salutations dans
le Seigneur, ainsi que l'assemblée qui se réunit dans
leur maison.

20Tous les frères vous saluent.

Saluez-vous les uns les autres par un saint baiser.

21La salutation est de ma main, de moi Paul.

22Si quelqu'un n'aime pas le Seigneur, qu'il soit ana-
thème! Maranatha*. 23Que la grâce du Seigneur Jésus
soit avec vous! 24Je vous aime tous, en Jésus-Christ

SECONDE ÉPÎTRE
AUX CORINTHIENS

Adresse et salutation.

1 [1]Paul, apôtre de Jésus-Christ par la volonté de
Dieu, et Timothée notre frère, à l'église de Dieu qui est
à Corinthe*, et à tous les saints de l'Achaïe entière: [2]que
la grâce et la paix vous soient données par Dieu notre
Père et par notre Seigneur Jésus-Christ!

I. Solution des difficultés survenues entre Paul et les Corinthiens.

Actions de grâces.

[3]Béni soit Dieu, le Père de notre Seigneur Jésus-Christ,
le Père des miséricordes et le Dieu de toute consolation*.
[4]Il nous console dans toutes nos afflictions, afin que
nous puissions consoler tous les affligés par la consola-
tion que nous recevons nous-même de lui; [5]car si les
souffrances du Christ débordent* sur nous, de même,
par le Christ, déborde aussi notre consolation. [6]Ainsi,
sommes-nous affligé, c'est pour votre consolation et
pour votre salut[a]; sommes-nous consolé, c'est encore
pour votre consolation, afin que vous supportiez avec
patience les mêmes afflictions que nous. [7]Nous avons
pour vous une ferme espérance: nous savons que, si
vous avez part aux souffrances, vous aurez aussi part à la
consolation.

[8]En effet, nous ne vous laisserons pas ignorer, frères,
qu'une persécution s'est élevée contre nous en Asie*, et
que nous en avons été excessivement accablé, au-delà

de nos forces, au point que nous avons désespéré même
de notre vie. [9]Nous en avions fait au-dedans de nous le
sacrifice, pour ne pas mettre notre confiance en nous,
mais en Dieu, qui ressuscite les morts. [10]C'est lui qui
nous a délivré d'une telle mort, et il nous en délivrera* ;
oui, nous avons en lui cette espérance qu'il nous en déli-
vrera encore. [11]Vous y aiderez en priant pour nous, afin
que, plusieurs personnes ayant contribué à nous attirer
cette grâce, plusieurs aussi en rendent grâces pour
nous.

Loyauté de Paul.

[12]Ce qui fait notre gloire, c'est le témoignage que nous
rend notre conscience, de nous être conduit dans le
monde, et plus particulièrement envers vous, avec la
sainteté[a] et la loyauté que Dieu demande, non par l'effet
d'une sagesse charnelle*, mais par la grâce de Dieu.
[13]Nous ne vous écrivons pas autre chose que ce que
vous lisez et connaissez ; et j'espère que, jusqu'à la fin,
vous nous connaîtrez [14]tel que vous nous avez connu
jusqu'ici : vous reconnaîtrez que nous sommes votre
gloire, comme vous serez la nôtre au jour du Seigneur
Jésus.

[15]Dans cette persuasion, je m'étais proposé d'aller tout
d'abord chez vous, afin de vous faire un double plaisir :
[16]j'aurais passé par chez vous pour aller en Macédoine,
puis je serais revenu de Macédoine chez vous, et vous
m'auriez fait reconduire en Judée. [17]Est-ce donc qu'en
prenant cette résolution, j'aurais agi avec légèreté ? Est-
ce que les projets que je fais, je les fais selon la chair,
pour avoir à ma disposition le oui et le non ? — [18]Aussi
vrai que Dieu est fidèle, notre parole, la parole que nous
vous avons adressée, n'est pas oui et non*. [19]Le Fils de
Dieu, Jésus-Christ, que nous avons prêché parmi vous,
Sylvain, Timothée et moi, n'a point été oui et non ; il n'y

a eu que oui en lui, 20car toutes les promesses de Dieu
sont oui en Jésus, c'est pourquoi aussi elles sont Amen*!
par lui, à la gloire de Dieu[a] par notre moyen. 21Celui qui
nous affermit, ainsi que vous, en Christ, et qui nous a
oints, c'est Dieu, 22qui nous a aussi marqués de son
sceau, et nous a donné pour arrhes son Esprit dans nos
cœurs.

Affection et indulgence de Paul pour les Corinthiens.

23Je prends Dieu à témoin sur mon âme, que c'est
pour vous épargner que je ne suis point encore allé à
Corinthe : 24non que nous prétendions dominer* sur
votre foi, mais nous tâchons de contribuer à votre joie,
car vous êtes fermes en la foi.

2 1J'ai résolu en moi-même ceci : de ne pas vous
faire une deuxième visite aussi triste que la première,
2car si je vous afflige, de qui attendrai-je de la joie,
puisque j'aurai affligé moi-même ceux qui devaient
m'en donner ? 3Je vous ai écrit comme je l'ai fait, afin
qu'en me rendant chez vous, je ne sois pas affligé par
ceux qui doivent me donner de la joie : je suis persuadé
que ma joie est aussi la vôtre à tous.

4Je vous ai écrit, le cœur navré et serré, les larmes
aux yeux, non pour vous affliger, mais pour vous faire
connaître l'amour extrême que j'ai pour vous. 5Si quel-
qu'un* a été une cause de tristesse, ce n'est pas moi
qu'il a affligé, mais jusqu'à un certain point (pour ne
rien exagérer), il vous a tous affligés. 6C'est assez pour
cet homme du blâme que lui a infligé la majorité. 7Au
lieu d'aggraver la peine, vous devez plutôt lui faire
grâce et le consoler, de peur que le malheureux ne suc-
combe à une trop grande affliction. 8Je vous invite, en
conséquence, à prendre à son égard une décision chari-
table, 9car, en vous écrivant, mon but était aussi de

connaître, à l'épreuve, si vous êtes obéissants en toutes
choses. 10À qui vous pardonnez, je pardonne aussi, car,
pour moi, la grâce que j'accorde, si j'en accorde quel-
qu'une, je l'accorde à cause de vous[a], en présence
de Christ, 11pour que nous ne soyons pas les dupes de
Satan, dont nous n'ignorons pas les desseins.

Inquiétude et joie de Paul. — Le ministère de la Nouvelle Alliance et sa supériorité sur celui de l'Ancienne Alliance.

12Je m'étais rendu à Troas* pour l'Évangile du Christ,
et quoique le Seigneur m'y eût ouvert une porte, 13je
n'eus point l'esprit en repos, parce que je n'y trouvai
pas Tite*, mon frère; c'est pourquoi, ayant fait mes
adieux aux frères, je partis pour la Macédoine.
14Grâces soient rendues à Dieu de ce qu'il nous fait
toujours triompher en Christ et répand en tout lieu, par
notre ministère, le parfum de sa connaissance! 15Nous
sommes, pour Dieu, l'agréable parfum de Christ* parmi
ceux qui sont sauvés et parmi ceux qui se perdent,
16pour les uns, odeur de mort, qui donne la mort, pour
les autres, parfum de vie, qui donne la vie. Mais qui est
suffisant pour un tel ministère! 17Car nous ne frelatons
pas* la parole de Dieu, comme plusieurs le font, mais
c'est dans sa pureté, telle qu'elle vient de Dieu, que nous
la prêchons devant Dieu, en Christ.
3 1Recommençons-nous à nous recommander nous-
même? Aurions-nous par hasard besoin, comme certaines
gens, de lettres de recommandation* pour vous ou de
votre part? 2Vous êtes, vous-mêmes, notre lettre, une lettre
écrite dans notre cœur, connue et lue de tout le monde.
3Il est manifeste que vous êtes une lettre de Christ*, tra-
cée par nous, ses ministres, écrite, non avec de l'encre,
mais avec l'Esprit du Dieu vivant, non sur des tables de
pierre, mais sur des tables de chair, sur vos cœurs.

[4]Cette haute assurance, nous l'avons par le Christ en
Dieu ; [5]non que nous soyons capable de rien concevoir
par nous-même, comme si nous le tirions de notre propre
fonds, mais c'est de Dieu que nous vient notre capacité.
[6]C'est lui qui nous a rendu capable d'être ministre d'une
nouvelle alliance, non de la lettre, mais de l'esprit, car la
lettre tue, mais l'esprit vivifie*.

[7]Si le ministère de mort*, gravé en lettres sur des
tables de pierre, a été entouré d'assez de gloire pour que
les fils d'Israël ne pussent fixer leurs regards sur la face
de Moïse, à cause de l'éclat passager de son visage,
[8]combien le ministère de l'Esprit ne sera-t-il pas revêtu
d'une gloire supérieure ? [9]Si le ministère de la condam-
nation a été glorieux, le ministère de la justification le
surpasse de beaucoup en gloire : [10]sous ce rapport, la
gloire dont le premier a été entouré est totalement éclip-
sée par la gloire infinie du second, [11]car, si ce qui passe
n'a pas été sans éclat, ce qui demeure est bien autre-
ment glorieux.

[12]Ayant donc une telle espérance, nous usons d'une
grande liberté ; [13]nous ne faisons pas comme Moïse, qui
se mettait un voile *sur le visage, pour que les fils d'Israël
ne vissent pas la fin de ce qui était passager. [14]Malheu-
reusement leur intelligence s'est aveuglée, car, jusqu'à
ce jour, ce même voile demeure, lorsqu'ils lisent l'an-
cienne alliance. Il ne leur est point dévoilé qu'elle a pris
fin en la personne de Christ, [15]mais aujourd'hui encore,
quand on leur lit Moïse, un voile est étendu sur leurs
cœurs ; [16]lorsqu'ils se tourneront vers le Seigneur, le
voile tombera*. [17]Le Seigneur est l'esprit, et là où est
l'Esprit du Seigneur, là est la liberté*. [18]Quant à nous
tous, nos visages découverts réfléchissent comme un
miroir la gloire du Seigneur, et nous sommes transfor-
més* en son image, de gloire en gloire, comme on doit
l'attendre de l'Esprit du Seigneur.

Comment Paul accomplit son ministère.

Sa droiture ; ses épreuves ; son espérance.

4 1C'est pourquoi, revêtu de ce ministère par la misé-
ricorde qui nous a été faite, nous ne nous laissons point
décourager. 2Nous repoussons toute manœuvre secrète
et honteuse, n'agissant point avec fourberie, n'altérant
point non plus la parole de Dieu, et nous nous rendons
recommandable à toute conscience d'homme, devant
Dieu, par la franche révélation de la vérité. 3Si, malgré
cela, notre Évangile est encore voilé, il n'est voilé qu'à
ceux qui se perdent, 4à ces incrédules dont le Dieu de ce
siècle* a aveuglé l'esprit, afin qu'ils ne voient pas la
splendeur de l'Évangile de la gloire du Christ, qui est
l'image de Dieu. 5Ce n'est pas nous-même, c'est Jésus-
Christ que nous prêchons comme Seigneur ; quant à
nous, nous nous donnons nous-mêmes pour vos servi-
teurs, à cause de Jésus, 6parce que le Dieu qui a dit : que
la lumière jaillisse des ténèbres, a fait luire sa lumière*
dans nos cœurs, pour que nous fassions briller la
connaissance de sa gloire, en la personne de Christ.

7Nous portons ce trésor dans des vases de terre*, pour
qu'on voie bien que sa puissance extraordinaire vient de
Dieu, et non pas de nous, 8qui sommes pressé de toute
manière, mais non pas réduit à la dernière extrémité,
perplexe, mais non pas désespéré, 9persécuté, mais non
pas abandonné, abattu, mais non perdu, 10qui portons
toujours dans notre corps la mort de Jésus, afin que la
vie de Jésus se montre aussi dans notre corps. 11Oui,
quoique vivant, nous sommes toujours livré à la mort à
cause de Jésus, afin que la vie de Jésus se manifeste aussi
dans notre chair mortelle* ; 12ainsi la mort agit en nous,
et la vie en vous. 13Ayant le même esprit de foi qui s'est

4[13] : Ps 116[10].

exprimé dans cette parole de l'Écriture: *J'ai cru, c'est*
pourquoi j'ai parlé, nous aussi, nous croyons, c'est pour-
quoi nous parlons, 14persuadé que Celui qui a ressuscité
le Seigneur Jésus nous ressuscitera aussi avec lui[a], et
nous fera paraître avec vous en sa présence. 15Tout cela
arrive pour vous, afin que la grâce, s'étendant à un plus
grand nombre de personnes, provoque de plus nom-
breuses actions de grâces à la gloire de Dieu.

16C'est pourquoi, nous ne nous laissons point décou-
rager; au contraire, alors même que notre homme exté-
rieur* se détruit, notre homme intérieur se renouvelle
de jour en jour. 17Nos légères et passagères afflictions*
nous procurent une gloire infinie et éternelle, 18à nous
qui ne regardons pas aux choses visibles, mais aux
choses invisibles*, car les choses visibles ne sont que
pour un temps, tandis que les invisibles sont éternelles.

5 1Nous savons, en effet, que, si cette tente* où nous
logeons sur la terre est détruite, nous avons dans les
cieux un édifice qui vient de Dieu, une demeure éter-
nelle, qui n'est pas faite de main d'homme. 2Nous soupi-
rons même dans cette tente, désireux que nous sommes
d'être revêtus de notre habitation céleste*, 3si toutefois
nous devons être trouvés revêtus, non pas nus. 4En
effet, nous qui sommes dans cette tente, nous soupirons,
l'âme oppressée, parce que nous ne voulons pas être
dépouillés, mais revêtus, afin que ce qu'il y a de mortel
en nous, soit absorbé par la vie*. 5Et celui qui nous a for-
més pour cet avenir, c'est Dieu, qui nous a donné pour
arrhes son Esprit.

6Nous sommes donc toujours plein de courage. Nous
savons qu'en habitant dans ce corps, nous habitons loin
du Seigneur 7(car c'est par la foi que nous marchons,
non par la vue*), 8mais nous sommes plein de courage, et
nous préférons déloger de ce corps et habiter près du
Seigneur. 9C'est pourquoi toute notre ambition est de lui
être agréable, soit que nous demeurions dans ce corps,
soit que nous en délogions, 10car nous devons tous com-

paraître devant le tribunal du Christ, afin que chacun
reçoive selon le bien ou le mal qu'il aura fait, étant dans
son corps.

Son humilité, — « l'amour du Christ le possède. »
— Sa patience.

11Étant donc pénétré de la crainte du Seigneur, nous
cherchons à convaincre les hommes ; quant à Dieu, il
nous connaît bien, et nous espérons que, dans votre
conscience, vous nous connaissez aussi.

12Nous ne venons point nous recommander encore
nous-même auprès de vous, mais vous fournir une occa-
sion de vous glorifier de nous, afin que vous puissiez
répondre à ceux qui se glorifient de ce qui apparaît sur le
visage, et non de ce qui est dans le cœur. 13Car, si nous
sommes hors de sens, c'est pour Dieu ; si nous sommes
de sens rassis, c'est pour vous. 14En effet, l'amour du
Christ nous possède, 15et nous avons cette conviction,
que si un seul est mort pour tous, tous donc sont morts ;
et qu'il est mort pour tous, afin que ceux qui vivent, ne
vivent plus pour eux-mêmes, mais pour celui qui est
mort et ressuscité pour eux. 16Aussi ne connaissons-nous
désormais personne selon la chair : si même nous avons
connu Christ selon la chair, maintenant nous ne le
connaissons plus. 17Si quelqu'un est en Christ, il est une
nouvelle créature : les choses anciennes sont passées,
voici, des choses nouvelles sont arrivées*. 18Et tout cela
vient de Dieu, qui nous a réconciliés avec lui par Jésus-
Christ, et qui nous a confié le ministère de la réconcilia-
tion*. 19Dieu, en effet, réconciliait le monde avec lui en
Christ, n'imputant point aux hommes leurs péchés ; et
c'est lui qui a mis en nous la parole de la réconciliation.

20C'est donc pour Christ que nous remplissons les fonc-
tions d'ambassadeur, comme si Dieu exhortait par nous.
Nous vous en prions pour Christ : réconciliez-vous avec

Dieu. [21]Celui qui n'a pas connu le péché, il l'a fait péché
pour nous, afin que nous devenions en lui justice de Dieu.

6 [1]Puisque nous sommes le collaborateur de Dieu,
nous vous exhortons à ne pas recevoir sa grâce en vain,
[2]car il dit :

Je t'ai exaucé au temps favorable ;
Je t'ai secouru au jour du salut.

Voici, c'est aujourd'hui *le temps* particulièrement *favo-
rable* ; voici, c'est aujourd'hui* *le jour du salut.*

[3]Nous ne donnons aucun sujet de scandale en quoi que
ce soit, afin que notre ministère ne soit l'objet d'aucun
blâme. [4]Nous nous rendons recommandable sous tous les
rapports, comme le doivent des ministres de Dieu, par
une grande patience dans les afflictions, dans la détresse,
dans les extrêmes misères, [5]sous les coups, dans les pri-
sons, dans les émeutes, dans les fatigues, dans les veilles,
dans les jeûnes, [6]par la pureté, par la science, par la lon-
ganimité, par la bonté, par un esprit saint, par une cha-
rité sincère, [7]par la parole de vérité, par la puissance de
Dieu ; maniant de la main droite et de la main gauche les
armes de la justice, [8]tantôt honoré, tantôt méprisé, tantôt
considéré, tantôt diffamé, tenu pour imposteur, bien que
véridique, [9]pour inconnu, quoique bien connu, *pour mou-
rant, et voilà que nous vivons, pour châtié, et pourtant nous
ne sommes pas mis à mort,* [10]pour triste, nous qui sommes
toujours joyeux, pour pauvre, nous qui en enrichissons
un grand nombre, pour n'ayant rien, nous qui avons tout.

Paul fait appel à l'affection des Corinthiens. Il exprime sa joie de leur repentir et de leur obéissance.

[11]Notre bouche s'est ouverte pour vous, ô Corinthiens,
notre cœur s'est élargi ; [12]vous n'êtes point à l'étroit au-

6[2] : És 49[8]. 6[9] : Ps 118[17-18].

dedans de nous, tandis que nous sommes à l'étroit
dans vos cœurs. [13]Rendez-nous la pareille ; je vous parle
comme à mes enfants ; vous aussi, élargissez vos cœurs.
[14]Ne vous unissez point aux infidèles, car quelle parenté
y a-t-il entre la justice et l'iniquité ? ou quoi de commun
entre la lumière et les ténèbres ? [15]Quel accord y a-t-il
entre Christ et Bélial ? ou quel rapport entre le fidèle et
l'infidèle ? [16]quelle compatibilité entre le temple de Dieu
et les idoles ? car nous sommes le temple du Dieu vivant,
comme Dieu l'a dit :

J'habiterai et je marcherai au milieu d'eux ;
Je serai leur Dieu et ils seront mon peuple.
[17]*C'est pourquoi sortez du milieu d'eux*
Et mettez-vous à part, dit le Seigneur.
Ne touchez point à ce qui est impur,
Et moi je vous adopterai :
[18]*Je serai pour vous un père, Et vous serez pour moi des*
fils et des filles,
Dit le Seigneur tout-puissant.

7 [1]Puisque nous avons de telles promesses, purifions-
nous donc, mes bien-aimés, de toute souillure de la chair
et de l'esprit, achevant notre sanctification dans la crainte
de Dieu.

[2]Donnez-nous une place dans vos cœurs. Nous n'avons
fait tort à personne, nous n'avons ruiné personne, nous
n'avons dupé personne. [3]Je ne dis pas cela pour vous
condamner, puisque je viens de vous dire que vous êtes
dans notre cœur, à la vie et à la mort. [4]J'ai une grande
confiance en vous ; je suis tout fier de vous ; je suis rempli
de consolation ; je suis inondé de joie au milieu de toutes
mes afflictions. [5]Lorsque nous fûmes arrivé en Macé-
doine, notre chair n'eut aucun repos ; nous étions affligé
de toute manière : au-dehors, des combats ; au-dedans,
des appréhensions. [6]Mais Dieu, qui console ceux qui sont
abattus, nous a consolé par l'arrivée de Tite, [7]et non seu-

6[16] : Éz 37[27]. 6[17] : Jr 51[45] ; És 52[11]. 6[18] : Jr 31[9] ; II S 7[14].

lement par son arrivée, mais encore par la consolation
qu'il avait lui-même éprouvée à votre sujet : il nous a dit
vos regrets, votre désolation, votre dévouement pour
moi, ce qui a redoublé ma joie.

8 Quand même je vous ai attristés par ma lettre*, je ne
m'en repens point : j'en ai eu, il est vrai, du regret (je
vois, en effet, que cette lettre vous a affligés momenta-
nément), 9 mais à présent je suis heureux, non de ce que
vous avez été attristés, mais de ce que cette tristesse
vous a portés à la repentance, car vous avez été attristés
selon Dieu, afin de n'éprouver aucun dommage de
notre part. 10 La tristesse selon Dieu* produit une repen-
tance qui conduit à un salut qu'on ne regrette point,
mais la tristesse du monde produit la mort. 11 Voyez ce
qu'a produit chez vous cette tristesse selon Dieu, que
vous venez d'éprouver : quel empressement ! que dis-je ?
quelle justification ! quelle indignation ! quelle crainte !
quel regret ! quel dévouement ! quelle punition ! Vous
avez bien fait voir que vous étiez, vous-mêmes, inno-
cents dans cette affaire.

12 Aussi bien que je vous ai écrit, non à cause de l'offen-
seur, ni même à cause de l'offensé, mais afin que votre
dévouement pour nous[a] éclatât au milieu de vous,
devant Dieu : 13 c'est ce qui nous a consolé[b]. À cette
consolation, s'est ajoutée une joie infiniment plus vive,
celle que nous a causée la joie de Tite, dont vous avez
tous tranquillisé l'esprit. 14 Si je me suis un peu glorifié de
vous auprès de lui, je n'ai point eu à en rougir ; mais
comme nous vous avons toujours parlé avec vérité, ainsi,
ce que nous avons dit devant Tite, en nous glorifiant de
vous, s'est trouvé véritable. 15 Et son affection pour vous
redouble, quand il se rappelle la docilité que vous lui
avez tous montrée, et la crainte, le tremblement avec
lequel vous l'avez reçu. 16 Je suis heureux de ce que je
puis compter sur vous entièrement.

II. La collecte.

Appel à la générosité des Corinthiens.

8 [1]Nous vous informons, frères, de la grâce que Dieu
a faite aux églises de la Macédoine. [2]Dans la dure
épreuve d'une persécution, leur joie a été grande, et leur
pauvreté profonde a produit en abondance de riches
libéralités. [3]Elles ont donné selon leur pouvoir, je l'at-
teste, et même au-delà de leur pouvoir, d'une manière
toute spontanée, [4]nous ayant demandé fort instamment
la faveur de contribuer à l'assistance* des saints; [5]et,
dépassant nos espérances, elles se sont données elles-
mêmes au Seigneur d'abord, puis à nous, par la volonté
de Dieu. [6]Aussi avons-nous prié Tite, qui avait si bien
débuté auprès de vous, d'y venir achever encore cette
grâce. [7]Mais vous abondez en tout, en foi, en éloquence,
en science, en zèle pour tout ce qui est bien, et en affec-
tion pour nous; de même, vous excellerez aussi dans
cette œuvre de grâce. [8]Ce n'est pas un ordre que je vous
donne, mais je profite de l'empressement des autres,
pour mettre aussi à l'épreuve la sincérité de votre cha-
rité: [9]vous connaissez la grâce de notre Seigneur Jésus-
Christ: étant riche, il a vécu pauvre*, à cause de vous,
afin de vous faire riches par sa pauvreté. [10]C'est un avis
que j'exprime ici; vous n'avez pas besoin d'autre chose,
vous qui avez été les premiers, non seulement à effectuer
la collecte, mais encore à la décider, dès l'an passé. [11]Eh
bien! achevez maintenant votre œuvre; qu'à votre
bonne volonté, réponde l'exécution selon vos moyens.
[12]Si l'on a la bonne volonté, en donnant suivant ce qu'on
a, on est agréable à Dieu; il ne demande point ce qu'on
n'a pas. [13]Il ne s'agit pas de donner de l'aisance aux
autres en vous écrasant vous-mêmes; la règle, c'est
l'égalité*: aujourd'hui, votre superflu suppléera à leur
disette, [14]afin qu'à l'occasion, leur superflu supplée aussi

à la vôtre, et qu'ainsi s'établisse l'égalité, 15selon qu'il est
écrit : *Celui qui avait beaucoup recueilli, n'avait pas trop,
et celui qui avait peu recueilli, n'avait pas trop peu.*

Envoi de Tite et d'autres frères.

16Grâces soient rendues à Dieu de ce qu'il a mis au
cœur de Tite le même zèle que nous avons pour vous. 17Il
a accueilli notre prière, et, dans son empressement, il
part de son plein gré pour aller auprès de vous. 18Nous lui
avons adjoint le frère* dont toutes les églises font l'éloge
pour sa prédication de l'Évangile, 19et qui, de plus, a été
appelé par les suffrages des églises à porter avec nous le
fruit de cette grâce dont nous sommes les ministres à la
gloire du Seigneur, et comme preuve de notre[a] bonne
volonté. 20Nous prenons cette mesure, pour qu'on ne
nous adresse pas de reproches à propos de l'importante
somme que nous recueillons, 21car nous nous préoccu-
pons de ce qui est bien non seulement devant Dieu, mais
encore aux yeux des hommes. 22Nous avons envoyé avec
eux notre frère, dont nous avons souvent éprouvé le zèle
en mainte affaire, et que sa grande confiance en vous
rend aujourd'hui plus empressé encore. 23Ainsi, en ce qui
concerne Tite, il est mon collègue et mon aide au milieu
de vous ; quant à nos frères, ils sont les délégués des
églises, la gloire de Christ. 24Confirmez-leur donc votre
amour et l'éloge que nous avons fait de vous, confirmez-
les à la face des églises.

Exhortation à la libéralité. — Les fruits
de la charité.

9 1Quant à l'assistance destinée aux saints*, il est
superflu de vous écrire à ce sujet : 2je sais votre bonne

8[15] : Ex 16[18].

volonté, et je m'en fais gloire pour vous auprès des
Macédoniens, en annonçant que l'Achaïe est toute prête
dès l'an passé, et votre zèle a été un stimulant pour le
plus grand nombre. [3]Toutefois, je vous ai envoyé nos
frères, afin que la bonne opinion que nous avons expri-
mée à votre égard, ne reçoive pas un démenti sur ce
point, et que vous soyez prêts, ainsi que je l'ai affirmé.
[4]Si des Macédoniens arrivaient avec moi, et ne vous
trouvaient pas préparés, quelle honte pour moi, pour ne
pas dire pour vous, qu'une telle assurance[a] ! [5]J'ai donc
cru devoir prier nos frères de nous devancer auprès de
vous et de veiller à ce que la libéralité que vous avez
promise soit prête, et qu'elle soit une vraie libéralité,
non une lésinerie. [6]Écoutez bien : Celui qui sème chi-
chement, récoltera chichement ; celui qui sème large-
ment récoltera largement. [7]Que chacun donne comme il
a décidé en son cœur, sans regret, sans contrainte : *Dieu
aime celui qui donne avec joie.* [8]Il est puissant pour vous
combler de toutes sortes de grâces, afin qu'ayant tou-
jours de tout en pleine suffisance, il vous reste du super-
flu pour toutes sortes de bonnes œuvres, [9]selon qu'il est
écrit : *Il a fait des largesses, il a donné aux pauvres : sa
justice demeure éternellement.* [10]Celui qui fournit *la
semence au semeur, et le pain pour la nourriture,* vous
fournira la semence, il vous la multipliera, et il fera
croître *les fruits de votre justice* ; [11]vous serez enrichis de
toute manière pour toutes sortes de libéralités, et celles-
ci font monter à Dieu, par notre moyen, des actions de
grâces. [12]En effet, l'accomplissement de cet office de la
charité n'a pas seulement pour résultat de pourvoir aux
besoins des saints, mais il produit encore, en surplus,
d'abondantes actions de grâces pour Dieu. [13]Vous faites
vos preuves par ce ministère, et les saints glorifient
Dieu de l'obéissance que vous montrez dans la profes-
sion de l'Évangile du Christ, et de la libéralité dont vous

9[7] : Pr 22[9]. 9[9] : Ps 112[9]. 9[10] : És 55[10] ; Os 10[12].

usez envers eux et envers tous. [14]Ils prient pour vous et
vous chérissent à cause de la grâce infinie que Dieu fait
reposer sur vous. [15]Grâces soient rendues à Dieu pour
son don ineffable!

III. Réponse de Paul à ses adversaires.

La sévérité de Paul.

10 [1]Au reste, moi Paul, je vous invite par la douceur
et la clémence du Christ, — moi qui ai l'air si timide
quand je suis au milieu de vous, mais qui suis hardi
avec vous, quand je suis absent* — [2]je vous prie de ne
pas m'obliger, quand je serai présent, de montrer l'as-
surance et l'audace dont je compte m'armer contre cer-
taines gens qui se figurent que nous marchons selon la
chair.

[3]Quoique nous marchions en la chair, nous ne com-
battons point selon la chair. [4]Les armes avec lesquelles
nous combattons ne sont point charnelles; elles sont
puissantes, par la grâce de Dieu, pour renverser les for-
teresses: [5]nous renversons* les raisonnements et tout
boulevard élevé contre la connaissance de Dieu; nous
faisons prisonnière toute intelligence, pour l'amener à
l'obéissance du Christ, [6]et nous sommes prêt à sévir
contre toute désobéissance, lorsque votre obéissance
sera complète.

[7]Ah! vous regardez au visage! — Si quelqu'un se per-
suade qu'il est à Christ, qu'il se mette bien dans l'esprit,
à son tour, que s'il appartient à Christ, nous aussi, nous
lui appartenons. [8]Si même je me faisais un peu trop de
gloire du pouvoir que le Seigneur m'a donné pour votre
édification, non pour votre destruction, je me garderais

bien d'en rougir: [9]vous pourriez croire que je l'ai fait
pour vous intimider par mes lettres. [10]On dit en effet:
Ses lettres sont pleines d'autorité et de force, mais sa
présence est sans vertu, et sa parole chétive. [11]Que celui
qui tient ce langage, se dise bien que tels nous sommes
en paroles dans nos lettres, étant absent, tels nous
serons en action, quand nous serons présent*

Apologie de Paul.

Son désintéressement.

[12]Nous n'avons pas la hardiesse de nous égaler ni
de nous comparer à certaines gens qui se recomman-
dent eux-mêmes; mais ces gens-là, en se mesurant à
leur propre mesure, et en se comparant eux-mêmes
à eux-mêmes, sont absurdes. [13]Pour nous, nous ne nous
glorifierons pas outre mesure; mais, restant dans la
mesure, dans les limites du domaine que Dieu nous a
mesuré, nous nous glorifierons d'être parvenu jusqu'à
vous. [14]Ce n'est point une prétention exorbitante de
notre part, comme si nous n'étions point parvenu jus-
qu'à vous, car c'est bien jusqu'à vous, que nous sommes
arrivé avec l'Évangile du Christ. [15]Nous ne nous glo-
rifions point outre mesure, nous ne nous glorifions
pas des travaux d'autrui; et nous gardons l'espérance
que, lorsque votre foi se sera développée, nous agran-
dirons considérablement notre champ d'action parmi
vous, en restant toujours dans nos limites*, [16]de manière
à porter l'Évangile dans les pays qui sont au-delà du
vôtre, sans entrer dans la circonscription d'autrui pour
nous glorifier de travaux déjà faits. [17]Toutefois *que celui
qui se glorifie, se glorifie dans le Seigneur,* [18]car ce n'est
pas celui qui se recommande lui-même, qui est un

10[17]: Jr 9[22-23].

homme éprouvé, c'est celui que le Seigneur recom-
mande.

11 1Plût à Dieu que vous supportiez un peu de
déraison de ma part! Mais oui, vous me supportez. 2J'ai
conçu pour vous une sainte jalousie. Je vous ai fiancés à
un seul époux*, comme une vierge pure, pour vous pré-
senter à lui, au Christ; 3mais je crains bien que, comme
Ève fut séduite par la ruse du serpent, vos esprits
n'aient été corrompus et n'aient perdu leur candeur à
l'égard du Christ. 4Car si l'on vient vous prêcher un
autre Jésus* que celui que nous vous avons prêché, ou
vous proposer un autre Esprit que celui que vous avez
reçu, ou un autre Évangile que celui que vous avez
embrassé, vous le supportez parfaitement. 5Or j'estime
que je n'ai été inférieur en rien à ces éminentissimes
apôtres. 6Si je suis étranger à l'art de la parole, je ne le
suis pas à la science: nous vous l'avons démontré, en
tout temps et en toutes choses. 7Aurais-je donc commis
un péché, parce qu'en m'abaissant moi-même pour
vous élever, je vous ai annoncé gratuitement l'Évangile
de Dieu? 8J'ai dépouillé d'autres églises, recevant d'elles
des subsides pour pouvoir vous servir, et pendant que
j'étais chez vous et que je me trouvais dans le besoin, je
n'ai été à charge à personne. 9Des frères venus de Macé-
doine pourvurent à ce qui me manquait: sous tous les
rapports, je me suis gardé de vous être à charge, et je
m'en garderai. 10Aussi vrai que la vérité de Christ est en
moi, cette gloire-là ne me sera pas enlevée dans les
contrées de l'Achaïe. 11Et pourquoi ai-je fait cela? Parce
que je ne vous aime pas? Ah! Dieu le sait. 12Mais je le
fais, et je le ferai, pour ôter ce prétexte à ceux qui cher-
chent un prétexte pour se glorifier des mêmes choses
que nous. 13Ces gens-là sont de faux apôtres, des ouvriers
de fraude, qui se déguisent en apôtres de Christ*; 14et
il ne faut pas s'en étonner: Satan se déguise bien en
ange de lumière. 15Ce n'est donc pas merveille si ses

ministres se déguisent en ministres de justice. Leur fin sera digne de leurs œuvres.

— Ses travaux et ses épreuves.

[16]Je le répète : qu'on ne croie pas que j'aie perdu la
raison. Aussi bien, dussé-je vous paraître un insensé,
je vais aussi me glorifier un peu. [17]Ce que je dis, je ne le
dis pas selon le Seigneur, mais comme en état de dérai-
son, lorsque j'affiche cette prétention de me glorifier.
[18]Puisque tant de gens se glorifient selon la chair, moi
aussi je me glorifierai. [19]Vous supportez volontiers les
insensés, vous, si raisonnables ; [20]vous supportez qu'on
vous traite comme des esclaves, qu'on vous dévore,
qu'on vous pille, qu'on vous traite avec hauteur, qu'on
vous frappe au visage. [21]Ah ! pour nous (je le dis à notre
honte), nous avons été faible ! Mais de quoi que ce soit
que quelqu'un ose se vanter (je parle en insensé), moi
aussi, je l'ose. [22]Ils sont Hébreux ? moi aussi. Ils sont
Israélites ? moi aussi. Ils sont de la postérité d'Abra-
ham ? moi aussi. [23]Ils sont ministres de Christ ? ah ! je
vais parler comme un homme qui ne se possède pas,
je le suis plus qu'eux : j'ai supporté plus de fatigues,
beaucoup plus de coups et d'emprisonnements ; souvent
j'ai vu la mort de près. [24]J'ai reçu des Juifs, par cinq fois,
quarante coups de fouet moins un* ; [25]j'ai été battu de
verges trois fois ; j'ai été lapidé une fois ; j'ai fait nau-
frage trois fois ; j'ai passé un jour et une nuit dans
l'abîme. [26]Souvent, dans mes voyages, j'ai été en danger
sur les fleuves, en danger de la part des voleurs, en dan-
ger de la part de ceux de ma nation, en danger de la
part des païens, en danger dans les villes, en danger
dans les déserts, en danger sur mer, en danger parmi
les faux frères. [27]Fatigue, peine, veilles fréquentes, faim
et soif, jeûnes répétés, froid et dénuement, j'ai tout
enduré, [28]sans parler du fardeau que m'impose chaque

jour le souci de toutes les églises. 29Qui est faible, que je
n'en souffre ? Qui trébuche, que je n'en aie la fièvre ?

— Ses révélations. Sa faiblesse et sa force.

30S'il faut se glorifier, je me glorifierai de ma fai-
blesse ! 31Dieu, le Père du Seigneur Jésus, le sait, lui qui
est béni éternellement ; il sait que je ne mens pas : 32à
Damas, l'ethnarque* du roi Aretas faisait garder la ville
pour m'arrêter ; 33mais on me descendit par une fenêtre
dans une corbeille, le long de la muraille, et j'échappai
de ses mains.

12 1Il faut se glorifier... cela n'est pas bon[a], mais
j'en viendrai aux visions et aux révélations du Seigneur.
2Je connais* un homme en Christ, qui, il y a quatorze
ans, fut ravi jusqu'au troisième ciel (si ce fut avec son
corps ou sans son corps, je ne sais ; Dieu le sait), 3et je
sais que cet homme-là (si ce fut avec son corps ou sans
son corps, je ne sais ; Dieu le sait) 4fut enlevé dans le
paradis, et qu'il entendit des mystères qu'il n'est pas
permis à un homme de révéler. 5Je me glorifierai pour
cet homme-là, mais pour ce qui est de ma personne, je
ne me ferai gloire que de mes faiblesses. 6Ce n'est pas
que si je voulais me glorifier, je fusse un insensé, car je
dirais la vérité ; mais je m'en abstiens dans la crainte
qu'on ne se fasse de moi une idée supérieure à celle que
produit ma vue ou ma parole. 7D'ailleurs, pour que je ne
vienne pas à m'enorgueillir de la sublimité de ces révé-
lations, il m'a été donné une écharde dans ma chair*,
un ange de Satan pour me frapper. 8Trois fois, j'ai prié
le Seigneur de m'en délivrer, 9et il m'a dit : « Ma grâce te
suffit, car c'est dans la faiblesse que ma force se déploie
tout entière*. » Je préfère donc bien volontiers me glori-
fier de mes faiblesses, afin que la force du Christ vienne
reposer sur moi. 10C'est pourquoi je me complais dans

les faiblesses, dans les outrages, dans la détresse, dans les persécutions, dans les extrêmes misères endurées pour Christ, car lorsque je suis faible, c'est alors que je suis fort.

— Les preuves de son apostolat.
— Son désintéressement.

11J'ai été déraisonnable[a]; c'est vous qui m'y avez
contraint. C'était à vous de parler avantageusement de
moi, car je n'ai été inférieur en quoi que ce soit à ces
éminentissimes apôtres, encore que je ne sois rien. 12Les
preuves de mon apostolat ont éclaté au milieu de vous
avec constance, par des signes, des prodiges et des
miracles. 13En quoi avez-vous été moins bien traités que
les autres églises, si ce n'est que ma personne ne vous a
point été à charge? Pardonnez-moi ce tort. 14Voici, je
suis tout prêt à aller chez vous pour la troisième fois, et
je ne vous serai point à charge, car ce que je recherche,
ce ne sont pas vos biens, c'est vous-mêmes. Ce n'est pas
aux enfants à thésauriser pour leurs parents, mais aux
parents pour leurs enfants. 15Quant à moi, je dépenserai
bien volontiers, et je me dépenserai moi-même pour vos
âmes, dussé-je, en vous aimant toujours plus, être tou-
jours moins aimé. — 16Eh bien! soit, dit-on, je ne vous ai
pas été personnellement à charge, mais, en vrai fourbe,
je vous ai attrapés par ruse. — 17Vous aurais-je donc
exploités par quelqu'un de ceux que je vous ai adressés?
18J'ai invité Tite à se rendre chez vous, et je l'ai fait
accompagner par le frère dont je vous ai parlé: est-ce
que Tite a rien tiré de vous? n'avons-nous pas marché
dans le même esprit, sur les mêmes traces?

IV.

Inquiétudes de Paul. — Il supplie les Corinthiens de lui épargner la nécessité d'être sévère. — Salutations.

19Peut-être avez-vous cru[a] que nous voulions nous jus-
tifier devant vous. Mais non : c'est devant Dieu que nous
parlons, en Christ, et toutes nos paroles, mes bien-aimés,
sont pour votre édification. 20Ah ! je crains bien qu'à mon
arrivée, je ne vous trouve pas tels que je voudrais, et que
vous ne me trouviez aussi tel que vous ne voudriez pas.
Je crains de trouver des querelles, de la jalousie, des
emportements, des disputes, des médisances, des calom-
nies, de l'orgueil, des troubles. 21Je crains que, lorsque
je reviendrai, mon Dieu ne m'humilie à votre sujet, et
que je n'aie à pleurer sur plusieurs pécheurs qui ne se
seront pas repentis de l'impureté, de l'impudicité et des
désordres auxquels ils se sont livrés.

13 1Je vais me rendre chez vous pour la troisième
fois*. *Toute affaire sera décidée sur la déclaration de deux
ou trois témoins*. 2Je vous l'ai déjà dit, et je vous le répète ;
comme je le fis lors de mon second séjour au milieu de
vous, je le fais[b] encore aujourd'hui que je suis absent,
je déclare à ceux qui ont péché jusqu'ici, et à tous les
autres, que, si je retourne chez vous, je ne les ménagerai
pas, 3puisqu'il vous plaît de mettre à l'épreuve le Christ,
qui parle en moi, lui qui, loin d'être faible à votre égard,
a la force de sévir au milieu de vous. 4Crucifié à cause
de sa faiblesse, il est vivant par la puissance de Dieu* ;
nous aussi, si nous sommes faible en lui, nous serons
vivant avec lui, grâce à la puissance de Dieu, pour sévir
contre vous.

5Examinez-vous vous-mêmes, pour voir si vous êtes

13[1] : Dt 19[15].

dans la foi : éprouvez-vous vous-mêmes* ; ne reconnais-
sez-vous pas vous-mêmes que Jésus-Christ est en vous ?
à moins peut-être que l'épreuve ne tourne contre vous ?
6Quant à nous, j'espère bien que vous connaîtrez que
l'épreuve ne tourne pas contre nous. 7Cependant nous
prions Dieu que vous ne fassiez rien de mal, désireux
que nous sommes, non de paraître, nous-même, un
homme qui soutient l'épreuve, mais de vous voir faire le
bien, dussions-nous passer pour faillir nous-même à
l'épreuve, 8car nous n'avons point de puissance contre
la vérité, nous n'en avons que pour la vérité. 9C'est un
bonheur pour nous, quand nous sommes faible et que
vous êtes forts ; et même, nous ne demandons à Dieu
autre chose que votre perfectionnement : 10c'est pour
cette raison que je vous écris ces lignes, pendant que je
suis loin de vous, afin qu'arrivé chez vous, je n'aie pas
à user de sévérité selon le pouvoir que le Seigneur m'a
donné pour édifier, non pour détruire.

11Au reste, frères, soyez dans la joie ; perfectionnez-
vous ; consolez-vous ; soyez en bonne intelligence ; vivez
en paix ; et le Dieu d'amour et de paix sera avec vous.

12Saluez-vous les uns les autres par un saint baiser.
Tous les saints vous saluent.

13Que la grâce du Seigneur Jésus-Christ, l'amour de
Dieu et la communication du Saint-Esprit soient avec
vous tous !

ÉPÎTRE AUX GALATES

Adresse et salutation.

1 1Paul, apôtre (non de la part des hommes, ni par
l'intermédiaire d'un homme, mais par l'intermédiaire
de Jésus-Christ et de la part de Dieu, le Père, qui a res-

suscité Jésus d'entre les morts), 2ainsi que tous les frères
qui sont avec moi, aux églises de Galatie* : 3la grâce et
la paix vous soient données par Dieu, notre Père, et par
notre Seigneur Jésus-Christ, 4qui s'est donné lui-même
pour nos péchés, afin de nous arracher à la corruption
du siècle présent, conformément à la volonté de Dieu,
notre Père, 5à qui appartient la gloire aux siècles des
siècles. Amen !

I. Défense de l'apostolat de Paul.

Inconstance des Galates. — L'Évangile que Paul
leur a prêché, il l'a reçu directement du Christ.

6J'admire que si vite vous vous laissiez détourner de
celui qui vous a appelés à la grâce de Christ, pour passer
à un autre évangile* ; 7non qu'il y ait un autre évangile,
mais il y a certaines gens qui vous troublent, et qui veu-
lent renverser l'Évangile du Christ. 8Si quelqu'un, fût-ce
nous-même, fût-ce un ange du ciel, vous annonçait un
autre évangile que celui que nous avons annoncé, qu'il
soit anathème* ! 9Nous l'avons déjà dit, et nous vous le
répétons à cette heure : si quelqu'un vous annonce un
autre évangile que celui que vous avez reçu, qu'il soit
anathème ! 10Est-ce la faveur des hommes que je me
concilie en ce moment, ou celle de Dieu ? Est-ce aux
hommes que je cherche à plaire ? Si je plaisais encore
aux hommes, je ne serais pas serviteur de Christ.

11Je vous le déclare, frères, l'Évangile que j'ai prêché
n'est ni d'origine, ni de nature humaine, 12car ce n'est
pas d'un homme que je le tiens ni que je l'ai appris ; je
l'ai appris par une révélation de Jésus-Christ.

13Vous avez entendu parler de ma conduite, quand
j'étais dans le judaïsme ; vous savez que je persécutais à
outrance et ravageais l'Église de Dieu, 14et que je sur-

passais par mes progrès dans le judaïsme bon nombre
de ceux de mon âge et de ma race, à cause de mon zèle
excessif pour les traditions de mes pères. [15]Mais, quand
Celui qui m'a choisi dès le sein de ma mère, et qui m'a
appelé par sa grâce, [16]daigna me révéler son Fils*, afin
que je l'annonçasse parmi les païens, sur-le-champ,
sans consulter ni la chair ni le sang, [17]sans même aller à
Jérusalem vers ceux qui étaient apôtres avant moi, je me
rendis en Arabie, puis je retournai à Damas. [18]Ensuite,
trois ans après, je montai à Jérusalem pour faire connais-
sance avec Céphas, et je restai quinze jours avec lui;
[19]mais je ne vis aucun des autres apôtres, si ce n'est
Jacques, le frère du Seigneur. [20]Je déclare devant Dieu
que je ne mens point dans tout ce que je vous écris*.
[21]J'allai ensuite dans les parages de la Syrie et de la
Cilicie; [22]mais mon visage était inconnu aux églises de
Christ qui sont en Judée. [23]Seulement, elles avaient
entendu dire que celui qui les persécutait autrefois, prê-
chait maintenant la foi, qu'il s'efforçait alors de détruire;
[24]et elles glorifiaient Dieu à mon sujet.

L'apostolat de Paul approuvé par les apôtres de Jérusalem.

2 [1]Ensuite, après un intervalle de quatorze ans, je
montai de nouveau à Jérusalem avec Barnabas; je pris
aussi Tite avec moi. [2]Je m'y rendis sur une révélation*, et
je leur exposai l'Évangile que je prêche parmi les païens.
Je l'exposai en particulier aux personnages les plus
considérés, de peur de courir ou d'avoir couru en vain;
[3]mais on n'exigea pas même de Tite, qui m'accompa-
gnait et qui était Grec, qu'il se fît circoncire.

[4]J'étais venu à cause des faux frères, intrus qui s'étaient
glissés parmi nous pour espionner, afin de nous asser-
vir*, la liberté, que nous avons en Jésus-Christ. [5]Loin de
nous soumettre à eux, nous ne leur cédâmes pas même

un instant, afin que la vérité de l'Évangile vous demeurât
acquise. 6Quant à ceux qu'on tient en si haute estime
(ce qu'ils ont été autrefois*, ne m'importe pas ; Dieu ne
fait pas acception de personnes), eh bien ! ces hommes
si considérés n'ajoutèrent rien à mon exposition. 7Au
contraire, voyant que l'évangélisation des incirconcis
m'a été confiée, comme à Pierre celle des circoncis 8(car
celui qui a fait de Pierre l'apôtre des circoncis, a fait
aussi de moi l'apôtre des païens), 9et reconnaissant la
grâce qui m'a été accordée, Jacques, Céphas et Jean, qui
sont regardés comme des colonnes, nous donnèrent, à
Barnabas et à moi, la main d'association, afin que nous
allions, nous, vers les païens, et eux, vers les circoncis.
10Ils nous prièrent seulement de nous souvenir des
pauvres ; ce que j'ai eu soin de faire.

Paul a repris Pierre à Antioche.

11Quand Céphas vint à Antioche, je lui résistai en face,
parce que sa conduite était digne de blâme. 12Avant
l'arrivée de certaines personnes qui venaient d'auprès
de Jacques, il mangeait avec les païens*, mais, quand
elles furent arrivées, il se retira et s'isola par crainte des
partisans de la circoncision. 13Les autres Juifs usèrent
de dissimulation comme lui, si bien que Barnabas lui-
même se laissa entraîner par leur hypocrisie. 14Quand
je vis qu'ils ne marchaient pas droit, selon la vérité de
l'Évangile, je dis à Céphas devant tous : Si, toi qui es
Juif, tu vis à la manière des païens, et non à la manière
des Juifs, pourquoi forces-tu les païens à judaïser* ?
15Pour nous, nous sommes Juifs de naissance ; nous ne
sommes pas du nombre de ces pécheurs de païens ; 16et,
pourtant, sachant que l'homme est justifié, non par les
œuvres de la Loi, mais par la foi en Jésus-Christ*, nous
avons cru en Jésus-Christ, pour être justifiés par la foi
en Christ, et non par les œuvres de la Loi, parce que
nul ne sera justifié par les œuvres de la Loi. 17Or si, en

cherchant à être justifiés en Christ, nous étions, nous
aussi, trouvés pécheurs, Christ serait donc un ministre
de péché. Loin de nous une telle pensée! [18]En effet, si
je réédifie les choses que j'ai démolies, je me consti-
tue moi-même transgresseur. [19]C'est par la Loi, que
moi, je suis mort à la Loi, afin de vivre pour Dieu*. [20]J'ai
été crucifié avec Christ, et je vis... mais ce n'est plus
moi qui vis, c'est Christ qui vit en moi*. La vie, dont
je vis maintenant en la chair, est une vie en la foi au
Fils de Dieu qui m'a aimé, et s'est donné lui-même
pour moi. [21]Je n'annule pas la grâce de Dieu, car si la
justice s'obtient par la Loi, Christ est donc mort pour
rien.

II. La loi et la foi.

C'est par la foi que les Galates ont reçu l'Esprit — et Abraham la Promesse.

3 [1]Ô Galates dépourvus de sens*, qui vous a fasci-
nés[a]*, vous, aux yeux de qui pourtant Jésus-Christ a été
dépeint comme crucifié? [2]Je vous ferai une seule ques-
tion: Est-ce par les œuvres de la Loi que vous avez reçu
l'Esprit, ou par la prédication de la foi? [3]Êtes-vous si
dépourvus de sens, qu'après avoir commencé par l'es-
prit vous finissiez maintenant par la chair? [4]Avez-vous
fait de si grandes expériences en vain*? si du moins c'est
en vain! [5]Celui qui vous dispense l'Esprit et qui opère
des miracles en vous, le fait-il donc par les œuvres de la
Loi ou par la prédication de la foi? [6]Comme *Abraham eut
foi en Dieu, et cela lui fut imputé à la justice,* [7]reconnais-
sez donc que ceux-là sont fils d'Abraham, qui ont la foi
pour principe. [8]Prévoyant que Dieu justifierait les païens,
par la foi, l'Écriture donna d'avance à Abraham cette

3[6]: Gn 15[6].

bonne nouvelle: *Toutes les nations de la terre seront bénies en toi*; [9]de sorte que ceux qui se réclament de la foi, sont bénis avec Abraham*, l'homme de foi. [10]En effet, tous ceux qui se réclament des œuvres de la Loi, sont sous la malédiction, car il est écrit: *Maudit est quiconque n'observe pas tous les commandements qui sont écrits dans le livre de la Loi, de manière à les pratiquer.* [11]Que nul ne soit justifié devant Dieu par la Loi, c'est évident, puisque *le juste vivra par la foi*; [12]or la Loi ne relève pas de la foi, mais son principe est: *Celui qui observera ces commandements obtiendra ainsi la vie.* [13]Christ nous a rachetés de la malédiction de la Loi, étant devenu malédiction pour nous (puisqu'il est écrit: *Maudit est quiconque est pendu au bois*), [14]afin que la bénédiction annoncée à Abraham se réalisât pour les païens en Jésus-Christ, et que nous reçussions par la foi l'Esprit qui a été promis.

La Promesse et la Loi. — La foi nous fait héritiers de la Promesse et fils de Dieu.

[15]Frères (je parle d'après les usages humains), quand un contrat* est passé en bonne forme, personne, quoique l'engagement soit pris par un homme, ne peut l'annuler, ni rien y ajouter. [16]Or c'est *à Abraham et à sa postérité* que Dieu a fait les promesses; il ne dit pas et à tes postérités, comme s'il s'agissait de plusieurs, mais il dit *et à ta postérité*, parce qu'il ne s'agit que d'un seul, Christ.* — [17]Eh bien! j'affirme que la Loi, qui est venue quatre cent trente ans après, ne peut casser un engagement antérieur que Dieu a pris en bonne forme[a], et annuler la promesse; [18]car si l'héritage s'obtient par la Loi, il ne vient plus d'une promesse: or c'est bien

3[8]: Gn 12[3]. 3[10]: Dt 27[26]. 3[11]: Ha 2[4]. 3[12]: Lv 18[5]. 3[13]: Dt 21[23]. 3[16]: Gn 12[7], 17[7].

par une promesse que Dieu a accordé cette grâce à
Abraham.
19Pourquoi donc la Loi ? — Elle a été surajoutée, pour
faire apparaître les transgressions*, jusqu'à ce que vînt
la *postérité* à qui la promesse a été faite. Elle a été édic-
tée par les anges* et par l'entremise d'un médiateur* ;
20or il n'y a pas de médiateur où il n'y a qu'une seule
partie, et ici il n'y a qu'une seule partie, Dieu.
21La Loi va-t-elle donc contre les promesses de Dieu ?
— Non, sans doute. Il est vrai que, si une loi capable
de faire vivre eût été donnée, la justice s'obtiendrait par
la loi ; 22mais loin de là, l'Écriture a enfermé tous les
hommes sous le péché, afin que la promesse vînt, par la
foi en Jésus-Christ, à ceux qui ont la foi. 23Avant le règne
de la foi, nous étions sous les verrous de la Loi, enfer-
més en attendant l'apparition future de la foi ; 24de sorte
que la Loi a servi de pédagogue* en attendant Christ,
afin que nous fussions justifiés par la foi. 25Mais, la foi
étant venue, nous ne sommes plus sous le pouvoir du
pédagogue, 26car vous êtes tous fils* de Dieu par la foi
en Jésus-Christ. 27Vous tous, en effet, qui avez été bapti-
sés en Christ, vous avez revêtu Christ. 28Il n'y a plus
ni Juif ni Grec, ni esclave ni homme libre, ni homme ni
femme, car tous, vous ne faites qu'un* en Jésus-Christ,
— 29et si vous faites corps avec Christ, vous êtes donc
postérité d'Abraham, héritiers, selon la promesse.

4 1Or j'affirme qu'aussi longtemps que l'héritier est
enfant, il ne diffère en rien d'un esclave, quoiqu'il soit le
maître de tout ; 2mais il est soumis à des tuteurs et à des
curateurs jusqu'au temps marqué par le père. 3Nous, de
même, quand nous étions enfants, nous étions esclaves
des éléments* du monde ; 4mais, quand le temps est
venu, Dieu a envoyé son Fils, né de la femme, né sous la
Loi, 5pour racheter ceux qui sont sous la Loi, afin de
faire de nous des fils adoptifs* ; 6et, parce que vous êtes
fils, Dieu a envoyé dans vos cœurs l'esprit de son Fils,

lequel crie : Abba ! Père* ! [7]Ainsi tu n'es plus esclave, tu
es fils : si tu es fils, tu es aussi héritier par la grâce de
Dieu[a].

Paul supplie les Galates de ne pas abandonner son Évangile.

[8]Mais, tandis qu'alors, ne connaissant pas Dieu, vous
serviez des êtres qui, de leur nature, ne sont pas des
dieux, [9]maintenant que vous connaissez Dieu, ou plutôt
que vous avez été connus de lui*, comment retournez-
vous à ces faibles et pauvres éléments, auxquels vous
voulez recommencer à vous assujettir ? [10]Vous observez
les jours, les mois, les saisons, les années ! [11]Je crains
bien que toute la peine que je me suis donnée pour vous,
ne soit perdue.
[12]Soyez comme moi*, frères, je vous en prie, car moi
aussi, j'ai été comme vous. Vous ne m'avez fait aucun
tort. [13]Vous vous rappelez que c'est à cause d'une infir-
mité* de la chair, que je vous évangélisai la première
fois ; [14]et vous ne m'avez ni méprisé ni repoussé, malgré
l'épreuve où vous mettait ma chair[b] ; vous m'avez reçu
comme un ange de Dieu, comme Jésus-Christ. [15]Qu'est-
ce donc qui vous rendait si heureux ? car je vous rends
ce témoignage : si c'eût été possible, vous vous seriez
arraché les yeux pour me les donner. [16]Je serais donc
devenu votre ennemi en vous disant la vérité ! [17]Les
autres se montrent jaloux de votre affection, mais ce
n'est pas d'une manière honorable ; ils veulent vous
détacher de moi, pour être d'autant plus aimés de vous.
[18]L'affection qui a pour objet le bien est une belle chose,
mais il faut qu'elle soit constante, et je voudrais que la
vôtre ne se bornât pas au temps où je suis près de vous.
[19]Mes chers enfants, pour qui je ressens de nouveau les
douleurs de l'enfantement* jusqu'à ce que Christ soit
formé en vous, [20]que je voudrais être près de vous à

cette heure, et changer de langage*, car je suis dans une
grande perplexité à votre sujet.
21 Dites-moi, vous qui voulez être sous la Loi, n'enten-
dez-vous point la Loi ? 22 car il est écrit qu'Abraham eut
deux fils, l'un de la servante, l'autre de la femme libre*.
23 Le fils de la servante est né selon la chair, tandis que le
fils de la femme libre est né en vertu de la promesse.
24 Tout cela a un sens allégorique. Ces femmes sont deux
alliances : l'une, celle du mont Sinaï, enfantant pour la
servitude, c'est Agar 25 (car le mot Agar désigne le mont
Sinaï, en Arabie), elle correspond à la Jérusalem actuelle,
qui, en effet, est esclave* avec ses enfants. 26 Mais la Jéru-
salem d'en haut est libre, c'est notre mère[a], 27 car il est
écrit :

Réjouis-toi, stérile qui n'as pas enfanté ;
Éclate en cris d'allégresse, toi qui n'as pas connu les douleurs de l'enfantement ;
Car les enfants de la femme délaissée sont plus nombreux
Que ceux de la femme qui a son mari.

28 Pour vous, frères, vous êtes[b] enfants de la promesse, à
la manière d'Isaac ; 29 comme alors celui qui était né selon
la chair persécutait* celui qui était né selon l'esprit, ainsi
en est-il encore maintenant. 30 Mais que dit l'Écriture ?
— *Chassez l'esclave et son fils, car le fils de l'esclave n'hé-
ritera point avec le fils de la femme libre.*
31 C'est pourquoi, frères, nous ne sommes pas enfants
d'une esclave, mais nous sommes enfants de la femme
libre[c].

5 1 Christ nous a affranchis et nous a donné la liberté.
Tenez donc ferme, et ne vous laissez pas mettre sous
le joug de la servitude. 2 C'est moi, Paul, qui vous le dis : si
vous vous faites circoncire, Christ ne vous servira
de rien. 3 Je déclare encore une fois à tout homme qui
se fait circoncire, qu'il est tenu d'observer la Loi tout

4[27] : És 54[1]. 4[30] : Gn 21[10].

entière. [4]Vous avez complètement rompu avec Christ,
vous qui voulez être justifiés par la Loi ; vous êtes déchus
de la grâce. [5]Pour nous, c'est de l'esprit, par la foi, que
nous attendons l'espérance de la justice, [6]car en Jésus-
Christ, ce qui importe, ce n'est ni la circoncision ni l'in-
circoncision, c'est la foi* agissant par la charité.

[7]Vous couriez bien*; qui vous a arrêtés et vous a
détournés d'obéir à la vérité ? [8]Ce conseil-là ne vient pas
de Celui qui vous a appelés. [9]Un peu de levain fait lever
toute la pâte*. [10]J'ai dans le Seigneur cette confiance en
vous que vous ne pensez pas autrement. Quant à celui
qui met le trouble parmi vous, il en portera la peine, quel
qu'il soit. [11]Pour moi, frères, si je prêche encore la cir-
concision, pourquoi suis-je encore persécuté ? le scan-
dale de la croix a donc été levé ! [12]Eh ! qu'ils se mutilent*
eux-mêmes, ceux qui viennent vous troubler !

III. Conséquences pratiques.

Vivre selon l'esprit, non selon la chair.
L'amour · l'humilité.

[13]Vous avez été appelés à la liberté, frères ; seulement,
que votre liberté ne serve pas d'excitation à la chair,
mais par la charité, mettez-vous au service les uns des
autres, [14]car toute la Loi se résume* dans une seule
parole : *Tu aimeras ton prochain comme toi-même.* [15]Si
vous vous mordez et vous dévorez les uns les autres,
prenez garde que vous ne soyez détruits les uns par les
autres.

[16]Je vous le dis, marchez par l'esprit, et n'accomplis-
sez pas les désirs de la chair. [17]La chair, en effet, a des
désirs contraires à ceux de l'esprit, et l'esprit en a de

5[14] : Lv 19[18].

contraires à ceux de la chair. Il y a opposition radicale
entre eux, en sorte que l'on ne fait pas ce que l'on vou-
drait. [18]Si vous êtes conduits par l'esprit, vous n'êtes
point sous la Loi. [19]Or les œuvres de la chair sont évi-
dentes, c'est le libertinage, l'impureté, le désordre,
[20]l'idolâtrie, la magie, les inimitiés, les querelles, les
jalousies, les emportements, les disputes, les divisions,
les partis, [21]l'envie, les meurtres, les excès de vin et de
table et autres choses semblables. Je vous préviens,
comme je vous en ai déjà prévenus, que ceux qui com-
mettent de telles choses, n'hériteront pas le royaume de
Dieu. [22]Le fruit de l'esprit, au contraire, c'est l'amour,
la joie, la paix, la patience, la mansuétude, la bonté, la
bonne foi, [23]la douceur, la tempérance : contre de telles
choses, il n'y a pas de loi*. [24]Ceux qui appartiennent à
Christ ont crucifié la chair avec ses passions et ses
désirs. [25]Si nous vivons par l'esprit, marchons aussi par
l'esprit.

[26]Ne nous laissons point aller à la vaine gloire, nous
provoquant les uns les autres, et nous portant mutuelle-
ment envie.

6 [1]Frères, lors même qu'un homme serait surpris en
quelque faute, vous qui êtes spirituels, redressez-le avec
un esprit de douceur, veillant sur vous-mêmes, pour que
vous ne succombiez pas à votre tour à la tentation. [2]Por-
tez les fardeaux les uns des autres, et vous accompli-
rez ainsi la loi* du Christ, [3]car si quelqu'un croit être
quelque chose, quoiqu'il ne soit rien, il se fait illusion* à
lui-même. [4]Que chacun examine ses propres œuvres, et
alors il aura matière à se glorifier en se comparant à
soi-même seulement, et non en se comparant à autrui,
[5]car chacun a son propre fardeau à porter.

[6]Que celui à qui l'on enseigne la Parole, fasse part de
tous ses biens à celui qui l'enseigne*. [7]Ne vous abusez
pas ; on ne se moque pas de Dieu ; ce qu'on aura semé,
on le recueillera. [8]Celui qui sème pour sa propre chair,

recueillera de la chair la corruption; celui qui sème
pour l'esprit, recueillera de l'esprit la vie éternelle. [9]Ne
nous lassons point de faire le bien, car nous recueille-
rons au temps marqué, si nous ne nous relâchons pas.
[10]Ainsi donc, tandis que nous en avons l'occasion, fai-
sons envers tous ce qui est bien, mais surtout envers nos
frères* en la foi.
[11]Remarquez ces gros caractères* : ils sont de ma
main.

Appendice.
Contre les partisans de la circoncision.

[12]Ceux qui vous forcent à vous faire circoncire sont
tous ces gens qui veulent se donner bonne apparence en
la chair, dans le seul but* de n'être pas persécutés pour
la croix du Christ : [13]quoiqu'ils se soient fait circoncire,
eux-mêmes n'observent pas la Loi ; ils veulent que vous
soyez circoncis, afin de se glorifier dans votre chair.
[14]Pour moi, Dieu me garde de me glorifier, si ce n'est
dans la croix de notre Seigneur Jésus-Christ, par lequel
le monde est crucifié pour moi, comme je le suis pour le
monde ; [15]car la circoncision[a] n'est rien, l'incirconcision
n'est rien ; ce qui est tout, c'est d'être une nouvelle créa-
ture. [16]Paix et miséricorde sur tous ceux qui marcheront
d'après cette règle, et sur l'Israël de Dieu* ! [17]Qu'à l'ave-
nir personne ne me fasse de la peine, car je porte sur
mon corps les stigmates* de Jésus.

[18]Que la grâce de notre Seigneur Jésus-Christ soit avec
votre esprit, frères ! Amen !

ÉPÎTRE AUX ÉPHÉSIENS

Adresse et salutation.

1 [1]Paul, apôtre de Jésus-Christ par la volonté de
Dieu, aux saints qui sont à Éphèse* et aux fidèles en
Jésus-Christ : [2]que la grâce et la paix vous soient don-
nées par Dieu, notre Père, et par notre Seigneur Jésus-
Christ.

I. La révélation de la grâce.

Paul bénit Dieu des dons de sa Grâce et Le prie
de la révéler entièrement à ses lecteurs.

[3]Béni soit Dieu, le Père de notre Seigneur Jésus-
Christ, de ce qu'il nous a comblés en Christ de toutes
sortes de bénédictions spirituelles dans les cieux*. [4]C'est
en Christ qu'il nous a élus avant la fondation du monde,
pour être saints et irréprochables devant Lui, [5]nous
ayant, dans son amour, désignés d'avance, pour ses fils
adoptifs par Jésus-Christ, d'après le bon plaisir de sa
volonté, — [6]à la louange de la grâce magnifique qu'il
nous a faite en son Bien-Aimé*.

[7]C'est en lui que nous avons la rédemption par son
sang, le pardon de nos fautes, selon les richesses de sa
grâce. [8]Il l'a abondamment répandue sur nous, cette
grâce, et avec elle toute espèce de sagesse et d'intelli-
gence, [9]nous révélant le mystère de sa volonté, confor-
mément au dessein* que, dans sa bienveillance, il avait
formé en lui-même, [10]et qu'il devait réaliser, quand les
temps seraient venus, à savoir de réunir toutes choses
en Christ*, celles qui sont dans les cieux et celles qui
sont sur la terre.

[11]C'est aussi en lui que nous avons été faits héritiers,
ayant été désignés d'avance pour cet héritage, d'après le
dessein de Celui qui opère toutes choses selon le plan
voulu de Lui, [12]pour que nous servions à la louange de
sa gloire, nous qui d'avance* avons espéré en Christ.
[13]C'est en lui que vous-mêmes, après avoir entendu la
parole de vérité, l'Évangile de votre salut — c'est en lui,
dis-je, qu'en suite de votre foi, vous avez été marqués du
sceau de l'Esprit saint promis, [14]et qui est le gage de
notre héritage en attendant la rédemption de ceux qu'il
s'est acquis, à la louange de sa gloire.
[15]C'est pourquoi, ayant entendu parler de votre foi au
Seigneur Jésus et de votre charité pour tous les saints,
[16]je ne cesse de rendre grâces pour vous en faisant
mention de vous dans mes prières, [17]afin que le Dieu de
notre Seigneur Jésus-Christ, le Père de gloire, vous
donne dans sa connaissance, un esprit de sagesse et de
révélation, [18]et qu'il illumine les yeux de votre cœur[a]*,
pour que vous sachiez quelle est l'espérance à laquelle il
vous a appelés, quelles sont les richesses de la gloire de
son héritage au milieu des saints, [19]et quelle est, envers
nous qui croyons, l'infinie grandeur de sa puissance,
à la juger par l'efficacité puissante de sa force. [20]Il l'a
déployée en Christ, lorsqu'il l'a ressuscité des morts, et
qu'il l'a fait *asseoir à sa droite*, dans les cieux, [21]bien au-
dessus de toute principauté, de toute autorité, de toute
puissance, de toute dignité et de tout nom qui se peut
nommer*, non seulement dans ce temps-ci, mais encore
dans le monde à venir, [22]et lorsqu'*il a mis toutes choses
sous ses pieds* et l'a donné pour chef suprême* à l'Église,
[23]qui est son corps, l'œuvre parfaite de celui qui rend
tout parfait en tous.

1[20]: Ps 110[1]. 1[22]: Ps 8[7].

Le salut par la Grâce.

2 1Et vous, vous étiez morts par vos fautes et par les
péchés 2auxquels vous vous livriez autrefois, suivant le
train de ce monde, suivant le prince de la puissance de
l'air*, de l'esprit qui agit maintenant dans les hommes
rebelles. 3Nous tous* aussi nous étions autrefois de ce
nombre, quand nous vivions dans nos passions char-
nelles, obéissant aux volontés de notre chair et aux
caprices de notre esprit ; et nous étions naturellement
des enfants de colère, comme les autres. 4Mais Dieu, qui
est riche en miséricorde, à cause du grand amour dont
il nous a aimés, 5et alors que nous étions morts par nos
fautes, nous a rappelés à la vie avec le Christ (c'est par
grâce que vous êtes sauvés), 6il nous a ressuscités avec
lui*, il nous a fait asseoir avec lui dans les cieux, en
Jésus-Christ ; 7afin de faire voir dans les temps qui vont
venir, les richesses infinies de sa grâce, par la bonté
dont nous sommes les objets en Jésus-Christ.

8C'est par sa grâce, en effet, que vous êtes sauvés, par
le moyen de la foi ; et cela ne vient pas de vous, c'est le
don de Dieu ; 9cela ne vient pas des œuvres, afin que nul
ne se glorifie, — 10car nous sommes son ouvrage, ayant
été créés en Jésus-Christ pour faire de bonnes œuvres,
auxquelles Dieu a commencé par nous rendre propres,
afin que nous les pratiquions.

Les païens et les Juifs ne forment plus qu'une maison de Dieu en Jésus-Christ.

11Souvenez-vous donc qu'autrefois, vous, païens de
naissance, traités d'incirconcis* par les soi-disant cir-
concis, qui ne le sont qu'en la chair, 12souvenez-vous
que vous étiez, en ce temps-là, sans Christ, étrangers à
la communauté d'Israël, en dehors des alliances* résul-
tant de la promesse, sans espérance et sans Dieu dans le

monde; [13]mais aujourd'hui, en Jésus-Christ, vous qui
étiez autrefois éloignés, vous êtes rapprochés par le
sang du Christ. [14]Car c'est lui qui est notre paix, lui qui
des deux peuples n'en a fait qu'un: il a abattu le mur de
séparation*, leur inimitié réciproque, [15]abrogeant par
sa chair la loi des ordonnances impératives; par là, il
a formé en lui-même, avec ces deux hommes, un seul
homme* nouveau; il a rétabli la paix [16]et réconcilié l'un
et l'autre avec Dieu, par sa croix, de manière à ce qu'ils
forment un seul et même corps, en détruisant en sa per-
sonne leur inimitié réciproque. [17]Et il est venu vous
annoncer la paix à vous, qui étiez éloignés, et la paix à
ceux qui étaient proches, [18]car c'est par lui que nous
avons, les uns et les autres, accès auprès de Dieu dans
un seul et même Esprit.

[19]Ainsi donc vous n'êtes plus des étrangers ni des
voyageurs*, mais vous êtes concitoyens des saints et
membres de la maison de Dieu. [20]Vous avez été édifiés
sur le fondement des apôtres et des prophètes, la pierre
angulaire étant Jésus-Christ lui-même. [21]C'est en lui que
tout l'édifice, harmoniquement ordonné, s'élèvera pour
être un temple saint dans le Seigneur; [22]c'est en lui que,
vous aussi, vous avez été édifiés, pour former par l'Es
prit* une maison où Dieu habite.

Paul révélateur de la Grâce. — « Dieu veuille vous enraciner dans son amour. »

3 [1]C'est dans ce but que je vous écris, moi Paul, le
prisonnier* du Christ pour vous, païens, [2]si du moins
vous avez entendu parler de la grâce, que, dans ses dis-
pensations, Dieu m'a accordée pour vous.

[3]C'est par une révélation que j'ai été initié au mystère
dont j'ai dit quelques mots ci-dessus, [4]et vous pouvez

2[17]: És 57[19]

comprendre, en les lisant, l'intelligence que j'en ai. [5]Il
n'a pas été révélé en d'autres âges à l'humanité, comme
il l'a été en ces derniers temps, par l'Esprit, aux saints
apôtres du Christ et à ses prophètes, [6]à qui il a été
dévoilé que les païens sont avec nous* membres du
même corps, héritiers et participants de la même pro-
messe, en Jésus-Christ[a], par l'Évangile. [7]J'ai été fait
ministre de cet Évangile par la faveur que la grâce de
Dieu m'a accordée, et par l'efficacité de sa puissance.
[8]C'est à moi, le moindre des saints, qu'a été faite cette
faveur d'annoncer à tous les païens les richesses inson-
dables du Christ, [9]et de les éclairer tous sur l'économie
du mystère[b] qui avait été caché de tout temps en Dieu,
le créateur de toutes choses[c], [10]afin que les autorités et
les puissances* qui sont dans les cieux apprennent
aujourd'hui, par le moyen de l'Église, à connaître la
sagesse infiniment variée de Dieu, [11]selon le dessein
éternel qu'il a réalisé en Jésus-Christ, notre Seigneur,
[12]à qui nous devons la liberté de nous approcher de
Dieu en toute assurance, par la foi que nous avons
en lui.

[13]C'est pourquoi je vous prie de ne pas vous laisser
décourager par les afflictions que j'endure pour vous :
elles sont votre gloire. [14]C'est dans ce but que je fléchis
les genoux* devant le Père[d], [15]qui donne son nom à
tout ce qui s'appelle famille*, aux cieux et sur la terre.
[16]Qu'il veuille, selon les richesses de sa gloire, vous don-
ner d'être puissamment fortifiés par son Esprit, pour
le développement de l'homme intérieur, [17]en sorte que
le Christ habite en vos cœurs par la foi, [18]afin qu'étant
enracinés et fondés dans l'amour, vous soyez en état de
comprendre avec tous les saints quelle en est la largeur
et la longueur, la profondeur et la hauteur*, [19]et de
connaître l'amour du Christ, qui surpasse toute idée,
afin que vous soyez parfaits en aspirant à toute la per-
fection de Dieu. [20]À Celui qui peut, par la puissance qui
se déploie en nous, faire infiniment au-delà de tout ce

que nous demandons et pensons, [21]à Lui soit la gloire
dans l'Église et en Jésus-Christ, dans tous les âges, aux
siècles des siècles ! Amen !

II. La vocation de la grâce.

Parvenir à la hauteur du Christ.

4 [1]Je vous prie donc instamment, moi qui suis prison-
nier dans le Seigneur, de vous conduire d'une manière
digne de la vocation qui vous a été adressée, [2]et cela, en
toute humilité et en toute douceur, avec longanimité,
vous supportant les uns les autres avec charité, [3]vous
efforçant de conserver l'unité de l'esprit par le lien de
la paix.
[4]Il y a un seul corps et un seul Esprit*, comme il y a
une seule espérance, à laquelle vous avez été appelés par
la vocation qui vous a été adressée. [5]Il y a un seul Sei-
gneur, une seule foi, un seul baptême, [6]un seul Dieu et
Père de tous, maître de tous, agissant et demeurant en
tous[a]. [7]Mais la grâce a été donnée à chacun de nous,
selon la mesure de la libéralité du Christ ; [8]aussi est-il
dit : *Étant monté en haut, il a emmené prisonniers bien
des captifs, et il a fait des largesses aux hommes*. [9]Or, que
veut dire cette expression *il est monté*, sinon qu'il était
descendu[b] ici-bas, sur la terre* ? [10]Celui qui est descendu
est celui-là même qui est monté au plus haut de tous les
cieux, afin de rendre toutes choses parfaites : [11]lui-même
a donné les uns comme apôtres, les autres comme pro-
phètes, d'autres comme évangélistes, d'autres comme
pasteurs et docteurs*, [12]pour le perfectionnement des
saints, en vue de l'œuvre du ministère et de l'édification
du corps du Christ, [13]jusqu'à ce que nous soyons tous

4[8] : Ps 68[19].

parvenus à l'unité de la foi et de la connaissance du Fils
de Dieu, à l'état d'hommes faits, à la hauteur de la per-
fection* du Christ. [14]Il a voulu que nous ne soyons plus
des enfants, des gens flottants et emportés à tout vent
de doctrine par la tromperie des hommes, par la fourbe-
rie qui favorise les manœuvres de l'erreur, [15]mais que,
professant la vérité avec charité, nous croissions à tous
égards, pour nous élever jusqu'à celui qui est le chef, le
Christ. [16]C'est de lui que tout le corps, bien ordonné et
bien lié par toutes les jointures dont ce corps est pourvu,
tire son développement par le jeu harmonique de cha-
cune des parties, et réalise par la charité son édification
propre.

Revêtir l'homme nouveau.

[17]Je dis donc et je déclare, dans le Seigneur, que vous
ne devez plus marcher comme les païens[a], qui se laissent
aller à la vanité de leurs pensées : [18]leur esprit est obscurci
de ténèbres, ils sont étrangers à la vie de Dieu, à cause
de l'ignorance où ils sont et de l'endurcissement* de leur
cœur. [19]Ayant perdu tout sentiment moral, ils se sont
abandonnés aux désordres, au point de commettre toute
espèce d'impuretés, en y joignant la cupidité. [20]Mais,
pour vous, ce n'est point ainsi que vous avez appris à
connaître le Christ, [21]Si du moins vous avez entendu par-
ler de lui, et si vous avez été instruits, à son école, de la
vérité telle qu'elle est en Jésus*. [22]On vous a enseigné que
vous devez, comme le réclame votre conduite passée,
vous défaire du vieil homme corrompu par les passions
trompeuses, [23]et vous renouveler par l'Esprit dans vos
pensées, [24]de sorte que vous revêtiez l'homme nouveau,
qui est créé à l'image de Dieu dans une justice et une
sainteté que produit la vérité.

Pratiquer la justice.

[25]En conséquence, que chacun de vous, renonçant
au mensonge, *parle avec vérité à son prochain*, car nous
sommes membres* les uns des autres. [26]*Êtes-vous en
colère, ne péchez point*; que le soleil ne se couche point
sur votre colère. [27]Ne donnez pas non plus prise au
diable. [28]Que celui qui dérobait, ne dérobe plus, mais que
plutôt il s'occupe, en travaillant de ses mains, à quelque
chose de bon, afin d'avoir de quoi donner à celui qui est
dans le besoin. [29]Qu'aucune mauvaise parole ne sorte
de votre bouche, mais si, dans l'occasion, l'un de vous
a quelque parole propre à édifier, qu'il la dise, afin
qu'elle fasse du bien à ceux qui l'entendent; [30]n'attristez*
pas l'Esprit saint de Dieu, du sceau* duquel vous avez
été marqués pour le jour de la rédemption. [31]Que toute
aigreur, toute violence, toute colère, toute criaillerie,
toute injure soient bannies du milieu de vous, et toute
méchanceté. [32]Soyez bons, pleins de tendresse les uns
pour les autres, vous pardonnant réciproquement,
comme Dieu vous a pardonné en Christ.

5 [1]Soyez donc des imitateurs* de Dieu, comme des
enfants bien-aimés, [2]et marchez dans la charité, à
l'exemple du Christ, qui vous a aimés et qui s'est donné
lui-même à Dieu pour nous, *en oblation et en sacrifice
comme un suave parfum*.

Pratiquer la sainteté. — Vivre avec sagesse.

[3]Que l'impudicité et toute impureté, que l'avarice ne
soient pas même nommées parmi vous, comme il
convient à des saints. [4]Qu'on n'entende point de paroles
déshonnêtes ou extravagantes, ni de plaisanteries gros-
sières*, toutes choses malséantes; qu'on entende plutôt

4[25] : Za 8[16]. 4[26] : Ps 4[5]. 5[2] : Ex 29[18].

des actions de grâces. 5 Car retenez bien ceci, que
d'ailleurs vous savez, c'est qu'aucun impudique, aucun
impur, ni aucun avare (l'avarice est une idolâtrie) n'a
part au royaume du Christ et de Dieu*.

6 Que nul ne vous abuse par de vains discours : c'est bien
à cause de ces vices que la colère de Dieu tombe sur les
hommes rebelles ; 7 ne soyez donc pas leurs complices.
8 Vous étiez autrefois ténèbres, à présent vous êtes lumière
dans le Seigneur ; conduisez-vous donc en enfants de
lumière* 9 (le fruit de la lumière[a] consiste en toute sorte
de bonté, de justice et de vérité), 10 examinant ce qui est
agréable au Seigneur. 11 Ne prenez aucune part aux
œuvres stériles des ténèbres ; bien mieux, réprouvez-les ;
12 car il est honteux même de dire ce qu'ils font en secret.
13 Toutes ces choses, quand elles sont réprouvées, sont
mises en plein jour par la lumière, et tout ce qui est mis
en plein jour est lumière ; 14 c'est pour cela qu'il est dit :
« Réveille-toi, toi qui dors, et relève-toi d'entre les morts,
et le Christ fera briller sur toi sa lumière*. »

15 Prenez donc garde de vous conduire avec circons-
pection, non en insensés, mais comme des hommes
sages, 16 mettant l'occasion à profit, car les jours sont
mauvais. 17 Pour cela, ne soyez pas déraisonnables, mais
comprenez bien quelle est la volonté du Seigneur. 18 Ne
vous laissez point aller aux excès de vin : il n'y a là que
dissolution ; mais soyez parfaits en esprit. 19 Entretenez-
vous par des psaumes, par des hymnes et par des can-
tiques spirituels, chantant et psalmodiant au Seigneur,
du fond de vos cœurs. 20 Rendez toujours grâces pour
toutes choses à Dieu, notre Père, au nom de notre Sei-
gneur Jésus-Christ.

La famille chrétienne.

21 Soumettez-vous les uns aux autres dans la crainte
de Christ[b].

[22]Femmes, soyez soumises à vos maris, comme au Sei-
gneur, [23]car le mari est le chef de la femme, comme le
Christ est le chef* de l'Église, lui, le Sauveur du corps.
[24]Cependant, comme l'Église est soumise au Christ, de
même les femmes doivent être soumises à leurs maris en
toutes choses.

[25]Maris, aimez vos femmes comme le Christ a aimé
son Église et s'est livré lui-même pour elle, [26]afin de la
sanctifier par la Parole, après l'avoir purifiée par l'ablu-
tion d'eau*, [27]pour en faire lui-même, pour lui-même,
l'Église glorieuse, sans tache, ni ride, ni rien de sem-
blable, mais sainte et irréprochable. [28]C'est ainsi que les
maris doivent aimer leurs femmes comme leurs propres
corps : celui qui aime sa femme, s'aime lui-même, [29]car
jamais personne n'a haï sa propre chair, mais il l'entre-
tient et la soigne, comme le Christ[a] en use envers son
Église ; [30]car nous sommes les membres de son corps,
[31]*c'est pourquoi l'homme quittera son père et sa mère,
pour s'attacher à sa femme, et les deux ne feront qu'une
seule chair.* [32]Ce mystère est grand, je le dis par rapport
à Christ et à l'Église. [33]Quoi qu'il en soit, que chacun de
vous aussi aime sa femme comme soi-même, et que la
femme craigne son mari.

6 [1]Enfants, obéissez à vos parents selon le Seigneur,
car cela est juste. [2]*Honore ton père et ta mère* ; c'est un
commandement important, à cause de cette promesse :
[3]*afin que tu sois heureux et que tu vives longtemps sur la
terre.* [4]Et vous, pères, n'exaspérez pas vos enfants, mais
élevez-les en les corrigeant et les avertissant selon le
Seigneur.

[5]Esclaves*, obéissez à ceux qui sont vos maîtres selon
la chair, avec crainte et tremblement, dans la droiture
de votre cœur, comme au Christ ; [6]non pas seulement
quand ils ont l'œil sur vous, comme si vous ne cher-
chiez qu'à plaire aux hommes, mais comme des servi-

5[31] : Gn 2[24]. 6[2] : Ex 20[12]. 6[3] : Dt 5[16].

teurs de Christ, qui font de bon cœur la volonté de Dieu.
[7]Servez-les avec affection, comme si vous serviez le Sei-
gneur et non les hommes[a], [8]certains que ce que chacun
aura fait de bien, le Seigneur le lui rendra, qu'il soit
esclave ou qu'il soit libre. [9]Et vous, maîtres, agissez de
même à leur égard ; interdisez-vous la menace, sachant
que leur maître et le vôtre est dans les cieux, et qu'il ne
fait pas acception de personnes.

Revêtir l'armure de Dieu.

[10]Du reste, cherchez des forces dans le Seigneur et
dans sa vertu puissante. [11]Revêtez l'armure de Dieu,
pour être en état de tenir contre les manœuvres du
diable, [12]parce que nous avons à lutter non seulement
contre la chair et le sang, mais encore contre les princi-
pautés et les autorités, contre les puissances de ce
monde de ténèbres[b], contre les malins* esprits qui sont
dans les régions célestes. [13]Saisissez donc l'armure
de Dieu, afin de pouvoir résister, au jour mauvais, et
demeurer debout, après avoir vaincu toutes les opposi-
tions. [14]Soyez donc fermes, ayant ceint vos reins de
vérité, *ayant revêtu la cuirasse de la justice* [15]*et chaussé
vos pieds de l'agilité que donne l'évangile de paix.* [16]Par-
dessus tout, prenez le bouclier de la foi, avec lequel
vous pourrez éteindre tous les traits enflammés du
Malin ; [17]puis, armez-vous *du casque du salut* et de *l'épée
de l'Esprit,* qui est la parole de Dieu. [18]Adressez à Dieu
toutes sortes de vœux et de supplications, en toute cir-
constance, et par l'Esprit. Veillez dans ce but avec une
persévérance continuelle, priant pour tous les saints [19]et
pour moi aussi, afin qu'il me soit donné d'ouvrir la
bouche et de faire connaître hardiment le mystère de
l'Évangile, [20]pour lequel je fais les fonctions d'ambassa-

6^{14} · És 59^{17}. 6^{15} : És 52^{7}. 6^{17} : És 59^{17} ; 49^{2}.

deur, lié d'une chaîne, afin, dis-je, que je l'annonce har-
diment, comme j'en dois parler.

Envoi de l'épître. Salutations.

21 Tychique, mon cher frère et mon fidèle serviteur
dans le Seigneur, vous donnera de mes nouvelles, afin
que vous sachiez, vous aussi, tout ce qui me concerne et
ce que je fais. 22 Je vous l'envoie tout exprès pour que
vous connaissiez l'état de nos affaires, et qu'il console
vos cœurs.
23 Que la paix soit donnée aux frères, ainsi que la charité
unie à la foi, par Dieu, le Père, et par le Seigneur Jésus-
Christ ! 24 Que la grâce soit avec tous ceux qui aiment
notre Seigneur Jésus-Christ d'un amour inaltérable !

ÉPÎTRE AUX PHILIPPIENS

Adresse et salutation. — Affection de Paul pour les Philippiens.

1 1 Paul et Timothée, serviteurs de Jésus-Christ, à tous
les saints en Jésus-Christ, qui sont à Philippes*, ainsi
qu'aux évêques* et aux diacres : 2 que la grâce et la paix
vous soient données par Dieu, notre Père, et par notre
Seigneur Jésus-Christ.
3 Je ne cesse, dans toutes mes prières pour vous tous,
de rendre grâces à mon Dieu de tous les souvenirs
que j'ai conservés de vous, 4 lui adressant avec joie ma
prière, 5 à cause de la part que vous prenez à l'Évangile,
depuis le premier jour jusqu'à présent. 6 Je m'assure que
Celui qui a commencé en vous une œuvre excellente, en
poursuivra l'achèvement jusqu'au jour de Jésus-Christ.

7C'est une justice que je vous dois, de penser ainsi
de vous tous, parce que je vous porte dans mon cœur,
vous tous, qui, soit dans ma captivité, soit dans la
défense et la confirmation de l'Évangile, prenez une si
vive part à la grâce qui m'est accordée. 8Dieu m'est
témoin que je vous chéris tous avec la tendresse de
Jésus-Christ : 9ce que je lui demande, c'est que votre
amour abonde de plus en plus en connaissance et en
parfait jugement, 10afin que, par une juste appréciation
de ce qui vaut le mieux, vous soyez purs et irrépro-
chables pour le jour de Christ, 11possédant pleinement,
par Jésus-Christ, le fruit de justice, à la gloire et à la
louange de Dieu.

La captivité de Paul a contribué aux progrès de l'Évangile.

12Je désire que vous sachiez, frères, que ma posi-
tion* a même contribué aux progrès de l'Évangile.
13C'est une chose bien connue dans tout le prétoire* et
partout ailleurs, que c'est pour Christ que je suis dans
les chaînes, 14en sorte que la plupart des frères, rassu-
rés, grâce au Seigneur, par mes liens, osent d'autant
mieux annoncer la parole de Dieu sans crainte.

15Quelques-uns, il est vrai, prêchent le Christ par envie
et dans un esprit de dispute* ; mais il y en a d'autres qui
le font avec des sentiments de bienveillance ; 16ils sont
mus par l'affection, sachant que je suis chargé de la
défense de l'Évangile, 17tandis que ceux-là, poussés
par un esprit de rivalité, annoncent le Christ avec des
intentions qui ne sont pas pures : ils pensent me faire
éprouver quelque vexation dans ma captivité. 18Mais
qu'importe* ? De quelque manière qu'on le fasse, avec des
arrière-pensées ou avec sincérité, Christ est annoncé, et
je m'en réjouis ; bien plus, je m'en réjouirai, 19car je sais
que par vos prières et par le secours de l'Esprit de Jésus-

Christ, *cela tournera à mon salut* : [20]j'ai la ferme espé-
rance que je n'aurai à rougir de rien, mais que, mainte-
nant comme toujours, Christ sera franchement glorifié
en ma personne, soit par ma vie, soit par ma mort. [21]Car
Christ est ma vie, et la mort m'est un gain*. [22]Toutefois, si
je dois vivre en ce corps, c'est à cause de l'œuvre que j'ai
à faire ; aussi ne sais-je ce que je dois souhaiter. [23]Je me
sens pressé des deux côtés : j'ai le désir de partir* et
d'être avec Christ, car c'est bien préférable ; [24]d'autre
part, il est plus nécessaire que je demeure dans ce corps,
à cause de vous. [25]Persuadé de cette nécessité, je sais que
je demeurerai avec vous tous, pour l'avancement et la
joie de votre foi ; [26]afin que, par mon retour auprès de
vous, vous ayez sujet de vous glorifier de plus en plus
de moi en Jésus-Christ.

« Demeurez fermes » dans l'amour, l'humilité et la sainteté.

[27]Seulement, conduisez-vous d'une manière digne de
l'Évangile du Christ, afin que, soit que je vienne vous
voir, soit que je sois absent, j'apprenne que vous demeu-
rez fermes dans un même esprit, et que vous combattez
d'un même cœur pour la foi de l'Évangile, [28]sans vous
laisser aucunement intimider par les adversaires. Cette
fermeté est un signe évident de ruine pour eux, et, pour
vous, de salut : et cela vous vient de Dieu, [29]parce qu'il
vous a fait, à vous, la grâce, non seulement d'avoir foi
en Christ, mais encore de souffrir pour lui, [30]en soute-
nant le même combat que vous m'avez vu soutenir, et
que, comme vous le savez, je soutiens encore.

2 [1]Si donc il y a quelque consolation en Christ, s'il
y a quelque soulagement dans la charité, s'il y a
quelque communion d'esprit, s'il y a quelque tendresse

1[19] : Jb 13[16].

et quelque compassion, 2rendez ma joie parfaite : soyez
en bonne intelligence, ayant un même amour, une
même âme, une seule et même pensée. 3Ne vous laissez
pas aller à des sentiments de rivalité ou de vaine gloire ;
mais que l'humilité vous fasse considérer les autres
comme étant au-dessus de vous. 4Que nul n'ait en vue
ses propres intérêts, mais que chacun ait aussi égard à
ceux des autres. 5Soyez animés des mêmes sentiments
dont Jésus-Christ a été animé : 6quoiqu'il fût en forme
de Dieu*, loin de s'en prévaloir pour s'égaler à Dieu,
7il s'est anéanti lui-même en prenant la forme d'un
esclave, en devenant semblable aux hommes, et, ayant
paru comme un simple homme, 8il s'est abaissé lui-
même, se rendant obéissant jusqu'à la mort, jusqu'à la
mort de la croix. 9C'est pourquoi Dieu l'a souveraine-
ment élevé, et lui a donné le nom qui est au-dessus de
tout nom, 10afin qu'au nom de Jésus, *tout genou fléchisse*
au ciel, sur la terre et sous la terre, 11et que *toute langue*
confesse que Jésus-Christ est le Seigneur, à la gloire de
Dieu son Père. 12Ainsi, mes bien-aimés, comme vous
avez toujours été obéissants, travaillez à votre salut avec
crainte et tremblement, non seulement comme vous le
faisiez quand j'étais avec vous, mais bien plus encore
maintenant que je suis absent, 13car c'est Dieu qui pro-
duit en nous le vouloir et le faire*, parce que c'est son
bon plaisir.

14Faites toutes choses sans murmures ni arrière-pen-
sées, 15afin que vous soyez irréprochables et purs, des
enfants de Dieu parfaits, au milieu d'une génération per-
verse et corrompue, parmi laquelle vous brillez comme
des astres dans le monde, 16en tenant haut la parole de
vie ; et je serai fier, au jour de Christ, de n'avoir ni couru
ni travaillé en vain. 17Et même si je dois servir de liba-
tion* et être offert en sacrifice pour le service de votre
foi, j'en suis heureux, et je m'en réjouis avec vous tous ;

2[10-11] : És 45[23].

[18]vous aussi soyez-en heureux, et réjouissez-vous-en
avec moi.

Envoi de Timothée et d'Épaphrodite.

[19]J'espère que, grâce au Seigneur Jésus, je vous enver-
rai bientôt Timothée, afin de me sentir moi-même plein
de courage en recevant de vos nouvelles. [20]Je n'ai per-
sonne qui partage comme lui mes sentiments et qui
puisse s'intéresser véritablement à ce qui vous concerne,
[21]car tous ont en vue leurs propres intérêts, et non ceux
de Jésus-Christ. [22]Vous connaissez la solidité de son
caractère, vous savez qu'il s'est dévoué avec moi, comme
un enfant avec son père, au service de l'Évangile. [23]J'es-
père donc vous l'envoyer aussitôt que j'aurai vu clair
dans mes affaires, [24]et j'ai la conviction que, grâce au
Seigneur, je le suivrai moi-même de près.
[25]En attendant, j'ai cru qu'il était nécessaire de vous
envoyer Épaphrodite, mon frère, le compagnon de mes
travaux et de mes combats, que vous avez député pour
subvenir à mes besoins; [26]d'ailleurs, il soupirait après
vous tous, et il était tourmenté de ce que vous aviez su
sa maladie. [27]Il a été, en effet, tout près de la mort, mais
Dieu a eu pitié de lui, et non pas seulement de lui,
mais aussi de moi, afin que je n'eusse pas tristesse sur
tristesse. [28]Je me suis donc empressé de vous l'envoyer,
afin que la joie vous revînt en le voyant, et que moi-
même je fusse moins triste. [29]Accueillez-le donc dans
le Seigneur, avec une joie entière, et honorez de tels
hommes, [30]car c'est pour l'œuvre de Christ qu'il a
failli mourir, en exposant sa vie pour accomplir ce que
vous ne pouviez faire vous-mêmes dans le service
que vous me rendiez.

Avertissement contre les judaïsants.
— Imiter Paul.

3 1Au reste, mes frères, réjouissez-vous dans le Seigneur.

Pour moi, je ne crains point de vous redire toujours les mêmes choses, et pour vous, cela est bon.

2Prenez garde aux chiens*; prenez garde aux mauvais
ouvriers; prenez garde à la fausse circoncision, 3car
c'est nous qui sommes la vraie circoncision*, nous qui
servons Dieu avec l'esprit de Dieu[a], qui nous glorifions
en Jésus-Christ, et qui ne mettons pas notre confiance
en la chair, 4quoique j'aie, quant à moi, tout sujet de
mettre aussi ma confiance en la chair. Si quelqu'un
croit pouvoir se confier en la chair, je le puis à plus
juste titre*, 5moi, circoncis au huitième jour, de la race
d'Israël, de la tribu de Benjamin; Hébreu fils d'Hébreux; pour la Loi, pharisien; 6pour le zèle, persécuteur
de l'Église; pour la justice de la Loi, sans reproche*.
7Mais ces titres, qui étaient pour moi des gains, je les ai
tenus pour un préjudice, à cause du Christ*, 8et je les
tiens certainement tous pour un préjudice, à cause de
l'excellence de la connaissance de Jésus-Christ, mon
Seigneur. J'ai fait abandon de toutes ces choses pour
lui; je les regarde toutes comme de la balayure, afin de
gagner Christ 9et d'être trouvé en lui, ayant non ma
propre justice, cette justice qui vient de la Loi, mais
celle qui s'obtient par la foi en Christ, la justice qui vient
de Dieu par la foi, 10en sorte que je le connaisse, lui et la
puissance de sa résurrection, et la communion de ses
souffrances, en reproduisant* sa mort en ma personne,
11pour tâcher de parvenir à la résurrection des morts.
12Ce n'est pas que j'aie déjà saisi le prix, ni que je sois
déjà arrivé à la perfection; mais je le poursuis, tâchant
de le saisir, parce que j'ai été saisi moi-même* par
Christ. 13Pour moi, frères, je ne prétends pas l'avoir
saisi, 14mais voici ce que je fais: je laisse ce qui est der-

rière moi, et me portant vers ce qui est devant moi*, je
cours vers le but pour remporter le prix auquel Dieu
m'a appelé d'en haut, en Jésus-Christ. [15]Que ce soit là
notre sentiment, à nous tous qui sommes parfaits, et si,
sur quelque point, vous pensez différemment, eh bien!
Dieu vous éclairera; [16]seulement, au point où nous
sommes arrivés, marchons comme nous l'avons fait jus-
qu'ici[a].

[17]Soyez mes imitateurs, frères, et ayez les yeux sur
ceux qui se conduisent d'après le modèle que vous avez
en nous. [18]Il y en a plusieurs que je vous ai souvent
signalés, et qu'aujourd'hui encore je vous signale, les
larmes aux yeux, comme les ennemis* de la croix du
Christ par la conduite qu'ils mènent. [19]La fin de ces
gens-là, c'est la perdition, eux qui font leur Dieu de leur
ventre, et mettent leur gloire dans ce qui fait leur honte,
n'ayant de goût que pour les choses terrestres. [20]Pour
nous, notre patrie est dans les cieux, d'où nous atten-
dons aussi, pour Sauveur, le Seigneur Jésus-Christ,
[21]qui transformera notre corps vil, en le rendant sem-
blable à son corps glorieux, par le pouvoir qu'il a de
s'assujettir toutes choses.

4 [1]Ainsi, mes chers et bien-aimés frères, vous qui êtes
ma joie et ma couronne, demeurez de cette manière
fermes dans le Seigneur, mes bien-aimés.

Exhortations. Remerciements. Salutations.

[2]J'invite Évodie ainsi que Syntyche à être en bonne
intelligence dans le Seigneur; [3]oui, je te prie aussi,
digne Syzygos, de t'intéresser à elles, car elles ont com-
battu avec moi pour l'Évangile, ainsi qu'avec Clément
et mes autres compagnons d'œuvre, dont les noms sont
écrits dans *le livre de vie**.

4[3] : Ps 69[29].

4 Réjouissez-vous toujours dans le Seigneur; je vous le
répète, réjouissez-vous.
5 Que votre douceur se fasse connaître à tout le
monde: le Seigneur est proche.
6 Ne vous inquiétez de rien, mais en toute circonstance
faites connaître vos besoins à Dieu par des prières et
des demandes accompagnées d'actions de grâces; 7 et la
paix de Dieu, qui surpasse toute intelligence, gardera
vos cœurs et vos pensées en Jésus-Christ.
8 Au reste, frères, que toutes les choses qui sont véri-
tables, toutes celles qui sont respectables, toutes celles
qui sont justes, toutes celles qui sont pures, toutes celles
qui sont aimables, toutes celles qui sont bienséantes,
tout ce qui est vertueux et digne de louange, soit l'objet
de vos pensées; 9 ce que vous avez appris et reçu, ce que
vous m'avez entendu dire et vu faire moi-même, prati-
quez-le, et le Dieu de paix sera avec vous.
10 J'ai ressenti une grande joie, dans le Seigneur, de ce
que votre intérêt pour moi a enfin porté de nouveaux
fruits; vous y pensiez bien, mais l'occasion vous man-
quait. 11 Ce n'est pas le besoin qui me fait parler ainsi,
car j'ai appris à être content dans toutes les positions où
je me trouve: 12 je sais vivre à l'étroit, et je sais vivre
dans l'aisance; en tout et partout, j'ai appris à être ras-
sasié et à avoir faim, à être dans l'abondance et à être
dans la disette; 13 je puis tout par Celui qui me fortifie[a].
14 Vous avez bien fait, néanmoins, de prendre part à ma
détresse; 15 d'ailleurs, vous savez bien aussi, vous, Phi-
lippiens, qu'au commencement de la prédication de
l'Évangile, quand je quittai la Macédoine, aucune église
ne fit avec moi un échange régulier de dons; 16 vous seuls
le fîtes, car déjà à Thessalonique, puis par deux fois,
vous m'avez envoyé de quoi subvenir à mes besoins.
17 Ce n'est pas que je recherche les présents, mais je
recherche le fruit qui abonde à votre compte. 18 J'ai tout
reçu et je suis dans l'abondance; j'ai été comblé en
recevant d'Épaphrodite vos dons, parfum suave, sacri-

fice que Dieu accepte et qui lui est agréable. 19Mon Dieu
pourvoira à tous vos besoins, suivant sa richesse, avec
gloire en Jésus-Christ. 20À Dieu, notre Père, soit la gloire
aux siècles des siècles! Amen!
21Saluez tous les saints en Jésus-Christ.
Tous les frères qui sont avec moi, vous saluent. 22Tous
les saints vous saluent, et principalement ceux qui sont
de la maison de César.
23Que la grâce du Seigneur Jésus-Christ soit avec
votre esprit!

ÉPÎTRE AUX COLOSSIENS

Adresse et salutation. — Foi et charité des Colossiens. Paul prie Dieu d'augmenter leur vie chrétienne.

1 1Paul, apôtre de Jésus-Christ par la volonté de
Dieu, et Timothée, notre frère, 2aux saints qui sont à
Colosses*, nos fidèles frères en Christ: que la grâce et la
paix vous soient données par Dieu, notre Père.
3Nous ne cessons de rendre grâces à Dieu, le Père de
notre Seigneur Jésus-Christ, dans les prières que nous
lui adressons pour vous, 4car nous avons entendu parler
de votre foi en Jésus-Christ et de votre charité pour tous
les saints, 5à cause de l'espérance qui vous est réservée
dans les cieux, et dont on vous a déjà entretenus, quand
on vous a annoncé la vérité évangélique. 6L'Évangile est
au milieu de vous, comme il est dans le monde entier,
où il porte des fruits et fait des progrès*, ainsi que cela
a eu lieu parmi vous, depuis le jour où vous avez
entendu et connu la grâce de Dieu telle qu'elle est véri-
tablement, 7telle aussi que vous l'avez apprise de notre
bien-aimé collègue Épaphras, qui est auprès de vous un

fidèle ministre du Christ. [8]C'est lui qui nous a informés
de la charité toute spirituelle qui vous anime.

[9]C'est pourquoi, du jour où nous l'avons su, nous
n'avons cessé de prier pour vous et de demander que
vous ayez la pleine connaissance de la volonté de Dieu,
avec toute sagesse et toute intelligence spirituelle, [10]en
sorte que vous vous conduisiez d'une manière digne
du Seigneur, pour lui plaire en toutes choses, portant
toutes sortes de bons fruits, croissant dans la connais-
sance de Dieu, [11]et étant fortifiés de toute manière
par sa glorieuse puissance, supportant et endurant tout
avec joie. [12]Soyez pleins de reconnaissance pour le Père,
qui vous a rendus capables de partager le sort des saints
dans la lumière, [13]en nous arrachant à la puissance des
ténèbres pour nous transporter dans le royaume du Fils
de son amour, [14]en qui nous avons la délivrance[a], le par-
don des péchés.

Dignité du Christ, le réconciliateur.

[15]C'est ce Fils qui est l'image du Dieu invisible*, le
premier-né de toute la création, [16]car c'est en lui que
toutes les choses ont été créées, celles qui sont dans les
cieux et celles qui sont sur la terre, les choses visibles et
les choses invisibles, les majestés, les seigneuries, les
principautés, les puissances : tout a été créé par lui et
pour lui. [17]Il est avant toutes choses et toutes choses
subsistent en lui. [18]Il est la tête du corps de l'Église, lui
qui est les prémices, le premier-né d'entre les morts,
afin qu'il soit le premier en tout. [19]Car Dieu s'est plu à
faire habiter en lui toute la perfection [20]et à réconcilier
avec soi, par lui, toutes choses, soit celles qui sont sur la
terre, soit celles qui sont dans les cieux, en faisant
la paix par le sang de sa croix.

[21]Vous aussi, qui étiez autrefois étrangers et ennemis
par vos sentiments et par vos mauvaises œuvres, Christ

vous a maintenant réconciliés [22]par la mort qu'il a souf-
ferte en sa chair, de manière à vous faire paraître
devant lui, saints, sans tache et sans reproche; [23]si du
moins vous demeurez fondés et inébranlables dans
la foi, sans vous écarter de l'espérance proclamée par
l'Évangile que vous avez entendu, qui a été prêché à
toute créature sous le ciel, et dont, moi Paul, je suis
devenu ministre.

Souffrances et combats de Paul
dans son ministère.

[24]Je suis heureux maintenant des souffrances que j'en-
dure pour vous*, et j'achève en ma chair ce qui manque
aux souffrances du Christ pour son corps, qui est l'Église.
[25]J'en ai été fait ministre par la dispensation de Dieu, qui
m'a donné, en vue de vous, la tâche de répandre partout
sa parole, — [26]ce mystère caché de toute éternité et avant
tous les âges, mais révélé* aujourd'hui aux saints, [27]à qui
Dieu a voulu faire connaître quelle est la richesse de ce
glorieux mystère parmi les païens, c'est-à-dire Christ en
vous, l'espérance de la gloire.
[28]C'est lui que nous annonçons, avertissant et instrui-
sant tout homme en toute sagesse, afin de rendre tout
homme parfait en Christ. [29]C'est aussi dans ce dessein
que je travaille, en luttant avec l'énergie* qu'il déploie
puissamment en moi.

2 [1]Car je veux que vous sachiez combien est grand
le combat que je soutiens pour vous, pour ceux de Lao-
dicée*, et pour tous ceux qui ne me connaissent pas
de visage, [2]afin que leurs cœurs soient réconfortés, et
qu'étant unis par la charité, ils soient enrichis d'une
pleine conviction de l'intelligence et d'une juste connais-
sance du mystère de Dieu, Christ[a], [3]en qui se trouvent
cachés tous les trésors de la sagesse et de la science.

Avertissement contre les faux docteurs.

4Je vous dis cela, afin que personne ne vous induise
en erreur par des raisonnements spécieux*, 5car si je
suis absent de corps, je suis néanmoins avec vous en
esprit, heureux de voir l'ordre qui règne chez vous, et la
solidité de votre foi en Christ.

6Ainsi donc, comme vous avez reçu le Seigneur Jésus-
Christ, attachez-vous aussi à lui dans toute votre
conduite, 7étant enracinés en lui, et vous édifiant sur ce
fondement, étant affermis par la foi[a], telle qu'elle vous a
été enseignée, et abondant en actions de grâces. 8Prenez
garde que personne ne fasse de vous sa proie par la phi-
losophie*, vaine illusion qui appartient aux enseigne-
ments des hommes, aux éléments du monde, et non à
Christ ; 9car c'est en lui qu'habite toute la perfection de
la divinité, corporellement, 10et en lui, vous êtes par-
faits : lui qui est le chef de toute principauté et de toute
puissance* ; 11lui en qui vous avez été circoncis d'une
circoncision qui n'est pas de main d'homme*, par le
dépouillement des influences charnelles du corps[b], par
la circoncision du Christ, 12lorsque vous avez été ense-
velis avec lui dans le baptême où vous êtes aussi ressus-
cités avec lui par la foi en la puissance de Dieu, qui l'a
ressuscité des morts. 13Lorsque vous étiez morts dans
vos fautes et dans l'incirconcision de votre chair, Dieu
vous a rappelés avec Christ à la vie, en nous faisant
grâce pour toutes nos fautes. 14Il a effacé l'acte qui était
contre nous, dont les clauses nous étaient contraires, et
l'a supprimé en le clouant* sur la croix ; 15il a dépouillé
les principautés et les puissances, et les a données en
spectacle au monde, triomphant d'elles par la croix.

16Que personne donc ne vous juge à l'égard du manger
et du boire, ou au sujet d'une fête, d'une nouvelle lune ou
d'un sabbat* : 17ce n'est là que l'ombre* des choses qui

devaient venir, tandis que la réalité se trouve en Christ.
18Que nul ne vous fasse perdre le prix, en vous poussant,
sous couleur d'humilité, à rendre un culte aux anges. Ces
gens follement enflés par leurs idées charnelles, s'embar-
quent dans des rêveries[a]*, 19et ne s'attachent pas au chef,
de qui tout le corps, bien constitué et bien lié au moyen
des jointures et des ligaments, tire son développement
par la croissance que Dieu donne. 20Si vous êtes morts
avec Christ aux éléments du monde, pourquoi, comme si
vous viviez de la vie du monde, vous laissez-vous dicter
ces arrêts : 21Ne prends pas ! ne goûte pas ! ne touche pas !
22ce sont des choses qui, toutes, corrompent par l'usage
qu'on en fait ? — Ces défenses *ne sont que des comman-
dements et des enseignements d'hommes**, 23elles ont, il
est vrai, un renom de sagesse par le fait d'un culte volon-
taire, d'un sentiment d'humilité et d'une rigueur exercée
à l'égard du corps, mais elles sont sans valeur aucune,
parce qu'elles ne servent qu'à la satisfaction de la chair.

S'attacher aux choses d'en haut ·
vivre dans la pureté et l'amour.

3 1Si vous êtes ressuscités avec le Christ, cherchez
les choses qui sont en haut, où le Christ *est assis à la
droite de Dieu* ; 2attachez-vous aux choses d'en haut*, et
non à celles qui sont sur la terre, 3car vous êtes morts,
et votre vie est cachée* avec le Christ en Dieu. 4Lorsque
le Christ, qui est notre vie, paraîtra, vous aussi, vous
paraîtrez avec lui dans la gloire.

5Faites donc mourir vos membres, ces membres qui
sont de la terre, l'impudicité, l'impureté, la passion, les
mauvais désirs et l'avarice, car elle est une idolâtrie.
6C'est là ce qui attire la colère de Dieu sur les hommes
rebelles, 7parmi lesquels vous marchiez autrefois, quand

2[22] : És 29[13]. 3[1] : Ps 110[1].

vous viviez dans ces désordres ; [8]mais aujourd'hui, rejetez toutes ces choses, la colère, l'emportement, la méchanceté ; que les injures et les paroles déshonnêtes soient bannies de votre bouche.

[9]N'usez point de mensonge les uns envers les autres, puisque vous avez dépouillé le vieil homme avec ses œuvres, [10]et revêtu l'homme nouveau, qui se renouvelle par la connaissance conformément à l'image de Celui qui l'a créé, [11]et cela, là où il n'y a ni Grec ni Juif, ni circoncis ni incirconcis, ni barbare ni Scythe, ni esclave ni homme libre*, mais où Christ est tout en tous.

[12]Revêtez-vous donc, comme des élus de Dieu, saints et bien-aimés, d'une tendresse compatissante, de bonté, d'humilité, de douceur, de longanimité, [13]vous supportant les uns les autres, et si l'un a sujet de se plaindre de l'autre, vous pardonnant réciproquement : comme le Seigneur vous a pardonnés, pardonnez-vous aussi. [14]Surtout, revêtez-vous de charité, c'est le lien de la perfection. [15]Que la paix du Christ*, à laquelle vous avez été appelés pour ne former qu'un seul et même corps, règne dans vos cœurs. Soyez reconnaissants.

[16]Que la parole du Christ habite richement en vous, de sorte que vous vous instruisiez et que vous vous avertissiez les uns les autres en toute sagesse, et que vous chantiez à Dieu des psaumes, des hymnes, des cantiques spirituels, du fond de vos cœurs, avec reconnaissance. [17]Que tout ce que vous faites, paroles ou actes, que tout se fasse au nom du Seigneur Jésus en rendant grâces par lui à Dieu, le Père.

La famille chrétienne.

[18]Femmes, soyez soumises à vos maris comme cela se doit, selon le Seigneur. [19]Maris, aimez vos femmes, et ne vous aigrissez point contre elles.

[20]Enfants, obéissez en tout à vos pères et à vos mères,

car c'est une chose agréable au Seigneur. 21Pères, n'irri-
tez pas vos enfants, afin qu'ils ne se découragent pas.
22Esclaves, obéissez en tout à ceux qui sont vos maîtres
selon la chair, non pas seulement lorsqu'ils ont l'œil
sur vous, comme si vous ne cherchiez à plaire qu'aux
hommes, mais avec droiture de cœur, comme craignant
le Seigneur[a]. 23Quoi que vous fassiez, acquittez-vous-en
de bon cœur, comme pour le Seigneur, non pour les
hommes, 24sachant que vous recevrez du Seigneur l'héri-
tage pour récompense. Vous êtes au service de Christ, le
Seigneur : 25celui qui commet l'injustice, recevra la rétri-
bution du tort qu'il aura fait, et il n'y aura aucune accep-
tion de personnes.

4 1Maîtres, rendez à vos serviteurs ce qui est juste et
équitable, sachant que vous avez aussi un maître dans le
ciel.

Priez pour moi. — Envoi de l'épître.
— Salutations.

2Persévérez dans la prière, vous y appliquant avec vigi-
lance et actions de grâces. 3Priez en même temps pour
nous, afin que Dieu nous ouvre une porte pour parler, en
sorte que j'annonce le mystère du Christ, pour lequel je
suis aussi dans les chaînes, 4et que je le fasse connaître
comme je dois en parler.

5Conduisez-vous avec sagesse à l'égard de ceux du
dehors, en mettant l'occasion à profit. 6Que votre parole
soit toujours aimable, assaisonnée de sel, en sorte que
vous sachiez comment vous devez répondre à chacun.

7Tychique, mon cher frère, mon fidèle serviteur et col-
lègue dans le Seigneur, vous donnera de mes nouvelles.
8Je vous l'envoie tout exprès pour que vous connaissiez
l'état de nos affaires, et qu'il console vos cœurs. 9Je lui ai
adjoint Onésime*, mon cher et fidèle frère, qui est de
votre pays : ils vous informeront de tout ce qui se passe ici.

[10]Aristarque*, mon compagnon de captivité, vous salue,
ainsi que Marc*, cousin de Barnabas, au sujet duquel vous
avez reçu des ordres. S'il vient chez vous, accueillez-le.
[11]Jésus aussi, appelé Justus, vous salue. Ce sont des circoncis et les seuls d'entre les circoncis qui travaillent
avec moi à l'avancement du royaume de Dieu : ils ont été
ma consolation.

[12]Épaphras, votre compatriote, serviteur de Jésus-Christ, vous salue. Il combat toujours pour vous par ses
prières, afin qu'étant parfaits et bien convaincus[a], vous
demeuriez fermes dans tout ce que Dieu veut. [13]Je lui
rends le témoignage qu'il se donne bien de la peine
pour vous, ainsi que pour ceux de Laodicée et d'Hiérapolis*. [14]Luc, le médecin*, qui nous est cher, vous salue
ainsi que Démas.

[15]Saluez les frères qui sont à Laodicée, et Nymphas, et
l'assemblée qui se réunit dans sa maison.

[16]Lorsque vous aurez lu ma lettre, faites qu'on la lise
aussi dans l'église des Laodicéens, et que vous pareillement, vous lisiez celle qui viendra de Laodicée. [17]Dites à
Archippe : Considère bien le ministère que tu as reçu,
dans le Seigneur, afin de le bien remplir.

[18]Je vous salue de ma propre main, moi, Paul.
Souvenez-vous de mes liens*. Que la grâce soit avec
vous !

PREMIÈRE ÉPÎTRE AUX THESSALONICIENS

Adresse et salutation. — Foi des Thessaloniciens.

1 [1]Paul, Silvain et Timothée à l'église des Thessaloniciens*, qui est en Dieu, le Père, et en Jésus-Christ, le
Seigneur : que la grâce et la paix vous soient données[b] !

2Nous ne cessons de rendre grâces à Dieu pour vous
tous, faisant mention de vous dans nos prières, 3nous
rappelant sans cesse le travail de votre foi, le labeur de
votre charité et la fermeté de votre espérance en notre
Seigneur Jésus-Christ, devant Dieu notre Père.
4Nous savons, frères bien-aimés de Dieu, votre élec-
tion* : 5notre Évangile, en effet, ne vous a pas été annon-
cé[a] avec des paroles seulement, mais avec puissance,
avec l'Esprit saint et avec une conviction profonde.
Vous savez du reste ce que nous avons été parmi vous,
pour votre bien ; — 6vous-mêmes, vous avez été nos imi-
tateurs et ceux du Seigneur, accueillant la parole au
milieu de grandes afflictions, avec la joie que donne
l'Esprit saint, 7si bien que vous avez été des modèles
pour tous les croyants dans la Macédoine et dans
l'Achaïe*. 8En effet, non seulement la parole du Sei-
gneur a retenti de chez vous dans la Macédoine et dans
l'Achaïe, mais le bruit de votre foi en Dieu s'est répandu
en tout lieu, en sorte que nous n'avons pas besoin d'en
parler : 9tous racontent ce qu'a été notre visite chez
vous, comment vous vous êtes convertis à Dieu, aban-
donnant les idoles* pour servir le Dieu vivant et vrai,
10et pour attendre des cieux son Fils qu'il a ressuscité
des morts, Jésus, qui nous délivre de la colère qui va
venir.

Le ministère de Paul à Thessalonique.

2 1Vous savez bien, vous-mêmes, frères, que notre
visite chez vous n'a pas été vaine ; 2au contraire : après
avoir subi à Philippes* les persécutions et les mauvais
traitements que vous savez, nous vînmes, pleins de
confiance en notre Dieu, vous annoncer son Évangile au
milieu de grandes luttes. 3Car notre prédication n'a point
sa source dans une erreur, ni dans un sentiment impur ;

elle ne cache non plus aucune fraude; [4]mais comme
Dieu nous a trouvés dignes de nous confier l'Évangile,
ainsi nous parlons, non pour plaire aux hommes, mais
pour plaire à Dieu, qui voit le fond de nos cœurs.

[5]Jamais, en effet, nous n'avons eu de paroles flatteuses,
vous le savez, ni de motifs intéressés, Dieu en est témoin.
[6]Nous n'avons pas davantage recherché la gloire des
hommes, ni auprès de vous, ni auprès d'autres, [7]quoique
nous puissions prétendre à quelque autorité en notre
qualité d'apôtres* de Christ. Mais nous nous sommes
montrés, au milieu de vous, pleins de douceur comme
une nourrice qui soigne ses propres enfants, [8]et dans
notre tendresse pour vous, nous aurions voulu vous
donner, non seulement l'Évangile de Dieu, mais encore
nos propres vies, tant vous nous étiez chers. [9]Vous vous
rappelez, frères, nos peines et nos labeurs, quand, tra-
vaillant jour et nuit pour n'être à charge à aucun de vous,
nous vous prêchâmes l'Évangile de Dieu. [10]Vous pouvez
témoigner, et Dieu aussi, combien notre conduite parmi
vous qui croyez, a été sainte, juste et irréprochable;
[11]vous savez aussi comment nous vous exhortions, vous
encourageant, et vous conjurant, chacun en particulier
— comme un père, ses enfants — [12]de vous comporter
d'une manière digne de Dieu, qui vous appelle à son
royaume et à sa gloire.

[13]Et voilà pourquoi nous ne cessons, nous aussi, de
rendre grâces à Dieu, de ce qu'en recevant de nous la
parole du message divin, vous l'avez accueillie, non
comme une parole d'homme, mais, ainsi qu'elle l'est
véritablement, comme la parole de Dieu*. Elle déploie sa
puissance en vous qui croyez; [14]car vous êtes devenus,
frères, les imitateurs des églises de Dieu qui sont à Jésus-
Christ en Judée, puisque, vous aussi, vous avez éprouvé
de la part de vos compatriotes les mêmes traitements
qu'elles ont essuyés de la part des Juifs*, [15]de ceux qui
ont fait mourir le Seigneur Jésus et les prophètes[a],
qui nous ont persécutés, qui ne plaisent point à Dieu et

sont les ennemis du genre humain, 16qui nous empêchent
de parler aux païens pour les sauver, en sorte qu'ils met-
tent incessamment le comble à leurs péchés ; mais la
colère de Dieu a fini par les atteindre.

Désir de Paul de revoir les Thessaloniciens. — Sa joie des bonnes nouvelles apportées par Timothée.

17Pour nous, frères, séparés un instant de vous, de
corps et non de cœur, nous n'avons fait que plus d'ef-
forts pour satisfaire notre vif désir de vous voir, 18et, par
deux fois, nous avons voulu (du moins, moi, Paul) nous
rendre auprès de vous ; mais Satan nous en a empêchés.
19Qui donc, si ce n'est vous, serait notre espérance,
notre joie et notre couronne de gloire, devant notre Sei-
gneur Jésus, à son avènement ? — 20Oui, vous êtes notre
gloire et notre joie.

3 1Aussi, n'y tenant plus, nous prîmes le parti de
demeurer seul à Athènes*, 2et nous envoyâmes notre
frère Timothée, ministre de Dieu[a] dans la propagation de
l'Évangile du Christ, pour vous affermir et vous encoura-
ger dans votre foi, 3afin que nul de vous ne se laissât
ébranler au milieu de ces persécutions, qui, vous le savez
vous-mêmes, sont notre partage. 4Lorsque nous étions
avec vous, nous vous avons prédit, en effet, que nous
serions persécutés, et il en a été ainsi, vous le savez.
5C'est pourquoi, n'y tenant plus, j'envoyai reconnaître
l'état de votre foi, craignant que le tentateur ne vous eût
tentés, et que notre travail ne fût devenu inutile. 6Mais
Timothée, qui vient d'arriver de chez vous, nous a donné
de bonnes nouvelles de votre foi et de votre charité ; il a
ajouté que vous gardez toujours un bon souvenir de
nous, et que vous désirez nous voir, comme nous dési-
rons nous-même vous voir.

[7]Aussi avons-nous été consolés, frères, par votre foi,
au milieu de toutes nos afflictions et de toutes nos cala-
mités. [8]Nous vivons maintenant, puisque vous demeu-
rez fermes dans le Seigneur. [9]Nous ne pouvons assez
rendre grâces à Dieu à votre sujet, pour toute la joie que
vous nous faites ressentir devant lui, [10]et nous le prions
jour et nuit, avec une ardeur extrême, de nous per-
mettre d'aller vous voir et de combler les lacunes* de
votre foi. [11]Puisse-t-il, lui, notre Dieu et notre Père,
puisse notre Seigneur Jésus aplanir notre route pour
aller vers vous ! [12]Puisse le Seigneur vous faire croître et
abonder en charité les uns pour les autres et pour tous
les hommes, comme nous-même nous en sommes rem-
pli pour vous, [13]afin que vos cœurs s'affermissent et
soient d'une sainteté parfaite devant Dieu, notre Père,
au jour où notre Seigneur Jésus viendra avec tous ses
saints !

Exhortations morales.

4 [1]Au reste, frères, nous vous prions et nous vous
conjurons au nom du Seigneur Jésus, de marcher de
mieux en mieux, comme vous l'avez appris de nous et
comme aussi vous le faites, dans la route qu'il faut
suivre pour plaire à Dieu. [2]Vous savez quels comman-
dements nous vous avons donnés de la part du Seigneur
Jésus* : [3]ce que Dieu veut, c'est que vous vous conser-
viez purs, que vous vous absteniez de l'impudicité, [4]que
vous ayez la sagesse d'avoir chacun votre femme, en
tout honneur et pureté, [5]et de vous garder des emporte-
ments de la convoitise auxquels se livrent les païens qui
ne connaissent point Dieu ; [6]il veut que nul ne trompe ni
ne dupe son frère en affaires, car le Seigneur fait justice
de tous ces péchés, comme nous vous l'avons déjà dit
et certifié. [7]Dieu nous a appelés non à l'impureté, mais
à la sainteté ; [8]et celui qui rejette ces commandements,

rejette, non un homme, mais Dieu, qui a donné son
Esprit saint, pour qu'il se répande sur vous[a].
[9]Quant à l'amour fraternel, nous n'avons pas besoin
de vous en écrire, car Dieu vous a appris à vous aimer
les uns les autres, [10]et vraiment vous le faites à l'égard
de tous les frères qui sont dans la Macédoine entière.
Nous vous invitons, frères, à le faire de plus en plus, [11]à
mettre votre honneur à vivre paisiblement, à vous occu-
per de vos propres affaires* et à travailler de vos mains,
ainsi que nous vous l'avons commandé, [12]afin que vous
vous conduisiez honnêtement à l'égard de ceux du
dehors, et que vous n'ayez besoin de personne.

La résurrection des morts et le retour du Christ.

[13]Nous ne voulons pas, frères, que vous soyez dans
l'ignorance au sujet de ceux qui sont morts*, afin que
vous ne vous affligiez pas comme les autres, qui n'ont
point d'espérance*. [14]Si nous croyons que Jésus est mort
et ressuscité, de même nous devons croire que Dieu
ramènera avec Jésus-Christ et par lui, ceux qui sont
morts. [15]Nous vous affirmons par la parole du Seigneur*.
que nous qui vivons et qui sommes laissés pour l'avène-
ment du Seigneur, nous ne devancerons point ceux qui
sont morts. [16]Le Seigneur lui-même, au signal* donné,
à la voix d'un archange et au son de la trompette de
Dieu, descendra du ciel; alors ceux qui sont morts en
Christ ressusciteront d'abord, [17]puis nous, les vivants qui
aurons été laissés, nous serons enlevés tous ensemble
avec eux sur les nuées, pour aller au-devant du Seigneur
dans les airs, et ainsi nous serons toujours avec le Sei-
gneur. [18]Consolez-vous donc les uns les autres dans ces
pensées.

5 [1]Quant au temps et au moment, vous n'avez pas
besoin, frères, qu'on vous en écrive. [2]Vous savez bien

vous-mêmes que le jour du Seigneur viendra comme un
voleur dans la nuit*. 3Quand les gens diront : paix et
sûreté ! alors une ruine subite fondra sur eux, comme les
douleurs saisissent une femme enceinte, et ils n'échap-
peront point. 4Mais vous, frères, vous n'êtes pas dans les
ténèbres pour que ce jour vous surprenne, comme nous
surprend un voleur ; 5vous êtes tous enfants de la lumière
et enfants du jour ; nous ne sommes pas de la nuit ni des
ténèbres. 6Ne dormons donc point comme les autres,
mais veillons et soyons sobres, 7car ceux qui dorment,
dorment la nuit, et ceux qui s'enivrent, s'enivrent la nuit ;
8mais nous, qui sommes du jour, soyons sobres, ayant
revêtu la cuirasse de la foi et de la charité, et le casque de
l'espérance du salut. 9Car Dieu ne nous a pas destinés à
la colère, mais à la possession du salut par notre Sei-
gneur Jésus-Christ, 10qui est mort pour nous*, afin que,
soit que nous veillions, soit que nous dormions, nous
vivions ensemble avec lui. 11Aussi consolez-vous les uns
les autres, et édifiez-vous mutuellement, comme vous le
faites.

Exhortations. Salutations.

12Nous vous prions, frères, d'avoir de la considération
pour ceux qui travaillent parmi vous, qui vous président
dans le Seigneur, et qui vous avertissent. 13Ayez pour
eux une affection extrême à cause de leurs fonctions.

Vivez en paix entre vous.

14Nous vous invitons, frères, à avertir ceux qui vivent
dans le désordre, à relever les découragés, à soutenir les
faibles, à être patients envers tous. 15Prenez garde que
nul ne rende le mal pour le mal, mais appliquez-vous
toujours à vous faire du bien les uns aux autres et à tout
le monde.

16Soyez toujours joyeux. 17Priez sans cesse ; 18rendez
grâces en toutes choses : c'est là ce que Dieu demande

de vous, en Jésus-Christ. 19N'éteignez pas l'Esprit. 20Ne
méprisez pas les prophéties, 21mais examinez toutes
choses et retenez ce qui est bon*. 22Abstenez-vous de
toute espèce de mal. 23Que le Dieu de paix lui-même vous
sanctifie tout entiers, et que tout ce qui est en vous, l'es-
prit, l'âme et le corps, soit conservé irrépréhensible pour
l'avènement de notre Seigneur Jésus-Christ. 24Celui qui
vous a appelés est fidèle, et il agira.

25Frères, priez pour nous. 26Saluez tous les frères par
un saint baiser.

27Je vous en conjure au nom du Seigneur, que cette
lettre soit lue à tous les frères[a].

28Que la grâce de notre Seigneur Jésus-Christ soit
avec vous !

SECONDE ÉPÎTRE AUX THESSALONICIENS

Adresse et salutation. — Progrès des Thessaloniciens. — Le jugement de Dieu.

1 1Paul, Silvain et Timothée à l'église des Thessalo-
niciens* qui est en Dieu, notre Père, et en Jésus-Christ,
notre Seigneur : 2que la grâce et la paix vous soient don-
nées par Dieu, le Père, et par le Seigneur Jésus-Christ !

3Nous devons rendre à Dieu de continuelles actions
de grâces à votre sujet, frères, comme cela est juste,
parce que votre foi augmente singulièrement, et que
l'amour de chacun pour tous les autres s'accroît de plus
en plus. 4Nous-mêmes, nous nous glorifions de vous
auprès des églises de Dieu, à cause de votre constance
et de votre fidélité au milieu de toutes les persécutions
et de toutes les afflictions que vous endurez.

[5]Elles sont un présage du juste jugement de Dieu, qui
vous reconnaîtra dignes de son royaume pour lequel
vous souffrez. [6]La justice de Dieu rendra* l'affliction à
ceux qui vous affligent, [7]et vous donnera, à vous qui êtes
affligés, du repos avec nous, lorsque le Seigneur Jésus,
entouré d'une flamme de feu[a], viendra du ciel avec les
anges, ministres de sa puissance, [8]*pour faire justice de*
ceux qui ne connaissent pas Dieu et de ceux qui n'obéis-
*sent pas** à l'Évangile de notre Seigneur Jésus. [9]Ils
seront punis de la perdition éternelle, *loin de la face du*
Seigneur et de l'éclat de sa puissance, [10]*le jour où il vien-*
dra pour être glorifié dans ses saints et admiré dans tous
ceux qui ont cru, — et vous avez cru à notre témoi-
gnage.
[11]Dans cette attente, nous prions constamment pour
vous, afin que notre Dieu vous trouve dignes de son
appel, et qu'il rende parfaitement accomplies toutes vos
bonnes dispositions, ainsi que l'œuvre de votre foi ; [12]de
sorte que le nom de notre Seigneur Jésus soit glorifié en
vous et vous en lui, par la grâce de notre Dieu et de
notre Seigneur Jésus-Christ.

Instructions sur le retour du Christ.

2 [1]En ce qui concerne l'avènement* de notre Sei-
gneur Jésus-Christ et notre réunion à lui, nous vous en
supplions, frères, [2]n'allez pas vite vous laisser troubler
ni alarmer par quelque inspiration, par quelque parole
ou quelque prétendue lettre* de nous, comme si le jour
du Seigneur était sur le point d'arriver. [3]Que personne
ne vous égare d'aucune manière, car ce jour ne viendra
pas avant que l'apostasie* n'ait eu lieu et qu'on n'ait vu
paraître l'homme de péché, le fils de la perdition*,
[4]l'adversaire qui s'élève au-dessus de tout ce qu'on

1[7-8] : És 66[15] ; Jr 10[25] ; Ps 79[6]. 1[9] : És 2[10]. 1[10] : És 49[3].

appelle Dieu ou qu'on adore, jusqu'à s'installer dans le
sanctuaire de Dieu en se proclamant Dieu. 5Ne vous
souvenez-vous pas que je vous disais ces choses lorsque
j'étais encore avec vous ! 6Et maintenant vous savez ce
qui empêche l'adversaire de paraître en son temps* : 7le
mystère d'iniquité* déploie déjà son action, mais il faut
d'abord que celui qui lui fait obstacle à cette heure soit
écarté, 8et alors paraîtra l'impie, que le Seigneur Jésus
détruira par le souffle de sa bouche et anéantira par
l'éclat de son avènement. 9Il paraîtra avec la puissance
de Satan, faisant toutes sortes de miracles, de signes et
de prodiges menteurs, 10et déployant toutes les séduc-
tions de l'iniquité pour le malheur des hommes perdus,
parce qu'ils n'ont pas ouvert leur cœur à l'amour de la
vérité qui les eût sauvés. 11Aussi Dieu leur envoie-t-il
une puissance d'égarement*, qui les fera croire au men-
songe, 12afin que tous ceux qui n'auront pas cru à la
vérité, mais qui auront pris plaisir à l'iniquité, tombent
sous son jugement.

13Pour nous, nous devons rendre à Dieu de conti-
nuelles actions de grâces à votre sujet, frères bien-aimés
du Seigneur, parce que Dieu vous a choisis dès le com-
mencement pour vous sauver par la sanctification de
l'esprit et par la foi à la vérité ; 14il vous y a appelés par
notre Évangile, afin que vous possédiez la gloire de notre
Seigneur Jésus-Christ. 15Ainsi donc, frères, demeurez
fermes, et retenez bien les instructions que nous vous
avons données, soit de vive voix, soit par notre lettre.
16Que notre Seigneur Jésus-Christ lui-même, que Dieu,
notre Père, qui nous a aimés et nous a donné par sa
grâce une consolation éternelle et une bonne espérance,
17console vos cœurs et vous affermisse en toute bonne
œuvre et en toute bonne parole !

« Priez pour nous. » — Travaillez. Salutations.

3 1 Au reste, frères, priez pour nous, afin que la parole
du Seigneur ait un libre cours, qu'elle soit partout glori-
fiée comme elle l'est chez vous, 2 et que nous soyons déli-
vrés des hommes fâcheux et méchants, car il n'est pas
donné à tous d'avoir la foi*. 3 Mais le Seigneur est fidèle ;
il vous affermira et vous gardera du Malin. 4 Le Seigneur
nous donne cette confiance en vous, que vous faites et
que vous ferez toujours ce que nous prescrivons. 5 Que le
Seigneur forme vos cœurs à l'amour de Dieu et à la
patience du Christ !

6 Nous vous recommandons, frères, au nom de notre
Seigneur Jésus-Christ, de vous éloigner de tout frère qui
vit dans le désordre et ne se conforme pas à la tradition*
que vous avez reçue de nous. 7 Vous savez vous-mêmes
ce que vous devez faire pour nous imiter, car nous
n'avons pas vécu dans le désordre parmi vous : 8 nous
n'avons mangé gratuitement le pain de personne, mais
nous avons travaillé laborieusement et péniblement,
jour et nuit, pour n'être à charge à aucun de vous. 9 Ce
n'est pas que nous n'en eussions le droit, mais nous avons
voulu vous donner un exemple pour que vous nous imi-
tiez. 10 Lorsque nous étions auprès de vous, nous vous
disions expressément : Si quelqu'un ne veut pas travail-
ler, qu'il ne mange pas non plus*. 11 Or nous entendons
dire qu'il y en a quelques-uns parmi vous qui vivent
dans le désordre, qui ne travaillent point, mais qui
s'occupent de choses tout à fait inutiles ; 12 nous invitons
ces hommes-là, et nous les engageons, en notre Sei-
gneur Jésus-Christ, à travailler paisiblement, pour man-
ger un pain qui soit le leur. 13 Pour vous, frères, ne vous
lassez pas de faire le bien, 14 et si quelqu'un ne se
conforme pas à l'invitation que nous lui adressons dans
cette lettre, notez cet homme, ne le fréquentez pas*, afin
qu'il ait honte de sa conduite ; 15 ne le regardez pourtant

pas comme un ennemi, mais avertissez-le comme un
frère. 16Que le Seigneur de paix, lui-même, vous donne
la paix, toujours, de toute manière ! Que le Seigneur soit
avec vous tous !
17Je vous salue de ma propre main, moi, Paul. C'est là
ma signature dans toutes mes lettres : c'est ainsi que
j'écris. 18Que la grâce de notre Seigneur Jésus-Christ
soit avec vous tous !

PREMIÈRE ÉPÎTRE À TIMOTHÉE

Adresse et salutation. — Timothée doit s'opposer aux fausses doctrines, et garder la foi.

1 1Paul, apôtre de Jésus-Christ par l'ordre de Dieu,
notre Sauveur*, et de Jésus-Christ[a], notre espérance, 2à
Timothée*, mon véritable enfant en la foi : que la grâce,
la miséricorde et la paix te soient données par Dieu,
notre Père, et par Jésus-Christ, notre Seigneur !

3Je te renouvelle l'invitation que je te fis en partant
pour la Macédoine, de rester à Éphèse, afin d'enjoindre
à certaines personnes de ne pas enseigner d'autres doc-
trines*, 4et de ne pas s'attacher à des fables et à des
généalogies* sans fin, qui sont une source de disputes,
plutôt qu'elles n'avancent le règne de Dieu, qui repose
sur la foi.
5Cette recommandation a pour objet la charité qui
vient d'un cœur pur, d'une bonne conscience et d'une foi
sincère. 6Quelques-uns, ayant perdu ces choses de vue,
sont tombés dans un vain bavardage, 7tout en ayant la
prétention d'être des docteurs* de la Loi, quoiqu'ils ne
comprennent ni ce qu'ils disent, ni ce qu'ils certifient.
8Nous savons que la Loi est bonne, pourvu qu'on en fasse

un usage légitime, [9]et qu'on retienne bien qu'elle n'est
pas faite pour le juste, mais pour les hommes sans frein
ni règle, pour les impies et les pécheurs, pour les scélé-
rats et les profanes, pour les parricides, pour les meur-
triers, [10]pour les impudiques, pour les infâmes, pour les
voleurs d'hommes, pour les menteurs, pour les parjures
et autres transgresseurs de la saine doctrine*. [11]Ainsi
l'enseigne l'Évangile, où resplendit la gloire du Dieu
souverainement heureux, Évangile qui m'a été confié.

[12]Je rends grâces à Jésus-Christ, notre Seigneur, qui
m'a fortifié, de ce qu'il m'a jugé fidèle, en m'appelant
au ministère, [13]quoique je fusse auparavant un blasphé-
mateur, un persécuteur, un homme violent. Mais j'ai
obtenu miséricorde, parce que j'agissais par ignorance
dans mon incrédulité, [14]et la grâce de notre Seigneur a
surabondé avec la foi et l'amour qui est en Jésus-Christ.
[15]C'est une vérité certaine et digne de toute créance, que
Jésus-Christ est venu dans le monde pour sauver les
pécheurs*, dont je suis le premier. [16]Mais j'ai obtenu
miséricorde, précisément afin que Jésus-Christ fît voir
en moi, le premier, sa longanimité tout entière, et que je
servisse d'exemple à ceux qui, à l'avenir, mettront leur
confiance en lui pour avoir la vie éternelle. [17]Au Roi des
siècles*, au seul Dieu immortel, invisible[a], soient hon-
neur et gloire aux siècles des siècles ! Amen !

[18]Ce que je te recommande, Timothée, mon enfant,
c'est que, suivant les prédictions faites autrefois à ton
sujet, tu combattes le bon combat, [19]et que tu les réalises
en gardant la foi et une bonne conscience. Quelques-uns
ont perdu cette bonne conscience, et leur foi a fait nau-
frage : [20]de ce nombre sont Hyménée et Alexandre, que
j'ai livrés à Satan* afin qu'ils apprennent à ne point
blasphémer.

Les prières dans l'Église. — Les devoirs
des femmes.

2 [1]Je recommande donc, avant toutes choses, qu'on
fasse des requêtes, des prières, des supplications, des
actions de grâces pour tous les hommes, [2]pour les rois et
pour tous ceux qui sont élevés en dignité, afin que nous
passions une vie paisible et tranquille en toute piété et en
toute honnêteté : [3]cela est bon et agréable à Dieu, notre
Sauveur, [4]qui veut que tous les hommes soient sauvés et
parviennent à la connaissance de la vérité. [5]Car il n'y
a qu'un seul Dieu* ; il n'y a aussi qu'un seul médiateur
entre Dieu et les hommes, un homme, Jésus-Christ, [6]qui
s'est donné lui-même en rançon pour tous, fait attesté en
son temps. [7]C'est afin d'en témoigner que j'ai été établi
prédicateur*, apôtre (je dis la vérité, je ne mens point) et
docteur des païens pour ce qui concerne la foi et la
vérité.

[8]Je veux donc que les hommes prient en tout lieu,
levant au ciel des mains pures, sans colère ni arrière-pensée.

[9]Je veux pareillement que les femmes soient vêtues
décemment, avec pudeur et modestie ; qu'elles se parent,
non de tresses et de bijoux, de perles ou d'habits somptueux,
[10]mais de bonnes œuvres, comme il sied à des
femmes qui font profession de piété. [11]Que la femme
écoute l'instruction en silence, avec une parfaite soumission.
[12]Je ne permets pas à la femme d'enseigner, ni de
prendre de l'autorité sur l'homme : elle doit garder le
silence ; [13]car Adam a été formé le premier, Ève ensuite*,
[14]et ce n'est pas Adam qui a été séduit, mais la femme
s'étant laissé séduire, s'est rendue coupable de transgression.
[15]Néanmoins, la femme sera sauvée par la
maternité, si elle demeure dans la foi, dans la charité et
dans la sainteté unies à la modestie.

Devoirs de l'évêque et des diacres.

3 [1]C'est une vérité certaine, que si quelqu'un aspire
à être évêque*, il désire une charge honorable. [2]Il faut
donc que l'évêque soit irréprochable, mari d'une seule
femme*, sobre, prudent, modeste, hospitalier, capable
d'enseigner, [3]ni buveur, ni violent[a], mais doux, paci-
fique, désintéressé. [4]Il faut qu'il gouverne bien sa propre
maison, qu'il maintienne ses enfants dans l'obéissance et
dans unc parfaite honnêteté : [5]si l'on ne sait pas gouver-
ner sa propre maison, comment pourra-t-on prendre
soin de l'Église de Dieu ? [6]Qu'il ne soit pas nouvellement
converti*, de peur que venant à s'enfler d'orgueil, il n'en-
coure le jugement du diable. [7]Il faut aussi qu'il jouisse
de la considération de ceux du dehors, de peur qu'il ne
tombe dans l'opprobre et dans les pièges du diable.

[8]De même, que les diacres* soient des hommes graves,
sans duplicité, ni adonnés au vin, ni portés à un gain sor-
dide ; [9]qu'ils possèdent le mystère de la foi avec une
conscience pure. [10]Qu'on les éprouve d'abord, puis s'il
ne s'élève aucune plainte, qu'on les admette comme
diacres. [11]Leurs femmes, pareillement, doivent être des
personnes graves, point médisantes, sobres, fidèles en
toutes choses. [12]Que les diacres soient maris d'une seule
femme, qu'ils gouvernent bien leurs enfants et leurs
propres maisons, [13]car ceux qui s'acquittent bien de l'of-
fice de diacre, s'acquièrent un rang honorable et une
grande assurance dans la foi en Jésus-Christ.

[14]Je te donne ces instructions, tout en espérant te
rejoindre assez promptement, [15]afin que, si je tarde, tu
saches comment on doit se conduire dans la maison de
Dieu, qui est l'Église du Dieu vivant*, la colonne et l'ap-
pui de la vérité. [16]Et, de l'aveu de tous, il est grand le
mystère de la piété : celui qui a été manifesté en chair a
été justifié en esprit, vu des anges, prêché parmi les
païens, cru dans le monde, élevé dans la gloire*.

Timothée doit repousser les fausses doctrines
et être un modèle pour les fidèles

4 1Mais l'Esprit dit expressément que, dans les der-
niers temps, quelques-uns abandonneront la foi pour
s'attacher à des esprits séducteurs et à des doctrines de
démons. 2Ils céderont à d'hypocrites imposteurs mar-
qués de flétrissure dans leur propre conscience, 3pros-
crivant le mariage et l'usage d'aliments* que Dieu a
créés pour que les fidèles, qui ont connu la vérité, en
usent avec actions de grâces. 4Car tout ce que Dieu a
créé est bon, et rien ne doit être rejeté*, pourvu qu'on le
prenne avec actions de grâces : 5c'est sanctifié par la
parole de Dieu et par la prière.
6Si tu représentes ces choses aux frères, tu seras un
bon ministre de Jésus-Christ, nourri des leçons de la
foi et de la bonne doctrine que tu as fidèlement sui-
vie. 7Repousse les fables* profanes, ces contes de vieille
femme. Exerce-toi à la piété, 8car l'exercice corporel* est
utile à peu de choses, au lieu que la piété est utile à tout,
puisqu'elle a la promesse de la vie présente et de la vie à
venir : 9c'est là une parole certaine et digne de toute
créance ; 10car nous ne nous donnons tant de peine, et
nous ne sommes en butte aux outrages, que parce que
nous avons mis notre espérance dans le Dieu vivant, qui
est le Sauveur de tous les hommes, surtout des fidèles.
11Prescris ces choses et enseigne-les. 12Que personne ne
méprise ta jeunesse, mais sois le modèle des fidèles en
parole, en conduite, en charité, en foi[a], en pureté. 13En
attendant que je vienne, applique-toi à la lecture*, à la
consolation, à l'enseignement. 14Ne néglige pas le don
qui est en toi, qui t'a été conféré par des paroles pro-
phétiques, lorsque le collège des anciens t'a imposé les
mains*. 15Occupe-toi de ces choses ; donne-toi à elles
tout entier, afin que tout le monde voie les progrès que tu

fais. [16]Veille sur toi-même et sur ton enseignement. Per-
sévère dans ces occupations, car en agissant de la sorte,
tu te sauveras toi-même et ceux qui t'écoutent.

Conduite à tenir envers les jeunes gens et les vieillards, les veuves, les anciens et les esclaves.

5 [1]Ne réprimande pas le vieillard, mais exhorte-le
comme un père, les jeunes gens comme des frères, [2]les
femmes âgées comme des mères, les jeunes comme des
sœurs, avec une pureté parfaite.
[3]Honore les veuves qui sont réellement veuves*. [4]Si
une veuve a des enfants ou des petits-enfants, qu'ils
apprennent d'abord à montrer leur piété envers leur
propre famille et à payer leurs parents de retour, car
c'est une chose agréable à Dieu. [5]Pour la veuve qui est
réellement veuve et seule dans le monde, elle a mis son
espérance en Dieu, et elle persévère jour et nuit dans la
prière et l'oraison; [6]mais pour celle qui vit dans les plai-
sirs, elle est morte, quoique vivante. [7]Rappelle-leur cela,
afin qu'elles soient sans reproche. [8]Si quelqu'un n'a pas
soin des siens, et surtout des membres de sa famille*, il
a renié la foi et il est pire qu'un non-croyant. [9]Que celle
qui sera mise sur le rôle des veuves, n'ait pas moins de
soixante ans; qu'elle n'ait eu qu'un mari; [10]qu'elle soit
connue pour ses bonnes œuvres: pour avoir élevé des
enfants, exercé l'hospitalité, lavé les pieds des saints,
secouru les malheureux, prêté son concours à toute
bonne œuvre. [11]Quant aux jeunes veuves, refuse-les; car
lorsque leurs désirs les détachent du Christ, elles veu-
lent se remarier, [12]sans se laisser arrêter par le reproche
de manquer à leur premier engagement*. [13]En même
temps, étant inoccupées, elles vont s'instruire en cou-
rant les maisons, et elles sont non seulement inoccu-
pées, mais encore causeuses et curieuses, parlant de

choses dont on ne doit point parler. [14]Je veux donc que
les jeunes veuves se marient, qu'elles aient des enfants,
gouvernent leur ménage, et ne donnent aucune occasion
de médire à l'adversaire, [15]car il y en a déjà quelques-
unes qui se sont détournées pour suivre Satan. [16]Si
quelque fidèle, homme ou femme, a des veuves dans sa
famille, qu'il les assiste, et que l'Église n'en soit point
chargée, afin qu'elle puisse secourir celles qui sont réel-
lement veuves.

[17]Que les anciens qui gouvernent bien, reçoivent un
double honoraire, surtout ceux qui s'occupent de la pré-
dication et de l'enseignement, [18]car l'Écriture dit : *Tu
n'emmuselleras pas le bœuf qui foule le grain*, et : « L'ou-
vrier mérite son salaire*. » [19]Ne reçois point d'accusation
contre un ancien, si ce n'est *sur la déposition de deux ou
trois témoins**. [20]Reprends devant tout le monde ceux qui
manquent à leurs devoirs, afin que les autres aussi aient
de la crainte. [21]Je te conjure devant Dieu, devant Jésus-
Christ et les anges élus, d'observer ces directions sans
rien faire par prévention ni par faveur. [22]N'impose les
mains à personne avec précipitation, et ne te rends point
complice des péchés d'autrui ; conserve-toi pur toi-même.
[23]Ne continue pas à ne boire que de l'eau, mais prends
un peu de vin, à cause de ton estomac et de tes fré-
quentes indispositions. [24]Les péchés de certains hommes
sont manifestes, et les font juger tout de suite ; mais chez
d'autres ils ne se voient que plus tard. [25]De même, les
bonnes actions sont manifestes, et celles qui ne le sont
pas d'abord, ne peuvent demeurer cachées.

6 [1]Que tous ceux qui sont sous le joug de l'esclavage,
tiennent leurs maîtres pour dignes de tout respect, de
peur qu'on ne blasphème le nom de Dieu et la doctrine.
[2]Que ceux qui ont des fidèles pour maîtres ne cessent
pas de les honorer sous prétexte que ce sont des frères* ;
au contraire, qu'ils les servent d'autant mieux que ceux

5[18] : Dt 25[4]. 5[19] : Dt 19[15].

qui reçoivent leurs services sont des fidèles et des bien-
aimés. Enseigne ces choses, et exhorte à les pratiquer.

Nouvel avertissement relatif aux faux docteurs. Exhortations personnelles.

3Si quelqu'un enseigne d'autres doctrines, et n'adhère
pas aux saines paroles de notre Seigneur Jésus-Christ,
ni à la doctrine conforme à la piété, 4c'est un orgueil-
leux qui ne sait rien ; il a la maladie des discussions
et des disputes, lesquelles n'engendrent qu'envie, que-
relles, propos injurieux, soupçons injustes, 5et des ani-
mosités sans fin avec des hommes viciés d'esprit et
dévoyés, qui croient que la piété est un moyen de lucre[a].
6Pourtant, c'est un grand gain que la piété jointe au
contentement d'esprit, 7car nous n'avons rien apporté
dans ce monde, et il est clair que nous n'en pourrons
rien emporter* ; 8si nous avons de quoi nous nourrir et
nous couvrir, nous devons être contents. 9Ceux qui veu-
lent être riches, tombent dans la tentation, dans le piège
et dans une foule de désirs insensés et pernicieux qui
plongent les hommes dans la ruine et la perdition, 10car
l'amour de l'argent est la racine de tous les maux.
Quelques-uns en étant possédés, se sont détournés de la
foi, et se sont créé bien des tourments.

11Pour toi, homme de Dieu*, fuis ces désirs ; recherche
la justice, la piété, la foi, la charité, la patience, la dou-
ceur. 12Combats le bon combat de la foi ; saisis la vie éter-
nelle à laquelle tu as été appelé, et pour laquelle tu as fait
ta belle profession en présence d'un grand nombre de
témoins. 13Je t'adjure devant Dieu, qui donne à tout la
vie, et devant Jésus-Christ, qui fit son beau témoignage*
devant Ponce Pilate, 14de garder le commandement, en
demeurant sans tache et sans reproche jusqu'à l'avène-
ment de notre Seigneur Jésus-Christ, 15qui paraîtra* au
temps voulu par le Bienheureux et seul Puissant, par le

Roi des rois et le Seigneur des seigneurs, [16]qui seul pos-
sède l'immortalité, qui habite une lumière inaccessible,
que nul homme n'a vu ni ne peut voir, à qui appartien-
nent l'honneur et la puissance éternelle. Amen!

[17]Recommande aux riches de ce monde de ne pas
s'enorgueillir et de ne pas mettre leur espérance dans
les richesses incertaines, mais de la placer en Dieu, qui
nous fournit toutes choses en abondance pour que nous
sachions en jouir. [18]Recommande-leur de faire du bien,
d'être riches en bonnes œuvres, donnants, généreux,
[19]s'amassant pour l'avenir un trésor placé sur un fonde-
ment solide, afin de saisir la vie véritable[a].

[20]Ô Timothée, conserve le dépôt* qui t'a été confié,
évitant les bavardages profanes et les controverses
d'une gnose faussement ainsi nommée : [21]c'est pour en
avoir fait profession que quelques-uns se sont éloignés
de la foi.

Que la grâce soit avec toi!

SECONDE ÉPÎTRE À TIMOTHÉE

Adresse et salutation. — Éloge de Timothée. — Il ne doit pas avoir honte de l'Évangile, mais suivre l'exemple de Paul.

1 [1]Paul, apôtre de Jésus-Christ par la volonté de
Dieu, pour annoncer la promesse de la vie qui est en
Jésus-Christ, [2]à Timothée, mon enfant bien-aimé : que la
grâce, la miséricorde et la paix te soient données par
Dieu, notre Père, et par Jésus-Christ, notre Seigneur!

[3]Je rends grâces à Dieu, que je sers, à l'exemple de mes
ancêtres*, avec une conscience pure, de la manière dont
tu es toujours présent à ma pensée, dans mes prières, le
jour et la nuit. [4]Je me rappelle les larmes* que tu as ver-

sées, et j'ai besoin de te voir, afin d'être rempli de joie
[5]Je me souviens aussi de la foi sincère qui t'animait : elle
habita d'abord dans Loïs, ton aïeule, et dans Eunice, ta
mère, et j'ai la conviction qu'elle habite aussi en toi.

[6]C'est une raison pour moi de t'exhorter à attiser le
feu de la grâce que tu as reçue de Dieu, lorsque je t'im-
posai les mains*, [7]car Dieu ne nous a pas donné un
Esprit de timidité, mais un Esprit de force, d'amour et
de sagesse. [8]N'aie donc point honte du témoignage que
tu dois rendre de notre Seigneur, ni de moi qui suis son
prisonnier ; mais sache souffrir avec moi pour l'Évan
gile par la puissance que Dieu donne. [9]C'est lui qui nous
a sauvés*, et nous a adressé un saint appel, non en vertu
de nos œuvres, mais en suite d'un dessein qui lui est
propre, et d'une grâce qui nous a été faite de toute éter-
nité en Jésus-Christ, [10]quoiqu'elle n'ait été manifestée
que maintenant par la venue de notre Sauveur Jésus-
Christ, qui a aboli la mort, et a mis en lumière la vie et
l'immortalité par l'Évangile.

[11]C'est pour cet Évangile que j'ai été établi prédica-
teur, apôtre et docteur des païens, [12]et c'est ce qui m'a
attiré tous les maux que j'endure. Mais je n'en ai point
honte, car je sais en qui j'ai cru, et j'ai la conviction
qu'il a la puissance de garder jusqu'au grand jour le
dépôt qu'il m'a confié.

[13]Conserve, dans la foi et dans la charité qui est en
Jésus-Christ, le modèle des saines leçons que tu tiens
de moi ; [14]garde ce précieux dépôt par l'Esprit saint qui
habite en nous.

[15]Tu sais que tous ceux qui sont en Asie m'ont aban-
donné, entre autres Phygelles et Hermogènes. [16]Que le
Seigneur étende sa miséricorde sur la famille d'Onési-
phore*, car il m'a souvent réconforté, et il n'a point eu
honte de la chaîne que je porte ; [17]au contraire, dès son
arrivée à Rome, il m'a cherché soigneusement, et il m'a
trouvé. [18]Que le Seigneur lui donne de trouver miséri-
corde auprès du Seigneur dans le grand jour. D'ailleurs

tu sais mieux que personne tous les services qu'il m'a
rendus à Éphèse.

Conseils à Timothée pour son ministère et sa conduite.

2 1Toi donc, mon enfant, fortifie-toi dans la grâce qui
est en Jésus-Christ, 2et quant aux enseignements que
tu as reçus de moi en présence d'un grand nombre
de témoins, confie-les à des hommes sûrs*, qui soient
capables à leur tour d'en instruire d'autres.
3Sache aussi souffrir comme un bon soldat de Jésus-
Christ. 4Celui qui part pour la guerre ne s'embarrasse
pas des affaires de la vie, s'il veut plaire à celui qui l'a
enrôlé*, 5et quand on combat dans les jeux, l'on n'est
point couronné, si l'on n'a pas combattu selon les
règles. 6Le laboureur, qui prend de la peine, doit le pre-
mier avoir sa part des fruits. 7Fais attention à ce que je
te dis, car le Seigneur te donnera l'intelligence en toutes
choses.
8Souviens-toi que Jésus-Christ, issu de la famille de
David, est ressuscité d'entre les morts, selon mon Évan-
gile*, 9pour lequel je souffre jusqu'à être enchaîné comme
un malfaiteur. Mais la parole de Dieu n'est point enchaî-
née ; 10c'est pourquoi j'endure tout, à cause des élus, afin
qu'ils obtiennent, eux aussi, le salut qui est en Jésus-
Christ, avec la gloire éternelle. 11C'est une parole digne
de foi, que si nous mourons avec lui, nous vivrons aussi
avec lui* ; 12si nous endurons, nous régnerons aussi avec
lui ; si nous le renions, lui aussi nous reniera. 13Si nous
manquons à notre parole, il demeure fidèle à la sienne,
car il ne peut se renier lui-même.
14Voilà ce que tu dois rappeler, en conjurant devant le
Seigneur d'éviter les disputes de mots ; elles ne servent
à rien, si ce n'est à perdre ceux qui les entendent.
15Efforce-toi de te montrer dans le service de Dieu, un

homme éprouvé, un ouvrier consciencieux, qui enseigne
purement la parole de la vérité. 16Évite les bavardages
profanes, car ceux qui s'y livreront feront des progrès toujours plus grands dans l'impiété, 17et leur parole
rongera comme la gangrène. Tels sont, entre autres,
Hyménée et Philète*, 18qui se sont éloignés de la vérité
en soutenant que la résurrection a déjà eu lieu, et qui
détruisent la foi de quelques personnes. 19Néanmoins,
l'édifice solidement fondé par Dieu demeure ferme, portant cette inscription : *Le Seigneur connaît les siens*, et :
Qu'il se détourne du mal, celui qui invoque le nom du
Seigneur[a]. 20Dans une grande maison, il n'y a pas seulement des vases d'or et d'argent, il y en a aussi de bois et
de terre : les uns servent à un usage noble, les autres à un
usage vil*. 21Si donc quelqu'un se conserve pur de ces
choses, il sera un vase servant à un usage noble, sanctifié, fort utile au maître de la maison, propre à toute
bonne œuvre.

22Fuis les passions de la jeunesse et recherche la justice, la foi, la charité et la paix avec ceux qui invoquent
le Seigneur d'un cœur pur. 23Repousse les questions
folles et sottes : tu sais qu'elles engendrent les querelles.
24Il ne faut pas que le serviteur du Seigneur aime les disputes ; il doit, au contraire, se montrer affable envers
tout le monde, capable d'enseigner, endurant ; 25il doit
instruire avec douceur ceux qui sont d'un avis opposé,
dans l'espérance que Dieu leur donnera peut-être de
changer de sentiments pour arriver à la connaissance
de la vérité, 26et qu'en revenant à la raison, ils se dégageront des filets du diable, qui les tient captifs pour
qu'ils fassent sa volonté.

2[19] : Nb 16[5].

Timothée doit fuir les faux docteurs et demeurer
fidèle, prêchant la Parole.

3 [1]Sache que dans les derniers jours, il y aura des
moments difficiles, [2]car les hommes seront égoïstes,
intéressés, vantards, arrogants, diffamateurs, rebelles à
leurs parents, ingrats, impies, [3]durs, implacables, calom-
niateurs, intempérants, cruels, ennemis des gens de
bien, [4]traîtres, emportés, enflés d'orgueil, amis des plai-
sirs plutôt que de Dieu, [5]ayant les dehors de la piété,
mais ayant renié ce qui en fait la force. Éloigne-toi* aussi
de ces hommes-là, [6]car c'est parmi eux que se ren-
contrent ces gens qui s'insinuent* dans les maisons et
s'emparent de l'esprit des petites dames chargées de
péchés, travaillées de passions nombreuses, [7]apprenant
toujours sans pouvoir jamais parvenir à la connaissance
de la vérité. [8]Et comme Janès et Jambrès* s'opposèrent à
Moïse, eux aussi, gens viciés d'esprit et dont la foi ne sou-
tient pas l'épreuve, ils s'opposent à la vérité. [9]Mais ils ne
feront plus de progrès, car leur folie, comme celle de ces
deux hommes, frappera les yeux de tout le monde.

[10]Pour toi, tu m'as suivi dans mon enseignement, dans
ma conduite, dans mes projets, dans ma foi, dans ma
patience, dans ma charité, dans ma constance, [11]dans
mes persécutions et dans mes souffrances. À quelles
souffrances* n'ai-je pas été exposé à Antioche, à Icone,
à Lystres ? Quelles persécutions n'ai-je pas supportées ?
Et le Seigneur m'a constamment délivré. [12]Aussi bien
tous ceux qui veulent vivre pieusement en Jésus-Christ,
seront persécutés. [13]Quant aux méchants et aux impos-
teurs, ils tomberont toujours plus bas, égarant et égarés.
[14]Pour toi, persévère dans les choses que tu as apprises,
et dont tu as été convaincu, sachant de qui tu les tiens,
[15]et considérant que dès ton enfance tu as eu la connais-
sance des Saintes Lettres* qui peuvent te rendre sage à
salut par la foi en Jésus-Christ. [16]Toute Écriture inspirée
de Dieu* est utile aussi pour instruire, pour reprendre,

pour corriger, pour former à la justice, [17]afin que
l'homme de Dieu soit accompli et propre à toute bonne
œuvre.

4 [1]Je t'en conjure devant Dieu et devant Jésus-
Christ, qui doit juger les vivants et les morts, et au nom
de son avènement et de son règne[a], [2]prêche la Parole,
insiste en temps et hors de temps*, reprends, censure,
exhorte, en instruisant avec une patience parfaite ; [3]car
il viendra un temps où les hommes ne supporteront
pas* la saine doctrine, mais cédant à leurs passions, ils
s'entoureront de docteurs qui chatouillent agréable-
ment leurs oreilles, [4]et ils se détourneront de la vérité
pour se tourner du côté des fables. [5]Mais toi, conserve
ton bon sens en toutes choses, sache souffrir, fais
l'œuvre d'un évangéliste, remplis tous les devoirs de ton
ministère.

Paul annonce sa mort prochaine
et prie Timothée de venir le voir. — Salutations.

[6]Pour moi, je vais être immolé, et le moment de mon
départ* est imminent. [7]J'ai combattu le bon combat, j'ai
achevé la course*, j'ai gardé la foi ; [8]il ne me reste plus
qu'à recevoir la couronne de justice qui m'est réservée :
le Seigneur me la donnera en ce jour-là, lui, le juste
juge, et non seulement à moi, mais aussi à tous ceux qui
auront aimé son avènement.

[9]Tâche de venir promptement vers moi, [10]car Démas
m'a abandonné par amour pour le siècle présent ; il est
parti pour Thessalonique ; Crescens est allé en Galatie,
Tite en Dalmatie ; [11]Luc est seul avec moi. Prends Marc*,
et l'amène avec toi, car il m'est d'un grand secours pour
le ministère. [12]Pour Tychique, je l'ai envoyé à Éphèse.
[13]Apporte, en venant, le manteau que j'ai laissé chez Car-
pus à Troas, ainsi que les livres, surtout les parchemins.

[14]Alexandre, le chaudronnier, m'a fait bien du mal : le

Seigneur lui rendra selon ses œuvres. 15Toi aussi, tiens-
toi en garde contre lui, car il a fait une vive opposition
à ce que nous avons dit. 16Personne ne m'a soutenu de
sa présence lors de ma première défense ; tous m'ont
abandonné. Que cela ne leur soit point imputé ! 17Mais
le Seigneur m'a assisté et m'a fortifié, afin que j'annon-
çasse complètement l'Évangile et que tous les païens
l'entendissent ; et j'ai été délivré *de la gueule du lion*.
18Le Seigneur me délivrera de toute affaire fâcheuse, et
me sauvera dans son royaume céleste. À lui soit la gloire
aux siècles des siècles ! Amen !

19Salue Prisca et Aquilas*, et la famille d'Onésiphore.
20Éraste est resté à Corinthe ; quant à Trophime, je l'ai
laissé malade à Milet.

21Tâche de venir avant l'hiver. Eubule te salue, ainsi
que Prudens, Linus, Claudia et tous les frères. 22Que le
Seigneur Jésus-Christ soit avec ton esprit ! Que la grâce
soit avec vous !

ÉPÎTRE À TITE

Adresse et salutation. — Choix des Anciens.

1 1Paul, serviteur de Dieu et apôtre de Jésus-Christ
— pour annoncer la foi des élus de Dieu et faire connaître
la vérité qui est conforme à la piété, 2afin d'amener à l'es-
pérance de la vie éternelle promise de tout temps par le
Dieu qui ne trompe point, 3et qui, au moment conve-
nable, a révélé sa parole par la prédication qui m'a été
confiée d'après l'ordre de Dieu, notre Sauveur — 4à
Tite*, mon véritable enfant en la foi qui nous est com-
mune : que la grâce et la paix[a] te soient données par
Dieu, notre Père, et par Jésus-Christ, notre Sauveur.

4[17] : Ps 22[22]

5 Je t'ai laissé en Crète précisément afin que tu achèves
de tout organiser, et que tu établisses des anciens dans
chaque ville, comme je te l'ai prescrit. 6 S'il y a quelque
homme d'une réputation intacte, mari d'une seule
femme*, ayant des enfants qui aient la foi et qui ne soient
accusés ni de dissolution ni d'insubordination, choisis-le
pour ancien, 7 car il faut que l'évêque soit irréprochable
comme étant un économe de Dieu. Il ne doit être ni arro-
gant, ni coléreux, ni buveur, ni violent, ni porté à un gain
sordide, 8 mais il doit être hospitalier, ami des gens de
bien, mesuré, juste, pieux, tempérant, 9 attaché à la vraie
Parole, telle qu'on la lui a enseignée, afin qu'il soit en
état, et d'exhorter selon la saine doctrine, et de confondre
les contradicteurs.

Les faux docteurs.

10 Il y a, en effet, surtout parmi les circoncis*, bien des
gens insubordonnés, bavards et séducteurs, 11 à qui il faut
fermer la bouche. Ils bouleversent des familles entières,
en enseignant en vue d'un gain honteux ce qu'il ne faut
pas enseigner. 12 Un de leurs compatriotes, leur propre
prophète, a dit : « Crétois toujours menteurs ; méchantes
bêtes, ventres paresseux*. » 13 Ce jugement est vrai : aussi
reprends-les vertement, afin qu'ils aient une foi saine,
14 et qu'ils ne s'attachent pas à des fables judaïques*, ni à
des commandements d'hommes dévoyés. 15 Tout est pur
pour ceux qui sont purs ; mais pour ceux qui sont souillés
et infidèles, rien n'est pur : leur esprit est souillé ainsi
que leur conscience. 16 Ils font profession de connaître
Dieu, mais ils le renient par leurs œuvres ; ils sont abo-
minables, rebelles et incapables de rien de bon.

Exhortations à adresser aux vieillards,
aux jeunes gens et aux esclaves.

2 [1]Pour toi, parle comme le demande la saine doc-
trine. [2]Dis aux vieillards d'être sobres, graves, mesurés,
sains dans la foi, dans la charité, dans la patience. [3]Dis
pareillement aux femmes âgées d'avoir un extérieur
vénérable, de n'être ni médisantes ni adonnées à la bois-
son, d'être de sages conseillères, [4]afin d'apprendre aux
jeunes femmes à aimer leurs maris et leurs enfants, [5]à
être sages, chastes[a], s'occupant de leur ménage, bonnes,
soumises à leurs maris, pour qu'on ne parle point mal
de la parole de Dieu.
[6]Exhorte de même les jeunes hommes à être sages, [7]te
montrant toi-même, à tous égards, un modèle de ver-
tus. Apporte dans ton enseignement de la pureté, de
la dignité, [8]une parole saine, irrépréhensible, afin que
l'adversaire soit dans la confusion, n'ayant rien de mau-
vais à dire sur notre compte.
[9]Exhorte les serviteurs à être soumis à leurs maîtres,
à leur complaire en toutes choses, en ne les contre-
disant pas, [10]en ne détournant rien, mais en faisant
preuve d'une fidélité parfaite, afin de faire honneur en
toutes choses à la doctrine de Dieu, notre Sauveur.
[11]Car elle a paru*, la grâce de Dieu, source de salut
pour tous les hommes ; [12]elle fait notre éducation, pour
que, renonçant à l'impiété et aux passions mondaines,
nous vivions dans le siècle présent avec sagesse, avec jus-
tice et avec piété, [13]en attendant la réalisation de notre
bienheureuse espérance, et l'apparition de la gloire du
grand Dieu et de notre Sauveur Jésus-Christ* : [14]il s'est,
en effet, donné lui-même pour nous, afin de *nous rache-
ter de toute iniquité,* et de se faire, en nous purifiant,
un peuple qui lui appartienne, et qui soit zélé pour les
bonnes œuvres.

2[14] : Ps 130[8] ; Ex 19[5].

15Dis ces choses, exhorte et reprends avec une pleine
autorité. Que personne ne te méprise.

Exhortations diverses. — Salutations.

3 1Rappelle aux fidèles d'être soumis aux magistrats,
aux autorités, de leur obéir, d'être toujours prêts à faire
le bien, 2de ne dire du mal de personne, d'être paci-
fiques, indulgents, en un mot de se montrer d'une dou-
ceur parfaite envers tous les hommes.
3Nous aussi, nous étions autrefois insensés, rebelles,
égarés, asservis à des passions et à des voluptés de tout
genre, passant notre vie dans la méchanceté et dans
l'envie, des gens détestables, nous haïssant les uns les
autres. 4Mais, lorsque la bonté de Dieu, notre Sauveur,
et son amour envers les hommes se sont manifestés*, 5il
nous a sauvés, non en vertu des œuvres de justice que
nous aurions faites nous-mêmes, mais par sa propre
miséricorde, au moyen d'une ablution régénératrice et
d'un renouvellement opéré par l'Esprit saint, 6qu'il a
richement répandu sur nous, par Jésus-Christ notre
Sauveur : 7il a voulu qu'étant justifiés par sa grâce, nous
soyons héritiers, en espérance, de la vie éternelle.
8Cette parole est certaine, et je veux que tu la certifies,
afin que ceux qui ont cru en Dieu s'appliquent à prati-
quer les bonnes œuvres : voilà ce qui est bon et utile aux
hommes. 9Quant aux questions folles, aux généalogies,
aux querelles et aux disputes sur la Loi, évite-les : elles
sont inutiles et vaines.
10Repousse l'hérétique, après lui avoir adressé un pre-
mier et un second avertissement*, 11sachant qu'un tel
homme est perverti, et qu'il pèche en ayant lui-même le
sentiment de sa condamnation.
12Lorsque je t'aurai envoyé Artémas ou Tychique, hâte-
toi de venir me rejoindre à Nicopolis*, car j'ai résolu d'y
passer l'hiver. 13Aie soin de pourvoir au voyage de Zénas,

le jurisconsulte, et d'Apollos*, afin que rien ne leur
manque : [14]il faut que les nôtres aussi apprennent à prati-
quer les bonnes œuvres, de manière à subvenir aux
besoins urgents, sous peine d'être des gens stériles.
[15]Tous ceux qui sont avec moi te saluent. Salue ceux
qui nous aiment en la foi.
Que la grâce soit avec vous tous !

ÉPÎTRE À PHILÉMON

Requête en faveur d'Onésime.

[1]Paul, prisonnier* de Jésus-Christ, et son frère Timo-
thée, à notre cher Philémon*, le compagnon de nos tra-
vaux, — [2]à notre sœur Apphia, — à Archippe* notre
compagnon d'armes, ainsi qu'à l'église qui se réunit
dans ta maison : [3]que la grâce et la paix vous soient don-
nées par Dieu, notre Père, et par notre Seigneur Jésus-
Christ !
[4]Je ne cesse de rendre grâces à mon Dieu, en faisant
mention de toi dans mes prières, [5]depuis que j'entends
parler de ta charité pour tous les saints et de ta foi au
Seigneur Jésus. [6]Je lui demande que la foi qui nous
unit* soit efficace pour te faire reconnaître tout bien qui
est en nous en vue de Jésus-Christ.
[7]Nous avons, en effet, ressenti bien de la joie[a] et bien
de la consolation à la pensée de ta charité, car, frères,
elle a tranquillisé le cœur des saints. [8]C'est pourquoi,
bien que j'aie en Christ toute liberté pour te rappeler ton
devoir, [9]je préfère, par amour, t'adresser une prière. Tel
que je suis, moi, Paul, vieux*, et, qui plus est, actuelle-
ment prisonnier de Jésus-Christ, [10]je t'adresse une prière
pour l'enfant que j'ai engendré dans ma captivité, pour
Onésime, [11]qui autrefois t'était inutile, mais qui mainte-

nant t'est fort utile*, ainsi qu'à moi. Je te le renvoie, 12et
toi, accueille-le, lui, mes propres entrailles. 13J'aurais
voulu le garder auprès de moi, afin qu'au lieu de te ser-
vir, il me servît dans la captivité que j'endure pour
l'Évangile; 14toutefois, je n'ai rien voulu faire sans ton
avis, afin que ce bienfait de ta part ne paraisse pas forcé,
mais qu'il soit volontaire. 15Peut-être aussi Onésime n'a-
t-il été séparé de toi momentanément, qu'afin que tu le
recouvres pour l'éternité*, 16non plus comme un esclave,
mais au-dessus d'un esclave, comme un frère bien-
aimé*, tout particulièrement aimé de moi, et combien
plus de toi, et selon la chair et dans le Seigneur.

17S'il est donc vrai que tu me tiennes pour un ami,
accueille-le comme moi-même. 18S'il t'a fait quelque tort
ou s'il te doit quelque chose, porte-le à mon compte.
19Moi, Paul, je l'écris de ma main, je te rembourserai...
pour ne pas dire que tu restes mon débiteur même de ta
propre personne*. 20Oui, frère, fais-moi ce plaisir, dans
le Seigneur; tranquillise mon cœur en Christ.

21Je t'écris, comptant sur ton obéissance*, sachant
même que tu feras au-delà de ce que je demande. 22Pré-
pare-moi en même temps un logement, car j'espère que,
grâce à vos prières, je vous serai rendu.

23Épaphras, mon compagnon de captivité, te salue
en Jésus-Christ, 24ainsi que Marc, Aristarque, Démas et
Luc*, mes compagnons d'œuvre. 25Que la grâce de notre
Seigneur Jésus-Christ soit avec votre esprit!

ÉPÎTRE AUX HÉBREUX

I. Supériorité de Jésus, le fils de Dieu, sur les organes de l'Ancienne Alliance.

Le Fils de Dieu est supérieur aux anges.

1 [1]Après avoir parlé autrefois à nos pères à diverses
reprises et de diverses manières par les prophètes, Dieu
nous a parlé* dans ces derniers temps par son Fils,
[2]qu'il a établi héritier de toutes choses, et par lequel
aussi il* a fait le monde.

[3]Ce Fils, qui est le reflet de sa gloire, l'empreinte de
son être, et qui soutient toutes choses* par sa parole
puissante, après avoir fait la purification des péchés[a],
s'est assis à la droite de la majesté divine, dans les
cieux. [4]Il est d'autant supérieur aux anges, que le nom
dont il a hérité est plus éminent que le leur. [5]Auquel des
anges, en effet, Dieu a-t-il jamais dit :

Tu es mon Fils,
*Je t'ai engendré aujourd'hui** ?

Et encore :

Je serai son Père, et il sera mon Fils ?

1[5] : Ps 2[7] ; II S 7[14].

[6]Et ailleurs, quand il introduit le premier-né dans le monde, il dit :

Que tous les anges de Dieu l'adorent.

[7]De plus, tandis qu'il dit des anges :

Celui qui a fait de ses anges des vents,
Et de ses serviteurs une flamme de feu,

[8]Il dit du Fils :

Ton trône, ô Dieu, subsiste d'éternité en éternité,

et :

Le sceptre de ta royauté est un sceptre de droiture ;
[9]*Tu as aimé la justice et haï l'iniquité.*
C'est pourquoi, ô Dieu, ton Dieu t'a oint, de préférence à tes pairs,
D'une huile d'allégresse.

[10]Et :

C'est toi, Seigneur, qui, au commencement, as fondé la terre,
Et les cieux sont l'ouvrage de tes mains.
[11]*Ils périront, mais tu demeures ;*
Ils vieilliront tous comme un vêtement,
[12]*Tu les enrouleras comme un manteau,*
Et ils seront changés ;
Mais toi, tu es toujours le même,
Et tes années ne finiront point.

[13]Auquel des anges a-t-il jamais dit :

Assieds-toi à ma droite,
Jusqu'à ce que j'aie fait de tes ennemis ton marchepied ?

[14]Ne sont-ils pas tous des esprits employés au service de Dieu, et envoyés à cause de ceux qui doivent hériter du salut ?

2 [1]C'est pourquoi il faut nous attacher d'autant plus
aux choses que nous avons entendues, de peur que nous
ne venions à nous perdre. [2]Si la parole annoncée* par

1[6] : Ps 97[7]. 1[7] : Ps 104[4]. 1[8-9] : Ps 45[7-8]. 1[10-12] : Ps 102[26-28]. 1[13] : Ps 110[1].

les anges a été si catégorique, que toute transgression et
toute désobéissance a reçu sa juste rémunération, [3]com-
ment échapperons-nous, si nous négligeons un si grand
salut, qui, après avoir été annoncé d'abord par le Sei-
gneur, nous a été confirmé par ceux* qui ont entendu sa
voix, [4]Dieu appuyant leur témoignage par des signes*,
des prodiges et toutes sortes de miracles, ainsi que par
le don de l'Esprit saint qu'il dispense à son gré? [5]En
effet, ce n'est pas aux anges que Dieu a soumis le monde
à venir dont nous parlons.

Le Fils de Dieu a été abaissé temporairement,
afin de pouvoir nous secourir.

[6]Or, quelqu'un a fait quelque part cette déclaration.
Qu'est-ce que l'homme que tu te souviennes de lui,
Ou le Fils de l'homme, que tu en prennes soin?
[7]*Tu l'as abaissé pour un peu de temps au-dessous des anges,*
Tu l'as couronné de gloire et d'honneur,
[8]*Tu as mis toutes choses sous ses pieds*[a].
En effet, en lui soumettant *toutes choses,* Dieu n'a rien
laissé qui ne lui soit soumis; mais nous ne voyons pas
encore* maintenant que toutes choses lui soient sou-
mises. [9]Toutefois *celui qui a été abaissé* pour un peu de
temps au-dessous des anges,* Jésus, nous le voyons *cou-
ronné de gloire et d'honneur,* à cause de la mort qu'il a
soufferte afin que, par la grâce de Dieu, il goûtât la mort
pour tout homme.
[10]En effet Celui pour qui et par qui sont toutes choses
a jugé bon, lorsqu'il voulut conduire un grand nombre
de fils à la gloire, d'élever à la perfection, par* la souf-
france, l'auteur de leur salut; [11]car celui qui sanctifie
et ceux qui sont sanctifiés, sont tous issus d'un même

2^{6-9}: Ps 8^{5-7}.

Père*. C'est pour ce motif que Jésus n'a point honte de
les appeler frères, [12]quand il dit* :
J'annoncerai ton nom à mes frères,
Je te célébrerai en pleine assemblée ;
[13]et encore :
Pour moi, je mettrai ma confiance en lui ;
et encore :
Me voici, moi et les enfants que tu m'as donnés.
[14]Puisque ces *enfants* ont tous en partage le sang et la
chair, lui aussi y a participé également, afin d'anéantir*
par la mort la puissance de celui qui a l'empire de la
mort, c'est-à-dire, du diable, [15]et de délivrer ainsi tous
ceux que la crainte de la mort tenait dans la servitude*
pendant toute leur vie ; [16]car ce n'est point aux anges
assurément qu'il vient en aide, mais à la postérité
d'Abraham. [17]Voilà pourquoi il devait être rendu sem-
blable à tous égards à ses frères, pour qu'il pût être
compatissant, et, dans leurs rapports avec Dieu, un
grand prêtre* digne de confiance, pour faire l'expiation
pour les péchés du peuple : [18]c'est parce qu'il a souffert
après avoir été lui-même tenté, qu'il peut secourir ceux
qui sont tentés.

Le Fils de Dieu est supérieur à Moïse.
— N'endurcissez point vos cœurs, afin d'entrer
dans le repos de Dieu.

3 [1]En conséquence, frères saints, vous qui avez part
à la vocation céleste, considérez l'apôtre* et le Grand
Prêtre de la foi que nous professons, Jésus, [2]qui a été
fidèle à Celui qui l'a établi, comme Moïse lui a été *fidèle*
dans toute Sa maison. [3]Il a été jugé digne d'une gloire
d'autant supérieure à celle de Moïse, que celui qui fonde
une maison est plus honorable que la maison même

2[12] : Ps 22[23]. 2[13] : És 8[17-18].

4(car toute maison est fondée par quelqu'un, mais celui
qui a fondé toutes choses, c'est Dieu[a]). 5Et tandis que
Moïse *a été fidèle dans toute la maison de Dieu* en qualité
de serviteur chargé de communiquer ce qui devait être
dit *à cette maison,* 6Christ est fidèle comme Fils, à la tête
de sa propre maison* : et sa maison, c'est nous, pourvu
que nous retenions jusqu'à la fin la ferme confiance et
l'espérance, qui font notre gloire.

7C'est pourquoi — selon ce que dit l'Esprit saint :

*Aujourd'hui, si vous entendez Sa voix**,
8*N'endurcissez point vos cœurs,*
Comme lors de la révolte et de la tentation dans le désert,
9*Où vos pères me tentèrent par manière d'épreuve*[b];
Quoiqu'ils eussent vu mes œuvres pendant quarante ans !
10*Aussi mon courroux s'alluma-t-il contre cette génération,*
Et je dis : Leur cœur s'égare toujours ;
Ils n'ont point connu mes voies,
11*De sorte que je fis serment, dans ma colère,*
Qu'ils n'entreraient pas dans mon repos ;

— 12c'est pourquoi, prenez garde, frères, qu'il n'y ait
chez quelqu'un de vous un mauvais cœur incrédule, qui
lui fasse abandonner le Dieu vivant. 13Exhortez-vous
chaque jour les uns les autres, aussi longtemps que l'on
peut dire *aujourd'hui**, afin qu'aucun de vous *ne s'endurcisse,* séduit par le péché ; 14car nous sommes devenus les
associés du Christ, si toutefois nous retenons fermement
jusqu'à la fin notre assurance première, 15pendant qu'on
peut dire encore :

Aujourd'hui, si vous entendez Sa voix,
N'endurcissez point vos cœurs
Comme au jour de la révolte.

16Qui sont, en effet, ceux qui, après *avoir entendu la*

3[2, 5] : Nb 12[7]. 3[7-11] : Ps 95[7-11]. 3[15] : Ps 95[8].

voix de Dieu, se sont révoltés, sinon tous ceux qui sorti-
rent d'Égypte sous la conduite de Moïse? — 17 Et contre
qui fut-il courroucé pendant quarante ans? N'est-ce pas
contre ceux qui avaient péché, et *dont les membres jon-
chèrent le désert?* — 18 Et à qui *fit-il serment qu'ils n'en-
treraient pas dans son repos,* sinon à ceux qui avaient été
incrédules? 19 Nous voyons, en effet, qu'ils ne purent y
entrer à cause de leur incrédulité*.

4 1 Craignons donc, puisque la promesse *d'entrer dans
son repos**, n'est pas retirée, que quelqu'un de vous ne
paraisse en être privé. 2 Car cette bonne nouvelle nous a
été annoncée aussi bien qu'à eux; mais la parole qu'ils
entendirent ne leur servit de rien, parce qu'ils ne se l'ap-
proprièrent pas par la foi.

3 Pour nous qui avons cru, nous entrons dans *le repos*
dont il a parlé, quand il a dit:

De sorte que je fis serment, dans ma colère,*
Qu'ils n'entreraient pas dans mon repos;

parole qu'il a prononcée quoique ses œuvres eussent été
achevées dès la création du monde. 4 En effet, au sujet
du septième jour, il s'exprime ainsi quelque part: *Dieu
se reposa le septième jour de toutes ses œuvres,* 5 et dans
le passage ci-dessus, il dit de nouveau: *Je fais serment
qu'ils n'entreront pas dans mon repos.* 6 Puisqu'il est
encore donné à quelques-uns d'y entrer, et que les pre-
miers à qui cette nouvelle a été annoncée, n'y sont pas
entrés à cause de leur incrédulité, 7 Dieu fixe de nouveau
un jour qu'il appelle *aujourd'hui,* en disant par David si
longtemps après, comme on l'a vu plus haut:

Aujourd'hui si vous entendez Sa voix,
N'endurcissez pas vos cœurs.*

8 Si Josué leur eût donné le repos, Dieu ne parlerait
pas après cela d'un autre jour. 9 Il reste donc un jour de
repos pour le peuple de Dieu, 10 car celui qui entre dans

3[16]: Ps 95[7]. 3[17]: Nb 14[29]. 3[18]: Ps 95[11]. 4[1, 3]: Ps 95[1] 4[4]: Gn 2[2] 4[7]: Ps 95[11].

le repos de Dieu, se repose de ses œuvres, comme Dieu
s'est reposé des siennes.
[11]Empressons-nous donc *d'entrer dans ce repos-là,* afin
que personne ne tombe par le même exemple d'incré-
dulité. [12]Car la parole de Dieu* est vivante, puissante,
plus acérée qu'aucune épée à deux tranchants ; elle
pénètre jusqu'à diviser l'âme et l'esprit, les jointures et
les moelles ; elle juge les sentiments et les pensées du
cœur. [13]Nulle créature n'est cachée à Dieu, tout est à
nu et à découvert aux yeux de celui à qui nous avons
affaire.

Supériorité de Jésus sur les grands prêtres.

Jésus est sans péché ; — il a été établi
selon l'ordre de Melchisédec.

[14]Puisque nous avons en Jésus, le Fils de Dieu, un
Grand Prêtre qui a pénétré au haut des cieux*, demeu-
rons fermes dans la profession de notre foi ; [15]car nous
n'avons pas un Grand Prêtre incapable de compatir à nos
faiblesses ; au contraire, puisqu'il a été tenté* comme
nous en toutes choses, et n'a point commis de péché.
[16]Approchons-nous donc avec assurance du trône de la
grâce, afin d'obtenir miséricorde et de trouver grâce en
un temps où il est possible encore d'être secouru.
5 [1]En effet, tout Grand Prêtre pris du milieu des
hommes, est établi en faveur des hommes, en vue de
leurs rapports avec Dieu, afin d'offrir des oblations et
des sacrifices pour les péchés. [2]Il peut compatir à ceux
qui pèchent par ignorance et par erreur, puisqu'il est
lui-même sujet à la faiblesse ; [3]et c'est à cause de cette

4[10, 11] : Ps 95[11].

faiblesse même qu'il doit offrir des sacrifices pour ses
péchés, comme pour ceux du peuple. 4D'ailleurs, nul ne
s'arroge cette dignité de son propre chef, mais il la
prend quand il est appelé de Dieu, comme le fut Aaron*.
5De même aussi le Christ ne s'est point arrogé la gloire
d'être Grand Prêtre : il la tient de celui qui lui a dit :

Tu es mon Fils,
Je t'ai engendré aujourd'hui,

6comme il lui dit encore ailleurs :

Tu es prêtre éternellement, selon l'ordre de Melchisédec.*

7C'est lui qui, aux jours de sa chair, ayant présenté
des prières et des supplications accompagnées de
grands cris et de larmes*, à Celui qui pouvait le sauver
de la mort, et ayant été exaucé* à cause de sa piété, 8a
appris, bien qu'étant le Fils, l'obéissance par les choses
qu'il a souffertes, 9et arrivé à la perfection, il est devenu,
pour tous les hommes qui lui obéissent, l'auteur d'un
salut éternel, 10Dieu l'ayant proclamé *Grand Prêtre selon
l'ordre de Melchisédec*.

(Difficulté du sujet. — Certitude de l'espérance chrétienne.)

11Nous avons, à ce sujet, bien des choses à vous dire,
et des choses difficiles à expliquer, parce que vous êtes
devenus lents à comprendre. 12Vous, qui depuis long-
temps devriez être des maîtres, vous avez encore besoin
qu'on vous enseigne les premiers éléments* des révéla-
tions de Dieu ; vous en êtes arrivés à avoir besoin de lait,
plutôt que d'une nourriture solide. 13Celui qui en est au
lait, ne connaît pas l'enseignement parfait : il est encore
enfant. 14La nourriture solide est pour les hommes faits,
pour ceux dont la pratique a exercé les facultés à dis-
cerner ce qui est bon et ce qui est mauvais.

5[5] : Ps 2[7]. 5[6, 10] : Ps 110[4].

6 1C'est pourquoi, laissant l'enseignement élémen-
taire relatif au Christ, élevons-nous à l'enseignement
parfait*, sans poser de nouveau les principes fondamen-
taux du renoncement aux œuvres mortes et de la foi
en Dieu, 2la doctrine des baptêmes, de l'imposition des
mains, de la résurrection des morts et du jugement éter-
nel*. 3C'est ce que nous allons faire, si Dieu le permet.
4Car il est impossible que ceux qui ont été une fois éclai-
rés, qui ont goûté le don céleste, qui ont eu part à l'Es-
prit saint*, 5qui ont goûté la bonne parole de Dieu et
les biens du monde à venir, 6puis sont tombés, soient
ramenés à la repentance par un second* renouvelle-
ment, puisqu'ils crucifient de nouveau, pour leur part,
le Fils de Dieu, et l'exposent à l'ignominie. 7Lorsqu'une
terre abreuvée par des pluies fréquentes produit des
plantes utiles à ceux pour qui on la cultive, elle a part à
la bénédiction de Dieu ; 8mais, si elle ne donne que des
épines et des chardons, c'est une mauvaise terre, près
d'être maudite, et l'on finit par y mettre le feu*.

9Cependant, mes bien-aimés, quoique nous nous expri-
mions de la sorte, nous sommes convaincus, pour ce qui
vous concerne, que des destinées meilleures, auxquelles
s'attache le salut, vous attendent. 10Dieu n'est pas injuste
pour oublier votre travail et l'amour pour son nom, dont
vous avez fait preuve par les services que vous avez ren-
dus et que vous rendez encore aux saints. 11Nous dési-
rons, toutefois, que chacun de vous montre le même zèle
à conserver son espérance pleine et entière jusqu'à la fin,
12afin que vous ne vous relâchiez point, mais que vous
imitiez ceux qui, par une foi persévérante, sont devenus
héritiers des promesses.

13Lorsque Dieu fit la promesse à Abraham, ne pou-
vant jurer par quelqu'un de plus grand que lui, *il jura
par lui-même,* 14en disant : *En vérité, je te comblerai de
bénédictions, et je multiplierai certainement ta postérité :*

6[13-14] : Gn 22[16-17].

15c'est ainsi qu'Abraham, ayant persévéré, obtint la pro-
messe. 16Les hommes, en effet, jurent par celui qui est
plus grand qu'eux, et le serment* est une garantie qui
met fin à toutes leurs contestations. 17Eh bien! Dieu
voulant montrer expressément aux héritiers de la pro-
messe, l'immutabilité de ses desseins, fit intervenir le
serment, 18afin que, par deux actes immuables, dans
lesquels il est impossible que Dieu nous trompe, nous
nous sentions puissamment encouragés, nous qui avons
cherché notre refuge en lui, à tenir ferme l'espérance qui
nous est offerte. 19Et nous la gardons comme une ancre*
de l'âme, sûre et ferme, cette espérance qui pénètre jus-
qu'au-delà du voile*, 20dans le sanctuaire où Jésus est
entré pour nous comme précurseur, ayant été fait
Grand Prêtre pour l'éternité, selon l'ordre de Melchisédec

Subordination d'Abraham et des prêtres juifs à Melchisédec.

7 1En effet, ce Melchisédec, roi de Salem, prêtre du
Dieu Très-Haut, qui alla au-devant d'Abraham, lorsqu'il
revenait de la défaite des rois, — le bénit, 2et reçut
d'Abraham la dîme de tout le butin, — dont le premier
nom signifie roi de justice, et le second, roi de Salem,
signifie roi de paix, — 3qui est sans père, sans mère,
sans aïeux, sans commencement de jour ni fin de vie*,
— qui est enfin tout à fait assimilé au Fils de Dieu, ce
Melchisédec, dis-je, demeure prêtre à perpétuité.
4Considérez combien grand est celui auquel Abraham
même donna la dîme du butin, lui, le patriarche.
5Ceux des fils de Lévi, qui reçoivent la sacrificature,
ont l'ordre, d'après la Loi, de lever la dîme* sur le peuple,
c'est-à-dire sur leurs frères, quoique ceux-ci soient égale-
ment issus d'Abraham; 6mais celui qui n'est pas de leur

6[20] : Ps 110[4].

famille, a levé la dîme sur Abraham ! et il a béni celui qui
avait les promesses ! 7 Or, c'est sans contredit l'inférieur
qui est béni par le supérieur. 8 De plus, ici, ce sont des
hommes mortels qui perçoivent les dîmes ; là, c'est quel-
qu'un dont il est attesté qu'il est *éternellement* vivant. 9 Et
Lévi même, qui perçoit la dîme, la lui a, pour ainsi dire,
payée en la personne d'Abraham, 10 car il était encore
dans les reins de son père, lorsque Melchisédec alla au-
devant de ce patriarche.

Jésus prêtre éternel est parfait.

11 Si donc la perfection avait pu être réalisée par le
moyen du sacerdoce lévitique (car le peuple a reçu une
législation qui repose sur ce sacerdoce), qu'était-il
encore besoin qu'il parût un autre prêtre *selon l'ordre de
Melchisédec,* et non selon l'ordre d'Aaron ? 12 Une fois le
sacerdoce changé, la Loi l'est aussi nécessairement*.

13 Le sacerdoce est effectivement changé, car celui à
qui s'appliquent ces paroles, appartient à une tribu dont
aucun membre n'a été attaché au service de l'autel : 14 il
est notoire, en effet, que notre Seigneur est issu de la
tribu de Juda, à laquelle Moïse n'a point attribué le
sacerdoce. 15 Ce changement est plus évident encore,
quand on voit apparaître un autre prêtre, qui, de même
que Melchisédec, 16 est institué, non selon la règle d'une
ordonnance charnelle, mais en vertu d'une vie qui ne
finit point, 17 car voici le témoignage qui lui est rendu :

Tu es prêtre pour l'éternité, selon l'ordre de Melchisédec.

18 L'abolition de la Loi antérieure a lieu à cause de son
impuissance et de son inutilité 19 (car la Loi n'a rien
amené à la perfection*), mais il y a introduction, d'autre
part, d'une meilleure espérance par laquelle nous nous
rapprochons de Dieu.

7[17] : Ps 110[4].

[22]*Et Jésus est le garant d'une alliance d'autant supé-
rieure à la première, [20]que son sacerdoce n'a pas été
institué sans l'intervention du serment. Tandis que les
Lévites ont été établis prêtres sans serment, [21]Jésus l'a
été avec serment* par celui qui lui a dit:
Le Seigneur l'a juré, et il ne s'en repentira point:
Tu es prêtre éternellement.
[23]De plus, ils forment, eux, une succession de prêtres,
parce que la mort les empêche de l'être toujours; [24]mais
lui, parce qu'il subsiste *éternellement,* il possède le
sacerdoce qui ne se transmet point. [25]Voilà pourquoi il
peut sauver parfaitement ceux qui vont à Dieu par lui,
puisqu'il vit toujours pour intercéder en leur faveur.
[26]C'était bien là le Grand Prêtre qu'il nous fallait, saint,
innocent, sans tache, hors du contact des pécheurs et
élevé au-dessus des cieux; [27]il n'a pas besoin, comme
les Grands Prêtres, d'offrir chaque jour des sacrifices,
d'abord pour ses propres péchés, puis pour ceux du
peuple, car il a fait cela une fois pour toutes* en s'offrant
lui-même. [28]La Loi, en effet, institue Grands Prêtres des
hommes sujets à la faiblesse; mais la parole du serment
intervenue après la Loi, établit un Fils, qui est parvenu
pour jamais à la perfection.

8 [1]Un point capital dans notre sujet, c'est que nous
avons ainsi un Grand Prêtre qui s'est assis à la droite du
trône de la majesté divine dans les cieux, [2]en qualité de
ministre du Lieu très saint et du vrai tabernacle qui a
été dressé par le Seigneur, non par un homme.

7[21]: Ps 110[4].

II. Supériorité de la Nouvelle Alliance sur le sacerdoce lévitique.

Jésus prêtre du sanctuaire céleste.

[3]Tout Grand Prêtre étant établi pour offrir des obla-
tions et des sacrifices, il était nécessaire que lui aussi
eût quelque chose à offrir. [4]S'il était sur la terre, il ne
serait pas même prêtre[a], puisqu'il s'y trouve tout un
personnel chargé d'offrir les oblations selon la Loi, [5]et
d'officier dans ce qui n'est que l'image et l'ombre du
sanctuaire céleste, ainsi que Moïse en fut averti, lors-
qu'il dut exécuter le tabernacle : *Aie soin,* lui dit le Sei-
gneur, *de faire tout d'après le modèle* qui t'a été montré*
sur la montagne.
[6]Mais notre Grand Prêtre a obtenu un ministère d'au-
tant plus excellent qu'il est le médiateur* d'une alliance
supérieure, fondée sur de meilleures promesses. [7]En effet,
si la première alliance eût été sans défaut, il n'y aurait pas
eu lieu de la remplacer par une seconde. [8]Car c'est bien
un blâme que Dieu prononce, quand il dit au peuple :
Voici, les temps viennent, dit le Seigneur,*
Où je traiterai avec la maison d'Israël et avec la mai-
son de Juda
[9]*Une alliance nouvelle,*
Non comme l'alliance que je fis avec leurs pères
Au jour où je les pris par la main
Pour les faire sortir du pays d'Égypte.
Puisqu'ils ne sont pas demeurés fidèles à mon alliance,
Moi non plus, je ne me suis pas soucié d'eux, dit le Sei-
gneur.
[10]*Voici l'alliance que je ferai avec la maison d'Israël,*
Quand les temps seront venus, dit le Seigneur :

8[5] : Ex 25[40].

Je mettrai mes lois dans leur esprit,
Et je les graverai dans leur cœur;
Et je serai leur Dieu,
Et ils seront mon peuple.
11 *Nul n'enseignera son concitoyen,*
Et nul n'enseignera son frère, disant:
Connais le Seigneur;
Car tous me connaîtront,
Depuis le plus petit jusqu'au plus grand,
12 *Parce que je leur pardonnerai leurs fautes*
Et que je ne me souviendrai plus de leurs péchés ni de leurs iniquités.

13 En appelant cette alliance une alliance nouvelle*,
Dieu a frappé la première de vétusté ; or ce qui est vieilli
et suranné touche à sa fin.

9 1 La première alliance possède[a] bien aussi des
ordonnances pour le culte et un sanctuaire, le sanctuaire
terrestre. 2 On a, en effet, construit un tabernacle*, dont
la partie antérieure renferme le chandelier, la table et les
pains de proposition, et qu'on appelle le Lieu saint. 3 Puis,
derrière le second voile, se trouve la partie du tabernacle,
appelée le Lieu très saint, 4 renfermant l'autel d'or pour
les parfums, et l'arche de l'alliance toute recouverte
d'or. Dans l'arche se trouvent une urne d'or contenant la
manne, la verge d'Aaron qui avait bourgeonné, et les
tables de l'alliance ; 5 elle-même est surmontée des chéru-
bins de la Gloire, qui ombragent le propitiatoire. Mais ce
n'est pas le moment de parler de tout cela en détail.

6 Ces choses étant ainsi disposées, les prêtres entrent
en tout temps dans la partie antérieure du tabernacle,
lorsqu'ils célèbrent le culte ; 7 le Grand Prêtre seul, et une
seule fois par année, entre dans la seconde partie, non
sans y porter du sang, qu'il offre pour sa propre per-
sonne et pour les péchés du peuple. 8 L'Esprit saint fait
voir par là que le chemin du Lieu très saint n'est pas

8[8-12] : Jr 31[31-34].

ouvert, tant que la partie antérieure du tabernacle sub-
siste. 9Elle est une figure symbolique* relative au temps
présent, où l'on fait encore des offrandes et des sacrifices
incapables de rendre parfait, quant à la conscience, celui
qui rend ce culte. 10Ce sont des prescriptions établies
uniquement pour les aliments, boissons et diverses ablu-
tions, purifications purement charnelles, imposées jus-
qu'à une époque de réformation. 11Mais Christ ayant
paru en qualité de Grand Prêtre des biens à venir, a
passé par un tabernacle plus grand et plus parfait, qui
n'est pas construit de main d'homme, c'est-à-dire qui
n'appartient pas à la création d'ici-bas*, 12et est entré
une fois pour toutes dans le Lieu très saint, non avec le
sang des boucs et des taureaux, mais avec son propre
sang, et a accompli une rédemption* éternelle. 13Car si le
sang des boucs et des taureaux, si la cendre d'une vache,
dont on asperge ceux qui sont souillés, sanctifient quant
à la pureté de la chair, 14combien plus le sang du Christ,
qui, avec son esprit éternel, s'est offert lui-même, sans
tache, à Dieu, purifiera-t-il notre conscience[a] des œuvres
mortes, pour que nous servions le Dieu vivant.

15Voilà pourquoi il est le médiateur d'un testament*
nouveau, afin que, une mort étant intervenue pour la
rédemption des transgressions commises sous le pre-
mier testament, ceux qui ont été appelés obtiennent l'hé-
ritage éternel promis. 16En effet, là où il y a un testament,
il est nécessaire que la mort du testateur soit constatée,
17un testament n'étant valable qu'en cas de mort, puis-
qu'il est de nul effet lorsque le testateur est en vie.

Les sacrifices lévitiques sont insuffisants ; — celui de Jésus, seul, est efficace.

18C'est pour la même raison que le premier testament
a été également inauguré avec du sang. 19Quand Moïse*
eut exposé à tout le peuple tous les commandements,

selon la teneur de la Loi, il prit le sang des taureaux et
des boucs, avec de l'eau, de la laine rouge et de l'hy-
sope, et en aspergea le livre même et tout le peuple, [20]en
disant : *Ceci est le sang de l'alliance que Dieu a ordonné
de traiter avec vous.* [21]Puis, il fit pareillement une asper-
sion de sang sur le tabernacle et sur tous les ustensiles
du culte ; [22]et en général, c'est avec du sang que, d'après
la Loi, tout est purifié, et sans effusion de sang, il n'y a
point de pardon. [23]Il était donc nécessaire, puisque la
copie du sanctuaire qui est dans les cieux, est purifiée
par ces sacrifices, que le modèle céleste lui-même le fût
par des sacrifices supérieurs à ceux-là. [24]Car ce n'est
pas dans un sanctuaire fait de main d'homme*, repré-
sentation du vrai sanctuaire, que Christ est entré, mais
il est entré dans le ciel même, afin de s'y présenter
maintenant pour nous devant la face de Dieu. [25]Il n'y est
pas entré non plus pour s'offrir plusieurs fois lui-même
en sacrifice, comme le Grand Prêtre, qui entre chaque
année dans le Lieu très saint avec un sang qui n'est pas
le sien ; [26]autrement, il aurait dû souffrir plusieurs fois
depuis la création du monde ; mais il a paru une seule
fois, dans ces derniers temps, pour annuler le péché par
son sacrifice. [27]Et comme il est arrêté que les hommes
meurent une seule fois*, après quoi suit un jugement,
[28]de même, le Christ, après s'être offert une seule fois en
sacrifice, pour ôter les péchés de beaucoup, apparaîtra
une seconde fois, non pour ôter le péché, mais pour
donner le salut à ceux qui attendent sa venue*.

10 [1]En effet, la Loi n'ayant que l'ombre des biens à
venir et non la réalité* même des choses, ne peut jamais,
par ces sacrifices renouvelés chaque année et indéfini-
ment, amener à la perfection ceux qui s'approchent de
l'autel ; [2]autrement, n'aurait-on pas cessé de[a] les offrir,
par la raison que ceux qui les offraient, une fois purifiés,
n'auraient plus eu conscience de leurs péchés. [3]Mais par

9[20] : Ex 24[8].

ces sacrifices, on rappelle* tous les ans le souvenir des
péchés 4car il est impossible que le sang des taureaux et
des boucs ôte les péchés.

5Cette impossibilité fait dire à Christ entrant dans le
monde :

Tu n'as voulu ni sacrifice ni offrande,
Mais tu m'as formé un corps.
6*Tu n'as désiré ni holocaustes ni oblations*
Pour le péché ;
7*Alors j'ai dit : Voici, je viens*
(Il est question de moi dans le livre)*
Pour faire, ô Dieu, ta volonté.

— 8Après avoir commencé par dire : *Tu n'as point*
voulu, tu n'as point désiré de sacrifices, ni d'offrandes, ni
d'holocaustes, ni d'oblations pour le péché (toutes choses
qu'on offre conformément à la Loi), 9il ajoute : *Voici, je*
viens, pour faire ta volonté. Il abolit ainsi le premier
ordre de choses, afin d'établir le second ; 10et c'est par
l'accomplissement de cette volonté que nous avons été
sanctifiés, nous qui le sommes une fois pour toutes par
le sacrifice du corps de Jésus-Christ.

11De plus, tandis que tout prêtre se tient chaque jour
debout pour officier, et offre souvent les mêmes sacri-
fices, qui ne peuvent jamais ôter les péchés, 12lui, au
contraire, après avoir offert un seul sacrifice pour les
péchés, *s'est assis* pour toujours *à la droite de Dieu,*
13attendant désormais que *ses ennemis aient été mis*
comme un marchepied sous ses pieds ; 14car, par une
seule offrande, il a amené pour toujours à la perfection
ceux qui ont été sanctifiés. 15D'ailleurs, l'Esprit saint
nous l'atteste, puisque, après avoir dit :

16*Voici l'alliance que je ferai avec eux, quand les temps*
seront venus,
le Seigneur ajoute :
Je mettrai mes lois dans leurs cœurs,

10[5-7, 8, 9] : Ps 40[7-9]. 10[12-13] : Ps 110[1]

Je les graverai dans leur esprit,
[17]*Et je ne me souviendrai plus de leurs péchés ni de*
leurs iniquités.
[18]Or, là où il y a pardon des péchés et des iniquités, il
n'est plus question de sacrifice pour le péché.

III. Application pratique.

Persévérer dans la foi.

[19]Ainsi, frères, puisque le sang de Jésus nous ouvre un
libre accès au Lieu très saint, [20]par la voie récente et
vivante qu'il a inaugurée pour nous à travers le voile,
c'est-à-dire, à travers sa chair*, [21]et puisque nous avons
un Grand Prêtre à la tête de la maison de Dieu*,
[22]approchons-nous de Dieu avec un cœur sincère, dans
la plénitude de la foi, le cœur purifié de toute mauvaise
conscience*, et le corps lavé d'une eau* pure. [23]Gardons
inébranlablement la profession de notre espérance, car
celui qui a fait les promesses est fidèle. [24]Veillons les uns
sur les autres pour nous exciter à la charité et aux
bonnes œuvres. [25]N'abandonnons point nos assemblées,
comme quelques-uns ont coutume de le faire, mais
exhortons-nous les uns les autres, et cela d'autant plus
que vous voyez s'approcher le grand jour.
[26]Si nous péchons volontairement*, après avoir reçu
la connaissance de la vérité, il ne reste plus de sacrifice
pour les péchés; [27]il n'y a plus à attendre qu'un redou-
table jugement et l'ardeur d'un feu qui doit dévorer les
rebelles. [28]Si quelqu'un a violé la Loi de Moïse, il meurt
sans miséricorde *sur la déposition de deux ou trois*
témoins [29]ne pensez-vous pas qu'il méritera un châti-
ment bien plus grave, celui qui aura foulé aux pieds le

10^{16-17}: Jr 31^{33-34} 10^{28}: Dt 19^{15}.

Fils de Dieu, qui aura tenu pour impur le sang de l'al-
liance par lequel il a été sanctifié, et qui aura outragé
l'Esprit de grâce? 30Car nous connaissons celui qui a
dit: *À moi la vengeance! C'est moi qui rétribuerai!* et
encore: *Le Seigneur jugera son peuple.* 31C'est une chose
terrible que de tomber entre les mains du Dieu vivant.
32Souvenez-vous des jours passés, où, après avoir été
éclairés, vous avez soutenu un grand et douloureux
combat, 33tantôt étant exposés devant tout le monde aux
outrages et aux persécutions, tantôt prenant part aux
souffrances de ceux qui se trouvaient dans la même
situation que vous. 34Vous avez, en effet, montré de la
compassion pour les prisonniers, et vous vous êtes rési-
gnés avec joie à la perte de vos biens, sachant que vous
avez, pour votre part, une fortune meilleure et qui durera
toujours[a]. 35Ne perdez donc point votre assurance*: une
grande récompense y est attachée. 36Car vous avez besoin
de persévérance, afin qu'après avoir fait la volonté de
Dieu, vous obteniez ce qui vous est promis. 37Encore un
peu, très peu de temps, et

Celui qui doit venir, viendra:
Il ne se fera point attendre.
38*Et mon juste vivra par la foi;*
Mais s'il recule, mon âme ne trouvera point de plaisir en lui.

39Pour nous*, nous ne sommes pas de ceux qui recu-
lent pour leur perte, mais de ceux qui gardent la foi et
sauvent leur âme.

La foi. — Elle a soutenu les hommes de l'Ancienne Alliance*.

11 1Or la foi est une assurance certaine des choses
qu'on espère, une ferme conviction de celles qu'on ne

10[30] : Dt 32[35, 36]. 10[37-38] : Ha 2[3-4].

voit point*. 2 C'est pour l'avoir possédée que les Anciens
ont reçu un bon témoignage.
3 C'est par la foi que nous reconnaissons que le monde
a été fait par la parole de Dieu, en sorte que ce qu'on
voit n'est pas provenu de choses existantes*.
4 C'est par la foi qu'Abel* offrit à Dieu un sacrifice plus
excellent que celui de Caïn; c'est par elle qu'il fut
déclaré juste, puisque Dieu approuva son offrande; et,
quoique mort, il parle encore par elle. 5 C'est par la foi
qu'Hénoch* fut enlevé, afin qu'il ne vît point la mort: *on
ne le trouva plus, parce que Dieu l'avait enlevé,* car, avant
cet enlèvement, on lui rend le témoignage qu'*il était
agréable à Dieu*. 6 Or, sans la foi, il est impossible de lui
être agréable, car il faut que celui qui s'approche de
Dieu, croie que Dieu existe, et qu'il est le rémunérateur
de ceux qui le cherchent.
7 C'est par la foi que Noé*, divinement averti des évé-
nements que l'on ne voyait pas encore, construisit, avec
une pieuse crainte, une arche pour sauver sa famille.
C'est par cette foi qu'il condamna le monde, et devint
héritier de la justice qui vient de la foi.
8 C'est par la foi qu'Abraham*, sur l'appel de Dieu,
obéit à l'ordre de se rendre dans le pays qu'il devait
recevoir en héritage, et partit sans savoir où il allait.
9 C'est par la foi qu'il vint s'établir dans la terre promise,
comme dans une terre étrangère, habitant sous des
tentes, ainsi qu'Isaac et Jacob, héritiers comme lui de la
même promesse; 10 car il attendait la cité aux solides
fondements*, dont Dieu est l'architecte et le construc-
teur. 11 C'est par la foi que Sarah*, elle aussi, reçut, mal-
gré son âge, la puissance d'enfanter[a], parce qu'elle avait
cru à la véracité de celui qui lui en avait fait la pro-
messe. 12 C'est pour cela aussi que naquit d'un seul
homme, et même d'un homme décrépit, une posté-
rité aussi nombreuse que les étoiles du ciel et que les

11[5]: Gn 5[24].

grains de sable du bord de la mer, qui sont innom-
brables.
[13]Dans cette foi ils moururent tous, sans avoir obtenu
les choses promises, les ayant seulement vues et saluées
de loin[a], et se reconnaissant *étrangers et voyageurs sur la*
terre. [14]Ceux qui tiennent un tel langage, font bien voir
qu'ils cherchent une patrie. [15]Or s'ils eussent entendu
par là la terre d'où ils étaient sortis, ils auraient eu le
temps d'y retourner; [16]mais c'est à une patrie meilleure
qu'ils aspiraient, c'est-à-dire la patrie céleste. Aussi Dieu
n'a-t-il point honte de s'appeler *leur Dieu,* car il leur a
préparé une cité.
[17]C'est par la foi qu'Abraham, mis à l'épreuve, offrit
Isaac en sacrifice, et il offrit son fils unique, lui qui avait
reçu les promesses, [18]lui auquel il avait été dit: *C'est la*
postérité d'Isaac, qui sera dite ta postérité: [19]il estimait
que Dieu a la puissance même de ressusciter les morts;
aussi recouvra-t-il son fils au moment même où il l'ex-
posait*. [20]C'est par la foi, et en vue de l'avenir, qu'Isaac
bénit Jacob et Ésaü. [21]C'est par la foi que Jacob mou-
rant bénit chacun des fils de Joseph, et *adora, appuyé*
sur le haut de son bâton. [22]C'est par la foi que Joseph,
sur le point de mourir, fit mention de la sortie des fils
d'Israël, et qu'il donna des ordres au sujet de ses osse-
ments.
[23]C'est par la foi qu'après la naissance de Moïse, son
père et sa mère, voyant que c'était un bel enfant, le tin-
rent caché pendant trois mois, et qu'ils ne se laissèrent
pas effrayer par l'ordre du roi. [24]C'est par la foi que
Moïse, devenu grand, répudia le titre de fils d'une fille de
Pharaon, [25]et aima mieux être maltraité avec le peuple
de Dieu que de goûter une jouissance passagère due au
péché: [26]il considéra l'opprobre du Christ* comme une
richesse plus grande que les trésors de l'Égypte, parce
qu'il portait ses regards sur la rémunération finale.

11^{13}: Ps 39^{13}. 11^{16}: Ex 3^{6}. 11^{18}: Gn 21^{12}. 11^{21}: Gn 47^{31}.

27C'est par la foi qu'il quitta l'Égypte, sans se laisser inti-
mider par le courroux du roi, car il tint ferme comme s'il
voyait celui qui est invisible. 28C'est par la foi qu'il insti-
tua la Pâque et fit l'aspersion du sang, afin que l'extermi-
nateur ne touchât pas aux premiers-nés des Israélites.

29C'est par la foi que les Israélites traversèrent la mer
Rouge, comme un lieu sec, tandis que les Égyptiens qui
essayèrent de passer furent engloutis. 30C'est par la foi
que les murailles de Jéricho tombèrent, après qu'on en
eut fait le tour, pendant sept jours consécutifs. 31C'est par
la foi que Rahab, la femme de mauvaise vie, ne périt
pas avec les rebelles, parce qu'elle avait accueilli favora-
blement les espions.

32Et que dirai-je encore ? Le temps me manquerait, si
je voulais parler de Gédéon, de Barac, de Samson, de
Jephté, de David, de Samuel et des prophètes, 33qui par
la foi ont conquis des royaumes, exercé la justice, obtenu
des promesses, fermé la gueule des lions, 34éteint la vio-
lence du feu, échappé au tranchant de l'épée, triomphé
de la maladie, montré leur vaillance dans la guerre, mis
en fuite des armées ennemies. 35Des femmes ont recou-
vré leurs morts par une résurrection ; d'autres ont péri
dans les tortures*, n'acceptant pas la délivrance, afin
d'obtenir une meilleure résurrection ; 36d'autres ont
souffert les moqueries et les verges, bien plus, les fers et
les cachots ; 37ils ont été lapidés, sciés, torturés ; ils sont
morts par le tranchant de l'épée ; ils ont erré çà et là,
couverts de peaux de moutons, de peaux de chèvres,
dénués de tout, persécutés, maltraités, — 38eux dont le
monde n'était pas digne ; — ils ont été errants dans les
déserts, dans les montagnes, dans les cavernes et dans
les antres de la terre. 39Tous ceux-là, bien qu'ayant reçu,
pour leur foi, un bon témoignage, n'ont pas obtenu ce
qui leur était promis, 40parce que Dieu avait arrêté pour
nous quelque chose de meilleur, ne voulant pas qu'ils
parvinssent sans nous à la glorification finale.

Le fruit de l'épreuve.

12 1Nous donc aussi, puisque nous sommes envi-
ronnés d'une si grande nuée de témoins*, rejetant tout
fardeau, et le péché qui nous enveloppe si facilement,
courons avec persévérance* dans la carrière qui nous
est ouverte, 2les yeux fixés sur Jésus, l'auteur et le
consommateur de la foi, lui qui, en vue de la joie qui lui
était offerte, a souffert la croix, méprisé l'ignominie, et
s'est assis à la droite du trône de Dieu. 3Considérez bien
celui qui a supporté une telle opposition de la part des
pécheurs, afin que vous ne vous lassiez pas en abandon-
nant vos cœurs au découragement.

4Vous n'avez pas encore résisté jusqu'au sang dans
votre lutte* contre le péché, 5et vous avez oublié l'ex-
hortation de Dieu qui vous dit comme à des fils :
Mon fils, ne méprise pas le châtiment du Seigneur,*
Et ne perds point courage, lorsqu'il te reprend ;
6*Car le Seigneur châtie celui qu'il aime,*
Et il frappe de ses verges tous ceux qu'il reconnaît pour ses fils.

7Si vous endurez le châtiment, c'est que Dieu vous
traite comme des fils, car quel est le fils que son père ne
châtie pas ? 8Mais si vous êtes exempts du châtiment
auquel tous ont eu part, vous êtes donc des enfants illé-
gitimes, et non de vrais fils. 9D'ailleurs, si nous avons eu
du respect pour nos pères selon la chair, lorsqu'ils nous
châtiaient, ne devons-nous pas, à bien plus forte raison,
être soumis au Père des esprits* pour avoir la vie ? 10Eux
nous châtiaient pour un peu de temps, comme il leur
semblait bon ; mais Lui nous châtie pour notre bien,
afin de nous rendre participants de sa sainteté. 11Il est
vrai que tout châtiment semble, au premier moment, un
sujet de tristesse, et non pas de joie ; mais, plus tard, il

12[5-6] : Pr 3[11-12]

produit pour ceux qui ont été ainsi exercés, un fruit de paix et de justice.

Vivre dans la paix, la pureté, l'obéissance à Dieu.

[12]En conséquence, *raffermissez les mains défaillantes*
et les genoux chancelants; [13]*faites suivre à vos pieds le*
chemin droit, afin que ce qui est boiteux, au lieu de se
disloquer, se rétablisse. [14]Recherchez la paix avec tout
le monde, et la sanctification, sans laquelle personne ne
verra le Seigneur. [15]Veillez à ce que personne ne se
détourne de la grâce de Dieu, *à ce qu'aucune racine*
vénéneuse, venant à pousser, n'incommode et n'empoi-
sonne plusieurs d'entre vous. [16]Qu'il n'y ait point d'im-
pudique parmi vous, ni de profane comme Ésaü, qui
vendit son droit d'aînesse pour un simple mets: [17]vous
savez que, plus tard, voulant obtenir la bénédiction de
son père, il fut repoussé, et il n'y eut plus pour lui
moyen de revenir sur le passé, quoiqu'il le demandât
avec larmes.
[18]Vous ne vous êtes pas approchés d'une montagne
qu'on puisse toucher de la main et que le feu embrase*,
ni de l'obscurité, ni des ténèbres, ni d'une tempête, [19]ni
du son des trompettes, ni de paroles telles que ceux
qui les entendirent demandèrent qu'il ne leur fût pas
adressé une parole de plus, [20]car ils ne pouvaient sup-
porter cette menace: *Toute bête même qui touchera cette*
montagne sera lapidée[a]; [21]et ce spectacle était si terrible
que Moïse lui-même dit: *Je suis épouvanté et tout trem-*
blant. [22]Mais vous vous êtes approchés de la montagne
de Sion, de la cité du Dieu vivant, la Jérusalem céleste*,
du chœur joyeux des myriades d'anges, [23]de l'assemblée

12[12] : És 35[3]. 12[13] : Pr 4[26]. 12[15] : Dt 29[18]. 12[20] : Ex 19[13]. 12[21] : Dt 9[19].

des premiers-nés* dont les noms sont inscrits dans le
ciel, de Dieu, juge de tous, des esprits des justes parve-
nus à la perfection, [24]de Jésus, le médiateur de la nou-
velle alliance, et du sang de l'aspersion, qui parle mieux
que le sang d'Abel.
[25]Prenez garde de refuser d'écouter Celui qui vous
parle, car si les Israélites n'échappèrent point à la puni-
tion*, pour avoir refusé d'écouter Celui qui dictait ses
oracles sur la terre, combien moins pourrons-nous
échapper, si nous le repoussons quand il parle des cieux,
[26]Lui, dont la voix alors ébranla la terre, et qui fait,
aujourd'hui, cette déclaration : *J'ébranlerai une fois
encore*, non seulement la terre, mais aussi le ciel.* [27]Ces
mots, *une fois encore,* indiquent clairement le change-
ment des choses créées et passagères, pour laisser sub-
sister les choses inébranlables. [28]C'est pourquoi, ayant
reçu un royaume qui ne sera point ébranlé, soyons péné-
trés d'une reconnaissance qui nous fasse servir Dieu
d'une manière qui lui soit agréable, avec piété et crainte[a] ;
[29]*car notre Dieu aussi est un feu dévorant.*

Exhortations diverses, vœux et salutations.

13 [1]Que l'amour fraternel règne parmi vous. [2]N'ou-
bliez pas l'hospitalité : c'est en l'exerçant que quelques-
uns ont hébergé des anges*, sans le savoir.
[3]Souvenez-vous des prisonniers, comme si vous étiez
aussi dans les chaînes, et de ceux qu'on maltraite, comme
étant aussi vous-mêmes dans un corps.
[4]Que le mariage soit en honneur chez tous, et le lit
conjugal sans souillure, car Dieu jugera les impudiques
et les adultères.
[5]Que votre conduite soit désintéressée : soyez contents
de ce que vous avez, car Dieu lui-même a dit : *Je ne te*

12[26-27] : Ag 2[6]. 12[29] : Dt 4[24]

laisserai point, non, je ne t'abandonnerai point; 6de sorte
que nous pouvons dire avec assurance:

Le Seigneur est mon aide; je n'aurai point de crainte;
Que pourrait me faire un homme?

7Souvenez-vous des conducteurs qui vous ont an-
noncé la parole de Dieu, et, considérant comment ils
ont terminé leur carrière*, imitez leur foi.

8Jésus-Christ est le même, hier, aujourd'hui et éter-
nellement. 9Ne vous laissez pas entraîner par toutes
sortes de doctrines étrangères*, car il est bon que le
cœur s'affermisse par la grâce, et non par des aliments,
qui ne sont d'aucune utilité à ceux qui en usent. 10Pour
nous, nous avons un autel dont ne sont pas autorisés à
manger ceux qui officiaient dans le tabernacle; 11car les
corps des animaux[a], dont le sang est porté par le Grand
Prêtre dans le Lieu très saint, pour le péché, sont brûlés
hors du camp. 12C'est pour cela aussi que Jésus, afin de
sanctifier le peuple par son propre sang, a souffert hors
de la porte de la ville. 13Sortons donc du camp pour
aller à lui en portant son opprobre, 14car nous n'avons
point ici de cité permanente, mais nous cherchons celle
qui est à venir.

15Offrons donc sans cesse à Dieu, par lui, *un sacrifice*
de louanges, c'est-à-dire, *le fruit de nos lèvres* confessant
son nom. 16Et n'oubliez pas la bienfaisance et la libéra-
lité, car c'est à de tels sacrifices que Dieu prend plaisir.

17Obéissez à vos conducteurs et ayez pour eux de la
déférence, car ils veillent sur vos âmes, comme devant
en rendre compte; obéissez-leur, afin qu'ils s'acquittent
de ce ministère avec joie, et non en gémissant, ce qui ne
vous serait pas avantageux.

18Priez pour nous, car nous sommes assurés d'avoir une
bonne conscience*, étant décidés à nous bien conduire
en toutes choses. 19Je vous demande instamment de le
faire, afin que je vous sois plus tôt rendu.

13[5]: Dt 31[6]. 13[6]: Ps 118[6]. 13[15]: És 57[19].

20Et que le Dieu de paix, qui a ramené d'entre les morts
celui qui, par le sang de l'alliance éternelle, est devenu
le grand Pasteur des brebis, notre Seigneur Jésus, 21vous
rende propres à toute bonne œuvre, pour faire sa
volonté, en opérant en vous ce qui lui est agréable, par
Jésus-Christ : à Lui soit la gloire aux siècles des siècles !
Amen !

22Je vous prie, frères, de prendre en bonne part cette
exhortation, car je vous écris brièvement.

23Sachez que notre frère Timothée a été relâché*.
J'irai vous voir avec lui, s'il vient assez tôt.

24Saluez tous vos conducteurs et tous les saints. Ceux
d'Italie* vous saluent.

25Que la grâce soit avec vous tous !

ÉPÎTRE DE SAINT JACQUES

Adresse. — Confiance en Dieu dans l'épreuve et la tentation.

1 [1]Jacques, serviteur de Dieu et du Seigneur Jésus-
Christ, aux douze tribus qui sont dans la dispersion*,
salut !

[2]Mes frères, considérez comme un sujet de pure
joie les épreuves diverses par lesquelles vous passez,
[3]sachant que l'épreuve de votre foi produit la constance.
[4]Mais que la constance soit active et parfaite, afin que
vous soyez parfaits et accomplis*, ne laissant à désirer
en rien.

[5]Si quelqu'un parmi vous manque de sagesse, qu'il
s'adresse à Dieu qui fait ses dons à tous généreusement,
sans rien reprocher : la sagesse* lui sera donnée. [6]Mais
qu'il demande avec foi, sans hésiter, car celui qui hésite
est semblable au flot de la mer, agité et ballotté par le
vent ; [7]que cet homme-là, — [8]homme irrésolu*, incons-
tant dans toutes ses voies, — [7]ne s'attende pas à rece-
voir quelque chose du Seigneur.

[9]Que le frère de condition humble prenne un juste
sentiment de sa grandeur*, [10]et le riche, de sa petitesse,
car il passera *comme la fleur de l'herbe* : [11]le soleil s'est
levé, sa chaleur brûlante *a desséché l'herbe, et la fleur de*

l'herbe est tombée, et la beauté de sa forme a péri ; ainsi
se flétrira le riche au milieu de ses entreprises.
12Heureux l'homme qui supporte l'épreuve avec cons-
tance, car après avoir été éprouvé, il recevra la couronne
de vie que le Seigneur a promise à ceux qui l'aiment.
13Que personne, lorsqu'il est tenté, ne dise : c'est Dieu
qui me tente ; car Dieu ne peut être tenté par le mal, et il
ne tente personne. 14Chacun est tenté, quand il est attiré
et amorcé par sa propre convoitise ; 15puis, la convoi-
tise, ayant conçu, enfante le péché* ; et le péché, étant
consommé, produit la mort. 16Ne vous y trompez pas,
mes frères bien-aimés : 17il ne descend que bienfait et don
excellent d'en haut, du Père des lumières*, en qui il n'y a
ni changement ni ombre de variation. 18C'est lui qui, de
sa pure volonté, nous a enfantés par la parole de vérité*,
pour que nous soyons, en quelque sorte, l'élite de ses
créatures. 19Sachez-le bien, mes frères bien-aimés.

Le culte véritable.

Que tout homme soit prompt à écouter, lent à parler,
lent à se mettre en colère, 20car la colère de l'homme
n'accomplit pas la justice de Dieu. 21C'est pourquoi,
rejetant toute souillure et tout reste de méchanceté,
accueillez avec douceur la parole qui a été plantée en
vous, et qui peut sauver vos âmes. 22Mettez-la en pra-
tique, et ne vous contentez pas de l'écouter*, en vous
abusant vous-mêmes par de faux raisonnements. 23Car
si quelqu'un écoute la Parole et ne la met pas en pra-
tique, il est semblable à un homme qui considère dans
un miroir son visage naturel*, 24et qui, après s'être
considéré, s'en va et oublie aussitôt quel il est. 25Mais
celui qui se penche attentivement sur la loi parfaite, la
loi de la liberté*, et qui s'y attache, non en auditeur

1[10-11] : És 40[6-7].

oublieux, mais en observateur fidèle, celui-là trouvera
son bonheur dans son obéissance.
26Si quelqu'un[a] croit rendre son culte à Dieu, et qu'il
ne tienne pas sa langue en bride, il se trompe lui-
même, et son culte est vain. 27Le culte pur et sans tache
devant Dieu, notre Père, consiste à visiter les orphelins
et les veuves dans leur affliction, et à se préserver des
souillures du monde.

Le pauvre vaut le riche.

2 1Mes frères, ne mêlez pas des considérations de
personnes à la foi en notre Seigneur Jésus, le Messie
de gloire. 2Si, par exemple, il entre dans votre assem-
blée* un homme ayant des bagues d'or aux doigts et un
habit magnifique, et qu'il y entre aussi un pauvre ayant
un méchant habit, 3si, jetant les yeux sur celui qui porte
l'habit magnifique, vous lui dites : Toi, assieds-toi ici, à
cette place d'honneur, tandis que vous direz au pauvre :
Toi, tiens-toi là, debout, ou assieds-toi au-dessous de
mon marchepied, 4ne faites-vous pas, à part vous, une
différence, et n'êtes-vous pas des juges qui cédez à de
mauvaises pensées ?
5Écoutez, mes frères bien-aimés, Dieu n'a-t-il pas
choisi ceux qui sont pauvres* aux yeux du monde, pour
les faire riches en foi et héritiers du royaume qu'il a pro-
mis à ceux qui l'aiment ? 6Et vous, vous méprisez le
pauvre ! Ne sont-ce pas les riches qui vous oppriment et
qui vous traînent devant les tribunaux ? 7Ne sont-ce pas
eux qui insultent le beau nom* qui vous a été donné ?
8Sans doute, si vous accomplissez la loi royale, selon
cette parole : *Tu aimeras ton prochain comme toi-même,*
vous faites bien ; 9mais si vous faites acception de per-
sonnes, vous commettez un péché : la loi vous condamne

2[8] : Lv 19[18].

comme transgresseurs. [10]Celui qui aurait observé toute
la loi, s'il vient à faillir en un seul article, est coupable à
l'égard de tous*; [11]car Celui qui a dit : *ne commets point
d'adultère,* a dit aussi : *ne tue point*; or si tu tues, quoique
tu ne commettes pas d'adultère, tu es transgresseur de
la loi. [12]Parlez et agissez, comme devant être jugés par la
loi de la liberté, [13]car celui qui n'aura pas fait misé-
ricorde, sera jugé sans miséricorde : la miséricorde
affronte sans crainte le jugement*.

La foi sans les œuvres.

[14]Mes frères, que sert-il à un homme de dire qu'il a la
foi, s'il n'a pas les œuvres*? Cette foi pourra-t-elle le
sauver? [15]Si un frère ou une sœur sont dans le dénue-
ment et manquent du pain quotidien, [16]et que l'un de
vous leur dise : Allez en paix, chauffez-vous et vous ras-
sasiez, sans leur donner ce qui est nécessaire au corps,
à quoi cela sert-il ? [17]De même aussi la foi qui n'a pas les
œuvres, est morte.

[18]Mais quelqu'un dira : Tu as la foi, moi, j'ai les
œuvres. — Montre-moi ta foi sans œuvres[a]; moi, je te
montrerai ma foi par mes œuvres. [19]Tu crois qu'il n'y a
qu'un Dieu, tu fais bien ; les démons le croient aussi... et
ils tremblent. [20]Veux-tu te convaincre, ô homme vain,
que la foi sans les œuvres est inutile[b]? [21]Abraham*,
notre père, ne fut-il pas justifié par les œuvres, lorsqu'il
offrit son fils Isaac sur l'autel ? [22]Tu vois que la foi agis-
sait concurremment avec ses œuvres, et que, par ses
œuvres, sa foi fut rendue parfaite : [23]ainsi s'accomplit la
parole de l'Écriture : *Abraham eut foi en Dieu, et cela lui
fut imputé à justice*; et il fut appelé *ami de Dieu.* [24]Vous
voyez que c'est par les œuvres que l'homme est justifié,
et non par la foi seulement. [25]N'est-ce pas également

2[11] : Ex 20[13-14]. 2[23] : Gn 15[6] ; És 41[8].

par les œuvres que Rahab*, la femme de mauvaise vie,
fut justifiée, parce qu'elle accueillit les messagers, et les
fit partir par un autre chemin ? 26De même que le corps
sans âme est mort*, de même la foi sans les œuvres est
morte.

La langue.

3 1Mes frères, qu'il n'y ait pas parmi vous tant de
gens qui s'érigent en docteurs* ; vous savez que nous
nous exposons à un jugement d'autant plus sévère.
2Tous, en effet, nous bronchons souvent. Si quelqu'un
ne bronche pas en paroles, c'est un homme parfait*,
capable de tenir en bride son corps tout entier. 3Pour
nous faire obéir des chevaux, nous leur mettons un mors
dans la bouche, et nous gouvernons ainsi leur corps tout
entier. 4Voyez encore les navires : tout grands qu'ils sont,
et quoique poussés par des vents violents, ils sont dirigés
au gré du pilote, par un bien petit gouvernail. 5De même
aussi la langue est un petit membre, et elle peut se vanter
de grandes choses. Voyez quelle grande masse de bois
un petit feu peut embraser ! 6La langue aussi est un feu,
c'est un monde d'iniquité : la langue est installée parmi
nos membres, souillant le corps tout entier, et enflam-
mant tout le cours de la vie, enflammée elle-même du
feu de la Géhenne. 7Toute espèce de bêtes sauvages et
d'oiseaux, de reptiles et d'animaux marins peuvent être
domptés, et ont été domptés par l'espèce humaine ;
8mais la langue, aucun homme ne peut la dompter : c'est
un fléau qu'on ne peut arrêter ; elle est pleine d'un venin
mortel. 9Avec elle, nous bénissons le Seigneur, notre
Père ; et avec elle, nous maudissons les hommes qui sont
faits à la ressemblance de Dieu : 10de la même bouche
sortent la bénédiction et la malédiction* ! Il ne faut pas,
mes frères, qu'il en soit ainsi. 11Une source donne-t-elle
par la même ouverture de l'eau douce et de l'eau amère ?

12un figuier, mes frères, peut-il donner des olives, ou une
vigne des figues ? Une source salée ne peut non plus don-
ner de l'eau douce[a].
13Quelqu'un, parmi vous, est-il sage et intelligent,
qu'il en donne la preuve par une bonne conduite et par
la douceur de sa sagesse. 14Si vous avez dans le cœur un
zèle amer et un esprit de dispute, ne vous glorifiez pas
d'être dans la vérité ! vous mentez. 15Ce n'est point là
la sagesse qui vient d'en haut ; c'est une sagesse ter-
restre, animale, diabolique, 16car là où règne un esprit
de dispute, règnent aussi le désordre et toutes sortes
de mauvaises choses. 17La sagesse qui vient d'en haut
est premièrement pure, ensuite paisible, douce, conci-
liante, pleine de miséricorde et de bons fruits, sans par-
tialité, sans hypocrisie : 18le fruit de la justice se sème
dans la paix par ceux qui apportent la paix.

Les passions.

4 1D'où viennent les guerres, et d'où viennent les
luttes parmi vous ? N'est-ce pas de vos passions qui se
déchaînent dans vos membres ? 2Vous convoitez, et vous
n'obtenez pas ; vous êtes meurtriers, jaloux, et vous ne
pouvez arriver à rien ; vous vivez dans la lutte et dans la
guerre. Vous n'obtenez pas, parce que vous ne deman-
dez pas ; 3vous demandez, et vous ne recevez pas, parce
que vous demandez mal, et pour satisfaire vos passions.
4Adultères[b], ne savez-vous pas que l'amour du monde
est inimitié contre Dieu ? Celui donc qui veut être ami du
monde* est ennemi de Dieu : 5ou bien, pensez-vous que
l'Écriture parle en vain ? Est-ce un Esprit de jalousie
que celui que Dieu fait habiter en nous[c] ? 6Il nous accorde
une grâce bien meilleure. Aussi est-il dit : *Dieu résiste aux
orgueilleux, mais il accorde sa grâce aux humbles.* 7Sou-

4[6] : Pr 3[34].

mettez-vous donc à Dieu ; résistez au diable, et il s'en-
fuira de vous. [8]Approchez-vous de Dieu, et il s'appro-
chera de vous. Nettoyez vos mains, pécheurs ; purifiez
vos âmes, hommes irrésolus. [9]Sentez votre misère, affli-
gez-vous et pleurez : que votre rire se change en pleurs et
votre joie en tristesse. [10]Humiliez-vous devant le Sei-
gneur, et il vous élèvera.

La médisance. — Les vains projets.

[11]Mes frères, ne parlez point mal les uns des autres :
celui qui dit du mal d'un frère ou qui juge son frère, dit
du mal de la loi et juge la loi ; or si tu juges la loi, tu n'es
pas un observateur de la loi, mais tu t'en fais juge. [12]Un
seul est législateur et juge, c'est celui qui a la puissance
de sauver et de perdre ; mais qui es-tu, toi, pour juger le
prochain ?

[13]À vous maintenant qui dites : Aujourd'hui et demain
nous irons dans telle ville, nous y passerons une année,
nous trafiquerons et nous gagnerons, — [14]vous, qui ne
savez pas ce qu'il en sera de demain. Qu'est-ce que
votre vie ? Vous êtes une vapeur* qui paraît un moment,
puis disparaît. [15]Ne feriez-vous pas mieux de dire : Si le
Seigneur* le veut[a], nous vivrons et nous ferons ceci ou
cela ? [16]Votre assurance n'est qu'une vaine présomption.
Toute présomption de ce genre est mauvaise. [17]Savoir
faire le bien et ne pas le faire, c'est le péché.

« À vous... riches ! »

5 [1]À vous maintenant riches : pleurez et poussez des
cris à cause des malheurs qui vont fondre sur vous. [2]Vos
richesses sont pourries, et vos étoffes sont devenues la
proie des vers ; [3]votre or et votre argent sont rouillés ; et
leur rouille rendra témoignage contre vous, et, comme

du feu, elle dévorera vos chairs. Quel trésor vous vous
serez fait dans les derniers jours ! 4Voici, il crie, le salaire
dont vous avez frustré les ouvriers qui ont moissonné vos
champs, et les cris des moissonneurs sont parvenus aux
oreilles du Seigneur des armées*. 5Vous avez vécu sur la
terre dans les délices et dans les festins, vous avez repu
vos cœurs au jour du carnage, 6vous avez condamné,
vous avez tué le juste : il ne vous résiste pas.

La patience. — Les serments. — La prière.

7Prenez donc patience, frères, jusqu'à l'avènement du
Seigneur. Voyez : le laboureur attend le précieux fruit
de la terre, en prenant patience, jusqu'à ce que le grain
ait reçu les pluies du printemps et de l'arrière-saison.
8Vous aussi prenez patience, fortifiez vos cœurs, car
l'avènement du Seigneur est proche. 9Ne vous répandez
pas en plaintes les uns contre les autres, frères, afin que
vous ne soyez pas jugés ; voici, le juge[a] est à la porte.
10Frères, prenez pour modèles de souffrance et de
patience, les prophètes qui ont parlé au nom du Sei-
gneur. 11Vous voyez que nous proclamons bienheureux
ceux qui souffrent patiemment. Vous avez entendu par-
ler de la patience de Job, et vous avez vu la fin que[b] le
Seigneur lui a ménagée, car *le Seigneur est plein de ten-
dresse et de miséricorde*.

12Par-dessus tout, mes frères, ne jurez ni par le ciel, ni
par la terre, ni par quelque autre chose que ce soit ;
mais que votre oui soit oui, et que votre non soit non*,
afin de ne pas tomber sous le coup du jugement[c].

13Quelqu'un parmi vous souffre-t-il, qu'il prie. Quel-
qu'un est-il joyeux, qu'il chante des cantiques. 14Quel-
qu'un parmi vous est-il malade, qu'il fasse appeler les
anciens de l'église, et que ceux-ci prient pour lui, après

5^{11} : Ps 103^{8}.

l'avoir oint d'huile* au nom du Seigneur: [15]la prière
de la foi sauvera le malade, le Seigneur le relèvera, et,
s'il a commis des péchés*, ils lui seront pardonnés.
[16]Confessez-vous donc réciproquement vos fautes, et
priez les uns pour les autres, afin que vous soyez guéris.
La prière du juste a une bien grande efficacité. [17]Élie
était un homme comme nous: il pria avec ferveur, pour
qu'il ne tombât point de pluie, et il ne tomba point de
pluie sur la terre pendant trois ans et demi; [18]puis, il
pria de nouveau, et le ciel donna de la pluie, et la terre
produisit son fruit.

[19]Mes frères, si quelqu'un parmi vous s'est égaré loin
de la vérité, et que quelqu'un l'y ramène, [20]sachez que
celui qui ramènera un pécheur de la voie où il s'égare,
sauvera une âme de la mort, et couvrira une multitude
de péchés*.

ÉPÎTRES DE SAINT PIERRE

PREMIÈRE ÉPÎTRE

Adresse et salutation. — L'héritage du salut.

1 [1]Pierre*, apôtre de Jésus-Christ, aux fidèles étran-
gers* et dispersés dans le Pont, dans la Galatie, dans la
Cappadoce, dans l'Asie et dans la Bithynie*, [2]qui sont
élus selon la prescience de Dieu, le Père, et sanctifiés en
leur esprit, pour être obéissants et purifiés par l'asper-
sion du sang de Jésus-Christ : que la grâce et la paix
vous soient données de plus en plus !*

[3]Béni soit Dieu, le Père de notre Seigneur Jésus-
Christ, qui, dans sa grande miséricorde, nous a régéné-
rés, pour que nous ayons une espérance vivifiante, par la
résurrection de Jésus-Christ d'entre les morts, [4]un héri-
tage qui ne se peut ni gâter, ni souiller, ni flétrir. Il vous
le réserve dans les cieux, [5]et sa puissance vous garde par
la foi, pour le salut, qui est prêt à apparaître au moment
final. [6]Cette pensée vous remplit de joie, quoique mainte-
nant, s'il le faut, vous soyez attristés pour un peu de
temps par diverses épreuves, [7]afin que la solidité éprou-
vée de votre foi plus précieuse que l'or périssable qu'on
éprouve cependant par le feu*, tourne à votre louange,

votre honneur et votre gloire, quand Jésus-Christ paraî-
tra. [8]Vous l'aimez, sans l'avoir vu ; vous croyez en lui,
quoique vous ne le voyiez point encore*, et vous tres-
saillez d'une joie ineffable et glorieuse, [9]recevant le prix
de votre foi, qui est le salut de vos âmes*.
[10]Ce salut a été l'objet des recherches et des investiga-
tions des prophètes qui ont prédit la grâce qui vous est
destinée. [11]Ils recherchaient quel temps et quelles cir-
constances indiquait l'Esprit de Christ qui était en eux*
et qui annonçait d'avance les souffrances réservées au
Christ, et les gloires qui devaient les suivre. [12]Il leur fut
révélé que c'était, non pour eux-mêmes, mais pour vous,
qu'ils étaient dispensateurs de ces choses que les prédi-
cateurs de l'Évangile vous ont annoncées maintenant
par l'Esprit saint envoyé du ciel, et dans lesquelles les
anges désirent plonger leurs regards.

Soyez saints ; — édifiez une maison spirituelle
avec Jésus pierre angulaire.

[13]C'est pourquoi, ayant ceint les reins de votre entende-
ment, étant sobres, attendez avec une parfaite espérance
la grâce qui vous sera apportée, quand Jésus-Christ
paraîtra. [14]Comme des enfants obéissants, ne vous lais-
sez point aller aux passions, que vous aviez autrefois,
quand vous étiez dans l'ignorance ; [15]mais, comme Celui
qui vous a appelés est saint, vous aussi soyez saints dans
toute votre conduite, [16]attendu qu'il est écrit* : *Soyez
saints, car je suis saint.* [17]Et si vous appelez Père celui qui
juge chacun selon ses œuvres, sans acception de per-
sonne, conduisez-vous avec crainte* pendant le temps de
votre pèlerinage* ; [18]sachant que vous avez été rachetés
de la vaine manière de vivre que vous teniez de vos
pères, non par des choses périssables, de l'argent ou

1[16] : Lv 11[44]

de l'or, 19mais par un sang précieux, comme celui d'un
agneau sans défaut et sans tache, par le sang de Christ
20prédestiné avant la création du monde, et manifesté à
la fin des temps, à cause de vous. 21Par lui vous croyez en
Dieu, qui l'a ressuscité des morts et qui lui a donné la
gloire, de sorte que vous avez mis en Dieu votre foi et
votre espérance*.

22Puisque, en obéissant à la vérité, vous avez purifié
vos âmes en vue d'un amour fraternel sincère, aimez-
vous les uns les autres du fond du cœur[a], ardemment,
23vous qui êtes nés de nouveau, non d'un germe corrup-
tible, mais d'un germe* incorruptible, de la parole de
Dieu vivante et éternelle.

24*En effet, toute chair est comme l'herbe,*
Et toute sa gloire comme la fleur de l'herbe.
L'herbe sèche et sa fleur tombe,
25*Mais la parole du Seigneur demeure éternellement:*

C'est cette parole dont la bonne nouvelle vous a été
portée.

2 1Ayant donc dépouillé toute méchanceté et toute
ruse, la dissimulation, l'envie et toute médisance, 2dési-
rez, comme des enfants nouveau-nés*, le pur lait spiri-
tuel, afin qu'il vous fasse grandir pour le salut[b], 3*si vous*
avez goûté que le Seigneur est bon.

4Approchez-vous de lui, *la pierre* vivante*, *mise au*
rebut, il est vrai, par les hommes, mais *choisie, précieuse*
aux yeux de Dieu, 5et comme des pierres vivantes, édi-
fiez vous-mêmes une maison spirituelle*, constituez[c] une
sainte sacrificature, et offrez des sacrifices spirituels à
Dieu par Jésus-Christ, 6car il est dit dans l'Écriture:

Voici, je place en Sion une pierre angulaire, choisie,
précieuse:
Celui qui met en elle sa confiance ne sera point confus.

7À vous donc qui avez la foi, l'honneur*; mais pour
les incrédules, *cette pierre mise au rebut par ceux qui*

1[19]: Ex 12[5]. 1[24-25]: És 40[6-7]. 2[3]: Ps 34[9]. 2[4, 6]: És 28[16].

bâtissaient, et devenue pierre angulaire, est *une pierre*
d'achoppement, une pierre qui les fait trébucher. [8]Ils s'y
heurtent, parce qu'ils n'obéissent pas à la Parole,
comme d'ailleurs ils y ont été destinés. [9]Pour vous, vous
êtes *une race élue, une sacrificature royale, une nation*
sainte, un peuple appelé à l'héritage, pour publier les ver-
tus de Celui qui vous a appelés, des ténèbres, à sa mer-
veilleuse lumière, [10]vous qui autrefois *n'étiez pas un*
peuple, et qui êtes maintenant *le peuple de Dieu*; vous
qui *n'aviez point obtenu miséricorde,* et qui maintenant
avez obtenu miséricorde.

Soumission aux autorités.

[11]Mes bien-aimés, je vous recommande, comme *étran-*
gers et voyageurs, de vous abstenir des passions char-
nelles, parce qu'elles font la guerre à l'âme. [12]Ayez une
bonne conduite parmi les païens*, afin que, tandis qu'ils
vous calomnient comme si vous étiez des malfaiteurs,
vos bonnes œuvres leur fassent ouvrir les yeux, et qu'ils
glorifient Dieu, au jour où il les visitera.

[13]Soyez donc soumis à toute institution humaine, à
cause du Seigneur, soit au roi, comme souverain, [14]soit
aux gouverneurs, comme délégués par lui pour faire
justice des malfaiteurs, et pour louer les gens de bien:
[15]c'est la volonté de Dieu que, par votre bonne conduite,
vous fermiez la bouche aux insensés qui vous mécon-
naissent. [16]Comportez-vous en hommes libres, non en
hommes qui se font de la liberté un manteau pour cou-
vrir leur méchanceté, mais en esclaves de Dieu; [17]hono-
rez tous les hommes; aimez les frères; *craignez Dieu;*
honorez le roi.

2[7]: Ps 118[22]; És 8[14]. 2[9]: És 43[20-21]; Ex 19[6]. 2[10]: Os 1[6, 9]; 2[3, 25].
2[11]: Ps 39[13]. 2[17]: Pr 24[21].

La famille chrétienne.

[18]Vous, serviteurs, soyez soumis à vos maîtres avec un
profond respect, non seulement à ceux qui sont bons
et doux, mais aussi à ceux qui sont d'une humeur diffi-
cile : [19]c'est une grâce, quand pour Dieu et par motif
de conscience, on endure des souffrances imméritées.
[20]Quelle gloire y a-t-il pour vous à supporter patiem-
ment d'être battus, quand vous avez commis quelque
faute ? Mais si vous supportez patiemment d'être mal-
traités, quand vous faites bien, voilà qui est une grâce
aux yeux de Dieu. [21]C'est à cela* que vous avez été appe-
lés, puisque Christ même a souffert pour vous, vous lais-
sant un exemple, afin que vous suiviez ses traces, [22]lui
*qui n'a point commis de péché, et dans la bouche duquel
il ne s'est point trouvé de fraude,* — [23]lui qui, injurié, ne
rendait point d'injure, qui, maltraité, ne faisait point de
menaces, mais s'en remettait à Celui qui juge justement,
— [24]lui qui a *porté lui-même nos péchés* en son corps sur
le bois, afin qu'étant morts au péché, nous vivions pour
la justice, — lui dont les meurtrissures vous ont guéris,
[25]car *vous étiez comme des brebis errantes,* mais mainte-
nant vous êtes retournés à celui qui est le pasteur et le
gardien* de vos âmes.

3 [1]Femmes, soyez soumises à vos maris, afin que, s'il
y a des maris qui n'obéissent pas à la Parole, ils soient
gagnés par la conduite de leurs femmes, sans le secours
de la parole, [2]lorsqu'ils verront votre conduite chaste et
respectueuse. [3]Que votre parure ne soit pas cette parure
extérieure, qui consiste à se tresser les cheveux, à se
couvrir de bijoux d'or ou à mettre de riches vêtements,
[4]mais ornez l'être caché du cœur d'un esprit doux et
paisible, parure impérissable qui est d'un grand prix
devant Dieu. [5]C'est ainsi qu'autrefois se paraient les

2[22] : És 53[9]. 2[24] : És 53[12]. 2[25] : És 53[6].

saintes femmes qui mettaient leur espérance en Dieu,
en demeurant soumises à leurs maris : 6telle Sarah, qui
obéissait à Abraham, *l'appelant son seigneur*, elle, dont
vous êtes devenues les filles en faisant le bien et en reje-
tant toute crainte.
7Vous de même, maris, comportez-vous sagement
envers vos femmes, comme envers un sexe faible. Trai-
tez-les avec honneur, comme héritant aussi avec vous la
grâce de la vie, afin que vos prières ne soient pas trou-
blées.

Souffrir pour la justice à l'exemple de Jésus.

8Enfin soyez tous animés des mêmes pensées et des
mêmes sentiments, pleins d'amour fraternel, de ten-
dresse, d'humilité[a]. 9Ne rendez point mal pour mal, ni
injure pour injure*; bénissez au contraire, car c'est à
cela que vous avez été appelés, afin d'hériter de la béné-
diction. 10En effet :
Que celui qui veut aimer la vie et avoir d'heureux jours,
Empêche sa langue de dire du mal
Et ses lèvres de proférer des paroles trompeuses ;
11*Qu'il se détourne du mal et fasse le bien ;*
Qu'il recherche la paix et la poursuive ;
12*Car le Seigneur a les yeux sur les justes,*
Et ses oreilles sont attentives à leurs prières ;
Mais la face du Seigneur est contre ceux qui font le mal.
13Et qui vous maltraitera, si vous vous portez avec
ardeur au bien[b] ? 14Quand même vous souffririez pour
la justice, soyez heureux. *Ne redoutez pas leurs menaces,*
et ne vous laissez pas troubler, 15*mais sanctifiez dans*
vos cœurs Christ, *le Seigneur*[c]. Soyez toujours prêts à
répondre, mais avec douceur et respect, à quiconque

3[6] : Gn 18[12]. 3[10-12] : Ps 34[13-17].

vous demande raison de votre espérance, 16ayant une
bonne conscience, afin qu'au moment même où l'on
vous calomnie, vous couvriez de confusion ceux qui dif-
fament votre bonne conduite en Christ : 17il vaut mieux
souffrir, si telle est la volonté de Dieu, en faisant le bien
qu'en faisant le mal.

18Christ aussi est mort une fois pour les péchés, lui
juste pour les injustes, afin de nous donner accès auprès
de Dieu. Mis à mort quant à la chair, mais rendu vivant
quant à l'esprit, 19par cet esprit, il est allé prêcher aux
esprits en prison*, 20qui ont jadis été rebelles, lorsqu'au
temps de Noé Dieu prolongeait sa patience, pendant que
se construisait l'arche, dans laquelle un petit nombre
de personnes, huit seulement, furent sauvées à travers
l'eau. 21Cette eau, dont le baptême est l'antitype* — non
ce baptême* qui ôte les souillures du corps, mais celui
qui est l'aspiration d'une bonne conscience vers Dieu, —
vous sauve maintenant*, vous aussi, par la résurrection
de Jésus-Christ, 22qui est à la droite de Dieu, dans le ciel
où il est allé, et où les anges, les autorités et les puis-
sances lui sont soumis.

4 1Ainsi donc, puisque Christ a souffert pour nous en
la chair, vous aussi armez-vous de cette pensée : que
celui qui a souffert en la chair, a rompu avec le péché,
2pour vivre, pendant le temps qui lui reste à passer en la
chair, non plus selon les passions des hommes, mais
selon la volonté de Dieu : 3c'est bien assez d'avoir suivi
autrefois les maximes des païens, en vous livrant aux
désordres, aux passions, à l'ivrognerie, aux excès de
table et de vin et aux idolâtries criminelles. 4Ils trouvent
étrange que vous ne vous précipitiez plus avec eux dans
les mêmes excès de dissolution, et ils vous outragent,
5mais ils rendront compte à Celui qui est prêt à juger les
vivants et les morts. 6C'est en vue de ce jugement que la
Bonne Nouvelle a été annoncée aussi aux morts, afin

3[14-15] : És 8[12-13].

qu'après avoir été condamnés en la chair, comme on
condamne les hommes, ils vivent*, comme vit Dieu, par
l'esprit.

La charité. — Les souffrances pour Christ.

[7]La fin de toutes choses est proche : soyez donc sages
et sobres, pour pouvoir prier ; [8]surtout ayez une ardente
charité les uns pour les autres, car *la charité couvrira
une multitude de péchés*. [9]Exercez entre vous l'hospita-
lité, sans murmurer. [10]Que chacun de vous mette le don
qu'il a reçu au service des autres, comme de bons admi-
nistrateurs des diverses grâces de Dieu. [11]Si quelqu'un
parle, que ce soit comme il convient à la parole de
Dieu ; si quelqu'un exerce un ministère, qu'il s'en
acquitte comme usant d'une force que Dieu dispense,
afin que tout se fasse à la gloire de Dieu, par Jésus-
Christ, à qui appartiennent la gloire et la puissance aux
siècles des siècles. Amen !*
[12]Mes bien-aimés, ne trouvez pas étrange que le feu*
qui doit vous éprouver, ait éclaté au milieu de vous,
comme s'il vous arrivait quelque chose d'extraordinaire ;
[13]mais réjouissez-vous dans la mesure même où vous
avez part aux souffrances du Christ, afin que vous vous
réjouissiez aussi lors de l'apparition de sa gloire, en tres-
saillant de joie. [14]Si vous êtes outragés pour le nom
de Christ, vous êtes bienheureux, car l'esprit de gloire,
l'Esprit de Dieu repose sur vous[a]. [15]Que nul de vous ne
souffre comme meurtrier, comme voleur ou comme
s'ingérant dans les affaires d'autrui, [16]mais s'il souffre
comme chrétien, qu'il n'en ait point de honte, au
contraire, qu'il glorifie Dieu de ce même nom. [17]En effet
le moment du jugement est venu ; il va commencer par la
maison de Dieu, et s'il commence par nous, quelle sera

4[8] : Pr 10[12].

la fin de ceux qui n'obéissent pas à l'Évangile de Dieu ?
[18]*Et si le juste se sauve à grand-peine, qu'en sera-t-il de*
l'impie et du pécheur ? [19]Que ceux donc qui souffrent par
la volonté de Dieu, lui remettent leur âme, comme au
fidèle créateur, en faisant ce qui est bien.

Devoirs réciproques des anciens et des jeunes. — « Veillez ! » — Salutations.

5 [1]Je m'adresse maintenant aux anciens qui sont
parmi vous, moi qui suis ancien avec eux et témoin* des
souffrances du Christ, et qui ai part aussi à la gloire qui
doit apparaître. [2]Paissez le troupeau de Dieu, qui vous
est confié, veillant sur lui, non par contrainte, mais de
bon gré, non en vue d'un gain sordide, mais par dévoue-
ment, [3]non en maîtrisant ceux qui vous sont échus en
partage, mais en vous rendant les modèles du troupeau ;
[4]et lorsque le souverain Pasteur paraîtra, vous remporte-
rez la couronne éternelle de gloire.

[5]De même, vous qui êtes jeunes, soyez soumis aux
anciens, et montrez tous[a] de l'humilité dans vos rapports
mutuels, car *Dieu résiste aux orgueilleux, et il accorde sa*
grâce aux humbles. [6]Humiliez-vous* donc sous la puis-
sante main de Dieu, afin qu'il vous élève quand il en sera
temps, [7]*vous déchargeant sur lui de tout ce qui vous*
inquiète, car lui-même prend soin de vous.

[8]Soyez sobres ; veillez. Le diable, votre adversaire,
rôde autour de vous, comme un lion rugissant, cher-
chant qui il pourra dévorer : [9]résistez-lui par votre fer-
meté dans la foi, sachant que vos frères dispersés dans
le monde subissent les mêmes épreuves que vous ; [10]et
après quelque temps de souffrance, le Dieu de toute
grâce, qui vous a appelés en Christ à son éternelle
gloire, vous rétablira, vous soutiendra, vous fortifiera et

4[18] : Pr 11[31].   5[5] : Pr 3[34].   5[7] : Pr 55[23]

vous rendra inébranlables. 11À lui soit la puissance aux
siècles des siècles. Amen!
12Je vous écris ces quelques mots par Silvain, que j'es-
time être un frère fidèle, pour vous exhorter et pour
vous assurer que c'est bien à la vraie grâce de Dieu que
vous êtes attachés.
13L'église élue qui est à Babylone*, vous salue, ainsi
que Marc mon fils. 14Saluez-vous les uns les autres du
baiser d'amour. Que la paix soit avec vous tous qui êtes
en Jésus-Christ!

SECONDE ÉPÎTRE

Adresse et salutation. — Pratiquer les vertus chrétiennes.

1 1Siméon Pierre*, serviteur et apôtre de Jésus-
Christ, à ceux qui, par la justice de notre Dieu, et du
Sauveur Jésus-Christ, ont reçu comme nous le don pré-
cieux de la foi: 2que la grâce et la paix vous soient don-
nées de plus en plus par la connaissance de Dieu et de
Jésus, notre Seigneur!

3Puisque la divine puissance de Jésus nous a fait don
de tout ce qui mène à la vie et à la piété — en nous fai-
sant connaître Celui qui nous a appelés par sa propre
gloire[a] et par sa vertu, 4et qui nous a accordé par elles
les promesses les plus importantes et les plus pré-
cieuses, afin que par elles vous devinssiez participants
de la nature divine* en fuyant la corruption que les pas-
sions ont répandue dans le monde, — 5faites de votre
côté tous vos efforts pour joindre à votre foi la vertu, à
la vertu la science, 6à la science la tempérance, à la tem-
pérance la patience, à la patience la piété. 7à la piété

l'amour fraternel, à l'amour fraternel la charité. 8La
possession et le développement en vous de ces vertus
vous empêchera d'être oisifs, et vous fera faire des pro-
grès dans la connaissance de notre Seigneur Jésus-
Christ; 9car celui à qui elles font défaut est un homme
qui a la vue courte, un aveugle; il oublie qu'il a été puri-
fié de ses anciens péchés. 10En conséquence, frères,
appliquez-vous d'autant plus à assurer votre vocation
et votre élection: si vous agissez de la sorte, vous ne
ferez jamais de faux pas, 11et ainsi vous sera largement
ouverte l'entrée au royaume éternel de notre Seigneur
et Sauveur Jésus-Christ.

L'auteur rappelle son enseignement et celui des prophètes.

12Dans ce but, je devrai toujours[a] vous rappeler ces
choses, bien que vous les connaissiez, et que vous soyez
fermes dans la vérité dont il s'agit. 13Je crois de mon
devoir, aussi longtemps que je serai dans cette tente*,
de vous tenir en éveil par mes avis, 14car je sais que je
dois la quitter soudainement, ainsi que notre Seigneur
Jésus-Christ me* l'a déclaré. 15Je ferai également mes
efforts, pour qu'après mon départ, vous conserviez tou-
jours le souvenir de ce que je vous ai dit. 16Car ce n'est
point en suivant des fables ingénieusement fabriquées,
que nous vous avons fait connaître la puissance et
l'avènement de notre Seigneur Jésus-Christ, mais c'est
pour avoir vu sa majesté de nos yeux. 17Il reçut, en effet,
honneur et gloire de Dieu son Père, quand la Majesté
suprême lui adressa cette parole: « Celui-ci est mon Fils
bien-aimé, en qui j'ai mis toute mon affection* »; 18et
nous avons entendu nous-même cette voix qui venait
du ciel, lorsque nous étions avec lui sur la montagne
sainte. 19D'ailleurs, ce qui est plus sûr encore, nous pos-
sédons les paroles des prophètes*, et vous faites bien d'y

prêter attention, comme à une lampe qui brille dans un
lieu obscur jusqu'à ce que le jour commence à poindre,
et que l'étoile du matin se lève dans vos cœurs. [20]Seule-
ment, sachez bien qu'aucune prophétie de l'Écriture
n'est affaire d'interprétation privée* ; [21]car la prophétie
n'a jamais été inspirée par la volonté de l'homme, mais
c'est sous l'impulsion de l'Esprit saint que les saints
hommes de Dieu ont parlé.

Les faux docteurs.

2 [1]Comme il y a eu de faux prophètes* parmi le
peuple, il y aura aussi parmi vous de faux docteurs, qui
introduiront sourdement de pernicieuses hérésies, et
qui, reniant le Maître qui les a rachetés, attireront sur
eux-mêmes une soudaine ruine.

[2]Bien des gens les suivront dans leurs désordres[a], de
sorte que la voie* de la vérité sera diffamée à cause
d'eux. [3]Poussés par la cupidité, ils vous exploiteront par
des paroles artificieuses; mais leur condamnation, dès
longtemps prononcée, n'est point oisive*, et leur ruine
ne s'endort point. [4]Souvenez-vous que Dieu n'a point
épargné les anges qui avaient péché, mais les a précipi-
tés dans le Tartare*, où les ténèbres, comme des liens,
les enserrent, et les gardent pour le jugement; [5]souve-
nez-vous qu'il n'a point épargné l'ancien monde, mais a
préservé, avec sept autres personnes, Noé*, le prédica-
teur de la justice, lorsqu'il envoya le déluge sur la terre
impie; [6]souvenez-vous que, réduisant en cendres les
villes de Sodome et de Gomorrhe, il les a condamnées
à une ruine totale, pour servir d'exemple aux impies à
venir, [7]et qu'il a sauvé Loth, le juste, qui était las de la
conduite désordonnée de ces hommes déréglés, [8]car ce
juste qui habitait au milieu d'eux, sentait son âme juste
se tourmenter journellement des œuvres criminelles qui
frappaient ses oreilles et ses yeux: [9]le Seigneur sait

donc délivrer de l'épreuve les hommes pieux, et châtier
les méchants, qu'il garde pour le jour du jugement,
10ceux-là surtout qui, dans leurs passions impures, sui-
vent la chair et méprisent la souveraineté de Dieu.

Ces audacieux, ces arrogants, ils ne tremblent pas
d'injurier les Gloires*, 11quand des anges, qui leur sont
supérieurs en force et en puissance, ne portent point
contre elles de jugement injurieux. 12Pour eux, comme
des animaux dénués de raison et purement matériels,
qui sont nés pour être pris et pour périr, ils se répan-
dent en injures contre ce qu'ils ignorent, et ils périront
aussi de la mort des bêtes : 13ce sera le salaire de leur
perversité. Ils ne voient de bonheur que dans les volup-
tés* d'un jour ; êtres tarés et flétris, ils ne songent qu'à
vous tromper pour faire bonne chère dans vos festins.
14Leurs regards cherchent la femme adultère, et trahis-
sent une soif insatiable de péché ; ils prennent à leurs
amorces les âmes chancelantes ; ils ont le cœur exercé à
la cupidité : ils sont fils de la malédiction. 15Après avoir
abandonné le droit chemin, ils se sont égarés en suivant
la voie de Balaam*, fils de Bosor, qui aima l'iniquité,
16mais vit sa prévarication démasquée : une bête de
somme muette se mettant à parler d'une voix humaine,
arrêta la démence du prophète. 17Ils sont des sources
sans eau, des vapeurs poussées par un ouragan ; c'est à
eux que les plus profondes ténèbres sont réservées, 18car
par leurs discours pompeux et vides, ils attirent dans
les passions sensuelles, dans les désordres, ceux qui
venaient à peine de se retirer des hommes qui vivent
dans l'égarement. 19Ils leur promettent la liberté, eux
qui sont eux-mêmes les esclaves de la corruption, car on
est esclave de ce par quoi l'on est vaincu. 20En effet,
si, après s'être retirés des souillures du monde par la
connaissance du Seigneur et Sauveur Jésus-Christ, ils
se laissent vaincre en s'y engageant de nouveau, leur
dernière condition est pire* que la première : 21il leur eût
mieux valu n'avoir point connu la voie de la justice, que

de se détourner, après l'avoir connue, du saint com-
mandement qui leur a été enseigné. [22]Il leur est arrivé
ce que dit le proverbe si vrai : *Le chien retourne à son
vomissement,* et : La truie lavée retourne se vautrer dans
le bourbier.

L'avènement du Seigneur.
L'attendre dans la sainteté.

3 [1]Voilà déjà, mes bien-aimés, la seconde lettre* que
je vous écris. Dans l'une et dans l'autre, je fais appel à
vos souvenirs, pour réveiller votre sain jugement, [2]et
vous rappeler les paroles prononcées par les saints pro-
phètes, ainsi que le commandement du Seigneur et Sau-
veur, enseigné par vos apôtres.
[3]Sachez, avant toutes choses, que dans les derniers
temps* il viendra des moqueurs pleins d'ironie, vivant
au gré de leurs passions, [4]qui diront : Où est la promesse
de son avènement* ? car depuis que les pères sont
morts, tout continue à subsister comme depuis le com-
mencement de la création. [5]Ces gens-là veulent bien
ignorer qu'il existait jadis des cieux, et une terre que la
parole de Dieu avait fait surgir de l'eau, au moyen de
l'eau, [6]et que, par ces cieux et par cette eau, le monde
d'alors périt submergé dans l'eau. [7]Quant aux cieux d'à
présent et à la terre, la parole de Dieu les tient en
réserve pour le feu, et les garde pour le jour du juge-
ment et de la ruine des hommes impies.
[8]Or, mes bien-aimés, il est une chose qui ne doit pas
vous échapper, c'est que, pour le Seigneur, un jour est
comme mille ans, et *mille ans sont comme un jour.* [9]Le
Seigneur ne tarde pas dans l'exécution de sa promesse,
comme le pensent certaines personnes ; il use de patience
envers vous, ne voulant pas qu'aucun périsse, mais que
tous viennent à la repentance.

2^{22} : Pr 26^{11} 3^{8} : Ps 90^{4}.

10 Le jour du Seigneur viendra comme un voleur[a]*.
Alors les cieux passeront avec fracas, les éléments
embrasés se dissoudront, et la terre sera consumée avec
tous les ouvrages qu'elle contient.

11 Puisque tout doit se dissoudre*, combien votre
conduite ne doit-elle pas être sainte et pieuse,
12 vous qui
attendez avec impatience la venue du jour de Dieu, en
vue duquel les cieux en feu se dissoudront, et les élé-
ments embrasés se fondront ?
13 Pour nous, nous atten-
dons, selon sa promesse, *de nouveaux cieux et une
nouvelle terre,* où la justice habitera.

14 Dans cette attente, faites tous vos efforts, mes bien-
aimés, pour que Dieu vous trouve purs, irréprochables et
vivant en paix.
15 Croyez que la longue patience de notre
Seigneur nous est salutaire, ainsi que Paul, notre bien-
aimé frère, vous l'a aussi écrit, selon la sagesse qui lui a
été donnée,
16 comme il le dit, d'ailleurs, dans toutes les
lettres où il aborde ces sujets, lettres qui, en certains pas-
sages, sont difficiles à comprendre, et que des personnes
ignorantes et mal affermies tordent pour leur propre
ruine, comme elles tordent aussi les autres Écritures.

17 Vous donc, mes bien-aimés, qui êtes prévenus, tenez-
vous sur vos gardes, de peur qu'en vous laissant entraî-
ner par l'erreur de ces impies, vous ne veniez à perdre
votre ferme conviction,
18 et croissez dans la grâce et
dans la connaissance de notre Seigneur et Sauveur
Jésus-Christ. À lui soit la gloire, maintenant et jusqu'au
jour de l'éternité. Amen !

3[13] : És 65[17].

ÉPÎTRES DE SAINT JEAN

PREMIÈRE ÉPÎTRE

Le message de Jean : Dieu est lumière.

1 [1]Ce qui était dès le commencement, ce que nous
avons entendu, ce que nous avons vu de nos yeux, ce
que nous avons contemplé, et ce que nos mains ont tou-
ché concernant la parole de la vie, nous vous l'annon-
çons. [2]Car la vie s'est manifestée, et nous l'avons vue ;
nous lui rendons témoignage, et nous vous annonçons
la vie, la vie éternelle qui était avec le Père, et qui s'est
manifestée à nous. [3]Ce que nous avons vu et entendu,
nous vous l'annonçons à vous aussi, afin que, vous
aussi, vous soyez en communion avec nous ; et notre
communion à nous, est une communion avec le Père et
avec son Fils, Jésus-Christ. [4]Et ces choses nous vous les
écrivons, afin que votre joie soit rendue parfaite*.
[5]Voici le message que nous tenons de Jésus, et que
nous vous annonçons : Dieu est lumière, et il n'y a point
en lui de ténèbres.

Celui qui est en communion avec Dieu
marche dans la lumière. — Le péché.
— Le pardon.

[6]Si nous disons que nous sommes en communion
avec lui, et que nous marchions dans les ténèbres, nous
mentons, et nous ne pratiquons pas la vérité ; [7]mais si
nous marchons dans la lumière, comme lui-même est
dans la lumière, nous sommes en communion avec lui,
et lui avec nous, et le sang de Jésus, son Fils, nous puri-
fie de tout péché.
[8]Si nous disons que nous sommes sans péché, nous
nous séduisons nous-mêmes, et la vérité n'est point en
nous. [9]Si nous confessons nos péchés, Dieu est fidèle et
juste pour nous les pardonner, et pour nous purifier de
toute iniquité. [10]Si nous disons que nous n'avons point
péché, nous le faisons menteur, et sa parole n'est point
en nous.
2 [1]Mes chers enfants, je vous écris ces choses, afin
que vous ne péchiez point ; toutefois, si quelqu'un a
péché, nous avons un avocat auprès du Père, Jésus-
Christ le juste, [2]et il est lui-même une victime de pro-
pitiation pour nos péchés*, non seulement pour les
nôtres, mais aussi pour ceux du monde entier.

L'observation des commandements.
Aimons nos frères et non le monde.

[3]À ceci nous connaissons que nous l'avons connu : si
nous gardons ses commandements. [4]Celui qui dit : le l'ai
connu, et qui ne garde pas ses commandements, est
un menteur, et la vérité n'est point en lui ; [5]mais pour
celui qui garde sa parole, l'amour de Dieu est véritable-
ment parfait en lui : par là nous connaissons que nous
sommes en lui. [6]Celui qui dit demeurer en lui, doit mar-
cher, lui aussi, comme Jésus a marché.

[7]Mes bien-aimés, ce n'est pas un commandement nou-
veau que je vous écris, c'est un commandement ancien,
que vous avez reçu dès le commencement; ce comman-
dement ancien, c'est la parole que vous avez entendue.
[8]D'un autre côté, c'est bien un commandement nouveau
que je vous écris, véritablement nouveau en Jésus et en
vous, car les ténèbres se dissipent et la véritable lumière
luit déjà: [9]celui qui dit être dans la lumière*, et qui hait
son frère, est encore dans les ténèbres. [10]Celui qui aime
son frère, demeure dans la lumière, et il n'y a rien en lui
qui puisse faire tomber; [11]mais celui qui hait son frère
est dans les ténèbres, il marche dans les ténèbres, et il ne
sait où il va, parce que les ténèbres ont obscurci ses yeux.

[12]Chers enfants, je vous écris, parce que vos péchés
vous sont pardonnés à cause de son nom. [13]Pères, je vous
écris, parce que vous avez connu celui qui est dès le com-
mencement. Jeunes gens, je vous écris, parce que vous
avez vaincu le Malin. — Mes petits enfants, je vous ai
écrit, parce que vous avez connu le Père. [14]Pères, je vous
ai écrit, parce que vous avez connu celui qui est dès le
commencement. Jeunes gens*, je vous ai écrit, parce que
vous êtes forts, et que la parole de Dieu demeure en vous,
et que vous avez vaincu le Malin. [15]N'aimez point le
monde, ni ce qui est dans le monde*; si quelqu'un aime
le monde, l'amour du Père n'est point en lui, [16]car tout
ce qui est dans le monde, la convoitise de la chair*, la
convoitise des yeux et l'orgueil de la vie, ne vient pas
du Père, mais vient du monde. [17]Le monde passe, et avec
lui sa convoitise, mais celui qui fait la volonté de Dieu
demeure éternellement.

Les Antéchrists.

[18]Mes petits enfants, c'est la dernière heure*. En effet
vous avez appris qu'un Antéchrist doit venir; eh bien! il
y a maintenant un grand nombre d'antéchrists: par là,

nous connaissons que c'est la dernière heure. 19 Ils sont
sortis du milieu de nous, mais ils n'étaient pas des nôtres,
car s'ils eussent été des nôtres, ils seraient demeurés
avec nous ; mais ils en sont sortis, afin qu'il parût que
tous ne sont pas des nôtres. 20 Pour vous, vous avez reçu
l'onction* de la part du Saint, et vous connaissez toutes
choses. 21 Je vous ai écrit, non que vous ne connaissiez
pas la vérité, mais parce que vous la connaissez, et que
vous savez que nul mensonge ne provient de la vérité.
22 Qui est le menteur, sinon celui qui nie que Jésus est
le Christ ? Celui-là est l'antéchrist, qui nie le Père et le
Fils. 23 Quiconque nie le Fils, n'a pas le Père ; celui qui
confesse le Fils, a aussi le Père. 24 Pour vous, que ce que
vous avez entendu dès le commencement, demeure en
vous : si ce que vous avez entendu dès le commencement
demeure en vous, vous aussi vous demeurerez dans le
Fils et dans le Père. 25 Et la promesse que lui-même nous
a faite, c'est la vie éternelle.

26 Je vous ai écrit ces choses relativement à ceux qui vous
égarent. 27 Pour vous, l'onction que vous avez reçue de lui,
demeure en vous, et vous n'avez pas besoin que personne
vous enseigne ; mais comme son onction vous instruit de
toutes choses (et cela est vrai, ce n'est point un mensonge), demeurez en lui, selon qu'elle vous a instruits.

Les enfants de Dieu. Ils doivent pratiquer la justice et l'amour fraternel.

28 Eh bien donc, mes chers enfants, demeurez en lui,
afin que, s'il vient à paraître, nous ayons confiance, et
que nous ne soyons point confus, loin de lui, à son avè-
nement. 29 Si vous savez qu'il est juste, reconnaissez que
tout homme qui pratique la justice est né de lui.

3 1 Voyez quel amour le Père nous a témoigné, que
nous soyons appelés enfants de Dieu ! Et nous le sommes.

Si le monde ne nous connaît point, c'est qu'il ne l'a point
connu*. 2Mes bien-aimés, nous sommes dès à présent
enfants de Dieu, et ce que nous serons n'a pas encore été
manifesté, mais nous savons que, quand cela sera mani-
festé, nous lui serons semblables, parce que nous le ver-
rons tel qu'il est* : 3quiconque a cette espérance en lui, se
purifie, comme lui est pur.

4Quiconque commet le péché, viole la loi, et le péché,
c'est la violation de la loi. 5Or vous savez que Jésus a
paru pour ôter les péchés, et qu'il n'y a point en lui de
péché : 6quiconque demeure en lui ne pèche point ; qui-
conque pèche, ne l'a point vu, et ne l'a point connu.
7Chers enfants, que personne ne vous séduise : celui qui
pratique la justice est juste, comme lui est juste ; 8celui
qui commet le péché, est du diable, car le diable pèche
dès le commencement : c'est pour détruire les œuvres
du diable, que le Fils de Dieu a paru. 9Quiconque est né
de Dieu ne commet pas de péché, parce que la semence
de Dieu* demeure en lui ; et il ne peut pécher, parce
qu'il est né de Dieu. 10C'est à ceci que l'on reconnaît les
enfants de Dieu et les enfants du diable* : quiconque ne
pratique pas la justice, n'est point de Dieu, non plus que
celui qui n'aime pas son frère.

11En effet, voici le message que vous avez entendu dès
le commencement : c'est que nous nous aimions les uns
les autres. 12Ne soyez pas comme Caïn : il était du Malin,
et il tua son frère. Et pourquoi le tua-t-il ? Parce que ses
œuvres étaient mauvaises, tandis que celles de son frère
étaient justes.

13Ne soyez pas surpris, frères, si le monde vous hait.
14Pour nous, nous savons que nous sommes passés de la
mort à la vie, parce que nous aimons nos frères : celui
qui n'aime pas, demeure dans la mort*. 15Quiconque
hait son frère est un meurtrier, et vous savez qu'aucun
meurtrier n'a la vie éternelle demeurant en lui. 16Nous
avons connu l'amour à ceci, c'est que Jésus a donné sa
vie pour nous ; nous aussi, nous devons donner notre vie

pour nos frères; 17mais, si quelqu'un possède les biens
de ce monde, et que, voyant son frère dans le besoin, il
lui ferme ses entrailles, comment l'amour de Dieu
demeure-t-il en lui? 18Chers enfants, n'aimons pas en
parole et de la langue, mais en action et véritablement:
19nous connaîtrons par là que nous sommes de la vérité,
et que nous rassurerons nos cœurs devant Dieu, 20parce
que, si notre cœur nous condamne, Dieu est plus grand
que notre cœur; il connaît toutes choses. 21Mes bien-
aimés, si notre cœur ne nous condamne point, nous
pouvons nous adresser à Dieu avec assurance, 22et, quoi
que nous demandions, nous le recevons de lui, parce
que nous gardons ses commandements, et que nous fai-
sons ce qui est agréable à ses yeux. 23Voici son com-
mandement, c'est que nous croyions au nom de son
Fils, Jésus-Christ, et que nous nous aimions les uns les
autres, comme il nous l'a commandé. 24Celui qui garde
ses commandements, demeure en Dieu, et Dieu en lui;
et nous connaissons que Dieu demeure en nous à l'Es-
prit qu'il nous a donné.

L'Esprit de Dieu et l'esprit de l'Antéchrist.
— Pratiquer l'amour, qui vient de Dieu.

4 1Mes bien-aimés, ne vous fiez pas à tout esprit,
mais éprouvez les esprits, pour voir s'ils viennent de
Dieu, car beaucoup de faux prophètes ont paru dans le
monde. 2Vous reconnaîtrez l'Esprit de Dieu à ceci: tout
esprit qui confesse Jésus-Christ venu en chair, est de
Dieu, 3mais tout esprit qui ne confesse pas ce Jésus,
n'est pas de Dieu: c'est là l'esprit de l'Antéchrist, dont
on vous avait annoncé la venue, et qui est déjà mainte-
nant dans le monde. 4Pour vous, mes chers enfants,
vous êtes de Dieu, et vous les avez vaincus, ces faux pro-
phètes, parce que celui qui est en vous est plus grand
que celui qui est dans le monde. 5Pour eux, ils sont du

monde, aussi parlent-ils le langage du monde, et le
monde les écoute; 6pour nous, nous sommes de Dieu;
celui qui connaît Dieu nous écoute; celui qui n'est pas
de Dieu, ne nous écoute pas: nous connaissons par là
l'esprit de vérité et l'esprit d'erreur.

7Mes bien-aimés, aimons-nous les uns les autres, car
l'amour vient de Dieu: quiconque aime est né de Dieu,
il connaît Dieu; 8celui qui n'aime pas, n'a point connu
Dieu, car Dieu est amour.

9Il a manifesté son amour pour nous en envoyant son
Fils unique dans le monde, afin que nous vivions par
lui; 10et voici en quoi consiste cet amour: ce n'est pas
nous qui avons aimé Dieu, c'est lui qui nous a aimés, et
qui a envoyé son Fils comme victime de propitiation
pour nos péchés.

11Mes bien-aimés, si Dieu nous a ainsi aimés, nous
devons aussi nous aimer les uns les autres. 12Personne
n'a jamais vu Dieu*; si nous nous aimons les uns les
autres, Dieu demeure en nous, et son amour est parfait
en nous. 13Nous reconnaissons que nous demeurons en
lui, et qu'il demeure en nous, à ceci, qu'il nous a fait
part de son Esprit. 14Pour nous, nous avons vu, et nous
attestons que le Père a envoyé son Fils comme Sauveur
du monde. 15Si quelqu'un confesse que Jésus est le Fils
de Dieu, Dieu demeure en lui, et lui, en Dieu; 16et nous
avons connu l'amour que Dieu a pour nous, et nous y
avons cru. Dieu est amour, et celui qui demeure dans
l'amour, demeure en Dieu, et Dieu demeure en lui.
17Voici comment cet amour en nous atteint sa perfection
(afin que nous ayons confiance au jour du jugement):
tel est Dieu, tels nous sommes nous-mêmes dans ce
monde. 18Il n'y a pas de crainte dans l'amour, mais
l'amour parfait bannit la crainte, car la crainte suppose
le châtiment: celui qui craint n'est pas parfait dans
l'amour. 19Pour nous, nous aimons, parce que Dieu nous
a aimés le premier. 20Si quelqu'un dit: j'aime Dieu, et
qu'il haïsse son frère, c'est un menteur: comment celui

qui n'aime pas son frère qu'il voit, peut-il aimer Dieu
qu'il n'a pas vu? 21Et voici le commandement que nous
tenons de lui: que celui qui aime Dieu, aime aussi son
frère.

Efficacité de la foi en Jésus-Christ.

5 1Quiconque croit que Jésus est le Christ, est né de
Dieu; et quiconque aime Dieu qui l'a engendré, aime
aussi celui qui est né de lui. 2À ceci nous reconnaissons
que nous aimons les enfants de Dieu: si nous aimons
Dieu, et si nous pratiquons ses commandements, 3car
aimer Dieu c'est garder ses commandements. Et ses
commandements ne sont pas pénibles, 4parce que tout
ce qui est né de Dieu remporte la victoire sur le monde;
et la puissance par laquelle le monde est vaincu, c'est
notre foi. 5Qui est vainqueur du monde, sinon celui qui
croit que Jésus est le Fils de Dieu?

6C'est lui, Jésus-Christ, qui est venu en passant par
l'eau et par le sang, non par l'eau seulement, mais par
l'eau et par le sang*, Jésus le Christ; et l'Esprit est celui
qui l'atteste, parce que l'Esprit est la vérité: 7il y en a, en
effet, trois qui rendent témoignage, 8l'Esprit, l'eau et le
sang, et ces trois sont unanimes.

9Si nous recevons le témoignage des hommes, le
témoignage de Dieu est d'un plus grand poids; et voici
le témoignage de Dieu: il a rendu témoignage à son
Fils. 10Celui qui croit au Fils de Dieu, possède au-dedans
de lui ce témoignage; celui qui ne croit pas Dieu, le fait
menteur, puisqu'il n'ajoute pas foi au témoignage que
Dieu a rendu à son Fils. 11Et voici ce témoignage: Dieu
nous a donné la vie éternelle, et cette vie est dans son
Fils. 12Celui qui a le Fils a la vie; celui qui n'a pas le Fils
de Dieu, n'a pas la vie.

Puissance de la prière et assurance du chrétien.

[13]Je vous ai écrit ces choses, afin que vous sachiez que
vous avez la vie éternelle, vous qui croyez au nom du Fils
de Dieu. [14]Et nous avons cette pleine confiance en Dieu,
que, si nous demandons quelque chose selon sa volonté,
il nous écoute; [15]et puisque nous savons qu'il nous
écoute, quoi que nous lui demandions, nous savons que
nous possédons les choses que nous lui avons deman-
dées.
[16]Si quelqu'un voit son frère commettre un péché qui
n'entraîne pas la mort, il priera, et il lui donnera la vie,
à celui, dis-je, qui ne commet pas un péché qui entraîne
la mort*. Il y a tel péché qui entraîne la mort; je ne dis
pas qu'il prie pour ce péché-là. [17]Toute injustice est un
péché, et il y a tel péché qui n'entraîne pas la mort.
[18]Nous savons que quiconque est né de Dieu, ne pèche
point: celui qui est né de Dieu s'attache à lui, et le Malin
ne le touche point. [19]Nous savons que nous sommes
issus de Dieu, et que le monde entier est plongé dans le
mal; [20]mais nous savons que le Fils de Dieu est venu, et
qu'il nous a donné l'intelligence, afin que nous connais-
sions le vrai Dieu; et nous sommes en ce vrai Dieu,
étant en son Fils, Jésus-Christ: il est bien le vrai Dieu et
la vie éternelle. [21]Chers enfants, gardez-vous des idoles.

DEUXIÈME ÉPÎTRE

Adresse. — Marchons dans la vérité et l'amour;
— évitons les faux docteurs.

[1]L'ancien, à la Dame élue* et à ses enfants que j'aime
dans la vérité, — et qui sont aimés non seulement de
moi, mais encore de tous ceux qui ont connu la vérité,

— 2à cause de cette vérité qui demeure en nous, et qui
sera éternellement avec nous : 3que la grâce, la miséri-
corde, la paix soient avec vous de la part de Dieu, le
Père, et de Jésus-Christ, le Fils du Père, dans la vérité et
dans la charité.

4J'ai eu bien de la joie à rencontrer quelques-uns de
tes enfants qui marchent dans la vérité, selon le com-
mandement que nous avons reçu du Père. 5Eh bien ! je
te le demande, Dame, — et je ne t'écris pas là un com-
mandement nouveau ; c'est le commandement que nous
avons reçu dès le commencement, — aimons-nous les
uns les autres. 6L'amour consiste à marcher selon les
commandements de Dieu, et voici son commandement,
comme vous l'avez entendu dès le commencement : que
nous marchions dans l'amour. 7Car beaucoup de séduc-
teurs ont paru dans le monde, qui ne confessent pas
Jésus-Christ venu en chair ; c'est à cela qu'on reconnaît
le séducteur et l'Antéchrist.

8Prenez garde à vous, afin que vous ne perdiez pas le
fruit de vos travaux, mais que vous receviez une pleine
récompense. 9Le téméraire qui ne demeure pas dans la
doctrine du Christ, n'a point Dieu ; celui qui demeure
dans cette doctrine, a le Père et le Fils. 10Si quelqu'un
vient à vous, sans apporter cette doctrine, ne le recevez
pas dans votre maison, et ne le saluez pas, 11car celui
qui le salue participe à ses mauvaises œuvres.

12Quoique j'eusse beaucoup de choses à vous dire, je
n'ai pas voulu le faire avec le papier et l'encre, mais j'es-
père aller vous voir, et m'entretenir de vive voix avec
vous, afin que votre joie soit parfaite.

13Les enfants de ta sœur, l'élue, te saluent.

TROISIÈME ÉPÎTRE

Devoir d'assister ceux qui propagent l'Évangile.

1L'ancien, à mon cher Gaïus, que j'aime dans la
vérité.

2Mon bien-aimé, je souhaite qu'à tous égards tes
affaires et ta santé soient aussi prospères que ton âme.
3Grande a été ma joie, quand des frères sont venus,
rendant témoignage à ta fidélité, attestant que tu
marches dans la vérité. 4Je n'ai pas de plus grand bon-
heur que d'apprendre que mes enfants marchent dans
la vérité.

5Mon bien-aimé, tu te conduis fidèlement dans tout
ce que tu fais pour les frères, et ce sont des étrangers* ·
6aussi ont-ils rendu témoignage à ta charité en présence
de l'église. Tu feras bien de pourvoir à leur voyage
d'une manière digne de Dieu, 7car c'est pour son nom
qu'ils sont partis, et ils n'acceptent rien des païens.
8C'est donc notre devoir, à nous, de soutenir de tels
hommes, afin de travailler avec eux pour la vérité.

9J'ai écrit quelques mots à l'église, mais Diotrèphe,
qui aime à être le premier, n'a aucun égard pour nous.
10C'est pourquoi, dès mon arrivée, je signalerai les actes
qu'il commet, comment il se répand contre nous en
méchants propos, et, non content de cela, non seule-
ment ne reçoit pas lui-même les frères, mais encore
empêche ceux qui le voudraient de les recevoir, et les
chasse de l'église. 11Mon bien-aimé, n'imite pas le mal,
mais le bien : celui qui fait le bien est de Dieu ; celui qui
fait le mal, n'a point vu Dieu.

12Quant à Démétrius, tout le monde et la vérité elle-
même lui rendent un bon témoignage ; nous le lui
rendons aussi, et tu sais que notre témoignage est véri-
table.

[13]J'aurais beaucoup de choses à te dire, mais je ne
veux pas le faire avec l'encre et la plume. [14]J'espère te
voir prochainement, et alors nous nous entretiendrons
de vive voix. [15]Que la paix soit avec toi! Nos amis te
saluent. Salue nos amis, chacun en particulier.

ÉPÎTRE DE SAINT JUDE

Jude prévient les élus contre les hérétiques.

1Jude*, serviteur de Jésus-Christ et frère de Jacques,
aux élus, qui sont aimés de Dieu[a], le Père, et gardés par
Jésus-Christ: 2que la miséricorde, la paix et la charité
vous soient multipliées.

3Mes bien-aimés, j'avais fort à cœur de vous écrire
relativement à notre salut commun, et je me vois dans
l'obligation de le faire, afin de vous inviter à combattre
pour la foi, qui a été, une fois pour toutes, enseignée aux
saints. 4Il s'est glissé, en effet, parmi vous, certaines
gens, dont la condamnation est écrite depuis longtemps,
gens impies, qui ont changé la grâce de notre Dieu en
désordres*, et qui renient notre seul Maître et Seigneur
Jésus-Christ[b].

5Je désire vous rappeler, bien que vous sachiez toutes
choses sans qu'il soit besoin d'y revenir[c], que le Sei-
gneur, après avoir sauvé le peuple de la terre d'Égypte,
a fait périr ensuite ceux qui ont été incrédules, 6et qu'il
a gardé pour le jugement du grand jour, éternellement
enchaînés dans les ténèbres, les anges* qui n'ont pas
conservé leur rang et qui ont déserté leur propre séjour.
7De même, Sodome et Gomorrhe, ainsi que les villes
voisines, qui s'étaient livrées, comme ces anges, à l'im-

pudicité*, et avaient recherché des unions contre
nature, sont devant nous comme un exemple, subissant
la peine du feu éternel. 8 Et cependant, ils les imitent,
ces hommes qui, dans leur délire, souillent leur chair,
méprisent l'autorité et injurient les Gloires*, 9 alors que
l'archange Michel, quand il contestait avec le diable et
lui disputait le corps de Moïse, n'osa pas porter contre
lui un jugement injurieux, et lui dit seulement : « Que le
Seigneur te punisse* ! » 10 Pour eux, ils prodiguent l'in-
jure à tout ce qu'ils ignorent, et quant aux choses qu'ils
connaissent par les sens comme les animaux privés de
raison, ils se perdent par elles. 11 Malheur à eux ! car ils
ont pris le chemin de Caïn* ; ils se sont jetés, par amour
du gain, dans l'égarement de Balaam, et ils se sont per-
dus par la révolte de Coré.

12 Ils sont un écueil dans vos agapes*, où ils font
bonne chère sans retenue et ne pensent qu'à se gorger ;
nuées sans eau, que les vents emportent ; arbres de fin
d'automne, sans fruits, deux fois morts, déracinés ;
13 vagues furieuses de la mer, jetant l'écume de leurs
propres impuretés ; astres errants, auxquels l'obscurité
des ténèbres est réservée pour l'éternité. 14 C'est à eux
aussi que s'adresse la prophétie d'Hénoch*, le septième
patriarche depuis Adam, quand il dit : « Voici, le Sei-
gneur vient avec ses saintes myriades, 15 pour juger tous
les hommes, et convaincre tous les impies de toutes les
œuvres d'impiété qu'ils ont commises et de toutes
les paroles offensantes qu'ils ont prononcées contre lui,
ces pécheurs impies. » 16 Ce sont des gens qui ne font que
murmurer, que se plaindre de leur sort, qui vivent au
gré de leurs passions, qui ont à la bouche de pompeuses
paroles, et se font les admirateurs d'autrui par intérêt.

17 Pour vous, mes bien-aimés, souvenez-vous des paroles
prophétiques des apôtres de notre Seigneur Jésus-
Christ : 18 ils vous disaient qu'à la fin des temps, il y aurait
des moqueurs vivant au gré de leurs passions impies.
19 Ce sont ces gens-là, fauteurs de divisions[a]*, êtres sen-

suels qui n'ont pas l'Esprit. [20]Mais vous, mes bien-aimés,
édifiez-vous sur le fondement de votre foi très sainte,
priant dans l'Esprit saint, [21]et conservez-vous dans
l'amour de Dieu, comptant sur la miséricorde de notre
Seigneur Jésus-Christ, pour la vie éternelle. [22]Puis, de
ceux qui se séparent, confondez les uns, [23]sauvez les
autres *en les arrachant du feu*[a]; et, quant à ceux que vous
ne pourrez sauver, ayez pour eux une pitié mêlée de
crainte, haïssant jusqu'à la tunique souillée par la chair.
[24]À celui qui peut vous préserver de tout faux pas et
vous faire paraître devant sa gloire, irrépréhensibles et
pleins d'allégresse, [25]au Dieu unique notre Sauveur[b], par
Jésus-Christ notre Seigneur, soient gloire, majesté, force
et puissance de toute éternité, maintenant et dans tous
les siècles. Amen!

23 : Za 3².

L'Apocalypse

Apocalypse

Prologue.

Sujet du livre. — Adresse et salutation.

1 [1]Révélation de Jésus-Christ.
Dieu lui a fait cette révélation pour montrer à ses ser-
viteurs les événements qui doivent bientôt arriver; et
Jésus ayant envoyé son ange les annoncer à Jean, son
serviteur, [2]celui-ci a rapporté la parole de Dieu et le
témoignage de Jésus, toutes choses dont il a eu la vision.
— [3]Heureux celui qui lit et ceux qui entendent les
paroles de cette prophétie, et qui observent les recom
mandations qui y sont faites, car le temps est proche.

[4]Jean aux sept églises d'Asie*: que la grâce et la paix
vous soient données par Celui qui est, qui était et qui
vient*, par les sept esprits* qui sont devant son trône, [5]et
par Jésus-Christ, *le témoin fidèle, le premier-né* d'entre
les morts, *le prince des rois de la terre*!
À celui qui nous aime, qui nous a délivrés de nos
péchés par son sang, [6]et qui a fait de nous *une famille de*

1[5] : Ps 89[38, 28].

rois, de prêtres pour Dieu son Père, à lui soient la gloire
et la force aux siècles des siècles ! Amen ! [7]*Le voici qui
vient sur les nuées.* Tout œil le verra, et *ceux même
qui l'ont percé ; et toutes les tribus de la terre se frapperont
la poitrine à son sujet.* Oui. Amen ! [8]Je suis l'alpha et
l'oméga*, dit le Seigneur Dieu, Celui qui est, qui était
et qui vient, le Tout-Puissant.

Vision de Jean. Jésus lui confie le mandat
prophétique.

[9]Moi, Jean, votre frère et votre compagnon de persé-
cution, de royauté et de patience en Jésus, j'étais dans
l'île qu'on appelle Patmos*, à cause de la parole de Dieu
et du témoignage de Jésus-Christ, [10]lorsque je fus ravi
en esprit, le jour du Seigneur, et j'entendis derrière moi
une voix éclatante, comme le son d'une trompette, [11]qui
disait : Ce que tu vois, écris-le dans un livre, et envoie ce
livre aux sept églises, à Éphèse, à Smyrne, à Pergame,
à Thyatire, à Sardes, à Philadelphie et à Laodicée*.
[12]Alors je me retournai pour voir de qui était la voix qui
me parlait, et, quand je me fus retourné, je vis sept
chandeliers d'or*, [13]et, au milieu des sept chandeliers,
*un être semblable à un fils d'homme** : il était vêtu d'une
robe qui lui tombait jusqu'aux pieds, et ceint, à la hau-
teur de la poitrine, d'une ceinture d'or ; [14]sa tête et ses
cheveux étaient blancs comme de la laine blanche,
comme de la neige, et ses yeux étaient flamboyants
comme du feu ; [15]ses pieds étaient semblables à de l'ai-
rain rougi dans une fournaise, *et sa voix était comme la
rumeur des grandes eaux.* [16]Dans sa main droite étaient
sept étoiles ; de sa bouche sortait une épée aiguë, à deux
tranchants, et son visage était comme le soleil quand il
brille dans sa force.

1[6] : Ex 19[6]. 1[7] : Dn 7[13] · Za 12[10]. 1[13] : Dn 7[13]. 1[15] : Éz 43[2].

[17]Quand je le vis, je tombai comme mort à ses pieds. Il
posa sa main droite sur moi, en disant : Ne crains point ;
je suis le premier et le dernier ; [18]je suis le vivant : j'ai été
mort, et voici, je suis vivant aux siècles des siècles ; je
tiens les clefs de la mort et de l'enfer*. [19]Mets donc par
écrit les choses que tu as vues, celles qui sont, et celles
qui viendront après. [20]Voici le mystère des sept étoiles
que tu as vues dans ma main droite, et des sept chande-
liers d'or : les sept étoiles sont les sept anges* des sept
églises, et les sept chandeliers sont les sept églises.

I. Lettres aux sept églises.

Lettre à l'église d'Éphèse.

2 [1]Écris à l'ange de l'église d'Éphèse* :
Voici ce que dit celui qui tient les sept étoiles dans sa
main droite, celui qui marche au milieu des sept chan-
deliers d'or :
[2]Je connais tes œuvres, ton labeur et ta constance ; et
je sais que tu ne peux souffrir les méchants. Tu as
éprouvé ceux qui se disent apôtres et ne le sont point, et
tu les as trouvés menteurs*. [3]Tu as de la constance, car tu
as eu à souffrir pour mon nom et tu ne t'en es point lassé.
[4]Mais j'ai un reproche à te faire : tu t'es relâché de ton
premier amour. [5]Souviens-toi donc d'où tu es tombé,
repens-toi, et reviens à tes premières œuvres, sinon j'irai
vers toi, et j'ôterai ton chandelier de sa place, si tu ne te
repens. [6]Cependant, tu as ceci en ta faveur : tu hais les
œuvres des Nicolaïtes* que moi aussi je hais. — [7]Que
celui qui a des oreilles entende ce que l'Esprit dit aux
églises : À celui qui vaincra, je donnerai à manger de
*l'arbre de vie**, *qui est dans le paradis* de Dieu.

1^{17} : És 44^{16}. 2^{7} : Gn 2^{9}.

Lettre à l'église de Smyrne.

8Écris à l'ange de l'église de Smyrne*;
Voici ce que dit celui qui est le premier et le dernier,
qui a été mort et qui est revenu à la vie:
9Je connais la persécution, la pauvreté (pourtant tu es
riche) et les insultes que tu endures de la part de ceux
qui se disent Juifs et ne le sont point, mais qui sont une
synagogue de Satan*. 10Ne redoute pas les souffrances
que tu vas éprouver. Voici, le diable va jeter en prison
quelques-uns de vous, afin de vous mettre à l'épreuve et
de vous faire subir une persécution de dix jours. Sois
fidèle jusqu'à la mort, et je te donnerai la couronne de
vie. — 11Que celui qui a des oreilles, entende ce que l'Es-
prit dit aux églises: Celui qui vaincra n'aura point à
souffrir la seconde mort.

Lettre à l'église de Pergame.

12Écris aussi à l'ange de l'église de Pergame*:
Voici ce que dit celui qui a l'épée aiguë, à deux tran-
chants:
13Je sais où tu habites; c'est là qu'est le trône de
Satan*. Tu es fermement attaché à mon nom, et tu n'as
point renié ta foi, même dans les jours où Antipas*, mon
témoin fidèle, a été mis à mort chez vous, où Satan
habite. 14Mais j'ai quelque chose contre toi; il y a là des
hommes qui professent la doctrine de Balaam*, celui qui
enseignait à Balak à mettre une pierre d'achoppement
devant les fils d'Israël, en les induisant à manger des
viandes immolées aux idoles et à se livrer à l'impudicité.
15De même aussi tu as des gens qui professent la doctrine
des Nicolaïtes. 16Repens-toi donc, sinon je viendrai bien-
tôt vers toi, et je leur ferai la guerre avec l'épée de ma

parole. — 17Que celui qui a des oreilles, entende ce que
l'Esprit dit aux églises : À celui qui vaincra, je donnerai
de la manne cachée ; je lui donnerai encore un caillou
blanc* ; et sur ce caillou est écrit un nom nouveau, que
nul ne connaît excepté celui qui le reçoit.

Lettre à l'église de Thyatire.

18Écris aussi à l'ange de l'église de Thyatire* :
Voici ce que dit le Fils de Dieu, celui qui a des yeux
flamboyants comme du feu, et dont les pieds sont semblables à de l'airain :
19Je connais tes œuvres, ton amour, ta foi, tes ser-
vices, ta constance et tes dernières œuvres plus nom-
breuses que les premières. 20Mais j'ai un reproche à
t'adresser, c'est que tu laisses faire la femme Jézabel*,
qui se dit prophétesse, et qui égare mes serviteurs par
ses enseignements, les entraînant à se livrer à l'impudi-
cité et à manger des viandes immolées aux idoles. 21Je
lui ai donné du temps pour se repentir ; néanmoins elle
ne veut pas se repentir de son impudicité. 22Voici, je vais
la jeter sur un lit de douleur, et plonger ses compagnons
d'adultère dans une grande détresse, s'ils ne se repen-
tent pas des œuvres qu'elle leur a enseignées. 23Je ferai
périr ses enfants, et toutes les églises sauront que *je
suis celui qui sonde les reins et les cœurs*, et *je rendrai
à chacun de vous selon ses œuvres*. 24Quant aux autres
qui sont à Thyatire, qui n'ont pas adopté cette doctrine,
qui n'ont pas connu les profondeurs de Satan (comme
ils les appellent), je leur dis : Je ne vous impose pas de
nouvelle charge ; 25seulement, tenez ferme ce que vous
avez, jusqu'à ce que je vienne. — 26Et à celui qui vaincra
et qui aura accompli jusqu'à la fin les œuvres que je
commande, *je donnerai la domination sur les peuples ;*

2[23] : Jr 11[20] ; Ps 62[13].

[27]*et il les gouvernera avec une verge de fer, les brisant
comme des vases d'argile,* ainsi que j'en ai moi-même
reçu le pouvoir de mon Père. [28]Et je lui donnerai l'étoile
du matin*. [29]Que celui qui a des oreilles, entende ce que
l'Esprit dit aux églises.

Lettre à l'église de Sardes*.

3 [1]Écris aussi à l'ange de l'église de Sardes:
Voici ce que dit celui qui a les sept esprits de Dieu et
les sept étoiles:
Je connais tes œuvres: tu as le renom de vivre, pour-
tant tu es mort. [2]Sois vigilant, et affermis le reste qui est
près de mourir; car je n'ai pas trouvé tes œuvres par-
faites devant mon Dieu. [3]Rappelle-toi donc comment tu
as reçu et entendu la parole; garde-la, et repens-toi. Si
tu ne veilles pas, je viendrai comme un voleur*, et tu ne
sais point à quelle heure je viendrai te surprendre. [4]Tou-
tefois, tu as à Sardes quelques personnes qui n'ont pas
souillé leurs vêtements: voici, elles marcheront avec
moi en vêtements blancs*, parce qu'elles en sont dignes
— [5]Celui qui vaincra, sera ainsi paré de vêtements
blancs; je n'effacerai point son nom du livre de vie, et je
confesserai son nom devant mon Père et devant ses
anges. [6]Que celui qui a des oreilles, entende ce que l'Es-
prit dit aux églises.

Lettre à l'église de Philadelphie.

[7]Écris aussi à l'ange de l'église de Philadelphie*:
Voici ce que dit le Saint, le Vrai, *celui qui a la clef de
David, celui qui ouvre et personne ne fermera, qui ferme
et personne n'ouvrira*:

2[26-27] : Ps 2[8-9]. 3[7] : És 22[22].

8Je connais tes œuvres : voici, j'ai ouvert devant toi une
porte que personne ne peut fermer, parce que tu as peu
de force, que tu as gardé ma parole et que tu n'as pas
renié mon nom. 9Voici, je te donne quelques membres de
la synagogue de Satan, quelques-uns de ceux qui se
disent Juifs : ils ne le sont point, mais ils mentent. Je ferai
qu'ils viennent eux-mêmes et se prosternent à tes pieds,
et qu'ils sachent que je t'ai aimé. 10Parce que tu as gardé
ma parole avec constance, moi aussi je te garderai à
l'heure de l'épreuve qui va venir sur le monde entier
pour éprouver les habitants de la terre. 11Je viens bien-
tôt : tiens ferme ce que tu as, afin que personne ne te
ravisse ta couronne. — 12Celui qui vaincra, je ferai de lui
une colonne dans le temple de mon Dieu, et il n'en sor-
tira plus ; j'écrirai aussi sur lui le nom de mon Dieu, et le
nom de la ville de mon Dieu, la nouvelle Jérusalem qui
va descendre du ciel d'auprès de mon Dieu, et mon nom
nouveau*. 13Que celui qui a des oreilles, entende ce que
l'Esprit dit aux églises.

Lettre à l'église de Laodicée.

14Écris aussi à l'ange de l'église de Laodicée* :

Voici ce que dit l'Amen, le témoin fidèle et véritable, le chef des créatures de Dieu :

15Je connais tes œuvres : tu n'es ni froid ni bouillant.
Plût à Dieu que tu fusses froid ou bouillant ! 16Ainsi,
parce que tu es tiède, et que tu n'es ni froid ni bouillant,
je te vomirai de ma bouche*. 17Tu dis : Je suis riche, j'ai
acquis de grands biens ; je n'ai besoin de rien ; tu ne sais
donc pas que tu es, toi, le malheureux, le misérable ; que
tu es pauvre, aveugle et nu. 18Je te conseille d'acheter de
moi de l'or affiné au feu, afin que tu sois riche, — et des
vêtements blancs pour te vêtir et pour ne pas laisser
voir la honte de ta nudité, — et un collyre pour oindre
tes yeux, afin que tu voies. 19*Pour moi, je reprends et je*

châtie tous ceux que j'aime; aie donc du zèle et repens-
toi. [20]Voici, je me tiens à la porte et je frappe : si quel-
qu'un entend ma voix et ouvre la porte, j'entrerai chez
lui, je souperai avec lui et lui avec moi*. — [21]Celui qui
vaincra, je le ferai asseoir avec moi sur mon trône,
comme moi aussi j'ai vaincu et je me suis assis avec
mon Père sur son trône. [22]Que celui qui a des oreilles,
entende ce que l'Esprit dit aux églises.

II. Révélations.

Le Trône, les vingt-quatre Vieillards, et les quatre animaux.

4 [1]Après cela, je regardai, et voici, une porte était
ouverte dans le ciel, et la première voix que j'avais
entendue, comme le son d'une trompette, et qui m'avait
parlé, disait : Monte ici, je te ferai voir ce qui doit arri-
ver dans la suite.

[2]Aussitôt je fus ravi en esprit* ; et voici, un trône était
dressé dans le ciel, et sur ce trône, quelqu'un était assis.
[3]Celui qui était assis, avait l'aspect d'une pierre de jaspe
et de cornaline ; et le trône était environné d'un arc-en-
ciel de la couleur de l'émeraude*.

[4]Tout autour du trône étaient vingt-quatre trônes, et je
vis des vieillards assis sur ces vingt-quatre trônes : ils
étaient vêtus de blanc, et avaient des couronnes d'or sur
la tête*.

[5]Du trône sortent des éclairs, des voix et des ton-
nerres ; et sept lampes ardentes brûlent devant le trône :
ce sont les sept esprits de Dieu.

[6]Devant le trône, s'étend comme une mer de verre
semblable à du cristal ; et au milieu de chacun des quatre

3[19] : Pr 3[12].

côtés du trône se tient un vivant* couvert d'yeux devant
et derrière: [7]le premier vivant ressemble à un lion, le
deuxième à un jeune taureau, le troisième a la face
comme celle d'un homme, et le quatrième ressemble
à un aigle qui vole. [8]Ces quatre vivants ont chacun six
ailes; ils sont couverts d'yeux tout autour du corps et
sous les ailes, et ils ne cessent jour et nuit de dire:

Saint, saint, saint est le Seigneur Dieu,
Le Tout-Puissant,
Celui qui était, qui est et qui vient!

[9]Et toutes les fois que les vivants rendent gloire, hon-
neur et actions de grâces à celui qui est assis sur le trône,
à celui qui vit aux siècles des siècles, [10]les vingt-quatre
vieillards se prosternent devant celui qui est assis sur le
trône, et adorent celui qui vit aux siècles des siècles, et ils
jettent leurs couronnes devant le trône, en disant: [11]Tu es
digne, notre Seigneur et notre Dieu,

De recevoir la gloire, l'honneur et la puissance,
Car c'est toi qui as créé toutes choses,
C'est par ta volonté qu'elles ont eu l'être, qu'elles ont
été créées.

Le Livre scellé de sept sceaux et l'Agneau.

5 [1]Puis je vis dans la main droite de celui qui était
assis sur le trône, *un rouleau écrit en dedans et en*
*dehors**, scellé de sept sceaux. [2]Et je vis un ange très
fort, qui criait d'une voix éclatante: Qui est-ce qui est
digne d'ouvrir le livre et d'en rompre les sceaux? [3]Et
personne ni dans le ciel, ni sur la terre, ni sous la terre,
ne pouvait ouvrir le livre ni voir ce qu'il contenait.
[4]Pour moi, je me mis à fondre en larmes, parce qu'il ne
se trouvait personne qui fût digne d'ouvrir le livre, ni de
voir ce qu'il contenait. [5]Alors un des vieillards me dit·

4[8]: És 6[3]. 5[1] · Éz 2[9-10].

Ne pleure point ; voici, il a vaincu, le lion de la tribu de
Juda, le rejeton de David, c'est lui qui va ouvrir le livre
et briser les sept sceaux.
[6]Et je vis près du trône, entre les quatre vivants et les
vieillards, un agneau debout* qu'on aurait dit égorgé : il
avait sept cornes et sept yeux, qui sont les sept esprits
de Dieu envoyés par toute la terre. [7]Il s'avança, et prit le
livre de la main droite de celui qui était assis sur le
trône ; [8]et quand il eut pris le livre, les quatre animaux
et les vingt-quatre vieillards se prosternèrent devant
l'agneau. Ils avaient tous des harpes et des coupes d'or
pleines de parfums, qui sont les prières des saints ; [9]et ils
chantaient un cantique nouveau, disant :

Tu es digne de prendre le livre et d'en briser les sceaux,
Car tu as été immolé ;
Et, par ton sang, tu as racheté pour Dieu
Des hommes de toute tribu, de toute langue,
De tout peuple et de toute nation ;
[10]Et tu les as faits *rois et prêtres,*
Et ils vont régner sur la terre.

[11]Et je vis, et j'entendis tout autour du trône, autour
des animaux et des vieillards, la voix d'une multitude
d'anges : le nombre de ces anges s'élevait à des *myriades
de myriades et des milliers de milliers,* [12]et ils disaient
d'une voix forte :

L'agneau qui a été immolé,
Est digne de recevoir la puissance. la richesse, la sagesse,
La force, l'honneur, la gloire et la louange.

[13]Et j'entendis toutes les créatures, dans le ciel, sur la
terre, sous la terre, sur la mer, et toutes les choses qui y
sont, je les entendis qui disaient :

À celui qui est assis sur le trône et à l'agneau,
Soient la louange, l'honneur, la gloire et la force
Aux siècles des siècles !

5[10] : Ex 19[6]. 5[11] : Dn 7[10].

[14]Et les quatre vivants disaient : Amen !
Et les vieillards se prosternèrent et adorèrent.

OUVERTURE DES SIX PREMIERS SCEAUX

6 [1]Quand l'agneau eut brisé le premier des sept
sceaux, j'entendis l'un des quatre vivants, qui disait
d'une voix de tonnerre : Viens. [2]Et je vis paraître un che-
val blanc*. Celui qui le montait avait un arc, on lui
donna une couronne, et il partit en vainqueur pour aller
remporter la victoire.
[3]Quand l'agneau eut brisé le deuxième sceau, j'enten-
dis le deuxième vivant qui disait : Viens. [4]Et il sortit un
autre cheval qui était rouge. Celui qui le montait, reçut
le pouvoir d'ôter la paix de dessus la terre, afin que ses
habitants s'égorgeassent les uns les autres ; et on lui
donna une grande épée.
[5]Quand l'agneau eut brisé le troisième sceau, j'enten-
dis le troisième vivant qui disait : Viens. Et je vis paraître
un cheval noir. Celui qui le montait tenait une balance à
la main ; [6]et j'entendis au milieu des quatre vivants,
comme une voix qui disait : À un denier la chénice de fro-
ment ! À un denier les trois chénices* d'orge ! — et : Ne
gâte pas l'huile ni le vin.
[7]Quand l'agneau eut brisé le quatrième sceau, j'enten-
dis la voix du quatrième vivant qui disait : Viens. [8]Et
je vis paraître un cheval jaune. Celui qui le montait se
nommait la Mort, l'Enfer le suivait. On leur donna le
pouvoir sur le quart de la terre, *pour en faire périr les
habitants par l'épée, par la famine, par la mortalité et par
les bêtes féroces*.
[9]Quand l'agneau eut brisé le cinquième sceau, je vis
sous l'autel les âmes de ceux qui avaient été immolés
pour avoir gardé la parole de Dieu et le témoignage
qu'elles possédaient. [10]Et elles crièrent d'une voix forte :

6[8] : Éz 14[21].

Jusques à quand, ô Maître, toi qui es saint et véritable,
ne feras-tu point justice et ne redemanderas-tu point
notre sang à ceux qui habitent sur la terre ? [11]Alors on
leur donna à chacun une robe blanche, et on leur dit
de demeurer en repos encore un peu de temps, jusqu'à
ce que fût complété le nombre de leurs compagnons de
service et de leurs frères, qui devaient être mis à mort
comme eux*.

[12]Quand l'agneau eut brisé le sixième sceau, je regar-
dai, et il se fit un grand tremblement de terre : le soleil
devint noir comme un sac de crin, la lune tout entière
parut comme du sang, [13]et les étoiles du ciel tombèrent
sur la terre, comme les figues vertes tombent d'un
figuier secoué par un grand vent*. [14]Le ciel se retira
comme un livre qu'on roule, et toutes les montagnes et
les îles furent changées de place. [15]Et les rois de la terre,
les grands, les capitaines, les riches, les hommes forts,
tout esclave et tout homme libre se cachèrent dans les
cavernes et dans les rochers des montagnes, [16]et ils
disaient aux montagnes et aux rochers : Tombez sur
nous et dérobez-nous à la vue de celui qui est assis sur
le trône, et à la colère de l'agneau ; [17]*car il est venu, le
grand jour de sa colère, et qui peut subsister ?*

Les fidèles marqués du sceau de Dieu.

7 [1]Ensuite je vis quatre anges qui étaient debout aux
quatre coins de la terre et qui retenaient les quatre vents
de la terre, afin qu'aucun vent ne soufflât, ni sur la
terre, ni sur la mer, ni sur aucun arbre.

[2]Et je vis un autre ange qui montait du côté du levant ;
il tenait le sceau du Dieu vivant, et il cria d'une voix
forte aux quatre anges qui avaient reçu le pouvoir de
frapper la terre et la mer, [3]disant : Ne frappez pas
encore la terre, ni la mer, ni les arbres, jusqu'à ce que

6^{17} : Jl 2^{11}.

nous ayons marqué au front les serviteurs de notre
Dieu. [4]Et j'entendis le nombre de ceux qui avaient été
marqués*: cent quarante-quatre mille, choisis dans
toutes les tribus des fils d'Israël: [5]dans la tribu de Juda,
douze mille marqués du sceau; dans la tribu de Ruben,
douze mille; dans la tribu de Gad, douze mille; [6]dans la
tribu d'Asser, douze mille; dans la tribu de Nephthali,
douze mille; dans la tribu de Manassé, douze mille;
[7]dans la tribu de Siméon, douze mille; dans la tribu de
Lévi, douze mille; dans la tribu d'Issachar, douze mille;
[8]dans la tribu de Zabulon, douze mille; dans la tribu de
Joseph, douze mille; dans la tribu de Benjamin, douze
mille marqués du sceau.

[9]Ensuite je vis une foule immense*, que personne
n'aurait pu compter, de toute nation, de toute tribu, de
tout peuple et de toute langue, debout devant le trône
et devant l'agneau: ils étaient vêtus de robes blanches,
et tenaient des palmes à la main*. [10]Ils criaient d'une
voix forte, disant: Le salut appartient à notre Dieu, qui
est assis sur le trône, et à l'agneau.

[11]Tous les anges étaient debout autour du trône, autour
des vieillards et des quatre vivants; ils se prosternèrent
devant le trône et adorèrent Dieu, [12]disant: Amen!
Louange, gloire, sagesse, actions de grâces, honneur,
puissance, et force à notre Dieu, aux siècles des siècles.

[13]Alors un des vieillards prenant la parole, me dit:
Ceux qui sont vêtus de robes blanches, qui sont-ils et
d'où viennent-ils? [14]Je lui dis: Mon Seigneur, tu le sais.
Et il me dit: Ce sont ceux qui viennent de la grande tri-
bulation; ils ont lavé leurs robes et les ont blanchies
dans le sang de l'agneau*.

[15]C'est pour cela qu'ils sont devant le trône de Dieu, et
qu'ils servent Dieu jour et nuit dans son sanctuaire. Et
celui qui est assis sur le trône les abritera: [16]*ils n'auront
plus faim, ils n'auront plus soif; le soleil ni aucune cha-
leur brûlante ne les accablera,* [17]car l'agneau qui est là au
milieu, devant le trône, *les paîtra et les conduira aux*

sources des eaux de la vie; et *Dieu essuiera toute larme de leurs yeux.*

Ouverture du septième sceau. — Châtiments déchaînés par les six premières trompettes.

8 1Lorsqu'il eut brisé le septième sceau, il se fit dans
le ciel un silence d'environ une demi-heure*.
2Et je vis les sept anges qui se tiennent en la présence
de Dieu, et on leur donna sept trompettes.
3Puis il vint un autre ange qui se tint debout sur l'autel,
un encensoir d'or à la main: on lui donna une grande
quantité de parfums, afin qu'il en accompagnât les
prières de tous les saints, sur l'autel d'or qui est devant le
trône; 4et la fumée des parfums, s'élevant de la main de
l'ange, monta avec les prières des saints, devant Dieu.
5Et l'ange prit l'encensoir, le remplit du feu de l'autel et
jeta ce feu sur la terre, et il y eut des tonnerres, des voix,
des éclairs, et la terre trembla*. 6Et les sept anges qui
avaient les sept trompettes, se préparèrent à en sonner
7Le premier sonna de la trompette, et il y eut de la
grêle et du feu, mêlés de sang, qui furent jetés sur
la terre. Et le tiers* de la terre, ainsi que le tiers des
arbres, et toute l'herbe verte furent consumés.
8Le deuxième ange sonna de la trompette, et une
masse semblable à une grosse montagne ardente fut
jetée dans la mer. Et le tiers de la mer fut changé en
sang, 9et le tiers des êtres vivants qui sont dans la mer
périt, et le tiers des navires fut détruit.
10Le troisième ange sonna de la trompette, et une
grosse étoile brûlant comme une torche, tomba du ciel
sur le tiers des fleuves et sur les sources des eaux. 11Le
nom de cette étoile est Absinthe*. Et le tiers des eaux fut
changé en absinthe, et une multitude d'hommes mouru-

7[16-17]: És 49[10]

rent de ces eaux, parce qu'elles avaient été rendues amères.

12Le quatrième ange sonna de la trompette, et le tiers du soleil fut frappé, ainsi que le tiers de la lune et le tiers des étoiles, afin que le tiers de chacun d'eux fût rendu obscur, et que la clarté du jour fût réduite d'un tiers, et celle de la nuit pareillement.

13Et je regardai, et j'entendis un aigle qui volait dans le haut des airs, disant d'une voix forte : Malheur ! Malheur ! Malheur à ceux qui habitent sur la terre, à cause du son des trompettes, dont les trois autres anges vont sonner !

9 1Et le cinquième ange sonna de la trompette, et je vis une étoile qui était tombée du ciel sur la terre, et on lui donna la clef du puits de l'abîme*.

2Elle ouvrit le puits de l'abîme, et il s'éleva du puits
une fumée comme celle d'une grande fournaise, et le
soleil et l'air furent obscurcis par la fumée du puits. 3De
cette fumée, il sortit des sauterelles* qui se répandirent
sur la terre : on leur donna un pouvoir pareil à celui des
scorpions de la terre, 4et on leur commanda de ne point
faire de mal à l'herbe de la terre, ni à la verdure, ni à
aucun arbre, mais seulement aux hommes qui n'avaient
pas le sceau de Dieu sur le front. 5Il leur fut donné, non
de les tuer*, mais de les tourmenter durant cinq mois ;
et le tourment qu'elles faisaient éprouver était pareil à
celui que cause à un homme la piqûre du scorpion. 6En
ces jours-là, les hommes chercheront la mort et ils ne la
trouveront pas ; ils souhaiteront de mourir, et la mort
fuira loin d'eux.

7Ces sauterelles ressemblaient à des chevaux équi-
pés pour le combat : elles avaient sur la tête comme des
diadèmes d'or, leurs visages étaient comme des visages
d'hommes, 8leurs cheveux comme des cheveux de
femmes, et leurs dents comme des dents de lions. 9Elles
avaient des poitrines comme des cuirasses de fer, et le

bruit de leurs ailes était comme un bruit de chariots à
plusieurs chevaux qui courent au combat. 10Elles ont
des queues semblables à celles des scorpions, et des
aiguillons; dans leurs queues est leur pouvoir de faire
du mal aux hommes pendant cinq mois. 11Elles ont à
leur tête, comme roi, l'ange de l'abîme qui se nomme en
hébreu, Abaddon, et en grec, Apollyon*.

12Ce premier malheur est passé; en voici venir encore
deux autres après lui.

13Le sixième ange sonna de la trompette, et j'entendis
une voix sortir des cornes de l'autel d'or qui est devant
Dieu. 14Elle disait au sixième ange qui avait la trompette:
Délie les quatre anges qui sont liés au bord du grand
fleuve de l'Euphrate. 15Alors furent déliés les quatre
anges qui étaient prêts pour l'heure, le jour, le mois et
l'année, où ils devaient tuer le tiers des hommes.

16Il y avait dans leur armée deux cents millions de
cavaliers: j'entendis le chiffre. 17Et voici comment les
chevaux me parurent dans la vision, ainsi que ceux qui
les montaient: les cavaliers avaient des cuirasses couleur
de feu, d'hyacinthe et de soufre; les têtes des chevaux
étaient comme des têtes de lions, et leur bouche jetait du
feu, de la fumée et du soufre. 18Le tiers des hommes fut
tué par ces trois fléaux, par le feu, par la fumée, et par le
soufre qui sortaient de la bouche des chevaux, 19car la
puissance de ces chevaux est dans leur bouche et dans
leur queue: ces queues, semblables à des serpents, ont
des têtes, et c'est avec ces queues qu'ils blessent.

20Les autres hommes qui ne furent pas tués par ces
fléaux, ne se repentirent point des œuvres de leurs
mains*; ils ne cessèrent pas d'adorer les démons, ni les
idoles d'or, d'argent, d'airain, de pierre, de bois, qui ne
peuvent ni voir, ni entendre, ni marcher; 21ils ne se
repentirent ni de leurs meurtres, ni de leurs sorcelle-
ries, ni de leurs débauches, ni de leurs vols.

Le petit livre. — Les deux témoins.

10 [1]Je vis un autre ange très fort qui descendait du
ciel, enveloppé d'un nuage; l'arc-en-ciel brillait au-des-
sus de sa tête; son visage était comme le soleil, et ses
pieds étaient comme des colonnes de feu. [2]Il tenait à
la main un petit livre ouvert; il posa le pied droit sur la
mer et le pied gauche sur la terre; [3]puis il poussa un cri
d'une voix forte, comme un lion qui rugit, et, quand il
eut poussé ce cri, les sept tonnerres firent entendre
leurs voix. [4]Après que les tonnerres eurent parlé, je me
disposais à écrire, lorsque j'entendis une voix qui venait
du ciel, disant: Tiens secret ce qu'ont dit les sept ton-
nerres, ne l'écris point*.

[5]Alors l'ange que j'avais vu debout sur la mer et sur la
terre, leva sa main droite vers le ciel, [6]et jura par celui
qui vit aux siècles des siècles, qui a créé le ciel et les
choses qui y sont, la terre et les choses qui y sont, et la
mer et les choses qui y sont, qu'il n'y aurait plus de
délai, [7]mais qu'aux jours où le septième ange ferait
entendre sa voix en sonnant de la trompette, le mystère
de Dieu s'accomplirait, comme il l'a annoncé à ses ser-
viteurs, les prophètes.

[8]Et la voix que j'avais entendue venant du ciel, me
parla de nouveau, et me dit: Va, prends le petit livre
ouvert dans la main de l'ange qui se tient debout sur la
mer et sur la terre. [9]J'allai donc à l'ange, et je lui deman-
dai le petit livre, et il me dit: Prends-le et le mange; il
sera amer à tes entrailles, mais ta bouche le trouvera
doux comme du miel. [10]Je pris le petit livre de la main de
l'ange, et *je le mangeai; il fut doux à ma bouche comme
du miel*, puis, quand je l'eus mangé, je sentis de l'amer-
tume dans les entrailles. [11]Et l'on me dit: Il faut que
tu prophétises encore sur des peuples, des nations, des
langues diverses et des rois en grand nombre.

10[10]: Éz 3[3].

11 [1]Alors on me donna un roseau* semblable à un
bâton, en me disant :
Lève-toi, et mesure le sanctuaire de Dieu, l'autel, et
l'espace occupé par les adorateurs. [2]Quant au parvis
extérieur du sanctuaire, laisse-le en dehors, ne le mesure
pas, car il a été abandonné aux nations : elles fouleront
aux pieds la ville sainte pendant quarante-deux mois*
[3]Et je donnerai à mes deux témoins* de prophétiser, et,
revêtus de sacs, ils prophétiseront pendant douze cent
soixante jours.
[4]Ces deux témoins sont les deux oliviers et les deux
chandeliers* qui sont devant le Seigneur de la terre. [5]Si
quelqu'un veut leur faire du mal, un feu sort de leur
bouche et dévore leurs ennemis : c'est ainsi que doit
périr quiconque voudra leur faire du mal. [6]Ils ont le pou-
voir de fermer le ciel, afin qu'il ne tombe point de pluie
pendant les jours de leur prophétie. Ils ont aussi le pou-
voir de changer les eaux en sang, et de frapper la terre de
toutes sortes de plaies, aussi souvent qu'ils le voudront.
[7]Quand ils auront achevé leur témoignage, la Bête qui
monte de l'abîme leur fera la guerre, les vaincra et les
tuera* ; [8]et leurs cadavres resteront gisant sur la place de
la grande ville qui est appelée symboliquement Sodome
et Égypte, et dans laquelle leur Seigneur a été crucifié*.
[9]Des gens de tout peuple, de toute tribu, de toute
langue et de toute nation contemplent leurs cadavres
pendant trois jours et demi, sans permettre qu'on leur
donne la sépulture. [10]Les habitants de la terre se réjouis-
sent de ce qui est arrivé aux prophètes ; ils se livrent à
l'allégresse et s'envoient des présents les uns aux autres,
parce que ces deux prophètes ont tourmenté les habi-
tants de la terre. [11]Au bout de trois jours et demi, *un
esprit de vie venant de Dieu, entra dans ces cadavres ; ils
se dressèrent sur leurs pieds*, et une grande terreur s'em-
para de ceux qui les regardaient. [12]Et j'entendis une

11[11] : Éz 37[5, 10].

voix forte qui venait du ciel, et disait aux prophètes: Montez ici*. Et ils montèrent au ciel dans la nuée, et leurs ennemis les virent. [13]En ce même moment, il se fit un grand tremblement de terre; la dixième partie de la ville s'écroula, et sept mille personnes périrent dans ce tremblement de terre; toutes les autres, saisies d'effroi, rendirent gloire au Dieu du ciel*.

[14]Le deuxième malheur est passé; voici venir bientôt le troisième.

La septième trompette.
La Femme et le Dragon.

[15]Le septième ange sonna de la trompette, et des voix fortes se firent entendre dans le ciel, disant: L'empire du monde appartient maintenant à notre Seigneur et à son Oint et il régnera aux siècles des siècles.

[16]Et les vingt-quatre vieillards, qui sont assis devant Dieu sur leurs trônes, se prosternèrent et adorèrent Dieu, [17]en disant:

Nous te rendons grâce,
Seigneur, Dieu Tout-Puissant, qui es et qui étais,
Parce que tu as revêtu ta grande puissance,
Et tu es entré dans ton règne.
[18]Les nations se sont irritées,
Et ta colère est venue,
Voici l'heure de juger les morts,
De donner la récompense à tes serviteurs,
Aux prophètes, aux saints, à ceux qui craignent ton nom,
Petits et grands,
Et de perdre ceux qui perdent la terre.

[19]Alors le sanctuaire de Dieu, qui est dans le ciel, s'ouvrit, et l'on vit l'arche de l'alliance dans son sanctuaire*. Et il y eut des éclairs, des voix, des tonnerres, un tremblement de terre et une forte grêle.

12 1Et il parut dans le ciel un grand prodige, une
femme vêtue du soleil*, ayant la lune sous ses pieds, et
sur sa tête une couronne de douze étoiles. 2Elle était
enceinte, et elle criait, parce qu'elle était dans le travail
et les douleurs de l'enfantement.

3Un autre prodige parut aussi dans le ciel : tout à coup
on vit un grand dragon rouge* ; il avait sept têtes et dix
cornes, et sur ses têtes, sept diadèmes ; 4de sa queue, il
balaya le tiers des étoiles du ciel, et il les jeta sur la
terre ; et il se dressa devant la femme qui allait enfanter,
afin de dévorer son enfant, dès qu'elle l'aurait mis au
monde.

5La femme donna le jour à un fils, un enfant mâle, *qui*
doit gouverner toutes les nations avec une verge de fer.
L'enfant fut enlevé auprès de Dieu et vers son trône, 6et
la femme s'enfuit au désert*, où Dieu lui avait préparé
une retraite, afin qu'elle y fût nourrie pendant douze
cent soixante jours.

7Alors il y eut un combat dans le ciel : Michel* et ses
anges s'avancèrent pour combattre le dragon ; et le dra-
gon et ses anges combattirent, 8mais ils ne purent
vaincre, et la place même qu'ils occupaient ne se
retrouva plus dans le ciel. 9Il fut précipité, le grand dra-
gon, l'antique serpent, celui qui est appelé le diable et
Satan, le séducteur de toute la terre, il fut précipité* sur
la terre, et ses anges avec lui. 10Et j'entendis dans le ciel
une voix forte, disant : Maintenant, le salut, la puissance
et l'empire appartiennent à notre Dieu, et l'autorité à
son Oint, car il a été précipité, l'accusateur de nos
frères, celui qui les accusait jour et nuit devant notre
Dieu. 11Eux aussi l'ont vaincu par le sang de l'agneau et
par la parole de leur témoignage, ayant renoncé à
l'amour de la vie, jusqu'à souffrir la mort. 12C'est pour-
quoi, tressaillez de joie, cieux, et vous qui les habitez !
Malheur à vous, terre et mer ! parce que le diable est

12[5] : Ps 2[9].

descendu vers vous, plein d'une grande fureur, sachant qu'il ne lui reste que peu de temps.

[13]Lorsque le dragon se vit précipité sur la terre, il poursuivit la femme qui avait mis au monde l'enfant mâle; [14]mais la femme reçut deux ailes de grand aigle pour s'envoler au désert, en sa retraite, où elle devait être nourrie *pendant un temps, des temps, et la moitié d'un temps,* loin du dragon. [15]Alors le dragon lança de sa gueule, après la femme, de l'eau comme un fleuve, pour la noyer; [16]mais la terre vint au secours de la femme, elle s'entrouvrit, et engloutit le fleuve* que le dragon avait vomi de sa gueule. [17]Et le dragon fut transporté de fureur contre la femme; il alla faire la guerre au reste de ses enfants, à ceux qui observent les commandements de Dieu et qui gardent le témoignage de Jésus; [18]et il s'arrêta sur le sable de la mer*.

Les deux Bêtes.

13 [1]Je vis alors monter de la mer, une Bête* qui avait dix cornes et sept têtes, et sur ses cornes, dix diadèmes, et sur ses têtes, des titres blasphématoires.

[2]La Bête que je vis, ressemblait à un léopard; ses pieds étaient comme ceux d'un ours, et sa gueule comme une gueule de lion. Le dragon lui donna sa puissance, son trône et une grande autorité. [3]Une de ses têtes était comme blessée à mort, mais sa blessure mortelle fut guérie*. Tous les habitants de la terre, saisis d'admiration, suivaient la Bête; [4]ils adorèrent le dragon, parce qu'il avait donné l'autorité à la Bête, et ils adorèrent la Bête, en disant: Qui est semblable à la Bête, et qui peut se mesurer avec elle? [5]Il lui fut donné une bouche proférant des paroles arrogantes et des blasphèmes; et il lui fut donné d'agir pendant quarante-

12[14]: Dn 7[25].

deux mois. [6]Elle ouvrit donc la bouche pour blasphémer
contre Dieu, pour blasphémer son nom, son tabernacle
et ceux qui habitent dans le ciel. [7]Et il lui fut donné de
faire la guerre aux saints et de les vaincre, et d'exercer
l'empire sur toute tribu, tout peuple, toute langue et
toute nation : [8]et tous les habitants de la terre l'adore-
ront, ceux du moins dont le nom n'a pas été écrit dans
le livre de vie de l'agneau qui a été immolé* dès la fon-
dation du monde.

[9]Que celui qui a des oreilles entende.

[10]Celui qui mène en captivité, sera mené lui-même en
captivité ; « celui qui tue par l'épée, doit être tué lui-
même par l'épée* ». C'est ici que la patience et la foi des
saints doivent se montrer.

[11]Je vis ensuite monter de la terre une autre Bête qui
avait deux cornes semblables à celles d'un agneau, et
qui parlait comme un dragon. [12]Elle exerçait toute l'au-
torité de la première Bête, sous ses yeux, et elle amenait
la terre et ses habitants à adorer la première Bête, dont
la blessure mortelle avait été guérie ; [13]elle opérait aussi
de grands prodiges, jusqu'à faire descendre du ciel du
feu* sur la terre, à la vue des hommes. [14]Séduisant les
habitants de la terre par les prodiges qu'il lui avait été
donné d'opérer sous les yeux de la Bête, elle leur per-
suada de faire une image* en l'honneur de la Bête qui
porte la blessure du glaive, et qui a repris vie. [15]Et il lui
fut donné d'animer l'image de la Bête, afin que cette
image parlât, et qu'elle fît *mettre à mort tous ceux qui
n'adoraient pas l'image de la Bête*. [16]Elle amena tous les
hommes, petits et grands, riches et pauvres, libres et
esclaves, à recevoir une marque sur la main droite ou
sur le front, [17]afin que nul ne pût acheter ni vendre, s'il
n'avait pas la marque, savoir le nom de la Bête ou le
chiffre de son nom*.

[18]C'est ici qu'il faut faire preuve de discernement :

13[15] : Dn 3[5-7].

Que celui qui est intelligent calcule le chiffre de la
Bête; c'est un chiffre d'homme. Ce chiffre est six cent
soixante-six*.

L'agneau et ses rachetés. — L'Évangile.

14 1Puis je regardai, et voici, l'agneau était sur la
montagne de Sion, et avec lui cent quarante-quatre
mille personnes, qui avaient son nom et le nom de son
Père, écrits sur leurs fronts.
2Et j'entendis une voix du ciel, pareille à la rumeur
des grandes eaux et au grondement du tonnerre, et la
voix que j'entendis était comme le son des harpes sous
les doigts des musiciens. 3On chantait un cantique nou-
veau devant le trône et devant les quatre vivants et les
vieillards: nul ne pouvait apprendre ce cantique, en
dehors des cent quarante-quatre mille qui ont été rache-
tés de la terre. 4Ceux-là ne se sont point souillés avec
des femmes, car ils sont vierges ceux qui accompagnent
l'agneau partout où il va; ils ont été rachetés d'entre les
hommes, comme des prémices consacrées à Dieu et à
l'agneau; 5et il ne s'est point trouvé de mensonge dans
leur bouche, car ils sont irréprochables*.
6Après cela, je vis un autre ange qui volait dans le
haut des airs, tenant un Évangile éternel*, pour l'annon-
cer à ceux qui sont sur la terre, à toute nation, à toute
tribu, à toute langue et à tout peuple. 7Il disait d'une
voix forte:

Craignez Dieu et lui donnez gloire,
Car l'heure de son jugement est venue;
Adorez celui qui a fait le ciel et la terre,
La mer et les sources d'eau.

Les jugements de Dieu. — Moisson et Vendange.

8Et un autre ange, un deuxième, suivit, disant :
Elle est tombée, elle est tombée,
*Babylone la grande**,
Celle qui a abreuvé toutes les nations
Du vin brûlant de son impudicité.
9Et un autre ange, un troisième, les suivit, disant d'une
voix forte : Si quelqu'un adore la Bête et son image, et en
prend la marque sur son front ou sur sa main, 10il boira,
lui aussi, du vin de la fureur de Dieu, du vin pur versé
dans la coupe de sa colère ; et il sera tourmenté dans
le feu et le soufre sous les yeux des saints anges et de
l'agneau. 11La fumée de son supplice s'élèvera aux
siècles des siècles ; et il n'y aura de repos, ni jour ni nuit,
pour ceux qui adorent la Bête et son image, ni pour qui-
conque aura pris la marque de son nom.
12C'est ici que doit se montrer la patience des saints
qui gardent les commandements de Dieu et la foi en
Jésus.
13Alors j'entendis une voix venant du ciel, qui disait :
Écris : Heureux dès à présent ceux qui meurent dans le
Seigneur ! — Oui, dit l'Esprit, ils se reposent de leurs
travaux, et leurs œuvres les suivent.
14Puis je regardai, et voici, une nuée blanche parut, et
sur la nuée était assis *quelqu'un qui ressemblait à un fils*
*d'homme** ; il avait sur la tête une couronne d'or, et dans
la main une faucille tranchante. 15Et un autre ange sor-
tit du sanctuaire, criant d'une voix forte à celui qui était
assis sur la nuée : Lance ta faucille et moissonne, car le
moment de moissonner est venu, parce que la moisson
de la terre est mûre. 16Alors celui qui était assis sur la
nuée passa sa faucille sur la terre, et la terre fut mois-
sonnée.
17Un autre ange sortit du sanctuaire qui est dans le

14^{8} : És 21^{9}. 14^{14} : Dn 7^{13}.

ciel ; il tenait, lui aussi, une serpe tranchante. [18]Et un
autre ange, celui qui a pouvoir sur le feu, sortit de l'au-
tel, et cria d'une voix forte à celui qui tenait la serpe
tranchante : Sers-toi de ta serpe tranchante, et coupe les
grappes de la vigne de la terre, car les raisins en sont
mûrs. [19]Alors l'ange passa sa serpe sur la terre, et il ven-
dangea la vigne de la terre ; puis il en jeta les grappes
dans la grande cuve de la fureur de Dieu : [20]on foula
la cuve hors de la ville, et il en sortit du sang jusqu'à la
hauteur des mors des chevaux, sur un espace de mille
six cents stades*.

15 [1]Et je vis un autre prodige dans le ciel, un grand,
un étonnant prodige, sept anges ayant en main les sept
dernières plaies, car c'est par ces fléaux que doit se
consommer le courroux de Dieu*.

Les sept coupes de la colère de Dieu.

[2]Et je vis comme une mer de verre mêlée de feu*, et au
bord de cette mer de verre étaient debout les vainqueurs
de la Bête, de son image et du chiffre de son nom, tenant
les harpes de Dieu. [3]Ils chantaient le cantique de Moïse*,
serviteur de Dieu, et le cantique de l'agneau, disant :

Tes œuvres sont grandes et admirables,
Seigneur, Dieu Tout-Puissant !
Tes voies sont justes et véritables,
Ô Roi des nations !
[4]Qui ne craindrait, Seigneur,
Et ne glorifierait ton nom ?
Car toi seul es Saint,
Et toutes les nations viendront se prosterner devant toi,
Parce que tes jugements ont éclaté.

[5]Après cela je vis s'ouvrir le sanctuaire qui est dans le
ciel et qui renferme le tabernacle du témoignage. [6]Les

15[3] : Ps 145[17]. 15[4] : Ps 86[9].

sept anges qui gardent les sept plaies sortirent du sanc-
tuaire ; ils étaient vêtus d'un lin pur et éclatant, et por-
taient des ceintures d'or autour de la poitrine. 7Alors
l'un des quatre vivants donna aux sept anges sept
coupes d'or pleines de la colère de Dieu qui est vivant
aux siècles des siècles ; 8et le sanctuaire fut rempli du
parfum de la gloire de Dieu et de sa puissance ; et nul ne
pouvait entrer dans le sanctuaire, jusqu'à ce que les
sept plaies des sept anges eussent été accomplies.

16 1Alors j'entendis une voix forte qui sortait du
sanctuaire, et qui disait aux sept anges : Allez et versez
sur la terre les sept coupes de la colère de Dieu.

2Le premier ange partit, et répandit sa coupe sur la
terre ; et un ulcère malin et douloureux frappa les
hommes qui avaient la marque de la Bête, et ceux qui
adoraient son image.

3Le deuxième ange répandit sa coupe dans la mer ; et
la mer devint comme le sang d'un mort, et tout être
vivant qui était dans la mer, mourut.

4Le troisième répandit sa coupe dans les fleuves et
dans les sources d'eau ; et les eaux furent changées en
sang. 5Alors j'entendis l'ange des eaux qui disait :

Tu es juste, ô toi qui es et qui étais ;
Tu es saint, car tu as rendu ce jugement :
6Ils ont versé le sang des saints et des prophètes,
Et tu leur as donné du sang à boire :
Ils le méritent.

7Et j'entendis l'autel qui disait : Oui, Seigneur, Dieu
tout-puissant, tes jugements sont vrais et justes.

8Le quatrième ange répandit sa coupe sur le soleil, et
il lui fut donné de brûler les hommes par le feu ; 9et les
hommes furent frappés d'une chaleur brûlante, ils blas-
phémèrent le nom de Dieu qui dispose de ces fléaux, et
ils ne se repentirent point pour lui rendre gloire.

10Le cinquième ange répandit sa coupe sur le trône
de la Bête ; et le royaume de la Bête fut plongé dans les

ténèbres : les hommes se mordaient la langue de dou-
leur, [11]et ils blasphémèrent le Dieu du ciel, à cause de
leurs tourments et de leurs ulcères ; et ils ne se repenti-
rent point de leurs œuvres.
[12]Le sixième ange répandit sa coupe sur le grand
fleuve de l'Euphrate ; et les eaux en furent desséchées,
afin de livrer passage aux rois qui venaient de l'Orient*.
[13]Et je vis sortir de la gueule du dragon, et de la gueule
de la Bête, et de la bouche du faux prophète, trois esprits
impurs semblables à des crapauds*. [14]Ce sont, en effet,
des esprits de démons, qui font des prodiges et qui vont
rassembler les rois de l'univers entier pour la bataille du
grand jour du Dieu tout-puissant. [15]Voici, je viens
comme un voleur. Heureux celui qui veille et qui garde
ses vêtements, pour ne pas aller nu et ne pas laisser voir
sa honte ! — [16]Et ces esprits rassemblèrent les rois en un
lieu nommé en hébreu, Harmagédon*.
[17]Le septième ange répandit sa coupe dans l'air ; et il
sortit du sanctuaire du ciel, du trône, une voix forte
disant : C'en est fait ! [18]Et il y eut des éclairs, des voix,
des tonnerres ; il se fit un tremblement de terre tel qu'il
n'y en a jamais eu de semblable depuis qu'il y a des
hommes sur la terre ; [19]la grande ville se partagea en
trois, et les villes des nations croulèrent : et Dieu se sou-
vint de Babylone la grande, pour lui faire boire la coupe
pleine du vin de son ardente colère. [20]Toutes les îles dis-
parurent, et l'on ne retrouva plus de montagnes. [21]Une
forte grêle, dont les grêlons pouvaient peser un talent,
tomba du ciel sur les hommes ; et les hommes blasphé-
mèrent Dieu à cause de la plaie de la grêle, parce
qu'elle était très grande.

Chute de la grande Babylone.

17 [1]L'un des sept anges qui tenaient les sept coupes,
vint, et me dit : Viens, je te montrerai le jugement de la

grande prostituée* qui *est assise sur les grandes eaux,*
2avec laquelle les rois de la terre se sont souillés, et qui
a enivré les habitants de la terre du vin de son impudi-
cité. 3Et il m'emmena en esprit dans un désert.
Et je vis une femme assise sur une Bête écarlate, cou-
verte de titres blasphématoires, et qui avait sept têtes
et dix cornes. 4Cette femme était vêtue de pourpre et
d'écarlate, elle était couverte d'or, de pierres précieuses
et de perles; elle tenait à la main une coupe d'or pleine
d'abominations et des souillures de son impudicité; 5sur
son front, était écrit un nom, un nom mystérieux, Baby-
lone la grande, la mère des prostituées et des abomina-
tions de la terre. 6Je vis cette femme ivre du sang des
saints et du sang des martyrs de Jésus, et sa vue me jeta
dans un grand étonnement.
7Alors l'ange me dit: Pourquoi t'étonnes-tu? Je t'ex-
pliquerai le mystère de la femme et de la Bête qui la
porte, et qui a les sept têtes et les dix cornes. 8La Bête
que tu vois, était et n'est plus; elle doit monter de
l'abîme et s'en aller à sa perte. Et les habitants de la
terre, dont le nom n'est pas écrit dans le livre de vie, dès
la fondation du monde, seront dans l'étonnement, en
voyant la Bête, parce qu'elle était et qu'elle n'est plus, et
qu'elle reparaîtra. 9C'est ici que doit se montrer l'esprit
doué de discernement. Les sept têtes sont sept mon-
tagnes* sur lesquelles la femme est assise; 10ce sont
aussi sept rois: les cinq premiers sont tombés, l'un sub-
siste, l'autre n'est pas encore venu, et quand il sera
venu, il ne doit demeurer que peu de temps. 11Et la Bête
qui était et qui n'est plus, est elle-même un huitième roi
et en même temps l'un des sept rois*, et elle s'en va à sa
perte. 12Les dix cornes que tu as vues, sont dix rois* qui
n'ont pas encore reçu de royaumes, mais qui reçoivent
un pouvoir de rois pour une heure, conjointement avec
la Bête. 13Ils n'ont qu'une seule et même pensée, et ils

17[1]. Jr 51[13].

mettent au service de la Bête leur puissance et leur
autorité. 14 Ils feront la guerre à l'agneau ; mais l'agneau
les vaincra, parce qu'il est Seigneur des seigneurs et Roi
des rois, et ceux qui l'accompagnent, les appelés, les
élus, les fidèles, les vaincront avec lui.

15 Et il me dit : Les eaux que tu as vues, sur lesquelles
la prostituée est assise, ce sont des peuples, des multi-
tudes, des nations et des langues ; 16 et les dix cornes que
tu as vues et la Bête haïront elles-mêmes la prostituée ;
elles la rendront désolée et nue ; elles mangeront ses
chairs et la consumeront par le feu. 17 Car Dieu leur a
mis au cœur d'exécuter son dessein, un seul et même
dessein, et de mettre leur royauté au service de la Bête,
jusqu'à ce que ses paroles à lui soient accomplies.
18 Quant à la femme que tu as vue, c'est la grande ville
qui possède l'empire sur les rois de la terre.

18 1 Après cela, je vis descendre du ciel un autre
ange, qui avait un grand pouvoir ; et la terre fut illumi-
née de sa gloire.

2 Il cria d'une voix puissante, disant : *Elle est tombée**,
elle est tombée, Babylone la grande ! Elle est devenue une
habitation de démons, un réceptacle de toutes sortes
d'esprits impurs, et un repaire de toutes sortes d'oi-
seaux immondes et odieux, 3 parce que toutes les nations
ont bu du vin brûlant de son impudicité, que les rois de
la terre se sont souillés avec elle, et que les marchands
de la terre se sont enrichis par l'excès de son luxe.

4 Et j'entendis une autre voix qui venait du ciel disant :
Sortez, mon peuple, de cette ville, de peur de vous
rendre complices de ses péchés, et d'être enveloppés
dans ses calamités, 5 car ses péchés se sont accumulés
jusqu'au ciel, et Dieu s'est souvenu de ses iniquités.
6 *Faites-lui comme elle a fait elle-même,* et rendez-lui au
double selon ses œuvres ; versez-lui double mesure dans
la coupe qu'elle vous a servie : 7 autant elle s'est glorifiée

18[2] : És 21[9]. 18[6] : Jr 50[29] ; cf. Jn 16[18].

et plongée dans le luxe, autant il faut lui donner de tour-
ments et de deuil. *Elle dit dans son cœur: Je suis une*
reine sur son trône, je ne suis point veuve, et je ne connaî-
trai point le deuil. 8Eh bien! *en un même jour, les cala-*
mités fondront sur elle, la mort, le deuil, la famine, et
elle sera consumée par le feu, parce que Dieu, qui l'a
jugée, est un puissant Seigneur.
9Les rois de la terre qui se sont plongés avec elle dans
l'impudicité et dans le luxe, pleurent et se lamentent sur
son sort, en voyant la fumée de son embrasement. 10Ils
se tiennent à distance dans la crainte de partager ses
tourments, et ils disent: Malheur! Malheur! la grande
ville, Babylone la puissante cité, car en une heure est
venu ton jugement!
11Et les marchands de la terre la pleurent et se déso-
lent, parce que personne n'achète plus leur marchandise,
12une marchandise d'or, d'argent, de pierres précieuses,
de perles, de fin lin, de pourpre, de soie et d'écarlate,
de bois de senteur de toute espèce, d'objets d'ivoire, de
bois très précieux, d'airain, de fer et de marbre de toutes
sortes; 13de cinnamome, d'essence, de parfums, de
myrrhe, d'encens, de vin, d'huile, de fleur de farine,
de blé, de bestiaux, de moutons, de chevaux, d'équi-
pages, de cochers et d'esclaves. 14Les fruits, dont tu fai-
sais tes délices, s'en sont allés loin de toi; toutes les
choses exquises et magnifiques sont perdues pour toi; tu
ne les retrouveras plus. 15Ces marchands, qui se sont
enrichis avec elle, se tiennent à distance, dans la crainte
de partager ses tourments; ils pleurent et se désolent,
16disant: Malheur! Malheur! Qu'est devenue la grande
ville, celle qui était vêtue de fin lin, de pourpre et d'écar-
late, et qui était couverte d'or, de pierres précieuses et de
perles? En une heure ont été détruites tant de richesses!
17Et tous les pilotes, tous ceux qui naviguent à desti-
nation de la grande ville, les matelots et ceux qui tra-

18[7-8]: És 47[8-9].

vaillent sur la mer se tiennent à distance 18et crient en
voyant la fumée de son embrasement : Quelle ville était
semblable à la grande cité ? 19Ils se jettent de la pous-
sière sur la tête, et ils crient en pleurant et en se désolant :
Malheur ! Malheur ! La grande ville, dont l'opulence a
enrichi tous ceux qui avaient des navires sur la mer, en
une heure elle a été détruite !

20Ciel, réjouis-toi de sa catastrophe ; vous aussi, saints,
apôtres, prophètes : en la jugeant, Dieu vous a fait justice.

21Alors un ange très fort prit une pierre grosse comme
une meule, et la lança dans la mer, en disant : Ainsi sera
précipitée avec fracas Babylone la grande ville, et on ne
la retrouvera plus. 22On n'entendra plus chez toi les
sons des joueurs de harpe, des musiciens, des joueurs
de flûte, ni des trompettes ; on n'y trouvera plus d'arti-
san d'aucun métier ; on n'y entendra plus le bruit de
la meule ; 23on n'y verra plus briller la lumière de la
lampe ; on n'y entendra plus la voix de l'époux et de
l'épouse, parce que tes marchands étaient les grands
de la terre, parce que toutes les nations ont été égarées
par tes sorcelleries, 24et qu'on a trouvé chez toi le sang
des prophètes et des saints, et de tous ceux qui ont été
égorgés sur la terre.

Alléluia !

19 1Après cela, j'entendis dans le ciel comme la
grande voix d'une foule immense qui disait :

Alléluia !
Le salut, la gloire et la puissance appartiennent à notre Dieu,
2Parce que ses jugements sont vrais et justes.
Il a jugé la grande prostituée
Qui a corrompu la terre par son impudicité,
Et il lui a demandé compte du sang de ses serviteurs,
Versé par sa main.

3Et la voix dit une seconde fois : Alléluia !
Et la fumée de la grande cité monte aux siècles des siècles.
4Et les vingt-quatre vieillards et les quatre vivants se prosternèrent et adorèrent Dieu, qui est assis sur le trône, et dirent :
Amen ! Alléluia !
5Et il sortit du trône une voix qui disait :
Louez notre Dieu,
Vous tous ses serviteurs, qui le craignez,
Petits et grands.
6Et j'entendis une voix comme celle d'une foule immense, comme la rumeur des grandes eaux, comme le grondement du tonnerre ; elle disait : Alléluia !
Car il règne, le Seigneur Dieu tout-puissant.
7Réjouissons-nous,
Tressaillons d'allégresse
Et lui rendons gloire :
Les noces de l'agneau sont venues*,
Son épouse s'est préparée,
8Et il lui a été donné de se vêtir de fin lin, magnifique et pur. Car le lin, ce sont les vertus des saints.
9Et l'ange me dit : Écris : Heureux ceux qui sont invités
au festin des noces de l'agneau ! Et il ajouta : Ces paroles
sont de véritables paroles de Dieu. 10Je tombai à ses pieds
pour l'adorer, mais il me dit : Garde-toi de le faire ; je suis
ton compagnon de service et celui de tes frères qui gardent
le témoignage de Jésus-Christ : adore Dieu. — En effet, le
témoignage de Jésus, c'est l'esprit de la prophétie*.

La Parole de Dieu. — Sa victoire sur la Bête
et le Faux Prophète.

11Alors je vis le ciel ouvert, et il parut un cheval blanc : celui qui le montait s'appelle Fidèle et Véritable ; il juge et combat avec justice.

[12]Ses yeux sont une flamme ardente ; il a sur la tête
plusieurs diadèmes, et porte un nom écrit, que nul ne
connaît que lui-même ; [13]il est vêtu d'un manteau teint de
sang ; son nom est : La Parole de Dieu*. [14]Les armées du
ciel l'accompagnent sur des chevaux blancs ; les cava-
liers sont vêtus de fin lin, blanc et pur. [15]De sa bouche
sort une épée aiguë pour frapper les nations ; c'est lui qui
les gouvernera avec une verge de fer ; c'est lui qui foule
la cuve du vin de l'ardente colère du Dieu tout-puissant.
[16]Sur son manteau et sur sa cuisse, il porte écrit ce nom :
Roi des rois, et Seigneur des seigneurs.
[17]Et je vis un ange debout dans le soleil, et il cria
d'une voix forte à tous les oiseaux qui volaient dans le
haut des airs : Venez, rassemblez-vous pour le grand
festin que Dieu vous donne, [18]pour manger la chair des
rois, la chair des capitaines, la chair des hommes forts,
la chair des chevaux et de ceux qui les montent, la chair
de tous les hommes, libres et esclaves, petits et grands.
[19]Et je vis la Bête et les rois de la terre, avec leurs
armées rassemblées pour livrer bataille à celui qui est
monté sur le cheval blanc, et à son armée. [20]La Bête fut
prise, ainsi que le faux prophète qui l'accompagnait, et
qui, par ses prodiges faits devant elle, avait séduit ceux
qui avaient pris la marque de la Bête, et ceux qui en ado-
raient l'image. Tous les deux furent jetés vivants dans
l'étang de feu* où le soufre brûle ; [21]le reste fut tué par
l'épée qui sort de la bouche de celui qui est monté sur le
cheval ; *et tous les oiseaux se rassasièrent de leurs chairs.*

Le règne de Mille ans. — Fin de Satan.

20 [1]Et je vis descendre du ciel un ange qui tenait
dans sa main la clef de l'abîme et une grosse chaîne ; [2]il
saisit le dragon, l'antique serpent, qui est le diable,

19[21] : Éz 39

Satan, et il l'enchaîna pour mille ans*. 3Puis il le jeta
dans l'abîme, qu'il ferma à clef et scella sur lui, afin qu'il n'égarât plus les nations, jusqu'à ce que les mille ans fussent écoulés. Après cela, il doit être relâché pour un peu de temps.

4Et je vis des trônes : ils s'assirent sur ces trônes, et le jugement leur fut remis, et je vis les âmes de ceux qui avaient été décapités pour le témoignage de Jésus et pour la parole de Dieu, et de ceux qui n'avaient point adoré la Bête ni son image, et qui n'en avaient point pris la marque sur leur front, ni sur leur main : ils revinrent à la vie, et régnèrent avec le Christ pendant mille
ans, 5mais le reste des morts ne revint point à la vie, jusqu'à ce que les mille ans fussent écoulés.

C'est la première résurrection.

6Heureux et saints ceux qui ont part à la première résurrection ! La seconde mort n'a point de pouvoir sur eux ; ils seront prêtres de Dieu et du Christ, et régneront avec lui pendant mille ans.

7Quand les mille ans seront écoulés, Satan sera relâ-
ché de sa prison, 8et il en sortira pour égarer les nations qui sont aux quatre extrémités de la terre, Gog et Magog*, afin de les rassembler pour le combat. Nom-
breuses comme le sable de la mer, 9elles se répandront sur l'étendue de la terre, elles cerneront le camp des saints et la ville bien-aimée, mais un feu tombera du
ciel et les dévorera. 10Le diable, qui les égarait, sera jeté dans l'étang de feu et de soufre, où sont plongés la Bête et le faux prophète ; et ils seront tourmentés jour et nuit aux siècles des siècles.

Jugement dernier. — La nouvelle Jérusalem.

11Je vis un grand trône blanc et celui qui était assis dessus : le ciel et la terre s'enfuirent de devant sa face, de sorte qu'il n'y eut plus de place pour eux.

[12]Je vis les morts, grands et petits, debout devant le
trône: *des livres furent ouverts*; on ouvrit encore un
autre livre, qui est le livre de vie; et les morts furent
jugés selon leurs œuvres, d'après ce qui était écrit dans
ces livres. [13]La mer rendit ses morts; la Mort et l'Enfer
rendirent les leurs; et ils furent jugés, chacun selon ses
œuvres. [14]Après quoi la Mort et l'Enfer furent jetés dans
l'étang de feu: c'est la seconde mort, l'étang de feu.
[15]Quiconque ne fut pas trouvé inscrit dans le livre de vie
fut jeté dans l'étang de feu.

21 [1]*Alors je vis un nouveau ciel et une nouvelle terre*,
car le premier ciel et la première terre avaient disparu,
et il n'y avait plus de mer*.

[2]Et je vis descendre du ciel, d'auprès de Dieu, la cité
sainte, une Jérusalem nouvelle, prête comme une épouse
qui s'est parée pour son époux. [3]Et j'entendis une voix
forte qui venait du ciel, disant:

Voici le tabernacle de Dieu au milieu des hommes:
Il habitera avec eux, et ils seront son peuple,
Et Dieu lui-même sera avec eux.
[4]*Il essuiera toute larme de leurs yeux*;
Il n'y aura plus ni mort, ni deuil, ni cris, ni labeur,
Car les premières choses ont disparu.

[5]Et celui qui était assis sur le trône, dit: Voici, je vais
faire toutes choses nouvelles. Et il ajouta: Écris, car cette
parole est sûre et véritable. [6]Puis il me dit: C'est fait!
Je suis l'alpha et l'oméga, le commencement et la fin.
À celui qui a soif, je donnerai gratuitement de la source
d'eau de la vie. [7]Celui qui vaincra possédera ces choses;
je serai son Dieu et il sera mon fils. [8]Quant aux trem-
bleurs, aux incrédules, aux abominables, aux meurtriers,
aux impudiques, aux magiciens, aux idolâtres et à tous
les menteurs, leur part sera dans l'étang ardent de feu et
de soufre: c'est la seconde mort.

[9]Alors l'un des sept anges qui tenaient les sept coupes

21[1]: És 65[17]. 21[3]: Éz 37[27]. 21[4]: És 25[8].

pleines des sept dernières plaies vint me dire: Viens,
je te montrerai l'épouse, la femme de l'agneau. [10]Et
m'ayant transporté en esprit sur une grande et haute
montagne, il me montra la ville sainte, Jérusalem, qui
descendait du ciel d'auprès de Dieu, [11]resplendissante
de la gloire de Dieu. Son luminaire est semblable à une
pierre très précieuse, on dirait une pierre de jaspe cris-
tallin. [12]Elle a une grande et haute muraille avec douze
portes; à ces portes sont douze anges, et sur ces portes
sont des noms écrits, ceux des douze tribus des fils d'Is-
raël. [13]Il y a trois portes à l'orient, trois portes au nord,
trois portes au midi et trois portes à l'occident. [14]La
muraille de la ville a pour fondements douze pierres,
sur lesquelles sont douze noms, ceux des douze apôtres
de l'agneau. [15]L'ange qui me parlait, tenait une mesure,
un roseau d'or, pour mesurer la ville, ses portes et sa
muraille. [16]La ville est carrée, d'une longueur égale à
sa largeur. Il mesura la ville avec son roseau, et trouva
douze mille stades, la longueur, la largeur et la hau-
teur en sont égales. [17]Il en mesura aussi la muraille, et
trouva cent quarante-quatre coudées, mesure d'homme
qui est aussi mesure d'ange. [18]La muraille est construite
en jaspe; la ville est d'un or pur semblable à du verre
transparent. [19]Les fondements de la ville sont ornés de
toutes sortes de pierres précieuses: le premier fonde-
ment est de jaspe; le deuxième, de saphir; le troisième,
de calcédoine; le quatrième, d'émeraude; [20]le cinquième,
de sardonyx; le sixième, de cornaline; le septième, de
chrysolite; le huitième, de béryl; le neuvième, de topaze;
le dixième, de chrysoprase; le onzième, d'hyacinthe; le
douzième, d'améthyste. [21]Les douze portes sont douze
perles: chacune des portes est d'une seule perle; la rue
de la ville est d'un or pur, comme du verre transparent.
[22]Je n'y vis point de temple, car le Seigneur Dieu tout-
puissant et l'agneau en sont le sanctuaire. [23]La ville n'a
besoin ni du soleil, ni de la lune pour l'éclairer, car la
gloire de Dieu l'illumine, et l'agneau en est le flambeau.

24*Les nations marcheront à sa lumière,* et les rois de la
terre y apporteront leur gloire. 25*Les portes ne seront
point fermées* de jour, car il n'y aura point de nuit. 26On
y apportera la gloire et l'honneur des nations ; 27et il n'y
entrera rien de souillé, ni personne qui se livre à l'abo-
mination ou au mensonge, mais ceux-là seulement qui
sont inscrits dans le livre de vie de l'agneau.

22 1Et l'ange me montra le fleuve de l'eau de la vie,
clair comme du cristal ; il sortait du trône de Dieu et de
l'agneau. 2Au milieu de la rue de la ville et *des deux côtés
du fleuve, se trouvent l'arbre de vie qui donne douze
récoltes, une récolte par mois, et dont les feuilles servent à
la guérison des nations.* 3Il n'y aura plus d'anathème. Le
trône de Dieu et de l'agneau sera dans la ville ; les ser-
viteurs de Dieu le serviront, 4ils verront sa face, son
nom sera sur leurs fronts. 5Il n'y aura plus de nuit, et ils
n'auront besoin ni de la lumière des lampes, ni de celle
du soleil, parce que le Seigneur Dieu les illuminera ; et
ils régneront aux siècles des siècles.

6Et l'ange me dit : Ces paroles sont sûres et véritables ;
et le Seigneur, le Dieu qui a inspiré les prophètes, a
envoyé son ange, pour montrer à ses serviteurs les évé-
nements qui doivent bientôt arriver.

7Voici, je viens bientôt.

Heureux celui qui garde les paroles de la prophétie de
ce livre !

Épilogue.

Certitude des révélations de Jean.

8C'est moi, Jean, qui ai entendu et vu ces choses, et
après les avoir entendues et vues, je tombai aux pieds de
l'ange qui me les montrait, pour l'adorer. 9Mais il me

21[24-25] : És 60[3]. 22[2] : Éz 47[12].

dit : Garde-toi de le faire ; je suis ton compagnon de ser-
vice, le compagnon de tes frères, les prophètes, et de
ceux qui gardent les paroles de ce livre : adore Dieu.

10 Et il me dit : Ne tiens point secrètes les paroles de la
prophétie de ce livre ; le moment est proche.
11 Que l'injustice fasse encore le mal ; que l'impur se
souille encore ; que le juste pratique encore la justice, et
que le saint se sanctifie encore. 12 Voici, je viens bientôt,
et la rétribution est avec moi : je rendrai à chacun selon
ses œuvres. 13 Je suis l'alpha et l'oméga, le premier et le
dernier, le commencement et la fin.
14 Heureux ceux qui ont lavé leurs robes, afin d'avoir
droit à l'arbre de vie, et d'entrer dans la ville par les
portes ! 15 Dehors, les chiens, les magiciens, les impu-
diques, les meurtriers, les idolâtres, et quiconque aime
le mensonge et s'y adonne !
16 Moi, Jésus, j'ai envoyé mon ange, pour vous annon-
cer ces choses devant les églises. C'est moi qui suis le
rejeton et le fils de David, l'étoile brillante du matin.
17 Et l'Esprit et l'épouse disent : Viens.
Que celui qui entend, dise aussi : Viens.
Que celui qui a soif, vienne. Que celui qui désire l'eau
de la vie en prenne gratuitement.
18 Je déclare à quiconque entend les paroles de la pro-
phétie de ce livre, que si quelqu'un y ajoute, Dieu le
frappera des calamités qui sont décrites dans ce livre ;
19 et que si quelqu'un retranche des paroles de cette pro-
phétie, Dieu lui retranchera sa part de l'arbre de vie et
l'exclura de la cité sainte, qui sont décrits dans ce livre.
20 Celui qui atteste ces choses, dit : Oui, je viens bien-
tôt. —
Amen ! Viens, Seigneur Jésus* !
21 Que la grâce du Seigneur Jésus soit avec tous !

DOSSIER

CHRONOLOGIE

Les événements chrétiens sont portés en italique.

Vers 6 av. J.-C. Naissance de Jésus.

vers 4 av. J.-C. Mort d'Hérode le Grand (roi des Juifs depuis 37 av. J.-C.). Son royaume est morcelé entre ses fils : Archelaüs devient ethnarque de Judée et de Samarie (jusqu'en 6 ap. J.-C.), et Hérode Antipas tétrarque de Galilée (jusqu'en 39).

1. Début de l'ère chrétienne, fixée au VIe siècle, par erreur, à la 754e année de Rome.

6. La Judée est désormais gouvernée par un préfet (puis procurateur) dépendant du gouverneur de Syrie.

14. Mort d'Auguste (empereur depuis 27 av. J.-C.). Tibère le remplace jusqu'en 37.

18. Caïphe devient grand prêtre (jusqu'en 36). Il est le gendre d'Anne (grand prêtre de 6 à 15).

26. Ponce Pilate devient préfet de Judée et le demeure jusqu'en 36.

Vers 28. Début du ministère public de Jésus.

30 ou 33. Mort de Jésus (en 30 selon Jn ou en 33 selon Mt).

36. Lapidation d'Étienne et conversion de Paul.

37. Rencontre probable de Pierre et de Paul à Jérusalem. Mort de Tibère et début du règne de Caligula (jusqu'en 41).

39. Ambassade du philosophe juif Philon à Caligula pour plaider la cause des Juifs d'Alexandrie, relatée dans la *Legatio ad Gaium.*

41. Voyage d'Hérode Agrippa de Rome à Jérusalem. Mort de Caligula et début du règne de Claude.

44. Pâques : arrestation de Jacques le Majeur et décapitation de ce dernier.

10 mars : mort d'Hérode Agrippa.

45-48. Grande famine en Judée.

46-49. Paul à Antioche. « Premier voyage missionnaire ».

49. Assemblée de Jérusalem.

49-51. « Deuxième voyage missionnaire » de Paul. Paul rédige la première épître aux Thessaloniciens (51).

52. Félix devient préfet de Judée (jusqu'en 60). Sous son gouvernement, début de l'agitation en Palestine.

54. Mort de Claude et début du règne de Néron.

54-58. « Troisième voyage missionnaire » de Paul, qui écrit ses principales lettres.

58. Paul est emprisonné à Césarée.

60. Festus remplace Félix comme préfet de Judée. *Paul est conduit à Rome.*

62. Anne II, fils d'Anne, devient Grand Prêtre. Il convoque un sanhédrin qui condamne Jacques de Jérusalem, « frère du Seigneur », à être lapidé.

64. Incendie de Rome ; Néron accuse les chrétiens. *Pierre et Paul sont probablement mis à mort (autre date probable : 67).*

65. Suicide de Sénèque.

65-90. Écriture de nombreux écrits du Nouveau Testament : les Évangiles, les lettres inauthentiques de Paul (Colossiens, Éphésiens, I et II Timothée, Tite) et de I Pierre, Jacques, Jude.

66-69. Insurrection juive devant les exactions du procurateur Gessius Florus.

68. Mort de Néron, début de la guerre civile qui voit se succéder trois empereurs.

70. Chute du Temple de Jérusalem, pris par Titus. Vespasien devient empereur (jusqu'en 79).

71. Triomphe de Titus pour commémorer sa victoire sur les Juifs. L'arc de Titus est construit sur le forum.

74. Prise de Massada, dernière citadelle juive à résister aux Romains.

79. Mort de Vespasien et avènement de Titus (empereur jusqu'en 81). Éruption du Vésuve qui détruisit Herculanum et Pompéi et tua l'écrivain Pline l'Ancien.

80. Parution de *La Guerre des Juifs* de l'historien juif Flavius Josèphe.

81. Début du règne de Domitien (jusqu'en 96).

90-96. Les chrétiens semblent avoir été en butte à de nombreuses tracasseries locales, sans être véritablement « persécutés ».

Vers 95-100. Écriture de l'Apocalypse et probablement des épîtres johanniques.

96. Début du règne de Nerva (jusqu'en 98).

98. Début du règne de Trajan (jusqu'en 117).

Vers 100-110. Écriture de la Didachè *(manuel d'éthique et de liturgie). Ignace d'Antioche est martyrisé à Rome sous Trajan.*

Vers 110. Écriture de la seconde épître de Pierre et de nombreux écrits apocryphes (Évangile secret de Marc, Protévangile de Jacques, Évangile de Pierre).

117. Début du règne d'Hadrien (jusqu'en 138).

115-119. Révoltes juives en Égypte, en Cyrénaïque, à Chypre.

130. Jérusalem est rebâtie sous le nom d'Ælia Capitolina.
132-135. Seconde révolte juive (révolte de Bar Kokhba) sous Hadrien. Après leur défaite, les Juifs sont chassés de Jérusalem.

R. B.

NOTICES

LES ÉVANGILES

Les manuscrits des Évangiles sont plus anciens, mieux attestés que ceux des grands auteurs de la Grèce et de Rome. Dès le IIe siècle, la tradition a retenu quatre Évangiles, selon le critère de l'apostolicité : l'Évangile de Matthieu dériverait d'un premier texte hébreu attribué à l'apôtre de ce nom ; l'Évangile de Marc présente le témoignage de Pierre ; Luc précise dans son prologue qu'il a fait une enquête serrée et les Actes des Apôtres, qui sont aussi de lui et font corps avec son Évangile, montrent qu'il fut le collaborateur de Paul ; le quatrième Évangile, enfin, aurait pour auteur Jean, « l'apôtre bien-aimé ».

D'autres Évangiles ont été peu à peu écartés ou perdus, soit parce qu'ils donnaient, comme le Protévangile de Jacques, dans un merveilleux échevelé, soit parce qu'ils avaient été marqués par le gnosticisme : ainsi les textes retrouvés en 1945 à Nag-Hammadi, en Égypte. De ceux-ci, le plus intéressant est l'*Évangile de Thomas*[1], recueil de paroles, *logia*, de Jésus dont beaucoup ont des parallèles dans les Évangiles « canoniques » (retenus par le « canon », c'est-à-dire la règle peu à peu établie par la tradition) et dont certains présentent peut-être une forme primitive de ces propos.

L'Église a scrupuleusement respecté la diversité des quatre Évangiles, quatre regards différents qui, par leur différence même, suggèrent la même présence.

La *Formgeschichte* — histoire des formes — eut tendance à décomposer ces textes en fragments dont on cherchait quel milieu, selon quel « genre littéraire », les avait élaborés, l'assemblage de ces fragments exprimant uniquement les conceptions des premières communautés. L'idée que seule la communauté soit créatrice remonte au romantisme

1. Jean-Yves Leloup, *L'Évangile de Thomas*, Albin Michel, 1986.

allemand : au début du XIXe siècle, Arnim, Brentano, les frères Grimm voyaient dans « le tout » de la communauté le seul auteur des textes archaïques.

À partir des années soixante du XXe siècle, la *Redaktiongeschichte* réhabilite le sens global de chaque Évangile et l'importance du rédacteur. Certains insistent sur la mémoire et la tradition orale, rythmiquement, corporellement vécue et transmise dans les civilisations traditionnelles. On cesse de séparer, comme l'avait fait la *Formgeschichte*, le « Jésus de l'histoire » et le « Christ de la foi ». La foi pascale a relu et compris l'histoire à la lumière de l'Esprit.

« Si les Évangélistes n'étaient pas véridiques », écrivait Origène au IIIe siècle, « s'ils avaient inventé des fables [...], ils n'auraient pas parlé du reniement de Pierre et du scandale des disciples[1]. » Des passages comme l'épisode de la femme adultère ou le cri de Jésus sur la croix : « Mon Dieu, mon Dieu, pourquoi m'as-tu abandonné ? » ont fait difficulté à certains rédacteurs ou copistes, qui rejetaient cet épisode ou modifiaient ce cri (par exemple en écrivant : « Ma force, ma force tu m'abandonnes ») — mais en définitive ils ont été maintenus, comme d'autres *skandala* qui feront difficulté aux Pères de l'Église (ainsi l'infériorité de Jésus : « le Père est plus grand que moi », ou ses ignorances, concernant par exemple l'heure et le jour du Jugement).

On peut penser que l'enseignement oral des apôtres a d'abord suscité des recueils de *logia* de Jésus, de ses actions et d'hymnes soulignant leur portée (ainsi les attestations et citations de saint Paul, quinze ou vingt ans après la résurrection), sans doute en araméen ou en hébreu. Vers 50 commence la rédaction de nos Évangiles, en grec, langue véhiculaire de l'Orient méditerranéen, déjà utilisé pour la Septante, la traduction de la Bible réalisée à Alexandrie du IVe au IIe siècle av. J.-C. environ. Chaque Évangile tente de répondre — non sans certaines distorsions parfois par rapport aux sources — aux préoccupations d'un milieu précis, syro-palestinien pour Matthieu et Jean, hellénistique de l'Égée pour Luc, hellénistique et romain pour Marc.

Les trois Évangiles de Matthieu, Marc et Luc sont appelés « synoptiques » parce qu'on peut les « regarder ensemble » en constatant de nombreux parallélismes. L'Évangile de Marc compte 661 versets dont 600 se retrouvent dans celui de Matthieu et 350 dans celui de Luc. 230 versets, inconnus de Marc, sont en revanche communs à Matthieu (1 068 versets) et Luc (1 150 versets).

La majorité des exégètes, mais une majorité de plus en plus ébranlée, se rallie au système dit « des deux sources », qui seraient d'une part Marc, de l'autre un document inconnu nommé Q (du mot allemand *Quelle*, qui signifie source) : peut-être le Matthieu hébreu, ou un vieux récit araméen... On peut penser aussi que les trois évangélistes ont emprunté à la même tradition orale. Les Pères en effet affirment que la

1. *Contre Celse*, II, 15.

première mise par écrit de l'Évangile fut réalisée par Matthieu, en hébreu. «Matthieu, chez les Hébreux, exposa l'Évangile dans leur langue et leur écriture», écrivait saint Irénée de Lyon au IIe siècle[1]. De même, les «anciens presbytres», cités par Clément d'Alexandrie, «disaient que les Évangiles qui comportent des généalogies [c'est-à-dire Matthieu et Luc] ont été écrits d'abord, celui de Marc le fut ultérieurement[2]».

Le Matthieu grec, beaucoup plus universaliste, et Luc ont été probablement rédigés vers 63-64. Certains arguent du fait que Matthieu, en 24^1-22^, ferait allusion à l'incendie de Jérusalem par Titus en 70 pour repousser après cette date la rédaction de cet Évangile. Mais John Arthur Thomas Robinson[3] souligne qu'il n'y a rien de précis dans le texte de Matthieu et que partout dans l'Ancien Testament les villes conquises sont brûlées.

Quant à Marc, selon le témoignage des Pères les plus anciens, il aurait écrit aux environs du martyre romain de Pierre et de Paul, vers 64-66.

Reprenons dans son intégralité le passage d'Irénée qui résume bien cette tradition: «Ainsi Matthieu publia-t-il chez les Hébreux, dans leur langue, une forme écrite d'Évangile, à l'époque où Pierre et Paul évangélisaient Rome et y fondaient l'Église. Après la mort de ces derniers, Marc, le disciple et l'interprète de Pierre, nous transmit lui aussi par écrit ce que prêchait Pierre. De son côté Luc, le compagnon de Paul, consigna en un livre l'Évangile que prêchait celui-ci. Puis Jean, le disciple du Seigneur, celui-là même qui avait reposé sur sa poitrine, publia lui aussi l'Évangile tandis qu'il séjournait à Éphèse, en Asie.»

L'Évangile de Jean, cependant, est à part. Les Pères sont unanimes pour attribuer ce quatrième Évangile à l'apôtre. Saint Irénée, dans sa *Lettre à Florinus*[4], rappelle comment, dans son enfance, il avait bien connu Polycarpe, l'évêque de Smyrne, qui «racontait ses relations avec Jean», lequel parlait «du Seigneur, de ses miracles, de son enseignement». Jean, qui serait mort fort âgé, serait revenu de sa déportation à Patmos après la disparition de Domitien en 96 pour s'établir à Éphèse où il mourut «à l'époque de Trajan» qui a régné de 98 à 117[5]. L'Évangile de Jean parle des «Juifs» comme étant globalement les ennemis de Jésus, ce qui n'a de sens qu'après le synode juif de Jamnia qui, en 85, a consacré la rupture entre Juifs et chrétiens et durement condamné ceux-là. D'autre part, un fragment de papyrus portant un passage du quatrième Évangile a été trouvé en Égypte: il date d'environ 120. Il fallait alors deux ou trois décennies pour que se diffuse un écrit fait à la

1. *Contre les hérésies*, III, 1, 1.
2. Eusèbe, *Histoire de l'Église*, VI, 14, 5-7.
3. *Re-dater le Nouveau Testament*, éd. angl. 1976, trad. de l'anglais par Marie de Mérode, éd. Lethielleux, 1987.
4. Eusèbe, ouvr. précit., V, 20, 5, 8.
5. *Contre les hérésies*, III, 3, 4.

main. On peut donc dater cet Évangile au plus tard de 90-95. L'Évangile de Jean présente deux caractères inséparables : d'une part une très bonne connaissance de la Judée et de la topographie de Jérusalem, avec des détails qu'ignorent les « synoptiques », et une chronologie plus vraisemblable que la leur : le ministère public de Jésus s'étalant sur trois années et non sur une seule ; d'autre part, d'amples développements symboliques, sacramentels, théologiques, mystiques, particulièrement dans les longs discours de Jésus qui constituent le cœur de l'Évangile et qui expriment, sans doute en les amplifiant et en les recomposant, le sens profond de ses paroles. Tel de ces discours ($10^{22\text{-}42}$) s'insère par exemple dans un récit d'une exactitude étonnante : « On célébrait à Jérusalem la fête de la Dédicace : c'était l'hiver ; et Jésus se promenait dans le Temple, sous le portique de Salomon. » Cependant, on ne peut pas ne pas remarquer, à côté d'une unité puissante, inspirée, certains éléments disparates, des ruptures de continuité, des blocs erratiques, un achèvement inégal. On peut penser que certains passages ont été notés sous la dictée de l'apôtre, d'autres rédigés avec son accord, d'autres enfin fixés après sa mort dans le cadre de l'école johannique d'Éphèse.

O. C.

LES ACTES DES APÔTRES

Les Actes des Apôtres ne sauraient être détachés de l'Évangile de Luc, car ils sont conçus comme un texte unique adressé à Théophile (Lc 1^3 et Ac 1^1). Pour ce qui concerne le contexte, on se bornera donc à répéter ce qui a été dit à propos de l'Évangile : il s'agit sans doute d'un écrit datant des années 80 de notre ère, dont l'auteur, selon la tradition du IIe siècle, est Luc, un médecin et collaborateur de Paul — en tout cas un écrivain de talent, très cultivé, qui s'adresse à des Églises de culture grecque touchées directement ou indirectement par la mission paulinienne et situées avec une certaine vraisemblance en Grèce ou en Syrie.

Dans le vaste projet lucanien, les Actes des Apôtres décrivent la seconde phase du plan de Dieu : la transmission de la Bonne Nouvelle de Jésus à la communauté chrétienne qui en est l'héritière. Ce passage s'effectue à travers les actes des deux apôtres fondateurs Pierre (chap. 1 à 12) et Paul (chap. 13 à 28), qui sont guidés d'un bout à l'autre du livre par l'Esprit, le véritable garant de la continuité unissant Jésus et l'Église. C'est aller un peu vite en besogne que de prétendre que, dans ce mouvement, les Juifs sont dépossédés de la Promesse au profit des païens, voire que le texte veut se concilier les autorités romaines. Les Actes cherchent fondamentalement à éclairer les enfances de l'Église et à expliquer aux chrétiens quelle fut leur origine, qu'ils viennent du judaïsme ou du paganisme. Héritière de l'histoire du Peuple juif, l'Église, rappellent-ils, tâcha avant tout d'annoncer l'Évangile ; ce n'est qu'à regret qu'elle dut se séparer de ses racines, comme le prouve l'opiniâtreté de Paul qui, jusqu'à Rome, rechercha la compagnie de ses coreligionnaires (chap. 28). L'Église n'a donc à rougir ni de son ascendance juive ni de ses composantes grecques et romaines.

En ce qui concerne le texte lui-même, les exégètes sont confrontés à deux difficultés insolubles pour l'heure. *1°) D'où viennent les passages à la première personne du pluriel ?* À quatre reprises, dans des passages concernant Paul (Ac 16^{10-17} ; Ac 20^{7-12} ; Ac 21^{15-18} ; Ac 27^{1}), la narration emprunte brutalement un style subjectif en employant le « nous ». On a longtemps estimé qu'il s'agissait de la preuve de l'authenticité lucanienne du texte : si l'auteur emploie le « nous », c'est qu'il était directement partie prenante des événements. Mais, comment expliquer, dans ce cas, les différences qui existent entre le Paul des lettres et le Paul des Actes ? Il fut alors prétendu que l'auteur avait incorporé un récit de voyage comme on en trouve beaucoup dans l'Antiquité. Outre que les passages en « nous » ne se rapportent pas tous à des voyages, cette explication fait bon marché de l'adresse que l'auteur manifeste par ailleurs : le voilà devenu brusquement bien maladroit pour ne pas s'apercevoir qu'il introduisait une rupture dans sa narration ! S'appuyant sur cet art lucanien, ne faut-il pas plutôt juger que ces passages en « nous » témoignent d'une suprême habileté de l'auteur qui cherche à associer étroitement son lecteur aux scènes les plus dramatiques de la vie de Paul ? *2°) Les trois états du texte.* Il existe trois versions des Actes des Apôtres, une version dite alexandrine ou égyptienne, dont le meilleur représentant est le *codex Vaticanus* (B 03), une version dite occidentale, dont le témoin le plus éminent est le *codex de Bèze* (D 05), et une version dite byzantine. La version occidentale est plus longue d'un dixième que la tradition alexandrine. Encore aujourd'hui, on ignore si *a)* l'une est l'abrégée de l'autre, ce qui ferait de la tradition occidentale l'original ; *b)* l'une est la glose de l'autre, ce qui accorderait une prééminence à la version alexandrine ; *c)* l'une et l'autre représentent deux états différents du texte, voulus l'un et l'autre par l'auteur ; *d)* ni l'une, ni l'autre ne sont l'original, mais représentent deux reconstructions d'un prototype perdu. La version byzantine, enfin, corrige la version alexandrine pour la rendre dans un grec plus harmonieux.

R. B.

LES ÉPÎTRES

Épîtres de saint Paul.

Les lettres (ou épîtres) de Paul — les écrits les plus anciens du Nouveau Testament — adoptent une forme traditionnelle, le genre épistolaire, en la modifiant considérablement. Les brèves lettres de l'Antiquité et leur formulaire très codifié ont peu de points communs avec ces textes amples auxquels Paul assigne tour à tour la tâche de donner des nouvelles, de formuler des conseils pastoraux, de rectifier la théologie des communautés qu'il a fondées, d'exhorter les fidèles à la foi, de faire sa propre apologie. Les lettres de Paul entretiennent avec la rhétorique une parenté certaine — sans doute étaient-elles lues à haute voix par ses émissaires —, mais conservent de leur nature épistolaire un plan constant: une adresse, *præscriptio*, comportant le nom de l'auteur (*superscriptio*), du destinataire (*adscriptio*) et une salutation (*salutatio*) suivi par une action de grâce (reformulation paulinienne des souhaits de bonne santé traditionnels, la *formula valetudinis*), par le corps de la lettre et par une formule de conclusion.

Toutes les lettres qui ont été conservées sous le nom de Paul ne sauraient lui être attribuées: des successeurs, forts de son enseignement et de la certitude de ne pas le trahir, ont poursuivi l'œuvre du maître en plaçant leurs écrits sous son nom, selon l'usage antique de la *pseudépigraphie*. Loin de se concevoir comme des faussaires, ces auteurs dissimulant leur nom se posaient en continuateurs de la pensée de l'apôtre. Les exégètes ne s'accordent pas aujourd'hui tous sur ce nombre, mais il semble qu'il n'y ait que sept lettres de la main de Paul à nous être parvenues: l'épître aux Romains, les deux épîtres aux Corinthiens, l'épître aux Galates, l'épître aux Philippiens, l'épître à Philémon, la première épître aux Thessaloniciens.

A. Les épîtres authentiques de Paul (présentées dans leur ordre chronologique supposé).

1. La première épître aux Thessaloniciens date sans doute de 50-51. Elle a été écrite de Corinthe à une communauté que Paul venait à peine de quitter après l'avoir évangélisée lors de sa deuxième tournée missionnaire. D'après les informations qu'elle contient, il semble que la prédication de l'apôtre ait déclenché une certaine hostilité contre les chrétiens. Paul leur écrit pour les exhorter à ne pas se laisser ébranler par les persécutions et à ne pas revenir à leurs anciennes croyances; il les rassure sur le sort de leurs premiers martyrs tout en cherchant à tempérer leur enthousiasme mystique.

2. L'épître aux Galates date sans doute des années 54-55 et fut écrite à Éphèse pour des Églises regroupées sans doute autour d'Ancyre (l'actuelle Ankara). Après le départ de Paul de ces régions, des chrétiens d'origine juive menèrent une contre-prédication prétendant que l'apôtre n'aurait pas livré la totalité du message chrétien ; selon eux, il aurait omis le respect des prescriptions légales. Paul se défend de manière violente en paraissant rejeter le judaïsme dans son entier. Il aligne six arguments tirés de l'expérience et de l'Écriture (Ga 3^{1}-4^{31}) pour justifier son Évangile et critique avec brutalité ses adversaires.

3. L'épître aux Philippiens s'affirme comme une lettre de partenariat et d'exhortation amicale. Datant de 54-56, elle a sans doute été rédigée lors de la captivité de Paul à Éphèse (plus probablement qu'à Rome, comme on l'affirmait traditionnellement). Paul donne des nouvelles à ses chers Philippiens et leur confie les réflexions que lui suggère son emprisonnement. Il les encourage à rester unis, à résister vaillamment à l'hostilité de certains habitants de leur ville ainsi qu'à se défier des « mauvais ouvriers » judéo-chrétiens.

4. L'épître à Philémon, écrite en même temps que l'épître aux Philippiens, est la plus personnelle des lettres pauliniennes. L'apôtre écrit à Philémon afin de lui recommander de recevoir Onésime, son esclave en fuite, sans le châtier car il est désormais pour lui un frère en christianisme.

5. La correspondance avec Corinthe est des plus troublées : elle nous est conservée par deux lettres, dont l'une au moins (II Co) est composée de plusieurs missives. L'Église de Corinthe, la brillante cité ionienne qui avait fini par supplanter sa vieille rivale Athènes par son dynamisme économique, faisait sans nul doute la fierté de Paul. C'était toutefois une communauté disparate et frondeuse. Après le départ du Tarsiote en 52, un rhéteur de talent nommé Apollos crée des divisions parmi les chrétiens de Corinthe, tandis que des judéo-chrétiens se réclamant de l'apôtre Pierre contestent son message. Paul, qui réside alors à Éphèse, les met en garde par une première lettre perdue (*lettre α*). Il reçoit alors des rapports de voyageurs revenus de Corinthe, ainsi qu'une lettre des Corinthiens répondant à sa lettre α. Il envoie une deuxième lettre (*lettre β*), vers 55-56, qui forme sans doute l'actuelle première épître ; il y condamne les factions (I Co 1^{10}-4^{21}) puis répond à des questions touchant le comportement chrétien (5^{1}-11^{34}), évoque le sujet des charismes (12^{1}-14^{40}) et conclut sur un *kérygme*, une présentation de l'essentiel de la foi (I Co 15). Timothée, qui arrive à Corinthe après réception de la lettre, y découvre une situation houleuse, attisée par la prédication d'individus hostiles à Paul. Paul tente de calmer les esprits par une lettre très diplomatique aux termes soigneusement pesés (*lettre γ*, peut-être II Co 2^{14}-7^{4}). Peu après, l'apôtre quitte Éphèse pour se rendre à Corinthe ; sa visite est désastreuse et mine son autorité, il quitte donc la ville en projetant d'y revenir au plus vite. En chemin, il décide de ne pas revenir à Corinthe mais d'écrire une lettre « dans les larmes » (*lettre δ*, peut-être II Co 10^{1}-13^{10}) pour témoigner de son attachement aux Corinthiens. Ceux-ci, touchés de la peine de l'apôtre, manifestent leur regret, Paul leur écrit donc vers 57 une lettre de soulagement (*lettre ε*, II Co 10^{1}-2^{13} et 7^{5-16}). Paul revient finalement à Corinthe vers 57-58 avant d'aller porter à Jérusalem le produit de la collecte. À une période ultérieure, on composa II Co avec une partie de la correspondance corinthienne en y ajoutant deux lettres incitant à la collecte : la *lettre ζ*, II Co 8, et la *lettre η*, II Co 9.

6. L'épître aux Romains, écrite vers 57-58, marque l'achèvement de ce qui nous est conservé de la théologie paulinienne : elle présente une sorte d'abrégé de sa doctrine destiné à préparer la visite de l'apôtre à Rome, dans une communauté qu'il ne connaît pas et qui semble être de tendance judéo-chrétienne. Paul développe son enseignement sur la justification par la foi indépendamment des œuvres de la Loi, tout en réaffirmant les privilèges d'Israël et la validité du salut légal.

B. Les épîtres pseudépigraphes (ou deutéropauliniennes).

1. Un mystère : la seconde épître aux Thessaloniciens. La seconde épître aux Thessaloniciens divise les exégètes. S'agit-il d'une épître authentique ? Elle aurait été écrite vers 51-52 afin de prolonger l'enseignement de Paul à Thessalonique. N'est-elle pas de la main de Paul ? Elle daterait alors de la fin du Ier siècle dans une période d'intense ferveur apocalyptique.

2. Prolonger l'enseignement de Paul : les épîtres aux Colossiens et aux Éphésiens. Ces deux épîtres, écrites dans les années 80-90, développent la théologie paulinienne en insistant particulièrement sur sa christologie et son ecclésiologie. Si l'épître aux Colossiens reste encore proche de la doctrine conservée dans ses épîtres authentiques — ce qui autorise plusieurs exégètes à la croire de Paul et à la dater de 55 —, l'épître aux Éphésiens manifeste une ecclésiologie très développée qui suppose une tout autre expansion de l'Église. L'une et l'autre mettent en garde contre de faux docteurs et prônent une vie en conformité avec l'enseignement du Christ (c'est le but des « codes domestiques » de Col 3^{18}-4^{1} et Ép 5^{21}-6^{9}).

3. Organiser la vie des Églises : les épîtres pastorales. Sans doute un peu plus tardives que les deux précédentes, les trois épîtres pastorales, qui datent de la fin du Ier siècle, visent à tracer l'organisation des Églises de la tendance paulinienne : elles vitupèrent de faux enseignements (Tite 1^{10-16} ; première à Timothée 1^{3-11} et 4^{1-5} ; seconde à Timothée 2^{14}-3^{9}), elles fixent le comportement de la communauté (Tite 2^{1}-3^{11} ; première et seconde à Timothée *passim*), elles servent de lettre de recommandation aux chefs présumés de la communauté.

R. B.

Épîtres de saint Pierre.

Quoique regroupées sous l'autorité de l'apôtre Pierre, les deux épîtres qui portent son nom sont deux écrits extrêmement hétérogènes.

1. La première épître de saint Pierre fut écrite vers 70-90 par un disciple de Pierre ayant subi l'influence paulinienne. Il résidait probablement à Rome et écrivait à des communautés d'Asie Mineure. Son but était de définir l'identité chrétienne et de jeter les bases d'un comportement chrétien face au monde païen et à la persécution.

2. La seconde épître de saint Pierre est l'écrit le plus tardif du Nouveau Testament puisqu'il date des années 110-130. Dans un style solennel, à la limite du pompeux, un homme qui se dit aux portes de la mort exhorte à pratiquer la vertu, invective les faux docteurs (dans une réécriture de l'épître de Jude) et explique le retard de la parousie du Christ.

R. B.

Épître de saint Jacques.

Écrite sans doute dans les années 80-90 dans un milieu judéo-chrétien proche de Jacques, frère du Seigneur († 62), ce texte ressemble davantage à une homélie qu'à une lettre : il s'agit d'une démarche combinant l'observance de la Loi et le message de Jésus. Les affinités avec les traditions synoptiques, surtout Matthieu, dont la péricope $7^{17\text{-}23}$ pourrait fournir un résumé de notre épître, sont incontestables. Saint Augustin estimait que l'épître visait des chrétiens qui tiraient de l'enseignement paulinien de la justification par la foi la conclusion fausse que la foi dispense des œuvres. On relève dans cet écrit deux thèses centrales du courant judéo-chrétien, la validité de la Loi d'une part et l'idée que la mission de Jésus a été d'éclairer le monde par la bienfaisante lumière de son enseignement d'autre part.

R. B. et V. S.

Épître aux Hébreux.

On a coutume de dire que l'épître aux Hébreux, attribuée par la tradition à Paul, n'est pas de Paul, que ce n'est pas une épître et qu'elle n'a pas été envoyée aux Hébreux. Pour Origène déjà, Dieu seul sait qui en est l'auteur. Il s'agit d'un continuateur (plus que d'un disciple) de l'apôtre, qui appartient à la seconde génération chrétienne. Il ne se compte pas au nombre des témoins de la résurrection (2^3), il évoque la mémoire des maîtres disparus (13^7).

Ce texte brillant, à la réflexion très aboutie, appartient au genre de l'exégèse et de la prédication. Il se pourrait qu'il s'agisse d'un recueil de sermons. Il doit avoir été composé vers les années 80-90, après la destruction du Temple de Jérusalem, pour des chrétiens de culture judéo-hellénistique.

Supposant connu «l'enseignement élémentaire relatif au Christ» (c'est-à-dire les principaux articles de la catéchèse apostolique dont l'épître fournit une liste précieuse), l'auteur se propose de développer un enseignement de niveau supérieur. Il manifeste une évidente familiarité avec la version des Septante, la liturgie du Temple et les thèses du philosophe juif Philon d'Alexandrie.

R. B. et V. S.

Épîtres de saint Jean.

Ces trois épîtres, qui sont de la même main, sont attribuées à l'apôtre Jean par la tradition de l'Église. Certes leur auteur n'indique nulle part son nom, comme c'est aussi le cas pour le quatrième Évangile. Il se dit simplement l'«Ancien», *Presbyteros*. Ce mot dans les Églises de la province d'Asie autour de l'an 100 ne désigne nullement une fonction sacerdotale mais un prestige charismatique, comme on dira plus tard du *gerôn* ou du *starets*. Il suffit de lire saint Irénée (*Contre les hérésies*, IV, 26), ou ce que le grand historien de l'Église, Eusèbe (*Histoire ecclésiastique*, III, 36), dit d'un Papias, pour comprendre qu'un *presbyteros* appartient au groupe des disciples du Christ ou de leurs disciples immédiats. Ce qui nous renvoie à l'apôtre Jean, comme le fait sans aucun problème saint Irénée. Tout le début de la première épître, véritable message pastoral, montre que l'auteur a connu personnellement le Christ: «ce que nous avons entendu, ce que nous avons vu de nos yeux, [...] ce que nos mains ont touché» (1^1). Très sémitique, ce langage est celui de l'Évangile de Jean; il présente des affinités de vocabulaire avec celui du judaïsme palestinien, surtout à Qumrân, mais repris et réinterprété en fonction d'une solide christologie, vigoureusement défendue contre les interprétations de la gnose naissante. Tandis qu'Eusèbe doute fortement que l'Apocalypse ait été l'œuvre de l'apôtre Jean, il admet pleinement que ces trois épîtres soient de sa main, ainsi que le quatrième Évangile (*Histoire ecclésiastique*, III, 25, 16-21).

La plupart des biblistes estiment que ces épîtres ont été rédigées après l'Évangile, du moins après la mise par écrit de l'essentiel de celui-ci, c'est-à-dire vers 90. Selon Eusèbe, la première des épîtres est attestée par Papias de Hiérapolis (*Histoire ecclésiastique*, III, 39, 17). Polycarpe de Smyrne dans sa lettre aux Philippiens (7^1) cite I Jn 4^{2-3}. Ce qui confirme le lieu (l'Asie Mineure occidentale) et le moment, la fin du Ier siècle, où ces textes ont été écrits.

O. C.

Épître de saint Jude.

Attribuée à Jude, le frère de Jésus et de Jacques, cette épître date probablement des années 90-100 et vient vraisemblablement de Palestine où les frères de Jésus avaient une importance ; certains, toutefois, la jugent écrite à Alexandrie. Son objectif est de blâmer des faux docteurs bien difficiles à identifier. Dans ce dessein, l'épître fait usage de la littérature apocryphe juive (en particulier le *Premier Livre d'Hénoch*).

R. B.

L'APOCALYPSE

Le genre littéraire.

Les nombreuses apocalypses qui ont surgi avant et après le Christ dans le monde juif annoncent toutes un bouleversement du cosmos et s'achèvent sur le jugement porté par un Dieu vengeur sur une histoire hostile, jugement qui le plus souvent permettra l'instauration d'une ère nouvelle, victorieuse. Structure qu'un Nietzsche a fortement analysée, non sans mépris car il s'agirait d'un rêve de revanche d'esclaves et de vaincus.

Ces apocalypses se sont placées sous des patronages illustres dont elles ont fait leurs auteurs. Ainsi Hénoch, qui fut enlevé aux cieux, ou Esdras, le grand législateur. Thèmes et images apparaissent bien auparavant, notamment chez Ézéchiel, après la chute de Jérusalem et la destruction du premier Temple ; d'Ézéchiel proviennent, car on les retrouve dans l'Apocalypse néo-testamentaire, les quatre Vivants qui entourent le trône de Dieu, et des personnages comme la Grande Prostituée ou Gog et Magog. Le thème des sauterelles fantastiques et maléfiques se trouve chez Joël. Chez Zacharie, les quatre chevaux et leurs cavaliers symboliques.

La persécution hellénique, exercée aux IVe et IIIe siècles avant notre ère par les souverains Ptolémées et Séleucides, entraîne la multiplication non seulement de passages apocalyptiques, mais d'apocalypses intégrales. Il faut souligner ainsi l'importance du Livre de Daniel, où Berdiaev voyait la première philosophie de l'histoire. Et plus encore celle des textes de Qumrân, qui montrent que beaucoup d'Esséniens avaient la conviction de vivre l'accomplissement des prophéties eschatologiques et de constituer le vrai temple et le vrai sacerdoce.

Ajoutons aussi, pour préciser les racines juives de l'Apocalypse, les premières expressions de la mystique semi-ésotérique de la *Merkaba*. Il s'agit de la vision du « trône » (*Merkaba*) et de l'apparition de Dieu sur le trône telle qu'elle est décrite par Ézéchiel, ce qui entraîne la connaissance des mystères du monde céleste.

L'Apocalypse se différencie pourtant de la plupart de ces textes en affirmant que, depuis l'incarnation du Verbe, l'ère nouvelle est déjà commencée. D'où une double approche de l'eschatologie, à la fois future et présente. L'avenir est assurance de victoire mais il s'anticipe dès maintenant, secrètement ou plutôt liturgiquement. La liturgie céleste donne sens et profondeur à celle de la terre, elle-même quelque peu inspirée de celle du Temple de Jérusalem. Et tout s'achève sur un écho de la prière chrétienne traditionnelle: «Amen! Viens, Seigneur Jésus!» (Ap 22^{20}).

L'Apocalypse et le corpus johannique.

Dans l'Église ancienne, l'Apocalypse fut largement acceptée dans le canon des Écritures par les Églises occidentales, mais posa longtemps problème à celles d'Orient, soit parce qu'elle était périodiquement utilisée par un millénarisme fruste, soit à la suite d'une analyse rigoureuse de son vocabulaire et de sa pensée. Eusèbe de Césarée, dans le septième livre de son *Histoire ecclésiastique*, rapporte assez longuement les critiques formulées au IIIe siècle par Denys d'Alexandrie: «D'après les pensées et d'après le vocabulaire, et le style, [l'auteur] est vraisemblablement un autre que celui qui a écrit l'Évangile.» Les grands thèmes que l'on trouve à la fois dans celui-ci et dans la première épître de Jean sont absents de l'Apocalypse: «Elle ne s'y rattache pas et ne se rapproche d'aucun d'eux.» D'autre part, la langue de l'Apocalypse «n'est pas exactement grecque, mais emploie des idiotismes barbares», ce qu'on ne trouve ni dans l'Évangile ni dans l'épître. Ce qui n'empêche pas Denys d'accepter que l'auteur inconnu «ait eu des révélations et reçu la connaissance et la prophétie».

Au IVe siècle, l'Apocalypse fut acceptée par saint Athanase et finalement intégrée dans le canon des Églises helléniques. Mais les Églises de langue syriaque l'ignorent encore aujourd'hui.

Concernant la langue, les remarques de Denys d'Alexandrie sont tout à fait valables. Même l'Agneau se dit *amnos* dans l'Évangile de Jean et *arnion* dans l'Apocalypse. Il existe cependant d'étonnants parallélismes qui permettent de placer l'Apocalypse dans le cadre du corpus johannique. Le plus remarquable est celui de Jn 7^{37} («Si quelqu'un a soif, qu'il vienne à moi et qu'il boive») et Ap 22^{17} («Que celui qui a soif vienne. Que celui qui désire de l'eau de la vie en prenne gratuitement»).

On doit cependant remarquer que ces parallélismes concernent essentiellement soit les lettres aux Églises et les passages liturgiques, soit les tout derniers chapitres de l'Apocalypse. Voici quelques exemples:

— le Christ-lumière : Jn 8^{12} et I Jn 1^{5} — Ap 21^{23-24} ;
— le Christ transpercé : Jn 19^{37} — Ap 1^{7} ;
— le Christ Verbe de Dieu : Jn 1^{1-14} — Ap 19^{13} ;
— l'image de l'Épouse du Christ pour le Peuple de Dieu : Jn 3^{29} — Ap $21^{2, 5}$, 22^{17}.

On pourrait donc penser que le début et la fin de l'Apocalypse, ainsi que les acclamations liturgiques qui la parsèment, sont proprement johanniques, sans doute d'un auteur appartenant au cercle johannique d'Éphèse.

Quant à la partie centrale de l'Apocalypse, les septénaires où l'action divine revêt un caractère de cruauté extrême, voire de sadisme, qui diffère radicalement de l'esprit des Évangiles, elle relèverait de schémas plus ou moins identiques que l'on trouve dans les apocalypses contemporaines et que le rédacteur, qui n'est pas forcément le scripteur johannique, aurait utilisées soit en les trouant d'admirables ouvertures sur le céleste, soit en y ajoutant des symboles proprement chrétiens...

L'auteur et la date.

Le voyant de l'Apocalypse s'attribue à quatre reprises le nom de Jean. Saint Justin, dans son *Dialogue* (81, 4), estime qu'il s'agit de l'apôtre de ce nom, ce qu'a retenu la Tradition.

Cependant, nous l'avons vu, au IIIe siècle Denys d'Alexandrie a montré, avec des arguments sérieux, que l'Apocalypse n'a pu être rédigée par l'apôtre. Il insiste particulièrement sur le grec très pauvre du livre, dont l'étude montre qu'il fut écrit par un homme parlant habituellement l'araméen ou l'hébreu.

La destruction du Temple comme *terminus a quo*, l'ecclésiologie des lettres aux Églises où l'on ne voit pas, pour chacune, d'évêque exerçant l'autorité suprême (il est certes question des « anges » de ces Églises, mais jamais l'évêque n'a été ainsi nommé) comme *terminus ad quem* permettent de situer la rédaction de l'Apocalypse vers la fin du Ier siècle, période ou les presbytres-évêques-diacres sont installés mais ne remplacent pas encore les apôtres et les prophètes. C'est ce que semble suggérer la mention des vingt-quatre vieillards autour du trône divin. Il est vrai que pour saint Ignace d'Antioche, au début du IIe siècle, l'évêque tient la place de Dieu, mais l'Apocalypse évoque ici une véritable adoration qui ne conviendrait pas s'il s'agissait d'un homme.

On a discuté sans fin sur l'identité des cinq souverains déjà morts, dont parle l'Apocalypse en 17^{9-10}. Si on identifie ces souverains aux empereurs romains, on est conduit à dater la rédaction du temps de Néron. Mais celui-ci a régné avant la destruction du Temple, ne s'est pas fait diviniser et n'a nullement persécuté les chrétiens, sauf à Rome même. C'est pourquoi beaucoup d'exégètes ont situé sous Domitien la composition de l'Apocalypse, c'est-à-dire entre 81 et 96. Certes Domitien a gouverné après la destruction du Temple, se faisant adorer comme un dieu (un *kyrios*), et Suétone parle de la terreur qu'il aurait exercée durant ses dernières années. Mais les études historiques les plus récentes montrent qu'il n'y a pas eu de persécution systématique des chrétiens sous Domitien.

Nous sommes donc, il faut le reconnaître, dans l'ignorance et de l'identité de l'auteur et de la date précise de la composition. Peut-être s'agit-il d'un prophète judéo-chrétien, ou purement chrétien (les Juifs sont présents négativement dans l'Apocalypse), qui, après la guerre des années 60, aurait quitté la Palestine pour Éphèse d'où il aurait été exilé à Patmos.

Denys d'Alexandrie pensait que l'Apocalypse avait été rédigée vers la fin du Ier siècle, par Jean l'Ancien, un autre Jean, presbytre, conformément aux indications de Papias pour qui ont existé deux Jean, l'apôtre et ce presbytre, dont il aurait vu les tombes à Éphèse.

D'un point de vue théologique et spirituel, il existe certainement une correspondance fondée sur la double approche de l'eschatologie, entre le « au commencement » du quatrième Évangile, qui reprend le *bereschit* de la Genèse, et la fin que décrit l'Apocalypse. Tel est sans doute le sens de la Tradition, quand elle attribue ce livre à l'auteur du quatrième Évangile.

O. C.

NOTE SUR L'ÉDITION

On a modernisé, et par là même précisé, la désignation de certaines fonctions : ainsi, en Matthieu 23^{10}, il s'imposait de remplacer « directeurs » par « docteurs » ; en Jean, aux chapitres 14, 15 et 16, à propos du Saint-Esprit, de mettre « Paraclet » et non « Directeur » et, dans le même Évangile, en 18^{18}, de remplacer « agent » par « gardes » ; de remplacer « sacrificateur » par « prêtre ».

De même on a modifié la graphie de quelques noms de personnes ou de lieux, pour introduire celle qui est devenue maintenant habituelle : ainsi on trouvera Capharnaüm au lieu de Capernaoum, Bethléem au lieu de Bethléhem, Jaïre au lieu de Jaïrus, Naïm au lieu de Naïn... En revanche, on a gardé Arimathée, comme le fait la Traduction Œcuménique de la Bible (TOB), et Ésaïe, plus fidèle à l'hébreu.

VARIANTES

Principales variantes entre le «texte reçu» (TR) collationné par Érasme en 1516, revu par Théodore de Bèze, reproduit par Robert Estienne et popularisé par les Elzévirs au XVIIe siècle, et les corrections apportées par les philologues à partir du XIXe siècle : Tischendorf, Nestle, von Soden, Hort et Westcott, etc., qui prirent en compte d'autres versions, en particulier celle du texte occidental (TO).

ÉVANGILE SELON SAINT MATTHIEU

Page 120.
1^{25}. *a.* T. R. : monde *son* fils *premier-né,* et.

Page 126.
5^{11}. *a.* T. R. ajoute : *faussement.*

Page 127.
5^{22}. *a.* T. R. ajoute : *sans raison.*

Page 128.
5^{44}. *a.* T. R. : vos ennemis, *bénissez ceux qui vous maudissent, faites du bien à ceux qui vous haïssent,* et priez pour ceux *qui vous maltraitent et* qui vous.

Page 129.
6^{1}. *a.* T. R. : de faire *votre aumône* devant.
6^{13}. *b.* T. R. ajoute : [*Car c'est à toi...* etc.]

Page 136.
9^{8}. *a.* T. R. : d'*admiration.*

Page 137.
9^{13}. *a.* T. R. ajoute : *à la repentance.*

Page 139.
10^{8}. *a.* T. R. ajoute : *ressuscitez les morts.*

Page 141.
11^{2}. *a.* T. R. : envoya *deux de* ses disciples, *pour lui dire.*

Page 143.
11^{23}. *a.* T. R. : Et toi, Capharnaüm, *toi qui as été* élevée jusqu'au ciel, *tu seras abaissée* jusqu'aux enfers.

Page 146.
12^{35}. *a.* T. R. : *du* bon trésor *de son cœur.*

Page 151.
14^{3}. *a.* T. R. : femme de *Philippe*, son frère.

Page 154.
15^{8}. *a.* T. R. ajoute : *s'approche de moi de la bouche, et* m'honore.

Page 161.
18^{10}. *a.* T. R. ajoute v. 11 : *Car le Fils de l'homme est venu chercher et sauver ce qui était perdu.*

Page 163.
19^{16}. *a.* T. R. : *Bon* Maître.

Page 164.
19^{17}. *a.* T. R. : Jésus lui dit : Pourquoi *m'appelles-tu bon ? il n'y a qu'un seul Bon, c'est Dieu.* Si tu veux.
19^{20}. *b.* T. R. ajoute : *dès ma jeunesse.*

Page 166.
20^{16}. *a.* T. R. ajoute : *car il y a beaucoup d'appelés, mais peu d'élus.*
20^{22}. *b.* T. R. ajoute : *et être baptisé du baptême dont je dois être baptisé ?*
20^{23}. *c.* T. R. ajoute : *et vous serez baptisés du baptême dont je dois être baptisé.*

Page 170.
21^{43}. *a.* T. R. ajoute v. 44 : *et celui qui tombera sur cette pierre, s'y brisera, et elle écrasera celui sur qui elle tombera.*

Page 173.
23^{8}. *a.* T. R. ajoute : *le Messie.*
23^{13}. *b.* T. R. ajoute v. 14 : « *Malheur à vous, scribes et pharisiens hypocrites ! parce que vous dévorez les maisons des veuves, sous prétexte de vos longues prières ; c'est pourquoi vous serez jugés d'autant plus sévèrement.* »

Page 176.
24[7]. *a.* T. R. ajoute : *des pestes.*

Page 179.
25[13]. *a.* T. R. ajoute : *où le Fils de l'homme doit venir.*

Page 182.
26[3]. *a.* T. R. ajoute : *les scribes.*

Page 183.
26[28]. *a.* T. R. : le sang de *la nouvelle* alliance.

Page 185.
26[59]. *a.* T. R. ajoute : *les anciens.*

Page 188.
27[35]. *a.* T. R. : sort, *afin que s'accomplît ce qui a été dit par le prophète : « Ils se sont partagé mes vêtements, et ils ont tiré mon habillement au sort.* » Puis.

Page 190.
27[64]. *a.* T. R. ajoute : *de nuit.*

Page 191.
28[9]. *a.* T. R. : *Comme elles allaient porter la nouvelle à ses disciples,* tout à coup.

ÉVANGILE SELON SAINT MARC

Page 192.
1[2]. *a.* T. R. : écrit dans *les Prophètes.*

Page 193.
1[14]. *a.* T. R. : *du royaume* de Dieu.

Page 194.
1[27]. *a.* T. R. : disaient : *Quel est ce nouvel* enseignement, *car* il commande.

Page 196.
2[17]. *a.* T. R. ajoute : *à la repentance.*
2[22]. *b.* T. R. : le vin *nouveau* fait rompre les outres, et le vin *se répand, et* les outres *sont perdues ; mais il faut mettre le vin nouveau dans des outres neuves.*

Page 198.
3[15] *a.* T. R. ajoute : *de guérir les maladies et* de.

Page 199.
3^{29}. *a*. T. R. : *il mérite une condamnation* éternelle

Page 200.
4^{10}. *a*. T. R. : sur *cette parabole.*
4^{11}. *b*. T. R. : *qu'il* a été donné *de connaître* le mystère.

Page 201.
4^{22}. *a*. T. R. : Car *il n'y a* rien *de* caché qui ne *puisse être découvert.*
4^{24}. *b*. T. R. ajoute : *qui écoutez.*

Page 206.
6^{11}. *a*. T. R. ajoute : *En vérité, je vous dis qu'au jour du jugement, Sodome et Gomorrhe seront traitées moins rigoureusement que cette ville-là.*
6^{15}. *b*. T. R. : prophète, *ou apparemment* l'un des.

Page 207.
6^{33}. *a*. T. R. : *La foule* les vit… *des* gens *le reconnurent* ; ils accoururent… villes *au lieu où il se rendait, y* arrivèrent avant eux, *et se réunirent à lui.*

Page 209.
7^{2}. *a*. T. R. ajoute : *et ils les en avaient blâmés*

Page 210.
7^{15}. *a*. T. R. ajoute v. 16 : *Si quelqu'un a des oreilles pour entendre, qu'il entende.*
7^{24}. *b*. T. R. ajoute : *et de Sidon.*

Page 211.
7^{31}. *a*. T. R. : les confins de Tyr *et de Sidon, revint* vers la mer.

Page 213.
8^{24}. *a*. T. R. : Je vois *les hommes marcher,* comme si c'étaient.

Page 214.
9^{3}. *a*. T. R. ajoute : *comme la neige.*

Page 215.
9^{16}. *a*. T. R. : Il demanda *aux scribes.*

Page 216.
9^{23}. *a*. T. R. : Si tu peux *croire,* tout.
9^{24}. *b*. T. R. ajoute : *les larmes aux yeux :* Je crois, *Seigneur,* viens.
9^{29}. *c*. T. R. ajoute : *et le jeûne.*

Page 217.
9^{43}. *a*. T. R. ajoute v. 44 : *où le ver ne meurt point, et où le feu ne s'éteint point.*

9^{46}. *b*. T. R.: Géhenne *où le ver ne meurt point, et où le feu ne s'étein point*.

9^{47}. *c*. T. R. ajoute: *ardente*.

Page 223.

11^{24}. *a*. T. R.: que vous *allez le recevoir*.

Page 226.

12^{30}. *a*. T. R. ajoute: *Voilà le premier commandement. et* voici le second *qui lui est semblable:*

12^{32}. *b*. T. R.: qu'il *n'y a qu'un Dieu*, et qu'il.

Page 228.

13^{14}. *a*. T. R. ajoute: *dont parle le prophète Daniel*

13^{22}. *b*. T. R. ajoute: *de faux Messies et*.

Page 229.

13^{33}. *a*. T. R. ajoute: *et priez*.

Page 231.

14^{22}. *a*. T. R. ajoute: *mangez*.

14^{24}. *b*. T. R.: mon sang, le sang de *la nouvelle* alliance.

Page 234.

14^{67}. *a*. T. R.: avec *Jésus de Nazareth*.

14^{70}. *b*. T. R. ajoute: *et tu en as l'accent*.

Page 235.

15^{8}. *a*. T. R.: La foule se mit à demander *à grands cris* l'élargissement

Page 236.

15^{27}. *a*. T. R. ajoute v. 28: *Et ainsi s'accomplit le passage des Écritures qui dit: «Et il a été mis au nombre des malfaiteurs.»* [Voir És 53^{12}.]

Page 238.

16^{9}. *a*. T. R. ajoute tout ce paragraphe.

ÉVANGILE SELON SAINT LUC

Page 242

1^{28}. *a*. T. R. ajoute: *femme bénie entre les femmes*.

Page 245.

2^{14}. *a*. T. R.: terre, *bienveillance* parmi les hommes!

Page 246.

2^{33}. *a*. T. R.: *Joseph* et la mère de.

Page 247.
2^{40}. *a*. T. R. ajoute : *en esprit.*

Page 249.
3^{19}. *a*. T. R. ajoute : *Philippe.*

Page 250.
3^{33}. *a*. T. R. : fils d'Aminadab, *fils d'Aram*, fils d'Esron.
4^{4}. *b*. T. R. ajoute : *mais de toute parole de Dieu.*
4^{5}. *c*. T. R ajoute : *sur une haute montagne.*

Page 251.
4^{8}. *a*. T. R. ajoute : *Arrière de moi, Satan, car* il.
4^{9}. *b*. T. R. : Si tu es *le* Fils de Dieu.
4^{19}. *c*. T. R. ajoute : *pour guérir ceux qui ont le cœur brisé.*

Page 253.
4^{41}. *a*. T. R. ajoute : *le Messie.*

Page 256.
5^{38}. *a*. T. R. ajoute : *et tous les deux se conservent.*
5^{39}. *b*. T. R. : pas *aussitôt* du nouveau... est *meilleur.*

Page 257.
6^{9}. *a*. T. R. : Je vous *ferai une question : Est-il* permis.
6^{10}. *b*. T. R. : fut rendue *saine, comme l'autre.*

Page 259.
6^{48}. *a*. T. R. : parce qu'*elle était fondée sur le roc.*

Page 267.
8^{48}. *a*. T. R. ajoute : *Rassure-toi.*
8^{54}. *b*. T. R. ajoute : *ayant fait sortir tout le monde, il la saisit.*

Page 270.
9^{35}. *a*. T. R. : mon Fils *bien-aimé.*

Page 271.
9^{50}. *a*. T. R. contre *nous*, est pour *nous.*

Page 272.
9^{55}. *a*. T. R. ajoute : *car le Fils de l'homme est venu, non pour perdre les âmes des hommes, mais pour les sauver.*

Page 273.
10^{11}. *a*. T. R. ajoute : *de vous.*

Page 275.
11^{2}. *a*. T. R. : *Notre* Père *qui es aux cieux*... vienne, *que ta volonté soit faite sur la terre comme au ciel.*
11^{4}. *b*. T. R. ajoute : *mais délivre-nous du mal.*

Page 278.
11[44]. *a.* T. R. ajoute : *scribes et pharisiens hypocrites.*
11[48]. *b.* T. R. ajoute : *leurs tombeaux.*

Page 279.
11[53]. *a.* T. R. : *Comme il leur disait ces choses,* les scribes.
11[54]. *b.* T. R. ajoute : *afin de l'accuser.*

Page 284.
13[19]. *a.* T. R. ajoute : *grand.*

Page 285.
13[35]. *a.* T. R. : vous être laissée *déserte,* et je vous dis *en vérité* que.

Page 286.
14[5]. *a.* T. R. : si son *âne* ou.

Page 291.
16[9]. *a.* T. R. : lorsque *vous viendrez à manquer,* ils.

Page 294.
17[35]. *a.* T. R. ajoute v. 36 : *de deux hommes qui seront aux champs, l'un sera pris, l'autre, laissé.*

Page 295.
18[7]. *a.* T. R. : nuit, *bien qu'il* tarde à le faire !

Page 300.
19[45]. *a.* T. R. ajoute : *et les acheteurs.*

Page 301.
20[14]. *a.* T. R. ajoute : *venez.*

Page 302.
20[24]. *a.* T. R. ajoute : *Pourquoi essayez-vous de me surprendre ?*
20[30]. *b.* T. R. : *ayant épousé la femme, mourut aussi sans enfants ;* le troisième *l'épousa,* et il en fut.

Page 310.
22[68]. *a.* T. R. : et si *même* je vous… vous ne *me* répondrez pas, *et vous ne me laisserez point aller.*

Page 311.
23[16]. *a.* T. R. ajoute v. 17 : *Or il était obligé à chaque fête de leur relâcher un prisonnier.*

Page 312.
23[38]. *a.* T. R. ajoute : *en grec, en latin et en hébreu.*

Page 313.
23[42]. *a.* T. R. ajoute : *Seigneur.*

Page 314.

24[1]. *a.* T. R. ajoute : *et quelques autres personnes avec elles.*

24[11]. *b.* T. R. ajoute v. 12 : *Toutefois Pierre se leva, courut au sépulcre, et, s'étant baissé, il vit les bandes qui étaient à terre, toutes seules, et s'en retourna chez lui, surpris de ce qui était arrivé.*

Page 316.

24[36]. *a.* T. R. ajoute : *et leur dit : « La paix soit avec vous ! »*

24[39]. *b.* T. R. ajoute v. 40 : *Après avoir ainsi parlé, il leur montra ses mains et ses pieds.*

24[46]. *c.* T. R. ajoute : *et c'est ainsi* que le Messie *devait souffrir.*

24[51]. *d.* T. R. ajoute : *et fut emporté au ciel. Après l'avoir adoré,* ils s'en.

24[53]. *e.* T. R. ajoute : *Amen !* [Ce mot hébreu (et araméen) vient de la racine *'mn* qui connote la certitude. Il signifie donc non seulement, ni surtout, « Qu'il en soit ainsi », mais « C'est vrai ! C'est assuré ! ». Il était souvent employé pour sceller une approbation liturgique. Luc a traduit « en vérité » l'*amen* utilisé par Jésus pour introduire ses affirmations majeures, *amen* redoublé et inséré dans le texte grec pour l'Évangile de Jean, où on traduit le plus souvent par « En vérité, en vérité... ».]

ÉVANGILE SELON SAINT JEAN

Page 318.

1[27]. *a.* T. R. ajoute : *et qui a pris le pas devant moi.*

1[28]. *b.* T. R. : se passèrent à *Béthabara.*

Page 322.

3[15]. *a.* T. R. ajoute : *ne périsse point, mais qu'il.*

Page 323.

3[25]. *a.* T. R. : et *des Juifs.*

Page 326.

4[42]. *a.* T. R. ajoute : *le Messie.*

Page 327.

5[3]. *a.* T. R. ajoute : *qui attendaient le bouillonnement de l'eau.* [4]*Car un ange descendait, à certains moments, dans la piscine et agitait l'eau. Le premier donc qui entrait dans l'eau, après qu'elle avait été agitée, était guéri de sa maladie, quelle qu'elle fût.*

Page 328.

5[12]. *a.* T. R. ajoute : *ton lit.*

5[16]. *b.* T. R. ajoute : *et cherchaient-ils à le faire mourir.*

Page 329.

5[30]. *a.* T. R. : la volonté *du Père* qui.

Page 331.

6^{11}. *a.* T. R. ajoute : *aux disciples, et les disciples les distribuèrent* à.

6^{22}. *b.* T. R. : que *la* seule barque *dans laquelle les disciples étaient entrés*, et que.

Page 334.

6^{69}. *a.* T. R. : que tu es *le Messie, le fils du Dieu vivant*.

Page 335.

7^{8}. *b.* T. R. : je n'y vais pas *encore*.

Page 337.

7^{39}. *a.* T. R. ajoute : *Saint*.

7^{50}. *b.* T. R. ajoute : *de nuit*.

7^{53}. *c.* T. R. ajoute tout le paragraphe 7^{53} à 8^{11}.

Page 340.

8^{38}. *a.* T. R. : ce que *vous avez vu chez* votre père.

Page 341.

8^{59}. *a.* T. R. ajoute : *en passant à travers la foule : c'est ainsi qu'il s'en alla*.

9^{4}. *b.* T. R. : Il *me* faut.

Page 348.

11^{41}. *a.* T. R. ajoute : *du caveau où le mort gisait*.

Page 350.

12^{4}. *a.* T. R. : Judas Iscariote, *fils de Simon*.

Page 352.

12^{35}. *a.* T. R. : *pendant que* vous avez.

Page 353.

12^{47}. *a.* T. R. : et *n'y ajoute pas foi*.

Page 356.

14^{4}. *a.* T. R. : et *vous savez* où je vais, *et* vous en savez le chemin.

Page 363.

17^{11}. *a.* T. R. : garde-les *en ton nom, ceux que tu m'as donnés*, afin qu'ils.

17^{12}. *b.* T. R. ajoute : *dans le monde*.

Page 364.

18^{1}. *a.* T. R. : torrent *des Cèdres*

Page 373.

21^{17}. *a.* T. R. ; « Pais mes brebis. »

Page 374.

21^{25}. *a.* T. R. ajoute ; *Amen !*

ACTES DES APÔTRES

Page 398.

8[36]. *a.* Le verset 37 est une glose ancienne inspirée de la liturgie baptismale qui ne se trouve pas dans les meilleurs manuscrits : *Philippe dit : « Si tu crois de tout ton cœur, c'est permis. » Celui-ci répondit : « Je crois que Jésus-Christ est le Fils de Dieu. »*

Page 399.

9[5]. *a.* Variante du texte occidental : ... *Il te serait dur de regimber contre l'aiguillon. Tremblant et plein d'effroi, il dit : « Seigneur, que veux-tu que je fasse ? »* Le Seigneur *lui* répondit : *« Lève-toi... »*

Page 404.

10[41]. *a.* Variante du texte occidental : *et avons vécu familièrement en sa compagnie pendant quarante jours après sa résurrection...*

Page 405.

11[3]. *a.* La variante du texte occidental est plus explicative : *Pierre, donc, au bout d'un temps assez long, voulut se mettre en route pour Jérusalem. Après avoir parlé aux frères et les avoir affermis, il s'en alla, faisant par les campagnes d'abondants discours et instruisant les gens. Lorsqu'il arriva chez eux et leur annonça la grâce accordée par Dieu,* les fidèles de la circoncision...

Page 418.

15[33]. *a.* Le v. 34 (texte occidental) est omis dans le texte oriental : *Pour Silas, il trouva bon de rester à Antioche.*

Page 421.

16[35]. *a.* La variante du texte occidental est plus explicative et plus hagiographique : *Lorsqu'il fit jour, les stratèges se réunirent ensemble sur l'agora ; ils se souvenaient avec effroi du tremblement de terre qui s'était produit et ils envoyèrent les licteurs dire :* « relâche ces gens-là » *que tu as reçus hier.*

16[39]. *b.* La variante du texte occidental est plus narrative : *Et, s'étant rendu à la prison avec de nombreux amis,* ils les prièrent de *sortir, disant : « Nous ignorions vos affaires, et que vous êtes des hommes justes. » Et après les avoir fait sortir, ils les pressèrent par ces paroles : « Sortez de cette ville, de peur que ceux qui ont crié après vous ne se rassemblent de nouveau contre vous. »*

Page 427.

19[1]. *a.* Variante du texte occidental : *Alors qu'en exécution de ses projets, Paul voulait partir pour Jérusalem, l'Esprit lui dit de revenir en Asie.*

Page 430.
20^{3}. *a.* La variante du texte occidental a tendance à privilégier l'intervention divine : au lieu de « Il prit le parti », *l'Esprit lui dit.*

Page 441.
24^{6}. *a.* Variante du texte occidental : *Nous voulions le juger selon notre loi ;* ^{7}*mais le tribun Lysias étant survenu, l'a arraché violemment de nos mains,* ^{8}*en donnant l'ordre à ses accusateurs de se rendre vers toi.*

Page 452.
28^{28}. *a.* Le verset 29 est supprimé du texte oriental : *Quand il eut dit ces mots, les Juifs se retirèrent en disputant vivement entre eux.*

ÉPÎTRE AUX ROMAINS

Page 457.
1^{28}. *a.* T. R. : la sagesse *d'avoir Dieu par une pleine connaissance.*

Page 465.
5^{17}. *a.* T. R. : *par une seule faute* au lieu de *par la faute d'un seul.*

Page 469.
8^{1}. *a.* T. R. : pour ceux qui sont en Jésus-Christ *et qui marchent non selon la chair, mais selon l'Esprit.*

Page 476.
10^{15}. *a.* T. R. : de bonnes nouvelles *et qui annoncent la paix.*

Page 477.
11^{6}. *a.* T. R. : *Mais si c'est par les œuvres, ce n'est plus une grâce. Autrement l'œuvre n'est plus une œuvre.*

Page 482.
13^{9}. *a.* T. R. : convoiteras point, *tu ne porteras point de faux témoignage.*

Page 483.
14^{6}. *a.* T. R. : celui qui s'attache à tel ou tel jour, le fait pour le Seigneur *et celui qui ne s'attache pas à tel ou tel jour, le fait pour le Seigneur.*
14^{9}. *b.* T. R. : Christ est mort, *il est ressuscité,* et a repris vie.
14^{10}. *c.* T. R. : le tribunal de *Christ.*

Page 485.
15^{7}. *a.* T. R. : Christ *nous* a accueillis.

Page 486.
15^{19}. *a.* T. R. : par celle de l'Esprit *de Dieu.*
15^{24}. *b.* T. R. : *j'irai vers vous* quand je me rendrai en Espagne.

Page 487.
15^{29}. *a.* T. R. : avec *la* bénédiction de *l'évangile du* Christ.
16^{5}. *b.* T. R. : l'*Achaïe* [au lieu de l'Asie].

PREMIÈRE ÉPÎTRE AUX CORINTHIENS

Page 490.
1^{15}. *a.* T. R. : pour que l'on ne puisse pas dire que *j'ai baptisé* en mon nom.

Page 491.
1^{23}. *a.* T. R. : folie aux *Grecs.*
2^{2}. *b.* T. R. : Je *ne me suis pas proposé de* savoir autre chose.

Page 492.
2^{4}. *a.* T. R. : par leur sagesse *humaine.*
2^{13}. *b.* T. R. : celles que l'Esprit *saint* suggère.

Page 493.
3^{3}. *a.* T. R. : des disputes *et des partis.*
3^{5}. *b.* T. R. : *sinon des* ministres qui.

Page 495.
4^{6}. *a.* T. R. : par notre exemple *à ne pas présumer en savoir* au-delà de ce qui est écrit.

Page 496.
5^{1}. *a.* T. R. : une impudicité *telle qu'elle n'est même pas nommée* chez les païens.
5^{7}. *b.* T. R. : immolé *pour nous.*

Page 498.
6^{20}. *a.* T. R. : dans votre corps *et dans votre âme, qui appartiennent à Dieu.*

Page 499.
7^{3}. *a.* T. R. : Que le mari *rende à la femme la bienveillance qui lui est due.*
7^{5}. *b.* T. R. : afin de vous appliquer *au jeûne* et à la prière.

Page 500.
7^{29}. *a.* T. R. : le temps est court *désormais.*

Page 501.
7^{39}. *a.* T. R. : la femme est liée *par la loi.*

Page 502.
8^{7}. *a.* T. R. : *mangent à présent encore* de la viande.
8^{11}. *b.* T. R. : *et le frère qui est faible courra à sa perte à l'occasion de ta science, lui* pour lequel Christ est mort!

Page 504.

9[20]. *a.* T. R. : TR omet : *quoique, personnellement, je ne sois pas sous la Loi.*

9[21]. *b.* T. R. : quoique je ne sois point sans *loi pour Dieu mais que je sois soumis à la loi pour* Christ.

Page 506.

10[28]. *a.* T. R. : à cause de la conscience *car la terre est au Seigneur avec tout ce qu'elle contient.*

Page 507.

11[2]. *a.* T. R. : Je vous loue *frères.*

Page 508.

11[24]. *a.* T. R. : « *Prenez, mangez,* ceci est mon corps qui *va être rompu* pour vous.

Page 509.

11[29]. *a.* T. R. : boit *indignement, en ne discernant pas* le corps du Seigneur.

Page 510.

12[13]. *a.* T. R. : abreuvés *de manière à ne former qu'un* seul et même Esprit.

Page 513.

14[18]. *a.* T. R. : je bénis *mon* Dieu.

14[21]. *b.* T. R. : par des lèvres *étrangères.*

Page 515.

14[37]. *a.* T. R. : qu'il reconnaisse *dans* ce que je vous écris *les commandements* du Seigneur.

Page 516.

15[19]. *a.* T. R. : Si *dans cette vie* nous n'avons d'espérance *qu'en Christ seulement.*

Page 518.

15[47]. *a.* T. R. : le second homme, *le Seigneur,* vient du ciel.

Page 519.

15[55]. *a.* T. R. : Ô *sépulcre,* où est ta victoire ?

SECONDE ÉPÎTRE AUX CORINTHIENS

Page 521.

1[6]. *a.* T. R. : pour votre salut *qui s'opère en supportant les même afflictions que nous.*

Page 522.
1^{12}. *a*. T. R. : avec la *droiture* [au lieu de *sainteté*].

Page 523.
1^{20}. *a*. T. R. : oui en Jésus *et Amen en lui* à la gloire de Dieu.

Page 524.
2^{10}. *a*. T. R. : car *si moi j'ai pardonné à qui j'ai pardonné, c'est* à cause de vous.

Page 527.
4^{14}. *a*. T. R. : aussi *par* lui, au lieu de aussi *avec* lui.

Page 531.
7^{12}. *a*. T. R. : *notre* dévouement pour *vous*.
7^{13}. *b*. T. R. : c'est *pourquoi votre consolation* nous a consolé.

Page 532.
8^{4}. *a*. T. R. : instamment *de recevoir leur aumône et leur contribution pour* l'assistance.

Page 533.
8^{19}. *a*. T. R. : comme preuve de *votre* bonne volonté.

Page 534.
9^{4}. *a*. T. R. : *que cette* assurance *dont nous nous sommes vanté !*

Page 539.
12^{1}. *a*. T. R. : *Il n'est pas bon de me glorifier,* mais.

Page 540.
12^{11}. *a*. T. R. : J'ai été déraisonnable *en me vantant*.

Page 541.
12^{19}. *a*. T. R. : *Vous croyez encore une fois* que.
13^{2}. *b*. T. R. : au milieu de vous, je *l'écris* encore aujourd'hui.

ÉPÎTRE AUX GALATES

Page 546.
3^{1}. *a*. T. R. : qui vous a fascinés, *que vous n'obéissiez pas à la vérité,* vous.

Page 547.
3^{17}. *a*. T. R. : en bonne forme *en vue du Christ* et annuler la promesse.

Page 549.
4^{7}. *a*. T. R. : tu es aussi héritier *de Dieu par l'intermédiaire de Christ*.
4^{14}. *b*. T. R. : repoussé, *tout éprouvé que j'étais dans* ma chair.

Page 550.

4^{26}. *a*. T. R. : c'est notre mère *à tous*.

4^{28}. *b*. T. R. : pour *nous*, frères, *nous sommes*.

4^{31}. *c*. T. R. : *tenez donc ferme dans la liberté par laquelle Christ nous a affranchis*.

Page 553.

6^{15}. *a*. T. R. : car *en Jésus-Christ* la circoncision.

ÉPÎTRE AUX ÉPHÉSIENS

Page 555.

1^{18}. *a*. T. R. : les yeux de votre *intelligence*.

Page 558.

3^{6}. *a*. T. R. : la même promesse *que Dieu nous a faite en Christ*, par.

3^{9}. *b*. T. R. : les éclairer tous sur *l'étendue de la communication* du mystère.

3^{9}. *c*. T. R. : le créateur de toutes choses *par Jésus-Christ*.

3^{14}. *d*. T. R. : devant le Père *de Notre Seigneur Jésus-Christ*.

Page 559.

4^{6}. *a*. T. R. : demeurant en *vous* tous.

4^{9}. *b*. T. R. : sinon qu'il était *d'abord* descendu.

Page 560.

4^{17}. *a*. T. R. : comme *le reste des* païens.

Page 562.

5^{9}. *a*. T. R. : le fruit de *l'Esprit* consiste.

5^{21}. *b*. T. R. : la crainte de *Dieu*.

Page 563.

5^{29}. *a*. T. R. : comme le *Seigneur* en use.

Page 564.

6^{7}. *a*. T. R. : *servant* le Seigneur *avec affection* et non les hommes.

6^{12}. *b*. T. R. : contre les puissances *des ténèbres de ce monde*.

ÉPÎTRE AUX PHILIPPIENS

Page 570.

3^{3}. *a*. T. R. : nous qui servons Dieu *en esprit*, qui.

Page 571.

3^{16}. *a*. T. R. : marchons *en suivant la même règle et soyons en bonne intelligence* comme nous.

Page 572.
4^{13}. *a.* T. R.: par *Christ* qui me fortifie.

ÉPÎTRE AUX COLOSSIENS

Page 574.
1^{14}. *a.* T. R.: la délivrance *par son sang.*

Page 575.
2^{2}. *a.* T. R.: du mystère de Dieu, *le Père, et de* Christ.

Page 576.
2^{7}. *a.* T. R.: étant affermis *dans* la foi.
2^{11}. *b.* T. R.: par le dépouillement *du corps soumis aux péchés de la chair.*

Page 577.
2^{18}. *a.* T. R.: s'embarquent dans des *choses qu'ils n'ont point vues.*

Page 578.
3^{15}. *a.* T. R.: Que la paix *de Dieu.*

Page 579.
3^{22}. *a.* T. R.: comme craignant *Dieu.*

Page 580.
4^{12}. *a.* T. R.: étant parfaits et *accomplis.*

PREMIÈRE ÉPÎTRE AUX THESSALONICIENS

1^{1}. *b.* T. R.: *par Dieu notre père et par notre Seigneur Jésus-Christ.*

Page 581.
1^{5}. *a.* T. R.: ne vous *est pas parvenu* avec.

Page 582.
2^{15}. *a.* T. R.: et *leurs propres* prophètes.

Page 583.
3^{2}. *a.* T. R.: Timothée, *le ministre de Dieu et notre compagnon d'œuvres* dans la propagation.

Page 585.
4^{8}. *a.* T. R.: pour qu'il se répande sur *nous.*

Page 587.
5^{27}. *a.* T. R.: que cette lettre soit lue à tous les *saints.*

SECONDE ÉPÎTRE AUX THESSALONICIENS

Page 588.
1[7]. *a.* T. R. : Entouré *d'un feu flamboyant.*

PREMIÈRE ÉPÎTRE À TIMOTHÉE

Page 591.
1[1]. *a.* T. R. : et du *Seigneur* Jésus-Christ.

Page 592.
1[17]. *a.* T. R. : invisible, *à Dieu seul sage.*

Page 594.
3[3]. *a.* T. R. : ni violent, *point porté à un gain sordide.*

Page 595.
4[12]. *a.* T. R. : en charité, *en esprit,* en foi.

Page 596.
4[15]. *a.* T. R. : afin que *tes* progrès *soient visibles en toutes choses*

Page 598.
6[5]. *a.* T. R. : injustes, *vaines discussions...* lucre : *sépare-toi de ces gens-là.*

Page 599.
6[19]. *a.* T. R. : la vie *éternelle.*

SECONDE ÉPÎTRE À TIMOTHÉE

Page 602.
2[19]. *a.* T. R. : le nom *de Christ.*

Page 604.
4[1]. *a.* T. R. : conjure *donc...* devant le *Seigneur* Jésus-Christ. . morts, *lors* de son.

ÉPÎTRE À TITE

Page 605.
1[4]. *a.* T. R. : grâce, *la miséricorde* et la paix... par *le Seigneur*, Jésus-Christ.

Page 607.
2[5]. *a.* T. R. : chastes, *sédentaires*, bonnes.

ÉPÎTRE À PHILÉMON

Page 609.
7[7]. *a.* T. R. : Nous *ressentons* bien de la *reconnaissance* et bien.

ÉPÎTRE AUX HÉBREUX

Page 611.
1[3] après avoir fait *par lui-même* la purification de *nos* péchés.

Page 613.
2[8]. *a.* T. R. : *et tu l'as établi sur les œuvres de tes mains.*

Page 614.
3[4]. *a.* T. R. : celui *qui a construit l'univers,* c'est Dieu.
3[9]. *b.* T. R. : me tentèrent *et m'éprouvèrent.*

Page 623.
8[4]. *a.* T. R. : tout un personnel *de prêtres.*

Page 624.
9[1]. *b.* T. R. : le premier *tabernacle* possède.

Page 625.
9[14]. *a.* T. R. : *votre* conscience.

Page 626.
10[2]. *a.* T. R. : *on aurait* cessé de.

Page 629.
10[34]. *a.* T. R. : pour *mes liens...* part, *dans les cieux*, une fortune.

Page 630.
11[11]. *a.* T. R. : *reçut la puissance* d'enfanter et *enfanta malgré son âge,* parce qu'elle.

Page 631.
11^{13}. *a.* T. R. : les ayant vues, *crues* et saluées de loin.

Page 634.
12^{20}. *a.* T. R. : lapidée *ou percée d'un trait.*

Page 635.
12^{28}. *a.* T. R. : agréable, avec *vénération et avec respect.*
13^{11}. *b.* T. R. : car les corps des animaux, *immolés pour le péché*

ÉPÎTRE DE SAINT JACQUES

Page 640.
1^{26}. *a.* T. R. : Si quelqu'un *parmi vous.*

Page 641.
2^{18}. *a.* T. R. : Montre-moi ta foi *par tes* œuvres.
2^{20}. *b.* T. R. : la foi sans les œuvres est *morte* ?

Page 643.
3^{12}. *a.* T. R. : figues ? *Ainsi aucune source ne peut donner de l'eau salée et de l'eau douce.*
4^{4}. *b.* T. R. : *Hommes et femmes* adultères.
4^{5}. *c.* T. R. : *C'est avec* jalousie que *Dieu chérit l'âme qui a habité au-dedans de* nous.

Page 644.
4^{15}. *a.* T. R. : Si le Seigneur le veut *et que nous vivions.*

Page 645.
5^{9}. *a.* T. R. : afin que vous ne soyez pas *condamnés ;* voici, *un* juge.
5^{11}. *b.* T. R. : vous *connaissez* la fin que.
5^{12}. *c.* T. R. : afin de ne pas tomber *jusqu'à l'hypocrisie.*

PREMIÈRE ÉPÎTRE DE SAINT PIERRE

Page 648.
1^{8}. *a.* T. R. : lui, *sans le connaître.*

Page 649.
1^{22}. *a.* T. R. : *d'un* cœur *pur.*
2^{2}. *b.* TR omet : *pour le salut.*
2^{5}. *c.* TR omet : *constituez.*

Page 652.
3^{8}. *a.* T. R. : de tendresse, *de jovialité.*

3[13]. *b.* T. R. : qui vous maltraitera, si vous *êtes des imitateurs de celui qui est bon ?*
3[15]. *c.* T. R. : *Dieu,* le Seigneur.

Page 654.
4[14]. *a.* T. R. : sur vous, *insulté par eux mais glorifié par vous.*

Page 655.
5[5]. *a.* T. R. : tous, *ayant de la déférence les uns pour les autres.*

SECONDE ÉPÎTRE DE SAINT PIERRE

Page 656.
1[3]. *a.* T. R. : par *le moyen* de sa propre gloire.

Page 657.
1[12]. *a.* T. R. : Dans ce but, *je ne négligerai point* de.

Page 658.
2[2]. *a.* T. R. : dans leurs désordres *et dans leur ruine.*

Page 660.
3[3]. *a.* T. R. : que *jusqu'à la fin des* temps.

Page 661.
3[10]. *a.* T. R. : comme un voleur *dans la nuit.*

ÉPÎTRE DE JUDE

Page 674.
[1]. *a.* T. R. : aux élus *qui ont été sanctifiés par* Dieu.
[4]. *b.* T. R. : renient *Dieu* notre seul Maître et *Jésus-Christ notre Seigneur.*
[5]. *c.* T R. : rappeler, *à vous qui savez une fois pour toutes* que le Seigneur.

Page 675.
[19]. *a.* T. R. : ces gens-là, *des dissidents,* fauteurs.

Page 676.
[22-23]. *a.* T. R. : Puis, *ayez pitié des uns avec discernement, sauvez les autres avec crainte,* en les arrachant au feu.
[25]. *b.* T. R. : *à Dieu seul sage, notre Sauveur,* soient gloire.

NOTES

ÉVANGILE SELON SAINT MATTHIEU

Chapitre 1

Page 119.

1-16. *Généalogie...* : les généalogies ne sont pas des listes exactes. Elles éclairent les origines et la signification de Jésus. — « Fils de David » : dans le judaïsme de l'époque on était convaincu que le roi eschatologique attendu serait un descendant de David. — Lors de l'émigration à Babylone : en 598 av. J.-C., sur l'ordre de Nabuchodonosor. — Après l'émigration : en 538 av. J.-C., Cyrus, roi des Perses, qui s'est rendu maître du Moyen-Orient, permet aux Hébreux de rentrer de Babylone. — Dans la présentation de la généalogie (v. 1-16), c'est l'homme qui engendre. La femme accueille la semence et la fait mûrir. Quatre noms de femmes sont mentionnés : Thamar, qui se déguise en prostituée et séduit son beau-père Juda dont elle a deux jumeaux, Pharès et Zara (Gn 38^{6-30}) ; Rahab, la prostituée de Jéricho, qui sauve les espions envoyés par Josué en les cachant dans sa maison (Jos 2^{1-21}) ; Ruth la Moabite, une « étrangère » qui, une nuit pendant la moisson, s'étend près du vieux, sage et riche Booz qui est amené ainsi à l'épouser (Livre de Ruth) ; la femme d'Urie le Hittite, Bethsabée : très belle, elle est séduite par David qui fait périr Urie sur le champ de bataille. Trois étrangères donc, et toute la densité de la vie et de la passion. — À la fin, il n'est pas dit que Joseph engendra Jésus, mais seulement que Jésus est né de Marie, c'est-à-dire, ici, a été conçu par elle. Mystère de la conception virginale ?

17. *Quatorze générations* : nombre repris par trois fois. Un rythme dans l'histoire ; quatorze = deux fois sept. Jésus vient au terme de la sixième semaine de l'histoire sainte, à la plénitude des temps.

Page 120.

19. *Un homme de bien*: *dikaios* en grec, c'est le *tsaddiq* hébreu, mot qui désigne une sorte de sainteté.

20. *Un ange du Seigneur,* ou, plutôt, l'ange du Seigneur. Le mot signifie messager; au singulier l'ange est presque identique à Dieu lorsque celui-ci se manifeste. — En songe: c'est l'« imaginal » vrai dont a si bien parlé Henri Corbin, notamment dans ses études sur la mystique iranienne. Dans ce *mundus imaginalis,* Dieu communique à l'homme ses messages.

21. *Jésus*: en hébreu *Iesu'a,* plus tard *Jehosu'a.* Étymologiquement: « Seigneur, viens en aide. » À partir d'une étymologie populaire, les Hébreux ont compris: « Le Seigneur sauve, libère, met au large. » Pour la pensée sémite, le nom suggère le sens d'un être et de sa destinée.

21. *Son peuple*: non seulement Israël, mais tous ceux qui croiront en lui.

22-23. *Afin que s'accomplît ce qu'avait dit le Seigneur par le prophète...* : Matthieu interprète les événements majeurs de la vie de Jésus comme l'accomplissement des grands événements et des prophéties de l'Ancien Testament. La citation, ici, provient de la Septante (És 7^{14}), la version hébraïque ne parle pas de la « vierge », mais de la « jeune femme ». Matthieu combine le texte grec et le texte hébreu d'Ésaïe, comme c'est déjà le cas dans les manuscrits de Qumrân.

23. *Dieu avec nous*: c'est le premier et le dernier mot de cet Évangile, l'affirmation fondamentale de Matthieu reprise de l'Ancien Testament et prodigieusement amplifiée.

25. *Il ne la connut point*: expression biblique désignant l'acte sexuel. — *Jusqu'à ce qu'elle eût mis au monde*: le mot *eôs,* jusqu'à ce que, permet des interprétations différentes. Selon de nombreux exégètes protestants (et quelques-uns catholiques), il signifie que Marie et Joseph, après la naissance de Jésus, ont eu la vie d'un couple normal. Les Pères de l'Église, et la grande tradition catholique et orthodoxe, estiment que Matthieu ne parlait pas ici du temps d'après cette naissance, et donc que Marie était restée vierge.

Chapitre 2

1 *Bethléem:* à 8 km de Jérusalem. Le nom peut signifier soit maison du pain, soit maison de Lahma, une divinité cananéenne.

1. *Hérode*: Hérode le Grand vécut entre 63 et 4 ou 1 av. notre ère. En 40, sous le protectorat romain, il était devenu roi de Judée. En 37, il avait conquis Jérusalem, au prix d'un massacre. C'était un souverain cruel mais habile, grand bâtisseur à la manière hellénistique. La naissance de Jésus eut lieu quelques années avant sa mort.

1. *Des mages*: à l'origine, les membres d'un clan mède, prêtres de la religion zoroastrienne. À l'époque de Jésus, on appelait ainsi les prêtres, astrologues et magiciens orientaux. On a dit, en s'appuyant sur

le nombre de leurs cadeaux, qu'ils étaient trois, puis, en Occident, des rois. Pour Matthieu, les mages symbolisaient sans doute les sages païens.

2. *Son étoile*: certains interprètes ont évoqué ici un événement naturel mais exceptionnel: une *supernova*, une comète. Pour Képler, la conjonction du Saturne juif et du Jupiter hellène, signe annonciateur du «Grand Roi». D'autres évoquent un événement miraculeux. Ou encore, un thème astrologique déchiffré par les mages: il y avait alors, en Orient, des astrologues voyageurs. On a même trouvé, à Qumrân, un horoscope du Messie.

Page 121.

4. *Les scribes*: ceux qui connaissent la Loi; appartenant le plus souvent au groupe des pharisiens.

11. L'or, l'encens et la myrrhe: parfums arabes, reprise de l'espérance juive que le Messie serait vénéré par tous les peuples. Plus tard, l'Église a vu dans l'or le symbole de la majesté royale, dans l'encens, celui du sacerdoce suprême, dans la myrrhe, utilisée pour l'embaumement, l'annonce de la mort-résurrection du Sauveur.

15. *J'ai appelé mon Fils d'Égypte*: la destinée de Jésus, selon Matthieu, récapitule celle du peuple juif. Par ailleurs, l'Égypte était le refuge traditionnel des Juifs de Palestine, à l'époque des souverains ptoléméens.

Page 122.

18. *Rachel pleure ses enfants* car elle était la mère de la tribu de Benjamin emmenée en esclavage (Jr 31^{15}). Les récits de l'enfance, chez Matthieu, ont un caractère tragique. Comme l'a écrit saint Jean: «La lumière brille dans les ténèbres, mais les ténèbres ne l'ont point reçue» (Jn 1^{5}).

22. *Archelaüs*: souverain de Judée, Samarie et Idumée entre 4 av. J.-C. et 6 ap. J.-C. Sur la plainte de ses sujets, l'empereur le destitua, l'exila en Gaule et confia ses territoires à un administrateur romain.

22. *La Galilée*: *Gehil-ha-Goïm*, la Galilée des Nations où vivaient des Juifs mêlés de Phéniciens, Babyloniens et Grecs.

23. *Nazaréen*: qui vient de Nazareth, pensent les uns. Mais pour d'autres, ce nom est lié à la prophétie sur le «rameau», *neser*, qui sort de la souche de Jessé (És 11^{1}). Pour d'autres encore, il désigne le *nazir*, celui qui est «consacré à Dieu», avant même sa naissance.

Chapitre 3

1. *Jean Baptiste* a commencé sa prédication en 27.

2. *Le royaume des cieux*: expression révérentielle pour Royaume de Dieu, dont on n'ose pas écrire le Nom. Pour les chrétiens, dit Origène, Jésus lui-même est le Royaume.

6. *Baptiser*: le baptême de Jean était donné à tous (et non à des ini-

tiés comme les bains de purification à Qumrân). Il était donné aux Juifs pour les préparer à devenir un peuple nouveau (et non aux païens pour devenir juifs, selon un rite attesté à la fin du Ier siècle), et il était irrépétable, préparation au jugement ultime.

Page 123.

7. *Pharisiens* : *perushim*, c'est-à-dire «séparés». Un des grands courants de pensée du judaïsme à l'époque de Jésus. Ils n'étaient pas prêtres et venaient de toutes les couches de la société. Ils étudiaient et pratiquaient la Loi dans tous ses développements, écrits et oraux (fixés plus tard dans le Talmud). D'une grande rigueur morale et spirituelle. — *Sadducéens* : groupe lié aux descendants de Sadoc, auxquels, après l'exil, avait été confié le ministère sacerdotal au Temple. Au temps de Jésus, ils constituaient une sorte d'aristocratie. Ils ne reconnaissaient comme Écriture sainte que le Pentateuque et refusaient, par archaïsme, la foi dans la résurrection.

7. *La colère à venir* : expression anthropomorphique pour désigner l'expérience de Dieu qu'auront, lors du Jugement, ceux qui le refusent. Le feu de l'amour éprouvé «du dehors».

8. *Repentance* : en grec *metanoïa*, retournement de toute la saisie du réel.

9. *De ces pierres, Dieu peut susciter des enfants* : en araméen, une sorte de jeu de mots car les pierres (*abnajja*) et les fils (*benajja*) s'expriment par des termes très proches.

11. *Digne de lui porter ses sandales* : dans la société d'alors une des besognes les plus basses, dont même les esclaves d'origine juive étaient dispensés.

15. *Ce qui est juste* : Jésus, dans son abaissement, se fait semblable aux pécheurs et prend sur lui leur condition.

17. *Mon Fils bien-aimé* : c'est la manifestation (théophanie : nom de la fête en Orient) trinitaire du Baptême : le Père parle, l'Esprit descend sous la forme d'une colombe (lumière et croix), rendant pleinement consciente en Jésus sa divinité.

Chapitre 4

1. *Tenté par le diable* : diable, *diabolos* en grec, c'est-à-dire le «séparateur», traduction du mot hébreu *shatan*, l'adversaire.

Page 124.

8. *Une montagne très haute* : montagne symbolique. Mais les moines, à partir du IVe siècle, ont vénéré une montagne près de Jéricho et, plus tard, l'ont nommée «de la quarantaine».

10. *Retire-toi Satan* : Jésus est tenté comme le fut le peuple hébreu durant l'Exode, les quarante jours de jeûne reprenant les quarante années du désert. Mais il triomphe des trois tentations majeures...

22. *Le suivirent* : l'appel de Jésus suscite une adhésion immédiate.

Page 125.
24. *Des démoniaques, des lunatiques*: les Hébreux ont considéré d'abord le mal comme un châtiment divin. Durant leur exil à Babylone, ils adoptèrent l'idée que la maladie, surtout mentale, est causée par les démons. Jésus refuse que la maladie ou le malheur soit un châtiment (cf. la tour de Siloé, Lc 13^{4} et l'épisode de l'aveugle-né, Jn 9^{1-41}) et libère ceux qui se considèrent comme possédés. — *Lunatiques*: livrés aux caprices de la lune et du monde «sub-lunaire». Probablement des épileptiques.

Chapitre 5

3. *Heureux...* : les Béatitudes des Évangiles, parce qu'elles sont essentiellement spirituelles, se distinguent des textes du même genre que l'on peut trouver dans le Moyen-Orient ancien. La «pauvreté en esprit» signifie le dépouillement intérieur, la simplicité de cœur. «Ceux qui pleurent» sur le mal du monde et leur propre complicité font place au Paraclet, au Consolateur. La «terre», c'est la terre messianique, c'est-à-dire dès maintenant la face cachée de la terre que décèle le «cœur» profond, lavé par les larmes, devenu un «œil de feu» qui voit la lumière divine. La «justice», dans les grandes prophéties bibliques, signifie le service du pauvre, le partage librement consenti. Pour l'Évangile, c'est le même mouvement mais dans la résurrection communiquée.

Page 126.
13. *Le sel de la terre*: c'est le «sel» qui, dans la pensée biblique, transforme la terre en offrande, à la fois la conserve et lui donne sens et goût.

Page 127.
19. Celui qui... aura appris aux hommes à observer les commandements: Jésus ne détruit pas la Loi, il la désobjective, lui ôte son juridisme minutieux, à la fois rassurant et impossible, exprime son intention profonde.

Page 58.
22. *Raca* : crétin, en araméen.
22. *Le sanhédrin* : autorité suprême pour les Juifs, comptait 71 membres, était présidé par le grand prêtre et siégeait à Jérusalem.
29. *Une occasion de chute* : dans la Septante, le verbe *skandalizo* traduit deux racines hébraïques qui signifient «achopper» et «poser un piège». D'où le double sens du mot *skandalon*.
30. *Qu'un seul de tes membres périsse* : l'œil désigne la manière de voir, la main, de saisir. Il s'agit non de se mutiler — encore que l'accent, violent, soit de rupture —, mais de transformer radicalement la vision et l'usage du monde.

Page 128.

32. *Adultère*: dans la société juive, les hommes avaient le privilège de la répudiation, soit totalement à leur gré (Hillel), soit en cas d'infidélité (Shammaï). Jésus rejette cette possibilité et pose l'absolu du mariage, sauf en cas de *porneia*, objectivation de la sexualité en dehors d'un authentique amour. Hillel et Shammaï sont deux grands sages pharisiens de l'époque hérodienne (seconde moitié du Ier siècle av. J.-C. et début du Ier siècle après). Ils s'affrontaient, eux et leurs écoles, sur l'interprétation de la Loi : interprétation stricte, légaliste, pour Shammaï, large et attentive aux cas personnels et aux imprévus de la vie pour Hillel.

43. *Tu aimeras ton prochain et tu haïras ton ennemi* : on ne peut trouver pareil commandement dans l'Ancien Testament ni dans les écrits rabbiniques. En revanche, les textes de Qumrân appellent la vengeance divine sur les « fils des ténèbres » (1 QS 1, 9 ; 2 QS 2, 2-17). Dans les références aux écrits qumraniens, la lettre Q signifie Qumrân, le chiffre qui la précède désigne celle des grottes où le texte a été découvert ; les chiffres qui suivent le Q spécifient le fragment, la lettre S indique la Règle de cette communauté monastique juive : *Sérèk ha-Yahad.*

Chapitre 6

Page 129.

6. *Lieu secret*, la chambre dont on ferme la porte : c'est l'intériorité la plus silencieuse.

9. *Notre Père* : *Abba*, Père, est, dans l'Évangile, la révélation, humble et plénière, du nom de Dieu. L'Église ancienne avait un tel respect pour cette prière qu'elle ne l'enseignait qu'au moment du baptême.

11. *Notre pain quotidien* : *épiousios*, un mot qui ne se trouve qu'ici dans les Évangiles et qui semble signifier « substantiel » et « de demain », c'est-à-dire du jour ultime, du monde à venir. Beaucoup de Pères ont vu dans cette expression le pain eucharistique ou la Parole de Dieu.

13. *Ne nous induis point en tentation* est un sémitisme pour : ne nous laisse pas entrer dans la tentation, celle des derniers temps : l'idole, l'oubli, et celle de toujours : le meurtre, le suicide.

13. *Délivre-nous du mal* : ou du « mauvais », l'adversaire (satan), le séparateur (*diabolos*).

Page 130.

17. *Quand tu jeûnes...* : c'est justement quand le Père est avec nous, « dans le secret », que nous ne pensons pas à « manger » : le « parfum » des êtres, des choses, de Dieu, remplace la nourriture.

19. *La gerce* : les mites.

22. *L'œil*, c'est l'œil du cœur. S'il est ouvert à la lumière de Dieu, tout notre être participe à celle-ci ; sinon, tout est dans les ténèbres.

24. *Mammon*, c'est l'argent.

Page 131.

32. *Votre Père céleste sait que vous en avez besoin*: Jésus enseigne le refus du souci et l'étonnement devant la beauté du monde.

Chapitre 7

6. *Ne donnez point les choses saintes aux chiens*: l'Évangile souligne que Dieu se révèle et se donne, mais il n'ignore pas un certain retrait «ésotérique». «Je ne révélerai pas le mystère à tes ennemis», dit la prière avant la communion dans les liturgies orientales.

Page 132.

12. *Tout ce que vous voudriez que les hommes fissent pour vous, faites-le de même pour eux*: telle est la «règle d'or», connue dans le monde antique tout entier. «Voici la loi, tout le reste n'est qu'explication», disait le rabbin Hillel (*Michna, Shahhat* 31 a). Jésus exprime la règle d'or de manière affirmative, ce qui était rare: on doit prendre l'initiative, sans rien attendre en retour.

20. *C'est donc à leurs fruits que vous les connaîtrez*: dans ses *Homélies sur l'Évangile de Matthieu*, saint Jean Chrysostome note que le Christ n'interdit pas à un homme mauvais de changer, mais dit qu'il ne peut donner de bons fruits tant qu'il reste uni au mal.

Page 133.

23. *Retirez-vous de moi, ouvriers d'iniquité*: réaliser des miracles, manifester ostensiblement des charismes, même au nom du Christ, ne signifie pas que l'on fasse la volonté du Père. L'orgueil guette. L'appel est à l'humble service, dans une confiance tenace. Quant aux textes de malédiction, dans l'Évangile, ce sont des avertissements dont plusieurs Pères ont souligné le caractère «pédagogique». Le sens profond de l'Évangile, c'est la volonté de Dieu «que tous les hommes soient sauvés» (I Tm 2^{4}).

Chapitre 8

2. *Lépreux*: le mot désignait tout homme atteint d'une maladie de peau. Ce type de maladie excluait de la communauté, étant tenu pour un châtiment que Dieu infligeait à l'homme pécheur. Jésus ignore cette conception, voit seulement la douleur, le malheur, et guérit. Mais il ne veut pas qu'on le dise: ce n'est pas lui qui guérit, c'est la force venant du Père et qui rayonne de Jésus et que seule la foi peut recevoir.

4. *Garde-toi d'en parler à personne*: voir la note à Mc 3^{12}.

Page 134.

20. *Fils de l'homme*: dans le Nouveau Testament, on ne trouve cette expression que dans la bouche de Jésus. C'est par elle qu'il se désigne le plus souvent. Elle prend son sens dans le livre de Daniel (Dn 7^{13}); il

s'agit de l'homme céleste qui vient pour le jugement ultime. Elle désigne à la fois une personne et, en elle, une communauté.

Page 135.

22. *Laisse les morts ensevelir leurs morts* : toute culture, religion ou non-religion qui ignore la résurrection est une culture de morts qui ensevelissent leurs morts. L'essentiel est de suivre le Vivant qui vivifie et en qui il n'y a plus de mort, ni de morts.

28-34. Le pays des *Gadaréniens* ou des Gergéséniens, en Décapole, au sud-est du lac de Génésareth, est un pays païen où l'on élevait des porcs (interdits en Israël). Le porc est un sanglier domestiqué, et le sanglier avait été l'animal favori de la « grande déesse ». Par un mouvement régressif, les démons, chassés des hommes, se réfugient dans les porcs et ceux-ci dans la mer, la déesse-mère pour les païens, le résidu du chaos pour les Juifs, et tout s'achève dans la mort. On comprend que les habitants du pays prennent peur devant cet exorcisme cosmique.

Chapitre 9

Page 136.

10. Les *publicains* étaient doublement méprisés : parce qu'ils collectaient impôts et taxes pour le compte des Romains, occupants et païens, et parce qu'ils en profitaient souvent pour pressurer le peuple à leur propre bénéfice.

Page 137.

13. *Je ne suis pas venu appeler les justes, mais les pécheurs* : l'épisode résume le mouvement profond de l'Évangile. Jésus, partageant le repas (rite semi-communionnel) des « publicains et gens de mauvaise vie », brise les tabous du pur et de l'impur pour aller sauver, par pure grâce, les malades et les pécheurs.

15. *Alors ils jeûneront* : le jeûne, dans la spiritualité juive, exprime le deuil, le sentiment d'une vie qui n'a plus de sens. En revanche, être avec Jésus signifie la vie en plénitude. Après son « ascension », le jeûne désignera l'attention à cette absence/présence et l'attente de sa venue.

17. *Le vin nouveau* est la grâce du Christ, disaient les Pères.

27. *Jésus s'en alla* : une force vivifiante rayonne du Christ. Mais elle doit être recherchée, accueillie : « Ta foi t'a guérie », dit-il à la femme atteinte d'une hémorragie. La scène de résurrection, entrelacée significativement à cette guérison, est d'une légèreté émouvante : « La jeune fille dort » : diagnostic d'une catalepsie, ou modestie de Jésus — qui « s'en alla », fuyant ses propres miracles.

Page 138.

27. *Fils de David* : une des origines, dans la tradition orientale, de la formule employée dans la « prière de Jésus ».

37. *La moisson est grande, mais il y a peu d'ouvriers...* : telle est, plus que jamais, notre situation.

Chapitre 10

Page 139.

2. *Apôtres* : le mot grec *apostolos*, traduction de l'hébreu *shaliah*, araméen *cheliha*, signifie l'« envoyé » — qui partage la dignité de celui qui l'envoie.

3. *Thomas* : c'est le mot araméen *té'oma* qui signifie « jumeau » (en grec Didyme signifie aussi jumeau) — un surnom plutôt qu'un nom. Jumeau de qui ? Nous ne savons. Les gnostiques diront : de Jésus, d'où l'importance qu'ils accorderont à l'Évangile de Thomas.

3. *Lebbée* : chez Marc, Thaddée. Il y a une incertitude sur ce nom : chez Luc (Lc 6^{16}), il s'agit de Jude, et chez Jean (Jn 15^{22}) de Judas (non pas Iscariote).

4. *Simon le zélateur* : le zélé. Peut-être un ancien « zélote » appartenant au groupe qui préconisait une résistance violente contre l'occupant romain.

4. L'iscariote ou *Iscariote* : homme (*ish*) de Kérioth, un bourg au sud de la Palestine ; ou de *sicarius*, sicaire, équivalent latin de zélote. Judas et Simon le zélote formaient-ils une sorte de paire ? Cela permet à certains exégètes d'expliquer la trahison de Judas par sa déception devant le refus de Jésus de devenir roi et de prendre la tête d'une insurrection.

5-6. *N'allez pas vers les Païens...* : Jésus s'adresse alors uniquement à la maison d'Israël, dont il espère que « les brebis perdues », par lui sauvées, pourraient faire le noyau du nouveau peuple de Dieu.

Page 140.

25. *Belzébuth* : litt. « le dieu des mouches », un des noms de satan.

29. *Il n'en tombe pas un à terre sans la volonté de votre Père* : Dieu ne veut la mort d'aucune créature (Sg 1^{13}). « Jésus, dit saint Jean Chrysostome, évoque uniquement le fait que rien de ce qui se passe n'est invisible à Dieu. » La crainte de Dieu nous libère de la crainte du monde. L'angoisse (au sens heideggérien) ne s'explique que par l'intuition, quand le vide de « ce monde » nous absorbe, que nous manquons notre destinée éternelle.

33. *Quiconque me reniera..., je le renierai aussi...* : toujours le dualisme et la dureté matthéens ; est-ce Jésus qui parle ainsi, ou le témoin d'une communauté persécutée qui aspire à la vengeance ?

Page 141.

36. *On aura pour ennemis, les gens de sa propre maison* : voir Mi 7^{6}.

37. *Son père..., sa mère* : c'est l'adjectif possessif qui doit être barré.

39. *Celui qui perdra sa vie...* : mot à mot son âme, c'est-à-dire le sens même de son existence.

Chapitre 11

Page 142.

14. *Élie*: il n'existe pas de tradition juive disant qu'Élie est le précurseur du Messie. Dans le livre de Ben Sirah (l'Ecclésiastique) et les textes rabbiniques, Élie est plutôt considéré comme l'annonciateur du Jour du Seigneur. Peut-être Jean Baptiste pensait-il être le précurseur d'Élie dans sa nouvelle venue...

Page 143.

24. *Sodome sera traitée moins rigoureusement que toi*: il est difficile de penser que Jésus ait pu proférer ces malédictions collectives, exclues par la Bible depuis le sublime marchandage d'Abraham avec Dieu au sujet de Sodome et Gomorrhe. Pour saint Jean Chrysostome, mieux vaut exclure que contraindre ceux qui refusent la Parole: ainsi provoque-t-on en eux le désir de Dieu.

25. *Révélées aux enfants*: en grec *nepia*, c'est-à-dire aux enfants qui ne savent pas encore parler. L'équivalent hébreu de ce terme désigne, dans l'Ancien Testament et les manuscrits de Qumrân, les humbles qui mettent toute leur confiance en Dieu.

Chapitre 12

Page 144.

3. *Ce que fit David, lorsqu'il eut faim*: voir I S 21[2-7].

4. *Pains de proposition*: selon la législation sacerdotale, ces pains étaient offerts sur une table, dans le Temple. Ils symbolisaient la communion entre Dieu et ses fidèles. C'étaient les prêtres seuls qui les consommaient.

10-13. *L'homme à la main sèche*: dans son commentaire, saint Jérôme écrit que l'Évangile aux Hébreux (un texte qui s'est perdu, faute sans doute d'une communauté pour l'utiliser et le diffuser) expliquait que l'homme était briquetier et aurait ainsi supplié Jésus: « Seigneur, je suis briquetier et je vis du travail de mes mains. Je te prie de me rendre la santé pour que je ne sois pas contraint de mendier pour me nourrir. » Selon l'enseignement des rabbins, il était permis, le jour du sabbat, d'aider un malade, mais seulement en cas de danger mortel. Cependant, dans les textes de Qumrân, il est dit que pendant le sabbat on ne doit aider ni un animal ni même un homme tombé dans un puits ou une quelconque excavation (voir le *Document de Damas* 11 et 16).

Page 145.

31-32. *Le blasphème contre l'Esprit*: il s'agit, dans ce texte, du fait de dire que Jésus chasse les démons avec l'aide de leur chef. Plus largement, blasphémer contre l'Esprit « qui donne la vie », c'est nier sa propre existence.

Page 146.

40. *Dans le sein de la terre*: pas d'autre signe que la résurrection elle-même. La « baleine » ou « monstre marin », comme l'expliquait au IIe siècle saint Irénée de Lyon, symbolise ce monde scellé par la mort.

42. *La reine du Midi*: la reine de Saba (I R 10^{1-13}; II Ch 9^{1-12}).

45. *Cette méchante génération*: le sens est multiple. Il peut s'agir de la « génération mauvaise » guérie par Jésus mais retombée dans une incrédulité pire. Il peut s'agir d'une âme purifiée en quelque sorte « négativement », sans qu'un dynamisme nouveau, résurrectionnel, y ait été introduit.

46. *Les frères de Jésus*: dans la Bible, le mot peut désigner aussi des cousins proches. Les exégètes catholiques adoptent le plus souvent cette explication. Les orthodoxes ont souvent pensé qu'il s'agit des enfants d'un premier mariage de Joseph, celui-ci étant veuf quand il a épousé Marie (tradition apocryphe). La plupart des exégètes protestants et certains catholiques aujourd'hui estiment qu'il s'agit des enfants de Joseph et de Marie. Les Évangiles eux-mêmes excluent que Jacques et Joseph (ou Joses) mentionnés par Matthieu et par Marc comme des « frères » de Jésus soient des fils de Marie. Dans la liste des femmes au pied de la croix, Matthieu (Mt 27^{56}) mentionne: « Marie, mère de Jacques et de Joses » et Marc (Mc 15^{40}): « Marie, mère de Jacques le mineur et de Joses », mais nullement « Marie, mère de Jésus ». Dans le texte parallèle de Jean (Jn 19^{25}), on trouve: « Marie, femme de Clopas ». Il est donc probable que Jacques et Joseph étaient des cousins de Jésus, de même que Jude et Simon, que Matthieu (Mt 13^{55}) et Marc (Mc 6^{3}) nomment après eux.

Chapitre 13

Page 147.

3-9. La parabole du semeur montre la nécessaire collaboration entre Dieu et l'homme; Dieu donne la semence, mais pour la recevoir et la faire fructifier, l'homme doit devenir une bonne terre, bien labourée.

Page 148.

12. *On donnera à celui qui a*: thème repris et explicité en Mt 25^{14-30} et en Lc 19^{12-27}. Voir la note correspondant au premier de ces textes.

Page 149.

24-30. *Dans mon grenier*: cette parabole — christique —, et sa conclusion — plus cruellement matthéenne, me semble-t-il, doit être radicalement intériorisée, comme y invite sa première expression: il faut laisser le bien et le mal grandir ensemble, de peur de tuer la vie et parce que leur limite, toujours mouvante, passe par le cœur de chacun. À travers le bien et le mal (et non au-delà !) vient le Royaume où le partage se fera en chacun.

Page 150.

45-46. La *perle* symbolise l'image de Dieu en l'homme. Le mot iranien *gohr* signifie à la fois la perle et l'essentiel.

Page 151.

55. *Le fils du charpentier*: le mot grec *tektôn*, araméen *naggar*, signifie à la fois «charpentier», «menuisier», «maçon» — «maître constructeur». «Jésus fabriquait des charrues et des jougs», écrit Justin au IIe siècle (*Dialogue avec Tryphon*, 88). Symboliquement, le bois, dans beaucoup de langues, est transcrit par un mot qui signifie la «matière»: Jésus charpentier façonne la matière universelle.

Chapitre 14

4. *Il ne t'est pas permis d'en faire ta femme*: la loi (Lv 20^{21}) l'interdisait.

6. *La fille d'Hérodiade*: Salomé.

Page 152.

10. *Il envoya décapiter Jean*: l'affaire avait sans doute aussi une dimension politique, Hérode, dit Flavius Josephe, craignant que Jésus, dont l'influence était grande sur le peuple, ne le conduisît à la révolte. L'Évangile va plus profond en évoquant le jeu du pouvoir, du désir et de la mort.

15-21. *La multiplication des pains*: attestée par tous les Évangiles comme un événement décisif, la multiplication des pains ne peut être expliquée au niveau de la matière déchue, objectivée (sinon de la manière la plus ridicule: un partage de miettes...). Elle implique des états multiples, plastiques, de l'être créé, où la matière est inséparable de l'esprit de l'homme dans sa relation avec Dieu. En Christ, la communion est totale et l'amour multiplie les pains (voir la préface, p. 19). En Orient comme en Occident, des faits analogues sont survenus par la prière et l'amour des saints.

Page 153.

27. *C'est moi*: *ego eimi*, allusion, qui reviendra souvent chez Jean, à la parole de Dieu dans le Buisson ardent: «Je suis celui qui est» ou «celui qui suis» — Dieu se révèle ainsi à la fois insaisissable et présent.

24-32. *En marchant sur la mer:* pour les Juifs, la mer, résidu de la création, est un élément chaotique où subsistent des forces maléfiques. La maîtrise de la mer par Jésus prouve sa nature divine. Marcher sur l'eau peut relever de certaines lois de la matière «subtile», comme on le voit par exemple dans l'ascèse de l'Inde. Mais, symboliquement, l'aventure de Pierre est celle de toute âme croyante.

Chapitre 15

Page 154.

5. *Offrande à Dieu* : (*qorban*) une promesse par laquelle on consacrait au Temple des moyens qui auraient permis d'entretenir des parents âgés ou ruinés. Détournement vivement critiqué dans le judaïsme bien avant Jésus.

20. *Cela ne souille pas l'homme* : ces paroles libératrices détruisent une conception quasi magique du pur et de l'impur.

Page 155.

28. *Femme ta foi est grande* : l'humilité mêlée d'humour de la femme syro-phénicienne achève de faire prendre conscience à Jésus de l'universalité de sa mission. La religion de cette femme n'est pas celle des Juifs !

Page 156.

32-38. *Cette seconde multiplication des pains*, en Décapole (voir la préface, p. 19), c'est-à-dire à l'étranger, précise Marc (Mc 8^{1-10}), semble donc concerner les païens.

Chapitre 16

Page 157.

18. *Pierre*, en grec *Petra*, traduit le surnom araméen *kéfa* — Céphas — qui signifie la pierre, le roc. Le mot « église », en grec *ekklêsia*, traduit sans doute l'expression hébraïque *kahal*, où l'on trouve le sens d'appel. Il peut s'agir aussi des termes *sod* et *edah* que la communauté de Qumrân utilisait pour se décrire elle-même. Le lien entre *Petros* et *petra* (la pierre) a été très diversement interprété par les Pères de l'Église : s'agit-il de la personne de Pierre, ou bien de sa foi ? ou des deux ?

Page 158.

28. *Le Fils de l'homme dans sa royauté* : il s'agit très probablement de la Transfiguration, à laquelle ces paroles servent d'introduction, et qui n'est, selon les Pères, que l'anticipation de la Seconde Venue du Christ dans la gloire.

Chapitre 17

2. *Comme la lumière* : parallèle en Mc 9^{2-9}, Lc 9^{28-36}). *Il fut transfiguré* : en Jésus, la lumière divine pénètre et métamorphose tout l'humain. Byzance, au XIVe siècle, a affirmé ainsi le réalisme de la « déification ». Le dépassement rêvé par Nietzsche, la nécessité d'une transformation ontologique de l'homme dont parle un personnage de

Dostoïevski, le «vivre est gloire» de Rilke apparaissent comme autant de pressentiments de la Transfiguration.

3. *Moïse et Élie leur apparurent*: ils ont, selon la Bible, rejoint Dieu mystérieusement et l'on attend leur retour. Moïse représente la Loi, Élie les prophètes.

Page 160.

27. *Donne-le-leur pour moi et pour toi*: c'est avec une certaine fantaisie qu'ils s'acquittent de leurs devoirs civiques, «pour ne pas scandaliser». L'histoire du poisson apportant une pièce d'or dans sa bouche est une vieille et universelle légende.

Chapitre 18

Page 161.

9. *Une occasion de chute:* voir la note à Mt 5^{22}.

13. *La brebis égarée*: chacun est unique et vaut plus que l'ensemble. Ici est affirmée, par rapport à toutes les totalités, la transcendance de la personne.

18. *La capacité de lier et de délier les pécheurs* pour qu'ils soient écartés de la communauté ou réintégrés en elle n'est donc réservée ni à Pierre seul (voir Mt 16^{19}) ni à l'ensemble des apôtres (Jn 20^{23}), mais revient à tous les chrétiens. Ainsi l'a compris l'Église orthodoxe à propos de l'«homme apostolique», *géronda* ou *starets*, dont la place dans la hiérarchie importe peu.

Page 162.

23-35. La parabole des dix mille talents: dix mille talents représentent une somme colossale, le salaire de soixante millions de journées de travail. Cent deniers: le salaire d'un ouvrier pour cent jours de travail. Nous devons tout à Dieu. Alors, s'il nous acquitte, pourquoi ne pas remettre aux autres le peu qu'ils nous doivent? Logique de la surabondance...

Chapitre 19

Page 163.

12. *Eunuques*: dans la société antique, les esclaves castrés, groupe assez important, étaient méprisés ou, parfois, faisaient carrière. Par ailleurs, les prêtres de certains cultes d'Asie Mineure pratiquaient l'autocastration. Jésus se place dans une tout autre perspective et fait de la castration le symbole d'une offrande totale à Dieu. Ses paroles mystérieuses ouvrent la voie au renoncement monastique à la génitalité. Exception eschatologique qui n'a rien d'obligatoire: quelques-uns, dit saint Grégoire de Nazianze, au IVe siècle, sont tellement pris par le Royaume qu'ils s'engendrent eux-mêmes dans l'éternité. Pour certains

spirituels, et dans la philosophie religieuse russe, l'homme en plénitude intègre et dépasse les deux pôles du masculin et du féminin.

Page 164.

26. *Cela est impossible aux hommes* : on peut penser que si le jeune homme riche avait accédé à la demande de Jésus, celui-ci lui aurait imposé une autre exigence, finalement impossible, pour qu'il comprenne que l'homme ne se sauve pas en « gardant les commandements », mais en s'ouvrant à la grâce : car « ce qui est impossible aux hommes est possible à Dieu » (Gn 18^{14}).

28. *La Renaissance* : dans la *palingenesia*, le renouvellement ultime de toutes choses.

Chapitre 20

Page 166.

16. *Les derniers seront les premiers* : l'amour ne se compte ni ne se divise. « Si j'avais commis tous les crimes possibles, je sentirais que cette multitude d'offenses serait comme une goutte d'eau dans un brasier ardent » (sainte Thérèse de Lisieux).

Chapitre 21

Page 167.

3. *Tout de suite* : ces indications montrent que Jésus disposait de tout un réseau de sympathisants.

5. *Monté sur une ânesse et sur un ânon* : citation modifiée de Za 9^{9}. Dans ce triomphe même, Jésus ne chevauche pas un destrier, comme font les rois de la terre, mais un ânon.

9. *Hosanna* : d'abord appel à l'aide puis salutation (II S 14^{4}). Le mot a été très tôt utilisé au cours des offices chrétiens, c'est pourquoi il a gardé sa forme araméenne.

Page 168.

13. *Ma maison...* : parallèles en Mc 11^{15-19} ; Lc 19^{45-48} et Jn 2^{13-16}. « En ce jour, il n'y aura plus de marchands dans le Temple du Seigneur de l'univers » (Za 14^{21}). « Ma maison sera appelée maison de prière pour toutes les nations » (És 56^{7}), cité en Mc 11^{17}. *Évangile de Thomas*, logion 64 : « Les acheteurs et les marchands n'entrent pas dans la demeure de mon Père. » On ne peut avoir un rapport de commerce avec Dieu. Pour cet épisode, la chronologie des synoptiques semble plus plausible que celle de Jean, ce qui est rare. Jean place en effet l'expulsion des marchands au tout début du ministère public de Jésus : s'il en avait été ainsi, celui-ci aurait été d'emblée disqualifié auprès des scribes et des pharisiens, ce qui n'apparaît pas dans les textes.

18-22. *La parabole du figuier* : parallèle en Mc 11^{12-14} et 11^{20-25} ainsi qu'en Lc 13^{6-9} (voir la note). Texte incompréhensible, d'autant que

Marc précise que «ce n'était pas la saison des fruits». La nature refuse un miracle (qui aurait été analogue à celui que rapportent les légendes bouddhistes à propos de la naissance du Bouddha). Jésus réaliserait ici un prodige, fait pour impressionner, ce qui est contraire à son attitude habituelle. D'un événement certainement mal compris, Matthieu et Marc font un symbole pour dénoncer la stérilité de l'Israël incroyant (en fait, rien n'était joué alors, ni aujourd'hui).

Page 170.

42. *La pierre angulaire*: la parabole s'adresse au peuple élu.

Chapitre 22

Page 171.

12. *Un habit de* noces: gratuité du salut, accueil de l'homme. Ce ne sont ni les vertus ni les mérites qui sont exigés («ils amenèrent tous ceux qu'ils trouvèrent, méchants et bons»), mais la gratitude et la joie — «l'habit de noces».

14. *Peu d'élus*: tous sont appelés, peu répondent. Mais la plus haute spiritualité, en Orient surtout, parfois aussi en Occident, souligne que les élus ne le sont pas pour eux-mêmes, mais pour témoigner, servir et prier afin que tous soient sauvés.

Page 172.

24. *Son frère... épousera sa veuve*: Dt 25^{5-6}.

30. *Hommes et femmes sont comme les anges de Dieu dans le ciel*: ce n'est pas une négation de la résurrection des corps car les anges, «incorporels» par rapport à Dieu, sont corporels par rapport à nous. De même la négation de la génitalité n'interdit nullement la transfiguration de l'amour.

Chapitre 23

Page 175.

35. *Zacharie, fils de Barachie*: selon une interprétation, il s'agit de Zacharie, fils de Yehoyada; il fut lapidé sur l'ordre du roi Joas de Juda, et son meurtre est le dernier cité par l'Ancien Testament pour qui il correspond au premier, celui d'Abel. Selon une autre interprétation, Jésus évoque ici un personnage que nous ne connaissons pas. La tradition chrétienne, sans s'appuyer sur quoi que ce soit, a identifié ce Zacharie au père de Jean Baptiste.

38. *Votre maison*: soit le Temple, soit la descendance comme l'explique un manuscrit de Qumrân (4 Q Flor 1, 10).

Chapitre 24

Page 176.

3. *Fin du monde*: toute cette description relève du genre littéraire apocalyptique. Il y a contradiction entre un horizon non précisé, lointain semble-t-il, de l'histoire (nul n'en connaît le jour, dit ailleurs Jésus, la bonne nouvelle sera d'abord publiée dans le monde entier, selon saint Paul) et l'annonce très concrète d'une Palestine ravagée, avec des notations purement juives (un jour de sabbat), sans qu'on puisse dire qu'il s'agit de la tragédie de 66-70.

7. *Une nation s'élèvera... contre une nation*: És 19[2].

8. *Les douleurs:* celles de l'accouchement, métaphore utilisée par le prophète et qui se retrouve fréquemment dans la littérature apocalyptique (És 13[8], *Énoch éthiopien*, LXII, 4; 1 QH 3, 7-12).

15. *L'abomination cause de la désolation*: dans la version grecque du Livre de Daniel (Dn 9[25]), cette expression désigne la profanation du Temple par Antiochus IV Épiphane, en 167 av. J.-C. Ici, il s'agit sans doute de l'antéchrist.

Page 177.

36. *Mais mon Père seul*: le texte grec porte: «ni le Fils, mais le Père seul». Souvent, on a omis le mot Fils, de peur de diminuer sa divinité. Cyrille d'Alexandrie, au IVe siècle, dans un de ses fragments sur l'Évangile de Matthieu, pense que le Christ ne connaissait pas l'avenir à cause de sa condition humaine. La contradiction est nette entre «cette génération ne passera point que tous ces événements n'arrivent» et «Quant au jour ou à l'heure, nul ne le sait... pas même le Fils...». L'ultime est la «grille» qui permet de déchiffrer l'histoire, mais l'histoire continue...

Page 178.

39. *L'avènement du Fils de l'homme*: Dn 7[13].

41. *L'une sera prise, l'autre laissée*: les manuscrits de Qumrân décrivent de la même manière le châtiment de Dieu.

42-51. *Veillez*: ce long passage, qui relève du genre apocalyptique, s'achève par une exhortation concrète à la vigilance, à la *nepsis*, qui est une des attitudes majeures de l'ascèse chrétienne, en Orient surtout. Il faut s'éveiller à la présence et à la venue de Dieu en toutes choses et en toutes circonstances.

Chapitre 25

Page 180.

14-30. *La parabole des talents*: elle rappelle l'exigence de créativité que Dieu attend de l'homme. Plus on reçoit, plus on donne; plus on donne, plus on reçoit. Sans cette force, cette hardiesse, on devient un mort vivant. Celui qui enterre son talent a peur de Dieu, qu'il caricature (sans doute est-ce le serpent qui lui a insinué cette conception, comme il l'a fait pour Adam et Ève dans la Genèse). Dieu en effet moissonne les créations de l'homme, qui ne viennent pas de lui, mais de la liberté humaine. Quant au champ de créativité offert au serviteur stérile, il sera annexé par l'homme créateur... L'*Évangile de Thomas* donne peut-être la version germinative de la parabole: «Jésus dit: "Si vous faites valoir ce qui est en vous, ce que vous ferez valoir vous sauvera. Si vous ne faites pas valoir ce qui est en vous, ce que vous ne faites pas valoir sera votre ruine [ou: vous fera mourir]"» (trs. Elaine Pagels, *Les Évangiles secrets*, trad. fr. de Tanguy Kenec'hdu, Gallimard, 1982, p. 15).

Page 181.
40. *Toutes les fois que vous l'avez fait à l'un des plus petits...*: parabole totalement universaliste. Bien au-delà des limites apparentes du christianisme, la présence secrète du Christ transforme l'homme en sacrement de Dieu pour l'homme.

Chapitre 26

Page 182.
17. *Le jour des pains sans levain*: durant la fête, on n'utilisait pas de levain. Le moment où Jésus a fêté la Pâque n'est pas clairement défini. En 30, les Juifs l'ont célébrée le soir de la mort de Jésus. Peut-être celui-ci l'a-t-il fait un jour auparavant, en utilisant les variantes du calendrier.

Page 183.
29. *Dans le royaume de mon Père*: l'eucharistie ouvre sur la Parousie. Le mot Parousie signifie à la fois présence et attente. Les chrétiens attendent le royaume de Dieu qui est déjà secrètement présent dans l'eucharistie.

Page 184.
39. *Que ta volonté soit faite...*: à travers l'angoisse, la volonté humaine de Jésus adhère à la volonté divine, comme l'ont souligné, au VIIe siècle, saint Maxime le Confesseur et le sixième Concile œcuménique.

Chapitre 27

Page 186.
2. *Pilate... gouverneur*: l'inscription trouvée en 1961 à Césarée, où résidait habituellement Pilate, dit clairement que son titre était *praefectus*.

Page 187.

12. *Il ne répondait rien*: il ne fit plus aucune réponse. Ce silence de Jésus a une signification profonde: « On témoigne toujours faussement contre Jésus et jamais on ne cessera de le juger. Mais il était silencieux et il l'est toujours... » Seule la vie d'un authentique chrétien peut « crier la vérité » (Origène).

17. *Barrabas*: d'anciens manuscrits donnent à Barrabas le prénom de Jésus — prénom effacé ensuite, car Barrabas signifie en araméen « le fils du Père ». Ironie de l'histoire, son ambiguïté ?

19. *Sa femme*: la femme de Pilate. Selon une légende conservée par des récits apocryphes, son nom était Claudia Procula ; et c'était une prosélyte juive qui, par la suite, serait devenue chrétienne.

Page 188.

25. *Que son sang soit sur nous et sur nos enfants*: sémitisme qui signifie qu'on prend la responsabilité de la mort de quelqu'un. Cette phrase ne veut pas dire que la responsabilité de la mort de Jésus retombe sur le peuple juif entier de l'époque, et encore moins sur sa descendance.

33. *Du vin mêlé de fiel*: les femmes juives pieuses donnaient à boire aux condamnés à mort, pour qu'ils perdent conscience, du vin avec un peu de myrrhe (voir Mc 15^{24}). Matthieu parle ici de fiel qui rendrait le vin imbuvable. On ne comprend pas pourquoi, mais sans doute le sens est-il symbolique: « ... ils me donnaient du poison, dans ma soif ils m'abreuvaient de fiel » (Ps 69^{22}). Jean parle de vinaigre : l'eau mêlée d'un peu de vinaigre était la boisson habituelle des soldats romains.

Page 189.

44. *Les brigands qui étaient avec lui, l'insultaient*: les railleurs demandent un miracle qui soit un prodige contraignant. Il y aura seulement l'évidence de la mort et le secret de la résurrection.

51. *Le voile du temple se déchira en deux*: le mystère enclos dans le Temple, dans le judaïsme, est maintenant offert à tous.

52-53. *Les sépulcres s'ouvrirent, et plusieurs saints... ressuscitèrent...*: ces événements apparaissaient aux Pères de l'Église comme l'expression de la descente de Jésus aux enfers. Celle-ci, dont les Évangiles ne parlent pas, est attestée plusieurs fois par le Nouveau Testament: Ac 2^{23-24} ; I P 3^{19-20} et 4^{6} ; Rm 8^{11} ; 10^{7} ; 10^{9} ; Ga 1^{1} ; Ép 4^{9} ; Col 1^{18} ; II Tm 2^{8}.

Page 190.

62. *La préparation*: de la célébration du sabbat.

64. *Dérober le corps*: accusation restée longtemps en vigueur comme en témoigne, au IIe siècle, Justin dans son *Dialogue avec Tryphon*. En Occident, cette hypothèse, ou d'autres semblables (y compris l'idée d'une décomposition immédiate du corps), n'a cessé de revenir depuis le XVIIIe siècle.

ÉVANGILE SELON SAINT MARC

Chapitre 1

Page 193.

8. *Il vous baptisera d'Esprit-Saint*: certains exégètes pensent à la Pentecôte, d'autres à l'œuvre de rédemption et de déification de Jésus dans sa totalité, d'autres enfin à l'embrasement eschatologique (voir 1 QS 3, 6-8). En réalité, il semble que ces trois interprétations soient inséparables.

24. *Le Saint de Dieu*: la littérature juive n'emploie pas cette expression dans un sens messianique. Les démons semblent vouloir anéantir la mission de Jésus en le reconnaissant, le nommant, ce qui leur donnerait pouvoir sur lui.

Chapitre 2

Page 196.

14. Ce *Lévi* semble identique au Matthieu du premier Évangile (voir Mt 9[9]).

Chapitre 3

Page 198.

12. *Ne pas le faire connaître*: c'est le fameux «secret messianique» (voir la préface p. 21). Si la messianité de Jésus était proclamée par les démons, elle prendrait un caractère mensonger, correspondant par exemple à des formes triomphalistes de messianisme.

Chapitre 4

Page 201.

26-29. *La parabole du Semeur*: *Il en est du royaume de Dieu comme de la semence qu'un homme a jetée en terre*: qui met l'accent sur le rôle de l'homme dans l'accueil de la Parole trouve ici son équilibre. Pour l'Antiquité, juive aussi, la plante pousse par l'action miraculeuse de Dieu. Bien des germinations se font secrètement dans l'homme et dans l'histoire.

Chapitre 5

Page 203.

15-20. *Le possédé gadarénien* : chez Marc, il s'agit d'un seul possédé. Le démon que Jésus expulse, sommé de dire son nom, répond : « Légion. » L'homme séparé, abandonné à la fascination du néant, est menacé de décomposition ; il devient *dipsychos* (Jc 4^8), âme dédoublée, brisée. L'épisode s'achève non seulement sur le départ de Jésus, mais sur l'envoi en mission de l'homme guéri.

22. *Jaïre* : *Jaïr*, en hébreu, signifie « Que Dieu nous éclaire », ce qui n'est pas sans importance pour le sens de cet épisode.

Page 204.

30. *Une vertu* : au sens originel du mot — une force.

Chapitre 7

Page 209.

3. *Tous les Juifs* : ce jugement de Marc ne s'applique guère outre les pharisiens, qu'il mentionne, qu'à la Communauté de Qumrân et, plus largement, aux esséniens.

Page 211.

33-34. *Les doigts dans les oreilles et de la salive sur la langue...* : il ne s'agit pas d'un recours aux pratiques médicales et magiques de l'époque, mais d'une reprise du mouvement créateur par lequel Dieu, par son Verbe, par la Parole sortie de sa bouche, modelait la boue primordiale. *Ephphata* : forme grecque contractée de l'araméen *etpet'ah* — ouvre-toi. Jésus s'adresse à la personne tout entière. C'est pourquoi le terme est entré dans l'ancien office du baptême.

Chapitre 8

Page 213.

26. *N'y parle à personne* : toujours le « secret messianique ».

Chapitre 9

Page 216.

24. *Viens au secours de mon incrédulité* : c'est le cri de toute âme chrétienne.

Page 217.

48. *Où le ver ne meurt point...* : L'image doit être intériorisée. Elle désigne le rongement et la brûlure de l'âme quand elle prend conscience de ses manquements à l'amour.

Chapitre 10

Page 221.

48. *Fils de David*: autre origine de la formule employée, dans la tradition « hésychaste », pour la « prière de Jésus ». L'hésychasme (du grec *hesychia*, paix, silence de l'union avec Dieu) est la méthode de méditation et de prière mise au point par les moines de l'Orient chrétien. Elle utilise l'invocation du nom de Jésus sur le rythme de la respiration et celui du cœur.

Chapitre 11

Page 223.

26. *Si vous ne pardonnez pas, votre Père qui est dans les cieux, ne vous pardonnera pas non plus vos offenses*: Dieu répond toujours à notre prière, mais c'est seulement par la foi que nous pouvons pressentir ce qu'est cette réponse. Entre le pardon de Dieu et celui de l'homme, la relation est circulaire: le pardon de Dieu donne à l'homme la force de pardonner, le pardon de l'homme le rend capable d'accueillir celui de Dieu. La « circularité » est intensification.

Chapitre 12

Page 224.

9. *Il donnera la vigne à d'autres*: l'avertissement vaut pour Israël et, peut-être, pour telle ou telle Église.

Page 226.

26. *Le passage où il est parlé du buisson*: l'épisode du Buisson ardent (Ex 3^{1-6}).

34. *Tu n'es pas loin du royaume de Dieu*: affirmation à double sens, le scribe est proche de l'enseignement qui mène au royaume, mais il est aussi en présence de celui qui *est* le royaume.

Page 227.

41. *Le tronc*: il s'agit du trésor du temple. On annonçait à haute voix la somme donnée.

42. *Pites*: mot à mot *lepte* — une monnaie de valeur infime.

Chapitre 13

Page 229.

23. *Prenez garde*: l'apocalyptique, à l'horizon lointain, et l'historique, à l'horizon proche, se confondent ici. Reste parfaitement valable aujourd'hui la mise en garde contre les faux prophètes et les pseudo-messies.

Chapitre 14

Page 233.

51-52. *Un jeune homme... leur échappa tout nu* : sans doute Marc lui-même.

Chapitre 15

Page 236.

17. *Manteau de pourpre* : pourpre royale, pourpre de dérision.

23. *Le vin aromatisé avec de la myrrhe* donnait au condamné une certaine inconscience. Jésus refuse celle-ci, il veut souffrir et mourir en toute lucidité.

Chapitre 16

Page 238.

9-20. *Or Jésus...* : la finale actuelle (Mc $16^{9\text{-}20}$) semble avoir été ajoutée pour corriger le caractère abrupt et sans doute inexact de l'affirmation que les femmes, témoins de la résurrection, gardèrent le silence. On ne saura jamais si la finale originale a été perdue ou si Marc estimait que la référence à la tradition des apparitions en Galilée suffisait. Le texte actuel résume les récits des autres Évangiles en insistant sur la transfiguration de l'humanité de Jésus, désormais « sous une autre forme », et de ses disciples, dotés d'une sorte d'invulnérabilité — comme le prouve la mésaventure de Paul à Malte : « ... ayant ramassé une brassée de menu bois, la mit au feu, la chaleur en fit sortir une vipère, qui s'attacha à sa main [...]. Mais Paul, ayant secoué la bête dans le feu, ne ressentit aucun mal... » (Ac $28^{3\text{-}5}$).

ÉVANGILE SELON SAINT LUC

Chapitre 1

Page 240.

3. *Théophile* : sans doute un personnage important. Toutefois, certains interprètes pensent qu'il s'agit d'un personnage symbolique, prototype de ceux qui aiment Dieu et sont aimés de lui — c'est le sens du mot Théophile.

5. *Du temps d'Hérode* : les Évangiles de l'enfance allaient contre les attentes de beaucoup de chrétiens. Luc en effet parle de Jésus comme d'un *bréphos*, un bébé, d'un *paidion*, un petit enfant au neutre, muet dans une mangeoire, lui qui est la Parole. Le Jésus des Évangiles n'est

pas, comme dans certains apocryphes, un petit surhomme, une sorte de divin prestidigitateur.

8-9. *Il dut officier devant Dieu...* : les prêtres étaient nombreux, et c'étaient pour eux un rare honneur de pouvoir offrir de l'encens sur l'autel du Temple.

Page 241.

11. *L'ange du Seigneur* : visions d'anges et de songes abondent, chez Luc, dans les récits de l'enfance ; cela renvoie au *mundus imaginalis*, où se font d'authentiques rencontres avec l'invisible.

14. *Se réjouiront* : tout l'Évangile de Luc commence et finit par la joie.

Page 242.

25. *Une grâce cachée...* : depuis la grossesse de Sarah lorsqu'elle était « avancée en âge » (Gn 18[11]), la Bible rapporte plusieurs cas de grossesses biologiquement impossibles, mais dues à l'intervention de la transcendance. Le Dieu biblique n'est pas le Dieu de la biologie, comme l'étaient les Baals cananéens.

28. *Je te salue* : en grec *chairé* signifie littéralement « réjouis-toi » et c'est dans ce sens qu'il faut prendre l'expression.

34. *Puisque je ne connais point d'homme* : lorsque Marie dit cela elle semble déclarer un état, peut-être un vœu (la communauté de Qumrân en connaissait de semblables) sinon son étonnement n'aurait pas de sens puisqu'elle était fiancée et que son mariage allait se consommer (voir la note à Mt 1[25]).

41. *Remplie du Saint-Esprit* : Luc a raconté dans les Actes des Apôtres la venue plénière de l'Esprit à la Pentecôte. Les récits de l'Enfance ont chez lui un caractère pré-pentecostal, ils sont rythmés par la formule « rempli du Saint-Esprit ». Marie, Élisabeth, Zacharie, Siméon sont ainsi « remplis du Saint-Esprit » et c'est celui-ci qui fait tressaillir de joie le petit enfant dans le ventre d'Élisabeth.

Page 243.

55. *De sa miséricorde* : tel est le *Magnificat*, dont les accents sont tantôt d'amour, comme le Cantiques des cantiques (voir surtout Ct 2[8-14]), tantôt guerriers, comme le Psaume 45.

63. *Jean* : en grec *Iôannes*, en hébreu *Yohanân, Yehohanân*, « Yah [Dieu] a fait grâce ».

Page 244.

67. *Le cantique de Zacharie*, parallèle au *Magnificat*, est nommé *Benedictus* par la tradition latine.

77. « *La connaissance du Salut*, c'était la connaissance du Fils de Dieu [...] qui est dit et qui est en toute vérité le Salut » (saint Irénée de Lyon, *Contre les hérésies*, III, X, 3).

78. *Dieu, dans ses tendres compassions* : cela signifie mot à mot

«grâce à ses entrailles de miséricorde». L'expression grecque ne provient pas de la Septante, elle traduit directement la Bible hébraïque.

Chapitre 2

Page 245.

7. *Crèche* : une mangeoire, exactement.

14. *Les hommes de bonne volonté* : mot à mot, les hommes qu'il agrée, ou de son agrément. L'expression se trouve aussi dans les manuscrits de Qumrân où elle signifie «les élus de Dieu», c'est-à-dire les membres de la Communauté. Dans l'Évangile, l'«agrément» de Dieu, sa bienveillance sont accordés à tous les hommes.

19. *Les repassait dans son cœur* : *symballousa*, participe du verbe *symballô*, mettre ensemble, de la même famille que le mot *symbolon*, symbole, ce qui relie : ici le ciel et la terre, Dieu et l'humanité. Le contraire donc de *diabolos*, celui qui sépare.

Page 246.

23. *Le jour de la purification* : celle de la mère avait lieu quarante jours après la naissance. En même temps, on devait racheter le premier-né qui, comme tel, appartenait au Seigneur : c'est pourquoi Luc parle de «leur purification».

29. *C'est maintenant* : le *Nunc dimittis* — où l'universalisme s'affirme mais à partir d'Israël.

Page 247.

42. *Quand il eut douze ans* : selon un texte talmudique postérieur, les garçons devaient vivre selon la Loi à partir de leur treizième année. Cette coutume était probablement en usage au temps de Jésus. Plus tard, les Juifs en ont fait la cérémonie de l'accès à la maturité religieuse, au cours de laquelle les garçons deviennent «fils des commandements», en araméen *bar-mitsvah*.

Chapitre 3

Page 250.

38. *Fils d'Adam...* : Luc rattache Jésus à Adam pour marquer son lien à l'humanité tout entière. Jésus n'est pas seulement le descendant d'Abraham, comme chez Matthieu, donc le Messie du peuple juif, il est le nouvel Adam qui sauve directement l'humanité.

Chapitre 4

Page 251.

18. *L'Esprit du Seigneur est sur moi* : toute l'existence de Jésus est une existence dans l'Esprit-Saint.

Page 252.

26-27. *Dans le pays de Sidon...*: I R 17[1]. — *Naaman le Syrien*: II R 5[14]. Ces deux exemples soulignent l'universalité du salut.

Chapitre 6

Page 258.

22-26. *Bienheureux... Malheur à vous*: quatre béatitudes, quatre malédictions en contraste et parallèle, les unes et les autres moins intériorisées que les béatitudes rapportées par Matthieu et concernant beaucoup plus la situation concrète des hommes, avec une forte dimension sociale.

30-35. *Donne sans rien attendre en retour*: il ne s'agit donc pas de réciprocité qui, même spirituelle, relèverait de ce monde où l'on donne pour recevoir. La gratuité de la démarche introduit en nous la grâce. *Aimez vos ennemis*: le contraste est grand avec le *Manuel de Discipline* essénien trouvé dans les manuscrits de la mer Morte: « Aimez les enfants de lumière, haïssez les enfants de ténèbres, chacun selon sa culpabilité. »

Chapitre 7

Page 262.

37. *Une femme qui menait une vie déréglée*: en Occident, à partir de Grégoire le Grand, on a identifié cette femme à Marie-Madeleine et Marie de Béthanie. Rien, dans l'Évangile, ne fonde cette identification, du reste inconnue des Pères grecs (et latins avant Grégoire le Grand). Cette femme est la « chaste prostituée » dont parle la tradition, qui voit en elle une image de l'Église.

Chapitre 8

Page 267.

42. *Une fille unique*: étonnante symétrie entre « la fille unique » de Jaïre et « le fils unique » de la veuve de Naïm; chaque fois un lien essentiel.

46. *Une vertu*: voir la note à Mc 5[30].

Chapitre 9

Page 270.

31. *Ils parlaient de son départ*: son *exodos*, son chemin de Passion. La Transfiguration et la Croix sont liées, comme sont liées la mort et la résurrection, mais en sens inverse. C'est donc volontairement que le Transfiguré va à sa défiguration, à sa Passion.

Page 271.

44. *Le Fils de l'homme doit être livré entre les mains des hommes* : ici encore, la gloire n'abolit pas mais annonce la Croix.

Page 272.

53. *On ne le reçut point, parce qu'il se rendait à Jérusalem* : voir la préface p. 27, sur les mauvaises relations entre Juifs et Samaritains.

Chapitre 10

1. *Soixante-douze autres disciples* : le nombre est celui, supposé alors, de tous les peuples de la terre. La visée, cette fois, est universaliste.

4. *Ne saluez personne en chemin* : les salutations orientales sont un rituel fort long, alors que la tâche d'évangélisation est urgente.

Page 273.

20. *Vos noms sont écrits dans les cieux* : telle est la personne pleinement réalisée ; elle exprime enfin son vrai nom, inscrit dans la transcendance. Les « pouvoirs » ne sont rien en comparaison.

Page 275.

30-37. *La parabole du Bon Samaritain* : texte très violent car le prêtre et le lévite « descendent » de Jérusalem et n'ont donc pas à se hâter pour accomplir leur service au Temple, ou à redouter le contact impur d'un cadavre. Le Samaritain, lui, est un hérétique. Il vient en aide au blessé et assume même son avenir. Jésus inverse la question « qui est mon prochain ? » en « qui a été le prochain... ? ». Se mettre en état d'être le prochain des autres. Les Pères ont vu dans le Samaritain l'image de Jésus qui prend en charge l'humanité blessée.

42. *Marie a choisi la bonne part* : un texte libérateur pour la femme qui n'est plus enfermée dans ses tâches domestiques mais peut, tout comme un homme, s'asseoir aux pieds du Maître et recueillir son enseignement.

Chapitre 11

Page 276.

11-13. Tout le passage est ironique ; l'homme réveillé au milieu de la nuit se lève et donne du pain à son ami non par amitié, mais pour se débarrasser de lui. Et confondre un œuf et un scorpion serait vraiment une mauvaise farce.

20. *Je chasse les démons par le doigt de Dieu* : c'est-à-dire par l'Esprit-Saint.

Page 278.

44. *Vous êtes comme ces sépulcres qu'on ne voit pas : on marche dessus sans le savoir* : la psychanalyse confirme ces remarques. C'est

l'aumône, au sens profond de partage aimant et volontaire, qui purifie, et non l'observation du détail des prescriptions et des interdits.

Page 279.

52. *Vous avez enlevé la clef de la science* : il existe donc une « connaissance », une « gnose » proprement chrétienne, la foi illuminant l'intelligence.

Chapitre 12

Page 280.

14. *Votre juge* : Jésus donne le sens, l'inspiration, la vie, il ne dit pas le droit.

Page 282.

48. *Plus on aura confié à quelqu'un, plus on lui redemandera* : ces paroles équilibrent la parabole des talents. Il faut savoir risquer.

50. Jésus est venu jeter sur la terre *le feu* de l'Esprit-Saint. *Le baptême* dont il doit être baptisé est celui de la Passion, du passage par l'agonie et la mort.

Chapitre 13

Page 283.

5. *Vous périrez tous semblablement* : Jésus rejette la conception selon laquelle le malheur (ou la maladie) résulte du péché. C'est la condition humaine qui est radicalement précaire et exige la *metanoïa*.

Page 284.

9. Peut-être sommes-nous ici plus proches de la parole originelle de Jésus sur le figuier stérile que dans le « montage » du prodige qu'on trouve en Mt 21 $^{18-22}$ et Mc 11 $^{12-14}$.

Page 285.

24. *Efforcez-vous...* : toujours la rigueur de l'appel, l'invitation pressante à la décision, avec la rhétorique amplificatrice habituelle de l'évangéliste.

34. *Jérusalem, Jérusalem* : par rapport à Jérusalem, maternellement aimée, la déception certes mais aussi l'espérance eschatologique.

Chapitre 14

Page 287.

21. *Amène ici les estropiés, les aveugles, les boiteux* : dans les manuscrits de Qumrân, de tels hommes étaient exclus de l'armée des Fils de lumière engagés dans le combat ultime et ne pouvaient participer aux repas de la communauté (1 QM 7, 4 ; 1 Qs sa 2, 5-6).

23. *Presse les gens d'entrer*: c'est le fameux *compelle intrare* qui depuis saint Augustin, a justifié tant de contraintes, voire de persécutions. En réalité, il faut rassurer les misérables, les indignes qui hésitent à entrer…

Chapitre 15

Page 290.

11-32. *La parabole du fils prodigue* est l'une des plus significatives des Évangiles. Habituellement, on héritait à la mort du père, mais le partage pouvait se faire de son vivant à la demande d'un de ses fils. Dans ce cas, l'aîné recevait deux fois plus que les autres. On voit que le second fils — il semble qu'il n'y en avait que deux — reçoit le tiers des biens familiaux. Il revient avec des sentiments intéressés, presque serviles. Mais le père le devance, dans son amour sans mesure, et lui fait fête, sans un mot de reproche. L'aîné ouvrira-t-il son cœur? La parabole ne conclut pas.

Chapitre 16

Page 291.

9. *Les tabernacles éternels*: encore l'ironie de Jésus. Il loue le «savoir-faire» d'une fripouille et demande aux «Enfants de lumière», comme disaient les esséniens, d'être au moins aussi habiles que les enfants de ce monde. Jésus ne voit pas dans les habiles de ce monde des «Fils des ténèbres», mais un exemple à imiter!

Page 292.

31. *Ils ne se laisseront pas persuader, quand même quelqu'un des morts ressusciterait*: cette parabole est plus juive que proprement chrétienne. Dans l'Évangile de Jean (Jn $11^{1\text{-}46}$), un autre Lazare ressuscite des morts. Y a-t-il un lien, et lequel, entre ces deux Lazare?

Chapitre 17

Page 293.

10. *Des serviteurs inutiles*: mieux vaudrait traduire «quelconques».

Page 294.

21. *Le royaume de Dieu est au-dedans de vous*: *entos* signifie à la fois «au-dedans» et «parmi». L'intériorité n'est pas schizophrène! (Mt 2^{6}.)

32. *La femme de Loth*: Gn $19^{1\text{-}29}$.

37. *Là où sera le cadavre…*: phrase mystérieuse. Saint Ambroise de Milan, dans son *Traité sur l'Évangile de saint Luc* (VIII, 54), traduit: «Où sera le corps, là se rassembleront les aigles» et explique qu'il s'agit de la communion des saints autour du corps du Christ, corps crucifié, corps glorifié, corps eucharistique donc ecclésial.

Chapitre 18

Page 295.

8. *Quand le Fils de l'homme viendra, trouvera-t-il la foi sur la terre?*: il s'agit de l'oubli — indifférence et idolâtrie — qui s'établira à la fin des temps.

11 La formule «*je te rends grâces, Seigneur*» ne se trouve qu'une seule fois dans tout l'Ancien Testament (Ės 12^{1}). Or, dans les manuscrits de Qumrân, elle est constamment employée au début des hymnes. Peut-être encore l'ironie de Jésus car pharisiens et esséniens ne s'entendaient guère, mais les uns et les autres pratiquaient le même orgueil communautaire.

Chapitre 19

Page 297.

2. *Zachée* était méprisé à la fois pour sa richesse (peut-être mal acquise) et comme collaborateur de l'occupant. Ce qui le pousse, c'est une curiosité passionnée, de sorte que cet homme important grimpe à un arbre! Que Jésus vienne chez lui retourne son cœur, et sa conduite. La dernière phrase: «Le Fils de l'homme est venu chercher et sauver ce qui était perdu», résume tout l'Évangile.

Page 298.

12. *Un homme... s'en alla dans un pays lointain, pour être investi de la royauté*: hyperbole du conteur oriental. *L'absence du roi*, c'est «l'éclipse de Dieu», comme dit Martin Buber.

13. *Dix mines*: comme pour les talents, il s'agit d'une somme considérable (voir la note à Mt $18^{23\text{-}35}$). La mine valait à peu près 100 francs-or et soixante mines valaient un talent. Le conteur, comme il se doit, majore le trait.

Page 300.

40. *S'ils se taisent, les pierres crieront*: si les hommes ne reconnaissent pas le Fils de l'homme, c'est l'univers qui le reconnaîtra. Car même les pierres chantent gloire.

Chapitre 21

Page 306.

36. *Mais veillez... afin de trouver place devant le Fils de l'homme*: Dn 7^{13}.

Chapitre 22

Page 307.

17. *Une coupe*: Luc est le seul évangéliste a mentionner la coupe de vin qui inaugurait le repas pascal, le président prononçant alors la louange du Créateur. C'est seulement à la fin du repas que Jésus prend pour la dernière fois la coupe qui désignait le destin ultime de l'humanité en disant: «Cette coupe est la nouvelle alliance en mon sang» (v. 20), signifiant par là que toute alliance s'accomplissait en lui qui *est* la Nouvelle Alliance.

Page 308.

27. *Je suis au milieu de vous comme celui qui sert*: le vrai pouvoir est service.

38. *Seigneur, il y a ici deux épées*: acheter une épée, c'est se préparer à la guerre eschatologique, au combat contre les forces de la mort et de l'enfer. L'épée, ici, est un symbole. On trouve ce type d'expression dans les manuscrits de Qumrân (1 QM 6). — *Cela suffit*: assez sur ce sujet, et deux épées sont plus que suffisantes. Jésus, peut-être, laisse entendre ironiquement que les disciples n'ont pas compris le vrai sens de ses paroles. Durant le Moyen Âge occidental, ce passage fut souvent allégué pour justifier la théorie des deux glaives, des deux pouvoirs, spirituel et temporel, le second soumis au premier. Une façon de contourner la parole de Jésus qu'il faut rendre à Dieu ce qui est à Dieu, et à César ce qui est à César.

Chapitre 23

Page 312.

34. *Père pardonne-leur, car ils ne savent pas ce qu'ils font*: une des paroles de Jésus les plus importantes; voici, en acte, l'amour des ennemis. Et aussi le rejet de tout antijudaïsme, le peuple juif étant alors «théâtre d'humanité» (voir la préface, p. 23 et la note à Mt 27^{25}).

Page 313.

40-43. Chacun de nous est à la fois *le mauvais larron* et *le bon larron*. Le cheminement spirituel va de l'un à l'autre. *Aujourd'hui même, tu seras avec moi dans le paradis*: Jésus crucifié porte en lui le paradis — c'est-à-dire la présence et la lumière de Dieu.

46. *Père, je remets mon esprit entre tes mains*: cette phrase vient du psaume 31^{6}, c'est la transmutation, déjà résurrectionnelle, du «Mon Dieu, mon Dieu, pourquoi m'as-tu abandonné?»

Chapitre 24

Page 314.

11. *Les apôtres ne crurent point ces femmes* : les femmes n'ont pas gardé trop longtemps le silence ! (Voir Mc 16^{8}.)

Page 315.

13-33. Les exégètes les plus radicaux reconnaissent que l'épisode des *pèlerins d'Emmaüs* est l'un des plus archaïques des Évangiles. Les pèlerins, d'abord, ne reconnaissent pas Jésus parce qu'il est « sous une autre forme », comme dit la finale de Marc. Sa parole, s'éclairant elle-même, prépare la « reconnaissance » en embrasant leurs cœurs (étape bien attestée dans la voie hésychaste). Ils le reconnaissent au partage déjà eucharistique du pain et c'est alors qu'il s'efface pour une autre forme de présence, sacramentelle, ecclésiale, dans l'Esprit.

Page 316.

49. *Une puissance qui vient d'en haut* : annonce de la Pentecôte, que Luc raconte dans les Actes des Apôtres (Ac 2^{1-13}), inséparables de son Évangile.

51. *Il se sépara d'eux* : c'est l'Ascension, racontée avec plus de détails dans les Actes des Apôtres (Ac 1^{6-11}). Selon une tradition monastique, la « prière du cœur » ou « prière de Jésus » est née de et dans cette bénédiction.

ÉVANGILE SELON SAINT JEAN

Chapitre 1

Page 317.

1. *Au commencement* : il semble que l'évangéliste n'ait pas composé lui-même ce prologue, mais qu'il ait utilisé et sans doute amplifié un hymne liturgique. *Parole* : le mot grec est *Logos*. Vers la fin du Ier siècle, ce mot, utilisé dans le syncrétisme hellénistique, avait plusieurs acceptions. Depuis Héraclite jusqu'aux stoïciens, *Logos* désignait souvent le divin comme intelligence et ordre. Dans la pensée juive, la Parole de Dieu, *davar* en hébreu, *memra* en araméen, avait une grande importance : c'était la Parole créatrice. Le Prologue fait sur ce point la synthèse de la pensée grecque et de la pensée hébraïque.

2. *Avec Dieu* : plus exactement « tendu vers le Dieu » (*pros ton théon*). Le Dieu, avec l'article, signifie le Père, principe et source de la divinité, tandis que le *Logos* est dit Dieu, sans l'article. Mystère de la divinité qui s'ouvre et se donne.

5. *Les ténèbres ne l'ont point reçue* : on peut traduire aussi par « les ténèbres ne l'ont pas arrêtée, ne l'ont pas étouffée ».

Page 318.

14. *La Parole a été faite chair*: le Verbe s'est fait chair, c'est-à-dire a assumé toute la réalité du créé, et d'abord la nature humaine. Sans pour autant cesser d'être le *Logos* divin.

14. *Elle a habité, eskênôsen*: elle a établi sa tente, allusion au premier sanctuaire et aussi, par la consonance même du mot, à la *shekinah*, la présence de Dieu exilée dans le monde.

18. *Dans le sein du Père*: Dieu est au-delà de la polarisation sexuelle. C'est pourquoi il peut être évoqué aussi bien par une symbolique masculine (le Père) que féminine (le sein). La Bible évoque souvent ses «entrailles de miséricorde», au sens utérin.

21. *Es-tu le Prophète?*: l'attente d'un prophète des derniers jours dont parle le Deutéronome (Dt 18^{15}) n'est pas claire. Les recherches récentes l'ont montrée fort complexe. Un exemple se trouve dans la triade messianique attendue par la Communauté de Qumrân (1 QS 9, 11, S de l'hébreu *Sérek*, «règle de la communauté»): le prophète et les deux descendants d'Aaron et d'Israël.

29. *L'Agneau de Dieu*: dans l'apocalyptique juive, l'image de l'Agneau est celle du vainqueur eschatologique. La tradition chrétienne reprendra cette image, présente dans l'Apocalypse, mais en précisant qu'il s'agit de l'Agneau pascal, qui est allé au sacrifice.

Page 320.

51. *Vous verrez... les anges de Dieu monter et descendre sur le Fils de l'homme*: cette allée et venue est liée au symbolisme de l'échelle de Jacob, et au thème de l'Homme céleste, dans le livre de Daniel. Selon les targoums araméens, c'est par cette échelle que la *shékinah* «descend sur la terre». Après leur retour d'exil, la plupart des Juifs, parlant désormais araméen, ne comprenaient plus l'hébreu. Il fut donc nécessaire de traduire, ou plutôt de paraphraser, en araméen les livres du Pentateuque (Genèse, Exode, Lévitique, Nombres, Deutéronome) qui constituent la Loi au sens propre. Le mot *targoum* vient justement de l'araméen *targûm*, qui signifie «traduire» et «expliquer».

Chapitre 2

1. *Les noces de Cana*: un «miracle d'ivrognes», dit magnifiquement Dimitri Merejkovsky, qui parle du festin nuptial où la Terre-Mère est l'épouse et le Fils de l'homme l'époux (*Le Christ qui vient*, Grasset, 1937, p. 11).

Page 321.

17. *Le zèle de ta maison me dévore*: pour les synoptiques, Jésus a chassé les vendeurs du Temple à la veille de sa Passion. Pour Jean, il s'agit du premier éclat — combien violent — du ministère public de Jésus.

21. *Le temple de son corps*: le corps crucifié de Jésus sera ressuscité

après trois jours ; glorifié, il englobera l'humanité et le cosmos et sera le nouveau Temple.

Chapitre 3

Page 322.

5. *Royaume de Dieu* : dans l'Évangile de Jean, cette expression n'apparaît que dans ce passage. Jean préfère parler de la « vie », de la « lumière de la vie ».

7. *Naître à nouveau* : c'est la naissance initiatique, d'eau et d'Esprit, mort et résurrection baptismale. C'est pourquoi on a pu dire que l'Église, par la matrice baptismale, était « un lieu pour renaître ».

8. *Tout homme qui est né de l'esprit* : on ne sait ni d'où il vient ni où il va, comme l'Esprit lui-même dont le vent est le symbole (en hébreu comme en grec et en latin, c'est le même mot : le Souffle). Un tel homme échappe aux déterminismes du monde déchu, il échappe à la mort dans une suprême liberté.

14. *Moïse éleva le serpent dans le désert* : Jésus interprète ce passage des Nombres (Nb 21[9]) dans le même sens que les targoums juifs pour lesquels le regard jeté sur le serpent d'airain signifiait l'ouverture du cœur à la Parole de Dieu.

Page 323.

21. *Celui qui pratique la vérité, s'approche de la lumière :* le Fils ne juge pas, mais chacun se juge dans sa lumière.

Page 324.

36. *La colère de Dieu* : c'est-à-dire comme le revers de l'amour de Dieu quand l'homme le refuse.

Chapitre 4

7. *Une femme samaritaine* : l'entretien avec la Samaritaine est l'un des textes les plus libérateurs de l'Évangile. Un *rabbi* juif ne devait pas s'adresser à une femme, encore moins à une Samaritaine, une hérétique et, qui plus est, de vie passablement agitée — donc doublement ou triplement « impure ». Au-delà, la rencontre, et la révélation la plus haute, d'abord par malentendus subtilement agencés, ensuite directement.

Page 325.

20. *Cette montagne* : le mont Garizim, haut lieu du culte samaritain.

Chapitre 5

Page 327.

2. *Beth-hesda* ou Bethesda signifie « maison de miséricorde ». Ce lieu est aussi attesté par le rouleau de cuivre qu'on a trouvé à Qumrân.

Page 328.

17. *Moi aussi, j'agis* : l'action créatrice de Dieu ne s'interrompt jamais. Dans cette action, le Fils est inséparable du Père.

24. *Il est passé de la mort à la vie* : un des thèmes fondamentaux de l'Évangile de Jean est la perspective pascale ; dans le ressuscité, c'est dès maintenant que l'homme peut devenir un vivant. Le jugement aussi s'anticipe dans le maintenant de la foi et de la *metanoïa.*

Page 329.

25. *Les morts* : ce sont aussi ceux des vivants qui restent prisonniers du monde de la mort et de son somnambulisme.

29. *Ceux qui auront fait le mal ressusciteront pour la condamnation* : comme souvent dans l'Évangile de Jean, les paroles les plus fortes, les plus libératrices de Jésus retombent soudain dans un dualisme moral qui semble les annuler ; de même pour la possibilité de passer dès maintenant de la mort à la vie, qui est renvoyée au jugement de la fin des temps. Le rédacteur a-t-il pris peur, a-t-il voulu corriger les affirmations presque insoutenables du maître ? Ou faut-il donner un tout autre sens au « bien » et au « mal », sans oublier qu'ils sont en chacun de nous et aussi que les « bons » ne le seraient pas s'ils ne servaient et priaient pour les « mauvais », comme l'ont dit sainte Thérèse de Lisieux, le starets Silouane (*starets* signifie l'« Ancien », le Père spirituel ; le starets Silouane — Sylvain — est un grand mystique orthodoxe d'origine russe qui vécut à l'Athos, où il mourut en 1938) ou Nicolas Berdiaev : « cinquième Évangile », dans l'Esprit-Saint ?

Chapitre 6

Page 371.

15. *Jésus, ayant compris qu'ils allaient venir l'enlever pour le faire roi* : attitude décisive ; Jésus refuse la royauté terrestre, qui aurait signifié aussi la guerre avec Rome. Sa destinée est celle du Serviteur souffrant, elle passe par la solitude et la prière. Pour que « le pain descende du ciel et donne la vie au monde » (Jn 6^{33}).

Page 332.

31-51. *Le pain du ciel* : le discours sur le pain de vie pourrait avoir été prononcé par Jésus lors de la dernière Cène (qui n'est pas décrite par Jean, mais remplacée par le récit du lavement des pieds). — *La manne et le pain de vie* : les Juifs attendaient une telle manne au jour ultime (*Midrash Rabah sur le Prêcheur.* I, 9 ; 2e *Livre de Baruch* XXIX,

8 : le *Midrash* est un commentaire synagogal, *Rabah* provient de l'hébreu *rab* : développement, le prêcheur signifie le prophète). — *Nul ne peut venir à moi, si le Père ne l'attire* : pour les Pères de l'Église, cette parole n'abolit pas notre liberté, mais indique seulement que nous avons besoin d'aide. Le Père n'attire personne contre sa volonté. — *La chair et le sang* : expression sémitique qui signifie l'humain tout entier. Dans la théologie de Jean, elle a un sens eucharistique ; le mot « chair », au lieu du mot « corps », est employé dans le rite eucharistique de l'Église syriaque. On n'en saurait pour autant diminuer la violence du texte : « Celui qui mange ma chair », le verbe est *trôguein*, dévorer. Nous sortons ici de l'univers biblique pour entrevoir l'accomplissement des cultes archaïques, le mystère de la Théophagie (se nourrir rituellement de Dieu), mystère qui subsistait à l'époque du Christ, plus ou moins dégénéré, dans les cultes d'Osiris, Tammuz, Adonis, Dionysos..., sans qu'on puisse d'ailleurs parler d'influences. Les hommes, depuis le commencement de leur histoire, ont eu faim de la chair du Fils, soif de son Sang. C'est pourquoi aussi, pour les Juifs (alors et encore aujourd'hui), cette parole était insupportable.

Page 334.

70. *L'un de vous est un démon* : Jean, par un sémitisme connu, identifie parfois tel homme et la force qui le possède. Ainsi, Judas « est un démon », votre « père..., c'est le diable », dira plus loin Jésus (Jn 8^{44}) à des Juifs incrédules. La personne, à commencer par celle de Judas, est au-delà de cette identification, et nous ne pouvons rien savoir sur sa destinée éternelle.

Chapitre 7

2. *La fête des Tabernacles* : elle dure huit jours entre le 15 et le 22 du mois de Tishri (cela peut tomber entre la première moitié de septembre et la seconde d'octobre) et commémore la traversée du désert, pendant quarante ans, après la sortie d'Égypte. Les Hébreux, alors nomades, vivaient sous des tentes ; pendant la fête, les familles juives dressent des tabernacles — des huttes, des tentes — pour rappeler ce temps de passage.

Page 336.

27. *Quand le Messie viendra, personne ne saura d'où il est* : l'apocalyptique juive évoquait un Messie caché, inconnu « même de lui-même », et qui se révélerait soudain à son peuple (voir Justin, *Dialogue avec Tryphon*, LXXXVIII).

37. *Le dernier et le plus grand jour de la fête* : chaque matin, pendant les sept jours de la fête, une procession descendait vers la source de Gihôn, sur la pente sud-ouest de la colline du temple. Le prêtre puisait de l'eau tandis que le chœur chantait : « Vous puiserez avec joie aux

sources du salut» (És 12³). Puis on remontait au temple où le prêtre versait l'eau sur la terre avec un entonnoir d'argent. Les paroles de Jésus sont liées au symbolisme de ce rite.

Page 337.

38. *Des fleuves d'eau vive*: selon la ponctuation, on peut traduire soit, comme l'a fait Oltramare: c'est du sein de celui qui croit en Jésus que coulent des fleuves d'eau vive, soit: «Si quelqu'un a soif, qu'il vienne à moi et qu'il boive, celui qui croit en moi»; c'est alors le Christ lui-même — aujourd'hui, pour Jean, dans sa présence sacramentelle — qui est la source d'eau vive.

Chapitre 8

Page 338.

3-11. *La femme adultère*: un des textes les plus importants des Évangiles, si dérangeant que cet *agraphon* (écrit sans contexte, non rattaché) a été longtemps exclu du canon. Saint Augustin le tient encore pour apocryphe parce qu'il accorderait aux femmes «l'impunité de l'adultère» et «qu'un péché trop grave y est trop vite pardonné» (*De conjugibus adulteris*, II, 7, Au sujet des époux adultères). — *Scribes et pharisiens* tendent un piège à Jésus: s'il approuve la lapidation, il peut être condamné par le pouvoir romain, qui seul inflige la peine capitale; s'il pardonne à la femme, on l'accusera de contrevenir à la Loi de Moïse. — Jésus se remet à écrire sur la terre: les péchés des accusateurs, a suggéré saint Jérôme. Qu'importe? Les pas, le vent effacent ce qui n'est pas gravé dans la pierre. La femme ne demande rien, ne dit rien. Et lui: «Je ne te condamne pas non plus. Va, et ne pèche plus.»

Page 339.

24. *Si vous ne croyez pas ce que je suis*: si vous ne croyez pas que *je suis* (mot à mot), ce qui constitue un nom divin.

28. *Qui je suis*: même remarque.

Page 340.

44. *Le diable*: voir *supra*, la note à Jn 6^{70}. Il y a une certaine incohérence dans ce passage violemment polémique, car Jésus s'adresse à des «Juifs qui avaient cru en lui» (Jn 8^{31}).

44. *Le diable est le père du* mensonge: le mensonge, c'est de nier Dieu, c'est-à-dire la source de la vie. C'est donc tuer. Le *diabolos*, le «séparateur» puise «dans son propre fonds», qui est néant et vertige du néant puisque la créature (et lui aussi est une créature: un ange) n'existe que par sa relation avec Dieu.

Page 341.

56. *Abraham s'est réjoui de voir mon jour*: Gn 17^{17}.

58. Ici le *je suis* est clairement posé dans l'éternité.

Chapitre 9

3. *Ce n'est pas qu'il ait péché* : une fois encore, Jésus refuse d'identifier au péché la maladie ou l'infirmité. Ce qui compte, c'est que *les œuvres de Dieu éclatent* en cet homme. La maladie ou l'infirmité appellent de notre part non la condamnation qui culpabilise, mais la guérison. Bien sûr, ici, l'aveuglement est aussi symbolique — non du péché mais d'une attente de la Lumière.

Page 342.

7. Le *réservoir de Siloé* : Siloé signifiant « canal », réservoir où aboutissait le canal amenant les eaux du Gihôn.

16. *Il n'observe pas le sabbat* : durant le sabbat, il était défendu de s'oindre les yeux (*Talmud de Babylone, Abodach'Zarah*, XXVIII B. Un *talmud*, mot hébreu qui signifie étude, est un recueil d'explications des textes de la Loi. Le plus important est celui de Babylone, qui fut achevé à la fin du ve siècle).

Page 344.

39. *Pour que ceux qui ne voient pas, voient* : dans la lumière de Dieu, l'homme voit son péché et se juge lui-même.

41. *Puisque vous dites « nous voyons », votre péché subsiste* : être aveugle, et le savoir, c'est attendre la Lumière. Être aveugle et dire qu'on voit est mensonge et supercherie.

Chapitre 10

7. *Je suis la porte des brebis* : le berger, c'est-à-dire le Christ, connaît chaque brebis « par son nom », dans le caractère unique de sa personne. En même temps, il est « la porte » de la bergerie, dans l'unité de son corps ecclésial. Lequel n'est point un enfermement, serait-ce dans une plénitude supposée : il faut « entrer et sortir », dans un constant échange avec les autres, avec le monde. Condamnation de tout intégrisme ou totalitarisme.

Page 345.

16. *Un seul berger* : le Christ deviendra consciemment présent à toutes les cultures, toutes les religions.

22. *La fête de la Dédicace* : à la fin de décembre, elle commémorait la nouvelle dédicace du Temple, qui avait suivi la victoire des Juifs, conduits par Judas Maccabée, sur le souverain hellénistique Antiochus IV, en 164 av. J.-C. On remarquera la rigueur chronologique et topographique de Jean.

30. *Le Père et moi, nous ne faisons qu'un* : et pourtant le Fils reste le Fils. Antinomie où s'exprime le mystère de l'Uni-Trinité (l'Esprit-Saint, le Troisième, étant révélé plus loin, dans le Discours d'Adieu).

Page 346.

34. *Vous êtes des dieux*: l'exégèse juive appliquait cette parole au peuple tout entier.

38. *Le Père est en moi et je suis dans le Père*: développement de la formule «le Père et moi, nous ne faisons qu'un».

Chapitre 11

Page 347.

17. *Il y avait déjà quatre jours que Lazare était dans le sépulcre*: pour les Juifs, la mort n'était vraiment réelle que le quatrième jour, le souffle de vie ayant alors quitté le corps — devenu cadavre.

Page 348.

27. *Le Messie*: c'est dès maintenant — thème essentiel chez Jean — que Jésus, étant lui-même «la résurrection et la vie», les accorde à ceux qui adhèrent à lui. La mort n'est plus alors qu'une apparence. La confession de foi de Marthe rejoint et précise celle de Pierre à Césarée de Philippe (Mt 16^{16}).

35. *Jésus pleura*: le verset le plus court des Évangiles. Par les yeux humains de Jésus, Dieu voit ce que l'homme a fait de son «image»: une charogne. Et la douleur des survivants...

Page 349.

44. *Déliez-le, et le laissez aller*: la résurrection de Lazare anticipe celle de Jésus. Peut-on dire, en contraste avec celle-ci, que Lazare est seulement rendu aux modalités de notre existence déchue, donc qu'il lui faudra mourir à nouveau, alors que Pâques bouleversera radicalement ces modalités? Nous n'en savons rien.

Chapitre 12

Page 350.

7. *Ce parfum pour le jour de ma sépulture*: l'éros trouve sens dans la résurrection.

10. *Faire mourir aussi Lazare*: nous ne savons rien sur un assassinat de Lazare. Certains romanciers, à commencer par Kazantzakis, l'ont évoqué.

Page 351.

24. *S'il meurt, il porte beaucoup de fruit*: symbole de la Passion-Résurrection. Les Anciens croyaient que la semence périssait dans la terre et que Dieu intervenait pour que de sa mort naisse la plante.

27. *Mon âme est troublée...*: comme à Gethsémani (c'est au fond le même épisode), dans l'angoisse s'éprouve (et se prouve) la pleine liberté humaine de Jésus — notre commune liberté — qui, à travers l'angoisse même, adhère à la volonté du Père.

Page 352.

31-32. *Ce monde*: réseau d'illusions et d'idolâtries qui enveloppe, masque et dénature la création de Dieu, «le monde», avec l'article (bien que la distinction ne soit pas toujours aussi nette dans le Discours des Adieux). Lorsque, avec la croix, ce monde se referme sur Jésus et croit l'anéantir, il est consumé par le feu de son humanité déifiée: la croix d'ignominie devient alors croix de gloire, axe définitif du monde, et elle attire vers le Père toute l'humanité et tout l'univers.

38. *Révélé*: pour introduire à l'exaltation du Serviteur souffrant.

40. *Il a aveuglé leurs yeux...*: sémitisme. Ce n'est pas Dieu qui aveugle les yeux et endurcit les cœurs, il ne fait que constater l'aveuglement et l'endurcissement des hommes.

Chapitre 13

Page 353.

5. *Il se mit à laver les pieds de ses disciples*: laver les pieds de quelqu'un était tenu pour une humiliation extrême. Accompli volontairement, ce geste devenait le signe du plus grand amour.

Page 354.

10. *Celui qui s'est baigné...*: contre les excès des philosophies actuelles de l'autre et de la réciprocité, laver les pieds de quelqu'un n'est pas le laver tout entier, aimer et servir quelqu'un ne le fait pas exister. Il existe par sa relation avec Dieu qui le «baigne», sans doute, mais non uniquement, d'une manière baptismale, en nettoyant en lui son «image».

14. *Je vous ai donné un exemple*: par cet exemple, donné lors de la dernière Cène, Jésus montre que le sacrement de l'eucharistie est inséparable du «sacrement du frère», pour reprendre les expressions de saint Jean Chrysostome.

Page 355.

30. *Il était nuit*: l'effet de style est prodigieux. La nuit se referme sur cette âme nocturne.

Chapitre 14

Page 356.

6. *Nul ne vient au Père que par moi*: un de ces versets exclusivistes, qu'il n'est pas facile d'interpréter dans le dialogue interreligieux. On peut soit évoquer une présence universelle et secrète du Christ, soit penser que les religions montrent divers aspects bien réels du divin, mais que seul le Christ révèle la paternité de Dieu, *abba*, Père.

9. *Celui qui m'a vu, a vu le Père*: c'est cette parole qui fonde la légitimité de l'icône.

12. *Celui qui croit en moi fera aussi les œuvres que je fais* : en Christ s'ouvre l'« économie du Saint-Esprit » (Vladimir Lossky, dans le chapitre qui porte justement ce titre dans son *Essai sur la Théologie mystique de l'Église d'Orient*, Aubier, 1944), économie durant laquelle, par l'union de l'Esprit et de la liberté, l'homme se révèle à Dieu (Nicolas Berdiaev, voir la préface, p. 37, n. 1).
16. *Paraclet* : consolateur, avocat, guide. L'anglais *comforter* synthétise ces significations.

Page 357.
17. *Le monde*, ici, est mis pour « ce monde ».
20. *Je suis en mon Père…, vous êtes en moi…, je suis en vous* : la relation du Fils au Père devient celle des hommes au Christ et, à travers lui, au Père.
26. *En mon nom* : le Père est le principe et la source de la divinité. Comme Fils, Jésus reçoit tout de lui.
28. *Mon Père est plus grand que moi* : la mort — emprise du « prince de ce monde » — n'a nulle place en Jésus. C'est volontairement, pour la vaincre, qu'il se laisse assassiner.

Page 358.
31. Le *Partons d'ici* annonce une rupture qui n'a pas de suite dans le texte.

Chapitre 15

5. *Je suis le cep et vous êtes les sarments* : saint Paul dira que les hommes sont *symphytoï*, une seule plante avec le Christ dont la sève les nourrit.
8. *Mes disciples* : le bien et le mal, au sens johannique, désignent ceux qui acceptent activement, ou ceux qui refusent, que la sève du cep monte en eux. Quand elle peut monter, ils portent beaucoup de fruits.

Page 359.
26. *L'Esprit de vérité* : la révélation du Paraclet se précise. C'est du Père qu'il procède — comme l'a souligné l'Orient chrétien —, mais « au nom » du Fils (Jn 14^{26}) qui l'envoie aussi, comme l'a souligné l'Occident.

Chapitre 16

Page 360.
7. *Si je m'en vais, je vous l'enverrai* : dans l'absence/présence du Christ vient le Paraclet en qui l'homme trouve sa vocation de créateur créé.
8-11. *Au sujet du péché* : le péché, c'est le refus du lien avec Dieu, car

tel voudrait être le monde ou, plutôt, « ce monde ». — *Au sujet de la justice* : le refus du lien avec Dieu entraîne la rupture du lien avec le frère d'où l'oppression et l'injustice. — *Au sujet du jugement* : le « prince de ce monde » est vaincu, le lien est pleinement rétabli entre Dieu et l'homme.

Page 361.

16. *Et vous me verrez* : vous me verrez ressuscité — et, comme tel, je ne cesserai d'être avec vous, en vous, dans l'Esprit-Saint.

21. *Dans la joie qu'elle éprouve de ce qu'un homme est venu au monde* : parole magnifique, qui bénit la vie. Le thème de la femme qui souffre les douleurs de l'enfantement traverse toute la Bible pour aboutir, dans l'Apocalypse, à la Femme vêtue de soleil, couronnée d'étoiles et dont l'Enfant triomphe du dragon.

22. *La joie* est l'un des derniers mots de l'Évangile de Luc.

Chapitre 17

Page 362.

1. *Père, l'heure est venue...* : cette prière de Jésus a été nommée, à partir du XVIe siècle, « prière sacerdotale ». En réalité, elle couronne le « Discours des Adieux » dont elle fait la synthèse. On ne saurait la commenter, il faut seulement la lire, la méditer, la prier.

Chapitre 18

Page 364.

5. *Jésus de Nazareth* : ou le Nazaréen, voir la note à Mt 2[23].

Page 366.

36. *Mon royaume n'est pas de ce monde* : il ne relève pas du sort des armes, du jeu de la puissance. Mais il est présent dans le cœur des hommes, dans leur liberté créatrice et peut alors agir dans le monde comme un levain, une inspiration, un feu.

Chapitre 19

Page 367.

5. *Voici l'homme : Ecce Homo*, dérisoire et magnifique. Sans le savoir, Pilate confesse que Jésus est l'homme au sens absolu, le vrai temple de Dieu, « l'Homme-maximum » comme l'écrira Nicolas de Cuse (voir la préface p. 25).

8. *Pilate fut encore plus effrayé* : exécration des Juifs, pour qui Dieu est pure transcendance, effroi du païen, pour qui le divin peut se manifester sous bien des formes, souvent redoutables.

Page 368.

15. *Nous n'avons d'autre roi que César* : les « principaux sacrifica-

teurs» se recrutaient parmi l'aristocratie sadducéenne qui collaborait avec les Romains. D'où le blasphème: ces Juifs affirment n'avoir d'autre roi que l'empereur païen, idolâtre et idolâtré, qui se fait adorer comme un dieu.

Page 369.

27. *Voilà ta mère*: Jésus fait de Marie la mère des chrétiens.

30. *Ayant penché la tête*: «Il inclina la tête, comme s'il la cachait dans le sein du Père où il savait pouvoir trouver soulagement et réconfort...» (Origène, Sermon 138).

34. *Il en sortit du sang et de l'eau*: phénomène médicalement explicable. Par ailleurs, cela veut dire que Jésus est vraiment mort puisque, selon une tradition rabbinique, le corps de l'homme se compose d'eau et de sang. Mais le texte de Jean a aussi valeur symbolique, quasi sacramentelle: l'eau du baptême, le sang de la Parole et de l'eucharistie. Pour les Pères, comme Ève est née du côté d'Adam, l'Église naît du côté transpercé de l'Adam ultime.

37. *Aucun de ses os ne sera brisé*: voir Ex 12^{46}, à propos justement de l'agneau pascal.

Chapitre 20

Page 370.

9. *Le Messie devait ressusciter des morts*: Ps 16^{11}.

Page 371.

16. *Rabbouni*: le nom, réveillant la relation, permet la reconnaissance.

17. *Ne me touche pas*: Jésus, dans sa présence charnelle, pour Marie humaine trop humaine, doit échapper à celle-ci. Il remonte vers le Père et la renvoie aux «frères», à l'Église, où il sera désormais absent/présent dans le Saint-Esprit.

19. *Jésus vint*: l'humanité transfigurée du Christ échappe aux contraintes du temps et de l'espace déchus, bouleverse toutes nos modalités d'existence.

23. *Ceux à qui vous pardonnerez leurs péchés...*: c'est ce qu'on a nommé la «Pentecôte johannique»; le «pouvoir des clefs», ici, n'est pas donné à Pierre seul, mais à tous les apôtres.

Chapitre 21

Page 373.

8. *Deux cents coudées*: moins de cent mètres.

11. *Cent cinquante-trois gros poissons*: 153 est la somme de la valeur numérique des lettres de l'expression «enfants de Dieu» en hébreu. Il s'agit donc de la plénitude de l'Église.

13. *Prit du pain, leur en donna, et du poisson également* : encore une anticipation du repas eucharistique, dans la simplicité de l'amitié et la beauté du monde.

17. *Pais mes chères brebis* : triple réintégration, correspondant au triple reniement de Pierre, celui-ci se retrouvant de nouveau en tête : « M'aimes-tu *plus* que ne font ceux-ci ? »

Page 374.

22-23. *Si je veux qu'il demeure...* : l'Église est de Pierre, elle est aussi de Jean, toujours mystérieusement présent.

O. C.

LES ACTES DES APÔTRES

Chapitre 1

Page 377.

1. *Théophile* : celui pour qui l'ensemble Luc-Actes a été écrit (cf. Lc 1^{3} et la note). — *Mon premier livre* : il s'agit de l'Évangile de Luc.

2. Allusion à l'Ascension (Lc 24^{51}).

6. Allusion à l'espérance messianique juive : le Messie devait assurer l'indépendance politique d'Israël. Manifestement, les disciples n'ont pas encore compris la définition spirituelle nouvelle que Jésus donne à ce terme.

8. Chez Luc, témoigner non seulement de la Résurrection mais aussi de la vie terrestre de Jésus est la fonction essentielle de la condition de disciple.

Page 378.

10. *Deux hommes vêtus de blanc* : ce sont des anges.

12. Environ 1 km : c'est la distance qu'il est permis de parcourir un jour de sabbat.

13. La *chambre haute* : les chambres à l'étage servaient généralement de salle à manger ou étaient sous-louées aux pauvres.

13. Il faut distinguer l'apôtre Jude du Jude, frère de Jésus, censé avoir écrit l'épître de Jude, ainsi que l'apôtre Jacques, fils d'Alphée, de Jacques frère du Seigneur que l'on trouve dans les Actes à partir du chapitre 12.

15. *Frères* : nom que se donnèrent les premiers chrétiens.

Page 379.

18. Le récit de la mort de Judas présente de notables différences avec celui de Mt 27^{5-6} ; seule la tradition d'une mort violente du traître demeure.

23. On ignore à peu près tout de Joseph Barsabas. Matthias, selon les traditions, serait mort décapité à Jérusalem ou crucifié en Colchide, voire à Sébastopol.

Chapitre 2

1. La *Pentecôte* est une fête juive qui doit son nom au fait qu'elle avait lieu au cinquantième jour (πεντηκοστή) après la Pâque : elle célébrait à l'origine la fin des moissons puis l'alliance du Sinaï. La fête chrétienne commémore la Pentecôte suivant la mort du Christ marqué par le don de l'Esprit, qui inaugure le temps de l'Église.

3. Le souffle et le feu sont deux manifestations externes de l'Esprit-Saint.

Page 380.

10. Les *prosélytes* sont les païens agrégés au judaïsme.

11. Il s'agit des différentes nations de la Diaspora juive : la Parthie, la Médie, Élam et la Mésopotamie (actuellement en Iran et Irak) forment la Diaspora orientale autour de Babylone, la Cappadoce, le Pont, l'Asie Mineure, la Phrygie, la Pamphylie (actuellement en Turquie), l'Égypte et la Cyrénaïque (actuellement en Égypte et en Libye), la Crète et l'Arabie forment la Diaspora occidentale autour de Jérusalem, de Rome et d'Alexandrie.

15. *La troisième heure du jour* : environ 9 heures du matin.

Chapitre 3

Page 383.

1. *La neuvième heure* : 3 heures de l'après-midi.

2. *La Belle Porte* : probablement la porte située à l'est du Temple, qui donnait accès du parvis extérieur (« Parvis des Gentils ») à la première cour (« Cour des Femmes »). L'infirme est assis en quelque sorte au « porche » du sanctuaire.

11. *Portique de Salomon* : colonnade située sur le côté est du Temple.

Page 384.

14. Ce meurtrier est Barrabas, lors du procès de Jésus.

16. Selon une conception largement répandue, le nom dit la personne en profondeur et possède les mêmes possibilités d'action que celui qui le porte.

18. *Oint* (du latin *unctus*), Christ (du grec Χριστός), Messie (de l'hébreu *mashiah*) sont trois traductions synonymes.

20. *Les temps du répit* : mot à mot, « les temps des rafraîchissements ». Il s'agit du temps de la seconde venue du Christ (Parousie) dont Paul dit qu'il est le « jour de la colère » (Rm 2[5]).

Chapitre 4

Page 385.

1. *Les sadducéens*: groupe de Juifs aristocratiques, plutôt conservateurs, qui monopolisaient les fonctions sacerdotales au Temple. Ils ne croyaient pas à la résurrection, contrairement aux pharisiens (cf. Ac 23^{8}).

6. *Anne* quoique ayant été destitué en 15 ap. J.-C. avait conservé le pouvoir de Grand Prêtre et même, comme le prétend le texte, le titre. En réalité, le Grand Prêtre du moment était Joseph *Caïphe* (Grand Prêtre de 18 à 36). On ne sait rien de *Jean* et d'*Alexandre*.

15. Le sanhédrin est le tribunal religieux suprême des Juifs. Il est composé de pharisiens et de sadducéens.

Page 387.

35. Ce petit passage (Ac $4^{32\text{-}35}$) décrit l'âge d'or de la communauté primitive. On a souvent lu dans cette mise en commun des richesses une influence des pratiques esséniennes.

36. *Lévite*: prêtres issus de la tribu de Lévi, ils pouvaient s'approcher des autels et étaient chargés des tâches annexes du Temple. C'est ici la première mention de Barnabas, qui servira de mentor à Paul dans ses premières évangélisations.

Chapitre 5

Page 389.

21. *Sanhédrin* et *sénat des fils d'Israël* sont deux expressions synonymes. Visiblement, le rédacteur explicite un terme inconnu de ses lecteurs.

Page 390.

34. *Gamaliel Ier* est un illustre rabbin pharisien, successeur du grand Hillel (l'un des «inventeurs» avec Shammaï des écoles rabbiniques).

36. *Theudas* fut le meneur d'une révolte de la Palestine contre les Romains que l'historien Flavius Josèphe situe vers 44 ap. J.-C., mais que les Actes datent d'avant le recensement de Quirinius (6 ap. J.-C.).

37. *Judas le Galiléen* fut le meneur d'une insurrection à l'occasion du recensement sous Quirinius (6 ap. J.-C.).

41. *Le Nom*: selon l'usage juif, le Nom désigne Dieu, dont on évite ainsi de prononcer le nom propre.

Chapitre 6

Page 391.

1. Les *Hellénistes* étaient des Juifs issus de la Diaspora, qui avaient vécu hors de Palestine, où l'on parlait grec, et disposaient à Jérusalem de synagogues particulières, où la Bible se lisait en grec. Les *Hébreux*

étaient les Juifs de Palestine, qui parlaient araméen, mais lisaient la Bible en hébreu dans leurs synagogues. On voit que la division demeure dans l'Église primitive. Plus proches de la culture grecque — comme le prouve le nom des Sept, ils allaient jusqu'à adopter des patronymes grecs —, les Hellénistes furent les premiers à s'adresser aux païens et à quitter le judaïsme que rien, dans le message de Jésus, ne contraignait à abandonner.

2. De ce service des *tables*, la διακονία, vient le nom du « diacre » qui remplit une fonction de service auprès du prêtre.

5. *Étienne* (ou Stéphane) est le premier martyr. Le discours qu'il prononce au chapitre 7 consomme la rupture des chrétiens hellénistes avec la synagogue.

9. *La synagogue des Affranchis* : il s'agit de la synagogue des Hellénistes : la contestation part de la synagogue qu'Étienne fréquentait. Les affranchis étaient probablement les Juifs emmenés par Pompée à Rome lorsqu'il prit Jérusalem et qui avaient été affranchis depuis.

Page 392.

14. Cette accusation avait déjà été portée au sanhédrin contre Jésus (Mc 14^{58}).

Chapitre 7

2. Le discours d'Étienne, fidèle sans doute à la première prédication, utilise l'Ancien Testament pour prouver la messianité de Jésus. Il montre ici que Dieu choisit celui qui a été rejeté. Les versets 2 à 8 content l'histoire d'Abraham (Genèse 12 à 25), les versets 9 à 16 celle de Joseph (Genèse 37 à 50), les versets 17 à 44 celle de Moïse (Exode).

Page 393.

16. Les allusions au Tombeau des Patriarches ne concordent pas avec les données de l'Ancien Testament (cf. Gn 50^{13} ; Gn 33^{17-19}).

Page 394.

38. *Assemblée au désert* : allusion à l'assemblée tenue dans le désert pour recevoir la Loi (Ex 19^{17} ; Dt 9^{10}).

41. Allusion au Veau d'or (Ex 32).

Page 395.

44. Allusion à la tente où se trouvait l'arche d'alliance (Ex 25^{9}).

47. Cf. II S 7.

52. *Juste* : il s'agit du Messie annoncé par les Écritures en qui les chrétiens ont reconnu Jésus.

Page 396.

56. *Fils de l'homme* : titre messianique. Cette dernière déclaration d'Étienne exaspère à son comble la colère des auditeurs car elle atteste la souveraineté du Messie égale à celle de Dieu.

58. Saul est le futur Paul.
60. Il mourut, selon le sens classique du verbe grec.

Chapitre 8

1 Cette persécution, dont on n'a pas trace. concernait vraisemblablement les Hellénistes.

Page 397.
10. Simon le Magicien (ou le mage) était un de ces faiseurs de miracles qui abondaient dans l'Antiquité. On le croyait habité par une émanation de Dieu, la « grande puissance ».
16. Cette curieuse précision laisse à penser que Pierre et Jean viennent « compléter » le baptême conféré par les Hellénistes : elle est sans doute la trace des rivalités entre plusieurs groupes au sein de l'Église.
24. De cet épisode provient le terme de « simonie », qui désigne la prétention d'acheter les sacrements, dons gratuits de Dieu.

Page 398.
27. Cet eunuque au service d'une reine nubienne (*candace* n'est pas un nom propre mais un titre royal) est un « craignant Dieu », c'est-à-dire un non-Juif respectant la Loi juive. L'épisode montre que les premiers chrétiens n'hésitèrent pas longtemps à intégrer ceux qui étaient en marge du judaïsme, en attendant les païens. En outre, à cause de sa mutilation, l'eunuque était considéré comme impur (Dt 23^{8}).
35. Comme à Emmaüs, l'épisode donne une idée de la première prédication chrétienne qui s'appuyait sur des textes de l'Ancien Testament afin de montrer que Jésus était bien le Messie annoncé par les Écritures.

Page 399.
40. Azot est Ashdôd, l'antique cité philistine.

Chapitre 9

2. Cet épisode est peu probable : comment l'occupant romain aurait-il permis qu'un Juif fasse ainsi la police ?
11. *La Rue Droite* existe encore à Damas.

Page 400.
13. *Saints*, appellation héritée de l'Ancien Testament, servait à désigner ceux qui appartiennent à Dieu. Le terme désigne ici les chrétiens (voir Rm 1^{7} et Mt 3^{1}).
17. L'aveuglement physique symbolise l'aveuglement spirituel.

Page 401.
29. Paul, originaire de Tarse, se rangeait parmi les Hellénistes. Ceux-ci cherchent à le faire périr, comme Étienne.
32. *Lydda* (actuellement Lôd où se trouve l'aéroport de Tel-Aviv) est située dans la plaine du Saron.

36. *Joppé* est actuellement le port de Jaffa. — «Dorcas»: en grec, δορκάς, signifie «la gazelle».

39. *Les veuves* étaient soit des indigentes à la charge de Dorcas, soit des femmes associées à ses bonnes œuvres. Le détail montre qu'il ne s'agit pas de pleureuses professionnelles: ces veuves pleurent d'une douleur sincère, capable de toucher l'apôtre.

Page 402.

43. Le métier de *corroyeur* (ouvrier tanneur), qui mettait en contact avec des corps morts, était jugé immonde par les Juifs, quoiqu'il ne fût pas interdit par la Loi. Cette précision anticipe l'épisode suivant.

Chapitre 10

1. La légion romaine, forte de 6 000 hommes, était composée de 10 cohortes de 600 hommes commandées par un chiliarque ou un tribun, elle-même divisée en 6 centuries commandées par un centurion. Chaque cohorte avait un nom. Corneille était probablement un Romain et un «craignant Dieu».

3. *Vers la neuvième heure*: vers 3 heures de l'après-midi.

9. *Le toit*: il s'agit de la terrasse, où les Juifs aimaient se livrer à la méditation (voir So 1[5]). — *La sixième heure*: midi.

Page 403.

14. Pierre est invité par cette vision à s'affranchir de ses notions de pureté légale. En effet, la Loi juive déclarait impropres à la consommation beaucoup de quadrupèdes et d'oiseaux ainsi que tous les reptiles (Lv 11). L'épisode légitime l'accès des païens à l'Église.

Page 404.

28. Quoique ne figurant pas dans la Torah, cette interdiction était respectée par certains groupes juifs qui considéraient que manger avec un païen entraînait une souillure rituelle qui devait être lavée par certains rites.

41. Les versets 39-43 sont sans doute empruntés à une antique confession de foi.

Page 405.

45. *Les fidèles de la circoncision*: les chrétiens d'origine juive.

48. Il s'agit d'une seconde Pentecôte, destinée aux païens, que Pierre ratifie en faisant baptiser les participants.

Chapitre 11

Page 406.

19. Les Hellénistes.

22. À l'instar de Pierre et Jean «surveillant» le travail de Philippe,

Barnabas reçoit mission des chrétiens de Jérusalem pour inspecter l'Église d'Antioche. Celle-ci le convertit visiblement à ses idées.

Page 407.

26. *Chrétiens*: sobriquet un peu méprisant — il peut se traduire «les partisans du barbouillé» — inventé par les habitants d'Antioche.

27. *Des prophètes*: il s'agit sans doute de prédicateurs chrétiens parlant sous l'impulsion de l'Esprit-Saint. Leur rôle n'est pas tant de prédire l'avenir que de transmettre les paroles de Dieu. Dans sa hiérarchie des charismes (II Co 12[28-29]), Paul les classe en second, derrière les apôtres.

28. L'écrivain juif Flavius Josèphe indique que la famine fit rage en Judée en 45-48 sous le règne de l'empereur Claude (41-54).

30. Les Anciens sont ceux qui ont succédé aux apôtres dans le gouvernement de l'Église de Jérusalem.

Chapitre 12

1. Hérode Agrippa Ier, le petit-fils d'Hérode le Grand, qui fut roi de 41 à 43.

2. Jacques «le Majeur», frère de Jean et fils de Zébédée, l'un des douze apôtres.

3. À la veille de la Pâque.

Page 408.

12. On a longtemps vu dans ce *Jean, surnommé Marc*, l'auteur de l'Évangile selon Marc.

17. Il s'agit de Jacques, frère du Seigneur, qui semble avoir pris, en l'absence de Pierre, la direction de la communauté de Jérusalem.

19. Les gardiens étaient responsables de leur prisonnier.

Page 409.

20. *Tyr* (aujourd'hui Sûr) et *Sidon* (Saïda) sont deux ports de la côte libanaise.

23. L'historien Flavius Josèphe confirme le récit des Actes: Hérode Agrippa Ier serait mort brutalement en 43 d'une maladie intestinale.

Chapitre 13

1. Les *docteurs* sont les chrétiens qui ont reçu la fonction d'enseigner (voir I Co 12[28]). — *Hérode Antipas*, fils d'Hérode, fut tétrarque (gouverneur) de Galilée de 4 av. J.-C. à 39 ap. J.-C. Il mourut en exil à Saint-Bertrand de Comminges. Il est probable que σύντροφος, frère de lait, était un titre de la cour royale: ce *Manahem* était un personnage considérable, et il s'agit sans doute du Mannaeï que Flaubert a choisi de placer aux côtés d'Hérode — pour son nom euphonique? — dans sa nouvelle «Hérodias» (*Trois Contes*).

4. *Séleucie* était le port d'Antioche.

5. *Jean* dit Marc (cf. Ac 2^{12}, note) occupait un petit rôle dans la mission dirigée par Barnabas.

Page 410.

8. Bar-Jésus se faisait sans doute appeler *Élymas*, « le sage » en araméen (qui donnera *uléma* en arabe).

9. Comme la plupart des Juifs, Saul utilisait un nom à consonance grecque lorsqu'il vivait dans le monde païen : Jean s'appelle Marc (Ac 12^{12}), Syméon Niger (Ac 13^{1}), Tabitha Dorcas (Ac 9^{36}). Ce changement de nom a toutefois un rôle narratif : désormais Paul prend la direction de la mission, il n'est plus le second de Barnabas.

15. Il était d'usage de demander aux hôtes de faire le commentaire de l'Écriture pendant le culte synagogal.

16. À l'instar de celui d'Étienne, le discours de Paul reprend les grands épisodes de l'histoire d'Israël pour convaincre ses auditeurs de la messianité de Jésus.

Page 411.

19. *Sept nations* : les Hittites, les Girgashites, les Amorites, les Cananéens, les Perizzites, les Hivvites, et les Jébuséens (Dt 7^{1}).

24. Il s'agit de Jean Baptiste (cf. Mt 3^{11} et parallèles).

Page 412.

43. *Prosélytes* : autre nom pour les craignant Dieu (voir Ac 2^{10}, note).

Page 413.

51. Selon la recommandation de Jésus (voir Mt 10^{14}). *Iconium* : l'actuelle Konya.

Chapitre 14

Page 414.

12. Dans la mythologie grecque, Jupiter était le roi des dieux, Mercure, le dieu de l'éloquence.

Page 415.

23. Les *Anciens* (en grec πρεσβυτέρος, qui a donné « prêtre ») étaient chargés de l'administration de la communauté, selon la coutume de la Diaspora (cf. Ac 11^{30}, note).

Chapitre 15

1. Visiblement, la tendance judéo-chrétienne de Judée, n'ayant pu obtenir que les païens soient exclus de la communauté chrétienne, tente de les rattacher de force au judaïsme en les faisant circoncire.

Page 416.

2. Le « concile de Jérusalem » commence. Paul dans les deux pre-

miers chapitres de l'épître aux Galates en donne une version très différente. Le texte des Actes est quant à lui de facture composite.

5. Les pharisiens pratiquaient un judaïsme rigoureux qu'ils entendaient faire régner dans l'Église.

10. *Tenter Dieu* consiste à le mettre à l'épreuve en lui imposant de faire un signe.

14. La forme *Syméon* (pour Simon, l'autre nom de Pierre) est archaïque : elle est bienvenue dans la bouche de Jacques, qui représente la tendance conservatrice.

Page 417.

20. *La souillure des idoles* vise les viandes offertes en sacrifice aux idoles qui étaient consommées à l'issue des cérémonies ; l'*impudicité*, les unions prohibées dans le Lv 18 ; le *sang* et les *chairs étouffées* (c'est-à-dire les viandes non saignées), la consommation du sang, qui, pour les Juifs, était la vie (Lv 1^{5}) de l'animal. La décision de Jacques, qui fait ici figure de chef de la communauté, cherche le consensus : il définit les règles minimales d'une vie en communauté possible entre Juifs et païens et interdit ce sur quoi les Juifs ne seront absolument pas prêts à transiger. Le texte occidental supprime « chairs étouffées » et rajoute « et ne pas faire aux autres ce qu'on ne voudrait pas être fait à soi-même ».

21. La logique de ce passage n'est pas très apparente. Peut-être s'agit-il d'un commentaire du verset 19 ?

22. *Barsabas* est inconnu par ailleurs (cf. Ac1^{23}). — *Silas* est sans doute le compagnon de Paul (Ac 15^{40} ; 18^{5}) que l'apôtre appelle Silvain (I Th 1^{1} ; II Th 1^{1} ; II Co 1^{19}).

Page 418.

39. Les Actes fournissent des motifs psychologiques à une division sans doute théologique. La tradition veut que Barnabas soit mort à Chypre.

Chapitre 16

Page 419.

1. *Timothée* deviendra l'assistant préféré de Paul, qui le cite souvent dans ses épîtres.

3. Timothée, parce que sa mère était juive, était soumis au droit israélite. Cela explique que Paul, réticent par ailleurs à imposer la circoncision (cf. l'épître aux Galates), le fasse circoncire.

6. Il s'agit de la province romaine d'Asie Mineure dont Éphèse était la capitale.

10. Premier des passages en « nous ». Voir préface au texte des Actes, p. 44.

12. Devenue colonie romaine après la bataille d'Actium (31 av. J.-C.), Philippes jouissait du droit et des privilèges des villes d'Italie (*jus italicum*). La Macédoine était divisée en quatre districts. Philippes était la capitale de l'un d'eux.

35. *Le prétoire d'Hérode*: palais construit par Hérode à Césarée devenu résidence du procurateur romain.

Chapitre 24

1. *Tertulle,* inconnu de nous, était, comme le prévoyait le droit romain qui ne connaissait pas la fonction de procureur, l'avocat accusateur de Paul.

Page 441.

3. En réalité, Félix dut réprimer la révolte zélote (voir note Ac 23[12]) avec la dernière cruauté.
14. *La voie*: visiblement, Paul ne conçoit pas le christianisme comme une religion séparée du judaïsme.

Page 442.

24. *Drusille*: fille d'Hérode Agrippa Ier, elle était la petite-fille d'Hérode le Grand. Félix l'avait épousée alors qu'elle était la femme du roi d'Émèse.
25. Félix avait la réputation d'être un homme violent, intrigant et dépravé.
27. Festus fut nommé par Néron, en 60, procurateur de Judée. Il mourut brutalement en 62.

Chapitre 25

4. Festus avait l'intention de rentrer à Césarée, sa résidence principale. Le rédacteur fait ici entendre les paroles de Festus au style indirect libre.

Page 443.

11. Comme en avait le droit tout citoyen romain qui s'estimait lésé par une justice provinciale. *César,* du nom de Jules César, était l'un des titres portés par l'empereur. Festus délibère cependant car cet appel à l'empereur pouvait être rejeté par le magistrat provincial.
13. *Agrippa* II (27-94), tétrarque d'Iturée, de Trachonitide et d'Abilène, arrière-petit-fils d'Hérode le Grand. On lui reprocha les relations incestueuses qu'il entretenait avec Bérénice et sa sympathie pour les chrétiens. — *Bérénice,* sœur d'Agrippa II (née en 28 ap. J.-C.) et de Drusille, femme de Félix. Elle sera l'amante du futur empereur Titus, venu en Judée mener la Guerre juive. Racine en fit l'héroïne de sa pièce éponyme.

Page 444.

21. *Sa Majesté*: mot à mot *l'Auguste (Sebastos),* autre titre de l'empereur.

Chapitre 26

1. *Étendant la main*: Paul adopte l'attitude des orateurs antiques réclamant l'attention de leur auditoire (Apulée, *Métamorphoses,* 2, 21).

Chapitre 27

Page 447.

1. Dernier passage en « nous ».

2. *Adramytte* : ville portuaire de Mysie, face à Lesbos.

9. Il s'agit du Jeûne précédant la fête des Expiations (20-22 septembre) : à partir de fin septembre, les Anciens ne naviguaient plus ; on déclarait la mer « fermée » et l'on commençait l'hivernage.

Page 448.

14. *Euraquilon* : vent de nord-est.

16. *Cauda* : actuellement Gaudos, au sud de la Crète.

17. Le verset 17 est un résumé des techniques maritimes en cas de naufrage : on ceint la coque, afin d'éviter sa rupture, puis, pour ralentir la marche du navire et faciliter sa manœuvre, on laisse aller une des ancres (car les navires antiques en possédaient plusieurs). L'angoisse des marins est d'aller s'abîmer contre les rivages de la Syrte, la côte d'Afrique du Nord dépourvue de ports.

Page 449.

27. L'*Adrias* : il ne saurait s'agir de l'Adriatique, comme on le lit souvent. Comment, partant de Crète et s'échouant finalement à Malte, le navire aurait-il pu remonter dans l'Adriatique ? L'Adrias désigne, chez les géographes du temps, la Méditerranée centrale.

Chapitre 28

Page 450.

2. *Barbares* : on désignait de ce nom ceux qui ne parlaient pas grec.

Page 451.

11. Les *Dioscures* : Castor et Pollux, deux personnages mythologiques.

R. B.

ÉPÎTRE AUX ROMAINS

Chapitre 1

Page 455.

1. Le terme *apôtre* signifie délégué, envoyé. Pour être apôtre, il fallait avoir fait partie du cercle des Douze disciples appelés par Jésus et avoir rencontré le Ressuscité. Paul ne remplit pas la première condition, ce qui lui pose un problème de légitimité récurrent.

5. Paul affirme tenir directement du Christ sa mission auprès des païens. Le milieu chrétien de Rome est d'origine païenne et juive, ce qui permet à l'apôtre de tenir un discours qui englobe Juifs et non-Juifs.
7. L'épître a été écrite vers 57-58 depuis Corinthe.

Page 456.
12. La foi chrétienne revêt une dimension communautaire, on ne saurait prétendre être chrétien tout seul. Au sens premier, le mot église (*ecclesia* en grec) signifie assemblée.
16. *L'Évangile* (certains manuscrits ajoutent *du Christ*) désigne la prédication à propos du Christ. La prédication est une *puissance*, une forme d'action par la parole qui vient de Dieu et qui demande notre *foi*, c'est-à-dire l'adhésion de notre être entier. Elle apporte le *salut* non par elle-même, mais par ce qu'elle révèle l'action de Dieu pour tout être. À qui l'écoute — l'écoute attentive est une forme de la foi —, l'Évangile dévoile l'œuvre de Dieu réalisée en Christ. Notre relation à Dieu et notre manière de vivre s'en trouvent radicalement transformées.
17. *La justice qui vient de Dieu* : l'Évangile est la révélation de la justice de Dieu, notion très particulière chez Paul. Le terme *justice* n'a pas ici de portée juridique abstraite. Il est la traduction de l'hébreu *tsedaqa*, désignant le fait d'agir conformément au pacte d'Alliance que Dieu a voulu entre Lui et son peuple. La Bible hébraïque, qui peut être comprise comme l'histoire de l'Alliance, montre que l'action de Dieu a deux aspects : appeler sans cesse à la mise en pratique de la Loi d'une part, et rétablir gracieusement ceux qui n'y satisfont pas d'autre part. D'où la citation de Ha 2^{4} montrant que le principe de la *justification par la foi* est déjà actif dans l'Ancien Testament. Autant dire que pour Paul, *justice de Dieu* est une autre expression pour grâce de Dieu.
18. *La colère de Dieu* est un anthropomorphisme fréquent dans la pensée hébraïque, pour exprimer la réaction divine à l'injustice de l'humanité, qu'elle soit juive ou païenne. Souvent rappelée par les prophètes, la colère doit s'exercer au dernier jour, le «jour de la colère» (2^{5}). Mais si Dieu, en tant que personne, ressent de la colère en raison des multiples fautes énumérées par Paul, il en retient les effets par sa patience (2^{4} et 3^{26}), autre anthropomorphisme, et se contente de la révéler afin de mettre en évidence la puissance du salut. Pour l'apôtre, Dieu contient sa colère par sa patience, offrant ainsi à l'humanité un délai pour sa conversion.

Page 457.
20. Création et créatures portent l'empreinte du Créateur. La Bible accueille positivement le monde et la vie. En dépit des zones d'ombres, l'un et l'autre sont issus d'une même bénédiction originelle. Voyez les Psaumes 8 et 19, par exemple. Le drame est que l'être humain perd de vue cette évidence, premier pas vers l'affirmation du péché comme structure de l'existence.

23. Ils ont échangé la révélation du Dieu transcendant contre des idoles, violant ainsi le deuxième commandement.

24. Le thème du Dieu qui aveugle et endurcit est constant dans le Pentateuque et les prophètes. On peut entendre ici que Dieu n'intervient pas pour corriger les dérives du cœur humain. Selon l'idéal de la Loi, la seule obéissance devrait pouvoir suffire à se corriger, ce que Paul va contester (voyez Rm 9[18]).

Chapitre 2

Page 458.

5. Ce développement eschatologique fait référence au «jour de YHWH», appelé aussi «jour de la justice» ou «jour de la colère», qui mettra un terme à l'histoire humaine. Alors Dieu jugera chacun selon ses œuvres. Pas plus que les Juifs, les Grecs n'ignoraient ce principe d'une rétribution finale. Pour les premiers chrétiens, ce jour, qui coïncidera avec le retour du Christ, est proche. Le chapitre entier laisse deviner l'urgence qui motive la réflexion de Paul.

12-16. Passage difficile en raison des diverses significations qu'y revêt le mot loi (*nomos*). H. Oltramare signale par une majuscule les emplois qui lui paraissent correspondre à «Torah». Chacun est soumis à la loi qu'il connaît. La justice des Juifs sera évaluée à l'aune de la Torah et la justice des non-Juifs à celle de leur conscience. Conséquence de l'alliance noachique, *alliance perpétuelle entre Dieu et tous les êtres vivants* (Gn 9), la gentilité n'est pas ignorante des valeurs essentielles. Paul en veut pour preuve le sentiment de culpabilité qui est universellement répandu. Force est de reconnaître que la plupart des grandes traditions religieuses ou philosophiques admettent, sous des formes parfois très proches, le commandement d'amour du prochain. Autre est la question de savoir si les Juifs comme les non-Juifs se montrent à la hauteur de «leur» loi de référence. La suite du texte montre que non.

Page 459.

23. L'élection d'Israël soumet à des obligations sans donner de privilège. Porteur du nom de Dieu au sein de nations, Israël est soumis à un devoir d'exemplarité littéralement écrasant.

29. *La circoncision du cœur*: à rapprocher de Ga 6[15] et II Co 3[6] mais aussi de Jr 4[4] et des paroles de Jean Baptiste en Mt 3[9s]. En soi, le signe de pureté et d'appartenance qu'est la circoncision ne résout pas la question de l'authenticité de la relation à Dieu. Pour les prophètes déjà, remarquait Emmanuel Berl, «est israélite quiconque suit Moïse dans l'Exode; bien des fils de Jacob, probablement, ne l'ont pas suivi et sont restés égyptiens» («Les prophètes et le prophétisme», in *Essais*, Julliard, 1985). Paul est sur cette ligne: être juif est une adhésion de l'esprit et du cœur, cela ne saurait se réduire à un rite formel. Comprenons que les disciples de Jésus-Christ sont de ces Juifs-là. Ils n'ont

nul besoin de marque physique d'intégration à la communauté. La circoncision ne vaut que par sa portée symbolique et spirituelle.

Chapitre 3

Page 460.

2. La parole de Dieu a été *d'abord* confiée à Israël, c'est par lui que passe la promesse du salut. Paul ne discute pas ce choix gracieux de Dieu, qui ne constitue pas un privilège et n'est l'effet d'aucun mérite (comparez avec Jn 4^{22}).

3. L'élection ne supprime ni la désobéissance ni l'incrédulité. Même porteur de la parole de Dieu, l'être humain est faillible. Par contraste, Dieu reste fidèle à son Alliance et « construit l'histoire du salut par et avec les désobéissances de son peuple » (A. Maillot, *L'Épître aux Romains*, Le Centurion/Labor, 1984). Aux chapitres 9, 10 et 11, Paul s'efforce de trouver du sens à ce qu'il considère comme la désobéissance d'Israël.

9. *Nous sommes soumis au péché*, le péché est mêlé à la condition humaine et produit les maux que Paul énumère : injustice, bêtise, mensonge, violence, indifférence à Dieu, etc.

Page 461.

18. *La crainte de Dieu*, vertu biblique, n'a rien à voir avec la peur. Par le mystère du monde et l'énigme de la vie, nous sommes placés devant l'infini de la transcendance. La crainte de Dieu est l'attitude, faite d'humilité et de respect, qui en découle.

19. Il faut lire : « tout ce que l'Écriture dit, elle l'adresse à ceux qui sont sous la Loi ».

20. *La Loi donne la connaissance du péché* parce que l'idéal de la Loi renvoie à notre incapacité à l'atteindre. Du coup, nous découvrons la cause de cette incapacité, qui est le péché, véritable donnée ontologique dont seule une initiative de Dieu peut venir à bout.

23. *La gloire de Dieu* est une expression fréquente pour parler de la présence de Dieu. Dieu est présent dans le monde auprès des hommes (És 6^{3}) depuis la Création. Mais cette présence leur est devenue opaque à cause du péché (Éz 12^{1s}). Le péché est privatif de la présence de Dieu. Aux temps messianiques, *toute chair la verra* (És 40^{5}). Pour Paul, le Christ est la manifestation de la gloire de Dieu, dont la justice consiste à rendre la présence divine aux être humains.

25. La *victime propitiatoire* est une image empruntée par Paul au rituel sacrificiel du Temple. Une fois l'an, le jour du Yom Kippour, par le biais d'un sacrifice, la communion entre Dieu et son peuple, détériorée par l'infidélité humaine, se trouvait rétablie. Paul interprète ici la croix du Christ comme le sacrifice par lequel Dieu efface le péché des hommes et ouvre à nouveau le chemin vers lui.

Page 462.

28. La justification par la foi est la conclusion des trois premiers chapitres. Elle implique un changement complet de notre relation à Dieu, qui ne se décline plus sur le mode de l'obéissance à la Loi mais sur celui de la grâce saisie par la foi. Nous sommes, dès ce moment, délivrés de l'angoisse du salut, et forts de cette délivrance, nous accédons à la liberté véritable, principale conséquence existentielle de la justification. Notre dilemme devenant alors, pour reprendre une expression de Paul Tillich, « d'accepter d'être accepté ».

29. *Le Dieu des païens* : le salut est universel ou n'est pas parce que Dieu est universel ou n'est pas. Le discours d'Athènes (Ac 17[28]) cite un vers du poète païen Aratos disant que le genre humain descend d'une même origine. Ainsi, par la foi, la justice de Dieu atteint l'humanité entière, juive et païenne. Contre les judéo-chrétiens, Paul fonde l'universalisme de l'Évangile et de l'Église.

31. La foi dépasse la Loi et, en la dépassant, elle l'accomplit.

Chapitre 4

3. Ce chapitre s'efforce de montrer que selon l'Écriture, la « ligne de la foi » prend sa source chez les Patriarches. La justification par la foi n'est pas une idée personnelle de Paul, mais une lecture possible, à partir de « l'événement Christ », de sa propre tradition. Voyez aussi Hé 11.

5. La foi n'est pas une œuvre, elle est désintéressée. Elle n'est pas la foi en vue de quelque chose (une récompense, une protection), elle est la foi parce que Dieu est Dieu.

10-12. Procédé rabbinique de raisonnement. Avant sa circoncision, Abraham — qui s'appelle à ce moment Abram — n'est pas encore formellement lié à Dieu par une alliance impliquant à terme la Loi. Cela ne l'empêche pas d'être accepté par Dieu dès le départ, ce dont témoigne sa foi lors de sa vocation (Gn 12). Sa circoncision consécutive à l'alliance (Gn 17) — à partir de là il s'appelle Abraham — est interprétée par Paul comme le signe matériel de la justification par la foi. D'où il conclut qu'Abraham est spirituellement le père de tous les peuples, incirconcis et circoncis. Dès les origines, la justice de Dieu s'étend à l'ensemble des peuples de la terre.

Page 463.

17. *Dieu qui donne la vie aux morts* : le dynamisme créateur caractérise l'action divine. Il tire l'être du néant et la vie de la mort. Cette action se poursuit à travers l'histoire du peuple élu jusqu'à la résurrection de Jésus et touche l'humanité entière.

Chapitre 5

Page 464.

1. *La paix avec Dieu* est la forme chrétienne de la sérénité. Il s'agit

de la paix quant à nos fins dernières, plus forte que l'angoisse. Pour Eugen Drewermann, « Dieu est l'arrière-plan de la confiance, le milieu où il fait bon, la force qui nous maintient au-dessus de l'abîme du monde ». Comparez avec Ép 2^{14-17}.

5. *Dans nos cœurs* : accomplissement de la prophétie de Jérémie (31^{31-33}).

6. La *faiblesse* est une façon de parler du péché, voyez I Co 15^{43}. On est semé faible, donc soumis à la faiblesse.

10. *Sauvés par sa vie*, c'est-à-dire préservés, mis à l'abri, guéris par le dynamisme créateur de Dieu manifesté dans la résurrection de Jésus. La résurrection est une puissance présente, à l'œuvre au sein de la création entière.

12-19. Raisonnement croisé à partir des figures d'Adam et de Jésus-Christ. Le récit de la Genèse mentionne qu'Adam est celui par qui la mort est entrée dans le monde (Gn 3^{19}) à cause de sa transgression. Par voie de conséquence, la mort s'est communiquée génériquement à l'humanité. Symétriquement, Jésus-Christ est celui par qui, au matin de Pâques, la vie triomphe de la mort. Le propre du péché est de briser la communion avec Dieu et de produire une rupture avec la source de la vie. Sa logique est mortifère. Au contraire, le propre de la résurrection est de rétablir la communion avec Dieu, la foi donnant accès à la source de vie. Sa logique est dans ce cas vivifiante. — La phrase du v. 12, inachevée est reprise et complétée au v. 18.

Page 465.

20. Pour Paul, la logique du péché produisant la mort et la logique de la grâce produisant la vie ne sont pas égales. Le verbe *hyperpérisseuein*, surabonder, indique que la vie selon Dieu ne peut que l'emporter. Formidable acte d'espérance chrétienne : ici-bas, en dépit des apparences, les forces qui concourent à la vie sont plus abondantes que celles qui conspirent à sa destruction.

Chapitre 6

Page 466.

1. Paul réfute une objection de type libertin en plaçant ses auditeurs devant les implications de leur baptême.

3. *Ignorez-vous ?* Paul fait sans doute référence à un enseignement de type catéchétique (*didachè*) qui devait exister dans les communautés primitives (voyez Rm 6^{17} ainsi que Hé 6^{2} et I P 3^{21}). Le baptême est un signe figurant le mouvement de mort-résurrection qui fait le noyau de la foi pascale. Mystiquement, le baptisé est associé à la mort du Christ, qui fait mourir le « vieil homme » livré au péché. Il est associé à la résurrection du Christ, ouvrant à la vie nouvelle (voyez Ga 3^{27s}, Col 2^{12}). Si la résurrection finale reste une perspective eschatologique, objet de notre espérance (nous sommes ensevelis avec le Christ en vue

de ressusciter avec lui), son œuvre commence pourtant dans le présent. Pour Paul, le baptisé ressuscite spirituellement.

11. Nous vivons d'une vie sur laquelle ni la mort ni le péché n'exercent plus leur empire, une vie en prise directe avec la nouvelle création.

13. *Comme étant vivants, de morts que vous étiez* : formule étonnante qu'il est possible de traduire « comme des vivants revenus d'entre les morts » (A. Maillot). Comparez avec I Jn 3^{14}.

Page 467.

15. Réfutation d'une seconde objection, probablement judéo-chrétienne : sous la seule grâce et sans la référence de la Loi, ne risque-t-on pas de pécher au moins par ignorance ?

19. Dans la Bible hébraïque, la sainteté appartient à Dieu, qui la communique à qui il veut. Le peuple d'Israël, en tant qu'il a été choisi et mis à part, est sanctifié par Dieu (Ex 19^{5s}, 22^{30}, Dt 7^{6}, Lv 20^{26}). La sanctification est donc une initiative de Dieu et non le résultat d'un effort humain. De même Paul affirme que le pécheur est sanctifié par la justification (comparez avec I Tm 4^{5}).

23. *Le salaire du péché, c'est la mort* : cette formule fameuse répète ce que Paul développe en 5^{12s}. L'image du salaire est symétrique de celle du fruit au v. 22. Comparez avec És 28^{18}.

Chapitre 7

2-4. L'exemple des liens du mariage sert à montrer que le rôle de la Loi est temporaire. Le mariage est un contrat qui cesse avec la mort d'un des époux. Avec le Christ est mort ce qui nous lie à la Loi en même temps qu'est né l'esprit qui nous libère.

Page 468.

5. La Loi est ambiguë, car en posant des interdits elle incite à leur transgression. Paul va faire la démonstration de cette thèse à partir de la dixième parole du Décalogue, *Tu ne convoiteras pas.* La tradition juive a toujours considéré qu'il s'agit là du commandement le plus difficile parce qu'il appelle chacun à maîtriser ses pensées et ses désirs. De nos jours encore, on l'a surnommé « la Mitsvah de l'impossible » (rabbin Joseph Sitruk, *Les Dix Paroles*, Cerf, 1995). *Tu ne convoiteras pas* représente le sommet de l'idéal du juste. Par un paradoxe psychologiquement explicable, que la Bible souligne à plusieurs reprises (Gn 3, Ex 32), l'interdiction renforce ce qu'elle interdit. Voyez le verset 13 ou Paul affirme que le péché se sert du commandement pour se fortifier.

12. La Loi fait connaître le péché — elle le révèle en l'interdisant — mais bien sûr elle n'en est pas la cause. Elle constitue même un préalable nécessaire à la compréhension de l'Évangile. C'est pourquoi elle est sainte, juste et bonne.

Page 469.

15-22. Dans ce passage célèbre, qui inspirera si puissamment saint

Augustin, Luther, Racine ou Pascal, Paul pousse la conscience du péché à son paroxysme. Le péché exerce sa loi sur mon existence, à un point tel que je n'ai aucun moyen de lui résister. Il parasite ma volonté et s'y substitue. Ce n'est plus de désobéissance qu'il s'agit, mais de l'impossibilité pure et simple d'obéir. L'être humain est ici le théâtre d'un conflit interne qui, sans la perspective de la grâce, fait de son existence une tragédie. La tragédie grecque est peut-être l'arrière-plan de ce tableau.

23. Le conflit qui déchire l'homme pécheur est un conflit de lois antagonistes. Il y a d'un côté la Loi de Dieu à l'idéal de laquelle la loi de ma raison ne peut qu'acquiescer. Incidemment, la Loi n'est pas irrationnelle. Elle est une promesse d'ordre et de clarification du monde. Mais de l'autre côté il y a la loi du péché, coessentielle à mon incarnation, qui sape à la base mes tentatives d'avancer en direction de ce que la Loi de Dieu demande. Ainsi réduit à l'impuissance, je ne puis rien faire par moi-même pour mon salut (voyez préface, p. 81).

Chapitre 8

1. *Maintenant,* le temps de la Loi est révolu. Avec le Christ un temps nouveau lui succède, marqué par l'action vivifiante et déculpabilisante de l'Esprit.

Page 470.

3. L'envoi du Fils, initiative de Dieu, réalise ce qui est impossible à la Loi, le dépassement du péché. Du coup, l'intention contenue dans la Loi (la justification du pécheur) peut s'accomplir, quoique d'une tout autre manière. En ce sens, Christ accomplit la Loi, en permettant à l'intention de la Loi — juste, bonne et sainte — d'aboutir.

6. L'antithèse paulinienne *vivre selon la chair, vivre selon l'esprit* ne désigne pas « un lieu physiologique, mais bien une certaine manière d'être, une façon, pour l'homme, d'assumer sa vie en fonction de réalités contraires, auxquelles il reconnaît une valeur déterminante pour ses pensées et ses actes » (Franz J. Leenhardt, *L'Épître de saint Paul aux Romains,* Genève, 1995). Il s'agit de savoir ce qui détermine la conduite de mon existence.

9. *L'habitation de l'Esprit* : vaste thème mystique souvent repris par Paul (cf. I Co 3^{16s} ou Ép 3^{16}). Saint Augustin en tirera son image du Maître intérieur.

15. Le thème de l'*adoption* est spécifiquement paulinien. Nous sommes fils ou fille de Dieu par l'Esprit qui nous adopte, c'est-à-dire qui transforme notre relation à Dieu en relation filiale (voyez 8^{23} et 9^{4}).

15. *Abba* est le mot araméen pour « Père ». Jésus l'emploie lorsqu'il s'adresse à Dieu (Mc 14^{36}).

Page 471.

19-23. La croix est le pivot de l'histoire de la création. La justice de Dieu manifestée en Jésus-Christ marque une étape décisive dans le projet créateur de Dieu. Selon Gn 1^{28}, l'être humain a reçu la mission de civiliser et d'améliorer le monde. En principe, la Loi aurait dû l'y aider. Mais selon Paul, il a échoué dans cette œuvre de coopération. À cause de cet échec, le monde dévie de sa finalité et bascule dans l'absurde. L'humanité nouvelle engendrée par le Christ va lui permettre de sortir de l'absurde et de reprendre son orientation initiale.

24. Dans la dialectique paulinienne du *déjà-pas encore*, l'espérance, forme de l'attente croyante, est la face de la foi tournée vers le *pas encore* (comparez avec Hé 11^{1s}).

Page 472.

37-39. La croix a triomphé des entités intermédiaires entre l'humain et le divin, auxquelles croyaient les Anciens. Les anges sont abondamment répandus dans la littérature biblique, pseudépigraphique ou les écrits de Qumrân (voyez André Caquot, « L'angélologie biblique », in *Les Anges* par G. Tavard, Cerf, 1971). L'imaginaire angélologique était commun aux Juifs et aux païens. La liste de l'apôtre inclut sans doute les spéculations astrologiques, fixant le destin des êtres par les constellations d'étoiles (comparez avec les *éléments* de Ga 4^{3s} et l'énumération de Ép 1^{21} / Col 1^{16}). « Ces mots comptent parmi les plus puissants jamais écrits. Ils peuvent se faire entendre dans les situations les plus désespérées » (Paul Tillich, *L'Être nouveau*, Planète, 1969). Ils constituent en effet le point culminant de l'épître aux Romains, en forme de conclusion aux chapitres 1 à 8.

Chapitre 9

2. Ce verset témoigne du désarroi de Paul, perceptible tout au long du chapitre. Il s'efforce de répondre à une question pour lui vertigineuse : pourquoi la plupart des Juifs refusent-ils d'adhérer au Christ ?

4. *Les alliances* au pluriel. Dieu fait plusieurs alliances successives, avec Noé (Gn 9^{8s}), avec Abraham (Gn 17^{1s}), avec Moïse (Ex 34^{1s}), avec David (II S 7^{13s}), et bien sûr en Jésus-Christ.

Page 473.

6. L'élection d'Israël n'est pas annulée, en toute rigueur elle ne peut pas l'être. Affirmation identique en 11^{1s} et 11^{28s}.

8. *Les enfants de la promesse* : en Rm 2^{25s}, Paul a parlé de la circoncision du cœur. C'est ici la même idée. Si Dieu veut, la postérité d'Abraham peut être aussi spirituelle.

11. Les choix de Dieu appartiennent à Dieu, ils ne sont motivés par rien d'humainement explicable, ce qui est renforcé par la citation énigmatique de Ex 33^{19}.

16. *Celui qui court* : image empruntée à l'athlétisme antique, voyez I Co 9^{24s}.

Page 474.

20. *Le vase d'argile* et *le potier* est une probable référence de l'apôtre

à la vision du prophète Jérémie (Jr 18^{1s}), dans un sens assez voisin. Même si l'entière souveraineté de Dieu aboutit à des contradictions insolubles pour nous, Dieu est seul juge de Dieu, il n'est pas justifiable selon les normes humaines.

21. *Usage honorable, usage vil* : ce passage a jadis étayé la thèse de la double prédestination. De toute éternité, Dieu destinerait certains au salut et d'autres à la perdition. Mais il s'agit d'une double erreur de lecture. D'abord, Paul ne traite pas ici du salut personnel. Ensuite, la notion d'*usage vil* ou ordinaire n'implique pas l'idée d'une quelconque réprobation. Ce qui est ordinaire peut s'avérer indispensable.

27. *Un faible reste* : thème prophétique et messianique. « Les restants ne sont pas, pour les prophètes, de simples survivants, mais ceux qui se savent différents de la masse, disponibles pour d'autres tâches, élus par une grâce particulière pour un destin singulier » (André Neher, *L'Essence du prophétisme*, PUF, 1955, p. 277). C'est à partir de ce reste — *les élus d'Israël* de 11^7 — que Paul porte un regard d'ensemble sur l'élection et sa signification. Voyez Rm $11^{5, 25}$.

Page 475.

31-32. Israël, dans sa quête de l'idéal du juste, a sous-évalué la dimension ontologique du péché. C'est pourquoi Paul parle d'un *zèle mal éclairé* (10^2).

33. Cette *pierre d'achoppement*, d'après une combinaison approximative de És 8^{14} et 28^{16}, représente le Christ, Messie crucifié, inacceptable pour Israël.

Chapitre 10

4. *La fin de la Loi* au double sens de finalité et de terme.

6-8. Comparez la composition de ce passage avec Dt 30^{11s}.

9. Sans doute un fragment de confession de foi primitive.

10. *La foi du cœur* est l'adhésion intime qui précède la confession de foi, mais c'est la prédication qui rend possible l'adhésion intime. Le passage qui suit (v. 12s) est un développement sur le rôle de la prédication dans la fondation de l'Église (voyez préface, p. 71).

Page 476.

17. *La foi vient de ce qu'on entend* : la prédication est une conséquence de la spiritualité de l'écoute inaugurée par le *Shema Israël*.

Chapitre 11

Page 477.

2. *Le peuple prédestiné* : littéralement « le peuple aimé par avance ». L'élection est une expression de l'amour de Dieu et cet amour ne peut cesser. L'élection a un caractère irrévocable (voyez 11^{28-29}).

10. C'est par un biais très inattendu — la désobéissance — que la promesse de salut pour toutes les nations dont Israël est porteur depuis

les origines s'accomplit (Gn 12[3]; Ga 3[8]). Par la désobéissance, Israël s'est mis à l'écart. Dieu n'a pas empêché cette dérive (v. 8) et l'utilise pour mener à bien son projet (11[30s]).

Page 478.

15. *Réhabilitation* : terme suggérant l'idée de retour et d'association. Paul exprime son espérance qu'Israël finira par être gagné à la foi nouvelle. Israël n'occupe plus la première place dans le plan de Dieu mais en aucun cas n'est abandonné de lui comme l'explique la parabole de l'olivier, au verset 24.

16s. Sur la parabole de l'olivier, voyez préface, p. 81.

25. *Ce mystère* : à partir du second Ésaïe s'affirme l'idée que le salut du monde est le but de l'élection d'Israël, dont la mission est d'amener progressivement l'humanité au Dieu Un. Plaidant sa cause, qui est l'évangélisation des non-Juifs, Paul modifie ce schéma. À cause de son endurcissement (le refus de la messianité de Jésus), l'action d'Israël dans le plan salvateur de Dieu ne sera plus fédératrice, mais *mystérieuse*, c'est-à-dire cachée, secrète. Elle n'en existe pas moins. Même si son intégration finale est prévue après la conversion des peuples païens, Israël aura au bout du compte rempli sa mission. (À propos du mystère voyez I Co 15[51] et note.)

Page 479.

33-36. Cette doxologie devait avoir primitivement un usage liturgique. Ici elle sert de conclusion, en forme d'aporie, à la réflexion de l'apôtre sur l'élection d'Israël et le salut de l'humanité. Voyez II Co 12[3].

Chapitre 12

1. *Vos corps* : image pour l'être humain tout entier.

Page 480.

1. *Le culte raisonnable* : contrairement à la religiosité hellénistique, la foi chrétienne n'est ni ésotérique, ni initiatique.

2. *Métamorphose* : terme emprunté à l'hellénisme, que Paul lie à l'action vivifiante de l'Esprit.

5. *Un seul corps en Christ* : définition de l'Église, voyez Ép 4[25].

13. *Les saints* sont les chrétiens : appellation fréquente dans les épîtres.

Chapitre 13

Page 481.

4. Dieu fonde le pouvoir politique et administratif, indépendamment des convictions de ceux qui en ont la charge (cf. Jn 19[11]). On pourrait ici presque parler d'une conception « laïque » de Dieu. La finalité civile de la loi n'est pas remise en cause, elle est voulue par Dieu. Sur cette question du pouvoir, il y a une certaine convergence de vues entre la pensée paulinienne et l'idéologie impériale — exception faite évidemment de la sacralisation s'attachant à la personne de l'empereur.

Page 482.
10. *L'accomplissement de la Loi* : retour à Lv 19^{18}, où déjà l'amour est signifié comme le cœur de la Loi. La liberté chrétienne, dont traitent les chapitres 12, 13 et 14, dégagée par la justification, se structure autour de l'amour-*agapê* (voyez plus loin Rm 14^{15}).
12. Image dualiste et eschatologique que Paul affectionne. Fréquente dans les écrits johanniques, on la retrouve dans les écrits de Qumrân.

Chapitre 14

Page 484.
14. Paul examine la question des interdits alimentaires et pose un principe général : c'est la foi qui détermine la conduite, non plus la Loi (comparez 14^{23} et Tt 1^{15}).

Chapitre 15

Page 486.
19. Paul veut dire qu'il a parcouru le bassin méditerranéen dans tous les sens.
20. *Ne pas bâtir sur les fondements d'autrui* exprime la déontologie de l'apôtre en matière d'action missionnaire.
24. *Espagne* : projet que l'apôtre ne réalisera pas.

Chapitre 16

Page 488.
17-20. Paul met en garde contre les judéo-chrétiens, ses adversaires privilégiés. L'expression *servir leur ventre* est ironique.

Page 489.
22. *Tertius* : le secrétaire à qui Paul a dicté sa lettre.
25-27. L'appartenance de cette doxologie finale au texte primitif de l'épître n'est pas attestée par tous les témoins. Elle est parfois omise ou située ailleurs (chapitre 14 ou 15). Elle n'en est pas moins typiquement paulinienne. La prédication (ici *kêrugma*) concerne Jésus comme Christ. Elle est la révélation d'un mystère. Elle s'adresse à toutes les nations, donc aux païens.

PREMIÈRE ÉPÎTRE AUX CORINTHIENS

Chapitre 1

2. *L'Église de Dieu qui est à Corinthe* : lors de son second voyage, Paul fait un long séjour à Corinthe pour y fonder une communauté. La rencontre entre foi chrétienne et culture hellénistique, dont Corinthe,

capitale de la province et résidence proconsulaire, est une métropole, se révèle explosive. Vers 55 ou 56, l'Église accumule les problèmes: concurrence doctrinale et divisions internes, démêlés juridiques, tentation syncrétiste, effervescence charismatique, mariages mixtes entre chrétiens et païens, absence d'entraide fraternelle, à quoi s'ajoute une grave affaire de mœurs. En dépit de ces difficultés, elle reste aux yeux de l'apôtre pleinement église de Dieu.

Page 490.

7. Pour parler de la venue du Christ, Paul emploie ici le mot *apocalupsis*, révélation.

12. *Apollos*: voyez Ac 18^{24s}. Brillant conférencier et prédicateur à qui on a parfois attribué la paternité de l'épître aux Hébreux. *Kephas* («rocher») est le nom araméen de Pierre. Le parti du Christ est malaisé à identifier. Peut-être s'agit-il de judéo-chrétiens plus radicaux que Pierre.

18. *La prédication de la croix*, voyez préface, p. 72. La langue grecque rend mieux l'opposition entre la «logique de la sagesse» et la «logique de la croix». En Grèce, berceau de la philosophie occidentale, il pouvait sembler naturel d'accorder le Christ à la sagesse, au risque de vider la croix de sa signification.

Page 491.

22. Pour les Juifs, le miracle est un signe donné par Dieu. Ils attendent des preuves de la messianité de Jésus. La croix leur apparaît comme le contraire d'un signe. Les Grecs pour leur part attendent une élucidation philosophique et un art de vivre conforme à la raison. La croix est pour eux une déraison.

24. *Sagesse de Dieu*: la logique de la croix, que la sagesse humaine ne peut expliquer, est la sagesse mystérieuse de Dieu, voyez v. 30.

Chapitre 2

Page 492.

4. Paul est conscient de rompre avec les règles classiques de l'exposition rhétorique. Dans le sillage des prophètes, il privilégie la force intrinsèque du message.

6. *Adultes*, c'est-à-dire adultes dans la foi et spirituellement accomplis.

9. Cette citation ne se trouve pas dans l'Ancien Testament. Peut-être est-elle une réminiscence composite de És 64^{3} et 65^{17}.

10. *L'Esprit sonde tout*: la compréhension que la raison humaine, incapable d'aller au-delà d'elle-même, ne peut donner, Dieu la donne par son Esprit. En nous, Dieu se connaît lui-même par son Esprit.

14. *La vie animale*: distinction paulinienne entre le niveau psychique de l'être humain, naturel, et le niveau spirituel impliqué par sa participation à la nouvelle création. La Bible hébraïque distingue le principe vital (*néfesh*), l'esprit (*ruah*) et l'âme (*neshama*).

16. Comparez Jb 38^{2s}.

Chapitre 3

Page 493.

2. *Vous ne l'êtes pas* : bien que certains Corinthiens se targuent d'être des chrétiens d'élite, ils n'ont nullement progressé dans la foi. Leur comportement révèle leur absence de rigueur spirituelle.

9. *Ouvriers avec Dieu* : dialogique caractéristique de la pensée paulinienne. La liberté de Dieu, qui fait croître, n'annule pas la liberté humaine. Dieu a besoin de collaborateurs.

13. Le jugement final portera sur les œuvres et non sur les êtres. Paul s'en prend aux prédications concurrentes de 1^{12}. Comparez avec Mt 13^{24}.

Page 494.

16. *Le temple de Dieu* : voyez préface, p. 76 (aussi I Co 6^{19} et II Co 6^{6}).

Chapitre 4

1. Le mot mystère devait résonner étrangement dans un contexte hellénistique. Voyez note 15^{51}.

Page 495.

6. *Rien au-delà de ce qui est écrit* : variante obscure, dont on ne sait si elle est un proverbe cité par Paul ou la remarque marginale d'un copiste ultérieur.

8. *Déjà vous êtes rassasiés* : tout ce passage est une charge ironique contre l'autosatisfaction des Corinthiens.

15. *C'est moi* : rappel de l'autorité apostolique. Voyez aussi I Co 9^{1-2}. Le pédagogue était chargé de mener l'écolier au maître. Paul ici se considère comme le père qui a engendré l'église de Corinthe par sa prédication.

Page 496.

20. Autre traduction possible : « le royaume de Dieu consiste non en discours mais en puissance ».

Chapitre 5

1. L'union entre un fils et la seconde épouse de son père, après le décès de ce dernier, était proscrite par la loi juive et le droit romain.

5. *Livrer à Satan* est une expression difficile, en complète opposition avec la charité exaltée au chapitre 13. On ignore ce qu'une telle sentence entraînait au juste pour celui qui en était l'objet. Peut-être une forme d'excommunication ? Voyez I Tm 1^{20}.

9. On ne connaît pas cette lettre. Voir notices p. 728.

Chapitre 6

Page 497.

1. Par opposition aux chrétiens, les *injustes* sont les incroyants (qui dans le contexte peuvent être des Juifs...) et les païens.

Page 498.

12. *Tout m'est permis* : maxime de l'éthique chrétienne selon Paul. La liberté se doit d'être responsable. Reprise en 10^{23}.

18. La prostitution sacrée était une pratique liée à certains cultes hellénistiques.

Chapitre 7

Page 499.

5. Incontinence « naturelle », ajoute H. Oltramare. Autre traduction : « incapacité à vous maîtriser » (traduction œcuménique de la Bible).

6. Les vues de Paul sur les avantages respectifs du mariage et du célibat ne sont que les siennes, elles ne sont pas normatives.

10-12. *Non pas moi, mais le Seigneur... moi, non le Seigneur* : Paul prend soin de distinguer entre les paroles de Jésus rapportées par la tradition (ici Mc 10^{11} à propos du divorce) et ses propres paroles. Il indique qu'on ne doit pas leur accorder la même autorité. Voyez $7^{25, 40}$.

12. *Non croyante* : littéralement « en dehors de la foi ».

14. *Son mari* : littéralement « par le frère ». La sanctification s'étend la famille du chrétien.

Page 500.

17. L'entrée dans la vie chrétienne n'exige pas de rupture avec ce qui a précédé. Qu'elle soit croyante ou non, la vie humaine conserve son unité, qui lui vient de Dieu. La règle que Paul établit n'a rien d'absolu. La suite du texte laisse entendre qu'elle est inspirée par le sentiment de l'imminence de la fin des temps.

26. *La crise* ou nécessité, allusion eschatologique.

29-31. L'imminence de la fin des temps accentue le caractère provisoire de notre séjour terrestre et de tout ce qui s'y rattache.

Chapitre 8

Page 501.

1. Les restes des viandes immolées aux idoles païennes étaient vendus sur les marchés publics.

Page 502.

4. Comparez avec la confession de foi d'Israël en Dt 6^{4} et son commentaire en És 44^{8-20}, montrant que les idoles n'ont pas de réalité.

6. Fragment de confession de foi primitive.

7. *Idole réelle* : syntaxe approximative. Le sens est « comme si l'idole était réelle ». — À propos de la *conscience souillée*, voyez Rm 14^{14}.

10. Des repas sacrés avaient lieu dans les sanctuaires païens.

Chapitre 9

Page 503.

1. Allusion de Paul à sa vision sur le chemin de Damas, fondatrice de son apostolat.

3. *Détracteurs* : la suite montre que les Corinthiens refusent d'assurer le traitement requis par le ministère de Paul, peut-être en prenant prétexte de sa non-appartenance au cercle des Douze.

5. Des rumeurs malveillantes ont dû circuler parce que Paul s'entourait de collaboratrices.

Page 504.

14. Voyez Lc 10^{7}. La prédication de l'Évangile n'est pas seulement une vocation, elle est aussi un travail qui mérite salaire. Sur ce principe, Paul ne fléchira jamais. Ce sont des circonstances spéciales qui l'ont amené à trouver d'autres moyens de subsistance.

21. *La loi de Christ* : la loi de Dieu est désormais la loi de liberté du Christ, qui permet à Paul de se faire « tout à tous ».

24. Le stade était l'emplacement consacré aux jeux publics en Grèce.

Chapitre 10

Page 505.

1. *Nos pères* : en devenant chrétiens, les païens ont part à l'héritage d'Israël (Rm 11^{17}).

2. *Baptisés en Moïse* : référence au récit de la Pâque juive (Ex 13 et 14). En se refermant sur l'armée du Pharaon, les eaux de la mer des Joncs ont englouti l'ancienne existence, marquée par la servitude, des israélites. Sous la conduite de Moïse, ils accèdent à une nouvelle existence, vouée à la liberté. Symboliquement, ils sont passés par une mort et une résurrection.

3. *Aliment spirituel* : la manne et les cailles (Ex 16).

4. *Rocher spirituel* : voyez Nb 20^{8s}. Paul précise qu'à cette époque lointaine le Christ était présent. Comparez avec Jn 8^{58}.

8. *Vingt-trois mille* : vingt-quatre mille selon Nb 25^{9}.

9. *Victimes des serpents* : Nb 21^{4s}.

10. *Exterminateur* : Nb 16^{41}.

Page 506.

16. *La coupe, le pain* : paroles traditionnelles empruntées à l'institution de la Cène. Voyez plus loin I Co 11^{23} et les parallèles synoptiques.

17. *Un seul corps* : l'Église.

Chapitre 11

Page 507.

3. *Le chef* ou la tête. Paul joue sur le double sens du terme grec. Ce passage, qui reprend en 14^{34}, à propos de la tenue des femmes dans l'église de Corinthe, est lié à des comportements locaux dont nous ignorons le détail. Il paraît abrupt à un esprit moderne. Plusieurs commentateurs suggèrent de distinguer ici vérité permanente et vérité contingente. Rappelons que, dans le judaïsme antique, la femme n'avait pas accès à l'étude de la Torah et qu'elle se trouvait isolée au Temple comme à la synagogue.

Page 508.

19. *Des dissensions* ou des hérésies au sens de choix. À travers une situation de fait, les divisions, Paul entrevoit la solidarité cachée de la vérité et de l'erreur. Dans le Nouveau Testament, le terme grec *haïrèsis* peut désigner soit une école de pensée (par exemple les sadducéens en Ac 5^{17} ou les pharisiens en Ac 26^{5}), soit une divergence doctrinale dont le caractère est nettement plus péjoratif (Ga 5^{20}, II P 2^{1s}).

21. *À table* : dans les communautés primitives la célébration eucharistique était liée à un véritable repas, pour lequel chacun apportait sa nourriture.

Page 509.

27. Le terme *indignement* vise ceux qui ne partagent pas leur nourriture avec les membres les plus pauvres de la communauté et ceux qui s'enivrent lors du repas eucharistique, comme dans les cultes dionysiaques (v. 21).

30. La croyance populaire selon laquelle la maladie est la conséquence d'une faute était courante au temps de Paul. La Bible ne mentionne qu'exceptionnellement cette relation (Nb 12^{10}, II Ch 21^{11s}, Ac 12^{20s}). Dans le récit de la guérison de l'aveugle-né, Jésus écarte formellement cette croyance (Jn 9$^{2-3}$).

Chapitre 12

2. *Idoles muettes* : puisque les idoles n'ont pas de réalité (8$^{4, 7}$), elles ne parlent pas. On peut donc leur faire dire n'importe quoi. Le culte idolâtre est un théâtre d'ombres qui dissimule toutes les manipulations. L'Esprit au contraire parle dans la perspective du Christ, donc pour l'édification de la communauté. Paul stigmatise l'illuminisme de certaines factions corinthiennes.

6. *Tout en tous* : formule d'origine stoïcienne. Aussi en I Co 15^{28} et Col 3^{11}.

Page 510.

10. *Discernement des esprits* : capacité à reconnaître l'œuvre de l'Esprit.

10. *Les diverses espèces de langues*: aussi v. 30. En quoi consistent ces *diverses espèces*? Le verset 13[1] donne la clef. Il s'agit aussi bien du don de glossoxénie, désignant le fait de parler des langues étrangères sans les connaître (voyez le récit de la Pentecôte en Ac 2[1s]) que du phénomène de glossolalie, consistant en un chant murmuré mais inintelligible sous l'action de l'Esprit. Il est à noter que pour Paul, le véritable charisme est de trouver du sens à cette *langue des anges* (I Co 14[1s]).

12. *Le corps forme un seul tout*: par la métaphore du corps humain, Paul cherche le point d'équilibre entre unité et diversité au sein de l'Église, corps de Christ. Idéalement, l'unité de l'Esprit rassemble en la respectant la diversité des charismes. L'histoire montre que ce point n'est pour ainsi dire jamais atteint. Voyez la formule utopique de Ép 4[16].

Chapitre 13

Page 511.

1. Paul cite peut-être, en le reprenant à son compte, un hymne en vigueur dans les Églises primitives. La charité (*agapê*) est une forme de l'amour, faite d'altruisme et de compréhension, qu'il faut distinguer du désir (*éros*), égoïste et exclusif. L'*agapê* correspond à l'amour résumant la Loi rappelé par Jésus (voyez Mc 12[30-31]). Il désigne l'attitude chrétienne par excellence qui prend sa source en Dieu.

2. Comparez avec Mt 17[20].

Page 512.

10. *L'avènement de la perfection*: avec la parousie nous sera révélé ce qui est caché (le terme *apocalupsis* signifie dévoilement). Les mots *imperfection* et *perfection* indiquent ici le rapport de la partie à la totalité. Aujourd'hui, toutes les vérités — y compris spirituelles — auxquelles nous pouvons prétendre en ce monde sont partielles. Au dernier jour, Dieu les établira dans leur totalité.

12. Un miroir renvoie des images certes exactes mais partielles. Elles ne peuvent être confondues avec ce dont elles sont images. Notre vie est un pèlerinage parmi des reflets qui n'épuisent pas la réalité de ce qu'ils reflètent. Le monde ne se réduit pas à ce qu'il paraît être. Le visible y fait signe vers l'invisible. Paul fait peut-être référence au mythe platonicien de la caverne. Nous voyons *confusément*, littéralement «par énigmes». Modestie de la foi, qui se nourrit d'images partielles et de déchiffrement d'énigmes (comparez avec Hé 11[1]).

13. *Foi, espérance, charité*: ces trois dimensions du spirituel, traditionnellement nommées vertus théologales, ne sont pas chez Paul aussi séparées que le verset final de l'hymne le laisse entendre.

Chapitre 14

1. Une des expressions concrètes de l'*agapê* consiste à rechercher l'intelligibilité. Se faire comprendre clairement est une forme d'amour du prochain.

Page 513.

6. La foi parle clair. À travers cette affaire de « parler en langues », Paul met en garde contre toute tentation de gnose ésotérique ou hermétique, aboutissant à l'incommunicabilité. Ce qui ne veut pas dire que la foi soit dépourvue de connaissance — il y a une bonne gnose — ni d'enseignement de haut niveau (voyez plus loin le v. 20 et préface, p. 72).

11. *Barbare* : le grec définit le barbare comme celui qui ignore le sens des mots, ce qui a donné *borborygme.*

20. Les manifestations mystiques, dont Paul ne conteste pas la réalité — il est lui-même à beaucoup d'égard un mystique (voyez préface, p. 64) —, ne doivent pas nous faire perdre la lucidité de la pensée. Ce qui importe n'est pas la manifestation en elle-même, glossolalie ou autre, mais ce dont elle est le signe. Il est essentiel que ce signe puisse être pensé raisonnablement.

Page 514.

33. La paix est une caractéristique essentielle de Dieu dans le paulinisme, car la présence de Dieu engendre la paix et non le trouble (comparez avec Rm 8^{6} et 15^{33}, I Th 5^{23}, Ép 2^{14}).

Page 515.

34. Esquisse d'un « règlement » sur la tenue des femmes dans l'Église. En dépit du nombre des versets consacrés à ce sujet dans l'épître (qui trouveront un écho dans les Pastorales, I Tm 2^{9s}), ces considérations restent marginales dans la pensée de l'apôtre (voir note 11^{3}).

Chapitre 15

3-4. Les Églises primitives se sont dotées très tôt de confessions de foi, dont Paul cite un fragment, en précisant qu'il n'en est pas l'auteur.

8. Ce sont ses détracteurs qui traitent Paul d'*avorton.*

Page 516.

9. Le passé persécuteur de l'apôtre ne plaide pas en sa faveur.

12. La *résurrection des morts* — croyance d'origine pharisienne avant d'être chrétienne — fait problème pour un esprit grec. C'est en entendant parler de résurrection des morts que les philosophes d'Athènes interrompent la discussion (Ac 17^{32}). Il semble qu'à Corinthe, on évacue cette dimension de la foi. Paul rappelle combien elle est capitale (v. 13 et 14). Comparez avec II Tm 2^{18} où ce sont des Grecs qui spiritualisent la résurrection au point de l'évacuer.

20. *Ceux qui sont morts* : littéralement « ceux qui dorment ».

26. Comparez avec És 28^{18} et Ap 21^{4}.

Page 517.

29. On ignore en quoi consistait ce *baptême pour les morts*, sans autre mention dans le Nouveau Testament. Peut-être s'agissait-il d'une

pratique de substitution au profit des défunts qui n'avaient pas entendu l'Évangile. I P 1[86] s'efforcera de répondre à cette préoccupation par le thème de la prédication du Christ aux enfers.

32. Les événements auxquels Paul fait allusion sont inconnus.

33. Citation, devenue proverbiale, du poète grec Ménandre.

35. Paul répond à une objection, peut-être émise par ceux qui contestent la résurrection (v. 12).

37. *Grain de blé*: dans les civilisations du bassin méditerranéen, la symbolique du grain de blé est immense. Elle évoque le cycle de la mort et de la renaissance. En Égypte, elle était liée au culte d'Osiris. En Grèce, elle faisait l'objet d'une cérémonie des mystères d'Éleusis. On lit dans l'Évangile de Jean que Jésus a employé ce symbole pour évoquer sa passion (Jn 12[23]).

Page 518.

40. Le mot *doxa* (éclat) est habituellement réservé pour désigner la gloire de Dieu et du Christ.

44. Autres traductions: «corps animé, psychique, naturel» et «corps pneumatique». Aucune n'est satisfaisante.

51. La question de savoir quand et comment les morts ressusciteront relève finalement du mystère. Chez Paul, ce terme (qui ne doit pas être confondu avec les mystères des religions hellénistiques) est invariablement lié à l'eschatologie. Le mystère recouvre le projet de Dieu et sa révélation aux croyants. Il se tient à la charnière du monde présent et du monde à venir. Notre participation personnelle au mystère vient de ce que nous nous tenons nous aussi, jusqu'en notre corps, à la charnière de l'ancien et du nouveau. Voyez Rm 16[25], I Co 2[7], 13[2], 14[2], Col 1[24].

Chapitre 16

Page 519.

2. *Le premier jour de la semaine*: le dimanche, plus ancienne mention du dimanche chrétien.

8. Il s'agit ici de la Pentecôte juive, l'une des fêtes du printemps. «À l'occasion de la Pentecôte, Israël est replacé devant la manifestation grandiose de son Dieu, il doit à nouveau écouter ses paroles et confirmer la décision de vivre selon le pacte qui l'unit à lui», Robert Martin-Achard, *Essai biblique sur les fêtes d'Israël*, Labor et Fides, Genève, 1974, p. 66.

Page 520.

22. *Maranatha*: expression araméenne signifiant «le Seigneur vient».

SECONDE ÉPÎTRE AUX CORINTHIENS

Chapitre 1

Page 521.

1. *À l'Église de Dieu qui est à Corinthe,* Paul rappelle d'emblée sa qualité d'apôtre par la seule volonté de Dieu. Cette précision ne sera pas superflue dans la polémique qui s'engage.

3. La consolation est un signe de l'ère messianique qui est *déjà* là, mais pas *encore* manifestée pleinement. La souffrance n'est donc pas un état mais un passage. L'être humain n'est pas un être-voué-à-la-souffrance, mais à la consolation (comparez avec Mt 5^{4}). Ici l'action divine est double : elle est participative (souffrir avec) et consolatrice.

5. *Les souffrances du Christ débordent* parce qu'elles indiquent la solidarité divine avec la détresse humaine, qui a été apprise et épuisée par son Envoyé. Dieu œuvre secrètement dans (et non par!) l'abîme de la souffrance, comme il a œuvré secrètement pendant les jours de mort séparant la croix du tombeau vide. La certitude que cet abîme redouté ne soit pas abandonné de Dieu constitue l'assise de la consolation.

8. *En Asie* : voyez Ac 16^{6}. Nous ne savons pas quelle épreuve Paul a subie dans la province romaine d'Asie.

Page 522.

10. Paul pense à Dieu comme celui qui délivre, caractéristique essentielle du monothéisme biblique (voyez Ex 3^{7s}).

12. La *sagesse charnelle* est la sagesse humaine.

18. La parole de Paul n'est pas double, elle a la même solidité que la fidélité de Dieu. Comparez avec Mt 5^{37} et Jc 5^{12}.

Page 523.

20. « En hébreu, le premier acte de foi (*amen*), c'est de porter un enfant dans ses bras (Nb 11^{12}), c'est-à-dire de le tenir aussi fermement qu'on tient à ses croyances », Odon Vallet, *Qu'est-ce qu'une religion?* Albin Michel, 1999, p. 131. Le *oui en Jésus* est le oui de la parole de Dieu qui, donnée à Israël, a été tenue en Christ.

24 *Dominer sur votre foi* : se défendant de l'autoritarisme qu'on devait lui reprocher, Paul soulève des questions cruciales : où s'arrête la direction spirituelle ? Où commence le contrôle de la foi d'autrui ?

Chapitre 2

5. *Quelqu'un* : est-ce le personnage contre lequel Paul requiert une condamnation en I Co 5^{5}, qui de surcroît aurait été à l'origine de l'incident lors de sa visite (avant II Co) ? En tout cas, il a été sanctionné. Maintenant Paul plaide en sa faveur. L'*agapê* et le pardon lui semblent la meilleure attitude.

Page 524.

12. *Troas*, port d'Asie Mineure, en face de la Macédoine.

13. Paul avait envoyé Tite à Corinthe (7[6s]).

15. *L'agréable parfum de Christ* peut être mis en relation avec le *triomphe en Christ* du v. 14. L'Empire romain honorait ses généraux victorieux par un défilé solennel au cours duquel des parfums étaient brûlés, métaphore du ministère de Paul, hier adversaire de l'Église, « vaincu » par le Christ et maintenant prêchant l'Évangile. L'offrande de parfum brûlé sur un autel est mentionnée dans le code sacerdotal (Nb 30[1s]). Voyez aussi Ép 5[2] et Ph 4[18].

17. *Nous ne frelatons pas* : Paul vise ceux qui reviennent à la Loi ou ceux qui font du Christ une figure de sagesse à la manière grecque. C'est à eux en priorité que s'adresse la prédication de la croix (1[18s]).

Chapitre 3

1. Les communautés primitives fournissaient des attestations aux prédicateurs itinérants.

3. *Vous êtes une lettre de Christ* : Jésus n'a rien écrit, si ce n'est une fois, sur le sol (Jn 8[8]). L'encre est une allusion aux prédicateurs « agréés ». Ce qui fait l'autorité de la prédication n'est pas un agrément administratif, mais sa capacité à s'incarner dans des vies pour les renouveler. La véritable recommandation de l'apôtre consiste dans les vies de ceux que sa prédication a introduits dans la nouvelle Alliance. Paul prend soin de préciser que c'est l'Esprit qui, à travers le prédicateur, fait de la vie des êtres humains des *lettres de Christ*. Les tables de pierre renvoient aux tables de la Loi (Ex 31[18]). Comparez avec Éz 11[19].

Page 525.

6. Ce verset célèbre n'est pas une recommandation de lecture. La lettre et l'esprit sont relatives aux Alliances. La lettre s'attache à la Loi et l'esprit à la nouvelle Alliance. À l'époque de Paul, l'une est écrite et orale (Torah écrite, Torah orale), et l'autre en train de s'écrire.

7. Sur les liens entre *Loi* et *mort*, voyez Rm 7 et 8 en particulier. Ex 34[29s] évoque le rayonnement (ou la *gloire*) de Moïse *parce qu'il avait parlé avec YHWH*. Rachi, commentateur juif médiéval, remarque que Moïse met un voile sur son visage pour cacher le rayonnement divin, mais l'enlève au moment où il parle à Israël. Cette intermittence est interprétée par Paul comme le signe du caractère passager de l'ancienne Alliance.

13. Le voile de Ex 34[33] associe le rayonnement à la parole. Paul veut dire que le Seigneur qui parlait à Moïse par intermittence parle désormais de façon continue par son Esprit aux chrétiens.

16. *Le voile tombera* : Ex 34[34]. Comparez avec Mt 27[51] et Hé 6[19], 9[3] et 10[20].

17. L'aboutissement de la pensée paulinienne est la liberté (voyez préface, p. 86). Comparez avec Jn 3[8].

18. Littéralement «métamorphosés». Pour Paul, l'Esprit est une puissance de transfiguration. Comparez avec les récits de la Transfiguration (Mc 9^{2s} et parallèles).

Chapitre 4

Page 526.

4. *Le Dieu de ce siècle*: Satan, comparez avec Jn 12^{31}.

6. La lumière dont est porteuse la prédication vient de Dieu, elle n'est pas tirée de *notre propre fonds* (3^{5}).

7. *Ce trésor dans des vases de terre*: le trésor désigne la connaissance de Christ, objet de la prédication, et le vase la personne entière du chrétien. Les vases de terre sont des objets de peu de valeur qui finiront par être abandonnés. Ils n'en sont pas moins rendus résistants par celui qui les utilise. Cette image introduit l'opposition qui suit entre homme extérieur et homme intérieur. Comparez avec Lc 6^{46s}.

11. Véritablement, pour Paul, le chrétien est placé sous le signe de la croix: il est au croisement de la mort et de la vie, de l'ancien et du nouveau, du péché et de la grâce, de la terre et du ciel, du temps et de l'éternité.

Page 527.

16. L'*homme extérieur* est la personne humaine en tant qu'elle est soumise aux épreuves, physiques et morales, et au temps qui la ruine inexorablement. — L'*homme intérieur* est la même personne en tant qu'elle saisit par la foi le trésor de Dieu qui la renouvelle par sa puissance. En cela nous sont données les *arrhes de son Esprit* (5^{5}).

17. L'épreuve, qui inclut la mort, n'est pas le dernier mot de la condition humaine; elle est faite pour être traversée. Voyez 1^{3} et note.

18. Verset à lire dans une perspective eschatologique. Les *choses invisibles* désignent le monde nouveau qui est né avec la résurrection et qui ne se voit pas encore. — Les *choses visibles* sont le monde ancien qui est en voie de disparition.

Chapitre 5

1. *Tente*: pendant la période nomade du désert, la vie religieuse d'Israël se concentrait autour de la tente du Tabernacle, habitée par la présence de Dieu ou *Schekinah*, Ex 25^{18}. La personne du croyant est transitoire à double titre, parce qu'elle est humaine et parce qu'elle sait que l'ancienne création touche à sa fin. Mais la *Schekinah* l'habite par l'Esprit de Dieu.

2. Autre traduction: «notre demeure qui vient des cieux». À la parousie, les cieux s'ouvriront.

4. *Absorbé par la vie*: la mort appartient à l'ancienne création et son empire touche à sa fin. Les marques de la vie à venir seront la permanence et l'indestructibilité.

7 *Par la foi, par la vue*: légère contradiction dans les termes avec

4^{18}. La foi est de l'ordre de la connaissance *(nous savons)*, d'où l'importance de la prédication. — *Nous marchons* : la foi n'est pas la possession de la vérité, mais un pèlerinage en direction de la vérité (comparez avec I Co 13^{12s}).

Page 528.

17. Autre traduction : « l être ancien a disparu, un être nouveau est là » (Bible de Jérusalem). Thème majeur du paulinisme, voyez préface, p. 79.

18. *La réconciliation* est la situation liée à l'être nouveau. L'être ancien se caractérise par la séparation et la rupture avec Dieu. L'être nouveau au contraire par le fait que plus rien ne peut nous séparer de Dieu (Rm 8^{38s}). Conséquence du sacrifice de paix de la croix, la réconciliation est pour l'être humain un nouveau point de départ (Rm 5^{10s}, Col 1^{20s}, Ép 2^{16}).

Chapitre 6

Page 529.

La totalité de ce chapitre possède une indéniable présence oratoire, fort bien rendue par la traduction de H. Oltramare (voyez préface, p. 71).

2. *Aujourd'hui* la parousie est proche, la conversion ne peut pas attendre.

Chapitre 7

Page 531.

8. La lettre sévère a porté ses fruits, c'est pourquoi Paul ne la regrette pas.

10. *La tristesse selon Dieu* conduit à la *métanoïa* parce que sa parole est annonce du pardon, capable de transformer les situations les plus irrémédiablement compromises. La tristesse selon le monde ignore le pardon et mène au désespoir (voyez note 2^5).

Chapitre 8

Page 532.

9. Thème de la kénose du Christ, dont la pauvreté s'apparente à une forme de vacuité.

13. *La règle c'est l'égalité* : le modèle de l'égalité est ici Ex 16^{18}. Il s'agit d'une égalité qui tient compte des besoins de chacun. Ce rappel de la manne envoyée par Dieu aux Israélites dans le désert suggère que même les richesses matérielles sont de l'ordre de la grâce.

Page 533.

18. Ce *frère* est malaisé à identifier.

Chapitre 9

1. Verset curieux puisque Paul vient de consacrer le chapitre précé-

dent à la collecte. Peut-être ce chapitre est-il à l'origine un billet séparé.

Chapitre 10

Page 535.

1. Retour abrupt de Paul à la polémique contre ses adversaires.

5. Le *renversement* des raisonnements auxquels l'esprit grec accorde une si grande valeur est une caractéristique de la prédication de la croix (I Co 1^{17s}).

Page 536.

11. La parole écrite de Paul vaut sa présence.

15-16. Autre traduction: «selon la règle que Dieu nous a fixée». Allusion à la main d'association de Ga 2^{9} et, en filigrane, à des missions concurrentes de celle de Paul.

Chapitre 11

Page 537.

2. Paul emploie l'image du mariage pour qualifier la relation entre le Christ et son Église (voyez Ép 5^{25}). L'exégèse juive du Cantique des Cantiques, le prophète Osée y recourent pour évoquer l'Alliance.

4. *Un autre Jésus* laissant plus de place à la prédication *de* Jésus, voyez l'épître de Jacques et préface, p. 69. *Un autre Évangile* rattaché à l'observance religieuse de la Loi. Voyez plus loin v. 22s.

13. Cette charge de Paul repose sur le même raisonnement que 3^{1s}. Les faux apôtres ne le sont pas au sens strict, mais leur accréditation ne suffit pas. La véritable autorité spirituelle est ailleurs.

Page 538.

24. La loi défendait de donner plus de quarante coups et, pour être sûr de ne pas l'enfreindre, on s'arrêtait à 39.

Page 539.

32. *L'ethnarque* ou gouverneur.

Chapitre 12

2-4. Ce passage revêt un caractère très intime. Il ne fait pas allusion à la vision devant Damas. Il évoque avec sobriété une expérience extatique qui témoigne de la sensibilité de Paul à la dimension mystique.

7. *Une écharde dans ma chair*: on a supposé une maladie chronique, brièvement évoquée ailleurs par Paul (Ga 4^{13s}; 6^{27}). Il pourrait s'agir aussi des handicaps propres à son ministère: son passé de persécuteur de chrétiens, son statut contesté d'apôtre-*avorton*, ou encore la résistance d'Israël à sa prédication.

9. Paradoxe central du paulinisme.

Chapitre 13

Page 541.

1. Voyage succédant à celui de la visite intermédiaire qui s'est mal passée.

4. Le croisement entre faiblesse humaine et puissance de Dieu marque la vie du croyant. Voyez note 4^{11}.

Page 542.

5. *Éprouvez-vous* : l'habitation de l'Esprit en nous peut faire l'objet d'une expérience intérieure.

ÉPÎTRE AUX GALATES

Chapitre 1

Page 543.

2. *Galatie* : nom d'une province romaine d'Asie Mineure couvrant le centre de l'actuelle Turquie. Habitée par des populations d'origine celtique, elle fut visitée par Paul dès son premier voyage missionnaire. La lettre, contemporaine de Rm, répond à la crise d'une communauté fortement travaillée par la prédication concurrente des judéo-chrétiens.

6. *Un autre évangile* : c'est-à-dire la version judéo-chrétienne de l'Évangile, pour laquelle la venue du Christ n'abolit pas l'observance religieuse de la Loi (voyez préface, p. 69). L'épître, centrée sur la défense de la justification par la foi, est thématiquement proche de l'épître aux Romains.

8. *Anathème* : terme par lequel la Septante traduit le mot hébreu *hèrèm*, désignant le fait de vouer des choses à l'interdit ou d'exclure des personnes (Dt 7^{26}).

Page 544.

16. Littéralement : il « daigna révéler en moi son Fils ». Le grec souligne le caractère intérieur de la vocation de Paul (v. 2^{8} et préface, p. 64).

20. L'insistance de Paul sur sa conversion au sens strict (v. 1^{23}) veut faire comprendre aux Galates qu'il connaît la Loi bien mieux qu'eux (voyez aussi 2^{15}).

Chapitre 2

2. C'est l'Esprit qui dicte à l'apôtre les grandes orientations de son ministère, et dans le cas particulier la nécessité de faire reconnaître par les apôtres « historiques » la légitimité de sa mission vers les païens. La version des Actes est plus prosaïque et parle d'une *dispute assez vive* (Ac 15^{2}).

4. Il faut comprendre « asservir à la Loi ».

Page 545.

6. *Autrefois*, Jacques, Pierre et Jean ont été disciples du Jésus historique. Ils peuvent s'en prévaloir et sans doute n'y manquent pas. Paul ne fait pas entrer ce « titre » en ligne de compte.

12. Il s'agit ici de païens convertis à la foi nouvelle. De même aux v. 13 et 14, on doit entendre Juifs et païens devenus chrétiens. L'attitude de Pierre à Antioche est grave parce qu'elle installe des barrières dans la communauté ecclésiale.

14. *Judaïser* : c'est-à-dire observer les prescriptions rituelles de la Loi.

16. La justification par la foi sans les œuvres de la Loi constitue pour Paul l'unique Évangile valide (voyez 1^{4}).

Page 546.

19. L'idée est peut-être que la Loi, en même temps qu'elle pose l'idéal du juste, révèle l'impossibilité de l'atteindre (cf. préface, p. 81).

20. Toute la mystique paulinienne est concentrée dans ces mots et également le paradoxe dialogique qu'il affectionne entre liberté de Dieu et liberté humaine.

Chapitre 3

1. Ce qui est ici insensé est l'oubli de la prédication de la foi.

1. *Fascinés* : le verbe grec *baskainein*, hapax dans le Nouveau Testament, signifie jeter un sort, envoûter.

4. Autre traduction : « Est-ce en vain que vous avez tant souffert ? »

Page 547.

9. Abraham est le détenteur de la promesse, la figure de la foi et le bénéficiaire de la justification. Comparez avec Rm 4^{9s} et Hé 11^{8s}.

15. Paul fait allusion à l'alliance spécifique de Dieu avec Abraham (Gn 17^{1s}). H. Oltramare, avec raison, écrit contrat ou engagement à la place de testament (voyez Hé 9^{16}).

16. Argumentation typiquement rabbinique.

Page 548.

19. À propos des rapports complexes entre Loi et *transgression*, voyez préface, p. 83.

19. Une tradition juive parle d'*anges* lors du don de la Loi.

19. Le *médiateur*, ou porte-parole, est Moïse.

24. Le *pédagogue* était l'esclave chargé de conduire les enfants à leur maître. La Loi a eu pour fonction de conduire au Christ, mais, une fois cette mission accomplie, son rôle cesse.

26. Voyez Rm 8^{14}.

28. Le baptême marque symboliquement la rupture avec le passé, c'est pourquoi il abolit les distinctions et joue un rôle unificateur.

Chapitre 4

3. *Éléments du monde* : expression d'origine stoïcienne. Les destina-

taires de l'épître sont des païens convertis. Philon d'Alexandrie nomme les païens «ceux qui vénèrent les *stoïcheia*», c'est-à-dire la terre, l'air, l'eau et le feu, mais aussi les planètes et les étoiles, censées tisser un réseau de relations dans lequel l'individu doit trouver sa voie. Mais le judaïsme antique n'ignorait pas l'astrologie. Le système du zodiaque joue un rôle dans la symbolique hébraïque. La Bible connaît la subdivision duodécimale: les douze fils de Jacob, les douze tribus groupées en douze emplacements autour du Temple (Nb 1^{20s} et 2^{1s}), les douze joyaux des prêtres, à quoi il convient d'ajouter le cycle annuel des fêtes. Pour Paul, dans ce passage, tout ce qui précède le Christ, judaïsme compris, fait partie des *stoïcheia* (voyez Jacques Halbron, *Le Monde juif et l'astrologie*, Archè, Milan, 1985).

5. Le temps messianique est celui de l'adoption par Dieu.

Page 549.

6. Voyez Rm 8^{15}.

9. Double mouvement caractéristique de la conception biblique de la foi, qui est une relation entre deux personnes: d'une part l'homme cherche Dieu, d'autre part Dieu est en quête de l'homme.

12. En renonçant à la Loi.

13. Voyez «l'écharde dans la chair», II Co 12^{7}.

19. Métaphore de la prédication paulinienne qui vise à *enfanter* le Christ dans ses auditeurs. On ne saurait mieux souligner le caractère fécondant de la parole prêchée.

Page 550.

20. Parler de vive voix au lieu d'écrire.

22. La lecture allégorique que fait Paul de l'histoire de Sara et Agar (Gn 16 et 21) est un étonnant renversement de sens. Dans le récit originel, Ismaël, fils d'Agar, devient l'ancêtre des peuples arabes, et c'est à Isaac, enfant de la promesse, que se rattache Israël, donc la Loi. Au moyen d'un raisonnement étymologique discutable (v. 25), Paul fait d'Ismaël l'ancêtre des Juifs esclaves de la Loi, et d'Isaac celui des chrétiens, héritiers de la promesse.

25. Paul fait peut-être allusion à l'occupation de Jérusalem par les Romains.

29. Selon Gn 21^{9s}, c'est le risque de rivalité entre Ismaël et Isaac qui aboutit à l'exil d'Agar et de son fils.

Chapitre 5

Page 551.

6. La foi et non la religion en tant qu'observation de rites est le principe de la nouvelle création. «C'est la puissance spirituelle de la religion que de permettre à celui qui est religieux de considérer sans crainte la vanité de la religion», Paul Tillich. Voyez aussi 6^{15}.

7. Image empruntée à l'athlétisme antique.

9. Proverbe déjà cité en I Co 5^{6}.

12. Allusion ironique à la castration rituelle des prêtres de Cybèle et Attis, cultes païens très primitifs originaires d'Anatolie.

14. Le sommaire de la Loi fait suite à l'affirmation catégorique de la justification par la foi et sa principale conséquence, la liberté. La Loi est donc l'enjeu de la responsabilité humaine, sans être en quoi que ce soit engagée dans la dynamique du salut.

Page 552.

23. Autre traduction : « la Loi n'est pas contre de telles choses ». Le fruit de l'Esprit ne vient pas de la Loi, et pourtant il est en accord avec ce que demande la Loi.

Chapitre 6

2. La loi du Christ est celle de l'*agâpè* (voyez I Co 13^{1s}).

3-5. Critique de l'*ego* psychologique, qui se nourrit d'illusion sur soi-même, entraînant jalousie et rivalité.

6. L'enseignement de la Parole mérite salaire, principe paulinien que l'on retrouve en I Co 9^{7s} ou II Co 11^{8s}, et qui s'appuie sur une parole de Jésus, Lc 10^{7}. Autre traduction : « que le disciple fasse part de toute sorte de biens à celui qui lui enseigne la parole » (Bible de Jérusalem).

Page 553.

10. Littéralement *ceux de la maison de la foi*, c'est-à-dire l'Église.

11. Les grosses lettres étaient utilisées pour souligner l'importance du propos et peut-être aussi comme signature (voyez II Th 3^{17}).

12. Il y aurait donc une stratégie derrière la prédication judéo-chrétienne. En atténuant les différences entre christianisme et judaïsme, on se préserve d'éventuelles persécutions.

16. L'Israël de Dieu est pour Paul l'Église, héritière de la promesse, par opposition à l'Israël selon la Loi.

17. Cicatrices des persécutions subies par Paul (voyez II Co 6^{4s} et 11^{23s}).

ÉPÎTRE AUX ÉPHÉSIENS

Chapitre

Page 554.

1. L'indication d'Éphèse manque dans les plus anciens manuscrits. Paul y a séjourné trois ans. Le silence de la lettre sur ses rapports personnels avec cette communauté conduit à penser qu'il n'en est pas l'auteur, et que les Éphésiens n'en sont pas les destinataires. Thémati-

quement proche de l'épître aux Colossiens, ce texte est une synthèse de la pensée de l'apôtre, probablement réalisée par un disciple.

3. Les croyants terrestres sont ordonnés à ce qui est céleste, voyez II Co 5^{1}.

6. Variante : « son Fils Bien-Aimé ». Appliqué au Christ, ce qualificatif est exceptionnel dans le corpus paulinien. D'habitude, les bien-aimés sont les chrétiens.

9. Révélation progressive de l'œuvre divine du salut (voyez Rm 16^{25}).

10. La dimension cosmique du Christ sera révélée pleinement à la fin des temps, quand toute la création sera récapitulée en lui.

Page 555.

12. Allusion à l'espérance messianique du judaïsme.

18. Dans la Bible, le cœur est l'organe privilégié de la connaissance de Dieu. Il est mentionné comme tel par le *Shema Israël* en Dt 6^{5}, que Jésus reprend textuellement en Mc 12^{30}. *Les yeux du cœur* sont une métaphore pour désigner la perception des mystères de Dieu, la faculté d'appréhender les choses invisibles, c'est-à-dire les signes précurseurs du monde qui vient (II Co 4^{18}). L'idée d'une lumière intérieure émanant de la personne n'était pas extravagante pour les Anciens. Plotin parle des « yeux porteurs de lumière » (*Traité 38*).

21. Voyez Rm 8^{37s}, Col 1^{16} et notes.

22. Le Christ est le Seigneur de l'univers créé, l'Église est son corps dont il est le chef (ou la *tête*), et ce corps anticipe la plénitude qui est à venir.

Chapitre 2

Page 556.

2. *Le prince de la puissance de l'air*, entre la terre des hommes et le ciel de Dieu, est Satan.

3. *Tous*, aussi bien les païens que les Juifs.

6. Puisque par la foi les chrétiens sont le corps du Christ, ils sont d'une certaine façon déjà ressuscités avec lui et déjà assis avec lui dans les cieux. C'est une affirmation constante de Paul que la foi nous relie à la nouvelle création non encore pleinement manifestée. Ici le *déjà* tend à s'accentuer par rapport au *pas encore*, indice du retard de la parousie (aussi v. 19).

11. Sur la circoncision, voyez Rm 2^{29} et note.

12. Sur les alliances, voyez Rm 9^{4} et note.

Page 557.

14. Allusion au « parvis des Gentils » du temple d'Hérode, auquel les païens avaient accès.

15. En Christ, l'homme nouveau n'est ni juif ni païen, il est universel (voyez préface, p. 89). L'universel, qui réunit au-delà des particularités et des séparations, conduit à la paix. C'est pourquoi le Dieu qui accomplit l'universalité du salut en Christ est « le Dieu de paix ».

19. Jusqu'au Christ, les nations étaient vouées à l'errance spirituelle. Désormais elles sont intégrées à la maison de Dieu.
22. Reprise du thème de l'habitation de l'Esprit, appliqué à l'Église, cet être collectif formé par l'ensemble des croyants (voyez plus loin 3^{16s} et Rm 8^{9}).

Chapitre 3

1. L'épître aux Éphésiens appartient aux épîtres dites «de la captivité» avec Philippiens, Colossiens et Philémon.

Page 558.

6. La participation des païens au salut relève du mystère divin évoqué au v. 3, au même titre que la résistance d'Israël à la messianité de Jésus (voyez Rm 11^{25} et note).
10. Même les entités angéliques que concevaient les anciens sont conduites à reconnaître la seigneurie du Christ par l'Église qui réunit Juifs et païens. Comparez avec Mt 18^{18}.
14. Le passage 14-21 est vraisemblablement une formule liturgique de bénédiction.
15. Explication rhétorique de la paternité divine. En grec, le mot famille (*patria*) vient du mot père.
18. Cette expression d'inspiration stoïcienne désigne les quatre dimensions fondamentales de l'univers. Elle s'applique ici au Christ cosmique.

Chapitre 4

Page 559.

4-6. Formule catéchétique probable du christianisme primitif.
9. Exégèse rabbinique du Ps 68^{19}. L'ascension du Christ est la preuve de sa présence sur terre. Autre traduction : «dans les régions inférieures de la terre» (Bible de Jérusalem) en référence alors avec I P 1^{8s}.
11. L'auteur attribue au Christ, à l'occasion de son séjour sur terre, l'organisation des charismes dans l'Église (comparez avec Rm 12^{6s} et I Co 12^{28}).

Page 560.

13. L'homme nouveau est à hauteur de la perfection du Christ.
18. L'endurcissement du cœur est ce qui rend aveugle au mystère de Dieu (voyez 1^{18}).
21. La vérité qui est dans la personne du Jésus historique, c'est le Christ. Et celui qui est en Jésus trouve à son tour cette vérité.

Page 561.

25. Les chrétiens forment le corps collectif de l'Église. Le mensonge est une puissance négative de division qui ruine ce *corps bien ordonné* dont il a été question au v. 16. Le *diable* du v. 27 signifie étymologiquement celui qui divise.

30. L'Esprit qui habite les croyants réagit par la tristesse à un comportement mauvais.

30. Le *sceau* est la marque symbolique de l'appartenance du croyant à Dieu.

Chapitre 5

1. Les croyants sont *les enfants bien-aimés* de Dieu, c'est à ce titre qu'ils peuvent l'imiter, à travers la figure du Christ. Paul parle souvent de cette imitation. Voyez aussi les Béatitudes, surtout Mt 5^{48}.

4. La plaisanterie n'est pas condamnable en soi. Aristote recommandait de trouver le juste milieu entre la vulgarité et l'excès (*Éthique à Nicomaque*, 2, 7, 13).

Page 562.

5. Cette double désignation du Royaume est un hapax dans le Nouveau Testament.

8. Image dualiste et eschatologique, voyez Rm 13^{12} et note.

14. Le fragment cité ici est d'origine inconnue. On a formulé l'hypothèse d'un hymne baptismal primitif. Comparez avec Rm 13^{11}.

Page 563.

23. L'auteur applique le symbolisme vétérotestamentaire, pour lequel l'union de l'homme et de la femme est une image dérivée de l'Alliance de Dieu avec son peuple, au lien entre le Christ et son Église. — La péricope 22-33, témoin d'un art exégétique très sûr, est à double niveau. On peut la lire autant comme une méditation sur le couple chrétien que sur le couple Christ-Église.

26. Le baptême doit être accompagné par la prédication de la Parole, il n'est pas un rite ésotérique et encore moins magique.

Chapitre 6

5. À propos des esclaves, voyez Phm 16 et note.

Page 564.

12. Bien que subjuguées par le Christ (1^{21}) et enseignées par l'Église (3^{10}), certaines entités angéliques restent menaçantes. Il y a de mauvais anges. D'où les métaphores militaires des v. 13 à 16.

ÉPÎTRE AUX PHILIPPIENS

Chapitre 1

Page 565.

1. Philippes, cité de Macédoine, évangélisée par Paul lors de son second voyage. Alors que l'apôtre est en prison dans l'attente de son pro-

cès, les chrétiens de Philippes lui apportent une aide matérielle. Cette épître est sans doute la réunion de plusieurs billets distincts, ce qui expliquerait le brusque changement de ton par rapport aux «adversaires».

1. *Évêques*: première attestation de la fonction épiscopale dans les épîtres.

Page 566.

12. Paul est un prisonnier d'opinion. Aux yeux de beaucoup, il passe pour victime d'erreur judiciaire, ce qui favorise la cause de l'Évangile.

13. Cette mention du prétoire suggère trois lieux possibles de détention: Rome, à cause de la caserne des prétoriens, Césarée ou Éphèse, à cause de l'administration centrale du gouverneur.

15. Dans cette première partie de la lettre, il ne s'agit pas d'adversaires doctrinaux, mais de jalousies et de rivalités personnelles.

18. Les mauvaises intentions et l'esprit de rivalité n'altèrent pas la puissance intrinsèque de la prédication évangélique. À travers la parole, c'est toujours Dieu qui œuvre, indépendamment des dispositions humaines.

Page 567.

21 Ce célèbre verset marque une évolution par rapport à I Th 4^{13s} et I Co 15^{51s}. La vie permanente avec le Christ commence dès la mort sans attendre la parousie.

23. Sur ce *désir de partir*, voyez préface, p. 69. Peut-être est-ce le contexte du procès qui fait envisager sa fin à l'apôtre.

Chapitre 2

Page 568.

6-11. Ce fragment est un hymne liturgique présentant le Christ dans son double mouvement de kénose et d'élévation. La kénose (du verbe *kénoein*, vider, évacuer) descend de la forme divine jusqu'à la mort sur la croix (voyez II Co 8^{9}). On remarque au passage que la condition d'esclave est un préalable à la croix, supplice d'esclave (voyez préface, p. 77). Ensuite l'élévation va de la résurrection (ici sous-entendue) à la seigneurie cosmique du Christ.

13. *Produire* et *faire* sont en grec le même verbe *énergein*. C'est l'Esprit habitant le croyant qui suscite l'énergie. Même idée en 4^{13}.

17. La libation est le fait de répandre un liquide, sang ou parfum, sur l'autel. Paul envisage-t-il son martyre?

Chapitre 3

Page 570.

2. Qui sont les *chiens*? Certainement pas les jaloux de 1^{15s}, pour lesquels Paul témoigne de l'indulgence. Il s'agit d'adversaires autrement plus sérieux, dans le contexte des judéo-chrétiens. Le terme de *chiens* était un qualificatif méprisant employé par les Juifs pour désigner les

païens. Voyez le dialogue entre Jésus et la femme cananéenne, en Mt 15^{26s}.

3. Pour Paul, c'est l'Église qui est l'Israël ultime de Dieu. À ce titre, elle est la «vraie» circoncision.

4. La circoncision physique de Paul atteste sa qualité de Juif.

6. Affirmation surprenante si on la compare à la lecture que Paul fait de la Loi dans l'épître aux Romains. Il veut dire sans reproche du point de vue rituel et formel.

7. Allusion au chemin de Damas.

10. Référence baptismale. Le croyant s'identifie mystiquement à la mort et à la résurrection du Christ.

12. *Tâchant de saisir, parce que j'ai été saisi*: formule typique de la spiritualité biblique. Le Ps 27^{8} affirme que la quête de Dieu a Dieu pour origine. Pascal l'a admirablement compris: «tu ne me chercherais pas si tu ne m'avais trouvé».

Page 571.

14. Laisser derrière et aller de l'avant sont les effets du pardon pour l'Évangile. Le croyant vit de pardon et non d'une illusoire possession statique de la vérité divine.

18. *Les ennemis de la croix du Christ* sont les partisans de la Loi qui selon Paul vident la croix de son contenu.

Chapitre 4

3. *Le livre de vie* est une image hébraïque figurant la liste des justes, tenue par Dieu (voir Ex 32^{31}). On la retrouve dans la littérature apocalyptique (Ap 3^{5}).

ÉPÎTRE AUX COLOSSIENS

Chapitre 1

Page 573.

2. Colosses était une ville d'Asie Mineure à l'est d'Éphèse, évangélisée par Épaphras, compagnon de Paul. Contre la tentation syncrétiste d'une part et l'attirance pour le judéo-christianisme d'autre part, la christologie paulinienne revêt ici une ampleur inaccoutumée. Cette lettre dont l'authenticité est discutée servira de modèle à l'épître aux Éphésiens. En effet, pas moins de 73 versets sur les 115 de Ép ont un parallèle en Col.

6. La prédication paulinienne est fondée sur la puissance intrinsèque du message évangélique. La parole apporte une présence qui se développe par elle-même.

Page 574.

15-20. Cet hymne confère au Christ une extension cosmique. Il est le révélateur du Père, préexistant à la création, créateur, et réconciliateur de l'univers en toutes ses dimensions. Ce passage inspirera Pierre Teilhard de Chardin, qui développera une théologie du Christ universel ou total, centre organique de l'Univers. Comparez avec Hé 1^{1s}.

24. L'apôtre adhère de tout son être au Christ, il interprète les épreuves qu'il traverse comme une participation au mouvement mort-résurrection.

26. La prédication est ici conçue comme le dévoilement du mystère divin.

29. *Énergie*: on pourrait véritablement parler ici d'énergie spirituelle. Comparez avec II Co 12^{9}.

Chapitre 2

1. *Laodicée*: cité voisine de Colosses qui à l'époque tend à la supplanter économiquement et administrativement.

Page 576.

4. Les faux docteurs de Colosses ont pour caractéristique le culte des éléments et le retour des pratiques rituelles. La double offensive hellénistique et judéo-chrétienne est certaine.

8. La *philosophie* vise ici des idées d'origine stoïcienne. Le stoïcisme était doté d'une théologie naturelle de type panthéiste. La divinité y est conçue comme immanente à l'univers jusqu'en ses plus infimes parties. Il y a une « âme divine du monde » qui se prête aisément à toutes sortes de dévotions populaires, comme l'astrologie. L'enseignement apostolique oppose à cela que seul le Christ est porteur de la *Schekinah* en sa plénitude. Voyez Ga 4^{3} et note.

10. Sur l'angélologie juive, voyez Rm 8^{37} et note.

11. Il y a une manière non physique d'être circoncis. Cette « circoncision en Christ » revêt pour les chrétiens une portée purement symbolique (voyez Rm 2^{29} et note).

14. Cet acte d'accusation est celui de la Loi, cloué sur la croix avec le Christ. La mort du Christ est la mort de la Loi et sa résurrection celle de l'Esprit.

16. Allusion à des pratiques judaïsantes, en lien avec le calendrier des fêtes (voyez Ga 4^{3s}).

17. L'opposition ombre/réalité se trouve chez Philon d'Alexandrie et Flavius Josèphe. Paul joue sur le double sens du terme grec *sôma*, qui signifie à la fois corps et réalité tangible (voyez Hé 8^{5} et note).

Page 577.

18. Les fausses doctrines sont qualifiées de rêveries, donc les croyances qu'elles prônent n'ont aucune réalité, voyez I Co 12^{2}.

22. Les interdits sont inutiles du point de vue cultuel.

Chapitre 3

2. Ces indications spatiales de la vie chrétienne (en haut, sur terre) sont symboliques et non cosmologiques.

3. La vie cachée en Dieu est notre participation au mystère, c'est-à-dire à ce qui fait lien entre le visible du monde présent et l'invisible du monde à venir. La parousie dévoilera au grand jour notre vie véritable.

Page 578.

11. Comparez avec Ga 3^{28}.

Chapitre 4

Page 579.

9. Voyez Phm v. 10.

Page 580.

10. *Aristarque*: voyez Ac 20^{4} et 27^{2}.

10. *Marc*: voyez Ac $12^{12, 25}$; $13^{5, 13}$; 15^{39}.

13. *Hiérapolis*: cité près de Laodicée et de Colosses.

14. *Luc*, le futur évangéliste.

18. L'épître aux Colossiens est reçue comme une «épître de la captivité».

PREMIÈRE ÉPÎTRE AUX THESSALONICIENS

Chapitre 1

1. Thessalonique était la cité la plus importante de la Macédoine. Elle fut évangélisée par Paul au cours de son second voyage. Cette lettre authentique est le document le plus ancien du Nouveau Testament (50).

Page 581.

4. Les Thessaloniciens ont fait bon accueil à l'Évangile de Paul. Leur conversion est la preuve de leur élection. C'est un nouveau peuple que Dieu est en train de rassembler par l'Esprit-Saint.

7. *L'Achaïe*: la Grèce.

9. La communauté est composée de pagano-chrétiens. L'enseignement de Paul tient en trois points: l'affirmation du Dieu unique, la résurrection du Messie et l'attente de son retour à brève échéance.

Chapitre 2

2. Voyez Ac 16^{19}

Page 582.

7. Paul ne sera jamais un homme d'appareil. Aux titres et fonctions officielles, il préférera l'inspiration, seule dispensatrice de véritable autorité (voyez II Co 3^{1s} et note).

13. Dans la Bible hébraïque, la parole qui vient de Dieu est à la fois didactique (elle instruit selon Dt 4^{36}) et dynamique (elle produit des effets, précise És 55^{10}). Elle procède de la puissance créatrice de Dieu. Il en va de même pour la parole apostolique et prêchée. Elle comporte un élément de connaissance (que Paul a rappelé en 1^{9}) et un élément de fécondation qui ne dépend pas du prédicateur. C'est Dieu directement qui à travers une parole humaine exerce son action créatrice (voyez Col 1^{6} et note ; Ph 1^{18} et note). Mais cela requiert d'écouter avec l'ouverture du cœur et de mettre en pratique ce qui a été entendu. Cette mise en pratique inclut l'entretien et l'approfondissement de la parole dans la communauté de l'Église. Comparez avec la parabole du semeur et son explication (Mt 13^{4s}).

14-16. Cette diatribe est la plus virulente attaque jamais lancée par Paul contre les siens. Elle soulève de graves difficultés. Paul accuse les Juifs d'avoir fait mourir Jésus mais qu'en est-il de Ponce Pilate et des Romains ? Le complot de quelques notables de Jérusalem peut-il rejaillir sur un peuple entier ? (Comparez avec Mt 27^{25}, également difficile.) Affirmer que les Juifs sont les ennemis du genre humain et qu'ils sont sous le coup de la colère de Dieu, n'est-ce pas contredire l'irrévocabilité de l'élection et de l'Alliance, que Paul connaît parfaitement ? Et l'accusation de persécution, même si elle est vraie, n'est-elle pas déplacée sous sa plume ?

On peut faire trois remarques. D'abord c'est un Juif qui écrit ces lignes dans un contexte de polémique avec la synagogue (3^{3s}) et l'on sait combien les querelles de familles peuvent être hargneuses. Ce sont des propos semblables qui ont déclenché le lynchage d'Étienne (Ac 7^{51}). Ensuite, il reprend la thématique du prophète Amos. Enfin, la pensée de l'apôtre évoluera considérablement au cours du temps. Le développement de l'interprétation sacrificielle de la croix fera disparaître chez lui cette question passionnelle des responsabilités humaines dans la mort de Jésus (voyez préface, p. 77).

Chapitre 3

Page 583.

1. Voyez Ac 17^{15s}.

Page 584.

10. Paul est conscient du caractère sommaire de la foi de la jeune communauté de Thessalonique. On retrouve ici son souci de la croissance dans la foi, tant du point de vue théologique que spirituel (voyez 4^{1s}).

Chapitre 4

2. La traduction de H. Oltramare relie les versets 2 et 3 de telle sorte que les recommandations qui suivent apparaissent liées à des paroles de Jésus. D'autres traductions (Segond, Bible de Jérusalem, Chouraqui) séparent les versets. Quoiqu'il ne s'agisse pas de citations directes, chacune de ces exhortations trouve des échos dans la prédication de Jésus.

Page 585.

11. Il se pourrait que des chrétiens de Thessalonique, saisis par la fièvre eschatologique, aient cessé de s'occuper de leurs affaires et de travailler. Cette fièvre a-t-elle affecté aussi la famille (v. 4)?

13. *Ceux qui sont morts*: littéralement «ceux qui dorment». Paul s'adresse à des Grecs, familiers de la métaphore du sommeil pour désigner la mort.

13. *Les autres, qui n'ont point d'espérance*: l'angoisse de la mort est pour les êtres humains un sujet de tristesse. L'espérance chrétienne, qui porte sur le dépassement de la mort par la vie, permet d'accéder à la joie (voyez 5^{16}, aussi Hé 2^{15} et note).

15. Parole de Jésus difficile à situer.

16-17. Paul partage avec ses contemporains chrétiens la conviction que la parousie est si proche qu'il la connaîtra de son vivant. Ce sera toujours le cas au moment de la crise corinthienne (I Co 15^{51}). Il reste toutefois prudent *quant au temps et au moment* (5^{1}).

Chapitre 5

Page 586.

2. Comparez avec Mt 24^{43s}.

10. Ce *mort pour nous* est le premier pas dans l'interprétation du sens de la mort de Jésus. En 4^{14}, Paul mentionne simplement *Jésus mort et ressuscité,* sans doute un fragment de confession de foi primitive.

Page 587.

21. Les temps messianiques sont marqués par l'action de l'Esprit, mais Paul recommande de rechercher l'intelligibilité (voyez préface, p. 76).

SECONDE ÉPÎTRE AUX THESSALONICIENS

Chapitre 1

1. Cette seconde lettre se présente comme le complément de la première dans l'échange de correspondance de Paul avec la communauté de Thessalonique. Il éprouve le besoin de préciser sa pensée sur la question du retour du Christ. Si les tenants de la pseudépigraphie ont

raison, le verset 2^{2}, mettant en garde contre les faux, et la signature en 3^{17} témoignent d'un certain humour.

Page 588.

6. Doctrine de la rétribution courante dans le thème apocalyptique : au dernier jour, Dieu réglera les comptes en punissant les adversaires des croyants.

8. Application chrétienne d'un verset du prophète Ésaïe. *Ceux qui ne connaissent pas Dieu* sont les païens et *ceux qui n'obéissent pas à l'Évangile* sont les Juifs.

Chapitre 2

1. Voyez I Th 4^{13s}.

2. Il y a eu donc très tôt des faux en circulation dans le réseau des Églises primitives.

3. *L'apostasie* est le reniement de la foi évangélique sans qu'on puisse dire qui est visé ici par ce terme.

3-4. Les traits de l'Antéchrist sont empruntés au livre de Daniel.

Page 589.

6. L'avènement de l'Antéchrist doit précéder celui du Christ, mais quelque chose, qu'il est impossible de déterminer, l'en empêche. Il semble que les destinataires de la lettre savaient de quoi il s'agissait.

7. *Le mystère d'iniquité* désigne l'Antéchrist. Comparez avec l'expression symétrique de I Tm 3^{16}, *le mystère de la piété*, appliqué au Christ.

11. Dieu est ici l'auteur de l'égarement. Sur ce thème prophétique troublant, comparez avec Rm 1^{28}.

Chapitre 3

Page 590.

2. L'absence de foi marque un manque de raison (voyez Ps 14^{1}) ou de sens moral. La fin du verset laisse entendre que ce manque est une énigme.

6. *La tradition* (*paradôsis*) désigne ce qui est transmis à propos du Christ et l'enseignement qui en découle. Pour Paul, la foi et la manière de vivre des chrétiens sont déterminées par la tradition (voyez Rm 6^{17}, I Co 11^{2}, Col 2^{6s}). Ce sont du reste ces traditions qui sont à l'origine de la formation des Évangiles canoniques.

10. Peut-être un proverbe populaire cité par Paul.

14. Mise à l'écart et avertissement sanctionnent les dissidents, comme en I Co 5^{5} et I Tm 1^{20}

PREMIÈRE ÉPÎTRE À TIMOTHÉE

Chapitre 1

Page 591.

1. C'est une particularité des épîtres pastorales de donner à Dieu comme au Christ le titre de Sauveur.

2. La lettre est adressée à Timothée, que Paul a rencontré lors de son passage à Lystres selon Ac 16^{1s}. En fait les trois Pastorales (I Tm, II Tm, Tt), qui traitent d'organisation et de discipline ecclésiastiques, sont tenues par l'ensemble de la critique pour deutéropauliniennes. Elles pourraient dater de la fin du Ier siècle ou du début du IIe et sont plus spécialement destinées aux responsables des Églises. Elles montrent des communautés en voie de consolidation.

3. Le verbe grec *hétérodidaskalein*, littéralement « enseigner autre chose », est employé dans les Pastorales pour désigner l'hérésie.

4. L'enseignement étranger doit être ici une forme de gnose judaïsante, telle qu'on la trouve dans la littérature intertestamentaire, qui affectionnait les mythes, les descriptions de hiérarchies célestes et les généalogies (voyez le livre des *Jubilés*, les *Testaments des douze patriarches* ou le livre des *Oracles sibyllins*, *in* la Bible, *Écrits intertestamentaires*, sous la direction d'André Dupont-Sommer et Marc Philonenko, Pléiade, Gallimard, 1987).

7. *Docteurs de la Loi* mosaïque. Dans les Pastorales, ce ne sont pas les judéo-chrétiens qui sont visés mais les gnostiques judaïsants.

Page 592.

10. Le souci de la *saine doctrine* est une autre caractéristique des Pastorales. L'expression implique que l'hérésie est assimilable à une maladie, alors qu'en I Co 11^{17} (voyez note) elle est un choix, une opinion particulière. Bien plus tard, on parlera de l'infection de l'hérésie.

15. Peut-être un article de catéchèse primitive. Comparez avec Lc 19^{10}.

17. Littéralement « le roi des éons », formule doxologique, ici en un sens positif opposé à II Co 4^{4}.

20. Allusion à une forme d'excommunication, par ailleurs obscure, analogue à celle évoquée par Paul en I Co 5^{5} et II Co 2^{6s}. À Corinthe, c'est une affaire de mœurs qui avait motivé la sanction. Dans le cas d'Hyménée et Alexandre, c'est une question de doctrine (v. 19).

Chapitre 2

Page 593.

5-6. Confession de foi faisant apparaître le qualificatif de médiateur pour « un homme, Jésus-Christ ». Comparez avec Hé 9^{15}.

7. Comparez avec Rm 16^{25s} et note.

13. Cette lecture de Gn 2^{18s} et Gn 3 pour justifier l'autorité de l'homme sur la femme, expression d'une société patriarcale, est aujourd'hui très discutée (voyez Élisabeth Schüssler Fiorenza, *En mémoire d'elle. Essai de reconstruction des origines chrétiennes selon la théologie féministe*, Cerf, 1986).

Chapitre 3

Page 594.

1. Voyez Ph 1^{1}.

2. Littéralement « l'homme d'une seule femme ». L'expression peut aussi bien viser la polygamie que le remariage (*idem* 3^{12} et Tt 1^{6}).

6. Littéralement « un néophyte ». La portée de cette recommandation n'est pas seulement psychologique mais aussi doctrinale. Dans le vocabulaire paulinien, le néophyte n'est pas encore un *téléios* (accompli, adulte) sur le plan de la foi.

8. Le diaconat est un ministère d'entraide dépendant de l'évêque.

15. L'Église du Dieu vivant est la maison de la vérité.

16. Fragment d'hymne christologique.

Chapitre 4

Page 595.

3. Les gnostiques condamnaient le mariage en général, alors que Paul, en I Co 7^{8}, se contente d'exprimer sa préférence pour le célibat. Les interdits alimentaires font, eux, penser à des tendances judaïsantes.

4. Affirmation anti-ascétique, aussi en 5^{23}.

7. Littéralement « les mythes », voyez 1^{4} et note.

8. Ce que l'auteur appelle « exercice corporel » ne concerne pas l'athlétisme, très prisé dans l'Antiquité gréco-romaine, mais les techniques relatives à l'ascèse.

13. La lecture au sens large d'étude. Ce conseil n'est pas sans rappeler les recommandations rabbiniques.

14. L'imposition des mains est une pratique largement attestée dans la Bible. L'Ancien Testament la connaît comme signe d'une consécration et d'une transmission de la part de Dieu (Nb 27^{18}, Dt 34^{9}). Le Nouveau Testament connaît ce geste dans la guérison des maladies (Mc 6^{5}, Lc 13^{13}), dans le baptême (Ac 8^{14s}, Hé 6^{2}), et dans la consécration au ministère, comme décrit dans les Pastorales. L'auteur accorde ici un sens très fort à l'imposition des mains, qui accompagne la transmission d'un don spirituel, ce qui explique la mise en garde de 5^{22}.

Chapitre 5

Page 596.

3. Sont réellement considérées comme veuves celles qui sont sans moyen de subsistance.

8. C'est un devoir spirituel que de prendre soin de sa famille car les nôtres sont pour nous les plus proches de tous les prochains.

12. Le texte laisse entendre que les veuves formaient un véritable ordre dans les Églises primitives, impliquant un engagement. sinon des vœux (voyez Ac 6[1]).

Page 597.

18. Citation de Lc 10[7].

19. Principe de la Loi juive (Dt 19[15])

Chapitre 6

2. La vie chrétienne n'entraîne pas un renversement de l'ordre social établi. Voyez I Co 7[17] et note.

Page 598.

7. Sentence de sagesse juive (Jb 1[21], Qo 5[14]).

11. *Homme de Dieu* : expression appliquée aux prophètes (I R 13[1s]) désignant celui qui a reçu un appel de Dieu.

13. *Témoignage* : littéralement « son martyre ».

Page 599.

15-16. Doxologie probablement d'origine liturgique.

20. Le dépôt de la foi entretient des liens étroits avec la tradition. On ne peut transmettre que ce qu'on garde intact, le moins déformé possible (voyez II Th 3[6] et note).

SECONDE ÉPÎTRE À TIMOTHÉE

Chapitre 1

3. Les ancêtres de Paul sont hébreux, de la tribu de Benjamin (Ph 3[5]). Ce verset rattache le service du Christ au service du Dieu d'Abraham, d'Isaac et de Jacob (voyez Ac 24[14]).

4. Les larmes de Timothée au moment de la séparation avec Paul.

Page 600.

6. Voyez I Tm 4[14] et note.

9-10. Probable fragment d'hymne liturgique.

16. Le bref éloge d'Onésiphore décédé et la formule d'intercession pour sa famille constituent une indication rare sur la façon dont on concevait le service funèbre dans le christianisme primitif : rappel de ce qu'on doit au disparu, remise à Dieu, prière pour ceux qui restent. Ce passage a inspiré la liturgie catholique des défunts.

Chapitre 2

Page 601.

2. La tradition dépend pour une bonne part de la fiabilité de ceux qui la transmettent.

4-6. Trois proverbes (sur la guerre, les jeux et l'agriculture) décrivent les conditions d'existence d'un ministre de l'Église : ne pas ménager sa peine, respecter les règles, être conscient d'avoir droit à une rétribution.

8. Expression de Paul, pour qui le seul Évangile valide est celui de la justification par la foi en Christ.

11-13. Probable fragment d'hymne liturgique.

Page 602.

17. L'hérésie de Philète et Hyménée (ce dernier déjà sanctionné selon I Tm 1^{20}) consiste dans la négation de la résurrection générale au dernier jour, point essentiel de la foi des premières communautés (voyez préface, p. 74). Ce peut être le résultat d'une spiritualisation familière à l'esprit grec, favorisé par l'ajournement de la parousie.

20. Voyez Rm 9^{21}.

Chapitre 3

Page 603.

5. Au dernier jour, un tri sera opéré parmi les chrétiens, entre ceux qui sont sincères et ceux qui n'ont que les apparences de la piété (entendez les hérétiques). L'impiété est un signe des derniers temps.

6-7. Allusion au prosélytisme sectaire, ici très finement observé.

8. *Janès et Jambrès* : d'après la tradition juive, ce sont les noms des magiciens que Pharaon opposa à Moïse (Ex 7^{1}).

11. Voyez Ac 13^{50}, $14^{5, 19}$.

15. Les *Saintes Lettres* : expression désignant la Septante, version grecque des livres hébraïques.

16. Autre traduction : « Toute Écriture est inspirée de Dieu, et utile » (Bible de Jérusalem, Segond, mais Chouraqui suit Oltramare). À l'époque de la rédaction de I Tm, le canon du Nouveau Testament n'est pas constitué. Il est certain que « toute Écriture » désigne ici non seulement la Septante mais aussi les épîtres circulant dans les réseaux communautaires. Or nous savons qu'il y a déjà parmi elles des faux (II Th 2^{2}). À quoi s'ajoutent des écrits intertestamentaires considérés par les premiers chrétiens comme inspirés (ainsi le *Livre d'Hénoch* dans l'épître de Jude), mais qui ne seront pas admis dans le canon (voyez I Tm 1^{4} et note). Ces raisons font qu'il y a lieu de maintenir la traduction d'Oltramare. Un discernement doit être opéré.

Chapitre 4

Page 604.

2. La prédication est insistance au sens de répétition. En cela, elle assure l'un des mouvements essentiels de la tradition.

peuple choisi et consacré par Dieu, ce qui facilite la compréhension de la phrase.

Page 632.
35-38. Allusion à des événements relatés dans les deux livres des Macchabées, ainsi qu'à des traditions juives relatives à des personnages de l'Ancien Testament. Ainsi le livre du *Martyre d'Ésaïe* raconte que le prophète périt scié en deux par une «scie à bois».

Chapitre 12

Page 633.
1. La *nuée de témoins* réunit les croyants de l'ancienne et de la nouvelle Alliance.
1. *Courons avec persévérance*, voyez Rm 9^{16}.
4. On ignore les circonstances adverses auxquelles il est fait allusion.
5. Le terme traduit ici par «châtiment» se rapporte, en grec, à l'éducation des enfants telle qu'on la concevait dans l'Antiquité, la *païdéïa*. Il revêt une portée strictement pédagogique, visant à faire progresser celui à qui il s'applique. En aucun cas il ne doit être pris dans un sens expiatoire, une telle idée étant étrangère au propos de l'épître.
9. *Père des esprits*: expression du judaïsme hellénistique pour désigner Dieu Voyez II M 3^{24}.

Page 634.
18-19. Rappel de la théophanie du Sinaï au moment du don de la Loi, voyez Ex 19^{16s} et Dt 5^{23s}.
22. La *Jérusalem céleste* est le seul véritable lieu saint des chrétiens, qui sera manifesté après les derniers temps (voyez Ap 21^{9s}). Par le Christ, nous nous en sommes rapprochés.

Page 635.
23. Les *premiers-nés* désignent les chrétiens à la suite du Christ premier-né (Rm 8^{29}), en référence aux privilèges attachés à la primogéniture en Israël.
25. On peut voir dans cette *punition* une allusion à la destruction du temple par les Romains en 70. Certains exégètes, arguant du fait que l'auteur parle de la liturgie sacerdotale au présent, ne font pas remonter l'épître au-delà de 69. Néanmoins la maturité générale de la pensée de l'épître suppose un temps d'élaboration beaucoup plus long.
26-28. Véritable conclusion de l'épître. La création est sur le point d'être renouvelée de fond en comble, l'avènement du royaume permanent s'approche. Par la foi, nous recevons déjà ce royaume.

Chapitre 13

2. Ange signifie ici simplement messager. Avec Gn 18 et 19 en

arrière-plan, il est probable que l'auteur pense au devoir d'hospitalité à l'égard des membres des Églises en général (voyez Jn 13[20]).

Page 636.

7. L'auteur n'appartient pas à la première génération apostolique.

9. Ces *doctrines étrangères* portent la marque du retour aux prescriptions de la Loi en matière d'alimentation. Il doit s'agir d'une forme de judéo-christianisme. La comparaison entre les prescriptions du Lévitique relatives au sacrifice du jour des expiations (Lv 16[27]) et le Calvaire est un passage difficile. On peut comprendre qu'il y a une incompatibilité entre les observances de l'ancien culte et le culte chrétien.

18. Une *bonne conscience* dégagée de la culpabilité et de l'angoisse.

Page 637.

23. On ignore tout de cet épisode.

24. Ou bien l'épître a été rédigée en Italie, ou bien l'auteur transmet des salutations de la part de chrétiens d'Italie.

ÉPÎTRE DE SAINT JACQUES

Chapitre 1

Page 638.

1. Formulation propre au courant judéo-chrétien. L'Église est considérée comme l'Israël de Dieu dont les douze tribus sont dispersées parmi les nations.

4. La perfection et l'accomplissement s'obtiennent par l'observance de la Loi.

5. Le but de la foi est pour Jacques la sagesse, qui est autant connaissance qu'action.

8. *Irrésolu*, c'est-à-dire double en lui-même.

9. Comparez avec les paroles de Jésus sur les pauvres et les petits (Mt 18[10] et 25[45]).

Page 639.

15. Le péché n'est pas conçu comme une donnée inhérente à l'existence, mais comme la conséquence d'une tentation à laquelle on n'a pas su résister.

17. *Père des lumières*: expression désignant Dieu qu'on retrouve dans certains textes non canoniques comme la *Vie grecque d'Adam et Ève*. Une expression très voisine se lit dans la *Règle de la communauté* de Qumrân (La Bible, *Écrits intertestamentaires*, Gallimard, 1987). On peut comprendre que Dieu est le Père de la lumière spirituelle dont les croyants sont porteurs. « L'homme de lumière est celui qui ne voit qu'à travers la lumière originelle, lorsque dépassant le donné, l'être et lui-

même, il sort vers ses frères pour les libérer», Armand Abécassis, *La Lumière dans la pensée juive*, Berg International, 1988.

18. Pour Jacques, la parole de vérité est constituée par la Torah, à laquelle vient s'ajouter la tradition de Jésus.

22. Comparez avec la parabole des deux maisons, Mt 7^{21} et parallèles.

23. Cette notion de visage naturel suppose qu'il n'y a pas de corruption radicale de l'homme, mais plutôt un oubli de son origine. Pour la tradition juive, chacun est porteur d'une parcelle de la lumière divine originelle. Les circonstances de la vie peuvent occulter cette lumière, jamais l'éteindre définitivement.

25. *La loi de la liberté*: alors que le paulinisme voit l'être humain écrasé par la Loi, elle est pour Jacques une promesse de libération.

Chapitre 2

Page 640.

2. *Assemblée*: littéralement «synagogue» pour désigner une assemblée ecclésiastique, hapax dans le Nouveau Testament. Les milieux judéo-chrétiens avaient gardé cette habitude.

5. Comparez avec Lc 6^{20}.

7. Autre traduction: «le beau nom qui a été invoqué sur vous» (Bible de Jérusalem). Dans la traduction H. Oltramare, il s'agit du nom de chrétien. Dans l'autre, de celui de Jésus.

Page 641.

10. La tradition juive enseigne que violer un seul commandement revient à violer l'ensemble de la Loi, voyez Mt 5^{19}.

13. Parce que la miséricorde accomplit la Loi (voyez Mt 5^{7}).

14. Comparez avec Mt 7^{21}.

21-24. Il est difficile de ne pas voir dans ce passage une réfutation exégétique de Rm 4^{2-5}.

Page 642.

25. Comparez avec Hé 11^{31}.

26. Littéralement «le corps sans esprit est mort». Pour Jacques, les actes sont «l'esprit» de la foi.

Chapitre 3

1. *Docteurs*: il s'agit du ministère ecclésiastique de l'enseignement, dont Jacques souligne l'importance et la responsabilité.

2. L'*homme parfait* est le sage qui maîtrise ses passions. Sagesse juive et morale stoïcienne se rejoignent ici.

10. Bénédiction et malédiction (littéralement «la parole bonne et la parole mauvaise») soulignent l'efficacité réelle de la parole dans une culture où l'oralité pèse d'un poids particulier. D'accord avec Paul

(Rm 12^{14}), Jacques rappelle qu'un chrétien cohérent ne devrait jamais maudire.

Chapitre 4

Page 643.

4. Comparez avec Mt 6^{24}.

Page 644.

14. Comparez avec Qo 1^{2} et II P 3^{11}

15. La prédication judéo-chrétienne insiste sur la souveraineté de Dieu plutôt que sur le libre arbitre humain.

Chapitre 5

Page 645.

4. Nom fréquemment donné à Dieu dans la Bible hébraïque. Ces armées sont les armées célestes, incluant une hiérarchie angélique complexe que la tradition juive affectionne.

12. Éloge de la résolution, au contraire de l'homme double en lui-même. Voyez Mt 5^{34s}.

Page 646.

14. L'onction d'huile pour les malades représente un lien entre santé et sanctification. L'autre mention néo-testamentaire de cette pratique se trouve en Mc 6^{13}.

15. À propos du lien entre péché et maladie, voyez I Co 11^{30} et note.

20. Formulation ambiguë: les *péchés couverts* (c'est-à-dire remis) sont plutôt ceux du pécheur qui revient dans la bonne voie que ceux de celui qui a ramené l'égaré.

PREMIÈRE ÉPÎTRE DE SAINT PIERRE

Chapitre 1

Page 647.

1. *Pierre*: l'épître, écrite vers la fin du Ier siècle longtemps après la mort de Pierre, peut être l'œuvre d'un disciple de l'apôtre ayant survécu aux persécutions de Néron et de Domitien.

1. *Aux fidèles étrangers*: par la foi, les chrétiens appartiennent à la cité de Dieu.

1. *Pont, Galatie, Cappadoce, Asie, Bithynie*: cinq provinces d'Asie Mineure.

2. Remarquer la formule ternaire. Le sang est une référence au sang répandu pour sceller l'Alliance (Ex 24^{6s}).

Page 648.

7. Comparez avec Jb 7^{18} et 23^{10}.

9. *Âmes* : ce terme, qui montre une influence grecque, désigne la vie humaine dans ses aspects individuels et subjectifs.

11. Les prophètes étaient inspirés par l'Esprit de Christ, témoin de la préexistence de ce dernier. L'Esprit-Saint, lui, est la manière pour le Christ d'être présent dans la nouvelle économie.

16. L'Église est le nouvel Israël de Dieu et il en reçoit les privilèges (aussi 2^{9s}).

17. Il faut lire « la crainte de Dieu ». Voyez Rm 3^{18} et note.

17. *Pèlerinage* : du grec *paroïkia*, qui signifie aussi « groupe d'habitations » et qui a donné notre mot paroisse.

Page 649.

18-21. Fragment de liturgie baptismale.

23. La parole de Dieu est ici présentée comme un processus d'engendrement, un *germe* de la vie qui demeure. Comparez avec l'idée de la nouvelle naissance en Jn 3^{3s}

Chapitre 2

2. Métaphores filées faisant suite à celle de la parole-germe.

4. Cette *pierre vivante* désigne Jésus-Christ.

5. La *maison spirituelle* : il s'agit du nouveau temple du nouvel Israël dont tous les chrétiens sont des prêtres.

7. *Honneur* : affirmation de la dignité chrétienne.

Page 650.

12. Dans un environnement païen, l'exemplarité est un moyen d'évangélisation. Comparez avec Mt 5^{16}.

Page 651.

21-25. Fragment de liturgie baptismale.

25. *Gardien* : littéralement « épiscope ».

Chapitre 3

Page 652.

9. Ne pas répondre à la violence par la violence est un principe évangélique.

Page 653.

19. Les *esprits en prison* : sans doute une allusion au *Livre d'Hénoch*, pseudépigraphe de l'Ancien Testament, qui parle des esprits des morts attendant le jugement, rassemblés dans un séjour souterrain. Mais le motif vient de plus loin, avec le voyage infernal de la déesse assyrienne Ishtar ou le mythe grec d'Orphée. Il s'agit de répondre à la question de savoir comment seront sauvés ceux qui sont morts avant le temps de

l'Évangile. L'article du Symbole des Apôtres, «il est descendu aux enfers», s'y rapportant apparaît vers le IVe siècle. Sa signification est la victoire du Christ sur le mal et la mort.

21. *Antitype* : ce qui se rattache à la première Alliance est considéré par l'auteur comme le *type* précurseur, c'est-à-dire l'essai prophétique, de ce qui est apparu avec la nouvelle Alliance. L'*antitype* est donc la réalisation du type précurseur. Comparez avec Hé 8^{5}.

21. *Ce baptême* : il s'agit des ablutions rituelles du judaïsme.

21. Le salut a lieu maintenant, il n'est pas seulement une perspective eschatologique.

Chapitre 4

Page 654.

6. La prédication du Christ aux morts est une prédication pour le salut.

11. Fragment liturgique.

12. L'épître évoque à plusieurs reprises des persécutions contre les chrétiens. Il pourrait s'agir des vagues de répression impériales de Néron ou de Domitien.

Chapitre 5

Page 655.

1. Pierre se range parmi les Anciens de l'Église et rappelle qu'il a été un témoin direct de la passion de Jésus.

6. L'humilité ne doit pas être confondue avec l'humiliation.

Page 656.

13. *Babylone* : sans doute Rome, voyez Ap 18^{3s}.

SECONDE ÉPÎTRE DE SAINT PIERRE

Chapitre 1

1. L'épître est une pseudépigraphe judéo-chrétienne familière de l'apocalyptique juive. Sa composition ne remonte pas au-delà de 110-130, ce qui exclut que Pierre en soit l'auteur. 15 versets de l'épître de Jude (qui en compte 25) ont un parallèle en II P.

4. *Participants de la nature divine* : cette formule unique dans le Nouveau Testament témoigne d'une influence hellénistique. Un important courant de la mystique grecque insistait sur la parenté entre l'homme et Dieu. L'idée est ici reprise dans une perspective eschatologique, la communion avec la nature divine étant présentée comme l'objet des promesses

Page 657.

13. La *tente* des nomades est une métaphore de la vie présente. L'expression est paulinienne, voyez II Co 5^{1s}. Comparez avec le pèlerinage de I P 1^{17}.

14. L'auteur de l'épître laisse entendre qu'il a été un disciple de Jésus (v. 16) et que son existence touche à son terme. L'artifice littéraire est caractéristique du « testament » de l'Antiquité, sorte de discours d'adieu.

17. Citation de Mt 17^{5}, seule référence dans les épîtres à la tradition évangélique sur le baptême de Jésus.

19. Les prophètes d'Israël sont donc à lire et à comprendre en fonction de l'avènement du Christ et de la communauté chrétienne.

Page 658.

20. Comme dans l'épître de Jude, l'inspiration revêt un caractère ecclésial et communautaire. Il semble que ce soit l'élitisme des gnostiques qui soit ici visé, et leur manière d'affirmer que l'Esprit serait réservé à quelques initiés.

Chapitre 2

1. Il s'agit des hérésies des gnostiques.

2. *La voie* ou le chemin est une expression parfois employée pour désigner la foi chrétienne, voyez Ac 9^{2} et 19^{23}.

3. C'est-à-dire que leur condamnation, déjà prononcée, va les atteindre et leur ruine ne tardera pas.

4. Le verbe *tartarô* est un emprunt à la mythologie grecque et signifie « précipiter en enfer ». Le thème de la chute des anges est développé dans le *Livre d'Hénoch* et le livre des *Jubilés*.

5. Voyez I P 3^{20}.

Page 659.

10. Les *Gloires* sont dans la hiérarchie céleste des entités inférieures aux anges. Exerçant un pouvoir sur les destinées humaines, elles peuvent être inquiétantes.

13. Est ici visée une forme de gnose amorale.

15. Voyez l'histoire de Balaam en Nb 22^{5s}.

20. Ces gnostiques sont en plus des apostats.

Chapitre 3

Page 660.

1. Référence à I P.

4. Le problème posé dans le troisième chapitre est celui du retard de la parousie. Les gnostiques prennent ce prétexte pour répandre leurs propres spéculations. L'auteur de l'épître explique que ce retard est l'effet de la patience de Dieu un temps de répit offert pour la conversion de tous.

Page 661.

10. Comparez avec Mt 24^{43s}.

11. L'impermanence est une donnée cosmique et le renouvellement promis atteindra l'univers entier.

16. Au moment où II P est composée, le corpus paulinien comprenant au moins les épîtres les plus ardues est déjà constitué.

V. S.

PREMIÈRE ÉPÎTRE DE SAINT JEAN

Chapitre 1

Page 662.

4. *Joie parfaite* : tout ce paragraphe est une admirable attestation de l'Incarnation du Verbe, à la fois témoignage personnel et théologie déjà élaborée. Le « Verbe de vie » s'est manifesté, permettant de participer à sa propre communion avec le Père. D'où la joie que cette attestation libère de toute incertitude.

Chapitre 2

Page 663.

1. Le péché est « la violation de la loi » (cf. 3^4) que le Décalogue résume dans l'interdiction du meurtre et de l'idolâtrie. Il définit la condition de l'homme voué à la mort, séparé de Dieu et du prochain. Seul, dit l'épître, le sacrifice du Christ peut nous en délivrer, délivrance sans cesse à renouveler dans la foi et la garde des commandements.

Page 664.

9. *Lumière* : l'amour est lumineux, la haine, c'est-à-dire toutes les forces de refus ou d'ignorance de l'autre, ténèbres.

14. *Jeunes gens* : ce qualificatif, comme celui de « pères », ne concerne sans doute ni l'âge ni une catégorie spirituelle, mais suggère l'ensemble complexe des humains.

15. *Le monde* : non pas la création de Dieu, mais ce réseau d'illusions et de folies que provoque la convoitise.

16. *La chair* : autre désignation du « monde » (voir la note précédente). La chair n'est pas le corps, mais la créature tout entière quand elle se ferme à la transcendance et s'emprisonne dans une sorte de narcissisme spirituel. La convoitise des yeux : tout voir, tout éprouver, jusqu'à tenter Dieu. L'orgueil de la vie : enflure ontologique qui fait tout graviter autour de l'ego.

18 *La dernière heure* : depuis la résurrection du Christ, l'avènement de l'ultime ne cesse de se jouer. C'est à chaque instant la dernière

heure. L'Antéchrist est une « personnalité corporative » qui englobe les innombrables adversaires du Christ.

Page 665.

20. *L'onction* (*chrisma*) : désigne la présence de l'Esprit-Saint. Les chrétiens, en Christ et comme lui, sont oints de l'Esprit, et donc rois, prêtres, prophètes, connaissant et attestant le sens de toutes choses.

Chapitre 3

Page 666

1. *Il ne l'a point connu* : c'est la définition même du monde.
2. *Tel qu'il est* : voir Dieu tel qu'il est, c'est le but de toute mystique chrétienne, à travers le Christ et dans la lumière de l'Esprit.
9. *La semence de Dieu* : la grâce incréée, la vie divine rendant « ressemblante » l'image de Dieu qu'est l'homme.
10. *Enfants du diable* : ceux qui sont sous la dépendance du diable ; non pas condition ontologique mais état existentiel et transitoire.
14. *La mort :* l'*agapê* et la véritable vie s'identifient.

Chapitre 4

Page 668.

12. *Jamais vu Dieu* : le Père est inconnaissable, sinon dans son Fils et par son Esprit qui nous le révèlent comme amour et liberté.

Chapitre 5

Page 669.

6. *Par le sang* : c'est la fameuse *comma johanneum*, étudiée dans la préface, p. 94.

Page 670.

16. *La mort* : nous ne savons pas quel est le « péché qui entraîne la mort ». Il s'agit, bien entendu, de la mort de l'âme, ce que l'Apocalypse nomme « la seconde mort » (Ap 2^{11}, etc.). Pour l'Église ancienne, trois péchés exigeaient pénitence publique, non réitérable : le meurtre, l'adultère et l'apostasie. Il s'agirait sans doute ici de l'apostasie des « antéchrists » et des « faux prophètes », adultère spirituel (ils ont abandonné l'Église) et véritable meurtre de l'âme.

DEUXIÈME ÉPÎTRE DE SAINT JEAN

1. *La Dame élue :* symbole d'une Église locale ou grande dame qui accueille la communauté dans sa maison et peut-être la préside.

TROISIÈME ÉPÎTRE DE SAINT JEAN

Page 672.

5. *Des étrangers* : des prophètes ou missionnaires itinérants envoyés par l'Ancien.

O. C.

ÉPÎTRE DE SAINT JUDE

Page 674.

1. Cette brève épître, typiquement judéo-chrétienne, reflète une polémique anti-gnostique. Elle est abondamment citée par II P.

4. L'impiété se caractérise par des *désordres* (dérèglements sexuels, amour du gain, excès alimentaires) et par le rejet du Christ comme *seul Maître*. Ces indices désignent des gnostiques.

6. Référence au *Livre d'Hénoch*.

Page 675.

7. Référence au *Testament de Nephtali*.

8. *Gloires* : voyez II P 2^{10} et note.

9. L'auteur cite un passage de *L'Assomption de Moïse* où il est question de l'archange Michel (littéralement le *chef des anges*) qui combat pour Dieu.

11. Irénée et Épiphane mentionnent une secte dite des Caïnites qui se réclamait de l'esprit de Caïn, figure emblématique de la révolte contre Dieu selon la Genèse. Voyez II P 2^{15}.

12. Les *agapes* étaient les repas que les chrétiens prenaient ensemble et au cours desquels ils célébraient la Cène. Comparez avec I Co 11^{21s}.

14-15. La prophétie d'Hénoch dénonce les faux docteurs. Cette citation directe du *Livre d'Hénoch* montre que les premiers chrétiens pouvaient considérer comme inspirés des livres ou des passages de livres qui n'ont pas été retenus par le canon du Nouveau Testament.

19. Les gnostiques qui opèrent une division entre les initiés et les autres n'ont pas l'Esprit, lequel au contraire dépasse les divisions et séparations.

V. S.

L'APOCALYPSE

L'Apocalypse est un texte souvent obscur. Pris au premier degré, il a lourdement pesé sur le destin historique, politique, du christianisme et de l'Europe. Il exigerait donc un commentaire continu. À défaut, j'ai tenté d'élucider les mots, les expressions, voire les modes de pensée les plus difficiles à comprendre aujourd'hui. Pour une intelligence plus générale, encore que fort partielle, de ce livre, la lecture de la préface me semble utile.

Chapitre 1

Page 679

4. *Asie* : dans l'Empire romain, ce mot désignait la province d'Asie, extrémité occidentale de l'Asie Mineure.

4. *Et qui vient* : exactement *le Venant* ; Dieu est aussi notre avenir. L'Apocalypse, contrairement à la conception philosophique de Dieu comme éternel présent, évoque un Vivant engagé dans le temps. Prestigieuse justification de la temporalité.

4. *Les sept esprits* : la plénitude de l'Esprit qui repose sur le Christ.

Page 680.

8. *L'alpha et l'oméga* : la première et la dernière lettre de l'alphabet grec. Le Christ est l'origine et l'accomplissement.

9. *Patmos* : c'est dans cette petite île de la mer Égée que « Jean » aurait été relégué et qu'il aurait écrit l'Apocalypse.

11. *Laodicée* : à travers ce septénaire, c'est l'Église universelle qui est désignée, une Église composée de petites communautés autonomes dont chacune, localement, manifeste la totalité de l'Église.

12. *Sept chandeliers d'or* : c'est la *ménorah*, le chandelier à sept branches, symbole, dit Zacharie (4^{10}), des sept yeux divins ; présence ici du Christ à son Église.

13. *Semblable à un fils d'homme* : c'est l'Homme céleste des visions d'Ézéchiel (1^{10}) et de Daniel (7^{13}).

Page 681.

18. *De la mort et de l'enfer* : le Christ ressuscité a vaincu la mort et l'enfer.

20. *Les sept anges des sept églises* : comme celle des lampes et des étoiles, la mention des anges montre que chaque église s'enracine dans la céleste et qu'elle est gardée par un ange.

Chapitre 2

1. *Éphèse* : principale ville de la province d'Asie, grand port et grand nœud de routes, magnifiquement reconstruite après le tremblement de terre de l'an 17. On y adorait une célèbre statue d'Artémis (Diane pour les Romains).

2. *Menteurs* : de pseudo-apôtres, sans doute tentés par le syncrétisme de la ville.

6. *Nicolaïtes* : les conceptions et usages de ce groupe qui, pour la tradition ancienne, avait été fondé par le diacre Nicolas, mentionné, sans autre précision, par les Actes des Apôtres, seront, de manière allusive, évoqués par la suite (Ap 2^{15}). Sans doute s'agissait-il de laxisme alimentaire et sexuel à connotation religieuse.

7. *L'arbre de vie* : la croix, véritable Arbre de vie, rouvre à l'homme le Paradis.

Page 682.

8. *Smyrne* : autre grand port et cité prospère, particulièrement liée à Rome (d'où, semble-t-il, l'importance du culte de la déesse Rome). Une forte colonie juive s'y était implantée après la chute de Jérusalem.

9. *Une synagogue de Satan* : sans doute cette partie de la colonie juive qui s'associait au pouvoir romain pour persécuter l'Église.

12. *Pergame* : cette ville bâtie sur une forte colline était surtout un centre de culture, avec une immense bibliothèque. Lieu aussi de pèlerinage vers le temple d'Esculape qui groupait toute une académie de médecins autour de fontaines miraculeuses.

13. *Le trône de Satan* : le culte impérial.

13. *Antipas* : selon des traditions plus tardives, il aurait été sous Domitien « évêque » de Pergame.

14. *La doctrine de Balaam* : le devin Balaam conseilla au roi Balak de faire séduire les Hébreux par les plus jolies filles de son royaume pour les amener, à travers la prostitution sacrée, au culte des dieux locaux (Nb 22-24). Ainsi se précise la doctrine des Nicolaïtes, mentionnée quelques lignes plus bas. Les viandes dont il s'agit ici avaient été immolées aux idoles, problème dont saint Paul parle souvent.

Page 683.

17. *Un caillou blanc* : le thème du « nom nouveau » se trouve dans És 62^{2} et 65^{15}. Ces petits cailloux, dans la civilisation gréco-latine, servaient pour les votes, ou comme laissez-passer. La couleur blanche, ici, exprime leur caractère céleste. — Le *nom nouveau* désigne le mystère de la personne, mystère insondable que Dieu seul connaît.

18. *Thyatire* : une ville de province, sans grand attrait, caractérisée surtout par ses industries et son négoce.

20. *La femme Jézabel* : Jézabel, femme du roi d'Israël Achab, massacra les prophètes du vrai Dieu et s'entoura de ceux de Baal (I R 18^{19}). Dans l'Apocalypse, elle symbolise donc l'application de la doctrine déjà mentionnée des Nicolaïtes.

Page 684.

28. *L'étoile du matin*: le Christ lui-même, qui annonce et donne la lumière du jour sans déclin.

Chapitre 3

Sardes: brillante cité, adossée au mont Tmolus, bordée par la rivière nommée Pactole, avec, depuis son roi Crésus (VIe siècle av. J.-C.), une réputation de richesse.

3. *Comme un voleur*: voir Lc 21[24].

4. *Vêtements blancs*: blancheur des vêtements du baptême, symbole de l'illumination.

7. *Philadelphie*: petite ville éprouvée par les tremblements de terre, refondée au IIe siècle av. J.-C. par Attale II Philadelphe, dont elle a gardé le nom, qui signifie amour fraternel. À l'époque romaine, on y trouve un temple de Janus, dieu de l'ambivalence, celui qui ouvre et ferme les portes, image reprise dans la lettre.

Page 685.

12. *Mon nom nouveau*: le nom de la Résurrection, nom et expérience réservés à ceux qui confessent la foi, s'ils sont prêts à le faire jusqu'au martyre.

14. *Laodicée*: ville prospère fondée vers 250 av. J.-C., riche, embourgeoisée. Reçoit de l'eau d'assez loin, une eau tiède et fade.

16. *Je te vomirai...*: le Christ souhaite que l'homme adhère ou refuse librement, de tout son être. Il rejette les tièdes.

Page 686.

20. *Et lui avec moi*: magnifique — et presque eucharistique — expression de la communion que le Christ nous offre.

Chapitre 4

1. ... *En esprit*: c'est le passage, plusieurs fois répété dans l'Apocalypse, dans le monde céleste. Expérience visionnaire.

3. *Émeraude*: Dieu est suggéré, comme dans la vision d'Ézéchiel (Éz 1), par le langage des pierres: le jaspe, transparence et fluidité, la cornaline, rouge feu, l'arc-en-ciel de l'alliance nohachite, couleur de l'émeraude intense, «apogée de la jeunesse» dit Denys l'Aréopagite.

4. *Couronnes d'or sur la tête*: des liturges qui sont à la fois rois et prêtres, «presbytres». «Vingt-quatre» rappelle peut-être les deux Alliances, additionnant les douze patriarches et les douze apôtres...

Page 687.

6. *Vivant*: les quatre Vivants sont à peu près les chérubins de la vision d'Ézéchiel. Le quatre désigne la totalité du cosmos — le lion, la force sauvage; le taureau, la force domestiquée; l'homme qui brave la première et utilise la seconde; l'aigle, le vol face à la lumière. Pour

saint Irénée, ce sont les symboles des quatre évangélistes: l'aigle = Jean, le taureau = Luc, l'homme = Matthieu, le lion = Marc (*Contre les hérésies*, 3, 11, 8).

Chapitre 5

1. *Un rouleau*: littéralement écrit au-dedans et au revers. C'est la prophétie des événements à venir.

Page 688.

6. L'*agneau égorgé*, pourtant debout et fort comme un lion: antithèse typiquement apocalyptique pour désigner le Christ.

Chapitre 6

Page 689.

2. *Un cheval blanc*: sur la signification symbolique des quatre chevaux et de leurs cavaliers, voir la préface, p. 99-100.

6. *Chénice*: environ un litre de froment, ration journalière d'une personne. — Le *denier* était le prix moyen d'une journée de travail.

Page 690.

11. *Mise à mort comme eux*: le thème du «plérôme» des élus, ici des martyrs, plénitude conclusive, était très répandu dans le christianisme primitif.

13. *Un grand vent*: on notera la poésie sauvage qui marque l'extinction de toute lumière.

Chapitre 7

Page 691.

4. *Marqués*: c'est-à-dire élus.

9. *Une foule immense*: les élus ne sont pas seulement des «fils d'Israël», mais une foule immense, «de toute nation». Passage à l'universel, sans que soit niée l'élection première d'Israël.

9. *Palmes à la main*: image, qui va devenir traditionnelle, des martyrs — le vêtement de lumière et la palme de la victoire.

14. *Dans le sang de l'agneau*: le sacrifice du Christ restaure l'intégralité de l'homme.

Chapitre 8

Page 692.

1. *Un silence d'environ une demi-heure*: le silence des anges, pour que Dieu puisse entendre les prières des hommes, le silence des hommes dans l'attente de l'intervention décisive de Dieu.

5. *Et la terre trembla*: les «prières des saints» ébranlent le monde de la révolte et du refus.

7. *Le tiers* : il n'y a donc pas anéantissement mais avertissement.
11. *L'étoile Absinthe* : un astre lumineux qui n'est plus qu'amertume. Beaucoup de chrétiens de Russie, d'Ukraine, de Biélorussie ont vu dans la catastrophe de Tchernobyl une expression de l'« étoile Absinthe ».

Chapitre 9

Page 693.

1. *L'abîme* : l'étoile tombée est un ange déchu ; l'abîme, le *téhom*, un aspect de l'enfer.
3. Ces sauterelles fantastiques, sans doute inspirées par la huitième plaie d'Égypte et les premiers chapitres de Joël, sont des forces démoniaques, des monstres cauchemardesques. Caractère souligné par leur queue de scorpion, car le scorpion est un représentant typique de l'enfer et de la mort.
5. *Non de les tuer* : expression, toujours, d'un avertissement terrible.

Page 694.

11. *Abaddon, Apollyon* : Abaddon est une des rares citations de l'hébreu que l'on trouve dans le Nouveau Testament. Dans l'Ancien, il n'existe que dans les livres sapientiaux avec le sens de séjour des morts, de perdition, de destruction. — Apollyon a un sens analogue, avec une allusion disqualifiante au dieu grec Apollon.
20. *Œuvres de leurs mains* : c'est toute la polémique de l'Ancien Testament, et surtout des prophètes, contre les idoles. C'est aussi ce constant dialogue de sourds entre Dieu qui avertit durement et l'homme qui s'enferme dans l'idolâtrie.

Chapitre 10

Page 695.

4. *Ne l'écris point* : l'Apocalypse révèle mais cache aussi. Certains secrets doivent le rester. Tel est le mystère à la fois donné et réservé.

Chapitre 11

Page 696.

1. *Un roseau* : le roseau à métrer permet de mesurer ce qui doit rester sacré et inviolé.
2. *Quarante-deux mois* : comme il s'agit de mois lunaires, 42 mois font 1 260 jours (Ap 11^{3} ; 12^{6}) ou trois temps (trois ans et demi) (Ap 12^{14}). C'est exactement la moitié de la 70e et dernière semaine d'années mentionnées par le livre de Daniel. Dieu limite la durée de la persécution.
3. *Mes deux témoins* : on a beaucoup écrit à travers les siècles, sur leur identité ; selon les hypothèses les plus plausibles, il s'agirait soit de Pierre et de Paul, soit plutôt de Moïse et d'Élie, comme dans les récits évangéliques de la Transfiguration. Les miracles qu'ils réalisent rap-

pellent d'ailleurs ceux qu'ont faits Moïse et Élie. Il est possible aussi qu'il s'agisse de deux personnalités corporatives symbolisant les peuples des deux Testaments.

4. *Les deux oliviers et les deux chandeliers*: olivier pour l'huile - onction du Saint-Esprit, chandelier pour la lumière de la prophétie.

7. Le destin des deux témoins est christique, de mort-résurrection.

8. *A été crucifié*: le monde où vivent les chrétiens est à la fois Jérusalem (où Jésus a été crucifié), Sodome et l'Égypte, deux figures bibliques du mal.

Page 697.

12. *Montez ici*: résurrection et assomption — dans le Christ.

13. *Rendirent gloire au Dieu du ciel*: pour la première fois, l'avertissement divin semble entendu. L'Église va apparaître.

19. *Sanctuaire*: ce sanctuaire céleste est le prototype de l'Église.

Chapitre 12

Page 698.

1. *Une femme vêtue du soleil*: cette femme, le cosmos dans sa dimension de transparence et de lumière, est l'Église. Elle enfante le Messie et les hommes «messianiques», annonciateurs de la parousie.

3. *Un grand dragon rouge*: l'ennemi du céleste, qui agit à travers l'univers et surtout à travers l'histoire. Sept têtes — les sept collines de Rome? —, dix cornes et sept diadèmes: symboles de la puissance terrestre, notamment chez Daniel 7[7]. Satan, prince de ce monde...

6. *Au désert*: abandonnée de tous, jetée ainsi au désert, l'Église y trouve refuge et s'approfondit en ce Dieu qui la protège.

7. *Michel*: ce nom signifie «Qui est comme Dieu» — Daniel le représente comme l'ange protecteur du peuple juif, — ici de l'Église.

9. *Il fut précipité...*: chassé du céleste par la Croix, le diable est jeté sur la terre, agonisant et d'autant plus cruel.

Page 699.

6. *Le fleuve...*: c'est la terre qui sauve l'Église, on ne saurait trop le souligner.

18. *La mer*: pour les Hébreux résidu maléfique de la création — d'où va sortir la Bête.

Chapitre 13

1. *Une Bête*: la Bête qui monte de la mer est une émanation du dragon. Les dix cornes et sept têtes totalisent celles des quatre bêtes dont parle Daniel (7[6-7]). Les titres blasphématoires affirment un pouvoir qui se déifie. Pour saint Irénée, il s'agit, bien au-delà de l'Empire romain, de l'Antéchrist. La Bête de la terre, dont il est question au v. 11, n'est qu'un satellite de la première bête.

3. *Guérie*: imitation diabolique de la résurrection.

Page 700.

8. *L'agneau... immolé dès la fondation du monde*: la création elle-même implique une «kénose», une sorte de retrait (*tsimtsum*) de Dieu, de son Verbe, pour laisser place à la liberté des hommes et des anges.

10. *Par l'épée*: c'est une citation de l'Évangile selon saint Matthieu, 26[59]. Ou simplement un *logion* bien connu dans les milieux chrétiens.

13. *Du feu*: parodie, cette fois, de la Pentecôte.

14-15. *Une image*: celle de l'empereur, celle de l'idole. À la fin du Ier siècle, les icônes (tel est le mot employé ici) sont toujours images des «idoles».

17. *De son nom*: la Bête impose son culte dans le domaine économique.

Page 701.

18. *666*: on ne connaît pas le sens exact de ce nombre que l'on peut toujours, par de savants calculs, appliquer à son ennemi! Il désigne certainement une force politico-religieuse antéchristique. Pour saint Irénée (*Contre les hérésies*, 5, 30, 1), le 6 représente la rupture de l'Alliance (12) portée à son exaspération extrême par sa triple affirmation. Justement, si la variante — 616 — que propose Irénée est retenue, la gématrie (ou interprétation cabalistique des nombres) hébraïque donne *Quesar Néron*, dont le sens symbolique est fréquent dans l'Apocalypse.

Chapitre 14

5. *Irréprochables*: sans mensonge et sans souillure spirituelle dont la débauche et la prostitution sacrée sont des symboles. À travers ce symbolisme, la tonalité «encratite» de ce passage est incontestable (l'encratisme est une forme extrême de l'ascèse qui, entre autres, disqualifie la femme et la sexualité).

6. *Un Évangile éternel*: pour Origène, il s'agit de l'Évangile pleinement réalisé dans le Royaume (*Commentaire sur l'épître aux Romains*, 1, 4).

Page 702.

8. *Babylone la grande*: sans doute Rome. En tout cas, le symbole d'une civilisation orgueilleuse et idolâtre.

14. *Un fils d'homme*: dans cette anticipation du Jugement, le «fils d'homme» est le Christ, qui se désignait lui-même comme «le Fils de l'homme».

Page 703.

20. *Mille six cents stades*: ce nombre semble signifier l'universalité, il déploie le nombre 4, qui désigne les quatre directions de l'espace. L'ange de feu vient de l'autel: le culte est jugement.

Chapitre 15

1. *Le courroux de Dieu*: le revers de l'Évangile

2. *Une mer mêlée de feu*: la mer maléfique est transfigurée en mer céleste.

3. Cf. Exode 15^{1-18}.

Chapitre 16

Page 705.

12. *De l'Orient*: les rois venant de l'Orient, allusion historique aux attaques iraniennes, symbolisant une invasion maléfique.

13. *Des crapauds* ou des grenouilles: *cf.*, parmi les plaies d'Égypte, celle des grenouilles (Ex 8^{1s}).

16. *Harmagédon*: signifie «la montagne de Meguido» (Meguido est le nom de la grande défaite du roi Josias devant le pharaon en 609 av. J.-C. et depuis synonyme de catastrophe nationale), sans doute allusion à Ézéchiel 38 et 39, qui parle de l'assaut eschatologique de Gog.

Chapitre 17

Page 706.

1. *La grande prostituée*: autre symbole d'une civilisation orgueilleuse et idolâtre. La prostitution sacrée est en horreur à toute la Bible.

9. *Sept montagnes*: l'allusion à Rome, bâtie sur sept collines, est évidente.

11. *Sept rois*: sept empereurs dont l'un, *redivivus*, sans doute le symbolique Néron, sera le huitième et le dernier.

12. Les *dix rois* sont des émanations de la Bête à l'échelle de l'univers.

Chapitre 18

Page 707.

2. *Tombée*: cf. Ézéchiel 27-28.

Chapitre 19

Page 710.

7. *Les noces de l'agneau*: ce sont les noces du Christ et de l'Église.

10. *La prophétie*: c'est «l'esprit de prophétie» qui inspire les anges, et qui est inséparable de Jésus.

Page 711.

13. *La Parole de Dieu*: le Verbe incarné, le Christ.

20. *L'étang de feu*: c'est la deuxième mort où tout le mal sera consumé.

Chapitre 20

Page 712.

2. *Mille ans*: ce « millenium » est bien difficile à interpréter. Il a justifié fanatisme et violence, de la Jérusalem nouvelle de Thomas Münzer, au XVIe siècle, jusqu'au « Reich millénaire » de Hitler. Sans doute peut-on retenir l'interprétation suivante: tout au long de l'histoire de l'Église (ce serait le sens des « mille ans »), les saints, et d'abord les martyrs, connaissent une « petite » ou « première » résurrection, participation déjà au Royaume. Comme l'écrit l'évangéliste Jean, ils sont « déjà passés de la mort à la vie »: longue préparation à la fin de Satan.

8. *Gog et Magog*: dans la Bible, Gog est mentionné dans la descendance de Ruben (I Chr 5[4]) et Magog parmi les fils de Japhet (Gn 10[2]). Ces noms prennent un caractère apocalyptique chez Ézéchiel (38-39), ils deviennent des mythes dans la littérature intertestamentaire juive, ce sont des peuples qui s'insurgent contre le Messie dans une ultime rébellion. Le sens est le même dans l'Apocalypse.

Chapitre 21

Page 713.

1. *Il n'y avait plus de mer*: tout résidu ambigu ou maléfique de la création est consumé.

Pour le reste du chapitre 21 et pour le chapitre 22, je ne peux que renvoyer à la préface, p. 105 s.

Chapitre 22

Page 716

20. *Viens, Seigneur Jésus!* C'est le *Maranatha*, qui signifie à la fois: Viens Seigneur et le Seigneur vient. Prière chrétienne originelle, expression de la double approche de l'eschatologie.

O. C.

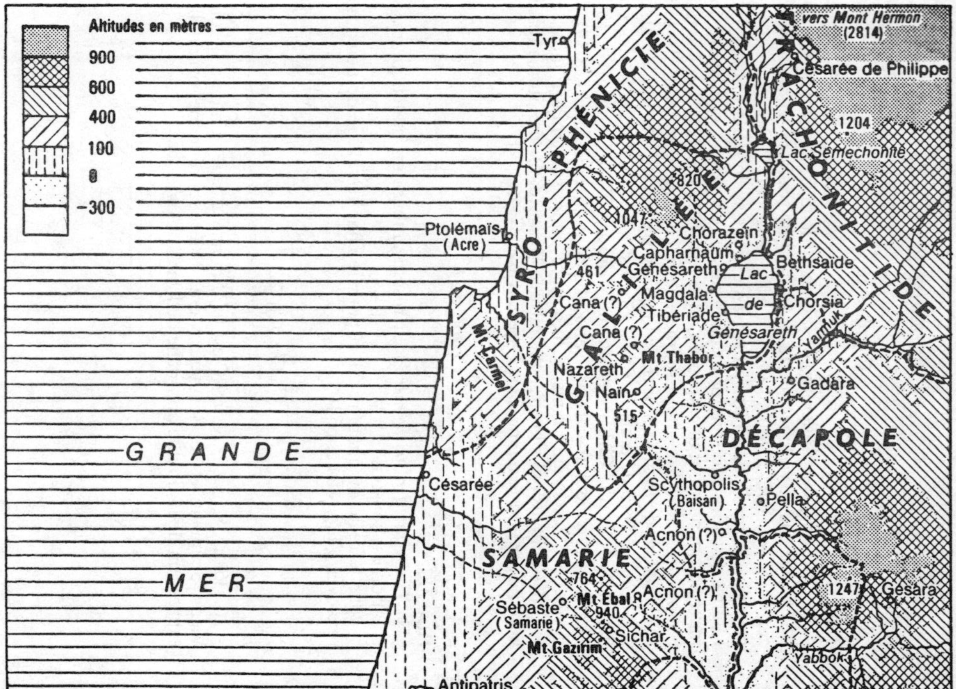
Altitudes en mètres
900
600
400
100
0
-300
vers Mont Hermon (2814)
Césarée de Philippe
1204
Lac Séméchonite
TRACHONITIDE
Tyr
PHÉNICIE
SYRO
GALILÉE
820
1047
Chorazeïn
Capharnaüm
Génésareth
Bethsaïde
Lac de Génésareth
Magdala
Chorsia
Tibériade
461
Cana (?)
Cana (?)
Yarmuk
Mt Thabor
Nazareth
Gadara
Naïn
515
Ptolémaïs (Acre)
Mt Carmel
DÉCAPOLE
GRANDE MER
Césarée
Scythopolis (Baisan)
Pella
Acnon (?)
SAMARIE
764
Mt Ébal
Acnon (?)
1247
Gésara
Sébaste (Samarie)
940
Sichar
Mt Gazirim
Yabbok
Antipatris

DOSSIER

Dans la même collection

LES QUATRE ÉVANGILES. *Préface d'Olivier Clément.* Traduction d'Hugues Oltramare.

Composition Interligne.
Impression Société Nouvelle Firmin-Didot
à Mesnil-sur-l'Estrée, le 12 avril 2006.
Dépôt légal : avril 2006.
1er dépôt légal dans la même collection : novembre 2001
Numéro d'imprimeur : 79213.

ISBN 2-07-041702-6/Imprimé en France.

143667